《月迷津渡——古典诗词个案微观分析》

上海教育出版社　2012

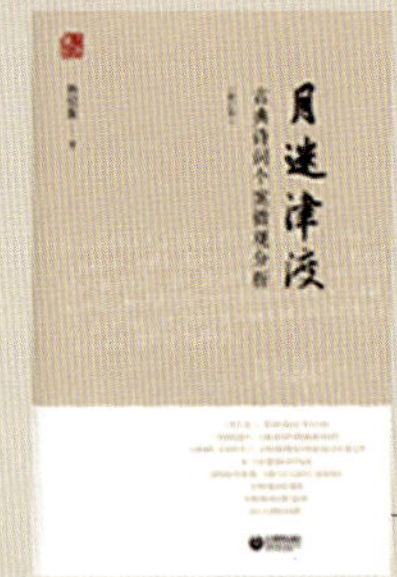

《月迷津渡——古典诗词个案微观分析（修订版）》

上海教育出版社　2015

《出口成诗的民族——中国古典诗歌微观艺术解密》

广西师范大学出版社　2022

孙绍振文集

从月迷津渡到月迷竞渡

古典诗歌微观分析谱系

海峡出版发行集团 | 海峡文艺出版社

图书在版编目(CIP)数据

从月迷津渡到月迷竞渡:古典诗歌微观分析谱系/孙绍振著. —福州:海峡文艺出版社,2025.6
(孙绍振文集)
ISBN 978-7-5550-3008-9

Ⅰ.①从…　Ⅱ.①孙…　Ⅲ.①古典诗歌—诗歌研究—中国　Ⅳ.①I207.2

中国国家版本馆 CIP 数据核字(2023)第 073777 号

从月迷津渡到月迷竞渡
——古典诗歌微观分析谱系

孙绍振　著

出版人	林　滨
丛书统筹	林可莘
责任编辑	陈　婧
出版发行	海峡文艺出版社
经　　销	福建新华发行(集团)有限责任公司
社　　址	福州市东水路 76 号 14 层
发行部	0591—87536797
印　　刷	上海盛通时代印刷有限公司
厂　　址	上海市金山工业区广业路 568 号
开　　本	787 毫米×1092 毫米　1/16
字　　数	913 千字
印　　张	45.75　　插页　1
版　　次	2025 年 6 月第 1 版
印　　次	2025 年 6 月第 1 次印刷
书　　号	ISBN 978-7-5550-3008-9
定　　价	220.00 元

如发现印装质量问题,请寄承印厂调换

出版说明

孙绍振先生是我国著名的文艺理论家、文学评论家、语文教育理论家、作家，是“闽派批评”的旗帜性人物。

他学贯中西、思通古今，全面梳理中国传统文艺理论中的重要命题，对当代西方文论进行了系统的分析和批判。他的文学研究贯穿着“实践真理论”的世界观和辩证方法论。他以一个“文学教练”的矫健身手，在“文学创作论”和“文学文本解读学”的坚实理论基础上，进行海量的经典文本分析，洞察小说、诗歌、散文等文类的艺术奥秘。由此，他建构了富有原创性的中国特色文学理论话语体系，在理论和实践结合方面发出中国声音。

他以先锋姿态投入“朦胧诗”大论战，业已留下重要的历史文献；以创新思维和精准表达，体现文学批评的力量与高度。

在语文教育改革中，他以犀利的思想拨乱反正，为语文教育的学科建设做出独特的贡献。其成就不仅深刻影响祖国大陆语文教育学界，还辐射至宝岛台湾，有力助推两岸学术、文化与教育交流。

作为一个作家，他钟情于诗歌、散文创作，产出丰硕的成果。其演讲体散文，卓尔成家。

为了全面展示孙绍振先生的研究成果和学术成就，我社组织出版“孙绍振文集”（20册），汇编其迄今为止的全部代表性学术著述和文学作品，涵盖文学理论建构、文艺评论、演讲、语文教育、文学创作等诸方面内容。希望这套文集能全面展示孙绍振先生的理论成就、评论成果和文学创作的整体风貌，呈现中国学派崛起的绰约风姿及其在世界学术话语体系中日渐突出的自主地位。

海峡文艺出版社

二〇二五年六月

前　言

《月迷津渡》，初版于2012年，2015年加入新作出增订版，均由上海教育出版社出版。当时对古典诗词解读，尚处于探索阶段，故题名曰《月迷津渡》。近十年来我在大量的解读中，对古典诗词的内在矛盾和历史发展，以及外部与音乐、绘画、历史、文化的关系，有了系统的理论建构，在宏观和微观的分析、综合、操作上的还原、比较，均行之有方。解读之探索性大体结束，多方解读、解密，已入进行时，故更名，改为《从月迷津渡到月迷竞渡——古典诗歌微观分析谱系》。

目　录

附录

第一辑　古典诗歌欣赏基础

古典诗歌的外部节奏：三言结构和双言结构

一、五七言诗行是古典诗歌和民歌节奏的基础结构

我国古典诗歌和民歌的节奏是丰富的。光就诗行形式而言，它就包括最原始的二言诗行（如："断竹、续竹、飞土、逐肉"），《诗经》的四言诗行（如"蒹葭苍苍，白露为霜"）。至于《楚辞》，除了我们所熟知的五言或六言诗行以外，还有《涉江》那样的：

世溷浊而莫余知兮吾方高驰而不顾。

这里的诗行长达十五字。当然最大量的还是从汉代到盛唐发展成熟的五七言诗行，这种诗行，在一千多年中成为一种统治形式。但是与此同时还存在着其他形式。例如在唐代还有一种格律严整的六言诗。如王维的《田园乐》：

桃红复含宿雨，柳绿更带朝烟。花落家童未扫，莺啼山客犹眠。

到了唐末、五代、宋、元，又出现了词曲那样在五七言的基础上，结合四六言糅合而成的长短句诗行。而在弹词、宝卷等民间文艺形式中，又出现了两个三言加一个四言的十言形式。明代民歌中诗行的灵活性发展到很高的程度：

姐儿哭得幽幽咽咽一夜忧，哪知你恩爱夫妻弗到头？当初只指望山上造楼、楼上造塔、塔上升梯升天同到老，如今个山迸、楼坍、塔倒、梯横便罢休。

这里最长的一句竟达二十二言，而节奏仍然保持了统一性。

对我国古典诗歌和民歌的诗行节奏形式的丰富性，不能没有全面估计；但是，也不能走向另外一个极端，认为我们传统的诗歌形式就是这些多种诗行的杂乱的堆积，其中并没有什么内在的统一规律可循。事实当然不是这样。谁也不会否认，我国古典诗歌和民歌的基本形式是五七言诗行。五七言诗行不但在数量上最普遍，最基本，而且在艺术质量上也

是最典型的。具体分析正是应该从这最普遍的存在和最简单的细胞形态开始，这对我们的研究具有方法论的意义。只有从这里出发，我们才可能通过五七言诗行的内在结构的分析，找到它与非五七言诗行（包括它与《诗经》《楚辞》那样的诗行和词曲的诗行）的联系，从而揭示我国古典诗歌和民歌节奏的历史发展规律。

二、双言结构和三言结构的稳定连续是五七言诗行节奏的稳定规范

五七言诗行的结构的功能是内在的、深层的而不是外在的、表层的，因而孤立静止地去观察是看不出来的，而要在它的变化和运动中去瓦解它的表层结构，才能揭示它深层结构的奥秘。例如李白的《下江陵》：

朝辞白帝彩云间，千里江陵一日还。两岸猿声啼不住，轻舟已过万重山。

就节奏的性质来说，这是我们所熟悉的典型的吟咏调子。如果我们把它每节删去两个音节：

白帝彩云间，江陵一日还。猿声啼不住，已过万重山。

很显然，节奏的吟咏性质没有什么变化。我们再将每行删去两个字：

彩云间，一日还，啼不住，万重山。

其吟咏调性仍然基本上没有变化。这说明在一个七言诗行中，决定其吟咏调性的并不是诗行中的全部音节，而是诗行中结尾的三个音节。只要保存这个三言结构，则诗行的吟咏调性不变。三言结构以外的音节数量的减少并不改变诗行的吟咏性质。同样，三言结构以外的音节数量的增加也不能改变诗行的调性。例如有这样一首传统民歌：

山歌好唱口难开，林檎好吃树难栽。白米好吃田难种，鲜鱼好吃网难抬。

另外一体是这样的：

谁人叫你山歌好唱口难开？谁人叫你林檎好吃树难栽？谁人叫你白米好吃田难种？谁人叫你鲜鱼好吃网难抬？

很显然，每行的音节增加了，但由于收尾的三言结构未变，故调性亦未变。但是，如果我们把行末的三言结构的音节数量加以变化，使之成为四言结构，会有什么结果呢？

山歌好唱巧口难开，林檎好吃树苗难栽。白米好吃水田难种，鲜鱼好吃麻网难抬。

很显然，这首民歌的调子起了变化。变成和吟咏调性不同的调子。这种调子接近于戏剧道白的调子。这种调子也有它的稳定性。只要保存结尾的四言结构（或两个二言结构），增加或减少前面的音节，同样也不会改变诗行的调性：

唱歌巧口难开，林檎树苗难栽。高山水田难种，打鱼麻网难抬。

改成四言也一样：

巧口难开，树苗难栽。水田难种，麻网难抬。

由此可见，七言诗行是两个在性质上是一种矛盾的对立要素的统一结构。其中结尾部分的三言结构是构成吟咏调性的主导要素，它的存在决定了吟咏调性的存在。它又具有相当的弹性，可以变为五言、九言、十一言而不改变节奏的结构功能。七言诗行的另一个组成部分，四言结构（对五言来说是二言结构）是一种道白或朗诵的调子。在节奏性质上与三言结构是对立的。但是当它固定在三言结构之前，组成七言结构时，却能相反相成，构成很有音乐性的典型的吟咏调性。可是如果用四言结构取代七言诗行句尾的三言结构，则七言诗行变成了八言诗行，吟咏调性就成了道白的调子。这种八言诗行也可以变化为四言、六言、十言而不改变其节奏的性质。

应该说明的是这两种节奏性质的划分是就语言的节奏本身而言的，并不是指它们与音乐的关系而言的。就这两种诗行与音乐的关系而言，它们都是能配上乐曲、能够唱的。五七言诗如此，四六言诗也是如此。《诗经》时代的四言诗不论民间的还是庙堂的都是能被诸管弦的。只有姚文元才会把歌词配乐的规律当成诗歌语言构成节奏的规律。他荒谬地提出刊物多登歌词就能推动新诗的民族形式的创造。

五七言诗行是我国古典诗歌和民歌最典型的节奏形式，它的基本成分主要就是四言结构（或二言结构）加上三言结构的稳定的连续。我国古典诗歌的丰富形式正是在这两种要素的“结构”上发展起来的。

从五四以来，许多学者，从胡适到梁宗岱乃至何其芳都认为我国古典诗歌和民歌的节奏的“基础”不应该这样从诗行的内在矛盾去探寻，而应该从诗行外在的停顿的数量的统一中去探寻。他们认为七言诗行的节奏表现在它每行有四个相同的“顿”，每个停顿的时间大致相同[①]，例如他们是这样划分七言诗行的“顿”的：

浔阳——江头——夜送——客，枫叶——荻花——秋瑟——瑟；主人——下马——客在——船，举杯——欲饮——无管——弦。

他们的方法论很有些特别，不是去研究诗行的内在结构的不同要素，而是把诗句分为四个无差别的“顿”。这样就使他们的理论陷入了困境。每行四顿，并不是七言诗吟咏调性

① 这个说法最初出自胡适，他在《谈新诗》（《星期评论》双十纪念号，1919 年 10 月）中强调音节的“自然”，他读“节”就是诗句里面的顿挫的段落。旧体诗五七言诗句两个字为“一节”，比如“风绽——雨肥——梅”（两节半）、“江间——波浪——兼天——涌”（三节半）、“王郎——酒酣——拔剑——斫地——歌——莫哀”（五节半）、“我生——不逢——柏梁——建章——之——宫殿”（五节半）、“又——不得——身在——荥阳——京索——间”（四节外两个破节）、“终——不似——一朵——钗头——颤袅——向人——欹侧”（六节半）。

的特点。与七言吟咏调性相对立的八言诗（说白调性）也是每行四顿。我们试在上面的七言诗行中每行加上一个音节：

浔阳——江头——月夜——送客，枫叶——荻花——秋风——瑟瑟；主人——下马——迁客——在船，举杯——欲饮——恨无——管弦。

两种完全对立的调子，却有完全相等的顿数，由此可见"顿"的划分并不能说明七言诗行的节奏的性质。这种理论在这么单纯的七言诗面前已经显得如此软弱，对词、曲、民歌等丰富的诗行形式更是无能为力了。因为词曲以及一部分民歌每行并没有相同的"顿"，也有五七言诗歌那样的性质相类似的节奏感。这就怪不得何其芳要宣布：词除少数上下阕对称的以外，"它的节奏根本无规律可循"，就是那些上下阕对称的词，"从它的一半来看，好像节奏和押韵都没有规律"①，这当然是站不住脚的。找不到规律，怎么可以宣布规律不存在呢？

"顿"的理论的破绽，不仅在方法论方面暴露出来，而且在实践方面暴露出来。根据这种"顿"的理论，他们为新诗设计了现代格律诗的形式。他们要求现代格律诗每行有相同的顿数，每顿的停顿时间大致相同，但每顿的字数不一定像古典诗歌那样固定，特别是不能像古典诗歌和民歌那样每行都以三音结构收尾。因为现代汉语双音词占多数，三言结构是一种束缚。现代格律诗应该基本上以双音结构收尾。他们不但这样设计了，而且进行了实践，例如：

胡适这个分析是中国诗歌史上第一次对诗歌节奏的分析，并且提出了音和节的区别，音不等于节，开创之功不可没。他似乎抓住了中国古典诗歌和民歌的节奏的某些特点，以一组双音构成一个"节"。但是，用这个基本由双音构成的"节"来解释中国古典诗歌和民歌的复杂现象，显然不够用，于是，胡适就在世界诗歌史上，第一次提出了"半节"和"破节"。虽然对于这两个破天荒的概念，他并没有做出界定，但是从其上下文来看，"半节"和"破节"，产生于音节的统一划分与某些词汇意义发生矛盾的时候的一种变通。半节，都是一些实词，从词汇意义上不能构成双音结构，若硬性构成双音结构，就要影响词汇意义的完整和清晰。如："风绽——雨肥——梅"（两节半）、"江间——波浪——兼天——涌"（两节半）。先把两个音组大体有规律地划分为一个"节"，剩下的一个单音，就算它是"半节"，并不影响词汇意义的清晰。这就是说，词汇意义和语法结构是对应的，平行的，不发生冲突。但是，如果按照这个划分方法，面对"王郎酒酣拔剑斫地歌莫哀""我生不逢柏梁建章之宫殿"就得这样划分："王郎——酒酣——拔剑——斫地——歌莫——哀""我生——不逢——柏梁——建章——之宫——殿"。这样"歌莫——哀"和"之宫——殿"，在语法上就不成话了。于是胡适成全语法结构，把"歌"和"之"单独当作"半节"。变成"歌——莫哀"和"之——宫殿"。可见，这个"半节"，是为了成全词汇意义的。但是，这些毕竟都还是实词，遇到虚词，如副词，胡适就另行命名为"破节"："又——不得——身在——荥阳——京索——间。"（四节外两个破节）但是，像下面这个诗句"终——不似——一朵——钗头——颤袅——向人——欹侧"（六节半）中的"终"字，是个副词，照理应该算是破节了，然而，胡适却把它当成是"半节"。

这说明胡适当时，不能很系统、自洽地分析中国古典诗歌中的复杂现象，遇到的主要困难是词汇意义与节奏的矛盾。从理论上说，音节或者节奏只有达到稳定化才能称得上格律，而且要稳定到与词汇意义发生矛盾时，意义也要服从固定的节奏。

① 《诗刊》编辑部编《新诗歌的发展问题》（第三集），作家出版社 1959 年，第 254 页。

我——听见了——迷人的——歌声，
它那样——快活——那样——年轻，
就像——我们——年轻的——共和国，
在歌唱——它的——不朽的——青春。

这里每行四顿，完全符合现代格律诗的理论，在四行中出现了七个三言结构（除去结尾用轻音字“的”还有四个），平均每行一个以上，比七言诗行所要求的每行一个三言结构还多。这并不是特别挑出来的例子，不管拿一本什么样的新诗集分析其中每行的三言结构都平均在一个以上。（这是因为在现代汉语中单音词还大量存在，虽然在字典里的绝对数量少于双音词，但在口头上的利用率却是很高的。）这里有两点值得注意：首先，三言结构的数量并不少于五七言诗行，但语言的音乐节奏却大大不如古典诗歌和民歌，这是作者自己也诚恳地告白过的。其次，为什么写了这么多三言结构作者却并没有感到束缚，反认为五七言诗行的三言结构是一种束缚?

这是因为古典诗歌和民歌诗行中三言结构与四言结构的组合是严格有序的。五、七、九言诗行吟咏调性产生于三言结构收尾的固定性，四、六、八言诗行的说白调性产生于四言结构（或二言结构）收尾的固定性，结构的稳定决定了功能的稳定。而在这里，三言和四言（二言性质相同）的排列却是随意的。三言结构无规律地出现在行首、行中和行末，因而丧失了传统的吟咏调性，二言（四言相同）结构也同样杂乱地出现在行首行中和行末，因而也丧失了传统的说白调性。这样任意地安排三言结构和双言结构的位置，实际上是离开了古典诗歌和民歌节奏的基础结构。

诗歌节奏产生于音组（意群）在统一中有规律的变化。

何其芳的新格律，正是由于缺乏统一感，从音组结构上讲，它仍然像散文那样从一种结构自由地转换到另一种结构上去，因而缺乏诗歌节奏所必需的那种音组结构的稳定性。

三、三言结构和双言结构的灵活交替是我国古典诗歌和民歌节奏的开放性结构

三言结构的稳定性使得五七言诗行的节奏有序化了。五言总是上二下三；七言总是上四下三,九言总是上六下三。正是这种有序的要素配搭构成了诗歌的节奏感，不但对于五七言诗行是如此，而且对于早于五七言诗行的楚辞句法也是如此，把楚辞中的“兮”字当作停顿（不当成一个独立的“言”），则楚辞的绝大部分句法也明显是三言和双言结构稳定的配合，如：

吉日（兮——）辰良，穆将愉（兮——）上皇。

固定的结构和口语是有矛盾的，在口语中，在散文中，同样是五个字组成的句子，其句法结构不可能只有上二下三这样一种形式，有时会有完全相反的情况，如吾师林庚先生曾举例曰：

这电灯真亮，他望了半天。

念成口语的自然节奏是上三下二：

这电灯——真亮，他望了——半天。

但是如果说这是两句五言诗，而其平仄和杜甫的“国破山河在，城春草木深”是一致的，那就只能读成这样：

这电——灯真亮，他望——了半天。

五七言诗单一的节奏结构和词汇意义、语法结构的多样性产生了矛盾。但是在我国古典诗歌中节奏的稳定结构束缚了词汇语法的灵活结构，词汇语法的结构总是服从节奏结构。在某种意义上，可以说这是一种超稳态结构。这自然是一种束缚，但是这种束缚是构成稳定的节奏感所必需的。这种束缚有时是这样厉害，以致古代大诗人往往也难免为其所困。例如杜甫的诗句“夜郎溪日暖，白帝峡风寒”按词汇意义和语法结构应该念成这样：

夜郎溪——日暖，白帝峡——风寒。

但作为诗，我们只能读成：

夜郎——溪日暖，白帝——峡风寒。

甚至“黄山四千仞，三十二莲峰”也不能念成：

三十二——莲峰。

而要读成：

三十——二莲峰。

至于“兴因樽酒洽，愁为故人轻”当然也不能念成：

兴——因樽酒——洽，愁——为故人——轻。

只能念成：

兴因——樽酒洽，愁为——故人轻。

而杜审言的“云霞出海曙，梅柳渡江春”照正常的语法结构是：

云霞出海——曙，梅柳渡江——春。

但是五言诗的节奏结构迫使我们读成：

云霞——出海曙，梅柳——渡江春。

固定节奏，把原来正常的语法关系弄模糊了，把意思也搞含混了。五言诗行是排斥上三下二或上一中三下一或上四下一的节奏的，而表达思想却要求尽可能多样灵活的结构。内容的灵活性和结构的稳定性产生了矛盾。这种矛盾事实上是散文的非固定节奏和诗的稳定节奏的矛盾。

这种诗行的内在矛盾，由于社会生活的发展，文学的社会内容的扩大而激化了。结构不能不发展了。

结构的发展有两种可能性，第一，打破节奏的稳定性采取完全的自由句法，每一句的音组结构都由词汇意义和语法结构决定，这样，就丢掉了“基础”，亦即民歌和古典诗歌的节奏基础。但是，在我国古代没有出现这种情况，而是出现了第二种情况，仍然在双言结构和三言结构的稳定性基础上发展出一种词和曲的杂言句法。词和曲都又名“诗余”，这一点虽然有争议，但是，从节奏上说，不能否认，都是从诗发展而来的。

五七言诗的二言结构（包括四言结构）和三言结构在词里，分裂成两个在交织运用的诗行：三、五、七、九言诗和二、四、六、八言诗行。当人们读李清照的《醉花阴》时，其上半阕有一个五言诗行“瑞脑销金兽”读成：

瑞脑——销金兽。

但是下半阕的对应位置上是“有暗香盈袖”，如果在五言诗中我们应该读成这样一个别扭的节奏：

有暗——香盈袖。

但是用词的节奏格式来读：有暗香——盈袖。这样单一的节奏结构的打破，就意味着有利于情感的某种解放。同样我们读“望长城内外”“看红装素裹”都可以自然地读成：

望——长城内外。

看——红装素裹。

而不能读成：

望长——城内外。

看红——装素裹。

那样节奏就太别扭了。

“有暗香——盈袖”，这种读法大量而稳定的存在，说明三言结构已经可以从句尾解放出来，放到句首去。像“更能消，几番风雨”，也一样是七言诗行的四三结构变成三四结构的表现。又如苏东坡的“浪淘尽、千古风流人物”“人道是、三国周郎赤壁”，是九言的六言在前三结尾变成三六结构，在曲里面句法解放的情况也同样产生了新的节奏。如《沉醉东风》：

咫尺的，天南地北；刹时间，月缺花飞。

在明代民歌中，也继承着这样的解放句法的传统，例如万历本《词林一枝》中的《罗江怨》就有：

好姻缘，不得成双；好姐妹，不得久长。终有日，待他还乡；会见时，再结鸾凤。

这种从七言诗行单一节奏中解放出来的三四结构在许多词曲和民歌中和五七言诗行同时并用，丰富了诗行节奏，增加了诗行的灵活性。此外在词曲中还大量出现了双言结构的四、六、八言诗行。这种诗行，虽然早在《诗经》时代就存在了，但自从五七言诗盛行之后，它就很少运用，有时偶尔出现也很少作为一种基本诗行广泛运用。这是因为四、六、八言诗，作为一种单独的句式，是比较缺乏变化的，它总是以完全相同的二言为单位的固定结构。正是因为这样，唐代的六言绝句一直没有什么发展。待到三言结构从五七言诗行中解放出来以后，这种双音结构的四、六、八言诗行显示出了它的生命力。它在词曲以及民间说唱中被广泛运用着，其原因是当它与解放了的三、五、七言结构交替运用时，就不再显得单调了。但是尽管出现了这样多的杂言句法，却仍然没有离开包含在五七言诗行中的那个基础，即三言结构和双言结构，不过在五七言诗行中双言结构和三言结构是稳定地连续，而在词曲中则是灵活地交替的。

但是，我们前面说明过，二、四、六言的说白调性和三、五、七言吟咏调性无序混合只能导致结构的瓦解而不能产生和谐的节奏。如果真是如“顿”的理论的宣传者所说的那样，词曲交替运用三五七言和二四六言诗行，其间毫无规律可循，我们就不能理解，它们为什么会流传千年而至今仍有某种生命力，更不能理解为什么姜夔、金农直至现代的赵朴初先生都可以写出自度曲来，难道他们都是像五四以后某些蹩脚自由诗那样，在诗行节奏的安排上搞无政府主义吗？显然不是。那么，词曲的和谐节奏是怎样构成的呢？

这里有三种情况。

第一种，某些词牌或曲牌完全是或基本上是由三、五、七言诗行组成的，例如《浣溪沙》《菩萨蛮》等等。诗行的吟咏调性相同，字数虽有时不等，但亦有三、五、七、九这样的规律可循。

第二种，某些词牌或曲牌完全或基本上由四、六、八言诗行组成。例如《调笑令》《念奴娇》，诗行的说白调性相同，而字数不等时，亦有四、六、八这样的规律可循。

第三种，最复杂的同时最大量存在的是三、五、七言和四、六、八言交替使用的词牌和曲牌。这就可能是互相干扰，也可能相反相成。相反相成是要有条件的，本来七言诗行的三言结构和四言结构相反相成的条件是三言固定在结尾，而词曲的句法正是打破了这种固定结构。构成新的相反相成的条件是什么呢？这就有两种情况：一种情况是先用四、六、八言后用三、五、七言；一种情况是先用三、五、七言后用四、六、八言。在第一种情况下，当四、六、八言诗行向三、五、七言过渡时，我们看到，几乎是无条件的，完全自由的："秋色连波，波上寒烟翠。"范仲淹的《减字木兰花》全首都是这样的句法。毛泽东用这个词牌写的《广昌路上》："漫天皆白，雪里行军情更迫；头上高山，风卷红旗过大关。此行何去，赣江风雪弥漫处。命令昨颁，十万工农下吉安。"一个四言，加一个七言，节奏很和谐。其原因是在七言之前加上四言不过是把它变成十一言而已，调性并没有改变。在曲中，这种规律发展成一种称为"衬字"的普遍方法，即在不改变调性的前提下，可以在句首、句中增加若干字，如《叨叨令》，本调全是七言句。可是且看《西厢记》崔莺莺送别张生时唱的："久以后书儿信儿索与我恓恓惶惶的寄。"多达十六字，其中衬字虽多达九字，但因为没有打破结尾的三言结构（"的"字轻音不算），故调性没有变化，而语言的灵活性却增强了。毛泽东的《沁园春·雪》也有同样的情况：

北国风光，千里冰封、万里雪飘。望长城内外，惟余莽莽；大河上下，顿失滔滔。山舞银蛇，原驰蜡象，欲与天公试比高。

这里在一句七言诗行"欲与天公试比高"之前，有九个四言结构的（"望长城内外"读作"望——长城内外"，也属四言结构），其调性仍未受干扰。

综上所述，我们可以得出一个结论：当四言诗行（包括二言、六言）出现在五七言诗行之前时，并不干扰调性的和谐。或者说，从四言诗向五七言诗过渡时，是自由的，无条件的。如果反过来，从五七言诗行向四言诗行过渡呢？是不是也这样自由呢？我们来看相传为李白所作的《忆秦娥》（箫声咽）：

箫声咽，秦娥梦断秦楼月。秦楼月，年年柳色，灞陵伤别。

从"秦娥梦断秦楼月"这个七言诗行，转入"年年柳色，灞陵伤别"两个四言诗行时，当中为什么要把前面七言诗行结尾的三言结构"秦楼月"重复一下？当年的作曲家和这一词牌的创造者，并不是无意识地这样做的吧。因为不这样把三言结构重复一下，贸然由吟咏调性转入说白调性就不和谐了，加上了这个三言结构就出现了一个倒装的七言诗行："霜晨月，马蹄声碎"。同样的情况在现代民歌"花儿"中也存在着。例如《好不过大治的好年月》："阳春里催绽的含苞蕾，红刺玫，荆丛里它开得最美；风展红旗（者）花映晖，好景致，红不过大治的年月。"这里的"红刺玫""好景致"和前面的"霜晨月"有同样的节奏上的过渡作用。这似乎是一个中间性的调性，有了这个调性作媒介，从吟咏调性转化为说白调性就不突兀，而显得自然了。正是因为这样，这种过渡方式在词里才是一个相当普遍的现象。例如毛泽东《沁园春·雪》："……欲与天公试比高。须晴日，看红装素裹，分外妖娆。"从"欲与天公试比高"这样的吟咏调性向"看红装素裹，分外妖娆"这两个说白调性过渡时，当中插入了"须晴日"这样一个三言结构。从吟咏调性向说白调性过渡时以三言结构为过渡是一个规律性的现象。三言结构的这种过渡性功能，还可以在其他方面看出来。本来在古典诗歌和民歌中一般都避免运用有助于逻辑推理的连接虚词，如“因为”“所以”“不但”“而且”之类。在戏曲唱词或民歌中非用不可时往往把这种二言结构改成三言结构“都只为”“管教他”“难道说”“莫不是”之类，有时还把四言结构改成三字结构，如：样板戏《红灯记》把“我李铁梅”改成“铁梅我”。这些都不是偶然的。

当然上述两条规律还不能解释一切词牌和曲牌，例如毛泽东的《浪淘沙·北戴河》：“大雨落幽燕，白浪滔天。”这里就没有什么过渡性的三言结构插在二者之间，但是下面隔了一句七言诗行以后还有：“一片汪洋都不见，知向谁边？”这两个句组构成一个严格的对称结构，也达到了一定的和谐。另外像“万里长江横渡，极目楚天舒。不管风吹浪打，胜似闲庭信步”，从五言诗行“极目楚天舒”向六言句“不管风吹浪打”过渡时，其间既无三言结构过渡也没有句组对称，但是由于“万里长江横渡”和“不管风吹浪打”的说白调性隔句呼应，也就显得和谐了。不过这种情况比较少见。

词曲诗行在五七言诗行的基础上发展的规律目前我们所能认识到的还只有五言延伸（为七、九、十一言等）、三言调节、句组对称和句间呼应这样几条。正是由于这样多样的结构方法，我国古典诗歌和民歌有限的节奏的结构基础（主要是三言和双言结构等等）才能发展出一系列新的句法和章法，以适应表现更广泛的社会生活。但是中国古典诗歌节奏结构的动态变化是非常有限的，占压倒优势的不是动态，而是稳态。也正因为这一点，我国古典诗歌和民歌在历史发展过程中一直没有离开过两类节奏的结构“基础”，它总是在原来的有限的节奏“基础”上发展的，这种发展有一个特点很明显，那就是比较缓慢的，从五言诗行和七言诗行取得统治地位那时起，一千年左右，我国语言从中古汉语变成了现代汉语，而诗歌的节奏结构却基本上是五七言及变体，在词曲出现以后，长期呈现停滞状态。

这是因为这种超稳态结构从来没有被打破，只是在这个结构之内发生了有限的自调节自组织的运动。

在这一千多年中，词曲的诗行节奏虽有些解放，例如在词中加上了领字，在曲中加上了衬字，但章法还是有许多局限。每一章、每一阕，因为和音乐的紧密关系，都有固定的行数，每一行又有固定的字数，这种固定的章法其不固定性的程度往往比诗、特别是古体诗更甚，即便句法解放了，束缚仍然很大，有时在大诗人的作品中也能挑出内容为形式所困的例子：“香稻啄余鹦鹉粒，碧梧栖老凤凰枝”（杜甫）、“千古江山，英雄无觅孙仲谋处”（辛弃疾），以口语和散文的语法来衡量，这是很不通顺的。词曲的章有定句、句有定言自然是一种束缚，这种束缚早为许多作者感到。为了打破这种束缚，便出现了所谓“自度曲”，章无定句了，句也无定言了，看来这应该是“自由诗”了，但是其音组结构仍然是双言和三言交替的杂言，其组合方式仍然不外乎我们上面分析过的那些，所以它仍然不过是一种新的词牌和曲牌的制作而已，而不是一种新的节奏结构、新的章法结构的创造。哪怕是高唱“诗界革命”的黄遵宪也没有能动摇一下这个古典诗歌节奏的超稳态结构“基础”。

四、新诗的历史功绩正是冲破了传统节奏有限的超稳态结构

我国古典诗歌和民歌节奏的超稳态结构，是构成节奏感的一种有利出发点，甚至没有什么诗才的人只要稍加练习就能自如地掌握这种节奏结构。它一方面为我们古代诗人提供了构成节奏感的方便模式，另一方面又使我国古典诗歌和民歌的形式长期徘徊不前。而到了五四运动前夕，这种有限的、超稳态的节奏结构和反映复杂社会生活的矛盾达到了这样的程度，以至于新文学运动的先驱们不惜抛弃了这个方便的结构，而另外去创造一种形式，尽管这种形式的节奏结构稳态还比较渺茫，却把那旧的节奏结构击败了，取得了正统的地位。一千多年的历史证明：在五七言诗行的双言和三言结构及其组合方式的“基础”上不断发展，只能产生词、曲、弹词、宝卷以至自度曲等形式，从元曲产生以后，在古典诗歌领域中，几百年没有什么新的形式创造，连明清民歌的形式也没有突破五七言诗行的根本局限。如果不扩大这个“基础”，不冲破这个“结构”，就不可能有新的创造。所以五四时期的新诗人经过一番奋斗之后终于最后丢弃了这个“基础”，在一种外来形式的启发下，创造了一种新的“基础”，这是一种历史的必然，打破形式的枷锁正是五四新诗的历史功绩。

很显然，新的民族形式的创造，道路是十分宽广的。在本民族传统形式的基础上发展，这是一种途径，例如我们在国画中看到的和在某些小说（如赵树理的小说）中看到的，但这不是唯一的途径。油画、电影、话剧、芭蕾舞、交响乐，则是以外来形式为基础，而在它发展的过程中，不断打上民族的烙印的。

20 世纪 50 年代以来新诗的节奏形式有了一些可喜的进展。一个普遍的倾向是，新诗散漫的诗行中的音节组合方式开始出现走向统一的结构萌芽，大量的诗行由于运用对称的音节组合（而不是运用“顿”）而摆脱了自由地从一种音节组合转向另一种音节组合的散文句法。例如贺敬之的《西去列车的窗口》：

> 一路上，扬旗起落——
> 苏州……郑州……兰州……
>
> 一路上，倾心交谈——
> 人生……革命……战斗……

单就一节（两行）诗来说音节组合并无统一的结构，行间节奏的结构是自由转换的，但是就两节统一来看，节奏又是有某种结构的，第一行和第三行，第二行和第四行节奏是对称的。这种音节组合之间对称与不对称的统一的结构原则被广泛地多种多样地发展着。例如李瑛的《茫茫雪线上》：

一条雪线，一片奇寒，

一条雪线，封锁天山，

猛烈的雪崩，骇人的冰川，

把多少秘密隐向人间。

在这里，第一句和第二句，对称的密度很大，不但每一句自身的两个部分是对称的，两句之间也是对称的，这种双重的对称有点儿类似律诗中的“四柱对”。第三句，虽然自身是对称的，但与第一第二句音节不等，便不是双重的对称，这并不是作者做不到双重对称，因为只要把“猛烈的雪崩，骇人的冰川”中两个可有可无的“的”字删去，便可构成双重对称。但，作者很显然用不对称回避过分单一的结构。第四行，就更明显，它与任何一句都不对称，这也是为了打破单一的节奏结构。在郭小川的诗中，随处可以看到这种对称与不对称的手法的广泛运用。例如在《秋歌》中有这样一句诗：

我曾经有过迷乱的日子，于今一想，顿感阵阵心痛。

如果单是这一句，自然是散文式的长句，好像20世纪30年代艾青提倡“诗的散文美”时的新诗句法，但是60年代以后，诗人开始追求一种新的节奏的统一感，诗人接下去又写了一句完全对称的句子：

我曾经有过灰心的日子，于今一想，顿感愧悔无穷。

这种句法结构和音节数量的对称构成了某种程度的统一结构，构成了节奏感。但是，第一，这种节奏感是局部的，不是整首的；第二，对称句法类似传统诗歌的对仗，却把对仗最根本的功能破坏了。对仗两句并列，其间的逻辑的联系，时间和空间贯通是留在空白中的。如王维的“明月松间照，清泉石上流”“雨中山果落，灯下草虫鸣”，孟浩然的“绿树村边合，青山郭外斜”，古人称赞为“逸品”；又如王维的“日落江湖白，潮来天地青”，杜甫的“四更山吐月，残夜水明楼”“野径云俱黑，江船火独明”，温庭筠的“鸡声茅店月，人迹板桥霜”，古人赞为神品。以上均既是全诗的节奏统一，语言又极其精练。但是，郭小川的对称句法不但增加了时间、空间的连接，而且还把本该省略的语法逻辑成分加倍地呈现了。

当然，从节奏上来说，不无尝试的意义。主要是对称结构和不对称的交替。一味按对称结构写下去，是诗人所回避的，因为优美的节奏结构不能单调重复，同要素的重复不成其为结构，节奏是既要统一又要变化的，因此 60 年代以后的新诗，在节内对称时，节间往往是不对称的："是战士，决不能放下武器，哪怕是一分钟。""要革命，决不能止步不前，哪怕面对刀丛。"新诗这种单行自由的不稳定的节奏由于对称手段的广泛运用，便产生了行与行之间、节与节之间相对的稳定结构，虽然这种稳定太短暂（往往只在两句、一节，至多几节之间，很少在一首之间），但是总是向产生节奏感所要求的相对稳定结构迈出了历史性的一步，总是一种新的创造。比起完全袭用旧形式的句法、章法来说，当然更值得称赞，而且这种对称与不对称统一的原则，无疑是从律诗当中两联对仗、首尾两联不对仗的原则演化而来，因而这个在新"基础"上产生出来的诗行或多或少打上了民族形式的烙印。

虽然，这种形式的历史进步也是比较缓慢的，但是，作为民族新形式的"基础"之一，却和以五七言诗行为代表的旧形式有同样合法的地位，这是已被六十年来新诗的历史证明了的。

五四时期激进的文化批判，中国古典诗歌格律当作镣铐打碎，可能是历史的片面性所致。对照西方，十四行诗从 13 世纪兴起，从意大利的彼得拉克体流传到英国的莎士比亚体，在韵脚和情感的起结上，多有变化。十四行诗在长达数百年的过程，变化多端：有半押韵的，不押韵的，有写成十六行的，二十四行的。英国的浪漫主义，改革更盛，雪莱用五首十四行诗，写成了经典之作《西风颂》。法国的波德莱尔在他著名的《恶之花》用了三十二种形式的十四行诗。俄国的普希金用十四行叙事，写成了诗体小说《叶夫根尼·奥涅金》。19 世纪十四行诗成了欧美极其灵活的，又十分普及的形式。到了 20 世纪，前现代主义诗人，罗勃特·罗威尔写了不押韵的十四行诗五册，有一册还得了普利策奖。号称美国 20 世纪最有影响的诗人，弗罗斯特，他的诗家喻户晓，有些诗学童出口成诵，他的诗基本是遵从传统抑扬格韵律，十四行诗，自由诗只是偶尔为之。叶芝写半押韵的十四行诗，对卞之琳影响很大的奥登也写了不押韵的十四行诗。在欧美诗坛上，这个古老的格律诗并没有被当作僵尸，相反在适应各民族语言时，像万花筒一样变化。但是，我们的古典绝句、律诗，太严谨了，上千年没有变化，而新诗人则轻佻地、盲目地将之弃之如敝屣。

古典诗歌的内在机制

一、真善美的“错位”

传统的文艺理论只承认两种价值，就是认识理性和道德实用理性。对于诗的情感价值，是比较漠然的。对于抒情的诗歌，往往以理性认识价值和功利价值去解读。诗的价值为什么会被忽略呢？因为情感相对于理性，是不科学的，也不实用的。在现实生活中，科学的真和实用的善，是占压倒优势的，造成了对情感价值视而不见。但是，情感 / 诗对于人来说，是不可或缺的。不能像柏拉图在《理想国》中那样把诗人从理想国中驱逐出去。他认为最理想的人，是数学人，既科学又实用，全都是理性的。如果真是这样，那么最为理想的人，就是机器人了，既不爱家乡，也不爱父母、妻子、孩子。但是，那只能是半边人。因为人不但是理性的，而且是情感的。这一点大概没有争论，但是情感和科学和实用的理性和情感的关系如何呢？似乎并未细究。许多大专家、权威教授在解读古典诗歌的时候，都有一个口头禅，叫作即景写实。写得真实，惟妙惟肖，就是好诗。但是，有一首写雪的诗：

天地一笼通，井上一窟窿。黄狗身上白，白狗身上肿。

这难道还不是很真实吗？但是，明显不是好诗，关键不在真不真，还在人的情感，梅尧臣著名的论述“必能状难写之景如在目前，含不尽之意见于言外，然后为至也”①中这个“意”很重要，一般专家也许注意到形象的五官：眼、耳、鼻、舌、身的可感性，但是忽略五官可感性还要受到情感的统驭。佛家讲六根：第六感为“意”这个意就是情意，情志。这才是更重要的。故评价诗的品位，不但要看外部形态的逼真，还要看其内在的情意的真诚。所以说诗是以情动人的。《诗大序》：“情动于中，而形于言。”这话说到了诗的情

① 托克托《宋史》卷四百四十三，《四库全书》，史部，正史类。

感价值。

真、善、美是三种价值，三种不同的价值。从理论上说，是康德提出的。在我们中国，第一个把审美价值从理论提出来的是王国维，他在1906年就《论教育之宗旨》中说：

> 人之能力，分内外二者：一曰身体之能力，一曰精神之能力……精神之能力中，又分为三部，知力、情感及意志是也。对此三者，而有真美善之理想：真者，知力之理想；美者，情感之理想；善者，意志之理想也。完全之人物，不能不具备真美善之三德。欲达此理想，于是教育之事起。教育亦分为三部：知育、德育（即意志）、美育（即情育）是也。[①]

这当然并不是他的原创，而是根据康德的真善美三元价值论[②]。康德没有解决的是，在艺术中，是不是一切感情都是美的？有这样一首诗，也是写下雪的："平民：大雪纷纷落地。秀才：都是皇家瑞气。财主：再下三天何妨。乞丐：放你娘的狗屁。"这不能说没有情感，而是相当强烈的情感，但是，这也不是好诗，感情太粗俗，文字太直白，最多是打油诗的滑稽，还达不到审美情感的品位，从理论上说，可能要属于"审丑"范畴。

二、真和美的错位

审美价值最早是王国维提出的，但是可能太超前了，没有引起学界的注意，过了二十多年，把这个观念说得通俗而透彻的是朱光潜先生。他在《我们对于一棵古松的三种态度——实用的、科学的、美感的》中这样说过：

> 假如你是木材商，我是一位植物学家，另外一位朋友是画家，三人同时来看这棵古松。我们三人可以说同时都"知觉"到这一棵树，可是三人所"知觉"到的却是三种不同的东西，你脱离不了你木材商的心习，你所知觉到的只是一棵做某事用值几多钱的木料。我也脱离不了我的植物学家的心习，我所知觉到的只是一棵叶为针状、果为球状、四季常青的显花植物。我的朋友——一位画家——什么事物都不管，只管审美，他所知觉到的只是一棵苍翠劲拔的古树。我们三人的反应也不一致。你心里盘算它是宜于架屋或者制器，思量怎么去买它，砍它，运它。我把它归到某类某科里去，注意它和其他松树的异点，思量何以活得这样老。我们的朋友却不这样东想西想，他只在聚精会神地观赏它的苍翠的颜色，它的盘屈如龙蛇的线纹以及它的昂然高举，不爱屈挠的气概。[③]

---

① 王国维《论教育之宗旨》，《教育世界》1906年第1期，第56页。

② 参见康德《判断力批判》，宗白华译，商务印书馆1987年，第39页。

③ 《朱光潜美学文集》（第二卷），上海文艺出版社1982年，第448—449页。

传统的文学理论中，有一个决定一切的价值准则，那就是真和假，非真即假。但是，面对朱光潜先生的这三种知觉（实际是康德的真善美的三种价值），按唯一的真假之分，这个裁判员是很难当的。是木材商错了吗？可对材质的鉴定，也是一门科学，是有客观标准的。是植物学家的知觉不真吗？好像更不敢这样说。三种目光，代表三种价值观念，如果从真的准则来看，那就只能说画家的知觉不真了。古松作为一种植物，是不可能有什么“昂然高举，不爱屈挠的气概”的。同时这种“不爱屈挠”的精神，遭逢逆境也是无所作为的。这就说，它既不真实，也不实用，但是它很美。

这里显示了艺术的一种规律，那就是科学的真和实用的善，是不统一的，如果完全统一了，就可能成为玄言诗那样做抽象观念的图解，也可能成为道德的说教，造成了大量王夫之所说的“极缕绘之工”而沦为卑格，或者作抽象说教的玄言诗，最后被山水田园诗所淘汰。这种文学理论中，只有一种价值准则，那就是美就是真，假即是丑。此外还有“真情实感”论，属于主体表现论，不同于美是生活的机械唯物论的客体反映论，然而在强调真的一元准则方面，则是异曲同工的。和客观真实唯一的标准一样，主体感知也是非真即假，非美即丑。然而，从朱光潜先生的文章，可以看出，这三种态度中，画家的，肯定是最不符合松树的真实性，却最符合艺术想象的，最超越科学的真，和实用的善的，因而，也是最美的。

什么样的情感才是审美的、优秀的诗呢？这是康德没有解决的，应该是特殊的、不可重复的感情，又是藏在深层，甚至是潜意识里的，深刻的，以智性为底蕴的，我们古典文论，说得更准确：一方面是陆机的文赋说，诗缘情；一方面更经典的是《诗大序》：“在心为志，发言为诗。”这话就说得比较简单了，从心里有情志，到写出好诗来，要经过许多关卡。首先就要突破客观的真，不是生活的本来面貌，要通过假。贺知章的《咏柳》：

碧玉妆成一树高，万条垂下绿丝绦。不知细叶谁裁出，二月春风似剪刀。

柳树是玉吗？不是。柳条是丝织品吗？不是。春风是剪刀吗？不是。这是假的，但是，这是很艺术的。所以德国的莱辛，在他的《汉堡剧评》中，开宗明义就宣称：艺术乃是“逼真的幻觉”。在这一点上，中国的古典诗话比他早差不多一个世纪，就觉悟到了，黄生在《诗麈》卷一中提出诗的特点：

以无为有，以虚为实，以假为真。①

这里的“无”和“有”，“虚”和“实”，“假”和“真”的对立统一和转化，而比之莱辛彻底多了，“虚”者，“无”者，“假”者，都是“幻觉”，但是并不一定要“逼真”。超越

① 黄生《诗麈》，诸伟奇主编《黄生全集》（第四册），李媛校点，安徽大学出版社2009年，第326页。

科学的真，才能进入假定境界，情感才能获得自由，进入艺术创造的广阔天地。

假的，不真实的，为什么还有价值呢？因为，它表达了诗人的感情。在这方面我国古典诗话词话有许多积累，最后被王国维总结为一句很精练的规律："一切景语皆情语。"因为它表达诗人的感情。

人的情感为什么那样不容易转化为诗呢？原因之一是有理性的、科学的真在那样里挡着。

三、美和善的错位

情感不易转化为诗，另一个原因是还有实用理性的善在那里挡着。

鲁迅在《诗歌之敌》中，讲得很到位而且精彩。他说科学家和艺术家的眼光是不一样的。一切的花，都很美好，有诗意，但从功能来说，就是植物的生殖器官，不管披着多么美丽的外衣，也就是为了一个实用目的，就是受精。

> 花是植物的生殖机关呀，虫鸣鸟啭，是在求偶呀之类，就完全忘不掉了。昨夜闲逛荒场，听到蟋蟀在野菊花下鸣叫，觉得好像是美景，诗兴勃发，就做了两句新诗——野菊的生殖器下面／蟋蟀在吊膀子。①

可是在中国古典诗歌里，菊花的意象并不如科学家眼中那样仅仅是生殖性质的，相反，它的地位是很高的，陶渊明写过"采菊东篱下，悠然见南山"，表现了一种非常飘逸、清高、潇洒的境界。梅花呢，林和靖写它的形象是"疏影横斜水清浅，暗香浮动月黄昏"，表示文人品格高洁。如果完全从实用的眼光来看，植物的生殖器官怎么会变成人的品格呢？但用花象征知识分子的品格，来象征爱情，就有另外一种价值，情感的价值。有时，还是独立的，并不一定依附于科学理性，艺术有艺术本身的价值，它还有一个学术性的名字，叫审美价值。

审美与实用价值第二大区别，就是它的非功利性，②这一点是康德说的。不理解这一点，就造成了在诗歌解读中，流行着一种狭隘功利观念：凡是有诗意的，一定有教育意义，因而"二月春风似剪刀"，其教育意义就是鼓舞读者进行"创造性劳动"。善的范畴，最初级的意思就是有用，或者实用。实用的目的是固定的，而情感是自由的，所以实用是压抑情感的，拘于实用，就没有情感了。在这一点上，许多理论家似乎不太清醒，就是鲁迅也有时有些混乱，他在《门外文谈》中说过这样一段话：

---

① 《鲁迅全集》（第七卷），人民文学出版社2005年，第5页。

② 参见康德《判断力批判》，宗白华译，商务印书馆1987年，第39页。

我想，人类是在未有文字之前，就有了创作的，可惜没有人记下，也没有法子记下。我们的祖先的原始人，原是连话也不会说的，为了共同劳作，必需发表意见，才渐渐的练出复杂的声音来，假如那时大家抬木头，都觉得吃力了，却想不到发表，其中有一个叫道“杭育杭育”，那么，这就是创作；大家也要佩服，应用的，这就等于出版；倘若用什么记号留存了下来，这就是文学；他当然就是作家，也是文学家，是“杭育杭育派”。[①]

鲁迅说得很生动，但是，从根本上来说，混淆了实用价值和艺术价值。真劳动的目的很明确，就是为了实用，喊出“杭育杭育”的声音，是为了协调动作，是为了省力，这不是艺术。只有劳动之后，大家聚焦在河滩上，回想当时劳动的情景，假假地劳动，装得很像的样子，“杭育杭育”地喊，这才是艺术。在假定的劳动情景之中，情感超越了实用理性，才能自由，这里的关键乃是假假的，因为假假的，就是想象的，有了想象才可能让情感自由地上升艺术的境界。

清代的吴乔把诗和当时具实用性质的散文比较，说诗好像是米酿成酒，散文则是把米煮成饭，二者的功能的区别是很大的。

啖饭则饱，可以养生，可以尽年，为人事之正道；饮酒则醉，忧者以乐，喜者以悲，有不知其所以然者。[②]

吴乔阐释情感的美和实用的善不同，说得很形象。吃饭可以饱肚子，但是，并没有饮酒那样激发人进入诗的想象境界：痛苦可以得到解脱，快乐可能转化为忧愁，使人的情感在想象中得到最大的自由，让情感在多方面得到丰富发展。

所以在中国古典诗歌中饮酒的诗篇中杰作比比皆是，曹操有“对酒当歌，人生几何”，曹植有“美酒斗十千”，李白有“一醉累月轻王侯”，岑参有“一生大笑能几回，斗酒相逢须醉倒”，杜甫有“潦倒新停浊酒杯”，范仲淹有“浊酒一杯家万里”，李清照有“三杯两盏淡酒”。这可能是与西方的酒神精神有点相似。德国哲学家尼采所说的“酒神精神”，狄奥尼索斯的原则乃是对个体内在情绪的抒发，与狂热联系在一起。我们是个多神教的民族，神很众多，但是没有酒神，却在酒中落拓不羁，放浪形骸。最具体地表现在杜甫的《饮中八仙歌》中：

知章骑马似乘船，眼花落井水底眠。汝阳三斗始朝天，道逢麴车口流涎，恨不移封向酒泉。左相日兴费万钱，饮如长鲸吸百川，衔杯乐圣称避贤。宗之潇洒美少年，举觞白眼望青天，皎如玉树临风前。苏晋长斋绣佛前，醉中往往爱逃禅。李白斗酒诗

① 《鲁迅全集》（第六卷），人民文学出版社 2005 年，第 96 页。

② 吴乔《答万季野诗问》，王夫之等撰《清诗话》（上册），上海古籍出版社 1978 年，第 27 页。

百篇，长安市上酒家眠。天子呼来不上船，自称臣是酒中仙。

这些人都是大官员，政治地位非常高，行为是有规矩约束的，也就是受到等级礼仪约束的，但是一喝了酒就不一样了。贺知章是中过状元，在中央王朝是秘书监，可是他喝了酒，骑着马像乘船一样，醉眼昏花，掉在井里也无所谓。李琎是汝阳王，朝见天子前必要痛快大喝一通，路遇到酒车还要流口水，恨不得让自己离开京都长安，皇帝把甘肃酒泉作为封地。左丞相李适之被罢官，喝酒还是像鲸鱼饮百川之流衔杯：乐圣且衔杯，喝起酒来超越了贤人，达到圣人的境界。崔宗之，身为齐国公，官至侍御史。举着大酒杯，白眼不看俗人，而是看青天，那种姿态如玉树临风，风姿秀美。苏晋是进士，长期斋戒，喝起酒来，却不守佛门戒律。李白更是精彩，玄宗在沉香亭召他写配乐的诗，而他却在酒肆喝得大醉，自称自己是酒仙。

如果不是酒的假定境界，想象的境界，一个官员喝醉了，掉到井里，是有生命危险的啊，一个王爷骑在马上，看见酒车就流口水，是很丑陋的啊，一个宫廷文人不听皇帝的召唤，烂醉如泥，还说自己是酒中仙人，你还要命不要？但是，在诗里，这是很浪漫的，精神自由，很有诗意的啊。

因此可见吴乔把喝酒和吃饭对比，是很天才的。吃饭只能维持生理的需求。《水浒传》中那种大吃大喝，大块吃肉，大秤分金银，不属于诗意，而是散文的实用意义。故在中国古典诗歌中，凡不能不写到吃喝，往往要与酒联系在一起。《诗经》中十分之一的作品提到酒。《七月》："跻彼公堂，称彼兕觥，万寿无疆。"其中有"曰杀羔羊"，吃羊肉似乎是实用生理性满足性质的，但是，这是和酒结合在一起的，而且是庆祝大会，酒敬宾客，宰杀羊羔。登上庙堂，举杯共庆，欢呼万岁。羔羊和美酒结合在一起，超越了实用，才激发了欢呼万岁的诗的激情。汉乐府中大量以酒为题者，如《将进酒》《上寿酒歌》《高阳酒人歌》《樽酒行》《宴酒篇》，曹植、王灿、刘祯得有《公宴诗》。陶渊明有《饮酒》二十首。他的最著名的诗，就是酒后写出来的。《饮酒》组诗二十首之五，陶渊明在前面有个小序，说：

余闲居寡欢，兼比夜已长，偶有名酒，无夕不饮。顾影独尽，忽焉复醉。既醉之后，辄题数句自娱。纸墨遂多，辞无诠次。聊命故人书之，以为欢笑尔。

这就是说，这些诗，都是酒醉以后所作。"既醉之后"应该是不清醒的，可是这里，没有任何不清醒的感觉。其饮酒的寓意，第一应该是，超越世俗的实用功利的束缚，酒后吐真言，把自己的真性情解放出来，第二，实际上，他是清醒的，有屈原世人皆醉吾独醒的意味。酒是一种精神解脱，李白有酒诗七十五首。《将进酒》有"烹羊宰牛且为乐，会须一饮三百杯"。杜甫说他"天子呼来不上船，自称臣是酒中仙"，喝了酒就连最高的等级制度都置之度外了。酒带上了精神的超越性。

顺便说一下，这在小说中也有反映，《三国演义》中关公温酒斩华雄，《水浒传》中武松醉打蒋门神，都是因为有酒而雄，虽然是小说，超越了实用，就有审美价值。从某种意义上，也颇有诗意。

当然，古诗十九首《行行重行行》中有“努力加餐饭”，但是，并不低俗，因为是长期的思念哀怨，达到“思君令人老”的程度，无法解脱，只好勉励，努力加餐饭，保重身体，尚有会面的希望。其意不在吃而在保证相见有期的感情，并不是让对方吃饱肚子的意思。如果仅仅是为口腹之欲，也就是酒囊饭袋，为友也是酒肉朋友。口腹之欲是要超越的。懂得了这一点才能理解《诗经·卫风·木瓜》：

投我以木瓜，报之以琼琚。匪报也，永以为好也。

送出的木瓜，是一次性的食用，而琼琚则是精美的玉佩，不但是长久保有的，而且是永恒不变的，二者不是等价交换，而是爱情友情高于一切，这就是从实用上升为审美了。

故欣赏古典诗歌，鉴别其品位高低的标准之一，就是看其如何超越实用生理。非常美味的水果，如果光是着重其美味，诗意就比较欠缺的。

白居易写《荔枝图序》：“瓤肉莹白如冰雪，浆液甘酸如醴酪。”“若离本枝，一日而色变，二日而香变，三日而味变，四五日外色香味尽去矣。”这是写得很真实的，但是，其主题全在口腹生理之欲，作为说明性散文，是很不错的，并不追求诗意。而同样写荔枝，苏东坡作《惠州一绝·食荔枝》：

罗浮山下四时春，卢橘杨梅次第新。日啖荔枝三百颗，不辞长作岭南人。

此时他流放岭南，仕途和生命都在危险境地，居然仅仅因为荔枝的美味让他甘愿在岭南流放之地终此一生。这明显是夸张，但是，也充分表现了他豁达的情感，他生命观念已经相当成熟，此心安处即故乡之说，其中有随遇而安的道家精神。

孟子引告子的话说到人性“食色，性也”，颇为后世认同。人的本性，除了食欲就是性欲了。可是，性欲比之食欲，具有更强的生理的刺激性，更可能压抑情感，故放纵肉欲，即使与酒联系在一起，也是酒色之徒，其极端就可能不是人性，而是兽性了。鲁迅说过看到美女的臂膀，就想到身体下部，再想到性交，就下流了。故诗人写到男女性事，往往要借助云雨巫山典故。典出宋玉《高唐赋·序》。楚襄王，游高唐，怠而昼寝。梦见一妇人，说是巫山之女，听说君王到此，“愿荐枕席”，这话说得非常含蓄，原意乃做您的枕头和席子。楚王就和她“枕席”了一番。临走，这位女士说：“我在巫山的南面，旦为朝云，暮为行雨，朝朝暮暮，阳台之下。你以后看见朝云暮雨，就是我了。”楚王还给她建了庙，叫作朝云庙。后来就成为诗家男女之事的典故。

李白《清平调》用了巫山云雨的典故。唐明皇面对名花、美妃之时，有著名乐工在场，氛围甚为欢乐，明皇认为旧词不能尽其性，召李白作新词点缀升平。李白作《清平调》三首，其二有句“一枝红艳露凝香，云雨巫山狂断肠”。李白点到为止，就不往下写了。把这样的典故用在皇帝和妃子的性事上，也有点勇敢，可惜的是，吃力不讨好。到了宋代，词兴起了，再写到男女之事，就有更带刺激性的突破了。周邦彦在《清玉案》中这样写：“酒罢歌阑人散后，琵琶轻放，语声低颤，灭烛来相就。玉体偎人情何厚，轻惜轻怜转唧嚠，雨散云收眉儿皱。”这是写偷情的，并不算太低级，事实上写偷情在当时可能算是一种风流韵事。他的大胆在于写到肉体“玉体偎人”，还写到性事“雨散云收”，这当然也引起一些词话家的不满，但是，因为词并不像诗那样高雅，本来就是红巾翠袖，浅斟低唱，大都是为歌妓乐曲作词的，这并不算太离谱，因为有人批评反而更引人注目了。

到了元曲里，就不怕带点刺激性。在《西厢记》中，崔莺莺和张生欢会就更加大胆了，写张生的具体行为比较直接：“纽扣儿松，搂带儿解。”“软玉温香抱满怀。”具体到性行为的高潮则是破天荒的“露滴牡丹开”这样露骨的性描写，似乎并没有引起太多的质疑，原因是，这是舞台上的唱词，角色穿着衣带表演，是舞蹈性的，因而并不带生理的刺激性。这和在“科白”（动作和对话）里是不一样的。例如关汉卿《窦娥冤》中丑角见双亲“爸爸在上，妈妈在下”，说是小时候看见的，那不是诗意的，而是丑角的喜剧趣味。即使这样，也就涉及道德的边缘了。至于到了《金瓶梅》中，以词来描写具体的性行为，不但没有诗意，而且这部分成为小说的局限性了。

审美情感是超越生理刺激的。生理刺激是实用价值的最低层次，更高的层次则是道德功利，一般说超越道德功利，但是也并不完全超越道德，李白的《清平调》对杨贵妃的歌颂，虽然超越了生理刺激，但是，从道德上说，歌功颂德，有阿谀逢迎之弊。

结论：朱光潜先生根据康德的学说，强调了真善美三者之间，不是统一的，但是，这个说法，并不十分完全，给人的印象好像是完全脱离似的，其实，三者的关系既不全同，也不绝对对立，而是部分差异，部分还有相同的地方，不是三个同心圆，只有量的差异，也不是三个完全脱离的圆，而是三个交叉的圆。是错位的，有部分是重合的。故康德说：“美是德性的象征。”[①] 如果完全脱离了，就可能沦为诲淫诲盗。

三种价值，真善美是相互“错位”的。这一点本来是非甚明，但是，由于机械唯物论和狭隘功利论非常强大，到了具体分析作品的时候，就产生了硬把“创造性劳动”强加给贺知章的笑话。真与善的关系，实用价值和审美价值的错位，不弄明白，就可能连最常见的经典文本都难以作起码的阐释。例如，《诗经·卫风·木瓜》：“投我以木瓜，报之以琼

① 康德在《判断力批判》第59节《美作为德性的象征》中说：“美是德性的象征。”康德《判断力批判》，邓晓芒译，人民出版社2002年，第198页。

琚。匪报也，永以为好也。投我以木桃，报之以琼瑶。匪报也，永以为好也。投我以木李，报之以琼玖。匪报也，永以为好也。”这么简单的几句诗，为什么成为经典，至今还能选入课本呢？关键就在于，这里表现了情感价值超越了实用价值。木瓜、木桃、木李是比较通常的瓜果，一次性消费的，而琼琚、琼瑶、琼玖在那个时代，则不但是异常珍贵的，而且是特别高雅的，不朽的。从实用价值来说，二者是不相等的。故诗反复曰“匪报也”，不是报答，不是等价交换，而是表现情感价值，是永恒的（永以为好也），高于、超越实用价值，这就叫作美。

比喻、意象、意脉、意境和直接抒情[①]

一、诗的比喻情趣、谐趣和智趣

中国古典诗歌是讲究比兴的，其实，这种说法很肤浅。很明显，就作品来说，只是局部的修辞，是诗歌、戏剧、小说都少不得要运用的手段，并不包含诗的特点，特别不包含诗歌作品的整体。我们的任务是把诗的比喻的特殊性揭示出来。从概念到概念的演绎是不解决问题的，请允许我从一个最简单的例子开始。《世说新语·语言》载：

谢太傅寒雪日内集，与儿女讲论文义。俄而雪骤，公欣然曰："白雪纷纷何所似？"兄子胡儿曰："撒盐空中差可拟。"兄女曰："未若柳絮因风起。"公大笑乐。[②]

这个问题，光凭印象就可以简单解答，谢道韫的比喻比较好，但是，光有个感觉式的答案是不够的，因为第一，感觉到的，可能有错，第二，即使没有错，感觉也是比较肤浅的。感觉到的，不一定能够理解，理解了的，才能更好地感觉。我们的责任就是要把其中的道理讲清楚，这就涉及对比喻内部特殊矛盾的分析。

通常的比喻有三种。第一种，是两个本质不同事物或概念之间的共同点，这比较常见，如："燕山雪花大如席。""问君能有几多愁，恰似一江春水向东流。"第二种是抓住事物之间相异点，如："桃花潭水深千尺，不及汪伦送我情。"第三种，把相同与相异点统一起来的就更特殊，如："遥知不是雪，为有暗香来。"第二和第三种，是特殊类型，比较少见。最基本的、最大量的是第一种，从不同事物或概念之间的共同点出发。谢安家族咏雪故事

① 本文据在香港教育学院的讲座录音记录整理，多次补充。

② 《世说新语》（上），朱碧莲、沈海波译注，中华书局，第127页。

属于这一种。

这种比喻，有两个基本的要素：首先是，从客体上说，二者必须在根本上、整体上，有质的不同；其次是，在局部上，有共同之处。黄侃在《文心雕龙札记》中说："但有一端之相似，即可取以为兴。"这里说的是兴，实际上也包含了比的规律。《诗经》："出其东门，有女如云。"首先是，女人和云，在根本性质上是不可混同的，然后才是，在数量的众多给人的印象上，有一致之处。撇开显而易见的不同，突出隐蔽的暂时的相同，比喻的力量正是在这里。比喻不嫌弃这种暂时的、局部的相同，感动人的正是这种局部的，似乎是忽明忽灭的，摇摇欲坠的相同性。二者之间的相异性，是我们熟知的，熟知的，就是感觉麻木的，没有感觉的，但是二者之间的共同点却是被淹没的，一旦呈现，就触发新的感知，在旧的感觉中发现了新的，就可能对感觉有冲击力。比喻的功能，就是在没有感觉、感觉麻木的地方，开拓出新鲜的感觉。我们说"有女如云"，明知云和女性区别是根本的，仍然能体悟到女士纷纭的感觉。如果你觉得这不够准确，要追求高度的精确，使二者融洽无间，像两个相等半径的同心圆一样重合，没有别的选择，只能说"有女如女"，而这在逻辑上就犯了同语反复的错误，比喻的感觉冲击功能也就落空了。在日常生活中，我们说牙齿雪白，因为牙齿不是雪，牙齿和雪根本不一样，牙齿像雪一样白，才有形象感，如果硬要完全一样，就只好说，牙齿像牙齿一样白，这等于百分之百的蠢话。所以纪昀（晓岚）说比喻"亦有太切，转成滞相者"[①]。

比喻不能绝对地追求精确，比喻的生命就是在不精确中求精确。

朱熹给比喻下的定义是："以彼物譬喻此物也。"（《四库全书·晦庵集·致林熙之》）只接触到了矛盾的一个侧面。王逸在《楚辞章句离骚序》中说："'离骚'之文，依诗取兴，引类譬喻。故善鸟香草，以配忠贞；恶禽臭物，以比谗佞；灵修美人，以比于君；宓妃佚女，以譬贤臣；虬龙鸾凤，以托君子；飘风云霓，以喻小人。"《楚辞》在比喻上比之《诗经》，更加大胆，它更加勇敢地突破了以物比物，托物比事的模式，在有形的自然事物与无形的精神之间发现相通之点，在自然与心灵之间架设了独异的想象桥梁。

关键在于，不拘泥于事物本身，超脱事物本质，放心大胆地到事物以外去，才能激发出新异的感觉，执着黏滞于事物本质只能停留在感觉的麻木上。亚里士多德在《修辞学》中说得更具体，更彻底：

> 当诗人用"枯萎的树干"来比喻老年，他使用了"失去了青春"这样一个两方面都共有的概念来给我们表达了一种新的思想新的事实。[②]

① 参阅刘勰《文心雕龙注》（下），范文澜注，人民文学出版社2020年，第602页。
② 伍蠡甫编《西方文论选》（上），上海译文出版社1979年，第94页。

在一般人的印象中，枯树与老年之间的相异占着绝对优势，诗人的才能，就在于在一个一次性比喻中，而把占劣势的二者相同之点在瞬间突出起来，使新异的感觉占据压倒的优势。对于诗人来说，正是拥有了这种“翻云覆雨”“推陈出新”的想象魄力，比喻才能令人耳目为之一新。

自然，这并不是说，任何不相干的事物，只要任意加以凑合一番，便能构成新颖的叫人心灵振奋的比喻。如果二者共同之处没有充分地突出，或是根本不相契合，则会不伦不类，给人无类比附的生硬之感。比喻不但要求一点相通，而且要求在这一点上尽可能地准确、和谐。所以《文心雕龙·比兴》中说：“比类虽繁，以切至为贵。”[①]不准确、不精密的比喻，在阅读中，可能产生抗拒之感。亚里士多德批评古希腊悲剧诗人克里奥封说，他的作品中有一个句子：

啊，皇后一样的无花果树。

他认为，这造成了滑稽的效果。[②]因为，无花果树太朴素了，而皇后则很华贵。二者在通常意义上缺乏显而易见的相通之处。这说明，比较有两种，一种是不伦的比较，一种是精确的比喻，精确的比喻，不但要符合一般比喻的规律，而且要精致，不但词语表层显性意义相通，而且在深层的、隐性的、暗示的、联想的意义也要相切。这就是《文心雕龙》所说的“以切至为贵”。

有了这样的理论基础，就可以正面来回答谢安侄儿谢朗的“撒盐空中”和侄女谢道韫的“柳絮因风”哪一个比较好的问题了。

以空中撒盐比降雪，符合本质不同，一点相通的规律，盐的形状、颜色上与雪一点相通，可以构成比喻。但以盐下落比喻雪花，引起的联想，却不及柳絮因风那么“切至”。首先，因为盐粒是有硬度的，而雪花则没有，盐粒的质量大，决定了下落有两个特点，一是直线的，二是速度比较快。而柳絮质量是很小的，下落不是直线的，而是方向不定的，飘飘荡荡，很轻盈的，速度是比较慢的。其次，柳絮飘飞是自然常见的现象，容易引起经验的回忆，而撒盐空中，并不是自然现象，撒的动作，和手联系在一起，空间是有限的，和满天雪花纷纷扬扬之间联想是不够“切至”的。最后，柳絮纷飞，在当时的诗文中，早已和春日景象联系在一起，引起的联想是诗意的。

从这个意义上来说，谢道韫的比喻，不但恰当切至，而且富于诗意的联想，而谢朗的比喻，则是比较粗糙的。

比喻的“切至”与否，不能仅仅从比喻本身看，还要从作家主体来看，和作者追求的

① 参阅刘勰《文心雕龙注》(下)，范文澜注，人民文学出版社 2020 年，第 607 页。

② 伍蠡甫编《西方文论选》(上)，上海译文出版社 1979 年，第 92 页。

风格有关系，谢道韫的比喻之所以好，还因为与她的女性身份相“切至”，如果换一个人，关西大汉，这样的比喻，就可能不够“切至”，比喻的暗示和联想的精致性，还和形式和风格不可分割。

未若柳絮因风起，是七言的古诗（不讲平仄的），是诗的比喻，充满了雅致高贵的风格。但，并不是唯一的写法。同样是写雪的，李白“燕山雪花大如席”（《北风行》）就是另一种豪迈的风格了。如此大幅度的夸张，似乎有点离谱，故鲁迅为之辩护曰：

> “燕山雪花大如席”，是夸张，但燕山究竟有雪花，就含着一点诚实在里面，使我们立刻知道燕山原来有这么冷。如果说“广州雪花大如席”，那可就变成笑话了。[①]

鲁迅的这个解释，从客观对象的特点来看问题，有一定的道理。但是，把问题简单化了。其实，全面看问题，至少应该从三个方面。第一，客体与喻体的特征相似，鲁迅所说，正是这个意思，因为是在北国燕山，雪花特别大。但是，特征的相似性是很丰富的，有时，北方的雪花并不仅仅是雪片之大，如岑参的“忽如一夜春风来，千树万树梨花开”，就以雪片之多，铺天盖地之美取胜。为什么有不同的选择呢？这就有了第二个原因，那就是主体特征，也就是情感的，在荒凉的边塞，刹那间，惊现大雪满天之美。这里就引出了第三个特点，那是鲁迅所忽略了的。那就是比喻的喻体，不一定就是现实中存在的。在塞北荒漠上，哪里可能有千树万树的梨园？就是有，也不可能像听了什么命令似的一下子整整齐齐地开放了。如果这一点还不能充分说明问题，我再举一个例子，北宋张元写雪“战罢玉龙三百万，残鳞败甲满天飞”那是完全不可能的。就含着男性雄浑气质的联想，读者从这个比喻中，可以感受到叱咤风云的将军气度。

在这方面，欧洲诗歌与中国古典诗歌有异曲同工之处，那就是追求比喻的切至，准确。但是他们的追求不像我们是基本上一喻而足，往往是一喻以推理的逻辑形式衍生出从属的多喻。例如莎士比亚著名的十四行诗：

> Shall I compare thee to a summer's day?
>
> 把你和夏天相比拟如何？
>
> Thou art more lovely and more temperate;
>
> 你比夏天更可爱更温柔；
>
> Rough winds do shake the darling buds of May,
>
> 狂风会把五月的花苞吹落，
>
> And summer's lease hath all too short a date;

---

① 鲁迅《且介亭杂文二集》,《鲁迅全集》（第六卷），人民文学出版社2005年，第241页。

夏日短促，匆匆而过；

Sometime too hot the eye of heaven shines,

有时太阳照得太热，

And often is his gold complexion dimm'd;

金色的面容又常常暗淡；

And every fair from fair sometime declines,

一切的美貌总不免要凋谢，

By chance or nature's changing course untrimm'd;

偶然又随自然变化而毫无修饰。

But thy eternal summer shall not fade,

但是君之夏日光华不会褪色；

Nor lose possession of that fair thou ow'st;

永远不会失去俊美的仪容；

Nor shall Death brag thou wander'st in his shade,

死神也不能夸耀你逃不脱他的阴影里，

When in eternal lines to time thou grow'st;

君在我不朽的诗句里获得永生；

So long as men can breathe or eyes can see,

只要人在呼吸，眼睛在看，

So long lives this, and this gives life to thee.

只要我的诗句还有生命，你就于世长存。

把美人比作夏天，要中国古典诗歌中很少歌颂夏天的，相反读者印象最深的“夏日炎炎似火烧”，但是在英国人感觉中，可以作为美人的喻体。不但因为英伦，春日苦雨多雾，夏天花开似锦，比喻美人有民族文化心理的根据，但是作为诗艺，英人不满足本体和喻体一点相通，长于推理的英人，把他们长于推理的思维模式推广到诗的比喻中去，故每每将比喻作推理式的展开。莎士比亚接着说，美人比夏天更温和，因为夏天太短促，花朵很快被吹落，夏日时而阳光照耀，时而云遮雾罩。比喻的层层推理，在英国诗歌中的几乎是普遍的规律，雪莱的《云雀颂》比喻以推理层次性展开，如出一辙：

我们不知道你是什么；

什么和你最相像？

从彩虹的云间滴雨，
那雨滴固然明亮，
但怎及得由你遗下的一片音响？

好像是一个诗人居于
思想的明光中，
他昂首而歌，使人世
由冷漠而至感动，
感于他所唱的希望、忧惧和赞颂；

好像是名门的少女
在高楼中独坐，
为了抒发缠绵的心情，
便在幽寂的一刻
以甜蜜的乐音充满她的绣阁；

好像是金色的萤火虫，
在凝露的山谷里，
到处流散它轻盈的光
在花丛，在草地，
而花草却把它掩遮，毫不感激；

好像一朵玫瑰幽蔽在
它自己的绿叶里，
阵阵的暖风前来凌犯，
而终于，它的香气
以过多的甜味使偷香者昏迷：

无论是春日的急雨
向闪亮的草洒落，

或是雨敲得花儿苏醒，

凡是可以称得

鲜明而欢愉的乐音，怎及得你的歌？

从这个意义上说比喻的联想感是很自由的，但是它还受到另一个维度的约束，那就是文学形式，“燕山雪花大如席”之所以精彩，还因为，它是诗。诗的虚拟性，决定了它的想象很自由。如果是写游记性质的散文，说是站在轩辕台上，看到雪花一片一片像席子一样地落下来，那就可能成为鲁迅所担忧的“笑话”了。但是，诗意的情趣，并不是文学唯一的旨归，除情趣以外，笑话也是有趣味的。文雅地说，就是所谓谐趣。这时的比喻，就不是以切至为贵，相反，越是不“切至”，越是不伦不类，越有效果，这种效果，叫作幽默。同样是咏雪，有打油诗把雪比作“天公大吐痰”，固然没有诗意，但是，有某种不伦不类的怪异感，不和谐感，在西方文论中，这叫作“incongruity”，在一定的上下文中，也可能成为某种带着喜剧性的趣味。如果说，诗意的比喻，表现的是情趣的话，而幽默的比喻传达就是另外一种趣味，那就是谐趣。举一个更为明显的例子，如：“这孩子的脸红得像苹果，不过比苹果多了两个酒窝。”这是带着诗意的比喻。如果不追求情趣，而是谐趣，就可以这样说：“这孩子的脸红得像红烧牛肉。”这是没有抒情意味的，缺乏诗的情趣的，但是，可能在一定的语境中，显得很幽默风趣。相传苏东坡的脸很长而且多须，其妹苏小妹额头相当突出，眼窝深陷，苏东坡以诗非常夸张地强调了他妹妹的深眼窝说：“数次拭脸深难到，留却汪汪两道泉。”妹妹反过来讥讽哥哥的络绸胡子：“口角几回无觅处，忽闻须内有声传。”哥哥又回过来嘲笑妹妹的“奔儿头”：“迈出房门将半步，额头已然至前庭。”妹妹又戏谑性地嘲笑哥哥的长脸：“去年一滴相思泪，今朝方流到腮边。”虽然是极度夸张双方长相的某一特点，甚至达到怪诞化的程度，却没有丑化，至多是让人感到可笑。

诗歌的趣味并不只限于情趣，而且还有谐趣，或者幽默感。最有名的是贺知章的《回乡偶书》：

少小离家老大回，乡音无改鬓毛衰。儿童相见不相识，笑问客从何处来。

这里的谐趣在于儿童以为是“客”，自以为是主，不知是客乃是主，而且是老资格的“主”。这叫作主客错位。中国古典诗歌主流是情趣，谐趣之作比较少见，诗人偶尔涉笔，往往就成传世杰作。乾隆皇帝写了三四万首诗，没有一首留传后世，唐人金昌绪只有一首：

打起黄莺儿，莫教枝上啼。啼时惊妾梦，不得到辽西。

由于征战，由于经商，由于游学，丈夫外出，妻子悲青春易逝、空床独守之苦，这是《古诗十九首》以来的传统的抒情主题。历代诗人都在这方面极尽变幻之能事。但是不管怎么写，这种情感，都是很单纯的悲愁。都是抒情的，而金诗的特点是对年轻妻子的闺怨不以暗淡的悲切来写，而以错怪黄莺且无端击打，因果不一致，轻松的幽默感尽显，带上一点轻喜剧色彩，在中国古典爱情诗主题中是很罕见的，因而被《唐诗三百首》选入。

明朝崇祯癸未年（1643）湖北巡抚宋一鹤去世，其妾甚美，乃有门客王姓者订婚，而贵阳参政谢姓者抢先迎娶。官司打得不可开交。其时一程奎者为诗曰：

歌舞丛中几度华，一朝忽散抑琵琶。前身定是乌衣燕，不在王家即谢家。

这里用了两个典故，一是王导、谢安豪华一时，另一个典故是刘禹锡的“旧时王谢堂前燕，飞入寻常百姓家”，调笑两家官司虽然不可开交，不管谁输谁赢对于美女来说，都差不多。这些有点打油诗的性质的诗，也有相当高雅的经典之作，苏东坡调侃他的朋友张先老年娶少妾的：

十八新娘八十郎，苍苍白发对红妆。鸳鸯被里成双夜，一树梨花压海棠。

这样的趣味属于谐趣，但是还用梨花海棠，把年龄的悬殊美化，可以说谐趣与情趣的结合。

此外，诗的比喻还有既有情趣、谐趣，情感交融，又有思想的，叫作“智趣”。人的胸怀是没有极限的，情中有理，情理交融。白居易的《赋得古原草送别》：

离离原上草，一岁一枯荣。野火烧不尽，春风吹又生。

后两句是格言，情理交融。大自然的生命是任何的灾难所不能改变的。生命会战胜一切毁灭性灾难。王安石的《登飞来峰》：

飞来山上千寻塔，闻说鸡鸣见日升。不畏浮云遮望眼，自缘身在最高层。

哲理在于，本来是越近越可认识，而这里却是越近越不识。这和韩愈的“草色遥看近却无”，是一个道理。但是，这个哲理如果一开头就说出来，就没有诗了，更富于哲理的有苏轼的《题西林壁》：

横看成岭侧成峰，远近高低各不同。不识庐山真面目，只缘身在此山中。

苏东坡是政论家，哲学家。能够从横、侧、岭、峰、远、近、高、低各个方面做高度概括。或者移步换形，转换不同的对象。陆游的“山重水复疑无路，柳暗花明又一村”，事物发展到极端，就转向反面了。就是朱熹的《观书有感》：

半亩方塘一鉴开，天光云影共徘徊。问渠那得清如许，为有源头活水来。

整首诗都是一个暗喻，把自己的心灵比作水田，为什么永远清净如镜地照出天光云影呢？因为有源头活水，联系到诗的题目的“观书”，说明，观书就是活水。这不是借景抒情，而是借景言志，不属于幽默谐趣，而是表现思想的“智趣”。

什么问题都不能简单化，简单化就是思考线性化，线性化就是把系统的、多层次的环节，完全掩盖起来，只以一个原因，直接阐释一个结果。比喻的内在结构也一样有系统相当丰富的层次，细究下去，还有近取譬，远取譬，还有抽象的喻体和具体的喻体等的讲究。[①]把复杂的问题简单化，是常见的偏颇，就是鲁迅也未能免俗，把客体的特征作为唯一的解释。

这里有一个长期被忽略了的现象，就是我们讲的是比喻，实际上当我们分析到情趣、谐趣、智趣以后，就发现，涉及的并不是修辞问题，而是整个中国诗歌的抒情审美、幽默审丑、哲理审智的体系。这似乎是很完整的了，但是，我们还是忽略了一个很重要的范畴，那就是文学形式。同样的比喻，在不同的文学形式中，效果是不同的。因为文学形象并不仅仅是主观与客观的二维结构，而是主体、客体和文学形式的三维结构。[②]

二、诗的意象：意决定象，诗酒文饭，形质俱变

这里有一个基本的理论前提要澄清，在文学中，不能笼统说内容决定形式。文学形式不是一般的原生形式，而是审美规范形式，它不像原生形式那样是无限的，而是有限的（就文学而言，其规范形式不超过十个），是在长期的千百年的重复使用中，从草创到成熟，成为审美经验积淀的载体，长期熏陶了读者的预期，产生喜闻乐见的效果。当然，这种规范功能是在历史的发展过程中不断发展变化的。与内容相比，变化是相当缓慢的。因而，有相对的稳定性，对内容有一定的预期、征服和强迫就范作用。用席勒的话来说，还可能“消灭”内容。[③]

从某种意义上说，不研究诗的形式审美规范特征，就不可能真正懂得诗。

诗的审美规范特征是什么呢？

我们讲过文学的普遍性是想象的，虚拟的，为什么要虚拟、想象呢？因为诗，尤其是古典诗歌是抒情言志的。在心为志，发言为诗，这是权威的《诗大序》里说的，后来陆机在《文赋》里说得更明确一点，叫作“诗缘情”，诗是抒情的。关键在于，直接把感情抒发出来，是不是诗呢？也就是说，是不是在心有情，有志，发表出来就是诗呢？是不是说出

---

① 读者如有兴趣，可以参阅孙绍振《文学创作论》，海峡文艺出版社 2004 年，第 329—331 页。或者孙绍振《文学性讲演录》，广西师范大学出版社 2006 年，第 131 页。

② 参阅孙绍振《形象的三维结构和作家的内在自由》，《文学评论》1985 年第 4 期。

③ 席勒的原话是：“艺术大师的独特艺术秘密就是在于，他要通过形式消灭素材。”见《美育书简》，中国文联出版公司 1984 年，第 114 页。

来，感到不足的话，就手之舞之，足之蹈之，就成好诗了呢？显然，不行。就算你是舞蹈家，也根本和诗是两回事呀。这个问题，从《诗经》时代到现在，三千多年了，还是搞不清楚。弄到现在还有一种更简单的说法，叫作“真情实感”，只要不说假话，就能写成好诗了。如果那样的话，诗就太简单，楼兆明先生说，那样的话流氓斗殴，泼妇骂街就都是诗了。要把原生的情感变成合乎审美规范形式的诗，是要经过多层次的提炼和探险的，要许多因素的协同，只要其中一个因素、一个层次不协同，就不成其为诗了。

三、诗的形式强迫内容就范

探索从原生的情感升华为诗的规律，有个方法自觉的问题。

首先，从最简单、最普通、最常见、最小单位（细胞形态）开始研究。其次，怎么研究？分析其内在矛盾。比如说，柳絮因风，撒盐空中，表面上是客观的景色，但是，一个好，一个不好，原因却不仅仅取决于客观景色是不是准确，也取决于内在的主观情感是不是契合。可见，这个最小单位，不仅仅是一个修辞现象，还是一个诗的细胞。这个细胞是由主体某一特征和客体的某一特征两个方面猝然遇合的，需要说明的是，客观特征不是整体，而其中最有特点的局部，因为有特点，因而富有想象的刺激性，令人想象整体。主观情感特征，也不是整个人的，而是某一时刻，某一地点，某一特殊境遇中的，有时，甚至是一刹那的。二者的结合，形成结构，结构的功能大于要素之和。目的并不是要表现客体，而是要表现主体的情志。情感特征不能直接表达，就会采用渗入客体的方式。《周易·系辞上篇》说“立象以尽意”①。主体特征就是“意”，客体特征就是“象”。

“意象”是我们研究古典诗歌的初始范畴。

意象，就是意和象的矛盾统一体。象是看得见的，意是看不见的，意在象中，意为象主。“千里莺啼绿映红”不是全部写实，而是以诗人的情感选择其最特征化的细节，抒发对江南春光无限的赞美。“枯藤、老树、昏鸦、古道、西风、瘦马”一系列的意象，是由后面点出的“断肠人”选择，同化，统一了的。中国文论讲究情景交融，在中国古典诗话中也有许多智慧的表述，后来被王国维总结为“一切景语皆情语”。

中外许多专家、大学者，在个案文本分析不下去，原因是什么呢？

① 原文是：“子曰：‘书不尽言，言不尽意。’然则圣人之意，其不可见乎？子曰：‘圣人立象以尽意，设卦以尽情伪。’”说的主要是道德意念不可感，光凭文字不能完全传达，作为声音符号，本身没有五官可感的具象性，故要以象和卦来将之具象化。一般论者都引申为情感的抽象性要以具有感官性的词语来表现。《周易》，杨天才等译注，中华书局2020年，第599页。

没有把诗当成诗，把诗和散文混为一谈，其表现就是把意象和细节混为一谈。

诗的意象是概括的，不是特指的，没有时间地点和条件的限定性的，而一般散文叙事的细节则是具体的特指的。请看朱自清如何描写春天：

小草偷偷地从土里钻出来，嫩嫩的，绿绿的。园子里，田野里，瞧去，一大片一大片满是的。坐着，躺着，打两个滚，踢几脚球，赛几趟跑，捉几回迷藏。风轻悄悄的，草软绵绵的。

桃树、杏树、梨树，你不让我，我不让你，都开满了花赶趟儿。红的像火，粉的像霞，白的像雪。花里带着甜味儿；闭了眼，树上仿佛已经满是桃儿、杏儿、梨儿。花下成千成百的蜜蜂嗡嗡地闹着，大小的蝴蝶飞来飞去。野花遍地是：杂样儿，有名字的，没名字的，散在草丛里，像眼睛，像星星，还眨呀眨的。

"吹面不寒杨柳风"，不错的，像母亲的手抚摸着你。

这里对大自然的描写，一方面非常具体，有这么多的细节，另一方面表现了独特的感情。所有这么多的细节，都统一在朱自清独特的感情里：孩子气的美（踢球，打滚、捉迷藏，母亲的手）。

春天刚到，冬天还没有完全过去，可是花已经开了。朱自清面对的自然景观和李白是一样的，要从众多细节中选择最有特征的局部的任务也是一样的。但李白写诗就不能像朱自清那样网罗系列的细节了，诗迫使他的选择必须是少量的，最有概括力的："寒雪梅中尽，春风柳上归。"只有三四个细节，雪花在梅花里融化了，至于雪花在大地上，在屋脊上融化，还有朱自清的小草啊，桃李啊，杨柳风啊，就当它不存在了。诗的意象要求情感具有选择和排除的魄力。所以在散文作品中可以叫细节，而在诗歌中，则叫意象。因为其中不但有极其精练的"象"，而且有极其独特的"意"。这个意象，客体是概括的，主体的情致是特殊的，是二者对立的统一。春天从柳条上归来了，时间、地点是不需要点明的，点明了，例如，是辰时三刻，在未央宫，在某宫墙深处，就不是诗了，而是散文了。这个意象的概括性，实际上是一种想象性，是诗人的情感和客观对象之间的一种假定性的契合。这里，诗人对早春之美的惊叹之情，正好与梅花和柳条的特点猝然遇合了。从客观对象来说，这是一种发现，更主要的是排除，省略了梅花和柳枝以外的无限多样的细节；从主观情感来说，这是一种体验、顿悟；从意象符号的创造来说，这是一种更新。

关于古典诗歌的特点，有许多理论，中国传统理论有《诗大序》的"情动于中而形于言"，有陆机《文赋》的"诗缘情而绮靡"，西方有英国浪漫主义的"强烈的感情的自然流露"。王维的《山居秋暝》是抒情的，并不绮靡，也并未强烈到手之舞之，足之蹈之，光凭一些大的原则，对于解读诗歌文本来说，似乎都不到位。并不是情动于中就成为诗的，这其间有一系列的规律，需要我们去探索。

上千年的探索，不得要领，原因在于，孤立地研究诗。这是世界诗歌理论之通病。其实，只有一家突破了这种局限，那就是17世纪的吴乔，他在《答万季野诗问》中说这个问题。

又问："诗与文之辨？"答曰："二者意岂有异？唯是体制辞语不同耳。意喻之米，文喻之炊而为饭，诗喻之酿而为酒；饭不变米形，酒形质尽变；啖饭则饱，可以养生，可以尽年，为人事之正道；饮酒则醉，忧者以乐，喜者以悲，有不知其所以然者。"①

这是中国古典诗话在方法论上的一大发明：不孤立地研究诗，而是在诗歌和散文的比较中，研究诗的特殊性，散文好像是把米煮成饭，形态和质地都没有太大的变化，而诗是把米变成酒，形态和性质都发生变化的理论。吴乔（1611—1695）实在是天才的，晚他一个世纪，英国浪漫主义诗人雪莱（1792—1822）才在《为诗辩护》中说："诗使它所触及的一切都变形。"② 但是，雪莱的理论，只提及形变，吴乔却更深刻，不仅仅是外形变了，更重要的是，性质变了。同样是月亮，可以是令人欢悦的："露从今夜白，月是故乡明。"（杜甫）"月上柳梢头，人约黄昏后。"（欧阳修）"人逢喜事精神爽，月到中秋分外明。"（冯梦龙）月光也可以是悲凄的："行宫见月伤心色。"（白居易）甚至让月亮带上摆脱不了的思念丈夫的幽怨："可怜楼上月徘徊。""捣衣砧上拂还来。"（张若虚）月亮的性质都因为诗人的情感而发生了质的变化。梁启超在《唯心》中说：

同一月夜也，琼筵羽觞，清歌妙舞，绣帘半开，素手相携，则有余乐；劳人思妇，对影独坐，促织鸣壁，枫叶绕船，则有余悲。同一风雨也，三两知己，围炉茅屋，谈今道故，饮酒击剑，则有余兴；独客远行，马头郎当，峭寒侵肌，流潦妨毂，则有余闷。"月上柳梢头，人约黄昏后"，与"杜宇声声不忍闻，欲黄昏，雨打梨花深闭门"，同一黄昏也，而一为欢憨，一为愁惨，其境绝异。"桃花流水杳然去，别有天地非人间"，与"人面不知何处去，桃花依旧笑春风"，同一桃花也，而一为清净，一为爱恋，其境绝异。"舳舻千里，旌旗蔽空，酾酒临江，横槊赋诗"，与"浔阳江头夜送客，枫叶荻花秋瑟瑟。主人下马客在船，举酒欲饮无管弦"，同一江也，同一舟也，同一酒也，而一为雄壮，一为冷落，其境绝异。然则天下岂有物境哉，但有心境而已！③

艺术创作不仅要有客观的特征，要有主观情感的特征，要有形式特征规范，更要有所

① 王夫之等撰《清诗话》（上册），上海古籍出版社1978年，第27页。
② 雪莱《为诗辩护》，《十九世纪英国诗人论诗》，人民文学出版社1984年，第155页。
③ 梁启超《自由书·唯心》，《饮冰室合集》（二），中华书局1989年，第45—46页。

更新，这就不能不通过想象、假定、虚拟。物象循诗的想象，由情感冲击，就发生了变异。在贺知章《咏柳》中，柳树明明不是碧玉，偏要说它是“碧玉妆成”，春风明明没有剪刀的功能，偏偏要说它能精工裁剪精致的柳芽。李白的《劳劳亭》也是一样是写春天的：

天下伤心处，劳劳送客亭。春风知别苦，不遣柳条青。

唐朝习俗，送别折柳相赠，柳与留谐音，表示恋恋不舍，同时暗示，来年柳绿，就该想起归来了，想起朋友的感情。劳劳亭的春天，柳树还没有发青。这是一个自然现象，但在诗人的假定性想象中：春风知道离别之苦，故意不让柳条发青；柳条不发青了，就不能折柳相送，这样就可以免去离别之苦了。这种折柳的“象”是普遍的，甚至可以说公用的，但赋予它这样的“意”，把不发青的原因解释为不让朋友送别，是独一无二的。而这个意象符号，就更新了。

辛弃疾在另外一个地方发现春的意象符号：“城中桃李愁风雨，春在溪头荠菜花。”风雨一来春天就要过去，桃李花经不起考验，但米粒一样大的白白的荠菜花非常朴素，却经得起风雨的考验。这种对春天的感觉，与那种“千里莺啼绿映红”的感觉是不一样的。这就是意象符号的更新。首先是“象”的更新，其次是“意”的更新。荠菜花是非常朴素的，却比鲜艳的桃李花更经得起时间考验。作者把美好的感情寄托于朴素的荠菜花上，而不是城市中艳丽的桃李花上，这种假定性的契合点的发现、更新，是意象的生命。

中外学者审美文本分析捉襟见肘，其失乃在得象忘意，也就是把景语仅仅当作景语，实际上机械唯物论的僵化，忘记了为景语定性的是情语，外在景观是由内在情志选择、定性的。这一点上，就是连一些唐诗宋词的权威，也往往犯起码的错误。例如，把苏轼的《赤壁怀古》第一句，“大江东去，浪淘尽、千古风流人物”，简单地当成“即景写实”。①这很经不起推敲，站在长江边上，就算能看到辽远的空间实景，但怎么可能看到千古的英雄人物呢？千古，是时间啊，英雄人物早就消亡了，是看不见的，不可能写实的。光从客观的景观来看，是看不出名堂的。因为主导这样意象群落的是苏轼的豪杰风流之气，正是意象深层的情致才能感动人。再来看一首更单纯的：

天街小雨润如酥，草色遥看近却无。最是一年春好处，绝胜烟柳满皇都。

“天街小雨”，这是首都的雨，下出什么效果呢？“草色遥看近却无”，这句诗非常非常有名，好在哪里啊？用还原的办法。通常都是远看不清楚，近看很清楚。远看一朵花，近看一个疤。但是这里草色遥看，隐隐有绿意，近看却没有了，这是很有特点的。但是，光分析到这里，这还是在“象”的表层，更深的是诗人内心的“意”。一般人看到草色，看到

① 此系唐珪璋在《唐宋词选释》所言，吴熊和主编《唐宋词汇评·两宋卷》（第一册），浙江教育出版社2004年，第426页。

远远的绿意，近看却没有了，没了就没了吧，韩愈却感到很重要、很欣喜，为内心这个发现而心动，觉得精彩。这就是“意”，这就是诗意。这不仅仅是景色的特点，而且是心灵的非常微妙的感触。后面的两句说，隐约的草色比之都城满眼雾气笼罩的翠柳还要美，前面微妙的感知效果如此放大，就夺目了。

要学会欣赏古典诗歌，首先就学会从意象中分析出显性的感知和隐性的情意，看出外部感知正是内在情致冲击造成的，感知是由感情决定的。千古风流，草色胜于柳色的美，正是内心感情的美。文艺美学的任务是什么？首先就是揭示感情冲击感觉发生变异的一种学问。变异的感知是结果，所提示的是情感的原因。

四、意脉的变动和意境的圆融

在诗歌中出现的意象并不是单独的，而是群落性的。许多意象聚焦，有多种可能性。

第一种可能是互相分散，不统一的，甚至互相干扰的，如中国书法界一位名人的《泰山颂》，刻在泰山石头上的：

青松郁郁千年翠，碧岳苍苍万世尊。立地横空擎日月，支天转斗抚乾坤。

“青松郁郁”和“碧岳苍苍”是重复的，这在古典诗歌中属于正对，“合掌”，后面两句也一样，“立地横空”和“支天转斗”重复，“擎日月”和“抚乾坤”重复。整个作品都在歌颂，但是情感在原地徘徊。这样的徘徊，与情感的特性是相悖的。早在《诗大序》中，就说得明白不过了，“情动于中”，诗是情感之动的产物。语感的特点是“动”，故有感动、激动、触动、动心、动情之说。而意象群落中如果没有情感贯穿其中，则散漫、芜杂。这种毛病是比较低级的。这种毛病就是古典有成就的诗词人物也在所难免。以吴文英的《浣溪沙》为例：

门隔花深旧梦游，夕阳无语燕归愁。玉纤香动小帘钩。

落絮无声春堕泪，行云有影月含羞。东风临夜冷于秋。

每一句，或两句，都有诗意，各句组之间基本是并列的，“门隔花深”“夕阳无语”“玉纤香动”“落絮无声”“行云有影”“东风”“冷秋”。意象不重复而情感重复，缺乏起承转化的意脉贯穿其间，张炎在《词源》中说：“梦窗如七宝楼台，眩人眼目，折碎下来，不成片断。”用王国维的话来说，就是“隔”。

第二种可能是意象群落的构成有机整体，并不是意象的堆砌，而是有情志的“意脉”贯穿其间，意象群落乃形成统一体。许多学者审美解读的无效的原因还在，忽略了意象是显性的，一望而知的，而“意脉”是潜在的，不在字面上，而是在字里行间，古人说，意在象中，似不完善，更准确地说，意在意象群落的空白中。

意象群落能够统一，就是因为其中有一种意的脉络。在古典抒情经典中，意就是情，情的特点，就是动。故汉语有动情、感动、触动、心动之说，情不是静止的，而是变动的，故《诗大序》曰：“情动于中。”相反，则是无动于衷。正是因为情感要动，而且要在动中把意象贯穿起来，统一为有机的结构，我把它叫作“意脉”。古典诗歌分析，言不及义，滔滔者天下皆也，原因在于得象忘意，即使偶尔得意，也是片断之意，而非贯穿整体之意脉。

得象忘意的毛病，很普遍。原因是，象是表层，显性的，一望而知的，而意是深层，隐性的，在文学上是不直接连贯的，潜在于空白之中，对一般读者来说，是可意会不可言传的。在中国古典诗歌中，表层意象是一望而知，深层的意很容易被掩盖，被忽略，被遮蔽。而意脉则比之意象更为隐秘，故更不容易全面梳理。

意象与意象之间，从字面上看，有联系，但是，联系是表面的，有如水中之岛，存在于若隐若现的空白之中。就在这些空白中，象断意连，潜藏着情致的脉络，我把它叫作“意脉”，意脉是隐性的，是潜在的，往往是借景抒情，故从根本上说，乃是属于间接抒情范畴。与之相对的是直接抒情。像《诗经》中的“仲子可怀也，人之多言，亦可畏也”，《离骚》“长太息以掩涕兮，哀民生之多艰”，王昌龄的“黄沙百战穿金甲，不破楼兰终不还”，白居易的“在天愿作比翼鸟，在地愿为连理枝。天长地久有时尽，此恨绵绵无绝期”，还有唐诗中的歌行体，大体上多为直接抒情，与西方浪漫主义诗歌“强烈的感情的自然流露”同属直抒情。知道了什么不是意脉才可能真正理解什么叫作意脉。

意脉作为间接抒情，其表现形态是多样的，举其要者，且举三类。

第一类是最常见的，如古典诗话所说，最明显的是转折性。如古典诗话所说，开与合、正与反、顺与逆的统一，绝句最擅长于表现诗人情绪瞬间转换，如杜牧的《山行》：

远上寒山石径斜，白云生处有人家。停车坐爱枫林晚，霜叶红于二月花。

凭直觉判断，一望而知，最后一句“霜叶红于二月花”最精彩。因为这个比喻出奇制胜，属于朱自清先生所提出的“远取譬”。远取，相对于近取，这里是双重的远。第一，是叶子比花红，第二，是秋叶比春花艳，都不仅仅是时间上的远，而且是心理上的远，越远越新颖，双重的远取，构成双重的新异，触动读者的审美惊异。但是，光是分析到此，还只是意象之美。分析的难度在于，以局部为索引，透视整体。如果没有前面三句的铺垫，则此首诗还是构不成统一的意脉。开头两句，“远上寒山”，“白云生处”，意象都是大远景，情感随目光向远处延伸，向往白云生处高人隐逸之处。后面两句，恰恰相反。关键词在

“坐”，是因为的意思。不是像《中国诗词大会》上专家们所说的，是一个人坐在石头上。转折点就在第三句，本来是一边行，一边对远方白云生处高人隐居之所心向往之。然而车子突然停了下来，原因乃是停止了远方白云生处的凝神，转向近处，车边，身边的枫叶在秋霜打了以后，在夕阳的照映下，比春天的鲜花还要鲜艳。视线的转移，也就是意脉的变化，显示枫林之美超过了远方白云生处之美，心灵触发了一种震惊。震惊的原因又是枫叶色彩之鲜艳胜过春花。意象的前后对比，意脉的前后转换，完成于一瞬间。霜叶红于二月花，正是这个意脉的高潮，使得意境在前后对比中完成统一。

在唐诗绝句中，关键就是这种瞬间的情致转换的潜隐性。在情致转换上不够潜隐，就会影响意境的圆融。孤立的分析，有时难以深入，这时就用得上比较。有比较才能有鉴别，叶绍翁的《游园不值》因为有前承的诗作，提供了现成的可比性，有利于分析的深化。

应怜屐齿印苍苔，小扣柴扉久不开。满园春色关不住，一枝红杏出墙来。

还原一下。第一，苍苔说明没有什么人来，可以说是幽径；第二，诗人很细心，怜惜苍苔，就是怜惜这种宁静的环境的心情。“小扣柴扉久不开”，“小扣”，轻轻叩门，“久不开”，不仅仅是很有耐心，而且很文雅，非常有修养。表面意象下面隐藏着的情意，第一个层次是宁静的心情的持续性。接下去，“满园春色关不住，一枝红杏出墙来”，突然这种持续性被打破了，发现一枝红杏，这是一个惊喜。这是情意的第二个层次，这个层次的精彩在于，那久扣的门，开不开，全忘记了，这是一枝红杏的美的效果。第三个层次，惊喜还在于“满园春色”，激动诗人的不仅是一枝红杏的色彩，更在于想象中，满园比眼前这一枝要精彩得多。这个“一枝”，乃是对诗人想象的触动，引发了情致的转换。最后，精彩还在于“关”字。“一枝”是说少，“满园”是说多，“春色”是说丰富，“关”是说隐藏。但是，光凭这一枝，一刹那间，就让诗人的感知变化了：少变成了多，隐藏变成了丰富，那就是说，由一枝红杏这个意象的刺激。满园春色已经藏不住了，朋友在不在无所谓了。情致的转折，瞬间的意脉的转折，也完成了意境的圆融。

这么高级的艺术品，很可惜，却有盗版的嫌疑，盗了一个很有名的诗人陆游的诗：

平桥小陌雨初收，淡日穿云翠霭浮。杨柳不遮春色断，一枝红杏出墙头。

明显偷了陆游的“一枝红杏出墙头”，是盗版的比较好还是原版的比较好？盗版的比较好。当时因为没有版权的法律，某种程度上也有它的好处，可以修改别人的作品，越改越好。陆游的“平桥小陌”“淡日穿云”，好像挺漂亮，但是，好像又不是很漂亮。因为一，这样的意象群落在宋朝诗人那里是一般水准，作为一幅山水田园图画也缺乏特色，内含的情绪也同样缺乏个性。如果就这么写下去，难免显得平庸。但是接下去两句，就有点不同了。“杨柳不遮春色断，一枝红杏出墙头”，平桥小陌，淡日穿云，翠霭碧柳，美景本来是主体，一下子变成了背景，红杏一枝变成了主体，好处是，杨柳再茂密，再美，挡不住一枝红杏，红杏更美。精彩在于一枝红杏，而不是数枝，数枝跟一枝有什么区别？一枝是刚刚有这么一点点，有更大的冲击性，一枝红杏比之满眼杨柳更动人。但是有一个缺点，问题是它本来就有茂密的杨柳了，本身就是“春色”了，这在内在逻辑，也就是意脉上有些问题，本来春天你就感觉到了，只是红杏一出来墙，就觉得这个才是春色。杨柳再茂密也遮挡不住。这里当然有诗人的心情的变化，但是，只是某种量的比较。少量的红，比满眼的绿更动人。

叶绍翁的改作，比陆游的原作好在意脉有三个层次的反差：第一，开头没有杨柳，没有平桥小陌，没有浮云翠霭，没有春天的任何信息，只有地上的苍苔，发现红杏，是突然发现的春色信息；第二，这个信息，只是一个看得见的有限信号，冲击出想象中比之丰富得多的“满园”的“春色”；第三，更重要的是，敲门良久，门还不开，突然发现一枝红杏，惊喜之情转移了关注的焦点，情绪反差更强烈，朋友的在与不在，门的开与不开，被遗忘了；第四，“关”门的“关”有了双关的意义，增添了遮挡不住的意味。比之陆游的“遮不住”仅仅限于视觉内涵要丰富、精致得多。

许多专家、甚至大师，在赏析古典诗歌时，特别是个案解读中，最常见的弊端乃是得象忘意。因为意象处于表层，显性的，一望而知，意脉在深层，在文字上是不直接连贯的，潜在于空白之中，容易被掩盖，被忽略，被遮蔽。哪怕是很细心的读者，也往往是可意会不可言传的。对于真正到位的解读来说，就是将意象深层的隐秘的情志的变动的脉络，从直觉转化为逻辑的语言。试以白居易的《钱塘湖春行》为例：

孤山寺北贾亭西，水面初平云脚低。几处早莺争暖树，谁家新燕啄春泥。乱花渐欲迷人眼，浅草才能没马蹄。最爱湖东行不足，绿杨阴里白沙堤。

人们往往把注意仅仅聚焦在“几处早莺争暖树，谁家新燕啄春泥。乱花渐欲迷人眼，浅草才能没马蹄”的美好景观上。如此美好的春色，如此华彩的语言，感染力太强。尤其是“乱花渐欲迷人眼”，并不需要太高的修养，就能感到视觉形象的冲击力。但是，满足于此，就是满足于象，而失其意。其实，这里更精彩的应该是下面“浅草才能没马蹄”。用我提倡的还原法揭示矛盾：本来，春天来了，一般先是“江南草长”，然后才是“杂花生树”，通常是草先茂盛，然后才是花开，然而这里，却是花已经开得“迷人眼”了，而草才仅仅淹没马蹄。分析到这里，固然进入了比较深层了，还仅仅限于象。象的更深处的“意”，是骑在马上的人对浅草的瞬间的发现，微妙的惊喜。分析到这里，还只是整个诗中的一句，还不是整体，还没有分析出贯穿首尾的意脉，还不能解释最后两句“最爱湖东行不足，绿杨阴里白沙堤”的好处。论者的任务是在象的空白中，把贯穿首尾的意脉的动态、变动的脉络梳理出来。其关键就在对“浅草”的发现的惊喜到如此程度，以至于把它看得比乱花迷眼更精彩，导致可以骑在马上的人，宁愿不骑马，在白沙堤上行走，和浅草相亲。乱花迷眼的悦目就转化为与浅草相亲。草比花更可爱，贯穿首尾的意脉变动由感官变成动作，这么明显，但是这么多的专家居然看不出来。这是艺术直觉的欠缺，也是理论的缺席。

第三类，意脉的隐秘性更大，不像白居易这样诉诸动作。意脉的状况，稍微复杂一点的，如杜甫的《春夜喜雨》。都是常用语词，一个生字都没有，靠生字过日子的老师就没饭吃了。“好雨知时节，当春乃发生。”大白话，不像诗啊，雨真好啊，一到春天就来了。记住，这是表层结构。看下去才可能知道它的好处。“随风潜入夜，润物细无声。”题目不要忘掉，“春夜喜雨”，四个字都有用，春、夜、喜、雨都有用。一个字都没浪费掉。分析什么呢？雨的特点。一般第一个层次，表层的，雨是夜里的。特点，第一，是看不见的雨。看不见的雨怎么写？“随风潜入夜”，看不见怎么样感觉？“潜入”，偷偷地来了。那你怎么知道？虽然看不见，我能感觉得到。“润物细无声”，雨的第二个特点是什么呢？“无声”，没有声音啊。人们对雨的感知无非是眼睛和耳朵，眼睛看得见，耳朵听得到。夜里的细雨，既看不见，而且，又听不到。但是看不见的雨我也是感觉到它默默地来了；听不见的，我感觉到它渗入地下根须，无声之声。你看这个杜甫，他心灵多么精致啊。那么关心那个雨细细地、从容地下，这时回过头来看他的第一句，“好雨知时节”，大白话，这个雨真是好啊。才能体悟到，它情绪的分量。时间到了，春天来了，它就来了，为什么？农业社会，况且兵荒马乱，“戎马关山北”，烽火连天啊。春雨乃是国计民生所系。春雨不来就饿死人的呀，所以，杜甫写这个雨，表层是雨的特点，看不见听不见，深层是看不见听不见我的心感觉到了。一种默默的、无声无息的欣慰。雨来了，一个人独自欣慰。注意，一个人，默默地，看不见，闭着眼睛我也感到安慰。这雨真是美，春雨如油啊。读懂这两句，“随风潜入夜，润物细无声”，就全懂了。然后“野径云俱黑，江船火独明”，这个雨下得很浓很密，一眼看下去整个田野上都是黑的，黑到田野上都有云啊。这写的成都啊，平原啊。平原上才看得到云，云在地上。如果是山区，云在山上了。“白云生处有人家”，是吧？满眼漆黑，有什么美？有什么好看？因为，雨下得浓密，下个不停。本来在汉语里黑和暗是联系在一起的，写一片满眼乌黑的美，杜甫是很大胆的，因为越是黑，越是下得绵密。但是，杜甫有匠心，黑而不暗，就让它黑得再漂亮一点，“江船火独明”，有一点渔火，反衬着那个满眼皆黑的、浓密的雨，让它生动起来。一片漆黑，是大自然的恩赐，有一点渔火照耀，显得有生气，更令人安慰，这是景观的明亮，也是独自享受的心情的明亮。这就把春夜喜雨的“喜”的特点，点得相当有特点了。古典诗话上说，全文无一个喜字，喜却渗透在通篇之中。这是一种在黑暗中默默的欣慰，无声的独享。不是那种“千里莺啼绿映红，水村山郭酒旗风”的喜，也不是“满园春色关不住，一枝红杏出墙来”的喜，而是无声无色的喜。光是分析到这里，好像是意脉没有变化了，没有曲折了。但是，接下来，“晓看红湿处，花重锦官城”。杜甫是懂得一点绘画的，写了许多关于绘画的诗，他懂得暗色和亮色的对比。你不是看不见听不见吗？早上起来看，没有雨了，黑暗一扫而空，满眼是鲜艳的色彩，这是视觉的转折。光说是花的色彩非常鲜艳，是不到位的。花的特点是湿漉漉的。用油画的语言来说，不仅是鲜艳，而且有水淋淋的质感。其次，“花重锦官城”，不但有质感，而且给它一种量感。杜甫写花的量感，也是拿手的：“黄四娘家花满蹊，千朵万朵压枝低。”这样的花的质和量只有杜甫才能写得出。它和昨夜的雨有什么关系呢？恰恰是那看不见听不见的雨下的效果。昨天晚上什么也看不见、听不见，今天突然一个对比。眼前一亮，心情为之一振。这是景观的对比，感知的对比，更是心情的内在的转换。“喜”尽在这样的双重转换之中。但是光是花写得好，还不算好，好在它在意脉中的转折，不着痕迹。这样的意脉变化得很婉转，就有意境的意味了。

有时，意境的形成，就在意脉多方位的“宛转变化”（杨载《诗法家数》）之中，例如，王维的《鸟鸣涧》，处于眼耳鼻舌身五官的转换之间。

人闲桂花落，夜静春山空。月出惊山鸟，时鸣春涧中。

表层高度统一于“夜静”，没有什么明显意脉的发展和变化。但是，这种变化存在于视觉与听觉的感知精微的统一和变化之中。首先是桂花之落是无声的，而能为人所感知，可见其“闲”，这是意脉的起点。其次，月出本为光影之变幻，是无声的，却能惊醒山鸟使之鸣，可见夜之“静”。鸟之鸣是有声的，这是意之变（意脉）。再次，本来明确点出“春山”是“空”的，有鸟，有鸣声则不空。而一鸟之鸣，却能闻于大山之中。一如“鸟鸣山更幽”的反衬效果。最后，如此一变，再变，从客体观之，统一于山之“静”，山之“幽”，从主体观之，是统一于人心境之“闲”，心之“空”，以微妙的感知表现了意和境的高度统一而丰富。上述“桂花”“春山”“月出”“山鸟”“时鸣”“春涧”本来是分散的，之所以能够统一为有机的整体，意脉不再是单一线性的，而是多方位的。

这样的意脉的形态，超越了单一的线性，多方位的辐射，发散，就从量变发展到质变，也就从意脉上升为意境范畴，意境的特点就是潜在情志的散发性，或者是聚合性，整体圆融，脉脉相应，息息相通，有机统一，不可句摘。

意境美的特点就是：第一，整体的美；第二，意象群落的空白中意脉潜在之美，意在境中，“不着一字，尽得风流”，如司空图所说：“戴容州云：诗家之景，如蓝田日暖，良玉生烟，可望而不可置于眉睫之前也。象外之象，景外之景，岂容易可谈哉。”[①]“象外之象”“景外之景”就是潜在的隐性的言外之意，意境的精彩往往在语言不可穷尽的空白中。

意脉是线性的，意境是多方位的，二者都是借助意象群落以抒情，抒情同为间接的。但是意脉积累到饱和点之时，就可能有直接抒情。如王维的《送元二使安西》：

渭城朝雨浥轻尘，客舍青青柳色新。劝君更尽一杯酒，西出阳关无故人。

和王昌龄的《从军行七首》(其四)：

青海长云暗雪山，孤城遥望玉门关。黄沙百战穿金甲，不破楼兰终不还。

最后两句，都是直接抒情，但是前面两句的意象为其提供了基础。意脉就从间接转化为直接抒情。

而意境却没有这样的自由。意境这个范畴在中国古典文论、诗论中是非常重要的，但是，也非常难以说清的。

其原因主要在于，许多大专家，满足于引经据典，滔滔不绝地从概念上说明什么叫意境，但是，不要说读者，就是专家也往往是茫茫然。我想，这些有学问的专家，在两点上不够清醒。首先是要说明什么意境，同时要说明什么不意境；其次是，不能满足于在从唐朝的释皎然到王国维的观念里兜圈子，就算梳理清晰了，也不可能圆满。要知道，概念抽象的内涵的是有限的，而文本是感性的具体的，内涵是无限丰富的。古人的意境，从哪里来的？是从文本中直接概括出来的，而古人的概括并不完全，内涵也不确定，要想从不完全的概括演绎出完全的观念来，是绝对不可能的，最清醒的办法，在古人片面的、朦胧的概括的基础上，重新以文本的具体分析来检验，将遗漏的空白补充出来，将其混淆的部分加以澄清。

试举王昌龄两首《出塞》来说明，什么是有意境，什么是没有意境。《出塞》第一首(秦时明月汉时关)，备受称道，列入唐人七绝压卷之一。

秦时明月汉时关，万里长征人未还。但使龙城飞将在，不教胡马度阴山。

这首诗不能算是有意境，因为意境的特点，所谓“含不飞之意见于言外”，“象外之象”，把情感隐藏起来才能余味无穷。最后两句已经把感情直接抒发出来了，就不是以意境动人了。

其第二首在意境上不但大大高出这一首，就是拿到历代诗评家推崇的“压卷”之作中

---

① 这个比喻很有名，后来反复为诗家所引。语出司空图《与极浦书》。

去，也有过之而无不及，令人不解的是，千年来，诗话家却从未论及。这不能不给人以咄咄怪事的感觉。因而，特别有必要提出来探究一下。原诗是这样的：

骝马新跨白玉鞍，战罢沙场月色寒。城头铁鼓声犹振，匣里金刀血未干。

此首诗以四句之短而能正面着笔写战事，红马、玉鞍，沙场、月寒，金刀、鲜血，城头、鼓声，不过是八个意象，写浴血英雄豪情，却以无声微妙之意脉，构成统一的意境，工力在于：

第一，情绪上多方位辐射，虽然正面写战争，但把焦点放在血战之将结束尚未完全结束之际。先写战前的准备：不直接写心情，写备马的意象。骝马，黑鬃黑尾的红马，配上的鞍，质地是玉的。战争是血腥的，但是，毫无血腥的预期，却一味醉心于战马之美，潜在的意味是表现壮心之雄。接下去如果写战争过程，剩下的三行是不够用的。诗人巧妙地跳过正面搏击过程，把焦点放在火热的搏斗以后，写战后的回味。为什么呢？

第二，与血腥的战事拉开距离，把情致放在回味中，一如王翰放在醉卧沙场预想之中，都是为了拉开时间距离，拉开空间的距离，拉开人身距离（如放在妻子的梦中），都有利于超越实用价值（如死亡、伤痛），进入审美的想象，让情感获得自由，这是唐代诗人惯用的法门。但是，王昌龄的精致在于，虽然把血腥的搏斗放在回忆之中，但不拉开太大的距离，把血腥放在战事基本结束，而又未完全结束之际。意脉聚焦在战罢而突然发现未罢的一念之中，立意的关键是猝然回味。在一刹那间凝聚多重体验。

第三，方位，从视觉来说，月色照耀沙场。不但提示从白天到夜晚战事持续之长，而且暗示战情之酣，酣到忘记了时间，战罢方才猛醒。而这种醒悟，又不仅因月之光，而且因月之“寒”。因触觉之寒而注意到视觉之光。触觉感突然变为时间感。近身搏斗的酣热，转化为空旷寒冷。这就是元人杨载所谓的“反接”，这意味着，精神高度集中，忘记了生死，忽略了战场血腥的感知，甚至是自我的感知，这种“忘我”的境界，就是诗人用“寒”字暗示出来的。这个寒字的好处还在于，这是意脉突然的变化，战斗方殷，生死存亡，无暇顾及，战事结束方才发现，既是一种刹那的自我召回，是瞬间的享受，也是意脉的转折。

第四，在情绪的节奏上，与凶险的紧张相对照，这是轻松的缓和。隐含着胜利者的欣慰和自得。全诗的诗眼，就是“战罢”两个字。从情绪上讲，战罢沙场的缓和，不同于通常的缓和，是一种尚未完全缓和的缓和。以听觉提示，战鼓之声未绝。说明总体是“战罢”了，但是局部，战鼓还有激响。这种战事尾声之感，并不限于远方的城头，而且还能贴近到身边来：“匣里金刀血未干。”意脉进入回忆的唤醒，血腥就在瞬息之前。谁的血？当然是敌人的。对于胜利者，这是一种享受。内心的享受是无声的，默默体悟的。当然城头的鼓是有声的，正是激发享受的原因，有声与无声，喜悦是双重的，但是，都是独自的，甚至是秘密的。金刀在匣里，刚刚放进去，只有自己知道。喜悦只有自己知道才精彩，如果大叫大喊地欢呼、感叹，那么不管是"黄沙百战穿金甲，不破楼兰终不还"，还是"但使龙城飞将在，不教胡马度阴山"的豪壮，就不属于意境的范畴了。

第五，诗人所用的意象，可谓精雕细刻。骝马饰以白玉，红黑色马，配以白色，显其豪华壮美。但是，一般战马，大都是铁马，所谓铁马金戈。这里，可是玉马。太豪华，太贵重了。立意之奇，还在于接下来是"铁鼓"。这个字练得惊人。通常，诗化的战场上，大都是"金鼓"。金鼓齐鸣，以金玉之质，表精神高贵。而铁鼓与玉鞍相配，则另有一番意味。超越了金鼓，意气风发中，带一点粗犷，甚至野性，与战事的凶险相关。更出奇的，是金刀。金，贵金属，代表荣华富贵，却让它带上鲜血。这些超常的意象组合，并不是俄国形式主义者所说的单个词语的陌生化效果，而是潜在于一系列的词语之间的错位。这种层层叠加的错位，构成豪迈意气，刹那间表现出盛唐气象的英雄心态。

这里有多方位的转折点：就外部世界来说，从不觉月寒而突感月寒，从以为战罢而感到尚未罢；就内部感受来说，从忘我到唤醒自我，从胜利的自豪到血腥的体悟。这些情感活动，都是隐秘的、微妙的、刹那间多重心灵震颤，正是绝句的特殊优长。表现刹那间的心灵丰富的震颤，恰恰是绝句不同于古风的地方。

意象群落辐射而聚合，高度完整有机统一，达到不着一字，尽得风流。可谓达到间接抒情的完美境界。

中国古典诗歌意境的微妙，是多样的。意脉多重辐射聚合只是其一，有时虽然似有单纯意脉的运动，但是，并不引出直接抒情，而是引出一幅静止的画面。如王昌龄的：

琵琶起舞换新声，总是关山旧别情。撩乱边愁听不尽，高高秋月照长城。

意象群落的感性方面，是有变化的，从琵琶乐曲的听觉意象，转换到月亮的视觉意象。但是，精彩不仅仅在视觉转换，而在转换是从听觉动态（心烦意乱），变成了一幅静态的图画：高高秋月提示有一双目光在持续注视，凝神。反复翻新关山离别的音乐，听得心烦，突然变成了对月亮看得发呆，提示其思乡情愫的深沉体悟，从心灵从动态到静态的转换，有一种持续感，是一种不结束的结束，正是意境所在。

这就是古典诗歌意境的第二种形态。如以情绪的潜在的持续性见长，李白的《送孟浩然之广陵》也是这样：

故人西辞黄鹤楼，烟花三月下扬州。孤帆远影碧空尽，唯见长江天际流。

目追随友人之船，渐渐远去，离别之情没有转换，恰恰相反。第一是，"孤帆"，这是目送的选择性，盛唐之时，长江上可能千帆竞发，并不只有友人之帆，但是，诗人只看见友人的，其他的似乎都不存在。第二是，“远影”，写目送的持续性。从近的选择，到远的追随，表现目光的凝聚。第三是，“碧空尽”，友人之帆，本在水上，却说碧空尽，说明已经消失在天水交接之水平线，不可复睹，但是目光仍然凝聚。第四是，“天际流”，明明友人之帆已经消失了，目光仍然不变在看着向远方流去的江水。这说明，诗人看呆了。这有点像现今电影，空镜头不空，主观性更强。以镜头之空，表现目光之呆，在这方面，唐诗似乎是拿手好戏。岑参的“山回路转不见君，雪上空留马行处”，也是这样的空镜头构成意境。

意境最微妙的形态，是更为婉约的、潜隐的、和谐的、蕴藉的，如王维的《辛夷坞》：

木末芙蓉花，山中发红萼。涧户寂无人，纷纷开且落。

这里当然可以感到意境，感到意象之下的主观意味的微妙，更为空灵。诗中点明“无人”，意脉应该是人的。没有线性的意脉，但意象群落是高度统一的，红萼是鲜艳的，开在山中，本该有欣赏的目光赋予它情志价值的，却没有。然而，红萼并不受“无人”的影响，兀自花开花落，生命自然运行。与人的喜怒哀乐的情致毫无关系，这里的精粹在于表面上的“无人”的感知，如果把这归结为王国维的“无我之境”是不妥的。因为，实际上，这种景观之外有一种目光，坦然的、淡定的目光，看着生命的生长和消逝的过程，心境微波不起。

这是一种意境，这种意境并不以意脉线性的变动为特点，而是相反，以情感的不变为特点。但是，这种情感的不变，有更深的意味，那就是某种带着禅意的哲学。万物皆自然，人的情志只能遵循大自然的时序，才是自然的、自由的，这本身超越了世俗的观念，进入了人生更高的哲理境界。王维《辋川集》的《白石滩》与这一首有异曲同工之妙。

清浅白石滩，绿蒲向堪把。家住水东西，浣纱明月下。

清浅白石滩，说明水是清净的，透明的，因为看得见白石。与白石相对是绿蒲，刚刚生长，并不强调其茂盛。色彩净而不丽，人物动而平静。晚上出来浣纱，这一笔，似乎不是写水和月。但是，如果不是这样透明的水、透明的月光，而是黑暗的，女孩晚上就不可能出来浣纱。有了水的透明，再加上月光，境界就更统一于透明了。在这平凡的透明的世界中，浣纱女和诗人一样有着平静的心情，在这一点上，外景与内心是高度统一，构成宁而净的意境。意象群落的精神属于禅宗的理念。

从理论上说，王国维总结中国古典诗话的“一切景语皆情语”是不够周密的。在这类诗作中，诗人是无动于衷的，但是，仍然属于极品、神品，因为这不是情景交融，而是情理交融的。说到禅宗，也就是严羽《沧浪诗话》所说的“羚羊挂角，无迹可求。故其妙处透彻玲珑，不可凑泊，如空中之音，相中之色，水中之月，镜中之象，言有尽而意无穷”。最能说明问题的是柳宗元的《江雪》：

千山鸟飞绝，万径人踪灭。孤舟蓑笠翁，独钓寒江雪。

袁行霈教授的解释是：“这渔翁对周围的变化毫不在意，鸟飞绝，人踪灭，大雪铺天盖地，这一切对他没有丝毫影响。”这是有道理的，渔翁丝毫不在乎外部环境的寒冷，但是，这样的意味，一望而知，完全在表层。深层是什么呢？袁行霈说在这样孤寂寒冷的环境中，渔翁“依然在钓他的鱼”。袁先生此说大谬。柳宗元此诗的诗眼在“钓雪”上。如果是在“钓鱼”，就不但没有深层意味，而且连表层诗意味都没有了。在这冰天雪地之中，不但不可能钓到鱼，而且可能冻死。这样理解，是散文的思维，柳宗元在《小石潭记》中，写自己面对小石潭那么美好的景观，其感受是“寂寥无人，凄神寒骨，悄怆幽邃”，“其境过清，不可久居”，就离去了。相对于诗歌来说，散文是形而下的，是现实的，因而是害怕孤独（寂寥无人）的，害怕寒冷（凄神寒骨）的。而诗歌是形而上的，《江雪》前两句是对生命绝灭和寒冷外界严寒的超越，后两句是对内心欲望的消解。这个抒情主人公不管多冷也不怕。“钓雪”提供的深层意韵乃是不但没有外部寒冷的压力，而且没有内在欲望的压力，完全没有功利目的，不食人间烟火，生命与天地在空寂中合一。表现的是形而上学的理想，以无目的为最高的目的，以物我两忘为最高境界。这种意境是禅宗哲理的境界。柳宗元这样的无动于衷，接近了禅宗的哲理。这是情理交融的杰作，后世有诗话家称之为唐人五绝之首，可谓实至名归。

总结起来说，中国诗歌的意境，大致有三种。第一种，以线性意脉的转换在程度上递减取胜，情感动态由动态趋于静态，由强烈趋于微妙。意脉不是处于动态，而是处于持续性凝神状态。第二种，完全是一幅画面，坦然宣称“无人”，花开花落，不待人而自然存在。在画外虚含着一个宁静的人的眼睛。第三种，以意味多方位的渗透、扩散、辐射、圆融为特点。情感处不但是静态，而且是虚态，意象群落则自在，自为。情感的虚化，透露出某种理念。之所以动人，原因在于感知越过情感直达理念，景理交融，表现人与自然的和谐，心物融合，意与境达到高度和谐。完全排除直接抒情，而是把间接抒情的功能发挥到极致，并不因其情感不强烈，而降低其品位，从某种意义上说，最符合不着一字，尽得风流的理念。这里往往有中国古典诗歌中的神品，理在无情有景之中。这种境界是最中国的。

五、“推敲”典故：局部意境和整体意境

如果不是这样，光是意象有某种优长，意脉不能贯穿首尾，则很难构成和谐的意境。著名的“推敲”的典故所涉及的那首诗《题李凝幽居》，虽然在意象上有成功，但在意境上则是破碎的。此事最早见于刘禹锡的《刘宾客嘉话录》：

> 岛初赴举京师，一日于驴上得句云：“鸟宿池边树，僧敲月下门。”始欲着“推”字，又欲着“敲”字，练之未定，遂于驴上吟哦，时时引手作推敲之势。时韩愈吏部权京兆，岛不觉冲至第三节，左右拥之尹前，岛具对所得诗句云云。韩立马良久，谓岛曰：“作‘敲’字佳矣！”遂与并辔而归，留连论诗，与为布衣之交。自此名著。①

一千多年来，推敲的典故，脍炙人口。韩愈当时，是京兆尹，也就是首都的行政长官，他又是大诗人，大散文家，他的说法，很权威，日后几乎成了定论。但是为什么“敲”字就一定比“推”字好呢？至今却没有人，从理论上加以说明。但是，朱光潜在《谈文学》中的《咬文嚼字》一文中提出异议，认为从宁静的意境的和谐统一上看，倒应该是“推”字比较好一点。他认为这不仅是咬文嚼字，要害是意境上的问题。他认为：“‘推’似乎比‘敲’要调和些。‘推’可以无声，‘敲’就不免剥啄有声。惊起了宿鸟，打破了岑寂，也似乎平添了搅扰。所以我很怀疑韩愈的修改是否真如古今所称赏的那么妥当。”②

其实以感觉要素的结构功能来解释，应该是“敲”字比较好。因为“鸟宿池边树，僧推月下门”，二者都属于视觉，而改成“僧敲月下门”，后者就成为视觉和听觉要素的结构。一般地说，在感觉的构成中，如果其他条件相同，异类的要素结构产生更大的功能。从实际鉴赏过程中来看，如果是“推”字，可能是本寺和尚归来，与鸟宿树上的暗示大体契合。如果是“敲”，则肯定是外来的行脚僧，于意境上也是契合的。“敲”字好处胜过“推”字在于它强调了一种听觉信息，由视觉信息和听觉信息形成的结构的功能更大。两句诗所营造的氛围，是无声的静寂的。如果是“推”，则宁静到极点，可能有点单调。“敲”字的好处在于在这个静寂的境界里敲出了一点声音，用精致的听觉（轻轻地敲，而不是擂）打破了一点静寂，反衬出这个境界更静。③

---

① 自《刘宾客佳话》以后，五代何光远《鉴诫录》等书转辗抄录，据陈一琴选辑《聚讼诗话词话》，此则又见宋阮阅《诗话总龟》前集卷十一引录《唐宋遗史》、黄朝英《缃素杂记》、计有功《唐诗纪事》卷四十、黄彻《石溪诗话》卷四、元辛文房《唐才子传》卷五，文字有增减，本事则同。

② 朱光潜《谈文学》，漓江出版社 2011 年，第 65 页。

③ 参见孙绍振《文学创作论》，海峡文艺出版社 2004 年，第 270 页。

“推敲”故事中的视觉和听觉渗透构成交融不同，这里是视觉与听觉的交替，形成了一种效果，同样是有机的、水乳交融的、不可分割的两种感觉的结构，或者叫作视觉和听觉“境”。“敲”字好的理论，是整体的有机性。但是，这里的“整体”却仅仅是一首诗中的两句，把它当作一个独立的单位，从整体中分离出来，是可以的。但是，这只是一个亚整体。从整首诗来说，这两句只是一个局部，它的结构，它的意脉，是不是能够全篇贯通呢？如果不是，则只是局部的句子精彩而已，还不能构成意境。贾岛的原诗是这样的：

闲居少邻并，草径入荒村。鸟宿池边树，僧敲月下门。过桥分野色，移石动云根。暂去还来此，幽期不负言。

幽居，作为动词，就是隐居，作为名词，就是隐居之所。第一联，从视觉上，写幽居的特点，没有邻居，似乎不算精彩。但是，在第一联中，有两点值得注意。第一个是“闲”。一般写幽（居），从视觉着眼，写其远（幽远）；从听觉上来说，是静（幽静）。这些都是五官可感的，比较容易构成意象。但是，这里的第一句却用了一个五官不可感的字“闲”（幽闲，悠闲）。这个“闲”字和“幽”字的关系，不可放过。因为它和后面的意境、感觉的场有关系。

第二句，就把“幽”和“闲”的特点，感觉化了：“草径入荒村。”大致提供了一种荒草于路的意象。这既是“幽”，又是“闲”的结果。因为“幽”，故少人迹，因为“闲”，故幽居者并不在意邻并之少，草径之荒。如果，把这个“幽”中之“闲”作为全诗意境的核心，则对于“推”“敲”二字的优劣可以进入更深层次的分析。“僧敲月下门”，可能是外来的和尚，敲门的确衬托出了幽静，但是，不见得“闲”。若是本寺的和尚，当然可能是“推”。还有个不可忽略的字眼：“月下。”回来晚了，也不着急，没有猛擂，说明是很“闲”的心情。僧“敲”月下门，就可能没有这么“闲”了。僧“推”月下门，则比较符合诗人要形容的幽居的“幽”的境界和心情。以“闲”的意脉而论，把前后两联统一起来看，而不是单单从两句来看，韩愈的“敲字佳矣”，似乎不一定是定论，还有讨论的余地。

关键是，下面的还有四句。“过桥分野色，移石动云根。”从全诗统一的意境来看，“分野”写辽阔，在天空覆盖之下，像天空一样辽阔。“云根”写辽远。云和石成为根和枝叶的关系，肯定不是近景，而是远景。二者是比较和谐的。但是，与“推敲”句中的“月下门”与“鸟宿”的暗含的夜深光暗，有相矛盾之处。既然是月下，何来辽远之视野？就是时间和空间转换了，也和前面的宁静、幽静的意境不能交融。用古典诗话的话语来说，则是与上一联缺乏“照应”。再加上，“移石”与“动云根”之间的关系显得生硬。表现出苦吟派诗人专注于炼字：“二句三年得，一吟双泪流。”（《题诗后》）另一个诗人卢延让形容自己：

“吟安一个字，撚断数茎须。”（《苦吟》）其失在于，专注于炼字工夫，却不善于营造整体意境。故此两句，“幽”则“幽”矣，“活”，则未必。

最后两句“暂去还来此，幽期不负言”则是直接抒情，极言幽居之吸引力。自家只是暂时离去，改日当重来。诗的题目是《题李凝幽居》，把自己的意图说得这么清楚，一览无余，不管是不是场面上的客套话，把话说得这样直白，乃意境之大忌，甚至可以说是意境的破坏。

韩愈的说法只是限于在两句之间，一旦拿到整首诗歌的中去，可靠性就很有限。朱光潜先生在上述同篇文章注意到“问题不在‘推’字和‘敲’字哪一个比较恰当，而在哪一种境界是他当时所要说的而且与全诗调和的”。但是，朱光潜先生在具体分析中，恰恰忽略了全诗各句之间是否“调和”，似乎都忽略了这首诗歌本身的缺点就是没有能够构成统一的、贯穿全篇的意境，这只能算是局部意境，全诗整体并未呈现整体的圆融。

六、间接抒情的“情景交融”和直接抒情的“无理而妙”

意境之美，这并不是中国古典诗歌的全部精华所在。王昌龄《出塞》(其一)，之所以引起争议，就是因为，它的后面两句，把豪情直截了当地抒发出来了。王昌龄的绝句，被赞为唐人第一，其实是需要分析的。他有时，直抒豪情的诗句，其实不是绝句之所长。如《从军行》：

青海长云暗雪山，孤城遥望玉门关。黄沙百战穿金甲，不破楼兰终不还！

这样的英雄语，固然充满了盛唐气象，但是，以绝句这样短小的形式，作这样直接抒情，是不能不显得单薄的。至少是不够含蓄，一览无余，缺乏铺垫。最主要的是，缺乏绝句擅长的微妙的情绪瞬间转换。李白的“人生在世不称意，明朝散发弄扁舟”（《宣州谢朓楼饯别校书叔云》）前前后后，有多少铺垫，有多少跳跃，有多少矛盾，有多少曲折。这种直接抒情，以大起大落为宏大气魄，不是绝句这样精致的形式所能容纳的，意境艺术，最忌直接抒发，一旦直接抒发出来，把话说明了，意境就消解了，或者转化为另一种境界了。

这是我国古典诗歌的另一种艺术境界，至今我国的诗学还没有给它一个命名，使之成为一种范畴。它不以意境的含蓄隽永，不着一字，尽得风流为特点，它所抒发的不是意境式的温情，而是激情，近似于像鲍照所说的“泻水置平地，各自东西南北流”，和华兹华斯的“强烈的感情的自然流露”亦有息息相通之处。其想象如天马行空，不可羁勒。关键在于其直接抒发的情感与理性拉开了距离，17 世纪的诗话家把它总结为“无理而妙”。

然而，中国诗并不仅仅以意境见长，有时直接抒发之杰作也比比皆是。

但是，直接抒发，容易流于直白，例如，贾岛的《题李凝幽居》最后两句“暂去还来此，幽期不负言”就太直白了，完全是散文。有些稍高明一些，流于“议论”，就引发诗话家的争议。如王昌龄“但使龙城飞将在，不教胡马度阴山”之所以为一些评论所保留，就是因为其多少有点抽象。但是，并不是所有类似的直白都命中注定流于抽象的。如李白的“弃我去者，昨日之日不可留；乱我心者，今日之日多烦忧”、苏轼的“竹杖芒鞋轻胜马，谁怕？一蓑烟雨任平生”等皆是千年来脍炙人口的。我国古典诗话在世界诗坛上最早把这个问题提到理论上来而且得出结论：“无理而妙。”这个理论从酝酿到形成，历程长达数百年。最初提出的并不是“无理”而是“痴”。

宋人《陈辅之诗话》说王安石特别欣赏王建《宫词》中的“树头树底觅残红，一片西飞一片东。自是桃花贪结子，错教人恨五更风”，“谓其意味深婉而悠长”，这种说法，还限于感性。并没有上升到理念。明人邓云霄在《冷邸小言》中提出“痴”的范畴，提高到理论上：“诗语有入痴境，方令人颐解而心醉。如：‘微雨夜来过，不知春草生。’”

诗要达到“痴”的程度，才能让读者“心醉”：雨润而草生，对于雨而言，不存在知与不知的问题。把自然因果转化为人的心理。邓云霄以为这就是“痴”。

明代钟惺、谭元春《唐诗归》卷十三谭评唐万楚《题情人药栏》这首诗说：“思深而奇，情苦而媚。此诗骂草，后诗托花，可谓有情痴矣，不痴不可为情。”把这种现象联系到“情”，归结为“情苦”“情痴”，而且说“不痴不可为情”。情的执着到痴的程度就是诗了。

“痴”和“情”联系起来引起了很大的反响。

清人黄生《诗麈》卷一说：“极世间痴绝之事，不妨形之于言，此之谓诗思。”刘宏煦在《唐诗真趣编》说得更坚决：“写来绝痴、绝真。”

从明到清数百年的积淀，“痴”被强调到极端才能“妙绝”。

清人徐增《而庵说唐诗》卷十四把痴境当作诗歌的最高境界：“妙绝，亦复痴绝。诗至此，直是游戏三昧矣。”[①]吴修坞《唐诗续评》卷三则把痴作为诗的入门：“语不痴不足以为诗。”贺裳《载酒园诗话》卷一评王谔《闺怨》“昨来频梦见，夫婿莫应知”为“情痴语也。情不痴不深”，也就是说，只有达到痴的程度，感情才会深刻，甚至是“痴而入妙”。这个“痴而入妙”应该是中国诗歌鉴赏史上的重大发明，在当时影响颇大，连袁枚都反复阐释这

① 这个情痴的观念，影响还超出了诗歌，甚至到达小说创作领域，至少可能启发了曹雪芹，使他在《红楼梦》中把贾宝玉的情感逻辑定性为“情痴”（“情种”）。

种极端："诗情愈痴愈妙。"①

这个"痴"的范畴，虽然相当独创，还得到广泛认同，但是，其理论价值却不是太高。为什么呢？总是脱不了感性，孤立地讲痴，只能在程度上强化，极化。光在痴的量度上兜圈子，使得这个"痴"的范畴在理论上没有得到质的飞跃。

明代钟惺、谭元春在《唐诗归》中联系到李益《江南词》："嫁得瞿塘贾，朝朝误妾期。早知潮有信，嫁与弄潮儿。"以为其好处是"荒唐之想，写怨情却真切"，"翻得奇，又是至理"。

这个"至理"的话语的出现，在方法上突破了孤立地讲"痴"，而从"情"与"理"的关系上着眼：于情"真切"，乃为"至理"，但是，又是"荒唐"之想。

但是，由于从情与理的矛盾着眼，理论发展的空间拓广了，更多的诗话家群起响应和发挥并有了更大的突破。清人贺裳在《载酒园诗话》卷一中表达了看法。

> 诗又有以无理而妙者，如李益"早知潮有信，嫁与弄湖儿"，此可以理求乎？然自是妙语。至如义山"八骏日行三万里，穆王何事不重来"，则又无理之理，更进一尘。总之诗不可执一而论。

贺裳从"无理之理"中推出了一个新的思路："诗不可执一而论。"所谓"理"，并不是只有一种，如果以为道理只有一种，那是"荒唐"的，是"无理"的，但是，不执着于这单一之理来看诗，又是有理的，不但有理，而且是"妙理"，很生动的。这就是说，诗有诗的道理。概括出了"无理而妙"的命题。只有超越通常的"理"（"此可以理求乎？"），才是"妙语"。结论是"无理之理"。这是很大的理论突破。

他的朋友吴乔《围炉诗话》卷一中进一步发挥说：

> 余友贺黄公（按：贺裳）曰："严沧浪谓'诗有别趣，非关理也'，而理实未尝碍诗之妙。……理岂可废乎？其无理而妙者，如'早知潮有信，嫁与弄潮儿'，但是于理多一曲折耳。"乔谓唐诗有理，而非宋人诗话所谓理。②

① 与西方诗论相比，其睿智有过之而无不及。"痴"这个中国式的话语的构成，经历了上百年，显示了中国诗论家的天才，完全不亚于莎士比亚把诗人、情人和疯子相提并论。莎氏的意思不过就是说诗人时有疯语，疯语当然超越了理性，但近于狂，狂之极端可能失之于暴，而我国的"痴语"超越理性，不近于狂暴，更近于迷（痴迷），痴迷者，在逻辑上执于一端也，专注而且持久，近于迷醉。痴迷，迷醉，相比于狂暴，更有人性可爱处。怪不得清人谭献在《谭评词辨》从"痴语"中看到了"温厚"。莎士比亚的话语天下流传，而我国的痴语却鲜为人知。这不但是弱势文化的悲哀，而且是我们对民族文化的不自信的后果。

② 吴乔《围炉诗话》，郭绍虞编选《清诗话续编》（上），上海古籍出版社1999年，第477—478页。贺裳《皱水轩词筌》云："唐李益词曰：'嫁得瞿塘贾，朝朝误妾期。早知潮有信，嫁与弄潮儿。'子野《一丛花》末句云：'沉恨细思，不如桃李，犹解嫁东风。'此皆无理而妙。"

所谓计不可执一而论，就是诗有诗的道理，这个“理”是唐诗中的“理”，不是宋诗中的物理、事理之“理”，李益的原诗，“嫁与瞿塘贾，朝朝误妾期。早知潮有信，嫁与弄潮儿”，其中的“理”，和一般的“理”不是线性相通的，而是于理多一曲折。怎么曲折呢？吴乔没有回答。徐增在《而庵说唐诗》卷九中，尝试做出回答：

此诗只作得一个“信”字。……要知此不是悔嫁瞿塘贾，也不是悔不嫁弄潮儿，是恨“朝朝误妾期”耳。

关键是这里的“理”是唐诗的“理”，和一般所谓“理”，不是一回事。一般的理，是抽象的，而这里的“理”是爱情。

通常的理，简而言之，是一种逻辑上的因果关系，因为商人归期无定，悔不该嫁之。而船夫归期有信，还不如嫁给船夫。但是，这仅仅是表面的原因。在这原因背后，还有原因的原因。为什么发出这样极端的幽愤呢？因为期盼之切，期盼之切的原因乃是爱之深，乃有一时激愤，扬言改嫁，真正要改嫁，哪里是一句话这么简单的，其实并不准备付诸实行。这就造成了所谓“于理多一曲折”，所谓曲折，就是因果层次的转折，从理性而言，则是无理，不合因果逻辑，然而对于情感而言，有另外一种逻辑，情感的、非理性的逻辑。要理解这种逻辑，就要拐一个弯，多一个曲折。换一种角度。

这个理论的深刻，在于：第一，提出了实践理性相反的无理，然而又是诗的妙理；第二，这种诗的理的妙处，在于和诗在另一条逻辑系统里，也就是情感领域中，也是有它的逻辑性的；第三，最主要的是，它的方法，不再是单纯地孤立地研究“情痴”，而是把情感和理放在对立面加以分析。

但是，虽然把情与理放在矛盾中比较，却并没有进一步和意象、意境结合起来，作为对立面在更大的逻辑系统中进行分析。更遗憾的是，对这样重大的规律性的发现，进行验证时，满足于一两个并不经典的例句。从严格的论证意义上来说，不免孤证之嫌。眼界的狭隘使他们对于最大量、最经典的无理而妙杰作视而不见。主要是古风歌行，例如李白的：《花间独酌》（之二）：

天若不爱酒，酒星不在天。地若不爱酒，地应无酒泉。天地既爱酒，爱酒不愧天。

这里的因果关系完全是不合理的，天上有酒星，不能说明老天爱酒，地上有酒泉，也不能说明大地爱酒，天地都爱酒不能是真实的前提，因而不能成为李白爱酒的充足理由。但是，这样不合理性逻辑的因果推论，却成为李白情感逻辑的充足理由。李白《宣州谢朓楼饯别校书叔云》更是这样：

弃我去者，昨日之日不可留；乱我心者，今日之日多烦忧。

这在逻辑上是不能成立的。本来，时间，是自然流逝的，不可能弃，也不可能留的，这是常识理性，但是，李白的情感却为不能留住而烦忧也就是心理上、情感上的“乱”。李白的“乱”，也就是“无理”。

为什么对这么多无理而妙视而不见呢?

因为诗话家们，习惯于在近体的律诗和绝句中徘徊，忽略了古诗。但是，就是在律诗和绝句中，也往往受所谓情景交融的理念的封闭性制约，只看到意象群落和意脉、意境，这些都是间接抒情。但是对并不借助景观间接抒情的大量诗作，就熟视无睹了。其实，在唐人绝句和律诗中，最后一联，也往往是流水句，大体是直接抒情的。

而直接抒情如果完全符合理性逻辑，那就没有感性，成大白话了。故直接抒情除了运用一些意象作为辅助以外，往往是违反理性逻辑的。王昌龄的“但使龙城飞将在，不教胡马度阴山”，从理性逻辑来看，并不可靠。因为李广本身就运气不好，没有打过多少胜仗，所以终生没有封侯。就是李广还在，也不一定就能百战百胜。就是杜甫的“即从巴峡穿巫峡，便向襄阳下洛阳”，从常识逻辑看，也是不合理的。巴峡到巫峡，三峡水路礁石已经充满了风险，从襄阳到洛阳，转为陆路，险阻更甚，哪里可能像语言形容的那样毫不停留就到了洛阳了。

“无理而妙”的问题当从两个方面来系统分析。

第一，从形式逻辑看：首先它不符合形式逻辑的同一律，同一律要求A就是A，要明确，不可以是A又是B。而情感却可以朦胧，例如苏轼的《水龙吟·杨花》一开头就是“似花还是非花”。形式逻辑矛盾律要求不自相矛盾，但是苏轼这首词最后却是“细看来，不是杨花，点点是离人泪”。陆游的《示儿》却是“死去元知万事空，但悲不见九州同。王师北定中原日，家祭无忘告乃翁”。杜牧《赠别》是“春风十里扬州路，卷上珠帘总不如”。李商隐的《无题》最后两句是“此情可待成追忆，只是当时已惘然”。原来以为感情可以等待，有希望，结果却是成为回忆，落空了。可是早在当时就知道并没有希望，等待是惘然的。

形式逻辑的充足理由律，要求理由要充足，可是在诗中，许多警句却是没有理由的。高适《别董大》说“莫愁前路无知己，天下无人不识君”。这是完全没有理由的。

第二，从辩证逻辑看：正确的论断，要求全面，不能片面，切忌绝对化。但是，王维《送元二使安西》“劝君更饮一杯酒，西出阳关无故人”，朋友只在阳关以内，出了阳关，就不可能有朋友了。杜牧《赠别》写一个歌妓的绝对美丽：“春风十里扬州路，卷上珠帘总不如。”最著名的当是白居易《长恨歌》：“在天愿作比翼鸟，在地愿为连理枝。天长地久有时尽，此恨绵绵无绝期。”情感绝对到超越生命，超越时间和空间。

正是因为违背了理性逻辑，情感逻辑才突出，才对读者的想象具有强烈的冲击性。

当然，直接抒情的无理而妙也不是绝对的，有时，直接抒情，也符合理性逻辑。如苏轼《题西陵壁》：“不识庐山真面目，只缘身在此山中。”这其间有哲理，远观的局限与近视的优越矛盾向对立面转化。又如，“野火烧不尽，春风吹又生”，大自然的生命不朽，就是灾难也不可能消灭。不过这样的诗句是情感逻辑与理性逻辑的统一，是比较少的。更多的是二者统一，但是情感占据了主导方面。例如王之涣《登鹳雀楼》的“欲穷千里目，更上一层楼”，杜甫《望岳》的“会当凌绝顶，一览众山小”。

第二辑　经典诗词个案研究

《关雎》："乐而不淫"
——对于激情的节制

解读焦点： 经典文本分析的难度在于文本是天衣无缝、水乳交融的，而分析的对象是矛盾，矛盾不是显性的，而是潜隐于文本的有机统一之中。这就要用"还原"的方法把矛盾"还原"出来。在这里，首先把《诗经》中诗与歌一体化的艺术语境还原出来，排开音乐与诗的统一，透视二者的矛盾：在复沓的章法中，辨析情绪的积累和意念的递进，分析音乐之美与诗歌之美的错位。这首民歌是经过"君子"加工的，民歌的天真朴拙与贵族的雍容华贵间的矛盾潜隐于字里行间。揭露了两个层次的矛盾，长达数千年的"后妃之德"的云翳便不难消除，"乐而不淫""哀而不伤"的诗学理论也能显出历史的生命。

《关雎》诗云：

关关雎鸠，在河之洲。窈窕淑女，君子好逑。
参差荇菜，左右流之。窈窕淑女，寤寐求之。
求之不得，寤寐思服。悠哉悠哉，辗转反侧。
参差荇菜，左右采之。窈窕淑女，琴瑟友之。
参差荇菜，左右芼之。窈窕淑女，钟鼓乐之。

这是《诗经》的第一首，今天的年轻人读起来，可能有一点隔膜。首先是文字上的隔膜，有些字就不认得，即便看了注解，查了字典，也体悟不到诗意，至于这个经典究竟经典在哪里，还是没有感觉。

这就要把文本还原到历史文化艺术语境中去。

这是民歌，不但有词而且有曲。朱熹《诗集传·序》说："吾闻之，凡诗之所谓风者，多出于里巷歌谣之作，所谓男女相与咏歌，各言其情者也。”[①] 这些民歌经过孔子删订、加工的痕迹至今仍然很明显。例如，“君子好逑”的“君子”，就可能不是民歌的原文。既然是民歌，当然是村野市井之人的即兴，“君子好逑”，却没有村野的气息，而只能是“君子”的想象。虽然如此，此诗的民歌特征还是很明显的。民歌首先是歌，不同于诗，它以曲调为主。在传唱过程中，最动人的，最易于记忆的，并不是歌词，而是乐曲，郑樵在《通志·乐略·正声序论》中说：“呜呼，《诗》在于声，不在于义。犹今都邑有新声，巷陌竞歌之。岂为其辞义之美哉！直为其声新耳。”[②] 歌词可以算是躯体，乐曲则是翅膀，没有翅膀不能飞翔。在那造纸术尚未发明的远古年代，书写工具和材料极其昂贵，书写难度极大，借助书面间接传播极其困难，而口耳直接传播的乐曲，比之书面文字有更大的方便性。可惜的是，《诗经》的乐曲并没有流传下来，我们看到的仅仅是没有翅膀的飞鸟。从严格意义上来说，要完全回归诗和歌合一的原貌，已经不可能。这好比今日卡拉OK的音响出了毛病，没有声音，只有屏幕上的文字，其生命力，无论如何是要大打折扣的。

就《诗经》留传下来的文字而言，与曲调结合得比较紧密的部分，在诗歌合一的情境中所具有的优越性，一旦脱离了曲调，反变成了局限性。例如，以“参差荇菜”起兴的就有三章，复沓三次，主体意象不变，衍生意象变化也不大。这在歌来说，是情绪的三重积累，而从诗的语言艺术来说，这种复沓近乎三次重复，可能引起读者的厌倦。和语言的丰富性相比，音乐旋律是相对抽象的，音阶是极其有限的，因而比较单纯，音乐的节律就是有规律的重复，主旋律的展开和呈示是离不开程度不同的节律的重现的。而诗歌的语言艺术则不同，语词可以说是无限丰富的，意义的复杂程度是抽象的音符望尘莫及的，意象在变化中允许的重现次数是极其有限的。音乐的多重复沓对于诗歌来说是缺乏变化、不够丰富、近于单调的。故《诗经》中的复沓章法，在之后诗歌与音乐基本脱离的文学样式中，就完全废止了。

尽管如此，《诗经》中保留下来的歌词，就语言而言，仍然相当具有艺术魅力。

“关关雎鸠，在河之洲。窈窕淑女，君子好逑。”表面上是很单纯的一幅画面，河面，水洲，鸟鸣，意象十分简洁。王士禛《渔洋诗话》说“《诗》三百篇真如画工之肖物”，这个说法不太准确，这在《诗经》的表现手法上，属于“兴”，其功能不仅仅是一幅图画。这幅图画的感染力，并不在于景物的描绘。图画本身并没有独立的价值，其功能是作为“窈

① 朱熹《诗集传·序》，《四库全书》，经部，诗类。

② 郑樵《通志》卷四十九，《四库全书》，史部，别史类。

窕淑女，君子好逑”的起兴，为了引出君子被淑女所吸引、所激发[①]。本来，在民歌中，表现情爱是无拘无束的，没有什么框框的，可以直接抒发，《诗经》中不乏这样的手法，如：

静女其姝，俟我于城隅。爱而不见，搔首踟蹰。（《静女》）

约会情人，情人来了，却躲起来，故意让人家摸不着头脑，写漂亮女孩子爱得很调皮。这是很动人的，用的手法是叙述。

《诗经》里表现恋情的手法很丰富，大致有三种。第一就是这种叙述，《诗经》理论家把这叫作“赋”，就是陈述，特点是直接、正面描写。但有时，直接正面描述，难度很大。比如《关雎》的核心是表现君子为淑女所激动，如果直截了当一上来就陈述“窈窕淑女，君子好逑”，不但突兀，而且缺乏感性，接受者心里容易产生某种抗阻之感。这时就需要另外一种手法，那就是“比”，也就是比喻。比喻能把抽象的感情变得具体、感性。如“女孩子很多”是抽象的，一用比喻，就具体感性了：“出其东门，有女如云。”（《出其东门》）又如“女孩子很美”是抽象的，加上系统的比喻就具象了：“手如柔荑，肤如凝脂，领如蝤蛴，齿如瓠犀，螓首蛾眉，巧笑倩兮，美目盼兮。”（《硕人》）但比喻太多，也会令人感到单调，让人产生“审美疲劳”。这时就要有“兴”。“兴”的功能是起头。一般的起头，就是现场即景，从环境开始，逐渐转向人物的心灵。但是，好的“兴”，不但是现场即兴，而且是兴中有比。“关关雎鸠，在河之洲”，作为起兴的好处是，表面上是描述风景，水鸟美、鸟的叫声美、河中之洲美，实际上是为淑女的出场作铺垫。有了听觉和视觉的美，就有了美的氛围，淑女和君子的感情的美就可能从容显现，如电影镜头之淡入。这个“兴”就有了比喻的意味，故被称为“兴而比”“兴兼比”。正是因为“兴而比”，这四句显得很精炼，如果不用这种“兴而比”的手法，要让“窈窕淑女”出场，就要用陈述的，也就是用赋的手法，比如：“有美一人，清扬婉兮。邂逅相遇，适我愿兮。”（《野有蔓草》）而有了兴，就不用正面交代“有美一人”，更不用交代是在洲上，还是河边。兴就是现场即兴。现场的环境已经有了，“淑女”出场，就不需承续前面，而直接变成了后面的“君子好逑”的主语。这样句子之间就更紧密、更有机，精炼到没有一个意象、没有一个字是多余的。这个“兴”的好处还在于感知的程序很自然，先是启动听觉，听到鸟在叫，接着是视觉认知，看清是雎鸠，跟着就心动，对淑女一见动心。从感情的特点来看，这是比较迅速、比较直率的，

① 逑，《广韵》释义曰：聚合。《诗经·大雅·民劳》：“惠此中国，以为民逑。”毛传：“逑，合也。”郑玄笺：“合，聚也。”《说文解字·辵部》：“逑，敛聚也。”这是作动词的意义。故“逑取”即求取、索要之意，吾意在此上下文中，“好逑”作追求比较妥当。“逑”作为名词，有直接引申为配偶的意思者。如毛传：“逑，匹也。”还有进一步引申为相匹敌的意思的。如清黄遵宪《和周朗山见赠之作》：“谓生此文无匹逑，即此已卜公侯仇。”但认为“好逑”就是好配偶，似乎与下文之“求之不得，寤寐思服”的情绪状态不合。

也是比较天真的，民歌作者的村野之气展现得比较充分，当然，君子也可能有这样一见就“好逑”的，但那就不是一般的，而是带野气的君子了。

如果诗就写到这里，固然，也有天真的诗意，但是，难免简单，恋情毕竟是复杂的。接着，这首诗运用音乐复沓的章节，把“雎鸠”变成“荇菜”，也使感情从即兴钟情的层次递进为日夜着迷的层次。从章法上来说，在统一中有比较大的变化，复沓的局限就转化为优越了：

参差荇菜，左右流之。窈窕淑女，寤寐求之。

这也应该算是“兴而比”，由水中“荇菜”采摘之不易，联想到“好逑”之艰巨。这个“兴而比”的好处，一是与“在河之洲”在联想上是自然的延伸，有河有水，才有荇菜；二是与采摘荇菜的特点有联系，水中之荇，与陆上植物不同，字面上是说荇菜，实际上是指淑女的状态，“左右流之”，有流体的特点，说明采摘有难度，“寤寐求之”，与难度相应的是感情的强度，越难越是想念，日思夜想，有点着迷了。

第三个章节[①]：“求之不得，寤寐思服。悠哉悠哉，辗转反侧。”从章法来说，这是新的一章，而从情感上来说是一个新的层次。“寤寐求之”，即日思夜想、大动脑筋、苦思冥想，而“寤寐思服”“辗转反侧”则是相思得有点失眠了。这就有点“痴”了。这就进入了诗话家贺裳的“痴而入妙”的境界。君子好逑的欢乐，变成了失眠的痛苦，这时，情绪起伏就有了节奏感：

参差荇菜，左右采之。窈窕淑女，琴瑟友之。

参差荇菜，左右芼之。窈窕淑女，钟鼓乐之。

这两章继续以荇菜起兴，但是在情绪的节奏上，则从“求之不得”的痛苦转化为欢愉。先是“琴瑟友之”：改变了策略，音乐使感情放慢了节奏，不再一下子就“好逑”了，“友”字作为动词，很有分寸感，表明是比较友好的追求。最后一章是“钟鼓乐之”，更进入了一个新的层次。钟鼓和琴瑟不同。琴瑟，还可能是私人的交往，钟鼓则是盛大的仪式，堂而皇之，气氛热烈。这两章从章法来看是复沓的，一共八句，完全重复的句子占了四句，不完全重复的四句，十六个字中，只有四个字相异，其余十二个字是相同的。但是，从感情来看，层次的递进是很明显的，从双方交往的欢愉，转化为公众性庆祝。“钟鼓乐之”的仪式，意味着“好逑”的君子，达到了目的，就应该是感情的高潮，是十分欢乐的。但是，这首诗没有正面表现这种欢乐，而是把它留在空白之中。可能正是因为“钟鼓乐之”这

① 这首诗原是三章：第一章四句，第二章八句，第三章八句。各章句数不同，可能是从音乐上分的，郑玄从语文内涵上将后面两章又各平分为两章，每章都是四句，共五章。这里用郑玄的分法，见《毛诗笺注》，郑玄笺，陆德明音义，孔颖达疏，《四库全书》，经部，诗类。

样的含蓄，使得英国汉学家亚瑟·韦利（Arthur Waley）将之定性为“婚姻诗”，而不是爱情诗。

这首爱情诗在情感上的特点在于，不但层次递进是从容的，而且情感强度的掌握很有分寸。孔子曰：“《关雎》乐而不淫，哀而不伤。”（《论语·八佾》）孔安国注曰：“乐而不至淫，哀而不至伤，言其和也。”[①]“和”，就是中和，从中可以体悟这首诗被列为《诗经》首篇的原因：君子的精神特点，哪怕是恋情，也是温文尔雅的，循序渐进，颇有节制，快乐不能过度，哀伤也不能过度，即便求之不得也不过就是“辗转反侧”，最后，恋情终于得到认可，也不过就是“钟鼓乐之”而已。不过，单从“钟鼓”的陈设就可以看出，这只能是君子的理想。钟鼓之乐齐奏，在《诗经》里，是贵族仪典。[②]故《小雅·彤弓》：“彤弓弨兮，受言藏之。我有嘉宾，中心贶之。钟鼓既设，一朝飨之。”苏辙注曰：“彤弓，天子锡有功诸侯也。”[③]当时的钟，是铜器，铜就是“金”，属于贵金属。故黄钟大吕，是贵族高雅之乐，与之相对的是瓦釜。商周时代作为乐器的钟，都是成套的。八个以上，构成音阶关系，故又称为编钟。湖北的曾侯乙墓出土的编钟达六十五件，最大的有两百千克，合起来有两吨半重，悬挂起来有十二米长。这样大的排场只能是贵族的。这一点，往往被学者们忽略，不但中国的学者，外国的学者也常常把钟作为一般的乐器。汉学家亚瑟·韦利曾经系统地研究并翻译了《诗经》。他翻译“With gongs and drums we will gladden her.”[④]这一句时把钟鼓翻译成锣鼓。这是失之毫厘谬之千里了。民间的乐器，在当时可能还没有锣，也不可能是贵金属制品，而是竹器为基座的弦乐器。《战国策·齐策一》：“临淄甚富而实，其民无不吹竽，鼓瑟，击筑，弹琴……”是故妻子亡故庄子鼓钵而歌。钵，是瓦器，高渐离击筑（竹器），荆轲和而歌于市，其背景均为民居和市井，和“琴瑟在堂，钟鼓在廷”这样肃穆隆重的场面是不可同日而语的。另一翻译家霍克斯将钟译为“bells”，[⑤]不难联想起教堂钟声，庶几近之。

把这种琴瑟钟鼓陪衬下的温情，当作抒情诗歌的最高典范，也说明这首诗并不完全是民歌的原生状态，而是相当贵族化了。正是因为这样，后世的正统经学家才有可能把王道

---

① 何晏《论语集解》卷二，《四库全书》，经部，四书类。

② 如《宾之初筵》：“宾之初筵，左右秩秩。笾豆有楚，殽核维旅。酒既和旨，饮酒孔偕。钟鼓既设，举酬逸逸。大侯既抗，弓矢斯张。射夫既同，献尔发功。发彼有的，以祈尔爵。”

③ 苏辙《诗集传》卷十，《四库全书》，经部，诗类。

④ Arthur Waley. *The Book of Songs Translated from the Chinese*. Unwin Brothers LTD, 1937，pp.82.

⑤ 霍氏译《卜居》中“黄钟毁弃，瓦釜雷鸣”为“The brazen bell is smashed and discarded; the earthen crock is thunderously sounded.”。其中“钟”译为“bell”。孙大雨先生译为“The golden bell is smashed quite and scrapped.”，与霍氏异曲同工。而杨宪益译为“Bronze instruments of old are cast away.”，则仅仅提示古老的铜（金）乐器，应该不如霍氏和孙氏。

教化的价值渗入其中。从毛亨、郑玄到朱熹等等一以贯之地把它宫廷道德化，诸如求偶其实因为“思贤”、隐含着“后妃之德”等等不一而足。在这方面，朱熹可作代表。他把毛传多少有点含混的“挚而有别”大加发挥。先把“关关”定性为“雎雄相应之和声”，然后在“和”字上大加发挥，再把这种水鸟确定为“王雎”，和王权联系起来，再说它“有定偶而不相乱偶，常并游而不相狎”，并引《列女传》“人未尝见其乘居而匹处者”，最后用一个“盖”字确定是：“文王之妃太姒为处子时而言也，‘君子’则指文王也。”这自然是牵强附会，但也不完全是信口开河，根据多多少少就在“钟鼓乐之”上。

政治道德教化观念在《关雎》的阅读史上曾经拥有雄踞数千年的经典性，如今看来，不过是历史云翳，其学理价值，还不如孔夫子的“乐而不淫，哀而不伤”以及注家们推崇的“怨而不怒”。从诗歌理论来说，这很有东方特点，和西方俗语所说“愤怒出诗人”，以及后来的浪漫主义者总结的“强烈的感情的自然流露”（spontaneus over flow of powerful feelings）相比，二者可能是对于抒情的两极各执一端。从创作实际上来看，中国此类抒情经典所抒的更多是温情，而西方经典似乎更多激情。古希腊最负盛名的女诗人萨福的《歌》：

当我看见你，波洛赫，我的嘴唇发不出声音，
我的舌头凝住了，一阵温柔的火，突然
从我的皮肤上溜过，
我的眼睛看不见东西，
我的耳朵被嗓音填塞，
我浑身流汗，全身都战栗，
我变得苍白，比草还无力，
好像我就要断了呼吸，
在我垂死之际。

这显然不是一般的抒情，而是激情的突发。激情的特点，是不加节制，任其进入疯狂的极端。萨福的爱情竟然没有欢乐之感，而是视觉瘫痪，听觉失灵，失去话语能力，身体不由自主地颤抖，完全处于失控状态的垂死的感觉。这里有西方和东方民族心理的不同，同时也隐含着东西方诗学的出发点的不同。当然，《诗经》中的爱情诗，也并不是没有强烈的激情……但这样的激情毕竟还没有像西方人那样达到极端化、不加控制的程度。在东方诗歌理论上，这种激情是得不到完全的肯定的。《郑风・将仲子》：“将仲子兮，无逾我里，无折我树杞。岂敢爱之，畏我父母。仲可怀也，父母之言，亦可畏也。”被孔夫子斥为“郑声淫”，此后“郑风放荡淫邪”“郑卫之音其诗大段邪淫”等评价在《诗经》注解中比比皆

是。所谓“淫”就是过分，也就是感情强烈，不加节制。即使如此，像《将仲子》这样的诗，和萨福那种激情相比，在强烈的程度上还是要稍逊一筹。但是，从理论上来说，孔夫子节制感情的抒情理论，可能要比放任激情的理论更有生命力，更经得起历史的考验。现代派诗歌强调“逃避抒情”就是对不加节制的激情的历史性反拨。钱锺书先生曰：“夫‘长歌当哭’，而歌非哭也，哭者情感之天然发泄，而歌者情感之艺术表现也。‘发’而能‘止’，‘之’而能‘持’，则抒情通乎造艺，而非徒以宣泄为快，有如西人所嘲‘灵魂之便溺’矣。‘之’与‘持’，‘一纵一放，一送一控’相反而亦相成……”[①]从这个意义上说，乐而不淫，哀而不伤，正是“发而能止”，“之”而能“持”，“纵”而能“敛”，比之极端感情自发的流泻更经得起艺术历史的考验。

---

① 钱锺书《管锥编》，中华书局1986年，第57—58页。

《蒹葭》：近而不可得的恋情
——单一意境和多元象征

解读焦点：分析之难，难在提出问题，作微观分析时，问题不能从文本以外提出，只能从文本之内揭示。这里提出的问题是：第一，缺乏递进的过程，重复的词句和章法为什么没有陷于单调？第二，主人公所指不明，为什么却构成了深长的意味？第三，爱情主题的单一性如何制约着象征韵味多元？

《蒹葭》诗云：

蒹葭苍苍，白露为霜。所谓伊人，在水一方。溯洄从之，道阻且长；溯游从之，宛在水中央。

蒹葭萋萋，白露未晞。所谓伊人，在水之湄。溯洄从之，道阻且跻；溯游从之，宛在水中坻。

蒹葭采采，白露未已。所谓伊人，在水之涘。溯洄从之，道阻且右；溯游从之，宛在水中沚。

《蒹葭》出于《诗经·秦风》，好像是《关雎》的姊妹篇，都是抒写恋情的。诗乐结合，复沓的章法很相似。当然，《关雎》的复沓有鲜明的层次，每章均有所递进：从外部环境来说，先是闻雎鸠之鸣而动心，接着是辗转反侧思念，继而以琴瑟沟通，最后是钟鼓齐鸣的欢庆。从情志意脉来说，从求之不得的苦闷，转向求而有成的欢乐。场景和心理都有连续递进的脉络，层次是清晰的，过程是完整的。而《蒹葭》却不同，整篇就是一个场景的三次复沓。每一章的前半部分如下：

蒹葭苍苍，白露为霜。所谓伊人，在水一方。

蒹葭萋萋，白露未晞。所谓伊人，在水之湄。

蒹葭采采，白露未已。所谓伊人，在水之涘。

一共十二句，句子的结构和句间的程序是一样的，词语完全相同的有三句（“所谓伊人”），不完全相同的有九句，三十六字，其中相同的有二十四字，不同的三组共十二字，字虽不同，但是所指的性质（方、湄、涘）是相近的。这样的章法，从诗歌来说，明显重复过度，再加上三章的后半部分：

溯洄从之，道阻且长。溯游从之，宛在水中央。

溯洄从之，道阻且跻。溯游从之，宛在水中坻。

溯洄从之，道阻且右。溯游从之，宛在水中沚。

重复率更高，完全重复的句子有六句（“溯洄从之”“溯游从之”），占到一半，不完全重复的六句中，每句只有一个字不同。《蒹葭》和《关雎》章法的最大不同，就是章与章之间，没有动作和心理的递进，从场景到情绪都是在同一个层次上复沓。这样高的重复密度，对于诗和曲合一的歌来说，可能并不显得过分，可是对于脱离了曲的诗来说，却难免是单调的。但是，在千年来的阅读史上，那么多的注家，并未有过质疑，相反到了近年，网上却出现了“古之写相思，未有过《蒹葭》者”的评论，将其艺术成就列为中国古典爱情诗之首，语似夸张，却表现了当代诗学趣味的率真。时间的久远，并未弱化它的艺术感染力，相反倒有与日俱增的趋势。个中缘由，只能从《蒹葭》文本内部去寻求。

一开头的“蒹葭苍苍，白露为霜”表面上和“关关雎鸠，在河之洲”这样从环境写起的写法异曲同工，但是，实际上很不相同，《关雎》是兴而比，而这里却既不是兴，也没有比喻的意味。它是典型的“赋”，可谓直陈其景。八个字中，“蒹葭”“白露”两个意象，加上衍生属性也只有“苍苍”“为霜”，就提供了一幅图景。“蒹葭”加上“苍苍”，构成了视野开阔的图景，得力于“苍苍”与茫茫的潜在联想；而“白露为霜”，不但在色调上与苍苍形成反差，而且由芦苇之苍苍隐含着广阔的水面，又提示着秋晨的清寒和邈远。所有这一切表面上都是景语，实际上都是氛围的烘托，其中蕴含着某种清净空灵之感。这一切都是为了和“伊人”的阴性气质高度统一。这个“伊人”的出场和《关雎》不一样，“淑女”的人身是特定的，位置（“在河之洲”）也是确定的，而“伊人”则不相同，“伊人”是个什么人，是不确定的。朱熹在《诗集传》中说“伊人犹言彼人也”，这个说法表面上是同语反复，实际上，很有意味。“犹言彼人也”，翻译成现代汉语，就是“那个人啊”，“所谓伊人”就是此人，这个人。高亨先生注曰：“指意中所指的人。”就是我心所指，意念所向那一个，不想把名字说出来的那个人。清人黄中松《诗疑辨证》说：“细玩‘所谓’二字，意中之人难向人说。”妙在“难向人说”，也就是不必明言，心里明白。但是，伊人何在？只能是“在水一方”。朱熹在《诗集传》中的解释也挺到位——“一方，彼一方也”——翻译成现代汉语，就是“那个方向”。究竟在何方？自己也说不清。诗意就在这里，好就好在不确指具体地点。朱熹在《诗集传》中继续说：“溯洄，逆流而上也。溯游，顺流而下也。宛然，坐见貌，在水之中央。言近而不可至也。”这就很精彩，往上游去，找不成，往下游来，“宛在水中央”，明明看到了，却还是可望而不可即。值得推敲的是“宛在”，好像在，就是说实际上并不一定在。朱熹的这个“言近而不可至也”的阐释很精彩，整章的传神之笔，就是这个“在水一方”的确定性和“宛在水中央”的不确定性之间的矛盾。这是一种真切的爱情的感觉——明明很近，似乎触手可及，却仍然不可企及。

朱熹把这一种写法归结为“赋”——直陈其事的叙述。但是，这种“近而不可至”的矛盾却不是现实的，自我与伊人之间的距离在物理上并不遥远，就在眼前，可就是不能到达，反反复复、上上下下地奔波而无果。“水中坻”“水中沚”和“在河之洲”，在文字上，都是水中之陆地，虽然大小不同，但从性质上说，是一样的意思，然而从诗意上说，却完全不同。“在河之洲”的淑女，是实写，因而是可以“琴瑟友之”“钟鼓乐之”的，而“宛在”的“伊人”却是虚写，是近在眼前，又远在天边的。可见这个距离不是物理的，而是人的特殊情感使得物理距离发生了变异。正是因为这样，才不但“上下求之而皆不可得”，而且弄到最后，居然是“不知其何所指也”[①]，也就是连自己也不知道怎么回事，究竟在寻找什么了。

抒情诗的精彩就在这种飘飘忽忽、迷迷糊糊、颠颠倒倒的感觉，这正是恋情的传神之感。诗意的焦点，就集中在这种好像在又好像不在的渺茫的氛围之中，明知“近而不可得”还是要走近，明知可望而不可即，还是要“溯洄从之”“溯游从之”，不厌其烦，在神魂颠倒的奔波中不觉神魂颠倒，在顽强的追求中不觉顽强。

正是表现了这样的感情，《蒹葭》的密集的复沓才没有造成单调之感。因为其中的意味，并不存在于字句上，而在字句之间，章节之中，故反复之，情意的微妙尽在意象的相互重复、平行、排比、对应、递进、错位和统一之中。这就构成了这首诗的意在言外、境在象外、可望而不可即的效果。这种效果，恰恰是意境的效果。对于这种效果，司空图在《与极浦书》中这样说：“戴容州云：诗家之景，如蓝田日暖，良玉生烟，可望而不可置于眉睫之前也。”[②]像《蒹葭》这样的意境诗，以意象结构的有机平行比称取胜，就每一句来说，可能是平淡无奇的，然其意在言外，在字里行间，意象群落之中有意，意象群落之外有象，平常的字眼在章法的比照中，在意象的断裂处，在空白中显出联系，意象因而增值，可以说是达到了言有尽而意无穷的境界。

① 朱熹《诗集传》卷三，《四库全书》，经部，诗类。
② 司空图《司空表圣文集》卷三，《四库全书》，集部，别集类，汉至五代。

“意无穷”就是意不单一，这就为读者留下了比较大的空间，就使诗的读解有点纷纭了。

今人陈子展在《诗经直解》中说：“诗境颇似象征主义，而含有神秘意味。”正是因为象征对文本的某种超越性，就有一种往政治价值上去联想的可能。《毛诗序》云：“蒹葭，刺襄公也。未能用周礼，将无以固其国焉。”这个说法把所谓伊人变成了周王朝礼制的喻体。从字义来看，并不贴切，因为伊人明明是人称代词，周礼则非人称，明显过分牵强。苏辙在《诗集传》中把主题虚化为求贤：“有贤者于是不远也，在水之一方耳，胡不求与为治哉。”清姚际恒《诗经通论》：“此自是贤人隐居水滨，而人慕而思见之诗。‘在水之湄’，此一句已了，重加‘溯洄’‘溯游’两番摹拟，所以写其深企愿见之状。”

这个说法避免了把伊人直接说成是周礼的牵强，但又带来两个问题。

第一，这个“伊人”，在全诗意境中，自然的联想是阴性代词，也就是女性，这一点亦可由意境的明净轻柔性质来确定：苍苍、白露、水湄，更接近《诗经》中“淑女”“静女”阴柔之美。而贤者只能为男性，所居当有阳刚之气，苍苍、白露、水湄难以当得。固然，“伊”字在古典文献中，有男性的指代功能，[①]但是，亦有专指女性的功能，相当于今日通用的“她”。如，董解元《西厢记诸宫调》卷四：“咫尺抵天涯，病成也都为他（她），几时到今晚见伊呵？”《儒林外史》第十三回：“那知县和江都县同年相好，就密密的写了一封书子，装入关文内，托他开释此女，断还伊父，另外择婿。”宋人朱淑真《牡丹》诗：“娇娆万态逞殊芳，花品名中占得王。莫把倾城比颜色，从来家国为伊亡。”故五四作家（如鲁迅、许地山）常以伊专指女性。第二，最主要的是追求“所谓伊人”时那种吞吞吐吐、欲说还休的心态，充满了恋情的、非理性的颠倒，而求贤者正大光明的心态，应该是理性的，完全不用这种遮遮掩掩，二者从根本上不可同日而语。正是因为这样，钱锺书先生在《管锥编》中断言这种“近而不可得”的情绪，实乃中外爱情诗的普遍现象：“所谓伊人，在水一方”在“难至矣”这一点上和《汉广》之“汉有游女，不可求思；汉之广矣，不可泳思；江之永矣，不可方思”异曲同工。他先引陈启源《毛诗稽古编·附录》：“夫悦之必求之，然惟可见而不可求，则慕悦益至。”然后说：“二诗所赋，皆西洋浪漫主义所谓企慕（sehnsucht）之情境也。古罗马诗人桓吉尔名句云，‘望对岸而伸手向往’，后世会心者以为善道可望难即、欲求不遂之致。德国古民歌咏好事多板障，每托兴于深水中阻。但丁《神曲》亦寓微旨于美人隔河而笑，相去三步，如阻沧海。近代诗家至云：‘欢乐长在河之彼

① 南朝宋刘义庆《世说新语·识鉴》：“小庾临终，自表以子园客为代，朝廷虑其不从命，未知所遣，乃共议用桓温，刘尹曰：‘使伊去必能克定西楚，然恐不可复制。’”《西游记》第五二回：“行者顿首道：‘上告我佛……兕大王，神通广大，把师父与师弟等摄入洞中。弟子向伊求取，没好意，两家比迸。’”

岸。'"①

钱锺书先生的爱情说的论证是空前充分的，但是，他显然警惕着独断，对于更广泛的象征，他留下了很大的余地："抑世出世间法，莫不可以'在水一方'寓慕悦之情，示向往之境。"也许受了钱锺书先生的启发，近日网友有文曰："由此看来，我们不妨把《蒹葭》的诗意理解为一种象征，把'在水一方'看作表达社会人生中一切可望难即情境的一个艺术范型。这里的'伊人'，可以是贤才、友人、情人，可以是功业、理想、前途，甚至可以是福地、圣境、仙界。这里的'河水'，可以是高山、深堑，可以是宗法、礼教，也可以是现实人生中可能遇到的其他任何障碍。只要有追求、有阻隔、有失落，就都是它的再现和表现天地。如此说来，古人把《蒹葭》解为劝人遵循周礼、招贤、怀人，今人把它视作爱情诗，乃至有人把它看作上古之人的水神祭祖仪式，恐怕都有一定道理，似不宜固执其一而否决其他。"

这样说当然很开放、很全面，但是，也可能模糊了《蒹葭》的核心审美价值。作为诗，它最摄人心魄的意境，具有相对的稳定性，其艺术的生命当然集中在爱情的蒙眬缠绵、捉摸不定。象征是单一主体和多元意味的统一，单一主体是实像，而多元意味是虚像，脱离了实像，任何虚像都不能不消隐。

① 钱锺书《管锥编》，中华书局1986年，第123—124页。

《迢迢牵牛星》：迢迢而又不迢迢

解读焦点：三处对比：一、语言近似叙述，形容不强烈，但情感效果强烈至泪下；二、虽然迢迢，然而河汉却清而浅；三、多情如此，却脉脉不得言传。

《迢迢牵牛星》诗云：

迢迢牵牛星，皎皎河汉女。纤纤擢素手，札札弄机杼。终日不成章，泣涕零如雨。河汉清且浅，相去复几许？盈盈一水间，脉脉不得语。

这首诗的特点就是自然天成，语言风格相当朴素，没有多少华丽的渲染，连形容词也是比较单纯天真的叠字（迢迢、皎皎、纤纤、札札），但感情又是那样深厚。谢榛《四溟诗话》中说其“格古调高，句平意远，不尚难字，而自然过人矣”。也许，读者对于“格古调高，句平意远”这样的评价，感觉不够清晰。这里举秦观的《鹊桥仙》来做些说明。“纤云弄巧，飞星传恨，银汉迢迢暗度。金风玉露一相逢，便胜却、人间无数。柔情似水，佳期如梦，忍顾鹊桥归路。两情若是久长时，又岂在朝朝暮暮。”同样是写牵牛织女的相思，秦观的词和“格古调高，句平意远”的风格相去甚远，这至少可以从两个方面来看。第一，《迢迢牵牛星》全诗十句，没有多少夸张和形容，大体近乎陈述、叙述，即便有所形容，也限于几个意味单纯的叠字。而秦观的这首，则用了很华彩的形容：对云的描绘不但前置以“纤”（亦作“织”），而且后置以“弄”；对眼睛，以“飞星”暗喻；对风，形容以“金”；对露，渲染以“玉”；“情”和“期”，都赋予如水如梦之感。这叫作文采。第二，全词的高潮在最后，直接抒发感情：“两情若是久长时，又岂在朝朝暮暮。”只要感情永恒，相会的时间再短也无所谓。这就不仅是感情强烈到极化的程度，而且更进一步转化为格言了。这就叫作感情出彩，或者叫作情采。而情采和文采都不是《迢迢牵牛星》的优点。它的优点，不在文采和情采，而在于朴素无彩而纯厚。正是因为这样，它所代表的《古诗十九首》被刘勰在《文心雕龙》中称为“五言之冠冕”，被钟嵘《诗品》赞为“天衣无缝，一字千金”。在文学史上，这样的作品比之秦观那样文采情采俱佳的作品，得到的评价更高。这是很值得细心体悟的。

《迢迢牵牛星》，全诗写的是天上的牵牛星吗？好像是，又好像不是。因为接下来，出现了“皎皎河汉女”，就把牵牛星丢在一边了。下面写的全都是河汉中的织女：“纤纤擢素手，札札弄机杼。”这已经不是星星，而是一个在织布的女性。

这里就有了可分析性。以牵牛星为起兴，只为引出全诗主角——织女。女性形象很快得到美化：首先是外观的美化，“皎皎”“纤纤”，是不是有一种明媚纤弱的感觉？是不是有一种朴素单纯的感觉？连手都是素手。大概是比较白皙，又没有什么首饰吧。如果光是这样，还只是外部形态上的美。诗中对织女的美化，更重要的是在感情上。这时，牵牛星的另一个功能显现出来：成为织女遥望的对象，也就是感情激发的源头。这样，外观的美就有了内在的感情的内涵。牵牛星的“迢迢”和织女的“皎皎”“纤纤”融为一体，构成统一的画境。

至此，画面是单纯的，思念则以无言的迢迢相望为特点，思念之苦是默默的、潜在的。而到了“终日不成章，泣涕零如雨”，则从外部效果上显示内心的痛苦。一是整天织布却织不成匹，这是心烦意乱，导致效率不高。[①] 二是涕泪如雨，思念之苦因而强烈了。

这样，前者的微妙和潜在，和后面的强烈表露，就形成了意脉的转折，这种转折正是情绪强化到不可抑制的结果，但是，仍然是无声、无言的，在语言上，也没有大肆形容和渲染，仍然朴素无华。接下来，是进一步强化：“河汉清且浅，相去复几许？”这里有一点要特别注意，那就是意脉出现了第二次转折。原来说牵牛星是迢迢的，遥远的，这里却变成了河汉并不深，是清而浅的，障碍并不是很大的，渡过去并不太困难。“相去复几许？”说得很含蓄，然而，盈盈一水间，脉脉不得语。盈盈，有充溢的意思，也有清澈的意思，看起来很透明，没有狂风恶浪，可就是过不去。从视觉直接感知来说，距离更近了，不过就是“一水”之隔，这和前面的“迢迢”，在结构上是一种呼应，意脉统一了却经过几重转折。可是，不管多么“清浅”，仍然是无言的，“脉脉不得语”。这个“不得语”很关键，点出了全诗意境的特点。就是感情很深沉，距离不算遥远，可就是说不出，说不得。是什么阻挡着有情人相聚呢？可能是某种看不见摸不着的障碍。当然，在传说中，这个权威的阻力是神的意志。但是，诗里并没有点明。这就使得这首诗召唤读者经验的功能大大提高了。在爱情中，阻力可能是多方面的，可能是超自然的，也可能是社会的，还有可能是情人自身心理方面的。故“脉脉不得语”，有情而无言，不敢言，不能言，可能是出于对外在压力的警惕，也可能是出于情感沟通的矜持，也就是说，内心的积累已经饱和了，含情“脉脉”

---

① “终日不成章”化用《诗经·小雅·大东》语意：“跂彼织女，终日七襄。虽则七襄，不成报章。”

了，到了临界点了，而转化为直接表达还存在着一时难以逾越的心理障碍。

值得注意的是，开头四句连用叠字，最后两句又用叠字，且都用于句首，形成一种呼应，一种回环的、低回的、复沓的节奏，情感之美和节奏之美，构成统一完整、有机的默默无言的内在意境。

《短歌行》：九节连环的“意脉”

解读焦点：这首诗的气魄很大是可以感受到的，同时可以感受到的是章节间的非连续性。宏大的气魄就隐含在若断若续的意脉中。揭示意脉连续的密码，是解读的任务。

曹操《短歌行》诗云：

对酒当歌，人生几何？譬如朝露，去日苦多。慨当以慷，忧思难忘。何以解忧？唯有杜康。青青子衿，悠悠我心。但为君故，沉吟至今。呦呦鹿鸣，食野之苹。我有嘉宾，鼓瑟吹笙。明明如月，何时可掇？忧从中来，不可断绝。越陌度阡，枉用相存。契阔谈宴，心念旧恩。月明星稀，乌鹊南飞。绕树三匝，何枝可依？山不厌高，海不厌深。周公吐哺，天下归心。

第一章（四句）的意象统一于现场（饮宴）的主体从外物到内心的视角。

“对酒当歌，人生几何？”提示的是主体于酒宴场景中闻歌举杯（“对”和“当”都是动词，“酒”和“歌”都是宾语）。意脉的“脉头”就在“去日苦多”中的“苦”字上。这个“苦”字定了全诗的调性。“对酒当歌”是外部的感知，“去日苦多”是内心的郁积的激发。这是由外部的视听向内跃迁，其间的连续，不像曹植《白马篇》那样，以现场意象的“连贯”为主线，而是超越了现场即景，转向长期的郁积。从外部意象来说，从“酒”和“歌”到“苦”，这是断，但是，从内部激发来说，这又是续，苦闷是现场的酒和歌激发出来的。激发就是外“激”内“发”的互动。

在全诗直接抒情的各章中，这一章四句，是最为统一的。

“苦”作为“脉头”，其功能是为整首诗定下基调。从性质上来说，是忧郁的；从情感的程度来说，是强烈的。“慨当以慷”，把二者结合起来，把生命苦短的“慨”叹变成雄心壮志的“慷”慨。这就从实用理性的层次，上升到审美情感的层次。苦和忧本是内在的负面感受，而慷慨则是积极的、自豪的心态。将忧苦上升为豪情，这在中国诗歌史上，是一个突破。早在屈原的《离骚》中就有“老冉冉其将至兮，恐修名之不立”。在曹操所属的建安风格中，对这种豪情又有更自觉的发展。建安风格强调的是尚气、慷慨，也就是把悲情转化为慷慨，让悲情带上豪情，这是屈原所没有的。《文心雕龙》讲建安风骨“蔚彼风力，严此骨鲠”。曹操继承了这个母题，唐代吴兢说它“言当及时为乐”（《乐府古题要解》），实在是没有看懂曹操《短歌行》在这个母题上的历史性的创新。建安风骨甚至发展出曹植那样的“捐躯赴国难，视死忽如归”的生死观。

本来，在曹操以前，在《古诗十九首》中，人生苦短的主题转化为及时享受生命的欢乐，从感情的性质来说，并不是豪迈的，而是悲凄的，如，《古诗十九首》有：“出郭门直视，但见丘与坟。古墓犁为田，松柏摧为薪。白杨多悲风，萧萧愁杀人！”更多的并不是悲凄，而是欢乐，但是，是不得已的、被动的游戏人生，如：“人生天地间，忽如远行客。斗酒相娱乐，聊厚不为薄。驱车策驽马，游戏宛与洛。”“人生寄一世，奄忽若飙尘。何不策高足，先据要路津？无为守穷贱，轗轲长苦辛。”“生年不满百，常怀千岁忧。昼短苦夜长，何不秉烛游！为乐当及时，何能待来兹？”这些诗反反复复抒写的是，直面生命大限的天真的苦闷和及时享受生命的豁达。特别值得一提的是：“浩浩阴阳移，年命如朝露；人生忽如寄，寿无金石固。万岁更相迭，贤圣莫能度；服食求神仙，多为药所误；不如饮美酒，被服纨与素。”这一首，在意象的两个方面和曹操可能有巧合。一是“年命如朝露”，和《短歌行》相比，不但感知生命苦短是一致的，而且喻体“朝露”也是一样的。二是“不如饮美酒，被服纨与素”，把苦闷与“酒”相联系也是一致的。但是，由此而生发出来的意脉，也就是情感逻辑，却是不一样的。第一，曹操并没有因为生命苦短而以宴乐之乐而乐，相反，恰恰在对酒当歌的行乐中感到悲怆。第二，曹操没有完全沉浸在个体生命的无奈之中，而是把“忧思难忘”和“慷慨”的英雄气概结合起来。个体生命的悲歌，变成了宏图大志的壮歌。这样，忧思就不再完全是苦，而是一种享受。《古诗十九首》的苦与忧，不得已而乐，就变成了曹操气魄宏大的“把苦与忧转化为豪迈地享忧”的主题。

在《短歌行》的阅读史上，苏东坡可能是最早读出了其中的雄豪之气的。他在《前赤壁赋》中这样说：“月明星稀，乌鹊南飞，此非曹孟德之诗乎？西望夏口，东望武昌。山川相缪，郁乎苍苍，此非孟德之困于周郎者乎？方其破荆州，下江陵，顺流而东也，舳舻千里，旌旗蔽空，酾酒临江，横槊赋诗，固一世之雄也。”苏东坡第一个把曹操的政治和军事业绩当作豪迈的密码。苏东坡这种观念影响之巨大，以至几百年后，《三国演义》顺理成章地把“酾酒临江，横槊赋诗”演化为小说的宏大场景。苏轼以后，这一点似乎就成了共识。连清代八股文的能手陈沆在《诗比兴笺》中都说：“此诗即汉高《大风歌》思猛士之旨也。”

这种化忧苦为慷慨、“享忧”的主题，日后成为古典诗歌的核心母题，到唐代诗歌中，特别在李白的诗歌中，发扬光大，达到辉煌的高峰。在这第二章中，苦忧，变为慷慨，就成了意脉衍生的第二个节点。

意脉的第三个节点，是“解”（“何以解忧”）。寻求解脱而不得，只能回到酒上来（“唯有杜康”）。这就是说，在现实境界中是不能解脱的，只好寻求酒的麻醉。从“对酒当歌”到“唯有杜康”，外部意象的连贯是实线，而意脉贯通则是虚线。这种虚实互补，造成了意脉密码的隐秘性。

到了“青青子衿，悠悠我心。但为君故，沉吟至今。呦呦鹿鸣，食野之苹。我有嘉宾，鼓瑟吹笙”，意脉的第四个节点（“沉吟”）出现了。清代张玉谷说：“此叹流光易逝，欲得贤才以早建王业之诗。”（《古诗赏析》卷八）从外部意象来说，自对酒当歌的宴席场景，到这个不在现场的“青青子衿”的意象，其间有个大跳跃。而从内心意脉来说，从“苦”到“忧”，到“慷慨”，再到“沉吟”，甚至“鼓瑟吹笙”的欢庆，出现了多重起伏。以《诗经·郑风·子衿》的爱情诗，展示招徕人才的真诚。从情感的性质来说，慷慨的悲歌变成了“悠悠”的情歌。从情感的强度来说，则是从强烈的悲怆到柔化的“悠悠”。慷慨的激情，一变而成温情，二变而成更深的“沉吟”，三变而成“鼓瑟吹笙”的欢快。[①]

如果说，第一章是直接抒发，最为有机，则第四节点，最为丰富。

台湾师大陈满铭教授分析此诗，强调其中有“变化”，其实讲的就是这种意脉的衍生，也是情感的起伏律动。其间隐性的脉络把跳跃性的显性意象统一起来。是不是可以这样说，显性的跳跃（断）与隐性的衍生（连），形成了一种反差、一种张力，构成了一种“象”断“脉”连，若断若续，忽强忽弱，忽起忽伏的节奏？

到了“明明如月，何时可掇？忧从中来，不可断绝。越陌度阡，枉用相存。契阔谈宴，心念旧恩”又发生了很大的变化，对于这样的变化，网上有一篇赏析文章，说得相当到位：

> 这八句（按：指从“明明如月”到“心念旧恩”）是对以上十六句（按：指从“对酒当歌”到“鼓瑟吹笙”）的强调和照应。以上十六句主要讲了两个意思，即为求贤而愁，又表示要待贤以礼。倘若借用音乐来作比，这可以说是全诗中的两个“主题旋律”，而“明明如月”八句就是这两个“主题旋律”的复现和变奏。前四句又在讲忧愁（按：指从“明明如月”到“不可断绝”），是照应第一个八句（按：指从“对酒当歌”到“唯有杜康”）；后四句讲“贤才”到来，是照应第二个八句（按：指“青青子衿”到“鼓瑟吹笙”）。表面看来，意思上是与前十六句重复的，但实际上由于“主题旋律”

① 本来，《短歌行》和《长歌行》是乐府《平调曲》中的两种曲名，《短歌行》多用于宴会。

的复现和变奏，使全诗更有抑扬低昂、反复咏叹之致。①

可惜不知作者为谁，不过可以肯定是一位对古典诗歌和现代诗歌均有修养的学者。在这种反复呈现的起伏节律中，接下去："明明如月，何时可掇。忧从中来，不可断绝。越陌度阡，枉用相存。契阔谈宴，心念旧恩。"以《诗经·小雅·鹿鸣》中的经典强化其真诚。这样，第五个节点（忧）其实是脉头（忧）的再现："忧从中来"，而且还达到"不可断绝"的强度。但并不是简单的重复，紧跟着就是"契阔谈宴"、久别重逢的温馨。

从意脉的衍生来说，这样的温馨应该是第六个节点了。

从情感的性质来说，是从生命的忧思，变成了对旧情（恩）的怀想。悠悠的温情，转化为激情之后，又迎来了"心念旧恩"的温情。

不同性质、不同强度的情致交替呈现，显示了诗人心潮起伏的节律，本来有点游离的意象群就此得以贯通。不可忽略的是，从酒宴场景，转向对月的怀想。为什么要去"掇"月亮？这个"掇"字，可能是摘取，也可能是断。如果是摘取，就是把追求贤士的情怀美化为月光。如果解作忧愁之不可"断"，则是表现忧愁如月光之纯净。不管是月亮不可掇，不可摘，还是愁思如月光不断，总体来说，就是时光荏苒，不舍昼夜，而朝露苦短，忧愁乃如月华，看得到，摸不着，却所在皆是，在可解脱和不可断绝之间。这里，意脉的节点，很明显是承接前面，已经肯定杜康可以"解忧"，但是，到这里，杜康变成了月光，不但不能解忧，"忧"反而加重了（"不可断绝"）。这是反接，正好造成了意脉的深化。

情绪的高潮在最后一章。"月明星稀，乌鹊南飞。绕树三匝，何枝可依？"从单个章节的意象群的质量来看，这可能是最精彩的。在这首直接抒情的（而不是以景物和人物的描绘为主的）诗中，只有这四句，几乎完全是用意象群组成的图画。这幅图画的质量实在是精致。

星稀说明深夜，月明表现的是空旷，不但空旷，而且透明。不透明，不可能看得到高飞的乌鹊，更不可能持续看到其绕树达三匝之久。这幅夜景的清晰度是惊人的，其所以惊人，就是因为它简练，先是让整个天空一望无余，下方只有（一棵）树，无垠的空间，全给了乌鹊。如果是西方语言，则应该表明是单数还是复数，阴性还是阳性，但汉语的好处是只鸟和群鸟、雄鸟和雌鸟并没有多少区别。这也正是诗与画不同的地方。如果在画里，强调天空之广阔，相对微小的乌鹊，特别是单个的鸟，可能难以目睹，而在诗里，乌鹊却成为天宇中突出的主体。语言的想象性，使得背景把主体反衬得非常突出，效果完全集中到最后一句"何枝可依"上。天空越是广阔，栖居之地越是渺茫。

"何枝可依"的渺茫，这是第七个节点。

---

① 无法查到作者的名字，注此以表敬意。

不可回避的是，此章提供的意境深远的画图，与前章（“越陌度阡，枉用相存。契阔谈宴，心念旧恩”）在意象上似乎有脱离，意脉有断裂之虞。清人沈德潜在《古诗源》中说：“‘月明星稀’四句，喻客子无所依托。”显然是为了以客子喻贤士，弥合意脉的断裂。但是，限于从思想上，也就是从理性逻辑上去推想，反倒留下了更明显的裂痕。把诗人心目中的贤士比喻为乌鹊，似有扞格。那是诗人心目中的“嘉宾”，念之思绪“悠悠”，迎之“鼓瑟吹笙”，怀之“心念旧恩”，待之“契阔谈宴”，把这样一种诗化、美化了的对象暗喻为乌鹊，在联想上格格不入。要知道意脉的贯通不完全靠显性，还要考究隐性的联想的和谐。更为合理的理解应该是，这八句是“契阔谈宴”所“谈”的内容。“谈宴”就是心灵欢快的沟通，这是意脉的第八个节点。当时如果有标点符号的话，则应该有引号。“乌鹊”意象，与其说是指贤士，不如说是指黎元。黎的本义就是黑，黎元，就是黑头。以乌鹊喻黑头，在隐性的联想上是比较贴切的。特别是点明了乌鹊是在南飞。曹操当时的政治权力中心在河南，正南方就是荆州（包括湖北、湖南），这是刘备和孙权的势力范围。黎民百姓去那里“无枝可依”，就是流离失所。这就激发出下面的宏图大志：“山不厌高，海不厌深。周公吐哺，天下归心。”这四句，也应该包含在谈宴的引号之内。这正是“谈宴”的高潮。也就是不但默契了，而且有了浓郁的氛围，可以豪迈地宣告自己的政治和人格理想。豪迈就是强烈化。山已经算是高了，精神境界还要更高；海已经算是深了，心灵容量还要更深。这是典型的古典激情，从逻辑上来说，则是极端化的情感。但，这还是比较宏观的境界，最后两句，以理想人物周公吐哺、握发为典范，把崇高的精神落实在具体的、微观的实践上：只要像周公那样，事必躬亲，甚至连吃饭都来不及，就能达到这理想的目标。从诗艺上看，这是很浪漫的。首先，曹操所谓的事业，明明是武装夺取政权，是血腥的，但是曹操把它诗化为人心归顺。其次，把攻城略地摧毁敌对政权说成天下人的绝对诚服。这里，显然表现了曹操的自信，曹操的意气风发。这个因果逻辑是极端的，完全是情感逻辑。如果从理性逻辑分析，这种事必躬亲的作风，并不是最好的。《资治通鉴长编》“贞观君臣论治”载，臣子们夸奖隋文帝日夜劬劳，每一件公文都要自己亲自处理，唐太宗就不赞成。他说，如果什么文件都是我亲自处理，我一天出一个错，就很可观了。我就要发动你们来干，有错误我来纠正。韩信为汉高祖所擒，说高祖只能带十万兵，而自己多多益善。最后之所以为高祖所擒，就是因为高祖不善将兵，而善将将，也就是发动高级干部的积极性。从这个意义上来说，事必躬亲，弄得饭也吃不成，并不是很英明的。

但是，这是一首抒情诗，而不是《求贤令》那样的公文，阅读不能满足于揭示其客观因果逻辑关系，关键应该在情感的逻辑的“偏激”，意脉的衍生、曲折和起伏。首章的悲怆慷慨，末章的浪漫乐观，构成了一个二元对立的转化。主题在多个节点的呈示、展开中盘旋升华。第一个“脉头”是“苦”和“忧”；第二个，是感叹悲怆，变成雄心壮志的“慷”慨；第三个，是“解”（“何以解忧”），寻求解脱期望；第四，是“沉吟”；第五，“不可断绝”的忧心；第六，“鼓瑟吹笙”的欢庆；第七，“契阔谈宴，心念旧恩”的温馨；第八，“何枝可依”的怜悯；第九，“天下归心”的浪漫，这也是意脉的脉尾，与首章对比，构成了一个完整的情感过程。其间情感的衍生、变化特别丰富。

敏感的读者可能要质疑，这是不是太烦琐了？可能是的。但这是必要的。曹操所运用的诗歌形式是四言。这种形式有《诗经》的经典性，节奏非常庄重、沉稳。但是，也有缺点，那就是从头到尾，一律都是四言，其内在结构就是二字一个停顿。全诗三十二行，六十四个同样的停顿，是难免单调的。在《诗经》里也是这样的。但《诗经》的章法采用在复沓中有规律地变化、在对应的节奏上改变字句的办法。曹操没有采用这样的格式。原因是他的精神内涵比之《诗经》要复杂得多。从个体生命的短促、对友情的怀念，到对黎民百姓的怜悯，再到政治宏图、人格理想等等，如此丰富的内容，用单纯的复沓形式显然是不够的。曹操在章法上废弃了复沓，避免了句子结构上一以贯之的重复，这就需要在情感上进行类似九节连环的变幻。其次，在情感的强度上强调起伏。第一个到第三个节点是强化的激情；到第四个节点的沉吟，变成弱化的温情；第五个节点是忧心不可断绝的沉重；第六个节点的鼓瑟吹笙又是强化欢快；第七个节点是柔化的温馨；第八个节点是诗化的感同身受；最后第九个才是最强音，是人格理想和民心和谐的升华。从情感结构上看，意脉从激情始，经历多重起伏，到最后，又回归首章的激情。

这里的“意脉”是一种奏鸣曲式的统一而层次丰富的环形结构。

《孔雀东南飞》：情节的情感因果关系

解读焦点： 情节由开端、发展、高潮、结局四个要素构成，这种“理论”是很幼稚、陈旧而且腐朽的。四个部分平行，其间没有任何逻辑关系，既不符合理论的基本要求，对作品又无阐释功能。情节从亚里士多德以来，就是“结”和“解”的关系，后来被英国作家福斯特简化为因果关系。西方理论的缺点是，没有排除理性的因果关系，20 世纪 80 年代我在《文学创作论》里把它进一步发展为情感因果关系。

《孔雀东南飞》：

汉末建安中，庐江府小吏焦仲卿妻刘氏，为仲卿母所遣，自誓不嫁。其家逼之，乃投水而死。仲卿闻之，亦自缢于庭树。时人伤之，为诗云尔。

孔雀东南飞，五里一徘徊。

“十三能织素，十四学裁衣，十五弹箜篌，十六诵诗书。十七为君妇，心中常苦悲。君既为府吏，守节情不移，贱妾留空房，相见常日稀。鸡鸣入机织，夜夜不得息。三日断五匹，大人故嫌迟。非为织作迟，君家妇难为！妾不堪驱使，徒留无所施，便可白公姥，及时相遣归。”

府吏得闻之，堂上启阿母：“儿已薄禄相，幸复得此妇，结发同枕席，黄泉共为友。共事二三年，始尔未为久，女行无偏斜，何意致不厚？”

阿母谓府吏：“何乃太区区！此妇无礼节，举动自专由。吾意久怀忿，汝岂得自由！东家有贤女，自名秦罗敷，可怜体无比，阿母为汝求。便可速遣之，遣去慎莫留！”

府吏长跪告：“伏惟启阿母，今若遣此妇，终老不复取！”

阿母得闻之，槌床便大怒：“小子无所畏，何敢助妇语！吾已失恩义，会不相从许！”

府吏默无声，再拜还入户，举言谓新妇，哽咽不能语：“我自不驱卿，逼迫有阿母。卿但暂还家，吾今且报府。不久当归还，还必相迎取。以此下心意，慎勿违吾语。”

新妇谓府吏：“勿复重纷纭。往昔初阳岁，谢家来贵门。奉事循公姥，进止敢自专？昼夜勤作息，伶俜萦苦辛。谓言无罪过，供养卒大恩；仍更被驱遣，何言复来还！妾有绣腰襦，葳蕤自生光；红罗复斗帐，四角垂香囊；箱帘六七十，绿碧青丝绳，物物各自异，种种在其中。人贱物亦鄙，不足迎后人，留待作遗施，于今无会因。时时为安慰，久久莫相忘！”

鸡鸣外欲曙，新妇起严妆。著我绣夹裙，事事四五通。足下蹑丝履，头上玳瑁光。腰若流纨素，耳著明月珰。指如削葱根，口如含朱丹。纤纤作细步，精妙世无双。

上堂拜阿母，阿母怒不止。“昔作女儿时，生小出野里，本自无教训，兼愧贵家子。受母钱帛多，不堪母驱使。今日还家去，念母劳家里。”却与小姑别，泪落连珠子。“新妇初来时，小姑始扶床；今日被驱遣，小姑如我长。勤心养公姥，好自相扶将。初七及下九，嬉戏莫相忘。”出门登车去，涕落百余行。

府吏马在前，新妇车在后，隐隐何甸甸，俱会大道口。下马入车中，低头共耳语：“誓不相隔卿，且暂还家去；吾今且赴府，不久当还归，誓天不相负！”

新妇谓府吏：“感君区区怀！君既若见录，不久望君来。君当作磐石，妾当作蒲苇。蒲苇纫如丝，磐石无转移。我有亲父兄，性行暴如雷，恐不任我意，逆以煎我怀。”举手长劳劳，二情同依依。

入门上家堂，进退无颜仪。阿母大拊掌，不图子自归：“十三教汝织，十四能裁衣，十五弹箜篌，十六知礼仪，十七遣汝嫁，谓言无誓违。汝今何罪过，不迎而自归？”兰芝惭阿母：“儿实无罪过。”阿母大悲摧。

还家十余日，县令遣媒来。云有第三郎，窈窕世无双。年始十八九，便言多令才。

阿母谓阿女：“汝可去应之。”

阿女含泪答：“兰芝初还时，府吏见丁宁，结誓不别离。今日违情义，恐此事非奇。自可断来信，徐徐更谓之。”

阿母白媒人：“贫贱有此女，始适还家门。不堪吏人妇，岂合令郎君？幸可广问讯，不得便相许。”媒人去数日，寻遣丞请还，说有兰家女，承籍有宦官。云有第五郎，娇逸未有婚。遣丞为媒人，主簿通语言。直说太守家，有此令郎君，既欲结大义，故遣来贵门。

阿母谢媒人："女子先有誓，老姥岂敢言！"

阿兄得闻之，怅然心中烦，举言谓阿妹："作计何不量！先嫁得府吏，后嫁得郎君，否泰如天地，足以荣汝身。不嫁义郎体，其往欲何云？"

兰芝仰头答："理实如兄言。谢家事夫婿，中道还兄门。处分适兄意，那得自任专！虽与府吏要，渠会永无缘。登即相许和，便可作婚姻。"

媒人下床去，诺诺复尔尔。还部白府君："下官奉使命，言谈大有缘。"府君得闻之，心中大欢喜。视历复开书，便利此月内，六合正相应。良吉三十日，今已二十七，卿可去成婚。交语速装束，络绎如浮云。青雀白鹄舫，四角龙子幡，婀娜随风转。金车玉作轮，踯躅青骢马，流苏金镂鞍。赍钱三百万，皆用青丝穿。杂彩三百匹，交广市鲑珍。从人四五百，郁郁登郡门。

阿母谓阿女："适得府君书，明日来迎汝。何不作衣裳？莫令事不举！"

阿女默无声，手巾掩口啼，泪落便如泻。移我琉璃榻，出置前窗下。左手持刀尺，右手执绫罗。朝成绣夹裙，晚成单罗衫。晻晻日欲暝，愁思出门啼。

府吏闻此变，因求假暂归。未至二三里，摧藏马悲哀。新妇识马声，蹑履相逢迎。怅然遥相望，知是故人来。举手拍马鞍，嗟叹使心伤："自君别我后，人事不可量。果不如先愿，又非君所详。我有亲父母，逼迫兼弟兄。以我应他人，君还何所望！"

府吏谓新妇："贺卿得高迁！磐石方且厚，可以卒千年；蒲苇一时纫，便作旦夕间。卿当日胜贵，吾独向黄泉！"

新妇谓府吏："何意出此言！同是被逼迫，君尔妾亦然。黄泉下相见，勿违今日言！"执手分道去，各各还家门。生人作死别，恨恨那可论？念与世间辞，千万不复全！

府吏还家去，上堂拜阿母："今日大风寒，寒风摧树木，严霜结庭兰。儿今日冥冥，令母在后单。故作不良计，勿复怨鬼神！命如南山石，四体康且直！"

阿母得闻之，零泪应声落："汝是大家子，仕宦于台阁，慎勿为妇死，贵贱情何薄！东家有贤女，窈窕艳城郭，阿母为汝求，便复在旦夕。"

府吏再拜还，长叹空房中，作计乃尔立。转头向户里，渐见愁煎迫。

其日牛马嘶，新妇入青庐。奄奄黄昏后，寂寂人定初。"我命绝今日，魂去尸长留！"揽裙脱丝履，举身赴清池。

府吏闻此事，心知长别离，徘徊庭树下，自挂东南枝。

两家求合葬，合葬华山傍。东西植松柏，左右种梧桐。枝枝相覆盖，叶叶相交通。

中有双飞鸟，自名为鸳鸯，仰头相向鸣，夜夜达五更。行人驻足听，寡妇起彷徨。多谢后世人，戒之慎勿忘！

关于这首长诗，网上有一个“优秀”教案，对文本是这样分析的：开端——兰芝被遣；发展——夫妻惜别（再发展——兰芝抗婚）；高潮——双双殉情；尾声——告诫后人。像这种把情节划分为开端、发展（再发展）、高潮和尾声四个要素的观念，同时又是一种方法，在当前具有极其普遍的代表性。在见诸语文报刊的情节分析文章中，莫不陷入如此模式。这暴露了语文教学知识结构的严重落伍。20 世纪末，我批判人民教育出版社一套以“新”为标榜的课本，曾经指出其理论落后当代文学理论三十年。当时，许多人质疑是否言过其实。今天看来，在情节这一理论上的落后可能已经超过了千年，而不是三十年。

这个情节四要素的理论，是 20 世纪 50 年代从苏联一个三流学者季莫菲耶夫的《文学原理》中搬来的。① 这个所谓“理论”本身是千疮百孔的。首先，这并不是文学作品所特有的，而是任何小道新闻、末流的花边故事所共有的，并未揭示文学情节的特殊性。其次，它给人一种印象，情节就是四个并列的要素，只有表面的时间顺序的联系。再次，它并没有揭示出这四个要素内在的逻辑关系。其实，古希腊亚里士多德早在《诗学》中，就根据悲剧分析出情节（“动作”“行动”）就是一个“结”和一个“解”，当中还有一个“突转”和“发现”。“结”就是结果，“解”就是“原因”，而“突转”，就是从结果的谜到原因的“发现”。②《诗学》第九章说：“如果一桩桩事情是意外发生而彼此间又有因果关系，那就最能产生这样的（按：引起恐惧与怜悯之情）效果。这样的事情比自然发生，即偶然发生的事件更为惊人。” ③ 这个说法，到了 20 世纪被英国人福斯特在《小说面面观》中通俗化为情节就是因果关系。他举例说，国王死了，王后随之也死了。这是故事，故事只是按时间顺序的叙述，还不能算是情节。情节则蕴涵着因果关系。如国王死了，王后也死了，原因是悲伤过度。这就是情节了。④

这么经典，这么权威，又这么简明的论述，我们的中学语文学界竟然视而不见，却在

---

① 季莫菲耶夫《文学原理》，查良铮译，平明出版社 1955 年，第 203 页。原版为苏联教育核准之文学系教材，莫斯科教育教学出版局 1948 年出版。原文是这样的：“和生活过程中任何相当完整的片段一样，作为情节基础的冲突也包含开端、发展和结局。”在阐释“发展”时，又提出：“运动的‘发展’引到最高度的紧张，引到斗争实力的决定性冲突，直到所谓‘顶点’，即运动的最高峰。”这个补充性的“高峰”，后来就被我们国家的理论家和英语的“高潮”（climax）结合了起来。半个多世纪过去了，苏式文艺理论早已被废弃，季莫菲耶夫的“形象反映生活”“文学的人民性”“文学的党性”“社会主义现实主义”等早已被历史淘汰，只有“开端、发展、高潮、结局”的情节教条仍然在中学语文教学中广泛流行。

② 伍蠡甫主编《西方文论选》，上海译文出版社 1979 年，第 60 页。

③ 亚里士多德《诗学·诗艺》，人民文学出版社 1984 年，第 31 页。

④ 福斯特《小说面面观》，花城出版社 1984 年，第 75—76 页。

那个四要素中执迷不悟，实在不能不说是中国语文界的悲哀。

当然，上述理论，并非十全十美，仍然有质疑的余地。因为从理论上来说，并非一切有因果关系的故事，都是具有文学性的。如果拘于理性、实用的因果，就很难有多少文学性。比如关于祥林嫂的死，如果原因如茶房所说“还不是穷死的”，很符合日常理性逻辑，这就没有任何艺术性可言。而祥林嫂死了，原因是人家歧视她是再嫁的寡妇，她也觉得自己有罪，还给庙里捐了门槛，自以为取得了平等敬神的资格，却没想到人家还不让她端敬神的“福礼”。从理性来说，这有多大了不得呢？何况人家说话很有礼貌：“祥林嫂，你放着吧。”给她留足了面子。然而，她却因此精神崩溃了，失去了劳动力，沦为乞丐，最后不得不死。这个死的原因，就不是一般理性逻辑能够解释的，这是特殊的情感原因造成了悲剧的后果。用学术语言来说，这是审美因果。这才叫艺术。这个说法，我写在 1986 年出版的《文学创作论》和 2006 年出版的《文学性讲演录》中。[1] 许多第一线的老师，很喜欢我的文本解读，却忽略了我解读的理论基础。

其实这种情节理论，还是比较古典的；然而对于经典文本来说却是起码的入门。

这个理论基础和季莫菲耶夫那种四要素理论最大的区别就在于认为因果关系是情感性质的，或者说是审美价值的因果关系。回头来看，那个“优秀”教案的问题出在哪里呢？开端——兰芝被遣，发展——夫妻惜别（再发展——兰芝抗婚），高潮——双双殉情，尾声——告诫后人。似乎什么都有了，但就是没有因果关系。兰芝为什么要死呢？从理性逻辑来说，本来可以不死的嘛。对她来说，改嫁并不注定是一条死路。这个教案的作者，还是有点学问功底的。他启发学生说：封建社会禁锢妇女的一整套礼法条规和道德标准，经历了一个发展、完善的过程。汉魏之前，再婚是一种普遍现象。在汉魏时期，限制再婚的理论进一步系统化，但再婚行为依然普遍存在，尤其那些人品才貌出众者。西汉卓文君新寡，司马相如以琴挑之，一曲《凤求凰》，卓文君便随司马相如去了。东汉邓元仪之妻被休后嫁给华仲，华仲做了大官，偕妻过街市，令邓元仪羡慕不已。东汉末蔡琰（文姬）初嫁卫仲道，后为乱兵所掳，嫁匈奴，曹操用金璧赎回，改嫁官吏董祀。刘备娶了刘琮的遗孀。魏文帝曹丕娶了袁术的儿媳妇甄氏。吴主孙权就曾纳丧夫的徐夫人为妃。诸如此类，不可胜数。两汉时正统儒者的言论尚未完全拘束人们的社会行为。到北宋程颐提出“去人欲，存天理”“饿死事小，失节事大”（《遗书》），在当时的影响也并不很大，其侄媳也未能守节。南宋以后，“程朱”理学才进一步完备了封建礼教，礼教之风渐趋严厉，寡妇再嫁成为大逆不道。从理性考虑，刘兰芝被休再嫁也不失为一种选择，求婚者还是门第高于原夫家

---

① 参阅孙绍振《文学创作论》，海峡文艺出版社 2004 年，第 473—476 页。亦可见孙绍振《文学性演讲录》，广西师范大学出版社 2006 年，第 414 页。

的县令三郎、太守郎君，比之庐江府小吏富贵多了。从世俗角度看，再嫁高官之子，恰恰是一种报复和炫耀。但是，这样的世俗心态没有令刘兰芝重新开始生活，却导致了她的死亡。其中原因，就不是实用理性的，而是情感的，也就是把情感看得不但比显赫门第、荣华富贵更重要，而且比生命更重要。

从焦仲卿方面来说，也是一样。休了刘兰芝，他母亲也做出了允诺："东家有贤女，窈窕艳城郭，阿母为汝求，便复在旦夕。"如果纯粹做理性权衡的话，焦仲卿可能活得更好。但是，他却和刘兰芝一样把感情看得比生命更重要。这属于中国诗话所说的"痴"的范畴。所谓"不痴不可为情"（谭元春），也就是《红楼梦》总结出来的"情痴"。

这一切决定了这首长篇叙事诗成为坚贞不屈的痴情颂歌。

这还只是情感因果逻辑的一个侧面，另一个侧面是焦仲卿的母亲。正是她导致了焦刘二人的死亡。那么她的罪过是什么呢？当然，是她的粗暴，是她的无理，是她的淫威，"吾意久怀忿，汝岂得自由"！她只以自己的感情发泄为务，不但不顾儿子的感情（"何乃太区区"），还以践踏其感情为快。谁给她这么大的权力？是家长制。（《大戴礼记·本命》："妇有七去：不顺父母去，无子去，淫去，妒去，有恶疾去，多言去，窃盗去。"）不管妻子有多少委屈，只要父母不满意，就可以驱逐，就可以施以最大的侮辱。这就使得焦母完全拒绝自己儿子的申辩，不屑理解儿子的感情："小子无所畏，何敢助妇语！"儿子已经说出了不想活的话，她也不是没有听懂，却没有认真对待，只是一般的宽解："汝是大家子，仕宦于台阁。慎勿为妇死，贵贱情何薄！"焦刘二人的死亡悲剧，当然是对她的批判，但不仅仅是针对她个人的，也是对野蛮体制和专制权力的控诉。

作为个人，焦母的无情正是情感特点。但这并不是全部，家长虽然专制，却并不是一架粗暴的机器。

她对自己的儿子还是有感情的。她自以为还是考虑到儿子的幸福的："东家有贤女，自名秦罗敷，可怜体无比，阿母为汝求。"她的理由，显然不是理性的，而是情感性质的，在她看来，只要自己觉得"可怜体无比"，儿子肯定就会觉得可爱无比。她所遵循的是自己的情感逻辑。儿子不想活了，她也哭了（"阿母得闻之，零泪应声落"）。最后儿子自杀了，对她来说，肯定是一个很大的打击，从"两家求合葬"可以看出，她是后悔不及的。她的悲剧在于，母亲对儿子的爱和体制赋予她的权力之间的矛盾。滥用权力，使自己的爱和儿子的生命一起被扼杀。

在悲剧中，唯一支持兰芝的家长，是她的母亲。她以女儿的情感为准则，拒绝了两次求婚。她如果不是这样尊重女儿的感情，而是说服、诱导女儿改嫁，那可能是另一种悲剧，当然，也许不是死亡的悲剧。

从刘兰芝的兄长方面来看，其因果是世俗的：“阿兄得闻之，怅然心中烦。举言谓阿妹：‘作计何不量！先嫁得府吏，后嫁得郎君，否泰如天地，足以荣汝身。不嫁义郎体，其往欲何云？’”这个逻辑的因果，是彻头彻尾的实用逻辑，完全不讲情感。作者把这个兄长的世俗实用观念设置为悲剧结局的重要原因，无疑是为了反衬主人公的情感因果。

综上所述，长诗的情节不是单一的因果，而是多元的情感因果，意味是非常丰富的；然而又是非常单纯的多元情感因果，集中在一元的结局上。

五个人物，从五个方面，出于五种不同的动机，把压力集中在刘兰芝和焦仲卿身上：要么，牺牲情感，屈从世俗的价值准则，各自嫁娶成婚，忍受长期的、隐性的情感煎熬；要么，把情感当成最高准则，以死亡来抗议。从这五个方面的情感因果统一为完整的情节结构可以看出，长诗的情节是非常成熟的。要知道，当时甚至稍后的叙事作品，包括具备了小说的雏形的《世说新语》[①]、魏晋志怪，都还只是故事的片段，因果关系并不完整，即便那些完整的故事（如周处除害、宋定伯捉鬼），也只限于理性的，或者超自然的因果，其规模也只是单一因果。而这里，却是多个人物、几条线索的情感逻辑把主人公逼到别无选择的死亡上。

长诗的统一和完整，不仅仅表现为叙事情节的统一，也表现在抒情结构的有机上。

这是一个悲剧，一个抒情性质的悲剧。“孔雀东南飞，五里一徘徊。”一开头的起兴就确定缠绵缱绻的基调。在结尾处，又是大幅度的抒情：“两家求合葬，合葬华山傍。东西植松柏，左右种梧桐。枝枝相覆盖，叶叶相交通。中有双飞鸟，自名为鸳鸯，仰头相向鸣，夜夜达五更。行人驻足听，寡妇起彷徨。”开头起兴的孔雀变成了结局的鸳鸯，不但在缠绵缱绻的情调上遥相呼应，而且有所发展，仰头相鸣，夜夜五更，松柏、梧桐也枝枝相覆，叶叶交通。悲郁的徘徊上升为浪漫的颂歌。

在这悲剧的氛围中，五个人物，也从完整统一的情节中以各不相同的逻辑获得自己的生命。同样是刘兰芝的家人，母亲与兄长迥然不同。也许其兄的粗暴显得比较单薄，但是，在情节上，却特别有机。其兄对刘兰芝具有超过其母的压力，也是刘兰芝最后选择死亡的近因。作者很有匠心地在这个人出场前就作了伏笔，在刘兰芝和焦仲卿相约重圆的时候，就提示了危机：“我有亲父兄，性行暴如雷，恐不任我意，逆以煎我怀。”这一点不可小觑。这种为最后的结果埋伏原因的手法，出现在早期叙事诗歌中，可以说是超前早熟的。要知道，在叙事文学中，这种手法的运用，差不多要到《三国演义》时才比较自觉。在短篇小说中，即便在宋元话本中，都还不普及，通常采用“补叙”的手法。《京本通俗小说》

① 《孔雀东南飞》最早为《玉台新咏》所收，题名“古诗为焦仲卿妻作”。诗前有小序说，故事发生在“汉末建安”，“时伤之，为诗云尔”。当为建安时期的作品。后人虽有争议，不足为据。

中有经典的《碾玉观音》。郡王家管绣花的秀秀和给郡王家碾玉、刻制玉器的男工崔宁发生爱情。郡王家失火，秀秀拿着包袱拉着崔宁要私奔。这是一种非同小可的结果，作者事先并没有显示充足的原因，相当于把枪弹打出去，事先却没有把枪挂在墙上让观众看到。作者感觉到了这一点，在此“补叙”了几句：“原来郡王曾对崔宁许道：‘待秀秀满日来嫁与你。’崔宁谢了一番。”崔宁是个单身，却死心，秀秀认得这个后生，却指望，但后来郡王忘了，于是秀秀采取了这样一个果断的行动，你忘了，我可没忘，抽冷子跟他跑了。这样一个果断的行动就用这寥寥几笔补叙，不能算是成熟的办法。成熟的小说就废弃了补救性的手法，事先埋下“伏笔”。毛宗岗在评点《三国演义》时把这种方法叫“隔年下种，先时伏着”。①

最值得注意的是，正是这样的手法使得本来关系亲密的人物，在情感上拉开了距离，发生了错位。从主观来说，兄长其实也是为妹妹着想：“先嫁得府吏，后嫁得郎君，否泰如天地，足以荣汝身。”希望妹妹化悲为喜，一心为妹妹打算，没想到却把妹妹送上了死路。发生在刘兰芝兄妹之间的因果同样发生在焦仲卿母子之间。关系越是亲密，心理情感的距离越是扩大，后果越严重；“错位”幅度越大，越具有悲剧性，人物也就真有个性。

当然，人物之间，拉开距离最大，错位最大，最多反复，也最动人的，要算是刘兰芝和焦仲卿。

表面看起来，焦仲卿对母亲是比较软弱的。这是特定的时代因素所致。魏晋之际，统治者“以孝治天下”，不孝父母不仅是个道德问题，而且是个法律问题，是可以治罪的。但从根本上来说，焦仲卿对感情是很坚定的，从一开始就声言：“今若遣此妇，终老不复取！”最后，他即使屈从母亲，也只是表面上的，暗地里却和刘兰芝密约。这明显是阳奉阴违。相比起来，刘兰芝则不同，她对焦仲卿是有点赌气的：“谓言无罪过，供养卒大恩；仍更被驱遣，何言复来还！”而且对焦仲卿的密约，也有点矛盾。一方面，和焦仲卿立下山盟海誓：“君当作磐石，妾当作蒲苇。蒲苇纫如丝，磐石无转移。”另一方面，却又担忧哥哥作梗。这个刘兰芝的形象，不像后代类似题材中的女性那样，比男性更坚定，而是相反，她更实际，更具外柔内刚的性质。她受到哥哥的威逼，居然不屑抗争：“处分适兄意，那得自任专！虽与府吏要，渠会永无缘。登即相许和，便可作婚姻。”她不但爽爽快快同意改嫁太守之子，而且决计马上结婚。这显然是反抗无望，废话少说。而正是这一着，拉开了她与焦仲卿的距离。焦仲卿一下子变得相当激烈：“贺卿得高迁！”这祝贺已经是讽刺

① “《三国》一书有隔年下种，先时伏着之妙，善圃者投种于地，待时而发，善弈者下一闲着于数十着之前，而其应在数十着之后，文章叙事之法亦犹是而已。……每见近世稗官家一到扭提不来之时，便凭空生出一人，无端造出一事，觉后文与前文隔断，更不相涉，试令读《三国》之文，能不汗颜？”朱一玄、刘毓忱编《三国演义资料汇编》，百花文艺出版社 1983 年，第 305—306 页。

了。接下去更厉害，把当时盟誓中的“磐石”和“蒲苇”的比喻提出来，几乎是责问：“磐石方且厚，可以卒千年；蒲苇一时纫，便作旦夕间。”最后则扬言生离死别，分道扬镳：“卿当日胜贵，吾独向黄泉！”这位在母亲面前多少有些软弱的男士，在这样的关键时刻，话说得一点余地也不留，可见其神态是有一点决绝的。这就逼出了刘兰芝的话：“何意出此言！同是被逼迫，君尔妾亦然。黄泉下相见，勿违今日言！”揭示出刘兰芝当时同意再嫁是“被逼迫”的。从这里可以看出，妇女比之男性更多的是无奈。

从态度的坚决来看，虽然焦仲卿比刘兰芝更为果断，但是，长诗的作者似乎对刘兰芝更偏爱。这种偏爱表现为每逢比较重要的场景，给予焦仲卿的，就是比较直率的直白，而给予刘兰芝的则是非常夸张的排比和形容，有时甚至达到不厌其烦的程度。例如，一开头是：“十三能织素，十四学裁衣，十五弹箜篌，十六诵诗书。十七为君妇……”被遣回家时，母亲这样说：“十三教汝织，十四能裁衣，十五弹箜篌，十六知礼仪，十七遣汝嫁……”从修辞来说，这里有两点值得一提。第一是重复。不要说在诗歌中，就是在散文中，这也是大忌。但这里却是有意为之。因为，刘兰芝对婆母曾经自述：“昔作女儿时，生小出野里。本自无教训，兼愧贵家子。”这里的重复，实际是反复提醒读者，事实并不是如此。第二，重复的句式，并不是流水账似的罗列。其中隐含的是一种特殊的、铺张的趣味，这种趣味不是文人诗歌的，而是属于民歌的，和《木兰诗》中“万里赴戎机，关山度若飞。朔气传金柝，寒光照铁衣”那样对仗工稳的唐诗句式所代表的文人诗歌的精英意趣不同，这是一种民歌的天真趣味。但是，从内容来看，却不完全是民间的，也是精英的。织素、裁衣属于女红，可以说是平民的，也是正统意识形态规定的。至于“弹箜篌”“诵诗书”，则无疑有文人的精英意识。从这里可以看出，作者为了表现刘兰芝，便从民间和文人情趣两个方面进行美化、诗化，从人格修养（如对待小姑，留饰物以待后来者）等多方面进行理想化。

民间趣味的铺张手法在《孔雀东南飞》中是刘兰芝的专利，与其他人物，包括焦仲卿，可以说是绝缘的。每逢重要环节，作者就对刘兰芝铺张一番。如离别时：“妾有绣腰襦，葳蕤自生光；红罗复斗帐，四角垂香囊；箱帘六七十，绿碧青丝绳，物物各自异，种种在其中。人贱物亦鄙，不足迎后人。留待作遗施，于今无会因。”“鸡鸣外欲曙，新妇起严妆。著我绣夹裙，事事四五通。足下蹑丝履，头上玳瑁光。腰若流纨素，耳著明月珰。指如削葱根，口如含朱丹。纤纤作细步，精妙世无双。”装饰的丰富和华贵，表现的并不是富贵，而是以物之贵显示人品之高。铺排句式的运用，似乎并不以情绪的昂扬为限，哪怕就是被迫答应贵家公子的婚事，情感陷入灾难性困境的时候，也不例外。“青雀白鹄舫，四角龙子幡。婀娜随风转。金车玉作轮，踯躅青骢马，流苏金镂鞍。赍钱三百万，皆用青丝穿。杂彩三百匹，交广市鲑珍。从人四五百，郁郁登郡门。”“赍钱三百万”“从人四五百”仍然是一种夸耀，但不是物质上的富贵，这样的排场只有高贵的人品才能匹配，只有刘兰芝的精神才值得渲染。这种渲染，甚至在悲戚的情绪中，也不可缺少。“阿女默无声，手巾掩口啼，泪落便如泻。移我琉璃榻，出置前窗下。左手持刀尺，右手执绫罗。朝成绣夹裙，晚成单罗衫。晻晻日欲暝，愁思出门啼。”长诗花在这方面的篇幅，甚至比她自尽的场面还要多。

就总体来说，长诗属于叙事诗，但奇特的是，全诗的叙述成分反而很少，少到不能再少。就是到了高潮，长诗的叙述，也非常精练。“其日牛马嘶，新妇入青庐。奄奄黄昏后，寂寂人定初。‘我命绝今日，魂去尸长留！’揽裙脱丝履，举身赴清池。”为这个绝命情节的高潮，诗人营造了悲郁的氛围，十分和谐。一方面是奄奄黄昏，视觉暗淡，寂寂人定，听觉宁静。从这里，读者可以感到在句法上难得一见的比较整齐的对仗（当然不如前述《木兰诗》中两句那样平仄工整）。如果仅仅如此，不过就是宁静而已，诗人还刻意加上“牛马嘶”，为兰芝的自杀平添了苍凉意味。同时，诗人在叙述中突出了微妙的细节：“揽裙脱丝履，举身赴清池。”面临死亡还不忘揽裙脱履，显示了惊人的从容，可谓神来之笔。

诗人的叙述，可谓惜墨如金。作者显然是有意在开头安排一则“小序”，把情节骨架基本上全都交代了。故一开头，就是兰芝的独白，不但交代了身世，而且把情节推移到危机尖端。几乎所有人物，包括两个主人公，主要都是通过对白呈现，而不是通过动作的描述。

作为叙事诗，通篇却很少叙事，这和与之齐名的《木兰诗》恰恰相反。《木兰诗》通篇都是叙述，连比喻都绝无仅有。这在讲究比兴的中国古典诗歌中，很是罕见。而同为叙事诗的《孔雀东南飞》却极少叙事。全诗三百多句，连叙述带铺张排比的抒情才一百来句，其余二百多句都是人物对白。是不是可以这样说，这首叙事诗其实是以戏剧性对白为主体，叙事语句大都是过渡性的交代，“府吏得闻之，堂上启阿母”“阿母谓府吏”“府吏长跪告”“新妇谓府吏”，作用就是对白之间的串联。偶尔出现细节描写，如“阿母大拊掌，不图子自归”“阿母得闻之，槌床便大怒”，可谓凤毛麟角。

从总体来看，《孔雀东南飞》和《木兰诗》相比，语言显然要朴素得多。文字上也不免有些粗糙，文人加工的痕迹并不显著。有些地方，还留下了情节上的漏洞。如：“媒人去数日，寻遣丞请还，说有兰家女，承籍有宦官。云有第五郎，娇逸未有婚。遣丞为媒人，主簿通语言。直说太守家，有此令郎君，既欲结大义，故遣来贵门。”其中的叙述有些混乱。某高中课本对“媒人去数日，寻遣丞请还，说有兰家女，承籍有宦官”的注解说：“这里指向县令复命后，从县令处离去。”对“寻遣丞请还”注解说：“不久差遣县丞向太守请求工作回县。”显然是脱离了文本把太守硬推出来，这就有点曲为其解。但是，即使这样，也还是没有理顺。“说有兰家女，承籍有宦官。”这显然不应该是县丞向兰芝母亲说的话。所以注解又说，有另外一种说法，这两句应该是兰芝母亲推托的话。①从加工者驾驭语言的水平来看，更多的应该是民间人士。正是因为这样，原生民歌的色彩，要浓厚得多。

中国古典诗歌在世界诗歌史上，有独特的优势。然而，这仅仅限于抒情诗。正是因为这样，20世纪初美国产生的意象派刻意师承中国古典抒情诗，而中国古典叙事艺术却并没有这样的荣耀。中国古典叙事诗的经典文本有限，最著名的只有《木兰诗》《孔雀东南飞》《长恨歌》《琵琶行》等不超过十首。但是，数量稀缺却并不妨碍质量奇高。如果说《长恨歌》《琵琶行》的伟大成就在于发挥了中国古典的抒情优长，成功地把叙事融入抒情的话，那么《木兰诗》的成就则在把抒情融入叙事，而《孔雀东南飞》以其情节的完整性，以戏剧性抒情性的对白带动叙事，可以毫不夸张地说是叙事超前成熟的奇迹。

① 高中《语文》（第四册），语文出版社2006年，第43页。

《木兰诗》：花木兰是英勇善战的“英雄”吗

解读焦点： 本文的分析方法是直接以还原法揭示矛盾。1. 歌颂战争中的英雄，却不写战争；2. 与之相对照，写叹息、买马、思亲用了大量的排比；3. 写花木兰归来，家庭团聚的篇幅更大。在揭示矛盾的基础上进入第二层次，对本文作因果分析、文化批评，这种写法的原因是女英雄不同于男英雄，这是全诗主题所在。第三层次的矛盾是民歌的铺张和唐诗的精练。第四层次是全诗都是叙述，没有比兴，最后却出现了很复杂的比喻，等于是把四个层次结合起来，与表现女性的自豪的主题高度统一。

《木兰诗》诗云：

唧唧复唧唧，木兰当户织。不闻机杼声，唯闻女叹息。

问女何所思，问女何所忆。女亦无所思，女亦无所忆。昨夜见军帖，可汗大点兵，军书十二卷，卷卷有爷名。阿爷无大儿，木兰无长兄，愿为市鞍马，从此替爷征。

东市买骏马，西市买鞍鞯，南市买辔头，北市买长鞭。旦辞爷娘去，暮宿黄河边，不闻爷娘唤女声，但闻黄河流水鸣溅溅。旦辞黄河去，暮至黑山头，不闻爷娘唤女声，但闻燕山胡骑鸣啾啾。

万里赴戎机，关山度若飞。朔气传金柝，寒光照铁衣。将军百战死，壮士十年归。

归来见天子，天子坐明堂。策勋十二转，赏赐百千强。可汗问所欲，木兰不用尚书郎，愿驰千里足，送儿还故乡。

爷娘闻女来，出郭相扶将；阿姊闻妹来，当户理红妆；小弟闻姊来，磨刀霍霍向猪羊。开我东阁门，坐我西阁床，脱我战时袍，著我旧时裳，当窗理云鬓，对镜帖花黄。出门看火伴，火伴皆惊忙：同行十二年，不知木兰是女郎。

雄兔脚扑朔，雌兔眼迷离；双兔傍地走，安能辨我是雄雌？

语文教学脱离文本是一种顽症。自从有了多媒体以后，这种顽症又有了豪华的包装，喧宾夺主的倾向风靡全国。不可否认，不少第一线的教师，一方面重视文本，一方面弄一点多媒体，有把二者结合得比较好的，成绩当然不可低估。但是在好多地方，有一种倾向，就是为多媒体而多媒体。有时技术出故障，声音不响，画面不来，像钱梦龙老师讲的那样："这哪是多媒体，是倒霉体！"多媒体本是文本分析的附属，但是，许多时候，文本变成了多媒体的附属。我到一所中学去听课，教师讲《木兰诗》，先放美国的《花木兰》动画片，接着集体朗读了一番，然后讨论《木兰诗》的文本。但这和前面美国的《花木兰》有什么关系，他完全忘记了。他问花木兰怎么样，学生说是个英雄。这花木兰什么地方"英雄"啊？底下想来想去，花木兰很勇敢啊，花木兰会打仗啊……只有一个学生讲："花木兰挺爱美的。"教师又问了，花木兰回来以后，家里反应怎么样啊？学生说，爸爸、妈妈出来迎接她。某同学你做个样子是怎么样迎接的。就这么样迎接……（做搀扶状）又问，弟弟怎么样？弟弟磨刀。某个同学你做个磨刀的样子。那同学就做磨刀状。完全是机械性僵化的动作，一点欢乐的情绪都没有，完全忘记了人物的心态。就在这嘻嘻哈哈之间，文本中的花木兰消失了，多媒体上的花木兰也被遗忘了。

其实，美国人理解的花木兰和我们中国经典文本里的花木兰，是不一样的。不是说要分析吗？分析就是要抓住差异，引出矛盾，没有矛盾便无法进入分析层次，有了矛盾，就应该揪住不放。美国花木兰是不守礼法的花木兰，经常闹出笑话的花木兰。而中国的花木兰，说她是英雄，这个英雄的特点是什么？如果没有具体分析就会造成一种印象：美国的和中国的是一样的。这样，多媒体就变成"遮蔽"了。

我后来总结说，其实在课堂对话中，许多同学讲了一些不着边际的话，但是，有一个同学讲了一句话，"花木兰挺爱美的"。这非常重要，比一般化地称赞她是"英雄"深刻得多。为什么呢？它有一种"去蔽"的启示。花木兰的形象可能被"英雄"的概念遮蔽。英雄是什么呢？英雄就是保家卫国的，会打仗的，很勇敢的。我问他们，这首诗里面，写打仗一共几行？"旦辞爷娘去，暮宿黄河边，不闻爷娘唤女声，但闻黄河流水鸣溅溅。"这是不是打仗呢？不像，写的是行军。"万里赴戎机，关山度若飞。"是不是打仗呢？还是行军。"朔气传金柝，寒光照铁衣。"是不是打仗呢？还是不太像，是宿营。"将军百战死，壮士十年归。"这可以说是打仗了。但是，第一，从诗行来说，何其少也，只有两行，而且严格来说，只有一行。因为"壮士十年归"这一行，写的不是打仗，而是凯旋。然而就是"将军百战死"这一行，也不是正面描写战争，而是概括性很强的叙述，打了十年，经历了上百回战斗，将军都牺牲了。就这么区区一行，可以说是敷衍性的笔墨，几乎和花木兰没有什么关系。作者想不想写她浴血奋战？她在战争中的英勇是全诗的重点还是"轻点"？为什么作者把战争场面轻轻一笔带过就“归来见天子”了？战争真是太轻松了。这样写战争，是不是作者在追求一种惜墨如金的风格？好像不是。但是文本又不像敷衍了事随便写写的，该着重强调的地方，甚至不惜浓墨重彩。光写这个女孩子为父亲担心，决心出征，写了多少行呢？十六行：“唧唧复唧唧，木兰当户织。不闻机杼声，唯闻女叹息。问女何所思，问女何所忆。女亦无所思，女亦无所忆。昨夜见军帖，可汗大点兵，军书十二卷，卷卷有爷名。阿爷无大儿，木兰无长兄，愿为市鞍马，从此替爷征。”然后写备马（从这里可以感到当时农民的负担是如何重，参军还要自己花钱去买装备），写了多少行呢？四行：“东市买骏马，西市买鞍鞯，南市买辔头，北市买长鞭。”接着写行军中对爹娘的思念，又是八行：“旦辞爷娘去，暮宿黄河边，不闻爷娘唤女声，但闻黄河流水鸣溅溅。旦辞黄河去，暮至黑山头，不闻爷娘唤女声，但闻燕山胡骑鸣啾啾。”这八行是对称的，意思相同，本来四行就够了，但作者冒着重复的风险，写得如此铺张，句法结构完全相同，和前面四行相比，只改动了几个字，几乎没有提供任何新信息。奏凯归来以后，作者写家庭的欢乐，用了六行，写花木兰换衣服化妆，又是六行：“爷娘闻女来，出郭相扶将；阿姊闻妹来，当户理红妆；小弟闻姊来，磨刀霍霍向猪羊。开我东阁门，坐我西阁床，脱我战时袍，著我旧时裳，当窗理云鬓，对镜帖花黄。”如果作者的意图是要突出木兰作为战斗英雄的高大形象，这可真是有点本末倒置了。

问题的要害在两个方面。

第一，花木兰参加战斗，战斗的英勇却不是本文立意的重点。立意的重点在哪里？许多把精力放在多媒体上的教师忘记了，这个经典文本最起码的特点是，描写了一个女英雄。战争的责任本来并不在她。她之所以成为英雄，是因为她承担了“阿爷”“长兄”这些男性的职责。这个职责如果仅仅限于家庭，她不过是个一般意义上的假小子、铁姑娘，作为撑持家业的顶梁柱而已。但是，木兰主动承担的责任，不仅仅是家庭的，而且是国家的。她为国而战，立了大功（“策勋十二转”），做出了卓绝的贡献，却并不在乎，甚至没有表现出成就感，这和一般以男性为主人公的作品，光宗耀祖、富贵还乡的炫耀恰恰相反。她拒绝了“尚书郎”的封赏，除了一匹快马以外，别无他求。她要回到故乡，享受平民家庭的欢乐。这个英雄的内涵，从承担起“家”的重担开始，到为国立功，最后又回到家庭、享受亲情的欢乐。文本突出的是一种非英雄的姿态。这是个没有英雄感的平民英雄，是英雄与非英雄的统一。更为深刻的是，她不但恢复了平民百姓的身份，而且恢复了女性的身份。这个英雄的内涵不单纯是没有英雄感的平民英雄，更深邃的内涵是不忘女性本来面貌的女英雄。她唯一感到得意之处，就是成功地掩盖了女性性别：“出门看火伴，火伴皆惊忙：同行十二年，不知木兰是女郎。”这些“火伴”当然应该是男性。“惊忙”两字，不可轻易放过，这不但表现了木兰的自鸣得意，而且是对男性的调侃，显示了女性细腻的心理的优越。

这一点，不是以今拟古的妄测，是有历史还原根据的。这种女子英雄主义观念，在当时的民歌中，可能不是孤立的现象，我们在北方其他民歌中不难找到类似观念的表现，如《李波小妹歌》："李波小妹字雍容，褰裳逐马如卷蓬。左射右射必叠双。妇女尚如此，男子安可逢？"不过多数女子英雄不像木兰这样与战争相联系，而是以大胆追求自由的爱情，忠于家庭、丈夫，不受利诱为主，如《陌上桑》《羽林郎》。

第二，本文在写作上，表现了某种矛盾的倾向。一方面，该简略的地方可以说是惜墨如金，连花木兰怎样打仗都不着一字，百战之苦、十年之艰，一笔带过。另一方面，该铺张的时候，可谓不惜工本，极尽渲染之能事。这种渲染又不是常见的比喻形容，而是一种特殊的铺张："东市买骏马，西市买鞍鞯，南市买辔头，北市买长鞭。"几乎没有一个读者发出疑问：马有这样买的吗？这不是有点折腾？还有："开我东阁门，坐我西阁床。"这不是有点文不对题吗？开了东边的门却坐到西边的床上去。更有甚者："问女何所思，问女何所忆。女亦无所思，女亦无所忆。"本来一句话就可以讲清楚的，为什么要花上四句？但是，读者的确并没有感到拖沓，原因是这里有一种动人的情调。这是一种平行的铺张，文人作品往往是回避这种平面式的铺开的，文人的渲染更强调句法的错综变幻。而这种铺张能够唤起读者阅读经验中关于民间文学所特有的（可能与某种说唱的传统手法有关）情调。在这样的铺张中有一种天真朴素的情趣，这情趣在南北朝民歌中屡见不鲜，如："江南可采莲，莲叶何田田！鱼戏莲叶间，鱼戏莲叶东，鱼戏莲叶西，鱼戏莲叶南，鱼戏莲叶北。"又如《焦仲卿妻》（即《孔雀东南飞》）："青雀白鹄舫，四角龙子幡，婀娜随风转。金车玉作轮，踯躅青骢马，流苏金镂鞍。"又如《陌上桑》："青丝为笼系，桂枝为笼钩。头上倭堕髻，耳中明月珠。缃绮为下裙，紫绮为上襦。"这种渲染的特点还在于，全部是同样句法正面的描述，不用比喻，也没有直接的抒情，但是在这种铺张的叙述中，隐含着一种天真的、稚拙的、朴素的、赞赏的情趣。

不过，《木兰诗》与一般南北朝乐府民歌还有所不同，这里的一些笔墨，和铺张是相反的，那就是语言的高度精练，如前面已经提到过的："万里赴戎机，关山度若飞。朔气传金柝，寒光照铁衣。"前面两句运用句法结构的对称，提高了空间的概括力。万里关山，就这么轻松地带过去了。要不然不知要花多少笔墨才能从被动的交代中摆脱出来。但是，这两句，从形象的感性来说，毕竟还是比较薄弱了一些。后面两句则把对称结构提升到对仗的水准，连平仄都是交替相对的。作者大胆省略了无限的生活细节，只精选了四个名词（朔气、金柝、寒光、铁衣）和两个动词（传、照），将它们紧密地结合成一个有机的意象群落，就把北地边声、军旅苦寒的感受传达出来了，凭借其密度和张力，引领读者的想象长驱直入，进入视通万里的境界。这显然不是民歌朴素的话语方式，而是文人诗歌的想象模式的运用。

当然，作者也并不一味拒绝比喻，居然在故事结束以后，突然一反常态。这很有点令人意外，本来全文几乎都是叙事，从出征到凯旋，几乎没有什么形容，几乎没有用过比喻。这在全文中是第一次使用比喻，可不用则已，一用就很惊人。这是一个很复杂的比喻，有两个喻体，写战争时惜墨如金的作者此时慷慨地花了四行："雄兔脚扑朔，雌兔眼迷离；双兔傍地走，安能辨我是雄雌？"这个比喻内涵相当丰富，强调的是，男女在直接可感的外部形态方面本来有明显的区别，可是这种区别不重要，通过化装轻而易举地消除了以后，女性完全可以承担起男性对于家和国的重担。也许这个意义太重要了，因而经受住了近千年的历史考验。直到今天，"扑朔迷离"不但在书面上，而且在口头上仍然具有很强的生命力。

这就叫文本分析。抓住文本，就是要"去蔽"，去掉一般化的、现成的、空洞的英雄的概念，像剥笋壳一样，把文本中间非常具体的、微妙的内涵揭示出来。原来这个经典之所以成为经典，就是因为它重构了一种"英雄"的概念，这是非常独特的，和我们心目中的概念是不一样的，要防止武松啦，岳飞啦，这些现成的概念把你遮蔽住了。

从文化学上来说，这个英雄的观念具有颠覆的性质。汉语里的"英雄"概念本来是指男性，英是花朵、杰出的意思，可是像花朵一样杰出的人物，只能是男性（雄）。把花木兰叫作英雄，词义内涵是有矛盾的。她是个女的，还要叫她"英雄"，不通。应该叫作"英雌"。把她叫作英雄，就是改变了（颠覆了）原本的"英雄"的观念。从文本出发，揭示出这个经典文本里"英雄"观念的特殊性，就是我们的任务。

我在《直谏中学语文教学》中说，分析的前提是揭示矛盾，而矛盾是潜在的，我提出用"还原法"来揭示矛盾，才有分析的对象。还原，就是把"英雄"原来的观念作为背景，它是怎样的？写在经典文本中的"英雄"的内涵是怎样的？二者不一样，才有分析的空间。这是一种硬功夫。

从方法论来说，对于英雄概念的形成要经历两个阶段，第一个阶段就是普遍概括的阶段。马克思说过，社会科学研究，不能像自然科学那样，把物质放在"纯粹状态"中进行实验。社会科学研究通过科学的抽象，也就是从感性的个别性中概括出共通的普遍性来。这就要求你从具体上升，把特殊的、个体中各不相同的感性的，也就是看得见、摸得着的属性排除掉，从无限多样的事物中抽象出共同的属性来。只有具备抽象的想象力，才能把英雄的概念从全世界所有英雄中概括出来。第二个阶段就是具体分析。目标在于还原，把普遍概括时牺牲掉的特殊性、个别性还原出来。这就要把普遍性（英雄）和特殊的个别性（花木兰）的矛盾揭示出来，洞察其作为女英雄在战争、家庭、功勋和亲情方面的特点。

这很不容易。多少人视而不见，就是因为没有抽象能力，没有在抽象中进行具体分析的能力。没有这种能力，上课就只能从现象到现象，空话连篇。不会分析，就只能满足于“英雄”的概念到处都一样，而分析就要揪住不一样。这是一口深井，坚持不懈地挖下去，这篇经典深邃的特点，从艺术到思想，就会像泉水一样冒出来了。

附：

从两首《木兰诗》看经典本《木兰诗》的思想和艺术

《木兰诗》(亦作《木兰辞》)从南北朝至今，一千余年，艺术生命不朽，多次被改编为电影，成为地方戏曲的传统节目，影响甚至远达美洲，木兰成为美国女权主义者的偶像。美国已经第二次将之搬上银幕。至于国人更是家喻户晓，中学生出口成诵。去年出现在《中国诗词大会》上，全民得以重温这经典艺术瑰宝，堪称诗词大会上一大亮点。

这首诗的艺术生命为什么千年不朽呢?

在《中国诗词大会》上，明星专家蒙曼解读说，这是一个女英雄。英雄在哪里？其内涵是什么？蒙曼说：其一，民族融合，木兰是少数民族的，是府兵制的产物；其二，对国家的忠义；其三，对家庭的孝道；其四，义烈之气；其五，勇武的精神。她的意思是说，花木兰集中表现了封建时代的一切忠、孝、义、勇等美德。花木兰这样一个女性形象，能够成为这样宏大观念的载体吗？如果她真的具备这么全面的美好的品性，那这位女英雄和男英雄有什么区别呢?

这是第一个问题。

《木兰诗》出自宋代郭茂倩的《乐府诗集》，原来有两首同名的《木兰诗》。如今之家喻户晓的只是其第一首，我们简称《木兰诗》。另外一首，为行文方便简称《木兰诗２》。

为什么《木兰诗》千年不朽，至今家喻户晓，而《木兰诗２》却被历史遗忘了呢?

这是第二个问题。

带着问题，分析文本，是一个很好的方法。我们就带着这两个问题进入文本的具体分析。

一

《木兰诗》整个文本着重渲染的是不是“勇武的精神”“义烈之气”呢？一开头，光是写叹息就写了八句：

唧唧复唧唧，木兰当户织。不闻机杼声，唯闻女叹息。问女何所思，问女何所忆。女亦无所思，女亦无所忆。

为什么要写上八句？一般地说，这不是显得很重复，而且堆砌吗？但是，读者并没有这样的感觉。《木兰诗２》[①]的开头是这样的：

木兰抱杼嗟，借问复为谁。欲闻所戚戚，感激强其颜。

只用了四句，读者是不是感到比较精练呢？似乎没有。为什么？从思想上说，作为女性，本无从军之义务，却因家无长男不能从军之忧思，这才有了代父从军的深思和酝酿。“昨夜见军帖，可汗大点兵。阿爷无大儿，木兰无长兄。”蒙曼说这是“府兵制”，至少是粗疏的。府兵制是唐代的，而《木兰诗》是南北朝的。国家征兵，出征自备马匹，归来授勋，系北朝的兵役制。[②]

从艺术上来说，用八句写叹息，是民歌体的铺张排比，风格与南北朝时期文人诗歌的华丽辞藻相反，另有一种朴素的风格、天真的趣味。而《木兰诗２》虽然简练，但是，基本是说明因果，缺乏情趣，而且语言也不够顺畅。“借问复为谁”的“复为”，没有来由。“欲闻所戚戚，感激强其颜。”“感激”，意思是感奋，和“戚戚”不相符合，“强其颜”，强颜，词不达意，木兰并没有强颜，而是在不断叹息。从语言质量来说，比之《木兰诗》相去甚远。

这说明，省略了语句的复沓就失去了情感的辗转反侧的思索，毕竟女扮男装，是要相当严密才不致暴露，这样破天荒的事情，是相当危险的啊。特别是，两首《木兰诗》都属于乐府诗中的“横吹曲”，“梁鼓角横吹曲”都是歌词，郭茂倩在此有小记曰“按歌辞有《木兰》一曲”，歌曲中复沓，是一唱三叹的基本手法。因而写买马有“东市买骏马，西市买鞍鞯，南市买辔头，北市买长鞭”四句，如果按所谓写实为上的观念来衡量，就可能产生疑问：当时真有这样四面分工严密的市场吗？其实，这不但是民歌的趣味，而且是表现女性获得男性身份四方奔忙的昂扬意气。《木兰诗２》，是这样的：

木兰代父去，秣马备戎行。

文字简洁了，但是，基本是叙述，语句复沓、情绪叠加的分量没有了。从军以后，于黄河、黑山之间，《木兰诗》又是八句：

旦辞爷娘去，暮宿黄河边，不闻爷娘唤女声，但闻黄河流水鸣溅溅。旦辞黄河去，暮至黑山头，不闻爷娘唤女声，但闻燕山胡骑鸣啾啾。

由五言短句，改为长句，七言乃至九言，表现情绪的递增：在奔赴疆场过程中，情思不在戎旅之艰险与女性之不便，而是聚焦于亲情之思念。这样的排比，不但是艺术的风格

① 下述相关引文见《传世文选·乐府诗选》(一)，西苑出版社 2003 年，第 246—249 页。

② 北朝兵役世袭制，部族成员世代服兵役，出征自备物资，归来按战功行赏，兵士地位较高，家庭状况较好，北魏中后期改为征兵制，世袭性有所瓦解，西魏出现的府兵制，承袭北魏的部族兵性质与汉族封建兵制。

的表现，而且是主题的重点所在。《木兰诗2》则是这样的：

朝屯雪山下，暮宿青海傍。

这样的句子精练了，还是对仗的，木兰深厚的亲情却毫无表现。分析这个区别不但对于读懂《木兰诗》的主题思想，而且对于理解《木兰诗》的艺术风格都至关重要。

写到行军，“万里赴戎机，关山度若飞。朔气传金柝，寒光照铁衣”。戎马倥偬，就这么四句，只有思亲的一半，如果主题是“勇武的精神”“义烈之气”“对国家的忠义”，这不是本末倒置吗？可是这还只是写到行军，全诗几乎没有正面战场的凶险的搏击，其“勇武”“义烈”，从何处得知？《木兰诗2》倒是写了正面战场：

夜袭燕支虏，更携于阗羌。

用的是对仗句——写到了夜袭，特别是写到了“更携于阗羌”。“携”，《说文解字》解释为“悬持也”，是把在于阗的异族活捉的意思。应该说，这两句相当不错，表现了木兰的英勇。但是，《木兰诗》并不在意这样正面表现花木兰的英武，而是回避了正面战场的描写：“将军百战死，壮士十年归”，他人战死了，自己得胜回朝。

当然，“策勋十二转，赏赐百千强”，写了她功绩非同小可，但只是侧面带一笔，并不正面描写，说明主题不在此。就是写天子接见，本该是多么盛大、豪华、隆重的场面，于情节也是重要的转折，但也只写了两句，“归来见天子，天子坐明堂”，轻轻一笔带过。要知道，明堂，不是一般的宫殿，而是天子宣明政教的地方，只有朝会、祭祀、庆赏、教学等重大典礼，才在这里举行，可是这里连一点氛围的渲染也没有。“可汗问所欲，木兰不用尚书郎，愿驰千里足，送儿还故乡。”皇帝与木兰的问答，居然也只有四句，简朴到不能再简朴的叙述，只有名词和动词，连形容词都没有，也没有比喻，更没有叹息、思亲那样的大幅度铺排。

与此相反的，是以平民身份归家，受到爹娘、姐姐、小弟的热烈欢迎，一写就是六句：“爷娘闻女来，出郭相扶将；阿姊闻妹来，当户理红妆；小弟闻姊来，磨刀霍霍向猪羊。”不但有一连串的排比，而且有了动作描写。

《木兰诗2》写木兰归来是这样的：

父母见木兰，喜极成悲伤。

这不仅仅是语言的差异，更是主题的不同，《木兰诗2》主题不在亲情，而《木兰诗》中花木兰功勋的价值乃是，恢复了和平的生活，家庭得以团聚，拥有欢乐和幸福。如果像蒙曼所说的，表现的是“孝道”，那就该对父母表现一下了。但是，没有。倒是《木兰诗2》有所表现：“木兰能承父母颜。”语意有点含混。“亲戚持酒贺父母，始知生女与男同。”“世有臣子心，能如木兰节。忠孝两不渝，千古之名焉可灭。”这完全是直接议论，比较干巴，大概是《木兰诗2》的主题了，意思是女儿和儿子一样，能够尽忠尽孝。但是，《木兰诗》的主题却远远高出于这种俗套。

二

接下来的重点是恢复自我，要大笔浓墨了。

开我东阁门，坐我西阁床，脱我战时袍，著我旧时裳。

这还不够，还要郑重其事地“当窗理云鬓，对镜帖花黄”，这是很少有的描写，比见天子的场面还要郑重。脱了戎装，还要化妆，不是一般的恢复女孩子身份，而是显示女性的美。

这充分显示了木兰英雄的内涵，不是什么忠孝，不是什么英勇，也不是像男性那样建功立业，为官作宰，衣锦还乡，青史留名，而是作为女性主动承担起男性的保家卫国的责任，恢复女儿身份，过上平民生活，享受亲情的温馨，故写恢复女儿身，从“开我东阁门”到“对镜帖花黄”，一共用了六句。最关键的是下面这几句：

出门看火伴，火伴皆惊忙：同行十二年，不知木兰是女郎。

关键是“火伴皆惊忙”。用今天的话来说，男性这时显得有点傻帽了，木兰的胸有成竹，和男性的“惊忙”，表现了其心理精细胜于男性，平静地享受女性的清高自得。

《诗经》的传统，本来是讲究比兴的，但《木兰诗》全诗却没有比兴（只有“关山度若飞”，可能是例外），全诗几乎都是叙述。但是，在最后却来了一个复合性比喻：“雄兔脚扑朔，雌兔眼迷离；双兔傍地走，安能之辨我是雄雌？”这是点题之句，至今“扑朔迷离”还成为人们日常中使用的成语。但是，一千多年的重复，令人们都感觉不到其深邃内涵了。蒙曼在这方面也未能免俗，口头上说她是女英雄，但是，陈述的内涵却与男英雄无异。全诗的主题的深邃就在于对男性英雄的传统文化观念的颠覆。英雄，在传统观念中，就是雄性的，就是岳飞、武松、关公，但是，木兰却是一个女英雄，并不是男性，而是女性，严格地说，应该是“英雌”。而当时乃至如今汉语中却没有“英雌”这样的词语，把木兰称为英雄，其中存在悖论。

封闭在《木兰诗》的文本深层的内涵，就在于潜意识中对男性英雄观的颠覆。这就是花木兰为美国女权主义者赞赏的原因。阅读就是要真正直达文本核心，在这样的基础上，才能从艺术分析进入文化分析的深层。

《木兰诗》这样明白如口语的诗句，其“英雌”的内涵之所以长期不被揭示，原因还在于，读者心理有开放性的一面，同时也有封闭性的一面。一般读者从文本看到的往往并不是全部，而是部分，他看到的往往是已经熟知的那些部分。《周易》所谓仁者见仁，智者见智，意味着仁者不能见智，智者不能见仁。鲁迅说，一部《红楼梦》，“经学家看见《易》，道学家看见淫，才子看见缠绵，革命家看见排满，流言家看见宫闱秘事”[①]。自发的阅读，读者看到的，不完全是作品，更多的是自己。男性英雄的观念已经为词语和文字固化了，读者就很难看到与男性英雄的不同的“英雌”。

三

阅读之难就在于，不但要与读者的先入为主的心理的封闭性作搏斗，而且要与文本的封闭性作搏斗。

表面上看，《木兰诗》的文本是开放的，没有任何秘密，但是，这只是表层，而英雄的内涵，却不在字面上，而是在字里行间，或者说在表层以下，在第二层次，是隐性的。因为文本是天衣无缝的，水乳交融的，因而是更加封闭的。读者凭直觉为表层形象之感动，是无法进入形象的深层的，这就要具体分析，而分析的对象即形象的差异或者矛盾。成千上万的所谓作品分析之所以无效，就是因为习惯于作为读者接受作品，只看到作者已经写出来的成品。满足于这样的接受是被动的，而要揭示文本深层的矛盾，则要突破这种被动性。关于这一点鲁迅有这样一段很深刻，又很具操作性的话：

> 凡是已有定评的大作家，他的作品，全部就说明着“应该怎样写”。只是读者很不容易看出，也就不能领悟。因为在学习者一方面，是必须知道了“不应该那么写”，这才会明白原来“应该这么写”的。这“不应该那么写”，如何知道呢？惠列赛耶夫的《果戈理研究》第六章里，答复着这问题——“应该这么写，必须从大作家们的完成了的作品去领会。那么，不应该那么写这一面，恐怕最好是从那同一作品的未定稿本去学习了。在这里，简直好像艺术家在对我们用实物教授。恰如他指着每一行，直接对我们这样说——‘你看——哪，这是应该删去的。这要缩短，这要改作，因为不自然了。在这里，还得加些渲染，使形象更加显豁些。’”[②]

鲁迅的意思很明确，那就是要在他已经写出来的精彩的地方，看出为什么没有那样写。这个矛盾是要读者去发现的，不管国内学者还是西方大师都忽略了，许多一线老师就更加束手无策了。其实，要看出作品为什么没有那样写，这并不难，只要在作品内外，主动地进行比较。提出问题，也就是找出差异、矛盾，想象一下，为什么这样写，而没有那样写？而这背后更深刻的原则在于，不仅把自己当作读者，而且把自己当作作者，设想自己和作者一起进入创作过程，这样就不是一味被动地接受，而是主动地创造了。其实，西方大师海德格尔早就有过如下的论述：

> 作品的被创作存在只有在创作过程中才能为我们所把握。在这一事实的强迫下，

① 鲁迅《〈绛洞花主〉小引》，《鲁迅全集》（第八卷），人民文学出版社2005年，第179页。

② 鲁迅《且界亭杂文二集》，《鲁迅全集》（第六卷），人民文学出版社2005年，第321页。

我们不得不深入领会艺术家的活动，以便达到艺术作品的本源。完全根据作品自身来描述作品的作品存在，这种做法业已证明是行不通的。①

他的意思很明白，那就是仅仅被动地阅读作品自身，是“行不通的”，只有设想自己和作者一起进入“创作过程”才能“把握”作品的精神实质。用我的话来说，就是把自己当作作者，摆脱被动性，主动地进入创作过程。不但看到作者这样写了，而且想象出作者为什么没有那样写。这种想象说难也难，说不难也不难。作品的内在的差异就摆在那里，就看你能不能主动地、有意识地去发现。比如说，作品写战事、功勋很简单，而写女性亲情和自得很丰富。如果更进一步，还可以发现矛盾，已经写了“将军百战死，壮士十年归”，那就是打了十年，可是到后来却写“同行十二年，不知木兰是女郎”。这个明显的漏洞，说明这首民歌不是一人一时写出来的，而是经历了许多年，由许多人修改、加工成的。正是因为这样，诗歌语言风格由两方面有机组成：一方面是大幅度的排比铺陈，完全是民歌风格；另一方面则是极其简练，如“朔气传金柝，寒光照铁衣”，连平仄对仗都很规范，完全是唐诗的成熟风格。还有，开头明明说“可汗大点兵”，这是少数民族的称谓，后来却说“天子坐明堂”。文本中潜在的矛盾，如果能够紧紧抓住，就不难提出潜在的很深刻的问题，启发调动读者主体深入思考。

四

当然，把矛盾从文本中分析出来，需要坚定的对立统一的世界观和方法论。没有这样的准备，对于矛盾就会视而不见，听而不闻。就是资料摆在眼前，也发现不了其与作品的矛盾，从而进行分析。例如，有一则民间传说，载于明代邹之麟《女侠传》：

木兰，陕人也。代父戍边十二年，人不知其为女。归赋戍边诗一篇。君子曰：“若木兰者，亦壮而廉矣。使载之《列女传》，缇萦、曹娥将逊之，蔡姬当低头愧汗，不敢比肩矣。”②

这个素材歌颂木兰，主题是“亦壮而廉”，而且把她归入《列女传》和缇萦、曹娥并举，都有点牵强。缇萦出于《史记·扁鹊仓公列传》。汉文帝时缇萦的父亲淳于意被告受贿，判了肉刑，押赴长安，他最小的女儿缇萦跟着到长安，上书文帝，称父亲一向清廉，愿为官婢，以赎父刑罪。书闻，文帝悲其意，当即除肉刑法。这个传说的主题明显是“孝”。

① 海德格尔《艺术作品的本源》，《海德格尔选集》（上），上海三联出版社1996年，第297页。

② 陈梦雷《古今图书集成》（第341卷），中华书局1986年，第50923页。邹之麟为明万历三十八年（1610）进士，南明弘光时官至都宪，博学工书画。《女侠传》分豪侠、义侠、节侠、任侠、游侠、剑侠等六类。其中“剑侠类”有序、目而无文，云文俱见《剑侠传》。今本王世贞《剑侠传》俱载之。书中所采多为历代女子侠举之出众者，多脍炙人口。如漂母、卓文君、虞姬、绿珠、王昭君、木兰、红线、聂隐娘等。作者能注意从女子中搜集侠义之行，与传统社会观念大相径庭。

至于曹娥，其父溺江中，数日不见尸体，曹娥年仅十四岁，昼夜沿江哭寻。十七天，投江，五日后其尸体抱父尸体浮出水面。后人改舜江为曹娥江。这样的散逸事，主题也是孝道。

把花木兰当作孝道的模范。是明代人的观念，这和出于南北朝时期的《木兰诗》时代背景不同，主题是不一样的。

《木兰诗》产生于南北朝，文字记载均晚于南北朝，故事可能早就流传。但是，后来的文字记载，从思想上说，可以看出《木兰诗》的情节雏形。《凤阳府志》：

> 隋，木兰，魏氏。亳城东魏村人。隋恭帝时，北方可汗多事，朝廷募兵，策书十二卷，且坐以名。木兰以父当往而老羸，弟妹俱稚，即市鞍马，整甲胄，请于父代戍。历十二年，身接十有八阵。树殊勋，人终不知其女子。后凯还，天子嘉其功，除尚书，不受，恳奏省觐。及还，释戎服，衣旧裳。同行者骇之，遂以事闻于朝。召赴阙，纳之宫中。曰："臣无愧君之礼。"以死拒之。帝惊悯，赠将军，谥孝烈。昔乡人岁以四月八日致祭，盖孝烈生辰云。①

这个素材的主题是表现木兰代父从军，不接受尚书的封赏，更接近《木兰诗》的情节，拒绝帝王纳妃，且以死相拒，则为《木兰诗》所未有。此文出于《凤阳府志》，最早的版本是明代的，通行的是康熙版，说木兰是隋朝人，而《木兰诗》成于南北朝早于隋，经过多少年，由不同时代、不同身份人士的加工才成经典。看来是后人，感于其人，添枝加叶，目的是拔高木兰的形象。作者的潜意识认为成为帝妃是女子最高的荣誉。但是，木兰既然连尚书这样部长级的官阶都拒绝了，哪里还可能甘当闭锁深宫的众多宫妃中的一员。《木兰诗》的主题就是平民的女儿，超越男子，完成男子的保家卫国的任务，享受女儿身份的恢复，歌颂的是"英雌"。后世文人以其拒为宫妃为烈，则是画蛇添足。

解释作品不能满足于作为读者，接受作品，人家写什么，你就读什么，这样是被动的。真正的解读应该把自己当作作者，想象自己进入他的创作过程，不但看到他怎么写了，而且看出他为什么没有那样写。不但看他强调、渲染了什么，而且看他舍弃了什么，提炼了什么。

一般教师之所以苦于解读作品之无效，其根本原因乃是，甘心被动接受作品，仅和作品对话，而不是主动参与，同时和作者对话。

本文提供了几种素材，目的就是便于教师们从中看出其主题之不同，分析出为什么唯独《木兰诗》成为千古不朽之经典，而其他诗作、散文皆湮没无闻。

---

① 陈梦雷《古今图书集成》（第 341 卷），中华书局 1986 年，第 50923 页。又见《凤阳府志》，康熙版本，存福建师范大学图书馆。

《陌上桑》：美的效果胜于美女本身
——兼谈同中求异的比较方法

解读焦点：从文学发展的历史来看，直接描写人物的外貌，是一个难题。这是因为，语言是声音符号的象征系统，主要诉诸听觉。而人物的外貌、身材、体态、服饰，主要诉诸视觉，是听觉无法直接表达的，即使象征符号具有约定俗成的经验唤醒作用，也很难穷尽视觉直观的丰富信息。所以，直接描写人物，特别是美人，就成为世界文学经典不断探索的课题。解读这首《陌上桑》，主要围绕美女如何美来展开。

《陌上桑》诗云：

日出东南隅，照我秦氏楼。秦氏有好女，自名为罗敷。罗敷善蚕桑，采桑城南隅。青丝为笼系，桂枝为笼钩。头上倭堕髻，耳中明月珠。缃绮为下裙，紫绮为上襦。行者见罗敷，下担捋髭须。少年见罗敷，脱帽著帩头。耕者忘其犁，锄者忘其锄。来归相怨怒，但坐观罗敷。

使君从南来，五马立踟蹰。使君遣吏往，问是谁家姝。“秦氏有好女，自名为罗敷。”“罗敷年几何？”“二十尚不足，十五颇有余。”使君谢罗敷：“宁可共载不？”罗敷前致辞：“使君一何愚！使君自有妇。罗敷自有夫。”

“东方千余骑，夫婿居上头。何用识夫婿？白马从骊驹。青丝系马尾，黄金络马头。腰中鹿卢剑，可值千万余。十五府小吏，二十朝大夫，三十侍中郎，四十专城居。为人洁白皙，鬑鬑颇有须。盈盈公府步，冉冉府中趋。坐中数千人，皆言夫婿殊。”

这首诗开头第三句，“秦氏有好女”，这个“好”字，在现代汉语中作为形容词，是相对于“坏”（负面评价）的，但是，在古代汉语中，好不但有正面评价的意义，而且有容貌上美丽的意味。《广韵》引《国语·晋语一》：“虽好色，必恶心，不可为好。”韦昭注曰：“好，美也。”这里的“虽好色”的“好”不是动词，而是形容词，“好色”是美色的意思。

辨析清楚这个词，对理解这首诗的艺术和思想有关键的意义。整首诗的主题是美女如何美。

有些课本的“问题讨论”中提出：“作者用何种手法来描写罗敷的美貌？请举例加以说明。”这样的问题便太简单，回答起来可能很肤浅，不外是表面的一望而知。有赏析文章这样写：“诗中交代了女主角的姓名、身份、职业及其工作的地点。作者为了衬托罗敷，夸张地铺叙其器物的精致和服饰的华美，而描写愈精致华美，正是为了衬托出使用、穿着者的艳丽动人。”（俞长江、侯健主编《中国历代诗歌名篇鉴赏辞典》，农村读物出版社）这是典型的被动追随性阅读，而不是主动分析性问题。

说通过环境、器物和服饰之美，来表现罗敷的美貌，似乎并不错，但是只是把诗句化为散文。原因在于缺乏主动反思：没有提出可供分析的问题。第一，为什么不直接写美女的面容、身材之美，而写环境、器物、服饰之美？第二，环境服饰之美，能等同于人的容貌之美吗？第三，过分铺陈了服饰之美是不是符合人物的身份？第四，是不是可能淹没了容颜之美，甚至反衬出容貌之不美呢？

从文学发展的历史看，直接描写人物的外貌，是一个历史的难题，列夫·托尔斯泰说过“描写一个人本身是不可能的，但可以描写他给我的印象”[①]。这是因为，语言是声音符号的象征系统，属于听觉，而人物的面貌、身材，其形状、色彩，主要是视觉的，是声音（听觉）所不能直接表达的，即使象征符号具有约定俗成的经验唤醒作用，也很难穷尽视觉直观的丰富信息。俗话说，耳听为虚，眼见为实，百闻不如一见，就是这个道理。故直接描写人物，特别是美人，成为世界文学经典不断探索的课题。

《诗经》一开头，对美女的描述，大都是“窈窕淑女”“静女其姝”之类，只以“窈窕”“淑”“静”“姝”来表现，是比较单纯的，缺乏直接的感知的。只有《卫风·硕人》比较勇敢地正面地写了：“手如柔荑，肤如凝脂，领如蝤蛴，齿如瓠犀，螓首蛾眉。巧笑倩兮，美目盼兮。”一连用了六个比喻，每个比喻，都富于细致的感知，但是，六个比喻是分散的，“领如蝤蛴”和“齿如瓠犀”，一个是动物的，一个是植物的，给人的印象是游离的，很不统一，谈不上和谐，还不如“巧笑倩兮，美目盼兮”动人。朱光潜先生在《从生理观点谈美与美感》中，对之批评得很尖锐：“前五句罗列头上各部分，用许多不伦不类的比喻，也没有烘托出一个美人来。”[②]

到了宋玉的《登徒子好色赋》中表现女性美人，有了些发展：“天下之佳人莫若楚国，楚国之丽者莫若臣里，臣里之美者莫若臣东家之子。东家之子，增之一分则太长，减之一分则太短；著粉则太白，施朱则太赤；眉如翠羽，肌如白雪；腰如束素，齿如含贝。”虽

① 托尔斯泰《列夫·托尔斯泰论创作》，漓江出版社1982年，第139页。

② 朱光潜《谈美书简》，人民文学出版社2001年，第49页。

然正面所写“眉如翠羽，肌如白雪；腰如束素，齿如含贝”是从《硕人》中模仿来的，有《诗经》同样的不足，但是宋玉也有些发明，不是从正面刻画如何美，而是从反面强调，“增之一分则太长，减之一分则太短；著粉则太白，施朱则太赤”。强调这样的美有一种完美到无以复加的程度。但是，这一点发明并不太高明，原因在于，本来是要表现美人如何美，却在如何不美上做文章了（稍加改变就不美了）。从严格意义上说，这里是虚晃一枪。

这个难题，在西方也同样存在。在古希腊的史诗《伊利亚特》中，两国为了争夺美女海伦引发了十年的战争，史诗对她相貌的正面描写，使用的修饰语似乎是简陋的，甚至可以说是贫乏的，如“女人中闪光的佼佼者”“长裙飘舞的”“美发的”，至于最常用的是其家乡“阿耳戈斯的”，这样的形容应该是无效的。

从外貌上写美女的课题在汉乐府民歌中，表现出突破的迹象。

那就是不直接在身体、容貌上下功夫，而是简接在环境和服饰上以排比的手法加以渲染。“日出东南隅，照我秦氏楼。”这是在居所的光鲜上营造美女的环境。其次是在道具和装饰上展示其华丽：“青丝为笼系，桂枝为笼钩。头上倭堕髻，耳中明月珠。湘绮为下裙，紫绮为上襦。”对于器具这样铺陈，明显有不实用的性质，但是，这并不太令人感到虚假，也不令人感到烦琐。这是因为，首先，乐府诗本来是合乐的，音乐曲调旋律的复沓，和诗歌的精练有不同规律，故合乐的《诗经》，在章法上反反复复，往往每章只易一两字，从纯粹诗歌的角度看，未免繁复之嫌，但是，并不妨碍其历史的经典性。其次，这样的复沓，蕴含着早期民歌某种朴素、天真的趣味。就如人类早期神话是人类的集体想象，从现代人的眼光看，是幼稚的，但是，恩格斯说希腊神话不但是希腊艺术的宝库，而且至今仍然是不可企及的典范。从人类成年时期回顾童年时期的天真想象，不但有情感的审美价值，而且有历史文化价值。

乐府民歌，是经过官方文人加工的，因而问题就比较复杂，其中交织着民歌的平民和贵族的趣味。一方面罗敷似乎是一个采桑的平民女子，但是，她住在独家的高楼上，这在当时可谓是豪华的居所。采桑的篮子又是“青丝为笼系，桂枝为笼钩”，这不像劳动用具，更像是工艺品。服饰是“湘绮为下裙，紫绮为上襦”，都是丝织品，当时平民百姓的穿戴只是麻织品而已（当时棉花尚未引入中国）。至于“头上倭堕髻”，梳妆这么复杂，显然不便于劳动，而耳中还有“明月珠”。装饰得这么繁复，与其说是出来采桑，不如是出来展示其华丽风采，似乎有贵族化的倾向。平民性质的朴素采桑劳动，本身是实用价值，本身不具备美的属性，要把它美化、诗化，不能从面容身姿上正面表现，只好从环境、装饰方面去相像，去美化。这种想象早在《诗经》中就屡见不鲜。如在《卷耳》中“采采卷耳，不盈顷筐。嗟我怀人，置彼周行”，这是正面写劳动，是平民的身份的妇女在思念丈夫。接下去“陟彼崔嵬，我马虺隤。我姑酌彼金罍，维以不永怀。”为了解脱思念的郁闷而饮酒，酒器居然是“金罍，”本来“罍”，从畾，是声符，而“缶”则为瓦器，表意的。虽然在当时“金”所指为铜，但也是贵金属。有这样贵重的酒器的妇女还用得亲自采卷耳吗？但是，这种超越实用的手法，在乐府民歌中是相当普遍的。如在《孔雀东南飞》中表现刘兰芝被迫离去时，是这样的：“鸡鸣外欲曙，新妇起严妆。著我绣夹裙，事事四五通。足下蹑丝履，头上玳瑁光。腰若流纨素，耳著明月珰。指如削葱根，口如含朱丹。纤纤作细步，精妙世无双。”只有“指如削葱根，口如含朱丹”算是接触到了容貌和身材，其余排比句均为衣饰。汉乐府中文人作品辛延年[①]的《羽林郎》尽管写的是一个当垆的胡姬（下层少数民族妇女），也是用了相当富丽的铺陈：

长裾连理带，广袖合欢襦。头上蓝田玉，耳后大秦珠。两鬟何窈窕，一世良所无。一鬟五百万，两鬟千万余。

从诗歌语言来说，这样的繁复铺陈，不但与诗歌的精练背道而驰，而且与平民妇女的身份极不相称，一个卖酒的女子哪来当时相当贵重的“蓝田玉”“大秦珠”？她的鬟髪，怎么可能价值千万？所有这一切都在说明，正面直接美化女性之难，比较方便的是从外部条件上着眼。《诗经》是经过文人加工的，乐府则更是，官方乐工李延年、文人司马相如都曾参与乐府歌辞的创作。在加工的过程中，汉赋的铺陈排比的风格的渗透使这种手法更加普及化。

这就造成了这首叙事诗一开头特殊的美学风格，那就是民歌的单纯和汉赋典丽的交融。

但是，从外部服饰表现美人，毕竟还是比较肤浅的。这并不是对古人的苛求。在汉乐府以前，中国古典文学早已另有开拓。朱光潜先生对此有所发现。他在批评了《硕人》前面几句以后接着说：“最后两句（按：巧笑倩兮，美目盼兮）突然化静为动，着墨甚少，却把一个美人的姿态神情完全描绘出来了。”[②]朱先生的论点是“化静为动”。静止地表现美人是不可能讨好的，只有让她动起来，才可能得其神髓。朱先生是阐释莱辛《拉奥孔》论画的时间静止性与诗的时间的延续性时这样讲的。这是有道理的，可以从屈原《九歌·少司命》得到印证：“秋兰兮青青，绿叶兮紫茎。满堂兮美人，忽独与余目成。”写美人，先是以秋兰的绿叶紫茎为背景，接着并不静止写其容貌，而是写其与主人公的眉目传情，就成了传神之笔。

如果一味这样静止地描写罗敷，则可能陷入汉赋的窠臼。接下去的几句突然换了一种

① 汉时诗人，生平不可考，从大秦珠一词推断，应该是东汉中后期。大秦最早见于中国是在班超通西域以后，在这之前中国人还不知道大秦这个地方。

② 朱光潜《谈美书简》，人民文学出版社2001年，第49页。

手法，不再借助华贵的外表。

行者见罗敷，下担捋髭须。少年见罗敷，脱帽著帩头。耕者忘其犁，锄者忘其锄。来归相怒怨，但坐观罗敷。

这里呈现的是一系列的、大幅度的动作。罗敷的美，使各式各样的人物都被吸引了，都表现出异常的动作。挑担的忘了挑担，耕田的忘了耕田，青春少年赶紧化装，都耽误了工作，还相互埋怨，其实，都是因为被她的美色吸引得忘神了。

解读到这里，似乎符合朱光潜先生阐释的莱辛的“动”的理论。严格地说，似乎不够用。在这里，“动”的不是罗敷，而是观看罗敷的人们。但人们的“动”，是结果，而“动”的原因却是罗敷之美。这就在很大程度上把表现美人的历史课题推进了一步。本来美人的美是用语言说不清的，光有淑女、静女，读者的五官是不可感的。有了被美吸引得颠颠倒倒的人物的动作，美的效果就看得见了，就有了某种喜剧性的感染力了。

这种动作性和喜剧性在中国古典诗歌抒写美女的母题上是一大创造。曹植的《美女篇》模仿《陌上桑》，就很不到位。同样写美女的美的效果，只有两句：

行徒用息驾，休者以忘餐。

失败在美的效果被感性的“息驾”和“忘餐”简单化了，更失败的是其中喜剧性的丧失，而丧失的原因，乃是将人物的动作尤其是超越常态的动作淹没了。

其实，以效果写美女的手法早在宋玉，就有了苗头。他在“增之一分则太长，短之一分则太短，施朱则太赤，施粉则太白”后面还有一句“嫣然一笑，惑阳城，迷下蔡”。“嫣然一笑”，可以说是《诗经》“巧笑倩兮”的延伸，但还缺乏感觉，而其效果“惑阳城，迷下蔡”则是具体的，可感的，因为这是动态的。这种动的艺术特点突出的乃是美的效果。这种效果到了李延年，就更夸张了：

北方有佳人，绝世而独立。一顾倾人城，再顾倾人国。宁不知倾城与倾国？佳人难再得！

在宋玉那里，只写了一笑，就把阳城、下蔡的人都迷惑了，而李延年这里，则是回头一看，城池、邦国就倾倒了。这样的夸张，据说还让李延年的妹妹得了汉武帝的宠，成了有名的李夫人。为了美人不顾国家的兴亡，明知有“倾城与倾国”的严重后果，但是比起“佳人难再得”，美人很难重现来，似乎就算不得什么了。

“倾城与倾国”广泛被接受，“倾城倾国”成为形容美人的成语。

但是，这一切经典都是抒情性的，而《陌上桑》则是动作性的多样和相互埋怨，显而易见的不合理，构成的喜剧性，却是《陌上桑》的一大发明。

中国人写美的效果的原则如此极端，无独有偶，居然与古希腊史诗里写海伦异曲同工。

海伦走向特洛伊城上，俯望战场，那些为她而血战的数万战士，望见她时，全看傻了，都不想打仗了，于是双方休兵一天。战争结束后，希腊老兵唯一的要求是，看一看令他们十年血战的美女。当海伦站在城墙上向他们致意时，这些士兵老泪纵横地说："值得！"

罗敷的美和海伦的美的夸张的效果固然如出一辙，但是，从艺术表现来说，不可忽略的是，海伦之美的效果，其抒情超越血腥暴力，带着正剧性的，而罗敷的美的效果的抒情，是带着喜剧性的。所有的人的动作毫无例外地都耽误了正经事，显而易见地可笑，却毫无道理地相互埋怨。还是诗人客观地指出，其实都是因为不由自主地看罗敷看呆了。

这个场面不但本身精彩，而且使得罗敷的富丽的美增加了幽默的成分。这就不是一般的"倾城与倾国"所能涵盖的了。

以下情节则是对罗敷的美深化，从外表的美，到内心情感的美。对于来自权势者的诱惑，罗敷采取的不是一般的拒绝，而是以夸赞丈夫的高贵来俯视权势者。罗敷所用的语言仍然是赋体的铺陈：对于使君的诱惑，严词拒绝。

东方千余骑，夫婿居上头。何用识夫婿，白马从骊驹。青丝系马尾，黄金络马头。腰中鹿卢剑，可直千万余。

这表面上和开头对罗敷的夸饰手法有共同之处。但是，对罗敷的夸饰是第三人称，而这里则是第一人称，这里就不完全是铺陈，而是带着更多的抒情意味。

为人洁白皙，鬑鬑颇有须。盈盈公府步，冉冉府中趋。坐中数千人，皆言夫婿殊。

这不仅仅是外部环境和装饰的排比来间接突出丈夫的高贵，而且直接描写其容貌和步态。从中也可看出，汉人男子美的一些特点，如皮肤的白皙和胡须。从步态来说，则以从容不迫为美，这显然是带着贵族的情调的。可以看出来，对丈夫的夸耀，综合用了外部铺陈，而对于其容貌步态的直接描述，则比较朴素，没有明显的夸张，情绪并没有紧张起来。但是，最后最后还是回到效果上来，"坐中数千人，皆言夫婿殊"，则相当夸张。但是，从情感来说，则是比较平缓。

同样题材的《羽林郎》中的胡姬的美德，不是夸耀自己的丈夫，而是在物质诱惑（贻我青铜镜，结我红罗裾）面前刚烈的决绝：

不惜红罗裂，何论轻贱躯。

而且摆出不惜拼命的姿态。并且以直接独白上升到哲理：

男儿爱后妇，女子重前夫。人生有新旧，贵贱不相逾。多谢金吾子，私爱徒区区。

"人生有新旧，贵贱不相逾"，拒绝的可贵在于坚贞，其境界不单单在新旧超越了贵贱，而且有对男女两性更高的概括："男儿爱后妇，女子重前夫。"男性喜新，女性爱旧，就不仅仅是对冯子都一个权贵，而且也是男性弱点的普遍的批判。这虽然是文人辛延年之作，但是，似乎个性更加鲜明，性情相当粗犷，也许这与女主人公是胡姬有关。从表现方法来说，没有用外部的铺陈，而是以精粹的直白和对话的形式表现人物，发挥了乐府诗歌此常用手法的优长。令人想起《孔雀东南飞》，虽为叙事诗，然用于叙述的只有100多句，而用在对话上的则有200多句。从这个意义说，这样的朴质结尾似乎属于另一种风格。

同样的主题却有不同的风格，遥遥相对，息息相通，用黑格尔所重视的同中求异方法[①]，有利于体悟蕴藏其间的艺术的奥秘。

如果对理论有兴趣，还可以对古典诗歌的权威理论“一切景语皆情语”进行反思，这里叙事的基础并不是景观，而是人物。一切景语皆情语，在这里就不够用了。唯一的办法乃是对之加以丰富：一切美人皆情人。

不过这已经超越了本文的篇幅限度，有待另文做系统阐释。

① 黑格尔《小逻辑》，贺麟译，商务印书馆1982年，第253页。

《敕勒歌》：民族文化的心理视野和近取譬

解读焦点： 解读就是解密，解密就是揭示显性意象之间的隐性密码。密码是“秘密”的，要发现索隐。这里显示的是：抓住地域特点、民族文化心理特点；具体说来就是天和地的关系，无人和有人的关系，特别是不变的视野和突然发现、骤然心动的关系。

《敕勒歌》诗云：

敕勒川，阴山下。天似穹庐，笼盖四野。天苍苍，野茫茫，风吹草低见牛羊。

这是一首北朝时期北方少数民族的民歌。《乐府广题》说：“其歌本鲜卑语，易为齐言（指汉语）。”《乐府广题》还说，东魏高欢攻西魏玉壁，兵败疾发，士气沮丧，高欢令敕勒族大将斛律金在诸贵前高唱此歌，以安军心。可以推想它的乐曲不应该是慷慨悲凉的，而是安抚军心的。

为什么要特别指出这是民歌？因为作为语言艺术，民歌和其他古典诗歌不一样，比较自由。文人作的诗歌，即使不是律诗（那时也还没有律诗），也多少讲点“格律”，如多以五言或七言为主，即使有杂言，也多以三言结尾。但这一首中的“天似穹庐，笼盖四野”却是四言结尾的。这一点，可以暂时不细说。

这首诗从表面上来看，不过是随意写景，即目所见，即兴而为。北宋诗人黄庭坚说这首民歌的作者“仓卒之间，语奇如此，盖率意道事实耳”（《山谷题跋》卷七）。诗歌所言，与当地的地理环境特点结合得很紧密。但值得思考的是，类似写草原的民歌并不少见，为什么这一首却成了经典，在艺术上具有很高的成就？

因为，它在以下几个方面显示了难以超越的感觉和视野。

第一，它表现草原的辽阔，不是直接写草原辽阔，而是先强调草原和天空的关系：说天在这里如同一个帐篷，笼罩在四面。这就是说，从天顶到四面八方，无遮无掩，一览无余，虽然号称“阴山下”，可是目光不受任何阻挡。在如此开阔的天空下，就是有山，也显得微不足道。这是在其他任何地方所不可能有的景观。

第二，更生动的是，这里不仅表现了天空的又高又近，而且表现了草原的辽阔。只有在草原上，人才能这样极目远眺，一直看到天地的浑一。如果不是在草原上，在城市里，在山岭中，哪怕是在农村中，也不可能有这样自由的视野。

第三，把天比作“穹庐”，比作帐篷，很有特点。首先是很有民族特点。因为是敕勒族的民歌，就用本民族最熟悉的帐篷来比喻。因为它最有亲近感，也最能引起美好的感情。这在比喻中属于近取譬。所谓近，是民族心理之近，生活经验之近。否则就可能有隔膜。比如，在汉族人感觉中，帐篷是狭小的，是不透气、不透光的，和天空的特点不相近，也就是和汉族的感觉不相近。但是在敕勒族人的感觉中，天空像帐篷一样，就有家园的感觉，不是那么高，不是那么遥远，而是触手可及的。

这些还不是最为精彩的，最精彩的是下面这几句：“天苍苍，野茫茫，风吹草低见牛羊。”“天苍苍，野茫茫”，字面上是说“天”和“野”，实际上是指天和地。“野”就是天底下的地。空间巨大，高远，一望无际，天地之间空无一物。“苍苍”“茫茫”，就是上下前后都一样，没有变化，单一、单调，令人联想到荒凉、荒野、荒漠、荒沙、荒原、荒草、荒蛮、洪荒……总之是没有生命的痕迹。但最后一句，恰恰是生命的发现、生活的怡然自在。这不仅仅是牛羊生活的自在，而且是与牛羊联系在一起的牧人欣赏的目光。生命的活跃，变成了心灵的活跃。生命宁静地存在着，只是被遮蔽了。这种遮蔽，正说明草之肥美。

从意脉上来说，这是一个对转：从苍茫荒凉，到水草丰美；从无人，到人的欣赏的目光和喜悦的心灵。

从结构上来说，这是双重的反衬：一是广阔无垠、大面积的空白，与微露的牛羊之间的对比；二是从苍凉的空寂，到生命的喜悦。

整个画面没有人，只有微露的牛羊。但是，发现这些微露的牛羊的，却是一双眼睛，一双牧人的眼睛，一个赞美自己家园的草原人。这是一首草原的赞歌，发自内心，漫不经心，却保持了千年的艺术青春。

《春江花月夜》：突破宫体诗的意境

解读焦点：“意境”是中国古典诗歌的基本范畴，从定义上进行从概念到概念的辨析的学术性大文章甚多，可对于真切理解经典诗作却并不一定切实有效。本文换一种思路，不从定义概念出发，而以经典个案分析为主，从《春江花月夜》意境形成的过程进行具体的历史分析。必须提出的是，这里所说“意境”和王国维的“境界”不同，王氏“境界”指情趣之高格调，多为句摘，比如宋祁的“红杏枝头春意闹”，张先的“云破月来花弄影”。而在李清照看来，二人“虽时时有妙语，而破碎何足成名家”。[①] 此处所讲“意境”不以句摘为务。

从《春江花月夜》中，可以看出意境有四大特点。一是与宫体诗的局部美相对，意境以整体性为生命，而局部之间则以主导特征构成有机统一。二是用空白把局部交融成整体。“言有尽而意无穷”，在言尽处是空白，也就是虽“不着一字”，却达到“意无穷”的效果。空白中无穷之情意使分散的意象成为有机群落。空白不空，情感在空白中，含而不露，比直接抒发更艺术，尤其是在结尾处的空白，追求的是不结束的余韵。三是情感在空白和意象的张力中深化。四是用空白召唤读者的经验，使之从被动转化为主动，在空白中自由体悟，和诗人共创共享，二者一起“尽得风流”。

张若虚《春江花月夜》诗云：

春江潮水连海平，海上明月共潮生。滟滟随波千万里，何处春江无月明？江流宛转绕芳甸，月照花林皆似霰。空里流霜不觉飞，汀上白沙看不见。江天一色无纤尘，皎皎空中孤月轮。江畔何人初见月？江月何年初照人？人生代代无穷已，江月年年只

① 胡仔编《苕溪渔隐丛话》后集卷三十三，人民文学出版社 1962 年，第 254 页。按此语出自李清照《词论》。

相似。不知江月待何人，但见长江送流水。白云一片去悠悠，青枫浦上不胜愁。谁家今夜扁舟子？何处相思明月楼？可怜楼上月徘徊，应照离人妆镜台。玉户帘中卷不去，捣衣砧上拂还来。此时相望不相闻，愿逐月华流照君。鸿雁长飞光不度，鱼龙潜跃水成文。昨夜闲潭梦落花，可怜春半不还家。江水流春去欲尽，江潭落月复西斜。斜月沉沉藏海雾，碣石潇湘无限路。不知乘月几人归，落月摇情满江树。

在诗歌发展历史的过程中，淘汰是很无情的。乾隆皇帝诗作达数万首，可没有一首是富有真正的艺术生命能够活在后代人的记忆中的。张若虚只留下两首诗，其中一首就成了千古杰作，被闻一多先生誉为“诗中的诗，顶峰上的顶峰”（《宫体诗的自赎》）①。但是，这个经典和其他许多经典不大相同，那就是从题目到立意，都不能说是原创的，而是在古题的基础上发展起来的。以古题作诗，在唐代是普遍的做法，是一种方便，也有很大的难度。方便在，有现成的意象群落和立意可以依傍，但是，对创新来说，现成的话语却变成了难以突破的障碍。满足于师承，必然受其境界的局限，充其量只是模仿的赝品。这首诗之所以成为杰作，就是因为既师承古意，又把宫体趣味和华丽的片段变成了具有整体性的平民趣味，这里的“意境”美就是整体之美。

《春江花月夜》属于宫体诗。一般说，这种诗由帝王倡导，以宫廷为中心流传，故而被称为“宫体”，内容以艳情为主，风格浮华，格调卑下。闻一多在《宫体诗的自赎》中说：“从前我们所知道的宫体诗，自萧氏君臣以下都是作者自身下流意识的口供。”②《春江花月夜》乐曲为陈后主宫廷制作。在宋代郭茂倩所编的《乐府诗集》中，此题下存诗四首。隋炀帝两首堪为代表。

其一：

暮江平不动，春花满正开。流波将月去，潮水带星来。

其二：

夜露含花气，春潭漾月晖。汉水逢游女，湘川值两妃。

“春江花月夜”由五个意象组成，这很能表现汉语诗歌意象浮动的特殊性。英语或者俄语诗歌都不可能以五个名词的并列作为诗题。即便在汉语诗歌中，“春”“江”“花”“月”和“夜”，作为诗，这样分散的并列，也和诗意的单纯统一有矛盾。起码要有一种意念，一种情致，将此五者联系起来，统一为整体，才有可能转化为诗。这个诗题产生于宫廷，以宫廷的意念来统一，是顺理成章的。隋炀帝用宫体诗的传统手法，施以秾丽的色彩，把五个意象组合成春天的画面，虽为两首，实为一体。“汉水逢游女，湘川值两妃”，构成了最

① 《闻一多全集》（三），三联书店 1982 年，第 21 页。

② 《闻一多全集》（三），三联书店 1982 年，第 20 页。

高的贵族趣味。华彩的渲染，这是富于强烈的感性，使得这幅画面具有一定的诗意，但是，并不深厚。原因就在于这些意象基本流于视觉上的滑行，完全没有感情变动深化的自觉，这正是宫体诗的普遍局限。然而，宫体诗将五个意象统一成为一体，在艺术手法的积累上是有可取之处的。如利用对仗“流波将月去，潮水带星来”把江和月统一起来，成为不可分割的有机体。但是，除此以外，“春”“花”“夜”的关系，不是游离就是交错，都未能达到有机统一。如第二首的“夜露含花气”与第一首的“春花满正开”就是交叉的。又如，已经有“暮江平不动”，后面又有“流波将月去”，“平不动”就是不动，而“流波”却是在动，这就不统一了。到了“春潭漾月晖”又脱离了“江”，二者缺乏内在的联系。至于“汉水”“湘川”和前面的“春潭”产生了龃龉。前面的“春潭”是泛指，这里突然变成了汉江和川江，一下子有了两个具体所指，造成了不和谐。这是囿于宫体诗的惯性，对典故作纯技术性滥用，造成了联想的扞格。总体说来，这两首诗的缺陷是：第一，宫廷趣味，耽于表面华彩的文字；第二，虽然从每一句来看，不能说没有文采，从整体来说，五个要素组成的画面表面上也可以相接，但每一首深层却支离破碎，不能统一，由于缺乏内在的情意融通而达不到意和境整体性的交融；第三，从更高的要求看，情感缺乏变化，流于平板。

张若虚不但在题目上继承了宫体诗，在技巧上，也不乏直接追随宫体诗之处（这一点，下文细述）。但是，从根本上来说，张若虚却颠覆了宫体诗，把“春江花月夜”融入统一而又起伏沉落的意脉之中，创造了整体和谐的意境。

从情感的性质来说，隋炀帝的宫廷趣味被张若虚消解为民间的思念。即便张子容在“分明石潭里，宜照浣纱人”中所写介于民间和贵族之间的西施浣纱，也被张若虚改为游子思妇的情意，从而统一了“春江花月夜”的意象群落。“春江潮水连海平，海上明月共潮生。滟滟随波千万里，何处春江无月明？”张若虚统一的魄力，表现在让江海连成一片。在前述宫体诗作中，明月只与江、与潮水联系，构成“流波将月”的景象。张若虚对之做了变动。第一，明月不但与江而且与海连接起来，视野就大大开阔了，视点提高了。第二，让明月与海潮共生，平远“不动”的“暮江”和明月互动，获得了“滟滟随波千万里”的宏大景观。这就不仅仅是江海相连的平衡静态，而且隐含着微微的动态。这既是客观可视的景象，又是主观可感的心态，二者的统一，蕴含着高视点、广视野，这不仅是视境，而且是意境。第三，让月光普照，把春、江、花、月、夜这五个平列的意象，变成由月光主导的意象群落。用月的特征（光华）来统一江、海、花的大视野。第四，用月光把这个广阔的景观透明化。“空里流霜不觉飞，汀上白沙看不见。江天一色无纤尘，皎皎空中孤月轮。”一连四句都集中在透明的效果上，月光同化了整个世界：不但江是透明的，而且天也是透明的（“江天一色无纤尘”）；不但天空是透明的（“空里流霜不觉飞”），而且江岸也是透明的（“汀上白沙看不见”）。而花的意象，已经不是“夜露含花气，春潭漾月晖”，而是：

“江流宛转绕芳甸，月照花林皆似霰。”这里强调的是，月色不但同化了“江”，而且同化了“花”，花因月照而变得像冰珠一样透明。“春”“江”“花”“月”“夜”五个意象，外在性状的区别被淡化，而以月光的透明加以同化。这就构成意境的整体美。

意象群落的透明性是来自景观的透明性吗？显然不是，这是情致意念的、精神的透明性。以潜在的精神意念统一外在的意象景观，使之在性质和量度上高度严密统一。“意境”的美，不仅仅是外部景象统一之美，更是内在的精神统一外部景象之美。王国维反对景语和情语之别，主张“一切景语皆情语也”①，道理就在这里。但王国维的说法在这里似乎还不太完美，应该补充一下，一切景语被情感同化，发生质变，才能转化为情语，从而使现实环境升华为情感世界，才可能构成“境界”的整体之美。没有情感统一，不发生质变的意象群，构不成统一的“境界”。

在绝句或者律诗中，意境的整体性是单纯的，意境的统一也是单纯的。但是，《春江花月夜》和绝句、律诗不同，它属于章无定句、句无定言的“古诗”，规模不限于现场即景的感性概括，有比较明显的过程。《春江花月夜》中月的主导，就表现为意境脉络，也就是意脉连续的过程。《古唐诗合解》做过很有意思的统计：“题目五字，环转交错，各自生趣”，“‘春’字四见，‘江’字十二见，‘花’字只一见，‘夜’字亦只二见”，“‘月’字”最多，达“十五见”，并且用“‘天’‘空’‘霰’‘霜’‘云’‘楼’‘妆台’‘帘’‘砧’‘鱼’‘雁’‘海雾’等以为映”。②这就是说，以月为核心意象衍生出“‘天’‘空’‘霰’‘霜’‘云’‘楼’‘妆台’‘帘’‘砧’‘鱼’‘雁’‘海雾’”等意象背景。这还是说得比较机械的，实际上，“江”字十二见，都是月的陪衬，不外是“春江月明”“江天”“江畔见月”“江潭落月”等，而且光“江月”就连续重复了三次：“江畔何人初见月？江月何年初照人？人生代代无穷已，江月年年只相似。不知江月待何人，但见长江送流水。”这样的重复，一来是以大的密度贯穿，显示其为意象群落的核心；二来是为了第六个意象——“人”的出现：何人见月，月照何人。这样反反复复，是为了准备使“月”从意象核心让位于“人”。“春”“江”“花”“月”“夜”五意象就此被突破，这时已经不是春江夜景的宫廷想象，而是人的感喟。以江水江月的年年不变和人生代代无穷相类比，表面上不变和无穷是平衡的，但是，在“初照人”中，却孕育着隐忧。虽然人生代代无穷，与江月年年相似，但是，江月不变，而代代之人则不同，对于个人（所照之个人）来说，生命是有限的。这似乎可向刘希夷《代悲白头吟》中“年年岁岁花相似，岁岁年年人不同”方面去发挥了，但是，张若虚显然不屑追随，他只强调月华年年之同，并没有突出人之代

① 王国维《人间词话》，上海古籍出版社 1998 年，第 34 页。
② 陈伯海主编《唐诗汇评》（上），浙江教育出版社 1995 年，第 263 页。

代相异，他的抒情意脉不在人生苦短上衍生，而向另一个方面拓展：“白云一片去悠悠，青枫浦上不胜愁。”这转折，太有魄力了。第六意象——“人”，带来了新的情感性质，白云暗示着游子（李白诗曰“浮云游子意”），青枫浦即送别之地，顺理成章地引出游子与思妇。“谁家今夜扁舟子？何处相思明月楼？”这里出现了第七个意象：楼。这个楼是“明月楼”，是从明月派生出来的，将贯穿到诗的结尾，成为待月之人的背景。从此，月光开始从属于楼，因为人是在楼上的。实际上，到这里，张若虚拿出了自己的构思，不再是古题的“春江花月夜”，而是“人在春江花月楼”。正是这个楼确定了新的主题，那就是平民的相思。虽然，就其环境（明月楼、玉户帘）来说，有接近贵族之处，但其情感是平民共同的离愁别绪。但是，对于楼上的主人公的性别却有不同的理解。闻一多在《宫体诗的自赎》中以为，“应照离人妆镜台”，是游子的想象：“因为他想到她了，那‘妆镜台’边的‘离人’。他分明听见她的叹喟。”这个论断是可疑的。关键是在家的思妇是“离人”，还是远离家乡的游子是“离人”？接下去，闻一多还推断“此时相望不相闻，愿逐月华流照君”是游子的内心独白：“他说自己很懊悔，这飘荡的生涯究竟到几时为止！”意思是这个游子恨不得自己化为月光照在思妇身上。这也有违汉语中日为阳、月为阴的基本联想机制。“昨夜闲潭梦落花，可怜春半不还家”也被当成是游子的心思：“他在怅惘中，忽然记起飘荡的许不只他一人，对此情景，大概旁人，也只得徒唤奈何罢？”[①] 把抒情主人公定为男性，显然与“闲潭梦落花”不相称。只有女子以落花喻年华易逝，哪有男士自喻落花的？“玉户帘中卷不去，捣衣砧上拂还来。”与其把玉户帘卷、石上捣衣说成是游子的想象，显然不如把它看作女主人公的内心独白自然。“此时相望不相闻，愿逐月华流照君”中的“君”字，应该是女性对男性的通称。比如卢照邻有：“山有桂兮桂有芳，心思君兮君不将。”李白有：“十四为君妇，羞颜尚不开。”白居易有：“妾在洛桥北，君在洛桥南。”李益有：“忆妾深闺里，烟尘不曾识。嫁与长干人，沙头候风色。五月南风兴，思君下巴陵。八月西风起，想君发扬子。”再说，整首诗被月光同化的意象（春、江、花、夜）也更适用于思妇的柔情缱绻。“江畔何人初见月”的“人”就是为月光同化的、沉醉于相思的妇女，其情感寄托，已经不仅仅在月光的透明上，也体现在月光的衍生性质上。首先，无远弗届。超越空间的距离，可互相望见，但，没有声音（“不相闻”）。其次，月光可以照在对方身上，自己却欲逐月华随君而不可得。再次，月光无处不在，不可排解，月光就是相思，月光追随，就是相思无计可避。身在房中，窗帘挡不住（“帘中卷不去”），人在捣衣，月光拂洗，直是徒劳。月光透明的意脉衍生为月光不可排解，是如此自然，又如此深化，可以与李白形容忧愁的“抽刀断水水更流，举杯销愁愁更愁”比美。（当然，李白句中“水”和“愁”的叠用，为张若

① 《闻一多全集》（三），三联书店 1982 年，第 21 页。

虚所不及。）

张若虚对《春江花月夜》的发展，还在于对“花”的意象做出突破：“昨夜闲潭梦落花，可怜春半不还家。”这就回答了相思缠绵悱恻、不可排解的原因了。不说自己如花的容貌会凋谢，而说梦见落花。梦见落花正是担忧花落。张若虚在“春”字上也有发展：“江水流春去欲尽，江潭落月复西斜。”江水流去隐含着春光流逝的忧郁，透明的月光西斜提示着青春年华的消逝。意脉的衍生和自然景观的推移是如此统一，自然景观柔和的特征与情感的缠绵，结合得水乳交融。“斜月沉沉藏海雾，碣石潇湘无限路。”意脉于此又发生了转折，月光从透明走向了反面，变得朦胧，相思也变得深沉，原因是空间距离之遥远，从北方海隅到南方潇湘，月光从明到暗，相思从显到隐，表现出意脉的沉浮。“不知乘月几人归，落月摇情满江树。”本来结尾应该是意脉的高潮或结束，但“不知乘月几人归”，却是一种不确定。在结束处，不是营造结束感，而是产生持续感。归人乘月，是美好的期待，“不知”，却是无从期待。其中的失落并不道破，全在“落月摇情满江树”之中，在没有人的空白画面之中蕴含着深情。这有两方面的缘由：一方面是正统诗歌的美学原则，所谓哀而不伤，怨而不怒，也就是温情，而不是激情。另一方面，则恰恰是意境之另一特征，即情语只能渗透在景语的空白之中，空白把情景交融成整体。所谓言有尽而意无穷，“不着一字，尽得风流”，是空白使意象成为有机群落。从读者角度来看，空白有利于召唤读者的经验，使之从被动变为主动，在空白中自由体悟，和诗人共创共享。意境之所以强调含而不露，最忌直接道破，道理就在整体、深化和读者参与上。

当然，在这首诗中，也不是没有道破的，如：“人生代代无穷已，江月年年只相似。”这是不得已的，也只能安排在诗的中段，绝对不能在结尾。所谓意境，常常在结尾处显出功力。如果在结尾处道破了，就没有余韵了。张若虚的本事大就大在白居易所说的“卒章显其志”的地方，只提供一幅空镜头的画面。他的意，没有讲出来，而是藏在“落月摇情满江树”的图画之中。图画是静态的，然而，它“摇”了起来，从字面上是“摇情”（《黍离》：“行迈靡靡，中心摇摇。”），而在画面上，给人摇树的感觉。意在言外，在表现与掩饰之间，这正是“意境”优于抒发的地方。

当然，张若虚也不是十全十美，他既运用了宫体诗的技巧，就不能不受到诱惑，有时很难不把它的局限当作优越。例如：“此时相望不相闻，愿逐月华流照君。鸿雁长飞光不度，鱼龙潜跃水成文。昨夜闲潭梦落花，可怜春半不还家。”看起来文采风流，每一句都相当华彩，可是，如果把当中一联删除，变成：“此时相望不相闻，愿逐月华流照君。昨夜闲潭梦落花，可怜春半不还家。”不是更好吗？相思的缠绵不是更精练地表达了吗？可见这两句并不是十分必要。“鸿雁长飞光不度”，可能是说月光不给鸿雁飞渡的方便罢，多少还属于抒情意脉的延伸。可是“鱼龙潜跃水成文”，水里有鱼龙，水上有浪花，和身在楼台的女性的相思，有什么关系呢？完全是游离的。为什么要把这个没有用处的句子放在诗中呢？无非就是因为这首诗句子的结构方式是两两相对的，需要一个与“鸿雁长飞光不度”相对仗的句子。用对仗的技巧写出这样的句子，是很容易的，但是，意脉却因之而偏离了，像钢琴上出现了一个不响的琴键。

这种现象出现在张若虚的作品中，并不奇怪，因为他生活在初唐。他是宫体形式主义向盛唐成熟诗歌过渡的桥梁，他的感情还受到形式的拘束，还达不到盛唐那样笔参造化、驱遣龙蛇、惊风雨、泣鬼神的自由境界。

《蜀道难》：三个层次之“难”

解读焦点：蜀道三难，关键在于，三难不同，然意脉贯通。一难不在自然条件之恶，而在古老而悲壮；二难在于环境与人事之“险”；三难在无言之“咨嗟”。

《蜀道难》诗云：

噫吁嚱，危乎高哉！蜀道之难，难于上青天！蚕丛及鱼凫，开国何茫然！尔来四万八千岁，不与秦塞通人烟。西当太白有鸟道，可以横绝峨眉巅。地崩山摧壮士死，然后天梯石栈相钩连。上有六龙回日之高标，下有冲波逆折之回川。黄鹤之飞尚不得过，猿猱欲度愁攀援。青泥何盘盘，百步九折萦岩峦。扪参历井仰胁息，以手抚膺坐长叹。

问君西游何时还？畏途巉岩不可攀。但见悲鸟号古木，雄飞雌从绕林间。又闻子规啼夜月，愁空山。蜀道之难，难于上青天，使人听此凋朱颜！连峰去天不盈尺，枯松倒挂倚绝壁。飞湍瀑流争喧豗，砯崖转石万壑雷。其险也如此，嗟尔远道之人胡为乎来哉！

剑阁峥嵘而崔嵬，一夫当关，万夫莫开。所守或匪亲，化为狼与豺。朝避猛虎，夕避长蛇；磨牙吮血，杀人如麻。锦城虽云乐，不如早还家。蜀道之难，难于上青天，侧身西望长咨嗟！

李白这首诗的关键语句，就是反复提了三次的“蜀道之难”。要害在于“难”，难得很极端，难到比上天还难。唐朝时候，没有飞机，“难于上青天”，不但是难得不能再难，而且难得很精彩、很豪放。这句诗至今仍然家喻户晓，其原因，除了极化的情感以外，还有一句中连用了两个“难”字。第一个“难”字，是名词性的主语，第二个“难”字则是有动词性质的谓语，声音重复而意义构成了某种错位，节奏和韵味就比较微妙，耐人寻味。

本来，“蜀道难”是乐府古题，属相和歌辞，是个公共主题，南北朝时阴铿有作：

王尊奉汉朝，灵关不惮遥。高岷长有雪，阴栈屡经烧。轮摧九折路，骑阻七星桥。蜀道难如此，功名讵可要。

诗中形容蜀道艰难：高山积雪，阴栈屡烧，轮摧九折，骑阻星桥。蜀道难成为功名难的隐喻。唐朝张文琮的同题诗作，也无非是积石云端，深谷绝岭，栈道危峦，主题为“斯路难”，也就是自然环境之艰难。当李白初到长安时，贺知章一看他的《蜀道难》就大为赞赏，说他是“谪仙人”，从天上下放的人物。显然，李白在这首诗的艺术追求上下了很大的功夫。

李白的功夫下在哪里呢？

他的“难”不是一个“蜀道之难”，而是重复了三次的“蜀道之难”，每一个都和别人的“难”法不一样。

阴铿们的诗作中，“难”就是道路之难，自然条件和人作对之“难”，价值是负面的，虽有形容渲染，但是，还没有难到变成心灵的享受，而李白则调动他的全部才能把三个“蜀道之难”美化起来，难到激起了他的热情和想象。

第一个“蜀道之难”，有多重美学内涵。首先，美得悠远、神秘，在几千年的神话、历史中遨游：蚕丛鱼凫，四万八千年，开国茫然，缥缈迷离，但是，由于与“秦塞”（中原文化）隔绝，这里是闭塞、蒙昧的。这引发了征服闭塞的壮举。于是，天梯石栈钩连了，然而，地崩山摧壮士死。这就不但美得悠远，而且美得悲壮，并渗透到蜀道的形象中：六龙回日、冲波逆折、百步九折、扪参历井，这是悲与壮的交融。

《蜀道难》之所以成为千古绝唱，其难能可贵，就在于突破了乐府古题单纯空间的夸张性铺排，呈现出多维复合的意象系列和情致起伏。在时间上，纵观历史，驱遣神话传说；在空间上，横绝云岭，驱策回川；在意象上，横空出世，天马行空，色彩斑斓，纠结着怪与奇；在情绪上，交织着惊与叹，赞与颂。

仅仅这第一个“蜀道之难”，内涵就这么丰富多彩，把此前的《蜀道难》都比下去了。

第二个“蜀道之难”，悲鸟号木，子规啼月，听之凋颜，愁满空山。悲中有凄，凄中有厉：但是，这种凄厉，不是小家子气的，不是庭院式的，不是婉约轻柔的，而是满山遍野的，上穷碧落，下达深壑。李白的悲凄，带着雄浑的气势，蕴含着豪迈的声响。

在此基础上，李白引申出一个新的意念，那就是“险”。在这以前，是诗绪在想象的奇境中迷离恍惚地遨游，豪放不羁，想落天外，追求奇、异、怪。到了这里，却突然来了一个“险”，固然是奇、异、怪的自然引申，但句法上显得突兀：由诗的吟咏句法，变成了散文句式——“其险也如此”。由抒情铺陈，变成了意象和思绪的总结。这个“险”，不是环境的“险”，而是社会人事的“险”：“其险也如此，嗟尔远道之人胡为乎来哉！剑阁峥嵘而崔嵬，一夫当关，万夫莫开。所守或匪亲，化为狼与豺。朝避猛虎，夕避长蛇；磨牙吮血，杀人如麻。”第二个“蜀道之难”到此，不但意象转折了，节奏也一连串地转化为散文的议论句法，从地理位置的“险”的赞叹，变成了独立王国潜在的凶险的预言以及可能产生军阀割据的忧虑。这就中止了对于蜀道壮、凄的意象的营造，不再是以自然环境的奇、怪、异、险为美，不再是难中难的兴致高昂，心灵的享受，而是做反向的开拓，以社会的血腥（狼豺、猛虎、长蛇、磨牙吮血、杀人如麻）之恶为丑，情致转入低沉。这就和前面的“蜀道难”，形成了一种壮美和丑恶、高亢和低回的反衬，在情绪的节奏上，构成了一种张力。

第二个“蜀道之难”不但是情绪的，而且是思想的转折。这里似乎有某种政论的性质，但这个转折，似乎是比较匆忙的，思想倒是鲜明了，情绪和意象却不如前面饱和而酣畅。当代读者对这样的不平衡难免困惑。因为，四川当时的首府成都，也是个大都会，在后来的安史之乱中，并未成为军阀割据的巢穴，李白这种忧虑似属架空。“形胜之地，匪亲勿居”，警惕战乱的发生，也是袭用晋人张载的，不能完全算是他自己的思想。但是，在此基础上，第三个“蜀道之难”的旋律又排闼而来：“锦城虽云乐，不如早还家。蜀道之难，难于上青天，侧身西望长咨嗟！”享受了酣畅淋漓的《蜀道难》的情致的读者也许期待着李白在情绪意象的华彩上更上一层楼，来一个思绪的高潮，却来了一个“锦城虽云乐，不如早还家”。这样的结句，给人一种不了了之的感觉。预期失落的感觉是免不了的。面对这种思想与艺术形象之间的不平衡，一种做法是，老老实实承认，诗作到了这里，有一点强弩之末。20 世纪 50 年代末何其芳先生就指出过：“‘锦城虽云乐，不如早还家’这样的思想”“不高明”。他说，这种抽象的思想并不重要，重要的是诗歌中丰富、生动的形象，诗人正是以这些生动的形象“描绘了雄壮奇异的自然美，并从而创造了庄严瑰丽的艺术美”。[①] 何其芳不否认在这样的杰作中，也有些软弱的诗句，但他认为这不重要，可以忽略。最重要的是那些难得豪迈、壮阔的诗句，那才是诗歌的生命，是“可以引起我们对祖国河山和祖国的文学艺术的热爱的”。这个说法带着 20 世纪 50 年代主流意识形态的烙印。也许就是这句话，使得一些人认为这首诗“充分显示了诗人……热爱祖国河山的感情”。其实，这种说法和何其芳先生的说法，是有些差距的，何其芳先生说的是，可以“引起”我们对祖国河山的热爱，并不一定是就诗歌文本本来意旨而言的，这种“热爱”是那个年代某些读者的感受。虽然在文字上差异不大，但是，在思想方法上，却混淆了作者主体和读者主体的界限。

和何其芳相反的是，许多学者努力为这些软弱的诗句寻找重要的社会政治含义。这就产生了好几个说法：一说，杜甫、房琯在西蜀冒犯了剑南节度使严武，严武将对他们不利；

① 何其芳《新诗话——李白〈蜀道难〉》,《文学知识》1959 年第 3 期。

一说，讽刺唐王朝的另一个节度使章仇兼琼；一说，是为安禄山造反后，唐玄宗逃难到四川而作。这些讲法，都有捕风捉影的性质，考证学者早已指出了其不合理处。

另外一些学者则比较实事求是，如明人胡震亨和明清之际的顾炎武都说过，李白“自为蜀咏”，“别无寓意”。

正确的方法，还是从文本出发进行分析为上。在文本以外强加任何东西，都是对自己的误导。

从理论上来说，不管读者主体多么强势，还是要尊重文本主体。

《梦游天姥吟留别》：游仙中的人格创造

解读焦点：关于梦的最现成的理论就是弗洛伊德的学说——梦是潜意识的扭曲，但是，古典诗歌的分析不能是弗洛伊德理论的图解，而应是对情感特殊性的揭示。理论的深刻在于高度抽象的普遍性，概括的普遍性以牺牲特殊性为必要代价。梦的理论并不提供诗的特殊性，更不提供李白这首诗的特殊性。一切理论都有待通过具体分析把特殊性“还原”出来。李白这首诗的特殊性就是，表面上离奇恍惚，眼花缭乱，惊惧交替，神魂颠倒，实则以山水的优美、壮美和仙界的神秘美，叠印为隆重盛大的欢迎仪式。这就是被皇帝“赐金放还”的李白潜意识里的最高理想。但是，在意识层面，他又不能不承认挫伤，所以才有“安能摧眉折腰事权贵”这样愤激自励的诗句。

李白《梦游天姥吟留别》诗云：

海客谈瀛洲，烟涛微茫信难求；越人语天姥，云霞明灭或可睹。天姥连天向天横，势拔五岳掩赤城。天台四万八千丈，对此欲倒东南倾。

我欲因之梦吴越，一夜飞度镜湖月。湖月照我影，送我至剡溪。谢公宿处今尚在，渌水荡漾清猿啼。脚著谢公屐，身登青云梯。半壁见海日，空中闻天鸡。千岩万转路不定，迷花倚石忽已暝。熊咆龙吟殷岩泉，栗深林兮惊层巅。云青青兮欲雨，水澹澹兮生烟。列缺霹雳，丘峦崩摧。洞天石扉，訇然中开。青冥浩荡不见底，日月照耀金银台。霓为衣兮风为马，云之君兮纷纷而来下。虎鼓瑟兮鸾回车，仙之人兮列如麻。忽魂悸以魄动，恍惊起而长嗟。惟觉时之枕席，失向来之烟霞。

世间行乐亦如此，古来万事东流水。别君去兮何时还？且放白鹿青崖间，须行即骑访名山。安能摧眉折腰事权贵，使我不得开心颜！

在李白的经典之作中，这一首无疑属于经典之经典。历代诗评家们甚为推崇，但是，得到最高评价的是末句“安能摧眉折腰事权贵，使我不得开心颜”。显然，这是激情的高潮和思想的光华。对于全诗丰富的意象群落和到达情绪高潮曲折的过程，诗评家也有生动的感受，如“纵横变化，离奇光怪，吐句皆仙，着纸欲飞”(《网师园唐诗笺》)，“恍恍惚惚，奇奇幻幻”(《增定评注唐诗正声》)。当然，在赞叹中也隐含着某种保留。如“无首无尾，窈冥昏默”（胡应麟），“甚晦”，“又甚晦”(《唐诗品汇》)。[①] 这隐约流露出艺术感悟上的困惑。惜并未正面展开，但对深刻理解这首诗，却是良好的切入点。

这是一首写梦的诗。梦是虚幻的、无序的，因而在我国古典散文中，很少全篇写梦的，而在古典诗歌中，全篇写梦的却并不罕见。这是因为诗在超越现实的想象这一点上与梦相通。想象和梦一样，可以超越时间、空间，便于抒发亲情、友情、恋情。梦中警句良多：“梦里不知身是客，一晌贪欢。”（李煜《浪淘沙》）“可怜无定河边骨，犹是春闺梦里人。”（陈陶《陇西行》）“魂来枫叶青，魂返关塞黑。”（杜甫《梦李白》）想象和梦一样有一种释放情绪的功能，潜意识受压抑的意向在梦中以变异（distortion）的形态表现出来，成为感情的载体。但是，《梦游天姥吟留别》并不是写怀念亲友的，诗题一作《别东鲁诸公》，是向友人告别的。一般的告别都强调留恋之情，这里却根本不涉及留恋，而是描述自己将要去的那个方向的美好，梦想自己游山玩水。据考订，此诗作于李白被唐玄宗“赐金放还”离开长安之后。远去中央王朝是政治上的大失败，从现实生活来说，他无可奈何，只能接受命运的安排，在齐鲁梁宋之间和高适、杜甫等诗友徜徉山水，“五岳寻仙不辞远，一生好入名山游”，在奇山异水中寻求心灵的安慰，忘却政治上的挫伤。但是，在梦中，他的潜在心态有什么不同呢？值得仔细辨析一番。“海客谈瀛洲，烟涛微茫信难求；越人语天姥，云霞明灭或可睹。”题目明明说梦游名山（天姥），怡情山水，开篇却提出了“瀛洲”，这可是座仙山。这便不仅是人间的山水趣味，更是游仙的境界。只是仙山虚无缥缈（“烟涛微茫信难求”）不可捉摸，才为人间的山水之美吸引。问题是，这个天姥山究竟美在什么地方，值得向东鲁诸公强调一番呢？“天姥连天向天横，势拔五岳掩赤城。天台四万八千丈，对此欲倒东南倾。”美在天姥山无比的高大雄伟，中华五岳都在它之下。这是双重夸张，天姥山比之中华五岳实在是比较小的，而天台山与天姥山相对，双峰峭峙，不相上下，本来也可构成对称美，但李白显然是着意夸张天姥之独雄，山之独雄正是为了表现李白心之独雄，情之孤高自豪。这种美可以归结为一种“壮美”。

“我欲因之梦吴越”，壮美的境界触发了天姥吴越之梦。然而梦中的吴越，却并不是天姥之崇山峻岭，不是壮美，而是“一夜飞度镜湖月”。湖和月亮构成了画面。镜湖，从语义的联想来看，是如镜的湖。水的透明加上月光的透明。但李白还不满足，他接着说：“湖月

① 陈伯海主编《唐诗汇评》(上)，浙江教育出版社 1995 年，第 665 页。

照我影，送我至剡溪。”月光能把人的影子照在湖中，光影明暗反差，月光和湖光的透明就不言而喻了。在明净的水光月色中，连黑影子也显得透明，这样空灵的境界，和崇山峻岭的壮美相比，是另外一种风格，可以说是优美。从这里，可以体悟到李白山水诗意的丰富：壮美与优美相交融。然而这还不是李白诗意的全部，接着下去又是另外一种美：“谢公宿处今尚在，渌水荡漾清猿啼。脚著谢公屐，身登青云梯。”壮美和优美的交融，固然精彩，但还限于自然景观；梦中的李白，不仅神与景游，而且神与人游。在梦中，和这个政治上的失败者神交的是前朝权威山水诗人。选择谢灵运的宿处，谢灵运式的木屐[①]，目的是进入谢灵运的感觉，遗忘政治失意的压力，享受精神的解脱。“千岩万转路不定，迷花倚石忽已暝”，效果强烈到遗忘了时间的推移，忽略了从曙色到暝色降临。“迷花倚石”突出的是山水恍惚迷离的美，也是梦的变幻万千的飘忽感。这样，在天姥之梦的壮美和优美中，又添上了一层迷离漫漶的蒙眬之美。自然景观和历史人文景观交织的梦境并不完全是梦境，实际上超越了梦境（自然和人文的山水）。《唐诗别裁》的作者沈德潜，毕竟是有艺术感觉的，是他第一个道破了这样的境界，既是“梦境”又是“仙境”。[②]这就是说，这并不是单纯的山水诗，而是一首游仙诗。

天姥和“仙境”的联想，这是从一开头就埋伏下的意脉。

把“瀛洲”的仙境抬出来和人间的天姥相对，实际上，天姥并不完全是人世。天姥山就是因为传说登山者听闻仙人天姥的歌唱而得名。山水诗杰作，唐诗中比比皆是，而李白显然要对山水人文的传统主题进行突围。在这方面，李白最大的优势就是道家和道教的文化底蕴。他秉承道家观念，甚至正面嘲笑过儒家圣人：“我本楚狂人，凤歌笑孔丘。”以道家意识，从山水现实向神仙境界过渡，对他可以说是驾轻就熟。在这里，他从容遨游于从魏晋以来就颇为盛行的游仙境界：

> 熊咆龙吟殷岩泉，栗深林兮惊层巅。云青青兮欲雨，水澹澹兮生烟。列缺霹雳，丘峦崩摧。洞天石扉，訇然中开。

不过李白之所以为李白，就在于哪怕是写俗了的题目，也有他的突破。一般的游仙，不外超脱世俗，超越时间和空间，达到生命绝对自由的境界，曹植的《游仙诗》可为代表：

> 意欲奋六翮，排雾陵紫虚。虚蜕同松乔，翻迹登鼎湖。翱翔九天上，骋辔远行游。

曹植的游仙，其实就是成仙，像仙人赤松子、王子乔一样长生不老，不受生命的限制，不受空间的限制，自由翱翔九天，俯视四海。但是，这样绝对不受主体和客观世界任何限

---

① 据《南史·谢灵运传》：“寻山陟岭，必造幽峻，岩嶂数十重，莫不备尽。登蹑常着木屐，上山则去其前齿，下山去其后齿。”

② 陈伯海主编《唐诗汇评》（上），浙江教育出版社 1995 年，第 665 页。

制的仙境，不管有多少优长，都回避不了一个不足，那就是太过架空，绝对欢快，缺乏现实感。李白的创造在于，一方面把游仙与现实的山水、与历史人物紧密结合，另一方面又把极端欢快的美化和相对的“丑化”交织起来。这里所说的“丑化”，指的就是某种程度的外部景观的可怕，“列缺霹雳，丘峦崩摧。洞天石扉，訇然中开”似乎是突发的地震。与此相应的是内心的惊惧“栗深林兮惊层巅”。《唐诗选脉会通评林》曰：“梦中危景，梦中奇景。”[①] 恰恰是美在凶险，美在惊惧。李白以他艺术家的魄力把凶而险、怪而怕、惊而惧转化为另一种美：惊险的美。貌似突兀，但是，又自然地从壮美、优美和神秘之美衍生出来。接下去，与怪怕、惊险之美相对照，又产生了富丽堂皇的神仙境界之美：

青冥浩荡不见底，日月照耀金银台。霓为衣兮风为马，云之君兮纷纷而来下。虎鼓瑟兮鸾回车，仙之人兮列如麻。

这种境界的特点是：第一，色彩反差极大，在黑暗的极点（不见底的“青冥”）上出现了华美的光明（“日月照耀金银台”）；第二，意象群落变幻丰富，金银之台、风之马、霓之衣、百兽鼓瑟、鸾凤御车、仙人列队，应接不暇的豪华仪仗都集中在一点上——尊崇有加。意脉延伸到这里，发生一个转折，情绪上的恐怖、惊惧，变成了热烈的欢欣。游仙的仙境，从表面上看，迷离恍惚，没头没尾，但是，意脉却在深层贯通，从壮美和优美到人文景观的恍惚迷离、惊恐之美，都是最后华贵之美的铺垫，都是为了达到这个受到与帝王一样的尊崇的精神高度。这个政治上的失败者在梦境中释放出了潜意识里的凯歌。这个梦境太美好了，现实生活中的委屈在这里一扫而光，完全可以在这种境界里自由歌唱。但是，身处逆境的李白并没有流连忘返，最后，他还是选择了意识清醒代替潜意识的凯歌，这毕竟只是“梦游”而已。“忽魂悸以魄动，恍惊起而长嗟。惟觉时之枕席，失向来之烟霞。”从情绪的节奏来说，则是一个转折，从恍惚的持续，到倏忽的清醒。情感在高潮上戛然而止。狂想的极致，伴随着清醒的极致。

在唐诗中，像这样把奇幻的梦境过程做全面的展示，其丰富和复杂的程度，可能是绝无仅有的。故在诗评家常有“纵横变化，离奇光怪”（《网诗园唐诗笺》）的感受。但并不是一团混乱。事实是，在变幻不定的梦境中，意脉通贯井然。有评论说：“奇离惝恍，似无门径可寻。细玩之首入梦不脱，后幅出梦不竭。极恣肆变幻之中，又极经营惨淡之苦。”[②] 在反复变幻的过程中有序贯通，难度是很大的。从内涵来说，外在美化和内心变化的交融，从壮美到优美，从迷离神秘至惊惧之美，到欢乐、恍惚的持续，到倏忽的清醒：丰富复杂的变幻和多到五个层次的转折过程，统一用七言句式来表现，需要对语言有超强的驾驭能力。五七言诗的句尾固定在“三字结构”上。拘守于三字结尾的七言体，要写出梦境的多层曲

①② 陈伯海主编《唐诗汇评》（上），浙江教育出版社 1995 年，第 665 页。

折，则不能不牺牲逻辑的连续性。李贺的《梦天》就有这样的不足：

老兔寒蟾泣天色，云楼半开壁斜白。玉轮轧露湿团光，鸾珮相逢桂香陌。黄尘清水三山下，更变千年如走马。遥望齐州九点烟，一泓海水杯中泻。

同样是写梦的过程，这可真是彻头彻尾的迷离恍惚，无首无尾了。八个诗句都是平行的，没有过程，没有逻辑的承接和过渡。诗人的追求就是把连续过程省略，每联意象各自独立，逻辑关系浮动。虽然也有一定的意象密度，能提高抒情强度，但是，大大限制了叙事功能。前面四句，意象在性质、量度上相近、相似，勉强作解，还可能说是诗人漫游天宇所见。而第三联，“黄尘清水三山下，更变千年如走马”，逻辑就完全断裂了。有论者强为之解，说是“层次分明，步步深入”。其实，李贺追求的恰恰就是层次不分明，只有平行，而无层次，在同一层面上，整体是一个意象群落的迷宫。某些解读者设想它不再是连续的描绘而转换为“写诗人同仙女的谈话”，这就有点类似猜谜了。李白和李贺不同，他的追求并不是把读者引入迷宫，他游刃有余地展示了梦的过程和层次。过程的清晰，得力于句法的（节奏的）灵动，他并不拘守五七言固定的三字结尾，灵活地把五七言的三字结尾和双言结尾结合起来。

千岩万转路不定，迷花倚石忽已暝。熊咆龙吟殷岩泉，栗深林兮惊层巅。

“路不定”“忽已暝”“殷岩泉”“惊层巅”，每句都是三字结尾、五七言的节奏，保证了统一的调性。如果把三字尾改成四字尾：“千岩万转云路不定，迷花倚石日忽已暝。”以“云路不定”“日忽已暝”为句尾，就是另外一种调性了。李白在诗中，灵活地在这两种基本句法中转换，比如：“云青青兮欲雨，水澹澹兮生烟。”以“欲雨”“生烟”为句尾（“兮”为语助虚词，古代读音相当于现代汉语的“呵”，表示节奏的延长，可以略而不计），这就不是五七言诗的节奏了，双言结尾和三言结尾自由交替，近乎楚辞的节奏。把楚辞节奏和五七言诗的节奏结合起来，使得诗的叙事功能大大提高。增加了一种句法节奏，就在抒发的功能中融进了某种叙事的功能，比如：“列缺霹雳，丘峦崩摧。洞天石扉，訇然中开。”有了这样的节奏，就不用像李贺那样牺牲事件的过程，梦境从蒙眬迷离变成恐怖的地震，过程就这样展开了：“忽魂悸以魄动，怳惊起而长嗟。惟觉时之枕席，失向来之烟霞。”从“魂悸”“惊起”到“觉……枕席”“失……烟霞”，有了向双言结尾的自由转换，句子之间就不是平行关系，而有了时间顺序，先后承继的逻辑也比较清晰。特别是下面的句子：“世间行乐亦如此，古来万事东流水。”句法的自由，带来的不仅仅是叙述的自由，而且是议论的自由。从方法来说，“世间行乐亦如此”，是突然的类比，是带着推理性质的。前面那么丰富迷离的描绘被果断地纳入简洁的总结，接着而来的归纳（“古来万事东流水”）就成了前提，得出“安能摧眉折腰事权贵，使我不得开心颜”的结论就顺理成章了。这就不仅仅是句法和节奏的自由转换，而且是从叙述向直接抒发的过渡。这样的抒发，以议论的率真为特点。这个类比推理和前面迷离的描绘在节奏（速度）上，是很不相同的。迷离恍惚的意象群落是曲折缓慢的，而这个结论却突如其来，有很强的冲击力。节奏的对比强化了心潮起伏的幅度。没有这样的句法、节奏和推理、抒发的自由转换，“安能摧眉折腰事权贵，使我不得开心颜”这样激情的概括、向人格深度升华的警句就不可能有如此冲击力。但是，这似乎还不是全部理由，不能设想，如果把这样两句放在开头，是否还会有同样的震撼力。格言式的警句，以思想的警策动人，但思想本身是抽象的、缺乏感性的。这两句之所以成为李白生命的象征，就是因为前面的诗句提供了深厚的感性基础。

这不仅仅是思想的胜利，而且是诗歌结构艺术的胜利，同时也是诗人在诗歌创作过程中人格创造的胜利。

诗歌并不像西方当代文论所说的那样，仅仅是语言的“书写”。诗歌不仅是语言的创造，而且是诗歌形式的创造；不但是诗歌形式的创造，而且是人格的创造。在创造的过程中，突破原生的语言、原生的形式，更主要的是，突破原生状态的人，让人格和诗格同步上升。要知道，在日常生活中，在实用性散文中，李白并不完全像诗歌中那样以藐视权贵为荣，事实恰恰相反。他在著名的《与韩荆州书》中这样自述：“白陇西布衣，流落楚、汉。十五好剑术，遍干诸侯；三十成文章，历抵卿相。”对于诸多他干谒的权势者，他不惜阿谀逢迎之词。对这个韩荆州，李白是这样奉承的：“君侯制作侔神明，德行动天地，笔参造化，学究天人。”[1]这类肉麻的词语在其他实用性章表（如《上安州裴长史书》《上安州李长史书》）中比比皆是。可以说在散文和诗歌中，有两个李白。散文中的李白是个大俗人，而诗歌中的李白，则不食人间烟火。这是一个人的两面，或者说得准确一点，是一个人的两个层次。由于章表散文是实用性的，是李白求得飞黄腾达的手段，具有形而下的性质，故李白世俗的表层袒露无遗。我们不能像一些学究那样，把李白绝对地崇高化，完全无视李白庸俗的这一层，当然也不能像一些偏激的老师那样，轻浮地贬斥李白，把他的人格说得很卑微甚至卑污。两个李白，都是真实的，只不过一个戴着世俗的、表层的角色面具，和当时的庸俗文士一样，他不能不摧眉折腰，甚至奴颜婢膝。但李白之所以是李白，就在于他不满足于这样的庸俗，他的诗歌表现了一个潜在的、深层的李白，这个李白有藐视摧眉折腰、藐视奴颜婢膝的冲动。在诗中，他上天入地，追求超凡脱俗的自由人格。

不可忽略的是文体功能的分化。李白在诗歌中，生动地表现了自己在卑污潮流中忍受不了委屈，苦苦挣扎，追求形而上的解脱。诗的想象，为李白提供了超越现实的契机，李白清高的一面，天真的一面，风流潇洒的一面，“天子呼来不上船，自称臣是酒中仙”“一

① 《李太白全集》（第三册），中华书局1957年。

醉累月轻王侯”的一面就这样得到诗化的表现。当他干谒顺利，得到权贵赏识，甚至得到中央王朝最高统治者接纳时，他就驯服地承旨奉诏，写出《清平调》，把皇帝宠妃奉承为天上仙女（“若非群玉山头见，定向瑶台月下逢”）。如果李白长此得到皇帝的宠爱，中国古典诗歌史上这颗最明亮的星星很可能就要陨落了。幸而，他的个性注定了他会在政治上碰壁。他反抗权势的激情，他的清高，他的傲岸，他的放浪形骸、落拓不羁的自豪，和现存秩序的冲突终于尖锐起来，游仙、山水赏玩，激发了他形而上的想象，《梦游天姥吟留别》正是他的人格在诗的创造中得到净化、得到纯化的杰作。诗中的李白和现实中的李白虽不同，但并不绝对矛盾。李白的人格和诗格正是这样在诗歌的创造中升华的。

附：

古典诗论中的“诗酒文饭”之说

诗与文的区别，或者说分工，在中国文学理论史上，相当受重视，在古典诗话词话中长期众说纷纭，但是在西方文论史上，却没有这样受到关注。在古希腊、古罗马的修辞学经典中，这个问题似乎很少论及。这跟他们没有我们这样的散文观念有关。他们的散文，在古希腊罗马时期是演讲和对话，后来则是随笔，大体都是主智的，和今天我们心目中的审美抒情散文不尽相同。在英语国家的百科全书中，有诗的条目，却没有单独的散文（prose）条目，只有和 prose 有关的文体，例如：alliterative prose（押头韵的散文），prose poem（散文诗），nonfictional prose（非小说类/非虚构写实散文），heroic prose（史诗散文），polyphonic prose（自由韵律散文）。在他们心目中，散文并不是一个特殊的文体，而是一种表达的手段，许多文体都可以用。亚里士多德的《诗学》关注的不是诗与散文的关系，而是诗与哲学、历史的关系：历史是个别的事，而诗是普遍的、概括的，从这一点来说，诗和哲学更接近。他们的思路，和我们不同之处，还在方法上，他们是三分法，而我们则是诗与散文的二分法。

我们早期的观念是诗言志、文载道，把诗与散文对举。我们的二分法，一直延续到清代，甚至当代。虽然形式上二分，但在内容上，许多论者都强调统一。司马光在《赵朝议文稿序》中，把《诗大序》的“在心为志，发言为诗”稍稍改动了一下，变成：“在心为志，发口为言。言之美者为文，文之美者为诗。”元好问则说：“诗与文，特言语之别称耳。有所记述之谓文，吟咏情性之谓诗，其为言语则一也。”（《元好问诗话·辑录》）这都是把诗与文对举，承认诗与文的区别，但强调诗与文主要方面的统一。司马光说的是，二者均美，只是程度不同；元好问说的是，表现方法有异，一为记事，一为吟咏而已。宋濂则更是直率："诗文本出于一原，诗则领在乐官，故必定之以五声，若其辞则未始有异也。如《易》《书》之协韵者，非文之诗乎？《诗》之《周颂》，多无韵者，非诗之文乎？何尝歧而二之！"（《宋濂诗话》）当然，这种掩盖矛盾的说法颇为牵强，挡不住诗与文的差异成为诗词理论家长期争论不休的课题。不管怎么说，谁也不能否认二者的区别，至少是程度上的不同。明代《徐一夔诗话》说："夫语言精者为文，诗之于文，又其精者也。"把二者的区别仅定位在精的程度上，立论甚为软弱。因为诗与散文的区别不是量的，而是质的。这是明摆着的事实，可许多诗话和词话家宁愿模棱两可。当然这也许和诗话词话体制狭小，很难以理论形态正面展开有关，而结合具体作家作品的评判要方便得多。黄庭坚说："诗文各有体，韩以文为诗，杜以诗为文，故不工尔。"（转引自宋人陈师道《后山诗话》）在理论上，正面把诗文最为根本的差异提出来，是需要时间和勇气的。说得最为坚决的是明代的江盈科："诗有诗体，文有文体，两不相入。""宋人无诗，非无诗也，盖彼不以诗为诗，而以议论为诗，故为非诗。""以文为诗，非诗也。"（《雪涛小书·诗评》）

承认区别是容易的，但阐明区别则是艰难的。诗与文的区别一直在争论不休，甚至到21世纪，仍然是一个严峻的课题。古人在这方面不乏某些天才的直觉，然而，即使要把起码的直觉加以表达，也是要有一点才力的。明代庄元臣值得称道之处，就是把他的直觉表述得很清晰："诗主自适，文主喻人。诗言忧愁媮侈，以舒己拂郁之怀；文言是非得失，以觉人迷惑之志。"（《庄元臣诗话》）实际上，这就是说诗是抒情的（不过偏重于忧郁），文是"言是非得失"的，也就是说理的。这种把说理和抒情区分开来，至少在明代以前，应该有相当的根据。但是，把话说绝了，因而还不够深刻，不够严密。清代邹祗谟在《与陆荩思》中有所补正："作诗之法，情胜于理；作文之法，理胜于情。乃诗未尝不本理以纬夫情，文未尝不因情以宣乎理，情理并至，此盖诗与文所不能外也。"（转引自清代周亮工《尺牍新钞》二集）应该说，"情理并至"至少在方法论上带着哲学性的突破，不管在诗中还是文中，情与理并不是绝对分裂的，而是互相依存的，如经纬之交织，诗情中往往有理，文理中也不乏情致，情理互渗，互为底蕴。只是在文中，理为主导；在诗中，情为主导。这样说，比较全面，比较深刻。在情理对立中，只因主导性的不同，产生了不同的性质，这样精致的哲学思辨方法，竟然出自这个不太知名的邹祗谟，是有点令人惊异的。当然，他也还有局限，毕竟，还仅仅是推理，缺乏文本的实感。真正在理论意义上做出突破的，是吴乔。他在《围炉诗话》中这样写"问曰：'诗文之界如何？'答曰：'意岂有二？意同而所以用之者不同，是以诗文体制有异耳。文之词达，诗之词婉。文以道政事，故宜词达；诗以道性情，故宜词婉。意喻之米，饭与酒所同出。文喻之炊而为饭，诗喻之酿而为酒。文之措词必副乎意，犹饭之不变米形，啖之则饱也。诗之措词不必副乎意，犹酒之变尽米形，饮之则醉也。文为人事之实用，诏敕、书疏、案牍、记载、辨解，皆实用也。实则安可措词不达，如饭之实用以养生尽年，不可矫揉而为糟也。诗为人事之虚用，永言、播乐，皆虚用也。……诗若直陈，《凯风》《小弁》大诟父母矣。'”（《围炉诗话》卷一）这可以说，真正深入到文体的核心了。邹祗谟探索诗与文的区别，还拘于内涵（情与理），吴乔则把内涵与形式结合起来考虑。虽然在一开头，他认定诗文“意岂有二”，但是，他并没有把二者的内涵完全混同，接下来，他马上声明文的内涵是“道政事”，而诗歌的内涵则是“道性情”，在形式上则是一个说理，一个抒情。他的可贵在于，指出由于内涵的不同导致了形式上巨大的差异：“文喻之炊而为饭，诗喻之酿而为酒。文之措词必副乎意，犹饭之不变米形，啖之则饱也。诗之措词不必副乎意，犹酒之变尽米形，饮之则醉也。”他把诗与文的关系比喻为米（原料）、饭和酒的关系，表现出一种天才的灵气，散文由于是说理的，如米煮成饭，并不改变原生材料（米）的形状；而诗是抒情的，感情使原生材料（米）“变尽米形”成了酒。在《答万季野诗问》中，他说得更彻底，不但形态变了，性质也变了（“酒形质尽变”）。这个说法，对千年来的诗文之辨是一大突破。

生活感受，在感情的冲击下，发生种种“变异”是相当普遍的规律，“情人眼里出西施”，“看自己，一朵花；看别人，豆腐渣”，抒情的诗歌形象正是从这“变异”的规律出发，进入了想象的假定的境界。“一日不见，如三秋兮”“谁谓荼苦，其甘如荠”“露从今夜白，月是故乡明”“回眸一笑百媚生，六宫粉黛无颜色”，这些就是以感知变异的结果提示情感强烈的原因。创作总是走在理论前面，落伍的理论使得我国古典诗论往往拘泥于《诗大序》“在心为志，发言为诗。情动于中而形于言”的陈说，好像情感直接等于语言，有感情的语言就一定是诗，情感和语言、语言和诗之间没有任何矛盾似的。其实，在情感和语言之间横着一条相当复杂的曲折道路。语言符号，并不直接指称事物，而是唤醒有关事物的感知经验。而情感的冲击使感知发生变异，语言符号的有限性以及诗歌传统的遮蔽性，都可能使得情志为现成的、权威的、流行的语言所遮蔽。心中所有往往笔下所无。言不称意，笔不称言，手中之竹背叛胸中之竹，是普遍规律，正是因为这样，诗歌创作才需要才华。司空图似乎意识到了“遗形得似”的现象，可惜只是天才猜测，而限于简单论断，未有必要的阐释。

吴乔明确地把诗歌形象的变异作为一种普遍规律提上理论前沿，不仅是鉴赏论的，而且是创作论的前沿，在中国诗歌史上可谓空前。它突破了中国古典文论中形与神对立统一的思路，提出了形与形、形与质对立统一的范畴，这就触动了诗歌形象的假定性。很可惜这个观点，在他的《围炉诗话》中并没有得到更系统的论证。但纪昀在《纪文达公评苏文忠公诗集》卷五、延君寿在《老生常谈》中都曾加以发挥。当然，这些发挥今天看来还嫌不足。只抓住了变形变质之说，却忽略了在变形变质的基础上，还有诗文价值上的分化。吴乔强调读文如吃饭，可以果腹，因为“文为人事之实用”，也就是“实用”价值；而读诗如饮酒，酒可醉人，却不能解决饥寒之困，旨在享受精神的解放，因为“诗为人事之虚用”，也就是审美价值。吴乔的理论意义不仅在变形变质，而且在“实用”和“虚用”。这在中国文艺理论史上，应该是超前的，他意识到诗的审美价值是不实用的，还为之命名曰“虚用”，这和康德在《判断力批判》中所言审美的“非实用”异曲同工。当然，吴乔没有康德那样的思辨能力，也没有西方建构宏大体系的演绎能力，他的见解只是吉光片羽。这不仅是吴乔的局限，而且是诗话词话体裁的局限，也是我国传统民族文化的局限。但是，这并不妨碍他的理论具有超前的性质。

吴乔之所以能揭示出诗与文之间的重大矛盾，一方面是他的才华，另一方面也不能不看到他心目中的散文，主要是他所说的“诏敕、书疏、案牍、记载、辨解”等，其实用性质是很明显的。按姚鼐《古文辞类纂》，散文是相对于辞赋类的，形式很丰富，有论辩类、序跋类、奏议类、书说类、赠序类、诏令类、传状类、碑志类、杂记类、箴铭类等等。这些基本上都是实用类文体。在这样的背景下观察诗词，进行逻辑划分有显而易见的方便，审美与实用的差异可以说是昭然若揭。这一点和西方有些相似，西方也没有我们今天这种抒情审美散文的独立文体，他们的散文大体是以议论为主展示智慧的随笔（essay）。从这个意义上说，吴乔的发现仍属难能可贵。以理性思维见长的西方直到差不多一个世纪以后，才有雪莱的总结：“诗使它能触及的一切变形。”在这方面英国浪漫主义诗歌理论家赫斯列特说得相当勇敢。他在《泛论诗歌》中说：“想象是这样一种机能，它不按事物的本相表现事物，而是按照其他的思想情绪把事物糅成无穷的不同的形态和力量的综合来表现它们。这种语言不因为与事实有出入而不忠于自然；如果它能传达出事物在激情的影响下，在心灵中产生的印象，它便是更为忠实和自然的语言了。比如在激动或恐怖的心境中，感官觉察了事物——想象就会歪曲或夸大这些事物，使之成为最能助长恐怖的形状，‘我们的眼睛’被其他的官能‘所愚弄’，这是想象的普遍规律。”[①]其实，赫氏这个观念并非完全是自己的原创，很明显，感官想象“歪曲”事物的说法就是来自莎士比亚《仲夏夜之梦》第五幕第一场中希波吕特的台词：“情人们和疯子们都有发热的头脑和有声有色的幻想，疯子、情人和诗人，都是幻想的产儿：疯子眼中所见的鬼，比地狱里的还多；情人，同样是那么疯狂，能从埃及人的黑脸上看见海伦；诗人的眼睛在神奇狂放的一转中，便能从天上看到地下，从地下看到天上。想象会把虚无的东西用一种形式呈现出来，诗人的妙笔再使它们具有如实的形象，虚无缥缈也会有了住处和名字。强烈的想象往往具有这种本领，只要一

① 《古典文艺理论译丛》（第一册），人民文学出版社 1961 年，第 60—61 页。

领略到一些快乐，就会相信那种快乐的背后有一个赐予的人；夜间一转到恐惧的念头，一株灌木一下子便会变成一头狗熊。”到西欧浪漫主义诗歌衰亡之后，马拉美提出了“诗是舞蹈，散文是散步”的说法，与吴乔的“诗酒文饭”之说，有异曲同工之妙。

可惜的是，吴乔这个天才的直觉，在后来的诗词赏析中没有得到充分的运用。如果把他的理论贯彻到底，认真地以作品来检验的话，对权威的经典诗论可能有所颠覆。诗人就算如《诗大序》所说的那样心里有了志，口中便有了相应的言，然而口中之言是不足的，因而还不是诗，即使长言之，也还不是转化的充分条件，至于手之舞之，足之蹈之，对于诗来说，只是白费劲，如果不加变形变质，也肯定不是诗。从语言到诗歌，并不那么简单，西方当代文论说那仅仅是语言的“书写”。这种说法还不如20世纪早期俄国形式主义者说的“陌生化”到位。当然俄国形式主义者并未意识到，诗的陌生化不但是感知的陌生化，而且还需要潜在的熟悉化作为底蕴。“红杏枝头春意闹”是诗，“红杏枝头春意‘吵’”就不是诗了。因“热闹”是熟悉的自动化联想，而热“吵”则不是。语义不但受到语境的塑造，而且在诗歌形式规范中获得自由，因而它不但是诗歌风格的创造，而且是人格从实用向审美高度的升华。并且在这升华的过程中突破，突破原生状态的实用性的人，让人格和诗格同步向审美的形而上的境界升华。

以吴乔的“散文实用诗歌审美”的观念来分析李白的诗和散文，就可获得雄辩的论据。在实用性散文中，李白陷于生存的需求，并不像诗歌中那样以藐视权贵为荣。相反，他在著名的《与韩荆州书》中以“遍干诸侯”“历抵卿相”自夸，对于他所巴结的权势者，不惜阿谀逢迎之词。对这个韩荆州，李白是这样奉承的：“君侯制作侔神明，德行动天地，笔参造化，学究天人。”①这类肉麻的词语在其他实用性章表中（如《上安州裴长史书》《上安州李长史书》）中不胜枚举。可以说在散文和诗歌中，有两个李白。散文中的李白，是个大俗人；而诗歌中的李白，则不食人间烟火。这是一个人的两面，或者说得准确一点，是一个人的两个层次。由于章表散文是实用性的，是李白以之作为求得飞黄腾达的手段，具有形而下的性质，故李白世俗实用心态袒露无遗。两个李白，都是真实的，只是一个戴着世俗的、表层的角色面具，和当时的庸俗文士一样，不能不摧眉折腰，甚至奴颜婢膝。但李白之所以是李白，就在于他不满足于这样的庸俗，他的诗歌表现了一个潜在的、深层的李白，这个李白有藐视摧眉折腰、奴颜婢膝的冲动，有上天入地追求超凡脱俗的自由人格。

人在文体中分化，这种情况在柳宗元的散文和诗中也表现得很突出。在《小石潭记》中，柳宗元在偏僻的山里发现潭石和水的美好，这种美是很“幽邃”的，远离尘世、超凡脱俗的，心灵得到深深的安慰，甚至快慰。但是，又不能不指出“其境过清”，“寂寥无

① 《李太白全集》（第三册），中华书局1957年。

人，凄神寒骨，悄怆幽邃”，欣赏则可，并不适合自己“久居”。这种美，是可以陶醉而不可以实用的，这正是散文的某种形而下的属性。这是柳宗元性格的一个侧面，比较执着于现实，不像他在诗歌里表现出来的另一面，那里充满了不食人间烟火的形而上的境界。如《江雪》：“千山鸟飞绝，万径人踪灭。孤舟蓑笠翁，独钓寒江雪。”开头两句强调的是生命的“绝”和“灭”，与这相对比的不是尘世的熙熙攘攘，而是一个渔翁孤独的身影，虽然孤独，却微妙地消解了“绝”和“灭”。在寒冷、冰封的江上，是“钓雪”，而不是钓鱼，也就是超越了任何功利，孤独本身就是一种享受。这和《小石潭记》中“寂寥无人，凄神寒骨，悄怆幽邃”“其境过清，不可久居”的境界大不相同。诗歌里的柳宗元是不怕冷、不怕孤独的，而在散文里则相反。在散文中，柳宗元还是不能忘情现实环境、居住条件，甚至国计民生，乃至于政治，而诗歌则可以尽情发挥超现实的形而上的空寂的理想，以无目的、无心的境界为最高境界。如他的《渔翁》一诗，可谓达到物我两忘的境界：“渔翁夜傍西岩宿，晓汲清湘燃楚竹。烟销日出不见人，欸乃一声山水绿。回看天际下中流，岩上无心云相逐。”诗的境界中，“无心”的云就是“无心”的人，超越一切功利，大自然和人达到高度的和谐和统一。这是诗的意境，而在散文中，这是作者可以欣赏而不想接受的。当然，苏东坡说最后两句是可以删节的，自然有一定道理，但其中的“无心”，却是诗的关键。从这个意义上来说，吴乔把诗与散文的内容看成没有区别（意喻之米）是不够全面的，诗的内容显然比较形而上，比较概括，散文的内容比较形而下，比较着重于特殊具体的事物和人物。这是不能含糊的。

《望庐山瀑布》：远近、动静和徐疾的转换[①]

解读焦点： 有日照才可能有紫烟之美，不但有表层的因果关系，而且有相互之间的有机联想："遥看"才可能把庐山的香炉峰缩微成香炉，隐含着静态。而"飞流直下三千尺"，不但是近观，而且直接承受着其强劲的动态冲击。"疑是银河落九天"，则是诗人回避了直接惊叹，转换到瞬间的幻觉。这个幻觉使景观带上了李白式的豪迈，淋漓地抒发了诗人在大自然之美面前的惊叹。

李白《望庐山瀑布》诗云：

日照香炉生紫烟，遥看瀑布挂前川。飞流直下三千尺，疑是银河落九天。

"日照香炉生紫烟"，是写实吗？是写出了庐山瀑布的特点吗？似乎是。但是在文学作品里，拘于写实是不讨好的，尤其是抒情诗歌里，过分专注于刻画对象，想象的翅膀就难以起飞，诗就可能显得板滞。张九龄有《湖口望庐山瀑布水》：

万丈红泉落，迢迢半紫氛。奔飞下杂树，洒落出重云。日照虹霓似，天清风雨闻。灵山多秀色，空水共氤氲。

此诗明显缺乏李白式的才气，就是因为耽于对象美的描述，力图面面俱到，其结果是好似流水账，情感被窒息。抒情离不开想象，而想象则是要超越现实、摆脱现实纷纭的特征的。李白之所以成功，就是善于从现实的一个特征出发，与情感猝然遇合，摆脱纷繁的细节，营造出独特的抒情境界。

从哪里可以看出李白的感情呢？这要从语言上去分析。在古典诗歌中，诗人的感情，主要从对对象的美化中流露出来。开头"日照"两个字不可忽视。为什么要"日照"？因为日照的瀑布，比较容易从光和色方面进行美化。"香炉"倒是写实，庐山的确有个香炉峰。

① 本文由孙绍振、孙彦君合著。

但是这里的香炉，有双重含义：既是地名，又是诗的意象。有了香炉，下面的“烟”字才有根据。烟固然有写实的一面，水花飞溅，烟雾缭绕。但是李白这里“烟”的联想却是双重的，有暗喻的意义。水雾像从香炉里冒出来的烟，联想比较严密。还有一点要注意，这个烟，不是一般经验中白色的、黑色的烟，而是在日光照耀下的，幻化出鲜艳色彩的烟。本来，色彩可能是纷繁的，例如红色的、橙色的、金黄色的等等，为什么是紫色的呢？因为紫色有特殊的意蕴：紫色作为云气，古人以为祥瑞。传说老子过函谷关之前，关尹喜见有紫气从东而来，知道将有圣人过关，果然老子骑着青牛而来。后来就将紫气附会为吉祥的征兆，引申为帝王、圣贤等出现的预兆（紫气东来），有时则指宝物的光气（紫气排斗牛）。李白受道家影响很深，挑中了紫色为美，绝非偶然。

从表面看来，这里没有直接抒情的句子，然而读者却在无意中受到了感染。抒情在这里，就是美化景观。抒情渗透在描绘之中，或者说，是在香炉和紫烟的意象之中，在意象组合的时候，不着痕迹地运用了汉语中对紫色的现成联想，故有自然天成之妙。拿李白这句诗和张九龄的相比，就显出高下来了。张九龄也把庐山瀑布放在日光的映照下来表现（“日照虹霓似”），也用了相当夸张的数量词（“万丈红泉落”），也写到了云雾的紫气（“迢迢半紫氛”）。但是，对于瀑布的头绪纷繁的美，他什么都舍不得省略，什么都想表现，结果是什么都没有表现透，意象之间缺乏有机的、严密的契合，给人东一榔头西一棒子的感觉。而在李白那里，意象被提炼得相当单纯：日照、香炉和紫烟，不但有表层的因果关系，而且相互之间有潜在的、有机的联系。张九龄之作，意象纷繁游离，联系它们的，只有表层的空间关系；而李白之作虽然激情四溢，但从容不迫，层次井然，写完第一印象，就点出了自我与瀑布之间的关系：“遥看瀑布挂前川。”“遥看”是远看，和题目中的“望庐山瀑布”的“望”暗合。因为是远望，才可能把庐山的香炉峰缩微成香炉，衍生出香炉上紫烟缭绕的意象。但他并没有沿着香炉的意象继续联想，而是从暗喻走向现实，直接点出这是瀑布。这里用了一个“挂”字，放在“前川”上，是挂在前面的“川”上，还是挂出了“前川”呢？从散文来说，“挂前川”，就是挂在前面的川上。然而这是诗，诗歌的联想比较自由，读者的想象参与了创造，“挂”和“前川”的关系，倒不必细究。把逻辑上的因果说得一清二楚，就变成散文了，诗里的意象，还是悬浮、不确定一些比较好。

后面的两句是全诗的灵魂，让读者突然领悟到，诗人的感觉到了这两句，有一点微妙而又不可忽略的变化了。“飞流直下”，有强烈的动感，速度是非常快的，加之以长度“三千尺”，其迅猛流泻和前面的意象有一种潜在的对比。第一句“生紫烟”，是缓缓飘升的，第二句“挂前川”，是视觉的欣赏。遥看，远望，蕴涵着某种静观；而“飞流直下三千尺”，则是强劲的动态，用语十分夸张。从远望变成了贴近身体感觉。下面就是神来之笔了："疑是银河落九天。"这样的想象，在李白的诗中是比较突出的。在一般的诗歌中，李白写到银河的时候，大抵是天空的庄严的意象："渭水清银河，横天流不息"。(《杂曲歌辞·君子有所思》）即使在那首很浪漫的《庐山谣寄卢侍御虚舟》中，也就是：

庐山秀出南斗傍，屏风九叠云锦张，影落明湖青黛光。金阙前开二峰长，银河倒挂三石梁。香炉瀑布遥相望，回崖沓嶂凌苍苍。

银河倒挂，作为自然景观的意象，和作者有相当大的空间距离，可以从容欣赏。但这里，却是银河从天空中倒泻了下来，把宁静的天象，化作流泻的星河，而且是从九天泻落头顶的感觉。这样的"动画"应该是惊心动魄的，是浪漫的。但最为精彩的是，这里有个情感的转换，从远距离的景观，变成猝然逼近，从高高在上，变成当顶压下。如果说，从日照香炉紫烟氤氲到飞流直下，是慢速向快速对转的话，"疑是银河落九天"，就是远观到迫近的对转。正是这双重对转，构成了全诗的张力结构，使读者心理在两极转化中受到了强烈的冲击。

这首诗最动人之处，究竟写了些什么呢？无非是诗人一时的幻想。这是贴近了生活还是贴近了诗人自我呢？当然是贴近了诗人自我，贴近了诗人的感觉。这个感觉，甚至并不是对瀑布很准确的感觉，而是一种变异了的、瞬间的幻觉。然而就在这种幻觉中，有一种诗人特殊的情感，那就是在大自然之美面前的惊叹。但诗人回避了直接惊叹。而在另一首同题诗作中，他这样写道：

西登香炉峰，南见瀑布水。挂流三百丈，喷壑数十里。欻如飞电来，隐若白虹起。初惊河汉落，半洒云天里。

就明确点出了初见之"惊"。惊心动魄的美，诗人为自我的发现而惊叹。这样的诗得到苏东坡的赞赏是自然的。清高宗弘历敕编《唐宋诗醇》记载："苏轼曰：'仆初入庐山，有陈令举《庐山记》见示者，且行且读，见其中有徐凝诗和李白诗，不觉失笑。开元寺主求诗，为作一绝，云："帝遣银河一派垂，古来惟有谪仙词。飞流溅沫知多少，不为徐凝洗恶诗。"'"徐凝的诗也是写庐山的，其中有"千古长如白练飞，一条界破青山色"之句，据说白居易颇为欣赏，但是《韵语阳秋》的作者认为白居易"或许未见李白诗耳"。在对这两首同题诗歌的评价上，白居易和苏东坡大有不同。《韵语阳秋》的作者不同意白居易的观念，是有道理的，说他没有见过李白的这首诗，当然是可能的，也许是有意为白居易掩饰其艺术欣赏上的失误。徐凝的诗，充其量不过是写庐山瀑布像一条白练，千古不变，在青色的山峦当中，划出一道界限。这样刻画描写景观，不能说没有特点，但是作者对瀑布欣赏的情致却很淡。正是因为这样，儒雅的苏轼才将它定性为"恶诗"。当然，《韵语阳秋》的作者并不认为这就是极致了，无以复加了。他补充说："以余观之，银河一派，犹涉比类，未若白前篇云：‘海风吹不断，江月照还空。’凿空道出，为可喜也。”[①]在他看来，“银河落九天”好是好，但还是不够，因为还是属于比喻范畴，专注于瀑布，多多少少有一点拘于描写的意味，想象不够自由，情感不够灵动。而另外一首中的“海风吹不断，江月照还空”，就超越了被动描写，展开了卓越的想象。但他只是说出了直觉：“凿空道出”。相对于被动描写，应该是指想象。这种想象，好在摆脱了景观的束缚。瀑布，本来是水，诗人如果把它当作水，川流不息，应该是“吹不息”；但诗人把它当作“布”，就是“吹不断”的了。再说，庐山的地形，并不是平原，离海又那么遥远，风应该是“山风”才对，但李白却说“海风”。至于月亮，本来也应该是山月，长江离庐山是很有一点距离的，李白却说“江月”。这样一来，李白就营造了一个江海相通、水天相连、一望无垠的浩渺背景，好像没有什么山峦似的，有的只是纯净的境界，在风烟俱净的天宇，只有月光照耀着，瀑布变得透明。这样，背景纯净化了，意象单纯化了，实际上是精神化了。李白式的胸襟，尽在其间。无我之境，物我交融，意境全出。

李白表现香炉瀑布，自如地驾驭两种风格，创造两种境界，运用两种手法，可谓得心应手，游刃有余。把瀑布放在阳光映照下，处于紫烟氤氲之中，意象以灿烂取胜；把瀑布放在月光照耀之下，在江天海风之中，以淡雅空灵的意境取胜。不管哪一首，比之徐凝的“千古长如白练飞，一条界破青山色”，在意境上可谓天壤之别。徐凝点明了“千古”，读者却没有千古的感觉；李白没有说什么千古，只是高度概括了浩渺空间，却有了时间的感觉。这是因为“海风吹不断”的“不断”，蕴涵着长期吹拂的意味，时间永恒的感觉尽在其中。

① 陈伯海主编《唐诗汇评》(上)，浙江教育出版社 1995 年，第 696—697 页。

《下江陵》：绝句的结构和诗中的“动画”

解读焦点：本文分析李白，从他自由驾驭绝句结构入手，指出在三、四句以“流水”句式变客体的描绘为主观的抒情。接着分析诗歌中画和诗的矛盾。诗中的画，尤其是绝句中的画，应是动画、声画、情画，心灵在动态中才能向纵向深层次潜入。

李白《下江陵》诗云：

朝辞白帝彩云间，千里江陵一日还。两岸猿声啼不住，轻舟已过万重山。

在品评唐诗艺术的最高成就时，李白、杜甫并称，举世公认，但是，在具体形式方面，历代评家对二者的评价却有悬殊。他们认为在绝句上，尤其是七言绝句，成就最高者为李白。高棅在《唐诗品汇》中说：“盛唐绝句，太白高于诸人，王少伯次之。”[①]胡应麟在《诗薮》中也说：“七言绝以太白、江宁为主，参以王维之俊雅，岑参之浓丽，高适之浑雄，韩翃之高华，李益之神秀，益以弘、正之骨力，嘉、隆之气运，集长舍短，足为大家。”[②]连韩翃、李益都数到了，却没有提到杜甫。不但如此，《诗薮》还这样说：“自少陵以绝句对结，诗家率以半律讥之。”[③]许学夷《诗源辩体》引用王元美的话说：“子美七言绝变体，间为之可耳，不足多法也。”[④]当然，对于杜甫绝句，也不乏辩护者，如说杜甫的七绝是一种“变体”，“变巧为拙”，“拙中有巧”，对孟郊、江西派有影响等等。但是，对李白在绝句方面成就最高，则是众口一词，不但没有争议，而且在品评绝句“压卷”之作时，榜上有名。沈德潜在《唐诗别裁》中说：“必求压卷，王维之‘渭城’，李白之‘白帝’，王昌龄之‘奉帚平明’，王之涣之‘黄河远上’其庶几乎！终唐之世，绝句无出四章之右者矣。”[⑤]当然，究

① 高棅《唐诗品汇》，据明代汪宗尼校订本影印，上海古籍出版社 1981 年，第 427 页。

②③ 胡应麟《诗薮》，上海古籍出版社 1979 年，第 115 页。

④ 许学夷《诗源辩体》卷十九，人民文学出版社 1987 年，第 220 页。

⑤ 沈德潜《唐诗别裁集》卷十九，中华书局 1975 年，第 262 页。

竟哪些篇目能够获得“压卷”的荣誉，诸家看法不免有所出入，但是，杜甫的绝句从来不被列入则似乎是不约而同的。

李白的绝句，尤其是七绝，其艺术成就为什么高于杜甫的绝句？高在何处？前人只是反复申述观感，并未严密地展开分析和论证。本文拟采取个案（亦即所谓“细胞形态”）细读的方法，尝试从感觉与情感的互动、感情以及句式、语法结构方面做出解释，以期取得从一粒沙看世界，从一滴水看大海之效。

这个细胞就是被列入压卷之作的《下江陵》。

《下江陵》虽然只有四行，但其中包含着李白复杂的生命体验和艺术创造的种种奥秘。

第一句，“彩云间”，说的是高；第二句，“一日还”，说的是快。如此平常的句子，感染力却不平常。表面上，朝辞暮达，只是时间上的连贯，实质上，则有逻辑上的因果，不过这种因果是隐性的。因为白帝河床高，所以速度快。如果仅仅是这样，李白就只写出了一种地理现象。但这种因果还是可疑的。事实上，有没有那么快呢？没有。不一定非得做实地调查不可，光凭推理也可知一二。古人形容马跑得快，“日行千里，夜行八百”，已经是夸张了；小木船，能赶得上千里马吗？没有那么快，却为什么偏偏要说那么快？因为这是一首抒情诗，不是散文游记，诗人抒发的是情感上的归心似箭。

但是，归心似箭的情感，是很难直接传达的。越是微妙的情感，越是只可意会不可言传。如果用语言直接表述，读者是无从感受的。

从心理学角度说，感情是一种内在的肌体觉，是一种“黑暗的感觉”，与大脑语言区的联系不像感觉那么确定，所以直接抒发感情，很有难度。西方古典诗歌，多用直接抒情，其缺陷在感性不足，过于抽象，但其妙在情理交融，故思想容量大。而中国古典诗歌，大多通过对景物和人物的感知来抒情，故多情景交融，但是缺乏像西方那样的大规模的叙事诗、史诗。经过几千年的平行发展，到了 20 世纪初，美国人倒是比较谦虚，承认直接抒情容易导致抽象，就出现了学习中国通过五官可感的“意象”来表现诗意的流派，叫作“意象派”。其间的道理，从心理学上可以得到一些解释。因为人类与外部世界的交流只有一个渠道，那就是感知，此外无他。感知有一个特点，就是带有相当的主观性，受到情感的冲击尤能发生“变异”，所以科学家宁愿相信仪表上的刻度，也不敢相信自己的耳朵、眼睛和躯体。“眼见为实”这一“定律”，在他们那里是幼稚的。眼见不一定为实，才是科学真理。日常感知的主观性与科学性相矛盾，而艺术感觉，却以主体情感为生命。汉语“情感”一词，透露了一点秘密：把“感”与“情”联系在一起，叫作感情，或者情感，都一样，感与情不可分。一旦有了感情，特别是比较强烈的感情，感知受到冲击，就发生“变异”，也就是吴乔所说的“形质俱变”。他在《答万季野诗问》中有天才的发现。

又问："诗与文之辨？"答曰："二者意岂有异？唯是体制辞语不同耳。意喻之米，文喻之炊而为饭，诗喻之酿而为酒；饭不变米形，酒形质尽变；啖饭则饱，可以养生，可以尽年，为人事之正道；饮酒则醉，忧者以乐，喜者以悲，有不知其所以然者。"①

带着感情看事物、人物，就会发生形态和性质的变化。这在日常生活经验中就可得到检验。

如"情人眼里出西施""月是故乡明"之类。与在诗里相比，变异的幅度限于量度，而在诗里，要更自由一些，在性质上发生变异。不是白发真有"三千丈"，而是因为忧愁改变了感知的性质。情和感的变异是人类感知的局限，也是人类生命的精彩。古典抒情诗人是多愁善感的，不是一般的善感，而是善于"变感"，是通过"变异"了的感知来抒发感情，这就是中国古典文论所说的"立象以尽意"。

如果拘泥于科学理性，把李白日行千里的感知，改为日行数百里，可能比较实事求是，但是，读者的感知受不到冲击，难以受到诗人感情的感染，也就谈不上艺术了。可是，就算是差不多有这么快了，却又产生了一个问题，越是快，越是不安全。当年三峡有礁石，尤其瞿塘峡，那里的礁石相当凶险。关于三峡航行凶险的文献真是太多了，如杜甫晚年的《秋兴》："白帝高为三峡镇，瞿塘险过白牢关。"此外，还有古代歌谣："滟滪大如马，瞿塘不可下；滟滪大如猴，瞿塘不可游；滟滪大如龟，瞿塘不可回；滟滪大如象，瞿塘不可上。"郦道元在《水经注》中提到三峡的黄牛滩曰：

江水又东，径黄牛山下，有滩名曰"黄牛滩"。两岸重岭叠起，最外高崖间有石色，如人负刀牵牛，人黑牛黄，成就分明，既人迹所绝，莫得究焉。此岩既高，加以江湍纡回，虽途经信宿，犹望见此物。故行者谣曰："朝发黄牛，暮宿黄牛，三朝三暮，黄牛如故。"言水路纡深，回望如一矣。②

《水经注》所述均为顺流，因为反复有"又东"二字。东，就是向下游之确证。"信宿"，是两夜之意，两夜犹望见此物，言船在江上纡徐回转。"三朝三暮"犹见"黄牛"，有些夸张，但是可以想见黄牛滩的迂回曲折。

刘白羽在20世纪50年代写的《长江三日》里说："这滟滪堆指的是一堆黑色巨礁。它对准峡口，万水奔腾一冲进峡口，直奔巨礁而来。你可想象得到那真是雷霆万钧，船如离弦之箭，稍差分厘，便撞得个粉碎。"③由此可见，当时船行三峡并不是那么直线式顺流而下的，而是纡回曲折的，而且相当险恶。可是在将近六十高龄的李白心目中，这一旅途不

① 王夫之等撰《清诗话》(上册)，上海古籍出版社1978年，第27页。类似的意思在吴乔的《围炉诗话》中，也有更为详尽的说明。

② 郦道元《水经注》卷三十四，影印文渊阁《四库全书》(第573册)，第512页。

③ 刘白羽《刘白羽散文选》，人民文学出版社1978年，第224页。

但快捷，而且安全，一切凶险居然不在眼下。这种感知，更说明李白当时是如何地归心似箭了。

为什么会归心似箭到不顾安危呢？安史之乱中，李白犯了一个相当严重的政治错误，在“充军”的途中得到赦书，政治上的压力消失了，获得解脱的情感便通过轻快安全的感觉得到淋漓尽致的表达。在被俘以前，李白并没有意识到他兴奋无比地参与的永王李璘集团的政治性质，永王战败，李白成了罪犯。这种罪名，属于大逆不道，连李璘都死于非命了。对于李白来说，这不但是个政治问题，而且是个人的尊严问题。李白没有想到他要付出的政治和道义上的代价，是这么沉重。但不管他感到多么冤屈，还是被判了个流放夜郎（今贵州桐梓一带）。天才诗人早期自夸的“颇涉霸王略”“将期轩冕荣”，此时完全成了反讽。这是李白一辈子最惨的时候，声名狼藉，处境应该是相当孤立的。对于这一点，后世的读者可能感觉比较淡漠，但是，他的朋友杜甫在《不见》中说得极其真切：“世人皆欲杀，吾意独怜才。”不过，这样破帽遮颜的狼狈，可能为时不太长。一些学者考证，就在李白到达白帝城（或者附近）的时候，赦书到了，这就是李白自己所说的“中道遇赦”。此时再看“世人皆欲杀”的处境，可能就有一点后怕的感觉了。这时的李白，顿时感到轻松无比，不但政治压力没有了，而且可以和家人团聚了。李白毕竟是李白，年近花甲，青春焕发的感觉竟油然而生，根本不把三峡航道的凶险放在心上。

一个从政治灾难中走出来的老诗人，居然能有这样轻松的感觉，甚至让后世一些研究他的学者狐疑，不可思议：如此充满青春朝气的诗作，竟然出自一个历尽政治坎坷的垂暮老人之手。但是，李白的可爱、可敬、可笑、可恨，全在这里了。

兜了这么大一个圈子，我们只是阐释了归心似箭的情感如何转化为迅速、安全的感知。

但是，问题仍然不可回避，明明是心里感觉到轻松，为什么他不说“轻心已过万重山”，而说“轻舟已过万重山”？有人说，李白这首诗的诗眼是一个“轻”字。似乎还不太恰切，因为忽略了“轻舟”与“轻心”之间微妙的差异。

一字之异，诗人的感觉和俗人的感觉划出了分水岭。这里，起作用的不仅是他的心情，还有他那永不衰退的艺术想象。

轻心，是一种感情，直接传达这种感情，是吃力不讨好的；而一旦把它转化为感觉，在船上的诗人的感觉，由心轻变成舟轻，读者就不难被感染了。艺术就是这样奇妙，明明是心轻，却不能说。三峡潮水奔流，舟越是轻，就越是不安全，但是在诗歌里，偏偏要说轻舟才有安全感。

李白诗歌艺术之所以达到他人难以到达的境界，当然得力于他的艺术想象力。但是，作为诗人，哪个不是长于想象的呢？李白的想象，无疑是杰出的。他的名句，如“蜀道之难，难于上青天”（《蜀道难》）、“燕山雪花大如席”（《北风行》）、“狂风吹我心，西挂咸阳树”（《金乡送韦八之西京》）、“举杯邀明月，对影成三人”（《月下独酌》）等等，都可谓想落天外，笔参造化。这个特点，用西方浪漫主义诗人雪莱的话来说，就是“诗使它能触及的一切变形”（英国浪漫主义诗歌理论家赫斯列特也持类似的观念）。[①]这种想象变形的理论，和司空图的“遗形得似”相通，但用来解释“轻舟已过万重山”，还是有些困难。因为这里的“轻舟”，似乎没有什么变形的痕迹。而且“狂风吹我心，西挂咸阳树”，变的也不仅仅是“形”，其功能、质地都变化了。在这一点上，倒是中国的吴乔所说的诗好像米酿成酒，“形质俱变”的理论更经得起经典文本的检验[②]。

这个“文饭诗酒”“形质俱变”的理论，比之西方浪漫主义的想象变形的理论更有阐释的有效性。事实上，“举杯邀明月，对影成三人”变的不仅仅是形，而是月和影都变成了人，孤独的人，变成了在朋友的包围之中：二者都发生了质变。文饭诗酒，形质俱变，语言的“陌生化”很显著，可以顺利解读中外更大量的经典诗歌文本，但是，并不能解读一切，具体来说，就是李白这里的“轻舟已过万重山”，也还是不能得到顺利的解释。因为这里的轻舟，并没有发生形变或者质变。

可见，形质之变只是诗歌艺术想象之一类，其特点是变异的幅度相当显著，如果要命名的话，可以暂且名之为“显性”艺术想象。

但是，在诗歌中，除此之外，还有一种现象，我把它叫作“隐性”的艺术想象。表面看来，客观对象是没有明显的变异的。就月亮而言，不但有李白式变异幅度很大的，也还有变异幅度不明显的，如陶渊明有“晨兴理荒秽，戴月荷锄归”（《归园田居》），王维有“月出惊山鸟，时鸣春涧中”（《鸟鸣涧》），王昌龄有“撩乱边愁听不尽，高高秋月照长城”（《从军行》）。就舟而言，王湾还有“客路青山外，行舟绿水前”（《次北固山下》）。这里的“行舟”正如李白的“轻舟”一样，表面上没有大幅度的变形和变质，但“隐性”的变异却是巨大的。在李白那里，是从主观心情的轻松转化为船的轻快之感。在王湾这里也一样，从诗歌上下文中来看：“潮平两岸阔，风正一帆悬”表面上似乎是客观的描述，没有什么明显的形变，但这里的潮的状态（平而稳）和风的方向（正而微），明显有一种“顺心”的感觉，水的开阔，帆的平稳，都是被心的平静安宁同化了的。这种平静安宁的情感，不仅仅在字面上，而且在字里行间，构成一种情感的“场”。诗里的“场”，是想象的世界，从字面到字里行间，都是被主体感情同化了的。不过，这种同化是“隐性”的。王湾主观情感对行舟的同化，和李白轻心对轻舟的同化一样，都是“隐性”的。隐性变异的特点，第一

① 参阅孙绍振《文学创作论》，海峡文艺出版社2004年，第313页。
② 王夫之等撰《清诗话》（上册），上海古籍出版社1978年，第27、998页。

就是潜在的、默默的、渗透式的，第二就是它的整体性，从外部看来，没有变异的迹象，但是，从性质来看，在意象的有机组合的关系中却生成一种和谐的情绪境界。这就是中国古典诗歌的“意境”，正因为是整体性的“场”，所以才“不着一字，尽得风流”。

正是因为这样，我们要把绝句的奥秘揭示出来，孤立地分析一个意象（如轻舟、明月、行舟等等）是不够的。既然这种想象是渗透在整体的“场”中的，就应该从整体的有机联系中，也就是从结构中，从句子与句子的内在观照中去进行微观的分析。

这种分析方法，对于绝句尤为重要，因为绝句比之律诗和古风来说篇幅短小，只有四句，结构整体性的功能对这种形式来说，有更深邃的奥秘。

光明白了“轻舟”的感觉，还不能穷尽这首诗艺术的全部奥秘。如果没有第三句“两岸猿声啼不住”作为铺垫，前后构成饱含张力的机理，此诗肯定大为逊色。古典诗话论及绝句，非常强调第三句的重要性。元人杨载在《诗法家数·绝句》中谈到诗的起承转合中的“转”时说：

> 绝句之法，要……句绝意不绝，多以第三句为主，而第四句发之……承接之间，开与合相关，反与正相依，顺与逆相应……大抵起承二句固难，然不过平直叙起为佳，从容承之为是。至如宛转变化工夫，全在第三句，若于此转变得好，则第四句如顺流之舟矣。[①]

对于李白这首诗的第三句，古典诗话家自然不会放过，如清人桂馥在《札朴》中说此诗：“……妙在第三句，能使通首精神飞越。若无此句，将不得为才人之作矣。”[②]清人施补华《岘佣说诗》也有同样的意思：“‘千里江陵一日还’，如此迅捷，则轻舟之过万山不待言矣，中间却用‘两岸猿声啼不住’一句垫之；无此句，则直而无味，有此句，走处仍留，急语仍缓。可悟用笔之妙。”

第三句很好，是众多诗话家的共识，但是好在哪里，却不容易阐释到位。清人沈德潜《唐诗别裁》曰：“写出瞬息千里，若有神助，入‘猿声’一句，文势不伤于直，画家布景设色，每于此处用意。”[③]说此句有神助，是一种赞叹，是一种直觉。说到“画家布景设色”倒是有了作者的观点，诗中有画，布景设色，都是视觉形象。这个观点很有代表性。但是，细读第三句，“两岸猿声啼不住”，只是听觉感受，并没有视觉画面，也谈不上“设色”和“布景”。

事实上，在这首诗里，李白的天才并不表现在景色的描摹上，而是在这些方面。第一，

---

① 何文焕辑《历代诗话》（下册），中华书局 1981 年，第 732 页。

② 桂馥《札朴》卷六，中华书局 1992 年，第 233 页。

③ 沈德潜《唐诗别裁集》卷二，中华书局 1975 年，第 265 页。

他虽然沿用了郦道元的“朝发白帝，暮到江陵”，却没有追随他去描绘三峡景色，“两岸猿声”与“布景设色”根本扯不上边。诗话家们不约而同地受“诗中有画，画中有诗”霸权话语的束缚（关于这一点，下文将全面论述），完全无视李白此时恰恰是把视觉关闭起来，让听觉独享猿声之美。第二，本来民歌唱道：“巴东三峡巫峡长，猿鸣三声泪沾裳。”悲凉意味已经成为典故，相当稳定，一般诗人都以猿啼寄悲凉之情，就是杜甫，也遵循着典故的原意写道：“听猿实下三声泪。”（《秋兴》）但是，李白却反其意而用之，悲凉的猿声，在他的感觉中变异为轻快、安全、欢欣交融的感觉。于悲声中见乐感，显出了艺术家的魄力。第三，以上还是从内涵来分析的，而杨载所说“宛转变化功夫，全在第三句”，讲的是结构的“开与合相关，反与正相依，顺与逆相应”。看来不从结构内部的对立和转化去阐释，就还是囫囵吞枣。绝句的第三句要“变化”，所谓变化，就是和前面两句有所不同。究竟如何不同，前人的直觉很精彩，却没有把直觉概括为观念。

绝句第三句的变化，有几种形式。第一种是句式上的变化。前两句是陈述性的肯定句，第三句（或者是第四句）如果仍然是陈述性的肯定句，单纯而不丰富，便难免单调，因而相当少见。诗人往往在第三句转换为疑问、否定、感叹等句式。如王之涣的《凉州词》：

黄河远上白云间，一片孤城万仞山。羌笛何须怨杨柳，春风不度玉门关。

前两句是陈述的肯定句，第三句是感叹句，第四句则是否定句。又如，贺知章《咏柳》：

碧玉妆成一树高，万条垂下绿丝绦。不知细叶谁裁出，二月春风似剪刀。

杜牧的《泊秦淮》：

烟笼寒水月笼沙，夜泊秦淮近酒家。商女不知亡国恨，隔江犹唱后庭花。

这两首的前两句都是肯定的陈述，第三句是否定句。沈德潜在《唐诗别裁》中提到的另外两首“压卷”之作，王维之“渭城”、王昌龄之“奉帚平明”，在句法上语气上的转换，均皆类此。

但是，细读李白这首诗的第三句，在句式上并没有这种变化，四句都是陈述性的肯定句（“啼不住”，是持续的意思，不是句意的否定）。这是因为，句式的变化还有另一种形式：如果前面两句是相对独立的单句，后面两句则为相互串联的“流水”句式。例如上面所举的例子，第三句都是不能独立的，“不知细叶谁裁出”离开了“二月春风似剪刀”，“商女不知亡国恨”离开了“隔江犹唱后庭花”，句意是不能完足的。“羌笛何须怨杨柳”离开了“春风不度玉门关”，是没有诗意的。“流水”句式的变化，既是技巧的变化，也表现了诗人心灵的活跃。如果前面两句是描绘性的画面，后面两句再描绘，就可能显得平板。而“流水”句式，使得诗人的主体更有超越客观景象的能量，更有利于表现诗人的感动、感慨、感叹、感喟。李白的绝句之所以比杜甫有更高的历史评价，就是因为他善于在第三、四句上转换为“流水”句式。如李白的《客中行》：

兰陵美酒郁金香，玉碗盛来琥珀光。但使主人能醉客，不知何处是他乡。

其好处在于：首先，第三句是假设语气，第四句是否定句式、感叹语气；其次，这两句构成“流水”句式，自然、自由地从第一、二句对客体的描绘中解脱出来，转化为主观的抒情。《下江陵》这一首，第三句和第四句，也有这样的特点。“两岸猿声啼不住”和“轻舟已过万重山”结合为“流水”句式，就使得句式不但有变化，而且更加流畅。这也就是杨载所说“宛转”的“变化功夫”。

在这一点上不清醒，就使一些唐诗专家对这首诗的好处处于茫然状态。如袁行霈说：

他一定想趁此机会饱览三峡壮丽风光，可惜还没有看够，没有听够，没有来得及细细领略三峡的美，船已顺流而过。在喜悦之中又带着几分惋惜和遗憾，似乎嫌船走得太快了。“啼不住”，是说猿啼的余音未尽。虽然已经飞过了万重山，但耳中仍留猿啼的余音，还沉浸在从猿声中穿过的那种感受之中。这情形就像坐了几天火车，下车后仍觉得车轮隆隆在耳边响个不停……究竟李白是希望船走得快一些呢，还是希望船行得慢一点呢？只好由读者自己去体会了。[①]

这种说法，有点混乱。“究竟李白是希望船走得快一些呢，还是希望船行得慢一点呢？”看来这位唐诗权威自己就糊涂。这里的“千里江陵一日还”，一是排除了船行的缓慢（三天才能过黄牛滩），二是排除了长江航道的凶险（瞿塘、滟滪礁石），不就是为了强调舟行之轻快、神速而且安全吗？若是如袁行霈想象的那样，想让船走得慢一点，又何必这样夸张舟行速度呢？

更为重要的是，这里有唐诗绝句的艺术奥秘，那就是感觉和情感的转换，而且层次特别丰富。“宛转变化”的句法结构，为李白心理婉转地向纵深层次潜入提供了基础。

前面两句，“白帝”“彩云”“千里江陵”都是画面，都是视觉形象，第三句超越了视觉形象，转化为听觉。这种变化是感觉的交替。此为第一层次。听觉中之猿声，从悲转变为美，显示高度凝神，以致因听之声而忽略视之景，由五官感觉深化为凝神观照的美感。此为第二层次。第三句的听觉凝神，特点是持续性（“啼不住”），到第四句转化为突然终结，美妙的听觉变为发现已到江陵的欣喜，转入感情深处获得解脱的安宁，安宁中有欢欣。此为第三层次。猿啼是有声的，而欣喜是默默的，舟行是动的，视听是应接不暇的，安宁是静的，欢欣是持续不断的，到达江陵是突然发现的：构成的张力是多重的。此为第四层次。这才深入到李白此时感情纵深的最底层。古典诗话注意到了李白此诗写舟之迅捷，却忽略

---

① 袁行霈《早发白帝城》，裴斐主编《李白诗歌赏析集》，巴蜀书社 1988 年，第 273 页。

了感觉和情感的层次的深化。迅捷、安全只是表层感觉，其深层中隐藏着无声的喜悦。这种无声的喜悦是诗人从有声的凝神中反衬出来的。通篇无一“喜”字，喜悦之情却尽在感知、情绪的多重而又凝聚于瞬间的动态结构之中。

如果以上分析没有大错的话，那么，现在便有条件来回答文章开头提出来的问题，也就是杜甫的绝句，尤其是七言绝句，为什么在历代诗话中，得不到像李白七绝这样高的评价。在杜甫的全部诗作中，绝句的比例不大，比起他的律诗和古风来说，可以说是很少的。但是，他和李白一首一首写来不一样，他似乎写得很顺手，常常同一个题目，一写就是好几首。如《绝句漫兴九首》《江畔独步寻花七绝句》《夔州歌十绝句》《戏为六绝句》《绝句四首》，水准参差不齐，当然也不乏相当精致的作品。如《江畔独步寻花七绝句》（其六）：“黄四娘家花满蹊，千朵万朵压枝低。留连戏蝶时时舞，自在娇莺恰恰啼。”最后两句属对之工，从声韵到意味，得到历代不少诗评的赞赏。这是因为杜甫长于对偶，甚至在律诗《登高》中，四联都对，而不见雕凿痕迹，把他的优长发挥得淋漓尽致，甚至可以说登峰造极。但是，有时，他似乎对自己这方面的才华缺乏节制，过分地放任了，就产生了《绝句四首》中的：

两个黄鹂鸣翠柳，一行白鹭上青天。窗含西岭千秋雪，门泊东吴万里船。

这首诗最显著的特点是四句皆对，好像是把律诗当中的两联搬进了绝句。这当然也是一体，数词相对，色彩相衬，动静相映，诗中有画，堪称精致。但是，许多诗评家仍然表示不满，甚至不屑，“率以半律讥之”。

为什么把律诗的一半，转移到绝句中来，就要受到讥笑呢？这在理论上有什么根据？杨慎说这四句“不相连属”①，胡应麟则说“断锦裂缯”②。就现有绝句的理论积累来衡量，杜甫可能是疏忽了“宛转变化工夫，全在第三句”。第三句要求在第一、二句的基础上承转，那么杜甫有没有意识到第三句的承转功能呢？似乎是意识到了的。第一、二句，从“鸣翠柳”到“上青天”，视野越来越开阔，这里的视觉形象是没有边框的，而到了第三句，则把它放在窗子的框架之中，使之真正变成了一幅诗中之画，而由于对仗的规格，第四句仍然是一幅框架中的图画，只不过是以门框为边界。这两幅图画，承接有之，变化也不能说没有，如门框里泊着的是“东吴万里船”，这就有一点主体的意向了。但是，这个意向只是潜在的意向，还没有能够“动”起来，固然和“鸣翠柳”“上青天”“千秋雪”构成了画幅，但是，联系东吴万里的意象，是对此间美景的留恋呢，还是对东吴生活之向往呢？心灵似

① 《升庵诗话》卷十一：“绝句四句皆对，杜工部‘两个黄鹂’是也，然不相连属。”见丁福保辑《历代诗话续编》，中华书局 1983 年，第 853 页。

② 《诗薮》内编卷六：“杜以律为绝，如‘窗含西岭千秋雪，门泊东吴万里船’等句，本七言壮语，而以为绝句，则断锦裂缯类也。”胡应麟《诗薮》，上海古籍出版社 1979 年，第 121 页。

乎没有为之所冲击。与唐诗压卷“开与合相关，反与正相依，顺与逆相应”相比，便不能不说缺乏性灵的动感了。第一，这里没有句法上的变化，四句全是陈述的肯定语气，两联都是对仗，结构上只有统一，缺乏变化，显得呆板；第二，全诗限于视觉景观，缺乏感觉和情感之间的互动，因而性情没有被充分激活。

杜甫的这首诗，好在诗中有画，缺失也在诗中有画。诗中有画，为什么又是缺点呢？因为诗中之画，不同于画中之画。画中之画，是静态的、刹那的，而诗以语言为媒介，是历时的、持续的。自古中外都有“画是无声诗，诗是有声画”的说法，苏东坡在《书摩诘〈蓝田烟雨图〉》中也说：“味摩诘之诗，诗中有画。观摩诘之画，画中有诗。诗曰：‘蓝溪白石出，玉川红叶稀。山路元无雨，空翠湿人衣。’”[①]这里突出强调的是诗与画的共同性。本来这作为一种感情色彩很浓的赞美，很精辟，有其相对的正确性，但是作为一种理论，无疑有其片面性。因为其中忽略了不可忽略的差别。特别是这一段话经过长期传诵，抽去了具体所指的特殊对象，就变得肤浅了。诗和画由于借助的工具不同，它们之间的区别是这样大，却这样容易被人忽视，是很值得思考的。绝对地用画的优越来赞美诗的优越是一种盲从。明朝人张岱直接对苏东坡的这个议论提出异议：“若以有诗句之画作画，画不能佳；以有画意之诗为诗，诗必不妙。如李青莲《静夜思》‘举头望明月，低头思故乡’，有何可画？王摩诘《山路》诗‘蓝田白石出，玉川红叶稀’，尚可入画；‘山路元无雨，空翠湿人衣’，则如何入画？”[②]张岱的观点接触到了艺术形式之间的矛盾，却没能充分引起后人乃至今人的注意。不同艺术形式的不同规范在西方也同样受到漠视，以致莱辛认为有必要写一本专门的理论著作《拉奥孔》来阐明诗与画的界限。莱辛发现同样是以拉奥孔父子被毒蟒缠死为题材的作品，古希腊雕像与古罗马维吉尔的史诗的表现有很大不同。在维吉尔的史诗中，拉奥孔发出“可怕的哀号”，“像一头公牛受了伤”，“放声狂叫”，而在雕像中身体的痛苦冲淡了，“哀号化为轻微的叹息”，这是“因为哀号会使面孔扭曲，令人恶心”，而且远看如一个黑洞。在雕像中，“激烈的形体扭曲与高度的美是不相容的”，而在史诗中，“维吉尔写拉奥孔放声号哭，读者谁会想到号哭会张开大口，而张开大口就会显得丑呢？”“写拉奥孔放声号哭那行诗只要听起来好听就够了，看起来是否好看，就不用管。”[③]应该说，莱辛比张岱更进了一步，提出即使肉眼可以感知的形体（而不是画中不能表现的视觉以外的东西），在诗中和画中也有不同的艺术标准。不同艺术形式的优越和局限的不同，是值得花一点工夫弄清的。

---

① 《苏轼全集》（下），上海古籍出版社 2000 年，第 2189 页。

② 张岱《琅嬛文集·与包严介》，岳麓书社 1985 年，第 152 页。

③ 莱辛《拉奥孔》，朱光潜译，人民文学出版社 1979 年，第 16、22 页。

在我看来，关键还在于，画中之画是静止的，而诗中之画的优越性在于以下几个方面。第一，超越视觉的刹那，成为一种“动画”，有了动感，才便于抒情。感情的本性，就是和“动”分不开的，故曰感动，曰触动，曰动心，曰动情，曰情动于中，反之则曰无动于衷。连英语的感动都是从“动”（move）引申出“激发情感”（to stir the emotions）的意味，甚至“感动落泪”（being moved to tears）以及“唤醒、刺激或激起一种情感的表达”（to arouse, to excite or provoke the expressions of an emotion）。从心理学来说，感情就是一种激动，激而不动，就是没有感情。仍以李白的月亮意象为例，“举杯邀明月，对影成三人”（《月下独酌》），“暮从碧山下，山月随人归”（《下终南山过斛斯山人宿置酒》），诗中画面的持续性突出了刹那间才会显出的情的动态。第二，诗中的画，不但是“动画”，而且往往是“声画”，其妙处全在声音。“月出惊山鸟，时鸣春涧中”（王维《鸟鸣涧》），这是岑寂和鸣叫反衬的效果，由听觉激起的微妙心动，视觉是无能为力的。第三，最主要的是，诗中的画，不管是动画还是声画，最根本的还是“情画”，情不能在动画之上直接表现，必然隐蔽在画面之外。即使出现了静态的画面，也不仅仅是视觉在起作用，而是心在被感“动”。如王昌龄《从军行》：“琵琶起舞换新声，总是关山旧别情。撩乱边愁听不尽，高高秋月照长城。”第一、二句是听觉，妙处在第三句，断然转折，为第四句从听觉转入视觉提供铺垫。听了一曲又一曲，心烦意乱，这是内心的“声画”，突然转换为一幅宁静的画面：秋月高照长城，暗示着，听得心烦变成了看得发呆。诗中之画，妙在以外在的视觉暗示内心微妙的、通常总是被忽略了的微波。愁绪本为远隔关山而起，月亮虽在眼前之长城，却能跨越关山，远达天涯。（试想，此前有张九龄《望月怀远》的“天涯共此时”之感，此后，又有苏东坡《水调歌头》“千里共婵娟”之叹。）这是在画面的静态中有心灵的动态。而杜甫的那首，恰恰是四幅静态的画面，诗中有画不假，但是有画而心不动。诗中有画，全诗都是画，并不是问题，问题在于，静中有动。拿它和韦应物的《滁州西涧》比较一下可能更能说明问题：

独怜幽草涧边生，上有黄鹂深树鸣。春潮带雨晚来急，野渡无人舟自横。

这也是一幅画，但是，其中内心的动势很丰富。先是“幽”，也就是无声、荒僻，打破“幽”的是“鸣”，第三句加强了声音效果的是紧张的春潮和急雨，第四句，缓和了紧张的是“舟自横”。一个“横”字，在这里有三重内心感应暗示。其一，横，是和“急”对应的，雨不管多急，舟悠闲地横在那里。是为无人，自在，自如。其二，无人之舟，又是有特别的人欣赏（“独怜”）的结果。其三，有人而不在的暗示和长久无人的空寂构成内在张力：幽而不幽，不幽而幽；无人而有人怜，有人而无人景。内心和外物之间的多重互动，构成了情感的“场”，无声地升华为意境。

杜甫之失在于：过分沉醉于视觉的美，而忽略了情感纵深的活跃。为什么诗圣会有这样的失误呢？杨慎讲到七绝时，这样批评杜甫："少陵虽号大家，不能兼善，一则拘于对偶，二则汩于典故。拘则未成之律诗而非绝体，汩则儒生之书袋而乏性情。"[①]说杜甫"乏性情"，是冤枉的。杜甫岂是乏性情之人。至于说他"拘于对偶"，却是一语中的。杜甫对偶的功夫太强大了，技巧太熟练了，太得心应手了，写起绝句来，有时给人以批量生产的感觉。当他得心应手，不假思索运用对偶的时候，第三句的转折，第三、四句的流水句式，就和他的情怀一起，受到严重的抑制。

当然，杜甫写七绝并不一味只用这种句式，毕竟他是大家。有时，也在第三、四句运用流水句式。如《江南逢李龟年》："岐王宅里寻常见，崔九堂前几度闻。正是江南好风景，落花时节又逢君。"似乎是应酬之作，但是，真正感奋起来的时候，也是很深沉的。如《绝句三首》（其三）：

殿前兵马虽骁雄，纵暴略与羌浑同。闻道杀人汉水上，妇女多在官军中。

写这样的诗时，杜甫在悲愤中，似乎忘记了他最拿手的技巧，居然没有用对仗句，而全是流水句式，第三句还有一个委婉的转折，比之"压卷"之作，情采不亚，只是文采略逊，在七绝中写出了他律诗的水准。在唐人七言绝句中，不借助景观寄寓情感的比较少，这种直接抒发感情的作品，更接近于古风。这种七绝风格到宋代以后才广泛流行起来。可惜的是，杜甫的好诗太多，当他的七绝写出古风的风格，被唐人七绝的风华淹没了。当他写得不够水准的时候，诗评家就有文章可做，议论纷纷了。

当然李白的绝句也并不是十全十美，就以《下江陵》而言，虽然才气横溢，但也有瑕疵，最明显的就是第二句"千里江陵一日还"的"还"字。这个字可能给读者两种误解：第一，好像朝辞白帝城，晚上又可以回来的样子；第二，好像李白的家，就在江陵，一天就回到家了。事实是，李白并不是要说一天就能到江陵，他的家也并不在江陵。他这样用字，一来是囿于"朝发白帝，暮到江陵"的成说。诗中的数字，是不能以数学观念看待的。除了"两岸"也许是写实以外，"千里""一日""万重"，正如"白发三千丈"一样，都是诗人想象中感觉变异之词，拘泥不得的。二来诗人是为了和"间""山"押韵。从这个角度来看，天才诗人毕竟还有凡俗的一面，虽然诗歌不俗，但还是不能完全超越世俗文字之累。这样说，好像是对伟大诗人有点不敬，但是，李白这首诗也许是乘兴之作，笔落惊风，不可羁勒，字句不一定推敲得很精细，也不是没有可能。

① 杨文生《杨慎诗话校笺》，四川人民出版社 1990 年，第 425 页。

《悯农》：为什么是“谁知”，而不是“须知”

解读焦点：结论是“辛苦”，这很平常，妙处全在“汗滴”“粒粒”的联想之间。明明是已知，却说“谁知”。

李绅《悯农》诗云：

锄禾日当午，汗滴禾下土。谁知盘中餐，粒粒皆辛苦。

分析不是解读作品的唯一法门，其理论根据是：可以在整体感悟的基础上理解。但是，整体感悟有深浅之别。感觉到了的，不一定能够理解，理解了的，才能更好地感觉。所以不能单纯依靠感受，在生活中也不能绝对地跟着感觉走。感受是需要深化、准确化的，不能不建立在理解的基础上。理解要深化，只能通过分析。分析作为哲学方法，是普遍有效的，篇幅再小，也不例外。不过，篇幅比较小的要用微观的分析方法。

从方法论来说，分析的层次递进是无限的。庄子说：“一尺之棰，日取其半，万世不竭。”宇宙万物，大千世界，可以分析到微观的分子，到原子，到原子核，到质子、中子、介子、夸克，至今还没有完结，何况，这首诗的篇幅并不是最小，还没有达到感知不可及的程度。

全诗四句，形象统一完整，天衣无缝，水乳交融，要找到分析的切入口，用我所提倡的还原法，不难。作者要说的是，粮食（“盘中餐”）是人生之必需，人们虽然熟视无睹，但是，不能忘却全系农民辛苦劳作所得。诗的核心思绪、亮点就是“辛苦”。直接讲出来，没有形象的可感性。诗人通过“汗滴”，把抽象思绪转化为可感的形象。

但是，这汗珠不是一般情况下的“汗滴”，而是特殊情景下的。

在农民一年四季的辛苦劳作中，诗人选取了很有特点的一个场面，就是夏天在烈日下锄禾。那么，春种秋收的场面呢？省略了，让读者用想象去补充。为什么？因为，夏日锄禾的场面很有特点，对想象的冲击和召唤的效果比较强大。当然并不是说，这是唯一的选择。同样是李绅，在写另外一首诗的时候，就选择了春种秋收的场面："春种一粒粟，秋收万颗子。四海无闲田，农夫犹饿死。"这就把夏日锄禾省略了。其对情感的冲击效果，也是很强的，因为其中的"一粒"和"万颗"有强烈的对比。

回到这首诗上来，它的第二个好处在于语言的精致和谐。

全诗的关键词是汗"滴"和谷"粒"，就是汗滴变成了谷粒。这里的用词是很见功夫的。二者本是不同的东西，一个液体，一个固体。诗人想象的高明，就在于把二者的不同隐藏起来，使其间的相似性突出为整体。这两个关键词语用得很精致，不但完成了表意的功能，而且在相关句中有联想和呼应。诗语里潜藏着"汗滴禾下土"的"滴"和"粒粒皆辛苦"的"粒"之间畅通无阻的渠道。"滴"，从字面上来看，它表达的是，汗水往下落，但又不仅仅是往下落，还隐含着"粒"的联想和意蕴。如果改成"锄禾日当午，汗'落'禾下土。谁知盘中餐，粒粒皆辛苦"，诗人的感情，也可以领会，但是，比之"汗'滴'禾下土"，效果如何呢？其中微妙的不同，是不可忽略的。问题就在，"滴"字和后面的"粒"字在读者想象中，比之"落"字的联想，更为自然顺畅。从心理上来说，一方面，从汗珠到谷粒的想象是大跨度的飞跃，另一方面，倚仗的是相似、相近的联想的轨道，构成天衣无缝的效果。首先，"滴"引起的联想，是液体的下落，而"落"引起的联想，则包含着固体；其次，"滴"引起的联想，只能是椭圆形的，而"落"，则隐含着任何形状；第三，"滴"引发的联想，是小而细微的，而"落"则不排除体积比较大的；第四，"滴"引发的联想，是连续的，而"落"则可能是一次性的。这四者就决定了"汗滴"和"粒粒"之间高度的相似，而汗"落"则缺乏这样的程度上的相似性。

"滴"与"粒"的四重隐性联想，构成了潜在意蕴的高度和谐。

再次，还可以分析的是第三句"谁知盘中餐"中的"谁"。

盘中之餐，粒粒皆来自农民辛苦，明明是作者已知，为什么要说"谁知"？这是偶然的吗？不是。在四句式的古风和绝句中，像第三句"谁知"这样的疑问句式，并不是偶然的。请看下例。

高适《送兵到蓟北》："积雪与天迥，屯军连塞愁。谁知此行迈，不为觅封侯。"

白居易《昼卧》："抱枕无言语，空房独悄然。谁知尽日卧，非病亦非眠。"

白居易《闺怨词》："朝憎莺百啭，夜妒燕双栖。不惯经春别，谁知到晓啼。"

白居易《初见刘二十八郎中有感》："欲话毗陵君反袂，欲言夏口我沾衣。谁知临老相逢日，悲叹声多语笑稀。"

钱起《蓝田溪杂咏二十二首·石上苔》："净与溪色连，幽宜松雨滴。谁知古石上，不染世人迹。"

张继《读峄山碑》："六国平来四海家，相君当代擅才华。谁知颂德山头石，却与他人戒后车。”

这么多诗作，在最后一联居然都有共同的句式，应该是一种必然的追求。五七言诗在节奏上高度统一，不但在显性形象上，而且在隐性的联想上都统一了；但统一得太单纯了，太绝对了，就难免单调。为了抑制这种单调，诗人就在句法上做些调整，让它有些变化。故在前面都是陈述句的情况下，把第三或第四句改为疑问或感叹句式。有了这个“谁知”引起的疑问句式，两句构成流水句，在统一的陈述语气中，就有了变化，韵味就比较丰富了。如果不是这样，不用疑问语气，而继续用陈述语气，就只能是这样：

锄禾日当午，汗滴禾下土。须知盘中餐，粒粒皆辛苦。

整个诗句变成教训式的了，韵味就差了许多。不但句式单调了，情感也缺乏转折和变化。正是因为这样，这种以“谁知”表现情绪转折的句式，成为收尾的一种结构方式，一种套路，被普遍运用，并不限于四句式的结构。如李端《与苗员外山行》：

古人留路去，今日共君行。若待青山尽，应逢白发生。谁知到兰若，流落一书名。

这种句式在律诗中也用得很多。如杜甫《寄邛州崔录事》：

邛州崔录事，闻在果园坊。久待无消息，终朝有底忙。应愁江树远，怯见野亭荒。浩荡风尘外，谁知酒熟香。

刘长卿《送李员外使还苏州，兼呈前袁州李使君，赋得长字袁州即员外之从兄》：

别离共成怨，衰老更难忘。夜月留同舍，秋风在远乡。未弦徐向烛，白发强临觞。归献西陵作，谁知此路长。

孟浩然《赠道士参寥》：

蜀琴久不弄，玉匣细尘生。丝脆弦将断，金徽色尚荣。知音徒自惜，聋俗本相轻。不遇钟期听，谁知鸾凤声。

张籍《春日李舍人宅见两省诸公唱和，因书情即事》：

又见帝城里，东风天气和。官闲人事少，年长道情多。紫掖发章句，青闱更咏歌。谁知余寂寞，终日断经过。

这些语句上的变化，看来是很不起眼的，但是，唐诗的精致，其统一与丰富的奥妙，就在这些微妙之处。

《望岳》：青年杜甫的豪情的载体

解读焦点：一般学者都以写景真实为务，殊不知，一切景语皆情语，情入景，使景发生质变，成为青年杜甫精神的载体

杜甫《望岳》诗云：

岱宗夫如何？齐鲁青未了。造化钟神秀，阴阳割昏晓。荡胸生曾云，决眦入归鸟。会当凌绝顶，一览众山小。

中国古典诗歌实为奇迹。第一，不论对于古典戏剧和小说来说，还是对于欧洲抒情诗歌来说，都是早熟的。早在公元 8 世纪就达到盛唐之辉煌气象，其时欧洲还在中世纪的黑暗中，在我国，时代精神聚焦于诗，天公抖擞，巨星辈出，诗坛天宇，星汉灿烂，光波泛溢。第二，千年前的诗词，生命常新，至今家喻户晓，脍炙人口，童年成诵，终老不忘。代代学人献身探秘。学术积累丰厚，宏观概括，洋洋洒洒，然莘莘学子更渴望个案文本之艺术奥秘。然而，微观探秘乃学术难题，中西皆然。西方文学理论大家早于 20 世纪 50 年代不约而同地宣称，多数学人对于具体文学作品的解读“一筹莫展”①。吾国学人亦视其为小儿科，壮夫不为。殊不知，此中有大学问。马克思主义之基本方法，如《资本论》对商品之“细胞形态”内在矛盾转化之分析，如毛泽东对“解剖麻雀”的提倡。无视于此，虽诗词为终生职业之学者亦往难免于公众场合犯“小儿科”之错误。

以杜甫《望岳》为例，有著名学者赞之曰：“好在把泰山写绝了。”此话实为感想，然亦有潜在美学理论，亦即望岳之美，在于反映泰山之真实，为客观对象之美。然而于学术言，缺乏具体分析。泰山之美，于不同形式特殊中分化。如地理学讲究地形地貌之美：纵观从华北平原到东南沿海，广袤千里，为第一高峰，海拔一千五百余米，雄伟壮观。而于

① 韦勒克、沃伦《文学理论》，刘象愚等译，江苏教育出版社 2005 年，第 155—156 页。

散文，亦有经典，如姚鼐之《登泰山记》曰：

由南麓登。四十五里，道皆砌石为磴，其级七千有余。道中迷雾冰滑，磴几不可登。及既上，苍山负雪，明烛天南；望晚日照城郭，汶水、徂徕如画，而半山居雾若带然。

此乃古典散文之美。而杜甫眺望的泰山，乃是古典诗歌之美。其特点则不同于古典散文之美。吴乔《答万季野诗问》有天才的发现。

又问："诗与文之辨？"答曰："二者意岂有异？唯是体制辞语不同耳。意喻之米，文喻之炊而为饭，诗喻之酿而为酒；饭不变米形，酒形质尽变；啖饭则饱，可以养生，可以尽年，为人事之正道；饮酒则醉，忧者以乐，喜者以悲，有不知其所以然者。"①

诗歌作为学术研究的对象，并不是表现对象的普遍矛盾，而是其特殊矛盾。毛泽东在《矛盾论》中说："科学研究的区分，就是根据科学对象所具有的特殊的矛盾性。"②

吴乔天才的发现是，同样的对象在诗里和在散文里各有特殊性，在散文里还大致保持了原生状态，而在诗歌里，像米酿成酒一样，发生了变形、变质。问题在于，杜甫写泰山变质了，不是不真实了吗？不真实了，还有什么价值呢？从《望岳》看，其不真实的价值，乃在泰山变质成了青年杜甫的豪情的载体，变成杜甫当年的自我期许。不同于地理和散文的特殊性才是这首经典的艺术生命。

"岱宗夫如何？齐鲁青未了。""青未了"，一望无际的绿色，应该是实写了。杜甫另一首写西岳华山的诗，开头是这样的："西岳崚嶒竦处尊，诸峰罗立如儿孙。"这样对自然景观"实写"，这么多的形容，为后世读者所忽略。倒是"岱宗夫如何？齐鲁青未了"这样朴素的语句，读者却感到某种博大的浩然之气。这里的宏大气象，当然离不开地理性质，但更深刻的则是历史文化的高贵神圣。这和历代帝王封禅的历史仪式相关。杜甫的用语是"岱宗"，而不是泰山。泰山是地理，"岱宗"是历史传统的尊号。泰山同衡山、恒山、华山、嵩山合称五岳，《五经通义》说："宗，长也，言为（泰山为）群岳之长。"《尚书·舜典》："岁二月，东巡守，至于岱宗。"是天子在巡行视察之所在。秦始皇、汉武帝、光武帝，唐高宗均来此祭祀。就在杜甫十三岁的时候，唐玄宗，登封泰山，封其山神为天齐王。把"岱宗夫如何"，改成"泰山夫如何"就成散文了。"齐鲁"不仅是古代邦国之名，而且有历史文化内涵，这里是孔夫子、孟夫子的思想和学术生命的源头。"青未了"，如果是泰山的山形地貌，就没有历史文化的深厚内涵了。"青未了"才不但是泰山之郁郁葱葱，而且

---

① 王夫之等撰《清诗话》（上册），上海古籍出版社 1978 年，第 27 页。类似的意思在吴乔的《围炉诗话》中，也有更为详尽的说明。

② 《毛泽东选集》（第一卷），人民出版社 1991 年，第 309 页。

是文化之青春永葆。在杜甫笔下泰山的性质变了，按地理性质而言，它并不真实，但是，按历史文化性质说，则是高度的概括，两句诗概括了千年的文化传统。

正因为此，本来缺乏感性的“夫如何”，才不是不一般的设问，而是超越了自然景观的“实写”，成为深沉的赞叹。

“造化钟神秀，阴阳割昏晓”，也不完全是自然景观，杜甫赞叹泰山之美不仅在大自然的宏伟，而在于它还凝聚了自然和人文的“神秀”，正是因为这样，他把雄伟的自然景观的明暗，转化为“昏晓”，白天和黑夜的分野。王维在写终南山的时候，也注意到了类似的特点：“分野中峰变，阴晴众壑殊。”在不同的山谷沟壑，阴晴各异。王维由地理上的“中峰”想到天文上的“分野”，气魄当然也是很大的。在杜甫则为“昏晓”，本意是日夜（日月），从昏晓，再进一步升华为“阴阳”，这是哲学的层次。岁月的昏晓和宇宙的阴阳转化，全由泰山来主宰。这是青年杜甫的想象，是才华横溢的神思飞越。这里用了一个“割”字，这个字用得很险，当然，也很新颖，毕竟山泰峥嵘的峰顶不难引起尖锐的联想。

从这一联看，似乎并不再停留在文化历史性质上，而是进一步质变，上升到哲理的高度。这种哲理，很明显并不属于客观，而是属于杜甫的。质变之深化，就在于从地理、历史人文，渗透着杜甫的哲理。泰山的文化意象，进一步成为杜甫的睿智风采。

诗题目是《望岳》，也就是远望，远景，大全景。杜甫的精神没有停留在静止的远望上，而是活动起来，神思飞跃起来：“荡胸生曾云，决眦入归鸟。”情绪发生转折：把遥望中远距离的泰山和自己的感觉拉近，用今天的说法，和泰山“零距离”。让泰山为杜甫的情感性质同化，也就是让客观的泰山变成杜甫情感的载体。那飘荡在泰山顶上的层云，就在我胸中激荡；天上飞来的鸟，冲击着我的眼眶。泰山是太伟大了，但是，泰山再伟大，也在我的胸襟和视觉之中。这是诗情的一大转折。杜甫自称自己的作品“沉郁顿挫”，沉郁就是深厚，而顿挫，则是感觉和情致的大转折。在转折中，自然宏大的景观，转化为青年杜甫的心灵景观。

金圣叹《杜诗解》说：“翻‘望’字为‘凌’，乃至翻‘岳’字为‘众山’字，益奇也。”说得不够明确，实际上，更准确的解读应该是，泰山是不动的，杜甫的感情之美却在运动，大幅度地运动：距离遥远，望之而雄，拉近了看，视之而亲。

最后一联：“会当凌绝顶，一览众山小。”泰山已经和自己零距离了。但是还要超越这样的崇高和伟大：一定要登上最高峰，那时，岿然不动的泰山就变得矮小了。孔夫子登泰山而小天下。孟夫子说：“挟太山以超北海。”（《孟子·梁惠王上》）年轻的杜甫，怀着“致君尧舜上”的雄心壮志，想象自己的才能一旦得到施展，就能登上泰山的最高峰，再伟大的山脉也就变得渺小了。

这还真实吗？这还能说“把泰山写绝了”吗？这是把杜甫的心雄万夫写绝了。值得重视的是，泰山就不是泰山，齐鲁青未了，绵延不断的山脉而变成“众山”，成了眼底绵延的小丘了。这是一个效果，暗示的原因，自己的精神境界变得更高了。这个“会当凌绝顶”，有点像王之涣的“欲穷千里目，更上一层楼”。比杜甫大二十多岁的王之涣的气魄很不小的，人东边看到黄河入海，西边看白日依山，再上了一层楼，能看到什么呢？无非是再远些，就没有什么可看的了。而杜甫则说，连五岳之尊的泰山在脚下都变成小山丘了。王之涣的气魄比杜甫略逊一筹。

这时的杜甫正是少年壮志不言愁的时候，父亲杜闲是“朝议大夫”，正五品下兖州司马，从五品，是个闲职，没有多少实权。奉天令，也在五六品之间，官不算太大。但是，大小也算是个官二代。杜甫才二十五六岁，科举考试失败，并未受多大的打击，心情还是相当浪漫，望着伟大的泰山，放出豪言，再伟大的顶峰，我也会登凌，未来，就看我的吧。这是千古名句，泰山之高，众山之小，矛盾达到极端，而质变的条件则是，从仰望到登凌的俯视。其精彩不但在于把泰山写绝了，而且在于杜甫把泰山当成自己的豪情的载体，这才叫绝了。

一切景语皆情语，情为主，景为宾，不是泰山为主，而是诗人的情感为主。怎么个“主”法，就是用自己的情感去同化泰山，让它发生质变，变成自己。望岳的不朽在于公众的泰山变成了杜甫私有的泰山。

在李白的《游泰山六首》中，泰山是李白式的：

登高望蓬瀛，想象金银台。天门一长啸，万里清风来。玉女四五人，飘飖下九垓。含笑引素手，遗我流霞杯。

明显是带着仙气的。而在孟浩然那里则“生前酒伴闲，愁醉闲多少”，“独佩一壶游，秋毫泰山小”。只要有酒相伴，再孤独，泰山也显得如秋天禽鸟新生的羽毛那样细小。觉得和酒壶相比，泰山就微不足道了。

如果是对泰山写实，那就只能是千年来诗人只能有一个泰山，然而不同的诗的想象使之发生不同的质变，艺术生命不朽，就在于笔参造化，让泰山变成与众不同的自我形象的载体。

要读出泰山诗的艺术真谛来，就不能把泰山当作地理的、散文的泰山，让泰山成为我的精神的泰山，艺术的泰山。

很有学问的专家，之所以拘于杜甫“把泰山写绝了”，还有一个不可忽略的原因，就是把作品当作现成品来读，这就不免让自己陷于被动接受。而我国古典诗话中最深刻的，却是把问题回归到创作过程中去。清代诗话家乔亿说：“景物万状，前人钩致无遗，称诗于今日大难。”乔亿的杰出就在从创新的难度出发，景观万象已经给前人写光了，“无遗”了。怎么办？乔亿提出“节序同，景物同”，景观相同，如果实写景观，则千人一面，就是因袭经典的情感，则于人为真诚，于我为虚伪。他提出“同题而异趣”，同样的题材，情感却是不同的。怎么不同？“唯句中有我在，斯同题而异趣矣”。因为“人心故自不同”。自我是私有的。人心不同，各如其面，“以不同接所同，斯同亦不同，而诗文之用无穷焉”。[①]只要找到我心与人之“不同”，用我的话来说，形象创造的艺术生命，在于其不可重复性，或者叫作“唯一性”。[②]

英国有句话叫作“一千个读者就有一千个哈姆雷特”，这讲的是读者主体决定性，从某种意义上说，这就把事情弄颠倒了。读者不管怎么高明，也不如作者重要，科学地说，一千个诗人就有一千座泰山的形象，问题的关键在于，一千座泰山形象，有九百九十九座免不了被时间淘汰，包括杜甫另外两首以《望岳》为题的诗（当然这两首是写华山和衡山的）。

层层分析到这里，《望岳》似乎是绝对完美的。但是，从严格的哲学意义来说，分析是不可能穷尽的。因为世界上没有任何作品是绝对完美的。《望岳》还有质疑的余地。矛盾的特殊性应该层层分析到底，这是不应该胆怯的。

杜甫这首诗，不是一般的诗，而是中国古典诗，也不是一般的中国古典诗，而是唐诗。更不是一般的唐诗，而是唐诗中的特例。

从表面形式看，全诗八句，当中两联对仗，应该是五言律。是不是呢？稍做分析。第一句，“岱宗夫如何？”仄平平平平，一连四个平声。第二句，“齐鲁青未了”，平仄平仄仄，第二、第四字都是仄声，不合一句中平仄交替，两句间平仄相对的规范。第三句和第四句“造化钟神秀，阴阳割昏晓”，大体是对仗的，但是，造化和阴阳，对仗并不工整，“阴阳割昏晓”，第二和第四字都是平声。第三联“荡胸生曾云，决眦入归鸟”，在词义上是对仗的，但是在声调上则不然，第一句是，仄平平平平，一连四个平声，第二句是，平仄仄平仄，两句之间平仄不对立。从格律上讲不是律诗，故《唐诗三百首》把它放在五言古诗之中。

值得研究的是，在《唐诗三百首》中，和《望岳》并列的，还有杜甫的《赠卫八处士》二十四行，李白的《月下独酌》十四行，还转了韵。没有一联是对仗的。

杜甫此诗，一共八句，一韵到底，中间两联对仗（虽然有小瑕疵）。五言古诗入选《唐诗三百首》共二十八首，类似《望岳》这样的结构的，只有孟浩然《宿业师山房待董大不

① 陈一琴选辑《聚讼诗话词话》，孙绍振评说，上海三联书店2012年，第44页。
② 孙绍振、孙彦君《文学文本解读学》，北京大学出版社2017年，第68页。

至》、常建《宿王昌龄隐处》、韦应物《初发杨子寄元大校书》、柳宗元《溪居》，一共四首。其实，把《望岳》归入五言古诗，是很勉强的，全诗八句，不像其他入选五古那样章无定句，多到十几联，享有换韵的自由。《望岳》中间两联遵守着在语义上对仗的规范。只是在声调上，不在意平仄格律。这时杜甫不到三十岁，早期之作，是不是说明，年轻的杜甫在艺术上还没有充分成熟，还没有到后期自诩“晚节渐于诗律细”的高度。但是，这并不妨碍它成为盛唐气象艺术经典，流传千古。

有比较才有鉴别，有鉴别才能揭示高下。仅仅直接分析《望岳》，很难揭示其不朽的奥秘，最好的办法是比较。最简易的办法，乃是同题比较，因为有现成的可比性。同题不必绝对相同，相类亦可。同在这一时期，他还写过格律严谨的《登兖州城楼》。

东郡趋庭日，南楼纵目初。浮云连海岱，平野入青徐。孤嶂秦碑在，荒城鲁殿余。从来多古意，临眺独踌躇。

此诗平仄、对仗完全符合五律规范，也有相当精彩的诗句，如“浮云连海岱，平野入青徐”。就其单联质量来说，不亚于“岱宗夫如何？齐鲁青未了”。登临远眺，唐人偏爱。杰作不胜枚举。这样的佳句，在盛唐诗人笔下，虽然难得，但是，谈不上不朽。就整首说来，不如《望岳》。因为，第一，所有的景观大多是实写，“浮云连海岱，平野入青徐”，显示自己视点之高。兖州为他父亲所治，现为山东济宁市。从城楼上极目远眺浮云，可以直达大海，其实从济宁到海滨青岛四百二十公里，八百多里之遥。兖州城楼不可能超过今天的三层楼，十公尺。杜甫这样写无非是夸张一点。和晚年的《登岳阳楼》“吴楚东南坼，乾坤日夜浮”那样的经典一比，就可以看出，区别在于空间（吴楚、乾坤）和时间（日夜）上明显的形变和质变。《望岳》之高，就高在形变和质变。《登兖州城楼》不足就不足在拘泥于写实。第二，感知固定在凝视上，情绪聚焦于“怀古”，停留在“秦碑”“鲁殿”的沧桑凭吊上。心情是静态的，情绪缺乏变化。而《望岳》则心绪随视觉运动，远近高低，骤然提升，开合起伏，驾驭景观，“情动于中”，情绪节奏“动”得自如。这就成就了《望岳》不仅是杜甫的、唐诗的，而且中国古典诗歌的不朽经典。

接近而立之年，才写出经典之作来，比起王勃，传说十三四岁作《滕王阁序》名震遐迩，比之一共才活了二十六岁的李贺，杜甫可能不算早熟，但是，《望岳》虽然未能惊世，但其文气超迈，气驭泰岱，才智深沉，想象超群，预示着不可估量的未来。唐诗伟大艺术顶峰在望，但是，真正要把大诗人的潜在量发挥出来，并不如此时杜甫想象的那样轻松一跃，就能俯视人寰，生活和艺术的痛苦的磨炼，甚至饥与寒，血与泪，生与死的噩运，将伴随着他在灾难之中登上中国古典诗歌艺术的成熟的顶峰。

《旅夜书怀》：语悲气壮，起伏婉曲

解读焦点： 若单以“写景”角度阐释此诗，则忽略了诗中所抒之情。揭示出情感及其脉络，对于理解、赏析此类诗作，殊为关键。

杜甫《旅夜书怀》诗云：

细草微风岸，危樯独夜舟。星垂平野阔，月涌大江流。名岂文章著，官应老病休。飘飘何所似，天地一沙鸥。

对于此诗，许多论者不约而同地从“写景”的角度阐释，最有代表性的说法是：“第一、二句（细草微风岸，危樯独夜舟）写近景：微风吹拂着江岸上的细草，竖着高高桅杆的小船在月夜孤独地停泊着。第三、四句（星垂平野阔，月涌大江流）写远景：明星低垂，平野广阔；月随波涌，大江东流。”此等将写景与抒情绝对割裂的说法流传甚广，在一般诗话中，几成定律。如《瀛奎律髓》说，杜甫五言律中“多是中二句言景物，二句言情”。[①] 近人喻守真前后发行量达一百余万册的《唐诗三百首详析》亦沿袭此论：“诗人奔波不遇，舟中感怀之作。这前半两联完全是写景。”[②]

实际上，这种说法的根本性的错误，在于脱离了杜甫的题目，不是写景，而是“书怀”。解读不当以写景为纲，应以书怀为纲。当然，此诗的第一至四句，并没有直接书怀，似乎在写景。问题的关键在于，在古典诗歌中不存在单纯的写景。王夫之《姜斋诗话》说：“情景虽有在心在物之分，而景生情，情生景，哀乐之触，荣悴之迎，互藏其宅。”[③]田同之

① 方回《瀛奎律髓》，黄山书社 1994 年，第 303 页。

② 当然喻氏可能感到此说不太符合诗作实际，接下来乃补充曰：“颈联倘然仍是写景，那就违背诗法虚实相生之法，所以这一联（按：第三联）就应即景生情，做到题目中的‘怀’字了。”喻守真编撰《唐诗三百首详析》，中华书局 1985 年，第 135 页。

③ 王夫之《姜斋诗话·诗译》，见《船山全书》（第 15 册），岳麓书社 2011 年，第 819 页。

说："情因景生，景随情变。"（《西圃诗说》）[①] 持这种说法的诗话很多，最后为王国维总结为"一切景语皆情语"[②]。孤立的、绝对客观的写景（写实）观念在20世纪50年代以降，在文学理论，特别是对中国古典文本的解读中，常常以马克思主义的唯物论的姿态占据权威的制高点，实质上乃是马克思所批判的机械唯物论，马克思在《关于费尔巴哈的提纲》中指出"从前的唯物主义（按：也就是辩证唯物主义以前的机械唯物主义）的缺点是：把对象、现实、感性只是从客体的或者是直观的形式去理解，而不是把它们当作感性的人的活动，当作实践去理解，不是从主体方面去理解。"[③] 客观写景之说，正是不从"感性的人的活动"去理解对象，而从"人的主体"方面去理解文本，当以情为纲分析景语。

从中国古典诗歌的历史实践看，抒情可以不借助景，中国古典诗话发明了一种说法，叫作"无景之景"。诗评家黄生曰："诗家写有景之景不难，所难者，写无景之景而已。此亦唯老杜饶为之。"（黄生《诗麈·诗家浅说》）[④] 无景之情，比比皆是。如陈子昂就有"前不见古人，后不见来者，念天地之悠悠，独怆然而涕下。"有情而无景之诗乃是直接抒情，《诗经》《楚辞》及汉魏乐府中杰作良多。古典抒情诗以情为本，景不可离情，而情却可以离景。

以现代文学理论观之，更不存在单纯的写景，诗中之景并非摹山范水客观之景，而是主观情感选择、同化了的，主体化了的，故叫作"意象"。克罗齐说："艺术把一种情趣寄托在一个意象里，情趣离开意象，或是意象离开情趣，都不能独立。"[⑤] 因而，欣赏解读古典诗歌中之"景语"，应为主体情感与客体对象统一之"意象"。

解读的任务包括：第一，要从表面的景语中揭示出情感如何将之选择、同化，为之定性；第二，从诗的意象群落中揭示出其中情感的脉络，或者用我的话来说——"意脉"。

意象不是客观之照相，而是抒情主人公的眼中之景。在景的背后，隐含着诗人的视觉。

---

① 田同之《西圃诗说》，《续修四库全书·集部·诗文类》（第1714册），第413页。

② 当然，王氏之说，也有局限，并非"一切"景语皆情语，有时，景语乃是智语。浅者如宋诗，其代表作朱熹之《观书有感》："半倾方塘一鉴开，天光云影共徘徊。问渠那得清如许，为有源头活水来。"景语是说理的。深者如柳宗元之《江雪》："千山鸟飞绝，万径人踪灭。孤舟蓑笠翁，独钓寒江雪。"是为在冰天雪地，万物绝灭中之无动于衷，以无情为特点的超越情感的禅宗境界。

③ 马克思《关于费尔巴哈的提纲》，中国作家协会、中央编译局编《马克思、恩格斯、列宁、斯大林论文艺》，作家出版社2010年，第47页。

④ 黄生《诗麈》，诸伟奇主编《黄生全集》（第四册），李媛校点，安徽大学出版社2009年，第319页。

⑤ 《朱光潜美学文集》（第二卷），上海文艺出版社1982年，第54—55页。又见朱光潜《谈美》，金城出版社2006年，第117页。需提醒的是，意象中的情趣并不限于情感，情因景生，景随情变，更完整地说应是情志，趣味中包含智趣。意象派代表人物庞德定义下的意象是"在一刹那的时间里表现出一个理智和情绪复合物的东西"。此说见琼斯《意象派诗选》，裘小龙译，漓江出版社1986年，第5、10页。

为什么杜甫的眼睛只选择了两个意象：微风、细草？因为微风是无形的，看不见的，细草甚微，不易觉察，从其动之微，而知风之微。微风与细草有了关系，就可视了。这表现了艺术家修养的精致。鲁迅在《故乡》中写他回到了绍兴旧家。看到“瓦楞上许多枯草的断茎当风抖着”，微风是看不见的，只有从“枯草的断茎”的“抖”上，才能看得见，“抖”暗示感受的凄凉。在《旅夜抒怀》中，细草微风背后藏着杜甫悲凉的眼，和鲁迅的眼睛性质上是一致的，但是，杜甫写的是诗，不能像小说那样把“抖”字说出来，如果写成“细草微风抖”就大煞风景，成为散文了，杜甫紧接着提供了第三个意象“岸”，可知眼与草之距离甚近。不近则不可见其动之微，动虽微而可感，显示其心之凝也。此皆古典诗论所谓“语断意连”。“岸”的潜在意脉连出下句，其眼在“舟”。舟之意象，非从舟上近观，而在舟外中景中展开：“危樯”，不但写其高，而且显其“危”。此似与细草微风有异，但是，有“独”字，写出这只眼的感受之特点在“独”，危樯之独，乃心之孤独。孤独又从一“夜”字得以深化。黑夜中之孤独，无声无息，无人共处。这表面上是一幅图画，故论者曰：“写近景。”其实，细草之微，加之黑夜，何可见得！拘泥之误，实为“诗中有画”的权威说法所拘。虽王安石亦未能免俗王得臣《麈史》卷中云：“《雁门太守》诗曰：‘黑云压城城欲摧，甲光向日金鳞开。’王安石曰：‘是儿言不相副也。方黑云如此，安得向日之甲光乎？’”①

其实，李贺之作与杜甫之诗，从意象群落看，非写实之景，而是想象之景，乃情感主导物象之心景。景由多个意象构成，由情将之在想象中、假定中统一为有机之境：故近岸既可见草风之“微”，黑夜又可见樯之“独”。二者并无直接联系，若以画之静态瞬间言之，则二者似不合，若由心情之“独”，诗之意脉言之，则景为心所同化、统一，以“独”为核心，隐含悲抑之意，则自洽、自然。

开头两句之悲郁，在意象脉络中渗透。若仅此两句，则勉强可圆诗中有画之说。然杜甫“书怀”非如图画之刹那静态的，而是动态的。此诗最精绝乃在下两句：

星垂平野阔，月涌大江流。

此联在古典诗话备受推崇，但是，好在何处，要说清楚，却非易事。有些论者不得要领，竟说“开襟旷远”②，显然是不解，至于说写出了“喜”的感情③，则更是歪解。其实，杜甫在成都草堂只安居了几个月，765 年 4 月，杜甫所依托的严武死去，杜甫遂携家乘舟东下，经嘉州（乐山）至忠州（今属重庆市）。此诗约为途中所作。

---

① 王得臣《麈史》，中华书局 1985 年，第 34 页。

② 浦起龙《读杜心解》（第 2 册），中华书局 1978 年，第 490 页。

③ 刘开扬《唐诗论文集》，上海古籍出版社 1979 年，第 159 页。

首先，从两句本身观之："星垂"与"平野阔"，从语法上说，两句主谓结构并列，为并列意象，实质上其动人在二者之间有隐性之逻辑因果。平野辽阔，白日一望无际，黑夜则无所视，唯有远方有星宿可见。星不可能低，由于平野辽阔，透视关系，愈远愈有星垂近地之感。"月涌大江流"，对仗句并列中无连接词语，同样有逻辑因果，黑夜不可见江，因月光涌于水，乃知大江之浩荡。此等句法为杜甫之长，其《春夜喜雨》有"野径云俱黑，江船火独明"，云本当在天空，夜黑更不可见，然杜甫写云降于野径，可见成都原野之平。上下天地一片漆黑，只有一星灯火，想见雨之浓。兵荒马乱，春雨如油，国计民生所系，诗人独处欣慰默默。点出题目中"春夜喜雨"之"喜"。此乃以效果写原因之法，诗人善用此法者往往有佳句。孟浩然"野旷天低树"（《宿建德江》），天本不能低，因野旷而感天低，亦属此法。

杜甫此两句乃横绝千载之名句，其佳处不仅在于句中，更在于四句间之意脉。前两句抒发个人孤独之悲郁，意象组合浓缩于小背景、微空间，意脉之起为弱起，而此两句则突然放大至天地之间，故其意脉转强而为豪。若以诗中有画之静态言之，则前两句与后两句之画面，扞格不入，不能统一。然而，以情动于中言之，有隐性意脉起落转换，此乃杜甫之拿手。黄生《杜诗说》评其《登岳阳楼》"昔闻洞庭水，今上岳阳楼。吴楚东南坼，乾坤日夜浮。亲朋无一字，老病有孤舟。戎马关山北，凭轩涕泗流"曰：

> 吴在东，楚在南，而洞庭坼其间，觉乾坤日夜浮于水上，其为宇内大观，信不虚矣。……前半写景如此阔大，转落五六，身事如此落寞，诗境阔狭顿异。[①]

"阔狭顿异"，黄生说得很到位。吴楚东南，乾坤日夜，宇内之观，如此宏大，一下子变成老病之躯，二者似不相连，"阔狭顿异"就是意脉的从狭到阔，从微起到强涨，《诗大序》曰"情动于中"，杜甫此诗绝佳乃在动态之大幅转折。其《登高》从"无边落木萧萧下，不尽长江滚滚来"之豪迈转而为"艰难苦恨繁双鬓，潦倒新停浊酒杯"之凄凉，亦属此类。

接下去，意脉之动态就更明显了。

> 名岂文章著，官应老病休。

此时杜甫滞留夔州近两年，受到夔州都督柏茂琳的优待，有论者推测柏茂琳可能向朝廷推荐，但无回音，杜甫甚为失望，乃于此年的正月，东出三峡，"官应老病休"的"应"，当为反语。

从意脉说，此乃黄生所谓第二度"阔狭顿异"，由宏大星垂平野，月涌大江之强到贱

---

① 黄生《杜诗说》，诸伟奇主编《黄生全集》（第二册），李媛校点，安徽大学出版社 2009 年，第 191 页。

微之病弱，旨在写情之动，此处情绪转折为由强而弱，与前有两点不同。第一，前者以意象书怀，意象密集，此外则是直接抒情，无一意象。第二，此处转折虽大，然用语甚为婉曲。沈德潜《唐诗别裁》说："胸怀经济，故云名岂以文章而著；官以论事罢，而云老病应休。"[①]杜甫辞官，并不是因为老病，而是不合时宜，不计后果，为犯了错误的宰相房琯辩护，不得已的。第三，前四句皆为陈述句，此联继用陈述未尝不可，但是，杜甫"名岂文章著"是个反问句。诗话家对"岂"字颇多赞语。若仍用陈述句"名非文章著"，则欠委婉，句法统一中亦欠变化。从这里，可以看出杜甫的匠心，两度阔狭顿异，避免全同，情感节奏几度起伏，妙在同中有异。

飘飘何所似？天地一沙鸥。

黄生在《唐诗矩》说这在律诗中叫作"前后两截格"："'一沙鸥'何其渺；'天地'字，何其大。合而言之曰：'天地一沙鸥。'语愈悲，气愈傲。"[②]黄生从结构的对称意象的对比着眼，说得很是到位。至于其"语愈悲，气愈傲"之情绪对比，则更有可深思之处。概杜甫此诗之所以有"开襟旷远""喜"之解读，可能与此诗中之情绪比较复杂有关。按杜甫之东行，并非纯粹是悲郁。在此前后亦有喜者，如"为问淮南米贵贱，老夫乘兴欲东游"(《解闷》)，又有"窗含西岭千秋雪，门泊东吴万里船"(《绝句》)。行旅飘飘无定与俯视天地之气概，悲抑与豁达交融，良有以也。网上有文评说："作者身世浮沉，前途难卜，故诗以抒写漂泊奔波的牢骚情怀为主旨。然而老杜品格，穷而愈坚，悲而能壮，在自怨身世之中，仍保持傲岸的气魄与阔大的胸襟。观此篇中自然景观之雄浑与诗人情志之自豪，愈发令人相信杜甫人格与诗格的高度一致。此诗以阔壮之景寓悲凉之怀的抒情境界，颇与《登岳阳楼》《登楼》《登高》等五、七律抒怀名篇有相似之点。"[③]"穷而愈坚，悲而能壮"、在逆境中"保持傲岸的气魄与阔大的胸襟"，在许多浅白的评论中，如此细致地接触到杜甫的诗风的另一个侧面，实属难能可贵。但是，简单地认定杜甫此诗表现了"傲岸的气魄与阔大的胸襟"，似有将杜甫李白化的嫌疑，杜甫不是李白，李白在希期得到赏识的时候，敢于把自己比作大鹏："大鹏一日同风起，扶摇直上九万里。假令风歇时下来，犹能簸却沧溟水。世人见我恒殊调，闻余大言皆冷笑。宣父犹能畏后生，丈夫未可轻年少。"(《上李邕》)杜甫只敢把自己比作沙鸥。但是，这只沙鸥是在天宇与大地之间唯一的：缥缈于宏大，孤独兼豁达。这在杜甫的自我形象中是难得的。杜甫自然对自己政治上不得志深感郁闷，不像孟浩然那样直白："不才明主弃，多病故人疏。"(《岁暮归南山》)也许在他看来，这太生涩了，

① 沈德潜《唐诗别裁集》，上海古籍出版社2013年，第355页。

② 黄生《唐诗矩》，诸伟奇主编《黄生全集》(第四册)，李媛校点，安徽大学出版社2009年，第99页。

③ 引文为网上所得，未能搜得作者姓名，特此致歉。

他非常委婉曲折地声称，自己的名声大，哪里是文章水准高？不得起用，也不是明主的弃置，而是自己老病。这可真是正话反说，缠绵忠厚，在品位上，在语言的驾驭上显得炉火纯青。

从全诗的构思来说，此联又从直接抒情回归到意象上来，然而意象并不像前两联那样八个意象并列，而是只有一个意象。前三联皆对句，各句皆可独立，唯此一联，乃为流水句，两句浑然一体。前句疑问，后句作答，句法又一变。一首诗共八句，六句陈述高度统一，两句非陈述，一句反问，一句疑问。五言律诗，章有定句，句有定言，高度统一，若语气亦同，则单调呆板，杜甫于字句统一中求语气之变化，仅从外部形式观之，显得丰富。从内涵观之，则此联总结前三联，不但在意象上，而且在意脉上建构统一完整意境。王世贞《艺苑卮言》说："篇法有起有束，有放有敛，有唤有应，大抵一开则一阖，一扬则一抑，一象则一意，无偏用者。"以王世贞的起束、放敛、唤应、开阖，来解释杜甫这最后两句再恰当不过。前三联，是"起、放、唤、开"，后两句则是"束、敛、应、阖"。难得的是杜甫以一幅画图来收束，而且天地广袤空间只一沙鸥，在空间上与前面的星垂平野、月涌大江对应。

在意境上把自己因为当权的朋友严武之殁而不得不流离东下聚焦在俯视大千，又几近无枝可依的沙鸥上，尽得意在象外、境在象中之妙。

以天地沙鸥的意象来概括自我形象，在唐诗中乃是杜甫之独创，实属前无古人，后无来者。

《枫桥夜泊》：出世的钟声对铨叙落第者的抚慰

解读焦点：钟声为全诗的灵魂，不是一般的写实，而是象征。意脉在此一转，打破的不仅仅是沉寂，而且是入世的梦。

张继《枫桥夜泊》诗云：

月落乌啼霜满天，江枫渔火对愁眠。姑苏城外寒山寺，夜半钟声到客船。

这首诗不但在中国脍炙人口，而且据说在日本“妇孺皆知”。（陈衍《石遗室诗话》）其最后一句中的“夜半钟声”四个字，从宋朝争论到清朝，持续了一千多年。不是中国人对诗特别执着，特别呆气，而是因为其中涉及诗歌意象的“虚”和“实”以及“兴”和“象”，还有“情”与“境”的和谐统一等根本理论观念。

论争长期聚焦在“夜半钟声”是不是存在的问题上。

欧阳修在《六一诗话》中带头说没有。坚持说有的，分别引用白居易、温庭筠、皇甫冉诗中的“半夜钟”，还有人直接调查得知有“分夜钟”之事，更有引《南史》“齐武帝景阳楼有三更五更钟”的。双方看似相持不下，但是，其理论出发点却是一样的：夜半钟声存在与否，关系到此诗的真实性，如果不是确确实实的事实，则此诗的艺术价值至少要大打折扣。

从理论上来说，这样的论争是比较肤浅的。

对诗歌来说，其区别于散文的特点，至少是其在想象境界中的虚实相生，拘于写实则无诗。闻一多说过“绝对的写实主义是艺术的破产”。从阅读效果来看，“夜半钟声”为实抑或为虚，并不影响其感染力。清人马位《秋窗随笔》说得干脆：“即不打钟，不害诗之佳也。”可惜，这仅仅是感觉，尚未上升到理论的普遍高度。由于理论上的不自觉，从欧阳修到陆游，都有点过分咬文嚼字。倒是元朝的一个和尚园至在《笺注唐贤绝句三体诗法》中触及了要害："说诗者不以文害辞，不以辞害意。"也就是说不能在字句上死抠。但是，这个说法还是不够到位，直到胡应麟，在《诗薮》才说到了要害："诗流借景立言，惟在声律之调，兴象之合，区区事实，彼岂暇计？无论夜半是非，即钟声闻否，未可知也。"胡氏这样的观点打破了古典诗话中不正视想象、虚拟的机械真实论。在诗话家为机械真实论所困之际，胡氏表现出了难得的理论魄力：诗人是不是听到了钟声，是弄不清楚的（"未可知也"），也是不需要弄清楚的，是实在的还是虚构的，根本不用费工夫去计较，"区区事实，彼岂暇计"。原因是什么呢？这是"兴象之合"。只要诗的主体的感兴与客观物象契合，是不是事实，就是区区小事，诗人是不屑斤斤计较的（"彼岂暇计"）。

"兴象之合"，感兴与景观的和谐，这是中国古典诗学特有的境界。

关键在于这个"合"字。近千年来，诗话家对之似乎关注得不够。

元朝的那个和尚似乎对这一点有所意识。他对"夜半钟声"，不从客观存在来研究，而是从诗人主观感悟上来解读，提出钟声的功能是突出了愁怨之情："霜夜客中愁寂，故怨钟声之太早也。夜半者，状其太早而甚怨之辞。"这个"甚怨之辞"的说法，赞成者不乏其人。唐汝询《唐诗解》说："月落，乌啼矣，而枫间渔火依然对'我'之愁眠，目未交睫也，何钟声之遽至乎？夜半，恨其早也。"这里的"恨其早也"的"恨"其实是由诗中"对愁眠"的"愁"引起的。这"愁"不是一般的愁，而是"客中愁寂"（张继是湖北襄樊人）。主观的"愁"和客观的"寂"结合在一起，无声无息，"兴象之合"的第一个特点就是二者高度统一，浑然一体。"对愁眠"，提示抒情主体处于睡眠状态，因而，这主体的"愁"就是一种持续的压抑心态。"兴象之合"的第二个特点是愁怨与孤寂是持续的。然而，这统一和谐并不是绝对的，而是相对的，这个处于睡眠状态的人，睡着了没有呢？没有。对着"江枫渔火"，说明他的眼睛是睁着的。也就是说，这是一个失眠的人。在一片岑寂的夜半，愁而不眠的眼睛，望着夜色反衬着的渔火，静而不宁，宁静的表层下掩盖着不宁静，这可说是"兴象之合"的第三个特点。有关资料告诉我们，诗人因为"落第"，只好孤独地面对他乡的静寂。这个"落第"，往往被误解为科举落第，实际上诗人天宝十二年（752）是考中了进士的，但按唐时制度，五品以上官员要皇帝任命，考中了以后，还要有一个铨选的过程，考中以后还要经过"铨叙"任命。这就要等待，就要走一点门路。但是张继相当清高，他在《感怀》中自述：

调与时人背，心将静者论。终年帝城里，不识五侯门。

因而他长期得不到任命，等于铨叙落第。加之此时距安禄山叛乱只有两年，正是杜甫在长安见到"朱门酒肉臭，路有冻尸骨"之时，社会危机严峻。失望之余，张继就命舟还乡了。途经姑苏，船泊枫桥。在失眠中体验失落，这种失落是默默的。在无声无息的境界中，忽然听到寒山寺的钟声悠悠地传来。正如唐汝询所说："何钟声之遽至乎？夜半，恨其早也。”怎么已经半夜了？这钟声不是打破了静寂的意境了吗？是的，但不过是心头微微触动了一下，并不是某种冲击。毕竟它来自寺庙，来自佛家出世的梵音。这声响如“鸟鸣山更幽”一样，将静寂反衬得更加岑寂。对于因入世遭到挫折而失眠的他，对于正默默体悟着受伤的心灵，悠扬的钟声更多的是一种抚慰。“兴象之合”的第四个特点就在无声的静寂中。钟声的微妙抚慰，使得整个境界更加精致。第五个特点是，这是佛门的钟声，提示着香客半夜赶来，营造着出世的氛围。并不是所有的“夜半钟声”都与张继的心灵相“合”。有世俗的、入世的“夜半钟”，如彭乘在他的《诗话》中所说：“人之始死者，则必鸣钟，多至数百千下，不复有昼夜之拘。俗号‘无常钟’。”王直方在《诗话》中说白居易诗中有：“新秋松影下，半夜钟声后。”温庭筠诗中有：“悠然逆旅频回首，无复松窗半夜钟。”朱弁《风月堂诗话》提出：“齐宗室读书，常以中宵钟鸣为限。前代自有半夜钟……江浙间至今有之。”范温《潜溪诗眼》又考证出“齐武帝景阳楼有三更五更钟”，所有这些都是尘世的钟声，如果是这样的钟声，对这个因入世而受伤的心，可能是个刺激，主客观的和谐可能被打破，兴象之间可能不“合”。有人考证说：“寺院撞钟的传统源自立志修行的梁武帝。他曾向高僧宝志请教：‘怎样才能摆脱地狱之苦？’宝志的回答是：‘人的苦痛不能一时消失，但是如果听到钟声敲响，苦痛就会暂时停歇。’（这在心理和生理上看的确有其道理）梁武帝便下诏寺院撞钟，‘夜半钟声到客船’的寒山寺，就是梁武帝敕命赐建。”这样的钟声，对于落第的张继来说，应该隐含着某种从痛苦中超脱的韵味。

离开了诗中营造的这种从入世的感伤到出世的安抚的微妙境界，去考证钟声的有无，把尘世的钟声和超越尘世的钟声混为一谈，对解读这首不朽的诗篇只能造成混乱。

这还不是诗的全部。还有一些环节是不能忽略的，那就是钟声的韵味和“寒山寺”的关系。王士禛《渔洋诗话》记载，有人说，这首诗好在准确地表现了苏州的地域特点：“诗与地肖故尔。若云‘南城门外报恩寺’，岂不可笑耶？”王士禛用反证法说，如果将“流将春梦过杭州”，改成“流将春梦过幽州”，将“白日澹幽州”，改成“白日澹苏州”，并不影响诗的韵味，同样令人“绝倒”。他很机智地反驳了“诗与地肖故尔”的说法，但显然留下了不足，那就是没有正面回答，为什么“寒山寺”比之“报恩寺”更经得起玩味呢？黄生在《唐诗摘抄》中正面回答了这个问题：“只‘寒山’二字雅于‘报恩’二字也。”这话说到了点子上。此寺建于六朝时期的梁代天监年间，原名“妙利普明塔院”。一百多年后，唐贞观年间，传说当时的名僧寒山和拾得曾由天台山来此住持，改名“寒山寺”。梁武帝建寺的典故，加上历代诗、文、画中积淀着的文人超越世俗的高雅趣味（如“远上寒山石径斜”），再加上寒山这个贞观年代的名僧比张继生活的时代早了一百多年，时间的距离，更加提高了审美价值，而“报恩”二字，却充满了实用功利，缺乏审美的超越性。

一些认识到钟响心愈静的诗话家，还把开头的“月落”解读为“欲曙之时”，四更天快亮的时分。但这样一来，就得硬说这是倒叙，把最后一句“夜半钟声”放到第一句“月落乌啼”的前头，亦即四更后的回忆中去。这就有点穿凿了。最为生硬的是徐增：“在寒山寺，实是早起钟声，张继愁眠听去，疑其是夜半也。”其实，月落不一定要等到四更以后，在月初还是月末，月亮在夜半落下去也是常见的事。诗话家们唯一遗漏了的是“乌啼”，没有任何解读。其实，“乌啼”和“月落”，都在“对愁眠”之前，对一个落第者来说，“乌啼”正是命运不祥之兆，提示“对愁”而失眠的一个原因。

《长恨歌》：从美女的颂歌到超越帝妃身份的绝对的爱的悲歌

解读焦点： 文本分析无效，原因往往就在于把文本当作一个平面，其实，文本是一个立体结构。从文字上直接感知的是文本的表层，也就是文本的显性结构：包括人物感知、行为和语言的描述、时间空间的转移等等。表层话语往往和文本的倾向错位。在表层以下的中层，有着和表层话语不尽相同的“意脉”。而意脉是潜在的、隐性的，不能直接感知的，但恰恰是贯穿文本的血脉，比之表层感知更具感染力。在意脉以下，则为深层，是作家对形式规范的驾驭和突围，也就是风格的独创。文本中人物的感知、语言、行为，并不完全由人物和作家的观念决定，同时也由形式规范决定，三者的调节决定着作品思想艺术风貌。叙事形式的复杂性和抒情形式的单纯性相互矛盾，在《长恨歌》中，白居易以抒情性的“长恨”强制同化了叙事的过程，使得《长恨歌》成为中国古典爱情诗的艺术高峰。

《长恨歌》，以“歌”为诗题，和“行”“引”“弄”本出于汉代乐府，是配乐的，可能是属于不同的乐曲类型。后乐谱失传，乃逐渐转化为诗体。文字流传，深化是一种诗体，有别于近体诗之格律，章无定句，句无定言，不讲究平仄，而且可以转韵。《长恨歌》和《琵琶行》大体可以说是唐代的自由诗。但是，由于律诗的巨大影响，歌、行之诗句，亦有入律的。如《长恨歌》开头四句亦合乎律诗平仄交替。在句法上，亦有对仗者，如“金屋妆成娇侍夜，玉楼宴罢醉和春”。

白居易《长恨歌》诗云：

汉皇重色思倾国，御宇多年求不得。杨家有女初长成，养在深闺人未识。天生丽质难自弃，一朝选在君王侧。回眸一笑百媚生，六宫粉黛无颜色。春寒赐浴华清池，温泉水滑洗凝脂。侍儿扶起娇无力，始是新承恩泽时。云鬓花颜金步摇，芙蓉帐暖度春宵。春宵苦短日高起，从此君王不早朝。承欢侍宴无闲暇，春从春游夜专夜。后宫佳丽三千人，三千宠爱在一身。金屋妆成娇侍夜，玉楼宴罢醉和春。姊妹弟兄皆列土，可怜光彩生门户。遂令天下父母心，不重生男重生女。骊宫高处入青云，仙乐风飘处处闻。缓歌慢舞凝丝竹，尽日君王看不足。

渔阳鼙鼓动地来，惊破霓裳羽衣曲。九重城阙烟尘生，千乘万骑西南行。翠华摇摇行复止，西出都门百余里。六军不发无奈何，宛转蛾眉马前死。花钿委地无人收，翠翘金雀玉搔头。君王掩面救不得，回看血泪相和流。黄埃散漫风萧索，云栈萦纡登剑阁。峨嵋山下少人行，旌旗无光日色薄。蜀江水碧蜀山青，圣主朝朝暮暮情。行宫见月伤心色，夜雨闻铃肠断声。天旋日转回龙驭，到此踌躇不能去。马嵬坡下泥土中，不见玉颜空死处。君臣相顾尽沾衣，东望都门信马归。归来池苑皆依旧，太液芙蓉未央柳。芙蓉如面柳如眉，对此如何不泪垂。春风桃李花开日，秋雨梧桐叶落时。西宫南内多秋草，落叶满阶红不扫。梨园弟子白发新，椒房阿监青娥老。夕殿萤飞思悄然，孤灯挑尽未成眠。迟迟钟鼓初长夜，耿耿星河欲曙天。鸳鸯瓦冷霜华重，翡翠衾寒谁与共。悠悠生死别经年，魂魄不曾来入梦。

临邛道士鸿都客，能以精诚致魂魄。为感君王展转思，遂教方士殷勤觅。排空驭气奔如电，升天入地求之遍。上穷碧落下黄泉，两处茫茫皆不见。忽闻海上有仙山，山在虚无缥缈间。楼阁玲珑五云起，其中绰约多仙子。中有一人字太真，雪肤花貌参差是。金阙西厢叩玉扃，转教小玉报双成。闻道汉家天子使，九华帐里梦魂惊。揽衣推枕起徘徊，珠箔银屏迤逦开。云髻半偏新睡觉，花冠不整下堂来。风吹仙袂飘飖举，犹似霓裳羽衣舞。玉容寂寞泪阑干，梨花一枝春带雨。含情凝睇谢君王，一别音容两渺茫。昭阳殿里恩爱绝，蓬莱宫中日月长。回头下望人寰处，不见长安见尘雾。唯将旧物表深情，钿合金钗寄将去。钗留一股合一扇，钗擘黄金合分钿。但教心似金钿坚，天上人间会相见。临别殷勤重寄词，词中有誓两心知。七月七日长生殿，夜半无人私语时。在天愿作比翼鸟，在地愿为连理枝。天长地久有时尽，此恨绵绵无绝期。

《长恨歌》的生命力经受了千百年的历史检验，至今这首诗仍然家喻户晓，脍炙人口，但是对于它的主题，也就是它要告诉读者什么，却众说纷纭。作者和用小说形式写了这个题材的陈鸿发出了互相矛盾的信息。陈鸿在《长恨歌传》中提出“惩尤物，窒乱阶”，开辟了后来所谓的“讽喻说”的源头。但白居易被贬江州编纂自己的诗集时，并未把它编入“讽喻诗”，而是收在“闲适诗”中。他在《编集拙诗成一十五卷因题卷末戏赠元九、李二十》中说：“一篇长恨有风情，十首秦吟近正声。”“风情”似乎与“闲适”不相类。近年王运熙先生提出爱情与讽喻“双重主题说”，不过是两说的调和。至于俞平伯先生的“隐事说”，黄永年先生的“无主题思想说”则是逃避两说的矛盾。种种说法虽然各执一词，但都只是拘泥于一望而知的表层话语作各取所需的论证。“讽喻说”往往举杨贵妃惨死以前的诗句为证（“汉皇重色思倾国，御宇多年求不得。”“春宵苦短日高起，从此君王不早朝。”“缓歌慢舞凝丝竹，尽日君王看不足。”），用“爱情说”不难反驳：如果主旨全在讽喻，为什么抒写李、杨相恋到杨死只用了三十八句，而唐玄宗思念杨贵妃却用了八十二句？就算是讽喻，白居易也和陈鸿有所不同。陈鸿并没有回避“得弘农杨玄琰女于寿邸”这出父亲霸了儿媳妇的丑剧，而白居易则以“杨家有女初长成，养在深闺人未识”把它掩盖了起来，委婉到了歪曲的程度还能算是“讽喻”吗？就算对沉迷声色有所批判，也只集中在荒废了朝政（“春宵苦短日高起，从此君王不早朝”）和杨家兄妹权势膨胀（“姊妹弟兄皆列土，可怜光彩生门户”）上。不可忽略的是，所有这一切，都是侧面交代，并没有多少渲染。而唐明皇为杨贵妃美色所迷却是大笔浓墨、正面铺张：“回眸一笑百媚生，六宫粉黛无颜色。”基本情调是对杨贵妃的美的赞颂，很难说有多少讽喻意味。在所有歌颂性的描述中，这是最精彩的一笔，比起那些正面写外貌之美的诗句（如“云鬓花颜金步摇”）更艺术，因为它不写美本身，而写美在对方心理上的强烈效果。一见杨玉环，皇宫佳丽（“后宫佳丽三千人”）一个个就面色苍白了，以效果的强烈来暗示美貌的震撼。这在中国古典诗歌艺术中是很经典的，而接下来“春寒赐浴华清池，温泉水滑洗凝脂”，敢于写到肉体，强调肌肤之美，是很大胆的。“侍儿扶起娇无力，始是新承恩泽时。云鬓花颜金步摇，芙蓉帐暖度春宵。”这四句把女性局限于肌肤的美艳和体态的娇弱，但即便“芙蓉帐暖度春宵”也很难说是讽喻。不过正是因为这四句引发了后世诗评家的非议：“乐天云，‘一篇长恨有风情’，此自赞其诗也。今读其词，格极卑庸，词颇娇艳。”（《唐诗选脉会通评林》）①白居易赞赏女性体肤的诗句颇多，也许有格调不高的败笔②，但这里是由当时李隆基的“重色”决定的，这是贵族男性的审美观念，不能笼统贬之为“格极卑庸”。

从《长恨歌》的意脉发展来看，起初，李隆基重色的倾向很明显，杨贵妃以色击败了三千多后宫佳丽，“新承恩泽”，诗人强调的是莫大的荣幸。细读文本，不能不感到所谓“爱情说”的弱点。这样的情感能够笼统用“爱情”来概括吗？皇帝与妃子之间的情感，不可能是平等的，一方“施恩”是自由任意的，另一方“承恩”是别无选择的。白居易和陈鸿都把当时李、杨二人的年龄差距（一个六十一，一个二十出头）掩盖起来了。即使年龄差距达到四十岁，花甲老人的恩宠对于青春少女，还是一种荣幸，是皇权使年龄的差异不成

① 陈伯海主编《唐诗汇评》（中），浙江教育出版社 1995 年，第 2104 页。

② 如歌颂自己的小妾：“樱桃樊素口，杨柳小蛮腰。”在这方面，白居易可算是有些勇气的，李商隐和他比起来要含蓄得多，即使写到性事，也是隐约的：“别馆觉来云雨梦，后门归去蕙兰丛。”

为差异，从这个意义上来说，用现代爱情观念来概括李、杨情感不可能不是牵强的。白居易对李、杨欢乐情景的渲染是无保留的，赞美之情溢于言表："骊宫高处入青云，仙乐风飘处处闻。"也许在讽喻说者来看，这可能是在揭露宫廷生活的奢靡，但"仙乐风飘处处闻"难道不是美化？这里的音乐之美和人的美是统一的，只有君王和贵妃才配有这样天上人间的境界："缓歌慢舞凝丝竹，尽日君王看不足。"飘飘欲仙的舞乐是美的，更重要的是君王的目光，君王的审美心情。这里有爱，但是，这是君王对妃子的"宠爱"。"三千宠爱在一身"，把它置换成"三千爱情在一身"是滑稽的。宠爱和当代词语"爱情"最大的差异就是：第一，宠爱是单方面恩赐的；第二，受宠者只能"承恩"，别无选择；第三，这种荣幸，不仅是自身的，而且能为家族带来荣华富贵；第四，皇帝的绝对权力带来的幸运却并不是绝对的，与之相随的是灾难，国家的动乱使受宠者付出生命的代价：

渔阳鼙鼓动地来，惊破霓裳羽衣曲。九重城阙烟尘生，千乘万骑西南行。翠华摇摇行复止，西出都门百余里。六军不发无奈何，宛转蛾眉马前死。

从"一朝选在君王侧"到"宛转蛾眉马前死"，情节逻辑不是很清楚，其中的因果关系被省略了。陈鸿的《长恨歌传》大致遵照历史，将其间逻辑说得很清楚：

天宝末，兄国忠盗丞相位，愚弄国柄。及安禄山引兵向阙，以讨杨氏为辞。潼关不守，翠华南幸。出咸阳道，次马嵬亭，六军徘徊持戟不进。从官郎吏伏上马前，请诛晁错以谢天下。国忠奉氂缨盘水死于道周。左右之意未惬，上问之，当时敢言者请以贵妃塞天下之怒。上知不免，而不忍见其死，反袂掩面使牵而去之。仓皇展转竟就绝于尺组之下。

严峻的历史冲突，需要一个宠妃付出生命的代价才得到缓和。在陈鸿看来，这是天经地义的。杨贵妃之所以要死，是因为：第一，她是专权的奸臣的妹妹；第二，她是犯了错误的皇帝的宠妃。而她之所以成为宠妃，则是因为她是个"尤物"，这个罕见的、迷人的、特别漂亮的女人，注定要成为王政混乱、国家危亡的原因（"乱阶"），为了王朝的稳定，严厉的惩治绝对必要。这种美女祸水论似乎是许多诗人的共识，在白居易的朋友元稹那里表现得更是直率："开元之末姚宋死，朝廷渐渐由妃子。禄山宫里养作儿，虢国门前闹如市。弄权宰相不记名，依稀忆得杨与李。"（《连昌宫词》，《全唐诗》卷四百十九）白居易的另一个朋友刘禹锡，并不算是太保守的人物，他对杨贵妃的态度更加严厉："军家诛戚族，天子舍妖姬。群吏伏门屏，贵人牵帝衣。低回转美目，风日为无晖。"（《马嵬行》，《全唐诗》卷三百五十四）处死杨贵妃，理所当然，将军是在严峻执法，天子也大义舍弃，杨贵妃连"尤物"都不是，而是"妖姬"。马嵬即兴在中唐以后成为热门题材，张祜、李商隐、刘禹锡、李远、郑畋、贾岛、高骈、于濆、罗隐、黄滔、崔道融、苏承、唐求等都有诗作，大抵是政治上的悼古伤今，充其量也只是在感伤中偶尔流露出微微的同情。只有李商隐《马嵬》是例外：

海外徒闻更九州，他生未卜此生休。空闻虎旅鸣宵柝，无复鸡人报晓筹。此日六军同驻马，当时七夕笑牵牛。如何四纪为天子，不及卢家有莫愁？

李商隐的卓尔不群就在于，他超越了政治性的感伤，把王权和普通人做对比，肯定了个体幸福超越王权。李商隐把人的感情价值提到这样的高度，是相当大胆的，但是，他的表达很委婉，从侧面着笔，而白居易则从正面，以大笔浓墨抒写：

花钿委地无人收，翠翘金雀玉搔头。君王掩面救不得，回看血泪相和流。

白居易强调的，一方面是绝世的美丽猝然死亡，一方面是权力至上的君王无可奈何地血泪交流。白居易的同情显然在李、杨身上。而元稹“尤物”注定“乱阶”的逻辑正是现实正统政治观念的表现，但是，在《长恨歌》中，这种政治逻辑被颠覆了。白居易和李商隐一样感叹美女和君王的不幸。白居易给美女的定性是“天生丽质”，美是天生的，况且她和乱政的苏妲己、褒姒不一样，她没有残害忠良。她的受宠，她的升腾，她的幸运，她的走向死亡，就是因为她天生丽质而得到的宠幸。但她是被“选”的，是身不由己的。在白居易的情节逻辑中美女的情感价值最重要，政治身份可以略而不计，美女就是美女。美女因为太美而成为牺牲品，这是很不公平的，这是美女的大“恨”。把美女叫作“尤物”，意思是不但是美丽的，而且是稀罕的，在稀罕这一点上，白居易和陈鸿是一致的。但是，在白居易看来，正因为稀罕，才更应该珍惜。

故在《长恨歌》一开头，就是一曲美女幸运的赞歌。在陈鸿那里，正因为稀罕，才具有政治危险性，因而遭到杀戮是理所当然的。而在白居易心目中，罕见的美女，正如在《琵琶行》中演奏技艺高超的女艺人，是值得珍惜的。这个罕见个体，虽然造成君王沉迷，导致裙带性质的腐败，甚至与王朝的危局有脱不了的干系，与严重的政治危机有关联，但是美女罕见的美还是值得赞美的，值得用最美好的语言来歌颂。因为美女是稀罕的，所以美女身不由己卷入政局而死亡。

美被毁灭，就是莫大的憾“恨”，这不但是美女的憾“恨”，而且对人生来说，也是无限的遗“恨”。

白居易把诗题定为“长恨歌”，用意是很深的。关键词是“恨”，贯穿长诗意脉的首尾。“恨”的内涵很丰富，白居易没有取怨恨、仇恨、愤恨之意，而取其不能如愿，后果不能改变而痛苦之意（如憾恨、悔恨、遗恨）。这个“恨”，还不是一般程度的“恨”，而是“长恨”；这个“长”还不是一般的时间长度，而是“抱恨终天”，永远不可挽回，死也不甘心的遗“恨”。这就是《长恨歌》意脉的核心。在前半部分，从受宠到惨死，“恨”的内涵大体是对牺牲品的同情，无可奈何的遗憾。从同情这一点看，甚至包括唐明皇，即使有所讽喻，也是最低限度的。但是，对于杨贵妃，赞美完全淹没了讽喻。至于“爱情”就比较复杂，需要详细的具体分析。

我的学生张秀娟运用我的文本层次理念和矛盾分析方法，在硕士课程期末考卷中指出：所谓“爱情”深藏在文本的第二层次之中，“体现的是人类自身的情感与理智的冲突，在诗中具体表现为‘爱情’与政治的矛盾与统一”。她从三个阶段加以说明：第一、二个阶段，主要是“性爱”，“权与色的组合”，一旦发生矛盾，爱情则是“苍白无力”的：

> 第一个阶段是治世时期的李、杨的“爱情”，当然要说这一时期他们的感情能够称得上真正的爱情是有点牵强的，应该说性爱的成分更多一些。李、杨“爱情”形成于政治，依附于政治，是权与色的组合……在治世的政治背景下，即使没有感情基础，只要有权力与美色，依然能够走到一起，享受骄奢淫逸的生活。第二个阶段是乱世时期，这时“爱情”与政治的尖锐矛盾便呈现出来。在“六军不发无奈何”之际只能让她“宛转蛾眉马前死”。此刻，“爱情”在政治面前显得不堪一击。曾经的山盟海誓显得苍白无力。

这个分析挺有才气，就深度来说，似乎对《长恨歌》研究水平有所突破。好在不是在爱情或者讽喻的抽象观念中盘旋，而是把权力与美色作为一对矛盾，在矛盾发展过程中，具体分析其转化和造成转化的条件。

杨贵妃的死亡对于《长恨歌》来说，仅仅是个序曲而已。这个序曲和一般的序曲不太相同，一般序曲只是正曲的起兴，而这个序曲则为意脉奠定了情绪贯通的基调：这就是“恨”而且是“长恨”，永恒的“恨”。张秀娟的试卷接下去这样写：

> 不过也正是经历过这样一次乱世，李、杨爱情才发生了质的变化，由以性爱为主的感情发展到真正的情感。第三个阶段是由乱世到新的治世时期的李、杨爱情。李、杨的爱情最终超越了政治，即使是阴阳两个世界，他们都可以穿越时空的限制，灵魂相伴。“在天愿作比翼鸟，在地愿为连理枝。”集中表现了爱情与政治的融合，然而“比翼鸟”“连理枝”的愿望虽然美好，此生却难以实现，作者笔锋一转，“天长地久有时尽，此恨绵绵无绝期”，爱情与政治的矛盾并没有真正地化解，在这里，刻骨的相思变成了不绝的“长恨”。

这个分析很辩证，也很深刻，揭示出从权色关系到超越权色的爱情的转化，转化的条件就是政治形势的由乱到治。当然，这样的分析，也有不足之处，就是比较生硬，白居易对杨贵妃的态度从“同情”到“憾恨”再到“长恨”，从脉头到脉尾的微妙变化没有全面梳理。

从文本潜在的意脉来说，贵妃死后开始了新的阶段，赞美的对象从美女的美转向帝王感情的美。这时美女肉体已经死亡，“重色”的君王，已经无色可重。权力对于死亡无可奈何。如果宠爱仅仅是出于色，只能宣告终结，然而，帝王的憾“恨”，却超越了死亡。这就显示出恨不是短“恨”、遗“恨”，持续不断的“长恨”意味着几个方面。第一，这种“长恨”，并不因远离死亡现场，距离死亡的时间渐行渐远而淡化。第二，“圣主朝朝暮暮情”，表明在性质上有了改变，造成朝朝暮暮“长恨”的原因是“情”，这就超越了“芙蓉帐暖度春宵”，不再是色欲，“重色”变成了“重‘情’”。“长恨”不仅仅是在时间上的朝朝暮暮，更体现在刻骨铭心的性质上，这是一种无可奈何的、无限缠绵的、不可磨灭的情感，最关键的还是一种不可挽回的永恒的遗恨。第三，这种遗恨是无限的，无所不在，它冲击着渐行渐远的环境和景物，令一切生命感觉发生“变异”①。阳光变得淡白，旗帜失去颜色，皎洁的月光令人伤心，雨中的铃声则更是令人断肠。这里的“变异”，不仅仅是“形变”，而且是“质变”。变异的幅度之大，反差之巨，正是感情被深度冲击的结果，比之“温泉水滑洗凝脂”，这里上升到超越肌肤、超越功利的审美层次，在性质上具备了恋情、爱情的特征。对于意脉来说，则进入了一个新的高度。这已经不是初始的宠幸，爱情不但超越了色欲，而且超越了不可排解，进入了不可更换、不可代替的境界。在重返长安以后，李隆基并没有把色欲转移到另外的美女身上去。帝王施恩的任意性权力，并不能排解李隆基的“长恨”。这就不仅仅是感情的深挚，而且是爱情的忠贞。任意的施恩权力在爱情的不可改变面前变得无能为力，这样，憾恨就带上《长恨歌》中爱情理想化的特点：绝对性。

归来池苑皆依旧，太液芙蓉未央柳。芙蓉如面柳如眉，对此如何不泪垂。

爱的绝对在“恨”的绝对中得到体现，在逃亡途中，一切景观皆因贵妃未能共享而悲凉，由于所爱不在场而“恨”，归来以后，则是物是人非的反差，环境越是美好，越是引发悲痛。对美的悼念变成了绝对的憾“恨”：

春风桃李花开日，秋雨梧桐叶落时。西宫南内多秋草，落叶满阶红不扫。

这里的“恨”是绝对不变的。一是，不因春秋季节的推移而消失。二是，不因乐景（“春风桃李花开”）和悲景（“秋雨梧桐叶落”）而变化，乐景和悲景一样引起悲痛。三是，悲痛造成了宫廷环境的荒凉（“落叶满阶红不扫”），今日的荒凉和往日的繁华形成对比而显得触目惊心。四是，这种遗恨最集中的特点是孤独，孤独就是无伴，伴的唯一、不可替代感使抒情达到了高潮：

夕殿萤飞思悄然，孤灯挑尽未成眠。迟迟钟鼓初长夜，耿耿星河欲曙天。鸳鸯瓦冷霜华重，翡翠衾寒谁与共。

这是以夜晚的失眠表现“长恨”的心理效果，不再单纯运用变异的意象，而以极其精致

① 参阅孙绍振《文学性讲演录》，广西师范大学出版社 2006 年，第 121 页。又见孙绍振《论变异》，花城出版社 1986 年，第 71—85 页。

的意象构成有机的、无声的图景，暗示时间的默默推移（从“迟迟钟鼓”到“星河欲曙”），把失眠的痛苦从视觉的“夕殿萤飞”到听觉的“迟迟钟鼓”再到触觉的“翡翠衾寒”，统一起来做多元感知的呈现。这里宫殿环境固然是帝王独有的，但是，失眠的心理却超越了帝王，“孤灯挑尽未成眠”，似乎带上了平民的色彩。① 很难设想，太上皇南内宫殿的灯会是“孤灯”，更难设想太上皇要亲自去挑它的灯芯，白居易在这里有意无意地把失眠的情景融入了平民生活，对忠贞不贰的爱情来说，身份似乎并不重要，超越身份才更有绝对性。

事实上，这样绝对的爱情在人间是不可能存在的，即使道士排云驭电，升天入地，也只能是“两处茫茫皆不见”。陈鸿在《长恨歌传》中这样描述杨玉环的诉说：

昔天宝十年侍辇避暑骊山宫，秋七月，牵牛织女相见之夕……时夜始半，休侍卫于东西厢，独侍上，上凭肩而立，因仰天感牛女事。密相誓，心愿世世为夫妇。言毕执手各呜咽。

白居易把现世的记忆转化为“虚无缥缈间”的“海上仙山”，为绝对爱情找到绝对自由的环境。在这“虚无缥缈”的环境中，绝对爱情就是绝对理想化：第一，对象是绝对唯一的，不可替代的；第二，感情是绝对不变的，生者是不变的，死者也是不变的；第三，死者因为感情不变而成了仙子，比活着更美。活着的时候，不过是“天生丽质”，死亡之后却变成了“绰约仙子”“雪肤花貌”“仙袂飘举”。但是，即使成仙，也并不因此而欢乐，相反，仍然陷于“长恨”之中，憾恨不是一般的美化而是仙化。这里的美，不仅仅是丽质而欢乐的美，而且是坚贞而悲凉的美（“梨花一枝春带雨”）。

理想爱情的美，在任何极端条件下，都是绝对不变的：“在天愿作比翼鸟，在地愿为连理枝。”这里隐含着“世世代代为夫妇”的理想，似乎得力于对《孔雀东南飞》结尾处意象的转化：把松柏、梧桐的“枝枝覆盖”“叶叶交通”，转化为“连理枝”；把飞鸣其间的“双飞鸟”转化为“比翼鸟”；把超越生命大限的理想爱情，提炼成诗化的哲理格言。在天，在地，说的是爱情不但不受生死限制，而且不受空间限制，不论是在天上，还是在人间，都是绝对不变的。天长，地久，说的是，不但生死不能改变，即便是与天地共存在的时间也不能改变，爱情（遗恨）甚至比之宇宙更为无限。但是，白居易并不满足于这种形而上学的绝对永恒，他坚定地把它变为现实的抒情。永恒的爱情，在现实中，只能是永恒的憾“恨”，永恒的悲痛，绝对的“长恨”。“天长地久有时尽，此恨绵绵无绝期。”“长恨”绵绵无尽，从意脉来说，正是白居易自己说过的“卒章显志”，成为意脉的脉尾，全诗的构思达到了有机的统一。

---

① 施补华《岘佣说诗》：“‘孤灯挑尽未成眠’，似寒士光景，南内凄凉，亦不至此。”见陈伯海主编《唐诗汇评》（中），浙江教育出版社 1995 年，第 2106 页。

到此为止，纵览意脉全程，才到达文本的第二个层次。要充分阐释经典之作的不朽，不能不向文本的第三层次，也就是形式风格的层次进军。《长恨歌》之所以经受得住千年的时间考验，根本原因就在于它不是一般的诗，而是杰出的叙事诗。和叙事作品《长恨歌传》相比，它在叙事上要成功得多。原因在于叙事的过程中有和谐抒情。叙事和抒情从根本上是矛盾的。叙事就是叙述情节的连续性，抒情如果陷于追随情节的过程，情绪的跳跃和自由转移就受到限制。驾驭这样的矛盾，使之统一和谐是很有难度的。白居易对叙事有强大的驾驭能力，在《秦中吟》中就把叙事控制在朴质的过程之中，他的实用意图（"唯歌生民病，愿得天子知"），决定了他并不追求抒情与叙事水乳交融的和谐。元稹的《连昌宫词》之所以不如《长恨歌》，就是因为拘泥于抒情。长达九十句的诗作，从头到尾全都是抒情，虽然以一个"宫边老翁"的陈述展开，但是并没有个人生离死别的情节。抒情缺乏叙事的框架，终沦为景象的铺排，系统的对比也不能挽救单调。在语言上，除个别句子具有感叹和直接抒发的意味，绝大多数诗句为描述语气，造成意象密度过大的窒息。白居易对李、杨故事的处理则不然，至少在两个方面不同于元稹。第一，不是拘于正统政治观念，而是把情感作为价值准则，把李隆基和杨玉环当作人，把个体的人的感情的精彩放在主导地位，即使政治上有错误，甚至罪过，两人间超越生死的、不可替代的感情也是精彩的。第二，不拘于抒情，把叙事与抒情结合起来。《长恨歌》大起大落的情节，其曲折性大大超过琵琶女的遭遇。白居易没有陷于被动的叙事，他营造了另外一种风格，以抒情的脉络，化解叙事。从杨贵妃得宠到安史之乱发生，再到李隆基仓皇出逃，其间曲折变动，在史家司马光笔下是很复杂的，光是战事就胜败互见，唐兵虽屡败，但李光弼、郭子仪亦时有胜绩。潼关主帅哥舒翰坚守策略不得行，杨国忠对其心怀恐惧，宦官监军，强制出战的结果是唐兵崩溃。《资治通鉴》描述李隆基出逃这一天"百官朝者十无一二"，是非常狼狈的：

> 上移仗北内，既夕，命龙武大将军陈玄礼整比六军，厚赐钱帛。选闲厩马九百余匹，外人皆莫之知。乙未，黎明，上独与贵妃姊妹、皇子、妃、主、皇孙、杨国忠、韦见素、魏方进、陈玄礼及亲近宦官、宫人出延秋门，妃、主、皇孙之外者皆委之而去。[①]

而《长恨歌》对这样复杂的历史过程，四两拨千斤，只用了两句话：

> 渔阳鼙鼓动地来，惊破霓裳羽衣曲。

这完全是神来之笔：第一，在无限丰富的生活细节系统中，潇洒自如地精选了两个意象，一个是"渔阳鼙鼓"作为战乱的意象，一个是"霓裳羽衣曲"作为宫廷奢靡的意象；第二，更精致的是，对"渔阳鼙鼓"只选定了一个属性即"动地"，以之"惊破霓裳羽衣曲"。诗歌的想象跨越了空间千百里的过程，把二者以一条因果直线连接在一起。这种"意象因

① 司马光《资治通鉴》，中华书局 1956 年，第 6970—6971 页。

果”表现出来的不仅是历史概括的魄力，也是诗家想象的精致。不但他的朋友元稹的《连昌宫词》不能望其项背，就是白居易自己也不是常常能够达到这样的境地。当然，白居易的才华并不限于“意象因果”这一手，在描述李隆基逃往四川的时候，他用的是另外一手：

黄埃散漫风萧索，云栈萦纡登剑阁。峨嵋山下少人行，旌旗无光日色薄。蜀江水碧蜀山青，圣主朝朝暮暮情。行宫见月伤心色，夜雨闻铃肠断声。

几乎都以主人公的感官为中心，所见所闻，全部意象的组合，“剑阁”“峨嵋”“旌旗”皆日色暗淡，“行宫见月”隐含了由陕入川，从逃亡到安定的过程，“蜀江蜀水”意象又都以情感的凄凉性质定性。时间的推移就这样沉浮于意象群落之中，情感的脉络则成为若断若续的联系。在这种“意象群落”中，过程的连续性被最大限度地隐藏，就是为了意象的任情跳跃和自由组合。

归来池苑皆依旧，太液芙蓉未央柳。芙蓉如面柳如眉，对此如何不泪垂。春风桃李花开日，秋雨梧桐叶落时。……迟迟钟鼓初长夜，耿耿星河欲曙天。

这些都是以意象的断续对举代替时间（“归来”对“依旧”，“春风”对“秋雨”，“长夜”对“欲曙”）的连续。“悠悠生死别经年，魂魄不曾来入梦。”把“经年”的过程，隐藏在抒情（不曾入梦）的感叹之中，这样，过程的推移就转化为抒情。

当然，这种以意象隐藏时间连续性的办法并不是绝对的，当复杂的过程有碍于抒情的单纯时，过程是要隐约的，当过程并不太复杂时，白居易也并不回避时间的连续：

汉皇重色思倾国，御宇多年求不得。杨家有女初长成，养在深闺人未识。天生丽质难自弃，一朝选在君王侧。

本来，从“养在深闺人未识”到“一朝选在君王侧”，叙事的连续性已经完足，“天生丽质难自弃”并非叙述的必要成分，多余的交代是叙述的大忌，但在这里却是不可省略的，原因在于插入了诗人的评断，为从“养在深闺”到“选在君王侧”提供一个原因，这其实不是客观的，而是诗人的主观赞美，也就是抒情。

闻道汉家天子使，九华帐里梦魂惊。揽衣推枕起徘徊，珠箔银屏迤逦开。云髻半偏新睡觉，花冠不整下堂来。风吹仙袂飘飖举，犹似霓裳羽衣舞。玉容寂寞泪阑干，梨花一枝春带雨。含情凝睇谢君王，一别音容两渺茫。昭阳殿里恩爱绝，蓬莱宫中日月长。回头下望人寰处，不见长安见尘雾。唯将旧物表深情，钿合金钗寄将去。钗留一股合一扇，钗擘黄金合分钿。但教心似金钿坚，天上人间会相见。临别殷勤重寄词，词中有誓两心知。

这是杨贵妃的正面出场，是全诗的高潮。从叙事的过程来看，这里有五要素：第一，闻道天子来使；第二，揽衣推枕下堂；第三，含情凝睇作答；第四，出示旧物；第五，临别寄词。如果光是这些要素的连续，即使敷衍成七言节奏，也只可能成为《秦中吟》那样的“浅直”。但是这里连续的动作之中的主体情感层次相当丰富，令人赞叹的是，这里不仅写到仙家的环境美（“九华帐”“珠箔银屏”“仙袂飘飘”“霓裳羽衣”），其灵魂也在潜在的情采之中。连贯性动作之下有情感层次若隐若现。

杨贵妃不像开头那样是被欣赏的形象，而是作为情感主体来展示，仙境只是陪衬。“九华帐”的动人，是为了陪衬“梦魂惊”。“揽衣推枕”是为了表现其“起徘徊”的心境。“珠箔银屏迤逦开”，不仅是排场的缓缓展开，而且与“梦魂惊”的内心动作相对比，是外部动作的从容仪态，而“云髻半偏”“花冠不整”却流露了出场的急迫。出场动作层次和内心层次交织，动作层次中充足的情感含量，使得叙事具有抒情的功能。在这一点上，和琵琶女的出场异曲同工。[①]以显性的叙事过程，隐含曲折的意脉，在叙事中饱含情感潜在量，是白居易的拿手好戏。在杨贵妃出场中表现得更为精致。

风吹仙袂飘飘举，犹似霓裳羽衣舞。

已经是理想化到超凡脱俗的仙化程度了，层次分明的叙事过程已经统一为形象，但是这还只是生时人间美的延续，白居易并不满足，坚决把叙事的节奏停顿下来，对天上仙界的美做正面的概括：

玉容寂寞泪阑干，梨花一枝春带雨。

这样就把动态的情感进一步凝聚在静态的意象上，同时也把仙境的美转化为人间的美，仙子变成为爱情悲郁的女人。这个形象和生时的热烈相反，玉容带泪，梨花带雨，是冷色调有机统一，悲凉的美显得冰清玉洁。叙事和抒情反复互渗，使得杨贵妃的美具有多重色彩：一是得宠时的美艳而热烈，二是想念中的悲凉而深沉，三是幻境中的仙气而平民。三者统一起来，不管与历史人物有多大的区别，杨贵妃成为永恒爱情美的象征，在中国古典爱情不朽的理想母题序列中，上承民间文学《孔雀东南飞》，提升到形而上的境界，下开《梁山伯与祝英台》，让情感战胜死亡而起飞，一脉相承。这就决定了《长恨歌》不但成为白居易艺术不朽的经典，而且成为中国古典爱情境界的高峰。

---

① 在《琵琶行》中，叙事的过程一丝不苟，情节连续的前因后果，恰恰是抒情的契机：“浔阳江头夜送客，枫叶荻花秋瑟瑟。主人下马客在船，举酒欲饮无管弦。醉不成欢惨将别，别时茫茫江浸月。忽闻水上琵琶声，主人忘归客不发。寻声暗问弹者谁，琵琶声停欲语迟。移船相近邀相见，添酒回灯重开宴。千呼万唤始出来，犹抱琵琶半遮面。”从举酒无乐，到“忽闻琵琶”，再到“寻声暗问”“移船相邀”“千呼万唤”终于到“琵琶遮面”，可谓环环紧扣。如此单纯的空间场景，过程却如此细致曲折，充分显示叙事之妙，但是，并没有淹没情感，相反，叙事连贯承载感情的起伏：举杯无乐是惨别，初听琵琶令主客“忘归”，“忘归”就是忘了“惨别”。音乐之美的效果如此强烈，询问的心情急迫，而回答却是迟疑的。移船相近，添酒重宴的欢乐是快速的，而女主人公的出现，却是延宕的，就是出现了，也还是半遮着面孔。情节的曲折，转化为感情的默默变化：期待、抑制和释放。

《琵琶行》：长调中的停顿之美

解读焦点：中国诗论中有诗中有画的学说，强调诗与画的统一。但这是问题的一个方面，诗与画的矛盾是问题的另一个方面。《琵琶行》是写音乐的，音乐可听而不可见，以文字写音乐，矛盾也很大。在诗中，一般也是以无声的图画的可见性来代替乐曲的可听性。《琵琶行》在这方面取得了成就。但是，乐曲在时间上的延续性与图画的瞬间性的矛盾是更大的难点。《琵琶行》超越前人的地方在于：第一，以图画的变幻表现了乐曲的持续和突发的变幻之美；第二，正面表现乐曲的无声、停顿，情绪的延续深化，使无声之美胜于有声。这是《琵琶行》达到的最高艺术成就。

白居易《琵琶行》：

元和十年，予左迁九江郡司马。明年秋，送客湓浦口，闻船中夜弹琵琶者。听其音，铮铮然有京都声。问其人，本长安倡女，尝学琵琶于穆、曹二善才，年长色衰，委身为贾人妇。遂命酒，使快弹数曲。曲罢，悯默。自叙少小时欢乐事，今漂沦憔悴，转徙于江湖间。予出官二年，恬然自安，感斯人言，是夕始觉有迁谪意。因为长句歌以赠之，凡六百一十二言，命曰《琵琶行》。

浔阳江头夜送客，枫叶荻花秋瑟瑟。主人下马客在船，举酒欲饮无管弦。醉不成欢惨将别，别时茫茫江浸月。忽闻水上琵琶声，主人忘归客不发。

寻声暗问弹者谁，琵琶声停欲语迟。移船相近邀相见，添酒回灯重开宴。千呼万唤始出来，犹抱琵琶半遮面。转轴拨弦三两声，未成曲调先有情。弦弦掩抑声声思，似诉平生不得志。低眉信手续续弹，说尽心中无限事。轻拢慢撚抹复挑，初为《霓裳》后《六幺》。大弦嘈嘈如急雨，小弦切切如私语。嘈嘈切切错杂弹，大珠小珠落玉盘。

间关莺语花底滑，幽咽泉流冰下难。冰泉冷涩弦凝绝，凝绝不通声暂歇。别有幽愁暗恨生，此时无声胜有声。银瓶乍破水浆迸，铁骑突出刀枪鸣。曲终收拨当心画，四弦一声如裂帛。东舟西舫悄无言，唯见江心秋月白。

沉吟放拨插弦中，整顿衣裳起敛容。自言本是京城女，家在虾蟆陵下住。十三学得琵琶成，名属教坊第一部。曲罢曾教善才服，妆成每被秋娘妒。五陵年少争缠头，一曲红绡不知数。钿头云篦击节碎，血色罗裙翻酒污。今年欢笑复明年，秋月春风等闲度。弟走从军阿姨死，暮去朝来颜色故。门前冷落鞍马稀，老大嫁作商人妇。商人重利轻别离，前月浮梁买茶去。去来江口守空船，绕船月明江水寒。夜深忽梦少年事，梦啼妆泪红阑干。

我闻琵琶已叹息，又闻此语重唧唧。同是天涯沦落人，相逢何必曾相识。我从去年辞帝京，谪居卧病浔阳城。浔阳地僻无音乐，终岁不闻丝竹声。住近湓江地低湿，黄芦苦竹绕宅生。其间旦暮闻何物，杜鹃啼血猿哀鸣。春江花朝秋月夜，往往取酒还独倾。岂无山歌与村笛，呕哑嘲哳难为听。今夜闻君琵琶语，如听仙乐耳暂明。莫辞更坐弹一曲，为君翻作《琵琶行》。

感我此言良久立，却坐促弦弦转急。凄凄不似向前声，满座重闻皆掩泣。座中泣下谁最多？江州司马青衫湿。

在唐诗中，以诗表现音乐和绘画的作品，取得很高的成就。表现绘画的有杜甫的《奉先刘少府新画山水障歌》：“堂上不合生枫树，怪底江山起烟雾。……悄然坐我天姥下，耳边已似闻清猿。……元气淋漓障犹湿，真宰上诉天应泣。”很明显，诗作之所动人，原因在于，杜甫回避就视觉表现视觉，而是超越视觉，用声音的美形容图画的美（“耳边已似闻清猿”）。杜甫不可回避的矛盾是，图画的美是刹那的、空间的、静态的，而声乐美是时间的，古今中外都有“画是无声诗，诗是有声画”的说法，苏东坡在《书摩诘〈蓝田烟雨图〉》中说：“味摩诘之诗，诗中有画。观摩诘之画，画中有诗。诗曰：‘蓝溪白石出，玉川红叶稀。山路元无雨，空翠湿人衣。’”[①] 突出强调的是诗与画的共同性。但是，张岱说：“若以有诗句之画作画，画不能佳；以有画意之诗为诗，诗必不妙。如李青莲《静夜思》：‘举头望明月，低头思故乡’，有何可画？王摩诘《山路》诗：‘蓝田白石出，玉川红叶稀’，尚可入画；‘山路原无雨，空翠湿人衣’，则如何入画？”[②]

诗画的转化，是困难的，但是，用音乐来表现画面和用画面来表现音乐与之相比，似乎更要困难一些。这是因为语言符号是不能记录音乐旋律的，如果能够胜任的话，人类就

① 《苏轼全集》（下），上海古籍出版社 2000 年，第 2189 页。

② 张岱《琅嬛文集·与包严介》，岳麓书社 1985 年，第 152 页。

不用发明五线谱和简谱了。要在诗歌中表现音乐，在音乐和画图的美学转换中将面临更大挑战。面对这个难题，在有唐一代诗人中，可能以白居易最为苦心孤诣。我们来看，他在《琵琶行》中进行的探索：

浔阳江头夜送客，枫叶荻花秋瑟瑟。主人下马客在船，举酒欲饮无管弦。

这是一笔反衬，在动了感情的地方，却没有音乐。光有这样的反衬，还是比较平淡的，因为只是一般的叙述。接下去，就透露出白居易式的才情了：

醉不成欢惨将别，别时茫茫江浸月。

前面一句用了一个情感比较强烈的“惨”字，和“欢”字构成对比。酒喝醉了，却没有一点欢愉之感倒也罢了，居然产生了一种“惨”的感觉。但是，这毕竟是一种心情，没可感性。为了把这个“惨”具体化，白居易不是直接去渲染诗人的心理，而是提供一幅图画。一个空镜头：茫茫的江水，浸润着月亮（或者月色），月光。无声的画面，寡白的色调，是画外一双失神的眼睛注视的结果。

忽闻水上琵琶声，主人忘归客不发。

这是一个有点突然的转折，强调音乐的效果：惊异。初闻，即如此强烈：改变了心情，“醉”和“惨”的迷蒙都消失了，甚至还改变了主人和客人的原定出发的意向，这对于那画外的失神的眼神，是一种冲击：

寻声暗问弹者谁，琵琶声停欲语迟。

如此急切地追问，可回答却有些卖关子，这是叙事延宕的技巧，不是一般的叙事技巧，而是带着戏剧性悬念的技巧，不但用了，而且加码地用了：

千呼万唤始出来，犹抱琵琶半遮面。

这两句成了千古名句。原因在于，创造性运用了延宕。先是把延宕的效果做足了，“千呼万唤”，是时间的延宕，也是期待的积累；“琵琶半遮”，是对比，期待之切，和亮相之不全，是一种反差，是时间和人情延宕的二度积累，这一积累由于其意外性质更强，效果更强。正是因为这样，这个诗句，其生命力经历了千年的考验，在不同的语境中，召唤了、同化了不同读者的心理内涵，脱离文本语境，成为独立谚语、格言。

所有这一切，不过是音乐形象出现之前的背景，为音乐形象出现酝酿氛围。

值得一谈的是，这里的叙事手法，主要是事和事的连续性。这对于本诗无疑是必要的。本诗的立意就带着强烈的叙事性的。但是，叙事成分，中国和西方不同，在中国古典诗歌里，独立的叙事是没有地位的。故叙事往往为抒情所同化，所消解。同化和消解的特点，就是以抒情诗的想象和跳跃，瓦解叙事的连续性。例如，在《长恨歌》里，唐明皇对杨贵妃的沉迷，导致了安禄山的反叛，唐军兵败，潼关失守，唐明皇仓皇出逃。这么多现实的曲折和连续性过程，到了《长恨歌》里，就只有两句：

渔阳鼙鼓动地来，惊破霓裳羽衣曲。

安禄山的战鼓一下子震动了长安宫廷的歌舞，导致唐明皇的撤退。这不是现实的连续，而是想象的跳跃，把连续性的过程和因果，几乎全部省略了，变成了抒情的、想象的因果。但，《琵琶行》不能像《长恨歌》这样跳跃，因为《长恨歌》所写是历史人物，其本事，人所共知，而《琵琶行》所写是平凡的人物，其故事情节，太大幅度的跳跃可能造成阅读的障碍。这就给白居易增加了难度。既要有故事情节的连续性，又不能让这种过程性、连贯性过分琐碎，妨碍了抒情性。从上面的引文，我们可以看到，白居易主要是把故事的连续性和人物内在情感的曲折变动结合起来，以内心的动作性来贯通叙事的过程，并没有用想象的因果代替现实的因果。

一旦进入乐曲本身的描述，故事的过程性暂停了，白居易面临的任务，就是直接写乐曲。这在艺术表现上，显然是一个难度，一个高度。他采取的方法，当然是抒情，但是，他抒发的不仅仅是自我的感情，而且是乐曲本身的感情：

转轴拨弦三两声，未成曲调先有情。

诗人写调弦，但又不能直接停留在曲调上，未成旋律（未成曲调）已经有动情之处，什么情？是弹奏者的情感，这是全诗的主线，要注意，相对于这条主线，曲调本身的特点是潜隐性的。

弦弦掩抑声声思，似诉平生不得志。低眉信手续续弹，说尽心中无限事。

居于主导地位的就是演奏者的内心，是不是仅仅是琵琶女的感情呢？好像又不完全是。诗人从曲调中领悟到了演奏者情感：这是一种悲抑的情感，这种情感的特点是“不得志”。这个“得志”所具有的高度文化内涵，是超出了一个歌女精神境界的，这就暗示：这里，也有诗人自己的情志；至少，琵琶女的情志，是被诗人自己的“不得志”所同化了的。这已经够丰富的了。

如果仅限于此，白居易写乐曲，比之前人，比之同时代人，就没有多少超越。毕竟把曲调、旋律之美用语言写出来，是许多诗人尚未突破的难度。用诗歌语言直接表现音乐，在白居易写出这首诗之前，唐诗在这方面的积累是比较有限的。李白有一系列的诗写到听乐曲，如《与史郎中钦听黄鹤楼上吹笛》：

一为迁客去长沙，西望长安不见家。黄鹤楼中吹玉笛，江城五月落梅花。

还有《春夜洛城闻笛》：

谁家玉笛暗飞声，散入春风满洛城。此夜曲中闻折柳，何人不起故园情。

前一首，用了“落梅花”这个双关语，既是视觉形象，又是曲调名称。第二首，“暗飞声”，就是说，音乐的声音是看不到的，但是，诗人让它“散入春风”，因为傍着春风，可感性强化了，诗人可能觉得这一点可感性还不充分，又加上了“折柳”的双关语，既是乐曲，又是可视的动作，构成内心情绪，是一种审美感应。很明显，天才如李白都尽可能回避直接表现乐曲，因为用语言表现音乐，难度太大，一般诗人，都善于讨巧，大抵取间接的审美感应表现，很少直接表现音乐。岑参《和王七玉门关听吹笛》（一作《塞上闻笛》）：

胡人吹笛戍楼间，楼上萧条海月闲。借问落梅凡几曲，从风一夜满关山。

几乎和李白一样回避直接表现，借助曲调名“落梅”的双关，依附着春风和明月的可触、可视和乐曲的可听交融，强化了形象感。李益《夜上西城听梁州曲》第二首：

鸿雁新从北地来，闻声一半却飞回。金河戍客肠应断，更在秋风百尺台。

在直接表现乐曲上，有所进展的是李白的《听蜀僧濬弹琴》：

蜀僧抱绿绮，西下峨眉峰。为我一挥手，如听万壑松。客心洗流水，余响入霜钟。不觉碧山暮，秋云暗几重。

李白这里不是从双关、不是从外部可视效果方面，而是从心理效果方面略进行渲染，听了乐曲，就有许由那样的崇高的情怀，进入他一听尧帝要召他为官，就害怕弄脏了耳朵，去洗耳朵的那种境界。这当然是很精致的心理表现，但是，毕竟是间接的，直接写到乐曲的语言“如听万壑松”，不能算是神品。就拿白居易本人来说，也不是每一首都能写出高水准的。写琵琶乐曲的作品，白居易写过好几首。如《听李士良琵琶》：

声似胡儿弹舌语，愁如塞月恨边云。闲人暂听犹眉敛，可使和蕃公主闻。

正面写乐曲，这一首很可贵，头一句，倒是说到了琵琶的颤音，如胡人卷舌音，可以说是突破性的正面表现，到了第二句，说，忧愁如塞月，这是对任何乐器都适用的。琵琶乐曲不过是感兴的由缘而已。对此，许浑《听琵琶》就更明显了：

欲写明妃万里情，紫槽红拨夜丁丁。胡沙望尽汉宫远，月落天山闻一声。

正面写到乐曲的，也只有“紫槽红拨夜丁丁”，并不见得十分精彩。接下去就是用图画来扩张音乐的空间背景了。这样的构思，在绝句中，已经成为一种套路。正面写出功夫来的，也许可以提到白居易的《春听琵琶兼简长孙司户》：

四弦不似琵琶声，乱写真珠细撼铃。指底商风悲飒飒，舌头胡语苦醒醒。如言都尉思京国，似诉明妃厌虏庭。迁客共君想劝谏，春肠易断不须听。

这里写出了琵琶的弦，写到了弹奏的手指，当然还有听觉的美好的联想和想象。但是，和大多数的琵琶主题一样，都和征戍和边塞之乡思联系在一起，不仅联想，连主题也陷于通用模式。正面地集中写曲调旋律，难度太大，因而很是罕见，李颀的《听安万善吹觱篥歌》可能是难能可贵的：

世人解听不解赏，长飙风中自来往。枯桑老柏寒飕飗，九雏鸣凤乱啾啾。龙吟虎啸一时发，万籁百泉相与秋。忽然更作渔阳掺，黄云萧条白日暗。变调如闻杨柳春，上林繁花照眼新。岁夜高堂列明烛，美酒一杯声一曲。

正面写了乐曲的转折变幻，从龙吟虎啸到黄云萧条，又变作杨柳春风，这应该是一个很大的突破，主要是从多幅图画，进入音乐的空间过程性。可惜的是，九雏鸣凤、龙吟虎啸、万籁百泉、杨柳春、上林花，组合了多幅图画，但，不相连属，且又大多比较陈旧，有堆砌之感，对于乐曲本身的特征，还比较概括。李颀还有一首《听董大弹胡笳声兼寄语弄房给事》算是写到了乐曲演奏本身了：

先拂商弦后角羽，四郊秋叶惊摵摵。

话语也比较丰富：

空山百鸟散还合，万里浮云阴且晴。嘶酸雏雁失群夜，断绝胡儿恋母声。川为净其波，鸟亦罢其鸣。乌孙部落家乡远，逻娑沙尘哀怨生。幽音变调忽飘洒，长风吹林雨堕瓦。迸泉飒飒飞木末，野鹿呦呦走堂下。

很明显，用的是赋体，以大幅度的图画的排比来强化乐曲的形象。但是，排比的赋体，是并列的、静态的，缺乏连贯的过程；而作为乐曲，是一种时间的艺术，其生命就在于其历时性的高低强弱、快慢长短和停顿的规律性的反复之中。在《琵琶行》中，白居易第一次用诗的语言，以空前的，甚至可以说绝后的气魄，正面集中写了琵琶乐曲旋律起伏变幻历时性的过程，包括演奏乐曲的动作和曲调的程序：

轻拢慢捻抹复挑，初为《霓裳》后《六幺》。

具体到演奏的动作，连曲调的名称都出现了，这好像有点往叙事方面靠拢的冒险。但，接下来，便不是用间接用图画，而是直接用声音来表现乐曲了：

大弦嘈嘈如急雨，小弦切切如私语。嘈嘈切切错杂弹，大珠小珠落玉盘。间关莺语花底滑，幽咽流泉冰下难。冰泉冷涩弦凝绝，凝绝不通声渐歇。别有幽愁暗恨生，此时无声胜有声。

可能是由于人的感官百分之八十来自视觉，因而视觉意象在诗歌占有极大的优势，而听觉意象则处于弱势。这里，集中了这么繁复的听觉意象，表现的是，听觉的应接不暇之感。总体上来说，是排比，有赋体的特点，但是，却从形式上来说，又有意打破赋体一味对仗，前面一连四个句子，好像是平行的，如果真是这样，就成了赋体了。白居易的天才，就在于对赋体对仗的节制，适当地对称，又伴之以错综。实际上，只有前面句的是对称平行的："大弦嘈嘈如急雨，小弦切切如私语。"而第三四句，"嘈嘈切切错杂弹，大珠小珠落盘"句式就变化了，不再用对称的句式，而是用有连贯性的"流水"句式，不再作平面的滑行，而是略带历时性的错综的句式。下面的四句，也有类似的精致讲究。两句对称（“间关莺语花底滑，幽咽流泉冰下难”）。接着的两句（“冰泉冷涩弦凝绝，凝绝不通声渐歇”）打破了对称的平衡。这就使得这八句既有统一性，又不单调。处于错综的变化之中，这种变化不仅仅是视觉形象的变化，而且是听觉时间过程的变化。

应该说明的，从意象上说，前四句，大珠小珠玉盘以物质的贵重，引发声音美妙的联想。当然，这只是诗的想象的美好，实际上珠落玉盘，并不一定产生乐音。嘈嘈、切切，声母的塞擦音性质，本身并不能产生美好的感觉，但是，和“急雨”和“私语”联系在一起，就有情感的含量。“私语”，有人的心情在内，“急雨”和“私语”，富于对比的性质不难引起对应的情绪联想。

早在开头，白居易的“序言”中，就交代了妇女的命运：“本长安倡女，尝学琵琶于穆曹二善才。年长色衰，委身为贾人妇。”“自叙少小时欢乐事。”这样的乐曲，和这样的语音（塞擦音的交替错综重现）自然构成了悲郁的沧桑的氛围。接下去：

间关莺语花底滑，幽咽流泉冰下难。冰泉冷涩弦凝绝，凝绝不通声渐歇。

错综不仅仅是在句法形式上而且是在声画交替上。这就是，前四句是听觉的美为主，后四句是视觉图画（花底流莺，冰下流泉）和听觉声音（莺语、幽咽）交织的美。唐弢先生曾经在20世纪80年代初期撰文说，这四句美在声韵上双声和叠韵（间关、幽咽）。但是，似乎太拘泥。诗歌艺术的美，和音乐的美不同，只是一种想象联想的美的情致，不能坐实为实际上声音之美。如果真的把珍珠倒入玉盘，把流莺之声和水流之声用录音机录下来，可能并不能成为乐音的。这里意象的综合效果是，珠玉之声，莺鸟之语，花底冰泉，种种意象叠加起来，引起美好的联想，这里蕴含着的并不是自然的声音，而是中国传统文化潜在意识的积淀。

白居易的惊人笔力不但在于用意象叠加写出了乐曲的之美的印象，而且还在于把过程性做了正面的强调。过程性，是音乐性与绘画性的重大区别，是以画之美表现音乐之美，在时间的连贯性上，毕竟是有局限的。《琵琶行》的伟大就在于，不但表现了乐曲的连贯性之美，而且表现了乐曲的停顿之美，一种既无声音，又无图画，恰恰又超越了旋律的抑扬顿挫的连贯性的美。令人惊叹的是这样的句子：

冰泉冷涩弦凝绝，凝绝不通声渐歇。别有幽愁暗恨生，此时无声胜有声。

白居易写音乐，善于用美好的声音来形容：珠玉之声，莺鸟之语，花底之泉之类，均是如此。白居易的突破在于：第一，从“冷涩”这样看来不美的声音中发现了诗意，当然又是为主人公和诗人的感情特点找到了共同载体；第二，从“凝绝不通”的旋律中断中发现了音乐美。这是声音渐渐停息的境界。从音乐来说是停顿，是音符的空白，但并不是情绪的空档，相反却是感情的高度凝聚。是外部世界的声音的渐细渐微，同时又是主体心理的凝神专注。外部的凝神成为内在情绪精微的导引，外部声音的细微，化为内部自我体验的精致。白居易发现：内心深处的情致是以“幽”（愁）和“暗”（恨）为特点的。“幽”就是听不见，“暗”就是看不见。二者结合就是捉摸不定的、难以言传的，在通常情况下，是被忽略的，沉入潜意识的，而在这种渐渐停息的微妙的聆听中，却被白居易发现了，构成了一种从外部聆听，转入内心凝神的体悟：声音的停息，不是情感的静止，而是相反，是“幽暗”愁恨的发现和享受，正是因为这样，“此时无声胜有声”才成千古佳句。

这实在是白居易的天才创造，不但在中国前无古人，后无来者，而且在西方也可能是这样的。西方诗人描写美好的声音的篇章，当以雪莱的《云雀颂》为代表。雪莱比白居易晚生了差不多一千年，但是，对于不可见的音乐之美，在以图画之美来表现这一点上，异曲同工：

清晰，锐利，有如那晨星
射出了银辉千条，
虽然在清澈的晨曦中
它那明光逐渐缩小，
直缩到看不见，
却还能依稀感到。

整个大地和天空
都和你的歌共鸣，
有如在皎洁的夜晚，
从一片孤独的云，
月亮流出光华，光华溢满了天空。

这是以视觉图画（星光消隐、月华流泻）的逐渐消失来形容声音的渐细渐微，而又充满天宇。这样的正面描绘，其图画之美，带着动态的过程性，突出了音乐的时间的延续性，正是因为这样，毫无疑义，带上了经典性。但是，和白居易比较起来，他的过程性，延续性，也就到此为止，再往下，雪莱就结束了音乐的时间的延续性美，而是以空间图画的来推理了：

我们不知道你是什么；
什么和你最相像？
从彩虹的云间滴雨，

那雨滴固然明亮，
但怎及得由你遗下的一片音响？

好像是一个诗人居于
思想的明光中，
他昂首而歌，使人世
由冷漠而至感动，
感于他所唱的希望、忧惧和赞颂；

好像是名门的少女
在高楼中独坐，
为了抒发缠绵的心情，
便在幽寂的一刻
以甜蜜的乐音充满她的绣阁；

好像是金色的萤火虫
在凝露的山谷里，
到处流散它轻盈的光
在花丛，在草地，
而花草却把它掩遮，毫不感激；

好像一朵玫瑰幽蔽在
它自己的绿叶里，
阵阵的暖风前来凌犯，
而终于，它的香气
以过多的甜味使偷香者昏迷：

无论是春日的急雨
向闪亮的草洒落，
或是雨敲得花儿苏醒，
凡是可以称得

鲜明而欢愉的乐音，怎及得你的歌？

这里一共提供了六幅图画，分别是：一、彩虹的云间滴雨；二、诗人居于明光中；三、名门少女，在高楼中独坐；四、金色的萤火虫，在凝露的山谷里；五、玫瑰幽蔽在，它自己的绿叶里；六、春日的急雨，向闪亮的草洒落。六幅图画都是美好的，诗意的。但是局限于图画，六幅都是并列的，没有连贯性的。美则美矣，对于音乐在时间上的变化表现却是很有限的。应该说，白居易表现乐曲的连贯性之美，更胜一筹。至于白居易所表现的音乐中的停顿之美，则更在雪莱的想象之外。

没有声音为什么比有声还更为动人？因为，内心的体验、更精彩，更难得。

在千百年的流传中，“无声胜有声”，成了家喻户晓的格言，不但是诗而且是哲理的胜利。

停顿之所以有力，是因为它和前面的音响强烈的反差。如果停顿安排在结尾，停顿就是终止，就一直终止下去，那是很稀松平常的，但，白居易却把这一个停顿安排在当中。在两个紧张的旋律之间，戏剧化地在停顿之后又接着来了紧张的旋律：

银瓶乍破水浆迸，铁骑突出刀枪鸣。

诗人强调了有声旋律出现的突然性（乍破、突出），增加了戏剧性的冲击力，这是由两幅鲜明的图画带来的，又是贵金属的破裂和冷兵器的撞击带来的，在两个极点上的张力。这不仅仅是诗中有画所能解释的。一般地说，图画是静态的、刹那间的，而这里的图画，却是“动画”，银瓶乍破，铁骑突出，具有强烈的动作性。白居易的杰出就在于用语言图画的动态表现，旋律和节奏的动态。这种动态，表现出骤然的停顿和突然再度掀起的冲击力。这种突然的停止和骤然的掀起，不是孤立的，而是旋律的呈示和再现，再现而不是重复，正是旋律的特点：

曲终收拨当心画，四弦一声如裂帛。

这是第二次休止停顿，不但是响亮的，而且是是破裂性的，把这种破裂和丝织品结合在一起，其声音的和第一次的“冷涩”“凝绝”的幽暗不同，既不是突然的，也不是渐次的，而是高亢而凄厉的。在此背景上，第三次休止出现了：

东船西舫悄无言，唯见江心秋月白。

这已经不仅是乐曲的停顿，而且是停顿造成的心理凝聚效果。乐曲结束了，听众的心，被感染的程度并未消失，而是相反，依旧沉浸在那还没有结束的结束感之中，这种宁静的延长感，诗人用一幅图画来显现。这是一个空镜头，是无声的，又是静止的。江中秋月，这是第二次出现了。这是不是重复了呢？《唐诗选及会通评林》引唐汝询曰：“一篇之中，

‘月’字五见，‘秋月’三用，各自有情，何尝厌重！”[①] 此人认为不重复，原因在于，秋月重见，各有不同的情感。第一次，“醉不成欢惨将别，别时茫茫江浸月”，写的是分别时的茫然和遗憾。而这“东船西舫悄无言，唯见江心秋月白”则是另一种韵味。写众多的听者仍然沉浸在乐曲的境界里，这个境界的特点，就是宁静，除了这种宁静，什么感觉都没有。就连唯一可见茫茫江月，也是宁静的。这恰恰提示了一双出神的眼睛。

白居易这首诗妙在把乐曲写得文采华赡，情韵交织，波澜起伏，抑扬顿挫，于无声中尽显有声之美，于长歌中间插短促之停顿，于画图中有繁复之音响。的确超凡脱俗，空前绝后。两用江心秋月，虽然情韵有别，但相异之情用相同之景毕竟并非上策。尤其是五用江月（秋月春风等闲度，绕船月明江水寒，春江花朝秋月夜）都是秋月，而且又都是把秋月和江水联系在一起，毕竟显得局促。虽然白璧微瑕，然亦不可为尊者讳也。

---

① 陈伯海主编《唐诗汇评》（中），浙江教育出版社 1995 年，第 2108 页。

《李凭箜篌引》：突破和谐的诡谲之美

解读焦点：白居易的《琵琶行》集中书写音乐之优美，表现高雅的感伤。李贺这首诗的追求不以优雅为务，而是营造一种邪正、雅俗、诡谲、迷离恍惚、突破和谐、不在乎统一的美。

李贺《李凭箜篌引》诗云：

吴丝蜀桐张高秋，空山凝云颓不流。江娥啼竹素女愁，李凭中国弹箜篌。昆山玉碎凤凰叫，芙蓉泣露香兰笑。十二门前融冷光，二十三丝动紫皇。女娲炼石补天处，石破天惊逗秋雨。梦入神山教神妪，老鱼跳波瘦蛟舞。吴质不眠倚桂树，露脚斜飞湿寒兔。

“引”和“行”一样，是一种比较自由的诗歌体裁，章无定句，句无定言。据考证，李贺这首诗写在811年，当时李贺在长安任奉礼郎。诗中所歌颂的李凭属梨园子弟，箜篌弹得很出名，“天子一日一回见，王侯将相立马迎”，在当年是个当红的乐坛明星。李贺的赞颂当不是虚言。

第一句“吴丝蜀桐”，吴之丝，蜀之桐，当是名品。这里不仅是说材质精良，而且有一定的文化意味。《诗经》里说：“凤凰鸣矣，于彼高岗；梧桐生矣，于彼朝阳。”梧桐是和凤凰联系在一起的，因而有高贵、高雅的联想。庄子用凤凰比自己，说：“宛雏发于南海而飞于北海，非梧桐不止，非练食不食，非醴泉不饮。”“张高秋”，“张”字语义颇丰，大体可以理解为弹奏的意思，但是这个意思是引申出来的，其引申过程不可忽略。“张”的本义是开张、张开，也就是张开双手、张开双臂的“张”，令人联想到姿态和胸襟的开放。“张”也是紧张的“张”，既然是琴弦，当然是要绷紧的。但不管怎么“张”，总是要张在人面前，张在人的手中。在白居易的《琵琶行》中，旋律之美，在人的心与手之间，在人与人之间感情的交流和默契中。但这里却说，张在高秋之间，好像没有人似的。把琴和天空，而且是秋高气爽的天空联系起来，这就构成了一种异常空旷的背景。在天宇之下，什么也没有，只有箜篌，箜篌的形象和意蕴就变得宏大了。有了这样宏大的背景，下面的“空山凝云”就有着落了。看来，李贺的构思就是尽可能张到天宇上去。而同时，在恢宏的天宇之下，则尽可能空白，连山都是“空山”。人事和自然，为什么都要被省略？因为要让箜篌之声占领全部空间，不受任何影响。相反，高空中唯一存在的云，要被箜篌之声影响到衰颓，甚至到不能、不敢飘动的程度。

这里可以看出李贺想象的概括功力。

如果光是在空间宏大上做文章，也只是一般的豪迈而已，充其量只是诗仙李白的追随者。而李贺之所以成为李贺，就是他有不同于李白的想象。他把箜篌的音响效果进一步向神话历史境界延伸：“江娥啼竹素女愁”，用了悲剧性的神话历史的典故。李贺用倒装句式点明李凭在首都弹奏箜篌之时，激起的情感，并将其定性为宏大得超越时间、空间的忧“愁”。这是音乐形象的第一次情感定性。如果这一次定性就贯穿到底，李贺就和其他诗人差不多了。李贺毕竟是李贺，他笔下创造的箜篌的乐感，追求诡谲。他笔下忧愁的音乐并不仅仅是忧愁，还渗透着其他成分：“昆山玉碎凤凰叫，芙蓉泣露香兰笑。”箜篌的音响效果太强烈了，连昆山之玉都被震荡得碎了。有一种理解，说这是形容箜篌音调之尖锐，可备一说。至于“凤凰叫”，来得有点突兀。有人提出，诗人使用那个几乎丝毫没有诗意的“叫”字，古典诗词中诗人通常用透着一种典雅的“鸣”来指称凤凰的鸣叫，以与人们心目中凤凰的高贵雍容相配，而这里诗人却选用了这样一个口语化的斩截而短促的入声字，正是这样一个入声音让我们似乎可以听到箜篌在高亢凄厉处的响遏行云。[①]应该说，对于不用“鸣”字，而用“叫”字，其分析是有一定道理的。当然，说“叫”是个入声字，恐不确。据《广韵》《集韵》《韵会》等，其声古吊切，去声，啸韵。但是，在象声方面，李贺好像没有什么刻意的追求。在象声方面有追求的是韩愈，他在《听颖师弹琴》中就颇有声韵的讲究，为评家所称道。李贺的长处在词义，主要是意象之间的组合和呼应。音响效果如此：昆山之玉可以碎，凤凰可以叫，芙蓉可以泣，香兰可以笑。四者皆贵重之物，而引发之声，却不完全统一，且不以典雅为务，有碎，有叫，有哭，有笑。正是在统一中兼顾反差，在情感性质上，超越了传统的套路，不一味典雅地悲愁，也不限于凄厉，也有兴奋和欢乐。诗人追求的效果，是悲欢、邪正、雅俗、文野的复合趣味。这种复合的情趣，在接下来的意象中，则以现实和神话的交织为特点：

十二门前融冷光，二十三丝动紫皇。女娲炼石补天处，石破天惊逗秋雨。

---

① 王先霈、王耀辉主编《文学欣赏导引》，高等教育出版社2005年，第63页。

"十二门"是皇家宫阙的景观；而"紫皇"，则是道家的神仙之宗；"女娲"，又是神话人物。三者杂处，意在构成一种错综的复合和意象的群体。有人阐释女娲一句，说乐声传到天上，正在补天的女娲，听得入了迷，竟然忘了自己的职守，结果石破天惊，秋雨直泻。[1]这样跳跃的想象，这样多元的意象，在通常情况下，是有点冒险的，可能会造成芜杂，但在李贺这里，却构成一种迷离恍惚的梦幻景观。在这种景观中，现实退隐了，甚至连李凭、箜篌都消失了，留下的只有为音乐所激动的神话人物和动物：

梦入神山教神妪，老鱼跳波瘦蛟舞。

李贺的用词诡怪奇崛：神女以妪为怪，鱼以老为奇，蛟以瘦为异，皆足以显示诗人语不惊人死不休、追求话语突围之志。清人方扶南说："白香山'江上琵琶'、韩退之'颖师琴'、李长吉《李凭箜篌引》皆摹写声音至文。韩足以惊天，李足以泣鬼，白足以移人。"[2]当为至论。至于最后两句，本当为结束语，却无明显的结束感可言：

吴质不眠倚桂树，露脚斜飞湿寒兔。

这就是说，箜篌之乐音，使吴刚都忘了自己千年不息的劳作，而转入沉吟，一任斜飞的露雾湿了月兔，说的是沉吟之专注、沉吟之久。这一幅图画和前面梦入神山、老鱼跳波、瘦蛟起舞的动态，甚至更前面昆山玉碎、香兰泣露的纷纭飞跃相比，是相对静止的画面。就在这种相对静止的图画中，动荡的意象组合构成了张力，留给读者以意味深长的沉吟。

---

① 朱世英文，见《唐诗鉴赏辞典》，上海辞书出版社 1983 年，第 992 页。

② 陈伯海主编《唐诗汇评》(中)，浙江教育出版社 1995 年，第 1941 页。

《赠花卿》《听蜀僧濬弹琴》：以心灵的效果写音乐之美

——从两首诗看杜甫、李白在语言的局限性中发挥其优越性

解读焦点：同样是从心灵效果着眼写音乐之美，一首重在外部感知的宏大，另一首则重在内心感受的细微。

杜甫《赠花卿》诗云：

锦城丝管日纷纷，半入江风半入云。此曲只应天上有，人间能得几回闻？

要读懂杜甫《赠花卿》的奥妙，首先要对语言的优越和局限有一个基本的理解。

对于语言，人们有一种世界性的误解，俄罗斯有民间谚语曰：“不是蜜，但能粘住一切。”以为它可以表达一切客体和人的感知。其实，这是不确切的。因为语言是象征性的声音符号系统，对象并不限于听觉，人至少具有眼耳鼻舌身五官，按佛家学说，是六根，五官以外还有一官叫作“意”，也就是视、听、嗅、味、触五种感觉还是表层的，最深处还有人的意念。仅仅用声音表达听觉似可想象，可用声音表达视觉、嗅觉、味觉、触觉似乎就不可能了。但是，常识往往把人的思想束缚得紧紧的，再加上某些权威的理念，人们难免失去实事求是的自由。比如说：好诗必然是“状难写之景如在目前，含不尽之意见于言外”（《宋史·梅尧臣传》）。古典诗话中类似的种种说法，后来由王国维总结成“一切景语皆情语”。这从逻辑上讲，明显是以偏概全。景语，限于视觉，诗并不是仅仅以视觉景观取胜，其他四种感官，也有精彩绝伦的经典之作。

听觉有杜牧《寄扬州何绰判官》：

二十四桥明月夜，玉人何处教吹箫？

味觉就有《诗经·邶风·谷风》：

谁谓荼苦，其甘如荠。

触觉有苏轼《洞仙歌》：

冰肌玉骨，自清凉无汗。

嗅觉如林和靖《山园小梅》：

暗香浮动月黄昏。

由于视觉占着绝对优势，理论上就产生了苏东坡称赞王维的“味摩诘之诗，诗中有画，观摩诘之画，画中有诗”①，后来成为诗与画的统一的理论。在中国传统诗论中得到广泛的认同。但是，这是片面的。后来，反诘者甚多，张岱说得干脆：“若以有诗句之画作画，画不能佳；以有画意之诗为诗，诗必不妙。”②杰作比比皆是。如“泉声咽危石，日色冷青松”的“咽”是听觉，“冷”属于触觉，画属于视觉，不可能画。“踏花归来马蹄香”，不能画，只能画几只蜜蜂追着马蹄飞。如此说来，诗的语言是声音符号系统，只能写听觉感知了。然而就是听觉也不是语言所能完全表现的，很明显，表现听觉中最美的音乐，就是语言所不能承担的，音乐只能用五线谱、简谱或者我们中国的古老的工尺谱来记录。至于大自然的声音，如庄子所说，天籁、地籁，都不是人籁（语言）所能表达的。就是象声词都不是象声的。例如，我们说，大雨哗哗下，你拿录音机录一下，根本不是哗哗。狗叫，在汉语中叫汪汪，而英语就叫 bark。但是，我们还是认同这是下大雨的、狗叫的语词。为什么呢？因为语言的本性不是直接指称对象的，而是一种声音符号，这种符号经过漫长的历史积淀，具有一种约定俗成的功能，这种功能就是能唤醒人们的经验和联想。比如，白居易写琵琶女的演奏之美：“大弦嘈嘈如急语，小弦切切如私语。嘈嘈切切错杂弹，大珠小珠落玉盘。”如果真的把急语、私语和珍珠落下玉盘的声音录下来，肯定不但没有音乐的旋律，而且是很难听的。

从这个意义上说，诗人，包括伟大的诗人，要写音乐，不可能把音乐像乐谱那样传达出来，而是用声音符号把听音乐的经验和联想机制唤醒。对于古典诗人来说，不是一般的唤醒，而是尽可能让读者的经验构成一种美好的享受。

杜甫的七言绝句，历代诗话家并不待见，持批评意见者不少。胡应麟《诗薮》说：“（杜甫七绝）惟‘锦城丝管’一首近太白。”仇兆鳌在《杜诗详注》中说：“此诗风华流丽，顿挫抑扬，虽太白、少伯，无以过之。”这两家都是杜甫诗评的大家，给杜甫这首诗的高度

---

① 一般皆引胡仔《苕溪渔隐丛话》前集卷十五，其实，更可靠的是《苏轼全集》（下），上海古籍出版社 2000 年，第 2189 页。

② 张岱《琅嬛文集·与包严介》，岳麓书社 1985 年，第 152 页。

评价为什么要扯上李白和王昌龄呢？因为在评选唐人七绝“压卷”之作中，历代诗话家皆举李白、王昌龄、王之涣、王维等，皆不举杜甫。想来，胡应麟和仇兆鳌可能出于不平，乃将此诗与李白、王昌龄相提并论。当然，总的来说，这样的评价可能争议甚大，但是在杜甫的七绝弱项中，此诗当属佳作。

此诗所写为音乐，主旨在强调音乐之美。

就诗论诗，一美在“丝管”起得平平，“日纷纷”，则有整日、多日不绝之意；二美在“入江风”“入云”，承“日纷纷”，显其空间效果宏大，高亢。意脉有所提升。此句诗眼在两个“半”字。好在第一，美好的音乐似乎全部旋律不在锦城，而是笼罩于锦城之上空；第二，乐曲之韵味乃为整体效果，此处以数字截然划分为二，“半入江风”显其远，“半入云”显其高。两个“半”字，用得奇而不险。接着是“此曲只应天上有，人间能得几回闻？”，由描绘而直接抒情。从意脉来说，由隐而显，情绪提升，将乐曲之美提升到超越人间。两句之间，逻辑因果显然，不可分割，与对仗句的可各自独立不同，是为流水句。更好在第四句，不用陈述，而用反问，以语气微妙变化于统一之中，全诗乃有单纯而丰富之形式美。

胡氏和仇氏给这样的诗以高度的评价可能还有一个考虑，那就是此诗在杜甫的七绝中是比较有特点的。杜甫七律得唐人压卷之尊，毫无争议。此与杜甫善于用律、工于对仗有关。律诗颔联、颈联应对，首联、尾联则不必。然杜甫往往四联皆对，虽流水句亦对，如“即从巴峡穿巫峡，便向襄阳向洛阳”且不着痕迹，如《登高》即四联皆对，仍为唐人七律压卷，毫无争议。而绝句篇幅较小，又比较自由，而杜甫则往往四句皆对。如：“两个黄鹂鸣翠柳，一行白鹭上青天。窗含西岭千秋雪，门泊东吴万里船。”杨慎批评“断锦裂缯”缺乏情绪的连贯动势，是有道理的，而且四句皆为描绘，为陈述语气，缺乏变化。单纯而不丰富，而《赠花卿》在杜甫七绝中，难得地全诗不用对仗，两联皆为流水句，显得潇洒自如，故胡氏、仇氏认为近于李白、王昌龄。

还是那个杨慎，虽然对杜甫绝句有过苛评，但是，这并不妨碍他对杜甫七绝的偏爱，乃从诗歌的社会内容上提高此诗的档次，说这一首是杜甫七绝中是好的。他在《升庵诗话》中说：“（花卿）蜀之勇将也，恃功骄恣。杜公此诗讥其僭用天子礼乐也，时含蓄不露。有风人言之无罪、闻之者足以戒之旨。公之绝句打余首，此为之冠。”这是从思想上拔高杜甫此诗，但是，并不全面，杜甫七绝虽然佳作不多，但是，说这一首是最好的，显然不妥。据笔者所知比此诗更佳的至少还有《三绝句》之三：

殿前兵马虽骁雄，纵暴略与羌浑同。闻道杀人汉水上，妇女多在官军中。

两联全是流水句，不论从思想上，还是情感的深厚上都要比《赠花卿》那种显然是赠答应酬之作档次高得多。而且，这首的结构与一般唐绝句不同，不是以景语为基础，渗透抒情，而是直接抒情，这是唐人绝句中的另一种风格，所为者较少，宋以后特别是清诗则甚为盛行。杨慎这个说法虽然有失分寸，但是，影响却不小。后世认同此说者良多。然亦有持异议者，提出讽喻说的根据是花卿乃军人花敬定，但是，这个前提有两个缺陷。第一，杜甫是不是有意讽喻花敬定，是值得怀疑的。因为杜甫还有一首歌颂这位军人的《戏作花卿歌》：

成都猛将有花卿，学语小儿知姓名。用如快鹘风火生，见贼唯多身始轻。绵州副使著柘黄，我卿扫除即日平。子章髑髅血模糊，手提掷还崔大夫。李侯重有此节度，人道我卿绝世无。既称绝世无，天子何不唤取守京都。

即使假定此诗是花姓军人得意之时写的，也不能排除后期讽喻的可能，但是，后来的《赠花卿》中的花卿是不是这位花将军呢？有人就提出这位花卿是个妓女。清人张惣《唐风怀》："南村曰：少陵篇咏，感事固多，然亦未必皆有所指也。杨用修（按：杨慎）以花卿为敬定，颇似傅会。元瑞云是'歌妓'，于理或然。"

这样的争论持续了上百年，可能永远不会有结论，与其纠缠其中不如直接对诗歌文本做体悟分析。

李白《听蜀僧濬弹琴》诗云：

蜀僧抱绿绮，西下峨眉峰。为我一挥手，如听万壑松。客心洗流水，遗响入霜钟。不觉碧山暮，秋云暗几重。

这一首同样是写音乐之美，可能也有以诗相赠的性质，但是，在风格和成就上有显而易见的不同。《赠花卿》写音乐之美在外部感知的宏大，而《听蜀僧濬弹琴》却重在内心感受的细微。

二者的区别不止于此。前者是七绝，后者是五律。格律规范不同，二者在风格上的差异，不可忽略。七绝的上乘为潇洒、俊逸、明快，甚至华彩，而五律却重在深沉、蕴藉、淳厚。

第一联"蜀僧抱绿绮，西下峨眉峰"，虽然用了一个典故"绿绮"（司马相如有琴名绿绮），但，总体是很平静的叙述。这种起句平静，不追求惊人之语，是唐人五律走向成熟之后，许多经典之作的共同的特点。如："远渡荆门外，来从楚国游。"（李白《渡荆门送别》）"好雨知时节，当春乃发生。"（杜甫《春夜喜雨》）"昔闻洞庭水，今上岳阳楼。"（杜甫《登岳阳楼》）"故人具鸡黍，邀我至田家。"（孟浩然《过故人庄》）"单车欲问边，属国过居延。"（王维《使至塞上》）"太乙近天都，连山到海隅。"（王维《终南山》）

起得平静，有利于意脉承接情绪转高。"为我一挥手，如听万壑松"，这里可能暗用了一个典故：嵇康《琴赋》："伯牙挥手，钟期听声。"提示诗之旨题不仅在音乐之美，而在友谊之深。“一挥手”的轻松，和“五壑松”的宏深，意脉转入深沉，效果是夸张的，但是由于对仗结构（虽然“为我”“如听”属对不工），用词又平常，故有不着痕迹之效。这种意脉起伏在唐人五律中是普遍的。如杜甫的《登岳阳楼》从第一联的“昔闻洞庭水，今上岳阳楼”的平起，到“吴楚东南坼，乾坤日夜浮”，一下子提高了视点，将乾坤日月尽收眼底，意脉大幅度地提升。王维从“单车欲问边，属国过居延”的叙述到“征蓬出汉塞，归雁入胡天”同样也是猛地提高了视野和胸襟，意脉的大幅度运动，情绪豪迈起来。但是，李白与杜甫、王维同中有异。在王维和杜甫，意脉是向外部空间的宏大景观扩张，而素称豪迈的李白，在这里却相反，“如听万壑松”，向内心效果发展。这一点到接下来的“客心洗流水，遗响入霜钟”，其诉诸内在的感受就更加夸张了。这里的关键词是“流水”用了《列子·汤问》中俞伯牙志在高山，志在流水的音乐只有钟子期能心领神会的典故，遗响即琴声的余音，和薄暮时分寺庙的钟声交融。钟声是悠而长的，留在心头的感受是深沉而持久的，诗人在愈来愈微弱的钟声中享受着愈来愈微妙的友情。在尾联“不觉碧山暮，秋云暗几重”，以豪迈著称的李白，把意脉的旋律降下来，转向宁静，沉浸于友情的美好，以至于忘记时间的流逝，天光的转暗。这里的韵味是双重的，不仅仅是音乐的效果，而且是友情的深厚，知音、知心的唯一和永恒。

要真正把握李白这首诗的精妙所在，孤立地做印象式的论述，难免武断，例如《诗境浅说》这样说：“此诗前半首，质言之，唯蜀僧为弹琴一语耳……试观其起句，言蜀僧抱古琴而下，已有‘入门下马气如虹之概’。”这完全是闭着眼睛说瞎话。其实，只要将此诗和杜甫的五律《登岳阳楼》做些比较，就不难看出，杜甫外在空间气魄宏大，而李白诗的追求恰恰在内在情思的精致微妙。

两位大诗人面临的难题是同样都是以语言不能直接表现乐曲，乃从心灵效果着眼，但二者风格迥异。七言绝句乃杜甫之弱项，能写到这样，五律于李白亦非强项，却写出如此高的水准，当属难能可贵，显示了豪迈诗人艺术才华的多彩。

《锦瑟》：绝望的缠绵，缠绵的绝望

解读焦点：学术研究有两种方法。一种是，将前人的说法加以梳理，找出尚未解决的问题，进行分析、比较、论证，得出自己的结论。这是目前最为流行的。所谓学术规范，就是对历史的资源尽可能详尽地占有。但是，前人提出的问题并不绝对全面，历史的遗漏不可避免。因而就产生了第二种方法，直接从文本出发提出问题，适当参考历史资源，提出前人从未提出的问题。这种方法的好处是不受前人视野的束缚，缺点是难度大，直接从现象进行第一手概括，需要一定的原创性。本文对《锦瑟》意境的分析，力求将二者结合起来：先梳理历代评论，寻求问题的关键；然后直接面对文本，进行系统分析，揭示出首联和尾联直接抒发的哲理概括与颔联和颈联的感性意象群落之间形成的张力。

李商隐《锦瑟》诗云：

锦瑟无端五十弦，一弦一柱思华年。庄生晓梦迷蝴蝶，望帝春心托杜鹃。沧海月明珠有泪，蓝田日暖玉生烟。此情可待成追忆，只是当时已惘然。

李商隐的《锦瑟》属于唐诗中的"朦胧诗"，虽然有题曰"锦瑟"，然而实际上取其首词为题，等于"无题"，和他的以"无题"为名的组诗相比，其主旨之飘忽，全面把握之艰巨，可能是位于前列的。但，这并未使读者望而却步，相反，自宋元以来诗评家们众说纷纭，所持见解之悬殊，在李商隐的诗歌中可能是首屈一指的。归纳起来，大致有如下几种。第一，把它当成一般的"咏物"诗，也就是歌咏"锦瑟"的。代表人物是苏东坡，他这样说："此出《古今乐志》，云：'锦瑟之为器也，其弦五十，其柱如之，其声也适、怨、清、和。'案李诗'庄生晓梦迷蝴蝶'，适也；'望帝春心托杜鹃'，怨也；'沧海月明珠有泪'，清也；'蓝田日暖玉生烟'，和也。一篇之中，曲尽其意。"[①]这个说法得到一些诗评家

① 陈伯海主编《唐诗汇评》(下)，浙江教育出版社1995年，第2410—2412页。

的认同，然亦有困惑不已者："中二联是丽语，作'适、怨、清、和'解甚通，然不解则涉无谓，既解则意味都尽。以此知此诗之难也。"(《艺苑卮言》）这个怀疑很深刻：用语言去图解乐曲，还有什么诗意呢？以苏东坡这样的高才，居然忽略了诗的艺术价值，足见此诗解读之难。第二，推测其"为国祚兴衰而作"（桐城吴先生评点《唐诗鼓吹》），今人岑仲勉在《隋唐史》中也"颇疑此诗是伤唐室之残破"。两说虽然不同，但着眼于客观之物或社会生活，回避从作者生平索解，则异曲同工。岑仲勉甚至明确指出"与恋爱无关"。①

和上述二者思路相反的，则是从作者生平中寻求理解的线索，产生了第三种说法："细味此诗，起句说'无端'，结句说'惘然'，分明是义山自悔其少年场中风流摇荡，到今始知其有情皆幻，有色皆空也。"(《龙性堂诗话》）②持这种色空观念佛家说法的比较少。一些诗评家联系李商隐的经历，于是又有了第四种说法："闺情。"将此诗的迷离惝恍与妻子的早亡联系起来，因而产生第五种说法，认定其是"悼亡诗"，朱彝尊说："意亡者善弹此，故睹物思人，因而托物起兴也。瑟本二十五弦，一断而为五十弦矣，故曰'无端'也，取断弦之意也。一弦一柱而接'思华年'三字，意其人年二十五而殁也。蝴蝶、杜鹃言已化去也。'珠有泪'，哭之也。'玉生烟'，葬之也。犹言埋香玉也。此情岂待今日'追忆'乎？只是当时生存之日，已常忧其至此，而预为之'惘然'，意其人必然婉然多病，故云然也。"③这个说法虽然比较系统，但其间牵强附会之处很明显，对断定其妻年二十五早殁没有多少论证，对为什么"玉生烟"是埋葬也没有任何阐释，穿凿无疑过甚。其实如果要悼亡妻，完全不用这么吞吞吐吐。第六种说法则强调，之所以隐晦如此，是有具体所指的女性，且是令狐楚家的青衣之名。这不无可能，但仅仅是猜测而已。第七种说法是："乃自伤之词，骚人所谓美人迟暮也，'庄生'句言付之梦寐，'望帝'句言待之来世，'沧海''蓝田'言埋而不得自见，'明月''日暖'言则清时而独为不遇之人，尤为可悲也。"④

对于同一首诗的解读如此之纷纭，如果按照西方读者主体论，一千个读者有一千个哈姆雷特，则皆有其合理性。但是，事实并非如此，所有这些说法都有同样的毛病，那就是都只是论者的印象，并未对全诗做全面整体的细致的分析；另外，并未揭示出为什么这首在内涵上扑朔迷离的诗直到千余年之后，仍然脍炙人口，保持其不朽的艺术生命力。

历史文献中的学术资源，并不能揭开这个谜底。唯一的办法只能是直接面对文本做第一手的直接的分析。"锦瑟无端五十弦，一弦一柱思华年。"撇开古人所有的猜测，从文本出发理解，似乎并不太神秘。对于五十弦，许多注家"多有误会"，周汝昌先生以为，据此"判明此篇作时，诗人已'行年五十'，或'年近五十'，故尔云云。其实不然。'无端'，犹

---

①②③④　陈伯海主编《唐诗汇评》（下），浙江教育出版社1995年，第2410—2412页。

言‘没来由地’‘平白无故地’。此诗人之痴语也。锦瑟本来就有那么多弦，这并无‘不是’或‘过错’；诗人却硬来埋怨它：锦瑟呀，你干什么要有这么多条弦？瑟，到底原有多少条弦，到李商隐时代又实有多少条弦，其实都不必‘考证’，诗人不过借以遣词见意而已。据记载，古瑟五十弦，所以玉谿写瑟，常用‘五十’之数，如‘雨打湘灵五十弦’，‘因令五十丝，中道分宫徵’，都可证明，此在诗人原无特殊用意”。[①]周汝昌先生说得很有见地。琴瑟本来是美的，饰锦的琴瑟更美，繁复的曲调也是美的，美好的乐曲令人想起美好“华年”，这不是双倍的美好吗？然而，美好的乐曲却引出了相反的心情，这就提示了原因：美好的年华一去不复返。本来沉淀在内心的郁闷还是平静的，可是和当年美好的心情一对比，就有一种不堪回首的感觉了。这里抒情逻辑的深邃在于三个方面。第一，曲调相同，心情却截然相反。第二，本来奏乐逗引郁闷，应该怪弹奏的人，可是，不，却怪琴瑟“无端”，没有道理。为什么要有这么多弦，要有这么丰富的曲调呢？因为一弦一柱都触动美好的记忆。弦、柱越多，越是令人伤心。第三，如果光是一去不复返，也还不算强烈，李商隐所强调的是“庄生晓梦迷蝴蝶”，往日像庄子的梦见蝴蝶一样，不知道是蝴蝶梦见庄周，还是庄周梦见蝴蝶，也就是，不知是真是假。这意味着往日的欢乐如果是真的，和今天对比起来是令人伤心的，往事如梦，美好的年华如果是假的，更是令人伤心的。要把“望帝春心托杜鹃”在意脉上贯通，对典故的含义就要加以选择。一般说，这个典故的意思是：蜀国君主望帝让帝位于臣子，死去化为杜鹃鸟。这个典故和“一弦一柱思华年”有什么关系呢？一般注解是，杜鹃鸟暮春啼鸣，其声哀凄，伤感春去。[②]用在这里，可以说，悲悼青春年华的逝去。

沧海月明，鲛人织丝，泣泪成珠：将珠泪置于沧海明月之下，以几近透明的背景显示某种纯净的悲凄。周汝昌先生分析前句与此句的关系说：“看来，玉谿的‘春心托杜鹃’，以冤禽托写恨怀；海月、泪珠和锦瑟是否也有什么关联可以寻味呢？钱起的咏瑟名句不是早就说‘二十五弦弹夜月，不胜清怨却飞来’吗？所以，瑟宜月夜，清怨尤深。如此，沧海月明之境，与瑟之关联，不是可以窥探的吗？”周先生说得比较含蓄，他的意思就是望帝春心的性质就是一种“清怨”。实际上，也就是一种“复杂难言的怅惘之怀”[③]。这种“清怨”的特点有三个。第一，隐藏得很密，是说不出来的。从性质上来说，和白居易的《长恨歌》是一样的。藏得密，就是因为恨得深。这里的恨不是仇恨，而是憾恨，是“还君明

① 《唐诗鉴赏辞典》，上海辞书出版社 1983 年，第 1127 页。

② 语文出版社版高中《语文》必修课本（2）和人民教育出版社版高中《语文》必修课本（3），就持这个看法。

③ 《唐诗鉴赏辞典》，上海辞书出版社 1983 年，第 1127 页。

珠双泪垂，恨不相逢未嫁时”的那种“恨”。第二，因其不可挽回，不能改变而恨。第三，为什么要藏得那么密？就是因为不能说，说不出。用“蓝田日暖玉生烟”：一者，从字面上讲，日照玉器而生气，气之骤暖遇玉之寒乃生雾气，如烟如缕；二者，这个比喻在诗学上很有名，语出诗歌理论家司空图《与极浦书》：“戴容州云：诗家之景，如蓝田日暖，良玉生烟，可望而不可置于眉睫之前也。”实际上就是可以远观，却不可近察，也就是蒙蒙眬眬的感觉，它确乎存在，然而细致观察，却可能无可探寻①。这种境界，和李清照的“寻寻觅觅，冷冷清清，凄凄惨惨戚戚”，似乎失落了什么，而又不知道失落了什么，似乎在寻找什么，又不在乎找到没有的境界是相似的。作为诗来说，司空图可能是在强调“不着一字，尽得风流”，然而李商隐在这里，却是那种可意会不可言传的情感境界。

最后一联“此情可待成追忆，只是当时已惘然”里的潜在话语是很矛盾的。先是说“此情可待”，可以等待，就是眼下不行，日后有希望，但是，又说“成追忆”，那就是只有追忆的份儿。长期以为可待，但是等待的结果变成了回忆。等待之久，才知希望之虚。虽然如此，应该还有“当时”，但是，“当时”就已经（知道）是“惘然”的。没有希望的希望，一直希望了很久，最后剩下的只有“追忆”。

在感情上是缠绵的绝望，可是绝望也还要缠绵。

在唐诗中，这可能是李商隐独有的境界，李商隐显然善于把这种绝望缠绵概括成格言式的诗句：“海外徒闻更九州，他生未卜此生休。”“相见时难别亦难，东风无力百花残。”“来是空言去绝踪，月斜楼上五更钟。”不论是他生还是此生，不论是相见还是相别，不论是来还是去，都是绝望的。把情感放在两个极端的对立之中，这就使得李商隐这些诗句有了某种哲理的色彩。但是，这种对立引出的并不是二者统一于希望，而是绝望：“春蚕到死丝方尽，蜡炬成灰泪始干。”而生命就是在希望中消耗、发光、燃烧，直到熄灭：“春心莫共花争发，一寸相思一寸灰。”春心如花，结果是所有相思都化为灰烬。这样极端的逻辑，不是理性的，而是情感的，故李商隐的哲理还是抒情的哲理。这样的绝望，不是太令人窒息了吗？李商隐把它放在回忆中，把情感放到回忆中，拉开时间空间的距离，拉开实用理性的距离，让情感获得更大的自由。李商隐在这方面得心应手。②

是什么样的感情能达到这样刻骨铭心的状态呢？不能不想到爱情。前面提到许多论者

① 这个比喻很有名，后来反复为诗家所引。语出司空图《与极浦书》，除所引“戴容州云：诗家之景，如蓝田日暖，良玉生烟，可望而不可置于眉睫之前也”之外，下面还有“象外之象，景外之景，岂容易可谈哉”。后者常为引者所忽略。

② 在这里是“此情可待成追忆”，在《无题》是“昨夜星辰昨夜风，画楼西畔桂堂东”。其实更重要的是另外两句“扇裁月魄羞难掩，车走雷声语未通”，则是“采取女主人公深夜追思往事的方式”。

把“望帝春心托杜鹃”的“春心”，解为伤春归去。当然不无道理。但在唐诗中，“春心”只有描述自然景观时才与春天有关。在描述心情时，则是特指男女感情。“忆昔娇小日，春心亦自持”（李白《江夏行》），“卖眼掷春心，折花调行客”（李白《越女词》），“镜里红颜不自禁，陌头香骑动春心”（权德舆《妾薄命》），“春心莫共花争发，一寸相思一寸灰”（李商隐《无题》），都是与恋情有关的。正是因为这样，许多诗评家读《锦瑟》才不约而同地联想到私情，甚至具体到“令狐楚家青衣”。这个典故有许多版本，被许多注家忽略了的是《子规藏器》引扬雄《蜀王本纪》“蜀王望帝，淫其相臣鳖灵妻亡去，一说，以惭死”[①]，化为子规鸟，滴血为杜鹃花。杜鹃啼血染花隐含着说不出口的、绝望的、不可公开的爱情。“以惭死”是关键，是见不得人的，惭愧得要命的。[②]“望帝春心托杜鹃”的“春心”应该是秘密的恋情的悲痛。只有这样，才有“沧海月明珠有泪”的“清怨”和“蓝田日暖玉生烟”的可望而不可即，特别是最后一联的以为此情可待，而反复落空，只留下回忆，眼下、过去和当时都是绝望，只有一点惘然的回忆值得反复体悟，而在体悟中，又无端怪罪锦瑟的多弦，弦弦柱柱都逗引起“思华年”的清怨。清怨从何而来呢？以为此情可待。其实当时已经感到“惘然”。而当中两联所写的就是这个明知“惘然”却偏偏要说“可待”的悲痛。自己明明是很“无端”的，不合逻辑的，可是又偏偏怪罪锦瑟“无端”。

从这个意义上说，这里有两个“无端”，一个“无端”，用直接抒情的逻辑写出来，即对锦瑟无端责难，一个“无端”是明知不可待而待。这是一种不合逻辑的逻辑，但越是不合逻辑，情感就越是独特。如果光有这样的直接抒发，对诗来说，从“锦瑟无端五十弦，一弦一柱思华年”直接转入“此情可待成追忆，只是当时已惘然”，形象的感性是不够丰满的，甚至可以说是单薄的。原因在于，对“此情”的“情”，读者没有感觉，因而当中两联的首要任务就是，把形象从内涵上充实起来，从感知上丰满起来：

庄生晓梦迷蝴蝶，望帝春心托杜鹃。沧海月明珠有泪，蓝田日暖玉生烟。

这里的庄子和望帝，在时间和空间上是两个八竿子打不着的典故，李商隐借助对仗，不但在形式上将他们整齐地结合起来，而且在意脉上把二者连续起来，上承“思华年”的弦柱，下开“珠有泪”的清怨，在逻辑的大幅度空白中隐没其内涵。其扑朔迷离的程度，在唐诗中，可谓开辟了新风。值得注意的是，这两联的手法和首尾两联不同，不是直抒胸臆，而是“立象尽意”，所立的意象，不是单独的，各个意象之间隐含着和谐的联系。蝴蝶和杜鹃，庄生和望帝，属同类，通过“晓梦”“春心”将之深化到梦中和心中，就不是一般

---

① 方以智《通雅》卷四十五，《四库全书》，子部，杂家类，杂考之属。

② 自清初即有与王屋山女道士相恋之说。20世纪又有苏雪林作《李义山恋爱事迹考》，将义山爱情分为四类：女道士乙、宫人丙、妻丁、娼妓。虽学界颇有争讼，然可作参考。

的，而是心灵的画图。同样，沧海月明、蓝田日暖，在时间上是一早一晚，在空间上是一海一陆。在色彩上冷暖交融，而在情调上则是珠泪之悲和如遇寒而雾，这是联想的统一。而且此联表面上与前联不相属，但在意脉上渗入了“可望而不可即”的性质。照应了首联的“思华年”，又为“成追忆”做了铺垫。这样，就以静态的画图沟通了首尾两联意脉的律动。使得全诗不但统一和谐起来，而且将意象和抒情、视觉和心像、静态和动态丰富统一在圆融的意境之中。

附：

古典诗话中的情理矛盾和“无理而妙”

诗中情与理的矛盾、诗话中引发的争讼可能要从宋代严羽开始说起。当然，在严羽以前，欧阳修、严有翼对这个问题已经有所接触。欧阳修批评诗人“贪求好句而理有不通”，提示的是，好诗与理的矛盾，好句“好”，好在哪里，并不十分明确。严有翼说得更明白一些：“作豪句”要防止有“畔于理”。豪就是豪情，也就是豪情与理有矛盾。这实际上是说，感情越强烈越容易与理发生冲突。到了严羽，二者的矛盾才充分揭开：诗有“别才”“别趣”，也就是特殊的才华和趣味。特殊在哪里呢？第一，诗与理的矛盾极端到毫不相干的程度（非关理也）。第二，诗是“吟咏性情”的。“性情”与“理”有不可调和的矛盾。第三，矛盾在哪里呢？诗的兴趣“不涉理路”，也就是不遵循理性逻辑。第四，诗“不落言筌”，“言有尽意无穷”，也就是直接用语言表达出来是有限的，而诗的意味是无限的。诗的意蕴，不在言之内，而在其外，可意会不可言传，不可捉摸到“无迹可求”的地步，但是可以感受得到。第五，这种才能与读书明理是不相干的，但是不读书不“穷理”，又不能达到其最高层次。这里的“穷理”，很值得注意，不是一般的明理，而是要把道理“穷”尽了，真正弄通了，才能达到“极其致”的最高境界。从这个意义上来说，诗又不是与“理”无关，“理”是它的最初根源，也是它的最高境界。

严羽这里的“理”，有多重意涵，最表层的“理”，就是他在下文中指出的“近代诸公”“以文字为诗，以才学为诗，以议论为诗”，流于“末流者，叫噪怒张”甚至“骂詈为诗”。从这个意义上说，严羽针对的是宋朝的诗风。钟秀观《我生斋诗话》卷一引严仪卿的话说，“沧浪斯言亦为宋人以议论为诗者对症发药”。[①]但是，严羽的“理”的意涵，并不局限于此。他显然还把“理”作为诗歌的历史发展过程中一个重要因素加以考量。从这个意义上说，“理”在诗中，并不绝对是消极因素，其积极性与消极性是随史沉浮的。他在《诗

① 郭绍虞《沧浪诗话校释》，人民文学出版社 1993 年，第 27 页。

评》一章中这样说："诗有词理意兴。南朝人尚词而病于理；本朝人尚理而病于意兴；唐人尚意兴而理在其中；汉魏之诗，词理意兴，无迹可求。"很显然，他认为不能独立地研究"理"，要把它放在和"词"（文采）、"意兴"（情致激发）的关系中来具体分析。光有"词"（华彩的语言），而没有"理"，成为南朝诗人的一大缺陷；光有"理"，而没有"意兴"，则是本朝（宋朝）人的毛病。只有把"理"融入"意兴"（情致激发）之中，才能达到唐诗那样"词理意兴"的高度统一，更高的典范则是汉魏古诗，语言、情致和"理"水乳交融到没有分别的程度。

严羽把这个"理"的多重意涵，说得太感性，在概念上又有些交叉，带着禅宗的直觉主义，并未把问题说得很透彻，但是，他的直觉很独到、很深刻，因而情与理的关系就成为日后众说纷纭的一大课题。

原因在于，一方面是理与情的矛盾，被严羽说得很绝；另一方面，理与情的统一，又说得很肯定。至于怎么统一，则含含糊糊。严羽说，第一，只要把理穷尽了就行；第二，把理与情融合起来就行；第三，如果不融合，理就成为诗的障碍了。严羽的这个说法中还包含着方法论，这个问题不能孤立地研究，只有从情和理的矛盾来分析。"无理而妙"，清贺裳在《载酒园诗话》中也提出这个命题。吴乔在《围炉诗话》中加以发挥："理岂可废乎？其无理而妙者，如'早知潮有信，嫁与弄潮儿'，但是于理多一曲折耳。"后来方贞观也举例支持。后世支持严羽的一派，把严羽的思想简单化了，贺裳甚至极端到把元结的《舂陵行》、孟郊的《游子吟》当作"六经鼓吹"来说明"理原不足以碍诗之妙"，诗与理之间没有障碍。这就把矛盾全部回避了。而李梦阳则认为理与情矛盾，问题出在"作理语"，纯粹说理，只是个表达问题。胡应麟等则认为"理"是个内容问题："程邵好谈理，为理缚，理障也。"但是李梦阳毕竟是李梦阳，他漫不经心地点到了体裁："诗何尝无理，若专作理语，何不作文而诗为邪！"诗是不能没有理的，但是，一味说理，还不如作散文来得痛快。这一点灵气就是反对严羽的诗话家也并不缺乏，不仅仅从情与理的矛盾中着眼，而且从理本身的内涵与体裁的关系来分析。明郝敬《艺圃伧谈》卷一，力主情理统一，反对"诗有别趣，非关理也"："天下无理外之文字。"但是，他说并不是只有一种"诗家之理"，"谓诗家自有诗家之理则可，谓诗全不关理，则谬矣"。可惜的是，他只承认"诗家之理"，并没有涉及非诗的文体，也没有分析非诗之理。明张时为《张时为诗话》有了一些发展，他把诗人之理与儒者之理对立起来分析："诗有诗人之诗，有儒者之诗。诗人之诗，主于适情……儒者之诗，主于明理。"又说，"诗人之诗""取料之法中有幻旨"："本为理所未有，自我约略举似焉，而若或以为然，执而言之，则固有所不通，谭子所谓'不通得妙'。"这就涉及诗中之理最根本的特点，就是，按非诗之观念来看，是“不通”的，然而，“不通才得妙”。不通，是按逻辑来说的，可是按诗来说，则是“适情”的极致。按着适情的思路，就衍生出另一个情感的范畴——“痴”。明邓云霄《冷邸小言》：“诗语有入痴境。”明代钟惺、谭元春《唐诗归》卷十三谭批语：“情痴”，“不痴不可为情”。清代贺裳《载酒园诗话》卷一：“情痴语也。情不痴不深。”但是，这个“痴”还是很感性的语言，缺乏具体的理性内涵。

问题到了王夫之的《姜斋诗话》卷四才有所进展：“非谓无理有诗，正不得以名理之言相求耳。”这可能是在中国诗话史上第一次将“理”的范畴加以分化，正面提出诗中之理与“名言”之理的矛盾。所谓“名言”之理，戴鸿森在《姜斋诗话笺注》中说，就是“道学先生的伦理公式”。这确是严羽所指的“近代诸公”，并没有太多新意，但是，王夫之进一步正面提出：“经生之理，不关诗理。”（同书卷五）这个“经生之理”是很深刻的，实际上已经接近了实用理性不同于审美抒情的边缘，很可惜这个天才的感觉没有发挥下去，但是，多少对理做了具有基本范畴性质的矛盾分析。当然，这仅仅是从反面说，经生之理不是诗理，然而，诗家之理究竟是什么样子的呢？王夫之并没有意识到要正面确定其内涵。

把这个问题说得比较透彻的是叶燮，他在《原诗》内篇下中这样说：“然子但知可言可执之理之为理，而抑知名言所绝之理之为至理乎？子但知有是事之为事，而抑知无是事之为凡事之所出乎？可言之理，人人能言之，又安在诗人之言之！可征之事，人人能述之，又安在诗人之述之！必有不可言之理，不可述之事，遇之于默会意象之表，而理与事无不灿然于前者也。”他把理分为“可言可执之理”和“名言所绝之理”，并认定后者才是诗家之理。他举杜甫的“碧瓦初寒外”“星临万户动，月傍九霄多”“晨钟云外湿”“高城秋自落”为例说：“若以俗儒之眼观之：以言乎理，理于何通？以言乎事，事于何有？”的确，按世俗之理，这些诗句全部于“理”不通。“星临万户”本为静止景象，何可见“动”？“月傍”随处，均不加多，何独于九霄为多？晨钟不可见，所闻者为声，远在云外，何能变湿？城高与秋色皆不变，不可能有下降的意志。然而，这种不合世俗之理，恰恰是“妙于事理”的。这种于世俗看来不通的“理”之所以动人，因为是“情至之语”。中国古典诗话在情与理的矛盾上一直难以突破的问题，在叶燮这里，又一次有了突破的希望。第一，无理的、不通的，之所以妙于事理，也就是因为“情至”，因为感情强烈。如果说这一点还不算特别警策的话，真正的突破，乃是下文：“情得然后理真，情理交至。”他和严羽等最大的不同是，在分析情与理的矛盾时，引进了一个新范畴，那就是“真”。这个真，情真，就成了不通之理转化为“妙”理的条件。从世俗之理看来不合理的，但只要感情是真的，就是“妙”的。而那些一看就觉得很通的，用很明白的语言表达的，不难理解的，所谓“写理事情，可以言言，可以解解”，倒反是“俗儒之作”。如果光是讲情“真”为无理转化为“妙”理的条件，还不能算很大的理论突破的话，那接下来的论述就有点不同凡响了。他说诗歌中往往表达某种“不可名言之理，不可施见之事，不可径达之情”，从不可言到可言，从不施见到可见，从不可径达到撼人心魄，条件是什么呢？他的答案是：“幽渺以为理，想象以为事，惝恍以为情，方为理至事至情至之语。”他在诗学上提出三分法，一是理，二是事，三是情。三者是分离的，唯一可以将之统一起来的，是一个新的范畴“想象”，正是这种“想象”的“事”把“幽渺”的变成有“理”“惝恍”的，把不可感知的“情”变得生动。情与事的矛盾，情与理的矛盾，是要通过想象的途径来解决的，想象能把事情理三者结合起来。为了充分说明这一点，他还举出李白的“蜀道之难，难于上青天”，李益的“似将海水添宫漏”，王之涣的“春风不度玉门关”，李贺的“天若有情天亦老”，王昌龄的“玉颜不及寒鸦色”等句为例。的确，于事理而言，四川的道路不管多么艰难，也不可能比凭空上天更难，这不过是李白对于艰难环境的一种豪迈的情感；宫娥在寂寞等待，不管多么漫长，也不可能像把大海的水都添到计时的“宫漏”中那样，这不过是强调那种永远没有尽头难以忍受的等待；玉门关外绝对不是没有春天的风，这不过是思乡的诗人对异乡的感知变异；大自然是无情的，不会像人一样逐年老去，李贺所表现的是人世沧桑变幻，而大自然却永恒不变；宫女之所以有不及寒鸦的感觉，就是羡慕它身上的朝阳象征着皇帝的宠幸。这些都是不合理的、不真实的，却是合情的。这样的表现之所以是“妙”的，因为是想象的，情感本来是“幽渺”“惝恍”的，不可言表的，是通过想象却能得到强烈的表现。叶燮不像一般诗话作者那样，拘泥于描述性的事理，举些依附于景物的诗句，把不合事理的，似乎是不真的形象，叫作不合事理。他的魄力表现在举出直接抒情的诗句，其想象境界与现实境界有着比较大的距离。这种距离不是情与事的差异，而是情感与事理在逻辑上的距离。

这就涉及理的根本内涵，这可是一个世界性的课题。直到20世纪中叶，英、美的新批评，在这方面有若干有学术价值的论断。

在新批评看来，抒情是危险的。艾略特说得很清楚：“诗不是放纵感情而是逃避感情，不是表现个性而是逃避个性。”[①]兰色姆则更是直率地宣称：“艺术是一种高度思想性或认知

---

① 艾略特这个说法是很极端的。其中包含着两层意思：一是反对浪漫主义的滥情主义；二是诗人的个性其实并不是孤立的，而是整个文化传统所塑造的。因而，个性和感情只是作品的形式：“我的意思是诗人没有什么个性可以表现，只有一个特殊的工具，那只是工具，不是个性。”

性的活动，说艺术如何有效地表现某种情感，根本就是张冠李戴。”[①] 这种反抒情的主张显然与浪漫主义者华兹华斯力主的“强烈感情的自然流露”背道而驰。新批评把价值的焦点定位在智性上，理查兹还提出了诗歌“逻辑的非关联性”[②]，布鲁克斯提出了“非逻辑性”[③]，只要向前迈出一步就不难发现，情感逻辑与抒情逻辑的不同。但，由于他们对抒情的厌恶，始终不能直面情感逻辑和理性逻辑的矛盾。

理性逻辑，遵守逻辑的同一律，以下定义来保持内涵和外延的确定。情感逻辑则不遵守形式逻辑同一律（排中律、矛盾律，是为了保证同一律），以变异、含混、蒙眬为上。苏东坡和章质夫同咏杨花，章质夫把杨花写得曲尽其妙，还不及苏东坡的“似花还似非花”“细看来不是杨花，点点是离人泪”。从形式逻辑来说，这是违反同一律和矛盾律的。闺中仕女在思念丈夫的情感（闺怨）冲击下，对杨花的感知发生了变异。变异是情感的效果，变异造成的错位幅度越大，感情越是强烈。

抒情还超越充足理由律，以“无端”为务。无端就是无理。玄学派诗人邓恩（Donne）《无端的泪》就是一例。对于诗来说，有理，完全合乎理性逻辑，可就是无情感，很干巴，而无理（无端）才可能有诗的感染力。在这方面，我国古典诗话有相当深厚的积累。贺裳《载酒园诗话》卷一并《皱水轩词筌》，吴乔《围炉诗话》卷一提出的“无理而妙”的重大理论命题，不但早于雪莱所提出的“诗使其触及的一切变形”，且比艾略特的“扭断逻辑的脖子”早好几个世纪，而且不像艾略特那样片面，把“无理”和“有理”的关系揭示得很辩证。

当然，古人的道理还有发挥的余地。

无理就是违反充足理由律。比如李清照的《声声慢》：“寻寻觅觅，冷冷清清，凄凄惨惨戚戚。”首先，寻寻觅觅，是没来由的，寻什么呢？模模糊糊，没有原因才好。妙处就在某种失落感，不知道失去了什么。其次，从因果逻辑来说，结果怎样呢？寻到没有呢？也没有下文。可妙处就是不在意结果，不在乎寻到了没有。没有原因，也没有结果，才能表现出一种飘飘忽忽、断断续续、若有若无的失落感。

无理就是可以自相矛盾。布鲁克斯说：“如果诗人忠于他的诗，他必须既非是二，亦非是一：悖论是他唯一的解决方式。”[④]但是，即使是悖论，也不仅仅是修辞的特点，而且是情

---

① 兰色姆《新批评》，王腊宝等译，江苏教育出版社 2006 年，第 11 页。

② 参见兰色姆《新批评》，王腊宝等译，江苏教育出版社 2006 年，第 8 页。

③ 布鲁克斯说：“邓恩在运用‘逻辑’的地方，常常是用来证明其不合逻辑的立场。他运用逻辑的目的是要推翻一种传统的立场，或者‘证实’一种基本上不合逻辑的立场。”见布鲁克斯《精致的瓮——诗歌结构研究》，上海人民出版社 2008 年，第 196 页。

④ 布鲁克斯《精致的瓮——诗歌结构研究》，上海人民出版社 2008 年，第 21 页。

感的特点。陆游的《示儿》："死去元知万事空，但悲不见九州同。王师北定中原日，家祭无忘告乃翁。"明知"万事空"，看破一切，却还要家祭告捷，在这一点上不空，不能看破。从理性来说，应该是否定了"万事空"。但全诗的好处就在这个自相矛盾。

但是，在中国古典诗歌中，这样的直接抒情并非神品。神品大都在艺术感知的矛盾中。如"蝉噪林逾静，鸟鸣山更幽"，把强烈的矛盾（噪和静，鸣和幽）正面展示，却能显示出噪中之静，鸣中之幽。新批评把一切归诸修辞，其实，修辞不过是用来表达情感的手段。千百年来，众说纷纭的李商隐的《锦瑟》在神秘而晦涩的表层之下，掩藏着情感的痴迷。"此情可待成追忆，只是当时已惘然"，是很矛盾的。"此情可待"，说感情可以等待，未来有希望，只是眼下不行，但是又说"成追忆"，等来的只是对过去的追忆。长期以为可待，可等待越久，希望越空，没有未来。虽然如此，起初还有"当时"幸福的回忆，但是，就是"当时"也已明知是"惘然"的。矛盾是双重的，眼下、过去和当时都是绝望，明知不可待而待。自相矛盾的层次越是丰富，就越显得情感痴迷。

无理不仅是形式逻辑的突破，而且是辩证逻辑的突破。辩证逻辑的要义是全面性，至少是正面反面、矛盾的双方的互相联系，互相制约，最忌片面化、极端化、绝对化，而强烈的诗情逻辑恰恰是以片面性和极端化为上。就以新批评派推崇的玄学派诗人邓恩的《成圣》而言，诗中那些生生死死，为爱而死，为爱而生，为爱死而复生，从生的极端到死的极端，在辩证的理性逻辑来看，恰是大忌，但是这种极端，恰恰是情感强烈的效果，是爱的绝对造成这逻辑的极端。这和白居易《长恨歌》中的"在天愿作比翼鸟，在地愿为连理枝。天长地久有时尽，此恨绵绵无绝期"一样，不管空间如何，不管时间如何，爱情都是绝对地不可改变的，超越了生死不算，还要超越时间和空间。有了逻辑的极端才能充分表现感情的绝对。中国古典诗歌成熟期，以情景交融为主，较少采用直接抒情方式，故白居易此等诗句比较罕见，倒是在民歌中相当常见。如汉乐府中的《上邪》："上邪！我欲与君相知，长命无绝衰。山无陵，江水为竭，冬雷震震，夏雨雪，天地合，乃敢与君绝！"这种爱到世界末日的誓言在世界爱情诗史上并非绝无仅有，苏格兰诗人彭斯说"谁见她就会爱她，只爱她，永远爱她"（To see her is to love her, and love but her forever.），还说会爱到"海枯干""石头熔化"：

> And I will luve thee still, my dear,
> Till a′ the seas gang dry.
>
> Till a′ the seas gang dry, my dear,

And the rocks melt wi′ the sun:

I will luve thee still, my dear,

While the sands o′ life shall run.

这和《上邪》的“山无陵”“江水为竭”“天地合”异曲同工：都是世界末日也挡不住爱情。这种绝对的爱情，和白居易的超越空间和时间的爱情在绝对性上是一样的。

《宣州谢朓楼饯别校书叔云》：无理而妙，妙在一个“乱”字

解读焦点：诗是抒情的，更严密一些说，古典的传统诗歌是抒情的，这可以说已经取得共识。但是关于“情”的内涵，理解却处于混沌状态。日常语言“合情合理”的说法，被广泛接受。似乎情与理只有统一，而无矛盾。这种对于抒情实在是一种遮蔽。诸多诗歌赏析不得要领，误人子弟，原因就在忽略了情与理是一对矛盾，合情不一定合理，合理不一定合情。20 世纪 80 年代，我在《文学创作论》中就引用过清代吴乔的“无理而妙”。就是说抒情看起来要“无理”，不合理才好。这个说法，在阐明抒情的特殊规律方面，比之西方许多诗人所说的“变形”要深刻得多。①李白的《宣州谢朓楼饯别校书叔云》这首经典之作的“无理而妙”，关键就在一个“乱我心者”的“乱”字上。

李白《宣州谢朓楼饯别校书叔云》诗云：

弃我去者，昨日之日不可留；乱我心者，今日之日多烦忧。长风万里送秋雁，对此可以酣高楼。蓬莱文章建安骨，中间小谢又清发。俱怀逸兴壮思飞，欲上青天览明月。抽刀断水水更流，举杯销愁愁更愁。人生在世不称意，明朝散发弄扁舟。

从诗题可以看出，这是一首送别诗，此等应酬常用近体诗，也就是有规格可循的绝句和律诗，这里用的是歌行体（原题一作《陪侍御叔华登楼歌》），与近体诗不同，章无定句，句无定言，没有严格的平仄讲究，可以说是唐代的“自由诗”。其自由，从开头两句，就显

① 原文是：“余友贺黄公（按：贺裳）曰：‘严沧浪谓：“诗有别趣，不关于理”而理实未尝碍诗之妙。如元次山《舂陵行》、孟东野《游子吟》等，直是六经鼓吹，理岂可废乎？其无理而妙者，如“早知潮有信，嫁与弄潮儿”，但是于理多一曲折耳。’”吴乔《围炉诗话》，国际中文出版社 2004 年，第 11 页。

示出来了。基本上是七言体，在七言的诗句前面加上了一个四言，成了十一言。“弃我去者”“乱我心者”，光凭语感就能看出这两个四言似乎不完全是诗的。从词法上说，“者”是虚字，在诗句中一般是应该避免的。从句法上说，“者”字句，属于判断句式，甚至是下定义的模式，往往不带感情，如“仁者，爱人也”“诗者，志之所至也”。欧阳修在《醉翁亭记》中这样写：

望之蔚然而深秀者，琅琊也。水声潺潺而泻出两峰之间者，酿泉也。有亭翼然临于泉上者，醉翁亭也。作亭者谁？山之僧曰智仙也。名之者谁，太守自谓也。

这种“者”字句，带着明显的散文色彩。李白把它用到诗里来，是很大胆的，也是有很大风险的。但是，李白很自如地驾驭了这种散文式的句法，使之带上诗意。首先，第一句的第一个字“弃”，并不像欧阳修那样是描绘，而是带着独特的感情。“弃”字的本义是舍去、扔掉，如，抛弃、遗弃、弃权、弃置（不顾）、弃市（古代在闹市执行死刑，并将尸体暴露街头）、弃世（超出世俗或指去世）、弃养（父母死亡的婉辞）。其主体（或主语）都是有生命，有意志的人，人是主动的。但是这里的“弃”，主体（或主语）却是无生命的时间（“昨日”），人（我）成了被弃者。不是我弃时间，而是时间弃我，时间没有生命，没有意志，我有意志，却敌它不过，这是一种情绪化了的语言，不是一般的情绪，而是情感愤激时的语言。从理性逻辑来看，这个愤激，是没有原因的，可以说是无理的，然而从抒发情感来看，是有特点的。一般的抒情饯别之作即景导入抒情，这里却是横空出世，来得很是突兀。《昭昧詹言》评论说它“发兴无端”①，王闿运说它“起句破格”②,《唐宋诗举要》说它“破空而来”③说的就是这种被弃，无缘由的愤懑。这正表明诗的抒情，不是通常的由弱到强，而是一开始就是高潮，处于高强度的激烈状态。其次，有了这个“弃”字，下面的“不可留”感情色彩就更浓烈了，因为被弃，挽留的欲望才显得无奈。妙就妙在时间不可逆转，就是往日不可挽回。往日是什么样的往日？就是指两年前在长安一度接近中央王朝的日子。那样的日子的确不是主体抛弃它，而是它抛弃我。再次，昨日就是昨日了，可是，却说“昨日之日”，这种重复，违反修辞、诗歌简洁之理。它的原型，《论语》中楚狂接舆的歌，本是很简洁的：

往者不可谏，来者犹可追。

如果按照同样的句型，改成：

弃我去者，昨日不可留；乱我心者，今日多烦忧。

意思没有多少变化，然而作为诗来说，无疑是大为逊色了。可见，所谓“无理而妙”，

①② 陈伯海主编《唐诗汇评》（上），浙江教育出版社1992年，第682页。

③ 陈伯海主编《唐诗汇评》（上），浙江教育出版社1992年，第683页。

不但是情的妙，而且是诗歌节奏的妙。这个“昨日之日”“今日之日”关键词的重复，是一种强调，不仅是意念的强调，而且令节奏核心强化，使诗句更具旋律感。

乱我心者，今日之日多烦忧。

节奏因对称使旋律更统一。当然，旋律之妙离不开情绪之妙。语义的重复，节奏的强化，点明了“烦忧”的原因是心（情绪）被搅“乱”了，无序了。这个“乱”字正是情绪的特点。不理解这一点的卢仝后来模仿李白，在《叹昨日》中这样写：

昨日之日不可追，今日之日须臾期。如此如此复如此，壮心死尽生鬓丝。秋风落叶客肠断，不办斗酒开愁眉。贤名圣行甚辛苦，周公孔子徒自欺。天下薄夫苦耽酒，玉川先生也耽酒。薄夫有钱恣欢乐，先生无钱养恬漠。有钱无钱俱可怜，百年骤过如流川。

缺乏诗意的原因很明显，这样的诗句，逻辑很完整，理路分明，推理清晰到有点啰唆的程度，所缺乏的就是李白那样情绪上的“乱”，逻辑上的不完整。李白的“乱”，也就是“无理”，在这里还是开始，接下去是：

长风万里送秋雁，对此可以酣高楼。

从字面上来看，逻辑似乎不连贯了。“昨日之日”和“今日之日”的“烦忧”，还没有下落，却跳到“长风万里”。但是，表面上的确“乱”，无理，而在深层，却是笔乱意顺的。“送秋雁”就是送人（李云），把送人直接写出来，笔不乱了，意也连了，那就变成了散文，只写雁不写人，让它有一点“乱”，才是诗。

从意脉的运行来说，这是第一层次的“乱”，呈现的就是感情激昂时思绪的跳跃。这种跳跃性，这种“乱”，正是情感与理性，也是诗歌和散文不相同的地方。越是跳跃，就越是有抒情的美。越是逻辑严密，越是不“乱”，就越是缺乏诗意。这一次的跳跃的幅度还不是很大的。接下去，是第二层次的“乱”：

蓬莱文章建安骨，中间小谢又清发。俱怀逸兴壮思飞，欲上青天览明月。

这里的跳跃的幅度就更大了，《王闿运手批唐诗》说：“中四句不贯，以其无愁也。”[①]前面明明说，“烦忧”不可排解，这里却没有了一点影子，一下子变得相当欢快。“蓬莱文章”，是对李云职务和文章的赞美，“小谢”“清发”是自比才华不凡。至于壮兴思飞，青天揽月，则更是豪情满怀。从开头的烦忧不可解脱到这里的欢快，如此矛盾竟是毫无过渡，逻辑上可以说是“乱”得可以了。但是，这里的“乱”，却不是绝对的，而是有着精致的分寸感的。首先，前面有“对此可以酣高楼”的“酣”字，提示酒喝到“酣”的程度，烦忧就消解，心情就大不一样了。其次，人而思飞，这不是一般人的想象，而是带着孩子气的

① 陈伯海主编《唐诗汇评》（上），浙江教育出版社 1992 年，第 682 页。

天真，这种天真与年已五旬的李白似乎并不相称，但是句前有“小谢”明指谢朓，暗指自己，联想就不难契合了。

比壮思飞的率真更动人的是揽月想象。月亮早在《诗经》就是姣好的意象（“月出皎兮，佼人僚兮”）以其客体、环境的清净构成人物精神环境的美好。经过了千百年的积淀，到唐代月亮意象的符号意味在思乡的亲情和友情上趋于稳定。这个意象具备了公共性。李白的贡献就在于突破了这种想象的有限性。在李白现存诗作中，不算篇中间出现月亮意象的，光是以月为题的就达二十余首，令人惊叹的是，从月亮意象衍生出来的群落，其丰富程度超过了从初唐到盛唐的诗作。李白的生命赋予月亮以生命，李白生命的外延成了月亮意象的外延。“举头望明月，低头思故乡”，固然是乡愁的共同载体，却是无意间望月潜意识中思乡的情绪微妙的触发。

明月出天山，沧茫云海间。长风几万里，吹度玉门关。

秀丽的月亮带上了边塞军旅的苍凉而悲壮的色调。

长安一片月，万户捣衣声。秋风吹不断，总是玉关情。

思妇闺房的幽怨弥漫在万里长空之中，优美带上了壮美色质。李白最大的贡献乃是改变了它作为观赏对象的潜在成规，突破了静态的联想机制，月亮和李白不可羁勒的情感一样运动起来，随着李白的情感变幻万千。当他童稚未开，月亮就是“白玉盘”“瑶台镜”：“小时不识月，呼作白玉盘。又疑瑶台镜，飞在青云端。”当友人远谪边地，月光就化为他的感情形影不离地追随：“我寄愁心与明月，随君直到夜郎西。”月亮可以带上他孤高的气质：“万里浮云卷碧山，青天中道流孤月。”也可以成为豪情的载体在功成名就后供他赏玩：“一振高名满帝都，归时还弄峨眉月。”清夜望月可以产生屈原式的质疑：“白免捣药秋复春，嫦娥孤栖与谁邻？”金樽对月意味着及时享受生命的欢乐：“人生得意须尽欢，莫使金樽空对月。”有月可比可赋，无月亦可起兴：“独漉水中泥，水浊不见月。不见月尚可，水深行人没。”把酒问月可以激发生命有限的沉思：“今人不见古时月，今月曾经照古人。”抱琴弄月，可借无弦之琴进入陶渊明的境界：“抱琴时弄月，取意任无弦。”月可以醉想，视之为超越生命大限的人间：“浩歌待明月，曲尽已忘情。”可以邀，视之为自己孤独中的朋友：“举杯邀明月，对影成三人。”月之可人，在于其遥，不论是“问”是“邀”，均为心理距离的缩短，月之可以俯来就人，人的空间位置不变，而在这里“欲上青天揽明月”，月竟然可以“揽”，是人飞起来去接近月亮，月的空间位置不变。揽月的精彩不但在想象，而且在于月带着理想的冰清玉洁，有“青天”的空灵，有“明”的纯净，还有在率真的情致中交织着“逸”兴和“壮”思。这个结合着清和净、逸和壮的精神境界，被月光统一在透明宇宙之中，完全是李白精心结构的艺术境界，在他以前，甚至在他以后，没有一个诗人，有这样的才力营造这样统一而又丰富的意境。虽然皎然也曾模仿过，写出“吾将揽明月，照尔生死流”（《杂寓兴》），只是借月光的物理性质，而不见其丰富情志。千年以后，毛泽东“可上九天揽月，可下五洋捉鳖”（《水调歌头·重上井冈山》）用的是李白的典故。

到此为止，李白已经借助月亮，从郁闷的极端转向了欢乐的极端。从情绪的律动来说，显示出李白式激情的跌宕起伏，李白激情的特点，首先就是极端之激情，其次就是大幅度的转折，再次就是大幅度的转折不是一次性的，而是多次性的。接着下去，又一次转折开始了：

抽刀断水水更流，举杯销愁愁更愁。

极端的欢乐，一下子变成了极端的忧愁。不但程度上极端，而且在不可排解上也是极端。这是千古名句。原因在于多重的“无理”。第一，“抽刀断水”是不现实的，明显是不理性的动作，是“无理”的虚拟，但是，“妙”在以外部的极端的姿态表现内心的愤激，更“妙”在“水更流”，极端的姿态恰恰又造成了极端相反的效果。第二，有了这个精致的类比，“举杯销愁愁更愁”，走向自身愿望的反面，就被雄辩地肯定下来，从无理变成有理，也就变得很妙了。这个妙不仅仅是在这个句子里，而且在于和前面“对此可以酣高楼”的呼应。“酣”高楼，就是为了“销愁”，酣就是醉，醉为了忘忧，然而还是忘不了忧愁。可见在这大幅度的跳跃中，内在情致意脉之绵密。

最后，还有一点，就是独特的节奏。这个“抽刀断水水更流”“举杯销愁愁更愁”的节奏本来不是五七言诗歌的节奏，而是从早期楚辞体的《越人歌》那里化用的：

山有木兮木有枝，心悦君兮君不知。[①]

李白一方面把楚辞体停顿性的语气词“兮”省略了，使这个本质上是六言的诗句，变成了七言。另一方面，把诗句的内涵深化了。本来是两句构成矛盾（“有枝”和“不知”）变成两句各有一个矛盾，也就是四重的矛盾（“断水水更流”“销愁愁更愁”）。意念的丰厚和节奏的丰富就这样达到了高度的和谐。

在李白的诗作中，借酒消愁，解脱精神压力，表现出情感获得自由之美是反复重构的母题。这方面有“会须一饮三百杯”“与尔同销万古愁”的豪迈，也有“清风朗月不用一钱买，玉山自倒非人推。舒州杓，力士铛，李白与尔同死生”的不羁，更有“云间连下榻，天上接行杯”的飘逸，都是借酒成功地消解了忧愁，但是，这里却是借酒加剧了忧愁。

全诗情绪悲欢起落的性质不同，但是，不管是起还是落，却有一个共同点，那就是情绪都很紧张。以这样紧张的最强音作为结尾，似乎不能排斥也是一种选择。但是，李白却

① 见刘向《说苑》，全文是：“今夕何夕兮？搴舟中流；今日何日兮？得与王子同舟。蒙羞被好兮，不訾诟耻。心几烦而不绝兮，知得王子。山有木兮木有枝，心悦君兮君不知。”

不是这样。

人生在世不称意，明朝散发弄扁舟。

愤激的最高潮突然进入第四次转折，从极端郁闷转入极端潇洒，从极端紧张转入极端放松。连用词也极其轻松，“人生在世不称意”，轻描淡写得很，只是“不称意”而已，“昨日”的“不可留”，“今日”的“多烦忧”，眼下的“愁更愁”，一下子变得不那么严重了，不过是人生难免的，小事一段。轻松的日子就在“明朝”。这里的“散发”，和束发相对。遵循入世的礼仪，就要束发，“散发”就是不用管它那一套了。光是“散发”还不够潇洒，还要“弄扁舟”。扁舟就是小舟，已经是比较随意了。最为传神的是“弄”，这个“弄”，意味非常丰富，并不仅仅是玩弄，而且有玩赏（如“弄月”）的意思，还有弹奏的意味（“弄琴”“梅花三弄”），不乏吟咏的意涵（“吟风弄月”），自得的心态（“云破月来花弄影”），蕴含着无忧无虑的姿态。前面所强调的郁闷，一下子都给消解了。这不是无理吗？然而，是很妙的。这样的结尾不论在意念上，还是在节奏上都要完整得多。李白不把最强音放在结尾，其匠心显然在于避免结尾的一泻无余，在意念和节奏上再一次放松，在结束处留下不结束感，好处就是留下余韵，延长读者的思绪，让读者在无言中享受回味。

统观本诗的情绪，开头是极度苦闷，突然跳跃式地变成极度欢乐，又从极度的欢乐转向极端的苦闷，从一种激情连续两次转化为相反的激情，当中没有任何过渡，把逻辑上的“无理”发挥到极致，可以把这样极端的“忧—乐—忧情绪”画出一条起落的曲线。情绪节奏的大幅度的起起落落，再加上关键词上的有意重复，造成了节奏的跌跌宕宕的特点。然而这种起落、这种跌宕却没有导致意象的破碎，这是因为，在意象群落的空白间有严密的意脉贯通，也就是：多烦忧之愁到揽明月之欢，矛盾的转化的条件是一个“酣”字，而到举杯不能“销愁”，也就是不“酣”了，清醒了，就只能从紧张落回到现实，只能在“弄扁舟”中潇洒地放松了。有了这个贯通的意脉，便把“无理而妙”的“妙”处，发挥到了极致。

《山园小梅》：从“竹影”到“疏影”，从“桂香”到“暗香”

解读焦点：对这首诗的解读，许多专家满足于印象式的判断。如“疏影”写“水边梅花之姿态”，“暗香”写“梅花之风韵”，表现了“高洁、温润”“遗世独立”的精神。这样的“赏析”，流于文本表层，不成其为“分析”。本文用历史还原法，提出“疏影”一联从前人“竹影横斜水清浅，桂香浮动月黄昏”中脱胎而成为千古绝唱，其间隐含着深邃的艺术密码。毋庸讳言的是，全诗的其他语句，皆平庸。

林逋《山园小梅》诗云：

众芳摇落独暄妍，占尽风情向小园。疏影横斜水清浅，暗香浮动月黄昏。霜禽欲下先偷眼，粉蝶如知合断魂。幸有微吟可相狎，不须檀板共金樽。

经得起千百年阅读的经典艺术作品的内涵是很深邃的，又是很通俗的，一般读者仅凭直觉就能感受到。但是，感觉到了的，并不一定能够理解，还可能包含错误；理解了的，才能更深刻地感觉，从而纠正感受中的谬误。赏析文章本来的任务，就是将感性升华为理性。《名作欣赏》2010 年第 5 期载文分析林逋的《山园小梅》说：“首联赞叹梅花与众不同的品质：在众芳凋零的严寒时节，只有梅花傲然绽放，鲜妍明丽，在小园中独领风骚。梅花以其凌寒独开的天然秉性受到文人雅士赏爱，并被视为孤傲高洁的人格象征。”这样的文章似乎并未完成赏析的任务。在开头，作者提出问题：“梅花之美究竟在何处？”答案是：“赞叹梅花与众不同的品质。”这样的提法，隐含着一种预设，这首诗赞美的对象是“梅花的品质”，而“梅花的美”来自梅花这种客体。但是作者又强调说梅花是“高洁人格的象征”，这就隐含着另一种前提，梅花的美并不来自客体，而来自主体人格。前者是有某种美学理论根据的，那就是美是客体的真实，而作为人格的象征，美来自主体的精神表现。作者提出问题时，隐含着理论前提；而其结论“神清骨秀”“高洁、温润”“遗世独立”，却并未把二者的矛盾提出来加以分析，因而其结论，带着直觉感受的性质。这就是说，作者的理论和感受是存在矛盾的。这个矛盾在分析首联的时候还是潜在的，而到了分析最为关键的颔联的时候，就比较突出了：“‘疏影横斜水清浅，暗香浮动月黄昏。’上句写水边梅花之姿态，下句写梅花之风韵。”这样的分析并未充分论证这两句诗为什么成了千古绝唱。“高洁、温润”“遗世独立”的结论并不是理性的，而是印象式的。

原因在于，作者对后世影响甚大的关键词“疏影”和“暗香”缺乏必要的历史文献的资源，又缺乏具体分析。

为什么是“疏影”，而不是繁枝？繁花满枝不是也很美吗？但那代表生命旺盛，是生气蓬勃的美，而“疏”，则是稀疏，是生命在严酷的逆境中抗衡的美。在“众芳摇落”之时，“疏影”被表现为一种“暄妍”，一种鲜明。如果把梅花写得繁茂，便不但失去了环境寒冷的特点，而且失去了与严寒抗衡的风骨，更重要的是，忽略了以外在的弱显示内在的强的艺术内涵。其次是“影”。为什么是“影”？为什么要影影绰绰？要淡一点才雅，淡和雅联系在一起。而雅往往又与高联系在一起，故有高雅之说。让它鲜明一点不好吗？林和靖另有梅花诗曰：“人怜红艳多应俗，天与清香似有私。”太鲜艳、太强烈，就可能不雅了，变得俗了，只有清香才是俗的反面。

雅不但在“影”，而且在“疏”，这里渗透着中国古典诗歌与逆境抗衡的美学品格。

要把“疏影”两字建构得这样精致和谐并不容易。诗句原来并不是林逋的原创，而是五代南唐诗人江为的。清顾嗣立《寒厅诗话》转引明李日华《紫桃轩杂缀》：“‘竹影横斜水清浅，桂香浮动月黄昏。’林君复改二字为‘疏影’‘暗香’以咏梅，遂成千古绝调。”只改动了两个字，两句诗就有了不朽的生命，这种文学史的奇迹，很值得研究。①

原因大概可从两个方面来考察。

第一，江为的原作有瑕疵。他把竹写成“横斜”，与竹的直立相矛盾，而与梅的曲折虬枝相符，从这个意义上来说，林和靖抓住了客体的特征。但这并不是最重要的，因为横斜的并不只有梅花。据《王直方诗话》第二十八则记载：

> 王君卿在扬州，同孙巨源、苏子瞻适相会。君卿置酒曰：“‘疏影横斜水清浅，暗香浮动月黄昏。’此林和靖梅花诗。然咏杏与桃李皆可用也。”东坡曰：“可则可，只是杏李花不敢承担。”一座大笑。

朋友说“疏影横斜”和“暗香浮动”也可以用来形容杏与李花，苏东坡说，“杏李花

---

① 当系五代南唐江为佚诗断句，《全唐诗》江为卷无此二句。

不敢承担”。从植物学的观念来说，这仅仅是玩笑而已，但从审美来说，这里有严肃的道理。“疏影横斜”和“暗香浮动”写的已经不纯粹是植物，诗人把自己淡雅高贵的气质赋予它，成为诗人高雅气质的载体。正因为这样，《陈辅之诗话》第七则“体物赋情”中也议论到这个颇为尖端的问题：“林和靖梅花诗‘疏影横斜水清浅，暗香浮动月黄昏’，近似野蔷薇也。”而王楙在《野客丛谈》卷二十二中则反驳他：“野蔷薇安得有此标致？”从植物的形态来说，野蔷薇的虬枝也是曲折的，用来形容野蔷薇很难说有什么不合适，因为野蔷薇不但有屈曲的虬枝，而且有淡淡的香味，和梅花是没有什么区别的，但是从诗人个体的审美感知特征来说，野蔷薇没有这样高雅。原因就是，梅花作为一种庭院花卉，对于文人有“近取譬”的性质，而野蔷薇则没有这样的条件。加之在长期积淀的历史过程中，特别是经过林和靖的加工，其高雅性质变得稳定了。如果某一古典诗人因为野蔷薇和梅花在形态上有类似的特征，就将之作为自我形象的象征，就可能变得不伦，乃至滑稽。

当然，这还要看句中的其他字眼。不可忽略的是把“疏影横斜”安放在“水清浅”之上，这是野蔷薇所不具备的。这并不是简单提供一个空间“背景”。为什么水一定要清而浅？“清”已经是透明了，“浅”，就更透明（深就不可能透明了）。“疏影”已经是很淡雅了，再让它横斜到清浅透明的水面上来，环境和意象就更为统一和谐了。要注意这个“影”字的内涵是比较丰富的。它可能是横斜的梅枝本身，更可能是落在水面上的影子。有了这个黑影，虽然是淡淡的，但是水的透明，就更显然了。宋费衮《梁溪漫志》卷七：“陈辅之云：‘林和靖“疏影横斜水清浅，暗香浮动月黄昏”，殆似野蔷薇。’是未为知诗者。予尝踏月水边，见梅影在地，疏瘦清绝，熟味此诗，真能与梅传神也。”此说法不无牵强，但亦可作意象组合达到如此和谐，构成“高洁”的风格的旁证。

第二，王君卿提出的问题很机智，但是他说得并不准确，因为杏李花并没有梅花所特有的香气，林和靖把“桂香”改为“暗香”表现出了更大的才气。对于这一点，王君卿忽略了。那位学者笼统地说“下句写梅花之风韵”，是不到位的。“暗香”写的主要不是梅花这一客体的“风韵”。对这个“暗香”做具体分析是不能回避的。首先，桂香是强烈的，而梅花的香气则是微妙的。其次，和梅花的“疏影”“横斜”为视觉可感不同，“暗香”是视觉不可感的。“暗香”的神韵就在“暗”，它是看不见的，但又不是绝对不可感的，妙在另外一种感官（嗅觉）的调动，其特点是“浮动”，也就是不太强烈的，是隐隐约约的，若有若无的。再加上“月黄昏”，提示了视觉的蒙眬，反衬出嗅觉的精致。这就提示了，梅花的淡雅高贵不是一望而知的，而是在视觉之外，只有嗅觉被调动出来才能感知的。“遗世独立”的人格象征，并不是凭空而来的，而是意象群落层次递进的功能。这里视觉和嗅觉的交替，并不是西方象征派的“通感”（不同感官的重合沟通），恰恰相反，强调的是感知不是直接贯通的，而是先后默默递进的。

林和靖改动了两个字，把本来不相隶属的、只是由外部对仗形式而并列的竹和桂变成了梅的统一有机的意脉，可以说是中国诗歌史上典型的“脱胎换骨”。

赋予不可见的香气以高雅品格的属性，是一种创造，似乎成为一种历史的发现，被后世不断重复。早在唐诗中就不乏对梅的赞美，李白、杜牧、崔道融、罗隐等均有咏梅之诗作，甚至也有提及其“香”者，但均未赋予不可见的“暗香”和飘飘忽忽的“浮动”的气质。李峤的《梅》：“雪含朝暝色，风引去来香。”郑谷的《梅》：“素艳照尊桃莫比，孤香黏袖李须饶。”“香”的嗅觉是和视觉并列的，都是对客体的感知。林逋把“暗香”和视觉分离开来，梅就有了脱俗的品格。宋代王淇的《梅》说：“不受尘埃半点侵，竹篱茅舍自甘心。只因误识林和靖，惹得诗人说到今。”后于林逋数十年的王安石的“墙角数枝梅，凌寒独自开。遥知不是雪，为有暗香来”，就表现了从视觉到嗅觉感知递进过程的微妙。后来陆游的《卜算子》把这一点发展到了极致：“驿外断桥边，寂寞开无主。已是黄昏独自愁，更著风和雨。无意苦争春，一任群芳妒。零落成泥碾作尘，只有香如故。”哪怕是可见的花“零落成泥”了，作为品格象征的香气仍然不改。

那位学者接下去分析“霜禽欲下先偷眼，粉蝶如知合断魂”：“梅花的开放为寒冬增添了一抹亮色，这不仅令诗人欣喜万分，连禽鸟也被吸引过来。它们翩翩飞来，未曾落下就迫切地偷眼先看。禽尚且如此，倘若那些爱花如命的粉蝶们看了，真不知如何销魂！可惜粉蝶要到春天才有，无缘得见梅花。上句实写梅花，下句虚写粉蝶，极力渲染天地众生对梅花的喜爱。”读到这样的赞词，令人特别困惑。明明这两句在艺术质量上和前面那两句不可同日而语，作者却给予同样的赞美。严格地说，这一联在全诗中，显得突兀，不和谐。前面反复强调的梅花的淡雅高贵，是含蓄的，是不能轻易觉察的，营造了一种意在象外的氛围。而这两句却强调梅花的美是一望而知的，禽鸟和粉蝶的感知都显示了一种强烈的效果。隐约的美的意脉到这里突然中断。从手法上说，在律诗中用这样的对句，完全是一种程式化的俗套，显出一种匠气。这一联的情调不但与前面的意境不合，而且与尾联也有冲突：“幸有微吟可相狎，不须檀板共金樽。”“微吟”是低声的，面向内心的，“相狎”是无声的、脉脉的，“檀板”和“金樽”之所以“不须”，是因为太响亮，太不朴素，与心领神会的基调不合，虽然尾联在艺术质量上，与“疏影”“暗香”一联相比要逊色得多，但是，在意蕴上大体还是一脉相承的。“霜禽”“粉蝶”一联显然是个败笔，这一点早就有人提出质疑。宋蔡居厚《蔡宽夫诗话》曰：“林和靖《梅花诗》：‘疏影横斜水清浅，暗香浮动月黄昏’，诚为警绝；然其下联乃云：‘霜禽欲下先偷眼，粉蝶如知合断魂’，则与上联气格全不相类，若出两人。乃知诗全篇佳者诚难得。”明王世贞《艺苑卮言》卷四认为：“霜禽”“粉蝶”的水平“直五尺童耳”。明谢肇淛《小草斋诗话》卷二外编上：“《梅花》诗，‘暗香’‘疏影’两语自是擅场，所微乏者气格耳。”

从这里，可以总结出一点阅读经典的规律：历史的成就积淀在经典中，它经得起时间无情的淘汰。从某种意义上来说，它不但是历史的不朽的丰碑，而且是当代不可企及的典范。正是因为这样，经典崇拜是理所当然的，但是，要防止崇拜变成迷信。世界上并不存在什么十全十美的经典，不论什么样的经典都有历史的和个人的局限。对经典不加分析，只能造成舒舒服服的自我蒙蔽。忠于艺术的读者应该保持清醒的头脑，不为经典的声名所蔽，不为一切权威所拘，把经典的每一细节，当作从未被赞美过的初作来检验。最忌的是，为了成全经典的权威性，不惜对显而易见的不足曲为之赞。明明看出了“粉蝶”在季节上与梅花不合，却以“虚写”强为之辩，就是一例。

艺术经典阅读应该把赞叹和推敲结合起来。重新审视一切，才能读懂经典。在中国古典诗话中，推敲就是把生命奉献给阅读，经典是不朽的，奉献也是无止境的。说不尽的莎士比亚，说不尽的鲁迅，说不尽的唐诗宋词，经典无异于历史祭坛，每一代读者都把最高的智慧奉献到祭坛上去燃烧。哪怕要一星火花，也要有一点执着，一点疯狂，就是推敲达到挑剔的程度，也无所畏惧。认真挑剔起来，这首诗的瑕疵，还不止上述两句，至少开头一句“众芳摇落独暄妍”中的“暄妍”，色彩太强烈，与“疏影”“暗香”这样淡雅高贵的意境不甚相合。“占尽风情向小园”中的“占尽”把美强调到无以复加的程度，也就很难高雅了。故古典诗话作者往往有直率的保留。明胡应麟《艺林学山》曰：“‘疏影横斜’于水波清浅之处，‘暗香浮动’于月色黄昏之时。二语于梅之真趣，颇自曲尽，故宋人一代尚之。然其格卑，其调涩，其语苦，未是大方也。”这样的评价，虽然缺乏更具体的论证，但艺术感觉还是相当精到的。清吴乔《围炉诗话》卷五说得更为全面：“和靖‘疏影横斜水清浅’一联善矣，而起联云‘众芳摇落独暄妍，占尽风情向小园’，太杀凡近，后四句亦无高致。”清纪昀《瀛奎律髓刊误》卷二十：“冯（冯班）云‘首句非梅’，不知次句‘占尽风情’四字亦不似梅。三、四及前一联皆名句，然全篇俱不称，前人已言之。五、六浅近，结亦滑调。”

如此说来，这首诗最精致的其实只有“疏影”“暗香”一联。而这一联又不完全是林逋的原创，但把“竹影”改为“疏影”，把“桂香”改为“暗香”，使之成为千古绝唱，却是他的才气，也是他的幸运；而原创者江为则为两字之失，为历史所遗忘。在那不讲究版权的时代，如果说这是不公的话，那是历史的不公，还是个人的不幸？后世读者不管对艺术多么虔诚，也不能改变艺术祭坛上的这个历史记录了。

《念奴娇·赤壁怀古》：苏轼的赤壁豪杰风流和智者风流之梦

解读焦点：本文分析的重点为“风流”和“梦”，略带文化考古性质。从“风流”中分析出对立而又统一的“豪杰风流”和“智者风流”，揭示苏轼笔下的周瑜本当是“豪杰风流”，而苏轼代之以“智者风流”，“小乔初嫁”被推迟十年，“羽扇纶巾”属于诸葛亮在宋以前早已是共识，而苏轼却将之转属周瑜。被贬谪的苏轼借此参透“人生”大限，把豪杰和智者统一于潇洒之“梦”。

苏轼《念奴娇·赤壁怀古》词云：

大江东去，浪淘尽、千古风流人物。故垒西边，人道是、三国周郎赤壁。乱石穿空，惊涛拍岸，卷起千堆雪。江山如画，一时多少豪杰！

遥想公瑾当年，小乔初嫁了，雄姿英发。羽扇纶巾，谈笑间、樯橹灰飞烟灭。故国神游，多情应笑我，早生华发。人生如梦，一樽还酹江月。

这首词被历来的词评家们称誉为“真千古绝唱”[①]“乐府绝唱”[②]，被奉为词艺的最高峰，千百年来几乎没有任何争议。但是，其艺术上究竟如何“绝”，则很少得到深切的阐明。历代词评家们论述的水准，与东坡达到的高度极不相称。就连20世纪词学权威唐圭璋的解读

① 胡仔《苕溪渔隐丛话·前集》，人民文学出版社1962年，第411页。

② 元好问《题闲闲书“赤壁赋”后》，姚奠中、李正民主编《元好问全集》（增订本下），山西古籍出版社2004年，第843页。

也很不到位。唐先生在《唐宋词选释》中这样说："上片即景写实，下片因景生情。"[①]由于唐先生的权威，这种说法遮蔽性甚大，在一般读者中造成成见，好像是上片只写实，不抒情，下片则只抒情，不写景。这在理论上是讲不通的。首先，"即景写实"，与抒情完全游离，不要说是在诗词中，就是在散文中也很难成立。王国维在《人间词话》中早就有过总结："昔人论诗词，有景语情语之别，不知一切景语皆情语也。"[②]当然，论者完全有权拒绝这样的共识，然而，吾人对必要的论证的期待却落了空。其次，这样的论断与事实不符。苏东坡于黄州游赤壁曾四为诗文。第一次，见《东坡志林》卷四《赤壁洞穴》，其文曰：

> 黄州守居之数百步为赤壁，或言即周瑜破曹公处，不知果是否。断崖壁立，江水深碧，二鹘巢其上，有二蛇或见之。遇风浪静，辄乘小艇其下，舍舟登岸，入徐公洞，非有洞穴也，但山崦深邃耳。[③]

什么叫作"即景写实"？这就是"即景写实"。而《赤壁怀古》一开头"大江东去，浪淘尽、千古风流人物"，与其说是实写，不如说是虚写。第一，在古典诗歌话语中，大江不等于长江。把"大江东去"，当作即景写实，从字面上理解成"长江滚滚向东流去"，就不但遮蔽了视觉高度，而且抹杀了诗语的深长意味。这种东望大江，隐含着登高望远，长江一览无余的雄姿。李白诗曰："登高壮观天地间，大江茫茫去不还。"只有身处天地之间的高大，才有大江茫茫不还的视野。而《赤壁洞穴》所记"断崖壁立，江水深碧，二鹘巢其上，有二蛇或见之"，则是由平视转仰视的景观。至于"遇风浪静，辄乘小艇其下，舍舟登岸，入徐公洞，非有洞穴也，但山崦深邃耳"，则从平视转为探身寻视。按《赤壁洞穴》所记，苏轼并没有上到"断崖壁立"的顶峰。"大江东去"，一望无余的眼界，显然是心界，是虚拟性的想象，是主观精神性的、抒情性的。艺术想象把《赤壁洞穴》中写实的自我，提升到精神制高点上去。第二，光从生理性的视觉去看，无论如何也不可能看到"千古风流人物"。西方诗论喜欢把审美想象视角叫作"灵视"，其艺术奥秘就在于超越了即景写实，

---

① 吴熊和主编《唐宋词汇评·两宋卷》（第一册），浙江教育出版社2004年，第426页。这个说法影响很大，至今一线教师仍然奉为圭臬。网上一篇赏析文章，一开头就是这样的论调："《念奴娇·赤壁怀古》上阕集中写景。开头一句'大江东去'写出了长江水浩浩荡荡，滔滔不绝，东奔大海。场面宏大，气势奔放。接着集中写赤壁古战场之景。先写乱石，突兀参差，陡峭奇拔，气势飞动，高耸入云——仰视所见；次写惊涛，水势激荡，撞击江岸，声若惊雷，势若奔马——俯视所睹；再写浪花，由远而近，层层叠叠，如玉似雪，奔涌而来——极目远眺。作者大笔似椽，浓墨似泼，观景摹物，气势宏大，境界壮阔，飞动豪迈，雄奇壮丽，尽显豪放派的风格。为下文英雄人物周瑜的出场做了铺垫，起了极好的渲染衬托作用。"

② 王国维《人间词话》，上海古籍出版社1998年，第34页。其实王氏此言亦非首创。李渔在《窥词管见》中早就说过："情为主景是客，说景即是说情。"吴乔在《围炉诗话》卷一中也说："寄情于景，融景入情，无施不可。"

③ 曾永庄、舒大刚主编《三苏全书》（第五册），语文出版社2001年，第149页。

把空间的遥远转化为时间的无限。第三，把无数的英雄尽收眼底，使之纷纷消逝于脚下，就是为了反衬出主人公雄视千古的高度。正是因为这样，“大江东去”为后世反复借用，先后出现在张孝祥（“平楚南来，大江东去，处处风波恶”）、文天祥（“大江东去日夜白”）、刘辰翁（“看取大江东去，把酒凄然北望”）、黄升（“大江东去日西坠”）、张可久（“懒唱大江东去”），甚至出现在青年周恩来的诗作中（“大江歌罢掉头东”）。以空间之高向时间之远自然拓展，使之成为精神宏大的载体，这从盛唐以来，就是诗家想象的重要法门。陈子昂登上幽州台，看到的如果只是遥远的空间，那就没有“前不见古人，后不见来者”那样视隐千载的悲怆了。恰恰是因为看到时间的邈远，激发出“念天地之悠悠”，情怀深沉就在无限的时间之中。不可忽略的是，悲哀不仅仅是为了看不见燕昭王的黄金台，而且是“后不见来者”，悲怆来自时间无限与生命渺小的反差。“故垒西边，人道是、三国周郎赤壁”，更不是写实。苏东坡在《赤壁洞穴》中明明说“或言即周瑜破曹公处，不知果是否”，而后人也证明黄州赤壁乃当地“赤鼻”之误（张侃《拙轩词话》）。[①]“乱石穿空，惊涛拍岸，卷起千堆雪”，也是想象之词。《前赤壁赋》具记游性质，有接近于写实的描述：“苏子与客泛舟游于赤壁之下。清风徐来，水波不兴……白露横江，水光接天。”其中根本就没有一点“乱石穿空，惊涛拍岸，卷起千堆雪”的影子。后来不足百年，范成大游赤壁，有写实的记录，未见所谓“乱石穿空”的景观：

> 庚寅，发三江口。辰时，过赤壁，泊黄州临皋亭下。赤壁，小赤山也。未见所谓“乱石穿空”“蒙茸”“巉岩”，东坡词赋微夸焉。[②]

“东坡词赋微夸焉。”更为关键的是，苏轼所说的“风流”人物，聚焦于周瑜。而时人对周瑜的形象概括完全是一个雄武勇毅的将军：“衔命出征，身当矢石，尽节用命，视死如归。”[③]苏轼用“风流”来概括这个将军，不但是话语的创新，而且是理解的独特。

“风流”，本来有稳定而且丰富的内涵：或指文采风流（词采华茂，婉丽风流），或指艺术效果（不着一字，尽得风流），或指才智超凡，品格卓尔不群（魏晋风流），或指高雅正派，风格温文（风流儒雅，风流蕴藉），或与潇洒对称（风流谢安石，潇洒陶渊明），实际是互文见义，合二而一。所指虽然丰富，但大体是指称才华出众，不拘礼法，我行我素，放诞不羁，当然也包括在与异性情感方面不受世俗约束，可以用“是真名士自风流”来概括。风流总是和名士，也就是落拓不羁的文化精英互为表里。“风流”作为一个范畴，是古代中国精英知识分子特有的理想精神范畴。西方美学的崇高与优美两个方面都可以纳入其

① 张侃《拙轩词话》，国际中文出版社2004年，第4页。
② 范成大《吴船录》卷下，中华书局1985年。
③ 陈寿《三国志·吴书·周瑜传》，中华书局2005年，第937页。

中，但又不同，那就是把深邃和从容、艰巨和轻松、高雅和放任结合在一起。在西方只有骑士精神可能与之相对称，但骑士献身国王和美女，缺乏智性的深邃，更无名士的高雅。这个范畴本来就相当复杂，而到了苏轼这里，又对固定的内涵进行了突围：从根本上说，风流主要是在野的风格，而《赤壁怀古》所怀的却是在朝建功立业的宏图。

“赤壁怀古”，怀的并不是没有任何社会责任的名士，而是当权的、创造历史的豪杰，是叱咤风云的英雄。苏东坡把“风流”用之于“豪杰”，其妙处不但在于使这个已经有点僵化的词语焕发了新的生命，而且用在野的向往去同化了周瑜，一开头的“千古风流人物”就为后半片周瑜的儒雅化埋下了伏笔。这个词语的内涵的更新如此成功，以至近千年后，毛泽东在《沁园春·雪》中禁不住用“风流人物”来概括他理想的革命英雄。

“风流人物”的内涵这样大幅度的更新，层次是十分细致的，在开头还是一种暗示，一种在联想上潜隐性的准备。

在苏轼心中，有两个赤壁，两种“风流”：一个是《念奴娇·赤壁怀古》中壮丽的、豪杰的赤壁，一个是《前赤壁赋》中“清风徐来，水波不兴”“白露横江，水光接天”的、婉约优雅的、智者的赤壁。两种境界都可以用“风流”来概括，但这是两种不同的“风流”，这种不同并不完全由自然景观决定，而是诗人不同心态的选择。时在元丰五年（1082），苏轼先作《赤壁赋》，又作《赤壁怀古》[①]，显然是表现了一种风流，却意犹未尽，还想让自己灵魂深处的豪杰“风流”得到正面的表现。不再采用赋体，而用词这种形式，无非是因为它更具超越写实的、想象的自由。

在《前赤壁赋》中，写到曹操是“一世之雄”，但是，诗人借朋友（客）之口提出了一个否定性的质疑：

> 客曰：“‘月明星稀，乌鹊南飞’，此非曹孟德之诗乎？西望夏口，东望武昌。山川相缪，郁乎苍苍，此非孟德之困于周郎者乎？方其破荆州，下江陵，顺流而东也，舳舻千里，旌旗蔽空。酾酒临江，横槊赋诗，固一世之雄也，而今安在哉？”

“舳舻千里，旌旗蔽空”的霸气，“酾酒临江，横槊赋诗”的豪情，固然雄迈，但是，只能是“一世之雄”，在智者眼中，终究逃不脱生命的大限。这个生命苦短的母题，早在《古诗十九首》中就形成了。曹操在《短歌行》中把《古诗十九首》的及时行乐提升到政治上、道德上的“天下归心”的理想境界。但是，这个母题在苏东坡这里，还有质疑的余地，也就是不够“风流”的。他借朋友[②]之口提出来，随即在自答中，把这个母题提升到哲

---

① 关于《赤壁怀古》作于《赤壁赋》之后的考证，见孔凡礼《苏轼年谱》中，中华书局 1998 年，第 545 页。

② 这个“客”实有其人，是一个道士，叫杨世昌，是苏轼的朋友，曾经在苏轼黄州府上住过一年。参见孔凡礼《苏轼年谱》（中），中华书局 1998 年，第 543—545 页。

学上：

苏子曰："客亦知夫水与月乎？逝者如斯，而未尝往也。盈虚者如彼，而卒莫消长也。盖将自其变者而观之，则天地曾不能以一瞬；自其不变者而观之，则物与我皆无尽也，而又何羡乎！且夫天地之间，物各有主，苟非吾之所有，虽一毫而莫取。惟江上之清风，与山间之明月，耳得之而为声，目遇之而成色，取之无禁，用之不竭，是造物者之无尽藏也，而吾与子之所共适。"

这里有庄子的相对论，宇宙可以是一瞬的事，生命也可以是无穷的，其间的转化条件，是思辨方法是否灵活到从绝对矛盾中看到其间的转化和统一。自其变者而观之，则生命是短暂的，自其不变者而观之，则生命与物质世界皆是不朽的。这里还有佛家的哲学，七情六欲随缘生色："耳得之而为声，目遇之而成色，取之无禁，用之不竭。"宇宙空间和时间的无限，就变成生命的无限，这就是苏轼此时向往的通脱豁达的智者境界。这在中国文学史上，对于生命大限的母题是一重大发展，早在屈原就有"老冉冉将至兮，恐岁月之不吾与"。到了《古诗十九首》中，是"生年不满百，常怀千岁忧"，曹操在《短歌行》中则发出"对酒当歌，人生几何？譬如朝露，去日苦多"的慨叹，至于唐初诗僧王梵志则有"城外土馒头，馁馅儿在城里。一人吃一个，莫嫌没滋味。"宋代范成大曾把这首诗的诗意铸为一联："纵有千年铁门槛，终须一个土馒头。"对于生命苦短的母题，大抵均为无可奈何，这是因为，作者的文化修养有限，故囿于、限于形而下的层面，而苏轼在这里，应该是第一次直面生死，做出形而上的回答。这是一个智者的境界。这个境界在苏轼的思想和艺术中是可以列入"风流"（潇洒）范畴的。

这种随缘自得哲学之所以被青睐，和他当时的生存状态有关。在乌台诗案中，他遭到的迫害是严酷的，这个不乏少年狂气的壮年人，不但受到政治的打击，而且受到精神的摧残，在被拘之初心情是很绝望的，"自期必死"，曾经和妻子诀别，安排后事。[①]在牢狱中，死亡的恐惧又折磨了他好几个月。而亲朋远避，更使他感到世态炎凉，人情之浇薄。贬到黄州以后，物质生活向来优裕的诗人，遭遇贫困，有时竟弄到饿肚子的程度。他在《晚香堂书帖》中，借书写陶渊明的诗述及自己的窘境："流寓黄州二年，适值艰岁，往往乏食，无田可耕，盖欲为陶彭泽而不可得者。"[②]这一切使这个生性豪放，激情和温情俱富的诗人受到严重的精神创伤。在如此严酷的逆境中，以诗获罪的诗人，不得不寻求自我保护，表现出对贬谪无怨无尤、随遇而安的样子，但是他又岂能满足于庸庸碌碌苟且偷生？因而，在

① 参见苏轼《杭州召还乞郡状》，《苏轼文集》（中华书局版点校本）卷三十二，及孔凡礼《苏轼年谱》（上），中华书局 1998 年，第 451 页。

② 参见孔凡礼《苏轼年谱》（中），中华书局 1998 年，第 537 页。

生活态度上，创造出一种超越礼法，对人生世事豁达淡定、放浪形骸的姿态。《东坡乐府》卷上《西江月》自序说：

春夜行蕲州水中，过酒家，饮酒醉，乘月到一溪桥上，解鞍，曲肱醉卧少休，及觉已晓，乱山攒拥，流水铿然，疑非尘世也，书此语桥柱上。[①]

这样的姿态，和他的朋友柳永的“今宵酒醒何处？杨柳岸，晓风残月”，有一脉相通之处。醉卧溪桥的自由浪迹、从容豁达，就成为此时期词作中名士“风流”的主题。

这个主题，从根本上来说，是一种出世的想象。这种出世的想象，并不完全是僧侣式的苦行，从正面说，是从大自然中寻求安慰；从反面说，是对自己精英身份的漫不经心。宛委山堂《说郛》言苏轼初谪黄州，“布衣芒履，出入阡陌，多挟弹击江水，与客为娱乐。每数日必一泛舟江上，听其所往，乘兴入旁郡界，经宿不返”。[②]贬官的第三年，在《定风波》前言中这样自叙：“沙湖道中遇雨。雨具先去，同行皆狼狈，余独不觉。已而遂晴，故作此。”他把这种姿态诗化为一种平民的潇洒：“竹杖芒鞋轻胜马，谁怕？一蓑烟雨任平生。料峭春风吹酒醒，微冷，山头斜照却相迎。”

但是，这种不拘礼法，这种放浪，毕竟和柳永有所不同。其一，这里有他的哲学和美学基础，因而，他的风流不仅仅是名士之风流，而且是智者的风流。正是因为这样，在《前赤壁赋》中，不但诗化了江山之美，而且将之纳入宇宙无限和生命有涯的矛盾之中，把立意提升到生命和伟业的矛盾的高度。其二，正因为是智者，他的不拘礼法，是很自然的，很平静的，很通脱的。因而，长江在他笔下，宁静而且清净：“清风徐来，水波不兴”“白露横江，水光接天”，这正是他坦然脱俗的心境。在这种心境的感性境界中，融入了形而上的思索，就成了《前赤壁赋》中苏轼的心灵图景。

如果这一切就是苏东坡内心的全部，那他就没有必要接着又写《念奴娇·赤壁怀古》了。张侃《拙轩词话》说：“苏文忠《赤壁赋》不尽语，裁成‘大江东去’词。”[③]“不尽语”，是什么语呢？《赤壁赋》中的心灵图景虽然深邃，但毕竟是以智者的通脱宁静为基调的，而苏东坡不仅仅是个智者，内心还有一股英气豪情，不能不探寻另一种风流。

正是因为这样，在《念奴娇·赤壁怀古》中，读者看到的是另一个赤壁。《赤壁赋》中天光水色纤尘不染的长江，到了《念奴娇·赤壁怀古》中变成了波澜壮阔、撼山动岳、激情不可羁勒的怒潮。这当然不仅仅是自然景观的特点，其间还涌动着苏东坡压抑不住的豪情。但是，光有豪情，还算不上风流。《赤壁怀古》的任务，就是要把豪情和风流结合

① 参见孔凡礼《苏轼年谱》（中），中华书局 1998 年，第 537 页。

② 参见孔凡礼《苏轼年谱》（上），中华书局 1998 年，第 496 页。

③ 张侃《拙轩词话》，见《张氏拙轩集》卷五，影印本文渊阁《四库全书》（第 1181 册），第 4 页。

起来。

“江山如画，一时多少豪杰！”“如画”是上半片的结语。但这“画”，不仅仅是长江的自然景观，而且有“千古风流”“一时多少豪杰”的人文景观为之作注。自然景观雄奇的伟绩，正是他内心深处政治和人格的理想的意象。作为上片和下片之间意脉的纽结，这里是一个极其精致的转折：“千古风流”转换成“一时豪杰”。意脉的密合就在于从英雄的多数，凝聚到唯一的英雄周瑜身上。

此句承上启下，功力非凡，以至近千年后，毛泽东在《沁园春·雪》中，从上片转向下片，从咏自然景观的雪转向咏无数历代英雄人物，几乎是用了同样的句法：“江山如此多娇，引无数英雄竞折腰。”

《前赤壁赋》中主角是曹操，而《赤壁怀古》的主角则是周瑜。曹操从“一世之雄”变成了“灰飞烟灭”。很显然，在成败生灭的矛盾中，周瑜成为颂歌的最强音。当然，这并不完全是歌颂周瑜，同时也有苏东坡的自我期许在内，元好问说：“东坡赤壁词，殆戏以周郎自况也。”①

可惜的是，元好问对自己的论点没有切实的论证。其实，苏东坡在词的下半片，对历史上的周瑜进行了升华。表面上，越是把周瑜理想化，就越是远离苏轼；实质上，按照自己的气质重塑周郎，越是理想化，就越是接近苏轼灵魂，越是带上苏东坡的情志色彩。

首先是把以弱搏强的、充满了凶险、血腥的赤壁之战，诗化为周瑜“谈笑间”便使“樯橹灰飞烟灭”。“谈笑间”，应该是从李白《永王东巡歌》“但用东山谢安石，与君谈笑净胡沙”中脱胎而来，表现取胜之自如而轻松。这种指挥若定、决胜千里、轻松潇洒的形象，正是从一开头“千古风流”的基调中演绎出来的。

其次，这种理想化的“风流”还蕴含在“雄姿英发”的命意之中。苏轼对曹操的想象是“一世之雄”，定位在一个“雄”字上。而对于周瑜，如果要在“雄”字上做文章，笔墨驰骋的余地是很大的。那个“破荆州，下江陵”“酾酒临江，横槊赋诗”的曹操就是被周瑜打得“灰飞烟灭”的。但是，如果一味在“雄”的方面发挥才思，那就可能远离“风流”了，苏轼的思路陡然一转，向“英发”的方面驰骋笔力，让周瑜在豪气中渗透着秀气。“羽扇纶巾”，完全是苏东坡自我期许的同化。把一个“衔命出征，身当矢石，尽节用命，视死如归”的英雄变成手拿羽毛扇的军师、头戴纶巾的儒生智者。从诗意的营造上看，光是斩将拔旗的武夫，是谈不上“风流”的，带上儒生智者的从容，甚至漫不经心，才具备“风流”的属性。从中不但可以看出苏东坡的政治理想，而且可以感受苏东坡的人生美学。一

① 元好问《题闲闲书赤壁赋后》，姚奠中主编《元好问全集》(增订本下)，李正民增订，山西古籍出版社2004年，第843页。

方面，在正史传记中，谋士的价值是远远高于猛士的。汉灭项羽后，论功行赏，萧何位列第一，而曹参虽然攻城夺寨，论武功第一，但是位列萧何之后。刘邦这样解释："夫猎，追杀兽兔者狗也，而发踪指示兽处者人也。今诸君徒能得走兽耳，功狗也。至如萧何，发踪指示，功人也。"[①]（《史记·萧相国世家》）故张良的军功被司马迁总结为"运筹帷幄之中，决胜千里之外"。另一方面，苏东坡不是范仲淹，他没有亲率铁骑克敌制胜的实践，他理想中的英雄，只能是充满谋士、军师气质的英才。故黄苏《蓼园词评》说："题是怀古，意谓自己消磨壮心殆尽也。总而言之，题是赤壁，心实为己而发。周郎是宾，自己是主。借宾定主，寓主于宾，是主是宾，离奇变幻。"[②]不可忽略的是，苏东坡举重若轻，笔走龙蛇，仅仅用了四五个意象（羽扇、纶巾、谈笑、灰飞烟灭），就把豪杰风流和智者的风流统一了起来。

当然，也有论者提出这里的"羽扇纶巾"，不是周瑜，而是诸葛亮。俞陛云《唐五代两宋词选释》说："题为'赤壁怀古'，故下阕追怀瑜亮英姿，笑谈摧敌。"刘永济《唐五代两宋词简析》也以为："后半阕更从'多少豪杰'中，独提出最典型之周瑜及诸葛亮二人，而以强虏包括曹操。"[③]此说，似无根据。从历史事实来看，赤壁之战的主力是孙吴，刘备只是配角而已。北魏郦道元的《水经注》中，赤壁战场的主角也是周瑜："江水左径百人山南，右径赤壁山北，昔周瑜与黄盖诈魏武大军处所也。"[④]因而，在唐诗中，赤壁只与周郎联系在一起。李白《赤壁歌送别》中有："二龙争战决雌雄，赤壁楼船扫地空。烈火张天照云海，周瑜于此破曹公。"杜牧《赤壁》："东风不与周郎便，铜雀春深锁二乔。"胡曾《咏史诗·赤壁》："烈火西焚魏帝旗，周郎开国虎争时。交兵不假挥长剑，已挫英雄百万师。"杜甫《八阵图》："功盖三分国，名成八阵图。"述诸葛亮的功绩不提赤壁。洪迈在《容斋随笔》中说《赤壁怀古》有苏东坡的朋友黄鲁直（庭坚）的手写稿，并不是"周郎赤壁"，而是"孙吴赤壁"。[⑤]就是"人道是，三国周郎赤壁"，也有人指出，"三国"在后来的版本中，苏东坡已经改成了"当日"。[⑥]这说明，在苏轼同时代人心目中，赤壁主战场和诸葛亮几乎没有关系。鲁迅在《古小说钩沉》中引晋人裴启《裴子语林》中"诸葛武侯"条：

诸葛武侯与宣王在渭滨，将战，宣王戎服莅事；使人观武侯。乘素舆，著葛巾，

---

① 司马迁《史记·萧相国世家》，中华书局1982年，第2015页。

② 黄苏《蓼园词评》，唐圭璋编《词话丛编》（第四册），中华书局1986年，第3077页。

③ 刘永济《唐五代两宋词简析》，上海古籍出版社1981年，第48页。

④ 郦道元《水经注》卷三十五，《四库全书》，史部，地理类，河渠之属。

⑤ 洪迈《容斋随笔·续笔·诗词改字》，昆仑出版社2001年，第513页。

⑥ 曾寄狸《艇斋诗话》，见吴熊和主编《唐宋词汇评·两宋卷》（第一册），浙江教育出版社2004年，第424页。

持白羽扇，指麾三军。众军皆随其进止，宣王闻而叹曰："可谓名士矣。"①

诸葛亮"乘素舆，著葛巾，持白羽扇，指麾三军"的形象见于裴启以后、苏东坡以前之许多书籍，②可见是某种共识。其实，苏东坡是明知这一点的，前文所引《赤壁洞穴》就明明说"黄州守居之数百步为赤壁，或言即周瑜破曹公处"，把原来属于诸葛亮的形象，转嫁给了周瑜，这是很有气魄的。这可能与苏轼对诸葛亮的评价有保留有关系。他在《诸葛亮论》中这样说："取之以仁义，守之以仁义者，周也。取之以诈力，守之以诈力者，秦也。以秦之所以取取之，以周之所以守守之者，汉也。仁义诈力杂用以取天下者，此孔明之所以失也……刘璋以好逆之，至蜀不数月，扼其吭，拊其背，而夺之国，此其与曹操异者几希矣。"③把诸葛亮看成和曹操差不多，当然就不用"著葛巾，持白羽扇，指麾三军"来美化他，而在赤壁这个具体场景，最方便的转移就是周瑜了。把赤壁之战和诸葛亮的主导作用固定下来的应该是《三国演义》。罗贯中把理想化的周瑜"羽扇纶巾"的风流造型转化为诸葛亮的形象，完全是出于刘家王朝正统观念。④

再次，周瑜形象的理想化，还带上了苏东坡式的"风流"。在一开头，苏轼把"千古"英雄人物，用"风流"来概括，渐渐演化为把"豪杰风流"和"智者风流"相结合，但是，苏轼意犹未尽，进一步按自己的生命理想去同化周瑜。在这位毫不掩饰对异性的爱好的诗人的感觉中（甚至敢于带着妓女去见和尚），光有政治上的雄才大略，兴致还不够淋漓，还要加上红袖添香才过瘾。正是因为这样，"小乔初嫁"，才被他推迟了十年，放在赤壁之战的前夕。其实，这个小乔初嫁，从历史上来说，并没有多少浪漫色彩。孙策指挥周瑜攻下了皖城，大乔小乔不过是两个战利品，孙策和周瑜平分，一人一个。《三国志·吴书》这样说：

策欲取荆州，以瑜为中护军，领江夏太守，从攻皖，拔之，时得乔公两女，皆国色也。策自纳大乔瑜纳小乔。《江表传》曰："策从容戏瑜曰：'乔公二女虽流离，得吾

① 鲁迅《古小说钩沉》，人民文学出版社1955年，第7页。这段佚文有小字注曰："《书钞》一百八十，又一百三十四，又一百四十；《类聚》六十七；《御览》三百七，又七百二，又七百七十四。"可知这段文字出自《北堂书钞》《艺文类聚》《太平御览》等书。而且"持白羽扇"后还有小字注"亦见《初学记》二十五、《六帖》十四、《事类赋注》十五"。按《裴子语林》为东晋裴启作，后《世说新语》多取材于此。

②《北堂书钞》，唐初虞世南辑；《艺文类聚》，欧阳询主编，武德七年（624）成书；《初学记》，徐坚撰；《六帖》，白居易撰；《太平御览》，宋太宗命李昉等编，成于太平兴国八年（983）；《事类赋注》，宋初吴淑撰。这些书，都在苏东坡以前，可以看出，诸葛亮这样的形象几乎可以说是某种共识。

③ 苏轼《东坡全集》卷四十三，《四库全书》，集部，别集类，北宋建隆至靖康。

④《三国演义》中，这种理想化的艺术调包现象很多，例如，把孙权在须濡口视察曹操军营，一侧被射倾歪，乃命以另一侧迎之而脱险的故事，也改头换面转移到诸葛亮的草船借箭中去。

二人作婿亦足为欢。'”[①]

苏东坡把身处“流离”的小乔，转化为周瑜的红颜知己，英雄灭敌，红袖添香。在豪杰风流、智者风流之中，再掺入一点名士风流的意味，就把严峻的政治军事功业和人生幸福结合起来。从这里，读者不难看到苏轼与他的朋友柳永的相通之处，而且可以看到苏轼比柳永高贵之处。这不仅是个人的相通，而且是宋词豪放与婉约的交叉。

这种交叉的深刻性在于，苏东坡的赤壁诗赋中，不但出现了两个赤壁，而且出现了两个苏东坡。一个是出世的智者，在逆境中放浪山水，进行宇宙人生哲学思考，享受生命的欢乐；一个是入世的英才，明知生命短暂，仍然珍惜着建功立业的豪情。两个苏东坡，在他内心轮流值班，似乎相安无事，但又不无矛盾。就是把这两个灵魂分别安置在两篇作品中，矛盾仍然不能回避。英才的业绩是如此轻松地建立，阵前的残敌和帐后的佳人都是成功的陪衬，在“故国神游”之际，英雄气概迅速达到高潮，所有的矛盾，似乎杳然隐退，但是，有一点无法回避，那就是短暂的生命。“早生华发”，周瑜三十四岁就建功立业了，而自己四十八岁却滞留贬所，远离中央王朝。这就引发了“多情应笑我”。这是生命对理想的嘲弄，英雄伟业那么精彩，自己却遥不可及。这是很难达到潇洒“风流”的境界的。不管苏轼多么豁达，也不能不发出“哀吾生之须臾，羡长江之无穷”的喟叹。但是，苏轼的魄力在于，即便在这种局限中，也能进入潇洒“风流”的境界。

关键在“一樽还酹江月”。

虽然自己年华虚度，但古人的英雄业绩还是值得赞美，值得神往的。不能和周瑜一样谈笑灭敌，却可以和曹操一样“酾酒临江”，这也是一种“风流”，但是，达不到智者的最高层次。从结构上讲，“一樽还酹江月”，酾酒奠古，和题目“赤壁怀古”是首尾呼应。但如果仅仅是这样，只是散文式的呼应。从诗的意脉来说，这里还潜藏着更为深邃丰富的密码。诗眼在“江月”，特别是“江”字，在结构上，是意脉的深邃的纽结。

第一，开头是“大江东去”，结尾回到“江”字上来，不但是意象的呼应，而且是字眼的密合。第二，所要祭奠的古人，开头已经表明，不管是曹操还是周瑜，都被大江的浪花“淘尽”了，看不见了，看得见的只有月亮。但是，光是月亮，没有时间感。一定要是江中的月亮，大江是时间的“江”，把英雄淘尽的浪花是历史的浪花，“江”是在不断消逝的，可是月亮，“江”中的“月”，却是不变的，当年的“月”超越了时间，今天仍然可见。“江”之变与“月”之不变，是消逝与永恒的统一。在这里，苏东坡是有意为之的。《前赤壁赋》有言：“客亦知夫水与月乎？逝者如斯，而未尝往也。盈虚者如彼，而卒莫消长

① 周瑜娶小乔是建安三年（198）攻取皖城胜利之时，十年后，才有赤壁之战。见陈寿《三国志·吴书·周瑜传》，中华书局2005年，第932页。

也。”时间不可见，流水可见，逝者已逝，月亮未逝。所以才有“挟飞仙以遨游，抱明月而长终”。明月是“长终”——不朽的象征。但是，这一切，并不能解决“哀吾生之须臾，羡长江之无穷”的矛盾。水中的月亮，虽然是可见的、不变的，但是，毕竟不同于直接可捉摸的实体。按照佛家六根随缘生灭说，江上的明月、山间的清风是无穷的，但仍然要有耳和目去得它。但是，耳和目却不是永恒的，如果耳和目不存在了，这个无穷就变成有限了。所以人生局限一如耳目之短暂。这就不能不产生“人生如梦”（一作“如寄”）的感叹。如果一味悲叹，就“风流”潇洒不起来了。苏东坡的“梦”并不悲哀。他是一个入世的人，他的“梦”不是佛家所说的梦幻泡影，妄执无明。他说“人生如梦”，意在强调人生是短暂的，也并不如佛家那样要求六根清净，相反，他倒是强调五官开放，尽情享受大自然和历史文化的美好、艺术的美好。这种美好的信念使得苏轼得到了如此之慰藉，主人与客人乃率性享乐：“洗盏更酌。肴核既尽，杯盘狼藉。相与枕藉乎舟中，不知东方之既白。”

就是在人生如梦的阴影下，苏轼也还是可以潇洒风流起来的。

就算是“梦”吧，在世俗生活中，“梦”并不一定是美好的，乌台诗案就是一场噩梦。但是，噩梦毕竟过去了，就是在厄运中，人生之“梦”还是美好的。究竟美到何种程度，这在《念奴娇·赤壁怀古》中还是比较抽象的。也许这样复杂的思想，这样自由的境界，在短小的词章中，实在容纳不了。于是，在几个月以后的《后赤壁赋》中出现了正面描写的美梦：

> 时夜将半，四顾寂寥。适有孤鹤，横江东来。翅如车轮，玄裳缟衣，戛然长鸣，掠予舟而西也。须臾客去，予亦就睡。梦一道士，羽衣蹁跹，过临皋之下，揖予而言曰：“赤壁之游乐乎？”问其姓名，俯而不答。“呜呼！噫嘻！我知之矣。畴昔之夜，飞鸣而过我者，非子也邪？”道士顾笑，予亦惊寤。开户视之，不见其处。

这个“梦”比之现实要美好得多了。为什么美好？因为自由得多了，也就是“风流”潇洒得多了。这里是出世的境界，诗的境界，是神秘的境界，是孤鹤、道士的世界，究竟是孤鹤化为道士，还是道士化为孤鹤，类似的命题，连庄子都没有细究，不管如何，同样美妙。现实的严酷是不能改变的，忘却却能显示精神超越的魄力，只有美好的忘却，才有超越现实的自由。只有风流潇洒的名士，才能享受这样似真似幻的“梦”。

这里出现了第三个苏东坡，把豪杰风流的豪放、名士风流和智者风流的婉约结合起来的苏东坡。传统词评对于词风常常机械地划分为豪放、婉约，知其区分而忘却其联系，唯具体分析能破除此弊。

俞文豹《吹剑录》说：

> 东坡在玉堂，有幕士善讴，因问：“我词比柳七何如？”对曰：“柳郎中词只合

十七八女孩儿执红牙板歌‘杨柳岸，晓风残月’，学士词须关西大汉，执铁板唱‘大江东去’。”①

这个说法，由于把豪放和婉约两派的风格，说得很感性、很生动，因而影响很大，但由此而生的遮蔽也很大。本来，豪放和婉约都是相对的。任何区分都不可能绝对，划分有界限是问题的一个方面，而相互之间的联系和转化，则是另一方面。从词人的全部作品来说，豪放和婉约的交叉和错位，则更是常见。东坡《赤壁怀古》中的“大江东去”，以妙龄女郎吟哦，不能曲尽其妙，而其词中的自由浪迹，醉卧溪桥，由关西大汉来吟唱，也可能不伦不类。这一点之所以值得一提，是因为苏氏词赋中的旷世杰作，还有既难以列入豪放，亦难以划归婉约的风格，比如赤壁二赋，似乎既不适合关西大汉慷慨高歌，也不适合妙龄女郎浅斟低唱。诗人为之设计的是，清风徐来，水波不兴，白露横江，水光接天，扁舟一叶，顺流而下，纵一苇之所如，凌万顷之茫然，洞箫婉转，如泣如诉，如慕如怨，与客做宇宙无限、生命有限之答问。这个洞箫遗响无穷中的“梦”，正是从《赤壁怀古》中衍生而来的。可以说，是对《赤壁怀古》“人生如梦”的准确演绎。这个“梦”正是苏轼的人生之“梦”，是诗人的哲学之“梦”，也是智者的诗性之“梦”。在这个“梦”中融入了豪放的英气、婉约的柔情和智者的深邃，英才的、情人的、智者的风范在这里得到高度的统一。这个“梦”不是虚无的，而是理想化的、艺术化的，是值得尽情地、率性地、放浪形骸地享受的。也许在苏轼看来，能够进入这个境界的，才是最深邃的潇洒，最高层次的“风流”。

① 曾枣庄主编《苏词汇评》，四川文艺出版社2000年，第43页。

《定风波》：诗情和哲理的统一
—— 在精神危机中探索生命价值建构

解读焦点：对于苏东坡晚年的思想和艺术，人们习惯于聚焦于《赤壁怀古》和前后《赤壁赋》，但是，这些只是苏东坡精神危机的探索，以豪放风格为特点。更能表现他精神危机获得解脱，在艺术上将婉约风格发挥到极致的，应该是两首《定风波》。词前皆有小序提供了原生素材现场即时遭遇，而词作将儒家、佛家道家哲理交融，在放得下和放不下中建构起自己的精神家园。

苏轼《定风波》（莫听穿林打叶声）：

三月七日，沙湖道中遇雨，雨具先去，同行皆狼狈，余独不觉。已而遂晴，故作此。

莫听穿林打叶声，何妨吟啸且徐行。竹杖芒鞋轻胜马，谁怕？一蓑烟雨任平生。

料峭春风吹酒醒，微冷，山头斜照却相迎。回首向来萧瑟处，归去，也无风雨也无晴。

一、精神危机

这首词写于宋神宗元丰五年（1082）。三年前，苏轼因“乌台诗案”差一点死于非命，在皇太后庇护下，逃过了政敌的迫害，被贬黄州，名义上是“检校尚书水部员外郎，黄州团练副使”，头衔冠冕堂皇，其实是中国特色的文字游戏。“水部员外郎”是中央政府工部一个司的副长官，官衔不小，但是，“检校”则是代理或者虚衔，“团练副使”是地方军事助理官，但是规定“不得签书公事”，没有任何职权。“本州安置”无异于如画地为牢，实质上是为当地官员监视的流放犯官。而薪资，并不是流通的金银，只是一些旧的酒囊之类，既不能吃，又不能用。初到时生计困难，居无定所，在寺院里寄食。后来通过关系弄了一块田来种，勉强维持一家生计。用白居易的典故，自号“东坡居士”，农夫、隐士与佛门信徒之义皆具。

从此苏轼就成了苏东坡，名号不同，自我感觉发生变化。

往日叱咤中央政坛风云、掌管国柄的记忆皆成过眼烟云，把自己当成一个普通百姓也罢。路上和农夫，磕磕碰碰，也无人知道他是何等高人。在一段时间里，一些亲朋中断了联系，就是对至爱亲朋，他发出书信，都嘱友人阅后即焚。

已经是第三个春天了。苏东坡此时正忍受着内心痛苦，体验着精神危机。

在被捕押解途中，入狱之前、之后，他都有过自杀的念头，此时，自杀是没有必要了。有时“焚香默坐，深自省察”[①]也难以驱赶孤寂空虚之感：“黄州真在井底，杳不闻乡国消息。”[②]失去政治抱负，生命价值何在？大量的诗词和散文，留下了精神危机的记录。在散文中，他不能不正视现实，偏多自谴，给司马光的信说“以愚昧获罪，咎由自招，无足言者”，给章惇的信中说“追思所犯，真无义理，与病狂之人蹈河入海者无异。方其病作，不自觉知，亦穷命所迫，似有物使，及至狂定之日，但有惭耳”。[③]但是，文和诗的功能是不同的，文载道，诗言志，特别是在词中，他根本没有这种自谴的犯罪感，往往放松精神压力，自由、自在而自得。

《东坡乐府》卷上《西江月》自序说：

> 春夜行蕲州水中，过酒家，饮酒醉，乘月到一溪桥上，解鞍，曲肱醉卧少休，及觉已晓，乱山攒拥，流水铿然，疑非尘世也，书此语桥柱上。[④]

词曰：“解鞍攲枕绿杨桥，杜宇一声春晓。”似乎意味着接受噩运的安排，豁达淡定、寄情山水，超越礼法，放浪形骸，名士风流，此生足矣。

表面上，他成了思想空洞的浪荡名士，逍遥淡定，徜徉恣肆，内心却摆脱不了大起大落的骚乱。作为知识精英，不能建功立业，活着有什么意义，这是个沉重的问题。在《前赤壁赋》中，曹操“破荆州，下江陵，顺流而东也，舳舻千里，旌旗蔽空。酾酒临江，横槊赋诗”固然功业甚伟，就是这样的“一世之雄”也“灰飞烟灭”了。在《念奴娇·赤壁怀古》中，他不能释怀的是，周瑜才三十岁就“羽扇纶巾，谈笑间，樯橹灰飞烟灭”，立下

---

① 孔凡礼《苏轼年谱》（上），中华书局 1998 年，第 475 页。
② 孔凡礼《苏轼年谱》（上），中华书局 1998 年，第 496 页。
③ 孔凡礼《苏轼年谱》（上），中华书局 1998 年，第 476 页。
④ 孔凡礼《苏轼年谱》（中），中华书局 1998 年，第 537 页。

不世功勋，自己四十多岁了，只是一个流放犯官。早生华发，时不待人，难道就这样了此一生？“人生如梦”啊！在《前赤壁赋》中，对于短暂的梦，找到了哲学上相对的阐释，“自其变者而观之，则天地曾不能以一瞬；自其不变者而观之，则物与我皆无尽也”。在《后赤壁赋》中，更直接抒写这人生之“梦”，不管是孤鹤化为道士，还是道士化为孤鹤，都很神秘而美好。他从庄子的相对性的哲理获得了安慰，形而上的思索给他受伤的心灵以安抚。

在札记和书信中，他多多少少有犯罪感，有痛苦，甚至悔恨，但是，在词中，他没有自怨自艾，他没有怨恨，不宣泄痛苦。一心寻求无所作为的人生价值和意义，《定风波》就是在这种探索中，达到形而上学和形而下生命统一的、情理互补的境界。这里，情感和哲理水乳交融。

要将艺术的奥秘从中分析出来，有如从细胞形态中分解出DNA密码。这是极大的难题，不但是中国的，而且是世界性的。西方文论在这方面已经公然宣布失败，公然放弃了。美国文艺理论最高权威希利斯·米勒说得很绝，欧美没有一种有效的理论可以解读作品：“我的结论是，理论与阅读之间是不相容的。”[①]为什么呢？原因很简单，他们满足于从概念到概念的演绎，脱离创作实际，其理论必然脱离阅读。其实，海德格尔对此有自己的看法。

> 作品的被创作存在只有在创作过程中才能为我们所把握。在这一事实的强迫下，我们不得不深入领会艺术家的活动，以便达到艺术作品的本源。完全根据作品自身来描述作品的作品存在，这种做法业已证明是行不通的。[②]

这就是说，唯有还原到创作实践过程中，才可能揭示其艺术奥妙。但是，创作过程不可见，全凭读者想象，难度甚大。原生的形态变为诗的艺术，不但在形态上，而且在性质上已经发生变化。这一点清代的吴乔说得最为透彻。

> 又问：“诗与文之辨？”答曰：“二者意岂有异？唯是体制辞语不同耳。意喻之米，文喻之炊而为饭，诗喻之酿而为酒；饭不变米形，酒形质尽变；啖饭则饱，可以养生，可以尽年，为人事之正道；饮酒则醉，忧者以乐，喜者以悲，有不知其所以然者。”[③]

要把质变了的形象还原出来，把酒还原成米，不是一般读者所能胜任的。但是，非常幸运的是，苏东坡的词作前面往往有小序，交代原生的本事。这就等于把原生素材直接还原出来，把矛盾呈现在读者面前。这就为解读提供了得天独厚的方便。

---

① 米勒《致张江的第二封信》，《文学评论》2015年第4期。

② 海德格尔《艺术作品的本源》，《海德格尔选集》(上)，上海三联出版社1996年，第297页。

③ 王夫之等撰《清诗话》，上海古籍出版社1978年，第27页。类似的意思在吴乔的《围炉诗话》中有更为详尽的说明。

二、散文小序升华为诗

三月七日，沙湖道中遇雨，雨具先去，同行皆狼狈，余独不觉。已而遂晴，故作此。

下雨了，雨具却先送回去了，免不了淋雨，同行的人，毫无例外，都“狼狈”。苏轼却“不觉”，无所谓。有什么严重后果呢？如果有，就会有情节，至少可以写成散文。但是，不久天气晴了，啥事也没有。这样的素材，就是写《东坡札记》那样的小散文也不够。但是，苏东坡却把它写成了千古绝唱。

“莫听穿林打雨声”，写雨，不直接写雨，写雨的效果，雨来得有声势，穿林打叶有声。但是，“莫听”，一不在意风雨，二瞧不起同行人“狼狈”。不但不去看，而且不去听。

唐宋诗人笔下，雨的诗意，大体是看的，看可以拉开距离，更多是听：因为听更有距离感：“飒飒东风细雨来，芙蓉塘外有轻雷。”（李商隐）“从今有雨君须记，来听萧萧打叶声。”（韩愈）“细雨梦回鸡塞远，小楼吹彻玉笙寒。”（李璟）“小楼一座听春雨，明朝深巷卖杏花。”（陆游）苏东坡倒是写过暴雨：“黑云翻墨未遮山，白雨跳珠乱入船。卷地风来忽吹散，望湖楼下水如天。”（《望湖楼醉书》）一看而过，精英文人更偏爱细雨，细雨隐含着心绪宁静，经得起默默欣赏，体验自我心情的微波。细雨不是漫不经心地一瞥，而是静静地观看的：“细雨鱼儿出，微风燕子钭。”（杜甫）看不见，听不见，无声的雨，才更经得起欣赏：“细雨湿衣看不见，闲花落地听无声。”（刘长卿）“随风潜入夜，润物细无声。”（杜甫）这里渗透着中国古典诗歌的艺术奥秘，寄托在景观中的情感是微妙的。感情越是隐微妙越精彩，司空图的《二十四诗品》给“冲淡”风格以突出的地位。其意往往是“独”“淡”“默”，其境则是野旷、虚寂：“素处以默，妙机其微。”

但是，用冲淡来形容苏东坡这样写雨，似乎并不确切。因为他的姿态并不冲淡，而是“何妨吟啸且徐行”，不是和雨拉开距离，而是在雨中行走，连淋湿衣衫都不在乎，这已经是很出格了，还要“吟啸”，吟是吟诗，啸，是古代文人噘起嘴唇吹气，大致相当于吹口哨，跑到雨中去吟诗，还吹着口哨，这种从容不迫的姿态、满不在乎的精神状态，是苏东坡的一大发明，李白在诗中，再放肆地做出狂傲的动作，也不会在雨中唱歌。“竹杖芒鞋轻胜马”，穿一双草鞋，把竹竿当拐杖，也比当官骑马更轻松自在。接着是：“谁怕？”大白话，老夫不怕！不怕淋雨感冒。有什么理由不怕？下面是情志的聚焦：“一蓑烟雨任平生。”“任平生”三个字，让雨的性质发生了质变。不再是“三月七日”的雨，也不是原生素材“沙湖道上”即来即逝的雨，雨超越了时间的限制，成了平生的雨，空间上，成了地点普泛的雨，从性质上，不再是让人“狼狈”的雨。不是来势汹汹的，穿林打叶有声的大雨，变成了“烟雨”，烟就是雾，蒙蒙细雨，唐诗中早成传统意象，让人赏心悦目的。崔湜“江山跨七泽，烟雨接三湘”，刘禹锡“巫峡苍苍烟雨时”，白居易“登台北望烟雨深”，元结“千里枫林烟雨深”。这里的“烟”字很奇特，它本义是形而下的，人间烟火，是没有诗意的，但是，烟雨，就很高雅，“江上柳如烟”（温庭筠）烟带上春天的柳色更高雅。但是，烟和云结合在一起就不同了：过眼烟云，就有贬义了。这里的烟雨和“平生”联系在一起，就和苏东坡的生命联系在一起，生命的自如，自在，自得，蕴含在“一蓑”之中。现实的雨，是要有雨具来遮挡躲避的，而词中烟雨只要“一蓑”却不用来遮挡，而是逍遥在细雨中，不是一时，而是一生。这“一蓑”是渔翁的传统意象。“蓑”本来是名词，这里用作量词，汉语中，同样的词法有：两袖清风、一身正气，一头雾水。概括力是很高的。一蓑烟雨，加上竹杖芒鞋，一共四个意象，构成了朴素逍遥的图景，而且将令人狼狈之大雨，提升为人生享受之烟雨。

不能不承认，这个形象境界并不是苏东坡的原创，而是化用了张志和的《渔歌子》：

西塞山前白鹭飞，桃花流水鳜鱼肥。青箬笠，绿蓑衣，斜风细雨不须归。

但是，张志和在斜风细雨中，只是面对富足的美景不躲避，很逍遥（不须归），而苏东坡却是在逆境中，吟诗吹口哨。“任平生”的“任”，很传神，就是一生都在风风雨雨之中，顺其自然，潇洒走一回。“一蓑烟雨任平生”就这样成为人生观的格言。

这是情志交融的总结。前面的句子都是为这一句铺垫，在意脉上蓄势。为了这个肯定性的格言，前面的句法语气，极尽变化之能事。第一句，“莫听”，否定句；第二句“何妨”，反问句；第三句“竹杖芒鞋”，肯定句；第四句“谁怕”，反问句。蓄势已经足，才用肯定句亮出思想和艺术的聚焦：“一蓑烟雨任生平。”这样多变的句法，并不是词牌规定的，而是苏东坡的匠心，以此丰富的句法结构，超越散文实写，高度概括为人生观，是直白，而不是隐含在景观之中。这样的直白，带来了理论问题。

我国古典诗歌理论的主流，是情景交融，所谓“状难写之景如在目前，含不尽之意见于言外”，“诗家之景，如蓝田日暖，良玉生烟，可望而不可置于眉睫之前也”，“象外之象，景外之景”。久而久之，就有了一种共识：抒情，第一离不开景观；第二，情要隐藏在景观之中；第三，不能直接表白出来。也就是司空图所说的：“不着一字”才能“尽得风流”。严羽把抒情说得更形象：“如空中之音，相中之色，水中之月，镜中之象，言有尽而意无穷。”这一切后来被王国维简单化为“一切景语皆情语”。这不但得到后世一致的认同，而且被认为是提高品位的不二法门。但是，这从性质上来说，属于间接抒情。

诗人的感情难道只能以景来表达吗？显然不是。间接抒情并不是唯一的法门，直接抒情，也比比皆是。《诗大序》讲抒情就是比较强烈的："在心为志，发言为诗，言之不足，故长言之，长言之不足，故嗟叹之，嗟叹之不足，不知手之舞之足之蹈之也。"这显然是直接抒情，而且是强烈的感情的直接抒发。借景抒情并不全面，为什么取得了这样高的权威？因孔夫子说《关雎》"乐而不淫，哀而不伤"，感情不能太强烈，以含蓄隽永为上。毕竟孔夫子的权威更高，间接抒情在相当长的时间里，取得了优势，象外之象，言外之意，高度成熟，乃为神品，在理论上，积淀为中国特有的范畴：意境。

直接抒情，不讲意在言外，不讲含蓄隽永，是中国古典诗歌的另一法门，也有源远流长的传承，从《诗经》《楚辞》到汉魏乐府古诗的经典大都是直接抒情的。

苏东坡在雨中吟诗长啸，就是强烈地直接抒情："谁怕？"把感情直接倾泻出来，根本不讲究什么见于言外的不尽之意，不经营意境："一蓑烟雨任平生"，把人生观的理念都讲出来了。这样的艺术，有别于间接抒情的意蕴。我们来细读文本。

> 料峭春风吹酒醒，微冷，山头斜照却相迎。回首向来萧瑟处，归去。也无风雨也无晴。

"料峭春风吹酒醒"，这里有想象的大幅度跳跃，原本只是吟啸徐行，并没有饮酒，也就谈不上醉，这是提示"吟啸徐行"的效果，富有陶醉到忘却现实风雨的意味。如果一直醉下去，意脉就停滞了。"料峭春风"刺激他醒过来，在程度上定性为"微冷"。寒冷的程度太强，与全词的婉约情调不合。接着是，夕阳斜照的暖色调，不太强烈的光线，二者对比中和谐互补，陶醉而清醒，归去，像陶渊明那样归去吧。很散淡，潇洒到"也无风雨也无晴"。前面"一蓑烟雨任平生"的人生观还承认有风雨，而这里却没有风雨，也没有晴天，料峭春风微冷也好，斜照的夕阳温暖也好，都一样，没有区别，根本不存在。

从逻辑来说，这不合理，明明在烟雨之中，明明山头有夕阳，自相矛盾。但这是日常事理逻辑，而这里的自相矛盾，属于情感逻辑。吴乔在《围炉诗话》卷一中引用他的朋友贺裳的话说："严沧浪谓'诗有别趣，非关理也'，而理实未尝碍诗之妙。……理岂可废乎？其无理而妙者，如'早知潮有信，嫁与弄潮儿'，但是于理多一曲折耳。"[①]

"无理而妙"的规律很深邃。"无理"，是日常的事理，从美学来说，是实用价值，理性逻辑。"无理而妙"之"理"，是情感逻辑，是对于实用价值的超越。对于情感来说，对审美价值来说，对于诗来说，则是妙理。"嫁与钱塘贾，朝朝误妾期。早知潮有信，嫁与弄潮儿。"想改嫁不是无情，而是恨他不守信。为什么要他守信，怨之深，乃爱之深。期待之甚乃有愤激之语，深爱而愤激到发悔恨之语，乃是情感的极端化，这正是情感逻辑不同于理

① 吴乔《围炉诗话》，郭绍虞编选《清诗话续编》（第一册），上海古籍出版社 1983 年，第 478 页。

性逻辑之处。只是“于理多一曲折”，因为极端，所以曲折，从而“更进一层”，比实用理性，提升了一个层次，进入审美逻辑，相比实用理性，就不但不是“无理”，而且是情感极端之“妙理”，因而更有诗意。

三、精神危机解脱：放得下沉浮荣辱，放不下生命感情

驾驭情感逻辑，是唐宋诗人词人的一般水平。苏东坡情感逻辑之“妙”，还“妙”在蕴含着哲理。这与佛理有一点关系。他此时所纠结的是如何超越仕途的升沉悲欢，获得精神的安宁，在逆境中确立生命的终极意义。

按佛家《心经》，“观自在菩萨”，意思为观察内心菩萨，“照见五蕴皆空”，“五蕴”构成世间一切众生的五种要素（色、受、想、行、识），一切均因偶然的因缘，没有“任持自体”，也就是没有固定的体性和特质，依主观的感觉而存在，变化无常的，都是“空”的。与之相联系的是六根：眼、耳、鼻、舌、身、意。连无明之体也一样是“空”的，甚至生老病死也是一种假象，也就无所谓摆脱诸如此类的苦难的问题，更不能有所执着，因为执着也无所获得。觉悟了五蕴皆空这样的智慧，就“心无挂碍”，进入一种不垢不净，不增不减，一切都没有区别的境界。“度一切苦厄”，就能放下身外的一切颠倒梦想。执着，就是放不下，患得患失。放不下对自己的不公平，自己的失误，放不下自己的成功与荣耀，乃为痛苦悔恨的焦虑折磨。《定风波》最后一句“也无风雨也无晴”，风雨和阳光，就是宦海沉浮和内心荣辱，放下这种自我执着，超越一切颠倒梦想，就能度脱一切烦恼苦难，进入圆满的智慧境界。① 苏东坡从佛学得到解脱的启示，但是，他没有完全接受佛学那种“无明的自体”也是“空”、无常都是绝对的等观念，《赤壁赋》中以眼前的水与月为例说事物还有不空的一面：“客亦知夫水与月乎？逝者如斯，而未尝往也。盈虚者如彼，而卒莫消长也。”对这样的矛盾，他做了全面的总结：

> 盖将自其变者而观之，则天地曾不能以一瞬；自其不变者而观之，则物与我皆无尽也。而又何羡乎！

关于“色空”的问题，他也折中了一下：

> 且夫天地之间，物各有主，苟非吾之所有，虽一毫而莫取。

这就是说，物各有主，不属于我的，与我无关，可以说是“无我”：

---

① 《心经》有十八种译本，本文据饶宗颐《“心经”简林》（作者赠手书印刷本），香港天地图书有限公司，无页码。出版于20世纪90年代。笔者还参考了饶先生文后净因法师《“心经”释义——兼说“心经”中人生的三种境界》。

惟江上之清风，与山间之明月，耳得之而为声，目遇之而成色，取之无禁，用之不竭，是造物者之无尽藏也。

“惟江上之清风”，开头的“惟”，是逻辑的转折，但是，大自然的美景，在我的视觉、听觉感官前展开，那是造物者提供给我无穷无尽的享受。那就是说，不是五蕴皆“空”，不是“无眼耳鼻舌身意”，而是眼耳鼻舌身意皆饱和到“无尽藏”。苏东坡哲学上的折中解脱了他的精神危机。他依从佛家的“色空”，放得下，放下政治上的荣辱沉浮，获得形而上的自由，但是，他没有放下形而下的生命。他的五蕴六根太丰富，化为与造物者（大自然）无穷无尽耳目声色的享受。从佛家来说，他“情执深重”，慧根还达不到成佛的境界。故苏东坡自号“居士”，信佛而不出家。“定风波”，他平定了内心宦海的沉浮的“风波”。但是，从诗家来说，他的“色声香味触法”是异常丰富的，他宝爱着、享受着生命的七情六欲，只是在多彩的感知中，渗透着深邃的佛家哲理，在佛家哲理中充盈着饱和的情感。

他的天才，他的精彩就在于将此贯彻到生活中去，就是面临平常的琐事，往往也能盘活潜意识深层的积淀，将之上升到哲理，后来又写了一首《定风波》，想来，对“风波”这个意念有特殊的感受。词前面有小序曰：

王定国歌儿曰柔奴，姓宇文氏，眉目娟丽，善应对，家世住京师。定国南迁归，余问柔：“广南风土应是不好？”柔对曰：“此心安处，便是吾乡。”因为缀词云。

词曰：

常羡人间琢玉郎，天应乞与点酥娘。自作清歌传皓齿。风起，雪飞炎海变清凉。

万里归来年愈少。微笑，笑时犹带岭梅香。试用岭南应不好。却道，此心安处是吾乡。

这是赞美女郎的美，不写她的容貌，而是写她歌声美，但音乐之美，语言难以直接传达，妙在写音乐之美的效果，听到她的歌声，“炎海”似的南方酷热，顿时变得“清凉”。妙在将听觉之美化为触觉之美。接着写容貌，并不写其五官，只写其随夫流放蛮荒边陲多年，不见色衰，却显得越发年轻：“年愈少”，这也许是恭维俗套。下面写“微笑”，以笑写美人，从《诗经》的“巧笑倩兮”就成了传统技巧，后来就有了白居易的“回头一笑百媚生，六宫粉黛无颜色”，不正面写美人，而写其一笑的效果，成为千古名句。苏东坡写美女“笑时犹带岭梅香”，把视觉的美以嗅觉的香，已经很推陈出新，更精致的是这种香属于流放地的岭梅，意象不但出新，而且意蕴丰厚。至此为止，在歌颂美女的诗词中，已经是上品，但是，苏东坡高格并不在美人，而借此引出自己的精神境界。

试问岭南应不好？却道，此心安处是吾乡。[①]

① 王定国回归在元丰六年（1084），次年苏轼才离开黄州，此词当作于黄州。

这话出自朋友的妓妾，也许是她“善应对”的口才表现，既是自我安慰，也是对还没有得到赦免的苏东坡的安慰。真是善解人意，在平常人，可能一笑而过，但是，苏东坡却感觉到与自己的心灵猝然遇合。屡遭贬谪的困苦，从佛学来说，只要“心无挂碍”就能“度一切苦厄”。这只是从负面超脱，而这个歌妓居然从正面说，不管是在逆境还是在顺境，只要心安，泰然处之，不管是流放回归，还是滞留边陲，就不但是身体的而且是心灵的故乡。从这妓妾聪明的客套话中，苏东坡领悟到佛家“心无挂碍”的哲理，而这种形而上学的哲理，和形而下的美女，相反相成，格言的深邃结合着感知饱和，苏东坡就这样在形而上和形而下两个方面取得了平衡。儒家的实用理念，道家的顺道无为，佛家的六根清净整合为自我独特的世界观，一方面让精神从苦难中超脱，另一方面，又尽情享受六根五蕴的鲜活感知。这样他才能写出“日啖荔枝三百颗，不辞长作岭南人”，甚至连偶然听到院墙内有女郎的笑声，都使他浮想联翩：

墙里秋千墙外道。墙外行人，墙里佳人笑。笑渐不闻声渐悄，多情却被无情恼。[①]

写的是瞬间的兴奋和失落，其实是刹那间的单恋啊，苏东坡居然坦然展示，以他不世的才华将刹那间的生命感知，化为艺术化为永恒。

苏东坡就这样用形而上去消解横逆，用形而下享受生命的精彩。他融汇着儒佛道，又超越儒佛道，自得自如自在地生活在自我精神家园中，这在中国诗歌史上是独一无二的。他不像李白那样，不得志就愤懑，以一副傲岸不群的姿态而自炫，更不会像李白那样狂放地笑骂，更不会空想去受道箓，以为真的与仙人为伍（仙人抚我顶），能够长生不老（结发事长生），成为诗仙。他也不像杜甫，自己都快饿死了，还为山河破碎、生灵涂炭而祈祷，甚至哭泣，让眼泪浸透诗篇，成为历代称颂的诗圣。他更不能像王维，在政治上失误，就沉浸于佛道，“晚的唯好道，万事不关心”，淡定清净，五蕴皆空，成为诗佛。苏轼创造一个生命完整的全感知，他将儒家理想自我化了，既然达不能兼济天下，穷也不甘于独善其身，他提炼了佛家哲学的梦幻泡影，因而没有放弃生命的丰富感知，在《后赤壁赋》中，不管是孤鹤化为道士，还是道士化为孤鹤，同样是美妙的。在这里，他结合着庄子的相对论，把儒佛道三家的精神和他的生命水乳交融地结合起来。在杜甫、李白的想象之外，在起伏曲折的逆境中确立生命的终极意义，建构起自己儒佛道互选、互补的独特的精神家园。

他异彩纷呈的诗词不但把他的精神家园，而且把他的婉约诗风发挥到极致。

他不是诗仙，不是诗圣，他也不是诗佛，因为他的情和感都太鲜活，太放不下，他只能成为诗哲。

---

① 此词有作于密州、黄州、定州、惠州时期等诸多说法，难以确定，但可以肯定虽处被贬之时。

《望海潮》（东南形胜）：杭州超越扬州的历史性崛起的颂歌

解读焦点：统编版高中语文课本选入了《望海潮》（东南形胜），从艺术上看，这并不是柳永的最高成就的代表作。课本同时选入姜夔的《扬州慢》，二者艺术风格迥异，抒写对象同为历史名都，一为杭州的颂歌，一为扬州的悲歌。很显然，旨在文化历史意味的对比。从表面来看，这样的对比，异常鲜明，较之于审美分析难度较小，但是，深入文化历史对比，涉及杭州和扬州，在唐宋之际，作为世界级的大都市，二者在中国政治、经济、文化上的重要性产生了更替，其历史文化学术意义大大超过审美价值的分析。经济文化历史语境的还原，更是深刻理解颂歌与悲歌的艺术性的基本条件。

《望海潮》（东南形胜）词云：

> 东南形胜，三吴都会，钱塘自古繁华。烟柳画桥，风帘翠幕，参差十万人家。云树绕堤沙，怒涛卷霜雪，天堑无涯。市列珠玑，户盈罗绮，竞豪奢。
>
> 重湖叠巘清嘉，有三秋桂子，十里荷花。羌管弄晴，菱歌泛夜，嬉嬉钓叟莲娃。千骑拥高牙，乘醉听箫鼓，吟赏烟霞。异日图将好景，归去凤池夸。

《望海潮》全面铺写杭州盛世繁华，宏词丽句，铺张华彩，属于颂歌性质，并非婉约派代表柳永的代表作。其最高成就当为抒写红巾翠袖，浅斟低唱，男女离情别绪，悱恻缠绵。

自晋以来，就有仕人狎妓母题，一般并不动真情。最坦率的就是杜牧的“十年一觉扬州梦，赢得青楼薄幸名”。虽然有情，然自贬“薄幸”，用情不专，十年“梦”“觉”（醒来），不无梦幻之悔。而柳永并不薄幸，也没有逢场作戏梦幻之感，而是全部生命投入。即使对歌伎，亦超脱身份高下，情深意挚，在词史上留下了一系列不朽经典，诸多名句，至今脍炙人口，写离别之痛的如“今宵酒醒何处？杨柳岸，晓风残月”（《雨霖铃》），写思念的如“想佳人，妆楼颙望，误几回，天际识归舟”（《八声甘州》），还有为王国维欣赏的“衣带渐宽终不悔，为伊消得人憔悴。”（《蝶恋花》）。狎妓的母题在柳永笔下，在艺术上提升到新的高度。千年来读者对那些儿女情长的词作，并未仅仅当作对女性的消费，而是当作儿女情长的艺术经典来欣赏。

柳永本身是一个作曲家，许多经典杰作，不但依曲填词，而且因词度曲。以他的生花妙笔为歌伎传神写照，赞其美貌歌艺，伎者往往因此身价百倍。柳永词也为歌女唱红。叶梦得在《避暑录话》中说，“凡有井水饮处，即能歌柳词”。声传九州，名动京师。叶梦得还说，皇家教坊乐工“每得新腔，必求永为辞”。

11 世纪，柳永堪称词坛最当红的明星。

但是，他这些词在当时却被正统文人视为“淫词艳语”，庸俗猥亵，不登大雅之堂。其人也被视为流连秦楼楚馆的浪子。这种声名致使他科举不利仕途坎坷。在一次科考失利之后，他在《鹤冲天》中这样说：

黄金榜上，偶失龙头望，明代暂遗贤，如何向？

牢骚是很大的，但是很委婉，可又充满了矛盾。明明是名落孙山，只说是“偶失”，偶然的失误，并不绝望；又说“明代暂遗贤”，自己是贤才，皇上又是圣明的。“如何向？”出路何在？“未逐风云便，争不恣狂荡？”既然政治上不可能风云际会了，干脆风流浪漫一番，用今天的话来说，何不就此潇洒走一回：“才子词人，自是白衣卿相。”“白衣”就是没有资格穿官阶体制的各色服饰的人。宋朝官制，三品以上紫色，五品以上朱色，七品以上绿色，九品以上青色。虽然他身为平民，但是作为明星写手，在民间的名声给他以仅次于帝王的感觉。这可能是自我安慰，也是决计换一种活法：“幸有意中人，堪寻访。且恁偎红倚翠，风流事、平生畅。青春都一饷。”青春太短暂了，虽然不像李白所说如“白驹过隙”那么一刹那，左不过也只是一餐饭的工夫，与其耗费在科举上，不如和意中人（哪怕是临时的情人）厮混：“忍把浮名，换了浅斟低唱。”比起依红偎翠的实实在在的体验来，当官作宰的光彩，不过是“浮名”——过眼烟云而已。

诗词毕竟是想象的境界，现实却不能轻松逃避。科举登第才是精英知识分子生命价值的最高实现，何况他还是个官二代，和宗族的期望、社会地位相比，“白衣卿相”就显得不够踏实了。还是继续投入科考。据吴曾《能改斋漫录》说，临到发榜之时，仁宗皇帝，看到柳永的名字，就很不屑：“且去浅斟低唱，何要浮名！”就这样又一次落榜。

他本名三变，字耆卿。这个名字，已经成为政治前途的障碍，乃改名“永”。也许改名得法，也许时来运转，终于中了进士，经历了一番宦游，当了屯田员外郎，从六品。虽无实权，也算是中级官员。一般中了进士，等待铨叙多年，当上个县令之类，小日子应该是过得不错的，但是，有传说，他晚景凄凉，丧葬费用还是一些妓女筹集的。这说法可能不太靠谱。①

中了进士以后，他就拥有了双重身份：一是歌词写手柳三变，享有红得发紫的名声；一是从六品官员柳永，拿着很高的薪俸。

故他的诗词，也就有了两重风格，一类是所谓浅斟低唱的“俚词”，一类则是文华气正的“雅词”。

从艺术成就来说，俚词更高一些。高中课本选择的这首《望海潮》显然属于雅词。除了相当的艺术水准之外，还在于它有俚词所不及的文化历史价值。

此词乃柳永为杭州知州孙沔所作。据陈元靓《岁时广记》卷三十一所引杨湜《古今词话》，这位高官曾是柳永的发小，如今坐拥一方，门禁森严，柳永欲一见而不得。乃作《望海潮》求名妓楚楚者，于盛会时歌之。其中“千骑拥高牙，乘醉听箫鼓，吟赏烟霞”，大肆颂扬（吹捧）孙沔，其必问作者。这一着很成功，孙沔立马把他请来。

柳永的得逞，虽然是利用了柳三变时期积累下来的歌伎人脉，但是此词从内容到风格不同于风流俚俗，而是正统高雅。此时，抒情主人公身份，不再是依红偎翠的柳三变，而是面对坐拥千骑的长官的柳永。

全词以大全景极写杭州都市盛华：自然景观，湖光山色，烟柳堤沙；都市繁华，丝竹鼓乐，欢歌彻夜；官府排场，醉听箫鼓，吟赏烟霞。将杭州的历史性繁华尽收于一词，对于长于抒写柔情绻缱的柳三变来说，是克服了一定的难度。

词作为一种形式，从盛唐时期就开始在民间、文人群、宫廷中流行，从唐明皇到杨贵妃，从白居易到张志和均偶尔为之，皆为比较短小的“小令”。南唐时期李璟、李煜父子乃至宫廷文人冯延巳、温廷筠所作皆为小令。宋朝初年，权威词人如晏殊的《珠玉词》、欧阳修的《六一词》、晏几道的《小山词》大都是七言为主的小令，虽为长短句，然大多是和诗差不多的五七言。要用这样短小的形式和简单的句式，写宋时杭州的极度繁华，几乎是不可能的。

在唐朝，杭州还不如扬州，不能称为全国顶级大城市。到了宋朝，长江、淮水以北，

① 宋朝的官员俸禄是历代最丰厚的。除了俸银，还有名目繁多的福利，诸如服饰、茶酒薪炭、随从衣着、马匹饲料等，加起来往往高于俸禄。正六品的官员，年薪五百四十两，福利一千零八十两。百姓家庭，每月开销，大致是铜钱五贯，合银五两。官方文献，可能指人口较多的小康主户（有城市正式户口的）。一般底层百姓，维持基本衣食可能不需要这么多。《水浒传》第二十五回，武松要郓哥做证，有风险，先给郓哥五两银子。这郓哥是个提篮卖水果的穷人，只有老父，一家两口。他心想：“这五两银子如何不盘缠得三五个月。”每月一两银子足保衣食无忧。

战乱频仍，北方人口大量迁入江南，南方人口已经占全国三分之二，是经济、商业文化中心。杭州的丝织业、印刷业、瓷业、造船业十分发达。苏轼的《乞开杭州西湖状》说："天下酒税之盛，未有如杭者也，岁课二十余万缗。"[①] 每缗一千文，合两亿铜钱。

就人口而言，柳永在《望海潮》中所说，"参差十万人家"是个约数。实际上，光是户数，北宋元丰年间，户口就有二十万左右。主户（有户口的），十六万四千九百二十三，客户（没有户口的），三万八千五百二十三。[②] 按每家四口计算，将近百万，贡献赋税，不论男女老少，平均每人两千文以上，合银二两以上。杭州成为世界级的超级富豪大都市。再过两百年，13 世纪，欧洲最发达的城市——意大利威尼斯只有十万人口。早在北宋时期，宋仁宗在给一个外派到杭州的官员题诗曰："地有湖山美，东南第一州。"（《赐梅挚知杭州》）杭州乃名正言顺地取代扬州成为第一大都市，北宋的潘阆的《忆余杭十首》中，就有"长忆钱塘，不是人寰是天上。万家掩映翠微间，处处水潺潺"。可见上有天堂，下有苏杭之美谈早已口耳相传。那位梅挚知州，到了杭州，建了一座"有美堂"，请欧阳修为《有美堂记》，欧阳修赞杭州："为一都会而又能兼有山水之美以资富贵之娱。"更美在："四方之所聚，百货之所交，物盛人众。""今其民幸富完安乐。又其俗习工巧。邑屋华丽，盖十余万家。环以湖山，左右映带。而闽商海贾，风帆浪舶，出入于江涛浩渺、烟云杳霭之间，可谓盛矣。"

杭州之"美"有了新历史特点："山水登临之美，人物邑居之繁。"不但在湖山映带，而且在商贾之盛，乃成为士大夫聚集览胜之地。杭州在经济、商业、人文等方面全方位地、历史性地崛起，西湖的水光山色也因而提高了品位。在历代诗词中，杭州之美聚焦在自然景观。白居易《忆江南》词第二首：

江南忆，最忆是杭州。山寺月中寻桂子，郡亭枕上看潮头。何日更重游？

自然景观的中心，当然就是西湖。就是一代文宗欧阳修，多次写到杭州，也总是离不开西湖的，如《采桑子》：

荷花开后西湖好，载酒来时。不用旌旗，前后红幢绿盖随。

画船撑入花深处，香泛金卮。烟雨微微，一片笙歌醉里归。

到苏东坡就更集中了，如《饮湖上初晴后雨》（其二）：

水光潋滟晴方好，山色空蒙雨亦奇。欲把西湖比西子，淡妆浓抹总相宜。

苏轼才华绝世，超越一般诗人状眼前之景，把西湖的山光水色概括为不同时间、气候、光照（晴光和烟雨）下的不同效果，凝聚在一句诗之中。杨万里在《昭君怨》中写杭州，

---

① 《唐宋八大家文钞》卷一百二十三，《四库全书》，集部，总集类。

② 见《元丰九域志·乾道临安志》，引自《两朝国志》。

也是“午梦扁舟花底，香满西湖烟水”。辛弃疾号称豪放，到了西湖也不由得变得婉约起来：“谁把香奁收宝镜，云锦周遭红碧。”此后几百年，几乎是写不尽的西湖。吴文英“飞红若到西湖底，搅翠澜、总是愁鱼”，姜夔“长记曾携手处，千树压、西湖寒碧”。到了宋末元初，赵孟頫笔下，仍然是：“莫向西湖歌此曲，水光山色不胜悲。”直到元代的徐再思也还是西湖的颂歌：“里湖，外湖，无处是无春处。真山真水真画图。”诗人们只要写到杭州之美，就是美在西湖。西湖成为杭州之美的载体，美的内涵就是自然景观。这是诗词水准的历史水平线，对于诗人来说，这是现成的高度，但是，对于杭州超越扬州的历史性崛起，却成了遮蔽，一道美艳而透明的屏幕，使诗人对于杭州的历史新貌视而不见。这种盲视是很顽固的，因为它是因对于艺术经典的陶醉而深入到潜意识里，但是，这些经典大都是形式短小。杭州如此宏大的历史景观，流行的短小形式太不够用了。要全写杭州盛世风貌，需要形式的扩张，而形式的扩张，不仅是容量，而且是格律改造。这需要历史的积累。柳永是幸运的，生逢其时——词的形式正在扩张的临界点上。

流行和矮小形式对柳永来说，是一种无形的束缚，但是，历史为柳永提供了新机遇。物质、文化生活在以空前的速度发展，乐曲也自然而然与时俱进。新乐曲越来越多，产生了所谓“变旧声，作新声”的风气，文人词的规模也不能不与时俱进。在敦煌曲子词中，在一些边缘性的文人词里，比小令字数多的所谓“长调”得到发展。柳永是作曲家，长期和乐工合作，故在他笔下，词的规模，符合格律的拓展，就从自发变成了自觉。例如，《甘州子》本为三十三字，柳永改为七十八字。《女冠子》四十一字，柳永改为一百十一字，甚至一百十四字。《抛球乐》四十字，柳永增为一百八十七字。《浪淘沙》五十四字，柳永变为一百三十三字。《雨中花》五十一字，柳永改为《雨中花慢》共一百字。这样的改变，形成所谓“长调”，或者叫作“慢词”。柳永以他的艺术成就使“长调”蔚然成为一代新风。

《望海潮》为柳永自度长调，一百零七字，二十三句。没有这么大的规模，要写出杭州的历史新貌是不可想象的。

超越经典，写出杭州的历史新貌的颂歌，不但需要扩大形式、格律，而且需要新的语言。突破经典的语言是需要才华的。比柳永年龄略小的范镇，也是上层知识精英，当过史官，编撰《新唐书》，还撰写《仁宗实录》，他承认：“仁宗（在位）四十二年太平，镇在翰苑十余载，不能出一语咏歌。乃于耆卿词见之。”（《方舆胜览》）。对于杭州的历史新貌，这个身在翰林十余载的大文人竟然找不到自己的语言来形容，直到看到柳永的词才知道杭州以这样语言来形容才到位。

规模的突破只是提供了量的基础。但是，一味满足于量的拓展，也可能造成烦冗芜杂。《望海潮》面临的难度是以精练的意象，全面铺开杭州多方位的美。

“钱塘自古繁华。”大开大合的繁华意象，宏观场面的铺陈。对杭州的颂歌是鸟瞰式的，但不限于空间即景，而且从时间的角度做历史远眺，夸耀其“自古繁华”。事实上，钱塘并非自古就很繁华。《宋史·苏东坡传》：

杭本近海，地泉咸苦，居民稀少。唐刺史李泌始引西湖水作六井，民足于水。白居易又浚西湖水入漕河，自河入田，所溉至千顷，民以殷富。湖水多葑，自唐及（五代）钱氏，岁辄浚治，宋兴，废之，葑积为田（按：长满菰根的水田，在沼泽上铺上泥土，种植，叫作葑田），水无几矣。漕河失利，取给江潮，舟行市中，潮又多淤，三年一淘，为民大患，六井亦几于废。①

从五代到宋初，钱塘（杭州）称不上繁华，直到苏东坡执政杭州——

见茅山一河专受江潮，盐桥一河专受湖水，遂浚二河以通漕。复造堰闸，以为湖水蓄泄之限，江潮不复入市。以余力复完六井，又取葑田积湖中，南北径三十里，为长堤以通行者。吴人种菱，春辄芟除，不遗寸草。且募人种菱湖中，葑不复生。收其利以备修湖，取救荒余钱万缗、粮万石，及请得百僧度牒以募役者。堤成，植芙蓉、杨柳其上，望之如画图，杭人名为“苏公堤”。②

到了北宋年间，杭州改变了五代的衰败，打下了崛起的基础。但是，诗人有权想象，突破空间即景，兼从时间上回顾历史“名都”，轻轻一瞥带过，只是引题。正题之一的“烟柳画桥”之“烟柳”是自然美景，“画桥”则是市容华美。“云树绕堤沙”，“云树”是天工，“堤沙”，则是人美，性属阴柔；“怒涛卷霜雪”，则属阳刚。“天堑无涯”把白居易的“郡亭枕上看潮头”的风景变成了边防的要冲。其实，钱塘江并不在长江淮河前线，这是因为民族矛盾尖锐，潜意识中的钱塘江潮景观也带上了军事价值。重点在于直接抒写：“市列珠玑，户盈罗绮”的“豪奢”，与“参差十万人家”构成商业繁华的宏大气象，话语超越历代权威词人，表现出新时代风貌。

整个上半阕没有提及西湖，看来是为了下半阕做铺垫。

从上片到下片不能跳跃，中间要有过渡，这叫作“换头”（或者叫作“过片”）。因为是长调，从乐曲上说，要有个“过门”；从抒情上说，情感以动态为上，最忌线性平铺，换头多用于情感提升或者转折。

《望海潮》要从市井繁华转到西湖盛大场景，要以“换头”来作过渡，最好的换头，承上总结，启下概括性提示。如苏东坡《念奴娇·赤壁怀古》写大江东去，赤壁壮丽，承上的总结是“江山如画，一时多少豪杰”，启下的提纲则是“遥想公瑾当年”。二者的工力全

① 托克托《宋史》卷三百三十八,《四库全书》，史部，正史类。

② 托克托《宋史》卷三百三十八,《四库全书》，史部，正史类。

在高度精准的概括力。《望海潮》的上片的总结是“竞豪奢”三个字。下片的提纲则是“重湖叠巘清嘉”，直接概括西湖的山和水之美。柳永写的不是一般的西湖，而是重湖（白堤把西湖一分为二），山也不是平面的山，是层叠着的，性质是“清嘉”，如淡墨山水画有远近有层次感，这是写山，还是远景，大背景，近景西湖才是主体。“三秋桂子，十里荷花。”自然景观的概括功力不凡。白居易也写西湖的桂花：“山寺月中寻桂子。”杨万里写西湖：“映日荷花别样红。”柳永将西湖夏日的荷花和和秋季的桂花构成意象群落，所用的语言不过是两个词组，连句子都不是，全靠对仗结构的功能。这个对仗结构是如此成功，脍炙人口，影响超越了苏轼的“淡妆浓抹总相宜”，甚至感染了远在北方的金国君王。罗大经《鹤林玉露》卷十三记载：“此词流播，金主（完颜）亮闻歌，欣然有慕于‘三秋桂子，十里荷花’，遂起投鞭渡江之志。”[①] 传说不一定十分可靠，但亦可见八字对仗艺术感染力非凡。

西湖的自然山水，唐宋以来变化不大，但是，其经济勃兴却集中表现了中国经济中心由北向南的历史转折。柳永笔下的西湖的突破，就在山水之美带上新时期的市井商业文化的特征。

“羌管弄晴，菱歌泛夜，嬉嬉钓叟莲娃。”西湖之美，不再是静态的，不再是无声的观照，而是欢乐的庆典，不是水光潋滟、山色空蒙的目击，而是日日夜夜欢歌的听觉享受；不再仅仅是与美女游嬉，而且是与老迈钓翁同乐；不再仅仅是文人雅趣的烟霞吟赏，而且是大众共同参与的自得其乐；不仅是民间的嘉年华会，而且有官方的千骑仪仗。

这是柳永的自度的乐曲，用以被诸管弦，供歌女演唱，从传播学意义上，不是私人自我欣赏，或友朋间交流，而是在大庭广众之间传播的，集体欣赏。

杭州宏大的全景，从不登大雅之堂的市井豪奢、昼夜欢歌到高雅的山重湖并的风华，从千骑仪仗的威严到醉听箫鼓的闲雅，美学要素如此丰富，就是长调一百多字，难以概括周全。再加上，全词皆为图景（异日图将好景），而杭州之美为图景所难以穷尽。故柳永每一图景之语言，皆高度浓缩。其法门之一，分别取对仗，省略空间、时间连续。如“三秋桂子，十里荷花”，两个不完整的词组，从空间上概括了山中桂子和湖中荷花，从时间上横跨了秋季和夏季。全词这样的对仗是成套的：

烟柳画桥，风帘翠幕，参差十万人家。

云树绕堤沙，怒涛卷霜雪，天堑无涯。

市列珠玑，户盈罗绮，竞豪奢。

重湖叠巘清嘉，有三秋桂子，十里荷花。

羌管弄晴，菱歌泛夜，嬉嬉钓叟莲娃。

---

① 罗大经《鹤林玉露》卷一，《四库全书》，子部，杂家类，杂说之属。

千骑拥高牙，乘醉听箫鼓，吟赏烟霞。

全词二十三句，六个对仗，十二句，差不多占了一半。而“三秋桂子，十里荷花”前面的“重湖叠巘”，本身又是对仗的。对仗的密度相当高。从数量上看，几乎和律诗相当了。不过律句中间四句对仗，开头结尾则为非对仗句，统一中有变化，而这里则是绝大部分对仗之前、后，皆有非对仗句，结构单纯而丰富，并列的图画因而不呆板。值得注意的是，词和近体诗不同，很少用对仗句。因为对仗，具有空间、时间的跳跃性，省略句间连接词语，但是词调不同于诗，更多词语，并不回避连接词语，相反，以连接词语显示句间逻辑联系，使其情感的脉络显露为直接抒情。如柳永著名的《雨霖铃》：

多情自古伤离别，更那堪冷落千秋节！

这里的“更”所表现的逻辑递进层次，在近体诗中则是应该回避，成为：

多情自古伤离别，何堪冷落千秋节！

至于“此去经年，应是良辰好景虚设。便纵有千种风情，更与何人说”，其中的“应是”“便纵有”“更与”在古诗中都可以省略，成为：

良辰好景应虚设，千种风情何人说。

对仗的工力在句子与句子之间，柳永的才华还表现在句子之内的凝练。这种浓缩往往突破了普通句法。三秋桂子，十里荷花，只是词组，但起到句子的作用，相同的情况还有：

烟柳画桥，风帘翠幕。

四个词组，合成两个对仗诗句，词组之间又隐含对仗：“烟柳”对“画桥”，“风帘”对“翠幕”。

市列珠玑，户盈罗绮。

两个句子对仗，属于正对（词句的语义和句法性质相同，但是词语不能相同）。这里的关键是动词，市列珠玑的“列”是市面上公开陈列。“户盈罗绮”，是私家拥有的，是隐藏着的，看不见的，不用“藏”，不用“拥”，而用了一个“盈”字，这才配得上后面的“竞豪奢”，用今天话来说，就是炫富。这个“盈”用得含而不露。这是近体诗的“炼字”，柳永把近体诗的炼字手法带进了词，好在炼得不着痕迹：

羌管弄晴，菱歌泛夜。

羌管是器乐，“弄”是演奏的意思。李白“明朝散发弄扁舟”，隐含自由自在的意味。“弄”字作为动词，其宾语“晴”是名词，此处活用，使其带上时间副词的功能，意为白天演奏。下句“菱歌泛夜”与之对仗。“菱歌”，是偏正结构，不是字面上菱的歌，而是采菱女的歌。其谓语动词“泛”连上宾语“夜”，用得很险，语法和词语意都不甚顺，但是，“泛夜”与“弄晴”对仗起来，结构功能大于要素之和，极其凝练，仅八个字，就充分表现出湖上声乐与器乐日夜不停。

一连串的对仗句系列性的排比，做景观的描绘，性质上是赋体，赞颂的情感渗透于意象群落的美化，是为间接抒情。文人词起源于民间歌曲，更多的是直接抒情。赋体的平行罗列，与乐曲的起伏和情志的抑扬有矛盾，因而比较罕见。而柳永排比式的赋体，并未淹没情志。这得力于图景的大幅度转换。毕竟文胜质，堆砌辞藻之嫌难免。好在诗人在最后，突然现身做直接抒情："异日图将好景，归去凤池夸。"愿如此美景会伴随阁下升迁至京都。用直接抒情，概括间接抒情，卒章显志，将情致的声调提高了八度。

《望海潮》作为词中长调，全词五言和四六言相交替，但是，同样是五言，节奏上却有一个不可忽略的特点，如"有三秋桂子"，读者自然而然地读成："有——三秋桂子。"但是，按五言诗的节奏，应该读成："有三——秋桂子。"这就不通了。这里的"有"，是词的句法节奏中特有的，叫作"领字"。这在长调中是很普遍的，词的节奏因而比诗的节奏丰富。不过，文章已经太长了，欲知其详，且看对姜夔的《扬州慢》的分析。

《扬州慢》：扬州衰败的悲歌
——兼谈“领字”

解读焦点：表面看来，微观分析，局限于个案，但是个案分析如果绝对化，可能造成自我蒙蔽。鲁迅先生在《“题未定”草》中举陶渊明为例：“除论客所佩服的‘悠然见南山’之外，也还有‘精卫衔微木，将以填沧海，形天舞干戚，猛志固常在’之类的‘金刚怒目’式，在证明着他并非整天整夜的飘飘然。这‘猛志固常在’和‘悠然见南山’的是一个人，倘有取舍，即非全人，再加抑扬，更离真实。”这提醒了我们，拘泥于个案可能造成片面性，遮蔽全面性。就姜夔《扬州慢》而言，在矛盾对立中分析，深入理解其思想和艺术，确立其在词史中之地位。

姜夔《扬州慢》词云：

淳熙丙申至日，予过维扬。夜雪初霁，荠麦弥望。入其城，则四顾萧条，寒水自碧，暮色渐起，戍角悲吟。予怀怆然，感慨今昔，因自度此曲。千岩老人以为有《黍离》之悲也。

淮左名都，竹西佳处，解鞍少驻初程。过春风十里，尽荠麦青青。自胡马窥江去后，废池乔木，犹厌言兵。渐黄昏，清角吹寒，都在空城。

杜郎俊赏，算而今，重到须惊。纵豆蔻词工，青楼梦好，难赋深情。二十四桥仍在，波心荡、冷月无声。念桥边红药，年年知为谁生。

词作为一种文学形式，与诗统称为诗词，二者在性质上同类，具有共同规律，但是，严格说来，这并不全面，普遍性离不开特殊性，普遍性寓于特殊性之中。把词仅仅当作诗来研究，是很难到位的。要读懂词的艺术奥秘，就不能不注意它与诗的不同，主要在两个方面：一，与音乐的关系，因为词的根本性质是歌词；二，词和诗在语言结构上有微妙的差异。

为诗一般叫作写诗；为词，不叫写词，而叫作“填词”。意思是先有乐曲，然后依曲，也就是依“词牌”填词。词牌乐曲是固定的，不同的词人都可以填出不同的词。这个说法很流行，几乎成了共识。但这只是一方面，另一方面则是先有词，然后依词谱曲。兼具作曲才能，又有文学修养者，并非个别。

词从盛唐开始，发展到南宋，已经高度成熟。北宋以来，乐曲渐渐失传，在“脱乐”的潮流中，乐曲消失了，词谱却留了下来。乐曲是曲调的旋律。词谱不是乐曲，只是音节数量和平仄的范式。填词遂成为语言的艺术，而不是旋律的艺术。不少依乐曲填写的歌词，随乐曲消失而消失，能够流传下来的，全凭其独立的文学价值。词作为一种语言艺术形式，得到高度的发展。宋词乃和唐诗并列成为中华文学史上的高峰。

词人大多不懂音乐，更不会作曲，不是按乐谱写词，只是按词谱填词。但是，毕竟还有词人精通音乐，词家就是作曲家，先写词，后谱曲的大家，并不罕见。元稹在《乐府古题序》中就说到词有两个方面。第一是“因声以度词，审调以节唱，句度短长之数，声韵平上之差，莫不由之准度”。其性质是“由乐而定词”。另一种情况是“后之审乐者，往往采取其词，度为歌曲。盖选词以配乐，非由乐以定词也”。这说的是，先有歌词，然后配曲。这样的乐曲，可能由于质量上的原因，渐渐失传了，而歌词，经历了时间的淘汰的，却成为文学语言的瑰宝。元稹这话说得并不周密。拿现成的歌词来谱曲，其作者可能是乐工，只会谱曲，不善为词。而兼具为词谱曲的代表，北宋时期有柳永，南宋时期则为姜夔。既会写词又会为自己的词作曲，叫作“自度曲”。姜夔的文化和音乐修养在众多词人中可能是最高的。宋代乐谱不可复见，今传《白石道人歌曲》中十七首注有工尺谱，有些还注有指法。这是中国古代音乐史尤其是宋代音乐史的稀世瑰宝。他被誉为中国古代十大音乐家之一。自度曲往往有小序说明。姜夔最为著名的代表作《暗香》《疏影》，根据林逋的《山园小梅》中的“疏影横斜水清浅，暗香浮动月黄昏”的名句，取其两个意象而展开。篇首有小序：

辛亥之冬，予载雪诣石湖（按：范成大）。止既月，授简索句，且征新声，作此两曲。石湖把玩不已，使工妓肄习之，音节谐婉，乃名曰《暗香》《疏影》。

从小序可以看出姜夔的音乐和文学才华十分了得，可以应朋友要求作词作曲。姜夔咏梅词共十七首。达到艺术境界最高。且看《暗香》：

旧时月色，算几番照我，梅边吹笛？唤起玉人，不管清寒与攀摘。何逊而今渐老，都忘却，春风词笔。但怪得，竹外疏花，香冷入瑶席。

江国，正寂寂。叹寄与路遥，夜雪初积。翠尊易泣，红萼无言耿相忆。长记曾携手处，千树压，西湖寒碧。又片片、吹尽也，几时见得？

“暗香”，属于嗅觉，处于暗色中，视觉难以见得，提示体验细微。以此意象为核心，做四重展开。一，改原诗“月黄昏”为“月色”，且“照我”，并不昏暗，相反有透明之感。二，“梅边吹笛”，笛声伴梅香。三，吹笛者为“玉人”，女性，暗用贺铸《减字浣溪沙》“玉人和月摘梅花”典故。四，将林诗眼前之景化为回忆：“算几番照我。”月色、笛声、玉人，在性质上统一于暗香之优雅而隽永，回忆，则在时间上拉开距离，清幽悠远，萦回难忘。多重典故，和谐统一，语言精致，意境优雅。

这种优雅隽永的风格和柳永的通俗口语、明白晓畅形成对照，把北宋婉约词推向儒雅精微的境界。姜夔乃成为南宋一代雅词的代表。

抒情主人公出现，“不管清寒与攀摘”，用了秦观“驿寄梅花”的典故。“何逊而今渐老”借南北朝诗人何逊写梅花诗“衔霜当路发，映雪拟寒开。枝横却月观，花绕凌风台”，诗并不见佳，但是，符合姜夔的雅致风格的追求。此时，作者三十六岁（1191），实为壮年，自称“渐老”，以老为尊，是宋时风气。“但怪得，竹外疏花”，用苏轼的笔法“竹外桃花三两枝”，但苏轼写的是桃花。一连三个典故，意象在含蓄、精致的性质上量度统一为一种幽远的意境。“冷香入瑶席”，本来是月色、美女、玉人、梅边吹笛，营造园林清寒意境，转入“瑶席”，稍嫌豪华。

下片“换头”，意脉另起。

“江国，正寂寂”，从范成大的苏州石湖别墅，跨越到长江，意脉跳跃，遥寄相思，托梅寄意，“夜雪初积”，暗用王子猷雪夜访戴安道典故。情绪淡雅，只是“翠尊”“红萼”，色彩似过浓。幸而最后点出“长记曾携手处，千树压，西湖寒碧”，花压千树，用杜甫的“千树万树压枝低”之字眼。“又片片、吹尽也”，意象明确定性为离别之伤感。本来杭州在北宋时期已经空前繁华，享“东南第一州”之称号，柳永笔下，西湖已经是“羌管弄晴，菱歌泛夜”的日夜欢腾，而姜夔的目光仍然凝神于自然景观的感喟，沉溺于难以排遣的感伤。

姜夔的传统诗学有高度艺术修养，意象群落中典故密度甚高，几乎可以用后人称赞杜甫“无一字无来历”来形容。姜夔精于将典故脱胎换骨，建构成自己的意象群落，水乳交融，不着痕迹。语言意象在空灵性质上统一。音韵和谐，语言精致，典故多而密，暗用多于明用，不着痕迹。范成大说他：“有裁云缝月之妙手，敲金戛玉之奇声。”（见朱彝尊《词综》）后世对他评价甚高，如张炎《词源》赞之：“特立清新之意。”“不惟清空，又且骚雅，读之使人神观飞越。”戈载《词林正韵》赞曰：“其高远峭拔之致，前无古人，后无来者，真词中之圣。”赞之为“词中之圣”，显然过度偏爱。毕竟，姜夔的词，密集的典故，优雅的意象群落，缺乏统一而又起伏的情感（意脉）贯穿，艺术上有明显的局限。就是张炎也不能不承认“格调不侔”。王国维在《人间词话》中评之为“如雾里看花，终隔一层”。“隔”在王国维美学品评中，贬义是很强的。

诗人的情借助许多经典词语来做形象化的表现，但是，诸多非原创的精词丽语，往往淹没感情。严羽曾经批判过宋诗以学问为诗的偏颇，姜夔不无以学问为词的倾向。姜夔在情感方面，比起经典词人来说，比较贫困。科场失意，屡试不第，自号“白石道人”，意在超脱现实，当然不能像辛弃疾那样，抒发欲恢复中原而壮志难酬的悲愤，也没有像柳永那样视功名富贵为“浮名”，把缠绵悱恻的男女之爱坦然公开。更没有像陆游那样为自身爱情悲剧留下《钗头凤》那般不朽的经典之作。宋词经典，大抵是生命为词，而姜夔的词，流连于从书本到书本的滑行，这是他的优点也是他的缺点。不少爱情词作，多为虚拟，缺乏生命直接体验。周济在《介存斋论词杂著》中说他：“甚有心思，而用笔多涉尖巧，非大方家数，所谓一钩勒即薄者。”王士禛《花草蒙拾》中说他“神韵天然处或减”。

这首词也写到了西湖，突出西湖的梅花。和柳永的《望海潮》相比，显然两种风格：一个写繁华市井之欢乐，一个写孤寂冷落之悲凄。

这是他的基本情调，但是并不是他的全面。毕竟他生活在南宋民族矛盾尖锐的时代，在恢复中原的精神气候之中，他不能不受到感染，加之他的同辈中，不乏像陆游、辛弃疾那样的慷慨悲歌之士，即使他自称是“道人”，好似完全超越现实，但是面对民族危亡的严酷现实，他也不可能无动于衷。最明显的是，他有过和辛弃疾的唱和，他的是《永遇乐·次稼轩北固楼词韵》，而辛弃疾的原词是《永遇乐·京口北固亭怀古》，充满北伐中原的英雄主义豪情。他的和词虽然风格婉约，但是，也把辛弃疾比作等待贤主三顾从而大展宏图的诸葛亮，想象中原百姓“南望长（江）淮（河）金鼓”，为外族入侵给国家民族带来的灾难深感悲痛。在这方面最杰出的代表作就是《扬州慢》了。

本来，诗人轻松旅行，解鞍稍息。骋望淮左名都，然目睹洗劫后的扬州，荒凉萧条景象，触目惊心，不能不悲从中来。对于扬州，从唐至宋，甚至元明清，几乎所有名作，都为颂歌。略显悲悼之情者乃北宋秦观之《望海潮》侧面怀旧：“追思故国繁雄，有迷楼挂斗，月观横空。纹锦制帆，明珠溅雨，宁论爵马鱼龙。往事逐孤鸿。但乱云流水，萦带离宫。”只有姜夔之《扬州慢》可能是唯一的正面全写悲歌。

第一意象是“名都”，高度繁华胜地。第二意象是“竹西”，城东竹西亭，杜牧曾题诗“谁知竹西路，歌吹是扬州”，乃诗家名胜。自命“道人”，其实，他蓄有家伎。向往超凡脱俗，战乱的严峻现实却与他迎头相撞，满目凄凉，激起故国伤怀、世事悲怆之感。

上阕最后一句出现第三个关键意象："空城。"顾名思义，当为无人，如杜甫诗云，城春草木深，人口剧减，花鸟俱惊。姜夔直接写"废池乔木""胡马窥江"，刻意委婉。空城的直接原因，系两次劫掠，尤其是"绍兴三十年（1160），完颜亮南寇，江淮军败，中外震骇"（郑文焯《郑校白石道人词曲》）。"空城"有双重内涵：第一，空在无人，名都之衰败，战后十五年，未能复苏，此番衰败是扬州的历史地位江河日下的原因之一；第二，空在劫后文化荡然无存。

兵灾已过十六年，扬州丝毫未曾恢复兴旺迹象，名都从此一蹶不振。原本在隋唐时朝，最美的城市是不是杭州，而是扬州。安史之乱，北方经济地位下降，长江流域地位上升。扬州、成都成为全国最繁华的工商业城市，经济地位超过了长安、洛阳。"扬州富庶甲天下，时人称扬一益二。"[①]有"天下之盛，扬为首"的说法，李白送朋友"烟花三月下扬州"乃潇洒风流之举。张祜有："十里长街市井连，月明桥上看神仙。人生只合扬州死，禅智山光好墓田。"王建有："夜市千灯照碧云，高楼红袖客纷纷。如今不似时平日，犹自笙歌彻晓闻。"更加著名的是徐凝的"天下三分明月夜，二分无赖是扬州"。至于杜牧怀念扬州则有："二十四桥明月夜，玉人何处教吹箫。"这些诗句，脍炙人口。

隋朝大运河开凿，扬州为南北水路要冲，百货所聚，人口达五十万，最高超过八十万。[②]可是到了宋朝，扬州的经济政治地位下降，北方异族入侵，战乱频繁，就是北宋初年，从太平兴国到元丰年间，人口已经降到五万左右。人口不超过二十五万。绍兴和议以后，淮水为界，扬州成为边防前线，人口减少，南宋从绍熙到宝祐户口徘徊在三万到五万之间，人口最多没有超过二十九万，最低时只有十八万。除了农村，在扬州城里长期居住的人口在两万到三万六千口左右。[③]

从这个意义上讲，姜夔《扬州慢》的价值不仅在艺术，而在城市兴衰的感性历史实录。

小序曰"入其城，则四顾萧条""感慨今昔"，对比强烈，不仅触目，而且还有听觉的刺激：杜牧"二十四桥明月夜，玉人何处教吹箫"被"戍角悲吟"所代替，激起《黍离》之悲。用《诗经·王风·黍离》典故，激发出王朝颓倾，宫殿为墟，家国危亡之悲情。然小序"寒水自碧，暮色渐起，戍角悲吟"，只是信笔札记，《扬州慢》之价值，在于将如此简略之散文，建构为意象群落，其间悲情意脉贯穿。

"解鞍少驻初程。"旅游目的地是名都，文化名胜之地，心情轻快，"解鞍少驻"，暂作休息，点明"初程"，继续旅行之兴正浓。信马浏览，"过春风十里，尽荠麦青青"，春色

① 司马光《资治通鉴》卷二百五十九，《四库全书》史部，编年类。

②③ 何适《从人口状况看宋代扬州的经济发展与城市属性》，《城市史研究》第35辑。

满目，暗用杜牧“春风十里扬州路，卷上珠帘总不如”，歌颂扬州和美女的典故。“荠麦青青”，荠菜与荞麦并生。荠菜系野生，荞麦为杂粮，长江淮河之间，主粮为小麦、水稻。小麦冬播，春季返青。冬小麦因旱或误时，荞麦耐旱，实为补种。荠菜植株甚微，与荞麦杂生，显人事、农事皆误。

此为意脉的第一层次。

意脉转折。“胡马窥江”，敌寇入侵，回避直言血腥劫掠，生灵涂炭，简言偷窥长江而已，而十六年后，眼前尽是“废池乔木”，耳闻皆为“厌言”，不堪回首。小序中的“寒水自碧，暮色渐起，戍角悲吟”散文语言化为“渐黄昏，清角吹寒”，淡化了悲郁的强度，“戍角”变成“清角”，“悲吟”变成“吹寒”，强度降低，显然为追求“清空”风格。落句的“都在空城”，意脉点睛在城之“空”。

下阕“换头”，意脉转折，关键在“重到须惊”。“惊”在超越城池之荒芜，惊历史文化风貌不再。归结为文化繁华之名亦“空”。

此为意脉之第二层次。

自“杜郎俊赏”起，全用杜牧二诗意象。一为《赠别》：“娉娉袅袅十三余，豆蔻梢头二月初。春风十里扬州路，卷上珠帘总不如。”国运维艰，生灵涂炭之际，哀叹大唐风流生气不再。一为《寄扬州韩绰判官》：“青山隐隐水迢迢，秋尽江南草未凋。二十四桥明月夜，玉人何处教吹箫。”悼当年和平安乐气象永逝。

下阕意脉从现实转向历史，从即景转向文化。从意象经营来说，用典不着痕迹，且有独创：“二十四桥仍在，波心荡、冷月无声。”意脉性质为“惊”，然而意象群落宁静，用诗家物是人非传统手法，“二十四桥”“青楼”，物是，“惊”在人非：斯人不再。桥下水波微微动态，动在“波心”之“月”，惊在月之“冷”，更在“无声”。“惊”得如此静穆，如此孤寂。作者显然追求无声无息，胜于有声有色，接下来，一笔反衬：“桥边红药，年年知为谁生。”无声然而有色，持续凝视之，更生一“惊”。

用无声无言的图景，持续静穆的凝视中微妙的惊动，这就是姜夔超越典故的创造。这样含蓄空灵的风格，受到词话家的大力称赞，成为一种流派的代表。他在词的语言格律的运用上相当成熟，不着痕迹。比如：

过春风十里，尽荠麦青青。

作为诗，都是五言，三字结尾是强制性的，应该读作：

过春——风十里，尽荠——麦青青。

这就不通了，但是，这是词中的长调，其中的“过”和“尽”都是“领字”，应该读作：

过——春风十里，尽——荠麦青青。

打破三字尾，变为诗经节奏的四字结构，双字结尾，也是强制性的。同样，“纵豆蔻词工，念桥边红药”，都不能念作三字结尾：

纵豆——蔻词工。

念桥——边红药。

念作双字结尾是很自然的：

纵——豆蔻词工。

念——桥边红药。

长调的“领字”，三字结尾被打破，意味着比之汉魏以来的五七言，词因为长调，节奏更加丰富了。姜夔使用这种技巧，得心应手，达到高度成熟的程度，影响了一代词人。

当然，总体来说，姜夔的这种风格也有一定的局限，精神境界比较狭隘，又一味追求“清空”，抑制情感，回避强化，不做直接抒发。故其长调下阕“换头”（过片、过拍）转折提升不足。笔力全在镕裁典故，组合意象群落，偏于静态。以优雅精致书面语言，做间接表达，而口头语言的明快鲜活难以进入姜夔的境界。总体来说，姜夔难以列入苏轼、柳永等开一代词风大家之列。

《窦娥冤》：怨天骂天的弱者发出感天动地的精神光彩

解读焦点：通过戏剧性的层层突转，窦娥的抗争精神焕发出夺目的光芒，给读者的阅读体验带来巨大的冲击。

与小说、诗歌相比，中国的戏剧是相当落伍的，从《诗经》《楚辞》直至唐诗宋词达到高峰，上千年时间里，戏剧似乎是一片空白，孔夫子和李白都没有看过戏。据王国维先生考证，中国戏剧直至宋金之际，才有了参军戏，杂剧的院本，“有滑稽戏、有正杂剧、有艳段，有杂班，有种种技艺游戏工”。元代钟嗣成《录鬼簿》论“前辈有所传奇行于世者”，将关汉卿列为第一。后世公认将关汉卿与同时代之白朴、马致远、郑光祖并列元杂剧四大家且关居之首位。杂剧原来是“娼戏”，这四大家将之推向杂剧艺术的高潮。“百余年间无敢逾越者，则元杂剧是也。”[①]仅仅百年间，从参军戏之有如现代相声的对白的草创，进化到严整的戏剧艺术形式，堪与唐诗、宋词、明清小说并列为中国文学的伟大丰碑，中国的戏剧实现了大跃进的奇迹。1958 年，关汉卿被世界和平理事会提名为“世界文化名人”。

元杂剧，远源系宋代参军戏，近源乃是诸宫调的说唱形式，如董解元《西厢记》所示，以唱为主，以说为辅。唱是抒情的，而说则是叙事，大抵系第三人称的交代，非常简短，插入于成套唱腔之中。说书的叙事在宋元话本得到充分发展，其抒情部分则转为诸宫调，抒情性强于戏剧性。中国的诗歌传统太强大了，就是在小说里也留下了大段的赋体文字；到了元杂剧中，所唱仍然是诗句，不过因合乐而名为曲。情节复杂化了，王国维说，元曲不像诸宫调那样字句严格固定，许多曲调“字句不拘，可以增损”。最大的进步乃是由说书形式的叙事性转而为不同人物“代言”的戏剧。王国维说：“金之诸宫调虽有代言之

① 王国维《宋元戏曲考》，朝华出版社 2018 年，第 69 页。

处，而其大体只可谓之叙事，独元杂剧于科白中叙事，而曲文全为代言……此二者之进步一属形式，一属材质，二者兼备而后我中国之真戏曲出焉。”[①]所谓“科白”，“科”是人物动作，“白”是人物道白，乃是从抒情性转化为戏剧性的关键：第一，诸宫调说唱中的情节系第三人称叙述，杂剧之情节由不同人物的说唱和动作表现；第二，诸宫调说唱乃个人之情志，而杂剧“代言”则为作者代拟不同人物进行不同情感和意志的表白和歌唱，单一性的叙事抒情，乃转化为戏剧性的错位和冲突。

杂剧的唱腔是诗化的，但和唐诗宋词的精英的个人交往性质不同，它诉诸社会生活下层，是群体观看的。杂剧不同于说书，文化水准较低者亦可说书，杂剧的写作则要有相当的文化，其成套唱腔有非常严谨的格律，从平仄到韵脚，有许多与诗词不同的规矩，如，诗词只讲平仄，不分上去，而曲则有时平仄可通，有时上去不可更易。杂剧每一折所唱均由系列曲牌组成，是谓套曲，其中曲牌调式须相同。如《窦娥冤》第三折诸曲，同属“正宫”调。写成以后，还要被诸管弦，故选择宫调须与曲情相合，组合曲牌要与笛色相谐，其难度不亚于诗词。这需要比较高的文化修养，但是，高雅的文人，为什么不把生命和才华用在走向仕途的诗文上，而将之耗费在下层市井小民的舞台？

这是因为元朝科举停了，文人的地位和出路发生了断崖式的塌陷。元朝治下，有所谓八娼、九儒、十丐之说[②]。文人地位低于娼妓，仅高于乞丐，这也许并不一定是长期普遍实行的政策，但是，元代文献中比较常见的户计有：军、站、民、匠、儒、医卜、阴阳、僧、道、也里可温（基督教神职人员）、答失蛮（回教神职人员）、斡脱（高利贷经营商）等。关汉卿如果是儒生，则地位在“民”（当系农民，因为工商者更为下等）和“匠人”之下，而《录鬼簿》在他名下注“太医院尹（或户）”（据考当时太医院下没有“尹”），地位更在儒生之下。元朝统治不足百年，科举就废停了七十八年。[③]作诗为文，步入官员的候补队伍没有指望了。故元代诗文的成就，不要说比之唐诗宋词，就是比之明诗也等而下之。关汉卿处在匠人之下的社会底层，别无选择，其才情只能向杂剧获得自我实现。明代朱权《太和正音谱》曰：“杂剧，俳优所扮者谓之‘倡戏’，故曰‘勾栏’。”朱权还引关汉卿说杂剧乃文人所作，由倡优扮演：“非是他当行本事，我家生活，他不过是为奴隶之役，供笑殷勤，以奉我辈耳，子弟（按：妓女）所扮，是我一家风月。”[④]关汉卿把女性演员说成

---

① 王国维《宋元戏曲考》，朝华出版社2018年，第69页。

② 郑思肖《心史》：“一官、二吏、三僧、四道、五医、六工、七猎、八娼、九儒、十丐。”谢枋得《叠山集》：“滑稽之雄，以儒者为戏曰：我大元典制，人有十等：一官、二吏；先之者，贵之也，谓其有益于国也；七匠、八娼、九儒、十丐，后之者，贱之也，谓其无益于国也。”两说皆是宋末遗民所书，后者为当时儒者戏说，也许并不是长期普遍的情况。

③ 1313年元仁宗下诏恢复科举，后来，1336年、1339年曾经停办。

④ 朱权《太和正音谱》，《中国戏曲论著集成》（三），中国戏剧出版社1980年。

"奴隶"可能是一时场面上的偏颇，其实他自己就混迹于这些"奴隶"之中，还写过《南吕·一枝花》赠女演员朱帘秀，赞美她"十里扬州风物妍，出落着神仙"。从这些"奴隶"中，他获得有别于文人雅士的生命的体验。他有《仙吕·一半儿·题情》。

其一：

云鬟雾鬓胜堆鸦，浅露金莲簌绛纱。不比等闲墙外花。骂你个俏冤家，一半儿难当一半儿耍。

其二：

碧纱窗外静无人，跪在床前忙要亲。骂了个负心回转身。虽是我话儿嗔，一半儿推辞一半儿肯。

完全是民间妇女的打情骂俏，这和唐诗中的思妇边愁、淑女闺怨，宋词中的红巾翠袖、浅酙低唱，完全是两种情感和艺术世界。他出入勾栏瓦舍，与风尘艺妓为伍，不但不感到有失身份，而且还怡然自赏。《南吕·一枝花·不伏老》中还自称"半生来折柳攀花，一世里眠花卧柳"，"普天下郎君领袖，盖世界浪子班头"。甚至：

你便是落了我牙、歪了我嘴、瘸了我腿、折了我手，天赐与我这几般儿歹症候，尚兀自不肯休。则除是阎王亲自唤，神鬼自来勾，三魂归地府，七魄丧冥幽，天那，那其间才不向烟花路儿上走！

耽溺于这样的生活，自称"是个蒸不烂、煮不熟、捶不匾、炒不爆、响珰珰一粒铜豌豆"。在情感世界，他好像完全是个玩世不恭的浪子。虽然唐宋诗人也有狎妓为风流的旧俗，李白就夸耀过"载妓随波任去留"（《江上吟》），柳永更是留下了别妓深情的名句"今宵酒醒何处？杨柳岸，晓风残月"（《雨霖铃·秋别》），然浪子形象均婉约高雅，妓女形象亦多情缠绵。在小说中，甚至出现了把情感看得高于生命的杜十娘和为钱财背叛爱情的浪子李甲形成对比，但是从未有关汉卿这样放浪到很自豪，很自得，公然无视任何外来的压力的人。在这种极端的放浪中，是不是也隐含着对世俗冷眼以待，无所畏惧、对文士身份毅然颠覆的意味？是不是也隐含着反讽，有某种反抗的姿态？在艺术上是不是也有一种以恶为美的效果？如果不是这样，他就不会在另外一些曲作中，抒写出相当严肃的情感。【双调】《沉醉东风》是这样写送别的：

咫尺的天南地北，霎时间月缺花飞。手执着饯行杯，眼阁着别离泪。刚道得声"保重将息"，痛煞煞教人舍不得。好去者，望前程万里！

情感深度和柳永、周邦彦堪有一比。他的小令题材是比较单一的，基本上是儿女情长，但是他的杂剧则不然，大量歌颂英雄豪杰，如：《关大王独赴单刀会》《关张双赴西蜀》《梦尉迟恭单鞭夺槊》《包待制三勘蝴蝶梦》，值得注意的是，就是女性也是带着见义勇为的侠性，如《赵盼儿风月救风尘》。如果他一味耽溺于风月，他在先后为两种异族的严酷的统治下，就不会直面惨淡的人生，淋漓的鲜血，不会写出揭露社会黑暗的《感天动地窦娥冤》。他这样做，是不是也要有相当的勇气？是不是也显示了他灵魂深处相当光彩的一面？

关汉卿的杂剧被《录鬼簿》列入“传奇”一类，董解元《西厢》则列入“乐府”，二者不同之处在于，乐府主唱，而传奇主“奇”。李渔在《闲情偶寄》中这样说：

古人呼剧本为“传奇”者，因其事甚奇特，未经人见而传之，是以得名。可见非奇不传，新即奇之别名也。若此等情节，业已见之戏场，则千人共见，万人共见，绝无奇矣，焉用传之！是以填词之家，务解“传奇”二字。欲为此剧，先问古院本中曾有此等情节与否。如其未有，则急急传之，否则枉费辛勤，徒作效颦之妇。……填词之难，莫难于洗涤窠臼，而填词之陋，莫陋于盗袭窠臼。①

这当然是深刻的理论，但是拿来衡量《窦娥冤》却带来了疑问。其故事主干恰恰并不完全是新颖的，而是古已有之的。刘向《说苑·贵德》有云：

东海有孝妇，无子少寡，养其姑甚谨。其姑欲嫁之，終不肯。其姑告邻之人曰：“孝妇养我甚谨，我哀其无子，守寡日久，我老，累丁壮奈何？”其后，母自经死。母女告吏曰：“孝妇杀我母。”吏捕孝妇，孝妇辞不杀姑。吏欲毒治，孝妇自诬服，具狱以上府。于公以为养姑十年以孝闻，此不杀姑也。太守不听。数争不能得。于是于公辞疾去吏。太守竟杀孝妇。郡中枯旱三年。后太守至，卜求其故。于公曰：“孝妇不当死。前太守强杀之，咎当在此。”于是杀牛祭孝妇冢，太守以下自至焉。天立大雨，岁丰熟。②

这个故事，关汉卿当然是知道的。窦娥曾唱：“你道是天公不可期，人心不可怜，不知皇天也肯从人愿。做甚么三年不见甘霖降？也只为东海曾经孝妇冤。”在第四折中，窦娥之父窦天章也曾说：“昔日汉朝有一孝妇守寡，其姑自缢身死，其姑女告孝妇杀姑，东海太守将孝妇斩了。只为一妇含冤，致令三年不雨。后于公治狱，仿佛见孝妇抱卷哭于厅前。于公将文卷改正，亲祭孝妇之墓，天乃大雨。今日你楚州大旱，岂不正与此事相类？”

这不是犯了李渔所说的“盗袭窠臼”之“陋”吗？然而，这只是故事素材，在性质上只是一个清官案，歌颂的只是官员（于公）的明察善断，正直不阿。关汉卿运用了原始素材中窦娥的孝妇性质，丈夫死了，不肯改嫁，孝敬婆母，婆母不愿拖累其媳而自尽，悲剧的原因是其女枉诬孝妇杀其母。其女如此，毫无缘由。关汉卿的艺术家魄力乃是从根本性质上做了改变。

① 李渔《闲情偶寄》，《中国戏曲论著集成》（七），中国戏剧出版社 1981 年，第 15 页。

② 向宗鲁《〈说苑〉校正》卷五，中华书局 1987 年。《汉书·于定国传》增加了细节：于公与前太守争，“弗能得，乃抱其狱具，哭于府上，因疾辞去”。

首先，将情节因果做了多层次的改动。第一层因果关系是，赛卢医，欠账不还，欲将婆母杀害。赛卢医杀人，张驴儿父子偶值，乃逃逸。作案全在光天化日之下，不择场合，杀人无畏后果，可见当时社会暴力横行，街头血腥司空见惯，暗无天日。关汉卿增加的第二层因果关系是，张驴儿父子以此为救命之恩，胁迫蔡婆与儿媳窦娥与其父子成婚，蔡婆软弱妥协，窦娥反抗。张驴儿父子竟强行入住其家。非法霸道，无所顾忌。对于蔡婆之软弱，窦娥严词斥责。窦娥以下一段唱词使孝女的性质有了变化：

旧恩忘却，新爱偏宜；坟头上土脉犹湿，架儿上又换新衣。那里有奔丧处哭倒长城？那里有浣纱时甘投大水？那里有上山来便化顽石？可悲，可耻！妇人家直恁的无仁义。

对婆母的批判，出发点不是守节，而是对“旧恩”的怀念，是对于丈夫的情，违背者就是“无仁义”，就是“可悲，可耻”。忠孝仁义，在传统观念中同为核心，谴责婆母无仁无义，这已经超出“孝”。旧礼教的“孝”是无条件的，绝对的，是不能犯上的。“孝妇”就这样带上了“义妇”的性质。第二层因果的加入已经将主题从颂扬官员之清明，转向表现反抗黑恶势力的气节。第三层因果是，蔡婆之死，不是由于自尽，而是张驴儿欲毒杀蔡婆，误毒其父，而官府昏庸。原本素材是孝妇为官府屈打成招，关汉卿改为窦娥刚烈不屈，窦娥又进一步上升为“烈妇”。官员威胁对蔡婆动刑，窦娥出于对老人的回护，乃服诬。这一笔使窦娥的刚烈呼应了前述的“仁义”原则，这里的“义”带着凛然的气概。虽然如此，仍然为免除老人皮肉之苦违心服诬，甘心赴死，就有了赴义的性质。甚至在插标游街时，要求不让老人看到，以免过度刺激，又进一步显示了窦娥的“仁”。以上三层因果改动，使得原来的孝妇，上升为刚强而仁义之烈妇。

其次，原始素材中主角清官（于公）消失，窦娥成为思想和情节的核心，其精神露出了光芒。

这种精神光华的特点是戏剧性的，由一系列的戏剧性的对转而迸发出来，其特点乃是强弱的层层突转。第一，蔡婆本是高利贷者，年利百分之百，盘剥性很明显，但在当时法律和民俗规范之内，遇到暴力赖账，受到生命的威胁，变成了弱者。第二，张驴儿父子从救人者变为无赖，凭借黑恶势力的逼婚者。第三，窦娥从被动守寡者、尽孝者变成了双重的反抗者，既坚拒张驴儿父子逼婚又严厉谴责蔡婆妥协“可耻”，引狼入室，改嫁不仁不义。第四，在酷刑面前，极端的弱者，坚贞不屈，变为强者。第五，虽然批判蔡婆用语十分严厉，但是，为免于蔡婆受刑，刚烈者屈服，甘赴含冤赴死极其坚定，窦娥就这样成为屈死的弱者和精神强者。

最后冤案得以昭雪，其缘由乃是她虽含冤赴死，但在意志上不屈，发出呐喊。

在那暗无天日的人间，冤屈在现实世界不可能昭雪，她的呐喊甚至没有针对现实的地痞、庸官，但是就是死了也要证明自己的清白，乃向不可见的苍天和大地要求显示三个被冤的证据，完全是超现实的。第一个证据是，三伏天气，降三尺瑞雪遮掩了窦娥尸首。

你道是暑气暄，不是那下雪天，岂不闻飞霜六月因邹衍？若果有一腔怨气喷如火，定要感的六出冰花滚似绵，免着我尸骸现。要甚么素车白马，断送出古陌荒阡！

关汉卿在这里表现了艺术家非凡的概括力。其所据刘向《说苑》中的故事，东海孝妇冤死，大旱三年，但孝妇并未鸣冤，只是自然现象。在这里却是窦娥不屈呐喊的结果。刘向原来的故事，并没有六月飞雪。关汉卿把邹衍的神异故事结合进来。邹衍是个历史人物，系战国末期阴阳家之代表。《后汉书·刘瑜传》李贤注引《淮南子》说："邹衍事燕惠王，尽忠。左右谮之，王系之，（衍）仰天而哭，五月为之下霜。"[①]这起冤案后来终于得到昭雪。这个故事本来与刘向的故事八竿子打不着，关汉卿却把这相隔数百年的两个故事结合了起来，而且把六月飞霜改成了六月飞雪。

第二个证据是，窦娥的鲜血如她的誓愿飞到旗杆的丈二白练上。关汉卿艺术家的想象力，让这种超越现实的应验，发生在现场，戏剧性的强烈对转，带上了对烈女赞美的性质。关汉卿在这里，大笔浓墨，将他最高的才华发挥出来。接着是第三个证据：

【滚绣球】有日月朝暮悬，有鬼神掌着生死权。天地也！只合把清浊分辨，可怎生糊突了盗跖、颜渊？为善的受贫穷更命短，造恶的享富贵又寿延。天地也！做得个怕硬欺软，却原来也这般顺水推船！地也，你不分好歹何为地？天也，你错勘贤愚枉做天！哎，只落得两泪涟涟。

在第一折里，孤独的寡妇窦娥还对天存有希望，唱词曰："满腹闲愁，数年经受。天知否？天若是知我情由，怕不待和天瘦。"在这里，变成了骂天骂地的呐喊。虽然是日月高悬，主生死大权，但是，不分清浊，欺软怕硬。不分好歹，不配为天，错勘贤愚，不配为地。这样的天地庸官和地痞一样。要知道，在当时的中国，人们的共识就是一切的主宰就是天。乾坤朗朗，就是天道。中国没有严格意义上的人格神宗教，超验的形而上学的主宰便是天，天就是神，在《易》学中，甚至高于神。[②]因为天是唯一的，而神是多样的，故吾人不像欧美人，动不动，上帝啊！而是，天哪！皇天后土，皇帝是天子，真命天子，代天牧民。天命不可违，梁山英雄造皇帝的反，打出的旗号也是替天行道。百姓信奉的是天理昭彰，天理良心，靠天吃饭，反之则逆天行事，天理不容，天诛地灭。就是皇帝有了错误，

---

① 《后汉书》（点校本）卷五十七，中华书局 1965 年。

② 林栗《周易经传集解·观卦》："天何言哉？四时行焉，百物生焉。天，神道也。"《四库全书》，经部，易类。

上天也要躬行天罚。项羽打了败仗，长叹天亡我也，天意是绝对的，不可改变的，人们陷入困境，最多叹老天不开眼。这样无所畏惧地骂天是大逆不道的。

但是，强烈的戏剧性在于，这骂天骂地居然起到了感天动地的效果。楚州三年大旱，并不是自然现象，而是由于窦娥抗争。这样的想象在中国文化氛围中，是空前的，对读者想象力的冲击是空前的。

老子曰："人法地，地法天，天法道，道法自然。"故天道无亲，天无私覆，地无私载，日月无私照，率归之自然而已。李贺诗曰"天若有情天亦老"，天理是理，是无情的。这个被苏轼说成是"天无言无作而四时行"的天，居然被感动了，不动声色地用三年大旱和六月的飞雪来显示它的天网恢恢的神圣。窦娥的冤案之所以得到平反，她父亲拿得出手的证据就是天罚楚州三年大旱。大逆不道的骂天，骂出了天道好还，天道无情变成天从人愿。主观的感情改变了自然的冬夏、雨旱的周期。情感超越了自然规律，审美价值的超越性得到极端的显现。

这样以人情感动天意的想象是空前的，就是产生于三国时代哭竹生笋（后由元朝人收入"二十四孝"），也只是孝子在白雪覆盖的土地上为垂危的母亲寻笋而不得，乃哭而生笋。泪水和竹笋的植物生长有着一定的关系，而六月雪和三年大旱，情感是唯一的因素。这样浪漫的想象造成了震撼的戏剧性对转，孝妇、冤妇，从性质上变成义妇，勇妇，骂天骂地不但没有犯下滔天之罪，遭到天打雷劈，冤天的弱者变成了胜天的强者，在这样强烈的剧性转折中，暗淡的冤妇的精神焕发出夺目的光彩，这种光彩无疑闪耀着诗性赞颂。

窦娥的形象的诗性不仅在于其内涵，而且在于其语言的诗性。其形式系元杂剧，属于歌剧，也就是诗剧。主角成套的唱腔，都是诗，不过不用唐诗、宋词，而是与之并列在语言的诗性上另辟蹊径的元曲。元曲是中国古典诗歌的一种亚形式，其诗学原则有别于近体诗和词。

窦娥所唱的套曲，充满了平民草根性，不像唐诗宋词用文言，而多为世俗的口语。如"糊突"、命短（不是寿夭）等等。王骥德《曲律·论曲禁第二十三》，说到曲有"太文语，太晦涩，学究语，书生语，堆集学问"[①]等禁忌。说明这种诗艺的基础，不是有别于文言的口语，耳熟能详的口语并不能直接变成诗，是要经过转化的。这种转化还不能完全是唐诗宋词式的，而是要按照曲律演化出来的。如"怕硬欺软""顺水推船"，直接写出来，是不能成为诗的，但是，依照严格的曲律规范就神奇地转化了。用曲律家王骥德的话来说，就是"妙语天成"。天成，就是天然，自然，大白话，没有斧凿痕迹，现成的口语，是俗的，但是，到了曲里，就变得俗中有雅，当然有时也自然融入精英文化的典故和现成的语句，

① 王骥德《曲律》，湖南人民出版社 1983 年，第 136 页。

如窦娥唱词“地也，你不分好歹何为地？天也，你错勘贤愚枉做天”。王骥德在《曲律·论用事》中说到用“古人成语”，或者是带点文言风格的词语在对句“只许单用一句”，“方不堆砌，方不盗袭”。如，前句有了“不分好歹”，下句就可用“错勘贤愚”，对句有了“可怎生糊突了盗跖、颜渊”，起句就不能用，只能用“只合把清浊分辨”①。但实际上，如系口头成语，则两句皆可，如，关汉卿这里的“做得个怕硬欺软，却原来也这般顺水推船”。

这些口语为主的曲，不大用近体诗歌追求的工对，而是用不太工整的对称，更多的是宽松的对称，如“为善的受贫穷更命短，造恶的享富贵又寿延”。虽然句法结构有点像对仗，但前后两句中的两个“的”是近体诗所避免的。又如，“有日月朝暮悬，有鬼神掌着生死权”，两个“有”重复，又杂入第二人物的呼语（天地也，天也，地也），一连三个感叹性虚词“也”，语句参差，语气变幻，加上单句散语“只落得两泪涟涟”。从激烈的呼喊，情绪转向无可奈何的低落。意象疏密相间，情绪起伏跌宕。

与诗词更不同的是元曲唱词虽比诗词格律严格，连平上去入都要讲究，但是，句法的连贯性上却比诗和词更加紧密，诗和词中省略的时间、空间、因果性的连接性虚词，在曲中可以比较自由地增添，这叫作“衬字”（或衬垫字）。王骥德《曲律·论衬字》举《绵缠道》为例进行分析：“讲什么晋陶潜认作阮郎”，本来是七字句（晋陶潜认作阮郎），其中的“讲什么”就是衬字。窦娥的唱词是：“岂不闻飞霜六月因邹衍？若果有一腔怨气喷如火，定要感的六出冰花滚似绵，免着我尸骸现。要甚么素车白马，断送出古陌荒阡！”如果是诗词，则“岂不闻”“若果有”“定要感的”“免着我”“要甚么”“断送出”，都当省略成：“飞霜六月因邹衍，一腔怨气喷如火，六出冰花滚似绵，尸骸现。素车白马，古陌荒阡！”这样就不是曲，而是有点词的味道了。

《窦娥冤》唱的《滚绣球》中的“可怎生”“做得个”“却原来”也都是衬字，大凡元曲中“我为你”“望当今”“这其间”都是衬字②，在关汉卿的《不伏老》中“我是个蒸不烂、煮不熟、捶不匾、炒不爆、响珰珰一粒铜豌豆”其中的“蒸不烂、煮不熟、捶不匾、炒不爆”显然也是衬字，在元杂剧唱词凭借这样的衬字，使得句间的逻辑关系更显豁，以一种大白话的姿态显示出纯朴、活泼、天真甚至原生的心态。黄图珌《看山阁闲笔·文学部·词曲》曰：

> 宋尚以词，元尚以曲。春兰、秋菊各茂一时。其有所不同者，曲尚乎口头言语，

---

① 王骥德还举出以下例句：《琵琶·月高曲》第一调：“正是西出阳关无故人，须信家贫不是贫。”第二调：“他须记一夜夫妻百夜恩，怎做得区区陌路人。”第三调：“他不到得非亲即是亲，我自须防人不仁。”

② 参阅王德骥《曲律》卷二《论衬字》。

化俗为雅。[①]

所谓以俗为雅，也就是臧晋叔《元曲选·序》所说的“不工之工”。“不工”是相对于诗词而言的，而“工”则是对于口语的弹性规范。但这不等于说，曲不讲究文采，只是文采的准则不同，李渔在《闲情偶寄》中说：

> 曲文之词采，非但不同，且要判然相反。何也？诗文之词采贵典雅而贱粗俗，宜蕴藏而忌分明，词曲则不然，话则本之街谈巷议，事则取其直说明言……以其深而出之以浅，非借浅以文其不深也。[②]

这种俗中之雅的诗性是早期元曲独有的，后来的文人则渐渐趋向于雅，诗词雅言逐渐占了上风。李调元就称赞：“《西厢》工于骈骊，美不胜收。如‘雪浪拍长空，天际秋云卷，竹索缆浮桥，水上苍龙偃’，又‘法鼓金铙，十月春雷响殿角；钟声佛号，半天风雨洒松梢’，又‘系春心，情短柳丝长；隔花阴，人远天涯近’。”[③] 但是，这样追求辞藻的华美，也引起了忧虑。李渔认为汤显祖《牡丹亭》中的名句“良辰美景奈何天，掌心乐事谁家院”“遍青山啼红了杜鹃”等语，“字字皆费经营，字字皆欠明爽。此等妙语，止可作文字观，不得作传奇观”。远不如其末编口语化的“似虫儿般蠢动把情煽”，《寻梦曲》的“明放着白日青天，猛教人抓不到梦魂前”。[④]

李渔的话不无道理，《西厢》《牡丹》演出时，即使知识分子也很难直接听懂。但是，作为一种特殊的诗，则很经得起玩味。从根本上说，《窦娥冤》并不是诗，而是戏。元杂剧之所以成为与唐诗宋词并列的伟大艺术，就在于它有人物、动作。戏的生命在人物之间的错位的、出人意料的传奇情节，而这是套曲的抒情性独唱所难以完成的，戏剧性情节则由科白来推动发展，“科”，就是动作，而“白”包括“定场白”和“对白”。人物对白，仅从语言上说，杂剧的对话，是比较粗糙的。对话艺术在宋元话本和长篇小说中得到了高度发展。《三国演义》《水浒传》几乎全是动作和对话，人物性格生动鲜明，而一些穿插其间的诗赋体都陷于静态铺陈，不但去唐诗宋词，而且去元曲水平远甚。不同文体，同一时代，在叙事和抒情方面的水准形成了令人惊异的反差，有些诗赋简直成为作品的累赘，金圣叹在改定《水浒传》时将其删节了大半，人物和情节反而明晰了不少。这种不平衡，直到曹雪芹写出了《红楼梦》才有所改善，曹雪芹将小说的叙事和诗词和曲的抒情高度地统一起来，不过应该承认，以曹雪芹的天才，也不能不说是诗不如词，词不如曲。

---

① 黄图珌《看山阁闲笔·文学部·词曲》，《中国古典戏曲论著集成》(七)，中国戏剧出版社1959年，第139页。

② 李渔《闲情偶寄》，《中国古典戏曲论著集成》(七)，中国戏剧出版社1959年，第22、23页。

③ 李调元《雨村曲话》，《中国古典戏曲论著集成》(七)，中国戏剧出版社1959年，第11页。

④ 《中国古典戏曲论著集成》(七)，中国戏剧出版社1959年。

当然，今天我们看到的元杂剧中的对话，都是舞台脚本，和现场演出有相当大的区别。在舞台上，念白的感染力和其抑扬顿挫是分不开的。在这一点上元曲是很有讲究的。王骥德说“诸戏曲之工，白未必佳，其难不亚于曲”，“字句长短平仄，须调停得好，令情意宛转，音调铿锵，虽不是曲，却要美听”。[①] 关键不在抒情，不在阅读，而在现场念出来好听（美听）。今天阅读元杂剧，仅仅当作文学作品来读往往有不可解之处，如在一些次要人物出场时，有所谓定场诗，例如《窦娥冤》中赛卢医出场时，这样说白：

行医有斟酌，下药依《本草》。死的医不活，活的医死了。

这是违背人物心理的，却成为杂剧的一种不可忽略的要素。又如，楚州太守出场时，有这样的定场诗：

我做官人胜别人，告状来的要金银。若是上司当刷卷，在家推病不出门。

当告状的来了，这位太守却对之跪下了，问，为什么？答曰：

你不知道，但来告状的，就是我衣食父母。

这一切看来都是荒谬的，但是，这却是剧场效果所必需的，因为这样的荒谬构成丑角。这种荒谬的说白，叫作插科打诨，构成喜剧性。在正剧、悲剧演出中，引发观众一笑。王骥德在《曲律·论插科》中说：“大略曲冷不闹场处，得净、丑间插一科，可博人哄堂。”但是，这种插科打诨，并不能任意为之，是要有才气的。王骥德《曲律·论俳谐第二十七》曰：“俳谐之曲，东方滑稽之流也。非绝颖之姿，绝俊之笔，又运以绝圆之机，不得易许。”关键是，第一，“着不得一个太文字”，也就是不能太文雅，没有发噱；第二，“又着不得一句张打油”，又不能太不严肃。最佳的效果是“以俗为雅，而一语之出辄令人绝倒”。《窦娥冤》中这种荒谬妙在其深层真实，甚至在悲剧中，也会带上喜剧性插曲。赛卢医自称“死的医不活，活的医死了”，贪官见告状的下拜称其为“衣食父母”，皆是荒谬的真实，由于荒谬与真实的反差强烈，引发的笑，具有喜剧性深刻意味。故不属打油。这在柏格森的“笑”的理论中，属于不一致（incongruity）[②] 范畴，所显示的乃是丑角之美。

相隔数百年，阅读元杂剧，既要从文学的角度，又不能拘泥于文学的角度，同时要从剧场的角度去看，才可能避免隔膜。

关汉卿生活于金末元初，其时，中国戏剧艺术的天宇上，才人辈出，河汉灿烂，四大巨星，光耀东亚。杂剧艺术从宋金的草创到元曲的成熟，其间不过一百多年，杂剧作家，在这么短的时间里，就征服了这种口头俗语，将之诗化，与音乐、躯体动作和谐地融合为一种中国艺术史上（当然也是世界艺术史上）从未有过的歌剧艺术，这速度堪称大跃进。

---

① 王德骥《曲律》，湖南人民出版社 1983 年，第 163 页。

② 柏格森《笑——滑稽的意义》，中国戏剧出版社 1980 年，第 30、27、19 页。

要知道，就是近体诗已经有了魏晋五七言诗的基础，从沈约开始讲究平平仄仄，到李杜写出盛唐气象的成熟的作品，也积累了四百年左右，而词从李白写出横空出世的《清平调》到苏东坡出现，让宋词在艺术上堪与唐诗并列为成熟的形式，历史也积淀了四百年。元曲作家真正太天才了。

此时欧洲天宇上还是一片黑暗，历史还要等待约三百年，莎士比亚（1564—1616）才从遥远的英格兰岛上发出耀眼的光华。不过莎士比亚戏剧虽为诗剧——其诗为无韵素诗（blank verse），还是朗诵剧；至于歌剧，同样在三百年后才从意大利半岛上出现可与元杂剧比美的歌剧《达芙妮》。

第三辑　古典诗词常见主题分析

边塞诗：
苦寒美、动静制宜美、语气参差美、视听交替美

一、苦寒美

岑参《白雪歌送武判官归京》诗云：

> 北风卷地白草折，胡天八月即飞雪。忽如一夜春风来，千树万树梨花开。散入珠帘湿罗幕，狐裘不暖锦衾薄。将军角弓不得控，都护铁衣冷难着。瀚海阑干百丈冰，愁云惨淡万里凝。中军置酒饮归客，胡琴琵琶与羌笛。纷纷暮雪下辕门，风掣红旗冻不翻。轮台东门送君去，去时雪满天山路。山回路转不见君，雪上空留马行处。

“北风卷地白草折”，这一句可以说是赋，好在白描，抓住了特点，很有震撼力。第一，草在一般读者印象中，不是黄的就是绿的，而这里却是白的。为什么？据《汉书·西域传》颜师古注，白草乃西北一种草名；王先谦补注，谓其性至坚韧，经霜草脆，故能折断。这种说法也许有根据，但是其中有矛盾：既然很坚韧，就不易折断。至于经霜草脆，则不是西北草的特点。草枯则黄，枯久则朽，朽则发白。这是北方普遍的现象，并不是某一种草的特有现象。为什么古代学者要这么引经据典考证西北实有其物呢？因为有个潜在的信条：既然是生动的，一定是写实的。其实，这不是写实的，而是想象的。诗中还特别点出了“八月”（阴历），在中原地区还是仲秋，而“胡天”却下起雪来了，这都是说明天气寒冷的特点。第二，在一般情况下，草是很矮小的，而且是柔软的，风一吹，最多就是望风披靡而已。俗语说，墙头草，风吹两面倒。倒而不折，是草的一般特点，而这里却“折”了，那是非常干寒，枯得发脆了。岑参在另一首诗《胡笳歌送颜真卿使赴河陇》中就写过“北风吹断天山草”。“天山草”，明显是泛指的。岑参很会抓住事物的特点，尤其是抓住细

节特点，以激发读者全面的联想。在《走马川行》中，他这样写风：“轮台九月风夜吼，一川碎石大如斗，随风满地石乱走。”连石头都给吹得乱动起来，可见得风有多么凶猛了。又如“马毛带雪汗气蒸，五花连钱旋作冰”，天气之寒冷，冷到马毛上都蒸发着汗气，这是在寒冷中激战的效果。这已经很有特点了，但更有特点的是，刚刚冒出来的汗水，又结成了冰。在这一点上，岑参是很有魄力的。

这首诗的第二个特点是善于运用比喻。“忽如一夜春风来，千树万树梨花开”，这是千古名句。为什么有这么强的生命力呢？就是因为，这种比喻不是一般的比喻，一般的比喻大抵都是近取譬。而把雪花比作梨花，在联想上是远取譬。第一，雪花是冬天的景象，而梨花则是春天的景物，和冬天在时间上相差比较远。汉语中“雪花”这个词语，是很有特点的。因为在英语中，雪花是 flake，只是扁而薄的小小一片或一层，连木头屑也属这一类：a small piece；a bit（一小片）；a small crystalline bit of snow（一片小而透明的雪片）。和花可以说是毫无关系。但是汉语中，雪花的联想意义已经固定了，自动化了，缺乏新鲜感了。因此有才华的诗人很少用花来比喻。《世说新语》载，一天下大雪，谢安问他的子侄如何形容。侄儿说“撒盐空中差可拟”，把它比作盐。谢安的侄女谢道韫（后来成为著名的才女）说“未若柳絮因风起”。显然，柳絮的比喻比较好。当时就没有人往花上想。李白著名的比喻是“燕山雪花大如席”。前面已经说是“燕山雪花”了，但他还是不屑在“花”上打主意，而宁愿比作席子。杜甫的《对雪》更是有意不和花沾边：“北雪犯长沙，胡云冷万家。随风且间叶，带雨不成花。”说它根本就不像花，比说它像花更新异。

当然，用花来比喻雪，也还是有的，但是往往不直接用“花”字，而是用“花”的原字“华”字。因为“华”往往和“丽”“贵”“彩”等相关联。和雪比较近的联想是梅花，唐太宗的宫体诗中形容雪：“泛柳飞飞絮，妆梅片片花。”和柳絮、梅花相联系，这就像俄国形式主义者所说的“自动化”的联想。李白的宫词中有“寒雪梅中尽”。雪花和梅花的时间距离比较小，是近取譬，因为梅花在冬天的雪中开放，直到毛泽东的《咏梅》也还是如此。而梨花，要到早春才开放。岑参在这里，在联想时间的距离上做出了突破，就有了俄国形式主义者所说的“陌生化”的效果。这里不是一般的陌生化，而是强烈的陌生化。因为：第一，不是很微观的雪花和梨花，而是很宏观的大背景上的“千树万树”；第二，一般的梨花，是陆续开放的，有一个过程，而岑参诗中的梨花，则是突然的，“忽如一夜春风来”，有眼前猛然一亮之感。这是心灵惊异的一种发现，其动人之处，不仅仅是雪花如梨花一样美，而且是心灵和感官为之一新的感觉。这种一刹那的感觉，如果不是诗人抓住，不当作珍贵的发现，一般人很快就会把它遗忘了。

这首诗是一首古风，但不像一般古风那样用乐府古题（如《战城南》《关山月》《折杨柳》《北风行》《长相思》等等）。因为用古题，往往要因循古意，而岑参喜欢自己命题，不但在内容上相当自由，而且在形式上，在句子的多少和长短上，都比较随意。这可以说是一种古典的“自由诗”，有时叫作“歌”，如岑参就有《白雪歌》《火山云歌》《轮台歌》，白居易有《长恨歌》；有时叫作“行”，岑参写过《走马川行》《热海行》，白居易有《琵琶行》。文学史上叫作“歌行体”。

名叫“白雪歌”，就是要集中写雪。诗中直接点到“雪”的有四处，以上是第一次，当然是表现雪之美。

岑参的诗对唐诗中的雪的美感有所发展。

在盛唐前的诗歌中，风花雪月是传统主题。有打油诗曰：“春游芳草地，夏赏绿荷池。秋饮黄花酒，冬吟白雪诗。”有诗话说，不准在诗中用“风花雪月”等语词，诗人就不会写诗了。把雪作为冬天的景观来欣赏，已成了俗套。从皇帝到王公大臣、文人学士，都以雪为美，以“对雪”“喜雪”“赏雪”为题者甚多，还有不少奉命与皇帝唱和（奉和）来赞美雪景之美，带着强烈的贵族和士大夫气息。雪在他们笔下，是一种美丽的景观，雪不会带来寒的感觉、冻的感觉，相反倒是增添了温暖的诗意。连李白也是这样，他的《秋浦清溪雪夜对酒客有唱山鹧鸪者》中有这样的句子：“披君貂襜褕，对君白玉壶。雪花酒上灭，顿觉夜寒无。”最多不过像杜甫《对雪》那样，想到了“战哭多新鬼，愁吟独老翁。乱云低薄暮，急雪舞回风。瓢弃樽无绿，炉存火似红。数州消息断，愁坐正书空”，雪不再是美妙的风景了，反令人想起远方战场上的牺牲者，不由得悲痛。从悲壮的、牺牲的角度来感受雪，表现了难能可贵的平民意识，即使“急雪舞回风”，也没有多少美妙的曲线，而是引发了悲郁的感觉。不从士大夫的角度来看，平民意识使诗人觉得雪不是那么浪漫的，而是和生命的苦难有联系的。

而岑参，从战争的现场写边疆将士感觉中的雪，雪仍然是美的，但不是李白式的浪漫的温暖，他并没有回避寒冷的感觉，但也没有杜甫那样的悲苦之感，而是一种以苦寒为美的豪迈的感觉。这可以说是岑参对唐诗中苦寒美感的一种开拓。

接下来的苦寒之美，不在大自然的广阔视野中了，而是到了将军的帐幕中。这样的空间跳跃性是很强的，但很自然，只用了两个意象——“珠帘”和“罗幕”，就过渡到将军们的感觉中。一个“湿”字，点出了这里的温度稍高，但还是寒冷的，贵至将军也不能免：“狐裘不暖锦衾薄。”这一句尚不能算是特别出格，只是一般生活上的寒冷，和中原的寒冷没有本质上的差异。“将军角弓不得控，都护铁衣冷难着”，只用两个细节，一个是“角弓”，一个是“铁衣”，写出了苦寒之美的第二个方面，这和前面千树万树的梨花相比，是另外一种境界。冷到武功都很难正常施展，却没有苦的感觉，只有雄豪的感觉。在“瀚海阑干百丈冰”的背景下，将军们的情绪如何呢？“愁云惨淡万里凝。”云的性质是沉郁的，而且笼罩着、凝固着一切（万里凝）。这可真是和杜甫所想象的雪的愁苦有一点相近了。但接下来，却是一片欢乐的美景：“中军置酒饮归客，胡琴琵琶与羌笛。”环境是严酷的，但是，生活的乐趣带着地方色彩，战地自有战地的欢乐情调。这种欢乐，又和高适的“战士军前半死生，美人帐下犹歌舞”不同，没有上层下层苦乐的对比，而是欢送回到中原者的联欢，三种乐器并列（而不是只点到一种，把其他留给读者想象），连形容词都没有，就增加了欢腾、热闹的氛围。这时的情绪，已经从“铁衣”和“角弓”的艰难转化为轻松了。意脉的变化，至少可以避免单调。紧接着就点明了严峻的寒冷环境：“纷纷暮雪下辕门，风掣红旗冻不翻。”这里又一次点到了雪。

诗的题目是雪，到这里已经三次点到雪。第一次，开头是满天飞雪，在大自然的广袤空间中。接着是珠帘、罗幕之间的雪，转移到帐幕内，是置酒欢送的场面。第三次是辕门、红旗上的飞雪，过渡到送别的场面。三次点到雪，表面上是静态的雪，实质上是观感的空间转移，省略了一系列过程，保证了抒情不受复杂的叙事干扰。如此的精炼，得力于细节选得精粹。雪下在辕门，难道别的地方就没有雪吗？当然有，但不在送别现场，不在心灵关注的焦点，就省略了。辕门外寒冷到什么程度，只要在旗帜上表现就够了。旗帜的特点是飘扬的，但是，这里却飘不起来了，气候的严酷不言而喻。从这里，可以又一次体会到岑参选择细节的功力。第四次点到雪：“山回路转不见君，雪上空留马行处。”连送者和被送者的场面，送别的过程和语言，也全部留在空白中，只突出雪上的马蹄印痕。这第四次点到雪，同时也是第四次空间转移。

古风歌行往往是直接抒情的，但这里没有直接的抒情，诗人的匠心是用无声的画面来提示不可直观的感情。感情不在画面本身，而在画面之外那凝神的眼睛，在友人消失之后仍然怅然凝视。而追随着友人身影的目光被省略了，这才使马蹄的印痕的静态，表现出心绪中微妙的、难以觉察的微波。这种手法在唐诗中是比较常见的，如李白的《送孟浩然之广陵》：“孤帆远影碧空尽，唯见长江天际流。”李白直接写了目送孤帆远影，直到消失，仍然凝望着流往天际的流水，暗示诗人为别离而怅然。李白强调的是“惟见”，岑参强调的是“不见”，雪上的马蹄是空的，但是情感却不空。这个“空”字，蕴含着艺术的匠心。

以无声的画面来抒情，在小说、散文中，是常见的，而在现代电影中，则用得更多，所谓“空镜头”，其功能常常就是抒情。

与李白相比，在运用空白画面来抒情方面，岑参有过之而无不及。

古典诗话多以岑参与高适比，好像成了一种思维定式。其实，比较只需一点相通，四面八方，无不可比。故本文有意与李白、杜甫相比，以显示“比较”作为方法，贵在不拘一格。

二、动静制宜美

王维《使至塞上》诗云：

单车欲问边，属国过居延。征蓬出汉塞，归雁入胡天。大漠孤烟直，长河落日圆。萧关逢候骑，都护在燕然。

开元二十五年（737），河西节度副大使战胜吐蕃，唐玄宗命王维以监察御史的身份出塞宣慰。监察御史是御史台的察院属下的官，正八品上，品秩很低。因此这一任命，在政治上算不得重用，但是对于三十多岁的诗人王维来说，却是一个开拓感觉、想象、体验、欣赏境界和精神生活的大好机遇。习惯于安富尊荣的京城生活，第一次远离中原繁华之地，深入北方荒凉甚至不毛之地，他能够感受到另一种美的境界吗？如果他的美学感受有足够的开放性，用什么样的形式来表现才好呢？他在表现英雄主义的豪迈气概时，用过比较自由的歌行体，如《老将行》："少年十五二十时，步行夺得胡马骑。射杀中山白额虎，肯数邺下黄须儿。一身转战三千里，一剑曾当百万师。"他的《少年行》中有"新丰美酒斗十千，咸阳游侠多少年。……汉家君臣欢宴终，高议云台论战功。……出身仕汉羽林郎，初随骠骑战渔阳。孰知不向边庭苦，纵死犹闻侠骨香"等，但是，那些基本上只是想象，只是豪言壮语而已，文采风流，却缺少严峻的实感。这一次是真的上前线了，强烈的实感，是不是还能那么浪漫呢？

开头两句，平淡得有点像平铺直叙，好像只是交代了一下，远去边疆，目的地很遥远，如此而已。如果不是五言句式，不是平仄交替，似乎可以说不太像诗。但其中韵味，是有一点讲究的。王维原官右拾遗（从八品上），这次的监察御史，也不过高了一品。官虽不大，但毕竟是皇帝任命慰劳西部边陲大获全胜的将士的特派大员，应该是有相当的排场的吧？但是没有。其中有一个字很值得注意，那就是"单车欲问边"中的"单"字。这个中央大员，出巡边疆，居然是"单车"，应该是很不得志，有学者认为这是有关当局有意借此"将王维排挤出朝廷"[①]。其心情之沉闷，从这个"单"字中略见端倪。接下去说："属国过居延。""属国"是"典属国"的简称[②]，这里是指自己。典属国是秦汉时的官名，管理小国（归附的少数民族）事务的。据宋徐天麟《西汉会要》载，其俸禄二千石，与太子太傅（太

① 《唐诗鉴赏辞典》，上海辞书出版社 1983 年，第 162 页。

② 有人认为，"属国过居延"，是"过居延属国"的倒装，"属国"指归附的小国。据《后汉书·郡国志》，凉州有张掖、居延属国。

子的老师）、京兆尹（掌治京师，相当于如今的北京市市长）等官拿一样的工资[①]，按理薪俸是不低了，但可能实际地位不高，所以王维在《陇头吟》中就提到过“苏武才为典属国，节旄空尽海西头”。王维在这里自称“属国”，不是自谦，而是牢骚。

有的文章，在赏析这首诗开头两句的时候，这样写：“‘单车欲问边’，轻车前往，向哪里去呢？‘属国过居延’，居延在今甘肃张掖县西北边塞。”[②]这叫鉴赏吗？对于诗中的奥妙，一点感觉都没有。还有一种文风，就是古典诗话中流行的——只说个感觉，例如《唐诗直解》：“此等诗，才情虽乏，神韵有余。”才情乏在哪里，神韵又余在哪里，都是印象，不讲道理。为什么呢？他们没有把王维当成一个大活人，没有把王维还原到当时的文化政治环境中去，因而也就只能停留在字面上，用一些常识来搪塞读者。

懂得了王维身为大员又无排场的原因，才能懂得为什么国家军队很争气，打了大胜仗，而一个中央大员，王命在身，前往庆功，却一点兴奋感、自豪感都没有。把自己比喻为征蓬，王维身上的贵族气荡然无存，好像身不由己的平民，不能驾驭自己的命运，随风飘荡，沿途那么多景观，他都没有感觉，却只看见“归雁”往“胡天”“归”去。这当然与自己离别中原家国有关，因情取景，情因景发。但是，严格说来，用这样的景，表达这样的情，不能算是很有创造性的。飞蓬、归雁，在唐诗中早成俗套了。可能就是这个原因，给一些粗心的诗评家以“才情”有点“乏”的感觉。但是，从总体上来说，王维在唐代诗人中，是比较全面的，《岁寒堂诗话》以为他的律诗可与杜甫比美，而古体可与李白比美，历代诗话家都对他评价很高。[③]从艺术成就的全面性来说，他仅次于李白、杜甫，而高于白居易、杜牧、李商隐。可是，即使是一个天才诗人，也不可能每一句都写得很杰出，免不了有些弱笔，甚至败笔。王维这一联，应该是比较弱的。如果一直这样弱下去，那么这首诗的水平就可能平平了。但是，王维毕竟是王维，下面突然来了一联神来之笔：“大漠孤烟直，长河落日圆。”这无疑是千古名句，得到历代诗话家的一致称赞。《而庵说唐诗》：“‘大漠’‘长河’联，独绝千古。”《良贤清雅集》：“‘直’‘圆’字，十二分力量。”[④]

众口一词都说好，但是好在什么地方，一千多年来，那么多诗话家，却几乎没有人能够说清楚。《唐诗评选》说：“用景写意，景显意微，作者之极致也。”《闻鹤轩初盛唐近体读本》说，这两句“写景如生，是其自然本色中最警亮者”。《茧斋诗谈》说：“边景如画，工力相敌。”说来说去，观念是一样的，就是诗人写景写得真实。但是有人又提出疑问，说这景好像不太真实。《唐诗广评》引蒋仲舒曰：“旷远之界，孤烟如何得直，须要理会。”这

① 见该书卷三十七《职官七·秩禄》。

② 《唐诗鉴赏辞典》，上海辞书出版社 1983 年，第 162 页。

③ 详见陈伯海主编《唐诗汇评》（上），浙江教育出版社 1995 年，第 227 页。

④ 详见陈伯海主编《唐诗汇评》（上），浙江教育出版社 1995 年，第 322 页。

个“理会”是什么意思？这位蒋先生说得含糊，几乎没有人能够回答，只有《唐诗解》回答说：“夫理会何难，骨力罕敌。”但“骨力”是什么？在哪里？还是含糊不清，一般读者没有办法“理会”。概念缺乏严密的内涵，是中国传统诗话的一个弱点。就是曹雪芹，对这个问题，也只能借助人物之口谈谈感觉。《红楼梦》第四十八回：“‘大漠孤烟直，长河落日圆’，想来烟如何直？日自然是圆。这‘直’字似无理，‘圆’字似太俗。合上书一想，倒像是见了这景的。要说再找两个字换这两个，竟再找不出两个字来。”曹雪芹毕竟是曹雪芹，他不太理会什么写景，干脆说，如果光用写景来衡量，可能是“无理”的。这里有一个关键词“无理”。艺术是心灵在形式的审美规范挟持下进行的创造，是不能单单用理性去比照的。诗人的视觉是超越理性和感觉的原初状态的。

“大漠孤烟直”之所以生动感人，当然与写实有关，但并不是说，只要超越写实，就不艺术、不美了。诗的形式特征决定了它必须想象和虚拟。这首诗是抒情的，不完全是以写实感人，而是以情感人。即使表面上是写实，其中必然是经过情感同化了的。“直”和“圆”构造出的画面，有一种无限开阔的空间，一种苍凉宏大的视野。征蓬、归雁，都带着悲凉，但是都隐含着。因为征蓬、归雁带来的空间感，不是文人狭小庭院式的悲哀，而是充满在广阔天宇之中，须仰视才能充分感受的。到了大漠孤烟、长河落日，空阔从天空转向地面，天地连在一起。烟之直，其实也不一定要用当年的狼烟的物理性能来作证[①]，诗人完全有权在想象中创造。

王维不但是个诗人，而且是个画家。他老是觉得自己绘画的才能超越了写诗，他自己说过“宿世谬词客，前身应画师”[《偶然作六首》(其六)]。苏东坡说他诗中有画，画中有诗。所以诗话家说他“边景如画”。但是，画和诗是有矛盾的，张岱就说过，好诗不一定就是好画，好画不一定就是好诗。莱辛在《拉奥孔》中也专门论述过诗与画的矛盾。

但是这里，王维经营了一幅美好的画面，恰恰又是好诗，诗和画达到了统一。因为这里的孤烟是一条垂直线，长河是一条水平线。在绘画上，垂直景观属于静态稳定性质的构图。这种静态构图，提炼得如此单纯，连征蓬、归雁都消失了，连白云、黄沙也视而不见，留给读者的，就是一个空阔的宇宙，静态的画面。一纵（孤烟）一横（长河），本来宁静得有点单调，但再加上落日圆弧，就比较丰富了。这种丰富，不仅仅是形式上的，而且包含着内容上的。孤烟，是狼烟，是战争的烽火，是警报，紧张的警报，却用静态的垂直构图

---

① 清赵殿成注曰：“或谓边外多回风，其风迅急，袅烟沙而直上。亲见其景者，始知‘直’字之佳。”(《王右丞集笺注》)朱东润先生主编的《历代文学作品选》注曰：“内蒙古接近河套一带，从初秋到春末，经常为高气压中心盘踞之地，晴朗无风，近地面温度特高，向上则急剧下降。烟在由高温到低温的空气中愈飘愈轻，又无风力搅乱，故凝聚不散，直上如缕。”等等。说法不同，但都是以地理气候原理来解释。

表现，就构成了一种张力。画面的稳定感和形势的紧张感结合，形成了一种紧张与宁静交融的境界。这种境界不完全是自然风光，而是诗人内心对战争形势感受的净化。从征蓬的无归属感，变成了苍凉的美感，是诗人少年豪迈之气向中年苍凉之气的拓展。不从艺术家风格的发展和丰富去考虑，单纯从烽烟是否能直去衡量，是不得要领的。在这里，分析这首诗至少要考虑四个因素：一、外部景物之特性；二、内心苍凉之气的外溢；三、天才画家以静态构图和紧张的战争氛围拉开审美距离；四、诗歌对仗技巧对“直”和“圆”的活用。这四者的猝然遇合构成了艺术的美的创造。

最后两句，表面看比较平静，但暗含着一个突然的意脉的转折。前面不但画面是宁静的，而且诗人的心态也是凝神的。可是侦察兵（候骑）来了，得知距离目的地还很远，而那里正是历史上英雄建功立业的疆场。诗人的心情为之一振。

从整首诗歌来看，全诗意脉经历了三个层次的变化：第一层次，单车之孤独感；第二层次，宏大苍凉的宁静感；第三层次，宁静凝神被中止，对军旅的前瞻、孤独的失落淡化，中央王朝大员的心灵为职务角色的感觉所充溢。

三、语气参差美

王之涣《凉州词》诗云：

黄河远上白云间，一片孤城万仞山。羌笛何须怨杨柳，春风不度玉门关。

这一首绝句，在历代诗话中有极高的评价，有的甚至将之列入“压卷”之作。沈德潜《唐诗别裁》说：“李于鳞推王昌龄‘秦时明月’为压卷，王元美推王翰‘葡萄美酒’为压卷。王渔洋则云：‘必求压卷，王维之“渭城”、李白之“白帝”、王昌龄之“奉帚平明”、王之涣之“黄河远上”，其庶几乎！而终唐之世，绝句亦无出四章之右者矣。’”[①]压卷，就是最好。说此诗为唐诗压卷，有点绝对化，如果排除了绝对因素，说它是唐诗绝句中第一流的作品，应该是肯定的。

这首诗从写成以来，不但诗评家们一致叫好，连民间也大为盛行，广为传唱。《集异记》中有这样一个有趣的故事：开元中，诗人王昌龄、高适、王之涣齐名。时风尘未偶，而游处略同。一日，天寒微雪，三诗人共诣旗亭，贳酒小饮。忽有梨园伶官十数人登楼会宴，三诗人因避席隈映，拥炉火以观焉。俄有妙妓四辈，寻续而至，奢华艳曳，都冶颇极，旋则奏乐，皆当时名部也。昌龄等私相约曰：“我辈各擅诗名，每不自定其甲乙，今者可以

① 见陈伯海主编《唐诗汇评》（中），浙江文艺出版社1995年，第1355页。

密观诸伶所讴，若诗入歌词之多者，则为优矣。”俄而一伶拊节而唱，乃曰：“寒雨连江夜入吴……”昌龄则引手画壁曰：“一绝句。”寻又一伶讴之曰：“开箧泪沾臆……”适则引手画壁。曰：“奉帚平明金殿开……”昌龄又引手画壁曰：“二绝句。”之涣自以得名已久，因谓诸人曰：“此辈皆潦倒乐官，所唱皆巴人下俚之词耳。岂阳春白雪之曲，俗物敢近哉！”因指诸妓之中最佳者曰：“待此子所唱，如非我诗，吾即终身不敢与子争衡矣。脱是吾诗，子等当须列拜床下，奉吾为师。”因欢笑而俟之。须臾，次至双鬟发声，则曰：“黄河远上白云间……”之涣即揶揄二子曰：“田舍奴，我岂妄哉！”因大谐笑。诸伶不喻其故，皆起诣曰：“不知诸郎君何此欢噱？”昌龄等因话其事。诸伶竞拜曰：“俗眼不识神仙，乞降清重，俯就筵席。”三子从之，饮醉竟日。[①]一首诗能由当时不同阶层的读者所欣赏，又经过上千年的评论家评论，其艺术上的成功，从理论上说，应该是能够说得清楚的。但事实并非如此，有时甚至恰恰相反，感觉上，虽然越来越清楚，大家都觉得这首诗无疑是杰作，但从道理上讲起来，却是迷迷糊糊。

《万首唐人绝句》的编者提出：“此诗各本皆作‘黄河远上’，惟计有功《唐诗纪事》作‘黄沙直上’。按玉门在敦煌，离黄河流域甚远，作‘河’非也。且首句写关外之景，但见无际黄沙直与白云相连，已令人生荒远之感。再加第二句写其空旷寥廓，愈觉难堪。乃于此等境界之中，忽闻羌笛吹《折杨柳》曲，不能不有‘春风不度玉门关’之怨词。”[②]

表面上是一字之争，实质是关于诗的写实性还是想象虚拟性质的分歧。《唐诗纪事》的作者的意思是，诗歌写的是玉门，而玉门离黄河很远，所以首句说“黄河”是不对的，应当是“黄沙”，才真实，符合“关外之景”。而真实的，才是美的。但是，千年以来多数版本为“黄河”，读者并没有因为这种不“真实”而感到遗憾。当然，改成“黄沙”，实写“关外之景”，黄沙直上白云，天地一片浑浊，“荒远”之感相当真切，也不能说不好。但这个写关外之景的标准，是以作者生理视觉为限的。如果以这个标准去衡量“一片孤城万仞山”，万仞山中一片孤城，在漫天黄沙之中，如何能看见呢？而“关外之景”与“黄河”，以生理的视觉，的确不可能见得，但是以诗的想象和虚拟，则天经地义。诗歌感人的力量并不仅仅来自写实的画面，作为一种艺术形式，它比其他任何艺术形式，更加依赖假定、想象来超越现实，如果拘泥于写实，诗人的感情就难以渗透在景观之中而得到自由发挥了。只有在假定的、虚拟的情景中，主观的情感才能渗透在客观的情景中，得到比较自由的发挥。“黄河远上”，虽然可能不是写实的，却是诗人心灵的视觉，凌空蹈虚的想象。相比起来，“黄河远上”可能比之“黄沙直上”心境要更为开阔一些。正如李白写庐山瀑布“海风吹不断，江月照还空”不是写实一样（庐山下临鄱阳湖，离东海和长江还远得很呢）。要说

①② 见陈伯海主编《唐诗汇评》（中），浙江文艺出版社 1995 年，第 1355 页。

真实，徐凝的“虚空落泉千仞直，雷奔入江不暂息。今古长如白练飞，一条界破青山色”，应该是写实得很了，但是，与李白的诗相比，在想象力上，在意境、格调、胸襟上，则不可同日而语。这就说明，诗歌的艺术准则，不是写实与否，而是情感与景观的猝然遇合、交融，虚拟的自由，意境的创造。

从绝句的结构来说，最重要的，还不是第一、第二句，而是第三、第四句。前面两句是写景，下面两句如果再写景就呆板了。前面两句是陈述句，下面两句如果再陈述，情感的自由就可能受到影响。所以，比较杰出的绝句，第三句、第四句往往在句式上有所变化，从陈述句变成疑问、感叹、否定、条件复句的比较多。[①]这是因为，这种句式，主观情感色彩比较强烈。如前面所引的所谓唐诗“压卷”之作如：

王昌龄《出塞》：“秦时明月汉时关，万里长征人未还。但使龙城飞将在，不教胡马度阴山。”第三句是条件句，第四句是否定句。

王翰《凉州词》：“葡萄美酒夜光杯，欲饮琵琶马上催。醉卧沙场君莫笑，古来征战几人回。”第三句是否定句，第四句是感叹句。

王维《渭城曲》（一作《送元二使安西》）：“渭城朝雨浥轻尘，客舍青青柳色新。劝君更尽一杯酒，西出阳关无故人。”第三句是祈使句，第四句是否定句。

李白《早发白帝城》（一作《白帝下江陵》）：“朝辞白帝彩云间，千里江陵一日还。两岸猿声啼不住，轻舟已过万重山。”第三句也不完全是否定句，而是“流水句”。

王昌龄《长信秋词》（其三）：“奉帚平明金殿开，且将团扇共徘徊。玉颜不及寒鸦色，犹带昭阳日影来。”第三句是否定句。

而王之涣这首，第三句是感叹句，第四句是否定句。

这不是偶然的，因为绝句只有四句，如果都是陈述的肯定句，那便单调而无起承转合的丰富变化。更主要的是，一味陈述，就可能成为被动描绘，主观的感情很难得到激发。《唐诗摘抄》拿来和李益《夜上受降城闻笛》相比的王昌龄《从军行》（其一）是这样的：“烽火城西百尺楼，黄昏独坐海风秋。更吹羌笛关山月，无那金闺万里愁。”李益《夜上受降城闻笛》则是：“回乐峰前沙似雪，受降城外月如霜。不知何处吹芦管，一夜征人尽望乡。”这两首杰作，句法变化很明显：王昌龄的第四句是否定句，李益的第三句是否定句。感情色彩就是从这里开始转折的。

这是一种规律，许多杰出的绝句都合乎此一规律。《唐诗别裁》的作者沈德潜认为：这两首和王之涣的相比，“然不及此作，以其含蓄深永，只用‘何须’二字略略见意故尔”。王之涣的这一首要好一些，是因为用了“何须”。作者的艺术感觉是相当准确的，因为有了

① 参阅孙绍振《审美价值结构与情感逻辑》，华中师范大学出版社 2000 年，第 281—297 页。

这“何须”二字，这首绝句就从描绘图景，转为抒情。诗人听到了《折杨柳》这样的流行曲子，如果下面就直说它引起了战士的乡愁“羌笛忽闻怨杨柳，春风不度玉门关”，似乎也可以说是“并同一意”，但是，绝句的意境和韵味就差得多了。“何须”，是反问，是何必的意思。诗人的这个问题是没有道理的，也不想有人回答，完全是诗人内心无可奈何的感慨。这是一。

其次，“杨柳”是双关语，既是音乐的曲调，又是现实的杨柳。“怨”和“杨柳”联系在一起，既是《折杨柳》的曲子中有哀怨（本来是离别的哀怨，因为“柳”与“留”谐音，引申为思乡的哀怨），又是埋怨杨柳不发青。如果光是由折柳引起乡思，不算是多大的创造，因为用《折杨柳》引发思乡的情感，在唐诗中，是比较通用的意象。如李白《春夜洛城闻笛》：“谁家玉笛暗飞声，散入春风满洛城。此夜曲中闻折柳，何人不起故园情！”唐诗中，以折柳为题的，大都是送别主题，李白把它转化为了思乡（故园情）。王之涣这一首的好处是，语义不像一般的乡情那样单纯，既从折杨柳引发乡情，又埋怨杨柳不发绿，双关之妙，妙在意义复合。再加上“何须”也是意义复合的，既是对大自然的无可奈何，又是对自己征戍命运的无可奈何。最后一句“春风不度玉门关”，显然不是客观事实，玉门关外也有春夏秋冬，但是在戍边战士的感觉中，这个荒寒的地方是没有春天的。这是一句感情色彩极浓的话，实际上是一句直接抒情。没有前面的“何须”，后面的这句说春风永远不会来，就可能显得突兀。

四、视听交替美

王昌龄《从军行》（其一）诗云：

青海长云暗雪山，孤城遥望玉门关。黄沙百战穿金甲，不破楼兰终不还。

王昌龄的《从军行》是组诗，一共七首。这一首从艺术上来说，前面两句展示意象群落，背景是昏暗的。长云，什么样子的云呢？横在天际的云。长到什么程度呢？把雪山都遮蔽了，天色就比较昏暗了。就在这样的背景上，战士所在的地方，又是孤城，是被围困的，不但远离中原，而且远离玉门关，可见其形势是如何凶险。但是，一点也没有悲观的氛围，这就是间接抒情。最后是“黄沙百战穿金甲，不破楼兰终不还”。即便金甲破了也不改其志，意志如此坚定，把浴血奋战的悲壮都隐藏在幕后，把昏暗的背景放在前台，甚至还强调突出了孤军奋战的困境，但他们仍然这样乐观坚定。最后两句是直接抒情，虽然是全诗意脉的高潮，但是，是不能孤立存在的，只有前面两句的意象群落连贯起来，才有动人的力量。前面的意象群落也是不能独立的。成为后者的基础，后者才能成为诗情的高潮。

这是唐代所特有的英雄主义的崇高格调，是很值得珍视的。尤其是其中第二首：

琵琶起舞换新声，总是关山旧别情。撩乱边愁听不尽，高高秋月照长城。

这是唐诗中的上乘之作，边疆战士的边愁，从听觉的变动（换新声），到凝望秋月的视觉静止的图画，从撩乱到凝望，也就是从听得心烦，到看得发呆，在动态的舞蹈和静止的秋月的对比中，暗示着突然引起持续性的乡愁，但没有明言。这就属于意境范畴。至于第一首：

烽火城西百尺楼，黄昏独坐海风秋。更吹羌笛关山月，无那金闺万里愁。

和王之涣的一样，也用了音乐曲调，甚至也是羌笛，但用的是《关山月》。这也是双关的，既有“高高秋月”悬挂于关山之上的辽阔的视觉，也有音乐高亢的听觉。不过这里的思乡，把闺情明确表述了出来，就属于直接抒情范畴了。

而其他各首，都是比较豪迈的。如：

关城榆叶早疏黄，日暮云沙古战场。表请回军掩尘骨，莫教兵士哭龙荒。

这类诗，正面写牺牲，但不写尸骨遍野，而写申请“回军”（撤退）掩埋，说不能让活着的兵在荒漠里哭泣。也是把情感直接表述出来了。也属于直接抒情。但是，与这首相反，本文开头所引第一首，有一种豪迈的英雄气概。这在唐诗中，当然并不是个别的，但也比较难得。诗人并没有盲目乐观，对于形势的危急写得很充分。当然，具有同样崇高格调的不止这一首，如前面提到的《出塞》：

秦时明月汉时关，万里长征人未还。但使龙城飞将在，不教胡马度阴山。

但相比起来，在格调上可能稍逊。汉代飞将军李广当年威镇匈奴，其实名声很大，但丰功伟绩老是轮不到他，故王维在《老将行》中就说过：“卫青不败由天幸，李广无功缘数奇。”匈奴虽然怕他，可他运气很差（当然也有汉代制度的问题），功劳都给别人立去了。这样的用典，多多少少是有一点遗憾的。

附：

《出塞》分析

王昌龄《出塞》诗云：

秦时明月汉时关，万里长征人未还。但使龙城飞将在，不教胡马度阴山。

要把诗歌的好处分析出来，就要把它当作诗，不要以散文的眼光看待。然而，把诗当作散文的说法很多，有的还很权威。例如，对开头两句“秦时明月汉时关，万里长征人未还”，目前非常流行的解释是这样的："秦时明月汉时关"不能理解为秦代的明月汉代的关。这里是"秦""汉""关""月"四字交错使用，在修辞上叫"互文见义"，意思是秦汉时的明月，秦汉时的关。这个说法非常权威，沈德潜在《说诗晬语》中说："'秦时明月'一章，前人推奖之而未言其妙。防边筑城，超于秦汉，明月属秦，关属汉。诗中互文。"

本来分析就要分析现实与诗歌之间的矛盾。"秦时明月汉时关"，矛盾是很清晰的。难道秦时就没有关塞，汉时就没有明月了吗？在散文中，这是不通的。这个矛盾，隐含着解读诗意的密码。而这种所谓"互文见义"的传统说法，却把矛盾掩盖起来了。好像诗就是以生活真实的全部照抄见长似的。其实，这种说法是很经不起推敲的。王昌龄并不是汉朝人，而是距汉几百年后的唐朝人，难道从汉到唐就既没有关塞，也没有明月了吗？诗人不仅省略了秦时的关塞、汉时的明月，也省略了从汉到唐的关塞和明月。其实，"汉时关"就是"唐时关"。唐人常以汉代唐，如《长恨歌》把唐明皇称为"汉皇""汉家天子"。唐诗人不以唐自称，正如汉诗人不以汉自称。唐人以汉称，一为借其神武也，二为含蓄也。诗意的密码就隐含在矛盾里，把矛盾掩盖起来，就只能听凭自发的散文意识去理解了。

这样大幅度的省略，并不仅仅是因为要简练，更重要的是意脉的绵密。

第一，这里隐含着一种英雄豪迈的追怀。作为唐人，如果直接歌颂当代的英雄主义，也未尝不可。王昌龄自己就有《从军行》多首，就是直接写当代的战斗豪情的。但是在这首诗中，他换了一个角度，把当代的精神与历史的辉煌结合起来，拉开时间的距离，更见风姿。第二，是最主要的，"秦时明月汉时关"是以万里长征关塞上不能回家的战士的眼光来选择的，选择就是排除，排除的准则就是关切度。"汉时关"，是他们驻守的现场，"秦时明月"是"人未还"的情绪载体。正是关塞的月亮，才引发了他们"人未还"的思绪。在唐诗中，月亮早已成为乡思的符号，可以说是公共话语。王昌龄的《从军行》中就有杰作："琵琶起舞换新声，总是关山旧别情。撩乱边愁听不尽，高高秋月照长城。"在这里，"秋月"就是"边愁""别情"的象征。在《出塞》中，只写乡愁，故也只看到明月。望远，为空间，而言及秦，则为时间。故《出塞》中言"秦时明月"而不言汉时明月。一如陈子昂登幽州台。本为登高望远，却为登高望古，视通万里不难，思接千载亦不难，视及千载，就是诗人的想象魄力了。诗人想象之灵视，举远可以包含近者，极言之，尽显自秦以来乡愁不改。而"汉时关"，不言及秦时者，乃为与下面"但使龙城飞将在"呼应。飞将军李广正是汉将，不是秦时蒙恬。意脉远伏近应，绵密非同小可。

王昌龄的绝句，后代评论甚高，高棅在《唐诗品汇》中说："盛唐绝句，太白高于诸人，王少伯次之。"[①]胡应麟在《诗薮》中也说："七言绝以太白、江宁为主。"[②]明代诗人李

① 高棅《唐诗品汇》（据明汪宗尼校订本影印），上海古籍出版社 1981 年，第 427 页。

② 胡应麟《诗薮》，上海古籍出版社 1979 年，第 115 页。

攀龙曾经推崇这首《出塞》为唐诗七绝的"压卷"之作。《唐诗绝句类选》也说"'秦时明月'一首""为唐诗第一"。《艺苑卮言》亦赞成这个意见。但是也有人"不服"。不仅是感想，而且能说出道理来的，是胡震亨《唐音癸签》："发端虽奇，而后劲尚属中驷。"意思是后面两句是发议论，不如前面两句杰出，只能是中等水平。当然，这种说法也有争议，《唐诗摘抄》说"中晚唐绝句涉议论便不佳，此诗亦涉议论，而未尝不佳"。[①]不少评点家都以为此诗不足以列入唐诗压卷之列。沈德潜记录王渔洋所云："必求压卷，王维之'渭城'，李白之'白帝'，王昌龄之'奉帚平明'，王之涣之'黄河远上'，其庶几乎！终唐之世，绝句无出四章之右者矣。"[②]此外提名的还有王翰的"葡萄美酒夜光杯"等等。

在我看来，这一首硬要列入唐绝句第一，是很勉强的。原因就在这后面两句。前人说到"议论"，并没有触及要害。议论要看是什么样的议论。"仰天大笑出门去，我辈岂是蓬蒿人。"（李白）"安能摧眉折腰事权贵，使我不得开心颜。"（李白）"科头箕踞长松下，白眼看他世上人。"（王维）"莫愁前路无知己，天下谁人不识君。"（高适）"安得广厦千万间，大庇天下寒士俱欢颜。"（杜甫）这样的议论，在全诗中不但不是弱句，而且是思想艺术的焦点。因为这种议论其实不是议论而是抒情。抒情与议论的区别就在，议论是理性逻辑，而抒情则是情感逻辑。同样是杜甫，有时也不免理性过度："人生几何春已夏，不放香醪如蜜甜。""神灵汉代中兴主，功业汾阳异姓王。""英雄割据非天意，霸主并吞在物情。"而王昌龄的议论"但使龙城飞将在，不教胡马度阴山"虽然不无情感，但毕竟比较单薄，多少有些理性成分。王昌龄号称"诗家天子"，绝句的造诣在盛唐堪称独步，但有时也难免有弱笔，比如："黄沙百战穿金甲，不破楼兰终不还。"一味作英雄语，容易陷入窠臼，成为套语，充其量是豪言而已。

① 陈伯海主编《唐诗汇评》（上），浙江教育出版社1995年，第437页。

② 沈德潜《唐诗别裁集》卷十九，中华书局1975年，第262页。

田园诗：没有外物负担和心灵负担的境界

陶渊明《饮酒》（其五）诗云：

结庐在人境，而无车马喧。问君何能尔，心远地自偏。采菊东篱下，悠然见南山。山气日夕佳，飞鸟相与还。此中有真意，欲辨已忘言。

要真正品出陶诗的纯真韵味来，有一点要明确：他的诗虽然属于抒情诗，但与一般抒情诗，与我们熟悉的抒情诗不太一样。一般的抒情诗所抒发的感情，往往是强烈的感情，也就是所谓激情。李白的《早发白帝城》、杜甫的《登高》、王之涣的《凉州词》都是把话说得很极端的，“羌笛何须怨杨柳，春风不度玉门关”。王昌龄的《出塞》也一样：“但使龙城飞将在，不教胡马度阴山。”王翰的《凉州词》更是彻底，连生死都无所谓，只要把酒喝个痛快：“醉卧沙场君莫笑，古来征战几人回。”王维的《送元二使安西》则宣称，喝吧，这是朋友的最后一杯酒了：“劝君更尽一杯酒，西出阳关无故人。”这些情感都是激动得非常鲜明而强烈的。而陶渊明的诗，则不太相同，好像没有什么激情似的：

结庐在人境，而无车马喧。

诗人一点也不激动，对生活中的一切，他都没有什么感觉。没有感觉，似乎是没有感动。没有感动的诗怎么能动人呢？这就有陶渊明的特点了。这种特点，还表现在另一个方面，那就是他的语言，不像一般诗作那样词采华丽，而是相当朴素。中国《诗经》的传统，是讲究比兴的，而这里既没有比喻，也没有什么起兴的手法，几乎就是平静的陈述：“问君何能尔，心远地自偏。”这是从心理效果上来表现心灵的宁静，为什么把房子建筑在人境，却感受不到车马之喧呢？因为身躯虽然在，心灵却已经和现实拉开了距离。难得的是，这种心理效果本来有相当不同凡俗的一面，但诗人却表现得非常平静。和这种与现实拉开距离的情况相反的是王勃的“海内存知己，天涯若比邻”。因为心灵沟通，所以地理距离再远，也不在话下。但是，王勃所抒发的感情是强烈的：

海内存知己，天涯若比邻。无为在岐路，儿女共沾巾。

“与君离别意，同是宦游人。”他们同病相怜，本来感动得很，但强忍住了眼泪。这里，诗意来自激情。但并不是只有激情才有诗。另外一种类型的感情，不太激动，不太强烈，也是诗。陶渊明的诗情好就好在刻意营造一种安宁的诗意。这就是陶渊明对中国诗歌史的贡献。这一点朱光潜先生特别欣赏，他甚至认为，“艺术的最高境界都不在热烈”，古希腊人“把和平静穆看作诗的极境”。当然鲁迅不太同意。但是，过分执着于热烈的情感，是可能导致自我蒙蔽的。

陶渊明不当官，觉得农村的环境令人心情舒畅，但这并不意味着一定要回到农村去，虽然“结庐在人境”，把房子建在闹市区，哪怕是南京路、王府井，他也听不到汽车的声音。

读这首诗比较容易忽略的是，几个关键词语之间都有相互照应的关系，形成一种有机的，但是潜在的、隐性的意脉。如“庐”，一般的注解就是住宅。如果满足于这样的解释，就不太懂诗了。这个字，可以意会为简陋的居所，往往和茅草屋顶联系在一起。这个“庐”字和后面的“车马”，是对立的。车马，在当时，是很有钱的、地位很高的人家才有的。这里潜在的意味，不是一般的把房子建筑在闹市。它还有一层意思，即虽然“我”的住所很简陋，但是不管多么华贵的车马，“我”都没有感觉。因为，“我”心离得很远。“心远”不是人远，事实上，诗里显示的是，人是很近的（就在同样的“人境”）。正是由于人近，才显出了心远的反衬效果，构成一种非常悠然、飘然、超然的境界。“采菊东篱下，悠然见南山。”这是千古名句，品位极高，后世没有争议。但是，好在哪里，却说得并不很到位，还有一些争论：“悠然见南山”的“见”，在《文选》《艺文类聚》本中曾作“望”，《东坡题跋》对这个“望”字严加批判曰：“神气索然矣。”“望南山”和“见南山”，一字之差，为什么有这样大的反差？在我看来，“见南山”是无意的，它暗示诗人悠然、怡然的自由心态。“望南山”就差一点，因为“望”字隐含着主体寻觅的动机。陶诗的特点，随意自如，有了目的，就不潇洒了，不自由了。

要注意的，还有两个意象，一个是“篱”（东篱），一个是“菊”（采菊）。“篱”和“庐”相呼应，简陋的居所和朴素的环境，是统一的、和谐的；但是朴素中有美，这就是菊花。这个意象，有着超越字面的内涵，那就是清高。这种清高，没有自我感觉，没有自我炫耀的意味，而是悠然、淡然、怡然、自然的存在。在陶渊明所处的年代，诗坛上盛行的是华贵之美，华彩的辞章配上强烈的感情是一时风气。但是，陶诗开拓的是简朴之美。越是简朴，就越是高雅；相反，越是华彩，越是热烈，就越是低俗。在这里，越是无意，越是自由，也就越是淡泊；而越是有意，感情就越可能强烈、华美，就越可能陷入俗套。

联系到陶氏的《桃花源记》，那么美好的一个地方，无意中被人发现了，留下了惊人的美感，但是，有意去寻找，却没有结果。这就是说，超凡脱俗之美、朴素之美，不能有意寻找。无意的发现，不是有心的追寻，顺带的、瞬间即逝的、飘然的感觉，却是美好的。然而，正是这种转瞬即逝的感觉，一般人没有感觉的感觉，被诗人发现了。这种无意中的体悟深刻化了，情感就高雅化了，这就是陶渊明的意境。

山气日夕佳，飞鸟相与还。

“佳”字，如果在一般诗歌中，可能显得缺乏力度，但是，好就好在这种字不吃力，与前面无意的、恬淡的情感，比较统一，比较和谐。如果不是这样，换用有强烈情感的词语，例如，艳、丽、朗（山气日夕丽，山气日夕朗，山气日夕艳），就不和谐了，对悠然的意境就有破坏性了。“佳”字，虽然是个不太强烈的字眼，但是，其构成的词语，意味却比较隽永。例如佳句、佳作、佳音、佳节、佳境、佳期、佳人、佳丽，内蕴都比较含蓄，有着比字面更优雅的意味。

这首诗一共十句，都有叙述的性质，谈不上描写，连个比喻都没有。而传统诗歌向来是讲究比兴的，偏偏陶渊明有这样的气魄，进行一种朴素美感、朴素美文的冒险探索。

朴素，本身并不一定就是美的，从字面上孤立来看，是很平淡的。但平淡之所以能够转化为深沉，主要靠整体结构，各关键语词之间，有一种内在关联和照应。字里行间，默默地互相补充、互相渗透，构成有机的情感程度上统一的“场”（境）。太强烈的字眼，和前面悠然的、飘然的心态不和谐，形不成关联的场（境），甚至还可能破坏相互关联的场或者意境。这里所说的意境是内在的、微妙的、若有若无的，它不在语言表层之上，而在话语以下，又在话语之中。

“飞鸟相与还”，也是很平静的、惯常的景象。它之所以好，就是因为和诗人一样，是没有特别的动机的。不夸张，不夸耀，不在乎是否有欣赏的目光，甚至不关注是否值得自我欣赏。“此中有真意”，关键词是一个“真”字。世界只有在这样的自然境界里才是真的，人心也只有在这样自由、潇洒的意态中才是真的。不是这样，就是假的。这种境界，妙在是一种全身心的体验，“欲辨已忘言”，可意会，不可言传，语言很难直接表述出来。一旦想用语言来表达，就是有意了，就破坏了自然、自由、自如的心态，其结果，这种有意本身和自己的本性就是矛盾的，故刚刚想说明，却马上把话语全部忘记了。这说明，诗人无心的自由是多么强大，即使自己都不能战胜。

这种“真”就是人的本真，就是不但没有外在压力，而且更重要的是，没有自我心理负担，甚至没有语言表现的压力。

进入这种没有自我心理负担的境界，人就真正轻松了，自由了。

所以王国维说，“悠然见南山”属于“无我之境也”。其特点是“以物观物，不知何者为我，何者为物。……无我之境，人唯于静中得之”。而朱光潜不同意：“他的‘无我之境’的实例为‘采菊东篱下，悠然见南山’‘寒波澹澹起，白鸟悠悠下’，都是诗人在冷静中所回味出来的妙境（所谓‘于静中得之’），没有经过移情作用，所以实是‘有我之境’。”[①]实际上，关键不在“有我”还是“无我”（当代西方文艺理论强调，“无我”，“作者退出作品”是不可能的），而是这个“我”处在什么样的状态下，心里有没有欲望。欲望就是内心最大的负担，这是关键，没有自己加给自己的心理负担，就算是“有我”也是“无我”。摆脱不了自己加给自己的负担，就是“无我”也是“有我”。

不能摆脱心理负担，就不是“真意”了，就是不自由，就是假“我”。

这首诗，属于《饮酒》组诗二十首之五，陶渊明自己在前面有个小序，说：

余闲居寡欢，兼比夜已长，偶有名酒，无夕不饮。顾影独尽，忽焉复醉。既醉之后，辄题数句自娱。纸墨遂多，辞无诠次。聊命故人书之，以为欢笑尔。

这就是说，这些诗都是酒醉以后所作。“既醉之后”应该是不清醒的，可是这里，没有任何不清醒的感觉。其饮酒的寓意应该是：其一，酒后吐真言；其二，孤独，取屈原“众人皆醉吾独醒”之语，反其意而用之。在他看来，人生日常的清醒意识，毕竟是一种束缚，不但是束缚，而且像坐牢。这是不是有点夸张？是不是太强烈？

这一点，要到《归园田居》中才能得到解答。

陶渊明《归园田居》（其一）诗云：

少无适俗韵，性本爱丘山。误落尘网中，一去三十年。羁鸟恋旧林，池鱼思故渊。开荒南野际，守拙归园田。方宅十余亩，草屋八九间。榆柳荫后檐，桃李罗堂前。暧暧远人村，依依墟里烟。狗吠深巷中，鸡鸣桑树颠。户庭无尘杂，虚室有余闲。久在樊笼里，复得返自然。

《归园田居》（其一）和《饮酒》（其五），都是陶氏的代表作，风格也近似，大体都是直陈，不刻意描写和渲染，都以平静、淡然、飘然、怡然的情致动人。但有一点不同，那就是直接表述自己的思想情致的句子比较多。《饮酒》（其五）中，开头两句还是有意象的（结庐、车马），第三、四句，可以说是直接抒情（问君何能，心远地偏）。接着的四句，都是借助景观意象（采菊东篱，悠然南山，山气日夕、飞鸟与还），最后一句，就全是直接抒情（此中真意，欲辨忘言）。而《归园田居》（其一）则不同，借助意象，或者说借助自然景观的句子也是有的，但是更加朴素。它们最大的不同是，《归园田居》（其一）中直接抒情的句子比较多。

---

① 《朱光潜美学文集》（第二卷），上海文艺出版社 1982 年，第 59 页。

“少无适俗韵，性本爱丘山。”这话说得很直接，甚至有点直白之嫌。直截了当地说，自己和世俗之人不合拍。但是，这样的直白，又没有成为散文。原因在于一个“韵”字，这个“韵”字用得很奇。“适俗韵”，明显自相矛盾。既然是适俗了，还有什么韵味可言呢？韵，令人联想到诗，联想到高雅之品位，联想到气韵、风度（charm and poise），想到风雅的事——韵事。这里的“韵”，因为超越了世俗，应读作“少无适俗—韵”，其间才有一点比字面更深长的意味。下面这一句，“性本爱丘山”，说得更直白，好像在说大白话。以丘山来代替大自然，以自然和世俗相对。下面的语言照旧平白，但是，平白中，情感的分量加重了：“误落尘网中，一去三十年。”情感重点在两重矛盾：第一重，明明没有世俗的功利心，却混迹于世俗之中，这就和自己高雅的心境形成了反差；第二重，把这种自误的处境比作一张网。陶渊明很少滥用比喻，并不以比兴为能事。就这个暗喻而言，它的好处在，暗示束缚无处不在，一旦落入，就难以挣脱。他这种网，叫作“尘网”。尘，是浮尘、灰尘、尘芥、尘沙，均有贬义，喻庸俗肮脏。这是极写自己的精神负担，挣不脱的假日子，违背自己的心愿，真生命在假日子中，居然忍受了“三十年”。统计数字在诗歌中，往往算不得数，但在这里，却是确实的。表现这么长期的精神重负，用的却是平静的语气，“三十年”，三个字，就这么轻松。直到这里，还没有形容，看不出渲染。接下去，出现了陶渊明诗歌中很少见到的渲染：“羁鸟恋旧林，池鱼思故渊。”一连两个暗喻，第一个暗喻把自己比作羁鸟，受束缚的鸟；第二个比作池鱼，离开了原本生活的深水区域，被弄到小池子里来。这里，没有明显的愤慨，仍然是平静的诉说。因为这种诉说不是针对外在环境的，不是针对他人的，而是针对自己的，对自己的内心说话，自家人说自家事，用不着夸张的姿态和话语，是自己造成的。接下来的话语，就更加平静了。“开荒南野际，守拙归园田。”这是点题了。题目就是“归园田居”。值得注意的是，“开荒”。直接写体力劳动，这可真是有点大胆了。在他以前，似乎还没有诗人能够把开荒这样的实用功利行为审美化，上升为诗。他一没有用修辞手法把开荒美化，只是叙述而已；二没有形容自己怀着什么样的高雅心态。相反，他说自己不行，资质不高，有点笨，因而只能“守拙”而已。下面这两句，就更出格了：

方宅十余亩，草屋八九间。

特别是后面的：

狗吠深巷中，鸡鸣桑树颠。

前面两句简直是流水账，统计数字，本来是最没有感情的。后面两句，把鸡鸣狗叫，都写到诗里来（又不是《诗经》里面“风雨如晦，鸡鸣不已”那样，有矛盾冲突的，有寓意的），不是很煞风景吗？但是，在这里，有一种面对贫寒的安宁感，面对简朴生活的自在感。这就有点诗意了。特别是这下面两句：

暧暧远人村，依依墟里烟。

这两句，感觉不明朗，有点模糊，字眼用得很平淡，却成了千古佳句。因为这里，渗透着更加自然的情致。蒙蒙眬眬的是远方的村子，轻轻柔柔的是村落里上升的炊烟。这里透露出一种不明晰、不紧张的心态，对无牵挂的生活的专注。这种专注是微妙的，不强烈的，最容易被人忽略，一旦被诗人表现出来，就能触动、唤醒人们许多忽略了、淡忘了的记忆，那没有意味的立刻就变得有韵味起来。即使韵味被发现了，被唤醒了，诗人的专注也仍然是从容的。下面的关键句是：

虚室有余闲。

因为有余暇，所以才从容。全诗的杰出之处，在感情极尽夸张、文辞竞为华丽的时代，他却独辟蹊径，发现了另外一种话语的美，哪怕是对美的发现和欣赏，也是从容不迫的。

“久在樊笼里”不是直接道出了牢笼吗？这不是很难受吗？要逃脱这种牢笼，不是需要反抗吗？不是需要斗争吗？这样不是强烈的情绪吗？不。这个牢笼不是外部的，而是内心的；不是物质的，而是精神（欲望）的；不是他人的，而是自己的。这就是他在《归去来兮辞》中所说的“心为形役”，心是自己的，而形也是自己的，所以，牢笼就在自身，这就不用逃脱，而是超越，自己解放自己，因而是不难的。“复得返自然”，只要恢复自我本性，“自然”的境界就达到了，自我解放就成功了。

《饮酒》（其五），开头就说，哪怕住在闹市也无所谓，只要“心远”就成。不一定远离闹市，即便在闹市也可以获得解放，只要远离自己的世俗欲念，就能返璞归真。不但世俗之念，就是不俗的“真”意，也不要劳神去解说。这就是“此中有真意，欲辨已忘言”的深意所在。为这种意境去寻找语言，去费劲，去动脑筋，就不自然了。一种不为任何外部动机，也不为自身内在动机所役的，不强烈的、有意无意的自由情致，渗透在全部细节、全部意象之中。这种“意”和“象”是看得见、摸得着的，但构成了看不见的“场”。古代人没有“场”的概念，现代人的“场”的概念是物理的，而古代的类似“场”的概念则是心理的。他们把这种心理的“场”叫作“意境”。

全诗有一系列意象：尘网、丘山、羁鸟、旧林、池鱼、故渊、南野、园田、方宅、草屋、榆柳、桃李、远人村、墟里烟、狗吠、深巷、鸡鸣、桑树、户庭、樊笼。这些都很平常，表面上是客观罗列，但实质上却是主观的，被“意”同化，统一在一种精神境界中。这种同化是不着痕迹的同化，统一在诗人无意的、从容的、不为任何外部动机，也不为自身内在欲望所役的一种心境里。这里的大自然平静安然，顺其自然才是真正的自然。真正动人的意境，用语言是无法描述的，这就叫“不着一字，尽得风流”，“场”或“境”统一着一切。但它以不用语言直接表达出来为上，连诗人的技巧都不能留下痕迹，这样品位才高，才是神品。在看似平淡的、不显眼的、没有什么诗意的对象上，诗人感觉到一种享受，这种享受的特点，好像是没有享受。多少年来，一直没有人感到，他却感到了，而且用他自己从容不迫的、宁静致远的风格表现出来了。这就是伟大。

孟浩然《过故人庄》诗云：

故人具鸡黍，邀我至田家。绿树村边合，青山郭外斜。开轩面场圃，把酒话桑麻。待到重阳日，还来就菊花。

这也是一首感情不强烈、以平淡取胜的诗。闻一多说它"淡到看不见诗"。有个朋友拿出一只鸡、一点小米，邀"我"去他家。如按照强烈感情自然流露的准则，这是缺乏诗意的。但它和陶渊明的"狗吠深巷中，鸡鸣桑树颠"，有类似的趣味。表面上看是鸡毛蒜皮，却情致自如。故人，老朋友，"老"不是年龄，而是相知之深，深到不拘形迹。没有什么好东西，也可以请客。随意中有一种亲切。这是其一。其二，请客请到哪里去呢？又不是什么华贵的地方，而是"田家"。普普通通的农夫家里，吃，没有什么佳肴，住，没有什么华贵。那还享受什么呢？

首先是风景。风景也没有什么特别。四面都是树，斜斜的青山在城郭外。这应该是一般的景象。虽然景象一般，但是，朋友有兴致，自己也乐意追随。那么到了农家，有什么精彩的事情呢？好像也没有什么精彩的。打开窗户，外面是打谷场，举杯饮酒，说说今年的收成。就这样很平淡的事情，似乎并没有什么特别的美；甚至，也没有说到什么特别的友情，没有什么好玩的事。感情也不强烈，一点不激动，一点不像华兹华斯所说的感情要强烈（powerful）。吃完了，人家并没有邀请，自己就说了：

待到重阳日，还来就菊花。

到明年重阳节"我"再来。这样的结尾，是孟浩然的拿手好戏。他在《秋登万山寄张五》中也有类似的结尾：

何当载酒来，共醉重阳节。

然而，相比起来，这个结尾可能要比"待到重阳日，还来就菊花"略逊一筹。因为，"何当"，还存在一点保留，明年来不来，还不十分肯定。还有一点世俗的礼节和客套。而《过故人庄》的结尾，则完全不拘形迹，根本没有去想人家欢迎不欢迎。人与人之间的关系，就是这样平静、自然，好像没有什么物欲的障碍，没有什么心理障碍，更没有心灵的隔膜。这里和陶渊明一样，追求一种没有外界牵挂，也没有内心负担的境界。

最后一句，"还来就菊花"，一个"就"字，用得很是精彩。历代诗话多有称赞。对粗心的读者来说，这个字的好处，可能看不出来。《升庵诗话》说："孟集有'等到重阳日，还来就菊花’之句。刻本脱一‘就’字，有拟补者，或作‘醉’，或作‘赏’，或作‘泛’，或作‘对’，皆不同。后得善本，是‘就’字，乃知其妙。”①这个“就”字，好在什么地方？好在，比“醉”不强烈，“醉”字，与全诗情调不够统一。比“赏”含蓄，“赏”字把话说得没有想象余地了。比“泛”更确切，“泛”，没来由，又没有水，怎么“泛”？“对”，当然比“赏”、比“醉”，好一些，但是，还有坐实之嫌，方向固定，就是面对面。“就”，就自由得多，只要靠近，哪一个方向、任一种姿态都成。这一笔，不仅是写未来，而且是写当下，令人怀念的不仅仅是“把酒”“桑麻”，还有今天眼前的菊花。

请注意，没有内心负担是中国古典山水诗歌特有的一种境界。这是一种自然、自由、自在，其极致是感觉不强烈，甚至被忽略了的自在，这是最高的自在。

这种平静的、不激动的情致，可能是中国诗和西方诗最大的不同，也是中国诗歌最大的创造。这首诗是写对自然的生活和自然的心情的一种体验和享受。从一个个词语来说，没有什么特别，巧妙全在字与字之间的“场”。汉语中有个词语，叫作“字眼”，很可以说明这个特点。在中国古典诗话中，有“诗眼”之说。诗眼是以“字眼”表现的，它和“字面”是相对的。字眼，有多重意蕴。其一，像眼睛一样是灵魂的焦点；其二，眼，就是洞，就是空白。意境，场，不在字面上。用中国古典诗话的说法，就是“不可句摘”。但整首诗的意象，绿树、村庄、青山、城郭、场圃、桑麻、菊花，构成一幅画图。但是，光有画面，是不能成为好诗的。图画，充其量不过是一个框架，而情致，则在画面的空白之中，在“故人”“鸡黍”“把酒”“桑麻”“重阳”“再来”的随意和默契之中。二者汇合，构成一个非常和谐的情与景、内心与外物、意与境相互交融的“场”。出现在诗里的系列意象，表面上很自然，如李白所说，“清水出芙蓉，天然去雕饰”，实际上已被加工过、创造过，与原始的生活状态有质的不同。诚如“采菊东篱下，悠然见南山”，表面上是对自然生活的自然摹写，但菊花的美，菊花的高洁、自然、不受污染，都已经变成精神的符号了。它妙就妙在不让你意识到这究竟是外物还是内心，两者浑然一体，所谓“镜中之花，水中之月”“羚羊挂角，无迹可求”。如果有痕迹，就没有“场”了，用王国维的话来说，就是“隔”了，也就是不和谐、不统一，构不成意境了。

① 陈伯海主编《唐诗汇评》(上)，浙江教育出版社1995年，第539页。《增订唐诗摘抄》说：“‘就’字百思不到，若用‘看’字，便无味矣。”道理更加明显。

乡愁诗：隐曲情思

岑参《逢入京使》诗云：

故园东望路漫漫，双袖龙钟泪不干。马上相逢无纸笔，凭君传语报平安。

读这首诗，有两点值得注意。第一，这时岑参远赴西域，身份是安西节度使高仙芝的幕府书记。虽然是文职，但也有相当高的级别。第一次离别在长安的家人和妻子，豪情满怀，“功名只向马上取，真是英雄一丈夫”(《送李副使赴碛西官军》)。在以后的日子里，他写出了一系列英雄主义的诗篇。但英雄人物的内心是丰富的，他也有温情婉约的一面。这首诗，写的就是这个英雄人物在远离长安回望漫漫来路时，思家之情居然强烈到“双袖龙钟泪不干”的程度，把自己哭鼻子的形象这样坦然地表现出来，显示了英雄内心软弱的一面。

接下去强调的是“马上相逢”。为什么要突出马上相逢？难道两个人相逢了，就不能下马交谈吗？不能。为什么不能？来不及。怎么看出来不及？“凭君传语报平安。”本来最可靠的办法是写一封平安家书，但是没有。这就暗示了时间紧迫。虽然紧迫，但还是要传报平安。身在边疆，不但自己思念亲人，也深知家人同样思念自己。这样的思念就形成了意脉的转换，从“东望路漫漫”的持续期盼，到“报平安”的草草，从“泪不干”的强烈到“传语”的无奈，情感在二重对比中显出瞬间的深沉。

岑参是盛唐边塞诗的代表作家，他的军旅诗作以男子汉的壮美见长。但是，他壮美中的柔美之作，也是不可忽视的。和这首诗类似的，还有《碛中作》：

走马西来欲到天，辞家见月两回圆。今夜未知何处宿，平沙莽莽绝人烟。

从“欲到天”的极遥远到“绝人烟”的极荒凉，这是意脉的递增结构，与前面的情感转折结构有所不同。

宋之问《渡汉江》诗云：

岭外音书断，经冬复历春。近乡情更怯，不敢问来人。

开头两句，写的是两个方面。一是写空间遥远。岭外，就是岭南；题目又点明是“渡汉江”。从岭南到汉江，空间距离是相当大的。当时交通不发达，自然地理的距离就因心理而更加延长了。二是音书断绝的时间很长，经冬历春。时间越长，思念之情就越深。

第三句是说，空间距离缩短了，几乎快要等于零了。此时，本该是情感的负担减轻了。然而，这首诗的灵魂就在于诗人发现了一种矛盾的心理：越是近乡，越是心理紧张，越是胆怯。“不敢问来人”，这就揭示了另一层次的矛盾。问来人的愿望来自及早得知亲人的信息；而不敢问，则是唯恐很快得知亲人不幸的信息。毕竟是那么长时间没有音信了。

最后两句是意脉反向转折。从迫切欲知到不敢就知，特点是带着戏剧性的转折，与岑参的弱化转换有所不同。这是一种意脉的转化。强烈的感情，却用默默的无声来表现。这种克制的表现，恰恰是动人的表现。当然，这里有作者流放岭外，潜回故土的一段经历可以为此诗作注。

李商隐《夜雨寄北》诗云：

君问归期未有期，巴山夜雨涨秋池。何当共剪西窗烛，却话巴山夜雨时。

这首诗的题目是“寄北”，在有的版本上是“夜雨寄内”，有人争论说：“语浅情深，是寄内也。”这就意味着是给他妻子的。然集中寄内诗皆不明标题，故仍当作寄“北”为宜。(《玉溪生诗集笺注》）好在这位权威的注家比较开通，不管是“寄内”还是“寄北”，他承认内容一样是亲情。又有人考证，这首诗是写在他妻子王氏死后，应该是写给在北方长安朋友的。虽然如此，霍松林先生仍然认为当作“寄内”解更为确切。[①]

中国诗论号称“缘情”，但是把自己私人的心扉向公众敞开的大都是友情；爱情，对妻子的亲情，是比较少的。《全唐诗》中以“寄内”为题的，只有十三首，其中李白占了四首。四首之中，有两首又是身陷囹圄之时。乱离之时，想念朋友是堂而皇之的，想念妻子，就要隐蔽一点。杜甫那首很著名的想念妻子的诗，把肉体都写到了：“香雾云鬟湿，清辉玉臂寒。”但是题目不叫“寄内”，叫作“月夜”。李商隐善于写爱情，而且写得缠绵悱恻，题目却叫作“无题”，至今令学者猜测不定。

这首诗的内涵究竟是表现和妻子的亲情，还是表现和朋友的友情呢？我想，不必深究，反正是一种很深的感情。就是友情，也不是一般的，而是相当深厚的。

开头第一句的“君”字，在现代汉语中，通常指男性。在古代，大多也用于男性，其

---

① 《唐诗鉴赏辞典》，上海辞书出版社 1983 年，第 1139 页。

义包含地位品格高贵，有时也用于女性，也有在夫妇之间用以互相称谓的。用“君”来称女人，就意味着对她的品格的尊重，是很客气、正式的，不是很亲昵、很随意的语境里能够使用的。

作为近体的绝句，这首诗的第一句就有犯规之嫌：两个“期”字，重复了。因为绝句一共就四句，每句五字或七字，因此每一个字都要有用处，甚至规定都是实词，在一般情况下，不能像在古体诗中那样可以使用虚词（语气词、连接词等等）。因为虚词词汇意义比较抽象，本身的独立含义是不太具体的。不太具体却占了一个字，就有点浪费了，同一个字重复就更是浪费。一句里如果有纯系重复的字，则当是缺陷。但是，千年以来，再苛刻的诗评家，也没有挑剔这两个“期”。本来要回避这种重复很容易，把“期”改为“时”：“君问归期未有时”，也不是不可以，但这样可能有些潜在意味的损失。因为第二个“期”，强调一种失望的感觉。对方的“期”，是日期，更重要的是期待，二者通通没有，不但是近日没有行期，不能马上回来，就是未来何期，也没有确定。日期和期待，双重意味，表面上是日期，深层的是期待，是思念。两个“期”字，表明诗人不想用委婉语，而用直率语气正面冲击对方的心理。

第二句有点奇怪，没有确定的日期，是什么道理呢？没有道理，却只有一幅图画：“巴山夜雨涨秋池。”这是不是诗人不能及时归来的原因呢？巴山，是一种阻隔吗？在中国古典诗歌中，夫妇思念大都以空间距离为主要原因。比如《古诗十九首》中有：“行行重行行，与君生别离。相去万余里，各在天一涯。道路阻且长，会面安可知？胡马依北风，越鸟巢南枝。相去日已远，衣带日已缓。浮云蔽白日，游子不顾返。思君令人老，岁月忽已晚。弃捐勿复道，努力加餐饭。”如果是这样，下半句应该加强巴山道路险阻之感，但是，接着来了夜雨，也可能是增加了行程之困吧。但是夜雨的结果是“涨秋池”，这和回家有什么关系？秋水涨满了池塘，又不是大水滔滔泛滥。何况从四川到北方好像也不走水路。“巴山夜雨涨秋池”，不是归不得的原因，而是诗人眼前即景，中心意象不是巴山，而是夜雨，巴山只是点明了诗人的居所。“夜雨秋池”这样的图画、景观之外，有一双眼睛在看，看着夜雨涨上了秋天的池塘。这里应该有一个涨的过程，不是一下子就涨得那么满的吧？那么是诗人眼看它涨得越来越满的吧？这一双眼睛是长久不动的吧？是无言的吧？是没有明确的目的的吧？是无奈的吧？这种无奈，是你也能从这幅图画中领悟到的吧？有些学者在解读到这里的时候，说其中有“羁旅之愁与不得归之苦”[①]，其实是太坐实了。与其说是明确的愁苦，还不如说是无言的怅惘。

① 《唐诗鉴赏辞典》，上海辞书出版社 1983 年，第 1139 页。

第三句，是绝句诗艺的灵魂所在，意脉突然转折。原来是一幅图画，一双凝神的眼睛，一个静止的空间，突然变成了一个空间和时间的大幅度转换，到了另一种情境之中。“何当”是一个设想，是一个想象的跳跃：什么时候共剪西窗烛。蜡烛烧的时间长了，中间未烬的烛芯就会影响烛光的亮度，必须剪掉，因此用一起剪烛来代替彻夜长谈。用图画代替抒情，是中国古典诗歌的拿手好戏。如果直说，什么时候你我能相会，彻夜长谈，就没有诗意了。

第四句，谈得那么久，谈些什么呢？就谈今天巴山夜雨之时，互相思念的情境。这里在技巧上，又出现了一个问题。前面的两个“期”，已经重复，现在两个“巴山夜雨”，重复得更为严重了。这回就有人批评了，《增定评注唐诗正声》引一位评论家的话说：“两叠‘巴山夜雨’，无聊之极。”当然也有人为之辩护，《古唐诗合解》说：“此诗内复用‘巴山夜雨’，一实一虚。”这就是说，前一个“巴山夜雨”，是实写眼前景观；而后一个巴山夜雨，是想象中的情境。二者不能算重复，而是虚实相应，相应就是相生，由此产生了更深更广的意味。这种意味，是一种情感的意味，而情感的意味主要由诗的想象建构。在这首诗中，情感主要是依赖空间和时间双重跳跃转换得到充分表达的。《札朴》说：“眼前景反作日后怀想，意最婉曲。”[①]从此时的“巴山夜雨”，到彼时彼地的“共剪西窗烛”，是空间和时间的第一度跳跃，给对方一个深切的安慰（总有一天会见面的，会长时间谈心的），这对读者具有想象的冲击性。这种画面的想象，用来表达思念亲人，是诗人们常用的。例如，杜甫在战乱中思念自己的夫人，最后也是归结到将来相见的情境“何时倚虚幌，双照泪痕干”，杜甫在爱情方面可能是比较老实，除了激动得流泪以外，没有什么别的花样。而李商隐就不同了，他对异日相见的情景的想象就要比杜甫多一点浪漫的才子气。他想象相见不是无声的眼泪，而是有说不完的话，这是一。其次，他没有停留在这个才子气的画面上，在第四句，他说，我们那时所谈的内容就是我眼前面对巴山夜雨的情境。从意脉上来说，时间和空间上又来了一重转换，彼时彼地所谈与此时此地之情境重合。如此复杂的想象，表达如此深切的感情，语言上又如此简洁。前面一个“何当”，是拉开距离的想象；后面一个“却话”，是一个大拐弯。合二而一，把空间、时间上的大幅度跳跃轻松地连接起来。都是平常词语，天衣无缝，构成一种曲折而又婉转的意脉，也就是“未有期”的失落和“涨秋池”的怅惘，都转化为会心的喜悦。以时间空间的转换，表现情感的转折，就这一点来说，是中外诗歌不约而同的：眼下的一切会成为未来的回忆，而回忆可能使不幸转化为美好的欣慰。如普希金著名的诗《假如生活欺骗了你》就这样写道：

假如生活欺骗了你，

---

① 陈伯海主编《唐诗汇评》（下），浙江教育出版社1995年，第2421页。

不要忧郁，也不要愤慨！

不顺心时暂且克制自己，

相信吧，快乐之日就会到来。

我们的心儿憧憬着未来，

现今总是令人悲哀：

一切都是暂时的，转瞬即逝，

而那逝去的将变为可爱。

这个翻译其实不太准确，还有一种翻译，是戈宝权先生翻译的："一切都是瞬息，/一切都将会过去；/而那过去了的，就会成为亲切的怀恋。"这样可能更准确。在心理上，回忆，也就是时间转换，会使不幸变为喜悦，在这一点上，李商隐和普希金差别不太大；但是在表现上，却有巨大的差异。李商隐作为中国古典诗人，用图画来抒情；而普希金作为西方浪漫主义诗人，则直接抒情。

送别诗：离情惜别

王勃《送杜少府之任蜀州》诗云：

城阙辅三秦，风烟望五津。与君离别意，同是宦游人。海内存知己，天涯若比邻。无为在岐路，儿女共沾巾。

这首诗八句，第一联是对仗的。“城阙”对“风烟”，“辅三秦”对“望五津”，对仗是比较工整的。第二联，突然不描写景观了，而是发议论。但大体也是对仗的。“与君”对“同是”，对仗不太工整；“离别意”对“宦游人”，勉强可以说是宽对。从平仄上来看，也有一些不够严密的地方。这可能是因为，律诗在王勃创造力最旺盛的时代，还没有成熟，诗人还不太讲究工稳。第三联也对仗，“海内”对“天涯”，“存知己”对“若比邻”。这一联很有功力，不是一般的平行对仗，而是“流水对”，前一句“海内存知己”，是后一句“天涯若比邻”的原因，前后因果相连。对仗而不让读者感到玩弄技巧，这是相当高的境界。

开头写的出发地点的景观，不是一般的微观细描，而具有宏大的视野。“城阙辅三秦”，把眼前的“城阙”，和背后的王朝政权中心联系起来，并不是眼睛所能直接看到的，而是用诗人联想渲染这个地方的庄严气象。接着就写到了四川。题目就点明是送朋友去四川上任的，所以诗人就从陕西望到了四川。这当然是诗的想象，超越肉眼所及的空间。为什么没有显得丝毫的突兀？这是因为，对仗句法的紧密关联，把空间的跳跃掩盖了。

第二联，写得比较平淡，不太像律诗，有一点古风的味道。

第三联，是本诗的灵魂。本来“海内”是距离相当遥远的，却变成了比邻。其转化的条件是：知己。只要心灵贴近，空间距离再大，也不在话下。这和陶渊明的“结庐在人境，而无车马喧。问君何能尔，心远地自偏”，在心理上，在情感冲击、感知变异上，是同样的道理。因为心远，所以地理位置的相近也变成了遥远。而王勃这里恰恰相反，因为心近，地理位置的遥远就转化为相近。

最后一联是收尾，直接抒发情感，并不追求文采，有古风的味道。

故此诗的趣味，介于古风与律诗之间。

王维《送元二使安西》诗云：

渭城朝雨浥轻尘，客舍青青柳色新。劝君更尽一杯酒，西出阳关无故人。

这首诗是送别的，但并没有直接写惜别之情，而是先写送别场所的景观。第一句写空气清新，刚刚有小雨净化了轻尘。为什么要写轻尘？因为轻尘是车马远去的结果。第二句写客舍，写柳色，这有什么必要？客舍，正是即将远去的朋友暂居之所，而柳色则是唐人送别场景中惯常的背景。因为“柳”谐音“留”。留之不住，故有惜别之意。但是，这里的惜别，不在留，而在送。怎么在送中透露出自己的情意来？这是诗的生命。王维在这里，集中突出了一点：再来一杯罢。这里至少有几重意思：第一，再来一杯，就是时间的拖延，这就是留了；第二，这样的留太短暂了，但这短暂的时间，却有不平常的意义，西出阳关，就没有老朋友了，这是老朋友的最后一杯酒；第三，这一杯酒从离别来说，应该是苦酒，可老朋友的最后一杯酒，却是瞬间的享受，这从意脉来说，是转折的开始；第四，为什么是享受呢？因为自己就是对方唯一在场的朋友。正因为如此，别离的长久痛苦，才会变成短暂的享受。意脉到此完成转折。

高适《别董大》（其一）诗云：

千里黄云白日曛，北风吹雁雪纷纷。莫愁前路无知己，天下谁人不识君？

一般地说，送别诗都有一点离愁别绪，言离别之苦，应该是天经地义。但这一首却不同。这个董大，据考证，应该是唐玄宗时代的一个琴客，音乐家。高适和他相别，一共写了两首。另一首：

六翮飘飖私自怜，一离京洛十余年。丈夫贫贱应未足，今日相逢无酒钱。

高适在盛唐诗人中，是仕途最为亨通的，但在此时可能还是比较落魄的。懂得了这一点，可能对领悟全诗的含意有所帮助。和朋友相别，偏偏不提自己的忧愁，也不提朋友的忧愁，更不强调留恋之意，反倒说没有什么可忧愁的，普天之下可能成为你朋友的人多得很。这颇有点和传统友谊不可多得唱反调的性质。在中国传统观念中，友谊是极其可贵的，俞伯牙因为钟子期亡故而碎琴的典故就说明了这一点。知己是唯一的，不可重复的，知音是终生难得的。正是因为这样，王维才说“西出阳关无故人”。而这里却说“天下谁人不识君”，朋友和可能成为朋友的人士不可胜计。惜别的忧愁母题，难舍的情绪，在这里发生了变化，变成了一种豁达，不是为朋友的远离而遗憾，而是说朋友多得很。这好像是无情，但从另一个角度来说，“天下谁人不识君”，是对朋友名声之大的夸张，是对朋友的赞美。用赞美来代替惜别，是高适这首诗的独创。

春季的古典诗情：喜春、惜春和伤春

读古典诗歌，一首一首地欣赏。这种办法是不够好的。因为没有比较就没有鉴别。我这里有同类比较的办法，解读两首古典诗歌。

贺知章《咏柳》诗云：

碧玉妆成一树高，万条垂下绿丝绦。不知细叶谁裁出，二月春风似剪刀。

旧版人民教育出版社初中《语文》（第一册）选了贺知章的《咏柳》，诗后还选了一位唐诗研究权威的赏析文章，阐释这首诗的好处在于：第一，万千柳丝表现了“柳树的特征”，不但写了柳树而且歌颂了春天；第二，从“二月春风似剪刀”中看到，诗人歌颂了“创造性的劳动”。①

这样的阐释，几乎是无效的，根本经不起推敲。

写出了（反映了）对象的特征，就是好诗吗？抒情诗以什么来感人呢？是以客观对象的特征来感人，还是以主观情感感动人？

这样的阐释，也是扭曲的。这是一首唐朝高级知识分子写的诗，他的脑袋里有“创造性的劳动”这样的观念吗？再说，一首好诗，一定要有如此这般的道德教化作用吗？

这表明机械唯物主义和狭隘功利论，至今仍然在严酷地束缚着我们。其特点就是连分析抒情诗都不敢强调是人主观的情感感动了人。

正是因为这样，这些赏析文章才不得要领，时时用一些不着边际的话语来搪塞读者，如“构思新颖”“比喻十分巧妙”“形象突出”。岂不知，读者期待的正是构思新在哪里，比喻如何巧妙，巧在哪里，形象是如何突出的，等等。

机械反映论的特点，是满足于客观对象和艺术形象之间的统一性。因而，虽然文章的

① 袁行霈《〈咏柳〉赏析》，初中《语文》（第一册），人民教育出版社 1992 年，第 199 页。

题目叫作“赏析”，却没有任何分析。本来所谓分析，起码应该分析矛盾，如果拘泥于统一性，就谈不上矛盾。号称分析，却为什么连矛盾的边都沾不上呢？因为一切经典文本的形象都是完整的、天衣无缝的，从表面看来是没有矛盾的。矛盾是分析出来的。而分析是要有方法的。

这种方法并不神秘。粗浅地说，就是“还原”[①]，也就是根据艺术形象提供的线索，把未经作家加工的原生的形态想象出来，找出艺术形象和原生形态之间的差异，有了差异就不愁没有矛盾了。

在这首诗里，最精彩的是后两句，“不知细叶谁裁出，二月春风似剪刀”。赏析文章说，“比喻很巧妙”，巧在哪里呢？用还原的方法，首先就要问，“二月春风”原来是不是“剪刀”？当然不是。不是剪刀，却要说它是剪刀，就有两种可能。第一，是歪曲了，但是，诗歌给人的感觉不是歪曲，而是充满了感染力，而且经受住了一千多年的历史考验。第二，可以肯定它是很艺术的。第三，矛盾在于，本来“春风”是柔和的，温暖的，一般说，不大好用剪刀来形容的。有人说，二月春风，虽然说的是阴历，等于阳历的三月，毕竟还是初春，还有一点冷，所以用刀来形容并不是绝对不合适的。这有一点道理。但是，同样是刀，为什么只有剪刀，比较贴切？如果换一把刀——二月春风似菜刀——行不行呢？显然是笑话。这是因为，汉语的潜在特点在起作用。前面一句“不知细叶谁裁出”中有个“裁”字，后面的“剪”字才不突兀。如果用英语，就没有这种联想的自由和顺畅。在英语中，“剪”和“裁”，并没有这样现成的组合关系，而是两个不相干的词，cut 和 design。

这是诗人的锦心绣口，对汉语潜在功能的成功探索。

而这种成功的探索，表现的并不仅仅是大自然的特征，更重要的是诗人对大自然的美的惊叹。美在哪里呢？

前面一句说“万条垂下绿丝绦”，意思是柳丝茂密。按还原法，一般的树，枝繁则叶茂，而柳树的特点不同，枝繁而叶不茂。柳丝茂密，而柳叶很纤细，很精致。诗人发现了这一点，就觉得这很是了不起，太美了。

再用还原法：本来柳丝柳叶之美是大自然季节变化的自然结果，但诗人觉得，用无心的自然而然来解释是不够的，应该是有意剪裁、精心加工的结果。诗人想象这种美的欣赏和感叹，本身就有独立的价值，不用去依附道德教化和认识价值，这叫审美价值。

春天的柳叶柳丝之美，在诗人看来，比自然美更美。

有了还原法，诗中一系列矛盾就都显示出来了。

---

① 这个方法和现象学的还原有一致之处，为避免把问题说得太复杂，请允许我暂时不涉及现象学。

第一、二句的矛盾：柳树本不是碧玉，但就要说它是玉，柳叶不是丝的，却偏偏要说它是。这里当然有柳树的特征，但更主要的是诗人的情感特征——用珍贵的物品来寄托珍贵的感情。从语言的运用上来说，这样的说法，并不见得特别精彩。这种手法在唐诗中是很普遍的。最为精彩的，是后面两句，把春风和剪刀联系起来以后，前面的句子也显得有生气了。

剪裁在古代属于女红，和妇女联系在一起。有了这个联想，前面的碧玉“妆”成，就有了着落了。女红和“妆”是自然联想。这首诗在词语的运用上就更加显得和谐统一了。但光是这样分析似乎尚未穷尽这首诗全部的艺术奥秘。因为裁剪之妙，不光妙在用词，而且妙在句法上。“不知细叶谁裁出，二月春风似剪刀。”诗人明明要说是二月春风剪出来的，却为什么先说“不知”？这首诗之所以精致，就是因为诗人追求句法在统一中的错综。精彩的唐诗绝句，往往在第一、二句是陈述的肯定语气，第三、四句，如果再用陈述语气，就会显得呆板，情绪节奏也嫌单调，不够丰富。绝句中的上品，往往在第三句变换为祈使、否定、疑问，或者感叹。如王维的《送元二使安西》：

渭城朝雨浥轻尘，客舍青青柳色新。劝君更尽一杯酒，西出阳关无故人。

这里的第三句和第四句是祈使句和感叹句。如王翰的《凉州词》：

葡萄美酒夜光杯，欲饮琵琶马上催。醉卧沙场君莫笑，古来征战几人回。

这里的第三句是否定语气，第四句是反问的感叹语气。如王之涣的《凉州词》：

黄河远上白云间，一片孤城万仞山。羌笛何须怨杨柳，春风不度玉门关。

这里的第三句是疑问语气，第四句是否定语气。如王安石的《泊船瓜州》：

京口瓜州一水间，钟山只隔数重山。春风又绿江南岸，明月何时照我还。

这里的第四句是疑问语气。再如赵师秀的《约客》：

黄梅时节家家雨，青草池塘处处蛙。有约不来过夜半，闲敲棋子落灯花。

第三句是否定语气。

以上所有的句法结构都是在统一中求变化，在第三、四句让句法和语气变化。所以元代诗论家杨载在《诗法家数》中特别强调绝句主要在第三句“转”的功力。因为像绝句这样每句音节都相同的单纯节奏，只有在第三句或者第四句的语气上转折一下，才不至于显得单调，这种在语气的统一和变化中达到的和谐才不呆板。[①]

---

① 元人杨载在《诗法家数·绝句》中谈到诗的起承转的“转”时说：“绝句之法，要……句绝而意不绝，多以第三句为主，而第四句发之，……承接之间，开与合相关，反与正相依，顺与逆相应……大抵起承二句固难，然不过平直叙起为佳，从容承之为是。至如宛转变化工夫，全在第三句，若于此转变得好，则第四句如顺流之舟矣。”

从文化批评的角度来说，这首诗虽然在外部节奏和内在情绪上统一而又和谐，但其根本内容却表现了对妇女的一种固定观念，亦即，她们的美，是与化妆和女性的手工联系在一起的，不论是“妆”还是“剪刀”，不论是“碧玉”（小家碧玉）还是“丝绦”，都是某种男性趣味的表现，是供男性欣赏的，这明显是男性话语霸权的一种表现。

如果这样分析，这首诗的美，就有被解构的可能。

由此可以看出，包含在这样一首小诗中的矛盾是多元的，光从一个方面揭示出一重矛盾，已经难能可贵，要从多方面加以揭示，难度是很大的。传统的机械反映论仅满足于对象与形象之间的统一性，是不可能深入到作品内在的奥秘中去的，从而也就不可能使分析更为有效。

杜牧《江南春》诗云：

千里莺啼绿映红，水村山郭酒旗风。南朝四百八十寺，多少楼台烟雨中。

杜牧的这首诗看来简单，没有一个字不认得，也没有什么看不懂的。但是，说出它的好处来，却不容易。第一句，“千里莺啼绿映红”说的不过是长江南岸的春天，鲜花盛开，处处鸟语鸣啭。问题在于直接说“处处”就没有什么诗意，一定要说“千里”。在诗歌里，数字，是认真不得的。但是，恰恰有一个人，对这个“千里”发出了疑问，此人名叫杨慎。他说：“千里莺啼，谁人听得？千里绿映红，谁人见得？若作十里，则莺啼绿红之景，村郭、楼台、僧寺、酒旗皆在其中矣。”（杨慎《升庵诗话》）这个问题，当时没有人能够回答，又过了几百年，到了清朝，有一个人叫何文焕，他在《历代诗话考索》中说：“千里莺啼绿映红’云云，此杜牧《江南春》诗也。升庵谓‘千’应作‘十’。盖‘千里’已听不着，看不见矣，何所云‘莺啼绿映红’耶？余谓作‘十里’亦未必听得着、看得见。”

这种反驳，在逻辑上，属于反驳中的导谬术：不直接反驳论点，而是顺着你的论点，推导出一个荒谬的结论来，从而证明你的论点是错误的。何文焕最后说：“题云《江南春》，江南方广千里，千里之中，莺啼而绿映焉。水村山郭，无处无酒旗，四百八十寺，楼台多在烟雨中也。此诗之意既广，不得专指一处，故总而命曰《江南春》。”

何文焕的原则与杨慎有根本的区别，他认为诗歌只要表现诗人自己的感情和感受就行了。这在当时是一种直觉，今天我们已经有了文艺心理学，大家都知道，诗人带上了感情，感觉就可能产生变异（如前屡屡提及吴乔的“形质俱变”），在语言上就有夸张的自由，没有这种自由，就不能想象；没有想象，就没有诗歌。

想象、虚拟、假定是理解诗歌的关键。进入想象和假定、虚拟境界不仅是诗人的自由，而且是读者的自由，诗人用自己的自由想象，激发起读者的想象，带动读者在阅读中把自己的感情和经验投入到文本的理解中，一起参与创造。越是能激起读者想象的作品越有感染力，读者的想象也是一种创造，这不能仅仅以流行的套话“夸张”来解释。

其实，杨慎的逻辑，也是有问题的：除了水村、山郭、酒旗以外，就什么也没有了？怎么光有酒旗，为什么没有提到酒店呢？风吹着酒旗，为什么没有人呢？等等，这样的问题，这种问题，是外行的问题，是问不完的。

诗人调动读者的想象来参与，却并不提供信息的全部，他只提供最有特点的细部，把其他部分留给读者去想象，让读者用自己的经验去补充。诗歌的语言越能调动想象，越有质量，关键是要有效地调动。

诗人要表现的客观世界和主体情感是无限丰富的，人类的语言不可能全部表达出来。诗人只能选取其中最有特征的部分。特征不是整体，但是它可以刺激读者的想象，把他们的经验和记忆激活。被诗人排斥了的部分就由读者凭自己的想象去填充。所以诗人的语言，从正面来说，要抓住有特点的局部；从反面来说，就是要大幅度省略，在特征以外留下空白。回到这首诗上来。为什么诗人只提供了几个意象——水村、山郭、酒旗和风，就抓住了最有特征的部分？这句诗的省略是很大胆的。四个意象之间的空间位置，逻辑关系并不确定。它们是任意的并列还是意象叠加呢？好像没有必要太认真。但对于诗的想象来说，精确的定位，是有害的。

要彻底弄明白这个问题，还要从语法上说，“千里莺啼绿映红”，从语法上说，并不是一个句子，而是两个主谓结构句子。“莺啼”是主谓句，“绿映红”是主谓宾句子。而第二句，“水村”“山郭”“酒旗”“风”是三个名词词组和一个名词的并列，如果在欧美诗歌中，无论如何，若缺少句子的谓语动词、句子之间的连接词，句子是不通的。但是，这并不妨碍读者在脑海里把它想象成一幅图画。若是把四者的关系用动词和连接介词规定清楚了，反倒有碍诗意的完整了。在诗中，意象的空间位置不确定，才有利于读者的自由想象。最明显的莫过于水村、山郭、酒旗和风的关系，这关系是浮动的。这是很好的诗句，但是，如果拘泥于语法，读者就可能追问：酒旗是在水村之外还是之内？水村是山脚下还是远在山郭之远处？

正是由于意象的浮动，不确定，才有利于诗人和读者的自由想象双向互动。

像这样，多个句子组成一个句子，不完全句子的词组并列，却成为诗句。从这里，诗歌中的句子，从语法上的句子中独立出来了。

欧美古典诗歌追求句法的完整，连接词、介词、关系代词不可或缺，有时一个句子，长到不惜跨行，跨节。相对欧美来说，这种超越语法的诗句结构，是中国人的一大发明。

这并不是自古就有的，而是在唐代近体诗发展成熟时期才普及的。既提高了意象的密度，又调动了读者的想象。后来被西方人发现，大为赞赏，命名为意象叠加。在20世纪初，由此还产生了“意象派”。① 既然意象并列的方法有这样的好处，就应该一直这样浮动下去吗？但是，第三、四句诗，杜牧改换了另一种句法。“南朝四百八十寺，多少楼台烟雨中。”和前面把好几句话合并成两句话相比较，第三句“南朝四百八十寺”，难得地提供了精确的数字，其实这个数字很不可靠（实际上远远高于此数），从语法上说，只提供了一个主语和后面的“多少楼台烟雨中”。这就把语法上一个句子，变成了两个诗句。

杜牧就是自由地、不着痕迹地驾驭着语句和诗句的矛盾，充分而含蓄地发现佛寺之美，背后历史的沧桑之感。那么美好的人文景观，背后却是历史的悲剧。建造这“四百八十寺”的梁武帝因为迷信佛事，而饿死台城了，烟雨之中的风景固然美好，但是国家却灭亡了，杜牧在这里寄托的是盛唐以后，国运衰败的忧虑。这与他的“夜泊秦淮”中所直接抒发的“商女不知亡国恨，隔江犹唱后庭花”是一样的忧郁。不过《江南春》是间接借景以间接抒情，而《夜泊秦淮》则是直接抒情。

韩愈《早春呈水部张十八员外》诗云：

天街小雨润如酥，草色遥看近却无。最是一年春好处，绝胜烟柳满皇都。

早春的主题，在唐诗中，是很普遍的，早春的物候，传统的意象，一般是以梅、柳为主，如杜审言《和晋陵陆丞早春游望》中的：

独有宦游人，偏惊物候新。云霞出海曙，梅柳渡江春。

李白《早春寄王汉阳》中的：

闻道春还未相识，走傍寒梅访消息。昨夜东风入武阳，陌头杨柳黄金色。

传统的形象大都是梅柳的美好色彩和姿态，春草，在形态上和色彩上都没有什么优势，常常是芳草萋萋，有引发人生感叹之意，如唐彦谦的《春草》：

天北天南绕路边，托根无处不延绵。萋萋总是无情物，吹绿东风又一年。

就连白居易的名句，也都是在春草以外，寻求其象征意味的：

野火烧不尽，春风吹又生。

很少人正面去发现它本身的美。

韩愈这首诗的价值，就在于两个发现：第一，早春草色的特征的发现；第二，诗人对自己感觉的发现。二者均以特别精细见长。

他不是像一些诗人那样把主要的语言用于描述春天的众多景象，甚至也不把早已获得

① 当然，美国人并没有真正领悟中国古典诗歌的精髓，把意象当成了物理现象。

认可的、现成的如烟的柳色当一回事。他所欣赏的是早春的草：

天街小雨润如酥。

一个“酥”字，令人想到春雨如油，比直接把“油”字说出来，联想到的意味，要新颖而且丰富得多。其他看不出杰出之处的挑剔的读者，可能有保留：对于皇城街道如此不加掩饰地赞美，官方的立场是不是太露骨了？不管在这一点有多少不同意见，说这一句不见得有多精彩可能是没有多少争议的。但是，下面这一句就迥然不同了：

草色遥看近却无。

本来草就没有梅、柳那样色彩鲜明，何况又是早春的草，还没有绿透。在古典诗歌中，似乎有一种共识。一种默契，草之美，有两种类型。第一，是枯草，枯草自有枯草的美，“草枯鹰眼疾”（王维），有一种强悍的精神在内，第二，要么就很绿，绿得过瘾，如严武：

寂寂苍苔满，沉沉绿草滋。

又如白居易：

风吹新绿草芽坼，雨洒轻黄柳条湿。

春草的美就美在它的绿色上，如果不绿，就索性彻底地枯黄，除此以外，好像就没有什么可以欣赏的、可以做文章的了。但是，韩愈却发现了春草的第三种美，那就是在要绿不绿之间，远看是绿的，近看还是枯黄的。这样的草，却更有一种心灵关注的价值。在这种关注中，有一种特别宝贵的心理变化：先是为发现了草色而动心；因为动心，就走近了；走近了，却发现绿草的颜色不见了。这本该是一种失望，但是不，相反的感觉产生了：那是一种欣喜，春天来了，草色绿了，粗粗看，来了，细细观察，却没有了。这是何等精致的心理感觉啊！这和通常的观察是何等不同啊！通常人们总是，先是粗心忽略，后来细细地观察才有所领略。而早春的草却恰恰相反：粗心的发现，细心的消失。接着而来的，却不是失落，而是对自己感觉的更深邃的体验，对于春草更特别的领悟。

这是对于春草的体悟，更是对于自我的体悟。

这句诗的动人和不朽，还因为它的想象空间的空阔，能够引发读者的，包括千年以后的读者的记忆，激发他们的想象，推动他们以各自的经验和情操参与春草形象的多元体验和回忆。

这样的体悟是很精致的，但，诗的好处并不完全在精致，也在合适的夸张。

最是一年春好处，绝胜烟柳满皇都。

若有若无的草色，居然比盛春时节，满城雨雾笼罩的首都还美好。

韩愈并不是一个有十分天才的诗人，他的以文为诗，使得他的许多诗相当枯燥，他的感觉中理性的成分太多，但是在有些时候，他的才气却超越了他的理性，因而能写出一些千古传诵的佳句来。除了上面这句以外，还有如：“秋风吹渭水，落叶满长安。”“黄昏到寺蝙蝠飞。”

人的一生，真正的艺术创造的机遇是并不多的，对于韩愈这样的人都如此，对于一般的诗人就更是如此了。看来韩愈对自己的这种发现很有点得意，本来，这一句就够动人的了，但是韩愈觉得还要把它强调一下，像许多古典诗人所习惯的那样，往极端里强调：春天最美好的就是这种草色，绝对胜过了皇都的充满诗意的烟柳。这样的强调是否可能多余呢？在诗歌里，是不是套话呢？这是可以讨论的。

叶绍翁《游园不值》诗云：

应怜屐齿印苍苔，小扣柴扉久不开。春色满园关不住，一枝红杏出墙来。

“应怜屐齿印苍苔”，“怜”字值得推敲。怜什么呢？从句法来说，怜的对象是屐齿，但是，屐齿有硬度，大概不用太多怜惜，怜的对象应该是“苍苔”，它是屐齿“印”的对象。路上有苍苔，应该是人迹长久不到的结果。被屐齿印出痕迹的苍苔比之屐齿更足可怜、可爱、珍惜。但，怜惜的是苍苔，还是园子内外人迹罕至的宁静呢？或者是二者都一样弥足怜爱？这一切也许不应该过分拘泥。应该认真体会的是，从这个“怜”字中，透露出这个诗人的心理特征：这是个外部感觉很精致、内心也很敏感的人。

这种精致和敏感还可以从下面一句“小扣柴扉久不开”体悟一下。“小扣”，是轻轻地敲（不是数量上敲得少，而是轻轻地）。但是，久叩不开，是不是要重叩一下呢？诗人没有说后来改变了策略，应该是一直“小扣”。这个人不但是细心的，而且是很有耐心的，是很珍惜园子的宁静的。

尽管热爱宁静，但是柴门久叩不开，是不是有些扫兴？诗人也没有交代，或者是来不及交代吧。随即却有一个意外的现象，转移了他的注意：朋友门墙里的红杏冒了出来。这个神来之笔，成了千古名句。原因可能是：

其一，表现了诗人心理上的一个突然的转折，久叩的沉闷，为一个惊喜的发现所代替。春天已经来了，这么美，这么突然。这个惊喜是如此之美好，以至于把久叩不开的失落丢在一边了。

其二，这个发现的可喜还在于：一枝红杏，而不是一树红杏。如果是一树红杏，春天早已到来。而一枝红杏，则是最早的报春使者，最早和我不期而遇，是我的发现。这个一枝很有功力。唐朝早就有过诗人把“前村深雪里，凌寒数枝开”的“数枝”改成“一枝”的佳话。几百年过去了，这个审美经验显然已经普及了。

其三，这是一刹那的惊喜，没有准备的欢欣，无声的、独自的欢欣，不仅是对大自然的变化的发现，而且是对自我心灵的发现。

春天的美好，也有这样偶然地被发现的。“一枝红杏出墙来”，成了千古名句。但，美中不足，这个句子不是作者的原创，而是从陆游的《马上作》中抄来的。陆游的原作如下：

平桥小陌雨初收，淡日穿云翠霭浮。杨柳不遮春色断，一枝红杏出墙头。

这当然有点煞风景，但奇怪的是，陆游的原作，在多少年来的流传中，却不及叶绍翁这句诗这样脍炙人口。这也许可以说明，叶氏不完全是抄袭，应该是有一点创造的。从全诗来比较，二者之间很明显是有差异的。在陆游的原作中，前面两句是一般的欣赏美景，第三句，已经用柳树点明春天来到了，把杨柳与红杏的关系，想象成为：其一，“遮”与“不断”的矛盾关系；其二，把这种关系和春色之美联系起来，那么丰茂的杨柳，遮不断一枝红杏，这是一种量的比较。诗人本来就从柳树看到了春色，红杏只是一枝，一枝胜过茂盛的柳树。这是很不错的，但是，只是量的比较。诗人的情绪只是加强了一些，比之叶绍翁的“春色满园关不住，一枝红杏出墙来”，就要逊色一些。因为，首先，叶绍翁是在耐心地叩门，久久不开的情况下，突然发现红杏一枝，为红杏之美而触动想象，和前面的宁静专注于叩门对比，突然发现的心情的性质是惊艳。这是情感之动，从期待到发现，从欲进园而不得，到不进园已经可想象园中万紫千红。

这是情感的一大转折。

陆游的诗不过是量上的对比。诗人的心灵，并未特别触动，亦未有转折。

其次，这种美好，不仅仅是外部世界景物的美好，而且是内心突然的自我发现。在陆游的诗中，以杨柳为背景，衬托出一枝红杏，是很有表现力的，特别是“遮”字，调动想象，好像杨柳是意志似的，但是不管杨柳多么茂密，也遮挡不住“一枝红杏”。

再次，叶绍翁同样利用了陆游的“一枝”，一点红色为由头，先把“遮”字改为“关”字，这个“关”字很有讲究，一是来得自然，上承久叩不开的柴门；再是，联想的过渡自然顺畅。柴扉只能“关”人，而诗中的“关”所暗示的不是人，而是关不住的满园的“春色”。这是想象的飞跃，也是语义的双关。下面与这相对应的是“出”字，和陆游一样，但是，由于上面承接“关”字，同样一个“出”字，就有更强的感觉冲击力，为静态的红杏带来了动势。这其实已经不是在描绘或者单纯地欣赏风景，而是主动地想象，虽然朋友可能不在，不能进门，可是已经可以想象园内满园春色，万紫千红。

在陆游那里，杨柳和红杏所显示的春色，是诗人的视觉直接接触到的，而叶绍翁的“满园春色”却完全是想象，是诗人带动读者在想象。对于读者来说，光有直接感知的外部世界的美好，还是比较表面的，只有内心世界的想象被激活，才更能受到诗情感染，获得享受。

宋祁《玉楼春》诗云：

东城渐觉风光好，縠绉波纹迎客棹。绿杨烟外晓寒轻，红杏枝头春意闹。浮生长恨欢娱少，肯爱千金轻一笑。为君持酒劝斜阳，且向花间留晚照。

宋祁《玉楼春》表现春天城市的游乐生活，有明显的商业市井色彩。这从“縠绉波纹迎客棹”的“客棹”中可以看出，船是租来在水上划着玩的。作者也很注意表现春光的美好，突出气候的特点：一方面晓寒还在，一方面绿杨已经笼烟。作者精心地把这种乍暖还寒的风物，组织成一幅图画，把晓寒放在绿杨之外，加上一点雾气（烟），让画面有层次感。想来，这一句费了作者不少心力，但是并没有在后世读者心目中留下多么惊喜的印象，倒是下面一句“红杏枝头春意闹”，轰动一时，作者也因此被誉为“红杏尚书”。其实，这句最精彩的也就是一个“闹”字。因为是红杏，所以用“闹”字，显得生动而警策；如果是白杏呢？就“闹”不起来了。但李渔不以为然：“若红杏之在枝头，忽然加一‘闹’字，此语殊难著解。争斗之声谓之闹。桃李争春则有之，红杏闹春，予实未见之也。‘闹’字可用，则‘吵’字、‘斗’字、‘打’字皆可用矣。……予谓‘闹’字极粗俗，且听不入耳。非但不可加于此句，并不当见之诗句。”（李渔《窥词管见》）[①]

李渔的抬杠是没有什么道理的。因为在汉语词语里，存在着一种潜在的、自动化的联想机制，热和闹、冷和静，天然地联系在一起，说“热”很容易想到“闹”，而说“冷”也很容易联想到“静”。红杏枝头的红色花朵，作为色彩本来是无声的，但在汉语里，“红”和“火”自然地联系在一起，如“红火”。“火”又和“热”联系在一起，如“火热”。“热”又和“闹”联系在一起，如“热闹”。所以红杏春意可以“闹”。这个“闹”，既是一种自由的、陌生化的（新颖的）突破，又是对汉语潜在“自动化”联想的发现。正是因为这样的语言艺术创造，作者获得了“红杏尚书”的雅号。故王国维《人间词话》说：“‘红杏枝头春意闹’，着一‘闹’字，而境界全出。”为什么不可以说，红杏枝头春意“打”，或者春意“斗”呢？打和斗虽然也是一种陌生的突破，却不在汉语潜在的、自动化的联想机制之内，“红”和“斗”、和“打”没有现成的自动化的联系，没有“热打”和“热斗”的现成说法。正如，“二月春风似剪刀”，春寒料峭，有尖利之感，可以用剪刀来形容，但不可以用菜刀来形容，原因就在前面一句“不知细叶谁裁出”的“裁”，“裁”和“剪”是汉语自动化的联想。

① 王兆鹏主编《唐宋词汇评·唐五代卷》，浙江教育出版社 2004 年，第 180 页。

词语之间的联想机制是千百年来积累下来的潜意识，是非常稳定的，不是一下子能够改变的。虽然现代科学有了进展，有了“白热”的说法，但在汉语里，仍然没有“白闹”的固定联想。这是因为“白热”这一词语形成的时间太短了，还不足以影响民族共同语联想机制的稳定性。

《苕溪渔隐丛话》的作者胡仔认为韩愈写樱桃的诗“香随翠笼擎偏重，色照银盘泻未停”，不太真实。他说：“樱桃初无香，退之以香言，亦是一语病。”清人吴景旭在《历代诗话》卷四之十九《香》中则认为他说得没有道理。他反驳胡仔说：“竹初无香，杜甫有‘雨洗涓涓静，风吹细细香’之句；雪初无香，李白有‘瑶台雪花数千点，片片吹落春风香’之句；雨初无香，李贺有‘依微香雨气氤氲’之句；云初无香，卢象有‘云气香流水’。妙在不香说香，使本色之外，笔补造化。”吴景旭见识颇高，他体会到了诗的感觉的妙处在“本色之外”，写出“造化”之所无才好。但是“感觉挪移”要求一种比较细致的过渡层次，稍有生硬，便会使效果受损，关键在联想、过渡层次之间相近、相似的程度是否足够。如说竹香还比较顺，因为毕竟竹叶有某种清香，说云香、雨香、雪香就不太顺，因为云、雨、雪与香缺乏足够程度的共同性。此外，还要看感觉处在什么样的语境之中，有时孤立的一个感觉很难挪移，但是处在某种感觉结构之中，也许就可以挪移，这是因为其他感觉与之产生共鸣、呼应和契合，它就能比较流畅地挪移了。感觉挪移，或者可以叫作感觉的动态变异，几种感觉可以交替变异，各种感觉器官不同的性能暂时地沟通了。上述“云香”“雨香”“雪香”均属此类，不过稍嫌生硬。宋祁的“红杏枝头春意闹”不过是其中最为精致者之一。

值得注意的是，艺术语言的提炼太艰难了，个人的天才，离开了历史的积累，发挥的余地就比较有限了。宋祁的这一句可能不是凭空而来，而是对历史积淀的师承和突破。清人王士禛《花草蒙拾》说，“‘红杏枝头春意闹’尚书，当时传为美谈”，“以为卓绝千古”。其实是从前人花间派“暖觉杏梢红”中转化来的，不过是青出于蓝而胜于蓝而已。原词是五代后晋和凝《菩萨蛮》中的词句：“暖觉杏梢红，游丝狂惹风。”（见五代后蜀赵崇祚编《花间集》）王士禛的艺术感觉是比较精致的，“红杏枝头春意闹”比之“暖觉杏梢红”要高出许多。原诗表现杏花之红，给人一种暖的感觉，而“红杏枝头春意闹”则不但暖，而且有一种喧闹的联想。多了一个层次的翻越，在艺术上便不可同日而语了。

对于这个问题，说得比较深邃的是钱锺书，他说“闹”字“形容其杏之红”，还不够确切；应当说“形容其花之盛（繁）”。“闹”字是把事物无声的姿态说成好像有声音的波动，仿佛在视觉里获得了听觉的感受。……用心理学或语言学的术语来说，这是“通感”

（synaesthesia）或“感觉挪移”的例子。(《七缀集·通感》) 钱锺书先生的说法，可能与法国象征派的诗学主张有关系，象征派追求感觉的“契合”（correspondence）或译“应和”。第一，是多维感觉结构，其功能大于部分之和的总体感知效果，几种平常的感觉交织起来就有了任何一种感觉都没有的那种冲击感，视、听、嗅、颜色、芳香、声音的呼应有丰富和深沉之感。第二，这种“契合”“应和”或交响不仅表现为几种稳定的感觉之间的交响，而且表现为一种感觉向另外一种感觉的挪移，象征派的鼻祖波德莱尔在他著名的诗《应和》里展示了“芳香”的感觉，戴望舒的翻译是这样的：“有的香味新鲜如儿童的肌肤，柔和有如洞箫，翠绿有如草场。”写的是嗅觉，用的是视觉可见的“儿童的肌肤”和“翠绿有如草场”，还有可听的“洞箫”。从嗅觉挪移到视觉和听觉，这就是“通感”。第三，所有这一切都不仅仅停留在感官之上，而是为了向心灵深入，是为了表现“心灵与官能的热狂”。

受到法国浪漫主义诗歌理念影响的戴望舒在他著名的《雨巷》里就用了“通感”的方法。诗人写他想象中的女郎的情感有“丁香一样的忧愁”，如果仅仅是这样，那还是一般的比喻，以可感的丁香把不可感的“忧愁”具体化。但是，这没有什么创造，接下来的“丁香一样的颜色，丁香一样的芬芳”就以视觉的“颜色”和嗅觉的“芬芳”，又加上听觉“太息一般的眼光”，构成了非常丰富而又新颖的感觉“契合”和“应和”。不管是感觉“契合”还是感觉“挪移”，其规律是相通的，都是一种呼应、一种共鸣、一种交响，相异的感觉有一种向丁香一样的淡雅气质上凝聚的趋势。正因为这样，感觉的挪移不是无条件的，从一种感觉向另外一种感觉转化，要有自然、流畅的过渡层次，层次之间要有相似、相近、相通之点。这种过渡经过细致的同化性联想，与一般联想又有不同，一般相近联想可以有一定程度的跳跃，甚至还有相反联想。而在这里，如果相反就很难挪移。波德莱尔用“儿童的肌肤”、翠绿的“草场”和“洞箫”来形容“香”，也就是用视觉听觉的美来表现嗅觉的美，其中过渡的关键就在于种种感觉都是清新、柔美的，因而是和谐的。

诗的感觉虽然比生活中的感觉多了一点自由挪移的可能，但是要挪移得自然也不那么容易。在这一点上，在中外现代诗歌中已经有人将经验上升为自觉的理论，因而在诗作中，是比较自觉的。艾青诗曰：“太阳有轰响的光彩。”是因为阳光有一种瀑布泻落之感，视觉因而挪向听觉。蔡其矫写女声二重唱是两棵并肩的树，两朵互相追逐的云，和在天边告别的太阳和月亮，是因为二重唱本身就有不可分离的统一之感，只不过这种不可分离之感从听觉转移到了并肩、追逐、告别的视觉对象上而已。台湾诗人余光中说他走入大厅“掌声必如四起的鸽群”，这是因为掌声本身就有“腾起”之感，余光中的成功就在于把不可见的声音变成了可见的鸽群。美国诗人桑德堡说有一种“低声道别的夕阳”，颜色形状之所以能变成声音，声音又有了形状，是因为夕阳本身就有周期消失的特征。

虽有如此之多的权威对宋祁赞叹不已，但有所保留的并非个别，今人冯振《诗词杂话》说：“宋子京词云：红杏枝头春意闹。张子野词云：云破月来花弄影。虽脍炙一时，互标警策，然‘闹’字、‘弄’字，究太伤雕刻，未免有斧凿痕。”意思是不够自然，炼字炼到有痕迹，就不好。这显然苛刻，不懂得前面所说的联想过渡的有序层次。然可备一说。

这首词的下半阕，流露出商业娱乐场里的情绪：“浮生长恨欢娱少，肯爱千金轻一笑。”把生命当作“浮生”，意思是生命的价值是缥缈的，生命是短暂的，相比起来，欢乐总是不够，为了博得（女性）一笑，就是抛掷一千金，哪里会吝惜！这是从反面衬托生命短暂。最后两句：“为君持酒劝斜阳，且向花间留晚照。”为什么要劝酒斜阳？斜阳就是夕阳，晚照也是夕阳，都有晚年的意思。此句意为年华瞬息即逝，还是及时行乐吧。

即使在春天，美好的春天，红杏闹春的季节，作者也会产生这样的情绪，他还是个官员，一个大知识分子，和欧阳修一起撰写过官史的人。一方面，我们可以感到，这个官员不算虚伪；另一方面，他多多少少有一点浪荡吧。他居然可以这样浪荡而自得，而且将之诗化，这是不是需要一点道德勇气？好像并不。

早在唐代士大夫，狎妓是公开的，是官场的风气。在很大程度上，是挺风流，挺潇洒的。并不存在道德问题。连杜甫都未能免俗，他的诗题就有《陪诸公子丈八沟携妓纳凉晚际遇雨》，和朋友带着妓女一起游乐，具体到“坐从歌妓密”。因为历史上有谢安、谢灵运携妓东山的雅事为典，成为后世文人追慕的名士风流，数百年而下，成为社交常态。李白不但以“载妓随波任去留”而自豪，而且还夸耀：“蒲萄酒，金叵罗，吴姬十五细马驮。”（《对酒》）“携妓东土山，怅然悲谢安。我妓今朝如花月，他妓古坟荒草寒。”（《东山吟》）在一般士大夫，大多是逢场作戏，对于妓女并不动感情，值得称道的是，他对妓女动了感情，公开加以赞美“春风十里扬州路，卷上珠帘总不如”。到了宋代就更为浪漫了，歌伎有官妓和私家之分。私家的地位更低，是随便用来作为礼物来送给朋友的。这里把女士，或者是歌伎吧，当作爱人一样讨好，其实多少有些平等的心态的。

辛弃疾《鹧鸪天·代人赋》词云：

> 陌上柔桑破嫩芽，东邻蚕种已生些。平冈细草鸣黄犊，斜日寒林点暮鸦。
>
> 山远近，路横斜，青旗沽酒有人家。城中桃李愁风雨，春在溪头荠菜花。

辛氏这首词，也是表现春天的美好的，但和宋祁的很不一样。从一开始就可以看出来，辛氏强调的不是宋祁式的市井繁华和欢乐享受，而是农村的朴素和自得。

作者对农村的感情，和传统的山水田园诗有点相近，但又有很明显的不同。他不是游山玩水，也不是欣赏自然风光，他在农村中安身，对农事和农时，有更细致的关注："陌上柔桑破嫩芽，东邻蚕种已生些。"从某种意义上来说，农事和农时是实用的，并不一定有士大夫的诗意，但辛氏对农事和农时的种种现象，用一种隐含着欣赏的眼睛去观察，使这些本来平淡的细节被一种默默的喜悦统一起来。陌上桑芽，邻家蚕种，本来很琐碎，更像是散文意象，将它们转化为诗，应该是不容易的。桑芽还比较好说，蚕种，在辛氏以前，可能还不曾进入过诗歌。至于牛犊，在前人的"农家乐"主题里是有过的，但是让它叫起来，叫得有诗意，并且和蚕种之类统一起来，恐怕不但得有一点勇气，还得有点才气。关键是，诗人先用了一个"破"字，和桑芽的"嫩"联系在一起。这在联想上似乎有矛盾："嫩"怎能"破"？但是，这正是早春的特点所在，也隐约表现了诗人的关注和发现。至于"蚕种生些"，说的不是蚕种，而是从蚕种开始蠕动起来的小蚕蚁，也是初生的、少量的，虽然很不起眼，诗人却为之注目。这里有诗人默默的体察和喜悦。

下面的"斜日寒林点暮鸦"中，"寒林暮鸦"本来是有很浓的文人山水田园格调的，但这里没有落入俗套，就好在这个"点"字，用得很有韵外之致。点者，小也，远景也，在斜日寒林的空旷背景上，有了一个"点"字，遥远的视觉不但不粗疏，反而成了精致的细节。对于大自然的美好的专注，是传统文人山水诗的趣味；而牛犊的鸣叫和蚕种的生息，则属于一种农家田园趣味。作者不是作为文人去欣赏农家之乐，而是以欣赏农事的眼光来体味家园之美。

辛氏这首词有一个突出的特点，就是交织着两种情趣，一是大自然山水画之美，一是人间家园之美。这里的家园和一般山水田园诗中的田园又有一点区别，更多的是安居生息之地。它不是暂时的、客居的，而是属于自己心灵的家园。

这首词还有一个特点长期被读者忽略，那就是，本来全词都是抒情的，但在语言上，却大体都是叙述，甚至充满了白描。"山远近""路横斜""青旗""沽酒""人家"，和杜牧《江南春》中"水村山郭酒旗风"是同样的意境和手法，但辛氏和杜牧不大相同，他不是以城市人的眼光来欣赏山水田园，而是把田园当作了家园，并且表示，田园和家园比城市要精彩得多："城中桃李愁风雨，春在溪头荠菜花。"城市中的春天当然也是美好的，但那里的春天和美艳的桃李花联系在一起，那里的春天也像桃李花一样短暂，经不起风吹雨打。诗人用一个"愁"字点出了他的倾向。时尚是一种潮流，能得到最广泛的认同，但时尚又是瞬息万变的，桃李花因处于时尚之中，而免不了为不可避免的淘汰而忧愁。田园和家园里的春天，不应该像城市中的春天那样美艳，因为它和农村田野的花联系在一起。李白在宫廷供职的时候，曾写《宫中行乐词八首》，选择将柳和春天相联系："寒雪梅中尽，春从柳上归。”这些诗意都是现成的，而辛弃疾的选择就偏要与桃、李、柳等拉开距离，而且要与之有对比。这就意味着不是现成的。这对辛弃疾是一个严峻的考验。最后他选择了农村中最不起眼的荠菜花。而且把话说得很彻底：“春在溪头荠菜花。”好像在荠菜以外，就没有春天的景象了似的。正是这种高度聚焦的想象，才使得荠菜花的诗意中隐含着发现和惊喜。这一方面表现了田园和家园的朴素，另一方面又实现了对它长期被漠视的陈规的颠覆。

历史证明，这个选择，是诗境成功的开拓：

首先，它的成功在对比上。在色彩上，和桃李是鲜明的对比；在受欣赏和被漠视方面，二者的对比也是很鲜明的。

其次，它的成功还在想象和观念的更新上。桃李虽然鲜艳而且备受瞩目，但生命却很脆弱；荠菜花从色彩到形态都不及桃李，但是它不以世俗的欣赏为意，有更自在的生命。

再次，它的成功更重要的是在想象的开拓上。在辛弃疾写出这首词以前，春天的美好从来都是和鲜艳的花联系在一起的，这种联系已经成为一种潜在的陈规，好像在鲜艳的花朵以外，再也没有什么新的可能似的。辛弃疾以他的创造显示，春天的美好还可以从最朴素、最不起眼的荠菜花开拓出新的想象天地。桃李花的美，已经因重复而变得有点俗气了，而荠菜花的美却经历了近千年的历史考验。

另外，这首词，在用词方面非常大胆。一般说，词比诗更接近口语，更有世俗的情趣。这里的“青旗沽酒有人家”的“有”，“春在溪头荠菜花”的“在”，都是律诗绝句尽可能回避的，句子不求语法上的完整，意象并列就成。如“水村，山郭、酒旗，风”。但词本来是歌词，并不是可以用来考试做官的，因而属于大众文化，故以很口语化为上，恰恰又对应了平民家园的心态，如李清照所言词的诗意“别是一家”。

看来，辛弃疾对这个荠菜花很有点得意，在《鹧鸪天·游鹅湖醉书酒家壁》中，他又用了一次，但诗化的程度是不是逊色，我引在下面供读者判断：

> 春入平原荠菜花，新耕雨后落群鸦。多情白发春无奈，晚日青帘酒易赊。
>
> 闲意态，细生涯，牛栏西畔有桑麻。青裙缟袂谁家女，去趁蚕生看外家。

白居易《钱塘湖春行》诗云：

> 孤山寺北贾亭西，水面初平云脚低。几处早莺争暖树，谁家新燕啄春泥。乱花渐欲迷人眼，浅草才能没马蹄。最爱湖东行不足，绿杨阴里白沙堤。

白居易作为诗人，常常遵循把感情强化和极端化的抒情原则。他对杭州的早春充满了热爱。不过他热爱的方面比较多。

这首诗开头第一句起得很从容，并不想一鸣惊人。他用了平和的叙述语气，交代了景点的准确位置：在孤山之北，在贾亭之西。第二句，水平就比较高了，强调的是江南平原的特点，“水面初平”。这句是说，春水充盈，关键在“平”字，这是江浙平原特有的。如果是在山区，水越充足，就越是汹涌澎湃，滔滔滚滚了。这里不但突出了地势的平坦，而且突出了水面的平静。“云脚低”的“低”，说明平原上视野开阔，极目远眺，天上的云彩和地上的水面在地平线和水平线上连接在一起。

下面写的都是唐代诗歌里充分认同了的景观，不过，写莺啼没有杜牧那样大胆夸张，他不说“千里莺啼”，而只说“几处早莺”，这是比较婉约的境界，也能给人“到处”的感受。“争暖树”，“争”字，更含蓄地表现了鸟语的喧闹；“暖”，看来也很有匠心，留下的想象余地比较大，是树和天气一起暖了起来，使黄莺在树上感觉到了暖气，还是黄莺的争鸣造成了树林间“暖”的氛围呢？都有可能。“谁家新燕啄春泥”，对仗很工细，“几处”和“谁家”，把句子语气变成了感叹和疑问，避开了一味用肯定和陈述句可能产生的单调。看来，技巧是很娴熟的，都是按规范写作的，但是没有多少独特的发明，就是到了颈联的第一句，“乱花渐欲迷人眼”，也还是平平，情绪上、感觉上都太常规了。苛刻的读者可能觉得，这样写下去，难免要陷入套话了，有危机了。幸而，接着一句神来之笔，把诗的境界提高了一个层次：“浅草才能没马蹄。”这也是通过青草来写早春的，但是和韩愈的“草色遥看近却无”不同，他有自己的发现。在通常情况下，是春草先发，春花后繁，但这里，虽是“早春”却不同寻常，春花已经茂密，春草才浅浅地淹没马蹄。这当然是有特点的，但光是这样的特点，还仅仅是物候的特点，没有人的感受。而“没马蹄”，就把人的感受和发现带出来了。写马，不写全部，只写马蹄。这在唐诗中已经是通用的技巧了，比如孟郊《登科后》：“春风得意马蹄疾，一日看尽长安花。”再比如王维《观猎》：“草枯鹰眼疾，雪尽马蹄轻。”有了马蹄就有了马，这不言而喻；更为精彩的是，不但有了马，读者心目中，还隐约出现了那个在马背上的人。“乱花迷眼”本当是春深，而“浅草马蹄”应该是早春，诗人的心灵为之一颤。诗人体验到的早春的特点，不是别人早已习惯了的，这不是任意一看，也不是认真的观察，而是一种不经意的发现：马蹄没有被完全淹没呢。这个现象，也许常人也能发现，但是没有人感到这里有诗意，就忽略过去了。白居易的功劳就在于，发现了自己往往忽略过去的感觉，传达出一种内心的微微的激动。这首诗的价值在很大程度上，就是由这个句子决定的。但是白居易好像没有十分在意这一点。他在尾联，没有抓住自己的发现再强化一下，而是写到了别的地方去：“最爱湖东行不足，绿杨阴里白沙堤。”“浅草才能没马蹄”，本来最有个性、最有心灵含量和艺术创新的力量，可是白居易觉得还有比之更美好的，就是到白沙堤上步行。在这样的步行中，和浅草亲近，比观赏使之迷眼的花更有诗意，“最爱”步行，这是意脉的一个转折，其特点和韩愈觉得若有若无的草色比满城烟柳更美一样是全诗的生命所在。

辛弃疾《祝英台近·晚春》词云：

宝钗分，桃叶渡。烟柳暗南浦。怕上层楼，十日九风雨。断肠片片飞红，都无人管，更谁劝、啼莺声住？

鬓边觑。试把花卜归期，才簪又重数。罗帐灯昏，哽咽梦中语：“是他春带愁来，春归何处？却不解、带将愁去！”

辛弃疾在宋朝词人中，应该列入豪放派，金戈铁马，壮志凌云，但是，人的内心和语言风格是丰富的，他也有红巾翠袖的一面。他常常把金戈铁马和红巾翠袖交织起来，这给他的诗词带来独异的风貌。

这一首，如果光从字面上看，从头到尾都是闺情，甚至有艳情之嫌。一上来就是宝钗分为两股，暗示夫妇或者情人的离别。这种离别之情，被当作一种美好的感情来强调，带着诗意。首先是现场有传统的、古典的诗境，用了一些表现离愁别绪的意象（桃叶渡，南浦），其次是眼前的景色有诗意，烟柳、高楼、飞红。高楼便于远望，飞红触发春光飞逝的情思。值得研究的是，面对如此美好的春天，辛弃疾却不像杜甫、韩愈、杜牧、叶绍翁那样表现出喜悦，也不像他自己在《鹧鸪天》中那样，因为在平凡的荠菜花上发现春天的美好而怡然自得，他感到的是害怕——眺望新春美景却触发了恐惧，这是值得注意的。“怕上层楼，十日九风雨。断肠片片飞红，都无人管，更谁劝、啼莺声住？”如果换一个人，让他站在高楼上，极目远眺，平湖烟雨，落花飞舞，会有什么样的感觉？也许是心旷神怡，觉得这种春色是很精彩的。但作者在这里营造的是一种悲郁的情境，为花朵在风烟中消逝而忧愁，这是中国古典诗歌中一个普遍的主题——惜春，或者叫“伤春”。要知道，惜春、伤春，并不是为了春天，为了季节的变化。春天去了，没有什么可惜的，因为明年还会再来。惜春是惜春光，伤春是伤春华，为自己的年华如春光一去不复返而伤感。但是，如果诗人直白地把自己的情感说出来，就没有诗意了。诗人明明怜惜自己年华消逝，字面上却只说是对春色的消逝无可奈何：花飞落了，“无人管”；“啼莺”声停住了，谁能留住它呢？这好像有点傻气、孩子气。谁都知道，时间是不可能因为情感而改变流逝的速度的。但这是一种诗的逻辑——抒情逻辑，为挡不住时光而忧郁，这说明诗人为自己虚度年华而痛苦。为了形容这种痛苦，作者用了一个既俗套又新异的词语“断肠”。说它俗套，是因为这个词语本来常用于女性的相思；说它新异，是因为从上下文来看，到这里，还搞不清主人公是男性还是女性。作者肯定是叱咤风云的将军，但是，诗中的情感和动作，却是女性化的：

“鬓边觑。试把花卜归期，才簪又重数。”“觑”是细看，斜视。斜看鬓边的花儿，拿下来数花片以卜归期［大概是数花瓣吧，这和现代欧洲人以“勿忘我”（forget me not）的花瓣卜爱或不爱有点相似］，这与其说是迷信，不如说是天真。才卜完了，插上头去，又忘了，取下来重数一遍。是男性替女性拿下来，还是女性自己拿下来？作者似乎有意含糊其词。但是，以花卜归期，似乎是女性的行为，特别是“才簪又重数”，看来是女性。这么说，这应该是一首爱情词，非常缠绵。“缠绵”表现在哪里？第一，表现在反复，颠颠倒倒，刚刚卜过了，又重新来，这说明多情，总是不放心，把情感看得很宝贵，不能容忍任何不确定。第二，表现在沉湎，白天不能摆脱忧愁，夜间做梦还在念叨：“罗帐灯昏，哽咽梦中语。”念叨什么呢？“‘是他春带愁来，春归何处？却不解、带将愁去！’”最后几句是这首词最精彩的。为什么呢？因为，你的忧愁，可以说，与春天没有关系，本来不是春天造成的，而是自己太缠绵、太沉湎、不潇洒。春天来了，你要忧愁；春天去了，你也要忧愁。你摆脱不了忧愁，要怪谁呢？当然应该怪自己。但是，主人公却不怪自己，反而怪春天——为什么春天把忧愁带给了我？春天离开了，却为什么不把忧愁带走呢？都怪春天不好。这不是不讲理吗？但正是因为不讲理，才显出感情的执着，“无理而妙”，在逻辑上这么偏执，才有诗意。如果不是这样，而是说，伤春、惜春，其实都怪自己多愁善感，就太理性了，太有理就没有感情了。读到这个分上，应该可以确定，这是一首爱情词，词中的抒情主人公是女性。

但作者明明是个男性，男子汉，他的胸襟，他的性格，似乎和词中的女性身份、女性的缠绵悱恻有些不合。这一点，早有人意识到了，黄蓼园在《蓼园词选》中说：“此闺怨词也。”但是，他又感觉到以辛弃疾这样的人才，如果把他当成一个儿女情长的才子，免不了“为之惜”。故他推测，此词“必有所托，而借闺怨以抒其志乎”！这就是说，表面是爱情，实际上是政治抱负，以爱情的缠绵悱恻来暗示对君王的期待。黄蓼园还找出了具体史实：“史称叶衡入相，荐弃疾有大略，召见提刑江西，平剧盗，兼湖南安抚，盗起湖、湘，弃疾悉平之。后奏请于湖南设飞虎军，诏委以规划。时枢府有不乐者，数阻挠之，议者以聚敛闻，降御前金字牌停住。弃疾开陈本末，绘图缴进，上乃释然。词或作于此时乎？”[①]

这样的推测是有道理的。第一，以男女之情影射君臣之间的关系，在屈原的《离骚》中就有了。这样的写法，后来逐渐成为传统母题。第二，在辛氏词作中，以男女之情暗示君臣际遇并非偶然。如《摸鱼儿》，也是表现惜春的，作者自注：“淳熙己亥，自湖北漕移湖南，同官王正之置酒小山亭，为赋。”词云：

---

① 转引自吴熊和主编《唐宋词汇评·两宋卷》（第三册），浙江教育出版社2004年，第2393页。

更能消几番风雨，匆匆春又归去。惜春长怕花开早，何况落红无数！春且住。见说道、天涯芳草无归路。怨春不语。算只有殷勤，画檐蛛网，尽日惹飞絮。

长门事，准拟佳期又误。蛾眉曾有人妒。千金纵买相如赋，脉脉此情谁诉？君莫舞。君不见、玉环飞燕皆尘土！闲愁最苦。休去倚危栏，斜阳正在，烟柳断肠处。

有人认为，这里的“画檐蛛网，尽日惹飞絮”喻小人误国。“长门”写的是汉武帝的陈皇后失宠住在长门宫，曾送黄金百斤给司马相如，请他代写一篇赋送给汉武帝，陈皇后因而重新得宠。后世把“长门”作为失宠后妃居处的专用典故。这里显然有自况的意味。诗人得不到皇帝的信任，不能施展才华，恢复中原的壮志不得实现，因此自比失宠的嫔妃。这在今天的青年读者看来，有点不伦不类，但在当时，却有怨而不怒的分寸感。唐圭璋在《唐宋词简释》中说：“王壬秋谓：‘画檐蛛网，指张俊、秦桧一流人。’”“长门”两句，“言再幸无望，而所以无望者，则因有人妒也”。[①]问题不在于妒，而在于蹉跎岁月，壮志难酬，故有春天去了，忧愁不去之怨也。

① 唐圭璋《唐宋词简释》，上海古籍出版社 1981 年，第 175 页。

秋日的古典诗情：悲秋和颂秋

读作品，要真正读懂，最起码最基本的就是要读出个性来，读出它的与众不同。读过之后，感觉不到经典文本的独特，就是没有真正读懂。孤立地欣赏经典文本，可能造成对作者和读者两方面个性的蒙蔽。为了剖析经典文本的个性，一个最方便、起码、基本的方法，就是同类经典文本共组，提供现成可比性，帮助读者从被动接受进入主动分析和评价。比较是分析的前提，分析建立在可比性上。一般情况下，作品不同类，缺乏可比性，需要相当高的抽象力才能在更高的层次上找到可比性。而题材同类的作品有现成的可比性，这就为进入分析提供了有利条件。

如果仅仅把杜牧的《山行》拿来分析，未尝不可，但很可能，只能感到这首诗不错，而不能感觉到杜牧这首诗的个性。这不能完全怪读者水平低。

没有参照系，孤立地考察任何事物，都是很难讨好的。

最简单的比较，就是同类比较。

同样写秋天，你这样写，我也这样写，叫作落入套路；你这样写，我偏不这样写，叫作别具一格。这个格，也许是人格，也许是作品的风格，不管是人格还是风格，都要突破，都是出格。

我们这里，选择不同时代、不同作者，同样写秋天的诗词，把现成的差异和矛盾摆在面前，这有利于激发感悟、思考。正是因为同中有异，才显出个性的多彩、心灵的丰富、语言运用的出奇制胜。

杜牧《山行》诗云：

远上寒山石径斜，白云生处有人家。停车坐爱枫林晚，霜叶红于二月花。

杜牧这首诗的可贵就在于以下两点。一是打破了从来都是天经地义的想象机制。在一般的认知中，花肯定比叶子美好，而杜牧却说，叶子比花更美。在一般人看来，秋天肯定不如春天美好，而杜牧却说，秋天比春天美好，不但比一般春天的景色鲜明，而且比春天最鲜艳的花朵还要鲜艳。这表现了一个诗人精神的活跃，不为常规所拘，这是艺术想象的突破。二是这首诗的灵魂，全在最后一句，以一个比喻而使这首诗经受了千年的考验，保持住了鲜活的艺术生命力。这个比喻的生命的奥秘在于，它是一种“远取譬”。

比喻分为近取譬和远取譬。所谓远取譬，是从空间距离来说的，为了求新，不在人身近处，而是在人身的远处，在人的想象遥远的，为流行的、传统的想象所忽略的空间展开。远取和近取，一般都从朱自清《中国新文学大系·诗集导言》说起，实际上，是许慎第一个在《说文解字·叙目》中提出的。但是，许慎说的不是比喻，而是传说中文字的创造，近取诸身，远取诸大自然。

实际上，从文学，尤其从诗的角度来看，这不是一个空间概念，而是一个心理观念。有时从空间而言并不远，但是，从心理来说，却处于被遗忘的地位。杜牧把秋天的叶子比作春天的花就是一例。从秋天想到春天，从时间的角度来说，是远取譬，但是，从叶子想到花却是近取。我们之所以觉得它新异，是从心理、从想象和联系的角度来说的，这是被忽略了的，因而是出奇制胜的，是突破性的，个性特别突出，是很有创造性的。

为了说明这一点，我们不能不从根本上来研究一下比喻的特殊规律。

比喻的矛盾有几点。第一，它发生在两个事物（秋天的叶子和春天的花朵）之间。用修辞学的术语说，是本体（叶子）和喻体（花）。所以朱熹对比喻下过一个定义，说是“以彼物比此物也”（朱熹《诗集传》）。这话说对了一半。并不是任何两个不相同的东西放在一起，都能联系得起来。要成为比喻，还得有一个条件，那就是，让这两个事物，在共有的特点（红）上联系起来。这是从正面来说的，从反面来说，要构成比喻就得有一种魄力，除了这相通的一点以外，其他的一切性状都暂时略而不计。在这里就是，不管叶子和花的区别有多大，都放在一边，而把“红”当作全部。第二，从表面上来说，这是很有点粗暴的，但是，从深层来说，又是很精致的。这个联系必须是很精确的，不但表层的性质要相同，而且隐含的联想意味也要相近。据《世说新语》记载，有一天下大雪，谢安和他的侄儿侄女聚会。谢安说，下这样大的雪，如何来形容它好呢？一个侄儿就说了：“撒盐空中差可拟。”但是，谢安的侄女谢道韫却说：“未若柳絮因风起。”谢安赞成谢道韫的说法。这是因为，虽然盐和雪在“白”这一点上是相通的，但盐所引起的联想和雪花引起的却不太相同。盐有一定的重量，是直线下降的，速度也比较快，而柳絮比较轻，下降的速度不但比较慢，而且线路飘飘扬扬，方向不固定。故盐不如柳絮更似雪花。就霜叶和二月鲜花而言，它们在“红”这一点上，不但相通，而且在“红”所引起的联想上——红得鲜艳，红得旺盛，红得热烈，红得有生命力——也有共通之处。

通过对红色的强调，杜牧表达了从秋天的叶子感受到的生机勃勃的情致，这表现出诗人的内心迥异于其他诗人的特点。从这里，我们至少可以感受到诗人对大自然的欣赏，对生命中哪怕是走向衰败的过程，都充满了热情，以美好的语言加以赞美。

从这里可以得到启发，要把作品写出个性来，不能只靠观察生活、贴近生活，而要通过贴近生活来调动自己内心深处的情感、经验、记忆和思想。这个过程与其说是贴近生活，不如说是贴近自己，贴近自己心灵深处的情思。也许有人感到这是一句怪话，一句废话，自己就在身边，不是已经很贴近了吗？还要贴近什么呢？不然。这恰恰是人类的一个弱点，越是自己内心的、属于自己的、有个性的东西，越是难以接近。这是因为，每个人都会被一些现成的套话包裹住，一开口，一写文章，这些套话就自动冒出来，因为它很现成，不费劲。因为不费劲，所以它有一种自动化的、自发的倾向。正是因为这样，在写作过程中，如果不排除现成的（别人的）套话，自己的个性就不能顺利表现出来。从这个意义上来说，个性得以表现是排除现成套话的结果，同时又是自觉调动自己被套话淹没的深层情思的结果。会写文章就是，善于调动自己内心深处的储存，能超越感觉的近处，从感觉的远处找到自己的话语。

杜牧这首诗之所以动人，当然，不仅仅是因为这样一个为读者赞叹了千年的比喻，还因为诗的结构很有层次。诗人并没有把这个比喻放在意脉的第一层次的前景位置上，而是把它安排在意脉的第二层次的位置上。在第一层次，他先引诱读者和他一起欣赏寒冷山坡上的石路。一个"斜"字，有很大的潜在量，不但写出了山的陡（不陡，就不用"斜"，而用"横"了），也表现了"人家"的高，居然在云端里。这样的人家，有诗的味道，是因为它很遥远，有的版本上是在白云"深"处，有的则是在白云"生"处。从某种意义上来说，好像白云"生"处，更有遐想的空间，更缥缈。对于读者，它更能引起超越世俗的神往。

如果作者满足于这样的美景，就很可能使有修养的读者产生一种缺乏个性、没有特殊心灵感悟的印象，虽然在文字上（构图上）不能说没有功夫，但是，对诗来说，心灵感悟的特殊性好像不够。如果写到这里为止，就不能不令人产生比较平庸的感觉。在唐诗中，有许多这样的诗，文字可以说无可挑剔，但因为缺乏心灵微妙的感兴，而只能处在很普通的水平。

这首诗的杰出在于，用目光欣赏着自然的美好景色的时候，意脉上突然来了一个转折。寒山石径、白云人家是如此美好，诗人越来越被远方美景吸引，一任车子按常规行进着。但突然，车子停了下来，原因是近处的枫叶竟美丽到如此程度，需要停下来慢慢品味，让视觉更充分地享受。这首诗之所以动人的奥妙就在于用突然停车的动作，表达他内心对美的瞬间惊异和发现。从意脉上说，这不是单层次的直线发展，而是以第二层次的提升来强调心理的转折。而这种情绪的转折正是绝句结构的灵魂。(参见本书《唐人七绝何诗最优》)从这个意义上说，白云“深处”，不如白云“生处”。因为“深处”，只是为远处、超凡脱俗之境所吸引，而白云“生处”，则是深而又深的境界，这种吸引，有一种凝神的感觉。这个凝神的感觉，有一点静止的暂停，和后面突然发现的触动，是一个对比。多少人对霜叶司空见惯而无动于衷，或有动于衷而不能表现这种心灵深处的突然悸动。而诗人抓住了这突如其来的、无声的、只有自己才体验得到的欣喜，把它表达了出来。“霜叶红于二月花”之所以经受住了千年以上的历史考验，不仅由于这句诗本身，还应该归功于前面的铺垫，没有这个铺垫，就没有意脉转折的精彩了。

景色的美好固然动人，然而，人的惊异，对美的顿悟却更加动人。

文学形象凭什么感动人？当然要靠所表现的对象的特点，但是比对象的特点更加重要的，是人的特点，人的心灵特点，哪怕这特点是无声的、瞬时的触动，潜藏在无意识中的。如果不加表现，它也许就像流星一样，永远消逝了。而一旦艺术家把它用独特的语言表现出来了，就可能像这首诗一样，有千年的，甚至像一些人说的那样获得了永恒的生命。值得注意的是，这是一个艺术家在想象和语言上的成功，这种成功是不可重复的。后世的诗人满足于把它当作典范，是没有出息的。也许是杜牧把枫叶的想象(心灵的颤动)水准提得太高了，从杜牧以后，拿枫叶做文章，似乎很少有杰出的。可能唯一的例外，就是王实甫。他在《西厢记·长亭送别》中，让他的女主人公崔莺莺送别自己的心上人时，又一次勇敢地把枫叶放在了她的面前，崔莺莺的唱词就成了千古绝唱：“晓来谁染霜林醉，总是离人泪！”这不仅是枫叶特征和女主人公情感一次成功的遇合，而且是一次成功的想象突围。同样的枫叶，不再从美好的、花一样的春色方面去想象，而从悲痛方面去开拓，从“红”联想到的不是花的艳红，而是“醉”的酡红，再联想到醉的原因不是酒，而是送别爱人远行的女主人公的眼泪，这和“红”联系在一起的“泪”，就自然转向“血”了。霜叶为血泪所染，就红得很自然了。千古绝唱就这样产生了。

范仲淹《渔家傲》词云：

> 塞下秋来风景异，衡阳雁去无留意。四面边声连角起。千嶂里，长烟落日孤城闭。
>
> 浊酒一杯家万里，燕然未勒归无计。羌管悠悠霜满地。人不寐，将军白发征夫泪。

读这首词的着眼点，不应该仅仅是秋天的景象，更应该是范仲淹通过秋天的景象，调动出了自己独特的心灵储存。从《渔家傲》里，我们看到了什么样的储存呢？

第一，突出了秋天的景象，当然不是一般的秋天的景色，而是有特点的。什么特点？要注意“风景异”，异者，不同也，就是和其他地方不同的地域特色。首先是与家乡的距离感(范是苏州人)。这不是随便说说的套话，而是全诗的着眼点。“衡阳雁去无留意”(湖南衡阳县南有回雁峰，相传雁至此不再南飞。见王象之《舆地纪胜》卷五十五），用秋天的大雁来表现空间的距离遥远。雁去的方向是南方，很遥远。而这些雁对这边塞竟也一点没有留恋之意，这一点特别使诗人感慨。雁都没有留恋此地的意思，“我”却留在这里。“浊酒一杯家万里”，不是一个句子，而是两个并列的意象，在数量词中有对比，一方面是“一杯”，一方面是“万里”。一杯，一个人喝酒，暗示孤独；万里，是遥远。渲染的仍然是边塞和家乡的空间距离非同寻常。与此相呼应的是地理环境的特点——“千嶂里”（像屏障一样并列的山峰），在崇山峻岭之中。“孤城闭”，“闭”用得多么精练。为什么要闭？因为“四面边声”（主要是指军中号角之声），突出了“孤城”的氛围，在敌人包围之中。这更衬托出了归家的遥遥无期。

据研究这可能是写实的成分，而不一定是诗人的想象。1038年西夏元昊称帝后，连年侵宋。由于积贫积弱，边防空虚，宋军一败于延州，再败于好水川，三败于定川寨。1040年，范仲淹自越州改任陕西经略副使兼知延州（今陕西延安）。延州是西夏出入关的要冲，战后城寨焚掠殆尽，戍兵皆无壁垒，散处城中。此词可能作于范仲淹知延州时。

应该注意的是，“四面边声连角起”。本来似乎应该是“四面边角连声起”，但是，那样一来，第二和第四个字都是仄声，就不是仄仄平平平仄仄了，不协调了。而汉语诗歌的语词顺序，是比较自由的，所以作者做了调整。而且“边声”，可能典出李陵《答苏武书》：“凉秋九月，塞外草衰。夜不能寐，侧耳远听，胡笳互动，牧马悲鸣，吟啸成群，边声四起。”“边声”应包含许多内涵。

第二，这首诗的最动人处，主要不在地理环境的特殊，而是通过这空间距离的悠远，来调动诗人内心深处的感情。这种情感必须是有特点的。但是，一说到秋，就写悲愁，特点可能就被淹没了。不可回避的是“四面边声连角起”具有“悲”的意味，军号都是悲的，“将军白发征夫泪”，悲到连眼泪都写出来了，不是落入悲秋的俗套了吗？没有。原因在于，这里字面上虽然是悲的，但并不完全给读者以凄凉的感觉，而是悲中有壮。壮在哪里呢？壮在心态，壮在志气。虽然外在的景色悲凉，内心却怀着豪情——“燕然未勒归无计”。（燕然：今蒙古境内之杭爱山。勒：刻石记功。东汉窦宪追击北匈奴，出塞三千余里，至燕然山刻石记功而还。）还没为捍卫疆土立下盖世的功勋，就更没有理由回家。家和国，这是一对矛盾，诗人就是处在严酷的国家命运、个人志向和乡愁之间，矛盾不得解脱，才借酒浇愁。浊酒，不是清酒，越发显出乡愁的沉重。这种乡愁，不是一般的忧愁，而是使人失眠的忧愁（“人不寐”）。衬托这种忧愁的，又不是灰暗的背景，而是“羌管悠悠霜满地”，明亮月色中高昂的乐曲。这是一种反衬，使这种悲凉有一种明亮的而不是灰暗的感觉：听着异乡异族的乐曲（“羌管”），看着月光照出的霜华，想到自己虽然年华消逝（“将军白发”），却仍然要坚守在遥远的边陲。

从历史角度找寻其时代特点，这是一首宋人写的军旅词，和唐人的边塞诗属于同一母题。但是，相比起来，没有了唐人豪迈、开朗的英雄主义。只要和岑参《白雪歌送武判官归京》中的“中军置酒饮归客，胡琴琵琶与羌笛”“纷纷暮雪下辕门，风掣红旗冻不翻”相比，就可以看得很清楚，唐人写边塞之苦寒，其中有自豪深厚之气，而宋人则心气偏弱。这是因为宋朝在军事上一直比较弱，对异族往往只有招架之功，而无还手之力。宋朝的大诗人即使有时作英雄语，也往往难以摆脱无奈的悲剧感。这可以从“归无计”和“人不寐”中感受到。

范仲淹在边防上是有作为的。他到延州后，选将练卒，招抚流亡，增设城堡，联络诸羌，深为西夏畏惮，称“小范老子腹中有数万甲兵”。故其词慷慨，悲而不惨，悲中有壮，一扫花间派柔靡词风，可视为“苏辛”豪放词的前奏。

欣赏作品主要应从语言中感受，尤其是诗歌，主要应从诗句中感受。如果一味说，英雄语中有无奈之感，当然没有错，但是，要从具体的词句中找到根据，才是真有感受，真有理解。

范仲淹《苏幕遮》词云：

碧云天，黄叶地。秋色连波，波上寒烟翠。山映斜阳天接水。芳草无情，更在斜阳外。

黯乡魂，追旅思。夜夜除非、好梦留人睡。明月楼高休独倚。酒入愁肠，化作相思泪。

交代一下，这首词的词牌《苏幕遮》原为唐教坊曲名，来自西域，后用作词牌名。又名《云雾敛》《鬓云松令》。双调，六十二字，上下片各七句。这不太重要，因为音乐曲谱已经消失了，读者看到的只是词的文学语言。所以只是交代一下。

这一首和上一首有两个共同点：一、都是写秋天的；二、都是写乡愁的。

唐圭璋先生在《唐宋词简释》（上海古籍出版社 1981 年版）中说：“此首，上片写景，下片抒情。上片，写天连水，水连山，山连芳草；天带碧云，水带寒烟，山带斜阳。自上及下，自近及远，纯是一片空灵境界，即画亦难到。下片，触景生情。‘黯乡魂’四句，写在外淹滞之久与思乡之深。‘明月’一句陡提，‘酒入’两句拍合。‘楼高’点明上片之景为楼上所见。酒入肠化泪亦新。……足见公之真情流露。”

唐先生的这种说法至少有两个方面的不足。一是，把上片说成纯粹写景，下片说成纯粹抒情，在理论上是不周全的。清朱庭珍早就在《筱园诗话》卷一中说过，“断未有无情之景”，“情中有景”，“景从情生”。后来被王国维总结为：“一切景语皆情语。”二是，孤立谈一首词，很难洞察其深层特点，最好的办法就是和前面一首《渔家傲》相比较。

外部景色的地域特点与前面一首相比，有所不同，凭借几个意象，给人留下很明媚的印象，并没有悲凉的感觉。上片一开头就强调色彩，“碧云天”，“云”怎么是“碧”的？如果贴近客观真实，云应该是白的，不可能有碧绿的云。其实这是美化，因为在色彩上要和下面的“黄叶地”相对，在音节上对称，在色彩上也对称。这两句虽然看起来并不十分出色，但是，几百年后，却被王实甫在《西厢记》崔莺莺送别张生一折里袭用了。

这里的色彩虽然鲜艳，但并不杂乱，因为它单纯，给人一种明净之感。“秋色连波”，秋天的景色和水波连在一起，一片空灵，如果不是空灵到水一样透明，就不可能和水连成一片。“波上寒烟翠”，水波是透明的，而水上的寒烟，其实是水上的雾气，本来应该是蒙眬的，但是，作者用了一个“翠”字，便增加了透明感。碧、黄、翠这样丰富的色彩，不仅不互相干扰，而且在明净这一点上高度统一了起来，构成了意境——连黄叶的枯败也被透明感同化了。

这明显不是塞外风光，而是东南或者中南地区了。但是，学者们考证，该词作于宋仁宗康定元年（1040）至庆历三年（1043）间，当时范仲淹正在西北边塞的军中任陕西四路宣抚使，主持防御西夏的军事。似乎不太对头，留在这里供读者判断。

和《渔家傲》一样，词中也有山，可是，“山映斜阳”，色彩也还是明亮的。而且这里的山，并不像《渔家傲》那样，都是屏障一样的重重高峰，相反，可以看到“天接水”，说明这是在平原上，山很小，又不多，没有挡着视线，可以一望无际，视野开阔。这句写出了平原的特点，而且不是一般的平原，是有河流的平原的特点。这样开阔的图画所展示的，不仅仅是大自然的风物，而且是作者极目远眺的心胸和情致。和“秋色连波，波上寒烟翠”连在一起，许多明净的意象组合起来，完全淹没了前面作为秋天象征的黄叶引起的联想，几乎没有多少秋天的感觉了。

这仅仅是地域特点吗？地域特点一旦得到表现，就不再是客观的，因为这特点是经过作者情感的选择、同化后，转换、生成的。地域特点和作者的心理特点是水乳交融的，实际上是作者心灵特点的反射，这可以从下面一句“芳草无情，更在斜阳外”得到证明。芳草，不属于“黄叶地”的范畴，不是眼睛能直接看到的。“在斜阳外”，也就是更加遥远的地方。那更是不为黄叶所覆盖的地方。关键词语是“无情”。为什么无情？因为芳草远远地在斜阳以外，在目力所及之外，不理会我的乡愁。芳草的无情，正反衬出诗人的多情。

诗人的情怀和故乡的关系，到了下片才点明。“黯乡魂，追旅思”，用了一个短短的对句，说的是怀乡。在这以前，用的都是借景的办法，比较含蓄，到了这里，继续借景抒情，当然不是不可以，但是，如果驾驭不好，就可能太单调，也可能停留在景物的层面上，不利于深化情感。所以许多词家到了词的下片，就转为直接抒情，把感情直接倾诉出来。想想毛泽东的《沁园春·雪》，为什么前面都写雪景，到了后面却突然大发议论起来呢？一是为避免单调，二是为避免在视觉层次上深入不下去。毛泽东借助直接抒情，从描述雪景上升到评议历史人物，表达自己的雄心壮志。范仲淹用的也是这种范式，直接把自己对家乡的怀念抒发出来。他强调这种乡思的特点是，在清醒的时候不可排解，只有在做梦的时候才是例外。他甚至希望，夜夜都做好梦。因为“好梦留人”。一个“好”字，说得比较空灵；一个“留”字，暗示无限留恋，反衬出他并不能夜夜好梦，也就是说是他的乡思使他失眠了。这本来和《渔家傲》的“人不寐”，说的是一样的意思。但是，“人不寐”把一切都讲出来了，然后再用“将军白发征夫泪”这样的意象来支撑；而这里是用留有余地的办法把失眠暗示了出来。下面一句，“明月楼高休独倚”，暗示性更强。为什么不能一个人静静地赏月呢？因为月亮弯弯照九州，光华能超越空间的距离、关山的阻隔，征人却不能和亲人沟通。所以，还不如不要去触动这敏感的联想。“休”字很见功力，是正话反说。字面上是“休”，不要独倚，但又把它写得这么诗意盎然，本为避免惆怅，却又留恋惆怅之美。下面这一句，就更见才情了：“酒入愁肠，化作相思泪。”这是很大胆的想象。酒本来不是眼泪，在这里却变成了眼泪，用科学的眼光来看，这是不真实的，但这是写诗，诗的抒情，需要想象才能充分表达。诗的想象的特点之一，就是贺裳、吴乔所说的“形质俱变”，也就是虚拟的变异，酒变成了眼泪，不但形态变了，而且质地也变化了。这很像俄国形式主义者的“陌生化”，但又不是绝对的。因为两者在联想上还是有相通之处、有熟悉的过渡渠道的，酒和泪都是液体，读者联想就有了相近、相似的过渡渠道，陌生而熟悉，非常自然。如果不是这样，说酒化作芳草，化作斜阳，就只有陌生，而失去熟悉的支撑了，读者的联想有可能被扰乱，产生一种抗拒感，诗就失败了。把酒和眼泪联系起来，变异幅度很大，联想却没有阻力，可以说水乳交融。正是因为变异的幅度大，又有熟悉的过渡，思乡的情感被强化了：为了消愁，才去喝酒；喝酒，本来为了麻醉自己思乡的痛苦，却适得其反，消愁的酒更转化为自己思乡的痛苦。这和李白的“举杯销愁愁更愁”是一样的意思。但是，范氏的杰出就在于发明了自己的独创话语——酒和泪转化，这和苏东坡把杨花转化为“离人泪”同样是变异的陌生化和熟悉的相近性的统一。这种经典用贺裳、吴乔的“形质俱变”阐释，顺理成章，而用俄国形式主义的“陌生化”来解释就很片面了。

同样是通过秋天的景色来抒发自己思念家乡的感情，这一首和《渔家傲》不同。《渔家傲》写思乡和卫国之间的矛盾，有一点沉郁、豪迈的气魄，情调上悲而且壮。而这一首情绪上是悲的，但是悲中无壮，没有把思乡的情感与卫国的壮志联系起来。而且在意象上，“碧云天”“黄叶地”“寒烟翠”“明月楼”，色彩也较明净，悲而清澈。但是，又不像李清照那样凄，没有凄凉之感。

诗人面对大自然，用意并不在完全客观的自然景象，而在激发自我内心深沉的情致。如果同一个人，每一次调动起来的都一样，就不能说他有丰富的个性了。诗人的功力就在于，每一次调动起来的都不一样，显示了他内心和艺术表现力的多彩。阅读同一作者的作品，一方面要注意他贯穿在每一篇作品中的个性；另一方面更要注意，个性中各不相同的侧面。如果看不出不同来，就不能真正欣赏每一首诗的特点，也就不能真正理解作者个性的丰富。

马致远《天净沙·秋思》曲云：

枯藤老树昏鸦，小桥流水人家，古道西风瘦马。夕阳西下，断肠人在天涯。

这首经典之作选自《全元散曲》（中华书局1964年版），在元曲中属于“小令”，在词曲中属于比较短小的一类。之所以短小，完全是由乐曲决定的。在燕乐中，“令”是“曲破”中的节奏明快的一截，特别精练的就是“小令”了。有的只有十六个字，叫作“十六字令”。专家们大体认同六十字以下为“小令”，多于此数就是“慢词”了。

全文没有一个字提到秋，但恰恰写出了经典的秋天景象，其感受也是传统的忧愁，阅读者关注的核心应该是：这里的忧愁，和前面几篇有什么不同？全文只有五句，一眼望去就可感到其特点首先在句法上，前面三句都是名词（意象）的并列，没有谓语。但是，读者并不因为没有谓语而感到不可理解。

第一句，枯藤、老树、昏鸦，这三者，虽然没有通常的谓语和介词等成分，但它们之间的关系并不因此而混乱。它调动着读者的想象，构成了完整的视觉图景。三者在音节上是等量的，在词性上是对称的，“枯”“老”“昏”在情调的悲凉上是一致的，所引起的联想在性质上是相当的。小桥、流水、人家，也一样，只是在性质上不特别具备忧愁的感觉。（有人解释，这是诗人看到别人家的生活，是反衬。）后面一句，古道、西风、瘦马，三个意象，互相之间没有确定的联系，但与前面的枯藤、老树、昏鸦在性质上、情调上有精致的统一性，不但相呼应，而且引导着读者的想象进一步延伸出一幅静止的图画。这时，在静止的图景上，出现了行人和马。如果是俄语、德语或者法语，就不能这么简洁，人家的语言要求明确性、数、格。昏鸦是一只还是数只，瘦马是一匹还是多匹，而且还得交代：鸦和马，乃至风和树，是阴性还是阳性；“断肠人”是男人还是女人。本来，骑马可以引起生气勃勃的感觉，却是瘦马，反加深了远离家乡（漂泊天涯）之感。这种感触，又是在西风中。在中国古典诗歌中，西风，就是秋风，秋风肃杀的联想已经固定。所以作者没有正面说肃杀，而是把联想空间留给读者。古道，是古老的或从古以来的道路，和西风、瘦马组合在一起，在感情的性质上，在程度上，非常统一、和谐。

也许有读者会提出疑问，这样的句子是“破句”，为什么有这么多好处呢？因为这是汉语抒情诗的特殊艺术技巧，西方诗歌是绝对不允许语法上破句的，故见中国古典诗歌如此名词词组并列大为惊叹，名之曰“意象叠加”。这有些道理。意象并列比之散文，能给读者留下更多的想象空间，让读者的想象参与形象的创造，参与越自然，越没有难度，诗歌的感染力越强。比如，古道、西风、瘦马，这匹马是骑着的，还是牵着的，如果交代得清清楚楚，反而煞风景。这就产生了一个现象，在散文里看来是不完整、不够通顺的句法，在诗歌里却为读者留下了想象的空间，促使读者和作者共同创造。这正是汉语古典诗歌一个很大的特点，也是很大的优点：前面范仲淹词中的“浊酒一杯家万里”也遵循着同样的规律。这种手法，在讲究对仗的律诗中，得到了充分的发展，在唐朝已经十分普及，精彩的例子唾手可得。比如：“鸡声茅店月，人迹板桥霜。”这是温庭筠《商山早行》中的一联。虽然构不成完整的句子，但上联提供的三个意象，却能刺激读者的想象，构成完整的画面，鸡声和月亮足够说明，这不是一般的早晨，月亮还没有落下——这是黎明。茅店，更加提醒读者回想起诗题——“早行”，是提早出行的旅客的视觉。下联的“人迹”和“霜”联系在一起，互为因果，进一步强化了早行的季节和气候特点，虽然自己已经是早行了，但是还有更早的呢。而“板桥”，则是作者聪明的选择，只有在板桥上，霜迹才能看得清楚，如果是一般的泥土路上，恐怕很难有这样鲜明的感觉。

西方诗歌，语法和词法的规律与汉语不同，很讲究语法和词法的统一性。西方诗歌中，像《天净沙》这样的句法可以说是十分罕见的，即使有个别句子，也是十分偶然的。正是因为这样，我们的诗歌语言，在 20 世纪初，受到了美国一些诗人的特别欣赏，他们把我们这种办法叫作“意象并列”，并由此发展出一个流派来，叫作“意象派”。这个流派的大师庞德，还用这种办法写了好多相当经典的诗。其中最著名的是《地铁车站》，原文是这样的：

The apparition of these faces in the crowd;

Petals on a wet, black bough.

有人把它翻译成这样：

人群中这些面孔骤然显现

湿漉漉的树枝上纷繁的花瓣

原文显然是学习了汉语诗歌意象叠加的办法。有人不满意这样的译法，改译成：

在这拥挤的人群中，这些美丽的突现

一如花瓣在潮湿中，如暗淡的树枝

香港诗评家璧华认为前者是“不朽的”，后者是“平庸的”。他看重诗歌中意象间的空白，这对读者想象的调动，是十分关键的。

从写作实践上来说，以这样的并列，以不完整的句法来表现诗人的直觉，最大的好处，就是留给读者的想象比较自由。第二种译文把本来留在想象中的词语补充出来，反而窒息了诗的想象。同样的道理，如果把“古道西风瘦马”补充为“在古老的驿道上，西风紧吹，来了一匹瘦马”，诗意就可能损失殆尽，变成散文了。

当然，如果一味这样并列下去，五个句子全是并列的名词（或者意象），就太单调了。所以到了第四句，句法突然变化了，“夕阳西下”，谓语动词出现在名词之后，有了一个完整的句子。但是，其他方面并没有变化，仍然是视觉感受。后面如果继续写风景，哪怕句法有变化，却因为一味在视觉的感官上滑行，也难免给人肤浅之感。故作者不再满足于在视觉感官上滑行，而向情感更深处突进，不再描绘风物，而是直接抒发感情——“断肠人在天涯”。这里点出了秋思的情绪特点，不是一般的忧愁，而是忧愁到“断肠”的程度。这就不仅仅是凄凉，而且有一点凄苦的感觉了。人在天涯，也就是远离家乡。被秋天的景象调动起来的马致远的心灵和范仲淹是何等不同，他对大自然的欣赏只限于凄苦，不涉及国家的责任，故悲而不壮。对家乡的怀恋，倒是相近的，虽然没有明净的图景，但并不妨碍动人，诗人个性化的生命就在这不同之中。这首小令幸亏有这最后一句，使它有了一定的深度，在情感的表达上也有了层次，避免了单调。

相比之下，白朴、张可久和无名氏同样曲牌的作品，大抵都显得浅。白朴的作品，五句都在描绘风景，停留在视觉感官上：

孤村落日残霞，轻烟老树寒鸦，一点飞鸿影下，青山绿水，白草红叶黄花。

尤其是最后两句，完全在玩弄色彩（青、绿、白、红、黄），甚至给人以为色彩而色彩的感觉。这里看不出作者情绪的主要特点，是马致远式的忧愁，还是杜牧式对秋景的赞叹？读者很难感觉到情绪是悲凉的还是明快的。如果说是明快的，为什么在明快的景色中夹入“老树寒鸦”呢？如果要强调老树寒鸦，为什么不贯穿到底，也让山水带上和老树寒鸦相近的性质呢？而且，五句都属视觉感知，没有在视觉感知饱和的时候，深入到情绪层面。文字的色彩脱离了人的情感，就难免空洞了。

刘禹锡《秋词》诗云：

自古逢秋悲寂寥，我言秋日胜春朝。晴空一鹤排云上，便引诗情到碧霄。

选出这首绝句来欣赏，并不是因为它在艺术上特别有成就，而是因为它在立意上有特点。我国古典诗歌在楚辞时代确立了悲秋的母题（屈原《九歌·湘夫人》：“袅袅兮秋风，洞庭波兮木叶下。”宋玉《九辩》：“悲哉，秋之为气也，萧瑟兮草木摇落而变衰。”），成为一种传统（在《诗经》里如《蒹葭》就不是这样的）。一般人很少有意识去打破这个多少有点封闭、凝固的套路。当然，这也并不能说，所有表达秋愁的诗歌都是公式化的套语，至少有许多因秋天引起的悲愁，是有真切内涵的。例如李白的《子夜吴歌·秋歌》：

长安一片月，万户捣衣声。秋风吹不尽，总是玉关情。何日平胡虏，良人罢远征？

这种秋愁，与大众的疾苦有关，想象的空间那么辽阔（从玉门关到长安），战士妻子的绵绵思绪那么深沉，但是，又不那么张扬，没有多少夸张之语，写得相当从容。其艺术价值是很高的。

关键并不在于悲秋是不是有一种套路，而在于诗人的创造要打破这种套路，是不容易的。因为套路在一段时间里拥有权威性，显得神圣不可侵犯，一般作者不敢去触犯它，或者要触犯它，却缺乏足够的才华。大凡能够突破的作品就说明有某种艺术的才气了。

这些作品虽然不见有多大的社会意义，但就算诗人没有什么壮志，在秋天来临的时候，他感到一种和大自然的契合，发现秋天的清新和人生的美好，同样也能写出好诗来。像王维的《山居秋暝》：

空山新雨后，天气晚来秋。明月松间照，清泉石上流。竹喧归浣女，莲动下渔舟。随意春芳歇，王孙自可留。

王维发现了秋天美的另一种表现。语句是平常的，并没有带来忧愁，秋暝，本来是昏暗的，但是，诗人把秋天的傍晚写得很明净："明月松间照，清泉石上流。"更特别的是，诗人说这不是秋天，而是春天："随意春芳歇。"不要辜负这美好的春光。

这就是吴乔所说的"形质俱变"。

关键是诗人并不像杜牧、韩愈、叶绍翁在季节美好的时光，就十分激动，而是非常平静。

刘禹锡的可贵就在于，他对秋愁套路唱了反调，很激动的，而是自觉的；不是一般地唱唱而已，而是把对立面提出来，加以批评。哪怕自古以来就是这样的，他也不买账。这首诗的可贵还在于他不但反对悲秋，反对逢秋便悲，而且提出秋天比春天更美好（"秋日胜春朝"）。这种坚持自己个性的勇气在诗歌创作上是可贵的。正是在反潮流的思绪这一点上，这首诗有了不朽的价值，虽然在艺术上，这首诗很难列为唐诗中最杰出的作品。

20世纪六七十年代，主流意识形态强调乐观向上，反对悲哀，因为乐观昂扬的意气和集体主义有联系，而悲苦之哀叹则和个人主义有瓜葛。刘禹锡的这首诗，因为反对悲秋而得到崇高的评价。在今天看来，喜怒哀乐都是人的心灵的一部分，只是对创业者而言，乐观可能特别难能可贵吧。

这首诗的核心意象是"晴空一鹤排云上"，以这一点支撑"秋日胜春朝"的感兴。这个意象，有两点值得分析。第一，把鹤的形象放在秋日“晴空”中，用秋高气爽、万里无云的背景来衬托（在人们的印象中秋天的晴空是蔚蓝的，而鹤是白的）。这就意味着，天空里一切其他的东西都被省略了。什么风雨啊，红霞啊，日月星辰啊，都从读者的想象里排除了。只让白色的鹤的翅膀突出在读者的视野中。有了这一点对比就够了。如果是在英语、俄语或德语中就要追究，是一只白鹤，还是一排白鹤，数量上是要讲究的，但在汉语中，却不必。因为从生活的真实来看，从地面望上去，一只白鹤在天空中，可能根本就看不见。但汉语名词不讲究数量的变化，加之诗的视觉是想象的，和现实的视觉有很大的不同。在想象中，一只白鹤和蓝天的对比，就能够形成鲜明的感觉，而在现实中，一只白鹤在天空可能会变成一个黑点。但这不是诗人要考虑的问题。第二，这个鹤的运动方向，不是通常的大雁南飞，而是诗人设计的，诗人不说“向上”，而说“排云”，这就比向上还要有力量的感觉，力争飞到云层的上方去，这便有了象征意义。

刘禹锡的《秋词》一共两首，另外一首如下：

山明水净夜来霜，数树深红出浅黄。试上高楼清入骨，岂如春色嗾人狂。

这一首的立意和前一首是相似的，也要把秋天和春天相比，表现秋天自有秋天的美，自有春天比不上的特点。这一首不像上一首只是笼统地反对悲秋，提出“秋日胜春朝”，而是进一步指出秋日也有不亚于春天的鲜艳色彩，它胜过春朝的地方是，给人一种“清入骨”的感觉。这个“清”的内涵很丰富，可以令人想到清静，也可以想到清净，甚至可以想到清高。虽然不如春天那么鲜明、一望而知，但是细细体味，却隽永、含蓄，更经得起欣赏，更深刻。诗人欣赏秋天的清，还有一点不能忽略，他把欣赏的地点放在高楼上，要从高处欣赏秋天的“清”，这就不单纯是物理的高度，而且有开阔的视野，精神的高度，正是这样，他才觉得，秋色不像春色那样浮躁，那样夸张（“嗾人狂”），那样张扬。

这一首写得也很有个性，但是，一般读本都选前一首，因为前一首的核心句“一鹤排云”比较单纯，比较形象，而后一首的核心句“清入骨”在形象的直接可感性上略逊一筹。

秋天的悲与欢

毛泽东《采桑子·重阳》词云：

人生易老天难老，岁岁重阳。今又重阳，战地黄花分外香。

一年一度秋风劲，不似春光。胜似春光，寥廓江天万里霜。

比起刘禹锡来，毛泽东更是自觉地和秋愁唱反调。

但是，毛泽东在面对秋天的景象、面对秋天的传统母题，调动起来的感兴，和刘禹锡、范仲淹、马致远大不相同。

重阳季节在他内心激发起来的不但不是忧愁，反是一派革命乐观主义的豪情。词中“人生易老天难老”，化用李贺《金铜仙人辞汉歌》，原诗如下：

茂陵刘郎秋风客，夜闻马嘶晓无迹。画栏桂树悬秋香，三十六宫土花碧。魏官牵车指千里，东关酸风射眸子。空将汉月出宫门，忆君清泪如铅水。衰兰送客咸阳道，天若有情天亦老。携盘独出月荒凉，渭城已远波声小。

李贺的意思是，金铜仙人从汉家宫殿里被搬出去，对汉宫是十分留恋的，内心是很悲哀的，悲哀到不要说人间，就是老天如果有感情的话，也会因为悲哀而衰老的。但毛泽东这里完全没有悲哀的意思，因为重阳节是每年都要过的，似乎没有什么变化。节令无限循环，大自然（天）不会有什么变化，但人生却是很短暂的，人会变老，生命会衰亡。今天又到了重阳节，令人感慨。但是毛泽东的感慨并没有停留在人生短暂上，很快就回到了眼前的现实斗争中。

战争本来让人忘记大自然季节的变幻，忘记花的美好，然而，毛泽东却相反，他觉得在战争环境中，反格外能显出菊花的芬芳。这就是毛泽东的个性。同样是战地菊花，换一个人，哪怕是左联的文学家，可能也写不出这样的诗句来。只有作为统帅的毛泽东才会感受到战争的美。在《菩萨蛮·大柏地》中，他甚至觉得连战争中留在村庄墙壁上的弹洞，都是好看的：

当年鏖战急，弹洞前村壁。装点此关山，今朝更好看。

从这里，我们可以看到，同样的景象在不同的诗人心灵中引起的感觉是多么不同。同样是菊花，在陶渊明流传下来的传统中，代表文人的高洁娴雅，而在毛泽东那里，则因为战事而特别芬芳。

正是因为这样，毛泽东觉得，虽然是秋天，却比春天更美好："不似春光"，"胜似春光"。这里可能有刘禹锡的影响，刘诗中有"我言秋日胜春朝"。但是，毛泽东运用了复沓的句法：两个句子，结构是平行的，词语有一半相同，意思却相反。这个句法结构是毛泽东发明的，不是词牌里现成的。它的精彩还在于，它和前面一个相同的句组"岁岁重阳""今又重阳"，在章法上是对称的。这种对称使这两句不但在思想感情上，而且在结构上都成为焦点。

到这里，主题似乎已经完成了。但是，按词牌的规定，最后还得有一个七言的句子。在初稿上，是"但看黄花不用伤"，后改为"野地黄花不用伤"和"大地黄花分外香"。1963 年 12 月，人民文学出版社出版《毛主席诗词》时才定稿为"战地黄花分外香"。

"但看黄花不用伤。"从表面上看，说的是不用伤，但还是有点伤感在内的。这与毛泽东当时不顺遂的处境有关。1929 年 6 月 22 日在闽西龙岩召开了红四军第七次代表大会，会上毛泽东被批评搞"家长制"，未被选为前敌委员会书记。毛泽东随即离开部队，到上杭指导地方工作，差点死于疟疾。从这里可以看出，毛泽东是在自我鼓励，但这毕竟不能充分表现毛泽东的顽强和乐观，所以到定稿的时候，终于把不用伤的伤感消解了。不但在思想上，而且在艺术上都提高了一个层次。原稿虽然思想是积极的，但未免有强弩之末、思想太露之感，对诗来说，尤其是结尾，一般以收敛为上。毛泽东的修改，充分表现了他的才气。他避开了大发议论，甚至也没有在思绪上做含蓄收敛的表达，他什么也不说，只写了一句自然风光。看上去好像是思想中断了，因为他只提供了一个非常广阔的视觉空间。这里有霜，而且是万里霜，有江和天空，是寥廓的，但这些都不是革命精神的直接表现。这种"万里霜"的大地，"寥廓"的江天，也许有点传统的萧瑟之感，但从另外一方面却显示出一个主观的身影面对寥廓的天地在凝神，在欣赏，在体验这秋色之美、战场上的秋色之美。在这样辽阔的背景上，诗人的感情不能不是深沉的，背影不能不是高大的。这种深沉高大，比之豪言壮语精彩多了。

悲秋与颂秋：文化明星的文化贫困

在《中国诗词大会》上，王立群说中国古典诗歌写到秋天都是悲凉的。杜牧的“霜叶红于二月花”，秋天的霜打的枫叶，比春天的花还要鲜艳，这还是悲秋吗？王立群先生，还有蒙曼出错，也许不可苛求，主持人董卿随错附和，亦不足为奇，术业非专，学养不足。阅读量有限，轻率做全称判断，乃是思维从感性向理性飞跃的普遍规律性现象。明眼人发现种种硬伤不难，纠正却非易事。令人忧虑者，其一，乃是明星崇拜，粉丝盲目，声势浩大，溢美之词泛滥于网络，其错几成全民共识；其二，即使清醒者对某明星撒野式的亵渎，亦无相应平台商榷；其三，冰冻三尺，积重难返。明星崇拜之积极方面乃是情绪性的狂欢，然其消极方面则是思想上的麻木性。欲从根本上肃清随意解读古典诗歌的弊端，第一，当从理论上做中国式的系统建构，非区区一文所能尽言，当以另文简述，第二，即使以理论建构成立，仍然要回到文本中做检验。篇幅所限，笔者暂取秋之母题，做细胞形态解剖，对文本和文化资源做尽可能全面的把握和分析，千虑一得，期与专家主持人共勉。

春和秋，在国人生活中，是最好的两个季节。春天东风应律，万物昭苏；秋天更好，春华秋实，春种秋收。故中国最早的历史经典叫作“春秋”，好像没有夏天和冬天似的。歌颂春天的诗比比皆是，歌颂秋日的经典脍炙人口：如“稻香声里说丰年，听取蛙声一片”（辛弃疾），“黄鸡啄黍秋正肥”（李白）。唐太宗、乾隆帝多有祈庆年丰之作。在欧洲人那里，秋天亦为收获季节，由于受《圣经·诗篇》传统影响，往往以颂歌抒写，济慈有《秋颂》：“雾气洋溢，果实圆熟的秋，你和成熟的太阳成为友伴。”雪莱的《西风颂》也是颂歌。西风是融合着悲凉和豪迈，带着哲理性的。它虽然使树叶凋零，但是又催促新芽，它是悲伤的，但是又是甜蜜的（sweet though in sadness）。雪莱说，让我变成你，像你一样轻灵，像你一样的强壮，像你一样的雄浑，像你一样的不驯啊，不受约束。甚至还可能借助诗人的嘴巴吹响预言的号角：“假如冬天来了，春天还会远吗？”（If Winter comes, can

Spring be far behind？）

但是中国古典诗歌不同于欧美颂歌传统审美性质的特点，大幅度超越秋收的实用功利，悲秋的杰作比比皆是，经典源远流长，宋玉《九辩》有“悲哉，秋之为气也”，曹丕《燕歌行》有“秋风萧瑟天气凉，草木摇落露为霜”，曹植《赠白马王彪》有“秋风发微凉，寒蝉鸣我侧”，悲秋逐渐成为传统母题，从杜甫的《登高》把“悲秋”之情渗入“无边落木萧萧下，不尽长江滚滚来”，马致远的《天净沙·秋思》，建构了很强的经典性，悲秋经典性强化到某种弥散性的程度。诗人们写悲情，往往要跟秋风扯上关系。李贺诗曰：“不见年年辽海上，文章何处哭秋风？”战士的牺牲并不完全在秋天，但是，李贺觉得抒写壮士的牺牲，不用秋风就没法表达悲情。

悲秋对男性如此，对于女性，就更普遍。大都是闺怨，丈夫远征，独守空房，年华消逝，无奈的凄凉，杰作比比皆是。在这方面李清照是最大的经典名家。“帘卷西风，人比黄花瘦”，秋天的西风，对李清照是萦损柔肠的。“满地黄花堆积，憔悴损，如今有谁堪摘？”怎一个“愁”字了得的。当然更有超越闺怨的豪情，辛亥革命前夕，巾帼英雄秋瑾，刑场上，刽子手问，有何话要说，秋瑾留下了绝命词“秋风秋雨愁煞人”，然后从容就义。

可知秋天在现实中，国人的感知是非常丰富的。占主要地位的并不是悲秋，而是喜秋，秋风和春风一样是美好的，春日是东风送暖，与之相对的秋风，西风，西方属金，金风送爽。因而颂秋诗歌源远流长。

我国的古典诗歌中的秋天，秋天有两大审美亮点，第一，秋月。赋予它一个节日，中秋节。人逢喜气精神爽，月到中秋分外明，美在合家团圆，是全民性节日。把秋月作为节日的诗歌的母题，是中国特有的。这是由于我们传统的历法，是太阴历，根据月亮运行的周期制定，而西方则是依照太阳的周期推算，所以叫作阳历。秋天的美是多方面的，故汉语中有清秋、金秋，秋高气爽。歌曲中秋水伊人的典故就出在《诗经》里的《蒹葭》中：

蒹葭苍苍，白露为霜。所谓伊人，在水一方。

美人在这么明净的秋水中，来来去去，奔波追求，就是可望而不可即。但是，并没有悲秋。刘禹锡的“自古逢秋悲寂寥，我言秋日胜春朝”，更是小学生都会背诵的。王维在《山居秋暝》中把秋天的傍晚写成“明月松间照，清泉石上流”，很是明净，一点也不暝暗，而且最后说，“随意春芳歇”，把秋天的傍晚写了芬芳的春天。

诗人的心灵有多丰富，秋天的诗意就应该有多丰富。

李白写过悲秋的诗：“秋风清，秋月明，落叶聚还散，寒鸦栖复惊。相思相见知何日？此时此夜难为情！”但是，也公然反对悲秋。

我觉秋兴逸，谁云秋兴悲？山将落日去，水与晴空宜。鲁酒白玉壶，送行驻金羁。

歇鞍憩古木，解带挂横枝。歌鼓川上亭，曲度神飙吹。云归碧海夕，雁没青天时。相失各万里，茫然空尔思。

这是送别友人杜补阙、范侍御的诗。一开头就和离愁别绪唱反调，秋的感兴是“逸”，飘逸，潇洒。李白直率得很，用了反问语气，谁说的？这是不是太傲气了？这是送别，一般说，为了强调感情深厚，就往悲里写。而李白却说，我这里送别的情绪是逸，飘逸。“山将落日去”，黄昏了，太阳下山了，一般预期是心情暗淡下来，但是，李白的感觉是“水与晴空宜”。面前的水与晴朗天空上下连成一片。与朋友在天水之间，尽情举杯。马停在古树下，衣带解开，享受歌鼓之乐。朋友远去，一如云归大海，又如雁入青天。这和他在宣州饯别叔叔李云的情调异曲同工：“长空万里送秋雁，对此可以酣高楼。”当然远去万里，来日会茫然思念，但是，眼下还是很飘逸的，很潇洒地饮个痛快。他还有一首，《秋登宣城谢朓北楼》：

江城如画里，山晓望晴空。两水夹明镜，双桥落彩虹。人烟寒橘柚，秋色老梧桐。谁念北楼上，临风怀谢公。

秋城的景观美好如画，水如明镜，桥如彩虹，色彩很富丽，就是橘柚在寒冷中，还有人间烟火，梧桐老了，不是黄叶凋零，不是梧桐更兼细雨，不是一滴滴都是忧愁之声，而是在秋色中怡然自如。这一切让他怀念他所崇敬的前辈诗人谢朓。在另一首诗中，他对这个善于写景的诗人发出了仰慕之情：“解道澄江净如练，令人长忆谢玄晖。”其实李白这种秋兴并不来自谢朓，而是来自陶渊明的《饮酒》：

秋菊有佳色，裛露掇其英。泛此忘忧物，远我遗世情。一觞虽独进，杯尽壶自倾。日入群动息，归鸟趋林鸣。啸傲东轩下，聊复得此生。

秋菊，这就是秋天的第二大审美亮点。

本来秋菊在《楚辞》中是“夕餐秋菊之落英”，就是高贵的内在品性，到了陶渊明这里，变成了超脱世俗的，忘却尘世功利的意象。菊花的颜色，仅仅是“佳色”，并不夸张地形容它鲜艳，只是比较好看而已，这种美是优雅的美。如果是另一种人，就免不了要写的色彩华贵了。例如唐太宗的《秋日》：

菊散金风起，荷疏玉露圆。将秋数行雁，离夏几林蝉。云凝愁半岭，霞碎缬高天。

秋天，菊花、金风、玉露、大雁、林蝉、云霞，都很美好，一味耽于被客观景观的美化，主体的心态被淹没，哪里有一代英主的雄姿英发？而陶渊明只说佳色，带一点露水，“泛此忘忧物，远我遗世情”，让我忘记忧愁，什么忧愁呢，精神为世俗束缚。“一觞虽独进，杯尽壶自倾。”一个人孤独地饮酒，不要世俗的呼朋唤友，也不像李白那样，明明独饮，还要想象与月亮和影子相伴，还要傻乎乎地对着影子跳舞。陶渊明就一个人很平静地喝了一杯，自己再斟一杯。自由自在就好，没有任何牵挂。日暮了，一切动物都休息了，鸟归来了。没有光阴似箭之感，就是唱唱歌，也是给自己听，“聊复得此生”，这样才是自己的真正生命的复活。

给陶渊明一写，秋天的美，就集中到菊花上去了。

他所表现的，不是全民的团圆节日，而是个人的超越尘世功利的飘逸。

李世民当皇帝是伟大的，开拓了贞观年代的辉煌盛世，但写诗就只会组装华彩字眼，很是小儿科。陶渊明写诗是天才，开拓了一代超凡脱俗的诗风，流芳百世，当个五斗米工资的小官，送往迎来，鞠躬折腰，累得要死，干脆弃官而去。造化对人的才能分配真是太不公平了。

他的“采菊东篱下，悠然见南山”，成为千古不朽的名句，品位极高，后世没有争议。但是，好在哪里，历代诗话却说得并不很到位，还有一些争论。

“悠然见南山”的“见”，在《文选》《艺文类聚》本中曾作“望”，苏轼在《东坡题跋》对这个“望”字很恼火，严加批判曰：“神气索然矣。”“望南山”和“见南山”，一字之差，为什么有这样大的反差？在我看来“见南山”是无意，也就是他在《归去来兮辞》中所强调的云一样的“无心”的，它暗示诗人悠然、怡然的自由心态。“望南山”就差一点，因为“望”字隐含着寻觅的动机。陶诗的特点，随意自如，有心寻美，就不潇洒了，不自由了。

还有两个意象，一个是“篱”（东篱），一个是“菊”（采菊）。篱和庐相呼应，简陋的居所和朴素的环境，是统一的，和谐的；但是，朴素的美凝聚于菊花。这个意象，有着超越字面的内涵，那就是清高。没有自我炫耀的意味，而是悠然、淡然、怡然、自然的生命。在陶渊明当年，诗坛上盛行的是，彩丽竞繁，富丽的辞章配上夸张的感情是主流。但是，陶诗开拓的是，淡雅之美。语词越是简朴，心态越是平静，越是高雅，相反越是华彩，越是激昂，就可能陷入俗套。在这里，越是无意无心，越是自由，越是淡泊，品位越高。

其实，菊花本来并不是这样淡雅的，在《四库全书·群芳谱》中，菊花光是名称就有几百种，大都是富丽堂皇的。饰之以金玉者：金芍药、银锁口、金孔雀、玉牡丹、金杯玉盘、玉楼春。饰之以美人者：西施白、蜡瓣西施、玛瑙西施、二色杨妃。其色彩之富丽，可争奇斗艳，光是紫色就有众多名堂：紫牡丹、绣球紫、鹤翎紫、玉莲玛瑙盘紫、蔷薇紫、罗伞紫、鸡冠紫、福州紫、紫袍金带、紫霞觞、紫骨朵等等。菊花的美名不下数百种。但是，陶渊明却用一个“佳色”，就使这么缤纷的美名，在文学史上淡出了。

由于陶渊明的伟大成就，淡雅的菊花，象征着精英诗人心灵中独特的、高品位的精神境界。

秋菊在很长一段时间中，成了国人心目中颂秋的形象大使。

这是一个很富有中国特色的美学现象。

在日本菊花也是美的意象，但是，它是天皇家的标记，一般就把它当成国花，与武士的刀并列为日本国民性的强悍与柔弱的统一的象征。而在欧美国菊花是墓地之花，在法国黄色有不忠诚的意味。而在拉丁美洲菊花是妖花。只有人死了，才能在墓前放菊花。在法语地区，只有葬礼才送菊花。

当然，陶渊明笔下的菊花形象也不是空穴来风，而是经历了漫长而曲折的积淀的过程。中国古典诗歌中，早就有了菊花的形象，屈原以“夕餐秋菊之落英”来表现他的内心的高洁。但是，在长达六百多年的时间里，屈原式的菊花并没有得到广泛的继承。写菊花的诗很少，有些是赋、铭之类的体裁，有些是四言的，虽都是赞美的，可不少是说明其药用，属于实用价值：“服之者长寿，食之者通神。”一般色彩都相当富丽：“煌煌丹菊，暮秋弥荣。”只有极个别作品说它：“在幽愈馨。”突出其处于幽僻而愈保持其馨香，晋朝的袁山松（逝世于401年）的《咏菊》：

灵菊植幽崖，擢颖陵寒飔。春露不染色，秋霜不改条。

这个袁山松比陶渊明年纪大起码二十岁，他强调的是菊花在“秋霜”之中不变。对陶氏也许有某种影响，也许是所见略同。但是，陶渊明是把他的生命赋予了菊花，而袁山松只是把菊花当作观赏的对象。

经陶渊明这一写，菊花的形象就稳定为清高隐逸之美。不仅创造了一种诗的品位，而且创造了一种人格的品位，从这以后，成了人品和文品的载体。在唐代以后，几乎每一个比较有名气的诗人，都要以菊花为题材表现一下自己的情怀。元稹在诗中说自家的菊花：“秋丛绕舍似陶家。”显然是在攀附陶渊明的品位。写得最为痛快的，是苏东坡《赠刘景文》：

荷尽已无擎雨盖，菊残犹有傲霜枝。

因为艳丽的荷花顶不住寒霜而残败，菊花却在严酷环境中傲然独立。

这说明秋菊的意象，代代相传成为审美精神不断增值。

当然，这是精英文士的创造，但是，不是这一类的人，就有不同的精气神。唐朝末年的农民起义领袖黄巢写菊花的诗只有两首，但是气度不凡。黄巢的《题菊花》曰：

飒飒西风满院栽，蕊寒香冷蝶难来。他年我若为青帝，报与桃花一处开。

这就不是消极地等待大自然的恩赐，而是主动地让大自然听令。这种气魄属于陶渊明以外的精神世界，他还有一首《不第后赋菊》：

待到秋来九月八，我花开后百花杀。冲天香阵透长安，满城尽带黄金甲。

考不取，很恼火，壮志难酬，待到我的菊花开放了，所有的花都会完蛋，整个长安城都是我冲天的气势，我的黄金甲将占领整个城市。这个造反派的风格，有一点敢教日月换新天的气魄，堪与汉高祖的《大风歌》比美。后来的历史说明，这个考试不及格的家伙，果然弄得天下大乱。千秋功罪，留给后人代代评说。

可惜的是，作为诗，这样改天换地，不可一世的诗风，从黄巢开始，也只是以黄巢结束。毕竟好诗皆以生命写成，没有他这样的人，也就没有他这样的诗。

中国古典诗歌中秋天的美，对秋菊的颂歌，后来还是集中到高雅的、超凡脱俗的精神品位上。诗人们赏菊，访菊，对菊，问菊，女诗人们甚至簪菊。它与兰花并列，叫作春兰秋菊，二者在品位上并列。虽有空谷幽兰之说，但就诗作而言，却无陶渊明那样的经典诗作。而欧阳修《秋晚凝翠亭》拿菊花和兰和竹相比较：

萧疏喜竹劲，寂寞伤兰败。丛菊如有情，幽芳慰孤介。

强调菊花比之劲竹和兰花更让他感到亲近，其“幽芳”最能抚慰他的孤高耿介之心。

有一种权威的理论，说是内容决定形式，这样的纯属命题作文，是应该加以分析的。其实，在不同的形式中，由于工具和材质的不同，内容会发生巨大的变异。在诗歌里，兰和竹没有菊花的优势。但是，绘画里，幽兰比之秋菊要更加清高。秋菊的诗学境界，经过唐诗的高峰以后，宋诗已经不可能超越，时代的才华和智慧转移了，秋菊的神品转移到画中去了。在诗歌中秋菊已经定格为“黄花”。文人多为水墨画，色彩更为淡雅。宋代画家李唐感叹淡雅色调，难为民众所认同，平民更喜欢鲜艳的色彩，乃为诗曰：“云里烟村雾里滩，看之容易画之难。早知不入时人眼，多买燕脂画牡丹。”千年以后，齐白石等画家笔下的菊花，性质已经转移，与环境抗衡傲寒的意味消失，百度网上齐白石的菊花几乎都是鲜艳的红色，喜气溢满画面，文人水墨菊变成了平民的彩菊。文人隐逸的时代已经过去，但是陶渊明采菊东篱的高雅仍然是不朽的审美的丰碑。

把传统文化如此丰富的秋色之美，稍稍领略一番，热情的粉丝们也许会减少一些盲目的明星崇拜。

两种不同的冬天的美：严酷美感

毛泽东《卜算子·咏梅》词云：

风雨送春归，飞雪迎春到。已是悬崖百丈冰，犹有花枝俏。

俏也不争春，只把春来报。待到山花烂漫时，她在丛中笑。

要真正读懂毛泽东的诗词，不能不读《沁园春·雪》；要读懂《沁园春·雪》，不能不先读《卜算子·咏梅》。

梅花在中国传统文化中，和松、竹一起被称为“岁寒三友”，它们因为在严寒节令中保持生机，而成为逆境中精神气节的象征。尤其是梅花，因为于风雪严寒中，不但不凋零，反开出花朵，而成为传统诗文中气节坚贞的意象。梅花最初还只是一般的风景，因为和桃李相比，经得起霜雪的摧折，后来逐渐积淀、演化，具有了孤芳自赏，虽不为世俗理解却不改其志的意味。这意味在唐朝已经有了，如李群玉《山驿梅花》：“生在幽崖独无主，溪萝涧鸟为俦侣。行人陌上不留情，愁香空谢深山雨。”这正是陆游《卜算子·咏梅》中“寂寞开无主”的源头。但是，一首诗的价值并不在因袭母题，贵在继承这种无主之感时有所突破。陆游的创造在于，在孤独之外，又增加了悲剧性。这种悲剧氛围从多方面得到强调：“驿外断桥边，寂寞开无主。已是黄昏独自愁，更著风和雨。无意苦争春，一任群芳妒。零落成泥碾作尘，只有香如故。”第一，在孤独和寂寞中，坚守心灵的恬定。孤独，在驿站之外，无人之处，一也；断桥，无路可通，二也；无主，既无人培育、呵护，也没有欣赏的目光，三也；黄昏暗淡的光线，加深孤独的寂寞，四也；风雨摧折，境遇更悲，五也。上片所写皆梅花，所喻皆超越梅花，“寂寞”“独自愁”，皆为人情，有梅花所不能具之品性，但这并不构成联想阻碍，妙就妙在物我交融，景情浑一；至“苦争春”，“群芳妒”，均明显带人之意志，非物所能自知，但欣赏者早已心领神会，陆游以梅花自况，无须辨何处为梅花之质，何句为陆游之情。

第二，面临悲剧性的消亡，矢志不移。“零落成泥碾作尘”，已经成泥，而复言成尘者，喻反复摧折消亡而矢志不移，品格之高，极难表达，此处只以一个“香”字道出，从梅花的多种感觉（色形等）中取其一种引申出悲剧的崇高境界，奇崛而警策。

陆游于南宋时期，身处逆境，报国无门，不改恢复壮志，为诗骨气奇高，难能可贵。而毛泽东处于国际局势的逆境中，对陆游的格调有所不满，“反其意而用之”，唱反调，反在什么地方呢？

首先，反在对局势的估计。毛泽东在词中，并不回避形势的险恶，不但不回避，而且夸张地强调“百丈冰”，令人想到岑参的“瀚海阑干百丈冰”，而且毛泽东还要把它放在“悬崖”的背景上。这就说明，毛泽东清醒地意识到逆境的严峻。但是，这并不妨碍毛泽东藐视它，这使他的词充满乐观、昂扬的格调。

有一个字的意思要弄清楚，就是“风雨送春归”的“归”。本来有两种可能的解释，一是归来，二是归去。归来，就是风雨把春天送回来了；归去，就是风雨把春天送回去了。如果是后者，风雨（有“风风雨雨”的联想意味），就是曲曲折折，把春天送走了，接着而来的夏天并没有多少可以悲观的。如果是前者，风风雨雨，也可以联想为反反复复，把春天送回来了，则更是春光明媚的季节，没有任何悲苦的理由。“飞雪迎春”和“风雨送春”一样，隐含着矛盾和转化。飞雪意味着严寒，迎春则意味着温暖，然而，春日的大地昭苏则以飞雪为前导。这里有毛泽东式的哲学和诗学。从哲学上讲，毛泽东不承认事物有任何固定、停滞、不变的性质，彻底的辩证法是无所畏惧的，不承认任何神圣不变的东西，一切都在向反面转化的过程中，坏事总是要转化为好事的，逆境总要转化为顺境。从诗学上来说，诗人有权利想象，在自己的感觉中，一年四季不存在冬天。不论是风雨，还是飞雪，都是为送春和迎春而存在的，不过是春天的前奏和尾声。

其次，毛泽东不满意陆游的孤独感。毛泽东的哲学是，即使孤立也不能陷于孤独，所以在未定稿中有“独有花枝俏”，在定稿中则改“独”为“犹”，不但回避了孤独感，而且强调了自得、自如、自在之态。

毛泽东笔下的梅花遭遇的逆境要比陆游的严峻多了，却没有陆游那样的孤独和寂寞，他也没有用断桥的意象表达没有出路的感觉。

毛泽东的理想人格美是拒绝孤独、与悲痛绝缘的。他对悲观失望是藐视、瞧不起的，同样以梅花为意象，他抒发过这样的豪情：“梅花欢喜漫天雪，冻死苍蝇未足奇。”毛泽东强悍的精神在《咏梅》中一以贯之。我们可以这样概括：在毛泽东的诗学中，有一种“严酷美感”的追求。

正是因为这样，他不客气地对陆游“无意苦争春”中的“苦”字表示不屑，代之以

“犹有花枝俏”。“苦”变成了“俏”。这个“俏”字在本词中得到了重用。未定稿上原本是“梅也不争春”。“梅”改成了“俏”，才显得原来的“梅”多余，而一再强调“俏”，虽牺牲一点文字上的讲究，却平添了独特的美感。本来，“俏”是用来形容女性体貌姣好的。俊俏，为女性专用，有一种阴柔的属性，不大适用于男性。在本词中，梅花也明确地被赋予了女性色彩（“她在丛中笑”）。这里的“俏”字，虽有阴性之美，却并不柔弱，实际上有一种峭拔的格调，不无阳刚之气。这主要是形象主体梅花和占尽优势的严寒的对抗，使它具有了某种“刚性”。正是因为这样，在毛泽东以雄豪为特色的词风中，难得地出现了一种刚柔相济的风格。

再次，毛泽东不同意陆游的悲剧感。陆游的词中，梅花化作尘土，只留下了香气，事业可以失败，精神却是不朽的。而毛泽东不以此为满足，他的精神即使在逆境占尽优势的时候也没有失败过，自信自豪是一贯的，只是它并“不争春”，也就是不争一日之长短。（鲁歌在《毛泽东诗词简析》中认为，在“不争春”这一点上，他没有直接反陆游的诗意，但是在内涵上，有本质的区别：“群芳，其实是反语。”陆游作为抗金的主战派，不能与主和的苟且偷安的当权派争，而毛泽东则是不屑回驳赫鲁晓夫所谓的“争夺共产主义领导权”的攻击。）毛泽东强调的是，即便是逆境，不管多么严酷，也是顺境的前兆。不争春，是因为历史是最严峻的裁判官。梅花的任务，只在报春，只在预言，只在历史的远见，而不能满足于当一个单纯的洁身自好的悲剧人物。

“咏梅”，属于古代咏物诗一类。此类诗，虽然为一格，但在艺术上容易陷于被动描绘，主体精神很难不受有限形态性状和固定象征意义的局限，故此类作品甚多，然极品、神品罕见。陆游之作已是上品，但难入神品之列。而毛泽东词在精神上独辟蹊径，从一开始就超越了描绘梅之性状的框架，而以主体情感为意脉。陆游虽然也以抒情为主，但主体意脉只有“无意苦争春”一点。毛词则一开始就把梅与春的关系定格在一系列的矛盾消长之中：起初是送春、迎春；接着是争春；最后是报春。抒情意脉贯穿，首尾呼应，在统一的意脉中从容递进，越发显出主体精神的强劲。在自然界“山花烂漫”之时，梅花早已凋谢，而在诗人心目中，却是“她在丛中笑”。这就是诗人的浪漫之处。此与早年（1931）的《采桑子·重阳》“不似春光。胜似春光”，在逆境中不屈不挠的精神如出一辙，而在理念上，似乎更有力度。但是，当年鏖战，中年之时，已有“人生易老天难老”之感喟，而晚年亦曾有过“多少事，从来急；天地转，光阴迫。一万年太久，只争朝夕”的感喟，而此时却有不计时日，只待“山花烂漫”的乐观和浪漫，诗格与人生感受之间并不简单同步，其间复杂的矛盾有待分析。

毛泽东《沁园春·雪》词云：

北国风光，千里冰封，万里雪飘。望长城内外，惟余莽莽；大河上下，顿失滔滔。山舞银蛇，原驰蜡象，欲与天公试比高。须晴日，看红装素裹，分外妖娆。

江山如此多娇，引无数英雄竞折腰。惜秦皇汉武，略输文采；唐宗宋祖，稍逊风骚。一代天骄，成吉思汗，只识弯弓射大雕。俱往矣，数风流人物，还看今朝。

在《卜算子·咏梅》中，我们看到毛泽东的诗风中有一种追求“严酷美感”的倾向，在《沁园春·雪》中，似乎有类似的风格。至少在把大地写为“千里冰封”这一点上和《卜算子·咏梅》的“悬崖百丈冰”是十分相似的，而想象中晴好的天气“红装素裹”和“山花烂漫”，也是相通的。

但是，这只是表面的相似，实质上有根本的不同。

首先，《沁园春·雪》中的“雪”和《卜算子·咏梅》中的“冰”，在意象的情感价值上是不一样的。《卜算子·咏梅》中的“冰”，是逆境严酷环境的象征，与花枝的俏丽是对立的，而烂漫山花的想象，是战胜了严酷冰雪的预期。《沁园春·雪》中的“雪”是不是这样呢？从最初几行诗句来看，好像格调相近：“千里冰封，万里雪飘”，其中的“封”字，至少给人某种贬义，但是，下面“万里雪飘”的“飘”字，似乎并没有在贬义上延伸下去。“望长城内外，惟余莽莽；大河上下，顿失滔滔。”贬义显然在淡化，壮美的感觉油然而生。

这是很奇特的。严酷的冰封作为一种逆境的意象，与对严寒抗争的情致联系在一起，早在唐诗中就有了杰出的经典，比如岑参的《白雪歌送武判官归京》：“北风卷地白草折，胡天八月即飞雪。忽如一夜春风来，千树万树梨花开。”边塞诗人把严酷的自然条件当作一种美好感情的寄托，诗人感情豪迈，以对抗酷寒为美。“将军角弓不得控，都护铁衣冷难着”，冰雪，毕竟是与苦、寒联系在一起的。可是在毛泽东这里，冰雪却没有寒的感觉，也没有苦的感觉。冰封和雪飘，本身就是美的。

面对千里冰封、万里雪飘，却没有苦寒，没有严酷的感觉，这才是理解这首词的关键。不仅没有苦寒、严酷之感，相反，眼界为之一开，心境为之一振，充满了欢悦、豪迈的感觉。在冰雪的意象中把寒冷的感觉淡化，把精神振奋的感觉强化，创造出一种壮美的境界，发出赞美，这是一种颂歌，在颂歌中，有一种压抑不住的鼓舞和冲动。这在中国诗歌史上，乃至世界革命文学史上，都可能是空前的。以自然景物作为革命颂歌的对象，在俄国有高尔基的《海燕》和《鹰之歌》，以鹰和海燕的雄强象征革命者大无畏的精神，但是鹰和海燕本身并不意味着严酷，而是与严酷的暴风雨作搏斗；战胜严酷才是英雄。把严酷的冰雪作为英雄主义的赞颂的意象（载体），只有在毛泽东的想象中才有。

冰封雪飘并不是一下子就引发了激情爆发的，其间有一个过程，先是一种极目无垠的眺望感。点明眺望感的是“望长城内外”的“望”字。前面的“千里冰封，万里雪飘”，当然也是眺望，不望不可能有这样广阔的视野，但是那种辽阔的感觉是潜在的，而且，普通人的目力是不可能看到千里万里的。这就涉及诗的感觉的虚拟性。从现代诗学来说，抒情诗不同于散文的最大特点，就是它的想象性和虚拟性，强烈的感情，不能直接喷发出来，只有通过想象的假定，才能获得自由抒发的空间。当毛泽东写“千里万里”的时候，早已超越了散文，进入了诗的想象境界，超越了生理视觉局限，因而是自由的。自由，不仅在视觉上，而且隐含着胸襟。望得那么远，是一种结果，原因应该是站得非常高。开头几句，表面是描绘风物，深层则是静悄悄的想象延伸，从视野的开阔过渡到视点的高度。这种开阔，不单是视野的开阔，而且是胸襟的开阔，这种高度，不单是身躯的高度，而且是精神的高度。当我们读到“山舞银蛇，原驰蜡象”的时候，“舞”和“驰”令人感到，登高望远的图像不是静止的，而是有生命的。这种生命，当然不是客观自然界的反映，而是诗人心灵的激动。这种激动，不是一般的激动，而是异常的激动，不激动到相当的程度，不可能冒出这样的诗句来：“欲与天公试比高。”这是大地要与老天比高的写实吗？当然不是。这是诗人突然冒出来的一种壮志得酬、心比天高的感觉。这里没有任何逆境的感觉，不是老天爷作梗而不得不应付的状态，而是掌握了自己的命运，宏图大展，主动挑战。于是，更美好、更壮丽的预期溢于言表：“须晴日，看红装素裹，分外妖娆。”把雪写得如此壮丽，如此美好，还不是最理想的，更加精彩的未来就在眼前，是不是意味着大展宏图的冲动？

“江山如此多娇”，是对上片景物的总结，也是毛泽东对上片的美学总结。冰雪无垠，居然是“如此多娇”，有谁曾经把千里万里的冰雪和“娇”字联系起来过呢？它创造了一种什么样的美的范畴呢？

“娇”，是个关键词。

为什么要用女字偏旁的“娇”？他写到自己的妻子杨开慧的时候，用的可不是这个“娇”字，而是另一个字——“骄”。这个“娇”和红日照耀白雪，好像不相契合。但是，这正透露了毛泽东的诗学追求——颠覆传统的古典话语，赋予其崭新的时代内涵。将自然之美、女性之美赋予政治内涵，又用阴柔之美来表现政治宏图的阳刚之美。冰封雪飘的严酷、艳阳高照，都应该是阳刚的，毛泽东却用“妖娆”“多娇”这样的阴柔之语饰之，让外在的色调与内在的情致有一点反差，使其丰富。（值得深思的是：如果把“娇”，改为“骄”，则外部感觉和内在情致未免单调。如果写成“我失‘娇’杨”，把杨开慧界定为“娇”，则难免有浅俗之嫌。）凭着这个“娇”字，从自然转向人事，同时，从写视觉空间之美，上升到了时间的层次，这个境界和前面有什么区别呢？“引无数英雄竞折腰。”关键词是“折腰”。冰雪覆盖大地山河之美，美到这种程度，英雄都要折腰、朝觐、崇拜了。在中国文学中，折腰本为否定意义，陶渊明不为五斗米折腰，是一种不受羁勒的傲岸个性。毛泽东的折腰却有肯定的意义，是心甘情愿地谦恭、崇拜。这里，又一次将古典话语做了现代转化。这个转化是诗意的转化，又是诗的话语向政治话语的转化。

非常强烈的对比来得非常突兀：前面是高大伟岸的抒情主人公，到这里，居然谦卑起来，不惜降低自己的高度。但这恰恰是一种自我勉励，是为了登上新的高度。这种高度，不是自然地理的空间高度，而是中国历史的时间高度。上片，在空间上眺望千里万里；下片，时间上的回顾，历数百年千年。空间尽收眼底，产生了一种豪迈的视觉图景；时间历历在目，构成一种雄浑的心潮图像。这不但是胸襟的开拓，而且是诗人想象的开拓。空间的展示，皆为可视，而时间的回溯，则不可视，好在诗人有概括的魄力。本来是“无数”英雄竞折腰，但真正历数起来，却只剩下了秦皇、汉武、唐宗、宋祖和成吉思汗五个。其他的，不言而喻，都不在眼下。

把自己提升到与这些历史人物并列的高度上去，已经有了大气魄，这时，诗人不再谦卑了，不再折腰了，用一个“惜”字，把自己提升到了历史人物之上，还更进一步对这些人物的辉煌业绩加以批评、裁判，而且所评没有赞美，均为不足。最后，毛泽东直截了当地宣称，不管他们如何英雄盖世，都只能是“俱往矣”，过去了，真正的“风流人物”要看今朝了。这是作者的自许，还是对一代新人的期望？这曾经引起过讨论。当这首词在重庆第一次发表时，曾经有人攻击说，其中有“帝王思想”。作者自注说：“反封建主义，批判二千年封建主义的一个反动侧面。文采、风骚、大雕，只能如是，须知这是写诗啊！难道可以骂他们吗？”[①] 这当然有道理，站在新的历史高度上，从新时代的政治理念出发，俯视一系列历史人物，理所当然。联系到四个月前，长征胜利结束，作者在《清平乐·六盘山》中颇为自得地写过“今日长缨在手”，在《念奴娇·昆仑》中说过“千秋功罪，谁人曾与评说”，历尽艰辛、几经挫折的作者此时的心境，应该是溢满了宏大的政治抱负。

结束句：

俱往矣，数风流人物，还看今朝。

光是从这首诗来看，这当然是面对历史，有一种当仁不让的豪情。这样说，大体不错，然而并不太深刻。更到位的是联系到 1925 年他在《沁园春·长沙》中提出：

问苍茫大地，谁主沉浮？

当时，他在韶山发动农民运动，遭到通缉，逃到长沙，提出了一个宏大的问题：这个混乱的祖国究竟由谁来主宰？即使秦皇汉武、唐宗宋祖那样伟大的人物也没有能够创造出一种超越封建的新型文化和体制，现在有了回答。历史的使命就在这一代人物的肩头。

---

① 吴雄选编《毛泽东诗词集解》，陈一琴审订，河北人民出版社 1998 年，第 209 页。

如果把这种抱负直接讲出来，就没有诗意可言了。这里面临一个艰巨的任务，就是把古典诗学话语进行当代转换。

1957年，毛泽东在给臧克家的信中曾经说过，旧诗不宜提倡，因为“束缚思想”。[①]这种束缚表现在，古典诗歌话语有稳定的历史内涵，与当代政治话语之间有矛盾。当代政治话语的直接搬用，是缺乏古典诗意的。而用古典话语表达当代政治内涵，难度很大。当代政治话语的内涵和古典诗学话语并不对称，不可能两全其美，当代观念必然要有所牺牲。硬搬政治话语，可能造成生硬，当代政治观念进入古典诗学话语，政治内涵可能被朦胧化，甚至可能被淹没。“略输文采”“稍逊风骚”“只识弯弓射大雕”，从古典诗意的和谐统一上，是隽永的，但这是以政治内涵的含混为代价的。文采和风骚，古典话语所指本是文学艺术的成就，很难涉及政治文化的创造。话语本身并不能充分传达当代政治理念，读者只能从话语以外，从毛泽东的政治实践中去附会。相比起来，“只识弯弓射大雕”，不但形象跃然纸上，而且意念指向也比较确定，政治观念和艺术形象之间的矛盾得到了和缓。最后的“风流人物”，堪称精彩。这是从苏轼《赤壁怀古》中继承来的“风流”的内涵，在人物的才情和精神风格上，更新为当代政治人物的境界，应该说是比较自然的。

① 《诗刊》，1957年创刊号。

第四辑　古典诗词传统意象分析

月：超越时空的悲欢离合和生命的短暂与孤独

李白《把酒问月》诗云：

青天有月来几时？我今停杯一问之。人攀明月不可得，月行却与人相随。皎如飞镜临丹阙，绿烟灭尽清辉发。但见宵从海上来，宁知晓向云间没？白兔捣药秋复春，嫦娥孤栖与谁邻？今人不见古时月，今月曾经照古人。古人今人若流水，共看明月皆如此。唯愿当歌对酒时，月光长照金樽里。

月亮在中国古典诗歌中，是一个传统母题。在对月亮的天体性质缺乏科学认识的时代，月亮和太阳一样很容易触发诗人的想象和联想。太阳，最初在诗人心目中，比较自由，不但有赞美的，也有咒骂的。(《尚书·汤誓》："时日曷丧，予及汝偕亡。") 但在远古农业社会，太阳对农作物毕竟是太重要了，这就决定了歌颂性的意味在太阳上凝聚了起来。扶桑、若木的神话典故，驾苍龙、驰赤羽的意象，最后竟成了至尊所独享，日为君象的性质就固定了下来，而诗人与太阳的关系，除了葵藿倾心的忠贞以外，竟没有任何余地。赞美太阳，就得贬低自己，自己跪下来，君王才显得伟大。但是，月亮却不同，在中国古典诗歌里，它比较平民化，比较人性化，和人的亲情、爱情、骨肉之间的悲欢离合紧密相连。早在《诗经》中月亮就是美好的，"月出佼兮，佼人僚兮"了（《陈风·月出》），透明月光和纯洁女郎构成统一的意象。后来的文人也用月来表现自己的心情，到了曹操笔下"明明如月，何时可掇。忧从中来，不可断绝"，就是忧愁也是如月光一样普照，宁静而洁净的。在谢灵运笔下"明月照积雪，北风劲且哀"，明月与洁白的雪在一起悲哀就显得空灵而且强劲了。但是赞美月亮不但不意味着一定要贬低自己，相反，往往是展示自我，美化自我。张若虚的《春江花月夜》，以美化月亮开始（"江天一色无纤尘，皎皎空中孤月轮"），但这不过是为诗人展示自己内心的乐章提供前奏。接下去，就是抒情主人公情感上的自我美化了。

（“江畔何人初见月，江月何年初照人……玉户帘中卷不去，捣衣砧上拂还来。此时相望不相闻，愿逐月华流照君。”）到了唐代月亮的形象逐渐凝聚起来，和游子思乡、闺怨结合为一体，似乎已经成了想象的定式。

但是，李白在这首古诗（古风）中，却对月亮的固定母题进行了一次突围。突围的关键，就在题目中的一个“问”字。

为什么会“问”起来呢?

在这首诗题目下面，李白自己提供了一个小注：“故人贾淳令予问之。”这个贾淳是什么样的人士，暂时可以不管。但是，他居然“令”李白问月，这里就有两点值得分析：一是，他与李白的交情不一般；二是，这位贾淳先生对当时诗中关于月亮的流行写法可能有看法。一般写月亮的题目大抵是描述性的，如《春江花月夜》，或者《月夜》《关山月》，最老实的就是一个字的:《月》。后来就有了《咏月》，到了《拜月》《步月》《玩月》，就已经挺大胆的了。在《全唐诗》中，光是以“望月”为题者，就有五十首。可能是这位贾淳先生对如此单调的姿态有点厌倦了，所以才敢于“令”李白来一首“问”月。李白之所以接受这样的命令，可能也是受这个“问”的姿态所冲击，激发出了灵感。要知道，向一个无生命的天体，一种司空见惯的自然现象发出诗意的问话，是需要才情和气魄的。在唐诗中，同样是传统母题“雪”，也有对雪、喜雪、望雪、咏雪、玩雪，但是，就是没有问雪。在贾淳那里，“问”就是一种对话的姿态。而到了李白这里，则又不是一般的问，而是“把酒问”:“青天有月来几时？我今停杯一问之。”这是李白式的问。停杯，是把饮酒停下来，手里的杯子并没有放下。如果是把酒杯放下来，就和题目上的“把酒问月”自相矛盾了。这种姿态和中国文学史上屈原《天问》的问法是不太相同的：

天何所沓？十二焉分？日月安属？列星安陈？出自汤谷，次于蒙汜。自明及晦，所行几里？夜光何德，死则又育?

屈原在这里更多的是对天体现象的追问：老天怎么安排天宇的秩序，为什么分成十二等分，太阳、月亮、星星是怎么陈列的，太阳从早到晚走了多少里，而月亮的夜光消失了怎么会重新放光，凭着什么德行，等等。这是人类幼稚时代的困惑，系列性的疑问中混淆着神话和现实。屈原的姿态是比较天真的。李白的时代，已经进化到不难将现实和神话加以区别的程度了。所以李白要把酒而问，姿态是很潇洒的。酒，令人兴奋，也令人迷糊。酒能兴奋神经，又能麻醉神经。酒在诗中的功能，就是让神经从实用规范中解脱出来，使想象和情感得以自由释放。因此在诗中，尤其是在李白的诗中，“把酒”是一种进入想象空间尽情浪漫的姿态：

人攀明月不可得，月行却与人相随。

“人攀明月不可得”，说的是十分遥远；而月亮与人相随，说的是十分贴近。这就构成了一种似乎很严肃的矛盾。但这完全是想象的，并非现实的，因而是诗意的矛盾。人攀明月，本身就是不现实的。“月行却与人相随”，关键词是“相随”，也是不现实的。月亮对人，无所谓相随不相随。相随不相随，是人的主观感受，用吴乔的理论，就是人的情感使对象发生“质变”。质变是普遍规律，问题在于，这一首的特点是什么呢？月亮对人既遥远，又亲近，甚至紧密追随。这种矛盾的感觉，把读者带进了一个超越现实的、天真的、浪漫的境界中去。接下去，并没有在逻辑上连贯地发展下去，意脉一下子跳跃到月亮本身的美好上：

皎如飞镜临丹阙，绿烟灭尽清辉发。

这是意脉第一层次的变化。这两句换了韵脚，同时也是换了想象的角度。前面一句的关键词是“皎”，比洁白更多一层纯净的意味。有了这一点，诗人可能觉得不够过瘾，又以“丹阙”来反衬。纯净的月光照在宫殿之上。这里的“丹”，原意是红色，皎洁的月亮照在红色的宫殿之上。“丹阙”，似乎不一定在色彩上拘泥原意，可直接解作“皇宫”。古代五行说以五色配五方，南方属火，火色丹，故称南方当日之地为丹；丹又引申为有关帝王属性，如丹诏（皇帝的诏书）、丹跸（帝王的车驾）、丹书铁券（皇帝颁给功臣使其世代享受免罪特权的诏书）等，但这些不一定都是红的。“丹阙”就是帝王的居所。下面一句，则写月之云雾。不说云雾迷蒙，而说是“绿烟”。“绿”的联想是从什么地方生发的呢？我想应该是从“飞镜”来。今天我们用的镜子是玻璃的，没有绿的感觉，而当时的镜子是青铜的，青铜的锈是绿色的，叫作铜绿。有了绿烟，不是不明亮了吗？但是这里的铜绿，是被灭尽了的，一旦灭尽了，就发光了。但是不说发光，而说“清辉”焕发。清有透明的意味，辉也不像光那样耀眼，有一点轻淡的光华。从“飞镜”到“绿烟”到“清辉”，构成统一互补的联想肌理。这是一幅静态的图画。接下去再静态，意脉就可能单调，李白让月亮动起来：

但见宵从海上来，宁知晓向云间没？

这是意脉第二层次变化。特点是：第一，幅度大，从空间上说，是“从海上来”，到“云间没”，从时间上说，从“宵”到“晓”，从夜晚到清晨；第二，从活生生的“来”，到神秘的“没”。这里，语气既可以说是疑问，又可以说是感叹。这是本诗许多句子的特点。

诗人虽然是问月，但并不指望有什么回答。只是表达自我对自然现象的挑战和惊讶。

倒是下面的句子真格地问起来了：

白兔捣药秋复春，嫦娥孤栖与谁邻？

这是意脉第三层次变化了。好像是对神话的发问，也并不在乎有什么回答，只是诗人的感兴。他在《朗月行》中也曾经发出过“白兔捣药成，问言与谁餐”之问。白兔老是捣个没完，和谁一起享用呢？这好像不过是问着玩玩而已，但其深意隐约可感。

意脉第三层次的关键是句中那个“孤”字。白兔是不是有伴？嫦娥是不是有邻？孤独感，正是诗人反复强调的意脉。

第四层次的意脉变化，特点是跳跃性就更大了：

今人不见古时月，今月曾经照古人。

这种孤独感从哪里来呢？从生命的感觉中来。第一，生命在自己的感觉中，并不是太短暂，而是相当漫长。然而，和月亮相比照，就不一样了。“今月曾经照古人”，古月和今月是同一个月亮，今人中却没有古人，古人都消失了，生命之短暂就显现出来了。第二，“今人不见古时月”。本来月亮只有一个，今古之间，月亮在物理性质上的变化可以略而不计，不存在古月和今月的问题。但是，李白作为诗人，却把“古时月”和“今月”做了区分。这是一个想象的对比，同一个月亮，因为古人和今人看了，就有了古月和今月之分。有了古今月亮的区别，古人和今人的区别就很明显了。由于古人已经逝去，他们感觉中的月亮已经不可能重现。把古月、今月对立起来，情感的性质是强调古人和今人的不同。虽然古人、今人是不同的，但是，他们在看月亮的时候，命运又是相同的：

古人今人若流水，共看明月皆如此。

这是意脉的第四层次，这个层次上升到某种哲理的意味。古人、今人虽是不同的人，然而生命像流水一样过去这一点是一样的。和明月的永恒相比，在生命的短暂这一点上，古人、今人毫无例外。这似乎有点悲观，有点宿命。但全诗给读者留下的印象并不如此，反倒是相当开怀的。李白对于生命苦短，看得很达观，他用这样的话来作结：

唯愿当歌对酒时，月光长照金樽里。

这是意脉的第五层次。“当歌对酒”，其中的“当”，与“对”同义，并不是“应当”的“当”。这是用了曹操诗歌中的典故。(《短歌行》：“对酒当歌，人生几何。”）曹操是直接抒发“人生几何”的苦闷，而李白则用了一幅图画。这幅图画十分精练，只由两个意象构成：一个是月光，一个是金樽。本来月光是普照大地的，但如果那样，就没有意味了。只让月光照在酒樽里，也就是把其他空间的月光全部省略，月光和金樽的意味是双重的，月光代表永恒，金樽代表生命的短暂，然而二者统一为一个意象。短暂的生命由于有了月光，意味就变得欢快了。永恒不永恒的问题被置之脑后，就更加显得诗人潇洒了。

这几句诗在中国古典诗歌中，属于千古绝唱一类。除了因为表现出当时士人对生命苦短的超越之外，还因为其思绪非常特殊。在自然现象的漫长与生命的短暂、人世多变与自然相对稳定不变的对比中，显示出一种哲理的深刻。

李白没有辜负老朋友贾淳命意的期望，这首诗成为神品，对后世许多诗人产生巨大影响。如苏东坡的《水调歌头》（“明月几时有”），辛弃疾的《太常引》（“一轮秋引转金波”）、《木兰花慢》（“可怜今夜月”），等等。王夫之在《唐诗评选》卷一中说这首诗：“于古今为创调，乃歌行必以此为质，然后得施其体制。”[①]此话在年轻的读者来看，可能有点隔膜。关键是形式，“歌行”，歌行体是李白时代的“古诗”。这种古诗与律诗、绝句不同，不讲究平仄对仗，句法比较自由，句间连贯性比较强，古人、今人、古月、今月，做相互连绵的生发，明明是抒情诗，却又在推理，用的不是律诗的对仗，而是流水句式，意脉多达五重的起伏跌宕。

李白《月下独酌》诗云：

花间一壶酒，独酌无相亲。举杯邀明月，对影成三人。月既不解饮，影徒随我身。暂伴月将影，行乐须及春。我歌月徘徊，我舞影凌乱。醒时同交欢，醉后各分散。永结无情游，相期邈云汉。

这一首，又是以月光和酒为主体意象的，但从根本上说与上一首是不相同的。上面一首，把酒问月的姿态已经够浪漫了；这一首虽然仍然是举着酒杯的姿态，但没有把月亮当成被问的自然对象，而是把它当作有生命的大活人。

在内涵上，这一首也和上面一首不太相同。从标题上看就很清楚：“月下独酌”，关键词是一个“独”字，也就是孤独。上面一首，还有一个朋友在边上撺掇他问月；而这一首的诗意，就从没有朋友的感觉中激发出来，一开头就是：

花间一壶酒，独酌无相亲。

很孤独，只有自己一个人，没有一个亲朋，话说得很直白，属于直接抒情的手法。孤独比之群居更受诗人青睐。在唐诗中，以独坐、独立、独游、独往、独酌、独泛、独饮、独宿、独愁为题者甚多。李白有许多以孤独为主题的诗，似乎对独酌之美很有体悟，光是以“独酌”为题的诗，他就写了七首。这一首是从《月下独酌》四首中选出的。其他几首也很精彩。如第三首中说：

一樽齐死生，万事固难审。醉后失天地，兀然就孤枕。不知有吾身，此乐最为甚。

---

① 忠纲主编《唐诗大辞典》，语文出版社2000年，第161页。

在醉意中可以忘却生死、荣辱等等。正因为这样，酒才是超越圣贤、神仙的自由象征：

天若不爱酒，酒星不在天。地若不爱酒，地应无酒泉。天地既爱酒，爱酒不愧天。已闻清比圣，复道浊如贤。贤圣既已饮，何必求神仙。三杯通大道，一斗合自然。但得酒中趣，勿为醒者传。

这显示出孤独之饮并不是痛苦的，而是高傲的；孤独是寂寞的，然而又是自由的，不为世俗所拘，达到自由的精神境界。当然，所有上述诗歌，都是一种豁达的人生之悟。这种豁达，是一种直接激情的表白，以痛快淋漓、极端化、不留余地为特点。而我们面前的这一首，则是想象境界的描绘：

举杯邀明月，对影成三人。

本来是独酌，没有亲人。而本诗的立意就是要打破孤独，举杯邀月，把月亮当成朋友，这是意脉的第一层次。

“对影成三人”，这是意脉的第二层次。月亮变成了自己的朋友，这就不孤独了。意脉质变，构成了欢乐的氛围，但是，实际上增添了孤独的色彩。本来，在中国诗文中“形影相吊”是孤独的表现，李密在《陈情表》中创造了这种经典的意象。李白反其意而用之，却又没有绝对反其意，而是把它与自己生命的特殊体悟结合起来。李白所强调的是，毕竟月亮和影子并不是人，把月亮和影子当成朋友，恰恰是没有朋友的结果。这里的意脉就不是单线的，而是复合的，一方面是想象中把月亮当成解脱孤独的手段，另一方面则是现实的孤独压力，其间交织着欢乐和悲凉。

到了第三层次，意脉就酝酿着转折了：

月既不解饮，影徒随我身。

毕竟月亮和影子的友情，缺乏人的特点。“不解饮”，也就是不能解愁。影子随身则更是徒然的，对影成三人，就完全是空的。这不是把想象境界彻底解构了吗？不然：

暂伴月将影，行乐须及春。我歌月徘徊，我舞影凌乱。

虽然月亮和影子是没有生命的，但是不能因此而陷于孤独的痛苦之中，还是要赶紧行乐，享受生命的欢乐。只要“我”进入欢乐的境界，月亮和影子的“徘徊”“凌乱”，就有了生命的动态。但是，这种动态并不是生活的真实，多多少少有点醉时的幻觉。意脉的第四层次，由低沉转向豁达：

醒时同交欢，醉后各分散。

哪怕是暂时的欢乐，也是应该尽情享受的。一旦真正醉了，没有感觉了，分散了，也就没有悲观的理由了。为什么呢？这里隐含着诗人在人世孤独的悲凉。

永结无情游，相期邈云汉。

这里的无情，实际上是永远不会忘却的友情，在天上，在银河之上，会有相逢的日子。这当然是一种自我安慰，安慰中有沉重无奈，但是，更多的是对孤独的反抗。

这首诗发挥了古风自由体的特色，不以传统的比兴取胜，更不属于成为套路的情景交融，而完全是直接抒发，但又不是一般的直接独白，而是在想象中层层推进。其想象之奇特，之精致，是其成功之道。而其想象之所以奇，又由于其意脉逻辑之曲折。首先，其曲折的特点是一再向相反方面转折。第一次反向转折是，举杯邀月，使孤独感减少，进一步转折，则是对影成三人，使孤独感变成了欢聚感。第二次反向转折是，月不解饮，影徒随身，于是复归孤独。第三次转折则是，坚持反抗孤独，“行乐须及春”。这种及时行乐的母题，是《古诗十九首》中早就确立的，不过写得天真直白，而李白的杰出就在于将之美化。美化的关键是，借着月色和醉意，进入幻想的欢乐境界，“我歌月徘徊，我舞影零乱”。在这样的境界中，反抗孤独就达到了高潮。第四次转折，宣告“醒时同交欢，醉后各分散”，意识到自己只是醉中，反抗胜利是暂时的。第五次转折，即“永结无情游，相期邈云汉”。欢乐的友情是有未来的，在那遥远的云汉之间，还可约会。这样的想象完全符合清代诗话家贺裳和吴乔提出来的诗歌的逻辑“无理而妙”的规律。而这一首特别之妙处在于，遵循着反向逻辑，而且反向转折不是一度，而是五度。每增一度，就增一奇，起伏五度，乃成五奇叠加的效果，如果用音乐来打比方，则为五重奏。李白对古风这种形式的驾驭可谓出神入化。

杜甫《月夜》诗云：

今夜鄜州月，闺中只独看。遥怜小儿女，未解忆长安。香雾云鬟湿，清辉玉臂寒。何时倚虚幌，双照泪痕干？

读诗，可以不管作者生平、时代背景，直接从文本体悟欣赏，这是美国新批评学派的主张。这有道理，因为一般读者根本就没有可能先弄清作家生平再进行欣赏，就是根本不了解时代背景，也不妨碍读者对文本深入感悟。但是，这样的说法，多少有点绝对化。有时，有些作家十分经典，关于他的生平资料并不难得，参照了时代和生平，对于理解文本，有显而易见的好处，又何乐而不为呢？

读杜甫，联系其生平，就十分必要而且可行。因为杜诗号称“诗史”，他的个人生活和国家命运紧密相连。掌握时代和生平的资源，对于分析杜甫的诗大有好处。例如这首《月夜》，写作时间是天宝十五载（756），安史叛军攻进潼关，杜甫带着妻子和儿子逃到鄜州（今陕西富县），寄居羌村。一个月后，肃宗即位于灵武（今属宁夏）。八月，杜甫离家北上延州（今延安），意在前往灵武，投奔中央王朝。但不久就被叛军俘虏，送到沦陷中的长安。杜甫望月思亲，写下了这首名作。

杜甫一生漂泊，常常有思念亲人的诗作，思念的痛苦大都是对全家的，如："感时花溅泪，恨别鸟惊心。烽火连三月，家书抵万金。"（《春望》）具体到人，堂而皇之的，则往往是兄弟，如："有弟皆分散，无家问死生。"（《月夜怀舍弟》）对月怀友，理直气壮，差不多每一个诗人都有大量的作品。戍客、游子思乡，闺中怀远，早在《古诗十九首》中就是很集中的母题。后来这方面的作品，大都采用乐府古题。但是诗中所怀念的女士往往是没有人称的，是概括的，所表现的是普遍的人情，而不是个人的。有一个相当奇异的现象是，直接诉说思念妻子，是很少的。检索《全唐诗》，公开以"寄内"为题的，也就是完全是为自己的妻子而抒情的，只有十二首，李白就占了四首，其中两首是在李白身陷牢笼之时所作。在杜甫的千余首诗作中，赠给朋友的诗作蔚为大观，光是题目上冠有李白的名字，和为李白而作的就有十首之多。而写到自己妻子，正面写自己对妻子的怀念的，这首可能是唯一的。

也许是巧合，李白写怀念妻子的诗，同样也是身陷囹圄之时。在《南流夜郎寄内》中这样说：

夜郎天外怨离居，明月楼中音信疏。北雁春归看欲尽，南来不得豫章书。

这里也写到了明月，而且是高楼上的明月，苦盼妻子的音信，看得大雁都飞尽了，却还是得不到。像李白这样的诗人，写到想念自己妻子的时候，居然离不开普遍运用的"大雁"这样的意象，所表达的感情，其实也比较一般，没有多少自己遭逢苦难的复杂情绪。

同样是身陷囹圄，杜甫作为俘虏，想念自己的妻子，则是比较别致的。唐诗研究专家霍松林先生在赏析这首诗的时候说：

题为《月夜》，作者看到的是长安月。如果从自己方面落墨，一入手应该写"今夜长安月，客中只独看"。但他更焦心的不是自己失掉自由、生死未卜的处境，而是妻子对自己的处境如何焦心。所以悄焉动容，神驰千里，直写"今夜鄜州月，闺中只独看"。这已经透过一层。自己只身在外，当然是独自看月。妻子尚有儿女在旁，为什么也"独看"呢？"遥怜小儿女，未解忆长安"一联做了回答。妻子看月，并不是欣赏自然风光，而是"忆长安"，而小儿女未谙世事，还不懂得"忆长安"啊！用小儿女的"不解忆"反衬妻子的"忆"，突出了那个"独"字，又进一层。[①]

因为对杜甫的生平有细致的了解，所以说得细致入微。当然，霍氏此说并非完全独创，

① 《唐诗鉴赏辞典》，上海辞书出版社 1983 年，第 450 页。

而是从文献引发的。《瀛奎律髓汇评》引纪昀的话说：

言儿女不解忆，正言闺人相忆耳。

又引许印芳曰：

对面着笔，不言我思家人，却言家人思我。又不直言思我，反言小儿女不解思我，而思我者之苦衷已在言外。[1]

杜甫表现对妻子的感情，不像李白那样从自我的角度来写其思恋之苦，而是写妻子和自己一样望月。其内心之感触如何，并无一字直接表述，只用“独看”两个字暗示。独看，就是孤单对月之时，不是两人共看。独看，一为自身孤独之感，二为思念远方之夫，三为暗示内心深处的回忆。回忆什么呢？杜甫不说回忆共看，而说，小儿女并不理解母亲在“忆长安”。这里的“忆长安”有点蹊跷。小孩子不懂得回忆家在长安的情景，有什么好“怜”的？其实小儿女所不懂的是“母亲在回忆”。回忆是无形的，无声的，看不出来的，小孩子一点不懂得母亲在那里想父亲，这才显得天真烂漫，可爱。杜甫在这里，拐了三个弯：第一个弯，是自己在望月，思念妻子，却写妻子在望月，思念自己；第二个弯，不说是妻子在回忆夫妻二人共看情景，却说小孩子不懂得母亲回忆的内涵；第三个弯，这种回忆应该是比较甜蜜的，正是往日的甜蜜，才衬托出此时的忧愁，这种忧愁是妻子的，也是自己的，这种忧愁当然是苦的，但也是甜蜜的。

杜甫在这里，曲曲折折地表现出了对妻子隐秘的温情。这种温情，不但在杜甫的诗中，即使在李白的诗中，都是很少见的。如果这里还不是很明显的话，接下去就清楚了。

香雾云鬟湿。

这当然是写妻子的美，但这种美，不是一般的美，而是女性的躯体之美。香雾，是写对妻子头发的嗅觉，这是极其亲近的人才会有的。“云鬟湿”，一方面是写妻子对月的时间很久，以至于头发都被雾打湿了。另一方面，湿是看不出来的，只有对妻子的头发有触摸，才有感觉，这就更为亲近了，不但是情感的亲近，也是躯体上的亲近。杜甫越把妻子的美深化，同时也是向自己的男性的潜在感觉深入，在香和湿的嗅觉和触觉中，写出了男性的潜在意识。下面这一句，就更为大胆了：

清辉玉臂寒。

这是进一步写到触觉。写女性的美，一般写头发，通常是视觉，因为看可以是远距离的，故为诗歌美化女性的共同法门。但头发以外，写到躯体，写到手臂，写到手臂上的温度，这就到了诗与非诗的临界点了。如果写的这种温度是由一个男性感觉出来的，

---

① 陈伯海主编《唐诗汇评》(上)，浙江教育出版社 1995 年，第 1092 页。

那就有点危险了。然而，杜甫是有分寸的，对于玉臂的温度及其感觉主体，他含糊其词。“清辉玉臂寒”，是月光照射的结果。但“寒”是人的感觉，月光怎么会有寒冷的感觉呢？也许是妻子自己的感觉吧，也许是杜甫的感觉吧，这就不必细究了，留给读者去想象罢。可以说，这两句是杜甫对女性之美，从纯精神的思念到躯体的触觉的一次勇敢的突围。

最后两句：

何时倚虚幌，双照泪痕干？

不说今天如何思念，而说异日相逢，在帏帐之前，让月光照耀着两个人的眼泪。其实，这里暗示的是二人共看明月。既然今日不能共看，那就异日共看。明月的光华本来是照着两个人的全部身躯的，杜甫却说，仅仅照着两个人的泪痕。月亮的光是没有热度的，却居然把泪痕照干了。可见他们共看共忆，无言时间很长，否则不足以把泪痕照干。为什么会有眼泪呢？为什么不替妻子把眼泪擦干呢？这就是说，让它默默地流，让它慢慢地干。为什么呢？因为回忆，回忆今日的独看。今日独看之苦，不是言语所能表达的。什么话也不用说，只要无言地相对，就能深深地体悟。可见今日之苦，何其深也。

拿这一首怀念妻子的诗，和李商隐的《夜雨寄北》相比，是很有意思的。

君问归期未有期，巴山夜雨涨秋池。何当共剪西窗烛，却话巴山夜雨时。

李商隐的构思强调的是，今日的思念是无言的，只有一幅图画：巴山夜雨，慢慢地淹没了秋天的池塘。而异日相见，“却话巴山夜雨”，则是有声的，回忆起今日的景象，有说不完的话。和杜甫的《月夜》有相似之处，都是拥有共同的回忆。但是，一个有声、一个无声，两者各自曲尽其妙。

苏轼《水调歌头》词云：

丙辰中秋，欢饮达旦。大醉，作此篇。兼怀子由。

明月几时有？把酒问青天。不知天上宫阙，今夕是何年。我欲乘风归去，又恐琼楼玉宇，高处不胜寒。起舞弄清影，何似在人间！

转朱阁，低绮户，照无眠。不应有恨，何事长向别时圆？人有悲欢离合，月有阴晴圆缺，此事古难全。但愿人长久，千里共婵娟。

这首词明显受到李白的影响，李白的“青天有月来几时？我今停杯一问之”，被苏东坡转化为“明月几时有，把酒问青天”。这好像基本上是抄袭，没有什么新意。但若果真如此，苏东坡的词就没有必要写了。幸而，苏氏的整个命意与李白不同。李白的主题是人的生命与大自然相比是短暂的，虽然短暂，但仍然要潇洒地欢度；而苏轼却不是。李白笔下的月亮是没有具体时间的，苏东坡面对的是中秋的月亮。李白的月亮，固然引起了戍客的乡愁和思妇的怀远，但并不是指具体的个人，而是一般概括，富于哲理性；而苏东坡的想象，则是很有个人色彩的观感和对亲人的怀念。

题目下诗人的小序说得很明白：时间是中秋节（据说是在密州一个叫作“超然台”的地方），诗人对着月亮非常快乐地喝酒，喝到通宵而且大醉，醒来后，写作此词抒发想念自己弟弟的情绪。苏轼因为政治上和王安石不合，失意，就自己请求离开中央，下放到杭州。本来这是个好地方，可是因为弟弟当时在齐州（今山东济南），他便要求调任，到了高密（今属山东），后来又到密州（今山东诸城）。从密州到齐州，二百多公里。地理上的距离是缩短了，可他还是觉得兄弟不能相亲，是个极大的遗憾。到密州三个月后，恰逢中秋，想到弟弟就在不远处，却相见无由。（当年十月，苏辙罢齐州任回京，十二月，苏轼调任山西，他们兄弟始终未能相会。）说是“欢饮达旦”，可是从全词的语言来看，好像并不完全是欢乐，其中肯定有亲人离散的忧愁。准确地说，这首词的好处可能在于悲欢交集。为什么“欢”呢？因为酒使他带上了仙气，有点飘飘欲仙之感。

饮酒，尽情地饮，当然是痛快的，可是为什么要喝这么多呢？心中有事，需要解脱。问明月几时有，向天发问，就是等明月等得有点焦急了。明月出现了，不是不用问了吗？可是还要问，问什么？天上宫阙，是豪华的琼楼玉宇，是想象中的仙境，仙境当然令人感觉很美妙，自己的感受也因此变化，“我欲乘风归去”，好像体重都没有了。“乘风”这两个字，用得太潇洒，毫不费力就可以上天，而且是“归去”，似乎本来家就在天上。这可真是飘飘欲仙了。这时，苏东坡虽然受到一些挫折，但比之后来所受的打击，还是很轻微的。故此时的他，很容易进入浪漫的想象境界。有一条记载说明了这一点。蔡絛的《铁围山丛谈》中说：“东坡昔与客游金山，适中秋夕，天宇四垂，一碧无际，加江流倾涌，俄月色如画，遂共登金山山顶之妙高台，命（袁）绹歌其《水调歌头》，曰：‘明月几时有，把酒问青天。’歌罢，坡为起舞，而顾问曰：‘此便是神仙矣。’”[①]从这一点来看，苏轼应该是飘飘有神仙之感的，精神上相当放松。但是，苏轼毕竟不像李白那样一旦幻想起来，就忘记了现实而游仙起来。他是很现实的，天上固然美好，但是“高处不胜寒”，不一定适合人居。那么不去天上，就是在人间，“起舞弄清影”，不是也挺美好的吗？这个“起舞弄清影”，关键在于一个“弄”字，就是玩，也就是游戏，“弄”还有弹奏的意思。这样的诗意，是从李白“对影成三人”那里转化出来的，但是并不像李白那样为了表现孤独，而是

① 吴熊和主编《唐宋词汇评·两宋卷》（第一册），浙江教育出版社2004年，第416页。

为了表现自身的潇洒。就这样，苏轼营造了一种似人间又非人间的意境，一种又醉又清醒的感觉，徘徊于现实与理想、人间与非人间之间，矛盾又统一。有矛盾，有彷徨，才有特点，才精彩。正是因为太精彩，后世就有人模仿。李冶的《敬斋古今黈》卷八中说："东坡《水调歌头》：'我欲乘风归去，又恐琼楼玉宇，高处不胜寒。起舞弄清影，何似在人间？'一时词手，多用此格，如鲁直（按：黄庭坚）云：'我欲穿花寻路，直入白云深处，浩气展虹霓。只恐花深里，红露湿人衣。'盖效东坡语也。近世闲闲老人亦云：'我欲骑鲸归去，只恐神仙官府，嫌我醉时真。笑拍群仙手，几度梦中身。'"应该说，这些模仿并不高明。模仿要得法，需脱胎换骨，得其神髓，而不落痕迹。黄庭坚那首，连句法（"我欲"）都一样，对自己的要求太低。想象的思路，也追随苏东坡，想要到天上去。只是看重了苏东坡的想象的终点，而没有看到苏东坡想象的层次。苏东坡要上天，有一个条件，是自己有身体轻盈的感觉："我欲乘风归去。"而黄庭坚却直接"穿花寻路"，就到了"白云深处"。坏就坏在这个"路"字上。由"路"不能自如过渡到天上去。再说"红露湿人衣"，并不像"高处不胜寒"那样可虑。故其想象欲飞，而联想却十分生硬。差之毫厘，谬以千里。至于闲闲老人，则更是粗俗，他所担心的竟然是到了天上，"神仙官府"嫌他"醉时真"。这个"真"是什么意思呢，是本真吗？神仙境界拒绝本真，有什么联想的根据呢？"笑拍群仙手"不是很开心吗？为什么却成为担忧的理由呢？整个联想过程无序，给人一种混乱的感觉。

到了下片，苏轼从天外幻觉中转向人间，用人间的目光来看月亮。"转朱阁，低绮户，照无眠。"月亮是美好的，所照耀的建筑也是华贵的"朱阁"和"绮户"。有词话说，"低绮户"的"低"应该是"窥"（胡仔《苕溪渔隐丛话》前集卷五十九）。① 这是有道理的。这是对现实中月亮的描述。"转""窥""照"三个字，并不是全面写月亮的运动，而是拣与人物有关的居所来写，特别点出人物的"无眠"。中秋的月亮本来是很光明的，普照大地；可是在苏东坡笔下，却专门找失眠的人作对。失眠是一种结果，思乡、思亲才是原因。

接下去的"不应有恨，何事长向别时圆"就不是描述了，而是抒情。这是从思亲的角度还是从一般的失眠者的角度，不必细究。唐圭璋《唐宋词简释》中说："'不应'两句，写月圆人不圆，颇有恼月之意。'人有'三句一转，言人月无常，从古皆然，又有替月分解之意。"② 这是说得很精到的。亲人不得团聚，原因本不在月，却先归咎于月。

这里的关键词是"圆"。其中包含着双重意味，第一重，是月亮形状之圆；第二重，是

① 吴熊和主编《唐宋词汇评·两宋卷》（第一册），浙江教育出版社 2004 年，第 417 页。
② 吴熊和主编《唐宋词汇评·两宋卷》（第一册），浙江教育出版社 2004 年，第 418 页。

汉语里由月亮形状之圆而引申出来的亲人之团圆。正是因为月圆与团圆的双关，诗人的联想才自如地从物的圆转移到人的不团圆上来。这种转移，使得诗人恼月有了根据，同时也显示了情感逻辑与理性逻辑之不同，可见情感之强烈。后又为月解说，悲欢离合、阴晴圆缺，是免不了的，不可能正好是同步相称的。这是自我安慰，但是这种自我安慰，并不完全是理性的，仍然是把人情的“悲欢离合”和自然现象的“阴晴圆缺”对称起来，按正相关的规律来看待的。这种正相关，仍然不完全是理性的，而是情感逻辑的。

这是议论，是抒情，最后把抒情归结到意象上来：“但愿人长久，千里共婵娟。”既然不能两全，就只能豁达一点，只要感情长久，即便不能相聚，只要能同时望月也已经很美了。这就表现了情感的收敛。从恼月的强烈，到望月的共享，情感不是一味强烈，而是一张一弛，节奏起伏有致。

苏轼对弟弟苏辙很有感情。这个弟弟，也真是一个不简单的弟弟。后来，当苏轼因为“乌台诗案”受难，“狱司必欲置之死地，锻炼久之不决”时，就是这个弟弟苏辙，主动提出把皇上所赐爵禄拿出来为哥哥赎罪，感动了皇上，改为下放黄州。

李白《关山月》诗云：

明月出天山，苍茫云海间。长风几万里，吹度玉门关。汉下白登道，胡窥青海湾。由来征战地，不见有人还。戍客望边色，思妇多苦颜。高楼当此夜，叹息未应闲。

这是一首乐府古题，所谓古题，就是不像《把酒问月》《月下独酌》那样是作者自己拟题，而是有现成的题目。《乐府古题要解》说：“关山月，伤别离也。”主题和基本情调已经确定了。就这个题目而言，在李白以前，已有卢照邻、沈佺期等人写过；在李白以后，还有王建、张籍、李端等人再写。很显然，这是一种练习题，诗人通过此等现成题目，在已经得到共识的意象和主题中展开想象。要完成这样的诗应该是不太难的，而要在公共话语中，写出自己的新意来，则比较困难。试看卢照邻的《横吹曲辞·关山月》：

塞垣通碣石，虏障抵祁连。相思在万里，明月正孤悬。影移金岫北，光断玉门前。寄书谢中妇，时看鸿雁天。

构思和想象的空间是从西北边塞，中经玉门，到中原大地。抒情主人公是征戍之士和他思念中的“中妇”。以这一首和李白那一首相比较，就戍客和思妇之间的思念之情来看，二者区别不太大。但是，李白的一首是千古名作，而卢照邻这一首却是平庸之作。这是为什么呢？

“塞垣通碣石，虏障抵祁连。”这两句指的是从祁连到长城边塞战线漫长，征戍之士和思妇之间的距离也极其遥远（“万里”）。空间的距离首先由于对仗的句法而联系起来。紧接着是："相思在万里，明月正孤悬。"把这样的空间联系起来的还有孤悬的明月。应该说，这两句把本来比较松散的意象，统一为一个有机的整体，是颇具笔力的。而李白《关山月》则是：

明月出天山，苍茫云海间。

这一句曾经有人发出过疑问：天山在西部，月亮应该是落天山，而不是出天山。但是，下面的云海，可以补足这样的想象。云海，提供海的感觉，明月浮现在云海之间，是比较符合读者想象程序的。明月从天山浮现，在苍茫云海之间，字面上与卢照邻的"相思在万里，明月正孤悬"有许多相近之处，但在气魄上，有很大的不同。首先，卢的境界是辽远的，而不是辽阔的，是透明的，而不是苍凉的。其次，从天山到玉门关内，用明月相连已经成为俗套了。李白毕竟是李白，他不用明月这样可视的意象来联系，而是：

长风几万里，吹度玉门关。

用"几万里"的"长风"把关外和关内遥远的空间统一起来。其想象和情绪与卢照邻有什么不同呢？从表面上看，风好像不如月，不具备可视性。但是，"万里吹度"却提供了一种宏大的视野，长驱直入的动势，透露出豪迈的胸襟。无形的风，从有形的明月和云海这样的意象上吹过，也就带上了意象的贯通。意象融合于宏大的空间，反衬得气魄就宏大了。

卢照邻接下去的两句："影移金岫北，光断玉门前。"前面已经表明相思万里，明月孤悬了，这两句，虽然有具体的意象，但都是地名的典故，仍然是月亮在万里空间上的"影"和"光"，并没有多少情绪的拓展，严格说来，是诗的意脉徘徊。为什么诗人要写这样的句子呢？大概是因为当时对仗手法相当成熟，信手拈来，毫不费力。和李白一比就不难显出高下来了：

汉下白登道，胡窥青海湾。

虽然也是以对仗的句法运用典故，但是从空间的辽阔，变成了时间的远溯。历史上边塞曾有过凶险的记录，连汉高祖都曾经被匈奴围困在白登（山西大同附近）。青海，则是唐军与吐蕃连年征战之地。民族矛盾常常是迫在眉睫，在这种情况下，战争是不可避免的现实：

由来征战地，不见有人还。

牺牲是惨烈的，又是别无选择的。这样诗人的情绪就变得很复杂了。同样是戍边的将士与思妇，在卢照邻那里，就只是："寄书谢中妇，时看鸿雁天。""谢中妇"的"谢"，不是感谢，在古代汉语中有"道歉"的意思，非常抱歉，害得妻子时见大雁南归而丈夫不归，引发忧愁。这两句和前面的“相思在万里，明月正孤悬”呼应，构思还是完整的。但是从内涵上来说，明月和大雁，所引发的是限于现实的思念之苦。而李白却写出了历史与现实的矛盾。

这里有两个层次，第一个层次是：戍客望边，思妇多苦。在如此惨烈的背景上，又用了一联对句。这首本是古诗，属于乐府，本可以不对仗，但是，这里对仗却把空间遥远的亲情联系起来，和前面两句，既是历史的又是现实的，征戍之士和思念丈夫的妻子，精神上都是很痛苦的。对于征戍之士的称谓，唐诗创造了一个很别致的词——“戍客”。戍，是战士，从人，从戈，意为戍守。而客，却是客居，突出了远离家乡的意味。但是，李白在这里的用词似乎比较节制。戍客和思妇，本来应该是很痛苦的，但是只用了“望边色”和“多苦颜”，显得很含蓄。

第二个层次则是：“高楼当此夜，叹息未应闲。”这里的“当”，就是“对”，对什么呢？对着月亮，就是开头从天山上出现的月亮。想象妻子正面对明月。思念妻子，向来在精神上都很痛苦。但是，这里的意思只是叹息，不断地叹息，情绪并不是很强烈。这就是古诗与律诗、绝句在情绪上有所不同的地方。强烈的感情和不强烈的感情都可以是明亮的，乐府古诗，比较古朴，没有多少华彩的语言，情绪也不是很强烈，有时后者甚至比前者更隽永深沉。这也就是严羽把汉魏古诗的境界置于唐诗之上的原因吧。

李益《夜上受降城闻笛》诗云：

回乐峰前沙似雪，受降城外月如霜。不知何处吹芦管，一夜征人尽望乡。

古代词话在欣赏苏东坡的《水调歌头》时往往要提到最后一句“千里共婵娟”。这可能是由谢庄的《月赋》“隔千里兮共明月”中化出来的，但到了苏东坡时代，从月亮想到家乡已经成为传统母题的共用想象途径。这个联想途径，早在唐朝就广为运用了。本篇就是一个例子。

不过，由于这已经成为套路，所以对比较有追求的诗人来说，光是以月亮的共赏来引发思乡的愁绪，就嫌有点单薄。那么李益的这首诗，是不是增加了一些什么东西呢？

首先是地方的特点。这不是在中原，不是在东部，而是在西部沙漠地带。第一句就写沙漠上月光的特点：“回乐峰前沙似雪。”这是强调荒凉的沙漠上月亮反光之强烈。第二句：“受降城外月如霜。”这就是说，不管是沙还是月光，都是统一的霜雪色调——一望无垠的银白色。这样就构成了一片空阔的境界，除了白色一无所有的空旷画面。在这样视觉毫无障碍的画面上，想到千里之外的家乡，不是很自然吗？但是诗人可能觉得这样太落套路了，于是就在空旷的天地之间增加了一个元素：“不知何处吹芦管。”芦管，一般说就是胡笳，是北方和西北民族的乐器。但是，我觉得似乎不太准确。因为芦管的制作材料，应该是芦苇，这是西北沙碛地带所不可能有的。就是有，是胡笳，本来就是他乡的器乐，怎么能够引起思乡的情感呢？更合理的解释是，这是中原家乡的乐器，才能突然引起思乡之情，用听觉唤醒视觉，提醒战士身在异乡。这种唤醒使心情从宁静的眺望突然一下转变为思乡的忧愁。第三句这一意脉的转折很是“宛转”，成为全诗的亮点。这么空旷的天地，月光普照，直视无碍，故征人望乡，不是随意一望，而是望了“一夜”。这里也写了失眠，却不是明写，而用了一个更为含蓄的字眼“望乡”。这当然是一夜失眠的原因，也是一夜失眠的结果。

王维《鸟鸣涧》诗云：

人闲桂花落，夜静春山空。月出惊山鸟，时鸣春涧中。

这首也是写月光的，但并不写思乡，而是写月光的明净宁静。“人闲桂花落。”这第一句好像是叙述，没有什么功夫。其实不然，这一句中暗含着一个因果关系。桂花落下来，是很轻盈的，没有声音的，一般来说，人是不会有感觉的，但是居然感觉到了。这就说明这个人是多么地闲、多么地宁静。第二句：“夜静春山空。”也好像是叙述，没有什么特别。但这里的“空”，不仅是春山的“空”，也是这个人心灵的“空”。宁静到极端，意味着极其空灵。这种空灵，在第二句还只是一种状态，读者可能还没有感受。到了第三、四句才给读者的感觉以充分的享受：“月出惊山鸟，时鸣春涧中。”这个“惊”字用得很险。月亮出现，并没有什么声音，怎么会把山里的鸟给惊醒了呢？这里表现的是山里真是太宁静了，哪怕是月光稍微有所变化——也许是从山峰上升起，也许是月光从云端里溢出，这种无声的、只是光和影的微小变动——居然也能惊醒已经熟睡的山鸟，可见山野之静。这里值得注意的是：“时鸣春涧中。”这个“时”，也就是不时的、断断续续的意思。那么大的一座山，一只鸟叫了几声，居然就被感受得这样强烈。以轻微的声响衬托宁静，是古典诗歌里常用的手法。南北朝王籍有“鸟鸣山更幽”（《入若耶溪》），杜甫有“伐木丁丁山更幽”（《题张氏隐居》）。其意境之妙，不但在山的宁静，更在反衬诗人内心的空灵。忽略了这一点的诗人，就粗浅了。如李峤的“荒阡下樵客，野猿惊山鸟”（《早发古竹馆》），就完全没有了静的境界。连桂花下落都能感受得到的心境，是一种虚静空寂的心境。没有这种心境，而只做客观景观的描绘，就不是主客交融的意境了。

附：

中国的月亮比外国圆

一位五四文化先驱有一句名言，“美国的月亮比中国圆”，其实，既不科学，也不艺术。从文化和艺术的意义上说，这种说法有两点错误，第一，西方人包括中东人，并不以圆月为美；第二，中国的月亮其实比外国的“圆”，中国给月亮最圆的日子规定了两个节日，正月十五，元宵节，八月十五，中秋节。中国人心目中“圆月”是最美的，汉语中有“团圆”“圆满”“圆梦”这样的固定联想。冯梦龙把它通俗化地概括为“人逢喜气精神爽，月到中秋分外明”。圆月蕴含着家庭团圆、生活美满的意味。这样的美学心理甚至影响到中国的园林建筑，圆形的月洞门、拜月亭是世界上独一无二的。至于形容男性的美貌，也是面如满月。

而西方和阿拉伯世界则不同。在他们那里，新月是最美的。阿拉伯人甚至把新月画到国旗上。据飞白先生研究："新月是人事和朝觐的计时……斋月的封斋和开斋时间也是看新月。为了迎接新月，专用白银制作祭祀法器。作为牧民，他们的原始图腾是一对公羊角，两角弯成弧形，构成的正是一对新月的形状。"①在中东和法国诗歌中，新月是最美的。受西方文化影响的印度诗人、得过诺贝尔奖的泰戈尔，他的英文诗集就是《新月集》。中国的月饼是圆的。而法国“月饼”(croissant)，“羊角包”，直译是词义就是“新月”，形状也是新月形的。在他们想象中，新月和镰刀联系在一起，意味着“丰收”“光辉的前景”“善”“吉祥”和“完成”。这一点和中东人的想象相近，是清洁、希望的象征。而在我们古典诗歌里，则是相反，最美的是圆月。姻缘巧合，花好月圆，不但是家庭团聚，而且是爱情、友情的相思。张若虚在《春江花月夜》以“江天一色无纤尘，皎皎空中孤月轮”来表达妻子相思之纯洁透明。在李白的诗中，圆月是太美好，太丰富了，它可以是“月下飞天镜，云生结海楼”，也可以是孩子气的“小时不识月，呼作白玉盘。又疑瑶台镜，飞在青云端”。“闻道欲来相问讯，西楼望月几回圆”，这是韦应物的《寄李儋元锡》。听说阁下要来，等待的心情要用反复望圆月来表达。这里的圆月表示朋友相聚。唐人曹松在《中秋对月》中说：

无云世界秋三五，共看蟾盘上海涯。直到天头天尽处，不曾私照一人家。

中秋的圆月照遍普天之下，它所带来的幸福，是绝对无私的。清代纳兰性德：

问君何事轻离别，一年能几团圆月。

---

① 飞白《比月亮——诗海游踪之旅》,《名作欣赏》2010 年第 10 期。

意思很明显，圆月/团聚是很难得的，很值得珍惜的。如果家族不能团聚——

海上生明月，天涯共此时。

这出自张九龄的《望月怀远》。海平面升上来的圆月是如此美好，远在天边的亲朋，共看明月。心灵即能超越空间距离而亲近。

至于新月，在中国古典诗歌中，不叫新月，而是叫残月。有：

江上柳如烟，雁飞残月天。

柳永在《雨霖铃》中写他与情人握别而醉倒于露天：

今宵酒醒何处？杨柳岸，晓风残月。

李清照在《摊破浣溪沙》中这样说：

病起萧萧两鬓华，卧看残月上窗纱。

病中起来，发现自己头发白了许多，只能是躺在床上看“残月”了。汤显祖有：

寂历秋江渔火稀，起看残月映林微。

有时，叫作“缺月”。苏东坡流放黄州有词云：

缺月挂疏桐。

李后主当了俘虏他心中郁闷，不敢讲出来，只好说，

无言独上西楼，月如钩。

如果他还在当皇帝，那可能就不是一般的月如钩，而是像李白那样“青天悬玉钩”了。当然，就这个玉钩，在后来诗人笔下也是悲凉的：“此夕秋风猎败荷，玉钩斜影转庭柯。鲛人泪有千珠迸，楚客添愁万斛多。”（杨忆《此夕》）西方诗人眼中的美好的新月，却如钩子，在当俘虏的李后主眼中，却是和梧桐树一起被囚禁的。到了北宋，月亮的形象被苏东坡总结为：

人有悲欢离合，月有阴晴圆缺。

缺月是亲人分离，圆月是团聚。苏东坡接着就问了：“何事长向别时圆？”为什么，我和弟弟骨肉分离，不能相见，你这中秋的月亮却这样圆呢？这不是故意刺激我吗？中国诗人对圆月的感情固然是愉悦的，但是，表现方法却是很丰富的。唐诗人王建有诗题曰《十五夜望月》，月亮很圆，他的感情是很奇特的。“中庭地白树栖鸦，冷露无声湿桂花。”比较寒冷，又有不祥的乌鸦，心情有点落寞，他想到在这样的情景下，“今夜月明人尽望”，几乎所有的人家都在看圆圆的月亮。“不知秋思落谁家？”不知道有多少人家因为月圆而家人不能团圆加深了离愁。有时如果看到圆月，就会产生相反的情绪：

明月不谙离恨苦，斜光到晓穿朱户。

这是宋代晏殊的词。至于元宵的圆月，唐伯虎有诗曰：

有灯无月不娱人，有月无灯不算春。

没有圆月就谈不上什么节日的欢庆了。

更值得一提的是丘逢甲的《元夕无月》，就是元宵节没有月亮，这个诗人在台湾被日本割据以后，坚决组织抵抗。他把元宵节的圆月叫作“宝月”：

满城灯市荡春烟，宝月沉沉隔海天。看到六鳌仙有泪，神山沦没已三年！

看到元宵的宝月，沉沉海峡之外，失去的国土和人民不能团圆，已经三年了，连负载仙山宝岛的神龟都要流泪了。

圆月在中国古典诗歌中之所以承载着这么丰富的感情，是因为当时交通不便，战士出征，书生应试，商贾出行，朋友分手，路远山遥，重逢无期，只有圆月不受限制，无远弗届，情感不但不受空间而且不受时间限制。故而月光比之花更易激发思绪。同样是无远弗届的日光却没有这样的荣幸。因为农业社会，日出而作，日入而息，从生存压力中解脱下来，思绪就比较超脱了。再加上，早在屈原《离骚》里就有“前使望舒前驱兮”，望舒就是为月驾车之神，有云霓舒卷的联想。现代诗人戴望舒的名字，用的就是这个典故。由于苏东坡的《水调歌头》的巨大影响，圆月上有了“琼楼玉宇”的仙宫之气象。有关月亮还有家喻户晓的神话，如吴刚伐桂：吴刚受天帝惩罚，到月宫砍桂树，但桂树随砍随合，劳作永不休止。从这里又衍生出蟾宫折桂、科举得中的成语。又有传说，上古天有十日，天下旱灾，后羿射下九个太阳，王母赐以不死之药，其妻嫦娥偷偷吃了此药，不觉身轻如燕，直上月宫。嫦娥原本是恒娥，因为避汉文帝刘恒之讳，改称嫦娥，恒的本义就是常、永恒的意思。故李商隐有“嫦娥应悔偷灵药，碧海青天夜夜心”。直到当代毛泽东写《蝶恋花·赠李淑一》，还有“杨柳轻飏直上重霄九。问讯吴刚何所有，吴刚捧出桂花酒”。圆月在中国诗歌中还上升到形而上学理论，赵朴初总结弘一法师李叔同的生命曰：

无尽奇珍供世眼，一轮圆月耀天心。

这里的圆月说的是超凡脱俗，六根清净，是功德圆满的境界。在中国古典诗歌中，月亮作为一种意象，性质和形态变化万千。

月亮的神话在西方也是家喻户晓的，对于中国诗人来讲，月亮一般代表是的思念，心理距离的缩短。而在西方，月亮很多时候，是用来象征爱情的。现在我们的歌曲，有《月亮代表我的心》，根源在哪里？古罗马的维吉尔有一个史诗，里面有一个月亮女神叫 Luna，俄语叫 Луна，词根是一样的，读音也一样，只是重音在后一音节。她看小伙子太漂亮了，再过几年过来，他老了怎么办？就吻他一下，他就睡着了，停止长大，永远那么年轻，漂亮。这个故事写在济慈的长诗《恩底弥翁》中。你看这个女神是不是有点疯狂？这个 luna 的形容词，叫 lunatic，就是疯狂的。莎士比亚在《仲夏夜之梦》中说“诗人、爱人和疯子都是幻想的产物”，他笔下的“疯狂”不是 mad，而是 lunatic！月亮是疯狂的，张爱玲的文章里有“疯狂的月亮”，原来就是从英语来的。余光中在《月光光》这首诗中写对于祖国的思念：

月如砒，月如霜

落在谁的伤口上？

为什么月光照在身上有落在伤口上的感觉？“伤口”这个词语本来是生理方面的，但这里是心理方面的。圆月逗引诗人故国的乡愁，思乡而不得回归，痛苦很深，变成一种伤口，看见月光就惹起乡愁的伤口，更痛苦，故说它是砒霜。余光中二十多年不得回归故土，心灵深处隐痛，看到月光就怕，已经成为一种病了；但是他想到故乡，又有喜悦的感觉，已经达到爱恋的程度。“月光”的语义衍生，既有“恐月症”，又是“恋月狂”。

月亮意象在古典诗歌中，是无限丰富的，本文只能讲到圆月和新月。至于一般的月，比比皆是。但是，月在古典诗歌里并不单纯是观赏的对象，例如在李白那里，是可以“问”，可以“揽”，可以“弄”，可以与之共舞，可以与之对话，可以借之寄托对朋友的慰问，等等。篇幅所限，不能再饶舌了。

围绕着月亮的想象的世界性竞赛

香港诗人盼耕编了一本《一百个怪月亮》，其中收集了一百首中外诗人主要是现代当代诗人写到月亮的诗，除了雪莱和惠特曼两首以外，作者全都是龙的传人。盼耕故意没有收录中国古典诗人的作品，原因显然是数量太多了，据他统计，在中国古典诗歌中有籍可查的咏月诗就有五千多首，仅李白一人诗篇中涉及月亮的就多达二百五十余首，而李白现存的诗篇连那些被怀疑是后人伪托之作在内的不过九百余首。

这是一个很令人深思的现象，如果习惯于用亚里士多德的“模仿自然”说，或者用车尔尼雪夫斯基的“美是生活”的说法解释，恐怕是要枉费心力的。为什么月亮慷慨地给了中国诗人那么多的灵感而对西欧诗人却那么吝啬呢？盼耕在编这本诗选的时候当然是心中有了明确的答案的，他的书名叫作《一百个怪月亮》，强调的不是一个月亮，而是多至一百而且怪。怪者，异常也，一个与一个不相同也。为艺术爱好者提供鉴赏材料的书多如牛毛，但这本书的特点是把欣赏的题材集中到同一个对象上来，给读者以对比不同的诗人不同的创造的便利。仅仅在篇名上就可以看出他的良苦用心，试看：《月亮是铿然作响的空罐头》

《月亮是可口的饮料》《月亮是恐怖的毒药》《月亮是说谎的孩子》《月亮是偷情的女人》《月亮是惊恐的逃犯》《月亮是有乳香的洗澡水》《憩舐血迹的月光》《使朱门开出菊花的月光》《月来时有马蹄涉水声》。用这样尖锐的与月亮本身的形态与性质相悖的意象和诗句作一百首诗（或诗节）的标题，编者的意图是很明显的，那就是告诉读者在诗的世界里，月亮已经不是天体物理学中的那个客体，而是一种心理现象，一种创造性的想象，它的动人之处已经不取决于它与大自然中的月球的相似或相近，而是与之拉开了距离的诗人的感觉和知觉的无穷变异。正因为这样，盼耕才选了那么多在通常看来如同疯子的呓语的诗句，比如“月亮是烤焦的月饼”“月如滤水的矾”“月球有铜锈，是头皮的制造者”。细心的读者可以明显地感到盼耕对非古典诗意的强烈爱好。在中国古典诗歌和西欧古典诗歌中，月亮自然很少以它的自然形态出现在诗中，它在诗中也是变了形、变了质的，但是它的变异往往与美好的珍贵的性质相联系，中国古典诗歌中用以代替月亮的典故无一不是华彩的，与诗人的锦心绣口相适应。自然，到了现代和当代诗歌中，这种美化的想象导向仍然占着很大的比重。然而盼耕在每一首诗后所附的简短赏析文字中都流露出对非美化的变异的意象有更深的理解。

盼耕本身就是一个当代诗人，又生活在香港那样的文化和物质生活环境之中，他的诗的趣味和赏鉴的趣味都表现了某种从古典美走向现代美的趋向。他引用了余光中的诗《月光光》，解释了何以在余光中的感觉世界中“月亮是有毒的”。他特别重视余光中的以下一节诗：

我也忙了一整夜，把月光
掬在掌，注在瓶
分析化学的成分
分析回忆，分析悲伤
恐月症和恋月狂，月光光

他指出，欣赏的关键不在月亮本身有没有毒，而在于诗人的经验和记忆中有没有毒。他说：“同一个月亮在他眼中，有时是可以饮的，带有薄荷味的流体物质；有时又变成剧毒的砒霜。”因而恐月症（月光下痛心疾首的经验）和恋月狂（月光下罗曼蒂克的经验）对现代诗人来说同样是重要的。这样，把月亮变丑和把月亮变美，或者把月亮变得既不丑也不美就为现代（包括当代）诗人拓开了更广阔的想象天地。

盼耕的功绩在于他想出了这样好的一个主意，把一百个变得不像月亮的月亮集中起来，让读者在他这本并不太厚的小书中大开眼界。如果读者曾为古典诗歌的想象导向所限，他就会惊异于月亮原来不与“白玉盘”“蟾宫”“桂魄”“琼楼玉宇”联系在一起也可以变得很妙。它可以不单在视觉领域中展示出神奇的出人意表的形态，也可以在听觉中突现出那样特别的性态。月亮是一只刚吃光的凤梨罐头，在屋顶上被踢起来，居然还铿然作响。怪是怪到了极点。如果拘泥于古典诗艺简直是不可思议，然而妙也妙在把视觉的透明变成了听觉的铿锵，这就是吴乔所说的感知“质变”，是一种探险。然而这并不是任意的，其间有非常精致准确的联想的过渡，如果罐头不是空的，又不是在屋顶上，那发出来的声音就绝不会那样清脆，也无法使读者从声音的清脆顺利过渡到光的清澈。盼耕对现代诗歌意象的感知变异的大胆给了很高的评价，同时又对极精致的联想过渡作了充分的分析，要做到这一点比较难。对于那些美的意象，比如把视觉的光变成味觉的凉的想象，月亮是有点薄荷味的、凉凉的，可以用干净的麦管吸的，懂得“通感”的读者在一阵惊叹之后是不难找到理论说明的。难点在于对“月亮是烤焦的月饼”这样变丑的意象，并不是所有的读者都能顺利追随诗人的联想过渡环节的。

盼耕的另一个贡献就在这里突出地表现了出来，那就是他往往能于细微处见功夫。他比通常的赏鉴文章更细致地为读者接续那被诗人故意切断的联想轨迹。他说：“大概在诗人的记忆中，有着被烤焦的故事，所以月亮在他眼中也是被烤焦的记忆，烤焦的月饼并不美丽光洁，但它也是一颗赤诚的乡心。”这就通过月饼的特征把月亮的阴影和思乡的焦灼之间的联想过渡环节揭示出来了。对于另一首诗中的“月来时有马蹄涉水声”这样一种用声音来表现光的想象，盼耕的分析更是具体入微，他说：“大概是诗人侧卧海旁，看着月亮从大海中升起而想到了月亮会‘涉水’……自然会有‘涉水声’，而且‘月光是湿了，我摸得出来’。”然后他指出这样写的好处是“兼具视觉、听觉和触觉之美”。类似的精致分析在这本书中比比皆是，特别是对“你读月光似的读我的嘴唇”“中秋月是打碎的算命锣”“月如滤水的矾”“新月是银勺子”“上弦月是覆舟”等都有极精彩的分析。分外令人感到满足的是他在分析中还提出一系列新鲜的概念，诸如意念和意象之间的“移位”，感知变异中的“功能变异”，“意象的演绎”以及时间空间的“扩张与推展”，“文字的音响性和意象的扩张性”，这就使书中一些内行的赏析文字由经验层次上升到某种程度的理论层次。正因为这样，在绝大多数的赏析中，盼耕都追求对诗人创造性的想象追索其充足理由。他有这种雄心，也有相应的理论武器，除了在少数场合他不自觉地停留在传统的印象式和感受式评论上以外，他都顺利地发挥出某种理性的说明。当然，由于诗本身就有许多为理性所不能充分说明的地方，他有时也不免显得困惑，这时，他的感觉，或者说直觉就显得比他的理性更为活跃。可是，有时他又不满足这种直觉的评论，便会求助于某种直觉的理论，这最明显地表现在他对《壶底涌起的月光》的分析中：“‘壶底涌出的月光’……似乎壶就是月亮，但是诗的首句‘我是壶’又显示壶是诗人自己，这两个意念互不协调……互为反差，诗中的‘我’，可以是月亮，可以是诗人自己……这是台湾诗坛中曾经流行过的‘无我’的诗风留下的一个痕迹。”这就有点牵强了，诗艺无论如何新异总不能以不协调不统一为目标。每当盼耕感到他的理论不足以解释他所选择的诗时，往往就出现某种困惑，这本是目前许多帮助读者欣赏艺术品的文章中常见的现象，原因乃是就目前我们所拥有的理论而言，还不能充分地为许多艺术品找到理由，我们对盼耕不可能苛求到要他对一百首诗每首都解释得十分圆满。这是目前我国诗的阐释学的局限，而不是盼耕的局限。我们对于盼耕这本书略感不满的是，他为了凑足一百首之数选了一些并不见精彩，甚至可以说属于败笔的诗作，而且又出于某种热情对这些败笔（例如说“月球有铜锈，是头皮的制造者”）也给了很高的评价，这就给读者一种十分勉强的感觉，而且留下了某种困惑感乃至不信任感。其实，盼耕本该大胆一些，一百首月亮诗中当然并不可能都是好的。好的就说为什么好，不好的就说为什么不好。那样不是主动些而且自由些吗?

不过，不管怎么说，读者仍然会感谢盼耕的，因为他让读者看到一场诗人围绕着月亮的想象的竞赛，而且对这场竞赛进行了那么生动的解说。

花：变形、变质

王昌龄《采莲曲》诗云：

荷叶罗裙一色裁，芙蓉向脸两边开。乱入池中看不见，闻歌始觉有人来。

这一首诗是以荷花为表现对象的。此类古典诗歌是抒情的，但又不是作者的自我抒发，而是歌颂美好的景物和人物，当然，这种景物和人物，是作者眼中看出来的，是作者感觉中的。

题为《采莲曲》，满篇写的都是莲花之美，之所以要写莲花之美，目的是为了写采莲女郎之美。女郎的美是很丰富的，可以说是无法写尽的，从何写起呢？诗人选择了两个方面：罗裙之绿和脸颊之红。罗裙和荷叶一样是绿色的，脸颊和荷花一样是红润的。只用红绿两种颜色来形容女郎的美，这不是太冒险了吗？大红大绿，是很俗气的。但是，《批点唐音》说："此篇纤媚如晚唐，但不俗。"[①]为什么并没有感到俗艳呢？这个问题提出来已经几百年了，还没有人从理性上回答过。

这是因为两点。第一，只写两种颜色，是因为荷花、荷叶只有这两种颜色。用荷花、荷叶的两种颜色来概括女郎之美，以荷叶、荷花之美来覆盖、同化女郎之美，省去具体的描绘。第二，在于语言。首句在"荷叶罗裙一色"后面来了一个"裁"字，这就有了人文的意味。这个"裁"字，并不是随意的，而是有着"裁剪"的潜在意味。荷叶是自然生长的，罗裙才是有意设计的。这就用罗裙同化了荷叶的美。"芙蓉向脸两边"后面来一个"开"字。本来，只有荷花才能开放，而在这里，暗暗地用芙蓉开放同化了女郎的容貌。两个动词具有很强的相互同化性，使得荷叶荷花由物质之美变为人的青春之美。

接下来"乱入池中看不见"，说的还是同样一个意思，女郎像荷花一样美，二者几乎分不开来。这一句之所以有味道，还因为对上面一句来说，这是一个延续，一种强调。因

① 陈伯海主编《唐诗汇评》（上），浙江教育出版社 1995 年，第 438 页。

为二者一致，所以很容易混同。但如果仅仅是这样，这一句就浪费了，因为没有在上一句的基础上提供新的信息。绝句的第三句，在情感上、节奏上，是需要转折一下的。元朝人杨载，把这个意思说得很彻底，说是“宛转变化工夫，全在第三句”。王昌龄号称“七绝圣手”“诗家天子”，在绝句第三句的处理上，修养是很高的。这里，他默默地安排了一个“乱”字，提示不是一个女郎，而是一群女郎；不是静态的，而是活跃得很，活跃到给人以“乱”的感觉。本来应该是十分显眼的，怎么会看不见？这个“乱”字，和“看不见”是一对矛盾，也是一个转折，一个层递的进展。既然是乱，就应该看得很分明。但是，还是看不见，这就说明女郎和荷花之美是如何交融了。看不见了，美得和荷花一样了，文章已经做到极点上了，还有什么可说的？“闻歌始觉有人来。”好处何在？

《唐诗归》说：“从‘乱’字，‘看’字，‘闻’字，‘觉’字，耳、目、心三处说出情来。若直作衣服容貌夸示，则失之远矣。”但这只是一种感觉，还谈不上理性的阐释，还需要发展一下。从视觉来说，看不见，是因为二者美得分辨不清。第四句，妙处在分不清的美，又为另一种美所转换，那就是歌声，听觉的、看不见的美。这种听觉之美比之视觉之美，更富于想象性，更具有延续性。绝句的第三句，一般在情绪上要有一种转折，吴乔所谓“宛转变化”，荷花是不会唱歌的，但从美好的声音中，却能想象美好的人。这里情绪的转折，好在变化是很宛转的，是不着痕迹的。而且在结束句中，构成一种不结束之感。

杨万里《晓出净慈寺送林子方》诗云：

毕竟西湖六月中，风光不与四时同。接天莲叶无穷碧，映日荷花别样红。

这首绝句和王昌龄《采莲曲》一样，核心意象也集中在莲花荷叶上面，但是与王昌龄的那首有两点不同。第一，王昌龄的《采莲曲》是借荷花莲叶衬托美人，而这里却单纯是写景色之美好。第二，王昌龄的《采莲曲》，在感觉、情绪上有转折，而这一首则单纯得多，就整首来说，就是一个画面。只是在引出这个画面之前，先用一个强调句式，来引起读者的关注。陈志明先生在分析这首诗的时候这样说：“如果按一般语序，这十四字当为‘西湖六月中风光（按：当为“西湖风光六月中”），毕竟不与四时同’。诗人将‘毕竟’提前，一是为了协调平仄；但主要的还是为了借助‘毕竟’二字强调‘风光不与四时同’的特定地点（‘西湖’）与时间（‘六月中’），同时由于修饰词（‘毕竟’）远离被修饰词（‘不同’），又便于造成一气贯穿的语势，恰恰符合触目兴叹、即兴吟成的口语化的特点。”①

这个说法是很到位的，因为这两句所面临的任务是，在提供美好画面之前，先来一番情感的提示，情绪的动员。既然这样，这两句就不宜作视觉形象的描绘，否则，四句都是视觉形象的画面，是很难讨好的，因此这开头两句被诗人安排为直接抒发情绪的句式。又

① 《宋诗鉴赏辞典》，上海辞书出版社 1987 年，第 1088—1089 页。

因为是直接抒情，所抒发的又不是一般的感情，而是强烈的感情。感情的力度，决定了句式的强调。“毕竟”是一个强调语词，还要在语序上再强化一下，于是“毕竟”就被调到前面一句的开头了。

陈先生还提出，“风光不与四时同”中，“六月属夏，‘六月中’的风光只能与春秋冬三时有异，岂能与四时不同”？因此他以为：“这正如‘四季如春’的成语一样，是一种约定俗成的说法，不可拘泥于字面。‘四时’，在这里只是泛指其他季节。”这个说法，似乎还有商讨的余地。首先，“风光不与四时同”，说六月的风光与春夏秋冬均不同，这在逻辑上有瑕疵，其中隐含着六月风光与六月不同的意思，这在逻辑上违反了同一律（A 就是 A）；如果六月与六月不同，又违反了排中律（A 是 A，不是非 A）。而“四季如春”却并没有违反同一律，四季包含着春天，夏秋冬如春天，春天亦如春，并没有违反同一律（A 就是 A）的公式。只是“春天如春天”的说法，违反的是下定义的规律。下定义不能“同语反复”。下定义，要提供新意义，因此主项与谓项不能相同，否则就没有说出什么东西来。比如说：花是花，叶是叶。这在逻辑上没有提供新意义，是没有意思的。但这是逻辑的规律，与话语交流的规律不尽相同。在逻辑上不通的，在话语交流中，往往有特殊意韵。许多同语反复的句子，都有特殊的情感意蕴。如，西方谚语云：“驴就是驴，用黄金装饰也白搭。”又如汉语日常口语中常有这样的说法：“人就是人嘛。”“女人就是女人嘛。”其中特殊的情绪色彩，是对话双方心照不宣、心领神会的。但是如果说，人不是人，驴不是驴，对方就可能莫名其妙。这只是一般的交流规律，但在诗歌中，却往往超越这个规律。如苏东坡的《水龙吟·咏杨花》，一开头就是“似花还似非花”，这是不合逻辑的，却是非常诗化的。这是诗歌为了表达主观情感而营造的一种想象的、虚拟的世界，而不是现实的世界，因此这种境界是相当主观的，以超越客观为特色的。

这句话的好处，不在约定俗成，特别不是日常口语的约定俗成，而是一种特定的强调，它所强调的不完全是陈先生所说的“毕竟”，而是“不……同”。不但与春秋冬不同，而且与夏、与六月（不是西湖的六月）也不同。从这个意义上来说，语言当然是一种约定，但这样说法的好处，却恰恰在不俗成。

有了这两句作为铺垫，下面的画面就顺理成章了。陈先生说：“莲叶接天，荷花当然也是接天的；荷花映日，莲叶当然也是映日的。同样的道理，莲叶既无穷又别样，莲花也别样又无穷。”他提出其中的“互文关系”，是有见地的。陈先生还指出，互文，“是古代汉语中常见的一种修辞格式”。

周邦彦《苏幕遮》词云：

燎沉香，消溽暑。鸟雀呼晴，侵晓窥檐语。叶上初阳干宿雨，水面清圆，一一风荷举。

故乡遥，何日去？家住吴门，久作长安旅。五月渔郎相忆否？小楫轻舟，梦入芙蓉浦。

这首词，所写的也是莲塘景象，以莲叶和莲花为核心意象。但是，既不同于王昌龄的《采莲曲》以歌颂少女为主，又和杨万里赞美西湖景色异趣。这首词的主题，是身在异乡见荷塘之景，而生思乡之情。钱仲联先生分析此词时说："提起写荷花，风裳、水佩、冷香、绿云、红衣等字面，往往摇笔即来，而荷花的形象，却在这些词儿的掩蔽下模糊了。……这首《苏幕遮》之所以为写荷绝唱，正是在于它能洗尽脂粉，为凌波微步的仙子作了出色的传神。"[①]钱先生的意思是，周邦彦的词向来以浓艳著称，追求词语的雕琢是他的一贯作风。但是，这首诗却例外，整首写得自然、从容，很少明显的雕琢痕迹。王国维《人间词话》说："此直能得荷花之神理者，觉白石之《念奴娇》《惜红衣》二词，犹有隔雾看花之恨。"[②]

这首词的开头写得并不十分精彩。如果用王国维的话语来说，就是有点"隔"。全诗写的是见荷而思乡。开头两句，室内香气氤氲，暑气因之而消减。这个意思到后面没有了着落，和主题不相干。接下来，鸟雀侵晓窥檐呼晴，又是两句，才把注意力转移到荷塘上。这个过程，是不是有点散文式的芜杂，是不是对这首词的主体意象（荷塘）和情致的特点（思乡）有干扰？这是可以商讨的。

到了"叶上初阳干宿雨"，才进入主体核心意象。从语言上来看，值得注意的，一个是"初阳"，一个是"宿雨"。为什么是"初阳"？因为前面说鸟雀"侵晓窥檐"，只能是"朝阳"，但是如果说"朝阳"，就太俗了。因为这个词，用得比较多，光是《全宋词》中，直接用到"朝阳"的就有二十八首，作者包括欧阳修、晏殊、张孝祥等大家。而用到"初阳"的，只有六首，其中两首是周邦彦的，两首中之一，就是这一首。所以在宋代词人感觉中，"朝阳"无疑比较平常，比较缺乏新鲜感（或者用俄国形式主义者的话来说，就是不够"陌生化"），把"朝阳"说成"初阳"，就把俗常的感觉隐藏起来了。接下来说"宿雨"。从词义上来说，"宿雨"就是昨夜的雨，因为有了"夜雨"，才使荷叶更为生机勃勃。但不说"夜雨"而说"宿雨"是有讲究的。在《全宋词》中，用到"夜雨"的有一百零五首，而用到"宿雨"的，只有十九首。可见，"宿雨"比之"夜雨"更具新意。为什么呢？因为，夜雨就是夜里下的雨，但夜雨不过是说了一个现象，和诗人自己的感觉没有太密切的关系；"宿雨"当然也是夜里下的，但宿雨的"宿"，提示的是，主体原本不知夜里下过雨，是第二天才发现，勾起了回忆。从感性来说，"宿雨"要丰富一些。这种办法，似乎成了一种技

① 《唐宋词鉴赏辞典》，上海辞书出版社 1988 年，第 1006—1007 页。

② 吴熊和主编《唐宋词汇评·两宋卷》（第二册），浙江教育出版社 2004 年，第 944 页。

巧，诗人为了增加诗意，不知不觉就把新鲜的感觉放到“回忆”中去。最有名的就是孟浩然的诗：“春眠不觉晓，处处闻啼鸟。夜来风雨声，花落知多少！”鸟语春光，是很美好，但诗意不足。突然回忆到风雨花落，诗意就浓了。如果在下雨时，就想象到落花了，当然也可以抒情，但和放在回忆中拉开了距离相比，思绪的深度不太相同。所以李商隐总是把缠绵的感情放在回忆中（“昨夜星辰昨夜风”），李后主也一样，总是回忆往日，甚至回忆刚刚做的梦（“多少事，昨夜梦魂中”）。回忆可以增加审美情趣，不但是中国诗人抒情的诀窍，也是外国诗人的法宝。普希金有云：“那过去了的一切，必将成为亲切的怀恋。”在现实世界是痛苦的，到了回忆中，由于拉开了距离，价值就发生了变化。实用的负价值就变成了审美的正价值。

下面这一句“水面清圆，一一风荷举”是这首词的名句，也许还是这首词得以流传的关键。好在哪里？“水面清圆”，用字很平实，好像是白描，本身并不十分精致，但好在它和下面的“一一风荷举”结合起来，成为一个整体，成为“一一风荷举”的原因。正是因为它清而圆，而且贴在、悬浮在水面上，它被风吹起来的时候，就和一般的草木有所不同。一般的草木被风吹动的时候，是被压低的，是一起运动的，而荷叶却不同。第一，叶子翻飞，有一种被抬高的感觉，一个“举”字，用得非常大胆。第二，这个过程，又不是一下子的，而是一片叶子被吹动了，平复了，另一片叶子又被吹动了，又平复了。第三，这个层递的过程，不但写出荷叶的特点，而且写出了池塘上的风的特点，这种风是很优雅的，很从容、温柔的。第四，如果光是这样，不过写出了事物的特点，还算不得好词，关键还在于，这里暗含着词人的感觉、词人的心情，荷叶运动的层递的性质和词人的感觉一样是层层扩展的，欣赏的心情是默默的，是从容体悟的。

对荷塘的美好的感受，使得身在汴京的词人想起了自己的江南故乡，又一次进入了回忆之中，就是又一重诗意的衍生。“五月渔郎相忆否？”明明是自己回忆起来了，却用了疑问的句式。这也是词家（诗家）的一种技巧，疑问句总是比陈述句更带感情色彩。这一点我们在讲述绝句的第三句的时候，已经讲过了，此处不赘。而且在这里的上下文中，从“长安旅”想到“吴门”，空间距离比较大，用疑问句有一点过渡性，更加委婉些。想到家乡，可以回忆的东西很多。但是，词的篇幅有限，要求构思高度集中，所以回忆的只能是荷塘。当然，此时可以写家乡的荷塘更美，把风景再度描绘一番，但如果这样，情感就可能局限在平面上滑行，词境就俗了。词人聪明地避开了直接描绘，进入回忆，更进入比一般回忆更加美好的境界——梦，且为抽象的，看不见、摸不着的梦，提供了一幅画图。“小楫轻舟，梦入芙蓉浦。”说的是，小楫轻舟之美。但要挂到荷花荷叶上去，这里又有一个难度，因为如果再提荷、莲，可能在语言上显得重复。“芙蓉”是荷花的别称，把小楫轻舟放到了“芙蓉浦”中去，就使得意象集中到一个焦点上，而且和前面意象结合得更为有机。

有一个字值得体悟，那就是“梦”。从上下文来说，前面是设问“五月渔郎相忆否”，从词意来看，如果只是问渔郎是不是想起了当年的“小楫轻舟”，这是没有问题的。但现在是问人家是不是记得当年一起在“小楫轻舟”上做到芙蓉浦去的梦，这个问题可就有点不到位了。既然已经有了舟楫，到芙蓉浦，就不该是梦想了。不可实现，才做梦；明明实现不难，还要停在轻舟上做梦，是不是有点傻啊？可见这里的“梦入芙蓉浦”，应该还有一重含义，那就是，是作者自己梦见自己曾经“小楫轻舟”。这个“梦”字，好就好在用得非常蒙眬、模糊，又非常精彩。因为，它把情感的强度写到家了。一想到家乡，自己就神思飞越，做起梦来了。

方千里《苏幕遮》词云：

> 扇留风，冰却暑。夏木阴阴，相对黄鹂语。薄晚轻阴还阁雨。远岸烟深，仿佛菱歌举。
>
> 燕归来，花落去。几度逢迎，几度伤羁旅。油壁西陵人识否？好约追凉，小舣蒹葭浦。

这首词的意象群和前面那首相去无几：暑气、鸟声、采菱、阁雨、羁旅，询问当年记忆，想象当年同游，表现伤羁旅、思故乡之情。而且，最后询问故人，是否还记得当年，一同驾小舟到蒹葭浦去旅游。方千里这一首和上面周邦彦那一首，从意象到思路有许多相似之处，但从艺术成就上讲，比周邦彦的显然略逊一筹。为什么呢？

第一，意象缺乏一个集中的焦点，不像周邦彦，有一个核心意象，其他意象都归结在它的周围，而这个核心意象质量又比较高（“水面清圆，一一风荷举”），其他的意象大多与之有一种暗示的关联，如“初阳”“宿雨”“小楫”“轻舟”“芙蓉浦”等等。

第二，周邦彦之作，情感脉络精致，从“风荷举”，联系到“故乡”“长安”“吴门”“渔郎”“轻舟”“相忆”“梦”“芙蓉浦”，意脉、情脉都是有机的。因为有机，意象就比较统一，意脉也绵密，通体水乳交融。而方千里之作，由于不够统一，意象分散，就多多少少有些芜杂（“薄晚轻阴还阁雨”），还有些多余的成分（“燕归来，花落去。几度逢迎”），有些相互干扰的语言（开头的“菱歌”，结尾变成了“蒹葭”）。尽管这些语言，孤立起来看是很“美”的，但是，诗词贵在意境，意境之美贵在整体有机，贵在主体与客体、意象与意脉之间水乳交融。

附：

章质夫《水龙吟》和苏轼《水龙吟》

变形、变质和陌生化、自动化诗和散文从形式上看最大的不同，就是诗更带想象的虚拟性，更具鲜明的假定性。西方浪漫主义诗歌是很注意这一点的，雪莱就说过："诗使它所触及的一切都变形。"(《为诗辩护》)①

古希腊有一个叫希罗多德的历史学家，他在其史书上记载过希腊人抵抗波斯人的入侵。有一个关口，叫托莫庇莱关口，是波斯人入侵的必经之地，当时有三百名勇士守卫，结果全部阵亡了。为了纪念这次壮烈牺牲的勇士，诗人西门尼德斯写了一篇墓志铭文。他没有像镜子一样去反映当时壮烈的场景，或歌颂英勇牺牲的精神，而是用一种变异的语言、陌生化的语言、想象的语言来表现他们并没有死亡。

过路人，请传句话给斯巴达人

为了听他们的嘱咐

我们躺在这里

这好像不忠于现实，明明人已经死了，诗人却说他们还有听觉，等待倾听嘱咐，好像他们没有死。这似乎是俄国形式主义者所说的"陌生化"，却不是绝对"陌生化"，因为陌生中有熟悉的联想，诗人只能说他们是"躺在这里"，而不能说他们在跑步前进。躺，是生和死在形态上的交叉点，也是"陌生化"和"自动化"的交叉点。从生来说，可以联想到永生；从死来说，可以是仅仅剩下了听觉。这个交叉点上就发生了一种变异，怎么变异呢？一方面是躺在那里，一方面是活着。两者交叉起来怎么样？睡眠，躺在那里，暂时躺在那里睡眠，生命还存在。这里有生活的因素，也有感情的因素，汇合起来就不完全是客观的风貌，也不全是主观的狂想，而是一种诗的想象。这里，死亡的特征——"躺着"，也有了永生的意味，感觉仍然在起作用，睡眠而且能够听。一般睡着了是不能听的，但诗人说"为了听他们的嘱咐，我们躺在这里"。这就是诗，诗有这样的自由。

这一点在中国古典诗论里也可得到印证，司空图在他的《诗品》里讲过："离形得似，庶几斯人。""离形"就是把形状丢掉，丢掉原来的外部形状（这首诗里是指死的形状），反而更加神似；"神"就是感情（这首诗里指西门尼德斯的感情）。

诗人不按照原来的样子，而是按照情感和思想来加以变异。

对此，我国古代诗话早有论述。清代诗评家吴乔在《答万季野诗问》中记载了这样一

① 雪莱《为诗辩护》,《十九世纪英国诗人论诗》，人民文学出版社 1984 年，第 155 页。

段问答：

又问："诗与文之辨？"答曰："二者意岂有异，唯是体制辞语不同耳。意喻之米，文喻之炊而为饭，诗喻之酿而为酒；饭不变米形，酒形质尽变。"①

拿吴乔的理论阐释我国古典诗歌，例如"二月春风似剪刀"，或古希腊西门尼德斯纪念烈士的诗，无疑比变形论要深邃得多，全面得多。

俄国的形式主义理论，当然有我国传统理论所不及的优点，但并不是十全十美，并不是一切都比我们的"老古董"强。比如，斯克洛夫斯基认为，各种艺术形象都要靠变形获得，主要是语义上违反正常的语义。雅各布森认为，诗歌是对普通语言有组织的变形，要获得表现力，就要学会运用违反常规的词。这的确能阐释一部分现象，比如，明明是死了却说是睡眠，明明是睡眠，却还能听到别人的嘱咐。这是违反正常语义的，但寄托着感情。这有一定道理，但我总觉得它有一些缺点，不全面，有一些不如我们"老古董"的地方。

有了这样的理论准备，就不难比较分析苏轼的《水龙吟》和章质夫的《水龙吟》了。

章质夫《水龙吟》词云：

燕忙莺懒芳残，正堤上柳花飘坠。轻飞乱舞，点画青林、全无才思。闲趁游丝，静临深院，日长门闭。傍珠帘散漫，垂垂欲下，依前被、风扶起。

兰帐玉人睡觉，怪春衣、雪沾琼缀。绣床渐满，香球无数，才圆却碎。时见蜂儿，仰沾轻粉，鱼吞池水。望章台路杳，金鞍游荡，有盈盈泪。

苏轼《水龙吟·次韵章质夫杨花词》词云：

似花还似非花，也无人惜从教坠。抛家傍路，思量却是、无情有思。萦损柔肠，困酣娇眼，欲开还闭。梦随风万里，寻郎去处，又还被、莺呼起。

不恨此花飞尽，恨西园、落红难缀。晓来雨过，遗踪何在？一池萍碎。春色三分：二分尘土，一分流水。细看来，不是杨花，点点是离人泪。

同一个词牌《水龙吟》，同样的主题"杨花"，苏东坡的朋友章质夫写得非常精致。"莺忙燕懒芳残"，杨花飘落了，意味着已是暮春；"轻飞乱舞"，杨花细如芦苇的小白花，轻飘飘的；"点画青林、全无才思。闲趁游丝，静临深院"，从青林起飞，没什么固定目标，一直飞到哪里呢？飞到大户人家的庭院里；"日长门闭"，白天显得太长，过得无聊，门关着；"傍珠帘散漫，垂垂欲下"，挂着珠帘，一看就知这是有钱人家、贵族人家，大概女性居所，"散漫"就是慢吞吞的、飘飘忽忽的；"依前被、风扶起"，刚刚掉下来，又被风吹起，说明杨花很轻，没有方向，不由自主；"兰帐玉人睡觉"，由写院子、门、帘子写到房间里面，再写房间里有一个人睡醒了，"兰帐"意指那是女士了；"怪春衣、雪沾琼缀"，怎么？衣服

① 王夫之等撰《清诗话》(上册)，上海古籍出版社1978年，第27页。

上都是雪白的杨花，“雪”，指杨花白，“琼”，杨花质地贵重；“绣床渐满”，连绣床都铺满了杨花；“香球无数，才圆却碎”，滚成一球，刚刚吹圆了，又被吹破了。这样的描绘是很细致的，以精准见长。这是有一点才气的，才气表现在分寸感上。细致固然好，但有风险，在诗里把客观对象写得太细，就容易烦琐，变成平面罗列。平面罗列，不要说是写诗，就是写散文、小说，也是大忌。但章质夫这么细而不烦，原因在于这些细节都有极强的启发性，中间有许多空白，跳跃性很大，让读者的想象不至于被动。“时见蜂儿，仰粘轻粉”，以为是花里有粉，其实没有；“鱼吞池水”，它掉在池塘上，鱼以为是吃的东西，结果又是误会。就是说，这种花只是飘飘忽忽地运动，而没有花的常见稳定属性。这时候女主人公“望章台路杳”，“章台”在京都，是知识分子聚会的地方，是进京寻求功名的地方；汉代就有章台街，多妓馆，故接着是“金鞍游荡，有盈盈泪”，想到自己的丈夫在那里过着奢华的生活（金鞍），寻欢作乐，而自己却独守空房，眼看着青春如春天的杨花一样逝去，心里非常失落，流下了眼泪。

章质夫写的杨花，其形态、性状、动感、质感、量感，可谓曲尽其妙。他强调杨花飘飘忽忽，才扶起来又倒下去的特点，也是古典仕女的美学特征。女人以体质的柔弱为美。这使人想到杨贵妃“侍儿扶起娇无力”的体态。章质夫笔下的杨花也是有质变和形变的特点的，应该说，是一首好词。

但同样是质变和形变，却有水平高下的区别。

苏东坡用章质夫的韵、章质夫的题目，和了一首。用人家的题目做文章，已经是很不容易的了，还要用人家用过的词牌（规定每一句的音节、平仄），用人家的韵脚，这就有极大的难度。真有点“戴着镣铐跳舞”的味道了。苏东坡跳得相当精彩，他的想象，他在质变、形变的幅度上，表现出了更大的勇气、更高的才气。

章质夫的词把杨花的主要特征写得惟妙惟肖，而且有一定的质变和形变的技巧——把杨花和仕女的特点对应起来。这说明他的想象力是相当不错的。但在苏东坡看来，这还不够大胆。

苏东坡一开头就写“似花还似非花”，杨花是花又不是花，这就从章质夫的想象圈子中跳了出来。在章氏那里，花是花，人是人；在苏东坡这里，花是花，又不是花，那是什么呢？下面我们会看到，花就是人。如果光说花是人，并不是太出格的想象，可他说花是人最有特点的部分。究竟是哪部分？这会儿，我先卖个关子，不说。

“也无人惜从教坠”，没人觉得它可惜。“抛家傍路”，就是离开了家，在路旁。“思量却是、无情有思”，想起来，好像是无情的感觉，但是有一种思念。越是矛盾，越是具有情感的特点。“萦损柔肠，困酣娇眼”，这就写到女人，有种摆脱不了的受伤的感觉，但又不是很强烈，只是暗暗的、潜在的、说不清楚的。在半梦半醒之间，女人非常困，非常娇弱。“欲开还闭”，半张开眼睛，迷迷糊糊。为什么呢？“梦随风万里”，刚刚做了个梦，跟着飘飘的杨花飞到万里之外，“寻郎去处”。这已经不是写杨花，而是写梦，寻其丈夫的所在。“又还被、莺呼起”，刚刚迷迷糊糊地在梦中欢会，却又被黄莺叫醒了。

“不恨此花飞尽，恨西园、落红难缀”，这种杨花飞落尽了，和我没有关系，但是花园里的落红再也无法重新回到花萼上。这是暗示青春的消逝。“晓来雨过，遗踪何在？一池萍碎。春色三分：二分尘土，一分流水。细看来，不是杨花，点点是离人泪。”下了很大的雨，花被打落了，春色如果有三分的话，二分变尘土，一分变流水，意味着青春消逝了；再看这个杨花，就不是杨花了，而是离人的眼泪。开头说的“似花还似非花”，只是说它不是什么，现在终于点明了，花不是花，而是离别了丈夫的妻子的眼泪。

章质夫写杨花，杨花就是杨花，杨花让一个女人想起自己的丈夫，女人还是女人。杨花吹圆了以后又碎了，然后傍珠帘，垂垂欲下，又还被风扶起。花和女人的关系是喻体和本体，两者在柔弱和飘忽一点上是相通的，但是，物和人不是同一的，分别得很清楚。在苏东坡那里，花是女人的客观对应物，二者很难分开，“似花还似非花”。如果光这样写的话，也不算特别有才气，才气表现在最后，“细看来，不是杨花，点点是离人泪”，花变成女主人公了。花变成了久别丈夫的妻子的眼泪。这样的大幅度的质变艺术家的气魄可以说达到极致了。为什么呢？这种变异有情感的深度——青春一去不返。如果可能返回的话，就没有这么多幽怨了。春色如果有三分的话，二分变成尘土，一分成为流水。苏东坡的想象多么脱俗，把不可量化的青春都用数字来表现，变异（变形变质）得如此自由，表现的情感就比较丰富复杂。

章质夫词中的女士只有幽怨，苏东坡词中的女士不但有幽怨，而且有矛盾，既说“无情”，却又“有思”。“无情”就引出了“恨”（“不恨此花飞尽，恨西园、落红难缀”），不但有“恨”，而且有无奈，有“娇”（嗔）。金昌绪的《春怨》：“打起黄莺儿，莫叫枝上啼。啼时惊妾梦，不得到辽西。”无缘无故地怪罪黄莺，把娇嗔写活了。这当然是从唐人的诗意中化出来的，暗用其意，用得相当有节制，点到为止，不着痕迹。

当然，并不是所有的变异都有同样的水平，也不是所有的变异会同样地精彩，有些变异是莫名其妙的。这里有两个极端：一是不敢变异，或者变异的气魄不大，用俄国形式主义者的话来说就是“陌生化”不够，自然会影响艺术感染力；二是变异过了头，给人一种疯子的感觉。这一点恰恰是俄国的“陌生化”忽略了的地方。其实“陌生化”和熟悉化（“自动化”）是矛盾而统一的。“二月春风似剪刀”是“陌生化”，“二月春风似菜刀”也是“陌生化”。为什么“似菜刀”就不行，而“似剪刀”就是千古绝唱呢？因为前面一句“不知细叶谁裁出”的“裁”字和“剪”字是“自动化”的联想。“自动化”为“陌生化”提供联想的平台。当然，不能光从变异论变异，还要与当时的历史语境结合起来研究。对此我们在读现代派、后现代派的诗时，会有更多的体悟。

“红杏枝头春意闹”：千年解读中的理论和方法问题

当我国古典诗歌在8世纪达到盛唐气象的抒情艺术高峰时，欧洲各大国还处在史诗传说时期。英国最古老的叙事性史诗《贝奥武夫》，现存的古英语、撒克逊方言的手抄本出现于10世纪。法国的史诗《罗兰之歌》，传唱于11世纪。德国的《尼伯龙根之歌》，以古德国高地方言完成于13世纪左右。三者号称欧洲文学的三大英雄史诗。至于俄罗斯的史诗《伊戈尔远征记》则成书于12世纪。欧洲的抒情性质的格律诗、十四行诗，最初以意大利西西里岛上的方言写成，后来但丁、彼得拉克才以拉丁文写成风行欧洲的经典，那已经是13—14世纪，王维、李白、杜甫以后五六百年了。

当时的欧洲还没有一个抒情诗人足以与王维、李白、杜甫比肩。在东方，日本，越南、朝鲜倒是有不少抒情诗人，但是当时的越南、朝鲜还没有自己的文字，他们的诗人只能用汉字，依照中国近体诗的格律写作。日本则以汉字为基础，加上他们的假名，总算有了自己文字的文学作品，但是贵族、文士、妇女仍然以用汉语写作近体诗为荣。

唐诗的抒情艺术水准是世界高峰，峰巅越高，攀登的难度越大，但是艺术就在于挑战难度。几百年中，诗为考试科目，士子们奉献一生，攀登艺术的峰顶，做生命的赌博，只要留下几个脚印，也算不负此生。正是无数人生命作赌的积淀，为盛唐诗建构了豪华的基础。一旦形成盛唐气象，真是忽如一夜春风来，千树万树梨花开，太多的杰作，不仅使一般读者，而且让专业人士，发生了审美疲劳症，轻率地相信了“李白斗酒诗百篇”那样夸张的诗化论断，几乎忘记了每一首经典杰作是都是生命的、情感的探险，每一首杰作都是诗人同形式、格律和语言漫长的搏斗记录。

要写出许多能够震撼当时、后世的诗作，须要苦心孤诣地耗费心血。因而，把最大量的生命投入炼字炼句，在诗歌艺术的殿堂上建功立业成为人生的一大课题。最著名的是贾岛的“两句三年得，一吟双泪流”。这肯定是夸张了，但是也说明了刻意追求在艺术上出格，得到欣赏，是如此重要。比他晚半个多世纪的卢延让以《苦吟》为题，有“吟安一个字，捻断数茎须。险觅天应闷，狂搜海亦枯”。在想象、用语上，上天入海，搜索枯肠，生动地显示了一种苦吟的狂热。诗人的最高目标不仅是在当时，而且是在历史上留下自己的杰作。李白说得坦率：“屈平辞赋悬日月，楚王台榭空山丘。”艺术价值不朽，高过帝王的荣华。但是，艺术历史的淘汰是严峻的，像李白们那样实现不朽的愿望，概率是极低的，许多不无才华的诗人，难得为后世留下一整首经典的诗作，唐人写了那么多登临眺望的诗，但能像许浑那样在《咸阳城西楼晚眺》留下一句“山雨欲来风满楼”为后世作为哲理性格言所广泛运用，就得感谢命运之神的青睐了。比许浑还要幸运的是宋祁和张先。并不一定是因为他们的词作比许浑更有水准，而是因为后世诗词话家，对他们的一句词中的一个字，反复炒作了近千年。

宋祁的成就是多方面的。他做过很多不小的官，初任复州军事推官，经皇帝召试，授直史馆。历官龙图阁学士、史馆修撰、知制诰（为皇帝起草文件）。与欧阳修等合修《新唐书》（大部分为宋祁执笔），前后十余年，书成，进工部尚书，拜翰林学士承旨。一生写过上千首诗词，但最后留在今人口头的只有“红杏枝头春意闹”。就是因为其中的一个“闹”字，让他得了一个“红杏尚书”的雅号。原词如下：

东城渐觉风光好。縠皱波纹迎客棹。绿杨烟外晓寒轻，红杏枝头春意闹。

浮生长恨欢娱少。肯爱千金轻一笑。为君持酒劝斜阳，且向花间留晚照。

应该说，这首词整体而言，在宋词中并不算最杰出的一类。同时还有一个叫张先的，也是以一语成名：

张子野（先）郎中，以乐章擅名一时。宋子京（祁）尚书奇其才，先往见之，遣将命者，谓曰：“尚书欲见‘云破月来花弄影’郎中乎？”子野屏后呼曰：“得非‘红杏枝头春意闹’尚书邪？”遂出，置酒尽欢。盖二人所举，皆其警策也。①

张先做过不小的官，以尚书都官郎中致仕，写词写到八十多岁，则以“云破月来花弄影”的“弄”字总结其一生。这个“弄”字，不是一般云移月动、花影飘拂的意思，还有演奏乐曲的意味。弹琴的文雅说法是弄琴，王涯《秋夜曲》有“银筝夜久殷勤弄”。其妙在，第一，月光下花和影的移动，有某种旋律的意味；第二，以听觉之乐音形容视觉之花与影，暗喻不着痕迹。对其的评价，后世没有争议。

而“红杏枝头春意闹”，因为有争议，更为脍炙人口。宋祁死了以后好几百年，对于这个“闹”字，争议不休。清朝评论家、戏剧家李渔《窥词管见》第七则认为这个字用得无理：

琢句炼字，虽贵新奇，亦须新而妥，奇而确。妥与确，总不越一理字，欲望句之惊人，先求理之服众。时贤勿论，吾论古人。古人多工于此技，有最服予心者，“云破月来花弄影”郎中是也。有蜚声千载上下，而不能服强项之笠翁（按：李渔晚号）者，“红杏枝头春意闹”尚书是也。“云破月来”句，词极尖新，而实为理之所有。若红杏之在枝头，忽然加一“闹”字，此语殊难着解。争斗有声之谓“闹”，桃李“争春”则

① 陈正敏《遁斋闲览》，转引自宋胡仔《苕溪渔隐丛话》前集卷三十七，人民文学出版社 1984 年。

有之，红杏“闹春”，予实未之见也。“闹”字可用，则“吵”字、“斗”字、“打”字，皆可用矣。宋子京当日以此噪名，人不呼其姓氏，竟以此作尚书美号，岂由尚书二字起见耶？予谓“闹”字极粗极俗，且听不入耳，非但不可加于此句，并不当见之诗词。近日词中，争尚此字者，子京一人之流毒也。[①]

而贺裳《皱水轩词筌》则认为：“词虽以险丽为工，实不及本色语之妙。如李易安‘眼波才动被人猜’［按：李清照《浣溪沙》（绣面芙蓉）词句］……观此种句，觉“红杏枝头春意闹”尚书，安排一个字，费许大气力。”他认为，“闹”字虽然好，但是人工痕迹太显著了，不如李清照那种女性眼光一动就有人产生过多的猜想。方中通《与张维》则反驳他：

试举“寺多红叶烧人眼，地足青苔染马蹄”（按：王建《江陵即事》）之句，谓“烧”字粗俗，红叶非火，不能烧人，可也。然而句中有眼，非一“烧”字，不能形容其红之多，犹之非一“闹”字，不能形容其杏之红耳。诗词中有理外之理，岂同时文之理、讲书之理乎？[②]

为了这个“闹”字，争论到20世纪，王国维说：“‘红杏枝头春意闹’，着一‘闹’字，而境界全出。‘云破月来花弄影’，着一‘弄’字，而境界全出矣。”但是，只是下个结论，并没有讲出道理来。吴世昌先生补充说：“‘闹’字‘弄’字，无非修辞格中以动词拟人之例，古今诗歌中此类用法，不可胜数。”[③]

吴先生似乎把问题的性质仅仅看成是修辞，显然太简单了。钱锺书倒是认为，方中通的“理外之理”，有理论价值，但是没有讲清楚。他举出更系统的例证说明宋人常用“闹”来形容无声的“色”，略引如下：

晏几道：“风吹梅蕊闹，雨细杏花香。”

毛滂：“水北烟寒梅似雪，水南梅闹雪千堆。”

黄庭坚：“车驰马逐灯方闹，地静人闲月自妍。”

陈与义：“三更萤火闹，万里天河横。”

陆游：“百草吹香蝴蝶闹，一溪涨绿鹭鸶闲。”

范成大：“行入闹荷无水面，红莲沉醉白莲酣。”

陈耆卿：“月翻杨柳尽头影，风擢芙蓉闹处香。”

钱先生还认为，方中通说“闹”字形容杏之红，还不够确切，应当说“形容花之盛（繁），‘闹’是把事物无声的姿态说成有声音的波动，仿佛在视觉里获得了听觉的感受”，

---

① 见唐圭璋编《词话丛编》（第一册），中华书局1986年，第553页。

② 转引自钱锺书《七缀集·通感》，上海古籍出版社1994年，第63页。

③ 吴世昌《词林新话》，北京出版社2000年。

“用心理学或语言学的术语来说，这是‘通感’（synaesthesia）或感觉挪移的例子”。[①]欧美诗人往往也用之，象征派则多用甚至滥用，“几乎是使通感成为象征派诗歌风格的标志”[②]。

钱先生学贯中西，用“通感”来阐释红杏闹，把中国古典诗话的感性语言上升到了心理学、语言学层面，可以说是破天荒地将问题理论化了，但还是留下了深入分析的余地。钱锺书先生引用了这么多宋人诗词中“闹”字的例证，但是，并没有明确分析所举诸人之作的优长和局限，如晏几道：“风吹梅蕊闹。”毛滂：“水南梅闹雪千堆。”用“闹”字来渲染梅花，梅花是白的，含清高的韵味，根本就“闹”不起来。黄庭坚：“车驰马逐灯方闹。”用“闹”形容灯火，是多余的，前面的车驰马逐已经够闹的了。陈与义：“三更萤火闹。”萤火是微弱的，背景是黑暗的，萤火虫再多也形不成“闹”的感觉。陆游：“百草吹香蝴蝶闹。”蝴蝶纷飞，引发轻盈的感觉，绝不会有闹哄哄的联想，至于范成大“行入闹荷无水面”，荷花虽艳，但很难凭空产生“闹”的联想。陈耆卿“风擢芙蓉闹处香”，显然联想生硬，因而上述诸作后世不传，而“红杏枝头春意闹”，却“闹”了一千年，生动而贴切。李渔说：

> 争斗有声之谓闹。桃李争春则有之，红杏闹春，予实未之见也。“闹”字可用，则“吵”字、“斗”字、“打”字，皆可用矣。[③]

然而，这种抬杠是很粗心的。

第一，李渔没有注意到“闹”字前面有个“红”字，在汉语里，存在着一种千百年来积累下来的潜在的、自动化而又非常稳定的联想机制。红杏，作为色彩本来是无声的，但汉语里“红”和“火”可以自然地联系在一起，如“红火”；“火”又可以和“热”联系在一起，如“火热”；从“热”就自然联想到了“热闹”。所以“红杏枝头春意闹”之“闹”字，取“热闹”之意，既是一种以声形色的、陌生的（新颖的）突破，又是对汉语潜在规范的发现。

正如法国象征派诗人波德莱尔在《感应》一诗中所写——

> ……
>
> 芳香、色彩、音响全在互相感应。
>
> 有些芳香新鲜得像儿童肌肤一样，
>
> 柔和得像双簧管，绿油油像牧场

---

① 钱锺书《七缀集·通感》，上海古籍出版社1994年，第64页。

② 钱锺书《七缀集·通感》，上海古籍出版社1994年，第72页。

③ 见唐圭璋编《词话丛编》（第一册），中华书局1986年，第553页。

……

这里的芳香之嗅觉、双簧管的听觉和绿草牧场的视觉，是统一在“儿童肌肤”、双簧管、牧场的绿油油上的，在性质上是新鲜的，在程度上是柔和的。这样才形成了嗅觉、听觉和视觉的和谐感应，或者交响。

为什么不可以用“打”或“斗”呢？打和斗虽然也是一种陌生、新颖的突破，却不在汉语潜在的联想机制之内，“红”和“斗”“打”都没有现成的联系，故构不成和谐的感应、交响。

第二，钱先生只是举出了有那么多宋人用了有声的“闹”，但是，并没有证明这些“闹”字和宋祁的“红杏枝头春意闹”同样精彩。这里有个理论性问题：中国古典诗歌的意象的感染力并不在孤立的字眼，而是存在于意象群落之间潜在的联想义。红杏枝头春意闹，之所以不朽，不仅在于红与杏之间的单纯的声与色的联想机制，而且在于其内涵“春意”，红杏之红，是春天来得如此鲜活之感，这种鲜活之感，还得力于和前面的一句“绿杨烟外晓寒轻”的对比。绿杨如烟，晓寒尚轻，正是在这样的背景下，红杏之色显得不但夺于目，而且喧于耳。

分析出这一点，就不难明白，晏几道等人之“闹”，在后世之所以寂寂无闻，不但是因为字面的联想生硬，而且是因为句间缺乏埋伏和照应。正如贺知章“不知细叶谁裁出？二月春风似剪刀”，春寒料峭，有锋利之感，但春风可以用剪刀来比喻，却不可以用菜刀来形容，因为前面有“细叶裁出”的“裁”字埋伏在那里，“剪裁”是汉语固定联想，故而陌生中与熟悉统一，不像在英语里剪与裁是两个不相干的字（cut和design）。

钱锺书先生拿出了这么高深的学问，也还没有穷尽“闹”字的精妙。这也许隐含着启示：要读透我国的古典诗词的精致，不能满足于西方文论举例。不管多么权威的西方文论，都只是普遍性的，而经典杰作则是特殊的，特殊性内涵大于普遍性的。普遍性的原则，是将文本中的特殊性抽象了的结果。文本分析的任务，不是将丰富的特殊内涵，归顺于普遍的抽象，而是要在具体分析中将特殊性，也就是艺术的生命还原出来。西方人所说的通感，只是普遍的抽象，在特殊的实践中既可能成功，也可能失败。钱锺书先生前述已经指出法国象征派对于通感的滥用，导致失败。同样钱锺书先生所举宋人之诗句，如果不苛刻地说是失败，至少也是平庸之作。

诗词语言提炼是一个很艰难的过程，不仅仅是个人的，而且是属于历史的。诗人写诗，并不是从零开始的，经典的文本蕴含着历代诗人经验的深厚积淀。离开了历史的积淀，对于文本做孤立的分析是不可能到位的，因而应该将之还原到历史的潮流和母题的、形式的、意象的增值或者贬值的过程中去。

宋祁这句词，并不是凭空而来的，而是对历史的师承和突破。清人王士禛《花草蒙拾》认为，此句实是从花间派词句“暖觉杏梢红”转化来的：

“红杏枝头春意闹”尚书，当时传为美谈。吾友公勇极叹之，以为卓绝千古。然实本花间“暖觉杏梢红”，特有青蓝冰水之妙耳。[①]

原词系五代后晋和凝《菩萨蛮》词句：“暖觉杏梢红，游丝狂惹风。”这个历史的还原，有道理，因为，这个视觉的杏稍红，和触觉的“暖”联系在一起。宋祁将之从暖/热，发展为热/闹，用了“闹”字，可谓是青出于蓝而胜于蓝。原句表现杏花之红，只给人一种暖的感觉，而宋祁的红杏在枝头“闹”，不但是暖，而且给人一种喧闹的联想。多了一个层次的翻越，在艺术上就升了一大格。

这一点，联想的精致是西方的通感所不包含的，因而对于西方理论，可学习而不能满足于追随。要突破，突围，还要从中国的文本的特殊性中去具体分析。这种分析，还可以延伸到现代新诗中去。戴望舒的《雨巷》中写到抒情主人公希望逢着一个丁香一样结着愁怨的姑娘。“她是有丁香一样的颜色，丁香一样的芬芳”“太息般的眼光”。这里的主体意象来自五代李璟的“青鸟不传云外信，丁香空结雨中愁”。把丁香在性质上定为爱情的忧郁，丁香本身是淡淡的。戴望舒就这样把颜色、气味和声音有机地、和谐优雅地结合起来，使《雨巷》成为现代诗难得的经典。

---

① 王士禛《花草蒙拾》，唐圭璋编《词话丛编》，中华书局1986年。该词为五代后蜀赵崇祚编《花间集》选录，得以保存。

岳阳楼和洞庭湖：沉郁之美与豪放之美的载体

杜甫《登岳阳楼》诗云：

昔闻洞庭水，今上岳阳楼。吴楚东南坼，乾坤日夜浮。亲朋无一字，老病有孤舟。戎马关山北，凭轩涕泗流。

第一联："昔闻洞庭水，今上岳阳楼。"昔闻，意思大概是久闻其名，接着说今日终于来到。这好像是大白话，没有什么特别的诗意，有点煞风景。这在杜甫的诗中，好像不是个别现象。杜甫号称"诗圣"，但五言律往往不讲究开头。《春夜喜雨》的开头是："好雨知时节，当春乃发生。"《望岳》的开头是："岱宗夫如何？齐鲁青未了。"都是很平淡的文字。律诗一共八句。一般说，每一句都不能轻易放过。但这里却基本上是叙述，没有形容，没有夸张，没有抒情。当然，一开头就激动，杜甫不是不会，可是，总不能每一首都一样激动。以平静的感情、朴素的文字开头是不是也自有其魅力呢？杜甫对此好像有点偏爱。又如《春宿左省》：

花隐掖垣暮，啾啾栖鸟过。星临万户动，月傍九霄多。不寝听金钥，因风想玉珂。明朝有封事，数问夜如何。

再看《登兖州城楼》：

东郡趋庭日，南楼纵目初。浮云连海岳，平野入青徐。孤嶂秦碑在，荒城鲁殿余。从来多古意，临眺独踌躇。

又如《别房太尉墓（在阆州）》：

他乡复行役，驻马别孤坟。近泪无干土，低空有断云。对棋陪谢傅，把剑觅徐君。唯见林花落，莺啼送客闻。

开头都是很平静的，并不是很激动的样子。这些诗的体裁都是五律。这可能不是偶然的。为什么同样是杜甫的律诗，七律就很少是这样的？如《登高》，一开头就是很高亢的调子：“风急天高猿啸哀，渚清沙白鸟飞回。”五言诗虽然只比七言诗少两个音节，但是，就其多数而言，风格比七言的要高雅古朴得多。这表现在文字上是朴素无华，在情感上则是内敛，不事张扬。不轻易激动，更不轻易以文采取胜。故有下面的句子：“吴楚东南坼，乾坤日夜浮。”本来登岳阳楼的人，目力所及是无法窥吴楚大地全貌的，可是，杜甫在这里却夸张地说，吴楚被洞庭分成东南两片，而天地就在这片水面上日日夜夜地沉浮。一个“浮”，不着痕迹地把苍茫大地变轻了，也把洞庭湖反衬得空间无垠而且时间（日夜）相融。这一句可能是受到曹操《步出夏门行·观沧海》的影响。曹操的原文是：

秋风萧瑟，洪波涌起。日月之行，若出其中；星汉灿烂，若出其里。

不过曹操说得比较朴素，用了两个“若”，是明喻。而杜甫，干脆就把假定性从字面上省略了。从修辞上来说，直接用了“坼”和“浮”，是暗喻。这个“浮”字，唐朝诗人十分欣赏。如王维《汉江临泛》：

郡邑浮前浦，波澜动远空。

这还只是波澜的涌起，造成城市（郡邑）浮动的感觉；而杜甫却用了“乾坤日夜”——大地、天空和日日夜夜不断的时间，把“浮动”主体化，想象的气魄更为博大。这不仅是湖面的浩渺起伏，也是精神空间的宏伟和起伏。在登高的场景中，把自己的情绪放在尽可能宏大的空间中，使感情显得宏大。这是杜甫的拿手好戏。这一联，得到历代诗评家的喝彩。《唐诗品汇》引一刘姓评家称赞这一联“气压百代，为一方雄浑之绝”[①]。但是，杜甫又不完全停留在高亢的音调上，常常是由高而低，由宏大的历史到孤单的个人：

亲朋无一字，老病有孤舟。戎马关山北，凭轩涕泗流。

明明是个人的痛苦，有关亲朋离异的，有关自己健康恶化的，这可能是小痛苦，但是，杜甫却把它放在空间（“乾坤”）和时间（“日夜”）的运动（“浮”）之中，这个气魄，就博大而深沉了。当然，这并不完全是技巧问题，诗人总是把个人命运（“亲朋”离散、“老病”异乡）和战乱（“戎马关山”）中国家的命运联系在一起。这种境界是宏大的，但是，他随即又转向了个人命运，而且为亲朋信息杳然和自己的老病而涕泗横流起来。这不但不显得小家子气，反而以深沉的情绪起伏强化了他的意脉的节奏。《杜诗说》的作者说这首诗：“前半景写景如此阔大，转落五六，身事如此落寞，诗境阔狭顿异。”这种“阔狭顿异”，也就是情绪的大幅度起伏变换，事实上也就是杜甫本人所说的“沉郁顿挫”（《新唐书》卷二百一）。在《登楼》中，则是：“花近高楼伤客心，万方多难此登临。锦江春色来天地，玉垒浮动变古今。”他个人的“伤心”总和“万方多难”的战乱结合在一起，这就令他的悲痛有了社会广度。为了强化这社会性的悲痛，他又从“天地”宏大的空间和“古今”悠远

① 陈伯海主编《唐诗汇评》（中），浙江教育出版社 1995 年，第 1270 页。

的时间两个方面对其深度加以充实。杜甫的气魄，杜甫的深度，就是由这种社会历史感、宏大的空间感和悠远的时间感三位一体构成的。哪怕他并不是写登高，他也不由自主地以宏大的空间来展开他的感情，例如《秋兴八首》（其一）：

玉露凋伤枫树林，巫山巫峡气萧森。江间波浪兼天涌，塞上风云接地阴。

借助“兼天”“接地”的境界，杜甫表现了他宏大深沉的艺术格调。换一个人，即使有了登高的机遇，也不一定能表现出宏大深沉的精神力量来。但是，在注意杜甫精神空间的博大时，我们不能忽略七言的《登楼》、《秋兴八首》（其一）和五言的《登岳阳楼》的明显不同：前者比较富于文采，比较富于激情；而《登岳阳楼》的语言则是比较朴素的，情感是比较内敛的。

亲朋无一字，老病有孤舟。

除了孤舟的“孤”以外，连一个形容词都没有。“戎马关山北”似乎只是叙述，“凭轩涕泗流”，情感就不能抑制，意脉就提升到高潮。文字的平实和内在情感的深沉起伏恰成对照。这种特点，不是偶然的，联系《望岳》（“岱宗夫如何”），可以肯定，这与杜甫驾驭“五言律诗”这样一种特殊的形式有密切关系。

在唐五言律诗中，杜甫成就最高。不仅和七言律诗相比，就是和五言绝句相比，五言律诗也以语言朴素，“忠厚缠绵”（《四库全书总目》卷一百七十三）见长。杜甫此首诗作古朴而浑厚，实乃唐诗上乘之作。胡应麟在《诗薮·内编》卷四中认为：唐代五律，经过陈子昂、杜审言、沈佺期、宋之问的“典丽精工”，到王维、孟浩然、储光羲、韦应物的“清空闲远”，又经过高适、岑参，“虽自成趣，终非大手”。除了李白以外，只有杜甫，“气象巍峨，规模宏远，当其神来境诣，错综幻化，不可端倪。千古以还，一人而已”。而且特别指出，五律之“宏大”者，以此为代表。[①]这个评价，也许有点绝对化，但由此可以想象杜甫的五言律诗在权威诗评家心目中无可匹敌的地位。

李白《陪侍郎叔游洞庭湖醉后》（其三）诗云：

刬却君山好，平铺湘水流。巴陵无限酒，醉杀洞庭秋。

这首诗选自游洞庭湖的组诗。李白流放遇赦以后，赴亲友的筵席所作。有亲戚招待，又可游山玩水，这时的李白，心情是比较轻松的。前面还有两首。

其一：

今日竹林宴，我家贤侍郎。三杯容小阮，醉后发清狂。

其二：

船上齐桡乐，湖心泛月归。白鸥闲不去，争拂酒筵飞。

---

① 仇兆鳌《杜少陵集详注》（一），文学古籍刊行社 1955 年，第 4 页。

从艺术水准来说，这两首都属一般。第一首第一句是把此番参与的人士都称赞为“竹林”贤士。第二句，奉承族叔贤人。第三、四句是自我表现。这个自我的特点，用“清狂”二字出之，显得太抽象。第二首，以白鸥的拂筵而飞表现诗人卸却精神负担，与环境和谐相处、怡然自得的心情。但，都不及这第三首。

要在艺术上读懂这首诗的优秀，光是从字面上的关键词看是不够的，其中隐藏的关键词更为重要。这首诗的艺术构思和前面两首表面上是同一情景，但在艺术上却是两个路子。前二者基本上是即景抒发，颇多即景成分，而这一首却完全是虚拟的、想象的。“刬却君山好”，实际的意思是，“刬却君山”才“好”，这是一个假定句。完整的语法结构是：如果能把君山“刬却”多好。下面同样也隐藏着一个关键词：（如果）让湘水无阻碍地横流，（那么）巴陵（也就是岳阳）的洞庭湖水，就全部是酒了。这样的话，洞庭的秋色就全都要醉死（人）了。

李白没有直接抒发从政治上到生活上全方位获得解放的兴奋之情，而是用诗人对洞庭湖的感觉来体现。李白遭遇的灾难比杜甫不知要严酷多少倍，他获得解脱后的心情也比杜甫不知要轻松多少倍。一方面，他的个性如此；另一方面，他的人缘似乎也比较好。遭难之时，他是很孤立的，弄到“世人皆欲杀”的程度，可是一旦解脱，又所到之处宴请不断，甚受地方官和亲友的欢迎。他不像杜甫那样，时时为国家命运而陷于痛苦，有时甚至连生计都很难维持。传说杜甫长期饥饿，有朋友赠送牛肉，竟死于大啖。李白却不一样，他总是对酒当歌，豪情满怀。同样面对洞庭湖，他不像杜甫那样痛苦，似乎战乱、亲人离散、政治上的灾难、自己身家性命和道德形象的危机均不存在，他把一切都抛在脑后，只顾眼前的欢乐。全诗只写一个“醉”字。这个“醉”字，第一次点明，是在题目上。他不像一般诗人那样，尽量回避在题目上出现过的字，相反，他在最后一句第二次又点了这个字。不过不是直接表现自己的醉态，而是写自己的醉想。什么样的醉想呢？醉得还不够过瘾，醉得不够精彩。要怎样才过瘾，才够精彩呢？这是个难度很高的课题。因为自己醉的姿态，已经写过很多，许多名句，早已经脍炙人口。如《将进酒》：“人生得意须尽欢，莫使金樽空对月。……烹羊宰牛且为乐，会须一饮三百杯。……钟鼓馔玉不足贵，但愿长醉不复醒。……五花马，千金裘，呼儿将出换美酒，与尔同销万古愁。”还有《襄阳歌》：“清风朗月不用一钱买，玉山自倒非人推。舒州杓，力士铛，李白与尔同死生。”

醉到这种程度，其姿态之浪漫，之超凡脱俗，可能是无以复加了。如今又来写醉，该从何处出新呢？李白毕竟是李白，虽然已经年近六十，他的想象、他的豪情，仍然不减当年。他的想象从人转化到酒上，又从酒转化到眼前的洞庭湖水上。诗人神思飞越，让洞庭湖里的水都变成酒。这样，感情够极端的了罢。但，还不够极端。要让感情更强烈，就要让酒更加无限。眼前的君山，占据了湖面，这毕竟是个遗憾。那就把君山给铲除掉。酒不是就更加无限了吗？这就是第二层次的极端。这个极端是李白在《襄阳歌》中曾经想象过的："遥看汉水鸭头绿，恰似葡萄初酦醅。此江若变作春酒，垒曲便筑糟丘台。"

按《将进酒》和《襄阳歌》的想象，接下去应该是，诗人豪情满怀地痛饮了。但是，这样写，就是想象的重复了。这是李白不屑的。他的想象来了一个急转弯，他不喝了，他不醉了，他的第三层次的极端是："巴陵无限酒，醉杀洞庭秋。"让洞庭湖水都变成了酒，结果醉死的不是自己，而是洞庭湖的秋色。《唐诗摘抄》说：

放言无理，在诗家转有奇趣。[①]

从实用价值来说，这的确是无理的。但从审美情趣来说，却是有趣、有情的。诗人的审美情趣从实用理性中解放了出来，不讲理了，就"无理而妙"了（贺裳《载酒园诗话》、吴乔《围炉诗话》）。妙在无理中不但有情，而且有情感的逻辑。为什么是洞庭"醉杀"了呢？因为，这里的景色、这里的氛围、这里的友情和亲情醉人。但李白不说友情和亲情，而说是秋天。因为，这里的君山、湘水、巴陵、洞庭的美结合在一起，最能代表其美的，乃是洞庭秋色。文字上是洞庭秋色为酒所醉杀，实际上诗人把自己醉杀，同时也让洞庭的秋色醉杀了。在这种秋色中，水之滔滔，乃酒之滔滔；酒之滔滔，乃情之滔滔。洞庭之酒，秋色之醉，乃诗人之醉。秋为酒醉杀，实写；人为秋色醉杀，虚写。"醉后发清狂"之意，在第一首中没有完成，到这第三首，终于把狂态写了出来。弄到洞庭与"我"同醉，分不清是洞庭之醉还是"我"之醉的程度，还不够狂吗？狂得还不够精彩吗？

这首诗把李白激情澎湃的一面，表现得淋漓尽致。当然，这只是李白艺术个性的一个方面。同样是在洞庭湖岳阳楼上，李白还有一首《与夏十二登岳阳楼》，也是很经典的：

楼观岳阳尽，川迥洞庭开。雁引愁心去，山衔好月来。云间连下榻，天上接行杯。醉后凉风起，吹人舞袖回。

如果说前面一首抒写的是激情，以强烈的、极端的感情取胜，而这一首，则以潇洒的感情见长。"楼观岳阳尽"，是不是说，没有比岳阳楼更精彩的了？"川迥洞庭开"，站在岳阳楼上，洞庭湖很开阔，并没有"刬却君山"才好让湘水平铺而流动的冲动，相反在天水一片的境界中，目送大雁远去，令人把忧愁忘却了，山头的明月，美好得像是山专门奉献给自己的一样，云如天上下榻，人如喝醉了酒，一任凉风把衣袖吹得飘舞起来。和前面的那首相比，这是一种很轻松自如的境界，大雁、明月、云间、天上、下榻、行杯、凉风、舞袖，表面上都没有将世界做大幅度的变形，但其性质是变异的，"雁引愁心去"，主要功能是变异的，无心之飞变成消愁之"引"。"山衔好月来"，一则为关系变异，二则为目的变

① 陈伯海主编《唐诗汇评》（上），浙江教育出版社1995年，第690页。

异，其消愁行乐之意均为隐性的。前面那首，强烈的激情撞击着诗人的感觉，使之发生了显性的形变与质变。这一首抒发的则不是强烈的感情，而是一种潇洒的感情。

孟浩然《望洞庭湖赠张丞相》诗云：

八月湖水平，涵虚混太清。气蒸云梦泽，波撼岳阳城。欲济无舟楫，端居耻圣明。坐观垂钓者，徒有羡鱼情。

这首诗的题目是“望洞庭湖赠张丞相”，联系到诗的后面两联“欲济无舟楫，端居耻圣明。坐观垂钓者，徒有羡鱼情”，显然诗人此诗意在要这位权贵对自己加以提拔。这样的写作目的，说起来，有点煞风景。但千年来的读者，很少对之苛求，诗话中赞赏有加者比比皆是。原因是孟浩然巧妙地把自己的意图和观赏洞庭湖的风景交融在了一起。前两联完全是自然景观的描绘。“八月湖水平”，这个“平”字起得从容不迫。平，就是水很满，很充盈，同时视野很辽阔，一望无际。写到这里，还只是自然景观的特点，没有显出很浑厚的精神内涵来。“涵虚混太清”，太清，是天空。把水面和天空连成一片，结成一体，空间无垠，气魄就比较宏伟了。天连水，水连天。这里有几个字，是很有内涵的。一个是“虚”，就是没有具体的形，上下天光，烟波浩渺。还有一个字“混”，这个“混”和前面的“涵”结合起来，和现代汉语中的“含而混之”有点接近，互相渗透，互相融通，没有边界，“至道之精，窈窈冥冥”（《庄子·在宥篇》）。人的目光，人的身影，融入这样的宏伟气象之中，人的精神也就不由得不超越，不由得不宏大起来。这两句，一般读者可能并不觉得特别精彩，但是，明朝的诗评家杨慎在《升庵诗话》中说：

“八月湖水平，涵虚混太清。”虽律也，而含古意。皆起句之妙，可为法。①

这就是说，这首诗虽然是近体的律诗，却有古诗的意蕴。什么叫作古诗的意蕴？就是不讲平仄，不讲格律，文字比较古朴，情感比较收敛。平平静静，却有浑厚的意境。这应该是有一定道理的。联系到杜甫《登高》的开头“岱宗夫如何？齐鲁青未了”，还有杜甫《登岳阳楼》的开头“昔闻洞庭水，今上岳阳楼”，都是五律，同样是很平静的情调，很朴素的语言。五言律诗和七言律诗往往有所不同。七言律不论是感情还是文字，都可能是比较华彩的。

接下去“气蒸云梦泽，波撼岳阳城”是千古名句。和前面的诗一样，也是写洞庭湖的波澜的。不过不是从岳阳楼，不是从湖南这一边看洞庭湖，而是从另一边，从湖北看洞庭湖。看起来也是烟波浩渺气象万千的。“气蒸云梦泽”，说的是，烟波之气蒸发到长江中游两岸云梦泽。“云梦泽”，不是当时的地名，而是古代的地名。这样写，有一点古典意味。这当然是想象，气魄的豪迈来自想象空间的宏大。“波撼岳阳城”本来是一种错觉。洞庭湖

① 陈伯海主编《唐诗汇评》（上），浙江教育出版社1995年，第528页。

的波澜真的要撼动岳阳城的话，就是一种灾难了，这里强调的是洞庭湖波澜起伏。如此宏大，好像岳阳城在起伏一样。这一联之所以成为千古名句，就是因为，气蒸云梦的空间感和波撼岳阳的运动感二者相结合，不但宏大，而且惊心动魄。这两句诗和杜甫的“吴楚东南坼，乾坤日夜浮”齐名。但一般诗话家，以为不如杜甫。可能是因为杜甫不但有空间感而且有时间感（乾坤日夜）。

当然，更大的可能是，杜甫内心的悲欢总是和战乱民生紧密地联系在一起，而孟浩然则往往只限于自己个人的命运。接下去四句，孟浩然不得不把自己的意图表露出来：“欲济无舟楫，端居耻圣明。”要过河吧，没有舟楫，干脆坐着不动（端居）吧，又对不起英明的皇帝。当然，比喻是比较巧妙的，把自己的愿望说得尽可能含蓄，又尽可能明白。这个被李白称赞为“红颜弃轩冕，白首卧松云”，甚至“迷花不事君”，只爱喝酒、不想当官的孟夫子，把入世心态说得已经够清楚了，接着还要再说：“坐观垂钓者，徒有羡鱼情。”虽然从联想上来说，垂钓、羡鱼和舟楫，如古代诗评家所说，“钩锁”相连，还是相当紧密统一的，但不论是从诗歌思绪层次的深化来说，还是从希望被人家提拔的角度来说，前面都已经表述充分了。这一联反复申述，难免画蛇添足。历代诗评家中，虽然有人认为这首是孟氏的压卷之作，但也有不止一个诗评家说这首诗的前半部分和后半部分不相称。《诗辩坻》的作者甚至因为不喜欢他的后面四句，索性连前面四句都否定掉，说这首诗：

> 起句平平，三四句雄。而“蒸”“撼”，语势太矜，句无余力；“欲济无舟楫”二语感怀已尽，更增结语，居然蛇足，无复深味。又上截过壮，下截不称。世目同赏，予不敢谓之然也。①

此议虽有点矫枉过正，但对后四句的批评无疑是有道理的。

① 陈伯海主编《唐诗汇评》（上），浙江教育出版社 1995 年，第 528 页。

渔父：潇洒自如的风度和天人合一的生存状态

张志和《渔父》诗云：

西塞山前白鹭飞，桃花流水鳜鱼肥。青箬笠，绿蓑衣，斜风细雨不须归。

这里的自然景观是美好的。山水、白鹭、桃花、鳜鱼，说明环境与人之间不仅没有严峻的冲突，而且环境为人的生存提供了丰饶的物质条件和赏心悦目的景观。鱼米之乡的风物历历如在目前。自然界的风雨，并不是粗暴的，而是温和的。这大自然的风轻到什么程度呢？说它是斜的。风是看不见的，怎么可以说它是斜的呢？这可能是诗人感觉到的，也可能是他从细雨的歪斜中看出来的。只能是斜风，唯此意象才能与细雨构成和谐的统一。这里的用词是相当精致的，微风吹拂与心灵的安详相符，只能用斜风，而不能用歪风。歪风另有一种贬义的联想，与细雨构不成统一的、和谐的意象群。这个意象群中所提示的自然风雨，非但不构成生存的挑战，反倒变成了享受的景观。那斜风细雨，只需简朴的箬笠、蓑衣就可抵御，其姿态不紧张。特别是“不须归”，就更显潇洒。一般的风雨有一种逼迫力，让人想到归家，但是，这种风雨，根本就不想回家呢！白鹭、桃花、流水，景观本来就美好，行走在微弱的风雨中，是比居家更为美好的享受。这是特别的情趣，超凡脱俗的心境。这首诗，是从诗人的一个组歌中选出来的，又名《渔父歌》。原诗有好几首，其他几首是这样的：

钓台渔父褐为裘，两两三三舴艋舟。能纵棹，惯乘流，长江白浪不曾忧。

霅溪湾里钓鱼翁，舴艋为家西复东。江上雪，浦边风，笑着荷衣不叹穷。

松江蟹舍主人欢，菰饭莼羹亦共餐。枫叶落，荻花干，醉宿渔舟不觉寒。

青草湖中月正圆，巴陵渔父棹歌连。钓车子，橛头船，乐在风波不用仙。

这几首的情境都是高度逍遥的：这几首都不及前一首。前面一首的关键是“不须归”，在风雨中很从容、很悠然地欣赏自然，体悟自我。后面的几首，关键也在最后的否定句：“长江白浪不曾忧”“笑着荷衣不叹穷”“醉宿渔舟不觉寒”“乐在风波不用仙”。但除了“醉宿渔舟不觉寒”，艺术感觉还算过得去，其余几首，都是比较直白的议论，显得浅显。这种渔父的主题，贵在真情。张志和是真的归隐，后来即使再有机会，他也不当真了，不干了，自称“烟波钓徒”，以自己的生命来作为自己的诗歌。但是，由于这类主题的影响巨大，成了一种传统主题，也就成了套路，越写越虚了。连李煜身为皇帝，都有《渔父》(即《渔歌子》)两首：

浪花有意千里雪，桃花无言一队春。一壶酒，一竿身，世上如侬有几人。

一棹春风一叶舟，一纶茧缕一轻钩。花满渚，酒满瓯，万顷波中得自由。

诗写得不怎么样，其中的感觉也有点轻松得过头，“万顷波中得自由”，什么才是“自由”？看来李后主是没有实感的。但这样的主题到了柳宗元手里，却是另外一种景象，可以真正称得上别开生面了。

柳宗元《渔翁》诗云：

渔翁夜傍西岩宿，晓汲清湘燃楚竹。烟销日出不见人，欸乃一声山水绿。回看天际下中流，岩上无心云相逐。

明人谢榛《四溟诗话》卷二提出：“诗有四格：曰兴，曰趣，曰意，曰理。太白《赠汪伦》曰：‘桃花潭水深千尺，不及汪伦送我情。’此兴也。陆龟蒙《咏白莲》曰：‘无情有恨何人见，月晓风清欲堕时。’此趣也。王建《宫词》曰：‘自是桃花贪结子，错教人恨五更风。’此意也。李涉《上于襄阳》曰：‘下马独来寻故事，逢人惟说岘山碑。’此理也。悟者得之，庸心以求，或失之矣。”此说表面上似为中国古典诗话、词话中难得之系统化，但，兴、趣、意、理四大范畴并不全面，还缺乏“情”这个重要范畴。且所举例句与得出之结论间的关系是或然性大于必然性，如李白“桃花潭水深千尺，不及汪伦送我情”可定性为“兴也”，但也可以划入“趣”和“意”的范畴。兴、趣、意、理四者之间缺乏统一的划分标准，故有交错，如趣与意，兴与理，皆属交叉概念。这样的随意性，表现出中国某些诗话词话带着直觉思维的局限。

把问题提得比较深邃、具有理论价值的是苏东坡“反常合道”的命题。东坡的这个命题，是从柳宗元的《渔翁》中提出来的，似乎就诗句论诗句，但是由此引起的千年争讼，涉及诗的情与趣、趣与理之间的关系，很有理论价值。

渔翁夜傍西岩宿，晓汲清湘燃楚竹。

为什么要突出渔翁夜间宿在山崖边上？他的生活所需，取之于山水，暗示的是和大自然融为一体。不过，不是一般的一体，而是诗性的一体。故取水，不叫取，而叫“汲”，不叫汲湘江之水，而叫“汲清湘”。省略一个“水”字，就不是从湘江中分其一勺，而是和湘江整体相连。不说点火为炊，不是燃几根竹，而说“燃楚竹”，与“汲清湘”对仗，更加显示其环境的整体和人的统一依存关系。这不仅是靠山吃山，靠水吃水的，而是靠山为山，靠水为水的生存状态。接下去：

烟销日出不见人，欸乃一声山水绿。

这一句很有名，可以说是千古“绝唱”。苏东坡评论说：

以奇趣为宗，以反常合道为趣。[①]

这话很有道理，但是，并未细说究竟如何“反常”，又如何“合道”。本来，燃楚竹，并不一定是枯竹，竹作为燃料，其特点是不一定要是枯的，即便新竹，也是可以烧的。如果是枯竹，烧起来，就不会有烟了，新竹，不干，烧起来才有烟，当然可能还有自然之雾与烟融为一体。“烟销日出不见人”，人就在烟雾之中，看不见了是正常，“烟销”了，本来应该看得出人，又加上“日出”，更应该看得出，然而是“不见人”。把读者带进一种刹那间三个层次的感觉“反常”转换之中。第一层次的反常，点燃楚竹之火，烟雾使人和自然统一，烟雾散去了，人却不见了；第二层次的“反常”，在面对视觉的空白之际，“欸乃一声山水绿”，传来了听觉的“欸乃”，突然从视觉转变成了听觉。这就带来视听转换的微妙感悟，声音是人造成的，应该是有人了吧，但是只有人造成的声音的效果，却还是“不见人”，只可以听到人的活动造成的声音。第三层次的“反常”是循着声音看去，却仍然是“不见人”，只有一片开阔的“山水绿”的空镜头。三个层次“不见人”，连续三个层次的“反常”，不是太不合逻辑了吗？然而，所有这一切却又是“合道”的。“烟销日出不见人”和“欸乃一声山水绿”结合在一起，突出的首先是渔人的轻捷，悠然而逝、不着痕迹，转瞬之间就隐没在青山绿水之中。其次，“山水绿”，留下的是一片色彩单纯的美景，同时也暗示着观察者面对空白镜头的遐想。不是没有人，而是人远去了，令人神往。正如“山回路转不见君，雪上空留马行处”“孤帆远影碧空尽，唯见长江天际流”一样，空白越大，画外视觉持续的时间越长。三个层次的“反常”，又是三个层次的“合道”。这个“道”不是一般的道理，而是视听交替和画外视角的效果，这种手法，在唐诗中运用得很普遍而且很熟练（如钱起《省试湘灵鼓瑟》：“曲终人不见，江上数峰青。”）。所以，这个“道”是诗

① 陈伯海主编《唐诗汇评》（中），浙江教育出版社1995年，第1799页。又见《全唐诗续编》卷上引释惠洪《冷斋夜话》。

歌感觉的想象交替之“道”。

这里的“反常”，可以理解为知觉的“反常”，超越常规。俄国形式主义把它叫作“陌生化”，英语有翻译成 defamiliarization 的，意思是反熟悉化。从表面上看，和“反常”异曲同工，都是为了给读者感觉以一种冲击。但“陌生化”是片面的。因为并不是一切“陌生化”的感知和词语都是富有诗意的，只有那些“陌生”而又“熟悉”的，才是有诗意的。“二月春风似剪刀”，为什么是艺术的？因为前面还有一句“不知细叶谁裁出”。“裁”字为后面“剪刀”的“剪”字埋下了伏笔，“裁剪”是汉语中天然“熟悉”的联想，也就是“反常”而“合道”的，“陌生”而“熟悉”的。而二月春风似“菜刀”，则是反艺术的。因为只有“陌生”，只有“反常”，而没有“熟悉”，没有“合道”。

仅仅从语言的角度来分析这个问题，是不够的。我国古典诗词强调“情趣”。故不可忽略从情感和趣味的方面来探讨。阮阅《诗话总龟》前集卷九载苏东坡欣赏陶诗：

> 初看若散缓，熟读有奇趣。[①]

趣味之奇，由于情感之奇。奇在“散缓”，也就是不奇，不显著，情感不强烈，需细读慢悟，才觉出奇在不奇之中。苏东坡认为这样才是“才高意远”。“意远”相对于意“近”。“近”就是一望而知，就是情感比较显露。而“远”则比较含蓄，比较宁静。常态抒情是情感处于激动状态，情感激动，便与理拉开了距离，甚至悖理，故有趣。在吴乔那里，叫作“无理而妙”。而这种反常态的无理，蕴含着情，因而有趣，故为“奇趣”。在当时主流的诗中，所谓“诗缘情而绮靡”。浪漫风格是跨时代，跨国界的。英国浪漫主义诗人华兹华斯将之总结为“强烈的感情的自然流露”。而美国新批评的理论家布鲁克斯引用华兹华斯的话说，他总是把平常的现象写得不平常，这是诗歌之所以成为诗歌的根本原因。但是，这样的总结是片面的。

苏东坡称赞的中国古典诗歌风格与之恰恰相反。不是把平常的事与情写得不平常，而是把平常的事与情写得平平常常。他举的例子是“暧暧远人村，依依墟里烟。犬吠深巷中，鸡鸣桑树颠”。表面上像是流水账，平静地对待日常化的生活，这就与当时主流的抒情大不相同。

从内容来说，陶渊明在这里，是对世俗社会的不屑，对自我的情感的净化，对自然的精心美化。情感是优雅的，舒缓的。情感的反强化，产生另一种趣味，拒绝世俗情趣优势，漫不经心，可见其潜在的坚定到随心所欲的程度。语言上无甚奇处，朴实无华。

其特点可以总结为：第一，不事强化的、不强烈的、不激动的；第二，没有波澜起伏的；第三，平静的心态的持续性，非转折性。这与世俗读者的心理预期相反，这叫“反

① 阮阅编《诗话总龟》(前集)，人民文学出版社 1998 年，第 107—108 页。

常”。然而，这种“反常”有风险，可能使诗失去感染力，变成散文。吴乔《围炉诗话》卷一：“无奇趣何以为诗？反常而不合道，是谓乱谈；不反常而合道，则文章也。”[①]这里的“文章”是指当时的实用文体，包括奏折、公文之类。但是，“合道”并不是合“理”。黄生《诗麈》卷一：“出常理之外，此之谓诗趣。……诗趣之灵。”[②]但是，并不是一切超越常理的都有诗意，它和“理”的关系，既不是重合，也不是分裂。谢肇淛说：“太奇者病理……牵理者趣失。”[③]用我的话说，情、趣与理三者乃是“错位”的关系。重合了，就没有趣味，完全脱离，也没有趣味。只有“错位”，部分重合，部分拉开距离，才有趣味，“错位”的幅度大了，就有了“奇趣”。“奇”在哪里？吴乔没有回答。应该是“奇”在深刻，深合于“道”。在陶渊明的诗中，是一种心灵的超越境界，不但没有外在的社会压力，而且没有内心欲望的压力，甚至没有传统诗的语言压力，完全处于一种“自然”的，也就是无功利的、不操心的心理状态。这种不事渲染，毫无加工痕迹的原生的、自然语言，之所以给诗话家以“造语精到”之感，就是因为它是最为真诚的、本真的，杜绝了一切伪饰的原生语言。这样的语言的趣味，释惠洪说是“天趣”，因为它是最自然的语言。事实上，这是陶渊明开拓的常态的非常态，反常态中的“合道”的境界。

对于诗的最后两句，“回看天际下中流，岩上无心云相逐”，苏东坡认为：“虽不必亦可。”由于苏东坡的权威，此言既出，就引发了近千年的争论。南宋严羽，明胡应麟，清王士禛、沈德潜同意苏东坡，认为此二句删节为上。而宋刘辰翁，明李东阳、王世贞则认为不删节更好。

其实，这最后两句“回看天际下中流，岩上无心云相逐”是不可少的。很明显，这是从渔翁的角度，写渔舟之轻捷。“天际”，写的是江流之远而快，也显示了舟行之飘逸。“下中流”，“下”字，更点出了江流来处之高，自天而降，舟行轻捷而不险，越发显得渔翁悠然自在。回头看从天而降的江流，有没有感到惊心动魄呢？没有。“岩上无心云相逐。”感到的只是，高高的山崖上，云在飘飞。这种“相逐”的动态是不是有某种乱云飞渡的感觉呢？没有。虽然“相逐”，可能是运动速度很快，却是“无心”，也就是无目的的，无功利的。因而也就是不紧张的。

可以说，这两句中，“无心”是全诗思想的焦点。但是，李东阳说：“若止用前四句，与晚唐何异？”刘辰翁也认为，如果删节了，就有点像晚唐的诗了。晚唐诗有什么不好？一种解释就是一味追求趣味之“奇”，而忽略了心灵的深度内涵。而苏东坡认为删节了最后

---

① 郭绍虞编选《清诗话续编》（上），上海古籍出版社 1999 年，第 475—476 页。

② 黄生《诗麈》，诸伟奇主编《黄生全集》（第四册），李媛校点，安徽大学出版社 2009 年，第 326 页。

③ 谢肇淛《小草斋诗话》卷一内编。

两句，就有奇趣，加上这两句，反没有了奇趣。但，这种把晚唐仅仅归结为奇趣的说法显然比较偏颇。今人周啸天说：“晚唐诗固然有猎奇太过不如初盛者，亦有出奇制胜而发初盛所未发者，岂能一概抹煞？如此诗之奇趣，有助于表现诗情，正是优点，虽‘落晚唐’何妨？‘诗必盛唐’，不正是明诗衰弱的病根之一吗？”[①]这显然是很有见地的，但是，只说出了人家的偏颇，并未说明留下这两句有什么好处。在我看来，最后一联的关键词，也就是诗眼，就是这个“无心”。这个无心，是全诗意境的精神所在。“烟销日出不见人，欸乃一声山水绿”，心情之美，意境之美，就美在“无心”。自然，自由，自在，自如。在“无心”之中有一种悠然、飘然。这个“无心”，典出陶渊明的《归去来兮辞》：“云无心以出岫，鸟倦飞而知返。”这种“无心”的，也就是无目的的、不紧张的心态，最明显地表现在“悠然见南山”中的“悠然”上。“悠然”，就是“无心”，也就是超越“心为形役”的世俗功利目的。而这里的“无心”的云，就是由“无心”的人眼中看出来的。如果有心，看出来的云就不是“无心”的了。这种“无心”的云，表现了陶渊明的轻松、自若和飘逸。以后，“无心”的云就成了一种传统意象。李白在《送韩准、裴政、孔巢父还山》中说：“时时或乘兴，往往云无心。”李商隐在《华师》中说：“孤鹤不睡云无心，衲衣筇杖来西林。”辛弃疾《贺新郎·题傅岩叟悠然阁》在写到陶渊明的时候，也说：“鸟倦飞还平林去，云自无心出岫。”这是诗的意脉的点睛之处，如果把它删节了，当然不无趣味，可能还会有一种余味不穷的感觉。让我们再来体会一下：

渔翁夜傍西岩宿，晓汲清湘燃楚竹。烟销日出不见人，欸乃一声山水绿。

感觉的多层次转换运动之后，突然变成一片开阔而宁静的山水。动静之间，“山水绿”作为结果，的确有触发回想的意象交叠，于结束处，留下不结束的持续回味的感觉。但是，这种回味只是回到声音与光景的转换的趣味，趣味的背后还有什么东西呢？就只能通过“无心”去体悟了。这个“无心”，是意境的灵魂，把意境大大深化了，对于理解这首诗的意境的特点，这两个字是至关重要的。

---

① 《唐诗鉴赏辞典》，上海辞书出版社1983年，第934页。

第五辑　古典诗词常见主体情感体验分析

享受孤独

李白《独坐敬亭山》诗云：

众鸟高飞尽，孤云独去闲。相看两不厌，只有敬亭山。

要真正理解这首诗的好处，要抓住几个关键词。第一个是题目上的“独”，就是孤独。全诗意境独特之处就在于孤独的感觉、孤独的自在、孤独的享受。

第一句，抓住“尽”。孤独到什么程度，没有什么人是不用说的了，连鸟都飞光了。

第二句，要抓住“独”和“闲”。不但人是孤独的，连云也是孤独的。这比上句又进了一层。上句的鸟还是“众鸟”，许多鸟，引起诗人凝神，一直到全部从视野里消失为止。而第二句却只有一片孤独的云，可是它的姿态，却和鸟的“飞尽”不同，它的离去，是很悠闲、从容的。这个悠闲的“闲”，很重要。在孤独中。这个“闲”字，留下了一点暗示，孤云是悠闲的，这完全是客观的吗？好像不是，这是由一只悠闲的眼睛看出来的，这里，暗示了孤独的悠闲心态。

开头两句，一方面把孤独感强调到极端：有生命的鸟消失了，没有生命的云也在离去，整个世界，就剩下诗人一个。另一方面又暗示，诗人面对这种绝对的孤独，不但不太在意，反倒还有一种情致，去欣赏孤云的姿态。这种情致的特点就是：“闲”（悠闲）。这无疑和极端的孤独隐隐构成了矛盾。

第三、四句：“相看两不厌，只有敬亭山。”要抓住“两”“不”和“厌”。

诗人是孤独的，为什么孤独？因为没有人交流，不但没有人，连鸟，连云，都消失了，因而产生孤独感。和孤独联系在一起的，是寂寞、苦闷、烦厌。这对于人来说，有一种消极的性质，诗人完全可以借此宣泄他的苦闷和烦厌，这是李白常常乐于表现的，但是，如果就是这样的话，就没有李白情感世界另一方面的特点了。毕竟李白还是正式受过箓的道教徒，或者说是道家学术的信仰者。他有时常把自己的孤独不满升华为一种顺道无为的境界。

李白这方面的特点，全在后面两句之中，隐含着一种对前面两句所营造的孤独感的反拨。

没有人可以交流，鸟、云都消失了，在这无生命的世界中，只有敬亭山可看。山不像鸟，它不会飞，也不会叫；山不像云，它不会飘移。面对这无声、不变的大山，应该说，更加寂寞，更加容易烦闷厌倦了。但是，就在这样的极端孤寂之中，诗的意脉却发生了一次转折。面对无声的敬亭山，不但没有感到烦厌，相反倒是感到“不厌”。这不是无理吗？不，这里隐含着诗的情感的逻辑特点。最孤独、最烦厌的境遇，变成了最不烦厌、最有味道的境界。这是一百八十度的大对转。但这并不是绝对无理的，它在无理中，又有自己的道理。这就是贺裳、吴乔所说的“无理而妙”。在这种对转中，对转的反差越大，越是显出“无理”的姿态；越是不合常理，感情的冲击力越强，读者的惊异感也就越强。但是，太突然，完全无理，也可能导致绝对的荒谬，使读者感到被愚弄。这里，李白的妙处在于，既突然，而又不太突然。

因为这里有李白的道家顺道无为的理念，但是，又不是道家理念的图解。

首先，有“闲”（孤云之闲）在前面做了铺垫。

其次，更主要的是，这种不厌，不是单方面的，而是双向的。不仅仅是李白看敬亭山，敬亭山也在看着李白；不仅是李白不厌，敬亭山也不厌。这是诗的杰出的想象自由，由于遵循着联想机制的相近轨道：把山的不动，变成相视，把不动的相视变成不厌，自然而然地转化为诗人情感的理性根据：在人间，是绝对寂寞的、烦厌的，但是，无语的、宁静的自然界，却能与之默默地凝神相对，在相对中感到某种交流，获得心灵的宁静。无一字言及人世间的无情，然而人间的无情，跃然纸上。

这种诗的逻辑，和《月下独酌》异曲同工：

花间一壶酒，独酌无相亲。举杯邀明月，对影成三人。

本来是极端孤独的，没有相亲相爱的人，只有月亮。但是，一旦把月亮当作人，举杯相邀，月亮也就是可以相亲的朋友；而且由于月光，身边有了影子，这样，就可以把它想象成为另一个朋友。这样，没有朋友变成了多个朋友，而这多个朋友只是想象中的朋友，又更加反衬出人世间的孤独。从现实世界来说，这是无理的，因为月亮和影子不是朋友。但是，从诗的想象逻辑来说，又是有理的：从内涵上说，人在大自然中，比在人世间更能获得感应；从形态上说，把月亮当成朋友，早就有过许多杰作了，而把影子当成朋友，则是李白的创造。影子有人的轮廓，像朋友，但是，这恰恰说明诗人的孤独，没有朋友。

敬亭山在安徽宣城，李白一生七游宣城。据学者考证，李白这首诗写于天宝十四载

（755）。十年前，他从政失败，被唐玄宗“赐金放还”，心情应该是很寂寞、很苦闷的。这种苦闷，在这里被诗化，使人沉醉于大自然的静穆之中，营造了一种毫无世俗之念的境界。

全诗的功力在于把自己提升到超越现实的想象境界中。在这种境界里，诗人的情感获得了比现实中更大的自由。全诗只有二十个字，前两句采用对仗句式，属对工整；后两句则以倒装句式（按照散文的句式，应该是“只有敬亭山”，才能“相看两不厌”），突出了“两不厌”。

对于这首诗的含意，古代诗评家中，有人认为“‘众鸟’，喻名利之辈，‘高飞尽’，言得意去。‘尽’为‘独’字写照。‘孤云’，喻世间高隐一流，‘独去闲’，言虽与世相忘，而尚有往来之迹”。这是不是有点过分坐实了呢？这样坐实的解读，本是好心，力图提高诗的道德和政治理念，却窒息了诗的精神内涵和想象的空间。

关于这首诗的语言，在历代诗话中，一般都称赞，但也有诗评家提出异议。胡应麟在《诗薮》中说：“诗最贵含蓄，青莲‘相看两不厌，只有敬亭山’亦太分晓。”其实，这是有点误解了诗的含蓄了。这两句话虽然表面上看来，意思明明白白，但这只是其表层的意义，敬亭山和“我”相看不厌，是一个结果，其原因，在于深层。在无生命的山上，却获得相亲的感知。大自然这种言外之意，在于对人间的隔膜不抱希望，是隽永含蓄的。

柳宗元《江雪》诗云：

千山鸟飞绝，万径人踪灭。孤舟蓑笠翁，独钓寒江雪。

这也是一首以图画来抒情的杰作，历代诗评家一致给予了极高的评价，但是，大多数是印象式的论断，并没有把道理讲出来。就是苏东坡这样的大家，也未能免俗。他对这首诗的评论是：“殆天所赋，不可及也已。”范晞文《对床夜话》则说：“唐人五言四句，除柳子厚《钓雪》之外，绝少佳者。”应该如何来欣赏它的好处呢？千百年来，在理论上，还没有一个准确的说法。一些诗话家认为，这首诗的好处，是以描绘景色取胜。《批点唐诗正声》[①]说：“绝唱，雪景如在目前。”《增定评注唐诗正声》说：“好雪景，名句妙。”《唐诗摘抄》说：“此等作真是诗中有画，不必更作寒江雪钓图也。”《诗法易简录》说：“前二句不着一雪字，而确是雪景。”众多说法不尽相同，但是从观念上来看，却是一致的，那就是，此诗好在提供了美好的视觉图画，具体来说，就是“诗中有画”。这是有权威根据的。自古中外都有“画是无声诗，诗是有声画”的说法，苏东坡在《书摩诘〈蓝田烟雨图〉》中也说：

味摩诘之诗，诗中有画；观摩诘之画，画中有诗。诗曰：“蓝溪白石出，玉川红叶

① 明代桂天祥对高棅的唐诗选集《唐诗正声》加以批点。

稀。山路元无雨，空翠湿人衣。”[①]

这里突出强调的是诗与画的共同性。作为一种感情色彩很浓的赞美，很精辟，有其相对的正确性；但是作为一种理论，无疑有其片面性，因为忽略了不可忽略的诗与画的差别。特别是这一段话经过长期传诵，抽去了具体所指的特殊对象，就变得越来越肤浅了。诗和画借助的工具不同，区别是这样大，又这样容易被人忽视，很值得思考。绝对地用画的优越来赞美诗的优越，是一种盲从。明朝人张岱直接对苏东坡的这个议论提出过异议，他说，诗中之画，不一定是好诗。[②]他的观点接触到了艺术形式之间的矛盾，但没有充分引起后人乃至今人的注意。不同艺术形式间的不同规范，在西方也同样受到漠视，以至于莱辛认为有必要写一本专门的理论著作《拉奥孔》来阐明诗与画的界限。[③]应该说，晚于张岱一个世纪的莱辛比之更进了一步，即使肉眼可以感知的形体（而不是画中不能表现的视觉以外的东西），在诗中和在画中也有不同的艺术准则。

既然从理论上来说，诗中有画，纯粹是视觉画图，并不一定能保证诗歌美妙，那么是什么使得这首诗动人呢？退一步说，并不是一切图画都是动人的，只有优秀的图画才能打动读者。作为一幅图画，其优越性何在？作为一幅包含着诗意的画，其杰出之处是什么呢？这是古人印象式的话语所不能充分概括的。

我们还是来看作品。开头两句："千山鸟飞绝，万径人踪灭。"题目是"江雪"，那就是说，写江上之雪的特点，不是一般的雪，而是大雪。这里的"千山"，指的是整个外部世界，纵目所及，一片纯净的空白。在这样一个宏大的背景上，连极其细微的飞鸟都绝迹了。"万径人踪灭"更是如此，生命的一切踪迹，不光是脚印，还有其他痕迹（如炊烟、茅舍、阡陌等）一概消失。眼前的一切，就是一片雪白，由空白构成的全部画面，是很有特点的。但是更有特点的是，这样的空白，被下面的孤舟独钓，也就是微小的人迹打破了。广阔无垠的空白和微末的存在之间，构成了一种强烈的对比。

如果要说"好雪景"，好就好在这种广阔无垠的"空"和微妙的"有"的内在张力。正是因为这样，一些诗评家不满足于表面的视觉，不满足于摹写客观的景物，而从表现诗人的情致方面进行探讨。俞陛云《诗境浅说续编》说："空江风雪中，远望则鸟飞不到，近视则四无人踪，而独有扁舟渔父，一竿在手，悠然于严风盛雪间。其襟怀之淡定，风趣之静峭，子厚以短歌为之写照，志和《渔父词》所未道之境也。"这就不仅仅是从描绘客观景物着眼，而是从主体感受出发，接触到诗人的情致特色了。这里有两个词组是不可忽略的：

---

① 《苏轼全集》（下），上海古籍出版社 2000 年，第 2189 页。

② 张岱《琅嬛文集·与包严介》，岳麓书社 1985 年，第 152 页。

③ 参阅莱辛《拉奥孔》，朱光潜译，人民文学出版社 1979 年，第 16、22 页。

“襟怀之淡定”“风趣之静峭”。这样的“襟怀”和“风趣”，是图画画不出、视觉不能见的。而这一切正是理解柳氏此诗的关键。

这就说明，这是一首抒情诗，动人之处，在内在的情致。问题在于，是什么样的情致呢？这是比之图画的性质，更为重要的问题。徐增《而庵说唐诗》有言：“此诗乃子厚在贬所时所作以自寓也。当此途穷日短，可以归矣，而犹依泊于此，岂为一官所系耶？一官无味如钓寒江之鱼，终亦无所得而已，余岂效此翁者哉！”这和前面的完全从客观景物出发相反，是完全从作者主观的遭遇出发。而主观的遭遇，又集中在官场的感喟上。把官职和鱼直接联系起来，明显有些牵强，把为官直接当作钓寒江之鱼，最多只是一种或然性的假想，并没有什么必然性的证明。其实，柳宗元作为一个人，是很丰富、很复杂的，很有个性的。即便贬官失意，他的失意与其他被贬人士相比，也有很大的区别。这只能从诗本身来获得解释：

孤舟蓑笠翁，独钓寒江雪。

孤舟，就是只有一只船，蓑笠翁的意脉由最后一句“独钓”中的“独”点明了，即很孤独。这种“独”，从画面来说，是空白中的一点，极其微小的一点。这显然是一个对比。对比在中国古典诗歌中，是一种传统手法：“前村深雪里，昨夜一枝开。”（齐己）“浓绿万枝一点红，动人春色不须多。”（王安石）“春色满园关不住，一枝红杏出墙来。”（叶绍翁）以“一点”衬托“万枝”，以“一枝”衬托“满园”，都是画面鲜明的对比，突出感官的强烈的冲击性。但柳宗元这里，却不是感官的对比，而是非常深邃的对比，不仅突出了感官的冲击性，而且在表层感官以下，透露出形而上的意蕴。

诗的开头两句蕴含着超越画面的两个意念，那就是“绝”和“灭”。画面的空白，白茫茫一片，抽象的“绝”和“灭”。绝灭，是有道家“虚静”的哲理意味的。当然，如果光是这样的意味，是没有感染力的，只有和千山万径的空白的视觉画面结合起来，抽象才转化为具象。在感性画面下隐藏着的哲理意味才显得美。在这样的画面之下，有柳宗元道家思想的流露——虽然柳宗元政治思想上是偏向法家的。但是，在这里却是，整个世界，只有充满了无为的宁静，明显带上了道家，甚至佛学的意味。大千世界连生命活动的痕迹都没有，才显得纯净。“空”和“无”笼罩一切，是不是透露出政治上失意后的孤寂感？

如果接下去还是这样写，还是写空寂，当然也不是不可以，但是，可能难免单调。所以接下来的两句，不再是“空”和“无”，而是“有”和“在”。不过不是很明显的“有”和“在”，而是很微妙的，以微妙的“有”，打破无边无际的“空”和“无”。这就不但强调了世界的空寂，而且强调了人的精神状态。在这样无人的、空寂的环境中，人居然寂然不动。这是整个世界唯一的人，应该是一个孤独的人。他有没有孤独感呢？从画面上看，他维持着一种静止的状态，这说明他没有感到孤独，而是很宁静。诗中点明是“寒江”，那他有没有寒冷的感觉呢？似乎没有。如果感到寒冷，就不可能那么静止不动了。这个人没有孤独感，也没有寒冷感，是为什么呢？唯一的解释，就是他十分专注于自己手中的钓竿，忘记了孤独与寒冷。在一般人那里，钓竿是钓鱼的，而在这里，诗中写得明明白白，不是钓鱼，而是“钓雪”。钓雪和钓鱼不同，钓鱼是有目的的，而钓雪是没有目的的。

全诗的诗眼，就在这里了。

值得注意的是，没有目的，但又很专注，专注到对世界没有任何感觉的程度。他的专注的性质是什么呢？他专注的是他的内心，他的宁静的心灵。不管世界上发生了什么，都不会改变他的姿态，可见其心灵无为的程度与大自然之间达到何等的默契。“孤舟蓑笠翁，独钓寒江雪”，关键不仅仅是“孤”和“独”，而是对孤独没有感觉。孤独之感是外在的，而诗人之心是内凝的。不管有没有鱼，都不会改变他对内心的宁静的专注，可见他和大自然默契到什么程度。

这种境界，就是内心与外物的和谐，佛家、道家哲学均有这样的高境界。

表现这种境界，不用形容，不用夸张，只用白描，属于诗学兼哲学的高境界。[①]

但是要注意，这种境界是柳宗元的理想境界，想象的境界，而不是现实的境界。这和他的《小石潭记》是不大相同的。《小石潭记》是一篇现实性的散文，对于那么美好的景物，他还因“悄怆幽邃”“其境过清”，觉得不能久居，弃之而去。而在这里，就不仅仅是“过清”的问题，而是绝对寒冷、绝对孤独的问题。

从这里也可以看出，诗和散文的区别。从形式上说，散文是现实的，诗是想象的；从内涵上说，散文是形而下的，诗是形而上的。

---

① 此诗的禅宗意涵，请看本书《中国古典诗歌的意象和意脉——袁行霈古典诗学观念和文本解读批判》。

悲愤：无奈自得

辛弃疾《西江月·遣兴》词云：

醉里且贪欢笑，要愁那得工夫。近来始觉古人书，信着全无是处。

昨夜松边醉倒，问松："我醉何如？"只疑松动要来扶，以手推松曰："去！"

这首词是写诗人心中忧愤的。忧愁和悲愤，尤其是忧愁，作为中国古典诗歌中一个母题，风格是异常丰富的。正因为丰富多彩，要在这个母题上有所作为，就不能满足于现成的套话，就要别出心裁。辛弃疾在这方面，有多种探索。比如他的《丑奴儿》：

少年不识愁滋味，爱上层楼。爱上层楼，为赋新词强说愁。

而今识尽愁滋味，欲说还休。欲说还休，却道天凉好个秋。

这是反其意而用之。最有特点的忧愁，竟是没有忧愁却强调忧愁，而真正有了忧愁却装作没有忧愁。为什么没有什么忧愁却要强作愁呢？就是因为忧愁在诗歌中显得很美。为什么到了真正体会到忧愁的时候却回避忧愁呢？因为忧愁太痛苦，太折磨人心。

现在回过头来说这首《西江月·遣兴》，它很有特点。特点何在？

第一，一般的诗词，当其抒情时，不管忧愁多么沉重，诗人大抵都是清醒的。但是，这首词里，辛弃疾却坦然表现出自己不清醒，是醉态。第二,一般诗词中，借景抒情，即景抒怀，景物作为情感的载体，都是观照的对象；而这里，诗情的高潮处，客观景物居然活动起来，和诗人主体发生了冲突。这种冲突的性质，又不是一般的动作，而是在戏剧性动作中渗透抒情。第三，抒写的是诗人忧愤的激情，但是偏不直接写愤激，而是写一点忧愁都没有；不但没有忧愁，而且充满欢笑，相当开心。

第一句，"醉里且贪欢笑"。"贪"就是有意地沉溺于欢笑，尽量延长欢笑的时间，长醉不醒，尽量自我麻醉。为什么呢？逃避忧愁——"要愁那得工夫！"

要知道，这是一个英雄将军写的。他同时又是个词人，在宋词史上，他的词总体上属于豪放派——“想当年，金戈铁马，气吞万里如虎。”甚至连喝醉了，也不忘忧国——“醉里挑灯看剑，梦回吹角连营。”一副英雄气概。但在这首词里，一个立志恢复中原的统帅，却“醉里且贪欢笑”，好像是在醉生梦死。从字面上看，醉了，神志不清了，不清醒，就最开心，最精彩。“且贪”两个字，不可忽略。

醉和酒，是中国诗歌史上的传统主题，写得最早的是屈原：“众人皆醉我独醒。”在曹操的诗歌中，酒的功能也是忘忧。（“何以解忧？唯有杜康。”）因为酒使人不清醒，而清醒却能使人为忧愁所困扰。陶渊明的《饮酒》诗十五首，据他自己说，全是醉中之作，然而，读来却给人十分清醒之感。醉得最为彻底、最为诗化的是李白——“人生得意须尽欢，莫使金樽空对月。”李白的醉，不是生理上的醉，而是心理上的醉。醉是针对忧愁的，醉的最高目的是摆脱世俗的忧愁。但在李白那里，醉酒竟不能排解忧愁，因为酒不能使他彻底麻醉，他的特点是，越是忧愁越是清醒：“举杯销愁愁更愁。”李白的诗意，在不清醒与清醒之间。“古来圣贤皆寂寞，惟有饮者留其名。”清醒的圣贤没有知音，而不清醒的酒徒，却留下了美名。酒徒的姿态就显得浪漫，忧愁不可排解，想要不清醒，却恰恰很清醒。

但是，在辛弃疾这里，却不完全是这样。整篇词中，全是醉，全是不清醒。

醉意化为诗意的关键，是极端化。醉得很彻底，醉得很开心，完全耽溺其间，把心灵填得满满的，把时间占得满满的，连忧愁的时间都没有了（“那得工夫”）。这种醉的极端，是情感的极端。所表现的是激情，不是一般的温情，更不是贾岛式的闲情。

他的激情，从程度来说，就是“极情”。辛弃疾的激情中，包含着一种愤慨、愤激。为什么要逃避忧愁呢？中国古典诗歌中，不是把忧愁表现得很美、很富于诗意吗？因为感情的深层，隐含着另一层意思：忧愁是清醒的，清醒时太痛苦了，清醒时这忧愁太让人绝望了，只有醉，只有不清醒，才能把忧愁忘却。这种对不清醒的情绪的竭力美化，反映了立志复国的壮士，不但抗战主张得不到朝廷的采纳，反倒受到当权者压抑，束手无策的愤懑和绝望。

这种愤懑已经很极端了，但接下来更极端，绝望得连圣贤的书都不相信了：

　　近来始觉古人书，信着全无是处。

中国的传统观念，把知识分子叫作“读书人”。古书，具有经典、神圣的地位，但是，作为读书人，他居然说，古人的书本“全无是处”。当然，孟子说过，“尽信《书》，则不如无《书》”。但孟子还是比较委婉的。完全相信，就可能出错，这意味着其中还有可以相信的成分。而辛弃疾在这里却说古人的经典“全无是处”。这种一概抹杀，明显是一种愤激。这就是说，不但现实政治生活令人绝望，连圣贤的经典也叫人绝望。

沉醉于酒，耽溺于醉，还不怕给人以醉生梦死的感觉，这不是极端不负责任，很堕落的表现吗？如果这样，就是丑恶了。但是，他却把它表现得非常可爱，非常浪漫，非常天真：

昨夜松边醉倒，问松："我醉何如？"只疑松动要来扶，以手推松曰："去！"

这里显示出了辛弃疾对"醉"的主题的突破。他不再是通常那样以清醒态观照醉态，而是，第一，写醉得糊涂，居然问松树：自己醉得怎么样啊？一般的忧愁，是以清醒为美，以清醒地意识到现实和个人的悲愤为美；而这里，却以糊涂为美。第二，写醉态的幻觉："松动要来扶。"松树可能会因风吹而动，但绝不会是要来扶人。明明是醉者眼花，不是以清醒的眼光观照，却夸耀醉态，所以表现得很率真。第三，揭示醉者和自己的幻觉冲突，不但不觉得自己眼花，反而粗鲁地和没有听觉的植物斗气。有些评论家说，这是戏剧性。这是对的，但是，应该补充的是，首先，这戏剧性来自动作，不但是情感的冲突，而且有外部动作，就是"扶"和"推"以及道白："去！"其次，虽然有动作性，但并不是舞台的戏剧性，而是抒情的戏剧性。最后，就抒情戏剧性而言，既不是正剧，也不是悲剧，而是喜剧性的抒情。诗人沉醉在自己的幻觉之中，显得可笑、可爱，显得天真、率性。就趣味来看，这不是一般的情趣，准确地说，应该是抒情喜剧性的谐趣。这种抒情喜剧性的谐趣，全靠独白式的朴素语言，几乎没有惯用的文言词汇，全都是白话，率真而坦然，不惜在诗词这样的正统文学形式中，把自己写得可笑。特别是最后一个字"去"，不但是白话，而且是大白话、日常口语，为诗词中少见。正是因为这样，才显得格外可贵、格外可爱。

女性的隐忧：无理有情而妙

李清照《如梦令》词云：

昨夜雨疏风骤，浓睡不消残酒。试问卷帘人，却道海棠依旧。知否？知否？应是绿肥红瘦。

这首词是以雨为缘起的，但写的是雨后的情与景，激发起特别的心境。

第一句就显示出，雨疏风骤是昨天夜里的，是回忆中的雨。回忆中的雨比之眼前的雨更有情趣一些。眼前的只是外部景观而已，回忆则有内心追思的触动。为什么当时下雨的时候没有感觉，要到早上才努力回忆？是因为“浓睡”，不清醒。这个“浓”字用得挺好。“浓”字一般不用在睡上。浓睡，就是沉睡，就是酣睡。但是把它改成“沉睡不消残酒”“酣睡不消残酒”，都没有“浓睡”的韵味。“浓”本来是形容液体的，用来形容睡得沉，不但很新颖，而且联想意义很贴切。“浓睡”和“残酒”，在文字上是反衬，在意义上却是因果。因为浓睡，醒来时，残酒还没有完全消退。虽然如此，毕竟只是醉（而不是死），在醉意蒙眬中，还有残存的意识（记忆）。昨日的雨虽然稀疏（周汝昌先生以为“雨疏”之“疏”是疏放、疏狂之疏，可备一说），但是，风很猛啊，当时意识不清醒，来不及想的事，现在猛然跃上心头，想起记忆深处的心事。还不是一般的关切，而是非常急迫，等不及自己去观察，让丫鬟先看一下，海棠花怎么样了？丫鬟的回答是“依旧”。这里有一个字不能忽略——“却”。暗示与自己原来的预想相反。问题是，如果是对海棠一般性地关切，人家亲眼看到的，还有错吗？但是诗人偏偏不以为然。“知否”，用疑问来肯定，比用肯定更加肯定，而且还用了两个“知否”。“应是绿肥红瘦”，不是没有变化，而是变化很大，叶子更肥了，而花却凋零了。这说明，诗人很坚定、很固执，不相信你亲眼看到的，只相信自己想象的。因为在她的感觉中，虽然绿肥，生理强壮，可是作为美感象征的花，象征着女性的青春，在无形中消逝。对自己青春的消逝很敏感，才会这么固执。这里还潜藏着一个对比，本来不是说“浓睡不消残酒”吗？残酒还没有完全消退，那就是头脑还不太清醒，而对于花的凋零，却如此坚执。这不是有那么点不讲道理吗？但是，正是因为不讲道理，才是情感强烈的。中国古典诗评家贺裳、吴乔说抒情诗“无理而妙”，妙处就在其中。

这个“瘦”字，是李清照很偏爱的，她不止一次地用来形容花。“人比黄花瘦”，说得很明白，是人瘦，不是花瘦。这个瘦，不但是躯体的，而且是内心深处的忧虑。但是，抒情的无理，不是蛮不讲理，蛮不讲理就不妙了。从日常理性来说，可能是无理的，但是从情感的角度来说，恰恰是有情的表现。从什么地方看出来？虽然雨水使叶子更肥硕了，但是风雨使花朵更快地凋落了。诗人的敏感，不完全是为花的凋零，而且是为自己像花朵一样的青春的消逝而伤感。这种敏感就是情感的根源。从这个意义上来说，敏感决定了她对花朵的凋零的固执。这种固执就是理由。无理不一定就是妙的，要妙，就得有可以激起读者想象的缘由。这种精神消瘦的内在体验，别人是感觉不到的，因而诗人才更有理由焦虑。吴乔并不绝对主张诗“无理”就一定“妙”，关键在“于理多一曲折耳”，从另一个层次上讲，情感还是有自己的逻辑的。无理之理，是为情理。

对于李清照的这首词，当年和后世的评论家给予了很高的评价。特别是对“绿肥红瘦”，更是赞赏不已。陈郁《藏一话腴》甲集卷一：“李易安工造语，故《如梦令》‘绿肥红瘦’之句，天下称之。”蒋一葵《尧山堂外纪》卷五十四：“李易安有《如梦令》云：‘……绿肥红瘦。’当时文士莫不击节称赏。”[①]但是也有人提出异议，陈廷焯在《白雨斋词话》卷六中认为：不过是和“宠柳娇花”一样的“精艳语”，“造句虽工，然非大雅”。[②]这种看法当然有点偏颇。因为，诗歌毕竟是语言的艺术，“绿肥”代替绿叶之肥硕，虽然非罕见，但以“红”代花而以“瘦”作谓语，亦有奇意。陈廷焯在众多词评家中，还是很有艺术眼光的，他在另一部著作《云韶集》卷十中说，他反对一味称赞“绿肥红瘦”的原因，不过是以为这太“皮相”，这首词最杰出的地方是“只数语，层次曲折有味”[③]。这个说法和吴乔的“于理多一曲折耳”异曲同工。“绿肥红瘦”非为写景，实乃深情之高潮。在此之前，已有层层铺垫：其一，醒来犹记醉中忽略的潜在意识；其二，置丫鬟目睹于不顾，以猜想否定目睹；其三，所言并非直接表白，而以一“瘦”字形容花，透露女性年华消逝之深深隐忧；其四，层次推进之际，中多省略，意象大幅度跳跃，断裂空白甚多（如：不提问卷帘人何

①② 吴熊和主编《唐宋词汇评·两宋卷》（第二册），浙江教育出版社2004年，第1411页。

③ 吴熊和主编《唐宋词汇评·两宋卷》（第二册），浙江教育出版社2004年，第1412页。

语），此等结构召唤读者在想象中，毫无难度地将意脉贯通。在有理与无理之间，如此曲折有致，故能称“妙”。

李清照《声声慢》词云：

寻寻觅觅，冷冷清清，凄凄惨惨戚戚。乍暖还寒时候，最难将息。三杯两盏淡酒，怎敌他、晚来风急。雁过也，正伤心，却是旧时相识。

满地黄花堆积，憔悴损，如今有谁堪摘？守着窗儿，独自怎生得黑！梧桐更兼细雨，到黄昏，点点滴滴。这次第，怎一个愁字了得！

这是一首很有名的词，从当时到当今，大多词评家都集中赞赏她的十四个叠字。张端义《贵耳集》说：“本朝非无能词之士，未曾有一下十四叠字者。”“使叠字俱无斧凿痕。”罗大经在《鹤林玉露》中回顾了诗中用叠字的历史，列举了诗中一句用三叠字，连三字者，两句连三字者，有三联叠字者，有七联叠字者，只有李清照，“起头连叠十四字，以一妇人，乃能创意出奇如此”。[①]还有人指出，元朝著名曲人乔吉的《天净沙》词“莺莺燕燕春春，花花柳柳真真。事事风风韵韵，娇娇嫩嫩，停停当当人人”是“由李易安‘寻寻觅觅’来”。[②]叠字的使用，千年来，引起这么大的反响，原因固然在于韵律的特殊，因为叠字作为一种语言现象，是汉语的特点，其次在诗歌中如此大规模地运用，确系空前绝后，但是，从修辞技巧来说，这样连续性的叠字，并不是越多越妙，太多，也可能给人以文字游戏的感觉。如刘驾的“树树树梢啼晓莺，夜夜夜深闻子规”，前面两个叠字不但是多余的，还可能造成单调烦冗。韩愈《南山诗》：“延延离又属，夬夬叛还遘。喁喁鱼闯萍，落落月经宿。暗暗树墙垣，巘巘架库厩。参参削剑戟，焕焕衔莹琇……”一口气连用了七个对仗的叠字，也是十四个字，但是，给人以牙齿跟不上舌头的感觉。而李清照这里同样是十四个叠字，却用得轻松自如。这当然与她用的都是常用字有关，但还有一个最为根本的原因，就是在内容上、情感上的深沉。

对于李清照这首词的解读，近千年来，词评家们往往被她叠字的韵律迷了心窍，大都忘记了她的叠字的成功在于表达她的感情特征方面达到了高度的和谐。

一开头就是“寻寻觅觅”，这在逻辑上是没有来由的。寻觅什么？自己也不清楚。寻到了没有呢？逻辑上也没有下文。接着是“冷冷清清”，跟“寻寻觅觅”没有逻辑的因果。再看下去，“凄凄惨惨戚戚”，问题更为严重了，冷清变成了凄惨。这里有一种特别的情绪，是孤单的，凄凉的，悲戚的，这没有问题。但是，为什么弄出个“寻寻觅觅”来呢？一个

① 吴熊和主编《唐宋词汇评·两宋卷》（第二册），浙江教育出版社2004年，第1426页。

② 吴熊和主编《唐宋词汇评·两宋卷》（第二册），浙江教育出版社2004年，第1430页。

寻觅不够，再来一个，又没有什么寻觅的目标。这说明，她自己也不知道寻觅什么，原因是她说不清自己到底失落了什么。这是一种不知失落的隐忧。在《如梦令》里，她还隐隐感到自己失落了的是青春，别人不知道，她也不明白。她是不是有点感到孤独？不太清晰，但是她不凄惨，至少是不冷清。而在这里，她不但孤独、冷清，而且凄惨；一个凄惨不够，再来一个；再来了一个还不够，还要加上一个“戚戚”，悲伤之至。她蒙蒙眬眬地感到，失去的东西，是看不见、摸不着的。她体验着、孤独地忍受着失落感。这种失落感，和她词中叠字里断续的逻辑一样，是若断若续的。这样的断续，造成了一种飘飘忽忽、迷迷茫茫的感觉。既不明确失去了什么，又不在乎寻找到了没有。这是第一个层次，就是沉迷于失落感之中，不能自已，不能自拔。

下面转到气候，“乍暖还寒时候，最难将息”。是调养身体吗？照理应该是。但是从下文看，最难将息的可能不是躯体，而是心理。为什么？她用什么来将息、调理自己的身体？用“三杯两盏淡酒”。喝酒怎么调养身体？是借酒消愁吗？

但酒是淡酒，不太浓。这个“淡”字，其实是全词情感性质、意象色调在程度上的统一和谐的表现。淡酒，不仅是酒之淡，其联想是情感之性质的不确定、缥缈。李清照所营造的“寻寻觅觅”，是不知道寻觅什么，也不在乎寻到了没有。感情状态就是失落，不知失落了什么，也不准备寻到什么。因而其程度，是不强烈的、蒙眬的。淡酒的淡，就是在这一点上，与之呼应，为之定性的。

虽然“淡”，却仍然是酒，而不能是茶。那种“寒夜客来茶当酒”的情调，在程度上，是不够强的。酒的性质就是情感的性质，酒的分量就是情感的分量。这种分量是很精致的，分寸上是很精确的。这淡酒，不是杜甫那样的“浊酒”。“浊酒一杯家万里”，是与“潦倒”联系在一起的（“潦倒新停浊酒杯”），与经济上的贫困相关。李清照写的不是这个。这当然也不是“美酒”，王维的“新丰美酒斗十千”与“咸阳游侠多少年”联系在一起，那种酒代表一种豪情，与李清照的精神状态也相去甚远。当然也不是陆游的“腊酒”，“莫笑农家腊酒浑”，虽然质量不高，可也足以用作丰年的欢庆。李清照的精神状态，只能以一个“淡”字来隐括。

李清照这里的“淡”字，还有一个功能，醉翁之意不在酒，在于打发这漫长的日子也。但是这个淡酒可能太淡，敌不过“晚来风急”。风急了，太冷，酒挡不住寒气。淡酒本来是用来抵挡晚来的寒风的，虽然无效，却因风而把李清照的视觉从室内转移到室外。从地上转向了天空，“雁过也”。这个“也”字，韵味不简单，是突然冒出来的语气词，有当时口语的味道（当然也是古典文言，但“也”本来就是孔夫子、孟夫子时代的语气词、口语）。这个“也”字，是不是有点喜悦轻松的语气？这个大雁，是季节的符号，说明秋天来了。加上“却是旧时相识”，从散文的角度看，怎么能够确定大雁就是去年的那只？就算是，本该“有朋自远方来，不亦乐乎”，可是李清照却乐不起来。绿肥红瘦，春光明媚，尚且悲不自禁；秋天来了，群芳零落，她更加悲了。本来“悲秋”在中国古典诗词中就有传统，在李清照这里，这种悲凉，又因旧时相识，这也不是写实，根本不可能确定那飞来的大雁就是去年的。无非是提醒又是一年了。这个雁，还有一层暗示：鸿雁传书。早年她给丈夫的词中就有“云中谁寄锦书来，雁字回时，月满西楼”（《一剪梅》）。岁月催人老，加上写此词时，已是“靖康之难”后，李清照家破夫亡，即便大雁能传书，也无书信可传，这自然更令人神伤。空间视野开阔了，心情却没有开朗，大雁激起的是时间感觉，年华又消逝了一年。暗示失落感来自时间之快，也就是警觉年华消逝的速度。失落感产生的原因明确了，不再迷迷蒙蒙了。

这是第二个层次，“将息”、心理调整不但失败，反而加重了悲郁。下片，心事更加沉闷。

满地黄花堆积，憔悴损，如今有谁堪摘？

“憔悴损”，既是菊花，又是生命。“如今有谁堪摘？”意象的暗示变成了情感的直接抒发。这比“绿肥红瘦”更加惨了，不但憔悴，而且有点枯干了。“有谁堪摘”，不说具体是什么人摘。“谁”字可以作人称代词，指“什么人”。此处是不是有人老珠黄之感？留给读者去想象。

这是第三个层次，再度强化时间之快。悲郁之至，对自己无可奈何，几乎是无望了。青春年华只剩下满地枯败的花瓣。

不明确的失落变成了明确的伤感，都集中在时间的一个特点上，那就是“快”，生命在不知不觉中就消逝，容颜就憔悴了，飞逝的时间的刺激，使得情感更明确了。这就不是伤感，而是伤痛了。生命苦短，这是传统主题，在曹操、李白等大诗人那里，已经有数不清的杰作。李清照的生命和大诗人不同，因而生命苦短的苦法当然不同。

守着窗儿，独自怎生得黑！

这里，写的还是时间。天怎么还不黑下来啊。天黑了，就看不见大雁，也看不到黄花的憔悴了，就不伤痛了。但是，这里时间的可怕不是望见大雁感到时间太快，而是相反，时间太慢了。为什么慢？因为“独自”，如果不是孤零零一个人，就不会这么慢了。时间快得可怕，是因为孤零零，时间慢得可怕也是因为孤零零。

这是第四个层次，对老天放弃抵抗，无可奈何，只能忍受排遣不了的孤单。下面还有更难熬的：

梧桐更兼细雨，到黄昏，点点滴滴。

这是第五个层次，是全词的高潮。词人对自己、对天都无可奈何了，选择了认命，忍受时间慢慢过去。好容易等到黄昏了，视觉休息了，心情可以宁静了吧？听觉却增加了干扰。那梧桐叶上的雨声，一点一滴的，发出声音来。秋雨梧桐，本是古典诗词中忧愁的意象（白居易有“秋雨梧桐叶落时”）。李清照进一步突出了它的过程，“点点滴滴”，都在提醒自己的孤独、寂寞、失落、凄惨。梧桐叶和荷叶一样，叶子的面积足够大，雨打在上面，发出声音来。可这远远不是韩愈“从今有雨君须记，来听萧萧荷叶声”的潇洒。李清照的梧桐上，打的是“细雨”。为什么是细雨？因为细雨中梧桐叶上的雨水积累得慢，一点一滴也打得慢。对孤独的人来说，时间的可怕就在于慢，忍受着雨滴一滴一滴地提醒自己：时间过得多么慢啊，生命是多么漫长啊。生命苦短变成了生命苦长。这个“点点滴滴”，用得很有才华。一方面是听觉的刺激，虽然不强烈，却持续漫长，不可休止；另一方面是和开头的叠字呼应，构成完整的、有机的风格。叠字的首尾呼应的有机性，与情感上的一个层次性的推进，最后归结为“这次第，怎一个愁字了得”。次第，就是层次、变化。一个“愁”字，使众多层次都集中在一个焦点上，从内容到形式，从情绪到话语，高度统一，水乳交融。这个“愁”是抽象的，在这抽象的愁绪背后，是李清照的孤独，是李清照往昔不孤独的回忆和未来不能解脱孤独的无望。这次第，这过程，并不限于眼前有限的时间，而是整个生命的凄楚。但是，又不能简单归结为凄楚，因为，这种凄楚不完全是煎熬，其中还有超越煎熬、享受这种凄楚的诗意在内。

怎一个愁字了得！

写了这么多，就是为了表现自己的忧愁，用了词的长调，而不是小令，用了这么多意象，但是，就是不能充分表现自己的忧愁。李清照的感情太丰富，太与众不同了，以至于公共用的“愁”字，就是直接说出来，也不能表达其万一。李清照，对我们伟大的汉语中这个“愁”字，是这么瞧不起，不信任。这真是前无古人，后无来者。

有些专家，不从内在联系上寻求结构的完整性，而从时间上，说这首词从早晨写到晚上，认为“晚来风急”当为“晓来风急”，这样与后来的黄昏凑成一整天，时间上就完整了，而且也符合李清照《声声慢》的“慢词”体制。唐圭璋在《唐宋词简释》中说：“此首纯用赋体，写竟日愁情。”[1]但从内容上来看，这首词虽然属于“慢词”，情感节奏上却并不慢，一共二十一个句读，意脉却有五个层次，平均每一层次只有四个句读左右，变化应该是非常快的。最长的层次，也只有六句，全是抒情的跳跃性意象组合，谈不上什么“赋体”，既没有多少篇幅是叙述性的，更没有任何敷陈渲染，有的是意象群落的组合和流动。空间时间的转换，外感与内心的活动，都有逻辑的空白，给读者留下了很大的想象空间。所谓一天的过程，并不是像赋体那样有头有尾的。就算是“晓来风急”，从早晨到黄昏，中间并没有时间的递进，说一天，也只是早晚，当中的时间过程，不是李清照的词里有的，而是专家们的想象被召唤、被激活，用自己的经验补充创造出来的，而这恰恰不是赋体的功能。如果不拘泥于从早到晚，老老实实承认从一开头就是“晚来风急”，时间上集中在傍晚、黄昏。这么短的时间，竟慢得这么折磨人，心理纵深层次反复递进，不是更加具有情采和文采的“密度”吗?

附：

李清照《醉花阴》：甜蜜的忧愁

李清照如果还活着，是九百三十九岁，肯定老态龙钟，但是，读她的词，好像她还活着，二三十岁，最多四十岁，青春不老，风韵长存。她最为脍炙人口的当然是《声声慢》：“寻寻觅觅、冷冷清清，凄凄惨惨戚戚。”许多读者就是这样走进她的艺术世界的。多少年来，李清照在读者心目中，就定格为郁闷、忧愁、凄凉、孤独、深沉、面色苍白。其实，这只是她心灵肖像的一部分。实际上，她还有春心不能自持，风情万种的一面，就是忧愁也是甜蜜的。

在李清照那个时代，男性的文化霸权很强横，女性是男性的附属品。对女性的性别歧视是制度化了的，道德化了的，就是女性也内化到潜意识里去的。李清照却相当叛逆。她在《词论》中，将上下百年的男性词坛权威纵笔横扫。说他们根本不懂得“词别是一家”。[2]所有那些男性，写词都不在行，只有她在行，她写的才叫词。诗和词，不是父子关系，而是兄弟关系。诗不是词的老子，词不是诗的儿子。更准确地说，应该是，诗与词不是母女关系，而是姊妹关系。

李清照十八岁和太学生赵明诚结婚。那时没有自由恋爱，都是包办婚姻，但传说李清

① 吴熊和主编《唐宋词汇评·两宋卷》(第二册)，浙江教育出版社2004年，第1430页。

② 李清照《词论》，参见孙秋克评注《李清照诗词选》，中州古籍出版社2011年，第172页。

照的婚姻是比较独特的，不完全是包办，她和赵公子在庙里相遇。两个人是怎么看上的？是不是李清照长得很漂亮？散文家在《乱世中的美神》中说："她一出世就是美人胚子。"根本没有文献根据。李清照绝对不是美"神"。她的美不在"神"，她不是"神"，她是人。"有暗香盈袖"，她是袖子里带着菊花香气的女人。

有一点可以肯定，她的眼睛很水灵，她的《浣溪沙》中有"眼波才动被人猜"，"眼波"一动，这个"波"字，很出彩。如果说"眼珠"一动，说"眼皮"一动，说，"眼光"一动，就煞风景了。当然，"眼波"并不是她的发明，比她早的王观的《卜算子·送鲍浩然之浙东》中就有"水是眼波横"。意思是你到了他乡，看到水就是我的眼波。但是，是静止的，李清照的眼波一"动"，是动态的，互动的，心照不宣，信息就比较神秘。眼波这么一飘，有人就有触电的感觉，就胡思乱想，与俺无关。这个"眼波才动"，就成为李清照少女时代灵魂的截图。很调皮，很狡黠的。词的最后一句是"月移花影约重来"，不要犯傻。这"月移花影约重来"，被王实甫用来让崔莺莺写给张生，秘密相会。有时，她还敢主动挑逗。在《点绛唇》中写自己打罢秋千：

见有人来，袜刬金钗溜。和羞走，倚门回首，却把青梅嗅。

表面上是见了陌生男人，害羞，慌慌张张溜了，可到了门口，又回过头来，眼睛勾勾的，又装作是在嗅青梅。这样带着挑逗性的动作，出于大家闺秀之手，真使人不敢相信。

中国古典诗词，绝大多数没有人称，汉语的特点决定了中国古典诗词不同于欧洲诗歌，无人称往往就是第一人称。这里是女性的自我形象。第一，含羞逃离，袜子和金钗掉了都顾不上，不言而喻，慌慌张张。第二，溜到门口，却"倚门回首"，既然慌张，为什么还要回头？可见慌慌张张是假的，是不是有意作态，吸引眼球？第三，回头是看人家，还是等人家看自己？由你去想象。《女论语》不是规定女孩子"笑勿露齿"吗？用花挡住嘴巴，就是露齿也不会暴露。汉语"眼神"这个词，太神了，是英语的一瞥（glimps）赶不上的，glimps是有意的。眼神，眼神，意思是"传神"的，妙在有意无意之间，效果却是很"神"的。外部行为，有规矩约束，但是，眼神，心灵的信号，你抓不着，管不了。李白在《长干行》写过少女"春心亦自持"。自持，就是自我克制，为什么克制？元稹在《莺莺传》中说，"无礼之动"，"毋及于乱"。李清照在这里，外部动作自持，掩盖内心不可自持，管不住自己春心萌动。

这一点机灵、狡黠，诡谲、小花样，交织着自持与自得，就是女性的青春之美，美在刹那间的回首，风情万种，欲盖弥彰。这样充满了超越时代的美，老学究读不懂也就算了，居然也有当代作家看走眼，说什么“美人胚子”，脸蛋漂亮，不是美。漂亮的脸蛋，充其量不过百年，波德莱尔在《恶之花》中对他的爱人说：“不管你现在多么纯洁温柔，将来都免不了要变成腐烂的肉体为蛆虫所吞噬，发出腐臭。”(《死尸》）而情感的灵动艺术之美，却拥有穿越千年的生命。就是到了现代，这种天性还在女性心灵中仍然鲜活，在自恃与逗引，在机灵和狡黠之间，攻守兼备。

也许李清照就是以撩人的眼神，和赵明诚心心相印。

当然，还有一种说法是，赵明诚不能不佩服她的词。

赵公子在才华上也是有自信的，遇到这个艺术上自信得眼空无物的女士，多少有些不服。有一个传说，记在元朝人写的《琅嬛记》中。这本书，都记载些鬼鬼怪怪的事，不太可信，但是下面这则应该是可信的。这是关于李清照很著名的《醉花阴》的故事。

薄雾浓云愁永昼，瑞脑销金兽。佳节又重阳，玉枕纱厨，半夜凉初透。

东篱把酒黄昏后，有暗香盈袖。莫道不销魂，帘卷西风，人比黄花瘦。

她把词寄给她在外做官的丈夫，赵明诚自尊心很强，觉得自己的才情不一定比她差，就花了三天三夜，闭门谢客，一下写了五十首，和她的词混在一起，请朋友陆德夫品评，哪一首好，陆先生推敲了一番，说，几十首词里面有三句写得好。哪三句？“莫道不销魂，帘卷西风，人比黄花瘦。”那是李清照的，赵明诚不得不服了。

陆德夫说得当然不错。许多研究宋词的专家引用一下，就满足了。其实这位陆先生只是直觉很精彩，可是没有讲出道理来。当然，这是差不多一千年前的水平，但是，古人的局限不是我们懒惰的理由。彻底的具体分析是无所畏惧的，我们来探索一下。

“薄雾浓云愁永昼”，为什么要“薄雾浓云”？因为是写“愁”，大白天，光线要暗淡，光是“薄雾浓云”这样对称的词组，算不得有才气，才气表现在“愁永昼”。白天太长了，为什么觉得日子太长，因为“愁”，难以消磨，烦闷，百无聊赖。“瑞脑销金兽”，“金兽”，香炉的形状是兽形的，金兽，其实应该是铜的，瑞脑是瑞脑香，冒出香味来，是很华美的环境啊，心情应该舒心的啊，但是，“销”就是看着香烧完，过程很慢，默默地感到这时间有点难熬。再加上“佳节又重阳”，是节日。每逢佳节倍思亲，思念亲人。更关键的是“又”，又一年过去了。年华消逝，丈夫不在身边，女性普遍的隐忧，容华消逝。“玉枕纱厨”，非常豪华的玉枕，透明的蚊帐，“半夜凉初透”，也不是太热，可以睡得很舒坦嘛。但是，半夜了，还没有睡着，应该是失眠了，忧愁啊，思亲的苦闷啊。如果光写到这里，还是宋词一般的水准。精彩就在“东篱把酒黄昏后”，用陶渊明“采菊东篱下”的典故，这个愁就发生质变了，就典雅了。“东篱把酒”，不在室内，而是跑到篱笆边饮酒，和陶渊明的菊花做伴。“有暗香盈袖”。香味是看不见的，所以叫“暗香”。看不见，却闻到了连陶渊明都没有闻到的菊花的香气，带一身香气，独自默默体验。“莫道不销魂，”“销魂”两个字用得很险。“销魂”本来形容因羡慕或爱好某种事物而着迷，极度欢乐或者惊恐等而失神，神魂颠倒，销魂荡魄，这里用来形容像陶渊明那样饮酒，欣赏菊花，还能真切感到陶渊明都忽略了的香气就充盈着自己的衣袖，这就和陶渊明零距离了。

从白昼到半夜的忧愁，和陶渊明高雅风度交融起来，“销魂”，意味着郁闷变得有点滋润，暗香只有自己独享，变成了自我陶醉。“莫道不销魂”，用了反问句，谁说这样的情境不令人陶醉，强化而委婉。更精彩的是“帘卷西风，人比黄花瘦”。西风，这秋天的信使，卷起帘子来，提示时光荏苒，年华消逝。但是，从“愁永昼”到“把酒黄昏”，孤独的愁苦和陶渊明的菊花、暗香交融，即使身体消瘦了，可这样的“愁”，令人陶醉。江淹在《别赋》里说：“黯然销魂者，唯别而已矣。”但是，在李清照笔下，离愁别绪带上了潇洒的诗意的陶醉。

“人比黄花瘦”，这个“瘦”字用得很有警策意义，把人体的消瘦变成花的凋零，但又回避了凋零，在《如梦令》中则是“绿肥红瘦”，瘦得高雅，瘦得美。

唐朝的女性以肥为美，张萱的《捣衣图》和周昉的《簪花仕女图》中女性都是很肥硕的，唐三彩，大红大绿，很富丽的，连书法，如颜真卿的字都是丰腴的。出土的唐女俑，都是胖胖的，以水桶式的身段为美。一般说，是以瘦为苦的。杜甫诗曰：“荒岁儿女瘦，暮途涕泗零。”到了宋朝风气变化了，宋人不用唐朝的三彩，而是流行汝窑那样单色的瓷器，宋徽宗的字就是瘦金体，可见时代风气以瘦为美于一斑。

李清照说“人比黄花瘦”，也是以瘦为美，她偏爱这个“瘦”字，她写年轻时打秋千，见男性陌生人，佯作羞态的轻快，甚至轻狂，就用了“露浓花瘦，薄汗轻衣透”。这和她后期孤单得凄凄惨惨戚戚不同，她早期和丈夫有地理上的距离，相思是苦的，但有未来，可期待，因而令人销魂，陶醉，即使人“瘦”了，也像菊花一样高雅优美。这种感情相当丰富，难以用一个“愁”字言传。她晚年国破夫亡，在著名的《声声慢》中的忧愁，以那么精致丰富的意象群落展开，但是，没有未来的，无所期待，内涵太丰富，是“怎一个愁字了得”。光一个“愁”字是不够用的。虽然她也苦心经营语言，但总是不满足，“学诗漫有惊人句”。她不像苦吟派那样自诩“两句三年得”，她对直接抒发的语言不但不满足，而且不信任。在中国古典诗人中，可能是唯一的。的确，《醉花阴》所表现的“愁”，也可以说是怎一个“愁”字了得。“愁”字用了上千年，已经像磨光的铜币，字迹模糊，变得太空洞了，太苍白了。李清照早期的“愁”，和杜甫、李白那样的忧愁，和她晚年的愁，在性质上是不同的。其内涵如此丰厚。用语言直概括出来，其实是个世界性的难题。李清照死了七百年以后，有个英国诗人雪莱在《西风颂》里倒是偶然地让人豁然开朗了：“甜蜜，虽然忧愁。”（sweet though in sadness），后来更偶然被徐志摩借用到《沙扬娜拉》里干脆写成“甜蜜的忧愁”。“人比黄花瘦”的忧愁当然是苦的，但因为，不但有回忆，而且有未来，有期待，才是甜蜜的。这样解读“人比黄花瘦”的内涵，也许可以弥补赵明诚的朋友陆先生的直觉的不足。

金昌绪《春怨》不朽的原因：喜剧性的隐忧

乾隆皇帝写了几万首诗，虽然首首中规中矩，然而，没有一首为后人传诵，更无入经典者。而唐诗人金昌绪只留下一首《春怨》却千年来脍炙人口。全诗如下：

> 打起黄莺儿，莫教枝上啼。啼时惊妾梦，不得到辽西。

就这么二十个字的诗，到了几百年后的宋代得到了极高的评价。南宋初韩驹谓金昌绪这首《春怨》可为作诗“标准”。原文是这样的：

> 大概作诗，从首至尾，语脉[①]联属，如有理词状……可为标准。[②]

后来曾季狸亦盛赞此说道：“古人作诗规模，全在此矣。皆此机杼也，学诗者不可不知。”原文如下：

> 人问韩子苍（按：韩驹字）诗法，苍举唐人诗：“打起黄莺儿，莫教枝上啼。几回惊妾梦，不得到辽西。”予尝用子苍之言，遍观古人作诗规模，全在此矣。如唐人诗：“妾有罗衣裳，秦王在时作。为舞春风多，秋来不堪着。”[按：崔国辅《怨词二首》（其一）]又如：“曲江院里题名处，十九人中最少年。今日风光君不见，杏花零落寺门前。”（按：张籍《哭孟寂》诗）又如荆公诗：“淮口西风急，君行定几时？故应今夜月，未便照相思。”（按：王安石《送王补之行风忽作因题四句于舟中》）[③]

这是有点令人惊讶的。金氏这首诗，在唐诗中虽有特色，然而很难列入最高水准的一类。不管是以钟嵘还是司空图的准则来品类，只能算是中上品。唐诗天宇，星汉灿烂，大

---

① 原文为“语辄”，宋人魏庆之《诗人玉屑》作“语脉”，当是。

② 此为韩驹语，范季录于《陵阳先生室中语》，参见陈一琴选辑《聚讼诗话词话》，孙绍振评说，上海三联书店2012年，第416页。

③ 曾季狸《艇斋诗话》，参见陈一琴选辑《聚讼诗话词话》，孙绍振评说，上海三联书店2012年，第416页。

家辈出，要论作诗“法式”，哪会轮到身世都不可考的金昌绪！后来洪迈曾按这种“法式”去解读杜甫的诗，发现其大量绝句的法式不是这样的。其五言如：

迟日江山丽，春风花草香。泥融飞燕子，沙暖睡鸳鸯。

七言如：

两个黄鹂鸣翠柳，一行白鹭上青天。窗含西岭千秋雪，门泊东吴万里船。

这显然和金的《春怨》在结构上并不是一个模式。杜诗的格局，是前两句和后两句可分别为独立的画面；而金的格局则是不可分割的统一体，前两句是结果（打黄莺，不让啼），后两句是原因（啼醒了，不能到辽西），说明正在做着到辽西会见夫婿的美梦。

宋人究竟看中了金诗的什么呢？韩驹说得很明白：“从首至尾，语辄联属，如有理词状。”张端义也认为：“作诗有句法，意连句圆。”此诗即“一句一接，未尝间断。”[①]两人说法包含着两个方面的意思：第一，首尾连贯为一个整体；第二，其间有逻辑性。宋人把这首诗推崇为“标准”“机抒”，就是因为这样的逻辑结构表面上便于说理。这话看似说过了头，混淆了抒情与说理的界限，其实一些崇尚理学的人就是这样实践的。如朱熹的《观书有感》云：

半亩方塘一鉴开，天光云影共徘徊。问渠那得清如许，为有源头活水来。

这里的句法，是连续的，不间断的，更重要的是其中因果逻辑是双重的。第一重，为什么田中水总是那么清呢？因为有源头活水。第二重，带着隐喻性质，为什么人的心灵总是那么清新呢？因为总是在读书。这好像有点创造性的发挥，但这个发挥，与其说属于诗情还不如说属于理性的议论。这种写法，正是严羽所极力反对的，“以议论为诗”。

事实上，他们推崇的这种逻辑结构，和金昌绪诗中的内在逻辑根本不同。在金诗那里，虽然前后承接连贯，逻辑的性质却是抒情的，并不是理性的。用理性来分析前后因果关系，是不能成立的。少妇因为梦不到辽西这个结果，就把黄莺啼叫当作原因来消除，这本是不合逻辑的，是无理的，也是无效的、不实用的。但是，对于诗来说，情感的审美价值的特点恰恰在于无理无效，正是抒情才生动地表现了少妇春怨天真无邪的瞬间激发。

从这里，聪明的读者可能悟出唐诗与宋诗的某种不同。宋诗往往偏于理，用王夫之的话来说，不是诗人之理，而是“经生”之理，也就是实用之理。而唐诗的主流则不同，抒情之逻辑以超越实用理性逻辑为生命。

葡萄美酒夜光杯，欲饮琵琶马上催。醉卧沙场君莫笑，自古征战几人回。

---

① 张端义《贵耳集》，参见陈一琴选辑《聚讼诗话词话》，孙绍振评说，上海三联书店 2012 年，第 416 页。

出征之际，正饮美酒，而军乐紧催，军令如山啊，如不遵从，则军法从事。但是，这位抒情主人公却不但继续饮酒，而且还要痛饮到烂醉如泥。从实用理性逻辑来说，后果是很严重的，但是抒情主人公却无所谓，哪怕一醉累月，到了沙场还不醒来，死在战场上，这一醉也是值得的。这里贯穿在其间的逻辑是非理性的，也就极端的情绪性的。

一些诗话作者这样笼统地把《春怨》按他们的观念推崇为作诗的模式，自然引起了批评，黄生就说，这种“一意到底”的诗，“但为绝句中之一格”。宋人如此以偏概全“主此为式”的原因是：“盖不欲使意思散缓耳。”也就是为了理性的逻辑更为紧密而已。其实仅就唐诗绝句而言，这种“一意到底”的模式，并不是成就最高的一类。

唐诗绝句中最佳的杰作，恰恰不是一气直线到底，而是中间有转折的作品。按元人杨载《诗法家数》的说法，一篇大致分为前面两句和后面两句，前两句是起承，第三句则是转，最为关键的“转”能变得好，第四句则是顺流而下了。他说：

> 绝句之法，要婉曲回环，删芜就简，句绝而意不绝，多以第三句为主，而第四句发之。有实接，有虚接，承接之间，开与合相关，反与正相依，顺与逆相应，一呼一应，宫商自谐。大抵起承二句固难，然不过平直叙起为佳，从容承之为是。至如宛转变化工夫，全在第三句，若于此转变得好，则第四句如顺流之舟矣。①

例如孟浩然《春晓》：“春眠不觉晓，处处闻啼鸟。”闭着眼睛感受春日的到来，本来是一种很惬意的享受。可是：“夜来风雨声，花落知多少？”突然想到春日之到来，竟是春光消逝、鲜花凋零的结果。这种一刹那的从迎春到惜春的转折，便成就了这首诗的不朽。又如杜牧的《清明》写道：“清明时节雨纷纷，路上行人欲断魂。借问酒家何处有，牧童遥指杏花村。”从雨纷纷的阴郁，到欲断魂的焦虑，一变为鲜明的杏花村远景，二变为豁然开朗的心情，这种意脉的陡然转折，最能发挥绝句这样短小形式的优越性。

对于这一点，同时代的张戒也曾说：“诗人之工，特在一时情味，固不可预设法式也。”②这说法是很到位的。特别是“一时情味”四字，用来说明绝句可谓一语中的。宋诗之不如唐诗，原因之一在过于理性，原因之二在缺乏唐人绝句那样的“一时情味”，或者叫瞬间激发，微妙的情绪转换。像朱熹上述诗作，完全是长期思索所得；而且把理性的原因和结果，用明确的话语正面地表述出来，这就犯了严羽所说的“以议论为诗”的大忌。

---

① 何文焕辑《历代诗话》（下册），中华书局2006年，第732页。

② 张戒《岁寒堂诗话》卷上，参见陈一琴选辑《聚讼诗话词话》，孙绍振评说，上海三联书店2012年，第416页。

其实，这首诗之所以不朽，就是黄生这样艺术感觉很强的诗话家的解读也不到家，就是用杨载的“开与合相关，反与正相依，顺与逆相应”理论来解读，仍然不够。这首诗的最大优点还不全在情绪的瞬间转换，而在转换中有一种天真的、喜剧性的特点。因为打黄莺和丈夫归来的愿望的因果逻辑有一种不一致，抒情以和谐为特点，而这里隐含着不和谐、怪异、可笑，在英语叫作 incongruity，属于幽默的基本规律。故此诗的抒情的特点乃是喜剧性的、富于幽默感的。如果这样说，有些读者还不能彻底理解的话，与之同题材的敦煌曲子词《鹊踏枝》比较，可能更加明晰一些。《鹊踏枝》的原文是这样的：

叵耐灵鹊多满（瞒）语，送喜何曾有凭据。几度飞来活捉取，锁上金笼休共语。

比拟好心来送喜，谁知锁我在金笼里。欲他征夫早归来，腾身却放我向青云里。

这首敦煌曲子词原收于罗振玉的《敦煌零拾》，系民间艺人所作，文字上有些可能是传抄之误，如“多满语”当作“多瞒语”，有些可能是衍文，“腾身却放我向青云里”，“却”字似系多余，正是由于在民间传唱（抄），可能未及文人加工，因而其情调趣味风格，比文人所作更富幽默情趣。

通常唐宋诗人、词人写到男女恋情多用一种细腻的抒情，强调两个方面：一种为爱情的欢乐、感情的强烈乃至永恒，虽时间空间相隔亦不能改变，更浪漫一点的连生死的界限也不在话下，从白居易到苏东坡都留下了写这种生死不渝的爱情的名句；另一种写爱情的痛苦，由于征战，由于经商，由于游学，丈夫外出，妻子悲青春易逝、空床独守之苦，这是《古诗十九首》以来的传统主题，历代诗人都在这方面极尽变幻之能事。但是不管怎么写，这两种情感，第一，都是很单纯的，悲就是悲，喜就是喜；其次，都是抒情的，都以心灵的直接剖白为长。唯一例外的是金昌绪的“打起黄莺儿，莫叫枝上啼。啼时惊妾梦，不得到辽西”。其特点是对年轻妻子的闺怨，那种缠绵的痛苦，不以暗淡的悲切来写，而以一种轻松的幽默感出之，使之带上一点轻喜剧色彩。这在中国古典爱情诗主题中是很罕见的，因而被《唐诗三百首》选入。

这首《鹊踏枝》显然是在把思念的悲切当作喜剧的想象，这显然与“可怜无定河边骨，犹是春闺梦里人”那样的悲剧性成为对照。比之金昌绪，这位民间艺人把青春的苦闷更加戏剧化、更加动作化，不但有金昌绪那样的内心独白，而且有外部动作，他不像金昌绪那样把鸟当作无知无情的被打的物，而把鸟当作有知有情的鸟。闺中的苦情无处发泄，是认真的，而鸟儿的回答却是调皮的，尽管对于鸟来说被抓在笼子里的日子是很严峻的，但是民间诗人舍弃了这一面，却特别强调他对少妇的调侃之情，两方面的情感戏剧化地结合在一起就既不是悲，也不是喜，而是二者化合的一种幽默——把悲当作喜，在喜中渗透着悲，对于人的恋情这样一种无限复杂的结构，金昌绪开了一条新的探索之路，而这位民间诗人则获得更大的发现，探得更深的层次。

当然，这首诗之所以在这些方面超越了金昌绪，还由于他在结构上采用了人鸟对白的办法，这样有利于诗人想象力的解放，这是明眼的读者一眼就可以看出来的。

第六辑　古典诗词风格品评

沉郁顿挫与精微潜隐

杜甫《登高》诗云：

风急天高猿啸哀，渚清沙白鸟飞回。无边落木萧萧下，不尽长江滚滚来。万里悲秋常作客，百年多病独登台。艰难苦恨繁霜鬓，潦倒新停浊酒杯。

这首诗被胡应麟在《诗薮》中称为“古今七言律第一”。诗是大历二年（767）杜甫在四川夔州时所作。虽然在诗句中点到“哀”，但不是直接诉说自己感到的悲哀，而是“风急天高猿啸哀”——猿猴的鸣叫声悲哀，这给读者留下了想象的自由，并不明说是猿叫得悲哀，还是自己心里感到悲哀。点明了“哀”还不够，下面又点到“悲”，“万里悲秋常作客”，这回点明是诗人自己悲秋了。一提到秋天，就强调悲哀，不是落入窠臼了吗？不然。

这是因为，杜甫的悲哀有他的特殊性。他悲哀的虽然是个人的命运，却是相当深厚而且博大的。这种博大，首先表现在空间视野上。

诗题是“登高”，开头两句充分显示出登高望远的境界，由于高而远，所以有空阔之感。猿啸之声，风急天高，空间壮阔，渚清沙白，本已有俯视之感，再加上“鸟飞回”，更觉人与鸟之间，如果不是俯视，至少也是平视了。这正是身在高处的效果。到了“无边落木萧萧下，不尽长江滚滚来”，这种俯视的空间感，就不但广阔，而且有了时间的深度。和前两句比，这两句境界大开，有一种豁然提升的感觉，明显有更强的想象性、虚拟性。先师林庚先生指出“木”引起“枯”的联想，和“树”有根本的不同。“落木”居然到了无边的程度，满眼都是，充满上下天地之间。这不可能是写实。显然，只有在想象中，才有合理性。“不尽长江滚滚来”，从引用《论语》中“子在川上曰：‘逝者如斯夫，不舍昼夜’”的典故开始，在中国古典诗歌的传统意象中，江河不断便不仅是空间的深度透视，而且是时间的无限长度。这种在空间和时间交织中的境界，当然不是局限于空间的平面画面可比的。再加上意象如此密集，前两句每句三个意象（风、天、猿啸，渚、沙、鸟），后两句每句虽然只各有一个意象，但其属性却有“无边”和“萧萧”，“不尽”和“滚滚”，有形有色，有声有状，有对仗构成的时空转换，有叠字造成的滔滔滚滚的声势。从空间的广阔，到时间的深邃，不仅仅是视野开阔，而且有诗的精神气度。悲秋而不孱弱，故有浑厚之感。

如果就这样深沉浑厚地写下去，未尝不可，但是，一味浑厚深沉下去的话，很难避免单调。在这首诗中尤其是这样，因为这首诗八句全部是对句。而在律诗中，一般只要求中间两联对仗。为什么要避免全篇都对？就是怕单调。杜甫八句全对，好在让读者看不出一对到底。这除了语言形式上的功夫以外，恐怕就是得力于情绪上的起伏变化了。这首诗，第一、二联，气魄宏大，到了第三、四联，就不再一味宏大下去，而是出现了些许变化。境界不像前面的诗句那样开阔，一下子回到自己个人的命运上来，而且把个人的“潦倒”都直截了当地写了出来。浑厚深沉的宏大境界，一下子缩小了，格调也不单纯是深沉浑厚，而是有一点低沉了，给人一种“顿挫”之感。境界由大到小，由开到合，情绪也从高亢到悲抑，有微妙的跌宕。杜甫追求情感节奏的曲折变化，这种变化有时是默默的，有时却有突然的转折。杜甫说自己的风格是“沉郁顿挫”，沉郁是许多人都做得到的，而顿挫则殊为难能。

这是杜甫所擅长的，他善于在登高的场景中，把自己的痛苦放在尽可能宏大的空间中，使他的悲凉显得并不渺小。但是，他又不完全停留在高亢的音调上，常常是由高而低，由历史到个人，由空阔到逼仄，形成一种起伏跌宕的气息。宋人罗大经在《鹤林玉露》中这样评价这首诗：“杜陵诗云‘万里悲秋常作客，百年多病独登台’。万里，地之远也；悲秋，时之凄惨也；作客，羁旅也；常作客，久旅也；百年，暮齿也；多病，衰疾也；台，高迥也；独登台，无亲朋也。十四字中有八意，而对偶又极精确。”这样的评价很到位，十四字八层意思，层层加重了悲秋。这样的评价，得到很多学人的赞赏，是有道理的。但也有不很到位之处，那就是只看出在沉郁情调上的同质叠加，而忽略了其中的顿挫的转折，大开大合的起伏。

杜甫的个性，杜甫的内在丰富，显然更加适合于七律这种结构。哪怕他并不是写登高，也不由自主地以宏大的空间来展开他的感情，例如《秋兴八首》（其一）。第一联，把高耸的巫山巫峡的“萧森”之气，作为自己情绪的载体。第二联，把这种情志放到“兼天”“接地”的境界中去，萧森之气就转化为宏大深沉之情。而第三联的“孤舟”和“他日泪”使得空间缩小到自我个人的忧患之中，意脉突然来了一个顿挫。第四联，则把这种个人的苦闷扩大到“寒衣处处”的空间中，特别是最后一句，更将其夸张到在高城上可以听到的、无处不在的为远方战士御寒的捣衣之声。这样，顿挫后的沉郁空间又扩大了，丰富了情绪节奏的曲折。

他写于差不多同一时期的《登岳阳楼》，可以说有同样的风骨。但是，罗大经之论，尚限于此联，若将此联之情绪置于整诗意脉之中，则可见出，明明是个人的痛苦，有关亲朋离异的，有关自己健康恶化的，这可能是小痛苦，但杜甫把它放在宇宙（“乾坤”）和时间的运动（“日夜浮”）之中，气魄就宏大了。以如此深沉的情绪起伏建构他的情感节奏，难怪诗话的作者们反复称道他的感情“沉郁顿挫”。在《登楼》中：“花近高楼伤客心，万方多难此登临。锦江春色来天地，玉垒浮云变古今。”他个人的“伤客心”总和“万方多难”的战乱结合在一起，就使得他的悲痛有了社会的广度。为了强化这社会性的悲痛，他又从“天地”的宏大空间和“古今”的悠远时间两个方面充实其深度。杜甫的气魄，杜甫的深度，就是由这种社会历史感、宏大空间感和悠远的时间感三位一体构成的。哪怕他并不是写登高，也不由自主地以宏大的空间来展开他的感情。例如《秋兴八首》（其一）：“玉露凋伤枫树林，巫山巫峡气萧森。江间波浪兼天涌，塞上风云接地阴。”借助“兼天”“接地”的境界，杜甫表现了他个性宏大深沉的艺术格调。换一个人，即使有了登高的机遇，也不一定能表现出宏大深沉的精神力量来。当然，杜甫的风格是多样的，有时，他的风格并不以浑厚深沉见长，而是以明快细腻动人。

下面之所以要介绍杜甫的《春夜喜雨》，是为了从反面说明，什么不是浑厚深沉。只有懂得了什么不是浑厚深沉，才能真正体悟什么是浑厚深沉。理解诗歌，最忌空泛。我国古典诗话，往往有些精致的感觉性断语，如说杜甫的诗“沉郁顿挫”“浑厚深沉”等等，对于理解杜诗应该说是有帮助的，但这样的话语，也有一个缺点，就是比较模糊，不确定。我们的任务，不是停留在古人的水平上，而是在古人的水平上提高一步，对这些话语进行分析，结合杜甫的作品加以具体化。深入地具体分析，已经不易，同时还要防止孤立地封闭地分析，分析要开放。最好把作品放在谱系中，在多方面的联系和对比中进行分析，才有可能深入。

杜甫《春夜喜雨》诗云：

好雨知时节，当春乃发生。随风潜入夜，润物细无声。野径云俱黑，江船火独明。晓看红湿处，花重锦官城。

开头两句可以说起得平平。勉强要说，只有第一句中的“知”字，把雨当作有生命、有意志的对象来表现，用得轻松，不着痕迹。但诗人却不在这一点上下功夫展开想象。如果真的要往下发展，把雨写得有生命、有意志，就不是这首诗沉潜、凝重的风格了，而是强烈的情感流泻的风格了，就与全诗所表现的默默的、自我体验的温情不相统一了。

题为《春夜喜雨》。春雨，是表现的对象；夜，提示了感觉的特殊条件。喜，才是意脉的主线。全诗中没有“喜”字，着力表现的却是独自的欣慰。因为是独自的，便更加是内心深处的滋润。

喜，因春雨而起，但这雨在夜里。夜里的雨和白天的雨不一样，它是看不见的。所以第二联就写这个看不见："随风潜入夜"，雨随着风，一般应该是有声势的，但这里却是"潜入"的小雨，偷偷的，无形的。接着是"润物细无声"，不但看不见，而且听不到。感官无法直接感知，可诗人还是感觉到了，凭着敏锐的想象吧。这里的关键词是"细"和"润"。这就让读者感受到了这春雨的特点：细、小、微，细微到视觉和听觉都不能直接感知，但诗人还是感觉到了。这表现的是什么感觉？默默的欣慰，"润"的感觉，不用看，也不用听，外在感官不可感，却流露了内心感受的喜悦。所"润"之物，当然是植物——农作物。说的是物之被润，表现的却是心的滋润。无声的微妙胜过有声。只有心灵过细的人，才能感觉到这本来不可感觉的感觉；只有具有精致的内在感受力的诗人，才能为看不出来的潜在生长而体验到默默的欣慰；只有关切国计民生的人，才能为一场无声的细雨感到由衷的喜悦。

读这样的诗，第一，要抓住诗人表现的雨的特点，是夜里的雨，看不见、听不见。第二，要抓住夜雨的感觉特点，把不能感觉的感觉，感觉到内心深处去。虽然无声无息，却感到了"润物"，在那个以农为本的时代，在那个战乱的日子里，这便自然有一种欣慰之感。第三，这种欣慰是独自享受的，甚至因为是秘密的而更加美好。

诗凭什么感人？一般说是以情感人，陆机《文赋》中说"诗缘情"。这大致不错，但还不完全，还要加以补充。如果把情感直接说出来是不能感人的，诗要通过特殊的感觉来传达感情。杜甫在整首诗里，一个"喜"字也没有，却提供了一系列很微妙的喜悦的感觉，让读者体验这种别人感觉不到的精致的感觉。这就叫感染。

"润物"这句诗看来没有多少惊人的词语，但在千年传诵的过程中，衍生出了象征意义（如形容某种思想和人格对他人的熏陶），诗句内涵的召唤性，其潜在量之大，正是诗句成功的标志之一。

如果说前两联是内在的、无形无声的感受，那么下面两联，转换到外部感官上来。第三联："野径云俱黑，江船火独明。"因为雨有利于国计民生，所以即便黑也是美的。这种美用光和色的反衬来体现。云，一片漆黑，提示了地域特色——平原和江河，只有在平原上，视野开阔，云才会在田野的小路上；大幅度的黑色，一片漆黑，有什么美呢？原因是雨之浓也，越浓雨下得越久，春雨如油，国计民生所系。又用船上唯一的灯火来反衬，很明显是为了突出雨夜之黑，和那一点温暖的光：大浓黑和小鲜明，在互相反衬中显得生动。

这种手法是我国古典诗歌常用的，例如柳宗元的《江雪》：

千山鸟飞绝，万径人踪灭。孤舟蓑笠翁，独钓寒江雪。

前面用"绝"和"灭"来强调千山万径一片大空白，后面用"孤"舟和"独"钓来突出人的小存在，打破了空白。又如王安石在《咏石榴花》中写道：“浓绿万枝红一点，动人春色不须多。”还有叶绍翁《游园不值》：“春色满园关不住，一枝红杏出墙来。”光有这样一种大笔浓墨的图画，可能还不足以充分显示春雨的可爱、可喜。

但是，在浓云细雨的黑暗面前，这种可喜，还是延续性的，杜甫可能觉得不够丰富，于是最后一联，来一重反衬：

晓看红湿处，花重锦官城。

这好像离开了春雨，但恰恰是用第二天早晨的明亮，反衬昨夜春雨的效果：第一，这下子不是看不见了，而是看得很清楚，很鲜明、艳丽。但这还不够，还要加重感觉的特征——“湿”。这就点出了和一般日子里红花的不同，红得水灵灵的，这是绘画上强调的“质感”。第二，更为精彩的是，杜甫强调了雨后红花的另一个特征，就是“重”的感觉。这是绘画艺术上强调的“量感”。花的茂盛，花的潮湿，变成了花的重量感。用重的分量，来表现花的茂盛，这是杜甫的拿手好戏，他在《江畔独步寻花七绝句》（其六）中写过：“黄四娘家花满蹊，千朵万朵压枝低。”不过这一次用的字眼是“压”而不是“重”。反过来，还有另外一种量感，比如秦观的《浣溪沙》中用“自在飞花轻似梦”突出花的量感，说它“飞”还不够，还要把它和缥缈的“轻”联系起来，让读者去体悟其中意味。

这首诗之所以能让读者感受到喜悦之情，是因为所有的喜悦都渗透在有机统一、丰富多变的感觉之中，读者从无声的“潜入”、悄然的“润物”，从“云俱黑”“火独明”，从红湿而下垂的花朵中，感到了杜甫的欣喜。喜悦有两种：一是默默的、内在的、不形于色的、微妙的；一是外在的、具有强烈视觉冲击力的。这些细微的感情——默默的感恩，欣慰，和《登高》的“沉郁顿挫”情感的大起大落属于不同的类型。这种感情在杜甫晚年是并不罕见的，但是，这首的可贵之处，还在于其时代精神。

“好雨知时节”，是不是太白话了？不，这个好，这个知，都是有深厚的历史内涵的。隐含着杜甫内心的信息量是很大的。

这场春雨对于国计民生太及时了，由衷感激这知时节的好雨啊。安史之乱使黎民百姓面临生死存亡的厄运，乱前已经有五千二百多万人口，安史之乱结束，只剩下不到一千七百万。（《唐书·代宗纪》）七年多死了三千五六百万人。每年死五百万，几乎每天要死一万多人。这并不完全是战死的，还有饿死的，活着的人，什么时候饿死都很难说。战前京都米价一斗米二十钱到三十钱，二十个铜钱到三十个铜钱，可在已经光复了的长安，米价曾达到一千文，七年间米价涨幅达到三十到五十倍。杜甫自己的孩子，就饿死两个。这实在不能不令他长歌当哭，杜甫的诗中浸透了眼泪和鲜血。他曾为旱灾写过《说旱》，希望地方长官释放囚犯，感动天庭霖雨。有一次，下了雨，他为诗曰：“沧江夜来雨，真宰罪一雪。”下雨是老天在赎罪。如今忽然在夜间来了雨，是春天的雨，好雨知时节，大白话中如此深的感情含量，怎能不令他欣慰感恩，独自在黑暗中祈祷。题为《春夜喜雨》，可是全诗没有一个喜字。喜在哪里？第一，喜在这默默的感知和欣慰中；第二，更在尾联“晓看红湿处，花重锦官城”。色彩突然变得鲜明，色调对比如此强烈，诗人不由得眼前一亮。那花不但有湿湿的质感，而且有重重的量感。这就是昨夜看不见，听不着的春雨的效果，这一切照亮了，温暖了诗人的家国情怀。

崇高的三种趣味：情趣、谐趣和智趣

文天祥《过零丁洋》诗云：

辛苦遭逢起一经，干戈寥落四周星。山河破碎风飘絮，身世浮沉雨打萍。惶恐滩头说惶恐，零丁洋里叹零丁。人生自古谁无死，留取丹心照汗青。

1278 年，文天祥在广东五坡岭战败被俘。当时，汉奸张弘范做了元军的都元帅，他一再逼迫文天祥招降仍在海上进行抗元斗争的张世杰，文天祥把《过零丁洋》这首诗拿给张弘范看，张无奈作罢。

“辛苦遭逢起一经”，辛苦，说的是自己读书还是比较刻苦的，但是受到朝廷的提拔，只是“遭逢”而已。这里隐含着偶然，并没有多大了不起的意思。这个意思，到了“起一经”，就更为明显了：自己的学识限于一种经典。宋朝投身科举是全国性的，南宋后期大约有八千六百万人，三年一届，持续一百五十多年，一共录取了四十九名状元。平均三年才有一名状元，得中率是很低的。而文天祥对自己的科场荣誉，并不当一回事，这是为什么呢？因为自己已经被俘虏了，和大局相比，一切就都变得无所谓了，都可以放得开了。他心头最放不开的，是历遭挫败的抗战，即“干戈寥落四周星。”

这里有一些历史实况，可以增加我们对他的理解。

1275 年正月，元军东下，文天祥在赣州组织义军开赴当时南宋的京城杭州。次年，他被任为右丞相兼枢密使。其时元军已进逼杭州，他被派往元营谈判，遭扣押。二月底，文天祥与其客杜浒等十二人夜亡入真州（今镇江），复由海路南下，至福建与张世杰、陆秀夫等坚持抗元。1277 年，进兵江西，收复州县多处。不久，为元重兵所败，妻子儿女皆被俘，将士牺牲甚众，文天祥只身逃脱，乃退至广东继续抗元。后因叛徒引元兵袭击，同年十二月，在广东海丰县被俘。

以上诸多情况可以作为“干戈寥落”的注解。

从语法上来说，“干戈寥落”和“四周星”，是并列词组，完整的结构应该是：干戈寥落如同四周天上的星星。这是唐人近体诗的句法，句子成分的省略，既使诗句精炼，又有利于读者自由想象。

“山河破碎风飘絮，身世浮沉雨打萍。”两句按照律诗的规定，对仗很工整。句法和上面的“干戈寥落四周星”一样，都是并列词组，省略了两个词组之间的动词。

下面这一联，也遵循了律诗对仗的规范。但从质量上来说，则是千古名句。

惶恐滩头说惶恐，零丁洋里叹零丁。

前面一个“惶恐”是地名，后面一个“惶恐”却是心情。这样的双关，显示语言驾驭才能的不凡。更不凡的是，后面的“零丁洋里叹零丁”也是地名与心情的巧合。前后两句居然能在词性、语义和平仄上构成如此工整的对仗，更是难能可贵。这令人想起杜甫的《闻官军收河南河北》中的“即从巴峡穿巫峡，便下襄阳向洛阳”，前面一句两地名（巴峡、巫峡）相对，后面一句两地名（襄阳、洛阳）相对，这种双重对称在中国古典诗歌中，是语言驾驭的最高成就。文天祥可能是受到杜甫这种“四柱对”的影响。但他并不是简单重复，多少有一些发展：杜甫驾驭的是两组现成的地名，而文天祥则把两个地名（惶恐滩、零丁洋）转化为两种心情（惶恐、零丁）。杜甫没有中过状元，他把自己科举失败老老实实地写在诗里（《壮游》“忤下考功第”）；文天祥虽然中过状元，诗才却远逊于杜甫。他留存下来的诗作，显得才气薄弱，与杜甫比，相去甚远，然而这一联，给后世以难以望其项背的感觉。不过，这首诗之所以能够流传千古，也许倒并不是他在技巧上有一种远追前贤的感觉，不是以诗为生命，而是以生命为诗。接着两句“人生自古谁无死，留取丹心照汗青”，从表面上看，这两句几乎没有多少技巧可言，就是直接抒情；但是，“丹心照汗青”，还是有琢磨的空间的。丹，是红，丹心就是红心；但又不完全相同，最明显的是，不能改成“留取红心照汗青”。古代汉语的传统意蕴经过漫长的历史积淀，其文化联想是相当稳定的。“丹心”，属古典话语，和“忠心”相联系；而“红心”，则是现代革命话语，属于另外一个体系的文化积淀。“丹心”和“汗青”，当中一个“照”字，用得很自然，不着痕迹。这里有一种光的感觉，不但是丹心的光，而且是汗青的光，二者映衬，在色彩上自然而然地构成和谐的反衬；“汗青”的古典意蕴，和“红心”的现代革命意蕴就构不成这种心照不宣的反衬。

这首诗中最具震撼力的，不完全在修辞，而在这两句展现出来的人格宣言。不是以诗为生命，而是以生命为诗，但如果没有修辞的讲究，只是一味的心灵直白，人格宣言也可能变得很抽象。这两句有机地统一起来，文天祥的生命宣言就升华为格言了。

这是人的最高境界，也是诗的最高境界。

文天祥的诗之所以可贵，不但因为他的诗，而且因为他的人。和我国古代许多天才诗人相比，文天祥的诗才是比较薄弱的，他无法列入我国古典诗歌史上伟大诗人之列。许多天才诗人把生命奉献给了诗歌，以诗歌为生命，为我国古典诗歌史增添了灿烂的华章；而文天祥则是以生命为诗歌，以生命殉国，以生命殉诗。

这样的人，不但赢得了世人的尊崇，而且赢得了敌人的尊重。文天祥被押送大都（今北京），囚禁四年，面对种种诱惑，他毫不动摇，即使面对已经投降元朝的宋恭帝和当时元朝皇帝忽必烈的亲自劝降，他也一概严词拒绝，就算对方把丞相位置给他保留着，他仍然不为所动。无奈之下，忽必烈只好下令处死文天祥，以成全其伟大气节。他死后，人们在他的衣襟上发现了以下几句话：

孔曰成仁，孟曰取义。而今而后，庶几无愧！

这和“人生自古谁无死，留取丹心照汗青”以及他在被囚期间所写的《正气歌》中的“时穷节乃见，一一垂丹青”相比，一为四言，一为五言，一为七言，可为互文阐释。文天祥反复发出生命的宣言：人生不免一死，但最高的价值，在历史的评价。

文天祥的躯体虽然倒下了，但他的精神却升上了历史的高度。

不应该忽略的是，文天祥这样视死如归，并不是对生命没有热情，相反，他在青年时代还是一个风流才子。可能是出于“为贤者讳”的善良动机，后代将他有关青楼艳遇的诗文从文献中删除了。从这里也可看出，他的个性是很丰富的。但这一点并不能掩盖他人格的光辉。中国古代大诗人，有这种嗜好的比比皆是，如李白“载妓随波任去留”，杜牧“赢得青楼薄幸名”，至于柳永等人花街柳巷的故事，更传为风流佳话。问题在于，一旦国家有难，是不是能表现出真正的责任感来。在这一点上，不少大诗人留下了遗憾（如，王维在安史之乱中被署伪职，事后以陷贼官论罪）。从这一点来看，不论是作为一个人，作为一个大臣，还是作为一个诗人，文天祥都不愧为传统文化的精英。

陈毅有诗《梅岭三章》。

其一诗云：

断头今日意如何？创业艰难百战多。此去泉台招旧部，旌旗十万斩阎罗。

其二诗云：

南国烽烟正十年，此头须向国门悬。后死诸君多努力，捷报飞来当纸钱。

其三诗云：

投身革命即为家，血雨腥风应有涯。取义成仁今日事，人间遍种自由花。

陈毅的《梅岭三章》，一望而知，是表现革命家意志坚定、视死如归的豪情的。一般说，正常人都有某种理想主义精神。理想是美好的，但实现理想是要付出代价的，最大的代价，莫过于牺牲生命。杀身的威胁，是对理想和信念最严峻的考验。文天祥之所以不朽，就在于在荣华富贵与死亡之间，他选择了后者；在生与死之间，他选择了死。

本来人的精神和肉体是紧密相连的，肉体消亡了，精神也就无以依附了。选择死，意味着肉体的消亡。但是，革命家把精神、理想、信念看得比肉体更重要，他们把生死置之度外，就有一种大无畏的豪情了。“断头今日意如何？”在面临死亡威胁的时候，他不说死亡，而说“断头”。这里有很多讲究，很值得研究。他是为革命事业牺牲的，为什么不说“牺牲”或者“献身”？把句子改成“牺牲今日意如何”或者“献身今日意如何”，就不够味。为什么？“牺牲”和“献身”是比较概括的，缺乏感性色彩；而“断头”则形象得多了，脑袋断了，当然是死了，也就是牺牲了，但是，比“牺牲”或者“献身”要多一点看得见摸得着的严酷，诗句就带上了一点大义凛然的气概。

当然，有感觉的词语，并不是只有“断头”，还有“杀头”。说成“杀头今日意如何”行不行？似乎也有感觉，也有凛然意气，但还是不如“断头”。为什么？因为“杀头”带着口语色彩，民歌有云：“杀头好像风吹帽，坐牢好比游花园。”又有：“舍得一身剐，敢把皇帝拉下马。”也有豪迈的情绪，但民间口语色彩很浓。陈毅号称儒将，有相当高的文化修养，他写的不是民歌，而是古典绝句，是比较高雅的一种诗体。故用“断头”，比“杀头”要贴切一些。

死都不怕了，还怕什么？这已经是革命精神的极致了，但陈毅觉得还不足以表现他的革命理想主义精神：“此去泉台招旧部，旌旗十万斩阎罗。”陈毅是唯物主义者，唯物主义者不是不信鬼神吗？但在诗歌中，陈毅把迷信转化为诗歌的想象，表现的是即使自己牺牲了，也不甘心，还幻想自己能够卷土重来，取得最后的胜利。这里很鲜明地表现了陈毅顽强而乐观的个性。“招旧部”“斩阎罗”，这两句是流水句，写得轻松自如，不仅点明他作为一个军事领导人的地位，而且表明他军事家的魄力。

如果在课堂上，有人把这首诗当作作者死了也不认输的坚定顽强的斗志，可以不可以呢？有一定的道理，但可能忽略了统帅的宏大气概。

这不是一个革命者宁死不屈的形象，而是一个军事统帅叱咤风云的形象。

下面一首，“此头须向国门悬”，不说牺牲，而说头颅被挂在城门口。其实头颅并不一定就真的会挂在城门，这不过是一种想象，把最可怕、最惨烈的后果都想象出来，但又不是一般的想象，而是带有诗意的想象。把牺牲和献身想象为自己的头颅被挂在城门口，这就构成了一幅壮烈的图景。在这图景中，作者起码是把现实生活中鲜血淋漓的细节淡化了。由自己想象出自己的头颅被挂在城门口的景象，也愈发增添了壮烈之感。

值得注意的是，明明是头颅被挂在城门，却偏偏不说“城门”，而说“国门”。其中意味是古典诗歌的规范和古代汉语的文雅意蕴联系在一起构成的。另外，作者不说“挂”，而说“悬”，同样有文言词语的典雅意味。①“后死诸君多努力，捷报飞来当纸钱。”这两句的想象和前面的“旌旗十万斩阎罗”，思路是一样的，把迷信转化为诗歌的审美想象。明明知道自己死了以后，就没有任何感觉了，当然也就没有任何情感了，但在想象中，他仍然把胜利的捷报当作对自己最好的祭奠。这种想象和逻辑很明显受到了陆游《示儿》的影响，一方面是“死去元知万事空”，一方面还对“王师北定中原日”念念不忘。这不是自相矛盾吗?

理性思维是不允许自相矛盾的，自相矛盾就无法思考问题了。但是，对抒情来说，不但可以自相矛盾，而且越是自相矛盾，感情越强烈。陆游这首诗的好处就在于把矛盾公然揭示出来，明知死亡意味着自己一切感觉都没有了，对个人没有意义了，却仍然把国土恢复的消息当作最大的安慰。

这里的矛盾是理性和情感的矛盾。清朝诗歌理论家吴乔曾经在《围炉诗话》中说到抒情的规律，他把它叫作“无理而妙”。合理的往往是缺乏感情的，感情强烈的往往是不合理的。如果一定要合理，就没有感情可言了。相反，如果明知有矛盾，却还是坚持不改，就可能是很有感情了。

鲁迅《自嘲》诗云：

运交华盖欲何求，未敢翻身已碰头。破帽遮颜过闹市，漏船载酒泛中流。横眉冷对千夫指，俯首甘为孺子牛。躲进小楼成一统，管他冬夏与春秋。

这是鲁迅自己的独白，又好像是自画像。在鲁迅的古典律诗中自我独白不仅仅是这一首，《自题小像》(1903)也很著名：

---

① 有人指出“此头须向国门悬”是搬来的，很煞风景的是，原作出于汪精卫的《狱中杂感》(其二)：“煤山云树总凄然，荆棘铜驼几变迁。行去已无干净土，忧来徒唤奈何天。瞻乌不尽林宗恨，赋鹏知伤贾傅年。一死心期殊未了，此头须向国门悬。”这是极有可能的，陈毅写作此诗，在十年内战时期，汪精卫还没有堕落为汉奸。陈毅少年时代，适当辛亥革命前夕，汪精卫正是行刺摄政王的英雄，他不屈下狱，有口占绝句很有名的：“慷慨歌燕市，从容作楚囚。引刀成一快，不负少年头！”

灵台无计逃神矢，风雨如磐暗故园。寄意寒星荃不察，我以我血荐轩辕。

这是一幅很庄重的自画像，充分表现自己在国运维艰之时慷慨悲歌的献身精神，用的是强化情感的、诗化的、崇高化的手法。

《自嘲》也是一幅自画像，作者和表现对象都是鲁迅，和《自题小像》应该是一样的，但是一开头，却有些异样的感觉：

运交华盖欲何求，未敢翻身已碰头。

这明显不是把自我形象崇高化，不是表现自己的献身精神的，相反，他似乎在说自己运气不好，很倒霉，主观上本想改变处境，求得升腾发达，可惜很狼狈，碰得头破血流。这和《自题小像》相比，反差很大。这种反差不仅是在思想情感上、自我评价上，而且是在文风上。《自题小像》文风很庄重，可以说是自我的颂歌，而这首诗的文风却是自我嘲弄。《自题小像》用的是庄重的古代汉语，用了一系列经典作品中崇高的典故（“灵台”“神矢”“寒星”“荃”“轩辕”等等），而这首诗里，除了一些古代汉语的典雅词语以外，又用了一些现代汉语的口语词语，如“翻身”“碰头”。口语词语是比较通俗的，文言词语是比较典雅的，二者混合使用，给人一种不太和谐的感觉。但这种不和谐之感，并不是鲁迅一时的笔误，而是有意为之。因为下面两句，又出现了同样的情况：“破帽遮颜过闹市，漏船载酒泛中流。”“破帽”是口语，“遮颜”却是文言；“漏船”是口语，而“载酒”“中流”却是文言。二者的不和谐更加明显了。艺术要追求和谐，不和谐一般是要破坏艺术效果的。但是读者读到这里，并没有感觉到艺术上的粗糙，相反却有一种奇特的趣味。这种不和谐也是有趣味的，不过这种趣味不是一般的抒情的趣味，而是另外一种趣味，叫作谐趣。在西方，这种谐趣属于幽默范畴。幽默，在语义上，恰恰是以不和谐见长的，这种不和谐，在英语里叫作 incongruity，意思是不和谐，不统一，在心理上诱发怪异之感。幽默感就从这种怪异感中产生。在这里，鲁迅利用不和谐，表面上是在嘲笑自己，但并不是真正在嘲笑，而是表现了自己对现实逆境的一种姿态：即使如此狼狈，也无所谓。这里的不和谐，不但产生了趣味，而且产生了意味，在实际上构成了一种反语，也就是正话反说。这种反语，我们在鲁迅的幽默杂文中经常见到。鲁迅自己也说过，自己在杂文中，是“好用反语”的。（《两地书》，1925 年 4 月 14 日信）在《阿长与〈山海经〉》中，长妈妈说，太平军把女人放在城墙上，让她们把裤子一脱，敌人的大炮就爆炸了。对这样的迷信，鲁迅说是“伟大的神力”，这当然是不和谐的。这就是反语，不用解释，读者就能调动自己的理解力，把其中省略了的意味补充出来，领悟出其中的幽默感。

从这些语词中，读者不难感到，鲁迅这首《自嘲》虽然采用的是诗歌体，而且是庄重的古典律诗的形式，但其中的用语和情调，却带着鲁迅杂文的风格。这种风格的特点就是用反语，用口语与古典雅语交织构成一种反讽的谐趣。

谐趣虽然是这首诗鲜明的风格，但并不是风格的全部。除了反讽的诙谐，这首诗还有一种庄重的深邃："横眉冷对千夫指，俯首甘为孺子牛。"这不是反讽，而是抒情，但又不是一般的抒情，这是把抒情上升到格言，上升到哲理的高度上了。这两句是如此深刻，以至成为鲁迅精神的两个方面（对敌、对友）的概括。这里的姿态就不是无所谓的，也不是自嘲的，而是十分严峻、十分坚定的。这样的语句自有另外一种趣味，我们可以把它叫作智慧的趣味（智趣），或者理性的趣味（理趣）。难得的是，这种理趣和谐趣，并不是格格不入的，而是水乳交融的。因为无所谓的姿态是反语，而反语的内涵和外延是矛盾的，读者从潜在的内涵中领悟到了其中坚定不移的精神，也就不难过渡到格言式的义正词严了。

最后两句，又回到反语的诙谐上来："躲进小楼成一统，管他冬夏与春秋。"除了"一统"略有文言色彩以外，全句几乎全用口头通俗词语。本来，古典诗歌格律产生于古代汉语单音词，严格的平仄和音节限定与现代汉语的双音和多音词有矛盾，但是鲁迅并没有回避用现代汉语的口语词语，相反，倒是明显地回避用古代汉语的词语，例如前面说"漏船"而不说"扁舟"（平仄没有问题），这里说"躲进"而不说"躲入"（平仄亦没有问题），特别是最后一句"管他冬夏与春秋"，则完全是大白话，不但音节上天衣无缝，而且在趣味上水乳交融。这样，鲁迅这首诗不但有反讽的杂文趣味，而且创造了亦庄亦谐的自嘲诗风。

非常巧合的是，周作人也写了以自嘲为主题的律诗，以《五十自寿打油诗》为题。

其一诗云：

前世出家今在家，不将袍子换袈裟。街头终日听谈鬼，窗下通年学画蛇。老去无端玩骨董，闲来随分种胡麻。旁人若问其中意，且到寒斋吃苦茶。

其二诗云：

半是儒家半释家，光头更不着袈裟。中年意趣窗前草，外道生涯洞里蛇。徒羡低头咬大蒜，未妨拍桌拾芝麻。谈狐说鬼寻常事，只欠工夫吃讲茶。

诗也写得相当富于谐趣。特别是在以大白话入诗方面，并不逊色于鲁迅，在文言与白话交织的和谐上可能还比鲁迅更加纯熟自如。"出家""在家""袍子""袈裟""听谈鬼""学画蛇""玩骨董""种胡麻""吃苦茶""光头""咬大蒜""拾芝麻"等等，俗语和古典雅语浑然一体，可谓炉火纯青。当时左翼青年（包括胡风）对之大加挞伐，责难其“冷血”“闲适”，而鲁迅却看出其中“诚有讽世之意”。但是今天看来，和鲁迅的《自嘲》相比，在格调上可能有较多的在闲适中陶醉的趣味，缺乏鲁迅那种“横眉冷对”的刚烈精神。

第七辑　古典诗词宏观理论：实践和批判

诗话词话的创作论性质及其在17世纪的诗学突破[①]

从文学批评的形式，或者文体来说，中国古典诗话和词话，与西方相比，可能是独一无二的。没有一个民族会像中国人这样着迷于诗歌的具体语言，为其词（“望南山”，还是“见南山”；“推”字佳，还是“敲”字佳）、句（“回看天际下中流，岩上无心云相逐”是否多余）、篇（崔颢的《黄鹤楼》与李白《登金陵凤凰台》哪首更好）的品评、源流、意蕴，不惜耗费百年甚至千年，不懈地争辩，其心态如此执着，其体式又如此自由，堪称一大世界非物质文化遗产。

一

历代之诗话词话，皆兴之所至，仅取一端，“予夺可否，次第高下”，“平章风雅，推敲字句”，[②]往往开门见山，兔起鹘落，戛然而止。即使稍长如诗品、诗式、诗格、诗法，似有多方概括，大抵出于率尔直觉灵感，往往疏于外延之系统分类与内涵之严密界定和演绎。然此等写法，自北宋以来，竟成文体。录入《四库全书》者，自欧阳修《六一诗话》以下，即二十余家。郭绍虞先生总结：“至清代而登峰造极。清人诗话约有三四百种，不特数量远较前代繁富，而评述之精当亦超越前人。”[③]朱光潜先生以为：“中国向来只有诗话而无

① 本文为陈一琴君与余合作之《聚讼诗话词话》（上海三联书店2012年）之代前言，原题为《聚讼诗话词话和中国诗学建构》（代前言）。

② 吴琇《龙性堂诗话序》，郭绍虞编选《清诗话续编》（第二册），上海古籍出版社1983年，第931页。

③ 郭绍虞编选《清诗话续编·序》（第一册），上海古籍出版社1983年，第1页。

诗学……诗话大半是偶感随笔，信手拈来，片言中肯，简练亲切，是其所长；但是它的短处在零乱琐碎，不成系统，有时偏重主观，有时过信传统，缺乏科学的精神和方法。”[①]朱先生批评诗话“零乱琐碎，不成系统”颇有道理，但是，说它“缺乏科学的精神和方法”却并不中肯。朱先生显然以为西方的诗论“具有科学的精神和方法”。但是，至今西方文学理论，不管是古典的柏拉图、亚里士多德、康德、黑格尔，还是当代的伊格尔顿、乔纳森·卡勒，乃至福柯、罗兰·巴特，从观念到方法，还没有哪一家是称得上“科学”的。“走向科学的美学”至今仍然是尚未实现的理想。即如朱先生所信奉的心理学（如移情、潜意识等）至今还缺乏系统的、周密的实证，因而分析文学作品中的心理，为追求“科学”“客观”的美国新批评派所不屑。

西方诗论以“系统”演绎为模式，其优越在于，概念严密界定，逻辑条贯有序，论题内涵统一，有利于学术成果之有效积累。而中国古典文论（情、志、道、气、意境等）的概念缺乏定义，内涵每每错位，研究成果难以有效积淀，诗话词话尤其如此，在宏观上不可能产生康德那样真善美三种价值分化的宏大体系，所以五四先驱才连王国维式的词话形式也加以废弃，采用了西方文论的以定义、演绎为主的范式。但是，像一切范式的优越性不可避免与局限相联系一样，西方文论的范式并非十全十美，其局限也甚显然。从实践效果来看，森严的体系并没有保证其对文本有效阐释。早在20世纪中叶韦勒克和沃伦在他们著名的《文学理论》中就宣告：“多数学者在遇到要对文学作品做实际分析和评价时，便会陷入一种令人吃惊的、一筹莫展的境地。”[②]此后五十年，西方文论走马灯似的更新，形势并未改观，以至李欧梵先生在“全球文艺理论21世纪论坛”的演讲中坦率地提出：西方文论流派纷纭，本为攻打文本城堡而来，旗号纷飞，各擅其胜：结构主义、解构主义、现象学、读者反应，更有新马、新批评、新历史主义、女性主义等等不一而足，各路人马“在城堡前混战起来，各露其招，互相残杀，人仰马翻”，“待尘埃落定后，众英雄（雌）不禁大失惊，文本城堡竟然屹立无恙，理论破而城堡在”。[③]

李先生只提出了严峻的问题，并未分析造成此等后果的原因。在我看来，原因首先在

① 朱光潜《〈诗论〉抗战版序》，《朱光潜美学文集》（第二卷），上海文艺出版社1982年，第3页。

② 韦勒克、沃伦《文学理论》，刘象愚等译，江苏教育出版社2005年，第155—156页。

③ 李欧梵《世纪末的反思》，浙江人民出版社2002年，第274—275页。其实，李先生此言，似有偏激之处，西方大师也有致力于经典文本分析者。德里达论乔伊斯的《尤利西斯》、卡夫卡的《在法的门前》，罗兰·巴特论《追忆似水年华》《萨拉辛》，德·曼论卢梭的《忏悔录》，米勒评《德伯家的苔丝》，布鲁姆评博尔赫斯等等，但他们微观的细读往往指向宏观演绎出理论。德里达用二万多字的篇幅论卡夫卡仅有八百来字的《在法的门前》，解读象征寓言的同时从文类、文学与法律等宏观方面做了超验的演绎，进行后结构主义的延异书写。其主旨在其文化哲学的普遍性，而不在审美价值的唯一性。

于西方文学理论旨在追求普遍性，以哲学化为宗旨，往形而上学方面升华，实际上变成了哲学的附庸。哲学以高度概括为务，在不同中求同，而文学文本却以个案的特殊性、唯一性、独一无二性为生命，解读文本旨在同中求不同。文学理论的高度概括性、抽象性和普遍性，以牺牲特殊性为必要代价，故其普遍性原理中并不包含文本的特殊性。以之作为大前提，不可能演绎出文本的特殊性、唯一性。其次，当代西方前卫文论，着迷于意识形态，追求文学、文化和历史等的共同性，而不是把文学的审美特性作为探索的目标。就是比较强调文学“内部”特殊性的韦勒克、沃伦的《文学理论》和苏珊·朗格的《情感与形式》也囿于西方学术传统，热衷于往形而上学方面发展。而文学文本的有效解读，则须要向形而下方面还原。文学理论与审美阅读经验为敌，遂为顽症。再次，西方文学理论家，长期以来，没有意识到文学理论的哲学化，很难不与文学形象发生矛盾，这主要是哲学在思维结构上，在范畴上与文学有差异。传统哲学不管什么流派，都不外是主观与客观、自由与必然、道与器等等的二元对立统一的二极思维。当代文化哲学与传统文学理论相反，否定文学的存在，持另一种极端，仍然属于二极思维。而文学形象则是主观、客观和形式（规范形式）的三维结构。哲学思维是没有形式范畴的，而文学的形象的三维结构，其功能大于三者相加。文学形式是规范形式，与一般的原生形式不同，一般形式随生随灭，与内容不可分离，无限多样，而文学形式是有限的，在千百年的反复运用中成为审美积淀的范式，有些（如律诗、绝句、词）甚至形式化了，与内容是可以分离。最后，它不是被内容决定的，而是可以征服、预期、衍生，甚至如席勒所言是可能“消灭”内容的。[①]审美经验在反复运用中进化积累，因而成为主观和客观统一于美，而不是统一于真和善的保证。缺少了规范形式，哲学化的文学理论就不可能在形式范畴以下，概括出风格对普遍形式的冲击，流派对形式规范的丰富、发展和突破，乃至颠覆。即使有布封那样的著名的命题“风格就是人”（或译“风格才是人本身”），也只能是以文学批评的作家论代替文本分析。[②]一个作家有很多文本，文本与文本之间的共同性，只是文本分析的一个侧面，而另一个更重要的侧面则是文本的特殊性、唯一性和不可重复性。

中国诗话词话与西方文论理论形态相比，虽有局限，亦颇有西方所不及的优长。首先，就是对文学的规范形式的重视，以诗与散文、诗与词等的形式规范为纲领，并不着意形而上的升华，而是执着于形而下的还原，重在对诗歌形象做个案的具体阐释。提出问题，不像西方文论从概念、定义出发，而是从具体作品、具体语言出发。当然，其中免不了有些

---

① 席勒的原话是：“艺术大师的独特艺术秘密就是在于，他要通过形式消灭素材。”见《美育书简》，中国文联出版公司 1984 年，第 114 页。

② 布封《论文章风格的演说》，《译文》1957 年 6 月号。

问题，不仅如朱光潜先生所言“零乱琐碎”，而且相当迂腐，如议论白居易夜会琵琶女是否有失体统之类，但是，这并不排除大量表面上“零乱琐碎”，实质上隐含着追求诗的普遍规律性的问题意识。如对“千里莺啼”“千里绿映红”谁人可见得、谁人可听得的争议，①又如“黄河远上白云间”还是“黄沙直上白云间”的版本之争②，杜甫诗中“霜皮溜雨四十围，黛色参天二千尺”是否合乎比例③，“晨钟”于“云外”为何可“湿”④，其他如李贺诗“黑云压城城欲摧，甲光向日金鳞开”与气象是否矛盾，长江之浪怎么可能溅及金山寺之佛身⑤，等等等等，不一而足。此等问题，涉及诗学形式规范的根本规律，那就是真实和假定的矛盾在想象中的转化。西方文论绵延不断的主客二元对立之争绵延两千多年：从柏拉图的模仿理念和亚里士多德的模仿自然，直到 18 世纪华兹华斯“强烈感情的自然流露”、19 世纪车尔尼雪夫斯基“美是生活”，亦即反映论和表现论的争议。纯用西方的范式，以严密的概念定义演绎，众说纷纭，漠视了诗的形式规范，脱离了诗的特殊性，至今并未根本解决文本解读的任务。

在中国诗话中，同样有性质类似的旷日持久的争论，许多弥足珍贵的思想资源，不仅是西方文论所缺乏的，而且在范畴的建构上，也有比西方独到、深邃之处。当然，中国古典诗话词话在理论上往往有陷于客观真实感（所谓“物理”“事理”）的拘泥，完全无视其与情感真诚的矛盾。连王夫之也未能免俗，以亲眼所见为“铁门槛”。（王夫之《姜斋诗话》卷下）但是，也有从诗的规范形式的特殊想象性出发的独创之见。黄生在《诗麈》卷一中提出“以无为有，以虚为实，以假为真”⑥，建构了有无、虚实、宾主等对立统一的形式范畴，明确地提出了真实和假定的对立统一和转化的条件，是 17 世纪的西方诗论所望尘莫及的。

中国诗话词话不耽于概念的细微辨析，因而也就避免了陷入西方诗论烦琐的经院哲学的概念迷宫。中国诗学更重创作的实践性和操作性，把根本目标确定在诗歌的创作和阅读

---

① 杨慎《升庵诗话》卷八：“杜牧之《江南春》云‘十里莺啼绿映红’，今本误作‘千里’。若依俗本，‘千里莺啼’，谁人听得？‘千里绿映红’，谁人见得？若作十里，则莺啼绿红之景，村郭楼台，僧寺酒旗，皆在其中矣。”何文焕《历代诗话考索》：“余谓即作十里，亦未必尽听得着，看得见。题云‘江南春’，江南方广千里，千里之中，莺啼而绿映焉。水村山郭，无处无酒旗，四百八十寺，楼台多在烟雨中也。此诗之意既广，不得专指一处，故总而命曰‘江南春’。诗家善立题者也。”

② 吴乔《围炉诗话》卷三：“《唐诗纪事》王之涣《凉州词》是‘黄沙直上白云间’，坊本作‘黄河远上白云间’。黄河去凉州千里，何得为景？且河岂可言‘直上白云’耶？此类殊不少，何从取证而尽改之。”

③ 沈括《梦溪笔谈》卷二十三：“杜甫《武侯庙柏》诗云：‘霜皮溜雨四十围，黛色参天二千尺。’四十围乃是径七尺，无乃太细长乎？……此亦文章之病也。”

④ 钟惺、谭元春《唐诗归》中钟惺批语：“言‘湿’，又言‘云外’，作何解？”

⑤ 胡仔《苕溪渔隐丛话》后集卷十八认为孙鲂咏金山寺诗“有疵病”：“如‘惊涛溅佛身’之句，则金山寺何其低而且小哉？”

⑥ 黄生《诗麈》，诸伟奇主编《黄生全集》（第四册），李媛校点，安徽大学出版社 2009 年。

的有效性上。梁章钜《退庵随笔》把“教人作诗之言”[①]作为诗话和词话的理想。西方文论超越创作经验，其极致乃在超验的美学，而中国诗论更在意于实践中解决问题。不但表现在普遍形式上，而且对亚形式规范的特殊性都辨析毫厘。在诗话词话中，各种体式均有多家种种阐释。对乐府、歌行、古诗、骚体、五七古、绝句、五律、七律、排律等等体式，都毫无例外地有体制流变，有各体比较，最有特色的是，均有“作法”之细致的概括。具体到微观文本，往往为一联诗的修改追根溯源，前赴后继，数百年不懈。最突出的例子莫过于宋林和靖的著名诗句“疏影横斜水清浅，暗香浮动月黄昏”。诗话家考证出自五代江为的“竹影横斜水清浅，桂香浮动月黄昏”。[②]仅二字之改动，化竹与桂二体为梅之一体，点金成铁，不但客体统一，而且主体之风韵尽在其中。对于陶渊明“悠然见南山”之妙，不但以另一版本之“悠然望南山”相比，指出“无意”之妙，还与韦应物《答长安丞裴说》中之“采菊露未晞，举头望秋山”相比，显示“有心”之拙。[③]

这就显示出中国古典诗论与西方之根本差异，在于其基础为创作论。这是因为中国诗话词话家，不像西方理论家缺乏创作实践经验，几乎百分之百皆是诗人，出于创作实践，从整体的意境到局部语词钩锁关联，都有深切的体悟。大诗人往往能够以诗论诗。李白有“自从建安来，绮丽不足珍”[④]。杜甫有“清新庾开府，俊逸鲍参军”[⑤]，又有“王杨卢骆当时体，轻薄为文哂未休。尔曹身与名俱灭，不废江河万古流”[⑥]。苏轼有“论画以形似，见与儿童邻。赋诗必此诗，定非知诗人”[⑦]之说。至于元好问则有成套的绝句论诗。在如此丰厚的感性基础上，中国古典诗话其说感兴，具体到“附会即景”，“牵合咏物”，其论语言，每每深入到“精思”“炼字”。创作甘苦之言，渗透其间。虽然诸家所持有异，然皆深谙独创之难，故强调继承，转益多师，如论杜甫之成就：“掩颜谢之孤高，杂徐庾之流丽。”[⑧]具体到

---

① 梁章钜《退庵随笔》卷二十一，《笔记小说大观》（第十九册），江苏广陵古籍刻印社 1983 年版，第 227 页。

② 顾嗣立《寒厅诗话》转引李日华《紫桃轩杂缀》：“江为诗：‘竹影横斜水清浅，桂香浮动月黄昏。’（按：当系五代南唐江为佚诗断句，《全唐诗》江为卷无此二句）林君复改二字为‘疏影’‘暗香’以咏梅，遂成千古绝调。”

③ 苏轼《东坡志林》卷五：“陶潜诗：‘采菊东篱下，悠然见南山。’采菊之次，偶然见之，初不用意，而境与意会，故可喜也。今皆作‘望南山’。（按：下文接评改杜诗一字，略）……二诗改此二字，便觉一篇神气索然也。”（据《稗海》本）

④ 李白《古风五十九首》（其一），《李太白全集》卷二，中华书局 1977 年，第 87 页。

⑤ 杜甫《春日忆李白》，《杜诗详注》卷一，中华书局 1979 年，第 52 页。

⑥ 杜甫《戏为六绝句》（其二），《杜诗详注》卷一，中华书局 1979 年，第 899 页。“王杨”一作“杨王”。

⑦ 苏轼《书鄢陵王主簿所画折枝二首》（其一），《苏轼诗集》卷第二十九，中华书局 1982 年，第 1525 页。

⑧ 元稹《唐故检校工部员外郎杜君墓系铭并序》，《元稹集》卷五十六，中华书局 1982 年，第 601 页。

操作，甚至总结出“作诗机杼法式”。从正面说可以“祖述、暗合”，从反面说，严防“蹈袭”，关键是“翻新”，翻新之法莫如“夺胎换骨”。这固然难免作茧自缚之弊，东施效颦，造成诗风的腐败，但不可否认，在语言艺术的提炼上，也有某种后来居上的积累效果。王楙《野客丛书》卷十七引吴曾《能改斋漫录》说白居易《长恨歌》“回眸一笑百媚生”来自李白《清平词》“一笑皆生百媚”，他认为李白之语，又来自江总“回身转佩百媚生，插花照镜千娇出”。① 其实李白的“百媚生”是抽象概念，白居易不但将之转化为可感的形象，还把江总的“回身”转化为“回眸”，又将其效果强化到杨贵妃回眸一笑，唐明皇的感觉就发生了变异：六宫粉黛，三千佳丽，就一个个脸色苍白。以眼神的效果来写美人之美，比之从装束和形态来写美，要雄辩得多，如《硕人》“巧笑倩兮”比之“齿如瓠犀”效果就更好。江总之失，就失在脱离了视觉主体的感情效果，在“百媚”后面加上“千娇”，又添出华丽的装束来，意象芜杂，情趣低下，格调甚卑。这种艺术形象上隔代积累的现象，充分显示了中国诗学创作论的特色。

中国古典诗话词话的另一特点，是把创作论建立在解读论的基础上。既有高度概括的“诗无达诂”，诗的“可解”“不可解”“不必解”之说，又把最大的热情放在解读正误的争辩之上。在解读之际，在内涵上，既有从表层到深层意蕴的深化之求，又有防止穿凿附会之戒。在想象和联想上，特别关注诗的和日常实用价值的重大区别，如竹香、雪香、梦魂香之释。② 解读细到语句，有诗歌与非诗句法之别（如“香稻啄余鹦鹉粒”之辩），又有用事用典之疏密、成败之说。争执往往在一句一词，但是，又并不拘泥，而是重在关键词，提出“诗眼”“词眼”的范畴。品评艺术水平之高下成为传统，争讼往往在同类中进行。如，同写岳阳楼，杜甫、孟浩然之优劣；同为近体诗，李白的绝句为何高于杜甫。至于唐诗七律何者为“压卷”，凡此等等，均以个案的唯一性，不可重复性为鹄的，以艺术的独一无二性为准则。

创作论和文本解读论乃成中国诗话词话的两大支柱。

二

但是，这并不是说，中国古典诗话，仅仅闭锁于实践性之操作，所长仅仅如朱光潜先生所言“片言中肯，简练亲切”，全无与西方诗论可以比美的理论创造。西方文学理论在哲

① 王楙《野客丛书》，上海古籍出版社 1991 年，第 252 页。

② 葛立方《韵语阳秋》卷四：“竹未尝香也，而杜子美诗云：‘雨洗娟娟静，风吹细细香。’雪未尝香也，而李太白诗云：‘瑶台雪花数千点，片片吹落春风香。’”

学唯理论的基础上，建构起宏大的文学理论体系。而中国诗论重实践理性，在深厚的经验论基础上，在创作论和海量的文本解读中，在跨时空的对话过程中，从直接经验向理性升华，建构诸多理论范畴。当然，这不等于说，古典诗话词话家，没有哲学性的方法论的自觉。他们往往表现出易经、老子式的思辨，善于把经验放在对立统一和转化的条件中建构基本范畴。

诗话词话家们面临的是，在汉语构词中，真和实是天然的联系，而虚则和假紧密相关。但是，诗家在进行学术思辨时，自发地运用中国传统的辩证法，强调真时，联系到假，强调实时，联系到虚。问题在于如何转化，避免由虚而假，达到由虚而真。元好问曾经提出，虚得诚乃是根本。“何谓本？诚是也。……故由心而诚，由诚而言，由言而诗也。”[①]“由心而诚”，这样从概念到概念的推演，在中国诗论家看来是不够到位的。这就有了乔亿的“句中有我在”的理性突破。这个突破的特点，还在于其创作论的操作性。把问题回归到创作过程的矛盾中去：“景物万状，前人钩致无遗，称诗于今日大难。”乔亿从难度的克服来展开论述，提出“同题而异趣”，也就是同景而异趣。“节序同，景物同”，以景之真为准，则千人一面，以权威、流行之诚为准，则于人为真诚，于我为虚伪。真诚不是公共的，因为“人心故自不同”，自我是私有的。人心不同，各如其面，找到自我就是找与他人之心的不同，“以不同接所同，斯同亦不同，而诗文之用无穷焉”。[②]只要找到我心与人心之“不同”，即使面对节序景物之“同”，则矛盾就能转化，“斯同亦不同”，才有无穷的创造空间。

中国诗论范畴，大都从其内部矛盾来展开。除了人与我的关系以外，就是景与趣的关系。苏轼提出以“反常合道为奇趣”[③]，趣产生于反常与合道的对立而统一。这里的“反常”，可以理解为知觉超越常规的“变异”。俄国形式主义把它叫作“陌生化”，意思是反熟悉化。从表面上看，和苏轼的“反常”异曲同工，都是以新异的话语给读者感觉以冲击。但，“陌生化”是片面的。并不是一切“陌生化”的感知和词语都是富有诗意的。“二月春风似剪刀”之陌生化是诗，“二月春风似菜刀”，则是笑话。似剪刀，因为“剪”字前面有“谁裁出”的“裁”作铺垫，裁剪为汉语之固定联想。故陌生以熟悉为基础才有诗意。李渔《窥词管见》第七则说：“若红杏之在枝头，忽然加一‘闹’字，此语殊难着解。争斗有声之谓‘闹’，桃李‘争春’则有之，红杏‘闹春’，予实未之见也。‘闹’字可用，则‘吵’字、‘斗’字、‘打’字皆可用矣。……予谓“闹”字极粗极俗，且听不入耳，非但不可加于此

① 《元好问诗话》，吴文治主编《辽金元诗话全编》，凤凰出版社 2006 年，第 323 页。

② 乔亿《剑溪说诗》卷下，郭绍虞编选《清诗话续编》（第二册），上海古籍出版社 1983 年，第 1097 页。

③ 释惠洪《冷斋夜话》卷五，《宋元笔记小说大观》（第二册），上海古籍出版社 2001 年，第 2195 页。

句，并不当见之诗词。”[①]显然，李渔这种抬杠是缺乏语感根据的。在汉语词语里，存在着一种千百年来积累下来的潜在、自动化的、非常稳定的联想机制。枝头红杏，作为色彩本来是无声的，但汉语里“红”和“火”自然地联系在一起，如“红火”；“火”又可以和“热”联系在一起，如“火热”；这样，从“热”就自然联想到了“热闹”。所以“红杏枝头春意闹”之“闹”字，取“热闹”之意，既是一种自由的、陌生的、新颖的突破，又是对汉语潜在规范的发现。也就是“反常”而“合道”的，“陌生”而“熟悉”的。而“红杏枝头春意‘打’”，则是反艺术的。因为只有“陌生”，只有“反常”，没有“熟悉”，没有“合道”。

从实践经验直接升华，使得中国诗论往往有西方诗论所不及的发明，到了17世纪，在西方浪漫主义诗潮之前，中国诗论至少在两个方面具有领先的优势。[②]

第一，提出了“无理而妙”命题。

长期以来，情与理的矛盾是中国诗论的核心命题，理与情，理与趣，史家论赞与诗家咏史之别，一直是中国古典诗论的焦点，在旷日持久的探索中，缺乏抽象演绎的兴趣的诗话词话家们，往往从个案的解读中，提升出观念，从南宋严羽的“非关理也”[③]到清沈德潜的“议论须带情韵以行”[④]，总是脱不了感性色彩。17世纪，中国古典诗话终于在理论上取得突破。清初文学家贺贻孙《诗筏》提出“妙在荒唐无理”[⑤]，贺裳和吴乔提出“无理而妙”“痴而入妙”[⑥]。方贞观在《辍锻录》亦持此说。沈雄在《古今词话·词评下卷》又指出：“词家所谓无理而入妙，非深于情者不辨。”[⑦]从无理转化为妙诗的条件就是情感，比之陆机《文赋》中所谓“诗缘情而绮靡”[⑧]，严羽“诗有别趣，非关理也”的陈说是一个大大的飞跃。吴乔《围炉诗话》在引贺裳语时还发挥说：“其无理而妙者……但是于理多一曲折耳。”[⑨]“于理多一曲折”，就是从理性转换为情感层次，就是把理性逻辑与情感逻辑的矛盾及其转化的条件提了出来。当然，这还是形式上的。

至于对情的内涵，王夫之的《古诗评选》卷四做出更深入的分析，在中国诗话史上第

---

① 唐圭璋编《词话丛编》(第一册)，中华书局1986年，第553页。

② 这里，暂且把中国诗学的“意境”说放在一边。因为这方面的研究成果甚多，且多从概念到概念，突破甚少。

③ 严羽《沧浪诗话·诗辨》，郭绍虞校释，人民文学出版社1983年，第26页。

④ 沈德潜《说诗晬语》卷下，《清诗话》(下册)，上海古籍出版社1978年，第553页。

⑤ 郭绍虞编选《清诗话续编》(第一册)，上海古籍出版社1983年，第191页。

⑥ 贺裳《载酒园诗话》卷一，郭绍虞编选《清诗话续编》(第一册)，上海古籍出版社1983年，第209、225页；吴乔《围炉诗话》卷一，同上，第477—478页。

⑦ 唐圭璋编《词话丛编》，中华书局1986年，第1044页。

⑧ 张少康《文赋集释》，上海古籍出版社1984年，第71页。

⑨ 张少康《文赋集释》，上海古籍出版社1984年，第478页。

一次对理提出了“诗人之理”与“名言之理”[①]、“经生之理”的矛盾。[②]王夫之并没有意识到要正面确定其内涵，仅仅从反面说，“经生之理”不是诗理，但否定性的阐释，不能够充分成为定义形态。把这个问题从正面分析得比较透彻的是叶燮，他在《原诗·内篇下》中把理分为“可执之理”也就是“可言之理”和“名言所绝之理”“不可言之理”，认定后二者才是诗家之理。从世俗眼光来看，是“不通”的。然而，这种不合世俗之理，恰恰是“妙于事理”的。这种不通之“理”之所以动人，因为是“情至之语”。中国古典诗话论情与理的矛盾，在叶燮这里有了比较系统的阐释。第一，无理的，不通的，之所以妙于事理的，就是因为“情至”，也就是感情极端。“情得然后理真，情理交至。”他和严羽等仅限于情与理的二元对立不同，在情与理的矛盾中，引进了一个新范畴，那就是“真”。这个“理真”是由“情得”来决定的，因为“情得”，不通之理转化为“妙”理。第二是，诗歌中往往表达某种“不可名言之理，不可施见之事，不可径达之情”。从不可言到可言，从不施见到可见，从不可径达到撼人心魄，条件是什么呢？他的答案是：“幽渺以为理，想象以为事，惝恍以为情，方为理至事至情至之语。”[③]他在诗学上提出三分法，一是理，二是事，三是情。三者是分离的，唯一可以将之统一起来的，是一个新的范畴“想象”，正是这种“想象”的“事”把“幽渺”“惝恍”的（朦胧的）、不可感知的“情”变得生动。情与事的矛盾，情与理的矛盾，是要通过“想象”的途径来解决的，“想象”能把事情理三者结合起来。叶燮不像一般诗话作者那样，拘泥于描述性的事理，举些依附于景物似乎是不真的形象，叫作不合事理。他的魄力表现在举出直接抒情的诗句，其想象境界与现实境界有着比较大的距离。这种距离不是情与事的差异，而是情感与理性在逻辑上的距离。

文学理论中的真与假，情与理，是一个世界性的课题。一百多年后，德国启蒙主义者莱辛在汉堡剧评中才提出“逼真的幻觉”。18 世纪西方浪漫主义诗论家赫斯列特等提出了“想象”（下文详说）。

情与理也是西方浪漫主义诗人思考的话题，英国浪漫主义诗人华兹华斯这样说：“诗是一切文章中最富哲学意味的。诗的目的是在真理，不是个别的和局部的真理，而是普遍的和有效的真理。”[④]这和我国严羽的“诗有别趣，非关理也”可以说针锋相对。华兹华斯又强调一切的好诗都是“强烈感情的自然流露”。对于情与理的矛盾，他说，强烈的情感是从宁静中聚集（凝神）的（It takes its origin from emotion recollected in tranquility.），是在“审思”

① 王夫之《古诗评选》卷四，《船山全书》（第十四册），岳麓书社，第 687 页。

② 王夫之《古诗评选》卷五，《船山全书》（第十四册），岳麓书社，第 753 页。

③ 叶燮《原诗·内篇下》，人民文学出版社 1979 年，第 32 页。

④ 华兹华斯《〈抒情歌谣集〉序言》，曹葆华译，《古典文艺理论译丛》（第一册），人民文学出版社 1961 年，第 11 页。

（contemplation）中产生，又是在“审思”中消退（disappear）下去，其结果是“in good sense”，用曹葆华的译法就是“合情合理”。[①] 曹葆华这个翻译，似乎并不太准确，原文本是有良好的感受力的意思。康德《判断力批判》在 18 世纪末（1790）中提出审美的“非逻辑性”，相比起来，还是中国的古典诗话在这个问题上说得比较早而且丰富，具有某种操作性。在西方直到 20 世纪初，和无理而妙相似的观念，才由新批评的理论家正面提出。理查兹提到了“逻辑的非关联性”[②]，布鲁克则归结为“非逻辑性”[③]，只要向前迈出一步就不难发现，情感逻辑与抒情逻辑的不同。但由于新批评对抒情的厌恶，始终不能直面情感逻辑和理性逻辑的矛盾，都只限于理性在诗中的“悖论”，与抒情无关。在他们看来，抒情是危险的。艾略特说得很清楚：“诗不是放纵感情而是逃避感情，不是表现个性而是逃避个性。”[④] 兰色姆则更是直率地宣称：“艺术是一种高度思想性或认知性的活动，说艺术如何有效地表现某种情感，根本就是张冠李戴。”[⑤] 西方文论在抒情与理性的矛盾上，一直没有实质性的进展，原因是，他们的流派更迭过速，强调“强烈感情的自然流露”的浪漫主义还没有来得及把这个命题充分展开，反抒情的意象派和现代派已经抢先登场了。

中国诗话在这个时期对世界诗论的第二贡献，乃是诗酒文饭之说。

这种学说，从哲学方法论上，则表现为文体间的矛盾对立和转化。

西方诗论对于诗歌的研究，从古希腊亚里士多德的《诗学》开始，都把诗与哲学、历史进行比较：历史是个别的人事，而诗是概括的，故诗更接近于哲学。他们的比较似乎总在异类中进行，如关于诗与画的矛盾，莱辛写过《拉奥孔》，阐释了诗与画的不同规律。[⑥] 在这方面，我们似乎觉悟得更早。先是苏东坡在《书摩诘〈蓝田烟雨图〉》中说：“味摩诘之诗，诗中有画。观摩诘之画，画中有诗。诗曰：‘蓝溪白石出，玉川红叶稀。山路元无

---

① 华兹华斯《〈抒情歌谣集〉序言》，曹葆华译，《古典文艺理论译丛》（第一册），人民文学出版社 1961 年，第 11 页。原文是这样的：“I have said that poetry is the spontaneous overflow of powerful feelings: it takes its origin from emotion recollected in tranquility: the emotion is contemplated till by a species of reaction the tranquility gradually disappears, and an emotion, kindred to that which was before the subject of contemplation, is gradually produced, and does itself actually exist in the mind.”。“自然流露”中的“自然”，原文有点自发（spontaneous）的意味。

② 参见兰色姆《新批评》，王腊宝等译，江苏教育出版社 2006 年，第 8 页。

③ 布鲁克斯说：“邓恩在运用‘逻辑’的地方，常常是用来证明其不合逻辑的立场。他运用逻辑的目的是要推翻一种传统的立场，或者‘证实’一种基本上不合逻辑的立场。”布鲁克斯《精致的瓮》，上海人民出版社 2008 年版，第 196 页。

④ 艾略特这个说法是很极端的。其中包含着两层意思，一是反对浪漫主义的滥情主义，二是诗人的个性其实并不是独异的，而是整个文化传统所塑造的。因而，个性和感情只是作品的形式。“我的意思是诗人没有什么个性可以表现，只有一个特殊的工具，那只是工具，不是个性。”

⑤ 兰色姆《新批评》，王腊宝等译，江苏教育出版社 2006 年，第 11 页。

⑥ 参见莱辛《拉奥孔》，朱光潜译，人民文学出版社 1979 年，第 22 页。

雨，空翠湿人衣。’”[①]强调了诗与画的共同性。但是，张岱提出异议说：“若以有诗句之画作画，画不能佳；以有画意之诗为诗，诗必不妙。如李青莲《静夜思》‘举头望明月，低头思故乡’，有何可画？王摩诘《山路》诗‘蓝田白石出，玉川红叶稀’，尚可入画；‘山路原无雨，空翠湿人衣’，则如何入画？”[②]我国的诗话词话，似乎更长于在同类的语言艺术中进行比较，诗与散文的比较，是诗话词话的一个传统话题。西方不把诗与放在文学范畴中的散文进行同类比较。根源可能还在于，他们那里散文并不是一个独立的文体。他们的散文在古希腊罗马时期是演讲和对话，后来则是随笔（essay），大体都是主智的，和我们今天的心目中的审美抒情散文不属同类。在英语国家的百科全书中，有诗的条目，却没有单独的散文（prose）条目，只有和 prose 有关的文体，例如：alliterative prose（押头韵的散文）、prose poem（散文诗）、nonfictional prose（非小说类 / 非虚构写实散文）、heroic prose（史诗散文）、polyphonic prose（自由韵律散文）。在他们心目中，散文并不是一个特殊的文体，而是一种表达的手段，许多文体都可以用。而中国诗论则不然，诗言志，文载道，从来就是对立面。诗与散文的二分法，一直延续到清代。经过明庄元臣和清邹祇谟的努力，得出了二者“情理并至”（统一）的结论，不管是在诗中还是文中，情与理并不是绝对分裂的，而是情理互渗，如经纬之交织，诗情中往往有理，文理中也不乏情致。只是在文中，理为主导，在诗中，情为主导。这在哲学上叫作矛盾的主导方面，决定了事物的性质。当然，毕竟还仅仅是推理，还缺乏文本的实感。真正有理论意义上的突破，则是吴乔。他在《围炉诗话》中这样写：

> 问曰：“诗文之界如何？”答曰：“意岂有二？意同而所以用之者不同，是以诗文体制有异耳。文之词达，诗之词婉。书以道政事，故宜词达；诗以道性情，故宜词婉。意喻之米，饭与酒所同出。文喻之炊而为饭，诗喻之酿而为酒。文之措词必副乎意，犹饭之不变米形，啖之则饱也。诗之措词不必副乎意，犹酒之变尽米形，饮之则醉也。文为人事之实用，诏敕、书疏、案牍、记载、辨解，皆实用也。实则安可措词不达，如饭之实用以养生尽年，不可矫揉而为糟也。诗为人事之虚用，永言、播乐，皆虚用也。……诗若直陈，《凯风》《小弁》大诟父母矣。”[③]

这可以说，比较系统地深入到文体的核心了。散文与诗的区别有四。第一，在内涵上，文“道政事”，而诗则“道性情”。第二，一个说理，一个抒情。第三，由于内涵的不同，导致了形式上巨大的差异：“文喻之炊而为饭，诗喻之酿而为酒。文之措词必副乎意，犹饭之

---

① 《苏轼全集》（下册），上海古籍出版社 2000 年，第 2189 页。

② 张岱《琅嬛文集·与包严介》，岳麓书社 1985 年，第 152 页。

③ 郭绍虞编选《清诗话续编》（上），上海古籍出版社 1999 年，第 479 页。

不变米形，啖之则饱也。诗之措词不必副乎意，犹酒之变尽米形，饮之则醉也。”这个诗酒文饭的说法，在《答万季野诗问》中说得更彻底，不但是形态变了，而且性质也变了（“酒形质尽变”）。[①] 第四，这里还连带提示，在价值上，文是“实用”的，而诗是“虚用”的。这个说法相当系统，对千年的诗文之辨是一大突破。在这里最关键的是变形变质，涉及抒情的诗歌形象在想象的假定的境界中变异的规律。这在创作实践中，本来近乎常识：“一日不见，如三秋兮”，“谁谓荼苦，其甘如荠”，“露从今夜白，月是故乡明”，“回眸一笑百媚生，六宫粉黛无颜色”，都是以感知变异的结果提示着情感强烈的原因。

创作实践走在理论前面，理论落伍的规律使得我国古典诗论往往拘泥于《诗大序》的“在心为志，发言为诗。情动于中而形于言”[②]的陈说，好像情感直接等于语言，有感情的语言就一定是诗，情感和语言、语言和诗之间没有任何矛盾似的。其实，从情感到语言之间横着一条相当复杂的迷途，心中所有往往笔下所无。言不称意，笔不称言，言不成诗，手中之竹背叛胸中之竹，是普遍规律，正是因为这样，诗歌创作才需要才华。司空图似乎意识到了“遗形得似”的现象，只是天才猜测，限于简单论断未有必要的阐释。

吴乔的贡献首先是，明确地把诗歌形象的变异作为一种普遍规律提上理论前沿，突破了中国古典文论中形与神对立统一的思路，提出了形与形、形与质对立统一的范畴。其次是，“文为人事之实用”，“诗为人事之虚用”。“实用”，在实质上，就是王夫之所说的“经生之理”和“名言之理”，而“虚用”，乃是王夫之所说的“诗人之理”。“实用”“虚用”的命名，说明他和王夫之一样，已经意识到诗的审美价值是不实用的。这比康德在《判断力批判》中所言审美的“非实用”要早上一百年。当然，吴乔没有康德那样的思辨能力，也没有西方建构宏大体系的演绎能力。他的见解具有相当的深邃性，但是，其表述却满足于感性，这不仅仅是吴乔的局限，而且是诗话词话体裁的局限，也是我国传统民族文化的局限。但是，这并不妨碍他的理论具有超前的性质。

以理性思维见长的西方，直到差不多一个世纪以后，才有雪莱的总结：“诗使它所触及的一切都变形。”[③]英国浪漫主义诗歌理论家赫斯列特在《泛论诗歌》中说：“想象是这样一种机能，它不按事物的本相表现事物，而是按照其他的思想情绪把事物揉成无穷的不同的形态和力量的综合来表现它们。”“‘我们的眼睛’被其他的官能‘所愚弄’，这是想象的普遍规律。”[④] 其实这个观念并非赫氏的原创，而是来自莎士比亚《仲夏夜之梦》第五幕第一场：“疯子情人和诗人都是猜想的产儿。”到了西欧浪漫主义诗歌衰亡之后，马拉美提出了

---

① 王夫之等撰《清诗话》，上海古籍出版社 1978 年，第 27 页。

② 《毛诗正义》(上册)，《十三经注疏》，中华书局 1980 年，第 269—270 页。

③ 雪莱《为诗辩护》，《十九世纪英国诗人论诗》，人民文学出版社 1984 年，第 155 页。

④ 《古典文艺理论译丛》(第一册)，人民文学出版社 1961 年，第 60—61 页。

“诗是舞蹈，散文是散步”的说法，与吴乔的诗酒文饭之说，有异曲同工之妙。

中国诗论在17世纪之所以取得这样的成就，应该说与中国诗论比之西方对诗的形式规范有更大的关注有关。这种关注，并不限于诗与散文之区别，更有特色的是，同为诗，对于其亚形式也是曲尽其妙。如七言古诗和五言古诗的区别：“五言古以不尽为妙，七言古则不嫌于尽。”[①] 至于律诗与绝句之别，则有更多的钻研，金圣叹把七律的每一联用起承转合的格式加以归纳，如，第一联起得“勃郁”，则第二联必然“条畅”，到第三联则应该“转发”，第四联“不得意尽，不得另添”，总之起要“直贯到尾”，结要“直透到顶”。(《贯华堂选批唐才子诗·圣叹尺牍》）而元人杨载分析绝句同样用了起承转合范式，其《诗法家数·绝句》说到诗的起承转的“转”：“绝句之法……句绝而意不绝，多以第三句为主，而第四句发之。……承接之间，开与合相关，反与正相依，顺与逆相应……大抵起承二句固难，然不过平直叙起为佳，从容承之为是。至如宛转变化工夫，全在第三句，若于此转变得好，则第四句如顺流之舟矣。”[②] 从某种意义上说，中国古典诗论比俄国形式主义更具“形式主义”特色，不过中国古典诗话词话家，没有像俄国形式主义者那样天真，也没有像美国新批评学者那样武断，企图用粗糙的“陌生化”“反讽”之类作为一元化的纲领阐释全部文学，而是相当切实地深入到形式内部的结构之中去直接归纳。对于形式规范的过分执着，固然有束缚思想，付出了艺术形式蜕变为僵化模式的代价，但是，也有在形式范畴上逼近艺术特征，避免了西方诗论陷于经院哲学烦琐空论的弊端。固然西方并不否定形式，但是，由于所言往往是内容决定形式，而形式乃原生的生活形式，克罗齐非常强调形式的心灵性质，他在《美学纲要》中说：“形式是常驻不变的，也就是心灵的活动。”心灵的活动恰恰不是“常驻不变的”，而是像绝句的杰作所表现的那样，是瞬息万变的。而形式也不是“常驻不变的”，而是随历史的发展而变化的。因而，他所说的形式，其实是心灵自发的原生形式，而非文学的规范形式。[③]

从美学上来说，原生形式和艺术的规范形式，在性质上是不同的。原生形式是自发的、无限的，不可重复的，与内容不可分离的；而艺术的规范形式则是人造的、有限的（在文学中数量不超过十种），与内容可以分离的，是千百年不断重复的。以诗歌而言，正是由于重复，才能从草创，经过积累达到成熟。不论是西方的十四行诗，还是中国的近体诗，都有一个形式化规格化的过程。中国古典诗歌，从古谣谚的二言，到《诗经》的四言，再

① 贺贻孙《诗筏》，郭绍虞编选《清诗话续编》（第一册），上海古籍出版社1983年，第138页。

② 何文焕《历代诗话》（下册），中华书局1981年，第732页。

③ 例如，他说：“史诗和抒情诗的分别，戏剧和抒情诗的分别，都是烦琐派学者强为之说，分其所不可分。凡是艺术都是抒情的，都是情感的史诗或剧诗。”转引自《朱光潜美学文集》（第二卷），上海文艺出版社1982年，第54—55页。又见朱光潜《谈美》，金城出版社2006年，第117页。

到骚体的杂言，在走向近体格律的过程中，经历了统一（定言、建句、定篇）结合变化的结构：在节奏上，行内平仄交替，行间平仄相对；在语义上，对仗与不对仗交织。沈约在《宋书·谢灵运传》中说："夫五色相宣，八音协畅，由于玄黄律吕，各适物宜。"说的是追求内在节奏和外在节奏的统一性，但是光有统一性是不够的，沈约还特别强调"欲使宫羽相变，低昂互节，若前有浮声，后须切响"[①]。这里的"宫"是指平声，"羽"指仄声；"低"是仄声的特点，"昂"是平声的特点；"浮声"，也是平而上浮，切响是仄声。目的就是要在统一的节奏中尽可能避免单调，格律保证着结构有规律地变化，统一而丰富。从沈约经营平仄，建构近体诗歌形式到盛唐形式化、规范化的成熟阶段，攀登到盛唐气象的艺术高峰，凡四百年。在人类审美超越实用理性的经验积淀进化的过程中，规范形式范畴对于艺术形象的质量的提高是如此关键。缺乏艺术的规范形式范畴，耽溺于哲学化的思辨，就不能不在审美积淀的内涵上，一味满足于从概念到概念的演绎，脱离创作和阅读经验，失去直接概括的基础，这正是西方文论解读文本无效和低效，与审美阅读经验为敌，最后干脆否定文学的存在的根源。

① 沈约《宋书》（第六册），中华书局 1974 年，第 1779 页。

中国古典诗歌的意象和意脉
——袁行霈古典诗学观念和文本解读批判

钱中文先生于20世纪末提出中国古典文论的当代转化，应者寥寥；今者陈平原教授倡言文学研究打破古典、现代文学人为之壁垒，并于香港中文大学有学术会议之盛举。此诚与胡适先生所期待之“输入学理，整理国故”之精神一脉相承。然积重难返，为古典者不屑为现代，为现代者无视古典，风气未改。究其原因盖在古典与现代文学研究学科割据，欲避免此等可贵之努力流于空言，古今二界学者之交流、争鸣乃不可忽视之途。为此笔者从现代文学之境向古典文学之宫试发一端异声，引发争鸣，或有利于古今文论之融通，也未可知。

一

在中国古典文学研究中，袁行霈先生无疑享有公认的权威。从20世纪60年代青春年少到如今白发苍苍，奉献出源源不断的成果。先生在文学史的编撰上，在一些作家的文献资源的梳理上，在文本的赏析解读上，其成就有目共睹。最值得注意的当为对中国古典诗歌传统理论和方法进行了批判性分析，指出其重在“直观的、印象的、顿悟的”把握，其长处在于“靠妙悟做出的审美判断，往往比套用某种理论模式演绎出来的结论更能引起别人的兴趣和共鸣”，其不足在于“只求心理的启迪，而无逻辑的实证；注重直观的感受，而不甚注重建立理论体系”。①

针对中国古典诗学理论体系的不足，袁先生在一系列论著中展示了他建构中国古典诗学体系的努力。此类论著中规模最大的是他和孟二冬、丁放合著的出版于1994年的《中国

① 袁行霈《中国诗歌艺术研究·自序》，北京大学出版社2009年，第2页。

诗学通论》。此书虽号称“通论”，但更多是将中国诗学著作进行分阶段的描述，更接近于诗学史性质。在《绪论》中明言不屑“从概念到概念，脱离创作实际做无端的演绎”[①]，并不着意在中国理论体系的建构。倒是袁先生在独立著作的《中国诗歌艺术研究》的《自序》中有纲领性的概括。他提出中国诗学理论系统的逻辑起点，或者说，第一层次，应该是语言分析，而语言在诗歌中与口语与书面语言不同，其特点乃是“变形”，既遵循语言规范，又超出其规范。如果要给诗歌下一个定义的话，“不妨说就是语言的变形”。以格律造成音乐性，在用词造句方面则是“改变词性、颠倒词序、省略句子成分等等”。第二层次乃是“意象分析”，语词是表层，意象则为其深层，因为其“意蕴”，“感情容量大，启示性强”，由于意象的“比喻化”和“象征化”而成熟。中国诗歌的艺术的“奥妙”就在于“意象组合的灵活性”。汉语没有严格意义的形态变化，不像欧美语言受时、数性格的限制，[②]连词、介词可以自由省略，这对中国诗歌就“不但增加了意象的密度，而且增加了多义的效果，使诗更含蓄，更有跳跃性”。第三个层次是，意境。“意象的组合构成意境”，“境生于象而超乎象”。第四个层次则是与意境相应的风格。“诗歌艺术的最高层次就是风格研究。因为风格的研究已经超越了单纯的艺术分析，而深入到人格的领域，是对诗人所做的总体把握。”袁先生的中国古典诗歌艺术理论体系用他自己的话来概括就是“言、意、象、境”[③]。从这个意义上讲，最能代表他对中国古典诗学理论体系建构的应该是《中国诗歌艺术研究》上篇，尤其是上篇中的三篇论文：一是《中国古典诗歌的多义性》，二是《中国古典诗歌的意境》，三是《中国古典诗歌的意象》。这三篇论文，多次收入袁先生的论文集，《中国诗歌艺术研究》的《自序》实际上就是对这三篇论文的概括。

把中国古典诗艺的无比丰厚的成就用四个字表述，这种概括的高度和力度和陈良运先生把中国古典诗学概括为“志”“情”“形”“意”“神”五大范畴有息息相通之处。[④]但是，陈良运的追求和袁行霈似乎不尽相同。陈先生的功力集中在概念、范畴在历史文献中的演变和进化（如袁先生肯定的最早出于今文《尚书·尧典》的“诗言志”之说之不可信，直至孟子才出现接受意义上的“《诗》以言志”等）。其于内涵外延上辨析毫厘之功，其论述之严谨，范畴之内在联系和转化，无疑表现出现代理论的体系自洽。可以说在中国古典诗论的当代转化中成一家之言。袁行霈似乎志趣有异，虽有中国诗学的宏观概括，但是，他

① 袁行霈、孟二冬、丁放《中国诗学通论》，安徽教育出版社 1996 年，第 13 页。

② 准确地说，应该是动词受时态和语态，名词受性数格的限制。

③ 袁行霈《中国诗歌艺术研究·自序》，北京大学出版社 2009 年，第 5 页。

④ 陈良运《中国诗学体系论·绪论》，中国社会科学出版社 2003 年，第 25 页。原文是：“中国自有诗歌以来，诗歌理论对诗歌创作的抽象表述是：发端于‘志’，演进于‘情’与‘形’，完成于‘境’，提高于‘神’。”在具体章节中，“形”范畴，更多表述为“象”。

并没有对基本概念的内涵和外延，在其历史的演变中做全面的追踪梳理。他的体系性不在概念、范畴的历时性的演变和关系的自洽，而是以共时性的逻辑划分为基础，对文本做审美的分析，似乎可以说，他的追求乃是文本艺术分析。与一般学院派烦琐概念辨析相比，带着解读的操作性，其理论往往与艺术分析联系在一起，理论体系性与解读的实践性的结合成为突出的特色。

将代表作以《中国诗歌艺术研究》为名，表明他的主要精力集中在对“诗歌的艺术的分析”上。不难看出，他特别在意文本的艺术分析，他的体系化的观念，与其说是来自古典诗论的历史性的梳理，不如说是来自对于诗歌文本的具体分析。从这个意义上说，他的学术不但在风格上与陈良运不同，而且应该划分为不同的学科。如果说陈良运的成就属于诗学理论的话，袁行霈的努力应该属于诗歌的审美解读学。

中国诗学理论的建构，固然有极大的难度，但是有着欧美甚为发达的诗学理论的参照。带着很高抽象度的美学意味的诗学，无疑是欧美的强项，但是，诗学的文本解读学，特别是个案的文本解读、艺术性分析（而不是意识形态分析），欧美文论不但鲜有成功的范例，①而且对之不屑一顾。②虽然有俄国形式主义的“陌生化”，美国新批评的“反讽”“悖论”之类，但是，以单层次的贫乏范畴企图对丰富的诗歌做一元化的阐释不免显得天真。③袁行霈的学术选择是以阅读经验的直接概括为基础，适当参照古典诗论遗产，独立建构诗歌文本解读的观念体系，这无异于诗学新航路和新大陆的探险，显然需要勇气和某种原创性。

超越历史积累，直接从阅读经验概括出基本观念（范畴），在逻辑上要达到体系性的严密（外延的周延和内涵的周密），其风险极大，稍有不慎，就可能在波谲云诡中迷途而葬身鱼腹。袁先生对此等凶险可能估计不足。在他相当重视的《中国诗歌的多义性》中某种危机就暴露得很严重。④

---

① 李欧梵先生在“全球文艺理论21世纪论坛”上说，近百年来西方文论流派纷纭，诸如结构派、解构派、现象派、读者反应派、“新马”师门四宗、拉康弟子八人、新批评六将及其接班人耶鲁四人帮等，均为解读文学文本而立，但是文本有如城堡，诸派混战多年，而文本城堡安然无恙。“理论破而城堡在。”详见李欧梵《世纪末的反思》，浙江人民出版社2002年，第274—275页。

② 苏珊·朗格在《情感与形式》中开宗明义坦然宣告：她的著作“不建立趣味的标准”，也“无助于任何人建立艺术观念”，“不去教会他如何运用艺术中介去实现它”。所有文学的“准则和规律”，在她看来，“均非哲学家分内之事”。“哲学家的职责在于澄清和形成概念……给出明确的、完整的含义。”详见朗格《情感与形式》，刘大基等译，中国社会科学出版社1986年，第1—2页。

③ 参见孙绍振《诗话词话的创作论性质及其在17世纪的诗学突破》，《文学遗产》2012年第5期。又见陈一琴选辑《聚讼诗话词话·代前言》，孙绍振评说，上海三联书店2012年版；孙绍振《美国新批评“细”读批判》，《中国比较文学》2011年第2期。

④ 该文最初发表在《北京大学学报》1983年第2期；后收入《清思录》，首都师范大学出版社2008年；又收入《中国诗歌艺术研究》，中国科学出版社2009年，为首篇；收入《燕园诗语》，北京大学出版社2011年，亦为首篇。

袁先生把中国诗歌语言的多义性直接归纳为“宣示义”和“启示义”。前者是“语词明确传达给读者的意义”，后者是“诗人未必十分明确，读者的理解未必完全相同，允许有一定范围的差异”。[①]应该说，这个界说缺乏逻辑的严密性，语言的“启示义”，并不是诗歌所特有的，更不是中国古典抒情诗歌的特殊属性，而是世界小说、戏剧甚至是中国历史的叙述所共有的。从中国史家传统的“春秋笔法”“寓褒贬”“微言大义”到海明威的“电报文体”“冰山风格”还有福克纳的“白痴叙述”，从王熙凤、林黛玉饱含机锋的对话到鲁迅杂文中意味深长的反语，从斯坦尼斯拉夫表演体系的台词和潜台词到现代派小说中的召唤结构，莫不在表层的“宣示义”中隐含着深层的“启示义”。

袁先生又把这种“启示义”细分为五类：双关义、情韵义、象征义、深层义、言外义。这个系统当然堪称独创，从逻辑上说属于划分。其基本的要求乃是标准统一，不得转移，划分的结果应该是并列的，不能是从属的，并列者又不得交叉，不得溢出，不得剩余。但是，这五类几乎无不处于从属、交叉之中。首先，情韵义和双关义、象征义、深层义、言外义，并非并列关系，后四者均应从属于情韵义。双关、象征、深层、言外并不一定具有诗意，双关可能是幽默、讽刺，象征也可能只是无情的思想，深层义也许为外交辞令，言外之意不但是对话艺术而且是口语交际常用的委婉修辞。这一切并不就是诗，只有富于情韵才可能成为诗，故属于包容关系。其次，作为逻辑划分，这四者，几乎都是交叉的。双关语几乎无不是言外义，言外义无不具有深层义，而深层义又可能是象征或者双关的。

也许，古典诗歌解读学作为一门系统学术，乃古今中外所稀缺，要在现代科学思维的基础上做学科系统的建构，需要不止一代人把生命奉献上这个智慧的祭坛，袁行霈先生目前的成果，对学科建构来说，具有草创性质。也许单纯从逻辑上推敲，拘泥于概念辨析，难免胶柱鼓瑟之嫌。不可否认，有时某种学术（如中医）虽然在概念的内涵和外延上尚未达到现代科学的严密和自洽，但是，在实践操作上，在实证上，在个案上颇有成效。因而也具有不可否认的生命力，这种实践生命力恰恰是未来概念范畴的严密和系统生成的基础。

如果这一点没有太大的错误，那么袁行霈的古典诗学价值应该在对文本的具体分析上。

二

袁行霈强调文本分析，他的论著也以大量的案例分析引人注目。

就“双关义”而言，袁先生分析的第一个个案乃是贺知章的《咏柳》。[②]认为“碧玉妆

① 《中国诗歌艺术研究》，北京大学出版社2009年，第6页。

② 在这以前，袁文举了《古诗十九首》中“相去日已远”的例子，但袁先生说明那是出自朱自清先生的《多重义举例》。

成一树高，万条垂下绿丝绦”中的“碧玉”有双关义：“碧玉的比喻显出柳树的鲜嫩新翠，那一片片细叶仿佛带着玉石的光泽。这是碧玉的第一个意思。碧玉还有另外一个意思，南朝宋代汝南王小妾碧玉，乐府吴声歌曲有《碧玉歌》，歌中有‘碧玉小家女’之句，后世遂以‘小家碧玉’指涉小户人家的年轻美貌女子。”[①]但是，这个多义似乎并不可靠。“碧玉”是指“小户人家”的女子，而“万条垂下绿丝绦”却是华贵的盛装。其实，这首诗歌颂的首先是柳树的自然美，其美在于万千柳丝的茂密，一般来说，枝繁则叶茂，然而，更美、更精致的是柳芽（“细叶”）。这种矛盾是很独特的。如果说，如此奇观本是自然之美，则是科学的真，没有情韵的美可言，诗人却在想象中称赞其比自然美更美，应该是超自然的，精心设计的。这是诗歌的第一个层次的情韵义，是显性的。在这层以下还有一个隐性层次，这样的自然美，具有女性特征。这是袁先生感觉到了的，这种碧玉和丝绦的贵重中隐含着贵族男性的视觉：即使如此，女性的美仍然归结到装饰和裁剪（女德、女容、女工）上。袁先生在另一篇文章《咏柳赏析》中说，“二月春风似剪刀”“歌颂了创造性的劳动”。[②]一个唐朝的贵族的脑袋里根本就不可能有劳动这样的观念，就不要说还要有“创造性”了。事实上“劳动”这个词，当时还不存在，作为英语 work 的对应，是日本人用汉字先翻译出来的。中国古代的“劳动”是劳驾的意思。[③]现代汉语中“劳动”具有创造物质财富，创造世界，甚至创造人的意义，在话语谱系中，是与“劳动者”“劳动人民”“劳动节”正相关，而与剥削阶级、革命对象负相关，处于互摄互动的关系中，构成具有革命政治、道德价值取向，在中国 20 世纪 40 年代到 80 年代成为主流的价值关键词。[④]从文本来说，碧玉在这里只是一种隐喻，谈不上双关，就算是双关，也并不注定与抒情相关。双关的特点乃是表面上是双重语义平行，但是，在具体语境中，并不是共存的多义，表层显在的语义是虚指，隐性的语义是实指。如，联想集团的广告词曰“没有联想，世界会怎样”，“联想”既是普通的动词，又是集团公司的专有名词。二者并非可此可彼的多义，而是言此意彼，指向联想集团的。[⑤]这和抒情无关。双关语可以是抒情的手段，如袁先生所举的“东边日出西边雨，

---

① 袁行霈《中国诗歌艺术研究》，北京大学出版社 2009 年，第 7 页。

② 袁行霈《〈咏柳〉赏析》，初中《语文》（第一册），人民教育出版社 1992 年。此文系根据作者 1985 年发表在《北京大学学报》的《中国古典诗歌的多义性》有关部分改写，该文收入作者文集《清思录》，首都师范大学出版社 2008 年；后又收入作者之《中国古典诗歌艺术研究》首篇，北京大学出版社 2009 年；又收入《燕园诗话》，北京大学出版社 2011 年，亦为首篇。

③ 王力《汉语史稿》（重排本），中华书局 1980 年，第 603 页。

④ 刘宪阁《革命的起点——以“劳动”话语为中心的一种解说》，中国人民大学国际关系学院政治学系等编《“转型中的中国政治与政治学发展”国际研讨会论文汇编》（1），2002 年，第 397—418 页。

⑤ 谭学纯《辞格生成的理解：语义、语篇、结构》，《汉语修辞格大辞典》，上海辞书出版社 2010 年，第 4—5 页。

道是无情却有情"，双关语突出了听到情郎歌声（"闻郎江上唱歌声"），表现了女主人公神经高度敏感紧张，把握不定（无情、有情），恰恰是有情之深，虚指（无情抑或多情）的多义，是为了表现实指（多情）的单义。这样的"双关"之所以动人，是因为其中渗透着情韵。双关应该是从属于情韵的一种表现，但是，袁先生无视于此，将之与情韵义并立。

对于"情韵义"袁先生的规定是：词语"除了原来的意义之外，还带着使之诗化的感情的韵味"。意思是一些普通的词语，在诗歌中"多次运用"，情韵"附着"上去了。[①]情韵义，就是在反复运用中带上"诗化感情的韵味"这个说法，并没有阐明情韵的内涵，带着同语反复之嫌，因而经不起分析。第一，词语在诗歌中"多次运用"，并不一定就成为诗；第二，即使成为诗了，也可能因为反复运用而成为陈词滥调。袁先生以"白日"为例，举了曹植的"惊风飘白日"，左思的"皓天舒白日"，鲍照"白日正中时"，李商隐"白日当天三月半"，说明因为反复运用，"白日"这个词就"有一种光芒万丈的气象"，"给人以灿烂辉煌的联想"[②]此论显然阐释过度，曹植的"惊风飘白日"下面还有一句"光景驰西流"。明明是日薄西山，又加上惊风飘掠，哪里有什么辉煌灿烂的感觉！不但如此，此论还有轻率概括，以偏概全之弊。"白日"的意象，其实并非固定在光辉灿烂上，其形态性质取决于诗人的情感性质。当诗人欢欣之时，当然有左思那样的"皓天舒白日，灵景耀神州"，甚至有杜甫的"白日放歌须纵酒"的光明景象。当诗人处于情绪低落之时，"白日"的意象就不能不暗淡了。秦嘉《赠妇诗》曰"暧暧白日，引曜西倾"，暧暧就是没有光彩的。孔融《临终诗》："谗邪害公正，浮云翳白日。"白日因谗邪而暗淡。《古诗十九首》有"浮云蔽白日，游子不顾返"，古乐府《寡妇诗》有"妾心感兮惆怅，白日急兮西颓"，白日失去光彩，皆为思妇和寡妇的孤凄心理同化。至于陶渊明的"重云蔽白日，闲雨纷微微"（《和胡西曹示顾贼曹诗》）则是对他心理氛围的概括。在昏昏欲睡的任华眼中，白日也昏昏欲睡："而我有时白日忽欲睡。"（《寄李白》）从这个意义上说，白日本身并没有固定地"附着"辉煌的正面性质，而"浮云蔽日"倒是一个广泛被重复运用的负面意象。这里有一个不能不面对的矛盾，在唐诗里白日什么性质形态都可能有，甚至连寒冷都不在话下。王维《华岳》："白日为之寒。"刘长卿《穆陵关北逢人归渔阳》："楚国苍山远，幽州白日寒。"袁行霈所钟情的辉煌的红日，不但数量相当稀少，而且性态也比较单一。[③]有的只是赤日，而赤日不但频率更少，而且带着负面的性质。王维《苦热行》曰："赤日满天地，火云成山岳。草木尽焦卷，川原皆凋竭。"刘长卿写得更绝："清风竟不至，赤日方煎铄。仰视飞鸟落，火云

---

①② 袁行霈《中国诗歌艺术研究》，北京大学出版社 2009 年，第 8 页。

③ 据检索，《全唐诗》中用到"白日"达六百余次，"红日"二十余次，且均为景观描述。"赤日"仅十七次。

从中出。”①

白日在古汉语中仅仅有青天白日之意，即使日为君象，也只是清平世界朗朗乾坤而已。

白日这个运用频率很高的意象，如果意味固定在光辉灿烂上，就不能不老化，但是，它并没有僵化，原因就在它的内涵随着诗人的情感的变化而变化，正是因为这样，它才具有比之赤日、红日更活泼的生命力。当李白失意的时候，“总谓浮云能蔽日，长安不见使人愁”（《登金陵凤凰台》）；当他游仙问道的时候，“傥逢骑羊子，携手凌白日”（《登峨眉山》），就有高踞白日之上的飘然；当他痛苦的时候，白日就暗淡了：“扶桑半摧折，白日无光彩。”（《登高丘而望远》）在王翰豪迈的边塞诗中，白日是可以指挥的：“壮士挥戈回白日，单于溅血染朱轮。”（《饮马长城窟行》）王昌龄在征战中，白日是阴暗的：“大将军出战，白日暗榆关。”在高适笔下，残酷的血战可以使白日变得凄惨：“鬼哭黄埃暮，天愁白日昏。”（《同李员外贺哥舒大夫破九曲之作》）。

袁行霈先生在“双关义”项下还举了“绿窗”“拾翠”“南浦”“凭栏”“板桥”等为诗人反复运用的例子，其失在于“绿窗”“拾翠”“板桥”等在《全唐诗》使用率很低（经检索，各二十次上下），大多缺乏经典性。因袭运用固然有利于情韵积淀，但也可能意味雷同，造成语言模式化、套路化。“凭栏”一语之所以稍有生命，固然有袁行霈所说的“和某种激动的感情联系在一起”，如岳飞的“怒发冲冠”，辛弃疾的“凭栏望，有东南佳气，西北神州”，但是，不能忽视的是登高望远，往往是孤独的，无言的，就是激动的心情也是压抑的。如张元幹“归恨隔重山，楼高莫凭栏”（《菩萨蛮》），或如范仲淹“明月楼高休独倚。酒入愁肠，化作相思泪”（《苏幕遮》），当然还有张炎那样潇洒的“凌虚试一凭栏。乱峰叠嶂，无限古色苍寒。正喜云闲云又去，片云未识我心闲”（《瑶台聚八仙》）。此等用语，妙在同枝异花的变幻，一味因袭则不能不成为陈言。

袁先生在论述到象征义的时候，似乎更严重地忽略了这一点，不加分析地肯定象征义的“反复使用”，产生“公用的、固定的”意涵。如东篱、新亭之类。但是象征义的固定化，就成了典故，在古典诗话中叫作“用事”，固然有利于文化意蕴的积淀，以少胜多，但是，用事过密对于情感必然造成滞塞，难免掉书袋之弊。典故毕竟是他人的，要化为自己的，就需要突破，故古典诗话强调用事要不着痕迹，如“着盐水中”。林逋把五代诗人江为的“竹影横斜水清浅，桂香浮动月黄昏”，改成咏梅的“疏影横斜水清浅，暗香浮动月黄

① 也许，让太阳带上红色灿烂光华，成为理想、民主、自由乃至革命的意象，可能是受了法国大革命、俄国革命思潮的影响。这个问题有待研究。

昏”。[1]“暗香”遂为传统意象。王安石咏梅：“遥知不是雪，为有暗香来。”视觉和嗅觉感受有先后，还有几分创意，而姜夔以“暗香”（还有“疏影”）为题作词，陷于古典诗话所忌的“蹈袭”，此等“蹈袭”乃是造成古典诗歌形象日后腐败根源之一。钱锺书先生对此等现象有过严厉的针砭：“把古典成语铺张排比虽然不是中国旧诗先天不足而带来的胎里病，但是从它的历史看来，可以说是它后天失调而经常发作的老毛病。”[2]钱先生还批评韩愈“无书不读，然止用以读书以资为诗”[3]，说：“这种‘贵用事’，殆同抄书的形式主义，到了宋代，在王安石的诗又透露迹象，在‘点瓦成金’的苏轼的诗里愈加发达，而‘点铁成金’的黄庭坚的诗里登峰造极。”[4]到了五四时期胡适在《文学改良刍议》中指出套话的滥用之弊。蹉跎、寥落、寒窗、斜阳、芳草、春闺、愁魄、归梦、鹃啼、雁字、残更、灞桥、渭城、阳关等成为万能零件，可以恣意组装，并不意味着作者真有多少伤感。胡适举他的朋友兼论敌胡先骕的词为例，明明在美国大楼里，却用什么“翡翠衾”“鸳鸯瓦”等等中国古代贵族帝王居所的话语，明明是在美国大学明亮的电灯光下，却偏偏要说“荧荧一灯如豆”。[5]皆可说明滥用陈言造成自我感知的封闭性。

在论述“深层义”时，袁先生照例对其内涵未做任何阐释，幸而文中做了外延的分类：第一类是“感情深沉迂回，含蓄不露”，第二类是在自然景物的描写中“寄寓了深意”，第三类是富有哲理意味的。

外延的分类回避了内涵概括的难度，但是在逻辑上造成了同语反复。“感情深沉”，“寄寓了深意”，以“深”解深，内涵没有增加，只能从文中所分析的实例中寻找答案。作者分析李白的《早发白帝城》认为，表层的含义是通过“水流之急”“船行之快”表现了诗人“心情的轻松和喜悦”，深层则是“有一种惋惜与遗憾的感情”。本来他写过上三峡，当时是逆流：“三朝上黄牛，三暮行太迟。三朝又三暮，不觉鬓成丝。”“心情是多么沉重。如今他遇赦返归，顺着刚刚走过的那流放路，重又泛舟于三峡之间，他一定想趁这个机会饱览三峡壮丽风光。可惜他还没有看够，没有听够，没有来得及细细领略三峡的美，船已飞

① 顾嗣立《寒厅诗话》转引李日华《紫桃轩杂缀》：“江为诗：‘竹影横斜水清浅，桂香浮动月黄昏。’（按：当系五代南唐江为佚诗断句，《全唐诗》江为卷无此二句）林君复改二字为‘疏影’‘暗香’以咏梅，遂成千古绝调。”

② 钱锺书《宋诗选注》，生活·读书·新知三联书店 1997 年，第 65 页。

③ 钱锺书《宋诗选注》，生活·读书·新知三联书店 1997 年，第 66 页。

④ 钱锺书《宋诗选注》，生活·读书·新知三联书店 1997 年，第 156 页。

⑤ 胡适《文学改良刍议》，《中国新文学大系·建设理论集》，上海良友图书印刷公司 1935 年，第 37—38 页。刘纳《嬗变》第 210 页中引用诗人郑逸梅的话说：“羁客之心寄之十月，诗人之愁肠浇之以酒。侠士之豪气挥之以剑，美人之情绪付之于泪。”这个总结并不完全，也不深刻，但或可有助于今日及日后之读者从中想见五四前夕诗坛套语之公式化和僵化。

驶而过……在喜悦之中又带有几分惋惜和遗憾。似乎船走得太快了。"[1]在另外一篇文章中，他还有更详细的解说："虽然已经飞过了万重山，但耳中仍留猿啼的余音，还沉浸在从猿声中穿过的那种感受之中。这情形就像坐了几天火车，下车后仍觉得车轮隆隆在耳边响个不停……究竟李白是希望船走得快一些呢，还是希望船行得慢一点呢：只好由读者自己去体会了。"[2]这样的分析，实在是下决心与文本阅读的感知为敌了。其实，李白不是在旅游而是在流放中道遇赦，解除了政治上的和道德上的压力。此诗开头两句写舟行之速，"彩云间"说的是水位高，"一日还"说的是快。好在有个因高而快的因果关系，用的是郦道元《水经注·三峡》中的典故。但就在郦道元那里，也只有在"夏水襄陵，王命急宣"的条件下才有可能，在一般情况下。三峡瞿塘滟滪堆的礁石是无比凶险的，有民歌"滟滪大如马，瞿塘不可下。滟滪大如猴，瞿塘不可游"等等为证。可是在年近花甲、流放遇赦的李白感觉中，航行的凶险却不在眼下。这正是诗人解除了政治压力归心似箭的生动表现。如果要认真讲层次，开头两句，"白帝""彩云""千里江陵"都是画面，视觉形象；第三句"两岸猿声"超越了视觉形象，转化为听觉。视听的交替，此为第一层次。听觉中之猿声，本为悲声（《水经注》引民谣曰："巴东三峡巫峡长，猿鸣三声泪沾裳。"），而李白将之转变为欢欣，显示高度凝神于听觉之美，而忽略了视景之丽，五官感觉凝神转换，深化为欢快的忘情。此为第二层次。第三句的听觉凝神，特点是持续性（啼不住，啼不停），到第四句转化为突然终结，美妙的听觉变为发现已到江陵的欣喜，这是意外遇赦，政治上获得解脱的安宁与欢欣。此为第三层次。猿啼是有声的，而欣喜是默默的，舟行是动的，视听是应接不暇的，凝神是持续不断的，到达江陵是突然终止的：情绪转换了四个层次。通篇无一"喜"字，喜悦之情却尽在无声的动静交替、视听忘情之中。

袁先生分析情绪层次，却看不出后两句在情绪上的瞬间转换。而表现情绪的瞬间转折，正是绝句抒情的最大优长。这是对绝句的特殊情绪结构，对其第三句到第四句的"宛转变化"[3]缺乏理解。因而找不到深层，只好牵强地弄出一个来不及欣赏三峡风光而感到遗憾。其实"千里江陵一日还"，既排除了船行的缓慢（三天才能过黄牛滩），又排除了长江航道的凶险（瞿塘、滟滪礁石），立意就在强调舟行之轻快、神速而且安全。"两岸猿声啼不住，轻舟已过万重山"就是为了表现归心似箭，是心之轻快，却写成舟行之轻快。情感全部的

① 袁行霈《中国诗歌艺术研究》，北京大学出版社 2009 年，第 15 页。

② 袁行霈《早发白帝城》，裴斐主编《李白诗歌赏析集》，巴蜀书社 1988 年，第 273 页。

③ 杨载在《诗法家数·绝句》中谈到诗的起承转的"转"时说："绝句之法，要……句绝意不绝，多以第三句为主，而第四句发之……承接之间，开与合相关，反与正相依，顺与逆相应……大抵起承二句固难，然不过平直叙起为佳，从容承之为是。至如宛转变化工夫，全在第三句，若于此转变得好，则第四句如顺流之舟矣。"

神妙全都聚焦在轻舟的“轻”字上。若是如袁行霈所想象的那样，嫌船走得太快，想让船走得慢一点，那不是成了旅游了吗？为什么要把舟行的高速和安全集中到“轻舟”上呢？这个“轻”可以说是诗眼。其实，李白正是从视听交替之美不胜收的持续喜悦变为猝然中断，意识到家就在眼前之轻快。舟之轻快，乃身之轻快，身之轻快，乃心之轻快，哪里还有什么“遗憾”呢？

这就涉及什么叫作深层，什么叫作层次了。层次应该是情和感的层次，具体来说，就是情和感的动态变化。汉语中的情感，表明情与感不可分割。而感则由于情而动，而变，故有感动、激动、触动、心动、情动于中之说，如果不动，则是无动于衷。感动，就是感觉的变动和情绪的变幻。

正是由于对情感的特点缺乏明确的意识，袁先生在分析杜牧的《秋夕》时给读者以缘木求鱼的感觉。这首诗的艺术奥秘全在情感在深层的隐性的动态变化，对于情感的运动不能洞察，就只能从文字典故上钻牛角尖，说，“轻罗小扇扑流萤”多重的含义在于几点。第一，“古人说腐草化萤”，“萤生长在草丛冢间那些荒凉的地方。如今宫女居住的庭院里竟然有流萤飞动，宫女的生的凄凉也就可想而知了”。第二，“从扑萤也可想见她的寂寞与无聊”。这样的阐释牵强到违反常识的程度。流萤飞动通常并不在冢间荒凉之处，而且捕捉流萤往往是儿童欢乐的游戏，而这里，恰恰也是贵族女子无忧无虑的孩子气的表现。第三，袁先生说，“诗词里常以秋扇比喻弃妇”。[①] 但是，这里的扇子，并不是形象的核心，形象核心是人，扇子只是道具，联想到她们“被遗弃的命运”就不能不以牺牲其轻快的游戏为代价。通过对两个典故的分析，袁行霈得出的结论是，贵族女子（袁先生不知为何确定为宫女）的情感是从驱赶流萤的凄凉到想起不幸。情感的性质前后是一致的，没有任何变动，在一个平面上滑行。但是，要讲深层义，就要突破表层，进入意象之间的脉络。这个年轻女子在扑流萤的时候，很明显是无忧无虑的，很天真，甚至是带着孩子气的顽皮的。但是，当她坐（一作“卧”）下来，外部活泼的动作结束了，心态变为持续的沉思，出神到连夜色凉如水都没有感觉，原因则是牵牛织女星引起她对于爱情和命运的遐想。情感的脉络在这里有一个转折，就是从天真烂漫游戏到对爱情的无名的持续忧思。这才是从表层义到深层义的转换，表现这种情绪瞬间的“开与合相关，反与正相依，顺与逆相应”的转换乃是绝句的特异优长。[②]

袁先生致力于深层义而不得要领，原因在于把中心词放在“义”上，其实应该放在从表层向深层变动的“情”上，因为情有动态，有变动才形成情韵的脉络。

---

① 袁行霈《中国诗歌艺术研究》，北京大学出版社2009年，第16—17页。

② 参见孙绍振《绝句：瞬间转换的情绪结构》，《文艺理论研究》2010年第6期。

袁先生把表现哲理意味列为深层义的第三类，同样没有做内涵的界定便直接以杜甫的《江亭》中的“水流心不竞，云在意俱迟”为例，引《杜臆》和仇兆鳌说这两句诗“不是情景交融”，而是有“哲理意味”的观点。“在杜甫看来，水也好，云也好，都是自在之物，它们的动，它们的静，都是出自本性，并不是有意要怎样，也没有什么功利的目的与追求，只是各行其素而已。杜甫感受到云水的这种性格，便从中悟出了人生的道理。便觉得自己也化作了云水，和它们一样地达到自如自在的境地。”[①]其实，这个结论是有点轻率的。对于这样的诗句，是情景交融的抒情还是含有哲理意味，在诗话中的争议至少持续了六百多年。宋末元初范晞文在《对床夜语》卷二中就不承认有多少理趣，认为是“景中之情也”，[②]也就是抒情而已。方回《瀛奎律髓》卷二十三也说，像“水流心不竞，云在意俱迟”“片云天共远，永夜月同孤”“江山如有待，花柳更无私”这样的诗，属于“景在情中，情在景中。”[③]施补华《岘佣说诗》也认为“水流心不竞，云在意俱迟”系“情景兼到”[④]。而早于他们的罗大经《鹤林玉露》乙编卷二，则比较折中，说“迟日江山丽，春风花草香”“水流心不竞，云在意俱迟”等，“只把做景物看亦可，把做道理看，其中亦尽有可玩索处”。[⑤]为什么会有长达数百年的争议呢？原因在于，就是从中看出“理”来的，也没有将中国诗歌这种特殊深厚的“理”的内涵弄清楚。其实，袁行霈自己解读时就说过“觉得自己也化作了云水，和它们一样地达到自如自在的境地”，这就有点浪漫，就不完全是“理”，至少是“理”中已有了情，包含着抒情了。中国古典诗歌中的所谓“理”，最为突出的就是钟嵘《诗品》所批评的：“贵黄老，稍尚虚谈”，“理过其辞，淡乎寡味”，“皆平典似《道德论》”。[⑥]严羽所指斥的“近代诸公”“议论为诗”的“理”也属于这一类[⑦]。其最佳者不过是朱熹的《观书有感》，说明心之所以清明，就是因为读书，是为源头活水。这类诗在王夫之看来充其量不过是“名言之理”而非“诗人之理”。[⑧]而诗人之理，叶燮归结为“名言所绝之理”，乃是“妙于事理”，其实质乃是“情得而后理真”“情理交至”。（叶燮《原诗·内篇下》）这就是说，实质上，这样的理，和抒情仍然有着千丝万缕的联系，所以才叫作“情理交至”。杜甫的《江亭》并不是只有诗话家们津津乐道的那两句，全诗还有：“坦腹江亭暖，长吟野望

---

① 袁行霈《中国诗歌艺术研究》，北京大学出版社 2009 年，第 18 页。

② 吴文治主编《宋诗话全编》（第九册），江苏古籍出版社 1998 年，第 9289 页。

③ 方回《瀛奎律髓汇评》（中册），上海古籍出版社，第 938 页。

④ 王夫之等撰《清诗话》，上海古籍出版社 1978 年，第 974 页。

⑤ 吴文治主编《宋诗话全编》（第七册），江苏古籍出版社 1998 年，第 7637 页。

⑥ 何文焕辑《历代诗话》（上册），中华书局 1981 年，第 2 页。

⑦ 严羽《沧浪诗话·诗辨》，吴文治主编《宋诗话全编》（第九册），江苏古籍出版社 1998 年，第 8720 页。

⑧ 王夫之《古诗评选》卷四，《船山全书》（第十四册），岳麓书社，第 687 页。

时”“故林归未得，排闷强裁诗”，都是直接抒情的，从整体上说，这首诗并不仅仅是有哲理意味，而是抒情与哲理交替。

杜甫的两句诗之所以引起几百年的争议，乃是因为涉及抒情与理趣的关系，在中国古典诗歌中颇有典型性。这和抒情的传统理论“言之不足故嗟叹之，嗟叹之不足，故咏歌之，咏歌之不足，不知手之舞之足之蹈之也”的激动状态相去甚远，与汉魏古诗的“人生不满百，常怀千岁忧”的焦虑亦大相径庭，其与唐诗的张扬相对乃是收敛，就是与山水诗之温情也大异其趣。至于和英国浪漫主义之诗论“一切好诗都是强烈感情的自然流露”①不啻天壤之别。其特点不是把情与理对立起来，而是与“理”和“物”对举，《文心雕龙·附会》早就提及：“才量学文，以正体制，必以情志为神明，事义为骨髓。”这就是说，有了情志，还只是灵魂，还要有事义为骨髓。情志必须寄寓在事义中，这个事义的事，就包括景物、事物和人物。景物中就隐含着人情和物理。很显然，这里的“理”，不是一般理性的“理”，在王鏊《震泽长语》卷下中说是这是“人与物偕”之理。②就是人与环境之间的和谐统一，而不是矛盾对立。

这并不是个别诗论家的感悟，而是相当普遍的共识。这种境界，是一种形而上学的境界，其特点如李维桢《郝公琰诗跋》所言“理之融浃也，趣呈其体”。③这里的“融浃”就是人与自然、人与人之间的无差别状态。

中外抒情往往带着浪漫性，离不开情感的夸耀，而这里的特点，则是情感的消融于物，更接近于道家的顺道无为状态。其精神全在大自然和自我相互融入的静谧和自洽，再加上语言上又是“无斧凿痕，无妆点迹”，乃构成一种返璞归真的美学境界。进入这样的境界就能享受着天理人趣。这个趣，不仅是情趣，而是理趣，也是物理，也是人趣，天、人、物合一的一种默契的趣味。这是形而上学的哲学理性，也是内在的趣味，与一般理解的形而下的世俗趣味有根本的区别。当然，袁行霈感觉到了杜甫诗句中有哲理，但是，对这种哲理的中国式特点以及其与抒情的关系，却缺乏到位的具体分析。

从方法论上看，这和欧美诗论甚至和吴乔、贺裳等强调情理对立的二分法不同，而是情、物与理的统一，这是三分法。也就是叶燮《原诗·内篇下》所说的“幽渺以为理，想

---

① 华兹华斯《〈抒情歌谣集〉序言》，曹葆华译，《古典文艺理论译丛》（第一册），人民文学出版社 1961 年，第 11 页。原文是：“I have said that poetry is the spontaneous overflow of powerful feelings: it takes its origin from emotion recollected in tranquility: the emotion is contemplated till by a species of reaction the tranquility gradually disappears, and an emotion, kindred to that which was before the subject of contemplation, is gradually produced, and does itself actually exist in the mind.”。“自然流露”中的“自然”，原文有点自发（spontaneous）的意味。

② 吴文治主编《明诗话全编》（第二册），江苏古籍出版社 1998 年，第 1689 页。

③ 李维桢《大泌山房集》卷一三一。

象以为事，惝恍以为情”[①]。是理事情的三位一体。袁行霈感到了杜甫诗中蕴含着某种哲理，但是，对于这种哲理的深厚的特殊的、中国式的内涵却缺乏起码的具体分析，因而所谓哲理的论断，就成了一个贫乏的、空洞的概念。

就中国古典诗歌的理的内涵而言，把“水流心不竞，云在意俱迟”解释为天人合一，还是浅层次的，更高的层次，则是类似于陶渊明的“无心”（“云无心以出岫”），不怀功利，不但没有外在的物质压力，而且没有内心的功利压力，达到物我两忘的境界，水在流，我心不动，云不动，我心也不动。把自我的心境看得比天地、云水都要宁静。

这种理趣的艺术，钱锺书先生说得甚为精到：“若夫理趣，则理寓物中，物包理内，物秉理成，理因物显。赋物以明理，非取譬于近，乃举例以概也……举物即写心，非罕譬而喻，乃妙合而凝也。吾心不竞，故随云水以流迟；而云水流迟，亦得吾心之不竞。此所谓凝合也……此所谓例概也。”[②]钱锺书先生说得非常系统。“赋物以明理，非取譬于近”，是寓理于物，不是以物为喻，而是“举例以概”，“例”是特殊的个别，而“概”是普遍的，故个别概括普遍，这普遍就是“理”了。从这一点来说，中国的这种艺术哲学又与西方是相通的。英国诗人威廉·布来克《天真预言》从一粒沙里看世界，从一朵花看天国，在一时中掌握永恒。（To see a world in a grain of sand, and a heaven in a wild flower. Hold infinity in the palm of your hand, and eternity in an hour.）但是，中国式的理趣和英国诗毕竟不同，不像他们那样把沙子和花朵和诗人的主体看成分离的，而是：心物妙合而凝为一，物我无间，乃有超越个体，天地与我共生，万物与我为一，从形而下之我，变为形而上之我，是乃物理，也是人哲。

袁行霈在阐释在自然景物的描绘中寄寓了“深层义”的时候，举了柳宗元的《江雪》。其实，《江雪》应该是典型的哲理义。袁行霈的解释是：“这渔翁对周围的变化毫不在意，鸟飞绝，人踪灭，大雪铺天盖地，这一切对他没有丝毫影响。”这是有道理的，渔翁丝毫不在乎外部环境的寒冷，但是，这样的意味，一望而知，完全在表层。深层是什么呢？袁先生说渔翁“依然在钓他的鱼”[③]。把钓雪解读为钓鱼，袁先生此说大谬。柳宗元此诗的诗眼在“钓雪”上。如果是在“钓鱼”，就不但没有深层意味，而且连表层诗意味都没有了。在这冰天雪地之中，不但没有鱼可钓，而且可能冻死。但是，这是散文的思维，柳宗元面对小石潭那么美好的景观，其感受是“寂寥无人，凄神寒骨，悄怆幽邃”，“其境过清，不可久居”。相对于诗歌来说，散文是形而下的，是现实的，因而是怕孤独的（寂寥无人）的，怕

① 叶燮《原诗·内篇下》，人民文学出版社1979年，第32页。

② 钱锺书《谈艺录》，中华书局1984年，第232页。

③ 袁行霈《中国诗歌艺术研究》，北京大学出版社2009年，第17页。

冷（凄神寒骨）的。而诗歌是形而上学的，《江雪》前两句是对生命绝灭和寒冷外界严寒的超越，后两句是对内心欲望的消解。这个抒情主人公不管多冷也不怕。“钓雪”提供的深层意韵乃是不但没有外部寒冷的压力，而且没有内在欲望的压力，完全没有功利目的，不食人间烟火，生命与天地在空寂中合一。在散文中的柳宗元，则是不能忘情现实环境，居住条件，甚至是国计民生，乃至于政治；而诗歌则可以尽情发挥超现实的形而上学的空寂的理想，无目的、物我两忘，这样的孤独才是最高的境界。而这种境界的性质才称得上哲理义。这种哲理义，乃属中国特有的禅宗，其最高的第四境界，与抒情的动心、动情相反的“定心”，制伏欲界的贪嗔等烦恼，不为声色货利所惑，《江雪》的“钓雪”所表现的正是这种无欲的、“不苦不乐”的“正定”之境。如果是“钓鱼”就陷于五欲（物质功利）的境地了。从诗学观之，则为与《诗大序》“情动于中”相反的“无动于衷”的境界。[①]

张谦宜（1706年进士）《茧斋诗谈》卷四说到杜甫的“水流心不竞，云在意俱迟”两句诗：“说是理学不得，说是禅学又不得，于两境外别有天然之趣。”[②]点到了禅宗，应该是很有见地的，但是，禅宗的境界，像杜甫这样的人最多只能部分达到，而柳宗元这样的诗，应该归入另外一类，含有真正的哲理性。这和陶渊明的“无心”（“云无心以出岫”）境界相通。杜甫的诗还不能忘怀于抒情。情的特点就是动，就是意脉的运动和变幻，而柳宗元这样的诗，恰恰是情与感从头到尾都没有动，正是因为这样，才接近禅宗的哲理。如果说《江雪》的禅宗意味还不够清晰的话，且看王维的《辛夷坞》：

木末芙蓉花，山中发红萼。涧户寂无人，纷纷开且落。

大自然花开花落，并不待人而自在。这种诗的特点是不动心，不动情，与抒情绝缘，以禅宗的正眼法藏观之，无凡无圣，无执无着，无亲无疏，无辨无别，甚至是无言无语，不立文字。旗在风中动，按禅宗看来，不是旗动，也不是风动，而是心动。[③]故其最高境界

① 禅宗境界分为初禅、二禅、三禅、四禅四个层次。《释禅波罗蜜次第法门》卷七说，众生常被欲火所烧，热恼不安，当由修习禅定而进入“初禅”，此时喜乐由超离五欲等而生，其心恬然，安隐快乐。进入二禅，其心豁然明净，皎洁定心，与喜俱发，喜乐由“定心”而生。初禅喜乐依触、觉观而生，心难免为身体触觉扰动；二禅喜乐则不从视触外来，只从自心生起，唯属意识。第三禅超越二禅喜的扰动，其乐与“定心”同时生起：从内心而发，心乐美妙。三禅之乐，被称为“世间第一，乐中之上”。然而，有乐终究是一种扰动。四禅以上，超越了喜乐的扰动，不苦不乐，心如明镜止水，心灵处于极深的寂静、放松状态，进入“正定”。参见《摩诃止观》卷八，《大正藏》卷四六，110a，《杂阿含经》卷十七，《大正藏》卷二，123c；《杂阿含经》卷十七；《大正藏》卷二，123c；《释禅波罗蜜次第法门》卷七，511c；《释禅波罗蜜次第法门》卷七，513b。

② 郭绍虞编选《清诗话续编》（第二册），上海古籍出版社1983年，第835页。

③ 禅宗六祖惠能大师到广州的法性寺。印宗法师正在讲解《涅槃经》。此时一阵风吹动了旗幡。在座的一个和尚道：“这是风在动。”另一个和尚说：“这是幡在动。”两个人争论不休。惠能大师插话说：“既不是风动，也不是旗幡在动，而是你们的心在动。”没有时间与空间的分别，没有前与后，无凡无圣。心灵融入广阔地天。自己就是天然，天然就是自己。

乃是心不动。从哲学上来说，应该叫作无主体的，更不要说抒情了。这样的理性才是中国诗歌理性所特有的，举世无双的。[①]禅宗的感知是多层次的。宋代禅宗大师青原惟信提出参禅的三重境界。

参禅之初，看山是山，看水是水。

从艺术创作来说，就是模仿自然，反映现实，这是最低层次的。

禅有悟时，看山不是山，看水不是水。

从艺术创造来说，这就是抒情，主体的自我表现，这很接近于吴乔们提出的诗情使得物象“形质俱变”[②]。

禅中彻悟，看山仍然山，看水仍然是水。[③]

这就是禅的最高境界了，此时的山，表面上是无为的，但是，又是充满了主客体无言契合的禅意的山，与原生感知的山根本上不同，在无意中又是尊重生意的，在无为中又是顺道的。也许这就是海德格尔所说的“人与存在的契合”。西方一些前卫艺术家，号称追慕东方的禅意，近一个世纪而不得要领，其原因就是，他们不约而同地把青原惟信的第一重境界当成了全部。袁先生虽然说到了语言的“变形”，但是，到了具体分析的时候似乎连第二层“形质俱变”（其实是和感知联系在一起的）也未曾达到，因而，他也说到了哲理，但是，缺乏第三层次禅宗的哲理的内涵，因而变成了空洞的标签。

袁行霈的“启示义”的最后一项是“言外义”。理由是，以上所述，均为“言内义”。其特点乃是诗歌语言“所蕴含的”，“所指代的”。意外义，乃是“诗人未尝言传，而读者可以意会的”，“言外意在字里，言外义在行间”。[④]此言殊不可解。明明前述深层义、象征义、双关义、情韵义都不是仅凭单个词语可以孤立地理会的，字里不管有多少深意，脱离了行间也是无从理会的。袁先生就是光从“独钓寒江雪”的“钓”着眼，才把钓雪弄成了钓鱼，看不出其中的禅宗意蕴，孤立地从“萤”和“扇”着眼也使他与贵族女性的情绪的转换失之交臂。

古典抒情诗，情的特点乃是动，诗的深层也好，情韵也好，无不存在于变动之中，而哲理性的禅意的诗歌恰恰又在情志的不动。只孤立地看字面，不联系行间就不可能看出超越字面的韵味来。结构的功能大于要素之和，只看要素，不看整体结构，就不可能看出深

---

① 王维思想与禅宗的关系，虽有争议，但，此诗可提供一旁证。

② 吴乔《围炉诗话》：“问曰：‘诗文之界如何？’答曰：‘意岂有二？……意喻之米，饭与酒所同出。文喻之炊而为饭，诗喻之酿而为酒。文之措词必副乎意，犹饭之不变米形，啖之则饱也。诗之措词不必副乎意，犹酒之变尽米形，饮之则醉也。’”（郭绍虞编选《清诗话续编》（上），上海古籍出版社 1999 年版，第 479 页。）在《答万季野诗问》时说得更彻底：“酒形质尽变。”（王夫之等撰《清诗话》，上海古籍出版社 1978 年，第 27 页。）

③ 青原惟信《五灯会元》卷十七，中华书局 1992 年，第 1135 页。

④ 袁行霈《中国诗歌艺术研究》，北京大学出版社 2009 年，第 19 页。

长的意味。这一点在中国古典诗歌特有的（欧美诗歌回避的）对仗中表现得特别明显：光有一句“渭北春天树”，是没有诗意的，对上了“江东日暮云”，由于严密的对仗结构，从渭北到江东遥远的空间距离就因结构的有机而消失，心理距离就密合了。

值得庆幸的是，袁先生在这里，也提出：“事物的发展有其前因后果，感情的发展也有它的脉络，然而中国诗歌通常不是把感情的连续性呈现给读者，而是从感情发展脉络中截取最有启示的一段，把其他的略去，留给读者去联想补充。”“这种感情脉络中略去的部分就隐约地浮现在这无言的行间……构成诗歌多义的效果。”①情感脉络、前因后果的提出，说明袁行霈先生的诗学思想上了一个新的层次。问题在于，情感发展的前因后果关系，其特点是什么？和理性的因果关系有什么不同，袁先生却照例不着一字，就以卢纶的《塞下曲》“月黑雁飞高，单于夜遁逃。欲将轻骑逐，大雪满弓刀”为例，说明其好处在于“只写了准备出击，究竟出击了没有，追上了敌人没有，统统略去了”，“艰苦的战斗环境，肃穆的战斗氛围和将士们的英雄气概，都被烘托出来了。神龙见首不见尾，尾在云中，若隐若现，更有不尽的意味和无穷的魅力”。②总之，诗的好处，就是只写了前因，没有写结果。但是，文章前面明确说，因果关系的连续性是情感性质的。而这里的有因无果，却不是情感的，而是事件的，只有“准备出击”，省去了的也只是事件的结果（“究竟出击了没有，追上了敌人没有”）。其实，这里的好处，在于由事件引起了双重的情感因果。首先是，发现敌人在遁逃，这是个结果，原因是什么呢？深夜，雁是不会飞的，月黑，就是飞也不可能看到的，月黑之夜，有高飞的雁，只能是惊雁发出了声音，发觉敌人在遁逃，表现的是警觉的耳朵。其次，出发时对胜利很有把握，以为只以“轻骑”相逐即可成功。但是，情绪突然转换，大雪居然积满了面积不大的兵器。顿悟外部环境，特别是征途上的积雪，轻骑可能就轻松不起来了。从轻松感到不轻松，心情瞬间的转换，尽在潜在的“意脉”之中。这里根本没有所谓的“英雄气概”，就是有，也是英雄心灵的刹那的震颤。而表现这种刹那的震颤就是四行短诗的拿手好戏。

由此可见，文章虽然提出了情感的脉络，但是，在他的诗学体系中（“言、意、象、境”）中，并没有这样一个独立的范畴，到了具体诗作的分析中，却变成了事件的“前因后果”。这样的逻辑混乱，袁行霈的诗学系统范畴中缺少了一个把意象与境贯通起来的“意脉”。这种意脉是隐性的，存在于意象群落之间。光是意象群落还可能是分散的、无序的，甚至是公用的，意脉不但使其统一有序，而且赋予其不可重复的情感特征。这是中国古典诗歌的特殊范畴，由于中国古典诗歌不像西欧北美诗歌重句法的严密贯通，情感脉络与复

① 袁行霈《中国诗歌艺术研究》，北京大学出版社 2009 年，第 19 页。

② 袁行霈《中国诗歌艺术研究》，北京大学出版社 2009 年，第 20 页。

杂的句法结构是统一的，中国古典诗歌的意脉却是对句法的突破。贯通意脉的论述在元明之际的诗话中已经日益明确。如王夫之："无论诗歌与长行文字，俱以意为主。意犹帅也。无帅之兵，谓之乌合。李、杜所以称大家者，无意之诗，十不得一二也。烟云泉石，花鸟苔林，金铺锦帐，寓意则灵。若齐、梁绮语，宋人挦合成句之出处，宋人论诗，字字求出处。役心向彼掇索，而不恤己情之所自发，此之谓小家数，总在圈缋中求活计也。"[①]这里说得很明白"烟云泉石，花鸟苔林，金铺锦帐，寓意则灵"这样的意象，不是自由叠加的，而是要由意，也就是情志来统帅的。如果一味叠加，不过是"齐梁绮语"的堆砌。姜夔更进一步，不但提出"血脉"的范畴，而且从创作上提示，血脉虽然要贯穿，但是不能太"露"，也就是意脉是隐性的。[②]而杨载则一方面提出"文脉贯通""意无断续"[③]，另一方面又指出如"敷衍露骨"则为大忌[④]。

三

正是因为对于意象之间隐性的情志脉络的忽略，意象在理论上被孤立起来，造成了袁先生在他拿手的诗歌文本解读上不少的失误。这在他的论文《中国古典诗歌的意象》[⑤]中表现得尤为明显。

袁文从意象和"物象"的关系说起，提出"物象是意象的基础"。物象是客观的，而意象则受到诗人"审美经验""美学理想""美学趣味"的淘洗，与诗人"情感"的"化合"，渗入诗人的"人格"，"从物象到意象是艺术创造"[⑥]这个说法显然近似袁文一开头就介绍的美国意象派的说法。不过略有差异，就欠了些严密。意象派鉴于维多利亚时代后浪漫派的直接抒情沦为滥情，主张用可感的意象去约束感情，[⑦]力矫不加控制的直接抒情抽象之弊。1912年意象派领袖人物庞德在《意象主义三原则》中说："直接处理事物，不管它是主观

① 工夫之《姜斋诗话》卷下，王夫之等撰《清诗话》(上册)，上海古籍出版社1978年，第8页。

② 原话为："大凡诗自有气象、体面、血脉、韵度。气象欲其浑厚，其失也俗；体面欲其宏大，其失也狂；血脉欲其贯穿，其失也露；韵度欲其飘逸，其失也轻。"姜夔《白石诗说》(郑文校点本)，人民文学出版社1962年版，第28页。

③ 杨载《诗法家数》，张健编著《元代诗法校考》，北京大学出版社2001年，第21页。

④ 杨载《诗法家数》，张健编著《元代诗法校考》，北京大学出版社2001年，第34页。

⑤ 袁行霈《中国诗歌艺术研究》，北京大学出版社2009年，第50—62页。

⑥ 袁行霈《中国诗歌艺术研究》，北京大学出版社2009年，第54页。

⑦ 意象派认为维多利亚诗风沦为陈腐的无病呻吟，一味"对济慈和华兹华斯模仿的模仿"，对"诗歌的邋遢感伤主义十分反感。好像一首诗要是不呻吟，不哭泣，就不算诗似的"。(休姆)意象派也反对象征主义通过猜谜形式去寻找意象背后的隐喻暗示和象征意义，不满足于去寻找表象与思想之间的神秘关系，而要让诗意在意象的描述中，一刹那直接体现出来。旨在用鲜明的意象约束感情，不加说教、废弃抽象抒情。

还是客观事物。”“意象是瞬间展现的情感和理智的复合体。”这里的意象包含的不仅仅是“客观事物”，而且包括“主观事物”，这是袁行霈的“物象”所不能涵盖的。从袁文联系诗歌创作品来看，这个作为“基础”的“物象”的概念的不全面就更为明显，意象的客体要素并不限于物，还有在数量上并不亚于物象的人，如《蒹葭》中“在水一方”的“所谓伊人”，《江雪》中“独钓雪寒江雪”的渔翁。袁文在阐述“意象组合”时说：“一个画面接一个画面，有类似电影蒙太奇的效果。”[①]这很明显受到意象派早期强调的绘画和雕塑式意象的误导，这个漏洞更大。事实上中国古典诗歌的意象并不限于视觉画面，还包含听、嗅、触和味觉。“暗香浮动月黄昏”，是嗅觉和视觉的结合，“清辉玉臂寒”是视觉和触觉的结合。袁文又说“鸡声茅店月”是一个“声”的（听觉）意象和一个“色”的（视觉）意象“直接拼合”。[②]与前述画面连接自相矛盾。第三，以上所述物和人，还是描绘的客体，而诗歌中的人，往往并不是客体，而是诗人自我，如李白的“花间一壶酒，独酌无相亲。举杯邀明月，对影成三人”这样的经典，完全是自我表现，描绘的客体就是主体，谈不上物象。第四，在这样诗歌中，展示的不仅仅是五官感受，而且还有综合性的“统觉”，如饥饿、忧愁、失重、空虚。如李清照的“寻寻觅觅，冷冷清清，凄凄惨惨戚戚，乍暖还寒时节，最难将息”，又如陆游的“一怀愁绪，几年离索。错、错、错！……山盟虽在，锦书难托。莫、莫、莫！”。其中除了“锦书”以外，全非物象。[③]

对基本范畴意象的概括如此疏漏，可能与回避对意象的界定有关。回避当然有一定道理，因为定义一般是内涵性质的，内涵的抽象性，不可能穷尽客体的全部感性，故一切事物和观念都有定义所不可穷尽的丰富性。一味从概念到概念的演绎，往往陷入烦琐哲学而脱离实际。袁文选择从外延出发，力图从特殊对象直接概括出“中国古典诗歌的艺术特点和艺术规律”。但是，归纳要求完全，而“联系诗歌作品的实例”为简单枚举性质，注定带来随意性，缺乏系统性，以偏概全之弊难免。从作品直接进行概括需要相当的原创性，其难度似不亚于界定。不明于此，袁先生的“意象”，作为学术范畴，其规定性缺乏内在的矛盾和差异，从而失去了在范畴做逻辑和历史的发展从而系统化的动力，沦为静态的、僵化的概念。

从概念到概念的演绎可能是架空的，以狭隘经验作为基本范畴的基础则可能是片面的，最切实的办法只能是对基本范畴的内涵做全面的分析。

意象蕴含着主体情感与客体（不仅是“物象”）性态的矛盾。客体性态和主体的情感，

---

① 袁行霈《中国诗歌艺术研究》，北京大学出版社 2009 年，第 58 页。

② 袁行霈《中国诗歌艺术研究》，北京大学出版社 2009 年，第 59 页。

③ 统觉（Apperception），德国哲学家莱布尼茨于 17 世纪首先使用这一术语，是指人对其自身及其心灵状态的认识。康德也使用过这个术语，但更加哲学化。本文在心理学意义上使用。

二者本来在时间上，在空间上，在逻辑上，各不相关，相互独立，关键在于情感“融入”客体化为意象的条件，“融入”后发生了什么样的变化。在这一点上，西方诗歌由于长于直接抒情，不用为何所寄寓操心，故着眼于语言，苏珊·朗格从语言的角度提出问题：光有情感还不行，情感和语言有矛盾，关键在于语言符号。[①]而对于中国古典诗歌来说，情感则须要寄寓于事，是主流观念，甚至还要“不即不离”。矛盾明摆着，如何把情与事统一为意象，对这个问题叶燮的回答是“想象”。

幽渺以为理，想象以为事，惝恍以为情。

对于诗来说，这个“想象”是个很关键的范畴。雪莱的“诗使它所触及的一切都变形”[②]，英国浪漫主义理论家赫斯立特的想象论[③]，晚了一百多年才提出，进入想象境界，也就是虚拟、假定的境界，客体性态和主体情志才能“化合”，就算客体是基础，那么何者为主导呢？也就是说，在想象过程中，是主体服从客体，还是客体服从主体呢？叶燮说得还比较含糊。吴乔在《答万季野诗问》中对于诗的想象，有了天才的发现。他不孤立地概括诗歌意象的特点，他在诗歌与散文的矛盾中进行分析。

又问：“诗与文之辨？”答曰：“二者意岂有异？唯是体制辞语不同耳。意喻之米，文喻之炊而为饭，诗喻之酿而为酒；饭不变米形，酒形质尽变；啖饭则饱，可以养生，可以尽年，为人事之正道；饮酒则醉，忧者以乐，喜者以悲，有不知其所以然者。”[④]

当时中国的散文（不是五四以来抒情叙事的散文）由于有大量的实用文体，如米煮成饭，不改变原生的材料（米）的形状和性质，而诗是抒情的，感情使原生材料（米）“形质尽变”，成了酒。这里包含两个方面的理念，一是外形和性质的变异，二是功能的超越实用性，也就是从实用价值上升到审美价值。很显然，主导客体“形质俱变”的是主体的情志。这个观念比晚他三个世纪的俄国形式主义的“陌生化”要经得起分析得多。

---

① 克罗齐有“把情感寄寓于意象”的说法，遭到符号学者苏珊·朗格的反对。但是，符号主义者的主张，至少在情感的形象构成方面，和克罗齐并没有实质上的区别。苏珊朗格也认为形象是要表现情感的，但是作为“内在生命”的“人类的情感特征，恰恰就在于充满着矛盾与交叉”，是“亦此亦彼”，“我中有你，你中有我”，“一切都处于无绝对界限的状态中”，一直处于不稳定的交叉、重叠、分解的过程中，甚至在冲突中变得“面目全非”，而“语言是无法忠实地再现和表达的”，因为语言是“推理形式的符号系统，是非此即彼”，而正是因为这样，人类才创造出服务于情感表现的另一种符号——艺术符号。而这种艺术符号的特点，就是以“客观对象”来“鲜明地体现着”“情感”。这种客观对象被称为“艺术品”。其实从情感与对象的统一来说，和克罗齐的“意象”（情趣寄托在细节中）并没有根本的区别，在克氏那里，情感也是不可感的，只有渗透在客观细节之中，成为意象，才是有生动的感染力。这与苏珊·朗甚至现代派艾略特的客观对物（objective correlative）可谓一脉相承。

② 雪莱《为诗辩护》，《十九世纪英国诗人论诗》，人民文学出版社 1984 年，第 155 页。

③ 《古典文艺理论译丛》（第一册），人民文学出版社 1961 年，第 60—61 页。

④ 王夫之等撰《清诗话》，上海古籍出版社1978年，第 27 页。类似的意思在吴乔的《围炉诗话》中，也有更为详尽的说明。

袁文力主“从物象到意象是艺术创造”，强调“心”和“情”，但离开了心和情主导客体的变形变质，具体论述就不是从“物象”到意象艺术，而是从“物象”回到“物象”。他把意象分为五大类（自然界的、社会生活的、人类自身的、人的创造物、人的虚构物），就说明在他心目中，对意象的性质不在情志而在物象。以物象原则划分意象，而意象早已不是物象，形态和性质上变异了。正如米被酿成了酒，还用米的分类来代替酒的分类。这样的分类比西方文论某些的烦琐分类还要不着边际。①

一味拘泥于“物象”，对一些经典的诗句，就不能从“形质俱变”上着眼，只能在量上兜圈子。如“白发三千丈”“黄河之水天上来”都被解释为对物象的量的“夸张”。殊不知“白发三千丈”从物象来说，是不可能的，“缘愁似个长”，表现的是“愁”的性质。“黄河之水天上来”，也不是客体水流的量的放大，而是把生命苦短的“悲”（高堂白发悲明镜）先转化为豪迈，再转化为欢乐（人生得意须尽欢）。“我寄愁心与明月”被解读为“物象”“转移”，其实，月光普照的功能已经质变为传递愁心的形影不离的追随。甚至于对李贺的“忆君清泪如铅水”，仍然着眼点于同质：“既然是金铜仙流的泪，那么当然可以是铅泪了。”②其实，铜变为铅，是形变加质变：铅为固体，泪为液体。所有这一切牵强都是一味拘守“以物象为起点”造成的。

袁先生主观上力图超越美国意象派，但是，实际上却囿于美国意象派早期的观念，以为中国古典诗歌意象的长处就是“意象可以直接拼合，无须中间的媒介。起连接作用的虚词，如连词介词可以省略”③。

仅凭早期意象派总结出来的意象叠加（拼合），袁文对诸如温庭筠《商山早行》“鸡声茅店月，人迹板桥霜”等还能做表面的解读：“鸡声茅店月”，属于同时间，整首诗就好在“意象之间不确定的关系”，表现了“早行旅人的孤独感和空旷感”。但是，究竟如何表现了旅人的孤寂，却只宣布了一个结论。其实，意象群落不但高度统一于“早”，而且变质于寂，鸡声不但表现早行，而且反衬寂静。茅店月，展示高天空旷，霜桥人迹，提示行人之稀。鸡声、店月、桥霜、人迹，或可为宜人景观，此处却质变为孤寂的境界：天地之空，声息之寂，早行之孤，皆为游子主体孤独感所同化。

① 西方现代文论对意象的出现过极其烦琐的分类。例如，威尔斯把意象分为七类：一是装饰性意象，二是潜沉性意象，三是强合性或浮夸性意象，四是基本意象，五是精致意象，六是扩张意象，七是繁复意象。一来分类交叉重合甚多，不合逻辑，二来，就是像狭义修辞学一样把修辞格分得很烦琐，也只仅仅有利于意象的归类，而归类，则限于普遍性，与文学文本解读学的独一无二性不相容。韦勒克、沃伦在《文学理论》中运用这样的分类对文本进行了分析，但是，并没有挽救其分类交叉造成的混乱。

② 袁行霈《中国诗歌艺术研究》，北京大学出版社 2009 年，第 55 页。

③ 袁行霈《中国诗歌艺术研究》，北京大学出版社 2009 年，第 58 页。

按袁文的逻辑，意象与意象的“拼合”，无须语法上和逻辑上的连接，应该是非常自由的，但是，艺术是精致的，其“拼合”的艺术却与其性质和量度上的统一程度成正比。这不但在于显性意象，而且在于隐性情志，每一关键词语都在性质和程度上处于有机自洽之中。如杜甫《登高》首联：“风急天高猿啸哀，渚清沙白鸟飞回。”好在六个意象全统一于“高”，风急，因为天高，猿啸也因登高远闻，渚清、沙白、鸟飞，全为登高俯视的效果。其次，情绪上统一于哀，因为哀，猿才不是如：《水经注》所引为“鸣”（“猿鸣三声泪沾裳”），也不是李白中道遇赦所听到之“啼”（“两岸猿声啼不住”），而是“啸”。这个“啸”字里就不但有天高，而且有风急，因而近身，更有悲凉，这种悲凉因为天高风急而变得凄厉。

意象“拼合”是有条件的，这个条件就是意象的性质、程度上严密的一致性，稍有不够严密，则在艺术上显得松懈。马致远《天净沙·秋思》中“枯藤、老树、昏鸦、古道、西风、瘦马”，其严密统一不但在空间的画面上，而且统一在“在天涯”的“断肠人”情绪的悲怆上。枯藤、老树是临近生命终点的，昏鸦不但是不祥之物，而且是精神委顿的。古道荒凉，西风萧瑟，而行人（游子）的瘦马又是有气无力的。所有意象的同质叠加导致情绪成几何级数增长。而当中的“小桥、流水、人家”，则与前述意象在性质上，在程度上都不甚相应，与下面的“断肠人”的感受不无矛盾，故在整首诗中，当为弱句。

综上所述，表现对象，不管是客体的，还是主体的，其性态要变成艺术意象，第一，要在想象中发生质变，第二，意象群落之间，在性质上和程度上要达到高度统一和谐，第三最为关键的是，其中应有一种贯穿其间的表现情感之动态的“意脉”。在中国这个具有“苦吟”传统的国家，往往一个意象经历几代诗人呕心沥血的追求。要解读到位，光是凭直觉归纳是不可靠的。严格地说，光从现成的作品去解读是很困难的。海德格尔说得很彻底：

> 作品的被创作存在只有在创作过程中才能为我们所把握。在这一事实的强迫下，我们不得不深入领会艺术家的活动，以便达到艺术作品的本源。完全根据作品自身来描述作品的作品存在，这种做法业已证明是行不通的。①

袁先生仅举现成的以梅为题材的诗为例，就说明主客和融：梅本来有形状和颜色的客观性，诗人将自己的人格情趣融入，在“反复运用”中，就成了“意象”，乃“固定地带上了清高芳洁、凌霜凌雪的意趣”。②仅凭“反复”，就成了艺术，这就太轻慢经典意象的精致了。如果从海德格尔的严格要求来说，肯定是缘木求鱼的。我们试按海德格尔的“深入艺术家的活动”，也就是宏观的历史方法，来探索梅这个意象成为经典的奥秘。

---

① 海德格尔《艺术作品的本源》，《海德格尔选集》（上），上海三联书店 1996 年，第 297 页。

② 吴行霈《中国诗歌艺术研究》，北京大学出版社 2009 年，第 54 页

早在唐诗中就不乏对梅的赞美，才高如李白、杜牧等均有咏梅之作，但均不如林逋幸运，其“疏影横斜水清浅，暗香浮动月黄昏”公认为千古绝唱。此前的诗人，写梅之形色者姑且不论，涉及梅之香者不在少数，李峤的《梅》：“雪含朝暝色，风引去来香。”郑谷的《梅》：“素艳照尊桃莫比，孤香黏袖李须饶。”写的都是客体的属性，是嗅觉和视觉并列。林逋把“暗香”和视觉分离开来，“暗香”才有了主体的脱俗的品格。宋代王淇的《梅》说：

不受尘埃半点侵，竹篱茅舍自甘心。只因误识林和靖，惹得诗人说到今。

很显然这是在说，物象本身并不能决定诗作的审美价值，是诗人的美学趣味为物象定形定质。

诗句原来并不是林逋的原创，而是五代南唐诗人江为的。明李日华《紫桃轩杂缀》卷四曰：“江为诗：‘竹影横斜水清浅，桂香浮动月黄昏。’林君复改二字为‘疏影’‘暗香’以咏梅，遂成千古绝调。”[①]只改动了两个字，就化腐朽为神奇。艺术的奥秘不在重复，而在主体客体的深度同化和调节。

意象质变的过程大概可从两个方面来考察。

第一，在中国传统绘画艺术中，梅和松竹号称“岁寒三友”。有趣的是，和在绘画中不同，诗歌中只有松菊梅，而竹却并没有绘画中那种高风亮节，相反倒是有“新松恨不高千尺，恶竹应须斩万竿”的名句［杜甫《将赴成都草堂途中有作先寄严郑公五首》（其四）］。

第二，江为的原作的意象有瑕疵。“横斜”，与竹的直立特征相矛盾，而与梅的曲折虬枝相符，从这个意义上来说，林和靖纠正了原作的客体的特征。但是，并不是最重要的，因为横斜的并不是只有梅花。据《王直方诗话》第二十八则记载：

田承君云：王君卿在扬州，同孙巨源、苏子瞻适相会。君卿置酒曰：“‘疏影横斜水清浅，暗香浮动月黄昏。’此林和靖《梅花诗》，然而为咏杏与桃李皆可（用也）。”东坡曰：“可则可，只是杏李花不敢承当。”一座大笑。[②]

“疏影横斜”和“暗香浮动”也可以用来形容杏李花之“物象”，不无道理。苏东坡说，“杏李花不敢承担”。从植物学的观念来说，这仅仅是玩笑而已，但从审美意象来说，这里有严肃的道理。“疏影横斜”和“暗香浮动”写的已经不纯粹是植物，诗人把自己的淡雅高贵气质赋予了它，使之质变为高雅气质的载体。《陈辅之诗话》第七则“体物赋情”中也议论到这个颇为尖端的问题：

① 吴文治主编《明诗话全编》（第六册），江苏古籍出版社 1997 年，第 6407 页。据陈一琴先生考证，所引诗，当系五代南唐江为佚诗断句，《全唐诗》江为卷无此二句。

② 吴文治主编《宋诗话全编》（第二册），江苏古籍出版社 1998 年，第 1147 页。

林和靖《梅花诗》云“疏影横斜水清浅，暗香浮动月黄昏”，近似野蔷薇也。[1]

而王楙在《野客丛书》卷二十二中则反驳他：

野蔷薇安得有此潇洒标致？[2]

从植物的形态来说，用暗香、疏影来形容野蔷薇很难说有什么不合适，因为野蔷薇不但有屈曲的虬枝而且有淡淡的香味，和梅花在形态上是没有根本区别的，但是梅花作为一种意象在历史积淀的过程中，特别是经过林和靖的加工，其植物的形态已经为诗人高雅的心态所同化，其高雅的性质变得稳定了。

第三，为什么是“疏影”，而不是繁枝？繁花满枝不是也很美吗？但那是生命旺盛，是生气蓬勃的美。中国古典诗歌中梅的高雅的意象和中国绘画颇有一致之处。但是国画之梅也可以像王冕笔下那样繁盛夺目，可在经典诗作中鲜有此等表现。这不能仅仅从客体“物象”方面，也应该从诗人主体追求方面去探寻。繁花满枝的梅，不是诗人的追求。而“疏”，则是稀疏，暗示在严酷的环境的一种风骨。如果选择梅花繁茂，不但失去了环境寒冷的特点，而且失去了与严寒抗衡的高格，更重要的是，忽略了以外在的弱显示内在的强的艺术内涵。接着是“影”。为什么是“影”？为什么要影影绰绰？淡一点才雅，淡雅，淡和雅是联系在一起的。而雅往往又与高联系在一起，故有高雅之说。让它鲜明一点不好吗？林和靖另有梅花诗曰：

人怜红艳多应俗，天与清香似有私。

太鲜艳、太强烈，就可能不合乎诗人追求的“雅”，变得俗了，只有清香才是俗的反面。雅不但在“影”，而且在“疏”。

第四，王君卿提出的问题很机智，但是说得并不准确，因为桃李花并没有梅花所特有的香气，林和靖把“桂香”改为“暗香”表现出了更大的才气。对于这一点，不但王君卿忽略了，而且当代一些分析文章也忽略了。有位教授笼统地说此句“写梅花之风韵”，是不到位的。“暗香”写的主要不是梅花这一客体的“风韵”。

首先，桂香是强烈的，而梅花的香气则是微妙的。其次，妙在另外一种感官（嗅觉）被调动，其特点，是“浮动”，也就是不太强烈的，隐隐约约的，若有若无的。再加上“月黄昏”，视觉的朦胧，反衬出嗅觉的精致。这就是提示了，梅花的淡雅高贵不是一望而知的，而是在视觉之外，只有嗅觉被调动出来才能感知的。这里视觉和嗅觉的交替，强调的是感知不是直接贯通，而是先后默默递进，表现高雅品位往往是不显著的，不是一望而知的，而是逐渐领悟的。

---

① 吴文治主编《宋诗话全编》（第一册），江苏古籍出版社 1998 年，第 333 页。

② 吴文治主编《宋诗话全编》（第七册），江苏古籍出版社 1998 年，第 7468 页。

第五，这还要看与相邻意象的严密结合。把“疏影横斜”安放在“水清浅”之上，这是野蔷薇所不具备的。这并不是简单地提供一个空间“背景”。为什么水一定要清而浅？“清”已经是透明了，“浅”，就更透明。（深就不可能透明了）“疏影”已经是很淡雅的了，再让它横斜到清浅透明的水面上来。淡雅就增加了一份纯净和谐。这个“影”字的内涵是比较丰富的。它可能是横斜的梅枝本身，更可能是落在水面上的影子。有了这个黑影，虽然是淡淡的，但是水的透明，就更显然了。意象“拼合”在性质上，在程度上要达到如此的严密，才提纯了主体“高洁”的性质。①

主体的高洁在性质上、程度上统一了客体疏影和暗香，达到水乳交融的和谐，至少耗费了半个世纪功夫，其对艺术的精致追求只有西方用上百年的工夫建造大教堂堪与之相媲美。然而，就整首诗而言，也并非十全十美。原诗接下来的“霜禽欲下先偷眼，粉蝶如知合断魂”，至少“霜禽”“粉蝶”一联是败笔，这一点早就有人提出质疑。蔡居厚《蔡宽夫诗话》曰：“林和靖《梅花诗》‘疏影横斜水清浅，暗香浮动月黄昏’，诚为警绝；然其下联乃云‘霜禽欲下先偷眼，粉蝶如知合断魂’，则与上联气格全不相类，若出两人。乃知诗全篇佳者诚难得。”②王世贞《艺苑卮言》卷四认为：“至‘霜禽’‘粉蝶’，直五尺童耳。”③原因很简单，从疏影横钭到暗香浮动是微妙的，感知从视觉转化为嗅觉，意味着高洁的人格并不是一望而知，而是逐渐体悟的，而“霜禽欲下先偷眼，粉蝶如知合断魂”，却是夸张到连禽蝶都能一望而知。

而袁行霈却以为“反复运用”就能成为千古绝唱。其实反复可能变成重复，故古典诗话强调要“脱胎换骨”以避免“蹈袭”才有生命。就是姜夔自创的词牌《疏影》《暗香》多少也难免受苛评者窠臼之讥。④

袁先生对意象范畴的内涵漫不经心，直接解读文本又先入为主，忽略母题的历史进化过程，拘执于现成意象的框框，不但未能使其内涵衍生，相反使其萎缩，甚至扭曲。这在论及“意象组合规律”时，表现得特别触目。如对杜牧的《过华清宫》“一骑红尘妃子笑，无人知是荔枝来”，袁文拘泥于“拼合”，说“‘一骑红尘’和‘妃子笑’这两个意象间没有任何关联词，就那么直接拼合在一起”，其好处就是让读者去“想象、补充”。⑤而对其后一句“无人知是荔枝来”，则完全回避。其实，“无人知”，从现实的角度讲是不可能的，至

① 主体情志超越物象主导意象的性质，还可从日本古典诗歌集《万叶集》中得到旁证。该集包含119首咏梅诗作，其中除了赋予梅以德行以外，大多因梅与媒之谐音而赋予其爱情性质。

② 吴文治主编《宋诗话全编》（第一册），江苏古籍出版社1998年，第626页。

③ 吴文治主编《明诗话全编》（第四册），江苏古籍出版社1997年，第4249页。

④ 一说黄庭坚，而康熙《词谱》卷二十五、万树《词律》卷十五，均断二词牌本为姜夔自度曲。

⑤ 袁行霈《中国诗歌艺术研究》，北京大学出版社2009年，第58页。

少李隆基和有关职事人等是知道的，但从诗的想象、假定的情感运动逻辑来看，这正是精彩之所在，提示这是当时的“特快专递”，荔枝是专杨贵妃一人而来的。这就不仅是意象的质变，而且是逻辑因抒情而变得“无理”了。而这正是意象群落之间的情感脉络，也就是“意脉”的功能所在。

事实上，袁行霈所借鉴并力图超越的美国意象派在早期强调以意象直接呈现，标榜像汉语诗歌那样省略连接词和介词，一味以雕塑、图画、风景式的意象为务，其特点在时间上是瞬间的，在空间上是直观的，旨在反对维多利亚浪漫诗风不加节制的抒情和几成俗套的铺张、形容和渲染。这样的反拨有历史的必然，但是其理论和实践却从一个极端走向另一个极端。尽管意象派在手法上分化出“意象叠加”“意象并置”“意象层递”，但是，意象脱不了造型艺术风格的静态，可意象派又十分强调诗要表现情感和智性。这里涉及诗与画的矛盾，关于二者的统一，由于苏轼的“诗中有画，画中有诗”的权威论述，似成共识。但对于其矛盾留意者稀。明人张岱早就反驳：“若以有诗句之画作画，画不能佳；以有画意之诗为诗，诗必不妙。如李青莲《静夜思》‘举头望明月，低头思故乡’，有何可画？”[①] 对于诗与画的界限，莱辛有专著《拉奥孔》阐明。[②]

人的情感以运动变化为生命，意象派说那样是瞬间的，但也可能是持续的（如：“解道澄江净如练，令人长忆谢玄晖。”），有时更是变幻莫测的（如：“东边日出西边雨，道是无情却有情。”）。意象派拘泥于视觉、静止和瞬间，无疑是自我窒息。这里潜藏着意象派的悖论：一方面力主意象的功能包括表现情感（当然反对放纵情感），甚至强调“情感创造意象”，另一方面又唯取瞬间的图画，静态的呈现，这样的矛盾注定了意象派迅速走向反面。即使产生了像庞德的《地铁车站》那样被西方诗界赞为“伟大的诗章”的作品，也只是昙花一现，其思想和艺术上如此狭隘，作为流派也就缺乏持久的生命力。不过是两三年后，也就是1914年，庞德就深感这种静态意象与情感运动的矛盾，乃与坚持静态意象的艾米·罗威尔分道扬镳，另立“漩涡”派（Vorticism）。意象派遂迅速走向没落，到1917年衰亡，成为世界诗歌史上最短命的诗歌流派。庞德的“漩涡”论，乃是对静态意象派的反拨。他坦陈早期印象派拘泥于静态意象的偏颇，意象应该是动态的，是“一个放射性的节点或束，一个漩涡，成群地快速地涌入涌出和穿过它”。庞德的旋涡主义的理论核心是意象的流动性，而不再是展现静态的图像。他说：“如果想不到意象主义或‘形诗’还包括动感意象，你可能真得对固定意象和运动或行动做个完全没有必要的区分。”但是，从创作实践来看，意象的流动性，又使抒情得以解放，一些诗作又张扬起来。给人一种回到浪漫主义

① 张岱《琅嬛文集·与包严介》，岳麓书社1985年，第152页。

② 莱辛《拉奥孔》，朱光潜译，人民文学出版社1979年，第16、22页。

的感觉。[1] 袁行霈在文章开头宣言："意象派毕竟是肤浅的。""今天我们立足于中国古典诗歌的实际来研究意象，当然可以取得较之庞德更完满的成果。"[2] 但是，袁先生似乎有所不知，实际上，1914 年以后庞德反思了早期意象派拘执于静态意象并列的偏颇，提出"动态意象"，到了 1934 年还在《阅读 ABC》中做了理论阐释。由于缺乏意象派学术资源流变的全面梳理，他超越意象派的努力，却在庞德早期观念的透明的围墙中打转。

在意象先驱已经以漩涡派放射和运动扬弃了早期瞬间静态的缺陷以后数十年，袁行霈的诗学理论只有静态的"言""意""象""境"，缺乏贯穿其间的将意象群落运动起来的"意脉"，从而不能对其内涵做原创性突围。仅仅以"意象拼合"来研究中国古典诗歌艺术，造成了一系列的自我蒙蔽。

最大的蒙蔽乃是无视意象派的宗旨乃是以意象节制抒情，而中国古典诗歌的意象乃是抒情的基础。

中国古典诗歌充满了省略逻辑和语法关系的意象并列，但不是为了抑制抒情，恰恰相反，其功能乃是强化深化抒情。与西欧北美诗歌的直接抒情相比，中国古典近体诗歌也许可以称为"意象抒情"。其优长在近体诗的对仗中表现得尤其明显，不但超越逻辑，而且超越时间、空间，将不相干的意象组织在有机的对称结构之中，提高意象的精度和密度。表面上看，中国古典诗歌比之欧美古典诗歌往往显得短小，但是，由于其意象密度高，反而显出其高精粹和凝练。胡应麟在《诗薮》中推杜甫《登高》为"古今七言律第一"。[3] 原因之一就是其意象的高精度和密度。首联"风急天高猿啸哀，渚清沙白鸟飞回"，两句六个并列意象，显得深厚，毫无堆砌之感，"风急天高""渚清沙白"自成对仗。有人把它叫"四柱对"。但是，意象密度并非越高越好，其优越性与其局限性共生。密度愈高，则逻辑空白愈多，意象群落统一的难度越大，过分耽溺于此，则"意脉"难免窒息。正是因为此，最有利于意象并列的对仗，在律诗中受到限制，中间两联对仗，首联和尾联则不必。除首尾外，通篇对仗的排律则几无艺术上品。绝句通常也不取四句皆对，为非对仗句留下篇幅，盖因其逻辑关系、句法结构完整，有利于思绪的自由和深化。杜甫《登高》四联皆对而未见单调，还因其尾联"艰难苦恨繁霜鬓，潦倒新停浊酒杯"并非省略句间逻辑关系的正对和反对，而是前后句因果关系，是为流水对，亦称串对。串者，逻辑贯串也，实际上两句就是一个复合句，使"意脉"贯穿成为显性的存在。从这个意义上说，流水对近似于英语诗歌中的"跨行"(每行按轻重格律分，按语法，则一个复合句可跨越数行，甚至跨越两

---

① 参见漩涡派诗人希尔达·杜利特尔的代表作："旋转吧海——旋转你尖尖的松林 / 泼溅你巨大的松林 / 在我们的岩石上 / 把你的绿扔在我们上面 / 以你的针叶之池淹没我们。"

② 袁行霈《中国诗歌艺术研究》，北京大学出版社 2009 年，第 51 页。

③ 胡应麟《诗薮》，周维德集校《全明诗话》(三)，齐鲁书社 2005 年，第 2553 页。

节），故有情感逻辑贯通之功能。杜甫七绝往往四句皆对，历代诗话家评价不高。在论及唐人七绝何最优时，举王昌龄、王维、岑参、王之涣、李白，甚至李益、韩翃都举到了，未有提及杜甫者，相反，不止一家嘲杜甫四句皆对之七绝为“半律”，如“两个黄鹂鸣翠柳，一行白鹭上青天。窗含西岭千秋雪，门泊东吴万里船”等，意象不可谓不密，然杨慎病其“不相连属”[①]，胡应麟讥其“断锦裂缯”[②]。

律诗绝句尚且如此，口语化较强的元曲则更甚。马致远的《天净沙·秋思》在把枯藤、老树、昏鸦、小桥、流水、人家、古道、西风、瘦马做了并列之后，并没有继续罗列下去，而是来了一句“夕阳西下，断肠人在天涯”。逻辑和语法关系的完整，和杜甫《登高》的尾联一样，将意脉由隐性变为显性。这不但打破了一味并列的单调，节奏上有了变化，而且也使思绪更为自由，在层次上提升。意象并列不能孤立存在，其艺术生命取决于与“意脉”流动的结合。

中国古典诗歌的意象艺术奥秘，远比欧美人士看出来的要丰富深邃得多。

在这一点上，袁行霈先生似乎并不清醒。

为了说明意象，他将之与意境比较。说意境是“诗人的主观情意和客观物象互相交融而形成的艺术境界”，这样对意境的解释，其实和他对意象的内涵的规定基本上是一致的，不能不说是无效阐释。至于二者的区别，文章说：“意境的范围比较大，通常指整诗几句诗，或一句诗所造成的境界，而意象只不过是构成诗歌意境的一些具体的、细小的单位。”[③]这仍然不是从整体上看“形质俱变”，没有看出结构功能大于要素之和，而是从量的“拼合”上着眼，把意境看成是意象的量的平面相加。

在对欧阳修的《蝶恋花》“雨横风狂三月暮，门掩黄昏，无计留春住”做分析时，袁行霈先入为主，以意象静态的“拼合”（并列）作为阐释的准则，只说“‘门掩’和‘黄昏’省却了关联词”。而对其与“无计留春住”的意象运动则视若无睹。其实，“门掩黄昏”，从语法上来说，是一个主动宾的完整结构，并没有省略什么。艺术奥秘恰恰就在逻辑上的想象和假定。门既掩不住黄昏，也改变不了雨横风狂对春花的摧折。这是有逻辑连续性的，“留春住”，是门掩黄昏的目的。而留不住则是结果。这种意象与意象之间的情感因果逻辑不是理性的，而是情感的。这种“意脉”正是在想象中抒情逻辑的质变。原词前有“玉勒

① 《升庵诗话》卷十一《绝句四句皆对》：“绝句四句皆对，杜工部‘两个黄鹂’是也，然不相连属。”见丁福保辑《历代诗话续编》，中华书局 1983 年，第 853 页。

② 《诗薮》内编卷六《近体下·绝句》：“杜以律为绝，如‘窗含西岭千秋雪，门泊东吴万里船’等句，本七言壮语，而以为绝句，则断锦裂缯类也。”见胡应麟《诗薮》，上海古籍出版社 1979 年，第 121 页。

③ 袁行霈《中国诗歌艺术研究》，北京大学出版社 2009 年，第 55 页。

雕鞍游冶处，楼高不见章台路”，指向远方衣锦繁华，乐不思归的游子，而自身的青春却像春花（乱红）一样在暮春季节凋谢。到了“泪眼问花花不语，乱红飞过秋千去”，情感逻辑更是大幅度地运动：不管你门掩黄昏，不管你泪眼问花，都无法改变青春的凋谢。这样的意象群落中的隐性“意脉”动态逻辑，并不是意象的静态并列（叠加），而是超越理性的情感逻辑的运动，袁氏所向往的“艺术创造”的境界正在其中。

对于抒情逻辑“意脉”，西方人视而不见，说不清楚，倒是中国古典诗话词话道出了真谛：“无理而妙。”清初文学家贺贻孙《诗筏》提出“妙在荒唐无理”。贺裳和吴乔提出“无理而妙”“痴而入妙”。[①] 沈雄在《古今词话·词评下卷》又指出：“词家所谓无理而入妙，非深于情者不辨。”[②] 从无理转化为妙诗的条件就是情感，比之陆机《文赋》中所谓“诗缘情而绮靡”[③]，严羽“诗有别趣，非关理也”的陈说是一个大大的飞跃。吴乔《围炉诗话》在引贺裳语时还发挥说：“其无理而妙者……但是于理多一曲折耳。”[④]“于理多一曲折”，就是从理性转换为情感层次，就把理性逻辑与情感逻辑的矛盾及其转化的条件提了出来。用这个理论观察中国古典诗歌的意象关系是很丰富的，很深邃的，外国人感而不觉是不足为怪的。

“无理而妙”，妙在空间关系上，意象空间可以因诗情而自由伸缩。如从安禄山渔阳兵到哥舒翰兵败潼关，李隆基仓皇出逃，其间许多曲折，时间、空间的距离，在历史散文中是要一一表述的，可是在诗歌中，用流动“意脉”超越空间和时间：“渔阳鼙鼓动地来，惊破霓裳羽衣曲”，只用了四个意象（鼙鼓、动地，惊破、羽衣曲），其隐性的“意脉”流动就把遥远的空间用直接因果关系统一了起来。我国古典诗歌的流动意象艺术同样表现在时间上：杜甫“昆明池水汉时功，武帝旌旗在眼中”，从汉到唐数百年就在“昆明池”前与“武帝旌”而凝聚为一刻。苏轼“大江东去，浪淘尽、千古风流人物”，时间不可见，是物理，然而于诗则可见千古之时间。陈子昂《登幽州台歌》“前不见古人，后不见来者”，登高本可望空间之远，然而陈子昂却因不见时间之过去与未来而痛苦。“意脉”的“无理而妙”，还妙在于对感官的悖反。“结庐在人境，而无车马喧”，“此时无声胜有声”，听觉因不合生理而妙。无理更大的妙在于对逻辑的悖反。违反同一律，如苏东坡“似花还似非花”。违反矛盾律，如李商隐《锦瑟》最后一联“此情可待成追忆，只是当时已经惘然”，于理性逻辑来分析，本以为爱情有希望，只是要等待（可待），然而等来的却只是回忆，说明等待落空，但是，就是等待的当时，就知道等待是徒劳的“惘然”，那就明知落空还是要等待，

---

① 贺贻孙《诗筏》，郭绍虞编选《清诗话续编》（第一册），上海古籍出版社 1983 年，第 191 页；贺裳《载酒园诗话》卷一，同上，第 209、225 页；吴乔《围炉诗话》卷一，同上，第 477—478 页。

② 唐圭璋编《词话丛编》，中华书局 1986 年，第 1044 页。

③ 张少康《文赋集释》，上海古籍出版社 1984 年，第 71 页。

④ 唐圭璋编《词话丛编》，中华书局 1986 年，第 478 页。

等待本身成了目的。正是这样的自相矛盾，这样的无理之理，把锦瑟、弦柱、华年、庄生蝴蝶、望帝杜鹃，沧海、明月、珠泪、蓝田、日暖、玉烟等恍惚迷离看似“无端”的华彩意象统一为有机的意境，才成就了《锦瑟》的深沉和不朽。无理而妙还妙在违反辩证法。“在天愿作比翼鸟，在地愿为连理枝。天长地久有时尽，此恨绵绵无绝期”，情感因绝对化而取胜。

叶燮在《原诗·内篇下》中把理分为“可执之理”也就是“可言之理”和“名言所绝之理”“不可言之理”，认定后二者才是诗家之理。①从世俗逻辑来看，是“不通”的。然而，这种不合世俗之理，恰恰是“妙于事理”的。这种不通之“理”之所以动人，因为是“情至之语”。因为“情至”，不通之理转化为“妙”理。正是这种特殊抒情逻辑，“意脉”的贯穿使意象群落有了整体性结构，才构成诗的意境。没有这样的无理的、抒情逻辑的贯穿，光有意象的叠加，不但不能构成意境，相反可能导致意境的窒息，这种窒息，在王国维那里叫作“隔”。

袁氏为意象派早期理念（瞬间性的）所困，虽深感其“肤浅”，但是并未做理性分析，把取得“更完满的成果”的希望寄托在对中国古典诗歌文本的“联系”上，但是忽略了情感的运动，看不到贯穿于意象群落之间的血脉贯通不露的情感的脉络。正是这种脉络的特殊性——无理而妙，才决定了诗歌的感染力。

袁氏之感性个案解读，并未见其有助于理论之建构之初衷。

究其原因，乃在归纳之难：人们对于外来的信息，并不像美国行为主义者想象的那样，外部一来信息，必有反应。按皮亚杰“发生认识论”原理，外来刺激，只有与内在准备状态，也就他所说的“图式”（scheme）相一致，被同化（assimilation），才会有反应，反之则视而不见，听而不闻，感而不觉。②因而在阅读中，看到的并不一定是预期（求知）的，往往是已知的。《周易·系辞上》云：“仁者见之谓之仁，智者见之谓之智。”王阳明、黄宗羲有所发挥：“仁者见仁，知者见知，释氏之所以为释，老氏之所以为老。”③张献翼在《读易记》中说：“惟其所禀之各异，是以所见之各偏。仁者见仁而不见知……知者见知而不见仁。”④李光地在《榕村四书说》：“智者见智，仁者见仁，所秉之偏也。”⑤这种“所秉之偏”，正是阅读心理的封闭性，并非袁氏个人特有的不足，而是人类心理的共同弱点，不过袁氏的封闭性分外触目而已。袁氏的目的在于超越意象派，但是，内心预期图式，不脱意象派

① 王夫之等撰《清诗话》，上海古籍出版社 1963 年，第 585 页。
② 皮亚杰《发生认识论原理》，商务印书馆 1985 年，第 60 页。
③ 黄宗羲《明儒学案》卷十，《四库全书》，史部，传记类，总录之属。
④ 张献翼《读易纪闻》卷五，《四库全书》，经部，易类。
⑤ 李光地《榕村四书说·中庸章段》，《四库全书》，经部，四书类。

早期的静态图式，不管多少中国古典诗歌的意象运动摆在眼前，袁氏不能同化，熟视无睹，没有反应。另外一个原因，则是经典文本本身的封闭性。其形象并不是平面的结构，而是立体结构，其表层意象是显性的，一望而知，其深层意脉是隐性的，凭有限的经验不但不能一望而知，即使再望也仍然无知。这不但需要开放的心态，而且需要理论资源（包括传统的和前卫的，中国的和外国的）的积累、梳理、批判、贯通才能有所向导，庶几打破其表层封闭，有所突破，从而洞察幽微。与此相关，还有一个原因，袁氏要面对文本做直接的归纳。归纳贵在普遍，需要阅读经验的极广极博。生也有涯，理性要求的全面性也无涯，这是无可如何的。但是力争尽可能大的涵盖面，则是可能的。袁氏数十年积累，阅读想来广博。但是，就袁氏意象理念来看，其内涵不能概括其阅读的外延。大量阅读经验为狭隘的理念所遗弃，这说明袁氏因作为文学史家而被掩盖了的概括能力，具体分析能力，直接从经验上升为观念所需要的原创性命名能力，对基本范畴之内逻辑和历史的发展的分析能力，等等，这些能力之薄弱，在建构理论体系时有所暴露。

经典诗歌读懂读透之难，如巴甫洛夫之言科学，需要不止一生的精力，往往是不止一代人前赴后继，把生命奉献上这个智慧和艺术的祭坛，故乃有说不尽的莎士比亚，说不尽的李商隐，甚至说不尽的“僧敲月下门”“悠然见南山”，虽然如此，代代相传，也只能以历史的积累无限逼近。仅怀狭隘理念、自发阅读经验，往往不觉仁者智者之偏，无从知所见之误也。

“诗中有画”批判

一、“诗中有画”的片面性

从宋代开始诗话诗论唐人七绝压卷之作，王昌龄、李白、王维、王之涣、高适、李益，甚至韩翃这样的无名小卒都有了，千年以来，就是没有杜甫的绝句，尤其是七言绝句。为什么在历代诗话中，杜甫绝句得不到像李白七绝这样高的评价？在杜甫的全部诗作中，绝句的比例不大，比起他的律诗和古风来说，可以说是很少的。但是，似乎写得很顺手，常常同一个题目，一写就是好几首。如《绝句漫兴九首》《江畔独步寻花七绝句》《夔州歌十绝句》《戏为六绝句》《绝句四首》，水准参差不齐，当然也不乏相当精致的作品。杜甫长于对偶，甚至在律诗《登高》中，四联都对，而不见雕凿痕迹，把他的优长发挥得淋漓尽致，甚至可以说登峰造极。但是，有时，他似乎对自己这方面的才华缺乏节制，过分地放任了，就产生了《绝句四首》中的：

两个黄鹂鸣翠柳，一行白鹭上青天。窗含西岭千秋雪，门泊东吴万里船。

最显著的特点是，四句皆对。好像是把律诗当中的两联搬进了绝句。这当然也是一体，其数词相对、色彩相衬、动静相映，诗中有画，堪称精致。但是，许多诗评家仍然表示不满，甚至不屑，“率以半律讥之”。为什么把律诗的一半，转移到绝句中来，就要受到讥笑呢？四句都是图画啊。诗中有画，是有权威的理论根据的啊。苏东坡在《书摩诘〈蓝田烟雨图〉》中也说：

味摩诘之诗，诗中有画。观摩诘之画，画中有诗。诗曰：“蓝溪白石出，玉川红叶稀。山路元无雨，空翠湿人衣。”

杜甫的这首诗，诗中有画，而且是密集的四幅画，诗画同一论，古中外都有“画是无声诗，诗是有声画”的说法，为什么还是不得好评？杨慎说这四句“不相连属”，胡应麟则说“断锦裂缯”。但是，没有从理论上正面回应苏轼的“诗中有画”的优越论。明朝张岱直接对苏东坡的这个议论提出异议：

> 若以有诗句之画作画，画不能佳；以有画意之诗为诗，诗必不妙。如李青莲《静夜思》“举头望明月，低头思故乡”，有何可画？王摩诘《山路》诗“蓝田白石出，玉川红叶稀”，尚可入画；“山路原无雨，空翠湿人衣”，则如何入画？①

张岱的观点接触到了艺术形式之间的矛盾，却没充分引起后人乃至今人的注意。不同艺术形式间不同规范在西方也同样受到漠视，以至于莱辛认为有必要写一本专门的理论著作《拉奥孔》来阐明诗与画的界限。莱辛发现同样以拉奥孔父子为毒蟒缠死为题材，古希腊雕像与古罗马维吉尔的史诗所表现的有很大不同。在维吉尔的史诗中，拉奥孔发出“可怕的哀号”，“像一头公牛受了伤”，“放声狂叫”，而在雕像中身体的痛苦冲淡了，“哀号化为轻微的叹息”，这是“因为哀号会使面孔扭曲，令人恶心”，而且远看如一个黑洞。“激烈的形体扭曲与高度的美是不相容的”，而在史诗中，“维吉尔写拉奥孔放声号哭，读者谁会想到号哭会张开大口，而张开大口就会显得丑呢？”，“写拉奥孔放声号哭那行诗只要听起来好听就够了，看起来是否好看，就不用管”。②应该说，莱辛在一世纪以后，比张岱更进了一步，即使是肉眼可以感知的形体，而不是画中不能表现的视觉以外的东西，在诗中和在画中也有不同的艺术标准，不同艺术形式的优越性是如此不同，包括其局限性也是不同的，是值得花一点工夫弄清的。

二、诗中之画：动画

诗与画固然有共同之处，但是由于借助的工具不同，画中借助视觉的，是静态的、刹那的，而诗以语言象征符号，是历时的、持续的。说得文雅一点，诗是时间艺术，画是空间艺术。画中之画，是静止的，而诗中之画的优越性之一便是超越视觉的刹那，往往有空间上的动感，成为一种“动画”，有了动感，才便于动情。感情的本性，就是和“动”分不开的，故曰，感动，曰，触动，曰，动心，曰，动情，曰，情动于中，反之则曰，无动于衷。连英语的感动都是从“动”（move）引申出来的，本来move是空间的移动，后来引申为心灵的激动，感情就是一种激动，激而不动，就是没有感情。李白的《下江陵》：

> 朝辞白帝彩云间，千里江陵一日还。两岸猿声啼不住，轻舟已过万重山。

① 张岱《琅嬛文集·与包严介》，岳麓书社1985年，第152页。

② 莱辛《拉奥孔》，朱光潜译，人民文学出版社1979年，第16、22页。

这是一幅飞快行驶又戛然而止的动画。李白这首之所以被后世诗话家看好，就是在于在画面强烈的动感的深层，暗示着诗人内心轻松到山水猿啼之美都不及欣赏，突然发现已经到家了。这种内外交织的运动感，在李白可谓拿手好戏，信手拈来，如《望天门山》：

天门中断楚江开，碧水东流至此回。两岸青山相对出，孤帆一片日边来。

从题目看，天门山明明是静止的，李白活跃的心态将之和水一起动起来：先是说，天门山被江水从中间冲断，后是说，两边的山对称着升起，好像是有意迎接一片孤帆从太阳那边驶来。我们再看一首：

南湖秋水夜无烟，耐可乘流直上天。且就洞庭赊月色，将船买酒白云边。

李白不可羁勒的飞驰的想象，把平静的湖水，看成可以顺流而上天，而且可以在白云边上买酒。画面的流动和内心的活动融为一体。

绝句是当时的现代诗，虽然也是格律体裁，但是和律诗在功能上不太相同，律诗八句，当中两联对仗，押四个韵，考试所用的格式六韵或八韵，增加了两联或者三联对仗。而绝句则相当自由，四句，对仗也可，不对仗也可，特别有利于个人即兴交往。王维《少年行》：

新丰美酒斗十千，咸阳游侠多少年。相逢意气为君饮，系马高楼垂柳边。

新丰，地名，至今陕西省西安市临潼区还有新丰镇，古代那里盛产美酒。斗酒十千，这是夸张了，盛唐时期斗米不过三四十钱，一大杯酒居然要这么多钱？这里可能用的是曹植的典故，李白写过“陈王昔时宴平乐，斗酒十千恣欢谑”。“咸阳游侠”，这些游侠大都是贵族豪富出身。多半是青春少年。他们对司马迁笔下的游侠很是向往，李白也曾写过“十步杀一人，千里不留行。事了拂衣去，深藏身与名”。也许这是当时的社会风气，青年平时向往一种重义轻生的精神，充满豪杰之气，李白在同一首诗中说：“纵死侠骨香，不惭世上英。”当时意气风发的青春少年有两种理想，一种是科举仕途，去当官；一种边廷立功封侯。“孰知不向边廷苦，纵死犹闻侠骨香。”王维早年对后者十分向往，这里的“相逢意气为君饮”，意思是说：少年侠客骑在马上，偶然相逢，意气相投，一见倾心，不惜重金买酒。“系马高楼垂柳边”，本来是有别的事要奔忙，就是为了意气相投，萍水相逢，把马暂时拴在高楼的柳树边。“为君饮”，就是为你痛饮再说。这样的诗中的画，是由人物的临时起意的动作来展示的，不过两个动作，相逢，系马，画面动起来，才能显示盛唐时代贵族精神高扬的风貌。这种浪漫精神，一是离不开酒，二是离不开美女。王维毕竟正统一些，而李白对于美女就潇洒得多了。一般写景都不一定是静态的，而写到人物，那就很难用不动的画面表现了。唐朝的青春气息，动作往往是很大的，很浪漫的。

五陵年少金市东，银鞍白马度春风。落花踏尽游何处？笑入胡姬酒肆中。

这样的豪情，笑入酒肆，这样的动作画面之浪漫，还在于，进入的是胡姬的酒店，这是有时代特色的。不但可以看出李白的青春气质，而且可以看出当年长安西北少数民族长期定居的盛况。李白还有诗曰："何处可为别，长安青绮门。胡姬招素手，延客醉金樽。"胡姬就是西北少数民族的姑娘，作为酒店的招待，在拉拢客人。《前有一樽酒行二首》："胡姬貌如花，当垆笑春风。笑春风，舞罗衣，君今不醉将安归？"不但有酒，而且还有歌舞。这种动画，不但有诗的审美，而且有文化史的价值。所以这一切都是诗中的动画，不是景观的动，而是人物的意气风发的时代的风情，画面完全静止是不能充分表现时代精神的。

到了宋代，这样的技巧成为传统。就是写自然景观，流动的画面也比比皆是，如王安石有《书湖阴先生壁》一诗，可谓诗中动画的代表作：

茅檐长扫净无苔，花木成畦手自栽。一水护田将绿绕，两山排闼送青来。

前面三句几乎都是静态的画面，当然，其中多少有些动的暗示，如"扫""栽""护"，三字都是动词，但均为静态画面，可以忽略。到了最后一句赞美朋友别墅的门，本来开门见山明明是静止的，但王安石把它写成了动的，而且是大幅度的运动：远远的两座青山居然推开门冲进来，要真是这样，王安石和他朋友早就没有命了。一千年过去了，那个别墅，那堵墙，那墙上的书法肯定是在废墟甚至田野之中，但是后世读者想象中好像那堵墙上墨迹未干。而当时门外那两座山，至今一动也未动。王安石的那幅动画，至今生命盎然，原因就是这画背后是王安石对他朋友的动情。这样的动画使友情化为诗情。

苏轼《六月二十七日望湖楼醉书》诗云：

黑云翻墨未遮山，白雨跳珠乱入船。卷地风来忽吹散，望湖楼下水如天。

这一首并不是苏轼最好的作品，在全部宋诗中，也不算神品，但是代表了一种风格，全诗都是写景。诗中有画。杰出的特点在于，第一,四句全是画面，而且每一句都是动画。第二，动态对比很强，黑云黑到像打翻了墨水一样，应该是很浓重的。但又不是，只遮住了一部分山。还没有遮住全部，这说明雨势来得很猛。下面的"白雨跳珠"，很明显，用色彩上的对比写雨的特点。云黑而雨白，其最白者美如珍珠。"乱入船"，珍珠是纷乱的，活蹦乱跳地闯进船来。第三，变化的速度极快。最后两句"卷地风来忽吹散，望湖楼下水如天"，与前两句形成观景观的多重对比。第一重仍然是色调的对比，浓黑的云忽然消失，变成了明亮的天。对比强烈。第二重，"水如天"，不但和原来的浓云遮山形成对比，还写出了水天一色，分外透亮。光是这样的对比，还不能算是很杰出，因为这在宋诗中，是比较普通的技巧。苏轼的才华集中体现在第三重对比，从第一句相对静中有动的视觉画面，经过风云大的变动，最后又定格在静态的"水如天"的静态的画面上。多重的转折，表现了诗人心灵感应的动态过程。从色彩的黑白对转，到心灵的由动到静的变幻。这种"动画"，对于诗人的内心来说，是非常微妙的刹那。这是画所无能为力的。外在视觉的大变动，隐含着内在的隐秘的颤动，这就以诗的优长克服了画的局限。他的《有美堂暴雨》绝句有云：

天外黑风吹海立，浙东飞雨过江来。

句句都是画面，幅幅画面都是“动画”。没有动态，就没有苏轼豪放派的气概了。

诗中有画作为理论不能涵盖动画还不是最大的缺陷。更大的缺陷是，完全不能涵盖视觉以外的意象，人的感官并不限于视觉，至少还有听、触、嗅、味四种官能感知的变动。有时，诗的妙处恰恰在于突破视觉，与绘画不能表现的声音交错起来，从宁静的画面转入有声的意象群落，形成有机统一，形成意境。

三、有声之画：视听交替

刘长卿《逢雪宿芙蓉山主人》诗云：

日暮苍山远，天寒白屋贫。柴门闻犬吠，风雪夜归人。

历代诗话，对之赞不绝口。有的赞其“清”“却不寂寞”（《批点唐音》），有的称其“凄绝千古”（《唐诗正声》），有的更说“无限凄楚”（《唐诗选脉会通评林》）。《大历诗略》说它：“宜入宋人团扇小景。”[①]意思是只有图画、视觉意象。所有这些评论，尽管看法各异，但有一点是相同的，诗中有一种情致，挺精彩的。但是，究竟是什么样的情致，却不很容易说得清楚。

“日暮苍山远”，关键在一个“远”字。苍山为什么远？青山由于日暮，光线暗淡，而变得模糊了，这是光的效果。但是这句话中，还含着更多的意思，这就要联系诗的题目“逢雪宿芙蓉山主人”来思考。“逢雪”，日暮，而且又下雪了，苍山，青色的山，当然就模糊了，产生遥远的感觉。在这样一幅图画中，那暗淡的光线，是不是暗示着心情的暗淡？下雪了，天快黑了，在这一幅图画中，空间那么广阔。远景镜头，是不是暗示着，人在这样阔大的空间中，显得比较小？是不是感到有一点压力？投宿何方呢？是不是有一点四顾茫然，甚至有点焦虑的感觉？所以这第一句，并不是纯粹的描绘，在画面上隐含着隐隐的茫然、焦灼的情绪。

“天寒白屋贫”，又是一幅图画。从句法上来说，和前面那一幅是并列的。但是，它们不是分裂的。因为两幅图画，在形态上是一致的。白屋，一般注解，都说是贫寒人家的屋子，但是不是还有一点雪下在屋顶上的效果？和日暮苍山，大空间，冷色调，暗淡的情绪。从标题上“逢雪宿”可以知道，这是投宿了。在一片苍茫、在冷色调的图景之中，多多少

① 陈伯海主编《唐诗汇评》（上），浙江教育出版社 1995 年，第 469 页。

少应该有一点安慰吧。然而，诗人却回避了这样的情致。为什么呢？好像觉得还有比这更有特点的，更重要的："柴门闻犬吠。"在这一片冷色调的画面之中，突然来了一声狗叫。意脉在这里默默地从视觉转向听觉。本来视觉画面不但是冷色调的，而且是无声的。这一声犬吠，带来了一点热闹，无声就转向了有声。"犬吠"在汉语里，是属于"鸡犬之声"，其文化韵味是人世的生活气息。这种颇具热闹气息的声音，打破了视觉的冷清，意脉的内在温情，就婉转地显现了。接下来"风雪夜归人"，从直觉来说，更加精彩。为什么呢？第一，刚刚感到听觉美好的读者，又一次被诗人带进了一个画面：归人是在黑夜和风雪交加的背景上出现的。第二，诗人不让这个场景发出任何声音，却把默默的安慰、无言的温暖留在画面之中，于结束句，无结束之感，以延长读者的想象。《唐诗笺注》说："上二句孤寂况味，犬吠人归，若惊若喜，景色入妙。"由此可知，虽然是一幅视觉图画，但其中隐含着的情感，不是直线式的，而是视与听、寒冷与温暖、孤寂与安慰的意脉转化。这便是以画面和声音交织而取胜的唐诗绝句。

王维《鸟鸣涧》诗云：

人闲桂花落，夜静春山空。月出惊山鸟，时鸣春涧中。

这也是一幅图画。前两句写静，细细分析，有两种静，一种是外部的景物静，一种是内在的心灵静。内心不静，怎么会感受到桂花落下来？这样的内心，不但静，而且是不是和春山一样有点"空"？下面两句，还是写静，但如果还是从画面上、视觉上去写，就可能是动，以动衬静，这就可能缺乏变化，陷入单调了。王维转向写听觉之静，不是以动来衬，而是以声来衬。"月出惊山鸟"，很精彩。精彩在什么地方？精彩在月亮出来了，月光移动了，本来是没有声音的，是静静的，却惊动了山鸟。这就是从视觉之静，转入听觉之静。视觉之静，是相对于物体之动的，而听觉之静，是相对于声音之动的。春山安静到月亮稍有变化，就会把小鸟惊醒。小鸟不是被声音惊醒的，而是被月光的变化惊醒的。这种效果说明，山里是多么宁静。"时鸣春涧中"，"时鸣"，是断断续续地叫，以有声来衬托无声，在一座大山里，有一只鸟叫起来，整个山里都听得很清晰，可见山里是多么静谧了。同时，不可忽略的是，能够聆听这么精致的声音的人，他的内心又是多么宁静，多么精致，多么空灵。人的感受和大自然的状态是高度统一的。这种统一，不仅仅是诗学的，而且是佛学的。这种状况，是内心没有任何牵挂，没有任何负担的人的生命体验。

诗中之画，是动画，不仅仅是画面之动，而且是视听转化之动，所表现的是潜在的、隐性的情感的运动。李白的《下江陵》"两岸猿声啼不住"本是从"千里江陵一日还"的视觉动画中转化为听觉，立即又转向"轻舟已过万重山"的视觉。

四、温暖之画

苏轼说诗中有画，但是，他自己的创作实际上突破了他的理论。最有名的是《惠崇春江晚景》，其中两句是：

竹外桃花三两枝，春江水暖鸭先知。

竹外桃花是可以画的，江上的鸭也是可以画的，但水暖却是不能画的。惠崇的画上只能画出鸭子，至于水下的鸭脚的感知是不能画的，但是是诗人的想象突破了画的局限，把触觉和视觉结合起来，就有了深长的意味。光是看见鸭子的躯体浮在水面上，是一点诗意也没有的。桃之艳眩于外，而鸭感于内。春温水暖，先知默默，似无知而实有知，桃花灼灼，可感而实无知，此诗隐含哲理在此。诗中之画，以有温度的画见长。诗可以表现触觉。

这里有一个很有趣的传说，可以雄辩地说明这一点。唐人祖咏参加科举考试，作诗，题目是《终南望余雪》。本来应该五言六韵，他只写了两韵，就不写了。

终南阴岭秀，积雪浮云端。林表明霁色，城中增暮寒。

人问，为什么不写了？答曰，意已足。首先是写终南山高而秀，而雪积于云端，积雪意味乃是厚雪，厚雪乃久雪，故无阳光，视觉遂有“阴”暗之感，天气转晴，树木的高处有点明亮的感觉，这是视觉的默默对比。但是，这是远视，而近身则是“城中增暮寒”，自身的感觉并不因天气转晴而温暖，恰恰相反，倒是黄昏时分，更加寒冷了。霜前冷，雪后寒。雪在融化了，故比下雪时更冷。这是从视觉转向触觉之反衬。

虽然考试不合规格，这个祖咏很倒霉，但是，从诗的质量来说，这首诗意境幽远，后来成了名作，经过几百年读者的考验，最后入选了《唐诗三百首》。

另外一个人比杜甫小十岁——钱起，他参加考试，就不像祖咏那样呆气，他硬是遵循考试要求，成功得取。他拿到的题目是《湘灵鼓瑟》。命题要求双句押韵，六个韵脚，限定写十二句。除了开头和结尾两联，都要对仗。是排律的格局，很僵化的。本来这样僵化的形式，很难表达诗人的个性，上千年来，几乎没有出过什么像样的作品。但是，钱起这首却很有名，原因是这个作品虽然整首不是很好，但是最后两句很不赖，可以说泄露了艺术的天机。《湘灵鼓瑟》，湘水之神弹琴。这样的题目，考什么呢？首先是学问，要知道这个湘灵的典故，不知道，就交白卷了。钱起对典故烂熟于心，按照平仄规格，五言六韵，把学问（典故啊，套话啊）用一条情感线索组合起来，完成了一首官家认可的诗：

善鼓云和瑟，常闻帝子灵。冯夷空自舞，楚客不堪听。苦调凄金石，清音入杳冥。

苍梧来怨慕，白芷动芳馨。流水传潇浦，悲风过洞庭。曲终人不见，江上数峰青。

题目隐含着一个典故，《楚辞·远游》“使湘灵鼓瑟兮，令海若舞冯夷”。传说舜帝死后葬在苍梧山，其妃子投湘水自尽，成了湘水女神，常在江边鼓瑟，表达哀思。钱起是当年所谓大历十才子之一，学问才气足够应付。他显示自己的才学，一开头就说，早就知道湘水女神，弹奏云和之瑟很有水平。用了一个典故，“云和”是周代就有的名瑟，整首诗歌就是顺着考官的命意把音乐效果往好里夸张，接着又用了一个典故“冯夷”，黄河水神，听了都跳起舞来，这扣紧经典屈原《远游》有“令海若舞冯夷”。但是，这可能太欢乐了，再这样写下去可能离题，因为湘水之神奏的是哀乐，所以笔锋一转，将乐曲定性为哀伤，哀到远游的楚客不忍卒听。为什么是楚客？因为湘水地属于楚，当然也可能与钱起是浙江湖州人有关。为了要紧扣哀乐，拼命往悲情去发挥，那哀怨让高贵的金石之心感到悲伤，清净的乐章飞向天宇，传到苍梧之野。苍梧，也是典故，舜帝安息之地，这第二次扣住题意。接着是美化，白芷吐出芬芳和着哀乐的悲风，顺着湘江飞向洞庭湖。这里的“潇浦”，扣紧湘灵，第三次扣紧题旨。应该说，把这么多典故组织得不着痕迹，应试技巧也真是玩得太熟练了。固然语言丰富，一脉贯穿，结构完整，却不算是很好的诗。一是典故都是现成的，没有自己的语言，二是基本是套话，没有独特的个性。本来这样的诗，是不可能流传后世的。但是，它却为后世诗人提供了典故，只因为那最后一联：

曲终人不见，江上数峰青。

一系列远古的典故，上天下地，江海起舞，横卷潇湘洞庭乐曲和神灵都是听觉性质的，最后却突然消失了，只留下江面上静止不动的视觉画面。就是最后这两句使得这首诗和钱起暴得大名。那就是听觉和视觉的遽然转换。一系列的听觉之动态，突然变成宁静的空镜头，戛然而止，给人一种余音袅袅不结束的感觉。这就构成了意境。其实，就整首诗而言，并不好。完全是应试体制害的。为了凑足十二句，用了许多典故，讲了不少废话。“苦调凄金石”和“苍梧来怨慕”“流水传潇浦，悲风过洞庭”，是重复的。就对仗而言，其优越之处就在于让诗人获得超越散文连接性的逻辑跳跃性的功能。下联应该超越上联，带来新的信息，最有特点的是所谓“反对”，例如“野径云俱黑，江船火独明”，“黑”和“明”是相反的，就是正对，也以提供新的视听为上，如“细草微风岸，孤樯独夜舟”。而“流水传潇浦，悲风过洞庭”两句话说的是一回事，又是散文式的连续，在古典诗歌中属于最不好的“合掌”。好像是两个手掌合在一起，五个手指相合。至于“白芷动芳馨”，美化鼓瑟，与悲情相反，意脉偏离了，更是败笔。如果不理硬性规格，只要当中两联对仗就足以构成一首律诗了：

善鼓云和瑟，常闻帝子灵。冯夷空自舞，楚客不堪听。苦调凄金石，悲风过洞庭。

曲终人不见，江上数峰青。

再按律诗规格把平仄调一调，可能艺术上更为和谐精练，更加和谐。

钱起的才气肯定不如杜甫，居然把这样小儿科的技巧玩得这么溜，而杜甫却考了两次都没有成功，可真是杜甫自己所说的“文章憎命达”，不是杜甫应试能力太菜，就是老天瞎了眼。

用感知转换的规律，可以揭示许多经典诗歌的艺术奥秘。

五、有香味的画

最有名的是林和靖的《山园小梅》中的两句：

疏影横斜水清浅，暗香浮动月黄昏。

这是千古名句，好就好在把画不出来的香味叫作“暗香”，把嗅觉和视觉结合起来，获得了千年来读者的欣赏。后来成了典故。王安石有：

墙角数枝梅，凌寒独自开。遥知不是雪，为有暗香来。

这也是先有视觉的美，然后和嗅觉结合起来，推进了感知层次，意脉得以转进。

六、不能入画的诗：直接抒情

如此多的诗作，都是“诗中有画”不能涵盖，说明“诗中有画”是多么不完全。其实，这样的缺陷还不是主要的，因为上述诗作都是抒写客体景观为主体的，属于借景抒情，而古典诗歌还有相当部分并不是间接抒情，而是直接抒情的，并不借助景观，就不存在画面不画面的问题了。大部分绝句的最后两句，都是流水句，都是直接抒情的，如：

醉卧沙场君莫笑，古来征战几人回。

但使龙城飞将在，不教胡马度阴山。

青山一道同云雨，明月何曾是两乡。

洛阳亲友如相问，一片冰心在玉壶。

我寄愁心与明月，随君直到夜郎西。

律句的最后一联，也都是直接抒情的，五律如：

无为在岐路，儿女共沾巾。

戎马关山北，凭轩涕泗流。

待到重阳日，还来就菊花。

还将两行泪，遥寄海西头。

七律如：

解道澄江净如练，令人长忆谢玄晖。

庾信平生最萧瑟，暮年诗赋动江关。

从今四海为家日，故垒萧萧芦荻秋。

此情可待成追忆，只是当时已惘然。

人生自古谁无死，留取丹青照汗青。

至于古风歌行，则基本是直接抒情，如：

前不见古人，后不见来者。念天地之悠悠，独怆然而涕下。

何日平胡虏，良人罢远征。

谁言寸草心，报得三春晖。

捐躯赴国难，视死忽如归。

直接抒情的，是画不出来的，因为它不需要借助景观把情感隐藏在意脉之中。

李白的《将进酒》几乎是不能画的。

君不见黄河之水天上来，奔流到海不复回。君不见高堂明镜悲白发，朝如青丝暮成雪。人生得意须尽欢，莫使金樽空对月。天生我材必有用，千金散尽还复来。烹羊宰牛且为乐，会须一饮三百杯。岑夫子，丹丘生，将进酒，杯莫停。与君歌一曲，请君为我倾耳听。钟鼓馔玉不足贵，但愿长醉不复醒。古来圣贤皆寂寞，惟有饮者留其名。陈王昔时宴平乐，斗酒十千恣欢谑。主人何为言少钱，径须沽取对君酌。五花马，千金裘，呼儿将出换美酒，与尔同销万古愁。

因为这样的诗，主要是古风体的，大抵以直接抒情为主，而直接抒情并不需要借景观意象群落，把情感的脉络隐藏在字里行间，追求言外之意，且不着一字，尽得风流的意境，情感直接抒情出来了，可能变成大白话，直接抒情的规律，本质是情，情不就于理，故严羽说："诗有别趣非关理也。"这说得有点绝对，17世纪的诗话家有领先世界的伟大发明，那就是“无理而妙”“于理多一曲折耳”。说的是，情感不遵循理性逻辑，而是情感自身的逻辑。

七、郑板桥竹画中的诗：傲岸不群的人

郑板桥《潍县署中画竹呈年伯包大中丞括》诗云：

衙斋卧听萧萧竹，疑是民间疾苦声。些小吾曹州县吏，一枝一叶总关情。

江馆清秋，晨起看竹，烟光日影雾气，皆浮动于疏枝密叶之间。胸中勃勃遂有画意。其实胸中之竹，并不是眼中之竹也。因而磨墨展纸，落笔倏作变相，手中之竹又不是胸中之竹也，应该补充一句，诗中之竹，又不是画中之竹也。因为，画中之竹只能看，而诗却超越了画，五官皆可感受并加以表现。

台湾诗人渡也有诗题名是《竹》，从诗转向绘画艺术，说：

穿好一袭墨衣

去郑板桥画里

这说的是郑板桥《竹石》：

咬定青山不放松，立根原在破岩中。千磨万击还坚劲，任尔东西南北风。

这是郑板桥题在自己竹石画上的诗，显然是竹的颂歌。主要以竹象征与环境对立的、坚韧不拔的意志。这种意志之所以得以强烈地表现，乃在于郑板桥将竹放在与石的关系中。石非土，本不宜于植物生根发芽，然而，郑氏强调竹之坚韧，用了一个“咬”字，一个“定”字，已写其于不可能中的可能，竹之能胜于石，益之以“千磨万击”而不改“坚劲”，最后还加上“任尔东西南北风”，表现出对任何横逆不屑一顾的姿态，此句突然用了大白话，成为这首诗的高潮，不但在于思绪，而且由于语言，其意志之坚韧，就显得潇洒。读者不难从中看出渡也定竹中之风为“构陷的话”的来历。想来渡也特别欣赏这一句，特别神往这种精神。其实郑板桥的题竹石诗良多，主题也颇纷纭。有赞竹之美者，如：

砍尽枯条长嫩篁，几枝新翠倚斜阳。微风昨夜纱窗外，仿佛湘娥响珮珰。

也有自励的：

十年作客广陵城，落落身如竹叶轻。最是五更凄响处，唤人早起读书声。

也有自许的：

画竹诸家问老夫，近来泼墨怕模糊。一干疏枝兼淡叶，挺然断不要人扶。

可谓风格多端，而渡也独取坚韧不拔、旁若无人之义，不仅是他个人的一时的特殊感受，而且也是他对中国古典文化人格建构的特别钟情。

本来，在中国画中，松竹梅是岁寒三友，梅兰竹菊，都得到赞颂的，而在中国诗中，却不同。早在孔夫子那里，松就得到称赞："岁寒然后知松柏之后凋也。"以后成为传统意象，《全唐诗》中以松为题者不下百余首。菊则因陶渊明的"采菊东篱下，悠然见南山"而成历代重复率最高的典故。兰则更有空谷幽兰这种精神自足的超脱世俗的品位，梅是由于林和靖的"疏影横斜水清浅，暗香浮动月黄昏"，有了稳定的清高自许的内涵，元人贯云石有言：

不受尘埃半点侵，竹篱茅舍自甘心。只因误识林和靖，惹得诗人说到今。

在诗中，松、梅和兰，作为形象主体，都有经典之作，独竹却很少作为主体意象，大多只是人的背景，如王勃《赠李十四四首》（其一）：

野客思茅宇，山人爱竹林。琴尊唯待处，风月自相寻。

又如王维《竹里馆》：

独坐幽篁里，弹琴复长啸。深林人不知，明月来相照。

很少出现竹作为整首诗歌的形象主体的经典之作。相反杜甫却有"新松恨不高千尺，恶竹应须斩万竿"的名句。从这个意义上说，郑板桥在诗中，把竹当作形象的主体来赞美是很有开拓性的。这很可能与这首诗的题画性质有关。画上的主体就是竹，石则作为背景陪衬。

题画诗，与一般诗不同，其精妙处，不在对画的说明，而是超越了画面的。因为画所展示的只是视觉直观，在时间上是瞬间的，在空间上仅在尺幅之间，局限是很大的。故题画诗，如仅仅局限于对视觉的形象说明，也就是完全切于画题，则不但于画无补，而且可能不成为诗。题画诗之精绝在于把画不出的情致用语言表达出来。苏轼题惠崇《春江晚景》的"春江水暖鸭先知"就因为写出画所不能表现的触觉之暖而成为名句。郑板桥的"微风昨夜纱窗外，仿佛湘娥响珮珰"，也是以表现了画所不胜任的听觉之美而取胜。

故中国诗话对于题画诗，诗和画的关系有很严格的讲究。蔡绦《西清诗话》："画工意初未必然，而诗人广大之。乃知作诗者，徒言其景，不若尽其情，此题品之津梁也。"这里最重要的是两点，一点是"徒言其景"，也就是局限于视觉，二是诗人必须"广而大之"，突破画的视觉。题画诗"不必太贴切"。提出"当在切与不切之间"，所谓"切"，毕竟诗的意象要以画的主体统一，所谓"不切"，就是要超越视觉形象的局限性，把语言艺术的优越性发挥出来。

郑板桥这首诗的成功，一方面，贴近视觉的竹，另一方面，发挥出画所难以表达的、超越视觉的精神意志：首先，在逆境中坚韧地生存，"咬定青山"，"千磨万击"都是画中并没有直接体现的；其次，诗与画有大幅度的"不切"，如"任尔东西南北风"，这完全是特立独行的人了。纵观郑板桥所画之竹，绝无经风偃伏之状，其竹皆独立于无水之立石之中，之上，之间，独立不群，潇洒抗俗之风神者则有之，陷于因风倚侧者之画并无。

这样的诗，如此不切于画，二者之所以能够相得益彰，原因就在于诗不局限于对画的被动阐释，以不切画的自由情志，提高了画的思想境界，诗的意涵也因画的飘逸的线条和构图，拓展了风姿，诗与画融为一体，不可分割，成为一个完整的艺术品，这乃是中国画所特有的。

欧美国家不管多么伟大的画家，都不可能在自己的画上写诗，万一写了，也可能被视为对画的艺术的破坏。不管多么伟大的诗人，也不可能在自己的诗中认真作画，即使画了，也可能只是自我欣赏，即兴游戏而已。个中缘由首先与中国诗人和画家很早就用的工具——同样是文房四宝中三宝——毛笔、墨、纸有关。中国书写和绘画同样用毛笔，而在欧美，早期书写文字用的是鹅毛，长于线条，而作画，用的是刷子，长于色块；欧美书写用墨水，绘画则用水彩或油彩，而中国画家书写和绘画同样用墨水；中国书画同用纸（绢），而欧美书写用草纸、羊皮，绘画则用木板或帆布。

由于中国书法和绘画均用软笔，水与墨汁皆为柔性，纸有透水性，一旦下笔，不像西画之油彩之可以多次改易，故书法用笔的力度、弹性、快慢，线条的粗细轻重成为精神的载体，书法和国画之工具相同，功能相近，法度相亲。故中国不但诗画一体，而且兼与书法一体。郑板桥以兰竹笔画入书，以书法用笔入画，故人称郑板桥诗书画一体“三绝”。

方熏《山静居画论》卷下说：“款题图画，始自苏（轼）、米（芾），至元明而遂多以题语位置画境者，画亦由题益妙。高情逸思，画之不足，题以发之，后世乃为滥觞。”这是中国文化的独特遗产，郑板桥可谓其杰出代表。

《中国诗词大会》批判

《中国诗词大会》，引发了全国性热潮。从儿童到成人，各行各业的爱好者，包括空姐、石油工人、警察、航天科学家、博士等纷纷参与，呈风起云涌之势。如此众多的国人对古典诗歌烂熟于心的程度，令人惊叹不已。在世界上还没有哪一个民族有这样的诗学文化奇观。

和书本个人阅读不同，诗词大会的特点是万千人同时共读同样的文本。在熟悉程度上的交相竞争和互补，构成了上亿观众的如痴如醉的诗化狂欢。

从理论上说，诗歌是文学中的文学，古典诗词更是如此，将高级精英文化大规模地引入大众传媒，是一次勇敢的尝试。

电视传播属于大众文化，着重收视效果，强调趣味性，这和诗词的民族文化艺术积淀的深厚性存在着矛盾。为了适应趣味性，编导和主持人把诗词和游戏性竞赛结合起来，将诗词单纯化，取全诗之片段，以单句寻联问答，或以词牌、作者为题，判断是非、多项选择，把一句五言或者七言诗放在九个字十五个字当中，测试排除干扰字眼。参赛者、百人团和从海南至漠北的观众一起聚精会神，处在辨析的紧张和期待之中，速度的游戏性比拼构成了欢乐氛围，延伸到现场以外，大河上下、长城内外一体同心，营造了世界上最大的文化赛场。但是，摘句寻章的明显不足乃是放弃了整首诗歌的深厚的文化意蕴和艺术奥秘，对于民族审美文化的深层来说，则是欢欣鼓舞的自我蒙蔽。上海的一位小学老师在其微信公众号"童书撷趣"中这样说："古诗已倒背如流，却不解其妙。《春晓》《静夜思》《登鹳雀楼》这许多诗歌早已随着儿时的诵读，溶入骨血里，化为永不消失的记忆，但是它们好在哪里，我却半个字都说不上来。"这说明游戏的紧张期待和互动的热闹，并不能满足对于古典诗歌的理解和提升心灵品位的渴望。

人们更关注的是，千年不朽的诗好在哪里，其与平庸的诗、坏诗区别在何处，以什么样的准则和方法来品评？将这样的课题置之度外，必然导致传统文化的深厚性为大众文化的娱乐性（游戏性）压倒。

通俗化、娱乐化、游戏化是电视节目先天的宿命吗？编导和主持人显然并不认同。不言而喻，这不是一般的娱乐节目，更不是那种娱乐到死的节目，最高宗旨乃是深厚的文化传统的继承，在新时代的发扬光大，战略目标是提高民族文化的自信、自尊。这个大前提毋庸置疑。编导和主持人设置了专家点评。专家们的作用在于介绍作者生平，写作背景，相关的掌故和趣闻，加上了知识性，对于娱乐性不无互补之效。在所有专家中，康震先生最有学养，最自觉地弥补摘句寻章的局限，故其解说往往不限于句而兼及全诗，甚至是全人。他解读李白的《将进酒》，定位为岑勋和元丹丘与李白三人会饮，甚为到位；解读毛泽东“湘竹一枝千滴泪，红霞万朵百重衣”时，指出湘竹与泪的典故，联系到杨开慧的小名霞姑，又深化到楚文化，皆醒人耳目；提供张九龄《感遇》的写作背景乃在罢相，表面上孤芳自赏，实际上清高自守，接着他上台的是李林甫，从此唐王朝江河日下。康震不但把作品还原到诗人当时的处境和心态中，而且诗画并长，以画引诗，成为节目的亮点。有些专家则长于知识性的点拨，虽然对古典诗歌烂熟于心的参赛者来说，这在注释本中司空见惯，但对于现场观众仍然不无新鲜之感。

但是编导、主持人和专家一样，似乎并未清醒地认识到这一切并不能完全消解游戏性带来的缺陷。康震先生以前的以画引诗，画不达意，歪曲了诗意。例如，一人画沙：曲折山路，远处白云屋角，近景大车，一人坐于石上，身边些许树叶。参赛者立马猜出是杜牧的《山行》：

远上寒山石径斜，白云生处有人家。停车坐爱枫林晚，霜叶红于二月花。

专家和主持人董卿女士皆首肯，并未发现一个极其低级的错误。“停车坐爱”的“坐”是坐在石头上的意思吗？小学三年级语文课本上，就有注解：“坐，因为”。车子停下来，不再神往远在白云生处的隐逸之所，因为突然发现身边的霜打的枫叶比春天的鲜花还美艳。更令人惊异的是，王立群专家说，这是一首“悲秋”之诗，中国诗人对于季节的转换，生命的盛衰非常敏感，故秋季即引发悲凉。董卿随即附和，秋天都会引发诗人悲凉的感情。但是，秋天的霜打了的枫叶，都比早春二月的鲜花还要鲜艳了，这样的秋天的还是悲凉的吗？在古典诗歌中，固然有大量悲秋的经典，从宋玉开始就有“悲哉秋之为气也”，到杜甫的《秋兴八首》，元曲中马致远的《天净沙》“枯藤老树昏鸦，古道西风瘦马”，都是悲秋的神品，但是，如果逢秋皆悲，感情进入老套，不是为诗之大忌吗？后来的节目显示，颂秋的也不乏横空出世之作，如刘禹锡的《秋词》：“自古逢秋皆寂寥，我言秋日胜春朝。晴空一鹤排云上，便引诗情到碧霄。”孤立地摘句寻章，造成了个案分析错误，整套节目前后矛盾。第四季第一场，说到毛泽东《采桑子·重阳》，将刘禹锡的“秋日胜春朝”，发展为“不是春光，胜似春光”，专家偏偏不联系《山行》做悲秋颂秋的对比，只说此诗歌颂重阳节。至于王维的《山居秋暝》“空山新雨后，天气晚来秋。明月松间照，清泉石上流。竹喧归浣女，莲动下渔舟，随意春芳落，王孙自可留”，把秋天的黄昏，写得洁净、明亮，最后把这种秋天归结为“春芳”，也未将“悲秋”和颂秋在矛盾中展开，指出王维笔下的春天化的秋天，没有杜牧的鲜艳夺目的色彩，没有杜牧的激赏，却有平和、宁静、安详的欣慰。

更遗憾的是，讲到毛泽东青年时代写的《沁园春·长沙》中的“独立寒秋，湘江北去，橘子洲头。看万山红遍，层林尽染；漫江碧透，百舸争流。鹰击长空，鱼翔浅底，万类霜天竞自由”，竟没有在悲颂之间做系统的对比和分析。本来整套节目应该具备有机统一的构思，将纷纭的情志做谱系的展示，拓展观众的情感空间，提高节目的思想境界，是题中之义。

专家水平良莠不齐，对作品的解读带着相当的随意性。如刘禹锡《乌衣巷》：“朱雀桥边野草花，乌衣巷口夕阳斜。旧时王谢堂前燕，飞入寻常百姓家。”蒙曼解读说，燕子不落愁人家，迎来归燕，写出富贵气象。百姓居家是“革命的家”，“和平幸福”的家。这似乎离谱。乌衣巷为晋时王导、谢安等大贵族所居，堂宅豪奢，繁华鼎盛，如今却野草丛生，夕阳残照，为寻常百姓所居。而燕子不觉盛衰变幻，不辨贫富，仍依季候往还。刘禹锡表达的是高门贵第化为野草丛花的沧桑之感，哪里谈得上什么寻常百姓和平幸福？王立群先生解读《诗经·卫风·硕人》说，表现庄姜之美在“三高”。一是身高，这还说得过去。二是颜值高，这也还可信，但严格说来，并不准确，因为所写不单在面貌，还在肌肤“手如柔荑，肤如凝脂”。动人的不仅是笼统的面容（颜值），更在美目：“巧笑倩兮，美目盼兮”。三是“性情高”，这就完全架空了。全诗根本没有涉及其性情。不管是苏辙还是朱熹的集解，都只说“此言其容貌之好也”。王先生解读时有不着边际之说，如解读屈原《离骚》中的“制芰荷以为衣兮，集芙蓉以为裳”，说中国男性的在古代早就有化妆的习俗。魏晋就已有面部化妆，明末男性还有化妆之风。这样的解读令人困惑，芙蓉为裳，芰荷为衣，能够保暖御寒，经得起风吹雨打吗？其实，以美好花草为衣裳，表现的是屈原自诩的“内美”“扈江离与辟芷兮，纫秋兰以为佩”，并不是外部的化妆，而是其内在品质的象征。如果相信王先生的解读，“朝饮木兰之坠露”“夕餐秋菊之落英”，真能把肚子填饱吗？王逸《楚辞章句》说“《离骚》之文依诗取兴，引类譬谕，故善鸟香草以配忠贞，恶禽臭物以比谗佞”，这在古典文学研究中应该是常识。王逸说的是比，更准确地说，应该是象征。在中国诗学发展史上，屈原突破《诗经》的实写，在形象的构成上提供了系统的象征。香草美人，美在内在的品性，而不是外在的化妆。至今许多中国女性命名仍然遵循此原则。第四季第五场，有张九龄的《感遇》(其一)："兰叶春葳蕤，桂华秋皎洁。欣欣此生意，自尔为佳节。"就是以香草象征内心高洁的品质的。王先生对于审美情感的微妙更不在意。韩愈《早春呈水部张十八员外》："天街小雨润如酥，草色遥看近却无。最是一年春好处，绝胜烟柳满皇都。"王先生说此诗好处是写早春之美在于草，草色之美在雨中。这就太粗心大意了。韩愈赞美的不是一般雨中的芳草，不是茂盛的春草，而是远看则有，近看则无的"草色"。一般的视物，应该是近看则有，远看则无，但是早春的"草色"却相反，写出这样远近视觉效果相反的"草色"，不但是对早春的特点发现，而且是韩愈心灵默默的、微妙的激动：这样不起眼的、若有若无的草色，比之满城烟柳还要美。韩愈此句之所以千古不朽，原因就在于此。

编导和专家对于中国古典诗歌的抒情和理性的逻辑和历史的发展并无系统的准备，对于中国古典诗歌中情与理的矛盾转化也无清醒的研究，遇到一些特殊理念的诗作，没有系统的准备，只能是隔靴搔痒。如讲到柳宗元的《江雪》"千山鸟飞绝，万径人踪灭。孤舟蓑笠翁，独钓寒江雪"，来自南京的专家说，柳宗元被放逐，母亲死了，只剩下自我，说这场雪乃是"他心中的雪"，是他"和自我的和解"。这真是让人摸不着头脑了。后世词话家认为这是唐人五言绝句之首。中国古典诗歌大多是抒情的，也就是《诗大序》说的"情动于中"，以激情取胜。当然还有孔夫子，所谓乐而不淫、哀而不伤的温情，此外还有闲情、逸情等。大体来说，离不开一个"情"字。但是，自佛家传入，特别是禅宗流行以后，在诗歌中产生了相反的倾向，不是情动于中，不是激情，也不是温情，而是以恬然、淡然、悠然超越情感为上。如陶渊明之"采菊东篱下，悠然见南山"，若为"望"南山，苏东坡认为就煞风景了。"见"南山好在，平平静静，无心，不劳心神。"望"就有心了。陶氏《归去来兮辞》有"云无心以出岫"，柳宗元《渔翁》有"崖上无心云相逐"。"无心"。无心也就是不动心的意境。在禅宗中有著名典故，二僧见旗动，争辩是旗动抑或风动，六祖惠能曰："不是旗动，也不是风动，是二位心动。"(《六祖坛经》)禅宗要义在不动心。故柳宗元《江雪》，不是抒情的，不属于"一切景语皆情语"，而是中国特有的"无动于衷"，景语蕴含的理语。千山万径皆为大雪覆盖，毫无生命踪迹，孤翁独钓寒江。既不感孤独，也不感寒冷，有权威学者解读曰此翁于大雪中"钓鱼"，大误。若真钓鱼，恐怕鱼钓不到，人早冻死。柳宗元诗意不在钓鱼的功利性，而在"钓雪"。如果要说和解，不是与自我和解，而是心与大自然融为一体。这是禅宗的最高境界。此与庄子之天地与我共生，万物与我为一，与中国之天人合一息息相通。

这种中国特有的，哲理性深邃的经典诗作，本不适合为大众文化之题，既为题，不知就里者不宜轻率为言。

节目中不少赛题都不取其诗意，而取其实用。如苏东坡《惠崇春江晚景》(其一)：“竹外桃花三两枝，春江水暖鸭先知。蒌蒿满地芦芽短，正是河豚欲上时。”此诗精警传世之句在“春江水暖鸭先知”，而赛题却落在“蒌蒿满地芦芽短，正是河豚欲上时”，逼得康震先生不得不讲苏东坡好食河豚的故事。说到为什么春江水暖“鸭先知”，长于讲典故的蒙曼女士说，因为是画上有鸭只能是鸭先知，这似乎有理，毛奇龄曾质疑曰：“‘河豚’‘江鳅’‘土鳖’亦可先知。”又曰：“春江水暖，定该鸭知，鹅不知耶？”蒙曼女士之说，可解前人之惑，然亦不得要领。光是看见鸭子的躯体浮在水面上，是一点诗意也没有的。桃花三两枝为视觉可见，水暖则属于不可见之触觉。鸭浮江上，画限于视觉，不能画出江水之暖；此诗妙在激发读者想象不可见之鸭之脚部。桃之艳眩于外，而鸭感于内。春温水暖，先知默默，似无知而实有知，桃花灼灼，可感而实无知，此诗隐含哲理在此。

由于对于诗中之理忽视，就是康震先生解诗时也难免有所不足，解读陆游的名联“山重水复疑无路，柳暗花明又一村”，着重介绍此诗写作于诗人贬于浙江故土。其地多丘陵，故行舟忽而山重水复，忽而柳暗花明。但似乎忽略了此联之优长并不在表现客观地形地貌，山重水复，柳暗花明的精彩在于在鲜明的感性形象中蕴含矛盾对立和转化，事物的消极性发展到极点，就必然转化为积极性。此联成为后世不朽的隽语、格言，其原因就在于强烈的感性中隐含深沉的哲理。中国古典诗歌一般讲究情景交融，而这一联的不朽生命则是情、景和理的交融。康震先生是自觉从全诗、全人来品评诗句的。但是，编导和主持人设定的题目也难免让他陷于困境。节目屡次涉及李白的诗，并非一概皆好。例如讲到李白的《梦游天姥吟留别》，康震先生特别强调了“安能摧眉折腰事权贵，使我不得心开颜”的傲岸、愤世之情。节目中又有李白曾为宫廷御用文人之作。明皇面对名花美妃，命李白点缀升平。他就写了《清平调》三首：“云想衣裳花想容。”“名花倾国两相欢。”“若非群玉山头见，定向瑶台月下逢。”全诗赞美杨贵妃美若天仙，卑躬屈膝，阿谀奉承，明显和“摧眉折腰事权贵”矛盾。这是伟大诗人最不光彩的一面。康震先生不得不强为之开脱：虽然是遵命文学，但是也写出了盛唐的繁华，歌颂了美女，没有媚态，仍然是“一等好诗”。其实，这样的诗在李白当属败笔。这个美女曾经权势熏天，白居易《长恨歌》曰：“姊妹弟兄皆列土，可怜光彩生门户。”其族兄杨国忠把持朝政，安史之乱中民愤暴发，导致兵变，这个瑶台仙女，死于非命。就诗歌的质量而言，这不是杜甫笔下“笔落惊风雨，诗成泣鬼神”的杰作，也不是李白自己称道的“清水出芙蓉，天然去雕饰”，其语言“名花倾国”“春风露华”“群玉山头”“瑶台月下”，恰恰是李白自己所批评过的：“绮丽不足珍。”

游戏性压倒了诗性，失去对古典诗歌品评的标准，对于一些民族精神的精华之作，漠然忽视就不是偶然的。如王翰《凉州词》“葡萄美酒夜光杯，欲饮琵琶马上催。醉卧沙场君莫笑，自古征战几人回”，曾为历代诗话家评为唐人七绝六七首“压卷”之一，而节目则停留在为“欲饮琵琶马上催”寻求上句“葡萄美酒夜光杯”，其实，这里最深厚、最强烈的民族精神在“醉卧沙场君莫笑，自古征战几人回”。《唐诗三百首》编者蘅塘退士（孙洙）的批语是：“作旷达语，倍觉悲痛。”其实，旷达则有，悲痛则无。即使军令如山，也要喝个痛快。出征赴死和享受生命的欢乐同样重要。烂醉如泥，从长安抬上边疆前线，是不可能的，这是诗的天才的想象。其诗眼在“君莫笑”的“笑”，哪里可能自己横尸疆场还在意战友哂笑的？这是笑对生死，赴死沙场和尽情饮酒一样浪漫，这种乐观、豪迈的精神，视死如归的英雄主义在古典诗歌中是一道亮丽的风景。

这不是以诗为生命，而是以生命为诗。

儒家文化有杀身成仁的传统，诗家有杀身成诗的传统。屈原就有“身既死兮神以灵，子魂魄兮为鬼雄！”（《九歌·国殇》）。王维早年有“孰知不向边庭苦，纵死犹闻侠骨香”。而文天祥从容就义，留下了“人生自古谁无死，留取丹心照汗青”。就是以婉约为特点的李清照也有“生当作人杰，死亦为鬼雄”。林则徐有“苟利国家生死以”。谭嗣同从容面对死亡有“我自横刀向天笑”。大革命时期，革命家夏明翰，走上刑场大义凛然出口为诗：“砍头不要紧，只要主义真。杀了夏明翰，还有后来人。”诗人殷夫为革命奉献二十多岁的生命，留下一首翻译诗，比原诗更为精练、高贵：“生命诚可贵，爱情价更高。若为自由故，两者皆可抛。”革命烈士陈然有“面对着死亡，我放声大笑，让魔鬼的宫殿在笑声中动摇”。这样的诗歌堪称不朽的生命之碑，是我们民族的精神的、艺术的精华。这种坚持理念，无畏杀戮的精神也普及于普通百姓。上海工人有“舍得一身剐，敢把皇帝拉下马”。工农红军有“要吃辣子不怕辣，要当红军不怕杀”。以生命为诗的人生价值亦普及于桑间濮上。客家女子有“生爱恋来死爱恋，唔怕官司到衙前。杀头好比风吹帽，坐牢好比游花园”。

从这个意义上说，节目在立意上提高的空间是很大的，当前的要务是在理论上清醒：影视明星策略和文化深度存在着矛盾。由于电视传播的放大效应，某些专业人士，由于媒体炒作，成为万能专家，泡沫化的文化明星竟比贡献卓著的科学家更为显赫。严峻的问题是学界和市民一样盲目认同。在诗词大会中的多数专家其实在诗词方面并无特长，有的只是对《史记》有研究，有的只是对文化典故有储备，学养赶不上名声，就走向反面，不是将优点放大而是将缺陷放大，于丹的沉浮的教训，急待上升到理论上总结。

唐人七绝何诗最佳①

一、必要的理论清场：文本中心还是读者中心

唐诗绝句何者“压卷”之争，古典诗话延续明清两代，长达数百年。如今看来，在接受“唐诗绝句压卷（最佳）之作”这个命题之前，在理论上必须清场。首先，中国古典诗论，从根本性质上来说，是文本中心论，当代西方前卫文论的基础则是读者中心论，一千个读者有一千个哈姆雷特。“文本”（text）的提出，就因为不承认独立于读者之外的作品，不承认统一的评价。当然，在中国传统诗论中，也不是没有读者中心的苗头，“诗无达诂”的说法颇得广泛认同。袁枚《随园诗话》卷三：“诗如天生花卉，春兰秋菊，各有一时之秀，不容人为轩轾。音律风趣，能动人心目者，即为佳诗，无所为第一、第二也。……若必专举一人，以覆盖一朝，则牡丹为花王，兰亦为王者之香：人于草木，不能评谁为第一，而况诗乎？”吴乔《围炉诗话》卷六更主张诗之“压卷”不但因人而异，而且因人一时之心情而异，所谓压卷，不过是“对景当情”而已：“凡诗对境当情，即堪压卷。余于长途驴背困顿无聊中，偶吟韩琮诗云：‘秦川如画渭如丝，去国还乡一望时。公子王孙莫来好，岭花多是断肠枝。’（按：此为唐韩琮《骆谷晚望》）对境当情，真足压卷。癸卯再入京师，旧馆翁以事谪辽左，余过其故第，偶吟王涣诗云：‘陈宫兴废事难期，三阁空余绿草基。狎客沦亡丽华死，他年江令独来时。’［按：此为唐王涣《惆怅诗十二首》（其九）］道尽宾主情境，泣下沾巾，真足压卷。又于闽南道上，吟唐人诗曰：‘北畔是山南畔海，只堪图画不堪行。’（按：此唐杜荀鹤《闽中秋思》中二句）又足压卷。……余所谓压卷者如是。”从理论上来说，这是读者中心论的极致。袁枚和吴乔都只是一时的感兴，并不能代表他们的整体诗歌理论。吴乔的“无理而妙”，讲的就是诗的普遍规律。就是对当代西方文论的绝对的

① 本文发表于《文艺理论研究》时，题目为《绝句：瞬间转换的情绪结构》。

相对主义偏颇，也不乏有识者在理论上提出“共同视域”和“理想读者”乃至“专业读者”的补正。压卷之争隐含着一种预设：绝句毕竟有着统一的艺术准则，这在中外诗歌理论界似乎是有息息相通之处的。

二、绝句第三四句的“宛转变化”：虚实、开合和正反

历代诗话品评唐诗的艺术最高成就时，向来是李白杜甫并称，举世公认，但是，在具体艺术形式方面，二者的评价却有悬殊。历代评家倾向于在绝句上，尤其是七言绝句，成就最高者为李白，高棅在《唐诗品汇》中说：“盛唐绝句，太白高于诸人，王少伯次之。”① 胡应麟在《诗薮》中也说：“七言绝以太白、江宁为主，参以王维之俊雅，岑参之浓丽，高适之浑雄，韩翃之高华，李益之神秀，益以弘、正之骨力，嘉、隆之气运，集长舍短，足为大家。”② 连韩翃、李益都数到了，却没有提到杜甫。沈德潜在《唐诗别裁》中则具体说到篇目：“必求压卷，王维之‘渭城’，李白之‘白帝’，王昌龄之‘奉帚平明’，王之涣之‘黄河远上’其庶几乎！终唐之世，绝句无出四章之右者矣。”③ 不但如此，《诗薮》还拿杜甫来对比：“自少陵以绝句对结，诗家率以半律讥之。”④ 许学夷《诗源辩体》引用王元美的话说：“子美七言绝变体，间为之可耳，不足多法也。”⑤ 当然，对于杜甫绝句，不乏为其辩护者，如说杜甫的七绝是一种“变体”，“变巧为拙”，“拙中有巧”，对孟郊、江西派有影响等等。但是，这些都是消极防御，避免过分抹杀。究竟是哪些篇目能够获得“压卷”的荣誉，诸家看法不免有所出入，但是，杜甫的绝句不被列入“压卷”则似乎是不约而同的。这就说明有一个不言而喻的共识在起作用。古典诗话的作者们并没有把这种共识概括出来，我们除了从压卷之作中进行直接归纳以外，别无选择。除个别偶然提及的篇目，普遍被提到的大致如下。

王昌龄《出塞二首》(其一)诗云：

秦时明月汉时关，万里长征人未还。但使龙城飞将在，不教胡马度阴山。

王之涣《凉州词》诗云：

黄河远上白云间，一片孤城万仞山。羌笛何须怨杨柳，春风不度玉门关。

李白《下江陵》诗云：

朝辞白帝彩云间，千里江陵一日还。两岸猿声啼不住，轻舟已过万重山。

① 高棅《唐诗品汇》，上海古籍出版社 1981 年，第 427 页。

②④ 胡应麟《诗薮》，上海古籍出版社 1979 年，第 115 页。

③ 沈德潜《唐诗别裁集》卷十九，中华书局 1975 年，第 262 页。

⑤ 许学夷《诗源辩体》卷十九，人民文学出版社 1987 年，第 220 页。

王翰《凉州词二首》（其一）诗云：

葡萄美酒夜光杯，欲饮琵琶马上催，醉卧沙场君莫笑，古来征战几人回。

王维《送元二使安西》诗云：

渭城朝雨浥轻尘，客舍青青柳色新。劝君更尽一杯酒，西出阳关无故人。

李益《夜上受降城闻笛》诗云：

回乐峰前沙似雪，受降城上月如霜。不知何处吹芦管，一夜征人尽望乡。

诗话并没有具体分析各首艺术上的优越性何在。最方便的是用直接归纳法，从形式的外部结构开始，同时和杜甫遭到非议的绝句代表作“两个黄鹂鸣翠柳，一行白鹭上青天，窗含西岭千秋雪，门泊东吴万里船”加以对比。不难看出二者句子结构和语气，有重大区别，杜甫的绝句四句都是肯定的陈述句，都是视觉图景。而被列入压卷之作的则相反，四句之中，第三句和第四句在语气上发生了变化，大都是从陈述变成了否定、感叹或者疑问。“但使龙城飞将在，不教胡马度阴山。”“羌笛何须怨杨柳，春风不度玉门关。”“醉卧沙场君莫笑，古来征战几人回。”“劝君更尽一杯酒，西出阳关无故人。”“不知何处吹芦管，一夜征人尽望乡。”不但是句法和语气变了，而且从写客体之景转化为感兴，也就是抒主观之情。与被认为压卷之作的相比，杜甫的诗，虽然有句法、语气、情绪的变化，甚至是跳跃，但是，心灵显得不够活跃，从意象来看，也流于平面。绝句在第三句要有变化，是一种规律，元朝杨载的《诗家法数》中指出：

绝句之法要婉曲回环，删芜就简，句绝而意不绝，多以第三句为主，而第四句发之，有实接有虚接，承接之间，开与合相关，正与反相依，顺与逆相应，一呼一应，宫商自谐。大抵起承二句固难，然不过平直叙起为佳，从容承之为是，至如宛转变化工夫，全在第三句，若于此转变得好，则第四句如顺流之舟矣。①

杨载强调的第三句相对于前面两句，是一种“转变”的关系，这种“转变”，不是断裂，而是“宛转”的“变化”的承接，不是直接连续，其中有虚与实，虚就是不直接连续。如《出塞》前面两句是“秦时明月汉时关，万里长征人未还”，都是实接，也就是在逻辑上没有空白。到了第三句，“但使龙城飞将在”，就不是实接，而是虚接，不是接着写边塞，而是发起议论来，但是，仍然有潜在的连续性：明月引发思乡，回不了家，有了李广就不一样了。景不接，但情绪接上了，这就是虚接。与之类似的：“黄河远上白云间，一片孤城万仞山。羌笛何须怨杨柳，春风度玉门关。”从孤城万仞，到羌笛杨柳之曲，当中省略了许多，不完全连续，实际上是景观的跳跃，这是放得“开”，但在景观的跳跃中，有情绪的虚接，想象的拓开，不从实处接景，而从想象远处接情。在杨载，这叫作“合”：“开与合相

① 何文焕辑《历代诗话》（下册），中华书局2006年，第732页。

关。”听到杨柳之曲，想到在玉门关外，而春风不如家乡之催柳发青。此景象之大开，情绪又大合也。“葡萄美酒夜光杯，欲饮琵琶马上催。醉卧沙场君莫笑，古来征战几人回。”前两句是陈述，第三句是否定，第四句是感叹。语气的变化，所表现的是情绪的突转。本来是饮酒为乐，不顾军乐频催。不接之以乐，而接之以醉以死，则为杨载所谓“反接”。而反接之妙并不为悲，而为更乐之由，此为“反”中有“正”之妙接也。

三、“宛转变化”的功能：情致深化

然所举压卷之作，并非第三、四句皆有如此之句法语气之变。以李白《下江陵》为例。第三句“两岸猿声”，在句法上并没有上述的变化，四句都是陈述性的肯定句（“啼不住”是持续的意思，“不”是句意的否定）。这是因为，句式的变化还有另一种形式：如果前面两句是相对独立的单句，则后面两句在逻辑上是贯穿一体的，不能各自独立的，叫作“流水”句式。例如，“羌笛何须怨杨柳”离开了“春风不度玉门关”，逻辑是不完整的。“流水”句式的变化，既是技巧的变化，也是诗人心灵的活跃。前面两句，如果是描绘性的画面的话，后面两句如果再描绘，如杜甫的“两个黄鹂鸣翠柳，一行白鹭上青天，窗含西岭千秋雪，门泊东吴万里船”一味描绘，就缺乏杨载所说的“宛转变化工夫”，显得太合，放不开，平板。而“流水”句式，使得诗人的主体更有超越客观景象的能量，更有利于表现诗人的感动、感慨、感叹、感喟。李白的绝句之所以比杜甫有更高的历史评价，就是因为他善于在第三、四句上转换为“流水”句式。如《客中行》：“兰陵美酒郁金香，玉碗盛来琥珀光。但使主人能醉客，不知何处是他乡。”其好处在于：首先，第三句是假设语气，第四句是否定句式、感叹语气；其次，这两句构成“流水”句式，自然、自由地从第一、二句对客体的描绘中解脱出来，转化为主观的抒情。类似的还有贺知章的《咏柳》“不知细叶谁裁出”离开了“二月春风似剪刀”，杜牧的《夜泊秦淮》“商女不知亡国恨”离开了“隔江犹唱后庭花”，句意是不能完足的。

《下江陵》这一首，第三句和第四句，也有这样的特点。“两岸猿声啼不住”和“轻舟已过万重山”结合为“流水”句式，就使得句式不但有变化，而且语气也流畅得多。“宛转变化”的句法结构的好处，还在为李白心理婉转地向纵深多层次潜入提供了基础。

前面两句，“白帝”“彩云”“千里江陵”都是画面，视觉形象；第三句超越了视觉形象，“两岸猿声”转化为听觉。这种变化是感觉的交替。此为第一层次。听觉中之猿声，本为悲声（《水经注》引民谣曰：“巴东三峡巫峡长，猿鸣三声泪沾裳。”），而李白将之转变为欢，显示高度凝神于听，而忽略视之景，由五官感觉深化为凝神观照的情致。此为第二层次。第三句的听觉凝神，特点是持续性（啼不住，啼不停），到第四句转化为突然终结，美妙的听觉变为发现已到江陵的欣喜，转入感情深处中道遇赦，政治上获得解脱的安宁，安宁中有欢欣。此为第三层次。猿啼是有声的，而欣喜是默默的，舟行是动的，视听是应接不暇的，凝神是持续不断的，到达江陵是突然终止的，安宁是静的：构成张力是多重的。此是第四层次。这才深入到李白此时感情纵深的最底层。许多古典诗话注意到了李白此诗写舟之迅捷，但是忽略了感觉和情感的层次的深化。迅捷、安全只是表层感觉，其深层中隐藏着无声的动静交替的喜悦。这种无声的喜悦是在诗人对有声的凝神中反衬出来的。通篇无一喜字，喜悦之情却尽在字里行间，在句组的“场”之中。而一些学者，如袁行霈先生，说此诗最后一联，表现了诗人对两岸景色欣赏不够的“遗憾”：

他一定想趁此机会饱览三峡壮丽风光，可惜还没有看够，没有听够，没有来得及细细领略三峡的美，船已顺流而过。在喜悦之中又带着几分惋惜和遗憾，似乎嫌船走得太快了。“啼不尽”，是说猿啼的余音未尽。虽然已经飞过了万重山，但耳中仍留猿啼的余音，还沉浸在从猿声中穿过的那种感受之中。这情形就像坐了几天火车，下车后仍觉得车轮隆隆在耳边响个不停……究竟李白是希望船走得快一些呢，还是希望船行得慢一点呢？只好由读者自己去体会了。[①]

“究竟李白是希望船走得快一些呢，还是希望船行得慢一点呢？”这种说法，有点混乱，因为李白不是在旅游，而是因为流放中道遇赦，解除了政治上和道德上的压力，一身轻快。明明是身心轻快，却不能直接抒发，艺术就在把心的轻快变成舟的轻快。故“千里江陵一日还”之快，并不是客观的。一是，排除了船行的缓慢（据《水经注》“三朝三暮，黄牛如故”，光是黄牛滩就要三天三夜才能过）；二是，排除了长江航道的凶险（瞿塘、滟滪的礁石，船越快，越可能撞得粉身碎骨），“两岸猿声啼不住，轻舟已过万重山”就是为了表现归心似箭，舟行之轻快、神速而且安全，情感全部的神妙全都聚焦在轻舟的“轻”字上。若是如袁行霈所想象的那样，嫌船走得太快，想让船走得慢一点，为什么要把舟行的高速和安全集中到“轻”字上呢？这个“轻”可以说是诗眼，是轻松，轻快。其实，李白正是从视听交替之美不胜收的持续喜悦变为猝然中断，意识到归家之欢乐。李白不是在旅游而是在流放中道遇赦，解除了政治上的和道德上的压力，舟之轻快，乃身之轻快，身之轻快，乃心之轻快，哪里还有什么“遗憾”呢？如果说，前两句轻快之感，还在视觉的意识层次的快速话，那么后两句，就是听觉层次无意识层次的欢快，二者的潜在转换，就是绝句艺术的“宛转变化工夫”。袁氏这样说，显然对绝句的特殊情绪结构，对其宛转变化工夫缺乏理解，把李白因为流放夜郎中道遇赦，归心似箭，视听动静瞬间转换的欢欣歪曲

① 袁行霈《早发白帝城》，裴斐主编《李白诗歌赏析集》，巴蜀书社 1988 年，第 273 页。

成“单层次的欣赏不够的遗憾。”

正是因为这样，李白这首绝句被列入压卷之作，几乎没有争议，而王昌龄的《出塞》（其一），则争议颇为持久。我在香港教育学院讲课时，有老师提出《出塞》“秦时明明汉时关”“互文”问题如何理解，我说，此说出自沈德潜《说诗晬语》：“‘秦时明月’一章，前人推奖之而未言其妙。防边筑城，起于秦汉，明月属秦，关属汉。诗中互文。”“秦时明月汉时关”不能理解为秦代的明月汉代的关。这里是秦、汉、关、月四字交错使用，在修辞上叫“互文见义”，意思是秦汉时的明月，秦汉时的关。这个说法，非常权威，但是，这样就把诗变成了散文。

本来分析就要分析现实与诗歌之间的矛盾。“秦时明月汉时关”，矛盾是很清晰的。难道秦时就没有关塞，汉时就没有明月了吗？这在散文中，是不通的。这个矛盾，隐含着解读诗意的密码。而“互文见义”的传统说法，却把矛盾掩盖起来了。其实，这是很经不起推敲的。王昌龄并不是汉朝人。难道从汉到唐就没既有关塞，也没有明月了吗？明明是唐人，偏偏就是不但省略了秦时的关塞，汉时的明月，而且省略了从汉到唐的关塞和明月。诗意的密码就隐含在矛盾里，把矛盾掩盖起来，就只能听凭自发的散文意识去理解了。

这样的大幅度的省略，并不仅仅是因为意象实接的简练，更重要的是意脉虚接的绵密。

第一，秦汉在与匈奴搏战中的丰功伟绩，隐含着一种英雄豪迈的追怀。作为唐人，如果直接歌颂当代的英雄主义，也未尝不可。王昌龄自己就有《从军行》多首，就是直接写当代的战斗豪情的。在这首诗中，他换了一个角度，给自我的精神披上历史的辉煌的外衣，拉开时间距离，更见雄姿。第二，是最主要的。“秦时明月汉时关”，是在关塞上不能回家的战士眼光选择的，选择就是排除，排除的准则就是关切。“汉时关”，正是他们驻守的现场。“秦时明月”是“人未还”的情绪载体。正是关塞的月光可以直达家乡，才引发了“人未还”的思绪。在唐诗中，月亮早已成为乡思的公共意象符号，可以说是公共话语。王昌龄的《从军行》中就有杰作：

琵琶起舞换新声，总是关山旧别情。撩乱边愁听不尽，高高秋月照长城。

在这里，“秋月”就是“边愁”“别情”的象征。在《出塞》中，只写乡愁，故也只看到明月。而只言“秦时明月”而不言及汉时明月者，望远，本为空间，而言及秦，则为时间。一如陈子昂登幽州台，本为登高望远，却为登高望古，视通万里，不难，思接千载亦不难，视及千载，就是诗人的想象魄力了。诗人想象之灵视，举远可以包含近者，极言之，自秦到汉，月光不改，尽显自秦以至唐乡愁不改。而“汉时关”，而不言及秦时者，乃为与下面“但使龙城飞将在”呼应。飞将军李广正是汉将，不是秦时蒙恬。意脉远伏近应，绵密非同小可。

四、被历代诗话家忽略了的王昌龄《出塞》（其二）

王昌龄的绝句，后代评论甚高，高棅在《唐诗品汇》中说："盛唐绝句，太白高于诸人，王少伯次之。"胡应麟在《诗薮》中也说："七言绝以太白、江宁为主。"明代诗人李攀龙曾经推崇这首《出塞》为唐诗七绝的"压卷"之作。赞成此说的评点著作不在少数，如《唐诗绝句类选》"'秦时明月'一首"，"为唐诗第一"。《艺苑卮言》也赞成这个意见。但是也有人"不服"。不仅是感想，而且能说出道理来的是《唐音癸签》："发端虽奇，而后劲，尚属中驷。"意思是后面两句是发议论，不如前面两句杰出，只能是中等水平。当然，这种说法也有争议，《唐诗摘抄》说："中晚唐绝句涉议论便不佳，此诗亦涉议论，而未尝不佳。"[①] 未尝不佳，并不是最好。不少评点家都以为此诗不足以列入唐诗七绝压卷之列。胡震亨《唐音癸签》卷十："王少伯七绝，宫词闺怨，尽多诣极之作；若边词'秦时明月'一绝，发端句虽奇，而后劲，尚属中驷。于鳞遽取压卷，尚须商榷。"孙矿《唐诗品》，说得更为具体，他对推崇此诗的朋友说："后二句不太直乎？……是诗特二句佳耳，后二句无论太直，且应上不响。'但使''不教'四字，既露且率，无高致，而着力唤应，愈觉趣短，以压万首可乎？"批评王昌龄这两句太直露的人不止一个，不能说没有道理。

在我看来，这一首硬要列入唐绝句第一，是很勉强的。原因就在于，这后面两句。前人说到"议论"，并没有触及要害。议论要看是什么样的。"仰天大笑出门去，我辈岂是蓬蒿人。"（李白）"安能摧眉折腰事权贵，使我不得开心颜。"（李白）"科头箕踞长松下，白眼看他世上人。"（王维）"莫愁前路无知己，天下无人不识君。"（高适）"安得广厦千万间，大庇天下寒士俱欢颜。"（杜甫）这样的议论，在全诗中不但不是弱句，而且是思想艺术的焦点。这是因为，这种议论，其实不是议论，而是直接抒情。抒情与议论的区别就在于，议论是理性逻辑，而抒情则是情感逻辑。同样是杜甫，有时也不免理性过度："神灵汉代中兴主，功业汾阳异姓王。"这是歌颂郭子仪的，就不如歌颂诸葛亮的"出师未捷身先死，长使英雄泪满襟"。而王昌龄的议论"但使龙城飞将在，不教胡马度阴山"虽然不无情感，毕竟比较单薄，理性成分似太多。王昌龄号称"诗家天子"，绝句的造诣在盛唐堪称独步，有时，也难免有弱笔。就是《从军行》也有"黄沙百战穿金甲，不破楼兰终不还"一味作英雄语，容易陷入窠臼，成为套语，充其量豪言而已。用杨载的"开"与"合"来推敲，可能开得太厉害，合得不够婉转。

---

① 均见陈伯海主编《唐诗汇评》（上），浙江教育出版社 1995 年，第 437 页。

王昌龄《出塞》有两首，这首放在前面，备受称道，另外一首在水平上不但大大高出这一首，就是拿到历代诗评家推崇的“压卷”之作中去，也有过之而无不及，令人不解的是，千年来，诗话家却从未论及。这不能不给人以咄咄怪事的感觉。因而，特别有必要提出来研究一下。原诗是这样的：

骝马新跨白玉鞍，战罢沙场月色寒。城头铁鼓声犹振，匣里金刀血未干。

这首诗，有的本子上说是李白的，但是，李白没有战场经历，不可能写出这样令人惊心动魄的战场实感来。不论从意象的密度和机理上，还是从立意的精致上，前述“压卷”之作，都可望其项背。以绝句表现边塞豪情的杰作，在盛唐诗歌中，不在少数。同样被不止一家列入压卷之作的王翰《凉州词》：

葡萄美酒夜光杯，欲饮琵琶马上催。醉卧沙场君莫笑，古来征战几人回。

盛唐边塞七绝，大抵极其浪漫的，但以临行之醉，藐视死亡之险，以生命短暂之乐超越醉死之悲，实乃千古绝唱。如此乐观豪情，如此大开大合，大实大虚之想象，如此精绝语言，堪为盛唐气象之代表。然而，盛唐绝句写战争往往在战场之外，以侧面着笔出奇制胜。王昌龄的《出塞》(其二)，却以四句之短而能正面着笔，红马、玉鞍、沙场、月寒、金刀、鲜血、城头、鼓声，不过是八个细节（意象)，写浴血英雄豪情，却以无声微妙之内审，构成统一的意境，功力在于：

第一，虽然正面写战争。但把焦点放在血战之将结束尚未完全结束之际。

先是写战前的准备：不直接写心情，而写备马。骝马，黑鬃黑尾的红马，配上的鞍，质地是玉的。战争是血腥的，但是，毫无血腥的预期，却一味醉心于战马之美，实际上是表现壮心之雄。接下去如果写战争过程，剩下的三行是不够用的。诗人巧妙地跳过正面搏击过程，把焦点放在火热的搏斗以后，写战后的回味。为什么呢？

第二，审美与血腥的战事必须拉开距离。王昌龄把情致放在回味中，一如王翰放在醉卧沙场预想之中，都是为了拉开时间距离，拉开空间的距离，拉开人身距离（如放在妻子的梦中)，都有利于超越实用价值（如死亡、伤痛)，进入审美的想象境界，让情感获得自由，这是唐代诗人惯用的法门。但是，王昌龄的精致还在于，把血腥的搏斗放在回忆之中，不拉开太大的距离。把血腥放在战事基本结束，而又未完全结束之际，聚焦在战罢而突然发现未罢的一念之中，立意的关键是猝然回味。其特点是一刹那，却又是多重的体验。

第三，从视觉来说，月色照耀沙场。不但提示从白天到夜晚战事持续之长，而且暗示战情之酣，酣到忘记了时间，战罢方才猛醒。而这种醒悟，又不仅因月之光，而且因月之“寒”。因为触觉之寒而注意到视觉之月光。触觉感突然变为时间感。近身搏斗的酣热，转化为空旷寒冷。这就是杨载的“反接”，这意味着，精神高度集中，忘记了生死，忘记了战场一切的感知，甚至是自我的感知，这种“忘我”的境界，就是诗人用“寒”字暗示出来的。这个寒字的好处还在于，这是一种突然的发现。战斗方殷，生死存亡，无暇顾及，战事结束方才发现，既是一种刹那的自我召回，无疑又是瞬间的享受。

第四，在情绪的节奏上，与凶险的紧张相对照，这是轻松的缓和。隐含着胜利者的欣慰和自得。全诗的诗眼，就是“战罢”两个字。从情绪上讲，战罢沙场的缓和，不同于通常的缓和，是一种尚未完全缓和的缓和。以听觉提示，战鼓之声未绝。说明总体是“战罢”了。但是局部，战鼓还有激响。这种战事尾声之感，并不限于远方的城头，而且还能贴近到身边来：“匣里金刀血未干。”进一步唤醒回忆，血腥就在瞬息之前。谁的血？当然是敌人的。对于胜利者，这是一种享受。内心的享受是无声的，默默体悟的。当然城头的鼓是有声的，正是激发享受的原因，有声与无声，喜悦是双重的，但是，都是独自的，甚至是秘密的。金刀在匣里，刚刚放进去，只有自己知道。喜悦只有自己知道才精彩，大叫大喊地欢呼，就没有意思了。

第五，诗人的用词，可谓精雕细刻。骝马饰以白玉，红黑色马，配以白色，显其豪华壮美。但是，一般战马，大都是铁马，所谓铁马金戈。这里，可是玉马。这是不是太贵重了？正是盛唐气象，立意之奇，还在于接下来是“铁鼓”。这个字炼得惊人。通常，诗化的战场上，大都是“金鼓”。金鼓齐鸣，以金玉之质，表精神高贵。而铁鼓与玉鞍相配，则另有一番意味。超越了金鼓，意气风发中，带一点粗犷，甚至野性，与战事的凶险相关。更出奇的，是金刀。金，贵金属，代表荣华富贵，却让它带上鲜血。这些超越常规的联想组合，并不是俄国形式主义者所说的单个词语的陌生化效果，而是潜在于一系列的词语之间的错位。这种层层叠加的错位，构成某种密码性质的豪迈意气，表现出刹那间的英雄心态。

第六，诗人的全部构思，集中在一个转折点：就外部世界来说，从不觉月寒而突感月寒，从以为战罢而感到尚未罢，就内部感受来说，从忘我到唤醒自我，从胜利的自豪到血腥的体悟，这些情感活动，都是隐秘的、微妙的、刹那交错的。而表现这种瞬间心灵状态，正是绝句的特殊优长。表现刹那间的心灵震颤，恰恰是绝句不同于古风和律诗的根本的不同。

五、绝句：长于表现微观情感瞬间变化的艺术

从这个意义上来说，绝句，尤其是七绝艺术可以说是以表现心灵微观瞬间、刹那变化见长的艺术。

当然，王昌龄《出塞二首》（其二）那种顿悟式的从持续到猛醒并不是唯一的表现形式，有时，这种情绪转换的形式则相反，从层次潜隐的动情，转入短暂的凝神，如李白

《送孟浩然之广陵》："故人西辞黄鹤楼，烟花三月下扬州。孤帆远影碧空尽，唯见长江天际流。"动情的微妙，一在孤帆的"孤"，于众多风帆之中独见友人之帆；二在远影之"远"，目光追踪不舍；三在"尽"，凝视目送到帆影消失，三者均为目光之微观之动；四在"天际流"，无帆，无影，仍然目不转睛，持续凝望，空白之江流正是忘情之无所见，从微观之动转化为刹那之静。与之相似的还有"琵琶起舞换新声，总是关山旧别情。撩乱边愁听不尽，高高秋月照长城。"前三句写曲调不断变换，不变的是，关山离别，听得心烦，最后一句是写看月看得发呆。曲调撩起的乡愁，使得望月望得发呆。这也是从变动情绪转化持续性的宁静。持续性是转化的结果，在绝句中，脍炙人口的千古杰作很多。最有生命力的要算是张继的"姑苏城外寒山寺，夜半钟声到客船"。这种钟声的持续，千年不朽，甚至获得了远达东瀛的声誉，原因在于从对愁眠的宁静转向持续性声响，声响还因为"寒山寺"而渗入了文化意味，而变得更加深厚。再如杜牧《秋夕》：

银烛秋光冷画屏，轻罗小扇扑流萤。天阶夜色凉如水，卧看牵牛织女星。

从"拍流萤"之天真无忧无虑的动作，转化为"卧看牵牛织女"之青春心事的默想，也是一种"宛转变化"，也是从动到静的持续性。类似的构思，就连五言绝句也不乏杰作，如《玉阶怨》：

玉阶生白露，夜久侵罗袜。却下水晶帘，玲珑望秋月。

女主人公呆坐，罗袜露湿之冷，惊觉呆坐时间之长，回身放下帘子，本意结束呆坐，却不意又忘情凝神于月亮。这种心灵刹那的微妙的转折，只有绝句这种短小的形式才能曲尽其妙。如果是律诗，情感的变化，就不是瞬间的转变。杜牧七律《九日齐山登高》：

江涵秋影雁初飞，与客携壶上翠微。尘世难逢开口笑，菊花须插满头归。但将酩酊酬佳节，不用登临恨落晖。古往今来只如此，牛山何必独沾衣。

他触景所生的情感，就不是瞬时的、美好心情的"难逢"，说明感喟不是暂时的，而是长期的，是对"古往今来"的普遍情况的概括。至于号称唐人七律的压卷之作的杜甫的《登高》就更是如此了。

风急天高猿啸哀，渚清沙白鸟飞回。无边落木萧萧下，不尽长江滚滚来。万里悲秋常作客，百年多病独登台。艰难苦恨繁霜鬓，潦倒新停浊酒杯。

这种悲叹，其中充满了诗人自诩的"沉郁"和"顿挫"，也就是感情的阔狭起伏：从空间的落木无边宏大，到长江所暗示的时间的绝对不尽，转入个人的孤独和渺小，都是诗人长期的（百年），常常（常作客）感到的悲郁。多重情绪起伏也是一种"宛转变化"，但是，不同于绝句，不是七绝单纯情绪的瞬间转折，它的阔狭起伏在时间上和空间上是概括性的，正因为是非瞬间的，七律就比较深沉。这种非瞬时性的情绪转化，在古风体中就更加明显了。李白的七古《金陵城西楼月下吟》：

金陵夜寂凉风发，独上高楼望吴越。白云映水摇空城，白露垂珠滴秋月。月下沉吟久不归，古来相接眼中稀。解道澄江净如练，令人长忆谢玄晖。

这里的关键是“沉吟久不归”，说明情绪的持续性，当然不是没有变化，但是，这种变化不是瞬间的，而是“令人长忆谢玄晖”。不是突然的顿悟，而是“长忆”，长时期的怀想。这样的七言八句的格式，虽为七古，但其结尾“解道澄江净如练，令人长忆谢玄晖”已经受到近体诗七绝的某种影响，多少有点蓦然心动之感。纯正的乐府古风则并不追求瞬间的心动：李白《子夜四时歌四首·秋歌》：

长安一片月，万户捣衣声。秋风吹不尽，总是玉关情。何日平胡虏，良人罢远征。

和绝句、律诗相比，这里的时间是概括的（整个秋季），地点是概括的（全部长安），主人公也是概括的（捣衣的思妇是无名的）。因而感情也是概括的、普遍的、思妇共同的，而不是个人即兴的。通过比较，绝句瞬间性的语境可以看得更清晰：第一，情境是具体的，甚至有具体地点的；第二，是针对确定人物，甚至在标题上把对方的名字写出来的；第三，个人化的，现场即兴的，甚至是口占的。正是因为这样即时、即地、即兴、即人的语境，个人化的情绪激发，其杰作就不能不是瞬间转折为上的。

当然，这里还蕴含着更为微妙的考察余地，那就是五言和七言的差异。一般说来，古典诗歌七言都是比较华彩的，而五言都是比较质朴的。五言绝句亦如此。孟浩然《春晓》就不以文采取胜，文字朴素到几乎没有形容的程度：“春眠不觉晓，处处闻啼鸟。”闭着眼睛感受春日的到来，本来是欢欣的享受，但是“夜来风雨声，花落知多少？”，突然联想到春日的到来竟是春光消逝、鲜花凋零的结果。这种一刹那从享春到惜春的感兴转换，成就了这首诗的不朽。同样杜牧的《清明》“清明时节雨纷纷，路上行人欲断魂。借问酒家何处有，牧童遥指杏花村”，从雨纷纷的阴郁，到欲断魂的焦虑，变为鲜明的杏花村的远景，目光为之一亮，心情为之一振。这种意脉的陡然转折，最能发挥绝句这样短小的形式的优越。而李白的《静夜思》“床前明月光，疑是地上霜，举头望明月，低头思故乡”，语言就更朴素了。虽然有内心的微妙转折，见床前之明月，疑为霜，为确定是否是月光而望月，却突然变为对故乡的思念。乡情是如此敏感，即使不直接触及，也会猝然袭上心头。这样的微妙的情感变化，并未借助文采，只蕴含在白话到接近口语的文字中。语言朴素到有点不像是绝句了，事实上也正是如此，这是一首乐府古诗。王维的《白石滩》：

清浅白石滩，绿蒲尚堪把。家住水东西，浣纱明月下。

四句都是陈述语气的肯定句，都是描绘客观事物的。既没有否定、疑问、感叹的变化，也没有借助形象纵深的变化把描绘和抒发结合起来。但是仍然属于那种流传百世能够获得广泛喜爱的杰作之列。它以白石作衬，写出滩水之“清浅”，“绿蒲”“堪把”，正是水之不盛的表现（如果水盛，堪把的绿蒲就淹没了）；浣纱月下，则强化水之洁净。这种写法纯用白描，似乎是朴素的叙述，实际上是异常生动的直觉。这类作品不但没有七言绝句那样的文采风流，也没有绝句那样的情感瞬间变化。它似乎更接近于古风的浑然一体。仔细考察一下这首诗的平仄，就可发现这是一首押仄声韵的“古绝”。它并不严格遵守绝句的平仄规律，在结构上没有《静夜思》那样的内在纵深层次。在风格上它带着更为浑朴的古风特点。任何一种艺术品种和其兄弟艺术品种总是有区别的，但是这种区别又总是相对的。像王维的《白石滩》这样的作品，它既有绝句的成分，同时又有古风的成分，它属于绝句中血缘比较接近古风的一类。值得注意的是这类作品多为五言。

当然，绝句的压卷之作，瞬时感兴的特点，有时有外部的标志，如陈述句转化为疑问感叹，有时是陈述句变流水句，所有这些变化其功能都为了表现心情微妙的突然的感悟，某种自我发现，其精彩在于一刹那的心灵颤动，正是绝句的成功的规律，但，并不是所有的绝句都有这样的特点，一些文采风流的七绝也不乏杰作：“日照香炉生紫烟，遥看瀑布挂前川。飞流直下三千尺，疑是银河落九天。”虽然是杰作，但是，情感一直处于激动的同一层次，内在情感的瞬间“宛转变化”并不太明显，因而也就不会有人把它当作压卷之作。类似的还有李白《陪族叔刑部侍郎晔及中书贾舍人至游洞庭》，五首都是好诗，以其中之一为例：

南湖秋水夜无烟，耐可乘流直上天。且就洞庭赊月色，将船买酒白云边。

想象的独特，情感的乐观，可以说进入上品，但就是情绪仍然在同一层次，瞬间律动略嫌不足。至于他的《赠汪伦》“桃花潭水深千尺，不及汪伦送我情”，第三、四句既缺乏转折，结尾亦缺乏持续性，情感更是在同层次上滑行。

对于绝句来说，宛转变化的中段和持续性的结尾，都是情感结构的转换功能，结构大于意象之和，是为真正意义上的意蕴，用中国传统的话语来说，就是意境。意境就是情境，这种情不是像俄国形式主义者和美国新批评派想象的那样仅仅是在字面上的，而是在词与词，词与句，句与句的结构之中的。这种结构有机统一中的瞬时变化，为传统的“不着一字，尽得风流”留下了最精确的注解。从理论上说，这里还涉及一个古典抒情艺术上的根本理论问题。我曾经在《论李白〈下江陵〉——兼论绝句的结构》中说到抒情的“情”的特点，是和“动”联系在一起的。[①]所谓感动、触动、动情、动心、情动于中，反之则为无动于衷。故诗中有画，当为动画，抒情当为动情。但是，这仅仅是一般的抒情，在特殊的形式，例如，绝句中，因其容量极小，抒情应该有特殊性。这个特殊性就是，情绪在第三、四句的微观的瞬间转换。从严格意义上来说，每一种抒情艺术都应该有其不可重复的特殊性。绝句如此，律诗呢？毫无例外，也应当如此。这正是笔者要探索的课题。

---

① 孙绍振《论李白〈下江陵〉——兼论绝句的结构》，《文学遗产》2007年第1期。

唐人七律何诗最优

唐人七律何诗最优，这个问题在古代诗话中炒得很热，在一般读者那里，可能觉得问题并不复杂。诗者，志之所之也，在心为志，发言为诗，情动于中而形于言。视其情志而已。但是，事实并不简单，心志并不等于语言符号，首先要克服可以意会不可言传的艰险，其次，要从传统的、权威的话语中突围出来，才能孕育自己的语言，最后，还要在遵循具体艺术形式的规范的同时获得自由，这是一场货真价实的灵魂驾驭形式和语言的冒险，要取得胜利，即使有才华的人也往往要付出一生的代价。艺术的规律是如此微妙，同样富有才情的人，驾驭不同形式艺术效果有天壤之别。杜甫不善绝句而李白不善七律，然于五律，如《夜泊牛渚怀古》《听蜀僧濬弹琴》诸作，意境之浑茫高远，属对之疏放自然，亦复有其不同于凡响之处。至于其五、七言绝句，风神潇洒。然而，“惟有七言律诗一体，则太白诸体中最弱之一环”[①]。艺术形式与诗人才华、个性之关系微妙异常，不能不细加具体分析。

唐人律诗何者为最优，可以说是千载争执不休，比之绝句孰为“压卷”，众说更为纷纭。诸家所列绝句压卷之作篇目比较集中，就质量而言，相去并不悬殊。而律诗则不然，居然不止一家，如薛君采（薛蕙）、何仲默，把沈佺期那首《古意》（又作《独不见》）拿出来当成首屈一指的作品：

卢家少妇郁金堂，海燕双栖玳瑁梁。九月寒砧催木叶，十年征戍忆辽阳。白狼河北音书断，丹凤城南秋夜长。谁为含愁独不见，更教明月照流黄。

从内涵来说，这完全是传统思妇母题的承继，并无独特情志的突破，除了最后一联“含愁独不见”“明月照流黄”多少有些自己的语言外，寒砧木叶，征戍辽阳，白狼河北，丹凤城南，大抵不出现成典故的组装，这样毫无独特风神的作品，在唐代律诗中无疑属于

① 叶嘉莹《杜甫秋兴八首集说》，河北教育出版社1998年，第19页。

中下水平，却为不止一代的诗话家当作压卷之作，还争论不休。究其缘由，可能这首诗在唐诗中，是把古风的思妇母题第一次（或第一批）纳入了律诗的平仄、对仗体制。故有人挑剔其最后一联，仍然有乐府，也就是古风的痕迹。冯复京《说诗补遗》卷七谓"'卢家少妇'第二联属对偏枯，结句转入别调"[①]。"转入别调"，就是乐府情调，这种挑剔当然有点拘泥。许学夷《诗源辩体》卷十七曰："沈末句虽乐府语，用之于律无害，但其语则终未畅耳。"[②]至于"第二联属对偏枯"则是有道理的，枯就是情趣的枯燥，"九月寒砧催木叶，十年征戍忆辽阳"，不过是玩弄律诗对仗技巧，基本上是套语。其实这首诗还有一个大缺点，就是第一联的"郁金堂""玳瑁梁"未脱齐梁的宫体华丽。虽然，有这么多明显的缺失，推崇者仍然不厌其烦，原因在于确立律诗体裁的划时代功绩。姚鼐《五七言今体诗抄》说：

初唐诸君正以能变六朝为佳，至"卢家少妇"一章，高振唐音，远包古韵，此是神到之作，当取冠一朝矣。[③]

从历史发展看问题，是姚氏高明之处，但是，从律诗来说，此诗毕竟还比较幼稚。主要是它的情绪，比较单调，从首联到尾联，从时间上是九月寒砧、十年征戍，从空间上是白狼河北、丹凤城南，写愁思之无限，直到尾联，转入现场，点明"含愁"，再以明月照流黄衬之，意脉高度统一和谐，但是，情绪缺乏独特性，又少起伏变化，没有节奏感，不够丰富，显然不如绝句压卷之作那样意脉在结尾处有瞬间之曲折。如果这样单纯到有点单调的作品，成为律诗的"压卷"之作，唐诗在律诗方面的成绩就太可怜了。

历史的经典有两种，一是代表了历史的水准，而且成为后世不可超越的高峰，二是，虽然有历史发展的意义，但其水准却为后世所超越，此类作品比比皆是。沈氏之作，属于后者。但是许多诗话家，不明于此，将一时的经典与超越历史的经典混为一谈，造成争讼在低水平上徘徊。另一首得到最高推崇的是崔颢的《黄鹤楼》，而且提名人是严羽，因而影响甚大。这首当然比沈氏之作高出了不止一个档次：

昔人已乘黄鹤去，此地空余黄鹤楼。黄鹤一去不复返，白云千载空悠悠。晴川历历汉阳树，芳草萋萋鹦鹉洲。日暮乡关何处是？烟波江上使人愁。

从艺术成就来看，这首当属上乘，虽然，平仄对仗并不拘泥规范（如第二联），但是首联、颔联古风的句式，反而使情绪起伏自由而且丰富。此诗和沈佺期那首《独不见》最大的不同在于，并不用古风式的概括式抒情主人公的直接抒发，而是纯用个人化的即景抒发，情感驾驭着意象群落，曲折有致。此属于人生苦短的母题。第一联，是"黄鹤"已经消失

---

① 冯复京《说诗补遗》，周维德集校《全明诗话》（五），齐鲁书社 2005 年，第 3943 页。
② 许学夷《诗源辩体》，杜维沫校点，人民文学出版社 1987 年，第 170 页。
③ 姚鼐《五七言今体诗抄》，曹光甫点校，上海古籍出版社 1986 年，第 3 页。

而“黄鹤楼”则“空余”，不是一般物是人非的感叹。乘黄鹤而去，是传说中生命的不灭，然不可见，可见的是黄鹤楼，因而有生命缥缈之感，隐含着时间无穷和生命有限的感叹。第二联，又一次重复了黄鹤，是古风的句法，在律诗是破格的，但是与律诗句法结合得比较自然。王世贞以为“崔诗自是歌行短章，律体之未成”，指的可能就是前两联。

时间流逝（千载）的不可感，大自然（白云）不变的可感，生命迅速幻变的无奈，变得略带悲忧，意脉低降，情绪节奏一变（量变）。第三联，“晴川历历汉阳树，芳草萋萋鹦鹉洲”，把生命苦短，放在眼前天高地阔的华彩空间来展示。物是人非固然可叹，但景观的开阔暗示了诗人立足之高度，空间高远，美景历历在目，不是昔人黄鹤之愁，而是景观之美，正与黄鹤之缥缈相反衬，精神显得开朗了许多，因而，芳草是“萋萋”，而不是“凄凄”。情绪开朗，意脉为之二变。意脉节奏的第三变在最后一联：“日暮乡关何处是？烟波江上使人愁。”突然从高远的空间，联想到遥远的乡关（短暂生命的归宿），开朗的情绪低回了下来。但言尽而意不尽，结尾而有持续性余韵。这感喟的持续性，和绝句的瞬间情绪转换不同，富有律诗的特征。①

这首诗之所以被许多诗话家称颂为律诗第一，不像沈氏之作那样争议甚多，原因就在沈氏之作仅仅为外部格律形式之确立，而崔氏之作，好在律诗内在情绪有节奏，意脉三度起伏有深度，加上结尾的持续性，发挥出律诗体量大于绝句的优长。正是因为这样，这首诗才得到李白的激赏，有了“眼前有景道不得，崔颢题诗在上头”的佳话。②

律诗的好处，就好在情绪的起伏节奏，情绪的多次起伏与最好的绝句一次性的“宛转变化”（开合、正反）的最大不同就在于此。在诗话家中，感觉最到位的是潘德舆《养一斋诗话》卷八：“沈、崔二诗，必求其最，则沈诗可以追摹，崔诗万难嗣响。……崔诗之妙，殷璠所谓‘神来气来情来’者也。”③事实上，从律诗来说，崔诗还不能说是在艺术上最成熟的。得到最多推崇的是杜甫的《登高》。潘德舆在肯定了崔诗以后，说“太白不长于律，故

---

① 参见孙绍振《绝句：瞬间转换的情绪结构》，《文艺理论研究》2010年第6期。

② 其实李白不止一次写过黄鹤楼。只是质量相去甚远，录以备考：《望黄鹤楼》：“东望黄鹤山，雄雄半空出。四面生白云，中峰倚红日。岩峦行穹跨，峰嶂亦冥密。颇闻列仙人，于此学飞术。一朝向蓬海，千载空石室。金灶生烟埃，玉潭秘清谧。地古遗草木，庭寒老芝术。蹇予羡攀跻，因欲保闲逸。观奇遍诸岳，兹岭不可匹。结心寄青松，永悟客情毕。”又有《醉后答丁十八以诗讥余捶碎黄鹤楼》（一说为伪作）：“黄鹤高楼已捶碎，黄鹤仙人无所依。黄鹤上天诉玉帝，却放黄鹤江南归。神明太守再雕饰，新图粉壁还芳菲。一州笑我为狂客，少年往往来相讥。君平帘下谁家子，云是辽东丁令威。作诗调我惊逸兴，白云绕笔窗前飞。待取明朝酒醒罢，与君烂漫寻春晖。”此外还有《江夏送友人》：“雪点翠云裘，送君黄鹤楼。黄鹤振玉羽，西飞帝王州。凤无琅玕实，何以赠远游。裴回相顾影，泪下汉江流。”看来均不见佳。

③ 潘德舆《养一斋诗话》，郭绍虞编选《清诗话续编》（四），富寿荪校点，上海古籍出版社1983年，第2132—2133页。

赏之，若遇子美，恐遭小儿之呵。”胡应麟在《诗薮》中推《登高》为“古今七言律第一”。[①] 这就是说，杜甫的杰作要比崔诗要精彩得多。作为律诗，精彩在哪里呢？

风急天高猿啸哀，渚清沙白鸟飞回。无边落木萧萧下，不尽长江滚滚来。万里悲秋常作客，百年多病独登台。艰难苦恨繁霜鬓，潦倒新停浊酒杯。

首先，从意脉节奏上说，它和崔诗有同样的优长，那就是情绪几度起伏变幻，这首诗是大历二年（767）杜甫在四川夔州时所作。虽然在诗句中点到“哀”，但不是直接诉说自己感到的悲哀，而是“风急天高猿啸哀”——猿猴的鸣叫声悲哀，又并不明说，是猿叫得悲哀，还是自己心里感到悲哀，点明了“哀”还不够，下面又点到“悲”（“万里悲秋常作客”）。但是，杜甫的悲哀有他的特殊性。他的“哀”和“悲”和崔颢的“愁”不太相同，显然深厚而且博大。这种厚重、博大，最能体现律诗的特性，是绝句所难以容纳的。诗题是《登高》，充分显示出登高望远的境界，由于高而远，所以有空阔之感。一般诗人写哀，大抵在心灵中以细微为特点，具低沉属性，其空间容量有限，但是，这里的哀却显然壮阔。猿声之所以“哀”，显然是内心有哀，然而，把它放在风急、天高之中，就不是民歌中“巴东三峡巫峡长，猿鸣三声泪沾裳”之“鸣”，也不是李白“两岸猿声啼不住”的“啼”，“鸣”和“啼”声音都有高度，而“啸”则是尖厉，乃风之急的效果，同时也产生心有郁积的联想。这是客观的景色特征，又是主体的心灵境界载体，啸之哀是山河容载的大哀，不是庭院徘徊的小哀。渚清沙白，本已有俯视之感，再加上“鸟飞回”，强调俯视，则哀中未见悲凉，更觉其悲虽有尖厉之感，但是悲中有壮。第一联的“哀”，内涵就厚重而高亢。到了第二联，“无边落木萧萧下，不尽长江滚滚来”，“落木”（先师林庚先生曾经指出“落木”比落叶要艺术得多）是“无边”的，视点更高。到了“不尽长江”，就不但有视野的广度，而且有了时间的深度。“子在川上曰：‘逝者如斯夫，不舍昼夜。’”（《论语·子罕第九》）在古典诗歌的传统意象中，江河不尽，不仅是空间的深远，而且是时间的无限。这就使得悲哀，不是一般低沉的，而是深沉、浑厚的，杜甫在一篇赋中把自己作品的风格概括为“沉郁顿挫”，“沉郁”之悲，不仅有“沉”的属性，而且是长时间的“郁”积，“沉郁”就是长时间难以宣泄的苦闷。因而，哀而无凄，在提升属性上是有分寸的，“落木”之哀，虽然“无边”而且“萧萧”，但是，“长江”之悲的“不尽”，却是“滚滚”的，悲哀因郁积而雄厚。

从意象安排上看，第一联，意象密集，两句六个意象（风、天、啸，渚、沙、鸟），第二联，每句虽然只各有一个意象，但其从属性感性却有“无边”和“萧萧”、“不尽”和“滚滚”，有形有色，有声有状，感觉丰富而统一。尤其是第二联，有对仗构成的时空转换，

---

① 胡应麟《诗薮》，周维德集校《全明诗话》（三），齐鲁书社 2005 年，第 2553 页。

有叠词造成的滔滔滚滚的声势。从空间的广阔，到时间的深邃，心绪沉而不阴，视野开阔，情郁而不闷，心与造化同样宏大。和前一联相比，第二联不仅把哀在分量上加重了，而且在境界上提升了。情绪节奏进入第二层次。

如果就这样沉郁下去，未尝不可，但是，一味浑厚深沉下去，就可能和沈佺期一样单调。这首诗尤其有这样的危险，因为，八句全是对句。而在律诗中，只要求中间两联对仗。为什么要避免全篇都对？就是怕单纯变成单调。《登高》八句全对，妙在让读者看不出一对到底。这除了语言形式上（特别是最后两联）不耽于借景，直接抒情以外，恐怕就是得力于情绪上的起伏变化，主要是在“沉郁”中还有“顿挫”。第一、二联，气魄宏大，到了第三、四联，就不再一味宏大下去，而是出现了些许变化：“万里悲秋常作客，百年多病独登台。艰难苦恨繁霜鬓，潦倒新停浊酒杯。”境界不像前面的诗句那样开阔，一下子回到自己个人的命运上来，而且把个人的“潦倒”都直截了当地写了出来。浑厚深沉的宏大境界，突然缩小了，格调也不单纯是深沉浑厚，而是有一点低沉了，境界由大到小，由开到合，情绪也从高亢到悲抑，有微妙的跌宕。这就是“顿挫”为特点的情绪节奏感。

杜甫追求情感节奏的曲折变化，这种变化有时是默默的，有时却有突然的转折。沉郁已经不是许多诗人都做得到的，顿挫则更为难能。而这恰恰是杜甫的拿手好戏，他善于在登高的场景中，把自己的痛苦放在尽可能宏大的空间中，但是，他又不完全停留在高亢的音调上，常常是由高而低，由历史到个人，由洪波到微波，使个人的悲凉超越渺小。形成一种起伏跌宕的意脉。宋人罗大经在《鹤林玉露》中这样评价这首诗：

> 杜陵诗云：“万里悲秋常作客，百年多病独登台。”万里，地之远也；悲秋，时之凄惨也；作客，羁旅也；常作客，久旅也；百年，暮齿也；多病，衰疾也；台，高迥也；独登台，无亲朋也。十四字中有八意，而对偶又极精确。①

这样的评价，得到很多学人的赞赏，是有道理的，但是，也有不很到位之处，那就是只看出在沉郁情调上同质的叠加，忽略了其中的顿挫的转折，大开大合的起伏是杜甫的拿手好戏。在《登楼》中是这样的：

> 花近高楼伤客心，万方多难此登临。锦江春色来天地，玉垒浮云变古今。北极朝廷终不改，西山寇盗莫相侵。可怜后主还祠庙，日暮聊为《梁甫吟》。

第一联就很有特点，高楼观花不但不乐，相反逗客“伤心”，原因就在“万方多难”的战乱，悲痛就有了社会的广度。第二联，则把这种社会性的悲痛，放大到宏大的“天地”的自然空间和“古今”的悠远时间之中。杜甫的沉郁，就是由这种宏大空间感和悠远的时间感加上社会历史感三位一体构成的。第三联，从自然空间和时间转向政治现实，联想到

① 罗大经《鹤林玉露》，王瑞来点校，中华书局 1983 年，第 215 页。

对远方中央王朝危机的忧虑。最后一联，则联想到刘蜀后主政权的脆弱，自己可以吟诵诸葛亮年轻时常挂在口头的《梁甫吟》，却不能有诸葛亮的作为。悲忧之中又有无奈的自谴，缓缓有所顿挫。全诗的意脉从天地充溢的沉郁到感叹自我的无奈，每一联情绪均在跳跃中隐含微妙的转换，在沉郁顿挫中更显得“忠厚缠绵”。这样不着痕迹的“宛转变化”，比之七绝那一次性的灵气转换，显然更丰富，七律的优长在这里被发挥得淋漓尽致。杜甫的个性，杜甫的内在丰富，显然更加适合七律这种结构。

哪怕他并不是写登高，也不由自主地以宏大的空间来展开他的感情，例如《秋兴八首》（其一）：

玉露凋伤枫树林，巫山巫峡气萧森。江间波浪兼天涌，塞上风云接地阴。丛菊两开他日泪，孤舟一系故园心。寒衣处处催刀尺，白帝城高急暮砧。

第一联，把高耸的巫山巫峡的“萧森”之气，作为自己情绪的载体，第二联，把这种情志放到“兼天”“接地”的境界中去。萧森之气，就转化为宏大深沉之情。而第三联的“孤舟”和“他日泪”使得空间缩小到自我个人的忧患之中，意脉突然来了一个顿挫。第四联，则把这种个人的苦闷扩大到“寒衣处处”的空间中，特别是最后一句，更将其夸张到在高城上可以听到的、无处不在的为远方战士御寒的捣衣之声。这样，顿挫后的沉郁空间又扩大了，丰富了情绪节奏的曲折。

古典七律，大都以抒写悲郁见长，很少以表现喜悦取胜。而杜甫的七律虽然以沉郁顿挫擅场，但是，其写喜悦的杰作如《闻官军收河南河北》，并不亚于表现悲郁的诗作。浦起龙在《读杜心解》称赞其为老杜“生平第一首快诗也”。但是，它在唐诗七律中的地位，却被历代诗话家忽略了。

剑外忽传收蓟北，初闻涕泪满衣裳。却看妻子愁何在，漫卷诗书喜欲狂。白首放歌须纵酒，青春作伴好还乡。即从巴峡穿巫峡，便下襄阳向洛阳。

通篇都是喜悦之情，直泻而下，本来喜悦一脉到底，是很容易犯诗家平直之忌的。但是，杜甫的喜悦却有两个特点，第一，节奏波澜起伏，曲折丰富，第二，这种波澜不是高低起伏的，而是一直在高亢的音阶上的变幻。第一联，写自己喜极而泣，从自己情感高潮发端，似乎无以为继，承接的难度很大。第二联，转向妻子，用自己的泪眼去看出妻子动作之“狂”。这个“狂”的感情本来应当不属于杜甫，而应该属于李白。但是，从安史之乱八年来，一直陷于痛苦的郁积之中，杜甫难得一“狂”（年轻时一度“裘马清狂”），这一狂，却狂出了比年轻时更高的艺术水平。前面两联都是抒发感情的，但是，“情动于中”，是属于内心的，是看不见的，要把它“形于言”，让读者感觉到，是高难度的，因而才叫作艺术。杜甫克服难度的特点在于，不是直接写喜悦，而是写夫妻喜悦的可见的、外在的、极端的、各不相同的效果。而到了第三、四联，则换了一种手法：直接抒发。难度本来更大，杜甫强调的是内心高度兴奋的看似矛盾的效果：明明“白首”了，可还要“放歌”，不但要“放歌”，而且还要“纵酒”。好就好在不但与他五十二岁的年龄不相当，而且好像与一向沉郁顿挫的他不相同，他好像变成了另外一个人。接下去“青春作伴好还乡”，则是双关语，一则写作时正是春天，归心似箭，二则是点明恢复了“青春”的感觉。至于最后一联，则不但精彩而且精致。霍松林先生评论得很到位：“这一联，包含四个地名。‘巴峡’与‘巫峡’，‘襄阳’与‘洛阳’，既各自对偶（句内对），又前后对偶，形成工整的地名对……试想，‘巴峡’‘巫峡’‘襄阳’‘洛阳’，这四个地方之间都有多么漫长的距离，而一用‘即从’‘穿’‘便下’‘向’贯串起来……诗人既展示想象，又描绘实境。从‘巴峡’到‘巫峡’，峡险而窄，舟行如梭，所以用‘穿’；出‘巫峡’到‘襄阳’，顺流急驶，所以用‘下’；从‘襄阳’到‘洛阳’，已换陆路，所以用‘向’。用字高度准确。”[①]可以补充的是，律诗属对的严密性本来是容易流于程式的，流水对则使之灵活，杜甫的天才恰恰是把密度最大的“四柱”对（句内有对，句间有对）和自由度最大的“流水对”结合起来，在最严格的局限性中，发挥出了最大的自由，因而其豪放绝不亚于李白号称绝句压卷之作之一的结句“两岸猿声啼不住，轻舟已过万重山”。

杜甫的笔下的喜悦，并不限于这种偶尔一见的豪放，有时则以细腻婉约的笔触写出旷世精品，例如《春夜喜雨》：

好雨知时节，当春乃发生。随风潜入夜，润物细无声。野径云俱黑，江船火独明。晓看红湿处，花重锦官城。

杜甫并没有把他的情感放到广阔无垠的空间和无限的时间背景中去，而是相反，放在个人内心微观的体悟之中。开头两联可谓极微妙之至。杜甫用了一个“潜”字，就突出了这种雨是看不见的。接着又点出是“无声”，提示这种雨是“细”到听不见的。然而，妙就妙在一般感官中看不见、听不见的，可是杜甫却感到了。这是一种默默的欣慰之感。“好雨知时节”的“好”，用得全不费力气，然而，暗示了是诗人独自在享受着这及时的春雨。“野径云俱黑”，黑云布满田间小径，表面上是写成都平原的特点，更深层次则是越是黑，意味着雨越是细密，就黑得越美，再加上江上一点渔火来反衬，这没有任何形状的黑，就黑得更生动，就更美了。除了杜甫，有唐一代有谁这样独特地以黑为美的色彩感？然而，这并不仅仅是色彩感，更是内心无声无息、无形无状的超感官的喜悦。从这两联来说，情绪是统一的，似乎并没有起伏，但是，接下来，就来了个突变：“晓看红湿处，花重锦官城。”这个黑之美，用与鲜明来反衬。从绘画来说，花之红湿，是花的质感，花之重，是花

① 《唐诗鉴赏辞典》，上海辞书出版社1983年，第543页。

的量感，诗人以之表现眼前为之一亮，心情为之一振，从情绪节奏来说，从看不见的欣慰变为鲜明的视觉冲击，心情为之一转。这表面上都不是写雨，好像脱离了春夜之雨，但是，又是昨夜之雨的效果。诗话称赞此诗无一喜字，然而通篇都喜。所说固然，有道理，但并不透彻，这种喜悦是渗透在暗黑到亮丽的感觉和从默默到豁然开朗的转换之中的。

之所以要提起这首诗，是为了说明，就算是并不以浑厚深沉取胜的律诗，也是以情绪的转换为高的。虽然这是一首五律，但是，在规律上和七律是相通的，只是比之七律更为浑然，更为古朴而已。可细细考较起来，这最后一联的视觉冲击，有点近似绝句的最后的瞬间情感转换。不过和前面第三联黑云与渔火的转折形成强烈的反差，同样发挥了律诗的超越二次起伏的优长。[1]

对于律诗压卷之作的争议是很复杂的，有时，甚至可以说是很不讲理的，有的诗话就认为杜甫律诗最好的，并不是这一首，而是《九日蓝田崔氏庄》：

老去悲秋强自宽，兴来今日尽君欢。羞将短发还吹帽，笑倩旁人为正冠。蓝水远从千涧落，玉山高并两峰寒。明年此会知谁健？醉把茱萸仔细看。

杨万里十分赞赏此诗，《诚斋诗话》云：

唐律七言八句，一篇之中，句句皆奇，一句之中，字字皆奇，古今作者皆难之。予尝与林谦之论此事。谦之慨然曰："……如老杜《九日》诗云：'老去悲秋强自宽，兴来今日尽君欢。'不徒入句便字字对属。又第一句顷刻变化，才说悲秋，忽又自宽。……'羞将短发还吹帽，笑倩旁人为正冠。'将一事翻腾作一联，又孟嘉以落帽为风流，少陵以不落为风流，翻尽古人公案，最为妙法。'蓝水远从千涧落，玉山高并两峰寒。'诗人至此，笔力多衰，今方且雄杰挺拔，唤起一篇精神，自非笔力拔山，不至于此。'明年此会知谁健？醉把茱萸仔细看。'则意味深长，悠然无穷矣。"[2]

其实，这种说法并没有多少深刻的道理，这个林谦之只从技术着眼，经不起推敲。说第一句有变化，悲秋"自宽"与"尽君饮"，更明显是意脉的一贯，并无什么突出的"变化"。至于说"'羞将短发还吹帽，笑倩旁人为正冠。'将一事翻腾作一联，又孟嘉以落帽为风流，少陵以不落为风流，翻尽古人公案，最为妙法"，这种翻案求新手法，充其量不过是技法的熟练，至于说把一事翻作一联，明明造成第二句的虚弱，重复前句的意味，这在对仗的毛病中属于"合掌"。说后面的"蓝水远从千涧落，玉山高并两峰寒"是"雄杰挺拔，

---

① 杜甫这种绝句式的瞬间灵气似乎是个例外，这可能是他的绝句总是写不过李白的原因。就是在他写得最出色的绝句中似乎也一样。如《三绝句》(其三)："殿前兵马虽骁雄，纵暴略与羌浑同。闻道杀人汉水上，妇女多在官军中。"最后一联无疑是深邃的，但是，严格说来，并缺乏绝句的瞬间"宛转变化"，似乎更接近于古风承接风格。

② 杨万里《诚斋诗话》，丁福保辑《历代诗话续编》(上)，中华书局1983年，第139—140页。

唤起一篇精神”“笔力拔山”，其实并没有唤起什么“精神”，和“强自宽”并没有什么顿挫或者缠绵的联系，只能给人以孤立的佳句之感。“‘明年此会知谁健？醉把茱萸仔细看。’则意味深长，悠然无穷矣。”固然其余韵不能说没有，如果拿来与“寒衣处处催刀尺，白帝城高急暮砧”相比，则余味不但有限，而且单薄。

我国古典诗话词话，比之西方文论有其切实于文本，鉴赏深入创作过程的优长，但是，也有泥于创作中之细节，只见树木，不见森林，甚至一叶障目的局限。平心而论，这样的作品，不但在杜甫诗中品质平平，就是拿到唐诗中，也实属一般。原因在于缺乏七律所擅长的情绪起伏。第一联说是悲愁自宽。第二联“短发”“吹帽”“正冠”乃是对第一联的形象说明，仍然是自宽。第三联，“蓝水远从千涧落，玉山高并两峰寒”与悲愁自宽，并没有潜在的意脉联系。从结构上看最多只是为最后一联的“明年此会知谁健？醉把茱萸仔细看”创造某种微弱过渡。从整体意脉上看，前两联过分统一，缺乏律诗特有的情绪起伏，而第三联，则过分跳跃，缺乏与前两联的贯通。虽然第四联有所回归，但已经是强弩之末了。

周敬、周珽辑《唐诗选脉会通评林》还提出：“谓冠冕壮丽，无如嘉州《早朝》；淡雅幽寂，莫过右丞《积雨》。”[①]我们来看岑参的《奉和中书舍人贾至早朝大明宫》：

> 鸡鸣紫陌曙光寒，莺啭皇州春色阑。金阙晓钟开万户，玉阶仙仗拥千官。花迎剑珮星初落，柳拂旌旗露未干。独有凤凰池上客，阳春一曲和皆难。

其实，岑参这首是奉和应制之作，通篇歌功颂德，一连三联，都是同样的激动，同样的华彩，到了最后一联，还是同样的情致。情绪明显缺乏起伏节奏，这位周珽在诗歌的艺术感觉上，只能说是不及格的。至于说到王维《积雨辋川庄作》：

> 积雨空林烟火迟，蒸藜炊黍饷东菑。漠漠水田飞白鹭，阴阴夏木啭黄鹂。山中习静观朝槿，松下清斋折露葵。野老与人争席罢，海鸥何事更相疑？

从情绪变化、意脉（静观）的相承和起伏来衡量，有比较精致微妙的转换，其第二联“漠漠水田飞白鹭，阴阴夏木啭黄鹂”甚得后人称道，但是，也有人说，这从前人的“水田飞白鹭，夏木啭黄鹂”中套取的。[②]最精彩的当是最后一联“野老与人争席罢，海鸥何事更相疑？”，由静而动（争席）之后，又以海鸥之“疑”，在结束处留下持续的余韵。总体而言应该是上品，但是，比起杜甫杰作的大开大合，起伏跌宕，应该说所逊不止一筹。

但是，话说回来，岑参和王维这两首之所以能够受到推崇，原因可能是其结尾体现了律诗的优长，显示中国古典诗歌的追求余韵的共性。和西方的“律诗”即十四行诗相比，

---

① 周敬、周珽辑《删补唐诗选脉笺释会通评林六十卷》，《四库全书存目丛书补编》（第 26 册），齐鲁书社 2004 年，第 444 页。

② 王直方《王直方诗话》，转引自陈一琴选辑《聚讼诗话词话》（增订本），孙绍振评说。

则显然有异趣。西方十四行诗，不管是意大利体（彼得拉克体）还是英国体（莎士比亚体），都是追求起承转合，情绪的绵延曲折、和谐统一的，这一点和中国律诗是相似的，但是，结尾则不同：律诗追求余韵，在最后一联，留下空白，也就是思绪的延续性，而十四行诗追求思想情绪的升华，最后两行（或三行）往往带总结全诗的性质。莎士比亚的十四行诗大体都是爱情的，结尾都是极端、毫无保留的总结。如第 14 首的结尾："要不然，对于你，我将这样宣言：/ 你的死亡就是真和美的末日。"（Or else of thee this I prognosticate, / Thy end is truth's and beauty's doom and date.）[①]雪莱的杰作《西风颂》，就是由五首十四行诗组构而成的，每首都是英国体的三行一节，一共四节，十二行都是强调，衰败中蕴含着雄强，落叶带来新生，就是忧愁中都渗透着甜蜜（Sweet though in sadness.[②]），灰烬中有火花，逆境中有希望。最后两行则总结性起来：

哦，西风，预言的号角

假如冬天来了，春天还会远吗？

The trumpet of a prophecy! O Wind,

If Winter comes, can Spring be far behind?

七律之最优，之所以这样众诉纷纭，良莠不齐，不像绝句那样提名集中，原因可能在于律诗的格律比绝句严密得多，中间两联必须对仗，首尾两联则在开合之间为之服务，其形式更接近于模式，活跃的情绪与固定的格律发生矛盾，非才高如杜甫等人难免不屈从格律。古典诗话的作者也是诗人，大多并非杰出诗人，于作诗时情绪为格律所窒息而不自知，作诗话时，往往从纯技巧着眼，如杨万里、林谦之、周敬、周珽辑之辈，把技巧变成了技术套路的翻新。而绝句则单纯得多，瞬间顿悟式的结构，需要的是灵气，几乎无任何玩弄技巧的余地。也许正是因为这样，王国维认为："近体诗体制，五七言最尊，律诗次之，排律最下。"[③]律诗的模式化，技术化，在排律中，得到了恶性的发展。

---

① 以备受称道的莎士比亚十四行诗几首为例。第 15 首的结尾："为了你的爱我将和时光争持 / 他摧折你，我要把你重新接枝。"（And all in war with Time for love of you, /As he takes from you/ I engraft you new.）第 19 首的结尾："但，尽管猖狂，/ 老时光，凭你多狠，/ 我的爱在我诗里将万古长青。"（Yet, do thy worst, old Time: despite thy wrong, /My love shall in my verse ever live young.）第 30 首："但是只要那刻我想起你，挚友，/ 损失全收回，悲哀也化为乌有。"（But if the while I think on thee, dear friend, /All losses are restored, and sorrows end.）

② 这应该就是徐志摩《莎扬娜拉》中"甜蜜的忧愁"的由来。

③ 王国维《人间词话》，黄霖导读，上海古籍出版社 1998 年，第 15 页。

唐人古风歌行最佳抒情

——李白《行路难》以大幅度的身体动作抒情

中国古典诗话对于唐人七绝和七律何诗压卷之讨论，延续几百年，得出的结论大体相同，普遍被提到的大致是：王昌龄《出塞二首》(其一)："秦时明月汉时关，万里长征人未还。但使龙城飞将在，不教胡马度阴山。"王之涣《凉州词》："黄河远上白云间，一片孤城万仞山。羌笛何须怨杨柳，春风不度玉门关。"李白《下江陵》："朝辞白帝彩云间，千里江陵一日还。两岸猿声啼不住，轻舟已过万重山。"王翰《凉州词二首》(其一)："葡萄美酒夜光杯，欲饮琵琶马上催。醉卧沙场君莫笑，古来征战几人回。"王维《送元二使安西》："渭城朝雨浥轻尘，客舍青青柳色新。劝君更尽一杯酒，西出阳关无故人。"李益《夜上受降城闻笛》："回乐峰前沙似雪，受降城上月如霜。不知何处吹芦管，一夜征人尽望乡。"至于七律就比较纷纭，当然最早的，应该是崔颢的《黄鹤楼》："昔人已乘黄鹤去，此地空余黄鹤楼。黄鹤一去不复返，白云千载空悠悠。晴川历历汉阳树，芳草萋萋鹦鹉洲。日暮乡关何处是？烟波江上使人愁。"这当然是因为它出现得比较早。但是，还有比之更早的，沈佺期那首《古意》(又作《独不见》)也有诗话拿出来当成首屈一指的作品："卢家少妇郁金堂，海燕双栖玳瑁梁。九月寒砧催木叶，十年征戍忆辽阳。白狼河北音书断，丹凤城南秋夜长。谁为含愁独不见，更教明月照流黄。"虽然在格律上建构上有一定的道理，但是从诗歌质量来说，还陷于典故堆砌的阶段。胡应麟在《诗薮》中推《登高》为"古今七言律第一"。[①]"风急天高猿啸哀，渚清沙白鸟飞回。无边落木萧萧下，不尽长江滚滚来。万里悲秋常作客，百年多病独登台。艰难苦恨繁霜鬓，潦倒新停浊酒杯。"这是最没有争议的。当然也有诗话提出，岑参的《奉和中书舍人贾至早朝大明宫》可以称为入围者："鸡鸣

① 胡应麟《诗薮》，周维德集校《全明诗话》(三)，齐鲁书社 2005 年，第 2553 页。

紫陌曙光寒，莺啭皇州春色阑。金阙晓钟开万户，玉阶仙仗拥千官。花迎剑珮星初落，柳拂旌旗露未干。独有凤凰池上客，阳春一曲和皆难。”其实，岑参这首是奉和应制之作，通篇歌功颂德，一连三联，都是同样的激动，同样的华彩，到了最后一联，还是同样的情致。情绪明显缺乏起伏节奏，提出这首的诗话家周珽在诗艺感觉上是不及格的。至于五绝似乎没有多少人提出孰为最优的问题。有人提出柳宗元《江雪》“千山鸟飞绝，万径人踪灭。孤舟蓑笠翁，独钓寒江雪”为首者。似乎没有争论。奇怪的是，长期以来，无人提起五律何者最优。在我看来可能原因比较丰富复杂。称赞杜甫《望岳》者不少，此为杜甫早期之作，固然表现了青年杜甫意气风发、心雄万夫的神采，但是，这首诗，从格律来说，第一句，就是“岱宗夫如何”，除了“岱”字以外，一连四个平声，如颔联之“造化钟神秀，阴阳割昏晓”属对不工，“神秀”为并列结构，“昏晓”为对立结构。故这首诗，虽然很像是律诗，却被《唐诗三百首》列入“五言古诗”。唐诗固然为近体诗绝句和律诗成熟期，但是，古诗即唐诗中的自由诗，成就相当高。

很奇怪的是，几乎没有人提出唐人古风何者最佳。当然，如果讲叙事性的歌行体，则白居易的《长恨歌》《琵琶行》稳居其首，他朋友无稹的《连昌宫词》和他一比就显得品位相差甚远了。但是，唐诗成就之高者尚有古风歌行，包括直接用古乐府的题目，比之“近体诗”，如律诗绝句，是另外一种体式，章无定句，句无定言，可以说是当时的自由诗，这种自由体诗，何者压卷，或者何人最佳，这个问题没有人提出。这暴露了我国古典诗话一大缺失，那就是仅专注于近体的律诗和绝句。

而古风歌行，其经典之作甚多，最先想到的边塞，是岑参，他的《白雪歌送武判官归京》，写雪“忽如一夜春风来，千树万树梨花开”，远取譬，写诗人于酷寒中刹那之惊艳，至今仍然脍炙人口，乃千古不朽的名句。至于《走马川行》中的风“轮台九月风夜吼，一川碎石大如斗，随风满地石乱走”，以雄辩的意象写诗人面对边塞狂风的豪情。岑参在艺术上带来之边塞气象，显然有某种突破性。但是，就盛唐之古风歌行而言，这种突破还是有限度的，其形象的基础仍然是景观，其美学原则还是局限在以后被总结出来的“状难写之景如在目前，含不尽之意见于言外”这样的境界中。状景抒情，并不是我国古典诗歌的全部。所有这一切，都属于间接抒情。看不见、听不见的，不在眼前，没有实感，完全是虚感的，梦幻的诗有时比充满实感的诗更有精神和艺术品位。陈子昂开风气之先：“前不见古人，后不见来者。念天地之悠悠，独怆然而涕下。”登幽州台，本是登高而望空间之远，这里却是悲时间之长，而生命苦短，壮志难酬，禁不住悲从中来。从抒情方法上说，此属于直接抒情。同为边塞诗人，高适以“战士军前半死生，美人帐下犹歌舞”闻名，但是，在艺术上，与杜甫之“朱门酒肉臭，路有冻尸骨”同为极端化的对比，属于传统手法。因为唐人抒情往往主体深沉，情绪可以独特，但精英人士、士大夫风度，皆崇尚不苟言笑，非礼勿动，没有动作是很正统的。但是，李白一旦激动起来，就会放肆。

李白的古风歌行，最为精绝的乃是直接抒情。在这方面，他不但在质量上冠绝群雄，而且在数量上名篇名句至今脍炙人口者比比皆是。关键是，在这种形式中，李白几乎不借助景物和环境的抒情，而是直接抒发。

在李白的古风歌行中，身体语言的动作的独特，最为丰富之处为饮酒的时候，此时的动作更为肆无忌惮，在《将进酒》中是："主人何为言少钱，径须沽取对君酌。五花马，千金裘，呼儿将出换美酒，与尔同销万古愁。"在《月下独酌》中则是："我歌月徘徊，我舞月零乱。"他拿起酒杯来销愁的动作更是潇洒："抽刀断水水更流，举杯销愁愁更愁。"销不了愁，在《玉壶吟》中是："三杯拂剑舞秋月，忽然高咏涕泗连。"狂野的舞者，居然哭起来了，这种舞和哭的动作性，提示了他内心的郁闷。更有特点的是，不是哭而是笑："举杯向天笑，天回日西照"，余光中说，醉中竟然笑傲西天共饮，而西天竟然回落日之目，晚霞之脸，报他一笑。这姿态简直是"帅呆了"，而雪莱在《西风颂》中，叫来了西风的巨灵，却不见西风回应。李白真有诗的仙的风范："俱怀逸兴壮思飞，欲上青天揽明月。"有时，这位诗仙，却又像个大孩子，完全以冒犯礼法为乐："汉东太守醉起舞。""我醉横眠枕其股。""高歌取醉欲自慰，起舞落日争光辉。"《月下独酌》一写就是四首。其一："花间一壶酒，独酌无相亲。举杯邀明月，对影成三人。"其二："天若不爱酒，酒星不在天。地若不爱酒，地应无酒泉。"

最为突出的是《行路难》，这是乐府古题，李白一写就是三首。每一首都是直抒胸臆，不存在什么难写之景，不用把情感藏到景观内部，而是坦然直白，为后世留下了不少概括力很强的格言式的诗句。如第二首一开头就"大道如青天，吾独不得出"，第三首结尾"且乐生前一杯酒，何须身后千载名"，等等。但是，最高成就乃是第一首：

金樽清酒斗十千，玉盘珍羞直万钱。停杯投箸不能食，拔剑四顾心茫然。欲渡黄河冰塞川，将登太行雪满山。

写的是他长安从政失败，自称是被"赐金放还"，其实是他在中央王朝翰林院的职务被开革了。说得不好听，就是被撤职了，照顾他面子，给他一笔遣散费。经营了许多岁月，走了好多门路，"奋其智能，愿为辅弼"，可以当宰相的宏图大志，没戏了。折腾来折腾去，一场空，此后的杰作，就大都集中在忧愁的母题中，如果写律诗，比较含蓄，例如"总谓浮云能蔽日，长安不见使人愁"，如果是写绝句，就是"长安如梦里，何日是归期"或者"我寄愁心与明月，随君直到夜郎西"。而《行路难》，是古风，是乐府古题，三百年前的鲍照，已经写了十八首，直抒胸臆的语言用得那么丰富，李白写自己投无路的郁闷，要出奇制胜，就得有新技巧，新语言。而第三首之所以超越第一、第二首，不仅因为直接抒情，更重要的是，他的感情是从大幅度的身体动作表现出来的。

“停杯投箸不能食，拔剑四顾心茫然。”如果说，“拔出宝剑来”在鲍照就有了，那是因为是传统的英雄气概，但把筷子甩掉，甚至“抚长剑，一扬眉，清水白石何离离。脱吾帽，向君笑。饮君酒，为君吟”（《扶风豪士歌》），把帽子脱掉，这在士大夫社交中是很不礼貌的。“手持一枝菊，调笑二千石”，要知道年俸二千石是挺高级的官员了，在中央是太常、太仆、廷尉、大司农等的待遇，在地方则是太守级的行政长官。一般读书人就是中了进士，就算官运亨通，也要折腾许多年，才能升到这样的地位。但是，李白对这样的成功人物，居然拿着一枝陶渊明式的菊花来调笑他。从艺术风格来说，陶渊明创造了对于仕途的恬然、淡然、飘然、无动于衷，高雅的艺术境界，而李白恰恰是对陶渊明的诗艺的境界的突破，陶渊明是悠闲的，即使有行动，也是从漫不经心的，例如著名的“采菊东篱下，悠然见南山”。连风景也不是有心去观赏的，就是写劳动吧，也是很平静的“晨兴理荒秽，戴月荷锄归”。既不疲劳也不兴奋。根本不可能像李白那样，旅游也会飞，“我欲因之梦吴越，一夜飞渡镜湖月”。李白以落拓不羁的身体语言，放肆的动作性，建构了新的诗艺境界。不要说在魏晋，就是在唐朝诗人中是极其罕见的。当然，王维早年有“科头箕踞长松下，白眼看他世上人”，但是，只能说，偶尔为之，没有李白这样的系列性。这种落拓不羁的身体动作，在杜甫的诗中是不可想象的。这可能是因为杜甫是官家后代，书香门第出身，诗中充满了儒家的温良恭俭让，而李白则是商人之家出身，根本不把儒家圣人放在眼里：“我本楚狂人，凤歌笑孔丘。”（《庐山谣寄卢侍御虚舟》）

他可能还有胡人的血统，还自称是个侠客。他的粉丝魏颢在他的文集序中说他“少任侠，手刃数人”，可能是听信了李白吹牛，还说他“眸子炯然，哆如饿虎”[①]，眼睛瞪大了，像饿虎。那他到长安宫廷，和杨贵妃相见，不是要把她吓死了。这显然是朋友把他传奇化了。不过，还是杜甫想象中比较到位：“天子呼来不上船。”“长安市上酒家眠。”他这种丢掉筷子、脱掉帽子、仰天大笑的造型，被杜甫形容为“飞扬跋扈”是比较贴切的。就诗中的身体语言而言，应该是历史的突破。

他的古风，最有特点的就是这种不可一世、旁若无人的身体动作性。

① 魏颢《李翰林集序》，王琦注《李太白文集》，浙江大学出版社 2018 年。

李白的笑对人生和杜甫的歌哭血泪

李白和杜甫的个性、诗风如此不同，但是从根本上他们是很一致的，那就是都有安邦定国、拯救黎民的政治抱负，李白是“奋其智能，愿为辅弼”，当宰相，甚至当军事家，“与君谈笑净胡沙”，轻松地平定叛乱。杜甫则更多希望从道德上，从意识形态上，让帝王和百姓精神达到最高的境界，“致君尧舜上，再使风俗淳”。但是他们两人，又有一个共同的缺点，在科举方面，缺乏应试的能耐。李白可能不屑，而杜甫则是考了两次，同辈的诗人连贾至、李颀、李华都考上了，他却是名落孙山。真诚的理想在现实中碰得头破血流，杜甫流落民间，差不多成了一个普通老百姓，在很长一段时间里，为一家子能活下去而发愁，写了那么多为国运飘摇民生艰难而血泪交流的哀歌。

相比杜甫，李白除了流放那一段时间，他是活得很滋润的，所以能笑对人生。当然，他也有很深的家国情怀，对百姓的痛苦也感同身受。“安史之乱”爆发后，他在奔亡道中，也为黎民百姓的痛苦而忧思：“俯视洛阳川，茫茫走胡兵。”“白骨成丘山，苍生竟何罪？”“中夜四五叹，常为大国忧。”但是，李白在政治上、军事上碰了两鼻子灰，差一点被判处死刑，幸而有人搭救，成了流放犯，噩运当头之际幸运从天而降，中道遇赦。命运这样悲惨，但比杜甫多了一点道家的游仙的念头，活在诗仙的幻想里。可是不到三年，他就一命呜呼了。传说是酒醉之时，水中捉月而死。当然，甚至在去世前不久，还要上书李光弼，希望施展才华，铅刀一割。在《临终歌》（“终”亦作“路”）中说自己“大鹏飞兮振八裔”，还是觉得自己是庄子所向往的那种水击三千里的大鹏，当然，不能不承认自己已经筋疲力尽。而杜甫则在最后的作品中写到自己：“飘飘何所似？天地一沙鸥。”沉郁而无奈。垂翅无力的大鹏，漂泊在天地之间的沙鸥，恰好是这两个伟大诗人的最后的象征。

尽管如此，但在李白的诗中，这样垂头丧气的心态是很罕见的。不管多么郁闷，他总是很会洒脱。不管多么失落，倒霉，忧愁，郁闷，孤独，他总是和忧愁共处，和忧愁搏斗，在解忧中享受忧愁，即使孤独对月，他也会举杯邀月，对影而舞，即使没有月亮，只有一座空山，众鸟高飞而去，连云都没有。“相看两不厌，只有敬亭山”，哪怕世界上只剩下他一个人，对着一座空空如也的山，他也会享受与之长久凝视的默契。和忧愁共处，享受忧愁的诗化。“抽刀断水水更流，举杯销愁愁更愁”的魅力就在于把忧愁，在大幅度的动作中，化为自我享受。这就使得他永远笑对人生。从现实的厄运中解脱，在诗化的境界里，获得快感。就是对苦难的回忆，他也自有选择，他不大记得自己流放受苦，只记得自己如何得意，流放之后的《江夏赠韦南陵冰》，显示了得意时的率性：

不然鸣笳按鼓戏沧流，呼取江南女儿歌棹讴。我且为君槌碎黄鹤楼，君亦为吾倒却鹦鹉洲。赤壁争雄如梦里，且须歌舞宽离忧。

他的诗的另一个特点，更加与众不同，就是他的笑，总是笑对人生的苦闷，而且和潇洒的动作结合在一起：“手持一枝菊，调笑二千石。”“脱吾帽，向君笑，饮君酒，为君吟。”“举杯向天笑，天回日西照。”

他的人生观就是笑对人生：“大笑同一醉，取乐平生年。”“取乐平生年”，好像要笑一辈子。就是被流放了，写了许多诗，也没有哭，还是游山玩水，吟诗作对。更多的是战胜忧愁的勃勃英气。

天若不爱酒，酒星不在天。地若不爱酒，地应无酒泉。天地既爱酒，爱酒不愧天。已闻清比圣，复道浊如贤。贤圣既已饮，何必求神仙。

据考此诗写于长安，当时李白在政治上不甚得意，他在酒里获得的解脱，达到圣贤和神仙的程度：“古来圣贤皆寂寞，惟有饮者留其名。”无限地饮酒，从字面上看好像是麻醉自己，实际上是自己和环境的对立不能和解，只能在超越现实的境界里，安慰自己。一旦他和环境和解了，当他得到皇帝征诏的时候，他就“仰天大笑出门去”。他的诗也就是《宫中行乐词》之类，一写就是八首，许多文学史家，连提都不愿意提。就是不得不承认自己失败了，还有一条路可走——归隐，“人生在世不称意，明朝散发弄扁舟”，也比他粉饰太平的诗要精彩得多。本来，他就向往《侠客行》中那种潇洒，“事了拂衣去，深藏身与名”的潇洒。因而，“问余何意栖碧山，笑而不答心自闲”。即使没有动作，他也会笑，笑他人不理解他的笑的心灵境界：他没有和环境和解，退一步，他和自己和解了。这样他就能释放心头的郁闷。不管多么失落，也不妨碍他保持笑对人生的姿态。

这是一个悲剧的时代，诗人们都为民族为自己的噩运而悲叹、哭泣甚至流血，但李白是不大会哭的，在他留下的九百多首诗里，只哭过两三回。一次是被皇帝打发出来，不得意了，“泪沾襟”了；另一次是为战乱之中平民的苦难，泪水把衣襟都打湿了；还有一回，是回忆自己流放，“悲作楚地囚，何由秦庭哭”。

李白永远自我感觉良好，他是一个被天才的幻想宠坏了的大孩子。

和李白相反，杜甫则是被家国忧患，被民族的灾难，被百姓的痛苦，被自己的责任，压得直不起腰来。

杜甫的诗可以说，大部分浸在痛苦的泪水里，原因很多，个性是一个原因，社会地位、经济条件也是一个原因。他们两个人生活在不同的世界里。他们在不同时期都在长安生活，但是，李白生活在上层，而杜甫生活在底层。

李白的朋友，叫元丹丘，跟他一起做道士的，很有钱。李白通过他接上了玉真公主的关系。这个元丹丘在长安和河南的嵩山都有别墅，李白在长安时不常常住在城里，而是住在郊区玉真公主的别墅里。李白通过玉真公主的关系，到皇帝身边谋到一个职位。就是在流放期间，杜甫以为他惨到了“世人皆欲杀”的程度，可沿途还是有人请他看风景，请他写诗，那时没有稿费制度，但是馈赠是少不了的。李白虽然犯了大罪，但毕竟是郭子仪救过的，高适的朋友，带兵的宋若思赏识的，来头很大的。大赦以后，李白游洞庭湖的时候，陪同他的人都是有一官半职的，他的叔叔、伯伯，他的侄子什么的，还有他的朋友，差不多都相当于如今处长、局长级别的。

李白从来就没有像杜甫那样为自己的衣食犯愁。李白的家世据说是比较豪富的。他从四川出来的时候，带了很多钱，他自己说，在扬州不到两年就花了三十万金去救济朋友。三十万铜钱。当时没有钞票，没有支付宝，这个铜钱怎么带啊？现在还是个谜。三十万金，购买力如何？开元盛世，一斗米二十个铜钱到三十个铜钱，三十万钱你看买多少米吧。一匹布四百钱到五百钱。一斤肉比较贵，五百钱到六百钱，就等于一匹布的钱了，等于十石多米了。买一个奴隶，买一个仆人，四千钱到五千钱，三十万钱可以买六七十个奴隶，或者是六七十个保安。但还有一个东西比较便宜——酒，一斗酒十几二十个钱，比米还便宜。可能是他父亲在他出川时候给了他一笔钱。我曾经问过一个写李白连续剧的作家，叫北村，他说李白父亲在各地有企业，他随时随地都可以拿钱的。三十万金，就是铜钱，要是自己背着，几百斤重啊，怎么走路？累得半死，又很不安全。背着三十万钱在街上走，小偷不用多大本事，跟着你，拿把刀把袋子一割，全掉下来了，肯定是满街疯抢。

李白还有一个经济来源，他结了好几次婚，其中，头两次跟宰相的女儿结婚。宰相的女儿是随便可能追求得到的吗？李白就有这个本事，第一次是高宗时期的宰相许圉师的女儿，第二次是武则天时期的宰相宗楚客的女儿，这些人肯定都有嫁妆的。

另外一个收入，他应该是有稿费的，当时没有稿费制度，主要看名声大小，有时候代人写首诗、一篇文章，给你一些赠品，例如墨，质量非常高的，有时候，送一点狐皮大衣之类的，这些都不值钱的。有的时候给钱。李白代人家写文章，题目上有好多“代”，人家求上门的，可能给不少钱。

这里有一个旁证。

皇甫湜，这个人的水平，可能比李白差七八个档次，是末流的，最多也就是倒数第二流。曾经穷得“门前无车迹，烟囱断炊烟”。东都留守裴度，请他当幕僚，据《文献通考》，裴度要修福先寺，想请白居易写个碑文，白居易在长安，从东都洛阳到长安，好几百里啊。皇甫湜听了大怒，说，干吗，我就在这，请什么白居易？不，我辞职不干了。裴度也是好脾气，说，就你写吧。写完了，给他稿酬，彩绘车和马，搁现在可能是宝马级的。皇甫湜脸皮比较厚，他说我给顾况写过序，一字三缣，给你写碑文写了三千字，一篇文章，就是九千缣，按唐制四丈为缣，一缣相当于一匹，三千字，就差不多是九千匹，还是嫌稿费少啊，太少！裴度这个人很大方，好，你要多少给你多少。开元年间，一匹布四百钱到五百钱，写一篇文章，要四五百万啊，李白那三十万金，算不了什么啊。这肯定是夸张了。但，说明文章是很值钱的。

还有一个旁证。

白居易给他的朋友元稹写墓志。就是人死了以后，把一生总结一下。当然，白居易是大手笔，元稹又是他好朋友，一起唱和的，号称“元白体”嘛，元家给多少钱呢？你们猜不出来，给多少？六十万！李白那么阔气在扬州不过花了三十万，如果有人请他写墓志，一下就赚回来了，知识产权嘛，那时很了不得的。白居易倒是比较清高，元稹是我的朋友，不能收这个钱，又不能退还，怎么办？捐出来，造了个香山寺，写一篇文章的稿费可以造一座寺庙。

杜甫没有那么高的身价，杜甫的集子里，他时时为生存而歌哭。他的诗则是被眼泪和民众的鲜血浸透了。李白在长安出入豪门，甚至宫廷，而杜甫在长安则活得很狼狈：“朝扣富儿门，暮随肥马尘。残杯与冷炙，到处潜悲辛。”安禄山攻陷长安的时候，李白正在永王那里被奉为上宾，长安来不及逃走的王公大臣，不少被杀害了，王维被俘虏，押送到了洛阳，而杜甫的官职实在太小，九品芝麻官，人家没有把他认出来。但是，那时，他对国运如此，感到悲痛，“少陵野老吞声哭”，连哭都不敢出声。此后杜甫逃到新即位的皇帝那里，衣服都破破烂烂，官至左拾遗，空头衔，书呆子气不识时务。他的朋友更大的书呆子房琯打了败仗，杜甫傻乎乎去辩护，碰了钉子，最后被贬为华州司功参军，负责祭祀、礼乐、学校。华州那么小，当个科长级的官员，百姓死的死，逃亡的逃亡。俸禄之微薄，可想而知。杜甫养不活一家老小，只好弃官而去。这以后，就颠沛流离，从卖药到拾橡粒，什么都干，能混饱肚子就好，可还是饿死了两个孩子。

李白可以豪情满怀地唱“金樽清酒斗十千，玉盘珍羞直万钱”。而杜甫，则只能喝“浊酒”，“酒债寻常行处有”，欠下酒债累累。同样是在岳阳楼，李白飘飘欲仙地饮酒，恨不得洞庭湖水都变成酒，“巴陵无限酒，醉杀洞庭秋”，而杜甫却伏在栏杆上痛哭，“亲朋无一字，老病有孤舟。戎马关山北，凭轩涕泗流”，既为国，也为家、为民哭。和李白相比，杜甫是笑不起来的，他的眼泪是太多了，甚至眼泪都哭干了：这个时代太悲惨了。直接出现在《新安吏》中的，不是眼泪，而是哭声。

白水暮东流，青山犹哭声。莫自使眼枯，收汝泪纵横。眼枯即见骨，天地终无情。

山河都在哭，就是花也会哭出来：“感时花溅泪”，但是，杜甫却劝人不要哭了，再哭，眼泪就要枯了，枯了，骨头就会露出来，老天却无动于衷。哪怕你的“牵衣顿足拦道哭，哭声直上干云霄”，老天也是无能为力的。

中国古典诗歌语言很讲究优美、含蓄，不是什么语言都可以入诗的，要入诗的话，就要用委婉语，温柔敦厚，实在要写就用典故，如大便拉稀，就只能说“遗矢”，用的是廉颇一饭三遗矢的典故，毛泽东有“千村薜荔人遗矢”。男女“性事”，叫作“云雨”，用的是宋玉所言楚怀王阳台云雨的典故，李白有“云雨巫山枉断肠”。妓院叫作“青楼”，杜牧有“赢得青楼薄倖名”。哭泣，是可以写的，叫作“泪沾襟”。呜咽，凝咽，可以写泪，但是很少写哭，《诗经》“涕泗滂沱”，屈原“长太息以掩涕兮，哀民生之多艰”，白居易“芙蓉如面柳如眉，对此如何不泪垂”。当然，可以在典故里写到哭，可以写到“泪沾襟”，但是，很奇怪的是，哭偶尔在典故里出现，往往是没有声音的。最多是呜咽，“磨刀呜咽水，水赤刃伤手”。杜甫敢于把哭声大张旗鼓地写出来：“野哭千家闻战伐。”“路衢唯见哭，城市不闻歌。”“哀哀寡妇诛求尽，恸哭秋原何处村。”“自说二女啮臂时，回头却向秦云哭。”“万古一骸骨，邻家递歌哭。”“应沈数州没，如听万室哭。”“战场冤魂每夜哭，空令野营猛士悲。”“恸哭苍烟根，山门万重闭。”“上有行云愁，老弱哭道路。”“征戍诛求寡妻哭，远客中宵泪沾臆。”“恸哭松声回，悲泉共幽咽。”“亲朋尽一哭，鞍马去孤城。”……这些哭声，都是国运的飘摇，生民的血泪，难得的是，他自己也哭：“少陵野老吞声哭，春日潜行曲江曲。”“天边老人归未得，日暮东临大江哭。”“临风欲恸哭，声出已复吞。”就是京师克复，他还是有后怕：“莫令回首地，恸哭起悲风。”

杜甫之所以被誉为诗圣，很大程度上就是因为他的诗篇浸透了平民的血泪和他自己的悲痛。

为什么杜甫的眼泪这么多？这实在是个不能不令他长歌当哭的时代。“安史之乱”之前，唐朝已经有五千二百多万人口，到了七年以后，“安史之乱”结束，公元763年初，只剩下不到一千七百万。(《唐书·代宗纪》）七年又两三个月之间死了三千五六百万人。每年死五百万，几乎每天要死一万多人。这可能并不完全是战死的，也有饿死的，杜甫自己的孩子，就饿死两个。而活着的人，什么时候饿死都很难说。战前米价一斗米二十个铜钱到三十个铜钱，光复了的长安，大雨加上蝗灾，米价达到一千文，七年间米价涨幅达三十到五十倍，通胀率达百分之三千到五千。已经是“白骨成丘山”了，活着的人，也不知道什么时候饿死。

在我们印象中，唐朝是我国最为强大的朝代，最值得我们自豪的时代，但是，就是在这顶峰时代，发生了“安史之乱”，从中央王朝的角度看到的是英雄豪杰平定叛乱的丰功伟绩，但是从平民百姓的角度看，这是民族陷入了空前的灾难。在这个灾难当中，平民面临着的是生死存亡的命运，这血与火的民族灾难中，杜甫和百姓一起在煎熬忍受。写出了“三吏三别”那样真正的诗史。像《石壕吏》官军拉壮丁，这一家，三个男孩子，两个战死了。还要拉老头子去当兵，老头子躲起来，结果把老太婆拉去了。这完全是叙事，到了最后才有一点抒情：“夜久语声绝，如闻泣幽咽。天明登前途，独与老翁别。”更加悲凄的是《无家别》，战败归业的士兵，发现村子空了：“久行见空巷……但对狐与狸，竖毛怒我啼。四邻何所有，一二老寡妻……县吏知我至，召令习鼓鞞。”就是这样，还要被拉出去打仗，更惨的是，此时就是要告别，也没有家可别了：“人生无家别，何以为烝黎。”杜甫作诗史，他的家国情怀并不仅仅停留在家上，同时，他还把国运放在第一位。在《新安吏》中，官军打了败仗，人口骤减，降低征兵年龄。在这种情境下，杜甫忍住内心的悲郁，出于民族大义，对这些孩子，强颜勉励。

况乃王师顺，抚养甚分明。送行勿泣血，仆射如父兄。

仆射，指的是唐王朝的中流砥柱郭子仪，在《垂老别》中，杜甫写及他年老而主动从军，悲而壮。

四郊未宁静，垂老不得安。子孙阵亡尽，焉用身独完。投杖出门去，同行为辛酸。幸有牙齿存，所悲骨髓干。男儿既介胄，长揖别上官。老妻卧路啼，岁暮衣裳单。孰知是死别，且复伤其寒。此去必不归，还闻劝加餐。土门壁甚坚，杏园度亦难。势异邺城下，纵死时犹宽。人生有离合，岂择衰盛端。忆昔少壮日，迟回竟长叹。万国尽征戍，烽火被冈峦。积尸草木腥，流血川原丹。何乡为乐土，安敢尚盘桓。弃绝蓬室居，塌然摧肺肝。

虽然家庭残破了，但是，对国家的责任，还是要义无反顾地承担起来。忍悲而壮，悲中有义，惨而有志。

虽然他身为官员，不用服兵役，“生常免租税，名不隶征伐”，但是，百姓的苦难和国家的灾难，同时压在他的肩头，感同身受。

颠沛游离多年，杜甫到了成都，有高适、严武的照顾，安定下来，在成都建了个草堂，很破，屋顶还经常被吹掉，“八月秋高风怒号，卷我屋上三重茅”。杜甫还是依附这些朋友来接济自己，高适当权的时候，还给他送过米。他依靠的官员严武不在了以后，他就待不住了，想沿下江回到长江下游，到江苏、浙江、安徽一带过太平日子，他日日夜夜考虑粮价，“为问淮南米贵贱，老夫乘兴欲东游”。和李白相比，真是天壤之别，李白是连酒价都不会考虑的。最好让洞庭湖都是酒，把它喝掉，多少钱？不管它。两个人感觉不一样。最后杜甫之死，据传说，不知道是真的还是假的，他到一个地方饿得要命，有个朋友给他非常好的饭菜，当中有牛肉，杜甫就难免大吃，结果就胀死了。

李白呢，他不是胀死的，他不愁吃，他在船上喝了酒，一看，月亮嘛，老朋友，就去捉月亮，“欲上青天览日月”，是他自己讲过的嘛，去览的结果就是送掉了老命。一个是穷人、现实主义的诗人，另一个却是浪漫主义的幻想家，被天才的想象宠坏了的大孩子，政治上碰了那么多硬钉子，几乎是到了临终弥留之际，还是觉得自己是“大鹏”（大鹏飞兮振八裔），而杜甫到了生命的最后阶段觉得自己只是天地之间的一只漂泊的沙鸥（飘飘何所似，天地一沙鸥）。两个人的性格就是如此不同。穷得要饿死的人，和把喝酒当作职业的人相比，生命体验不同，诗歌的风格当然也就不可能相同。

尽管如此不同，杜甫和李白，还是我国诗歌史上的盛唐气象，两座无可逾越的高峰。在当时世界文化的天宇上如日月并出。其时，阿拉伯帝国正经历着改朝换代和分裂，公元751年的怛罗斯之战，为唐军所战败。拜占庭帝国苟延残喘，西欧才开始进入历史舞台。印度仍然处于分裂状态。8世纪中叶，盛唐是世界上最强大繁荣的国家，文化天宇上，星汉灿烂。绘画有吴道子、李思训、阎立本、韩干、王维、孟浩然……特别是雕塑，洛阳石窟最西部无名氏所雕的卢舍那大佛像，至今仍然是中国古代雕塑的最高标志。书法家有颜真卿、柳公权、张旭、怀素。音乐更是融合了西域的乐曲，唐明皇、王维都是音乐家，歌唱家李龟年、雷海青，舞蹈家公孙大娘，皆名噪一时，特别是杨玉环由于贵妃的身份更是超级明星。中国诗的格律绝句、律诗已经高度成熟，诗人，有诗仙李白，诗圣杜甫、诗佛王维、诗鬼李贺，诗国的天宇上，灿如星海。此时，欧洲还处在中世纪的黑暗中。而在东亚朝鲜、越南、还没有自己的文字，他们的知识分子只能到中国来考取功名，因而，他们的古典诗歌，就是汉语诗歌，日本的留学生在汉字基础上建构了日语文字，汉字写诗蔚为大观。

几百年以后，在地中海的一个西西里小岛上，才出现一线文化的曙光，后来盛行于欧洲的十四行诗才用西西里方言草创，要看到但丁、彼得拉克那样的巨星冉冉升起，历史还要再等待几百年。直到20世纪初，美国诗人惊异于汉语诗歌不是像他们那样长篇大论地追求哲理升华，而是以密集的意象思维写就，于是师承中国古典诗歌，产生了意象派，其旗帜性人物庞德，还成了美国的伟大诗人。虽然意象派时间不长，但是，美国最富于美利坚民族性格的大诗人弗罗斯特在 1965 年之前，就曾总结了中国诗学文化对美国诗人的影响，并认为这种影响波及欧美三代诗人：第一代以庞德为代表，第二代以他自己为代表，第三代则以金斯伯格为代表。在 20 世纪三四十年代写作的诗人，他们继承了前人已采用的中国诗歌的话语范式。历史的发展有时很怪异，20 世纪初，当意象派和欧美诗歌向中国古典诗歌学习的时候，我们的新诗的开拓者胡适却把古典诗歌当作镣铐打碎，把西方意象派当作典范来学习。一百年来，新诗至今仍然不被国人普遍接受，古典诗歌经典仍然保持着不朽的生命，千秋功罪有待具备古典诗歌修养的人们做科学的评说。

李煜：精神孤岛上的“南面王”
——兼谈个案分析和单元文本概括问题

本文谨以李煜的系列经典词作为例，做同类单元组合，如果真要讲“大单元”，这个单元就要很大，需要深刻的综合和分析，才能深化理解作品的优长与局限，从文本以外假定一个大概念，设置情境，可能是不得要领。

一、个案具体分析和系列母题的综合：梦

从李煜的《忆江南》开始：

多少恨，昨夜梦魂中。还似旧时游上苑，车如流水马如龙，花月正春风。

仅凭直觉就可以看出，李煜是在怀念他失去的天堂。盛大繁华场景，引起无限的悔恨。局限于个案文本分析，难以做更深入分析。而联系李煜的系列（单元）作品，不难发现，其中有个不断重复的意象，综合概括起来就是“梦”。《忆江南》上下两片都以“闲梦远”开头。《子夜歌》云：“故国梦重归，觉来双泪垂。”又云：“往事已成空，还如一梦中。”《浣溪沙》云：“转烛飘蓬一梦归，欲寻陈迹怅人非。”《采桑子》云：“可奈情怀，欲睡朦胧入梦来。”不一而足。似乎他活着就是为了做梦。综合概括出的梦的共同性，具有相当丰富的深邃潜在量。于此设置同类母题情境，不难展开比较丰富、深刻的多层次分析。

按弗洛伊德的说法，梦是长期压抑在潜意识中的欲望的畸变（distortion），属于“苦闷的象征”。这是梦的共性，但是心灵不同，梦的性质不同，在文学作品中以不可重复的特殊性、唯一性为上。杜甫的《梦李白》梦见的是落难的朋友李白出现在眼前：“魂来枫林青，魂返关塞黑。”白居易在《梦微之》中，和逝世的好友元稹携手同游：“夜来携手梦同游，晨起盈巾泪莫收。”梦中情绪都是美好的，可以向世人告白的。而李商隐的梦则是朦胧的、

缠绵的、暧昧的爱情："庄生晓梦迷蝴蝶，望帝春心托杜鹃。沧海月明珠有泪，蓝田日暖玉生烟。"（《锦瑟》），就是要你当作难度很大的谜一样来猜的。李白最著名的梦则是想象中的梦游。从最高的政坛跌落，所梦乃是从失落中超脱，得到仙人列队，豪华仪仗欢迎："霓为衣兮风为马，云之君兮纷纷而来下。虎鼓瑟兮鸾回车，仙之人兮列如麻。"（《梦游天姥吟留别》）如此之梦是豪迈的，痛快的，是面向未来的呐喊，是高傲人格的回归，是公开向朋友公开夸耀的。

梦的性质乃现实中难以实现的变形（畸变），这是梦的共性，有了共性，就有了可比性，就不难分析出李煜的特殊性，不是单层次的，而是多层次的。

他的梦既不是美梦，又不是噩梦。不是城破国亡的悲惨，相反，表面上是好梦，是失去的天堂的显现："四十年来家国，三千里地山河。凤阙龙楼连霄汉，玉树琼枝作烟萝，几曾识干戈？"当年当皇权的尊荣，这是第一层次的特殊性。"一旦归为臣虏，沈腰潘鬓销磨。最是苍黄辞庙日，教坊独奏别离歌，垂泪对宫娥。"从君主沦落为俘虏的无奈，这是第二层次的特殊性。"花月正春风。"花、月和春风，三个美好意象的并列，欢乐不只在宫苑，一个"月"字，点明欢庆是夜以继日的。中间加了一个"正"，不仅是为词牌规定而凑字数，而且提示着梦中过去进行时的欢庆，变成了现在进行时的悲痛。"多少恨"则属于第三层次。这个"恨"字用得比较大胆而有弹性，恨什么呢？当然是恨失去了天堂。谁让他失去的？大宋皇帝。那是不能直接说出来的，可以解释为恨自己。悔恨，自己无能，昏庸，对不起祖宗。痛苦是秘密的、无法公开的。作为政治俘虏，流露出追怀故国的情绪极其危险。在一般情况下，他只以"愁"来掩盖："问君能有几多愁，恰似一江春水向东流。"

学者们的分析只到这个层次为止。但是，这个词牌，有两种，一种是到此为止，另一种是"双调"，也就是把前面的重复一下，因为先有乐曲后配词，这是由乐曲规定的。不少学者把李煜这首双调的《忆江南》下面半片丢掉了。其实，下半片是很重要的：

多少泪，断脸复横颐。心事莫将和泪说，凤笙休将泪时吹，肠断更无疑。

表层的意象是，泪流了一脸，精彩在于"心事莫将和泪说"。此时，他给南京故宫人的信中说"此中日夕以泪洗面"[①]。但是，只能自己哭，却不能说，"心事"，是秘密的，性质开头就点明是"恨"（"多少恨"）。关键在于不能"和泪说"，伤心到流泪了，也不能说出来。通俗地说，就是有苦说不出，不管有"多少恨"，不能说出声，更不能演奏笙箫音乐来消解。笙箫的低回旋律，不但不能解脱心中之恨，反而使他更加痛苦（"肠断更无疑"）。

这是第四层次。

刻骨铭心的悲苦说出来是不安全的，只能强行压抑在心中。可藏得越深，越是不能消解。最安全的消解，就是梦中的畸变。天知，地知，唯我秘知。

---

① 沈雄《古今词话》，上海古籍出版社 2009 年，第 20 页。

但是梦的更深层次还在于，词作并不是在梦中写就的，而是在醒后建构的。构思之巧在于：梦与醒的瞬间转换，梦中的欢乐，变成醒后的愁苦。

这是第五层次。

有了这样的基础，对李煜的其他词作中的梦，我们才有更进一步从更高层次上揭示其深邃内涵的可能。《浪淘沙》（帘外雨潺潺）：

帘外雨潺潺，春意阑珊。罗衾不耐五更寒。梦里不知身是客，一晌贪欢。

独自莫凭栏，无限江山，别时容易见时难。流水落花春去也，天上人间。

梦境是迷糊的，回忆却是清醒的，从梦到醒：从听觉开始，雨声是细细的，不紧不慢，不同于他父亲李璟那种"细雨梦回鸡塞远，小楼吹彻玉笙寒"（《摊破浣溪沙》），那是精英文化悲秋的感伤，而他是从梦中的欢乐回到痛苦的现实。接着是触觉提醒五更的寒气，仅仅是气候性质的吗？春意阑珊，春天已经快要过去了，夏天快要到来了，寒冷的感觉还是不变。五更寒，隐含着政治的严酷性。"梦里不知身是客"。"客"字用得含蓄又谨慎。从地域意义上说，是"客"；从政治意义上说，不是"客"。"客"可以自由归去，俘虏则注定客死他乡。不是"客"，就是"主"，因而不是一般的欢乐，而是"贪欢"，"贪"，贪图，就是忘乎所以，恍惚之间，仿佛真是人主了。可恨梦只在"一晌"之间就醒了。精彩就在梦与醒之间身份刹那的转换。贪欢的人主，转化为"客"，梦中的欢乐反衬出清醒的哀痛。但是，回避了高级囚犯身份。如果说，梦里不知身是囚，或者身为虏，就失去"客"的背后那不可言说的丰富性了。更加悲痛的是：从此以后，不要独自凭栏，以免登高望到"无限江山"，字面上是泛指，实指故国的江山。本来故国的江山说得夸张，也就是"三千里"，在怀念中变成了"无限"。

"别时容易见时难"，"别"字用得太有策略了，好像是朋友离别，其实是被软禁了。"见时难"，好像是儿女情长，其实是掩饰着投降时的屈辱。"流水落花春去也"，表面上是文人的惜春、伤春，其实是掩饰，落花流去的不是春光，而是梦中的"天上人间"。"别时容易见时难"，字面上是，当俘虏容易回家很难。其实当俘虏也不容易，他写过："最是苍黄辞庙日，教坊独奏别离歌，垂泪对宫娥。"（《破阵子》）。其实，都城陷落，肉袒出降，赤裸着上身，乘羊车，对他是多么大的侮辱，让他出多么大的洋相。羊有多大力气，能拖多大的车？堂堂一国君主，居然能忍受这样的羞辱！倒是他的御史中丞吉朗，在精神上受不了，当场自杀了。[①] 这个"难"不仅是客观的，而且是主观的"难堪"。他昏庸，但是，没

① "帝（李煜）乘羊车肉袒出降，群臣号泣攀车……御史中丞吉朗叹曰：'吾智不能谋，勇不能死，何忍君臣相随北面事贼虏乎？'乃自杀。"而李煜却偷生接家封侯。见《御批历代通鉴辑览》卷三十一，《四库全书》，史部，编年类。

有像刘禅那样当了俘虏，把君主的记忆一笔勾销，干脆宣言“此间乐，不思蜀”，被封为安乐公，完全放弃了精神生活。李煜与刘禅不同，的确，在现实中，他失去了起码的自尊，苟且偷生。但是，他把生命的价值寄托在艺术的创作中。

他天生不是一个政治家的料，本来也没有指望当上君主，他沉醉于诗词书画。据《画史》，他为了避免太子李弘冀猜忌，为画皆题“钟隐”，“钟峰隐者”，意为于钟山（南京）隐居。①表明自己无意争位，志在逍遥山水。他父亲李璟早年曾说过帝位可能兄终弟及，太子就杀死其叔父李景遂，不料自己不到三个月，还不满三十岁就莫名其妙地“暴卒”了。这就轮到了李煜为太子，有大臣说他“德轻志懦，又酷信释氏，非人主才”②，即性格懦弱，又信佛，不堪国君之任。但是，李璟很恼火，把这个人下放了，此人最后死于非命。李煜就这么当上了皇帝，享受了十余年的荣华，留下了无限的哀痛。

他被推上国君的宝座，完全是某种历史的误会。他本性是个诗词书画音乐方面的天才艺术家。南唐这个小朝廷，割据着南京和南昌一带，偏安于江南一隅。面对着宋王朝的咄咄逼人的军事压力，南唐处于风雨飘摇之中。他父亲李璟同为艺术修养挺高的词家，比较识时务，对严峻的形势相当清醒，自知不是宋朝的对手，对强权只能服软，故取消帝号，降格自称南唐国主。不用南唐的纪年，改用宋王朝的纪年。

李煜接手的就是这样一个烂摊子。要当稳皇帝，要延续国运，改变被动的局面，须要审时度势，拥有雄才大略，卧薪尝胆，奋发图强，力挽狂澜。但是，艺术家李煜不要说雄才大略，就是起码的振作心态都没有。欧阳修《新五代史》说他“性骄侈，好声色，又喜浮图，为高谈，不恤政事”③。当然，面对危机他似乎也不是没有一点感觉。但他既没有以柔克刚的谋略，又不能干脆认怂，早早投降，结束分裂局面，让国家早日统一。和李煜差不多同时，有一个以杭州为中心的吴越国，国君钱俶，就比较识相，力量对比不相当，就主动投降，把以杭州为中心的十三州全部奉上。赵光义对他表面上就非常客气，给他一个空名叫“天下兵马大元帅”。投降的国君，性质是高级俘虏，把全部兵马都交给你，这不是开玩笑吗？部队都是你大宋王朝的，我小命都在你手里。这个人，就比较实际，韬光养晦，诚惶诚恐地做出不敢当的姿态。宋军出征，带他一起去。上早朝，他都不敢睡过头，比别人先到。他时时处处如履薄冰，如临深渊。最后还是莫名其妙地死了。

李煜向赵宋称臣了。既然称臣了，赵匡胤就有权诏他北上，他不敢去，派了弟弟去，一去不归。他想念弟弟，留下了名句“离恨却如春草，更行更远还生”（《清平乐》）。赵匡

---

① 米芾《画史》，《四库全书》，子部，艺术类，书画之属。

② 《御批历代通鉴辑览》卷七十一，《四库全书》，史部，编年类。又见司马光《资治通鉴》，卷二百九十四。

③ 欧阳修《新五代史》卷六十二，《四库全书》，史部，正史类。

胤有名言："卧榻之侧，岂容他人鼾睡？"几次要他正式投降，他没有什么应付的谋略，实行鸵鸟对策，拖了五六年。待宋军大举进攻，他忽然又激进了起来，不自量力，以为凭长江天险，几十万大军，可以殊死一搏，甚至还准备以身殉国，好像挺有英雄气概，居然挣扎了一年，都城失陷，他只好投降。到了开封，被封"违命侯"。虽称侯爵，但是，是不听话的，这个称号是长辈对小孩子的口气。宋太祖赵匡胤比较温和，他还能窝窝囊囊活下去，后来心狠手辣的赵光义即位，将其改为陇西郡公，从侯爵到公爵提高了一等，可陇西在什么地方？顾名思义，在甘肃西部，实际上是在河南这一带。完全是耍他。他如果聪明一点，就该学刘后主，干脆就"此间乐，不思蜀"。但是，刘禅的生命全在政治，政治上的游戏结束了，其他一无所有，只能安分守己地过小日子。所以他被封为"安乐公"，成为十足的精神的空壳。李煜本来就不是政治家，政治上的职责，对他的本性是一种异化。他失去了帝位，没有成为刘禅那样精神的空壳。一旦异化的压力消解，他的天才的艺术家禀赋、审美情操却得到空前的发挥。在艺术创作中，他被奴役的心灵创伤得以疗救。失去了南唐国主的皇冠，剥脱了政治军事上的侏儒外衣，他横溢的天才得到升华，与那个两度被俘，两度复辟的拿破仑以失败告终不同，他登上了词坛的"南面王"[①]的宝座，创造了中国也是世界诗坛上的绝世奇观。

二、李煜大单元：从"梦"到"无言"：生命的郁积

词坛"南面王"的称号，意味着艺术的顶尖成就。最具艺术性的构思，当是在梦与醒的临界点上，贪欢与猛醒之间的无奈和悔恨的转换。更为深沉的是，从梦意象的潜在量中衍生出孤独"无言"的核心意象：梦中欢乐的自由转化为无从诉说的不自由。

无言独上西楼，月如钩。寂寞梧桐深院锁清秋。

剪不断，理还乱，是离愁。别是一般滋味在心头。

开头定性为"无言"。不但"无言"，而且孤独，不但孤独，而且静止。外表上宁静，以"月如钩"衬托。中国古典诗歌中圆月是美满的，而如钩之月，则不美满，一般叫作残月或者缺月。 温庭筠有"江上柳如烟，雁飞残月天"(《菩萨蛮》)。柳永在《雨霖铃》中写与情人分别而醉倒于露天："今宵酒醒何处？杨柳岸，晓风残月。"李清照在《摊破浣溪沙》中这样说："病起萧萧两鬓华，卧看残月上窗纱。"病中起来，发现自己头发白了许多，只能是躺在床上看"残月"了。 汤显祖有"寂历秋江渔火稀，起看残月映林微。"(《江宿》)心情不好，月亮就叫作"缺月"。苏东坡流放黄州有词云："缺月挂疏桐。"(《卜算子》)心

① 沈雄《古今词话》，上海古籍出版社2009年，第21页。

中郁闷，不敢表达，只能是“月如钩”。如果他还在当皇帝，那可能就不是月如钩，而是像李白那样“青天悬玉钩”了。

口头上无言，身体上静止，而内心却相反，思绪骚动，“乱”得很，心烦意乱，定性为“离愁”，这和“身是客”一样是掩饰高级俘虏身份。立意摆脱沉重的郁闷，但是无效。深院、梧桐、清秋。本来可能是优雅的，欧阳修《蝶恋花》中的“庭院深深深几许，杨柳堆烟，帘幕无重数”，那是少妇思夫，可以自由上楼下楼，出入庭院。而李煜虽然赐有府第，但是门口有人把守，没有特别允许是不可出入的，是没有自由的。但是，这样的软禁，李煜不能直说。只能说“深院锁清秋”，锁的是清秋，词眼乃是一个“锁”字。秋是抽象的，用感性动词“锁”，抽象的“秋”就感性化了。表面上更接近文人的悲秋。潜在意味，不言而喻，被锁的不是秋，而是人，是人不自由，人的“无言”。一个“锁”字，侯爵的深深府第就变质为重重封闭的单人牢房了。这种孤独是空前的。陶渊明是孤独的，但是还有邻居，“邻曲时时来”“有酒斟酌之”，还能“奇文共欣赏，疑义相与析”。李煜的孤独是“无言”的，不能明言的，但是，内心思绪却可谓乱云飞渡。非常独特的是“剪不断”，和用具体的感性的“锁”去“锁”抽象的“秋”一样，用具体的、感性的“剪”去“剪”抽象的“愁”。也许是和李白的“抽刀断水水更流”有某些师承。但是，李白的刀下断的是可感的“水”，而李煜剪的是不可感的“愁”，这种用具象动词，将抽象的愁具象化的方法后来为李清照所师承：“只恐双溪蚱蜢舟，载不动，许多愁。”

字面上点明这无法解脱的是“离愁”。离愁本来是游子的乡愁，但李煜的愁并不是乡愁。“愁”字是不能完全表达纷乱的思绪的。只能说，“别是一般滋味在心头”。什么滋味？太丰富，太纠结了，不能说出来，也说不清。李煜对“愁”这个字不信任，太贫乏，太抽象，太轻松，无法用语言表达，只能说“别是一般滋味在心头”。这一点后来被李清照发挥了：她在《声声慢》中用了一系列的意象，最后的结论是：“这次第、怎一个愁字了得。”一个“愁”字，实在是太贫乏了，哪里有那么丰富的情感，那么多的奥秘。

千百年来诗人写离愁别绪，都是定性的“愁”的，但是李煜说是离愁，又不是离愁，而是“别是一般滋味在心头”。不定性的，比定性的“愁”，更丰富。这可以说是李煜对离愁母题的一次静悄悄的突围。

细心的读者读到这里，不难看出，笔者所用的方法，已经不限于共时的概括和分析，而是结合历时的比较，在母题的历史继承和发展上做出综合概括。

李煜的悲愁，字面上明说是“无言”，语言无从穷尽内心的积郁，实质上他的语言深层又精准地表现着内心隐秘的纠结。对不可表现的做出天才的表现，他享受着自己的艺术体验。

对于教师而言，设置精准的情境，应该从文本的内在联系和矛盾出发。具体分析出这样的矛盾，就不难从现成的情境中提出问题，调动丰富学生的主体的情思。

在艺术境界里，李煜是孤独的，还原到现实生活中，他的正式身份是高级贵族，毕竟是名义上的侯爵（后来还升格为公，尊称为“太尉”），他拥有众多侍从和侍女。他甚至可以以词作排练歌舞。但是，他把这一切提炼成“无言”的精神孤岛上的无限的忧郁。《虞美人》云：

春花秋月何时了？往事知多少！小楼昨夜又东风，故国不堪回首月明中。

雕栏玉砌应犹在，只是朱颜改。问君能有几多愁，恰似一江春水向东流。

在这个孤岛上，除了大自然以外，什么人都没有，他一个人，没有交流对象，但是，内心并不荒凉，他只能自我对话，自言自语，以极其精练的意象，建构起与时间纠结着延续着的郁闷。时间是抽象的，李煜的意象概括力很精练，一年的时间仅以春花、秋月两个意象来概括。在一般诗词中，可能是春兰、秋菊。那是美好的、高雅的，而在他笔下，美好的景观却是难以忍受的“小楼昨夜又东风”，东风是春天的信息，一个“又”，美好的季节信使变成烦恼来袭。郁闷不是随着岁月而消减，而是随着岁月的流逝，与时递增，层层积淀，不可解脱。《破阵子》写回忆故国宫廷豪华：“凤阙龙楼连霄汉，玉树琼枝作烟萝。”太写实了，在这里简化为雕栏、玉砌两个意象，与之对比的年华消逝，只有一个意象：改变的朱颜。体现了物不变与人巨变之痛。最后是“问君能有几多愁”，用问句引出“一江春水向东流”的著名比喻。好在何处？一是春水之盛，二是凝视春水之流动，三是江水向东，永远不会休止。忧愁得到创新的表现，精神就在艺术的境界里得到解脱。

从这里分析出李煜对离愁的母题的又一突破：悲愁不是随时间流逝而淡化，而是永无休止，而且随着季节的重来的信息而递增。更深邃的是，这种忧愁、隐痛，处于沉睡的状态，压抑到无意识中，似乎是麻木了，但是，这种郁闷又带着很强的活性，哪怕是美好的季节信息，也能激活。现实中精神贫困就被这种被唤醒隐痛不断地充实着。

李煜的这种精神孤岛持续递增的隐痛，之所以“无言”，不但是由于失落君王之位，而且在于他的爱情被野蛮地蹂躏。

李煜向为君主之时，非常风流。他跟大周后情好甚笃，但他又热恋上大周后水灵多情的妹妹，两个人偷情。大周后逝世，妹妹就正式立为小周后。在投降赵宋以后，他被赵光义玩弄于股掌之中，他所宠爱的人也成了人家手中的宠物。赵光义是什么都干得出来的，当上皇帝也留下了烛光斧声的谜团。历史学家怀疑是他杀了哥哥，抢了侄儿的皇位，还让侄儿死得不明不白。他不在乎什么君临天下的圣主明君的形象，完全不掩饰自己色魔的角色。《说郛》载：“小周后随后主归朝，封郑国夫人，例随命妇入宫，每一入，辄数日，出必大泣，骂后主，声闻于外，后主多宛转避之。”[①]还有传说，出行同车，入则同床，赵光义

① 陶宗仪编《说郛》卷三十八下，《四库全书》，子部，杂家类，杂纂之属。

还让一个宫廷画家画了一幅《幸小周后图》。作为皇帝，是不是真敢这样不顾体统，让画留传后世，似可存疑。但是随意霸占小周后应该是真的，这种情感上的蹂躏，对于李煜是太残忍了。他在给金陵（今江苏南京）旧宫人的信中说“此中日夕，只以眼泪洗面”[①]。李煜和小周后应该是有真感情的，双双忍辱负重到如此不堪的程度，李煜死后，小周后“悲哀不自胜，亦卒”[②]。

说他活着，似乎就是为了梦，现在看来，还要补充。梦不能解除他的悲郁和羞辱，更不能给他男性的起码尊严，他从梦中醒来以后感受到无言的难堪，触目皆是自惭，支撑着他活下去的，就是他的词的艺术，他把他的悲痛、他的屈辱、他的悔恨，聚焦在他的艺术中，谨慎地宣泄着悲郁，自我抚慰心灵的伤痕。只有在艺术的品位上，他感到某种优越，感到欣慰，默默地体验自尊。这种自尊的获得，最主要来于，他把个人最不堪的隐痛，在艺术上，转化为人生普遍苦难，从中找到活下去的优越感。《相见欢》（林花谢了春红）中有含蓄而沉痛的表现：

林花谢了春红，太匆匆。无奈朝来寒雨晚来风。

胭脂泪，相留醉，几时重。自是人生长恨水长东。

因为太含蓄太深沉，一些学者就看不出其中的隐秘，只看到春花凋谢引发亡国之恨，“胭脂泪”是春花和着胭脂滴下的血泪，性质上是诗人“惜春伤春之泪”。如果仅仅是这样，这可能是俗套。其实，词眼在于“林花谢了春红”引发的“胭脂泪”是女性的泪。和眼泪相联系的是“相留醉”，男女双方曾经相互迷醉。迷醉不是现时的，而是过去甜蜜的回忆。“几时重？”什么时候才有指望重温旧梦啊？“自是人生长恨水长东”，没有未来了。从修辞上说，比之“问君能有几多愁，恰似一江春水向东流”少了“恰似”，多了两个“长”字，长恨，长东，说的是“人生”，这就超越了君王的特殊身份，不仅仅是普通的儿女之情，而是升华为普遍的“人生”苦难了。

在他的杰作中，有一种强烈的概括性，使得他的痛苦带上普遍的色彩。“人生长恨水长东”也好，“别时容易见时难”也好，“往事知多少”也好，“剪不断，理还乱”也好，“别是一般滋味在心头”也好，其概括力常常超越了具体君王身份，而上升为人生普遍的体验。个体体验延伸为普遍的人情，是如此不着痕迹，千百年来的读者不由得从中唤醒某种体验，发出由衷的赞叹。

这个“相留醉”的女性给他带来了精神的灾难，也触发着他幸福的记忆。《菩萨蛮》是

---

① 此事最早见于宋人所著《默记》卷下，《四库全书》，子部，杂家类，杂事之属。后为《说郛》《古今诗话》《古今说海》所转抄。

② 陆游《陆氏南唐书》卷十六，《四库全书》，史部，载记类。

写大周后死之前，他与小周后偷情。他放下君王的身份，代拟女性独白：

花明月暗笼轻雾，今宵好向郎边去。刬袜步香阶，手提金缕鞋。

画堂南畔见，一晌偎人颤。奴为出来难，教君恣意怜。

写的是小周后乘着月暗雾遮，把鞋子脱了，提在手里，穿着袜子，以免弄出脚步声来，在偏僻的角落，投入怀抱，还禁不住颤抖。男性完全没有帝王之尊，女性也没有嫔妃承宠的诚惶诚恐，又胆怯，又陶醉。女性的美，不在容貌，而在为了情感而神经紧张，招人怜惜的柔弱、娇气。大周后过世，她正式立为皇后，是为小周后。李煜的《一斛珠》里回忆这小娇气如何变成小娇纵了：

晚妆初过，沈檀轻注些儿个。向人微露丁香颗。一曲清歌，暂引樱桃破。

罗袖裹残殷色可，杯深旋被香醪涴。绣床斜凭娇无那。烂嚼红茸，笑向檀郎唾。

虽然是皇族，但是自由放任，风情万种，完全是平民化的肆无忌惮的调情。意象群落不是景观，而是一连串的动作，化妆、歌唱和饮酒，不过是铺垫。高潮在其醉态，毫无等级身份的顾忌。一方面有女性的娇弱（绣床斜凭娇无那），站都站不稳了，另一方面则是“烂嚼红茸，笑向檀郎唾”，居然对男性公然冒犯，完全不把男性尊严放在眼里，以敢于冒犯来表达对男性的情感的绝对把握，完全沉醉对自己的狂放的陶醉中。这种醉，不是为酒而醉，而是为情而醉。醉得忘乎所以，肆无忌惮，毫无装腔作态。用今天的话来说，完全是被宠坏了，以之为荣，哪里还是等级森严的嫔妃？以这种情感爆发的大动作来直接抒情，实在是浪漫绝顶了。用八百年后英国浪漫主义诗人华兹华斯的话来说，就是“强烈感情的自然流露”。一位中国顶级权威学者在英文论文中说，中国古典诗歌多夫妻之情缺乏爱情。那是太片面了。

李煜眼看着自己的小娇妻为暴君蹂躏，强自隐忍，其悲愁，不是不能定性，而是一切的语言都是苍白的。就是用不断流动的一江春水，比喻“人生”的长恨，也无法穷尽内心悲郁，语言在他这里实在是太抽象，太贫困，太空洞了。他的艺术是无言和纷纭思绪的统一，这很容易使读者想起了老子的“大美无言”。在李煜是太悲无言，然而无言胜过有言。愁和怨、哀和痛由于无从表达而使美感更加丰富。

他的梦不能解脱他的羞辱，但是他的“无言”却升华了他的悲痛，在他的词的艺术驾驭中，他找到了活下去的价值。在艺术境界里，他自我陶醉，自我欣赏，甚至达到了忘乎所以的境界。完全忘记了他的“无言”的自我警惕。在七月七日生日的晚间，居然命歌妓演唱他的新词。欢庆旋律传到院外，告到赵光义那里，那些对故国的神往，对失去的天堂的追怀，让这个政敌加情敌起了狠毒的杀心，留着他是个麻烦，就命秦王赵廷美，赐他牵机毒酒，这种牵机毒很可怕，毒发，头部跟脚部佝偻相接，李煜死得很惨。滑稽的是最后还追封他为吴王。[①]艺术天才使他能够在为自己营造的精神孤岛上，延续着他的生命，天才的艺术又使他失去了生命，死时才四十二岁。

一代天才死得这么悲惨，可是导致他死亡的词却保持着千年不朽的生命力。千年以来，他的许多词仍然活在国人心中，在不同政治、文化背景下，作为格言被灵活引用。他头上君王的冠冕不过十余年，他死后封为吴王的帽子不过是一时的文字游戏，但是，后世评论家为他加上的“南面王”的冠冕，却永远闪耀着不灭的光华。

三、王国维对李煜评价的“大观念”

为什么亡国之君的词千年来能够得到读者的宠爱?

孤立地分析李煜显然是不够的，追索其深刻的根源，中国传统的诗话、词话惯用的方法，就是超越个案以相关文本进行比较。比较有同类和异类之分。诗话、词话中留下经典之论的大都以同类比较取胜。

从身份而言，与李煜最相近的是刘后主刘禅。同样是亡国之君。投降敌国的刘禅“此间乐，不思蜀”，毫无心理负担地作为精神空壳活下去，乐不思蜀成为后世的隐含贬义的成语。而李煜则把含羞忍辱的生命，用“无言”之言，营造在精神孤岛的境界中，抚慰着，陶醉着，也麻醉着，把自己的悲痛艺术化。

按常理说，一个亡国之君的眼泪，他的忧愁和痛苦，和千年来平民读者毫无关系。生活在共和制度下的读者，读末代皇帝溥仪沦为俘虏后所作的《我的前半生》并无悲悯的共鸣。读者关注的只是作品中的历史资料，但是，读李煜却不同。读者感受到的是并不仅仅是单个君王的苦难，而是超越了草包君王的身份的苦难。

李煜把自己的精神艺术化了，艺术超越实用理性，精致的形象唤醒了读者情感的悲悯，现实的悲痛上升为艺术的分享。一个低能的君主的哀愁，被提升为“人生长恨水长东”。这个“恨”的对象，如果是赵宋皇帝，那就太凶险了，他似乎恨的是自己，又不完全是自己个人，而是“人生”，是所有人普遍的命运。他的后期的全部词作，就贯穿着这种普遍性的“人生长恨”。把亡国之君个人的恨，升华为人生的“长恨”，正如白居易在《长恨歌》中把唐明皇和杨贵妃造成政治灾难的爱情审美化为爱情的悲歌，提升为天长地久，超越时间和

---

① 关于李煜的死亡原因，史料上有大同小异的记载。比较准确的有：宋太宗赵光义命南唐旧臣侦察李煜，“门者以朝禁拒之。铉言‘我乃奉旨来，愿见太尉’，门者为通”。后主引至偏处，“忽复长吁曰当时悔杀却潘佑”（此人曾上书批评，李煜令其下狱，自缢死）。“宋太宗衔之，又闻其‘故国不堪回首’之词，加怒焉。遂令秦王移具过饮，赐以牵机药。”见吴任臣编撰《十国春秋》卷二十八，《四库全书》，史部，载记类。又有：“牵机药者，服之，前郤数十回，头足相就，如牵机状也。”“后主在赐第，七夕，命故妓作乐，声闻于外。太宗闻之大怒，又传‘小楼昨夜又东风’及‘一江春水向东流’之句，并坐之，遂被祸云。”见陶宗仪编《说郛》卷五十四，《四库全书》，子部，杂家类，杂纂之属。

空间的、永恒的“长恨”。艺术审美超越性同样使得李煜成为历史精绝的奇葩。

艺术审美功能使李煜的形象在性质上转化了，读者看到的不再是君主身份，而是人，带上了人生的普遍性。读者看到的人陷于痛苦的回忆中，无以言表，在精神孤岛上，默默体悟着内心的纷纭的思绪。这隐私是丰富的，饱含着微妙而深沉的自我体验。即使是并非身处逆境的读者，也不由得产生感同身受的悲悯。

读者对他偏爱，因为他不仅是一个脱离帝王身份的普通人，而且是一个天才的艺术家，天才是不世出的，艺术有超越时空的价值。艺术品位把亡国之君的昏庸蒸发了，留给读者的是对悲剧性的深邃感受和对艺术才华的惊叹。正如书法家书写瘦金体完全不在意赵佶亡国之君的卑微，只是醉心于书法的精彩。李煜把他的自怨、自艾、自恋精致地艺术化到历史的高度，以至千年后艺术的生命依然鲜活，他仍然被奉为当时词坛的王者。

王国维用历史比较方法评价李煜：“词至李后主而眼界始大，感慨遂深，遂变伶工之词而为士大夫之词。”[①]这话有道理，但是，并不十分准确，乐工之词，早在近百年前的《花间集》时期，就成为士大夫之词，不过，以温庭筠为代表的作者，过分耽溺于华丽辞藻的堆砌，其内涵不外是：“缕玉雕琼，拟化工而迥巧；裁花剪叶，夺春艳以争鲜。”“绮筵公子，绣幌佳人，递叶叶之花笺，文抽丽锦；举纤纤之玉指，拍按香檀。不无清绝之辞，用助娇娆之态。自南朝之宫体，扇北里之倡风。”（欧阳炯《花间集序》）[②]大都意在景内、意在言内。而李后主的历史贡献，则是一扫花间集绮丽的余风，而以接近口语的白话，实现了意在言外、意在景外的余韵不尽。以无言、难言、不可言，表现苦难的深沉积淀。

当然，从方法论而言，古典词话也不乏异类之比。

沈雄《古今词话》引沈谦语曰：“后主疏于治国，在词中犹不失南面王。”还说，相比起来，那个以“云破月来花弄影”在词史上留下大名的张先，以“红杏一枝春意闹”荣获红杏尚书美名的宋祁只能当他的“直衙官”。[③]三人身份本不同类，然此语以后主为中心，将相距数百年的精英词人归为同类而次第相属。两个声名赫赫的大词家，在他这里，充其量不过是值班室主任而已。

但是，前人之精彩比较，也不无可分析之处。

亡国之君成为千古词坛的“南面王”之论脍炙人口。显然“千古”之语，明显溢美过甚了。毕竟词作为一种文学形式，后来在范仲淹、柳永、苏东坡、辛弃疾、陆游、李清照的手中才提高到与唐诗可以并驾齐驱的历史高度。

千年来评论家对其艺术的宠爱达到如此无以复加的程度，已经相当惊人了，一千年后，

---

① 王国维《人间词话》，作家出版社 2020 年，第 15 页。

② 《五代诗话》卷四，《四库全书》，集部，诗文评类。

③ 沈雄《古今词话》，上海古籍出版社 2009 年，第 21 页

到了20世纪，王国维在《人间词话》中把李煜和宋徽宗赵佶做对比，这个比较是双重同类相比：第一，同样是亡国之君；第二，同样是以俘虏之身所作之词。王国维说：

尼采说："一切文学余爱以血书者。"后主之词，真所谓以血书者。宋道君皇帝《燕山亭》词略似之。然道君不过自道身世之戚，后主则俨有释迦基督担荷人类罪恶之意，其大小固不同矣。[①]

王国维先说二者之同，不过没有停留在身份上，而提高到词作的精髓上，"以血书者"，用今天的话来说，不是以词为生命，而是以生命为词。后主和徽宗之词都是用血，用生命写的，不过程度上赵佶略逊。这是异中求同，也就是不同身份和词作之间的可比性。接着是同中求异：宋徽宗赵佶的词，不过是自道身世，而李煜的词则达到佛祖、基督的高度，明显是夸张得离谱了。

但是，排除话语上的夸张，王国维之说还是有合理的内核："担荷人类罪恶之意"，意思是以一己之身遭遇人生（不要说人类吧）罪恶，承受没有尽头的精神苦难，将其升华到审美超越的境界，从这一点说，应该是相当有警策意义的。《燕山亭·见杏花作》如下：

裁剪冰绡，轻叠数重，冷淡胭脂匀注。新样靓妆，艳溢香融，羞杀蕊珠宫女。易得凋零，更多少、无情风雨。愁苦，问院落凄凉，几番春暮。

凭寄离恨重重，这双燕何曾，会人言语。天遥地远，万水千山，知他故宫何处。怎不思量，除梦里有时曾去。无据，和梦也新来不做。

赵佶之作和李煜很相似：第一，帝王被俘去国，见自然景观而发；第二，院落中闲看；第三，借此写"离恨"；第四，想象梦中归去，可悲的是连梦却没有了。应该说，这最后借助双燕想象，旧梦可忆，新梦不再，相当精彩。但是，从整体来说，局限于个人的愁苦，未能上升到李煜那种人生苦难的高度。

赵佶的词写在李煜之后差不多一个世纪，词早在苏东坡、柳永手中成熟到可以与唐诗并驾齐驱的高度，而赵佶之作却很难列入不朽经典。原因在艺术构思上不够精致。上半片写杏花之美，用了女性拟人格，词采华丽。引出主体视角"问院落凄凉"。下半片离开杏花写双燕，引出万水千山，不知故宫何处，梦里归去不得。前半片华丽的杏花，与后半片的双燕之梦，在意脉上脱节。与李煜相形之下，赵佶情思概括力不足：第一，所写限眼前即景（杏花双燕）；第二，情绪仅限于归故宫不得之凄凉。而李煜则不限于眼前即景，而春花秋月，已经是一年的概括，而且还是"何时了"，那就是说苦难如此多年，还没有尽头。

"帘外雨潺潺，春意阑珊。罗衾不耐五更寒。"当下的景观是春雨，寒气逼人。但是，回忆却突破景观，从欢乐到苦难的顿悟。"梦里不知身是客，一晌贪欢。"就把多年的命运

---

① 王国维《人间词话》，作家出版社2020年，第18页。

的剧变概括在当下。同样突破当下的情境的，如《长相思》：“一重山，两重山。山远天高烟水寒。”即景突破眼下，空间的拓展是山远天高水寒，时间的拓展是“菊花开，菊花残”，一个美好的季节，又过去了。最后点出，悲郁在于，“塞雁高飞人未还”。他笔下的景观总是在随着时间运动着，不是引起深沉的回忆，就是揭示无望的未来。《清平乐》的“离恨却如春草，更行更远还生”大抵是怀念是出使赵宋被拘留的弟弟。他的景观随时间延展不断，实际上心绪随时间悲郁递增。这种递增的苦难往往积演为全部生命的绝望：《乌夜啼》从“昨夜风兼雨，帘帏飒飒秋声”引起的是：“世事漫随流水，算来一梦浮生。”而这样的苦难，不是随时递减，他随时随地忍受着，《虞美人》照例从季节转换，春光美好写起，“风回小院庭芜绿，柳眼春相续”，但是触动的却是悲哀，“凭阑半日独无言”，只因“依旧竹声新月，似当年”，孤独和无言，不仅在眼下凝聚，而且联系着当年。

内心忧郁，感受无限丰富而外部没有动作。在这个孤岛上，只有一个人，没有朋友，没有妻子，没有仆从，没有说话的对象，绝对孤独地站立，内心情绪复杂、纷乱，却一直“无言”，只以文字做无声的自我体悟，在自我掩盖、自我表现之间动态平衡，在抒发与隐藏之间做不能表达的表达。在变相的精神牢房中沉迷于苦难的美好，享受驾驭语言和形式的自恋。单人的精神牢房，心灵的炼狱，就这样升华为精神孤岛，把忍受苦难转化为艺术的美。他以这样梦中的天堂置换失去的天堂，这种美的特点是不与任何人共享，却能使后世仰望。王国维把他的人生苦难提升为“释迦基督担荷人类罪恶之意”，虽然有无限拔高之弊，但是，与赵佶相比，他孤独忍受着精神苦难，将之升华为人生精神孤岛的审美境界，确实是赵佶的品位所望尘莫及的。

中国诗歌的最光辉的传统，就是以生命为诗。当然，像文天祥那样，李煜够不上。他在梦的孤岛上建构起艺术殿堂，虽然并不崇高，却有以诗为生命的悲歌，成为中国诗歌史上的不朽的经典，但是，恰恰是对这样的经典的痴迷断送了他的命。我在北京大学中国诗歌研究院采薇阁开园典礼上演讲说，当了俘虏还写出世界第一流的诗歌经典，这是举世无双的。当时有法国文化参赞在场，我说，你们伟大的拿破仑皇帝当了两回俘虏，连一句诗也写不出来。李后主当了俘虏却登上了诗歌艺术的高峰。李煜生活在10世纪，从世界诗坛来看，还没有一个大诗人可以与他并肩。日本人、朝鲜人、越南人，当时正在用汉字写近体诗。欧洲还在中世纪的黑暗之中，波斯的莪默·伽亚谟还要等一个世纪才写出他的杰作《鲁拜集》。欧洲的大诗人彼得拉克和但丁，还要等三百多年才写出十四行诗的经典，至于莎士比亚体的十四行诗，历史还要再等待近三百年。

在10世纪的世界抒情诗上，李煜完全可以在毫无竞争对手的情况下获得世界诗歌的桂冠。

这个词坛的“南面王”，再等一百年，才被苏东坡超越。

仿作胜于原作

——崔颢《黄鹤楼》和李白《登金陵凤凰台》

崔颢《黄鹤楼》:

昔人已乘黄鹤去，此地空余黄鹤楼；黄鹤一去不复返，白云千载空悠悠。晴川历历汉阳树，芳草萋萋鹦鹉洲。日暮乡关何处是？烟波江上使人愁。

崔诗先作于武昌黄鹤楼，李白后来，有“眼前有景道不得，崔颢题诗在上头”之佳话，遂引发孰优之争，从北宋一直争到清末，为了两首诗之优劣，争讼近千年，这也许是世界文学史上绝无仅有的佳话。

不少论者以为崔颢诗更好。理由是，崔颢诗是原创。严羽《沧浪诗话·诗评》甚至认为，唐人七言律诗，当以崔颢《黄鹤楼》为第一。

当然，这是有道理的。

从艺术成就来看，这首当属上乘，虽然平仄对仗并不拘泥规范（如第二联），但是首联、颔联古风的句式，反而使情绪起伏自由而且丰富。沈佺期也有被一些诗话推崇为“七律最佳”的《古意》，崔诗与之最大的不同在于，并不用古风式的概括式抒情主人公的直接抒发（“九月寒砧催木叶，十年征戍忆辽阳。白狼河北音书断，丹凤城南秋夜长。谁为含愁独不见，更教明月照流黄……”），而是纯用个人化的即景抒发，情感驾驭着感官意象，曲折有致。

此诗属于人生苦短的母题。第一联，是“黄鹤”已经消失而“黄鹤楼”则“空余”的感叹。乘黄鹤而去，是传说中生命的不灭，然不可见，可见的是黄鹤楼，因而有生命不灭的缥缈之感，隐含着时间无穷和生命有限的感叹。第二联，第三次重复了“黄鹤”，是古风的句法，在律诗是破格的，但是与律诗句法结合得比较自然。王世贞以为“崔诗自是歌行短章，律体之未成”，指的可能就是前两联。时间流逝（千载）的不可感，大自然（白云）

的不变的可感，生命迅速幻变的无奈，变得略带悲忧，意脉低降，情绪节奏一变（量变）。第三联“晴川历历汉阳树，芳草萋萋鹦鹉洲”，把生命苦短放在眼前天高地阔的华美空间来展示。物是人非固然可叹，但景观的开阔暗示了诗人立足之高度，空间高远，美景历历在目，不是昔人黄鹤之愁，而是景观之美，正与黄鹤之缥缈相反衬，精神显得开朗了许多，因而，芳草是“萋萋”，而不是“凄凄”。情绪开朗，意脉为之二变。意脉节奏的第三变在最后一联“日暮乡关何处是？烟波江上使人愁”，突然从高远的空间，联想到遥远的乡关（短暂生命的归宿），开朗的情绪低回了下来。但言尽而意不尽，结尾而有持续性余韵。这感喟的持续性，和绝句的瞬间情绪转换不同，富有律诗的特征。①

这首诗之所以被许多诗话家称颂为律诗第一，而不像沈佺期之作那样争议甚多，原因就在沈氏之作仅仅为外部格律形式之确立，而崔氏之作，好在律诗内在情绪有节奏，意脉三度起伏，加上结尾的持续性，发挥出律诗体量大于绝句的优长。正是因为这样，这首诗才得到李白的激赏，有了“眼前有景道不得，崔颢题诗在上头”的佳话。

但是，李白并非没有写黄鹤楼，而是写了不止一首，如《望黄鹤楼》：

东望黄鹤山，雄雄半空出。四面生白云，中峰倚红日。岩峦行穹跨，峰嶂亦冥密。颇闻列仙人，于此学飞术。一朝向蓬海，千载空石室。金灶生烟埃，玉潭秘清谧。地古遗草木，庭寒老芝术。蹇予羡攀跻，因欲保闲逸。观奇遍诸岳，兹岭不可匹。结心寄青松，永悟客情毕。

又有《醉后答丁十八以诗讥余捶碎黄鹤楼》（一说为伪作）：

黄鹤高楼已捶碎，黄鹤仙人无所依。黄鹤上天诉玉帝，却放黄鹤江南归。神明太守再雕饰，新图粉壁还芳菲。一州笑我为狂客，少年往往来相讥。君平帘下谁家子，云是辽东丁令威。作诗调我惊逸兴，白云绕笔窗前飞。待取明朝酒醒罢，与君烂漫寻春晖。

还有《江夏送友人》：

雪点翠云裘，送君黄鹤楼。黄鹤振玉羽，西飞帝王州。凤无琅玕实，何以赠远游。裴回相顾影，泪下汉江流。

只是流于意象罗列，意脉缺乏起伏变化，因而并不见佳，后来李白到了南京作了两首关于凤凰台的诗。

其一为《金陵凤凰台置酒》：

置酒延落景，金陵凤凰台。长波写万古，心与云俱开。借问往昔时，凤凰为谁来。凤凰去已久，正当今日回。明君越羲轩，天老坐三台。豪士无所用，弹弦醉金罍。东

① 参见孙绍振《绝句：瞬间转换的情绪结构》，《文艺理论研究》2010 年第 6 期。

风吹山花，安可不尽杯。六帝没幽草。深宫冥绿苔。置酒勿复道，歌钟但相催。

罗列意象，堆砌典故，更不见佳，而另一首为《登金陵凤凰台》：

凤凰台上凤凰游，凤去台空江自流。吴宫花草埋幽径，晋代衣冠成古丘。三山半落青天外，二水中分白鹭洲。总为浮云能蔽日，长安不见使人愁。

很明显，在构思上和意象的经营上有模仿崔诗的痕迹。贬李白的认为模仿就低了一格。最极端的是王世贞。他在《艺苑卮言》卷四中说："太白《鹦鹉洲》一篇，效颦《黄鹤》，可厌。"毛奇龄《唐七律选》认为"崔颢《黄鹤楼》""肆意为之，白于《金陵凤凰台》效之，最劣"。但是，也有论者以为，正是因为崔颢有诗在前，李白不但用人家的韵脚，而且写类似的景观，难能可贵，诗作的水平，旗鼓相当。刘克庄在《后村诗话》前集卷一中说："今观二诗，真敌手棋也。若他人必次颢韵，或于诗版之旁别着语矣。"认为二者各有所长的意见显然没有反对李白那样的意气用事，一般都心平气和。方回《瀛奎律髓》卷一："太白此诗，与崔颢《黄鹤楼》相似，格律气势未易甲乙。"潘德舆《养一斋诗话》卷九："崔郎中《黄鹤楼》诗，李太白《凤凰台》诗，高着眼者自不应强分优劣。"但是，平和之论似乎并不能穷尽诗话家的智慧。明高棅《唐诗品汇》卷八十三说李白诗"出于崔颢而时胜之"。但，简单的论断，并未有很强的说服力。二诗各自的高低长短，需要更精细的分析。把生命奉献给注释李白诗文的王琦，在他注释的《李太白全集》卷二十一中对这两首诗这样评价："调当让崔，格则逊李。"这个立论出发点比较公允，崔颢在意象、想象上毕竟是原创，李白是追随者，在这一点上，崔颢是"高出"于李白的。然而，在"格"上，也就是在具体艺术档次上，李白比崔颢要高。理由是："《黄鹤》第四句方成调，《凤凰》第二句即成调。"在近千年的争讼中，王琦的这种分析充分显示了我国古典诗话以微观见功夫的优长。崔颢的确四句才成调：光有"昔人已乘黄鹤去，此地空余黄鹤楼"情绪不能相对独立。只有和"黄鹤一去不复返，白云千载空悠悠"联系起来，意脉才能相对完整。而李白则两句就构成了相对完整的意脉了："凤凰台上凤凰游，凤去台空江自流。"

崔颢的意象焦点在白云不变、黄鹤已逝，李白的意象核心在当年之台已空、江流不变，二者均系对比结构，物是人非，时光已逝不可见，景观如旧在目前，从这个意义上来说，二者可以说是不相上下。但是，李白诗两句顶四句，比之崔诗精炼，而且空台的静止与江流（时光）的不断流逝，更有时间和空间的张力。其实崔颢后面的两句"黄鹤一去不复返，白云千载空悠悠"，在意味上，情绪上，都没有增添多少新内涵，等于是浪费了两行。而李白却利用这两行，把时光不可见之流逝与景观可视之不变之间的矛盾加以深化："吴宫花草埋幽径，晋代衣冠成古丘。"在表面不变的空台和江流中想象繁华盛世的消隐，这种历史的沧桑感的深沉，是崔颢所不及的。接着下面的两行，崔颢是：

晴川历历汉阳树，芳草萋萋鹦鹉洲。

李白是：

三山半落青天外，二水中分白鹭洲。

从意脉上说，都是从生命短暂的感喟转向眼前的美景。但是，很显然，汉阳树之历历，鹦鹉洲之萋萋，纯为现实美景的直接的感知，比之半落青天外之三山，虽然属对更工（李白“青天外”与“白鹭洲”，对仗不工）但是，半落的“半”字，青天外的“外”字，暗含云气氤氲，不但画面留白，虚实相生，而且为最后一联的“浮云”留下关锁，想象的魄力和构思的有机，不但崔颢，就是比崔颢更有才气的诗人也难能有此境界。

从这里可以看出李白之优，优在意象的密度和意脉的层次和有机。

至于最后一联，崔颢的是“日暮乡关何处是？烟波江上使人愁”，李白的是“总为浮云能蔽日，长安不见使人愁”，瞿宗吉曰：“太白忧君之念，远过乡关之思，善占地步，可谓‘十倍曹丕’。”以封建皇权观念代替艺术标准，实在冬烘。连乾隆皇帝都不这样僵化，倒是比较心平气和。爱新觉罗·弘历《唐宋诗醇》卷七曰：“崔诗直举胸情，气体高浑，白诗寓目山河，别有怀抱，其言皆从心而发，即景而成，意象偶同，胜境各擅。论者不举其高情远意，而沾沾吹索于字句之间，固已蔽矣；至谓白实拟之以较胜负，并谬为‘捶碎黄鹤楼’等诗，鄙陋之谈，不值一噱也。”（意指李白《江夏赠韦南陵冰》是伪托之作）故这个瞿宗吉在潘德舆《养一斋诗话》卷三被嘲笑为“头巾气”，可能并不太冤枉。

但是，这并不妨碍我们从艺术上判断李白这一联优于崔颢。崔颢和李白同为直接抒情，崔颢即景感兴，直抒胸臆，而李白则多了一层，承上“半落青天外”，引出“浮云”，加以“蔽日”的暗喻，语带双关，由景生情，情深为志，情、景、志层次井然，水乳交融，浑然一体。从语言质量上看，占了优势。其次，崔颢以日暮引发乡关之思，和前面两联的黄鹤不返、白云千载，意脉几乎完全脱节。故王琦说它“不免四句已尽，后半首别是一律，前半则古绝也”。这就是说，前面两联和后面两联，在意脉上断裂，在结构上分裂，前面的四句，是带着古风格调的绝句，后面的四句，则是另外一首律体，但又不是完整的律诗。这个评论可能有点偏颇，但是，王琦的艺术感觉精致，确实也点出了崔诗的不足。而李白的结尾则相反。首先是视点比崔颢的“晴川历历”更有高度，其次，浮云蔽日，提示使三山半落青天之云，半落半露，显示云雾所蒙。从云雾蔽山，联想到蔽日，从景观到政治，自然而然。再次，与第二联所述吴宫芳草、晋代衣冠，景观中有政治，断中有续，遥相呼应。在意脉上，笔断意联，隐性相关，在结构上，虚实相生，均堪称有机统一。

总体来说，从每一联单独看，除第一联，崔颢有发明之功外，其余三联，均逊于李白，从整体观之，则崔颢的意象和意脉均不如李白之有机和谐。

送别诗经典性：不可重复性

——以李白《闻王昌龄左迁龙标遥有此寄》为例

对语文课文，特别是文学文本的解读，不但是语文教学的难题，而且是文艺理论的难题，这个难题不但是中国的，而且是世界性尚待攻克的难题。西方文论从20世纪50年代以后，涌现诸多流派，从结构主义到解构主义，从现象学到文化批评，从新历史主义到女权主义，旗号纷纭，均为攻打文本“城堡”而来，按学贯中西的李欧梵教授描述，诸多流派在“城堡”前混战数十年，旗帜乱而城堡安然无恙[①]。英国理论权威伊格尔顿直截了当地宣告文学这个范畴，只是特定历史时代和特定人群的建构，并不存在文学经典本身（ifself）[②]。美国理论大家乔纳森.卡勒宣称理论的任务并非为解决文学审美问题，而是质疑文学的存在：世界上既没有共同的文学这样一个实体，也没有文学性这样一个普遍理念。[③]近日美国文学理论协会主席希利斯 . 米勒公然声言，理论并不能解决本文解读的问题，理论与阅读是不相容的。[④]这就是说，西方，包括美国，文学理论界已经在文学文本解读方面坦承失败了，无能为力了。

然而，在教育界，却不然，美国诸多所谓阅读理论纷至沓来。文学解读早已不成问题。近日有学者引进美国“三层级阅读”教学理论，颇具学术气象。但是，对美国乃至整个西方前卫文学理论大师的困惑，不是茫然无知，就是不屑一顾。推崇一种“三级阅读法”以“构建意义”。具体举例却是四级：第一级是读懂文字语言，第二级是略读，快速把握重点。这两点，看似轻松，但是，没有提出问题，如何把握重点，把握不住重点，是什么原因？

---

① 李欧梵《世纪末的反思》，浙江人民出版社2002年，第274—275页。

② 伊格尔顿《文学原理引论》，文化艺术出版社1987年，第19—20页

③ 卡勒《文学理论入门》，李平译，译林出版社2008年，第4—5页。

④ 米勒《致张江的第二封信》，《文学评论》2015年第4期。

如何解决？第三是分析性阅读，不限时间进行完整细致的阅读。问题关键在于，分析什么？如果是分析矛盾，而作品天衣无缝，水乳交融，分析如何着手？分析不了怎么办？第四层级是最高层级，比较阅读，不局限于单一文本，阅读多个文本，列出相关之处，提出“共同主题”。从理论上说，找出共同点，是极其肤浅的。例如，提出《茶花女》《安娜.卡列尼娜》《红楼梦》《牡丹亭》都属爱情主题。能构建什么意义呢？这样肤浅归纳，就能保证阅读进入“最高层级”？文章不厌其烦其烦地介绍在美国这种法门是如何先进。其实，从理论上说，孤立的共同性是片面的。共同主题是普遍性，普遍性和特殊性处于矛盾的统一体中。分析的对象是矛盾，矛盾的特殊性才是研究的对象。从实践来说，近半个世纪，在世界性的比赛中，美国青少年的阅读能力长期居于下游。这一点就连美国总统老布什早就坦然承认，并期待有所改观，至今成效甚微。对美国学界一知半解，拾起一鳞半爪，不经过反思，不作任何批判，当作放之四海而皆准的真理，这种洋教条崇拜风气至今尚未引起国人之警惕。将这种所谓理论实施于课堂，面对的是微观个案文本，如何分析，如何比较，这才是关键的关键。

本文试以李白《闻王昌龄左迁龙标遥有此寄》为例，进行粗浅探讨。

杨花落尽子规啼，闻道龙标过五溪。我寄愁心与明月，随君直到夜郎西。

落实矛盾特殊性的分析，最基本的方法，乃是还原到到历史语境中去。

具体说来，是语言文化的特殊性的还原。

古代中国是农业社会，安土重迁，世代定居。祖籍固定，然而学子赴考，将士出征，官员游宦，商贾出行，一去经年，国土辽阔，山河阻隔，回乡无期。故古代汉语中“生离与死别”并列为情感强烈之聚焦。《九歌》有“乐莫乐兮新相知，悲莫悲兮生别离”。把别离之悲和相知之乐放在两极，实际上二者对立而统一，在诗歌中，表现别离之悲强于相知之乐。江淹《别赋》云：“黯然销魂者，唯别而已矣。”“况秦吴兮绝国，复燕宋兮千里”，说的是空间遥远。“或春苔兮始生，乍秋风兮暂起”，说的是岁月倏忽。“是以行子肠断，百感凄恻”，最能表激发悲情的，往往在别离。情动于中而形于言，临行之际，以诗送别，成为中华民族特有的高雅的文化风习，精品杰作汗牛充栋。

特点在于，以诗送别往往属于男性。

更为特殊的是，送别诗多在男性朋友之间，很少与妻告别之作。在此类母题中，友情高于爱情。《全唐诗》四万九千多首，作者两千八百多人，以“别内”为题者，只有三首，皆李白作于皇帝征召之时。原因是，男权社会，送别在公开场合，表现友情堂而皇之，对妻子恋情则有所不便。诗人们离乡背井，对妻子的思念，则为个人私密，然以“寄内”为题者（加上李商隐那首《夜雨寄北》，疑为“寄内”），不过也只有十五首。更奇特的是，对情人，主要是歌妓之类的送别倒是很公开的，特别是到了唐宋时期，杜牧、柳永都留下了杰作。乐妓、歌伎为官方所设，比夫妻之情公开更具风流韵事性质。

李白诗作，除乐府古诗，题目固定以外，自行命题者，入选《唐诗鉴赏辞典》，共六十首，其中标题注明送友者十九首，近三分之一。

随机抽样，即可说明朋友送别主题在唐诗中为突出的母题。

这样带着统计特色的还原，从逻辑上说，是归纳，同时进行着比较，揭示出送别诗在性别、友情和亲情上差异，这还是只是送别诗的普遍性。对课本所选李白《闻王昌龄左迁龙标遥有此寄》做具体分析的任务，乃是揭示其成为不朽经典的特殊性原因。能否揭示出其思想艺术之超越普遍性、唯一性，乃是课堂成败之生命。

这就用得上比较，有比较才有鉴别，才能品评。比较的基础是可比性。任意增加文本的阅读量，可能并不同类，并不能直接提供可比性，异类比较并非不可行，但要求比较高的抽象度。“列出相关之处，提出共同的主题”，这样的“共同性”，就是普遍性，停留在普遍性上，不但不可能淹没文本的艺术创造的独特性，而且也不可能达到构建任何意义的目的。因为深刻的意义的内涵都是对立统一中转化、运动的。从概念到概念的空转，脱离创作实践，本来是西方文论的软肋。而中国古典诗论的优长乃是从创作实践出发。乔亿提出“句中有我在”，面临的问题是：“景物万状，前人钩致无遗，称诗于今日大难。”乔亿提出“同题而异趣”。“节序同，景物同”，以景之真为准，则千人一面，以权威、流行之情为准，则于人为诚，于我为伪。真情不是公共的，因为“人心故自不同”，自我是私有的。人心不同，各如其面，找到自我就是找与他人之心的不同，“以不同接所同，斯同亦不同，而诗文之用无穷焉”。[①] 因而，从阅读学的角度看，品评高下，拘于同则无个性，无艺术生命，艺术之生命在独特，不可重复。因而品评李白此诗当之置于唐人同类送别诗中比较，贵在其异而不在其同。

唐人送别诗，一般双方同在现场，所见所感皆同，起兴直接共鸣，几乎成为模式。李白在这方面的杰作不胜枚举。留下了太多名句。如，“请君试问东流水，别意之情谁短长。”（《金陵酒肆留别》）“云归碧海夕，雁没青天时，相失各万里，茫然空尔思。”（《秋日鲁郡尧祠亭上宴别杜补阙范侍御》）“桃花潭水深千尺，不及汪伦送我情。”（赠汪伦）“月下飞天镜，云生结海楼。仍怜故乡水，万里送行舟。”（《渡荆门送别》）“秋波落泗水，海色明租徕。飞蓬各自远，且尽手中杯。”（《鲁郡东石门送杜二甫》）“浮云游子意，落日故人情。挥手自兹去，萧萧班马鸣”（《送友人》）以上都是以共同的视觉激发情感之共享。

① 乔忆《剑溪说诗》卷下，郭绍虞编选《清诗话续编》（第二册），上海古籍出版社 1983 年，第 1097 页。

其中一首很特别的《秋日鲁郡尧祠亭上宴别杜补阙范侍御》。

我觉秋兴逸，谁云秋兴悲。山将落日去，水与晴空宜。鲁酒白玉壶，送行驻金羁。歇鞍憩古木，解带挂横枝。歌鼓川上亭，曲度神飙吹。云归碧海夕，雁没青天时。相失各万里，茫然空尔思。

一开头就和离愁别绪唱反调，秋的感兴是“逸”，飘逸，潇洒。李白直率得很，用了反问语气，谁说的？这是不是太傲气了？这是送别，一般说，为了强调感情深厚，就往悲里写。而李白却说，我这里送别的情绪是逸，飘逸。“山将落日去”，黄昏了，太阳下山了，一般预期是心情暗淡下来，但是，李白的感觉是“水与晴空宜”。面前的水与和晴朗天空上下连成一片。与朋友在天水之间，尽情举杯。马停在古树下，衣带解开，享受歌鼓之乐。朋友远去，一如云归大海，又如雁入青天。这和他在宣州饯别叔叔李云的情调异曲同工：“长空万里送秋雁，对此可以酣高楼。”当然远去万里，来日会茫然思念，但是，眼下还是很飘逸的，很潇洒地饮个痛快。

同题可比性现成，特殊性显而易见，不难层层拓展深化。

李白寄王昌龄诗的特殊性在于，朋友并不在场，李白听到消息时，王昌龄已经在流放途中了。在一般情况下，只能怀念情好，聊解相思，如杜甫在李白遭难时，抒写梦见李白：“死别已吞声，生别常恻恻。故人入我梦，明我常相忆”“三夜频梦君，情亲见君意……冠盖满京华，斯人独憔悴”（《梦李白二首》）。朋友并不在场，所见景观不同，所思并不能共享，所作亦无从寄达，悲情自遣而已。

李白身在扬州，王昌龄自江宁丞贬为龙标县尉，已经到了湖南省西部，过了五溪（武溪、巫溪、酉溪、沅溪、辰溪）距离遥远，不可能赶赴现场为诗赠别。在一般情况下，只能自我消愁，但是，李白的特殊性却是不甘自我遣怀，题目标明，“遥有此寄”。从江宁到湖南不下千里，李白所作，并非公文，无法通过官方驿传送达。但是，李白还是要“遥寄”，这个“遥寄”，并不指望寄到王昌龄手中，而是虚指。如孟浩然《宿桐庐江寄广陵旧游》“建德非吾土，维扬忆旧游。还将两行泪，遥寄海西头。”明知无法送达，硬是想象王昌龄能够直接看到，“乐莫乐兮新相知”，李白与王昌龄并非新相知，“悲莫悲兮生别离”，李白不在现场，不能分担朋友的痛苦，共享友情的温暖。

就是这种非现场性，在为这首送别诗在立意上的不可重复的特殊性。

立意只是起点，此诗成为经典，还得力于意象的情感内涵的特殊性。

“杨花落尽子规啼”，一个诗句，两个意象。春意消逝，不取桃李零落，而取“杨花”飘零。《诗经》有“昔我往矣，杨柳依依”，杨与柳合一，杨花柳絮通称，谢道韫“未若柳絮因风起”，妙在飘落非直线下降，而是因风起降，全无方向感。而“子规”，（又名杜鹃、布谷）鸣叫，昼夜不止，声拟“不如归去”，呼唤回归故里。李白曾作《宣城见杜鹃花》曰：

蜀国曾闻子规啼，宣城还见杜鹃花。一叫一回肠一断，三春三月忆三巴。

子规呼唤回归，而友人号称“左迁”，实际上无异于“流放”。用语明晓而寓意深沉。杨花意象隐含身不由己，远去荒僻异乡。“子规”，鸟鸣嘤嘤之美，反衬背井离乡之悲。

以两个意象，建构一个诗句，于语法而言，“杨花落尽”一个句子，“子规啼”又一个句子。两个语法句浓缩为一个诗句。诗句大于语句，是古诗发展为近体诗之重大发展，正是在这一点上，中国古典诗歌在精炼程度上超越了欧美古典诗歌。李白驾轻就熟，精炼而不露痕迹，情意饱和。

第二句“闻道龙标过五溪”，以句法言，为连动式单句。然情感并不单纯。第一，听闻友人贬谪，已是伤感，第二，获得信息之时，友人已经过“五溪”从江宁去龙标是溯长江而上（傅璇琮《唐代诗人丛考》）；湖南西部，遥不可及。

此处，深入分析，无从现成可比之诗句，只能直接作层次分析，表层句子为叙述性质，然而深层隐含双重情绪：第一，遗憾。握别无由，抚慰无方；第二，现实如此，无奈。表层意象群落有机统一，深层情感脉络隐性贯穿。

第三句，意脉一大转折：“我寄愁心与明月”，意脉由隐性转化为显性。情感不甘无奈，超越社会政治，诉诸想象，借助明月普照，跨越山河，缩短空间距离，化“遥寄”为直达。

明月意象构成意脉的跃进。不可轻易放过，须作诗学意象大幅度的宏观分析。借明月以怀远，是传统表现手法。南北朝鲍照《玩月城西门廨中》：“三五二八时，千里与君同。”汤惠休《怨诗行》：“明月照高楼，含君千里光。”南朝乐府《子夜四时歌》：“仰头看明月，寄情千里光。”月光以其普照的自然属性，成为消解相思的意象：“海上生明月，天涯共此时。”（张九龄《望月怀古》）月光意象的功能不仅是空间的共在，而且是时间上的共时。但是，这些只是物理属性，月光的作为诗的意象，还积淀着美好的意味。谢庄《月赋》：“美人迈兮音尘绝，隔千里兮共明月。”杜牧《寄扬州韩绰判官》：“二十四桥明月夜，玉人何处教吹箫？”明亮月光下与纯净的女性相得益彰。贾岛借月构成意境，《题李凝幽居》云：“鸟宿池边树，僧推月下门。”月下的不强烈的光和僧人脱俗气质统一和谐。当然，僧人如果不在月下，而在阳光下，就杀风景了。月亮不但明亮是美好的，而且不明亮，朦胧的月光，也是美好的。“烟笼寒水月笼沙”（杜牧），“春宵一刻值千金，花月清香月有阴”（苏东坡），“雾失楼台，月迷津渡”（秦观）。爱情的美好，就是花前月下。中国的爱情之神，不是罗马长着翅膀的的丘比特，而是月下老人。“月上柳稍头，人约黄昏后”（欧阳修）是情人幽会佳期。月下的意象蕴含的意境的传统，甚至在五四新文学运动中，古典诗歌被当作镣铐打碎以后，仍然生命不息，渗透到现在散文中。如朱自清的《荷塘月色》写清华园的朦胧的月下美景：

薄薄的青雾浮起在荷塘里。叶子和花仿佛在牛乳中洗过一样；又像笼着轻纱的梦。虽然是满月，天上却有一层淡淡的云，所以不能朗照；但我以为这恰是到了好处。

之所以成为不朽的经典，就是因为，现代散文语言和古典诗歌朦胧月色的意境，水乳交融。

当然，完全没有月光，一片黑暗，情绪就不同了："月黑雁飞高，单于夜遁逃"，就有军情紧急的氛围。而"月黑杀人夜，风高放火天"①，就很恐怖了。

展示如此众多的月光意象，目的在于提供大幅度的可比性，揭示李白此诗的深刻的特殊性。

所有这些月色不管是明亮的，还是朦胧的，都是静态的，视觉观赏性的。而在李白这里，"我寄愁心与明月，随君直到夜郎西"，题目上是"左迁龙标"，龙标，还是个县名，很抽象，不成意象。诗里变成了"夜郎"②，有名的蛮荒不毛之地，而且非常闭塞。

值得注意的是，这里的月光，不是通常诗歌意象，无处不在，静态的自然景观，而是动态的，不但是可以追随的，无远不届，而且是听从李白所差遣的。

以这样诗意的想象，李白消解了不能临场与王昌龄赠诗握别的遗憾和无奈。

这个安慰王昌龄的使者，不是透明环境的背景，而是李白的"愁心"的载体，不但与王昌龄在地理上零距离，而且在心理上零距离。

这就是李白这首诗的最杰出的特殊性。

本来月光的意象，有时也带着诗人的忧愁，像曹操《短歌行》中的"明明如月，何时可掇，忧从中来，不可断绝"，明月是静态的喻体，解忧并不因明月，而是要借助酒："何以解忧？唯有杜康。"而在李白这里，动态的明月携带着李白忧愁，不但是送达对朋友的关切和安慰，而且也是自己遗憾和无奈的解脱。

此诗的特殊性分析到这里，还只是情感的特殊性。

不可忽略的是，绝句的句法，内在的机制，统一而有微妙的变化的特殊性。

开头第一句，"杨花落尽子规啼"，两个语句，结合成一个诗句，两个意象，有声有色，意象密度很大。从句意来说，是可以独立的。而第三句"我寄愁心与明月"，作为句子是完

---

① 陶宗仪编《说郛》卷三十四下："欧阳公与人行令，各作诗两句，须犯徒以上罪者，一云：'持刀哄寡妇，下海劫人船。'一云：'月黑杀人夜，风高放火天。'"《四库全书》，子部，杂家类，杂纂之属。

② 唐代在今贵州桐梓和湖南沅陵等地设过夜郎县。这里指湖南的夜郎（在今新晃侗族自治县境，与黔阳邻近）。当时在东南，所以说"随风直到夜郎西"。

整的，只是动机，却并未表明目的。从逻辑上讲，并不完整，从情感的意脉上讲，并不能独立。只有和第四句“随君直到夜郎西”连系起来，有了目的动机才不至于空悬，逻辑上才能完整，意脉才统一。这叫“流水句”。凭着这样的流水句，诗人的友情就不再潜在于意象群落之中，而是借助动态的意象，从动机到目的，抒发了出来。

这首绝句。本来四句都是七言，难免单调，故除句中平仄交替，句间平仄相对以外，句法隐性变化，不着痕迹。寓象疏密交替，句法单纯而变化，把绝句的技巧驾驭得出神入化。

为了彻底地解开李白此诗的艺术奥秘，比较还可进一步深化到李白和王昌龄同样写送别诗的特殊性。

王昌龄在当时，号称“诗家天子”。绝句成就最高，很多被美女歌星唱红。李白这样的立意的出奇、意象疏密、意脉的流动的法度，王昌龄也是得心应手。在水准上，和李白旗鼓相当，某种程度上，可能还要略胜一筹。以王昌龄的送别之作《送柴侍御》为例。

沅水通波接武冈，送君不觉有离伤。青山一道同云雨，明月何曾是两乡！

这诗为王昌龄贬于龙标时所作，这位柴侍御，要离开，王昌龄以诗送行。在立意上，似乎和李白唱反调。李白说朋友远行，自己的忧愁之心不得解脱，要寄明月追赶，伴随在朋友身边。而王昌龄却说：“送君不觉有离伤。”这不是无情薄义吗？还写什么赠别的诗呢？但是，后面两句揭示原因：“青山一道同云雨，明月何曾是两乡。”此去不是离开，因为青山相连，云雨相同，特别是，明月不用做李白式的追赶，也是所去与共，因而，不改情感相通。事物的可比性是无限制的，一般举例难以周全，深入到同样的主题群落中去，才能更全面地理解古典诗人伟大的艺术奥秘。

古典诗歌中离别因山川相隔而忧伤。这已经有了许多名作，如王勃的《秋江送别》：

归舟归骑俨成行，江南江北互相望。谁谓波澜才一水，已觉山川是两乡。

眼前尽是他人的归舟，归骑，都是回乡。而自己却是离乡，虽然此行水路，谁说，他乡与此乡一水相通，一脉相连，可是才一出发，还没有到达他乡，友情的伤感，是如此强烈，使得此乡变成他乡。和王昌龄的立意恰恰相反：王昌龄说，不管山遥水远，友情永恒不变，山川并不是相隔，而是相连，友情使得他乡变成此乡。而王勃却说，友情如此深厚，才开始出发，此乡就变成了他乡。

从手法上比较：这类的诗作，都是借意象来抒发情感，因为情感的抽象的，意象可感，借其可感性表现情感。就抒情的方法而言，这是间接抒情。间接抒情并不是抒情的全部方法，与之相反的是直接抒情。同样是王勃《送杜少府之任蜀州》：

城阙辅三秦，风烟望五津。与君离别意，同是宦游人。海内存知己，天涯若比邻。

无为在歧路，儿女共沾巾。

这里的情感的核心是“与君离别意，同是宦游人。海内存知己，天涯若比邻”，就没有借助意象的可感性，就是直接把话说得明明白白。特别是“海内存知己，天涯若比邻”，因为是情感上是知己，所以不管你在天涯海角，都如就在身边。这就不是间接抒情，而是直接抒情。这样的直接抒情，还成为格言，为什么没有可感的意象也能流传千古呢？因为这里逻辑，不是客观的，而是主观的。从客观上说，天涯海角之遥远，并不因情感上亲切而改变，但是，这是理性逻辑，因知己而变得亲近，这是情感逻辑，情感与理性是对立的，越是超越理性，情感越是强烈。这在中国古典诗话中，叫作“无理而妙”。此类的诗歌，经典之作也是海量的，课本所选陈子昂《登幽州台歌》就是经典之作。但是，要把直接抒情讲透，请耐心等待我另外一篇文章。

传统孝道的当代意义
——读白居易《慈乌夜啼》、孟郊《游子吟》①

如果按成就大小排名，白居易在唐代大诗人中，大概可以排在李白、杜甫、王维之后，如果按当时的影响而言，可能并不亚于李、杜、王。白居易逝世后，唐宣宗以至尊之高为诗悼念："缀玉联珠六十年。""文章已满行人耳。"这可能有点夸张，但说到白居易的名篇《长恨歌》和《琵琶行》，"童子解吟《长恨曲》，胡儿能唱《琵琶篇》"。不但孩子，而且少数民族都能随口唱诵，这可并不是夸张。据现有文献，白居易的诗在日本流行的程度远在李白、杜甫、王维之上，特别是《长恨歌》，杨贵妃在一千多年前就颇受青睐，至今还流传着不止一个的故事传说，说是杨贵妃在马嵬坡并没有丧命，而是逃到了日本的长门国，山口县长门市至今还有杨贵妃墓，有她的塑像，每逢十月都有"杨贵妃篝祭"。

现存白居易的诗有两千八百余首，精品杰作遍受青睐之作不胜枚举，其中一首《慈乌夜啼》很值得深思。

从艺术上来说，这首诗并不是白居易诗作中最上乘者，但是，从思想来说，在中华传统文化，主要是"孝"文化的传承方面，这首诗在当代具有相当重大的意义。

此诗载《白氏长庆集》卷一。白居易将之列入"讽喻类古调"。顾名思义，主题带着讽喻性。而此诗的讽喻，不同于《新乐府》《秦中吟》那样具有特别强烈的政治社会意义：如《卖炭翁》中的"可怜身上衣正单，心忧炭贱愿天寒"，《轻肥》中的"是岁江南旱，衢州人食人"，《红线毯》中的"地不知寒人要暖，少夺人衣作地衣"，此诗并不以强烈情感冲击力取胜，其风格以冲淡平和的古朴见长。其主要价值在孝文化的道德传统，骨肉亲子之情的永恒性，与限于具体时间空间的社会政治价值可谓别是一途。

---

① 本文由孙绍振、孙彦君合著。

唐宪宗元和二年（807），白居易在长安为翰林学士，次年，升左拾遗任谏官之职，白居易以为其兼济天下之志得以施展，勇于进谏，在诗作《秦中吟》及《新乐府》中直指时政之弊，权贵侧目，政敌潜隐。

元和六年（811），白母陈氏仙逝，按唐制，官员当去职守丧三年，后白返京任太子左赞善大夫，然依例不得过问朝政。元和十年（815），宰相武元衡为盗所杀，白居易情不自禁，上疏请急捕盗贼以正国是，政敌指其违例上疏，并责其不孝：母亲坠井而死，竟以“赏花”“新井”为题作诗，有伤名教。宪宗信谗，贬其为外州刺史，又以“不宜治郡”，再贬江州司马。其时“司马”为下层官员，无固定职务，安慰贬谪，挂空名而已。

官场不幸诗家幸。磨难将诗人歌行诗艺的潜能和平民意识激发到最高水准，《琵琶行》以语言写乐曲之起伏、停顿，情感随之跌宕、沉潜，堪称前无古人，后亦罕见来者。

在今天看来，政敌指斥白居易不孝的罪名荒唐可笑。母亲落井而死，儿子守孝三年，一千多天，作为一个大活人，一个诗人，怎么可能整天只能愁眉苦脸，既不能有一刻赏花以调节心情，亦不能为新井开凿一解愁颜？这种攻讦既有悖人情，也是超越体制。但是，这样政治攻击无限上纲的事，在以文化开放称盛的唐朝，居然并非罕见。李贺参加进士科考已经被提名推荐，竞争对手就说其父名为晋肃（“晋”与“进士”的“进”谐音），当遵律令避父讳，不得参加考试。仅仅一字同音而异义就注定断了儿子的人生前途。如此牵强附会岂能坐视？韩愈在《讳辩》中很雄辩地说：“父名晋肃，子不得举进士，若父名仁，子不得为人乎？”

这种极端的情况的出现，足以说明“孝道”观念有广泛的社会基础。其所以如此，因其具有悠久的历史根源。在殷商时期，人们崇拜祖先，逐渐产生了“孝”的观念。在西周金文中，就有了“孝”字。此后，为有利于宗法统治，“孝”逐渐从祖先崇拜转向人伦秩序。《尔雅·释训》曰：“善事父母为孝。”其主要偏重于物质上的奉养和生活上的照顾。到了孔子，将之提高到精神高度，作为意识形态，更重要的是对父母精神上敬重。“子夏问孝，子曰：‘色难。有事，弟子服其劳，有酒食，先生馔，曾是以为孝乎？’”（《论语·为政》）意思是人对父母长辈仅在物质层面奉养是容易的，要从情感上发自内心地感恩，表情上要恭敬，“敬”比“养”要“难”。孔子还说：“弟子入则孝，出则悌，谨而信，泛爱众，而亲仁。”（《论语·学而》）其弟子有若则曰：“孝悌也者，其为仁之本与。”（《论语·学而》）有了孝作为基础，则家族人伦有序，血缘之爱拓展到社会上就能泛爱众人，人与人相亲相爱，社会就高度稳定，不会有动乱之虞了。

“子不语怪力乱神。”我们没有欧洲人、阿拉伯人那种形而上学超验的一神宗教，汉族的意识形态是实践理性，家族社会，小农经济，以一家一户为生产单位。基础是血缘人伦，虔敬是对父母，崇拜是对祖先。这种以孝为纲的观念到了战国末年就产生了《孝经》[①]，孝道作为意识形态的核心，进一步系统化了。《孝经》第一章，开宗明义“夫孝始于事亲”，“孝德之本也”。孝是“天之经也，地之义也，民之利也”（第七章）。至此，孝的观念已经得到广泛认同，深入人心。

到了汉代，在“五经”之外，《孝经》和《论语》又被增列为学官讲经的典籍。孝道作为意识形态，更进一步上升为社会政治理想。

汉高祖结束了几百年的战乱，统一了国家以后，总结出了马上得天下，不能以马上治天下的战略。只有在思想上、价值观念上统一，才能避免战乱，国家才不至于陷入长期血腥的分裂。汉武帝乃罢黜百家，独尊儒术，以德治国，概括起来就是：修身，齐家，治国，平天下。(《礼记·大学》) 以个人道德，以家族亲情，作为国家政治高度统一和谐的基础。修身齐家治国平天下的意识形态系统中，具体化为八德四维。八德乃是忠孝仁爱信义和平，四维则是礼义廉耻。经过长期的历史积淀和发展，孝道逐渐趋向核心。帝王乃因势利导，把最高荣誉归结为“孝”。如皇帝死后一般都有谥号，西汉、东汉四百多年，二十四帝，除两汉开国皇帝高祖刘邦和光武帝刘秀外，其余二十二帝的谥号皆加之以“孝”。如文帝为“孝文”，景帝为“孝景”，武帝为“孝武”。即使把汉家断送了的刘协，其谥号也是“孝献”。

唐代，因为武则天谥号形容词叠加烦琐，唐玄宗在天宝十三载（754），重新为其列祖列宗上谥号，统一以“孝”为纲。唐高祖李渊：神尧大圣大光孝皇帝。太宗李世民：文武大圣大广孝皇帝。高宗李治：天皇大圣大弘孝皇帝。睿宗李旦：玄真大圣大兴孝皇帝。连他自己，也被“群臣上尊号”为：开元天地大宝圣文神武证道孝德皇帝。

唐玄宗还亲自注释了《孝经》。

这种以孝为道德核心的意识不仅是帝王以权力推广，而且经过千百年积淀，深入广大民众的潜意识。故民间有“百善孝为先”之谚语。到了元朝还产生了诗文合璧的《二十四孝》，在民间成为儿童启蒙读物，所收为从尧舜到北宋时代事亲至孝的故事，行孝在行为上都十分极端，然所言皆有案可稽。

如“埋儿奉母”：汉代有郭巨者，家贫，母往往分食于三岁孙，郭为孝母而埋子，掘地得金。这显然是不人道的。还有一些故事并不现实，如“卧冰求鲤”：晋朝王祥，后母欲食鱼，王祥卧冰求鲤而得。今天看来，主角的苦行，既无必要，也难以达到目的，极其生硬，带着封建时代愚孝的性质，在五四新文化运动中理所当然地遭到批判。但是，五四时期对《二十四孝》全盘否定，也带着历史的片面性。看来全是“糟粕”，应当否定，但其中

---

① 《孝经》产生的年代众说纷纭，《吕氏春秋》引用过《孝经》。大致可断定产生于战国末期。

也带着“孝感动天”的超现实的理想色彩的部分。更多故事则转化为神话式的天真：三国时孟宗，母欲食笋，子乃哭于竹而生笋。极端孝心感动天庭，产生超自然的效果。类似的还有“扼虎救父”：晋时，才十四岁的杨香，父为虎拽去。杨香手无寸铁，唯知有父，不知有身，踊跃向前，扼持虎颈，虎亦靡然而逝，父因得免于害。还有相当一部分是现实性很强的故事。如出自《孔子家语·致思》的“百里负米”：子路早年家贫，自己采食野菜，从百里之外负米侍奉双亲。父母去世后，他仕途发达，车马百乘，粮食万钟，锦褥层叠，筵席丰盛。子路怀念双亲，慨叹：“如今想吃野菜，为父母亲去负米，却不能如愿了。”其他如“刻木事亲”：汉时丁兰，幼丧父母，未得奉养，而思念劬劳之恩，刻木为像，事之如生。此外还有“闻雷泣墓”：魏晋时，王裒母生性惧雷。逝后葬于山林，每有风雷，即奔墓所，拜泣告曰：“裒在此，母勿惧。”这里并不具有家长专制的性质，而是一种深厚的孝情。

汉代蔡顺事母甚孝。时值乱世，又遇饥荒，拾桑葚充饥。遇赤眉军，问，红黑桑葚何以分装两篓？蔡顺答，黑桑葚供老母食用，红桑葚自食。赤眉军尊其孝心，赠以白米两斗，牛一头。又有“行佣供母”：东汉人江革，年少丧父，独与母居，遭乱，负母逃难，遇贼，欲劫将杀。江革辄泣告有老母在。贼不忍杀。转客下邳。这里“行佣供母”是主题，但是，更值得注意的是，和前述“拾葚异器”一样，故事显示了这种极端行孝的精神连盗贼都是认同的。

既有千年的文化心理认同，又有现实的政治教化，再加上法律权威，文化风习、政治权威和奖罚律令的三者统一，孝道就成为立身之本，荣辱所在。在这种思想气候下，政敌对于白居易的吹毛求疵，恶意上纲，就不足为怪了。

其实，欲为白居易不孝辩诬，比韩愈的文章更雄辩的是白居易自己在三年丁忧守丧期间，所作的《慈乌夜啼》：

> 慈乌失其母，哑哑吐哀音。昼夜不飞去，经年守故林。夜夜夜半啼，闻者为沾襟。声中如告诉，未尽反哺心。百鸟岂无母，尔独哀怨深。应是母慈重，使尔悲不任。昔有吴起者，母殁丧不临。嗟哉斯徒辈，其心不如禽。慈乌复慈乌，鸟中之曾参。

守丧期间，不便言政，抒发亲情，关切世道人心，亦为在孝为核心的道德范畴内。

此诗系古诗，相对于近体绝句和律诗，手法比较传统，就是常用的托物言志。借一种客观可感之物，一般为植物，所谓借景抒情，故王国维有“一切景语皆情语”之说。白居易此诗，借动物为主体，比较少见。

闻夜间乌鸣，有一点异常。因为一般情况下，乌只在白天啼鸣。诗家多情敏感，不同的情怀，就有不同的感知。所谓“情往似赠，兴来如答”（《文心雕龙·物色》）。王维夜间闻鸟，则是“月出惊山鸟，时鸣春涧中”，引发清静的空灵的心态。张继闻鸟鸣，则是“月落乌啼霜满天，江枫渔火对愁眠”，是仕途失意的郁闷。卢纶则是“月黑雁飞高，单于夜遁逃”，是边塞将士凭敏锐的听觉判断夜间雁飞乃为溃逃敌人所惊动，胜利的豪情油然而生。而白居易引发的联想乃是传说：“慈乌失其母，哑哑吐哀音。”是不是实有其事，至今未有生物学者考证。至于“昼夜不飞去，经年守故林”，这就是诗人的情感投射了。不管此乌如何悲凄，也不可能昼夜不飞不离，至于“经年”守着原来的树林，一年到头都不离开，何以觅食生存？这都不可能是事实。但是，这是诗人的情动于中，啼乌成为诗人情感的载体。这在文艺心理学上叫作“移情”。人的情感转移到禽鸟身上，禽鸟的性质就变了，这在古典诗话中，叫作“形质俱变”[①]。问题在于，形质俱变了，不是不真实了吗？但是，于物是不真实了，于诗人之情则不但是真实，而且是富有特殊厚重的真诚。不是乌鸟经年不去，而是守丧三年的诗人不离居处，是诗人感情的外溢。

百鸟岂无母，尔独哀怨深？应是母慈重，使尔悲不任。

这是虚拟中的对比，字面上是乌与众鸟不同，但是，此鸟独异，寓意在于，一是母亲特别慈爱，二是丧母特别哀痛。

白居易与其母亲感情特别深厚。母陈氏颇知诗书，十八岁生居易，时白父为官远在外乡。《襄州别驾府君事状》：“又别驾府君即世，诸子尚幼，未就师学，夫人亲执诗书，昼夜教导，恂恂善诱，未尝以一棰一杖加之。”实际上，“声中如告诉，未尽反哺心”，“反哺”这样的高雅的观念，禽鸟哪里可能有？这是诗人的“哀怨”。当年艰苦备尝，母亲盼子成才，如今儿子为官作宰了，母亲却不在人世。这里隐含着一个典故。孔子出行，闻哭声甚悲，问之，原因是年少出游诸侯，“以后吾亲”（把奉养双亲放在后面，即把亲人置之脑后），如今“子欲养而亲不待（现在要奉养父母，双亲却不在了）。往者不可追者，年也；去而不可得见者，亲也”。说完就“立槁而死”。过失不可弥补，活着就没有意义了。所以白居易诗曰：“应是母慈重，使尔悲不任。”母亲的恩情太深重了，活着难以承受这样的悲痛。

从抒情的意脉来说，推物及己，已达情绪高潮。如果是单纯抒情，那就是可以结束了。但是，白居易志在讽喻，不仅仅是托物言志，而且是批判当世孝道缺失。服丧期间，不便指斥时事，只好借古讽今，用了两个典故一正一反。反面是战国名将吴起母亲过世不归家奔丧。正面是著名孝子曾参。以正衬反，相得益彰。

五四新文化运动以来，社会已经进入现代，旧式大家族分化，子女个性解放，另立家门，人格独立，家长绝对权威衰退，是不可阻挡的历史趋势，但是，在恋爱自由、婚姻自

① 王夫之等撰《清诗话》（上册），上海古籍出版社1978年，第27页。

主等复杂问题上，把悲剧根源完全归结为家长专制，又受欧美强势文化影响，在文学上甚至走向极端，形成一种扩大化的“审父情结”，中华传统孝道在理论上和实践中受到冷落，这显然又是历史的片面性。当今之世，发扬民族孝道传统，适应新的历史条件，加以发展，建构现代人伦关系是极为重要的历史课题。

正是在此意义上，白居易此诗应该得到充分关注。

白居易《慈乌夜啼》属于古体诗，不同于唐时近体诗（律诗绝句），句内不讲平仄交替、句间不求平仄相对，两联间亦不问平仄相粘。此诗，虽句有定言，但篇无定句，长短自由。

首句“慈乌失其母”，点《慈乌夜啼》之题，这种写法在《新乐府》中叫作“首章标其目”。

全诗都很直白，没有什么华丽辞藻，结尾处两个典故（吴起、曾参），于当时只要断文识字就大抵耳熟能详。即使粗读忽略，亦不妨碍理解全诗之精神。文言词语“沾襟”“反哺”“嗟哉”都是当时通用的书面语言。其他皆接近于口语，通俗易懂，传说白居易诗“老妪能解”，诗话有讥其浅俗者，但王安石称赞说：“天下好言语，被杜子美道尽；天下俚言语，又被白乐天道尽。”把白居易的通俗话语与杜甫的锦绣之言相提并论，不无偏爱。

不可忽略的是，这只是白居易古体诗风格的一种，他的许多古风歌行（如《长恨歌》《琵琶行》）文采风流，在艺术上和思想上更加平衡。

白居易这种不用技巧的技巧，可能是刻意追求的效果。

事实上，在初盛中晚唐其间，讲究平仄、对仗的近体诗风靡诗坛，古体诗往往受到影响。就是白居易的《长恨歌》，开头“汉皇重色思倾国，御宇多年求不得”，就大体符合近体诗的格律。更有甚者，信手拈来，不但平仄相符，而且对仗精工，如“行宫见月伤心色，夜雨闻铃肠断声”等，不一而足。

近体诗与古体诗在句法上有所不同，近体诗可以用词组并列，以不完整的语句为诗句，到了20世纪，在诗中严格遵循句法的美国人对此大为惊叹，他们为了句法的完整不惜用一个以上的诗行，多至四五个诗行成全句法，叫作“跨行”，把中国古典诗歌中这种突破句法的艺术，称之为“意象叠加”。在白居易的《长恨歌》中就有“归来池苑皆依旧，太液芙蓉未央柳”。第二句“太液芙蓉未央柳”，不成语句，但是由于意象同质构成诗句，成为精练的诗句。

同样是以孝母为主题的古体诗，孟郊的《游子吟》就更明显。

慈母手中线，游子身上衣。临行密密缝，意恐迟迟归。

开头的“慈母手中线”和“游子身上衣”，均为词组，两组意象不成语句。并不连贯，但构成两个诗句，又用了近体诗的对仗，句子结构对称严密，跳跃性很大，仍然浑然一体。“密密缝”“迟迟归”逻辑上并无直接因果关系，然而由于对仗工整，精致统一，其间的逻辑关系不言而喻。如果是欧美诗人对第一联，则要在语法上补足谓语，第二联则要在两行中加上联系词，或者用关系代词，使两个诗句，在语法上并列或者从属。

古体诗与近体诗的差异，论者往往拘于平仄，其实更深邃的艺术奥秘在诗句与语句的矛盾之中。这种矛盾是隐蔽的，以其与欧美诗句的统一相比较，有利于提高读者对中华古典诗歌的鉴赏水准。

最后一联为：“谁言寸草心，报得三春晖。”

其手法就不再用近体诗的对仗，而是两个散句。这就从间接以物寓情，转入直接抒情了，即使为人子者感情再深，也难以报答慈母的整个春天的恩惠。

这就是白居易所说的“卒章显其志”，用今天的话来说，不但是点题，而且是思想的升华。

孝道这样一个民族文化的重大观念，孟郊仅仅用了六个诗句，把孝母之情集中在两个意象上：第一个是母亲手中的针线，第二个是自己身上的衣服。从“密密缝”，引出“迟迟归”，蕴含着双重的意念，既是母爱的深沉，又是自己体肤的感恩。正是这样的精练而又深邃的语言艺术，超越了千年的历史，熏陶着一代又一代的读者。

在新的历史时期，孝道观念在理论上传承、发扬和革新，任务是很迫切的，但是，它同时又是个情感问题，在青少年精神发育期，通过古典诗歌艺术欣赏、体悟，在情感上潜移默化，将是长期的任务，需要一代人，甚至几代人的努力。

吾人当有足够清醒的历史使命感。

白朴散曲内容和形式

白朴【双调】《沉醉东风·渔夫》：

黄芦岸白蘋渡口，绿杨堤红蓼滩头。虽无刎颈交，却有忘机友，点秋江白鹭沙鸥。傲杀人间万户侯，不识字烟波钓叟。

这首散曲，明快晓畅，理解没有难度，但是，要真正读懂，读出其思想和艺术的其好处来，并不容易。

几乎所有的课本，不约而同都从形式入手，以相当的篇幅介绍此首小令在形式上的特点，大都是从元曲的起源入手。先是词作为通俗歌曲，从唐初开始萌芽，经过北宋和南宋，在艺术上达到了与唐诗并驾齐驱的高度。此后文人过度雕字琢句，情志稀释，又脱离了音乐，走向衰微。乐工乃从民间另觅新曲，恰逢金元时期，外族入侵，带来所谓“胡乐番曲”，乐器（如筝）不尽相同，音调节拍有异，需配以新词，就产生了元曲。

元曲包含散曲和杂剧，散曲按乐曲填写文词，不像杂剧那样有情节，有不同人物的动作和对话。散曲性质上是诗人的独白，不像杂剧供演出之用，而是用来歌唱或者书面阅读，其实就是抒情诗。散曲可分为小令和套曲。小令是单纯的一个曲子的歌词，而套曲就是几首的小令组合，可以是有情节的。王骥德《曲律》说：“所谓小令，盖市井所唱小曲也。”小令就是相当于一首诗或一阕词。小令虽然短小，却是套曲、剧曲的基础。小令还有一些变体，带过曲、重头、集曲等。

许多课本或者教师参考书都注重强调小令的形式特点，主要是其与诗、特别是词的不同。曲与词都是合乐的歌词，要配合乐曲的声韵格律，所以在形式上不像汉魏南北朝至唐那样以五七言为主，而是三五七、二四六言错综组合的长短句结构。

表面上看曲比诗词更自由，但是，曲的格律是很严格的，曲中的每一句、每一字都有固定的平仄规范。如这首《沉醉东风·渔夫》，以第一、二句为例：

黄芦岸白蘋渡口，绿杨堤红蓼滩头。

其平仄格式在曲谱上是这样规定的：十仄平平去上韵，十平十仄平平韵。

除第一句的第一个字（十），第二句的第一字（十）、第三字（十）平仄不拘，其余平仄都是固定的。

所有这一切知识都在强调小令的特点，但是，我们看到的解读，大都脱离了小令的特点。

比如，有论者说全首可分为三部分。第一部分前两句："黄芦岸白蘋渡口，绿杨堤红蓼滩头。"描写渔父垂钓的自然环境。作者用对仗的方式，并列了四个静态景观：黄芦岸、白蘋渡口、绿杨堤、红蓼滩头。岸、渡口、堤、滩头，是渔父垂钓的周遭环境，这些地方长满了芦、蘋、杨、蓼等各种植物，而且又加上了黄、白、绿、红等各种色彩，

这样的解读应该没有什么错误，但是，并不能完全令我们满意。论者反复强调的是"描写渔父垂钓的自然环境"，是"渔父垂钓的周遭环境"，"写尽了秋日水边风光之美，使垂钓生活显得诗情画意，从中烘托出渔父心情的愉悦"。这里所说的，大都是诗歌乃至抒情散文的普遍性，并没有触及元曲小令的特点，又如说"并列了四个静态景观"，这早在近体诗中，就普遍存在。如读者耳熟能详的"水村山郭酒旗风"（杜牧《江南春》）。

另一篇解读说此曲"一二两句，对仗工丽，写景如画"。这也是唐诗最起码的技巧，对仗在杜甫那里已经高度成熟。这种说法完全没有接触到小令在对仗上的特点。最后总结此曲的好处是"文笔优美生动""寄托贴切深刻"，完全是诗词的共同性，讲了那么多小令的特点，学术上的知识不能不说相当严谨，可到具体分析时，完全落空。连小令比词和诗通俗朴素这一点都没有触及。

知识脱离了文本的具体分析，就变得空洞，只有在具体文本中分析出其特点来，才能揭示出作品的鲜活的艺术生命。

其实，只要从文体出发，做微观的细致分析，白朴这首小令的艺术特点就不难以揭示。如开头第一联："黄芦岸白蘋渡口，绿杨堤红蓼滩头。"固然有黄、白、绿、红的色彩对比，也有对仗的工整，但是，小令的对仗不同于近体诗的对仗。此两句皆为七言，若是按近体诗的读法，最后的三言在句尾，是固定的节奏，具有强制性，不能置于四言结构之前，按近体诗的规格，只能读成：

黄芦岸白——蘋渡口，绿杨堤红——蓼滩头。

这样在语法上就不通了，这是近体诗的局限，在词和曲中就有了突破，不过很少用之对仗。白朴在对仗中将三言结构放在四言之前，此联对仗就该读成：

黄芦岸——白蘋渡口，绿杨堤——红蓼滩头。

突破了近体诗七言诗总是四言在前，三言结尾固定的局限，适应了汉语口头表达结构的灵活多样。接下去：

虽无刎颈交，却有忘机友。

这一联对仗，强调的是渔夫虽为平民，没有像廉颇与相如那样的“刎颈交”——那是功名显赫的将相化解恩怨，在政治上的团结是功利性的——而“却有忘机友”，这里的交情，是平民的，淡泊清静、没有心机、超脱功利的。

前一联是借江景的意象叠加抒情，属于间接抒情，而这一联，转入直接抒情，同时也点明江景之美，不仅在景，而且在超越政治功利的平民化朴素的恬淡心态。

这一联也是对仗，但是，不是一般的对仗。一般对仗句之间在逻辑上是平行的。诗中的杰出的对仗句比比皆是，如“鸟宿池边树，僧推月下门”“大漠孤烟直，长河落日圆”“无边落木萧萧下，不尽长江滚滚来”，两句间，并无语法上的连接词，如果有了语词表明逻辑上的连接，则叫作流水对，如“欲穷千里目，更上一层楼”“即从巴峡穿巫峡，便向襄阳下洛阳”。诗中流水对的用语是比较书面化的文言。而白朴的这一联，属于流水对，所用连接词，却是纯粹的口语“虽无”“却有”。朴素的语言风格和白朴全曲主题的平民性、非贵族化是密切相关的。接着是：

点秋江白鹭沙鸥。

看起来，又是一个三言在前四言在后的结构，“点秋江——白鹭沙鸥”，并不像前一联是意象并列，“点秋江”的“点”是个动词，带出了宾语“秋江”，从语法结构上看是动宾结构。这个“点”字像是从词中继承来的“领字”，“领字”文字较少。在曲中则发展为“衬字”，所谓“衬字”是相对于正字而言的。按曲律规定填写的字叫“正字”，在曲律规定以内叫作“正字”，在其以外，句间增加出来的叫作“衬字”。因为有了“衬字”，在关汉卿那首《不服老》中，一句可以长达十多字，而且不像诗词那样主要是文言，而是更接近口语，甚至方言俚语，天真活泼。

这个“点”字从句法上看应该是：

点——秋江、白露、沙鸥。

这个“点”字用得很文雅，但是，秋江、白露是没法“点”的，这里活用了近体诗的诗句超越语法句的技巧。按逻辑意义应该还原为：

秋江白露——“点”沙鸥。

秋江、白露，是名词性意象的平行叠加，而“点”则是动词，带出了“沙鸥”，不难意会出大地白露，天空辽阔，秋江之上，沙鸥点点可见，衬托出上下天光，一派明净的景观。论者说白朴写景色五彩缤纷，似乎并不准确。应该看到，这里的秋江白露之上点点沙鸥，则是相反，清净辽阔，两者统一起来，好处并不在写景，而是作者的心境的营造。在鲜丽而明净的天地宏大的背景之中，情感境界却很恬淡。

从这里可以体悟到白朴此首小令的特点，不仅反映了曲与诗词的区别，而且体现了对诗词的句法的继承和发展。在交叉运用近体诗的五七言三字结尾和词曲的三言在前的节奏上，可谓得心应手。在语词上，则是通俗口语与文言的自如驾驭，下面这两句表现得更为突出：

傲杀人间万户侯，不识字烟波钓叟。

这是全曲的主题句，对万户侯高官不但不屑一顾，而且对之傲视、俯视。更为突出的是，这样的傲视，居然来自一介渔夫，更关键的是，“不识字”，虽然没有文化，打鱼为生，生活极其简朴，精神上却更清高。朴素不仅仅是形容渔夫的身份，也是年纪（钓叟），人老而精神不老，为钓怡然自足，不但自由自在，而且陶醉在烟波亦即大自然之中。

从情志来看，则是情感脉络动态的提高，不仅仅是在大自然的美景中恬然淡然，而且对高官厚禄傲然藐视。

最后一句“不识字烟波钓叟”比之前一句“傲杀人间万户侯”，则把情志脉络提升到最高点。

从节奏上说，“傲杀人间万户侯”是七言诗的典型节奏，而“不识字烟波钓叟”不能读成七言结构的节奏：

不识字烟——波钓叟。

只能读成：

不识字——烟波钓叟。

这是把三言结构放在了四言结构的前面：突出了“不识字”，这样就具有了点睛性质。平民化到极点，大字不识，但是自由自在，精神富足。这是诗人营造的最美好的境界。

王国维《人间词话》说这首小令：“寥寥数语，深得唐人绝句妙境。”情志脉络的两次动态的提高，的确是绝句的一种风格。

有论者联系到白朴的生平，分析出此小令的言外之意。

白朴学养深厚，传统上，知识分子的理想出路，是通过科举进入仕途。但蒙古灭金统一中国之后，废了科举几十年。经国济世之才，无用武之地，乃转向元曲创作，在艺术中找到了自己的生命的价值。元世祖中统元年（1260），宰相推荐他到中央王朝为官，他再三辞谢，宁愿游历名胜古迹，创作诗歌戏曲，自我陶醉到八十多岁。

有论者以为本曲“在恬淡闲适的文字中，还隐隐约约流露出不得不然的悲哀和无奈”。可能是过度阐释。古代传统文人的生命道路，有两种选择。首选当然是“学而优则仕”

(《论语·子张》)，追求建功立业。但是，成功者毕竟是少数，故孔夫子说："用之则行，舍之则藏。"(《论语·述而》) 孟子说："穷则独善其身，达则兼济天下。"(《孟子·尽心章句上》) 这就产生了另一种选择与之相辅，那就是陶渊明那样不为五斗米折腰，寄情田园山水，以诗酒自娱。精神上的清高自许，加上诗歌艺术的追求，生命价值可能高于为官作宰。就是热衷功名的李白也曾感叹过"屈平词赋悬日月，楚王台榭空山丘"。比之政治上一时的荣华，艺术是不朽的。以渔夫为形象核心的作品就是在这样的文化氛围下，形成一种传统的母题——渔父母题。

就渔父母题而言，小令《沉醉东风·渔夫》在艺术上也许并不是最为经典的，但是，也有所发展。

渔父母题最早可能要追溯到庄子，而作为单独的艺术品，鼻祖当属屈原的《渔父》，在《渔父》中，屈原设想和这个普通的渔父对话。渔父问他，作为掌管楚国贵族宗庙的主事(三闾大夫)，为什么弄得这样"颜色憔悴，形容枯槁"？他说自己处境孤立，遭到流放，不是因为自己错了，而是因为"举世皆浊我独清，众人皆醉我独醒"。渔父却回答得很干脆：既然举世污浊，为什么不搅浑淤泥，掀动波澜，干脆和光同尘呢？这种可能屈原曾经考虑过(《卜居》："宁正言不讳以危身乎？将从俗富贵以偷生乎？") 而不屑，而渔父却说，这是"圣人"的处世原则(《渔父》："圣人不凝滞于物，而能与世推移。")。而屈原则不同，他到死也不肯离开楚国。他认为"路曼曼其修远兮，吾将上下而求索"。两人没有共同语言，渔父就唱道："沧浪之水清兮，可以濯吾缨；沧浪之水浊兮，可以濯吾足。"不管水清水浊，不论世道凶吉，都只能主动适应。这种智者的精神，在后世的渔父母题中发展为超越政治功利的逍遥。最有代表性的作品当数唐人张志和的《渔歌子》：

西塞山前白鹭飞，桃花流水鳜鱼肥。青箬笠，绿蓑衣，斜风细雨不须归。

张志和也是以隐居为荣，自号"烟波钓徒"。本来张志和十六岁参加科举，以明经擢第，授左金吾卫录事参军，"志和"的名字，还是唐肃宗赐予的。后来犯了某种事，被贬至边远的岭南当了一个小官，不久赦还。自此看破红尘，浪迹江湖，隐居祁门。他的《渔歌子》，表现的是大自然环境的美好，衣着朴素，自己就是渔夫，就是在细雨中也不躲避，而是享受细雨和风中的逍遥自在。这和屈原式的道德和政治的冲突显然不同。

影响更大的渔夫形象，则是柳宗元的《渔翁》：

渔翁夜傍西岩宿，晓汲清湘燃楚竹。烟销日出不见人，欸乃一声山水绿。回看天际下中流，岩上无心云相逐。

"渔翁夜傍西岩宿，晓汲清湘燃楚竹。"渔翁夜间宿在山崖边上。他的生活所需，取之于山水，暗示人和大自然融为一体。不是一般的一体，而是诗性的一体。不叫汲湘江之水，而叫“汲清湘”。省略一个“水”字，就不是从湘江中分其一勺，而是和湘江整体相连，显示其环境的整体和人的统一依存关系。接下去：

烟销日出不见人，欸乃一声山水绿。

这一句，很有名，可以说是千古“绝唱”。本来，燃楚竹，有烟，也可能水上雾与烟融为一体。“烟销日出不见人”，人就在烟雾之中，看不见了。“烟销”了，又加上“日出”，应该看得见人，然而“不见人”。在面对视觉的空白之际，“欸乃一声山水绿”，传来了听觉的“欸乃”，突然从视觉转变成了听觉。这是视听转换的微妙感悟，声音是人造成的，应该是有人了吧，还是“不见人”，却听到人的活动造成的声音。留在眼前的只是一片“山水绿”的开阔的空镜头。“烟销日出不见人”和“欸乃一声山水绿”，结合在一起，突出的，首先是渔人的轻捷，悠然而逝，不留痕迹，转瞬之间，就隐没在青山绿水之中。其次，“山水绿”，留下的是一片色彩单纯的美景，同时也暗示不是没有人，而是人远去了，令人神往。正如“山回路转不见君，雪上空留马行处”“孤帆远影碧空尽，唯见长江天际流”一样，空白越大，画外视觉持续的时间越长。视听交替的手法，在唐诗中运用得很普遍而且很熟练。（如钱起《省试湘灵鼓瑟》：“曲终人不见，江上数峰青。”）

释惠洪在《冷斋夜话》卷五中说，苏东坡认为：“熟味此诗，有奇趣。然其尾两句虽不必亦可。”由于苏东坡的权威，一言既出，就引发了近千年的争论。南宋严羽，明胡应麟，清王士禛、沈德潜同意东坡，认为此二句删节为上。而南宋刘辰翁，明李东阳、王世贞则认为不删节更好。

其实，这最后两句“回看天际下中流，岩上无心云相逐”是不可少的。很明显，这是从渔翁的角度，写渔舟之轻捷。“天际”，写的是江流之远而快，也显示了舟行之飘逸。“下中流”，“下”字，更点出了，江流来处之高，自天而降，舟行轻捷而不险，越发显得渔翁悠然自在。如果这一句还不够明显，下面的就点得很明确了：“回看天际下中流。”回头看从天而降的江流，有没有感到惊心动魄呢？没有。“岩上无心云相逐。”感到的只是，高高的山崖上，云的飘飞。这种“相逐”的动态是不是有某种乱云飞渡的感觉呢？没有。虽然“相逐”，可能是运动速度很快，却是“无心”，也就是无目的的、无功利的，因而也就是不紧张的。

可以说，这两句中，“无心”是全诗思想的焦点。

最后一联的关键词，也就是诗眼，就是这个“无心”。这个无心，是全诗意境的精神所在，“烟销日出不见人，欸乃一声山水绿”，心情之美，意境之美，就美在“无心”。自然，自由，自在，自如。在“无心”之中有一种悠然、飘然。这个“无心”，典出陶渊明的《归去来兮辞》：“云无心以出岫，鸟倦飞而知返。”这种“无心”的，也就是无目的的、不紧张的心态，最明显的表现则为“悠然见南山”中的“悠然”。“悠然”，就是“无心”，也就是超越“心为形役”的世俗功利目的。而这里的“无心”的云，就是由“无心”的人眼睛中看出来的。如果有心，看出来的云就不是“无心”的了。这种“无心”的云，表现了陶渊明的轻松、自若和飘逸。以后，就成了一种传统的意象。李白，在《送韩准、裴政、孔巢父还山》中说：“时时或乘兴，往往云无心。”李商隐《华师》：“孤鹤不睡云无心，衲衣筇杖来西林。”辛弃疾《贺新郎·题傅岩叟悠然阁》写到陶渊明的时候，也是“鸟倦飞还平林去，云自无心出岫。”“无心”是诗的意脉的点睛之处，如果把它删了，当然不无趣味，是有一种余味不穷的感觉，让我们再来体会一下：

渔翁夜傍西岩宿，晓汲清湘燃楚竹。烟销日出不见人，欸乃一声山水绿。

感觉的多层次转换运动之后，突然变成一片开阔而宁静的山水。动静之间，山水绿作为结果，的确有触发回想的意象交叠，于结束处，留下未结束的持续回味的感觉。这种回味，只是回到声音与光景的转换的趣味，但是，趣味的背后还有什么东西呢？就只能通过“无心”去体悟了。这个“无心”，是意境的灵魂，把意境大大深化了，对于理解这首诗的灵境，是至关紧要的。

从这个意义上说，柳宗元的这首《渔翁》已经把渔父形象提升至与意境高度和谐的程度，意境的特点就是情感全在言外之意、象外之象。这种借意境抒情，在理论上属于间接抒情，后世要在柳宗元这种“无心”境界上超越几乎是不可能的。

白朴的《沉醉东风》虽然在艺术上不如柳宗元，但是，仍然有一定价值，他用直接抒情的办法，把言外之意毫无保留地倾诉了出来。

傲杀人间万户侯，不识字烟波钓叟。

哪怕是不识字的文盲，也瞧不起你什么万户侯那样的大官。使用“不识字”这样的大白话，这样的直接抒情，这样的直率，这样的不讲意境，正是小令的风格，是小令不同于近体诗，也不同于词的特点所在，许多教学参考书，花了许多篇幅罗列小令的特点，到了具体作品分析时，却把真正的特点错过了。这个“不识字”的精彩，还表现在他人的公开模仿，如白贲的《鹦鹉曲》：

侬家鹦鹉洲边住，是个不识字渔父。浪花中一叶扁舟，睡煞江南烟雨。

觉来时满眼青山，抖擞绿蓑归去。算从前错怨天公，甚也有安排我处。

比之白朴的《沉醉东风·渔夫》，品位高下，各抒已见吧。

马致远《天净沙·秋思》评论

马致远《天净沙·秋思》云：

枯藤老树昏鸦，小桥流水人家，古道西风瘦马。夕阳西下，断肠人在天涯。

这首经典之作选自《全元散曲》(中华书局1964年)。一般鉴赏文章称之为“秋思之祖”，典出于周德清《中原音韵》。从诗歌史来看，此说未免夸张过甚。原因乃是断章取义。周德清原文在《小令定格》中，赞其为“秋思之祖”，限于元人小令范围内首屈一指。经后人辗转传抄，遂为古典诗歌一切形式秋思之祖，文风粗率，不足为训。其实，所谓“秋思之祖”之“秋思”亦不准确，秋思在古典诗歌中乃源远流长之母题，就字面而言，乃中性，可颂亦可悲，然以悲秋为主流。一般说，悲秋主题最早为宋玉“悲哉，秋之为气也，萧瑟兮草木摇落而变衰”，然更早在《诗经》就有以颂秋之美为背景的，如《蒹葭》的“蒹葭苍苍，白露为霜，所谓伊人，在水一方”。从成就来看，唐诗中悲秋经典比比皆是，杜甫的《秋兴八首》，气魄之宏大，后世仰之弥高，而《登高》堪称顶峰。“风急天高猿啸哀，渚清沙白鸟飞回。无边落木萧萧下，不尽长江滚滚来。万里悲秋常作客，百年多病独登台。艰难苦恨繁霜鬓，潦倒新停浊酒杯。”前两联，悲秋由空间之空旷(天高)向时间(长江)之无尽延伸，壮阔沉郁，后两联，转为个人的长期羁旅难归，贫病交加的困顿。意脉从壮阔无垠到自我渺小，这就是杜甫自称的“沉郁顿挫”。然颂秋之杰作亦不乏脍炙人口者，如杜牧之“停车坐爱枫林晚，霜叶红于二月花”(《山行》)，刘禹锡之“自古逢秋皆寂寥，我言秋日胜春朝。晴空一鹤排云上，便引诗情到碧霄”(《秋词》)，李白有“我觉秋兴逸，谁云秋兴悲”(《秋日鲁郡尧祠亭上宴别杜补阙范侍御》)。

“秋思之祖”，立论粗疏，看似小疵，但于思想方法上观之，基本功夫不可轻率。一论之立，始于概括，概括出于初感直觉。直觉朦胧而丰富，难以言传者多，概括必有所弃，所论方深。取舍不当，差之毫厘，谬以千里。流弊岂止百年。

以马致远《天净沙·秋思》而言，论者望题生义，以“秋思”为主题，数百年来，辗转征引，不察其形成概念时，逻辑上概括不周。文脉越是层层演绎，去艺术之真谛越远。

一般的鉴赏文章，赞之为文没有一个字提到秋，却“描绘了一幅绝妙的秋景图”。仅仅看到这一点，是不够的。这里写的并不是秋天的全部景象，而是秋天的凄凉景象，凄凉的性质，是作者赋予的。王国维说“一切景语皆情语”，读者耳熟能详，从正面理解，就是情景交融。许多解读就至此为止了。

问题在于，景是客观的，情是主观的，两者互不相干。情景如何交融？

这就要从文本中直接去分析。

分析，顾名思义，将统一之物分而析之。分析的切入点，就是矛盾和差异。但文本天衣无缝，水乳交融，直接分析无从下手。这里，就用得着鲁迅所说的办法，想象作家为什么这样写，而没有那样写。更深入的说法，就是不要把自己仅仅当作读者，而是把自己想象成作者。仅仅作为读者，缺点乃是被动地接受，作为作者则可以主动和作者对话，在想象中参与创作过程。

全文只有五个诗句，一眼望去就可感到，一连三句都是名词性质的词组的并列，没有谓语，没有连接词，没有介词。在散文中甚至在古风歌行中，是不能成句的。作者为什么这样写呢？

有同学会提出疑问，这样的“破句”有什么好处呢？因为这是古典抒情诗歌。诗歌比之散文，要给读者留下更多的想象空间，让读者的想象参与形象的创造，联想越自然、自发，越没有难度，诗歌的感染力越强。古道、西风、瘦马，马是骑着的，还是牵着的，交代得清清楚楚，反而煞风景。这就产生了一个现象，从语法上看来是不完整、不够通顺的句子，在诗歌里却为读者留下了想象的空间，促使读者和作者共同创造。这是古典诗歌发展到近体以后一个很了不起的创造。

这是因为，枯藤、老树、昏鸦，三个词组，调动着读者的想象的补充，构成了完整的视觉图景。三者在音节上是等量的，在结构上是各自对称的，在词性上是相同的。性质上相契合的“枯”“老”“昏”，隐含着生命衰萎的悲凄意味。悲凄并不是大自然固有的，而是诗人的，诗人的悲凄把三个意象同化、统一起来，引起的联想是和谐的。第二句，小桥、流水、人家，在性质上是相同的，自成一体，和前面的枯藤、老树、昏鸦相比，并不具有特别悲凄的意味。有学者解释说，诗人看到别人家的生活环境“便想起自己的家”，是反衬。[①] 我以为这是诗人拘于节奏的对称留下了弱笔。供同学们参考。第三句，古道、西风、

① 语出霍松林对此曲的解读，见《元曲鉴赏辞典》，上海辞书出版社2004年，第236页。

瘦马，三个意象，互相没有确定的联系，与前面的枯藤、老树、昏鸦，在结构上是相互比称的，在节奏上、性质上、情感上具有高度的统一性，互相制约，引导着读者的想象延伸出一幅无声的、宁静的画面。

这样的画面，全属自然景观，借助自然景观抒情，寄情山水，在古典诗歌中有悠久的传统。但是，纯粹的自然景观，可能比较单调，情感不容易深化。例如，白朴以《天净沙·秋》为题，这样写：

孤村落日残霞，轻烟老树寒鸦，一点飞鸿影下。青山绿水，白草红叶黄花。

全部是自然景观的平面铺开，静态的并列，“老树寒鸦”与“青山绿水，白草红叶黄花”在性质上并不统一。虽然“一点飞鸿影下”带来了一点动态，然而毕竟微弱，单纯而不丰富，就显得单薄了。

许多解读文章都称赞马致远的小令的画面感，然而以图画来称赞这首小令，严格说来并不恰当。

第一，绘画是空间艺术，画面空间具有相对完整性，而这里的画面空间不完整，没有天空，没有大地，只有悬空的藤、树、鸦、路、马，从画面来说不完整，但是从诗来说，相当完整。因为其间渗透着统一的情感，情思饱和，甚至溢出画面。如宋人梅尧臣所言“含不尽之意见于言外”。

第二，正是因为这样，苏东坡的名言“诗中有画”“画中有诗”[①]是需要分析的。事实上此说也遭到了挑战，明朝人张岱就说：“若以有诗句之画作画，画不能佳；以有画意之诗为诗，诗必不妙。如李青莲《静夜思》‘举头望明月，低头思故乡’，有何可画？王摩诘《山路》诗‘蓝田白石出，玉川红叶稀’，尚可入画；‘山路原无雨，空翠湿人衣’，则如何入画？”[②]张岱的说法富有智慧，但是限于就事论事的反驳，在理论上还可以提高。

在视觉可感方面，诗与画确实有共同之处，但是，画毕竟是空间的一刹那的艺术，是要“经营位置”的，枯藤是在老树主干上缠绕，还是蔓延在草丛之间？昏鸦是在树冠上还是在枝丫之间？瘦马是处于前景还是远景？古道是曲折的还是崎岖的？种种元素占据画面的大小，相互间的比例，还有线条、色块，用什么笔墨，是否统一，决定了画面质量的高低。而诗中之画，各部分悬置、并列，相互之间没有大小、深浅、远近的关系，诗人并不劳心经营具体位置。这是因为画的形态直接诉诸视觉，而诗的媒介是有声语言，直接诉诸听觉。声音并不能传达视觉、触觉、嗅觉，甚至连音乐都不能直接表现，故有五线谱、简谱，语言是社会约定俗成的象征符号，其伟大功能在于唤醒读者的记忆和联想。

---

① 苏轼《苏轼全集》(下)，上海古籍出版社2000年，第2189页。

② 张岱《琅嬛文集·与包严介》，岳麓书社1985年，第152页。

对于一切文字传达来说，这是共性，解读的任务不能满足于共性，而要揭示其特殊性、唯一性、不可重复性。我们的任务乃是解读诗这种象征符号的特殊性。

汉字不是拼音文字，而是表意的。古典诗歌以抒情为主流，情感如果直接抒写，读者难以感知，乃有“圣人立象以尽意”之说[①]。尽管此论本系哲学，然而广泛借用于诗歌，故一般称之为“意象”。意象不是细节，叙事文学中的细节，有具体时间延续性、空间连贯性及在一定程度上的写实性。而意象则不然，意象是被主观情感趣味寄托到客观对象中。如意大利美学家克罗齐说：“艺术把一种情趣寄托在一个意象里，情趣离开意象，或是意象离开情趣，都不能独立。”[②]由于主观情趣的渗入，客观对象的性质就发生了变化。清代诗评家吴乔说，散文好像把米煮成饭，质地不变，而诗则如米之酿为酒，“形质俱变”。这个说法，比之克罗齐的说法要深邃得多。

克罗齐的说法还需要补充的是，意象中的情趣并不限于情感，更完整地说应是情志，趣味中包含智趣。并不是一切情感寄托在意象里，都是好诗，情感得有特点，对象也要有特点，二者化合，才能成为艺术的意象。

马致远小令的精致在于，一系列的意象，都是局部性的，不是整体。枯藤、老树和昏鸦，古道、西风和瘦马，都是从环境中优选出来的。但是都有特点，局部的特征，比之散文式的整体对联想和想象更有冲击性，古道西风瘦马，虽然没有人，但是，不言而喻，马并不是野马，就是有行人的暗示，不像白朴那样完全是自然景观，“瘦马”，提示着长途旅行，在萧瑟西风中，在古道上（不是阳关大道），隐含的意味是行旅之艰疲悲凄。

实现意象的构成，不但客体要有特征，而更重要的是诗人的主体也要有特征，二者猝然遇合，乃有超越时间的地域的生命。

系列意象中的瘦马最为独特。

本来马在唐诗中，大抵是优雅的，正能量的，如欧阳修引用不知名作者的“官清马骨高”，表现为官之清廉。而杜甫有“所向无空阔，真堪托死生”（《房兵曹胡马诗》）的胡马，王维有“草枯鹰眼疾，雪尽马蹄轻”（《观猎》）的将军的马，孟郊那种得中以后“春风得意马蹄疾，一日看尽长安花”（《登科后》）的高头大马都是精气神十足的。白居易有“乱花渐欲迷人眼，浅草才能没马蹄”（《钱塘湖春行》），光是对马蹄的细微观察和发现就有微妙的情趣。而马致远的瘦马，是行旅疲惫之马，这不仅是马瘦，而且是诗人的精神悲凄。

诗人的情感使得马的性质变化了，成为诗人情感的载体。

① 见《周易·系辞上篇》，原文是：“然则圣人之意，其不可见乎？子曰：‘圣人立象以尽意……’”

② 《朱光潜美学文集》（第二卷），上海文艺出版社 1982 年，第 54—55 页。又见朱光潜《谈美》，金城出版社 2006 年，第 117 页。

诗歌并不是以一个意象取胜，而是一组意象群落。如果每一个意象都有自己的特点，互不相通，就可能造成芜杂。因而意象群落必须具有各个意象特点高度的统一，这种统一的纲领更具诗人的情感特征。瘦马、枯藤、老树、昏鸦和西风高度统一在生命衰弱、情感悲凄的境界中。古道、瘦马，远离家乡（漂泊天涯），回乡艰难。西风，是秋风，秋风肃杀的联想相当稳定。没有正面说肃杀，而是把联想空间留给读者。古道，是古老的，从古以来游子的命运就是如此，和西风、瘦马组合在一起，在意脉悲凉的性质上和谐地延续下去。

第四句，夕阳西下，夕意味着时间紧迫。句法发生了变化，不再是意象的并列，而是一个完整的句子。诗人的匠心在于：一味并列下去可能造成单调，艺术要求高度统一，同时要求统一中变化。时间紧迫增加行旅的压力。最后“断肠人在天涯”，又是一个完整的句子，不但改变了平行的节奏，而且统一、确定了情感的性质，情感脉络提升到最强度。

前面一系列意象的情感是隐性的，属于间接抒情，而“断肠人在天涯”是全诗唯一的直接抒情。思乡游子归途艰难悲凄。前面的意象叠加，为最后的情感高潮而蓄势，没有前面的饱和的意象，仅仅有“断肠人在天涯”的道白，是抽象的，而没有最后的直接抒情，众多的意象的内涵不能统一提升。

综上所述，把这首小令笼统地归结为秋思，或者为秋愁，都不太准确。更准确的主题应该是秋之乡愁。思乡之愁是中国古典诗歌的一大母题。有太多的杰作至今脍炙人口，如崔颢的“日暮乡关何处是，烟波江上使人愁”（《黄鹤楼》），李白的“蜀国尝闻子规鸟，宣城还见杜鹃花。一叫一回肠一断，三春三月忆三巴”（《宣城见杜鹃花》），杜甫的“万里悲秋常作客，百年多病独登台”（《登高》）。

从这个意义上说，马致远的成就，乃是在唐人思归母题基础的发展上。更不可忽略的是，唐诗不但为他准备了母题的基础，而且为他准备了诗句模式。

唐人近体诗格律乃是将齐梁以来的章法和句法规范化，章法上是高度压缩，节制铺排对仗，规定律诗只有八句，对仗只要四句，绝句只能有四句，前联、后联只要求一联对仗，不对仗亦可。句法上，则高度压缩，创造出高度凝练的句法。

近体诗的章法和句法有别于汉魏晋宋的古诗，又是对古诗的继承和发展，比之古体更加讲究凝练。汉代无名作者的“明月何皎皎，照我罗床帏”，到了魏曹丕笔下精练化为“明月皎皎照我床”。

到了唐代近体诗中章有定句，句有定言，句中平仄交替，句间平仄相对，格律相当严密，固然不自由，但是这种不自由却让诗句获得更大的自由。在平仄格律的约束中，诗句更富于弹性，诗句与语法句分化了，普及了。如杜牧的《江南春》的“千里莺啼绿映红”，从语法来说，“莺啼”一个句子；“绿映红”，又是一个句子。两个语法句浓缩为一个诗句。

表面上仅仅是对魏晋诗句的压缩语句的继承，实际上是比“明月皎皎照我床，星汉西流夜未央”的节奏更具平仄起伏的变化。

这种诗句超越语法句，是中国诗歌艺术的举世无双的创造，如果是欧美诗歌，两个句子并列，本不合语法，是不通的。最简单的办法就是在当中加个连接词如and、while、after之类，稍稍严密一点，就是把两个句子转化为一个复合句，以一个句子为中心，或者用介词或关系代词使之成为语句的从属子句。

近体诗更深刻的发展是，诗句突破语法句发展出“水村——山郭——酒旗——风”这样的句型，四个意象并列，省略了语句必要的谓语，不成句子了，但是，并没有成为“碎片”，四者由于性质的同一性，为读者留下了更大的想象空间，成为更加精练的诗句。语法句服从诗句，句法不完整的诗句成为唐诗艺术一大发明，很快普及，成为诗语精练的普遍法则，精彩的名句，至今脍炙人口，如：

王瀚：“葡萄美酒夜光杯。”

王昌龄：“秦时明月汉时关。”

温庭筠：“鸡声茅店月，人迹板桥霜。”

到词里则是如下面貌：

晏殊：“一曲新词酒一杯，去年天气旧亭台。”

范仲淹：“将军白发征夫泪。”

黄庭坚：“桃李春风一杯酒，江湖夜雨十年灯。”

岳飞：“三十功名尘与土，八千里路云和月。”

正是在这样的基础上，才产生了马致远的“古道西风瘦马”。这种艺术发展到极端，到了清朝，陈沆写出了《一字诗》：

一帆一桨一渔舟，一个渔翁一钓钩。一俯一仰一场笑，一江明月一江秋。

整首诗，没有一个句子：没有动词，没有连接词，没有介词，把意象并列的技巧用得得心应手。意在言外，意在象中。把中国近体诗歌句法的特殊句法凝聚起来，结构完整，不着痕迹。但是，这首诗也算不上神品，陈沆在中国诗歌史上，算不上大诗人。为什么呢？

因为陈沆过度运用了这样的句法，造成了单调。

在唐诗宋词乃至元曲中，这样的句法绝对不在整首诗中完全使用，它只是和单一诗句和复合句诗句交替使用。一味使用意象并列句法，难免单调，就以陈沆这首诗来说，作为绝句是有缺点的。那就是意脉缺乏变化。抒情诗，情的特点乃是《诗大序》所说的“情动于中”，关键是要动起来，动就是变动，故有动情、动心、感动、触动、激动。一般说绝句到了第三句，或者第四句，要有语气上的变化，情感上的提升或者转折。陈沆的《一字诗》的不足在于四句的意脉平面滑行，和唐人绝句那些精品，在艺术上不是一个档次。

这种诗句高于语句的艺术，到了20世纪，惊艳了美国一群大诗人，为其命名“意象叠加”，还由此产生了意象派，影响了美国三代诗人。

这是因为西方诗歌，语法和词法的规律与汉语不同，欧美诗歌以直接抒情为主，非常讲究语法和词法的统一性，诗句服从语法的完整，往往一个完整的句子包括数行诗句，这叫作“跨行”，甚至长到跨过一节，叫作“跨节”。“意象派”大师庞德，从汉语诗歌中得到启发，放弃了句法的完整性，用意象并列的办法写了好多相当经典的诗。其中最著名的是《地铁车站》，原文是这样的：

The apparition of these faces in the crowd;

Petals on a wet, black bough.

把它直译成这样：

人群中这些面孔骤然显现

湿漉漉的树枝上纷繁的花瓣

在原文中，两个词组之间没有介词和谓语，显然是学汉语诗歌意象叠加的办法。有人不满意这样的译法，改译成：

在这拥挤的人群中，这些美丽的突现

一如花瓣在潮湿中，如暗淡的树枝

就是因为这个“一如”，香港诗评家璧华就认为前者是“不朽的”，后者是“平庸的”。从阅读实践上来说，意象并列，放弃句法完整性，表现诗人的直觉，最大的好处，就是读者的想象比较自由。第二种译文把本来留在想象中的词语补充出来，反而束缚了诗的想象。同样的道理，如果把“古道西风瘦马”补充为“在古老的驿道上，西风紧吹，来了一匹瘦马”，诗意就可能损失殆尽，变成散文了。不过，美国人可能走向极端了，意象派代表人物庞德定义下的意象是“在一刹那的时间里表现出一个理智和情绪复合物的东西”[①]。这就把意象当成孤立的、刹那间的，事实上中国古典诗歌的意象并不是孤立的，而是在一系列意象中以动态表现情感的运动而取胜的。

就马致远这首小令而言，意象并列如果一味这样静止地并列下去，全诗五个句子全是并列的名词性词组（或者意象），就太单调了。所以到了第四句，句法突然变化了，“夕阳

① 琼斯《意象派诗选》，裘小龙译，漓江出版社1986年，第5、10页。庞德并不绝对地反对情感，只是坚持情感不能直接抒情，情感和智性浑然一体。故他在《严肃的艺术家》中对于诗与散文的区别这样说：“在诗里，是理智受到了某种东西的感动。在散文里，是理智找到了它要观察的东西。”见杨匡汉、刘福春编《现代西方诗论》，花城出版社1988年，第54—55页。

西下”，谓语动词出现在名词之后，有了一个完整的句子，单纯就开始向丰富转化。这还是形式上的，仅停留于形式，继续写风景，一味在视觉的感官上滑行，情志就难以深化，难免给人肤浅之感。故作者不再在视觉感官上滑行，而向情感更深处突进，不再描绘风物，而是直接抒发感情——“断肠人在天涯”。这里点明了秋思的情绪特点，不是一般的忧愁，而是忧愁到“断肠”的程度。这就不仅仅是凄凉，而且有一点凄苦了。人在天涯，归乡无期，正是这首小令的情思不可重复的特殊性。秋天的景象调动起马致远的心。这与唐人的《商山早行》中的“鸡声茅店月，人迹板桥霜”堪称异曲同工。鸡声和月亮足够说明不是一般的早晨，月亮还没有落下，这是黎明。茅店，是客店，提醒读者回想起诗题——“早行”，是提早出行的旅客的视觉。下联的“人迹”和“霜”联系在一起，全部是名词并列，互为因果，进一步强化了早行的秋日的气候特点，虽然自己已经是早行了，但是还有更早的。而“板桥”，则是作者精心的选择，只有在板桥上，霜迹才能看得清楚，如果是一般的泥土路，恐怕很难有这样鲜明的感觉。温庭筠的情感聚焦于“客行悲故乡”，从乡愁来说，和马致远的小令是一样的。虽说是“悲故乡”，但是并没有像马致远那样“断肠”，也没有遥远得到了“天涯”的感觉。诗人个性化的生命就在这不同之中。马致远的小令幸亏有这最后一句，在情感上有了层次，有了一定的深度，避免了肤浅。

相比之下，白朴、张可久和无名氏的同曲牌作品，大抵显得浅。白朴的诗，五句都在描绘风景，停留在视觉感官上：“孤村落日残霞，轻烟老树寒鸦，一点飞鸿影下。青山绿水，白草红叶黄花。”尤其是最后两句，完全在玩弄色彩（青、绿、白、红、黄），甚至给人以为色彩而色彩的感觉。看不出作者情感的特征，既没有马致远式的忧愁，又没有杜牧式的“霜叶红于二月花”的赞叹。读者很难感觉到情绪是悲凉的还是明快的。如果说是明快的，为什么在明快的景色中夹入“老树寒鸦”呢？如果要强调老树寒鸦，为什么不贯穿到底，让全部意象带上和老树寒鸦相近的性质呢？可惜的是，五句都属视觉感知，没有在视觉感知饱和的时候，深入到情绪层面。耽溺于文字色彩，遮蔽了人的情感，就难免平庸了。

克罗齐说：“要读懂但丁，我们必须达到但丁的水准。”[①] 此话有点吓人，可很有道理，但是，还须补充，对当代读者而言，要提升到经典作者的水平是相当艰难的，但是并不能以达到古典水准为唯一目标。在某种程度上，不但要达到古典作者的水平，而且要有所分析批判，有所超越。分析离不开比较，有比较才有鉴别，才能品评高下，最有效的方法是在同一母题中，进行历史的品评，这样，不但有可能把自己提高到经典作者的水平，而且也许会有所超越。

---

① 朱光潜《克罗齐哲学述评欣慨室逻辑学哲学散论》，中华书局 2012 年，第 34 页。

从《登高》到《闻官军收河南河北》的意脉变化

清初浦起龙在《读杜心解》中称赞《闻官军收河南河北》为杜甫“生平第一首快诗”[①]。从字面上看，是对这首诗的高度称赞，实际上，隐含着对这首诗在唐诗中地位的个人看法。自从宋代有诗话以来，就有对唐诗七律所谓“压卷”之作的品评，上榜者颇多，千载争执不休，得到最高推崇的是杜甫的《登高》。清人杨伦在《杜诗镜铨》中亦称赞《登高》为“杜集七言律诗第一也”。其实，早在明朝，胡应麟就在《诗薮》中推《登高》为“古今七言律第一，不必为唐人七言律第一也”。[②]此后几百年没有争议。《登高》在唐人七律乃至在中国古典律诗中独占鳌头，诗话家们非常难得地取得共识。权威如此之高，浦起龙不便说《闻官军收河南河北》并不亚于《登高》，完全可以与之并列为压卷，乃很策略地说是杜甫“生平第一首快诗”。“第一”是有了，但是只限于杜甫，痛快也有了，却回避了在艺术上是否并不亚于七律压卷之作这一问题。

这里隐含着品评诗歌艺术的标准问题，对二者做孤立研究，从方法论上说，有割断内在深度联系之弊。有比较才能鉴别，《登高》与《闻官军收河南河北》只有在比较中分析，才可能阐明各自的优胜，从而发现二者乃古典诗歌中情感运动之意脉的两种类型。这不但有益于对两首诗的价值的精准理解，而且在理论上有更普遍、深邃的意义。

一、律诗：意象群落中的情感运动脉络

对于《登高》在艺术上凭什么成为古典律诗第一，前人大都为印象之言，具体分析往

① 浦起龙《读杜心解·七律》：“八句诗，其疾如飞。题事只一句，余俱写情。得力全在次句，于神理妙在逼真，于文势妙在反振。三、四，以转作承。第五，仍能缓受。第六，上下引脉。七、八紧申‘还乡’。生平第一首快诗也。”见浦起龙《读杜心解》（第2册），中华书局1978年，第628页。

② 胡应麟《诗薮》，中华书局1958年，第92页。

往空疏。且看全诗：

风急天高猿啸哀，渚清沙白鸟飞回。无边落木萧萧下，不尽长江滚滚来。万里悲秋常作客，百年多病独登台。艰难苦恨繁霜鬓，潦倒新停浊酒杯。

宋人罗大经在《鹤林玉露》中有过相当细致的微观分析：

杜陵诗云："万里悲秋常作客，百年多病独登台。"盖万里，地之远也。秋，时之惨凄也。作客，羁旅也。常作客，久旅也。百年，齿暮也。多病，衰疾也。台，高迥处也。独登台，无亲朋也。十四字之间，含八意，而对偶又极精确。①

罗大经此说，"十四字之间，含八意，而对偶又极精确"，句无虚言，超越了印象式的话语，这在古典诗话中难能可贵。但是，仍然有明显的缺陷，只是阐明了四联八句中的一联两句的好处，对全首诗的整体却没有综合概括。而此说在当代仍然为学者反复征引，赞赏不已，造成了对整首诗艺的遮蔽，在理论上停滞不下千年。

诗艺的奥秘首先应该在整体结构的有机统一，拘泥于炼字、炼句之精，难免管中窥豹，只见一斑。此等风气对今人影响仍然甚大。有论者至今如此分析首联："风急"对"天高"，"渚清"和"沙白"对仗。"不仅句句形成对仗，甚至在每一句诗之内，也形成对仗。"这个说法当然有道理：对仗的密度强化了诗句的内在结构的紧密。但是话说过了头，此诗开头一联句内句间对仗，应该属于四柱对。以下六句句内并无对仗。再说，在理论上似不能成立。对仗结构紧密，意象密度大，固然感性效应强，但是，第一，繁复对仗，高度统一，导致结构单调，甚至辞藻堆砌。严羽在《沧浪诗话》就批评谢灵运的诗"彻头彻尾成对句，故不及建安诗（之自然纯朴）"。律诗建构就是对齐梁诗风繁多对仗的限制，四联之间限定中间两联对仗。首尾两联无须对仗，对仗与不对仗的统一，使整体单纯而丰富。第二，对仗句的特点是两句之间，各自独立，两联之间，都没有连接词语，这就可能造成意象繁多而芜杂。故杜甫的《绝句》（其三）"两个黄鹂鸣翠柳，一行白鹭上青天。窗含西岭千秋雪，门泊东吴万里船"四句全对，明人胡应麟形容其为"断锦裂缯"，明人杨慎贬之为（四幅图画）"不相连续"。②

对于绝句来说，四句皆对已经是断锦裂缯，不相连贯，而在律诗中，八句皆对，不是更可能造成结构断裂的危机吗？杜甫《登高》四联八句间皆对，似各自分立，但是，其后两联，"万里悲秋常作客，百年多病独登台。艰难苦恨繁霜鬓，潦倒新停浊酒杯"出句与对

---

① 罗大经《鹤林玉露》，王瑞来点校，中华书局 1983 年，第 215 页。

② 杨慎《升庵诗话》卷十一《绝句四句皆对》："绝句四句皆对，杜工部'两个黄鹂'是也，然不相连属。"见丁福保辑《历代诗话续编》，中华书局 1983 年，第 853 页。胡应麟《诗薮》内编卷六《近体下·绝句》："杜以律为绝，如'窗含西岭千秋雪，门泊东吴万里船'等句，本七言壮语，而以为绝句，则断锦裂缯类也。"见胡应麟《诗薮》，上海古籍出版社 1979 年，第 121 页。

句皆有逻辑因果的连续性，叫作“流水对”。正是因为对仗上这样的讲究，八句皆对，并未陷“断锦列缯”“不相连续”之弊。全诗高密度的意象群落完整而统一。

杜甫此诗更深刻的艺术在八句中有情感脉络贯穿。范温《潜溪诗眼》说：“古人律诗亦是一片文章，语或似无伦次，而意若贯珠。”[①] 所谓“语或似无伦次”而“意若贯珠”就是意象群落之间情意的脉络，简称“意脉”或者“情脉”。这种情意的脉络，在流水对中有时用虚词连接（下文详述）。更多的是不用虚词，释皎然在《诗式·明作用》中说，其特点有如“时时抛针掷线，似断而复续，此为诗中之仙”[②]。关于不用连接词点明其间的逻辑关系，方东树说得更明白：“不用虚字照应，以意贯串，此法最难。古人文法之妙，一言以蔽之，曰：语不接而意接。”[③] 鞠恺说，在这种情况下，关键是要“通首论之”，“尤贵一气联络”，但是，还要“纵极跌宕、抑扬，总要一气呼吸”。[④]

这里揭示了矛盾中的统一：一方面是“语或似无伦次”，另一方面是“似断而复续”“一气联络”，转化的条件是，“以意贯串”“语不接而意接”。即使没有连接虚词，也能够“意若贯珠”“一气呼吸”：“意”把意象“贯串”起来，不用显性的虚字眼，其意的脉络是潜在的、隐性的，可以超越语句的“不接”，使得全诗构成有机整体，天衣无缝。

不可忽略的是鞠恺所说，这个贯通整体的意脉不是静止的，而是“纵极跌宕、抑扬”的，这样线性的“意脉”，是起伏不定的情意脉络，乃是情感的节奏。

《诗大序》的“情动于中”，诗以情动人，是千年的共识，但是，情的特点是什么？千年以来，未能深究。这就造成对律诗评论的偏颇，或停留在平仄，或拘执于律对的工整。皆为外部节奏，忽略了情动于中的“动”，乃是内在的，是情感的内部节奏。其实，诗之所以动人，就是因为“意脉”的运动。情的性质就是“动”。正是因为如此，汉语中才有：动情、动心、感动、激动、触动。故白居易《与元九书》所言“感人心者，莫先乎情”，须补充一下，感人心者莫先乎情之动。抒情诗有了内在的意脉的起伏，才能充分感人。

有了意脉运动这样的理论前提，再看《登高》，其隐性的艺术奥秘就比较清晰了。

从意脉节奏上说，那就是情绪几度起伏变幻。

这首诗是大历二年（767）杜甫在四川夔州时所作。“风急天高猿啸哀”，杜甫的悲哀有独特性。“风急天高”，由于高而远，所以有空阔之感。一般诗人写哀，大抵空间在田园庭院之中，以沉吟徘徊为特点，多具低沉属性。杜甫把“哀”放在风急、天高的大空间之中，而猿“啸”的尖厉，突出风急天高的效果，“啸”之哀是山河容载的大哀，不是庭院徘徊的

① 郭绍虞辑《宋诗话辑佚》（上册），中华书局1980年，第318—319页。
② 释皎然《诗式·明作用》卷一，李壮鹰校注，人民文学出版社2003年，第13页。
③ 方东树《昭昧詹言》卷一，汪绍楹校点，人民文学出版社1961年，第28页。
④ 鞠恺《唐诗肄雅·附论·章法》卷一，清嘉庆重刊本。

小哀。渚清沙白，本已有俯视之感，再加上“鸟飞回”，强调俯视，则哀中未见悲凉，而是悲中有高远壮阔，内涵深沉而高亢。

第二联，“无边落木萧萧下，不尽长江滚滚来”，意脉在强度和深度上大幅度提升。“落木”是“无边”的，视点更高。“不尽长江”，不但有视野的广度，而且有了时间的深度。“子在川上曰：‘逝者如斯夫，不舍昼夜。’”（《论语·子罕第九》）在古典诗歌的传统意象中，江河不尽，不仅是空间的深远，而且是时间的无限。这就使得悲哀，不是一般的低沉，而是带着深沉、浑厚的性质。杜甫在《进雕赋表》中把自己作品的风格概括为“沉郁顿挫”[①]。“沉郁”之悲，不仅有“沉”的属性，而且是长时间的“郁”积，“沉郁”就是长时间难以宣泄的悲哀。“落木”之哀，空间“无边”而“萧萧”，“长江”之悲“不尽”而“滚滚”，悲哀因时间的郁积而雄浑。

意脉运动着，强化着，深化着，提升着：有对仗构成的时空转换，有叠词造成的滔滔滚滚的声势。从空间的广阔，到时间的深邃，沉而不阴，视野开阔，情郁而不闷，情与景在天地之间，变得深厚宏大。

如果就这样深厚沉郁下去，未尝不可，但是，可能陷于单调。杜甫追求的不仅是“沉郁”而且还有“顿挫”，也就是鞠恺所说的“纵极跌宕、抑扬”，用今天的话语来说，就是情绪节奏的大幅度起伏变化。到了第三、四联“万里悲秋常作客，百年多病独登台。艰难苦恨繁霜鬓，潦倒新停浊酒杯”，境界不再像前面的诗句那样开阔，一下子回到自己个人的命运上来，而且把个人的“潦倒”都直截了当地写了出来。浑厚深沉的宏大境界，突然缩小了，格调也不单纯是博大浑厚，而是带上了低沉，境界由大到小，由高到低，情绪也从高亢到悲抑，如此大幅度的跌宕，这就是“顿挫”。用清代诗话家黄生的话来说，就是“阔狭顿异”[②]。建构了从“沉郁”到“顿挫”的情绪大幅度起降的节奏。

杜甫追求情感节奏的曲折变化，这种变化有时是婉转的、默默的，而这里的意脉线索却是突然的转折。沉郁已经不是许多诗人都做得到的，顿挫则更为难能。而这恰恰是杜甫的拿手好戏，他善于在登高的场景中，把自己的痛苦放在尽可能宏大的空间中，但是，又不完全停留在高亢的音调上，常常是由高亢到低沉，由宏大时空到卑微个人，形成一种起伏跌宕、猛然转折的意脉。

回头再来看宋人罗大经《鹤林玉露》对这首诗的评价：“盖万里，地之远也。秋，时之惨凄也。作客，羁旅也。常作客，久旅也。百年，齿暮也。多病，衰疾也。台，高迥处也。

---

① 仇兆鳌《杜少陵集详注》（四），文学古籍刊行社1955年，第133页。

② 黄生《杜诗说》卷五《登岳阳楼》：“前半写景如此阔大，转落五六，身事如此落寞，诗境阔狭顿异。”诸伟奇主编《黄生全集》（第二册），李媛校点，安徽大学出版社2009年，第191页。

独登台，无亲朋也。十四字之间，含八意，而对偶又极精确。”这就显然以局部的意象群落凝练遮蔽了意脉从沉郁到顿挫的转折，严格地说是：只见树木，不见森林。只见外部节奏的属对工整，不见内在情感节奏的起伏跌宕的完整旋律。把局部从整体割裂出来，不但失去了整体，而且连局部本身的功能都可能受损。正如亚里士多德所说，如果把人的手从躯体上割下来，手就不成其为手了。我要加上一句：更严重的是，哪怕是最美的手也变得很可怕了。

长期以来，对古典律诗的分析不到位，除了对情志意脉的漠视以外，还有一个更重要的原因，那就是书写方式。我们的古典诗歌原来是不分行的，只凭韵脚停顿意会。五四新诗学了欧美的古典格律诗，包括十四行诗，乃将近体诗分行排列。可是只学了分行，而忽略了人家不但分行，而且分节。十四行诗，大体有两种分法：一种是三行一节，四节，最后一节两行；另一种是，四行一节，三节，最后一节也是两行。节与节之间空一行。如果全面学习，结合我们意脉转折的特点，就应该分行而且分节，不应该以《登高》八句为一节：

风急天高猿啸哀，渚清沙白鸟飞回。无边落木萧萧下，不尽长江滚滚来。万里悲秋常作客，百年多病独登台。艰难苦恨繁霜鬓，潦倒新停浊酒杯。

这样不分节的后果就是，意脉转换失去了外在标志。欧美人翻译我国古典诗歌，就常常不但分行，而且分节。哪怕是绝句也是两行一节，当中空一行。按照节奏的变化，《登高》应该分成两节，当中空一行：

风急天高猿啸哀，
渚清沙白鸟飞回。
无边落木萧萧下，
不尽长江滚滚来。

万里悲秋常作客，
百年多病独登台。
艰难苦恨繁霜鬓，
潦倒新停浊酒杯。

意脉从沉郁到顿挫有了外在的标志，就一目了然了。学术渊博的大家就不至于对罗大经的片面论述盲目赞赏了。这不仅仅是个案，而是规律性的，由于篇幅限制，这里只能简单枚举。如杜甫的五律《登岳阳楼》可以这样分节：

昔闻洞庭水，
今上岳阳楼。
吴楚东南坼，

乾坤日夜浮。

亲朋无一字，
老病有孤舟。
戎马关山北，
凭轩涕泗流。

从吴楚千里大地一眼尽收，天地日月在眼下起伏，到渺小的"老病""孤舟"，从宏大的气魄到凭栏个人孤独哭泣。杜甫的"沉郁顿挫""阔狭顿异"的意脉转折的模式，突出了唐诗内在情绪的转换，如果能够有意识地分节，就不至于被遮蔽百年了。当然，情绪意脉的起伏转折之所以被视而不见，拘泥于局部一联的词句，不及全诗，只是原因之一，原因之二是，缺乏同类模式之间的比较，未从意脉细微的差异中，对意脉模式进行更为精细的分类。

在这个前提下，我们来看《闻官军收河南河北》。

二、《闻官军收河南河北》情绪节奏的直线上升

如果把情动于中，意脉运动，仅仅归结为情感内在节奏起伏，那我们再来看《闻官军收河南河北》，既可以看到其中意脉的运动，可是又不能不感到某种困惑。

剑外忽传收蓟北，初闻涕泪满衣裳。却看妻子愁何在，漫卷诗书喜欲狂。白日放歌须纵酒，青春作伴好还乡。即从巴峡穿巫峡，便下襄阳向洛阳。

与《登高》相比，通篇都是喜悦之情，直泻而下，一脉到底，既无杜甫律诗标志性的"沉郁顿挫"亦无"阔狭顿异"式的跌宕起伏，但是，直觉告诉读者，杜甫此作的精彩并不亚于《登高》。

当文本的直接感受与所具的理论发生矛盾，有两种可能：第一，是对理论有误读；第二，理论本身有不足，须发展。

释皎然在《诗式·明作用》中说："抛针掷线，似断而复续。"范温说："语或似无伦次，而意若贯珠。"方东树说："语不接而意接。"归纳起来就是"似断而复续""语不接而意接"，矛盾有两个方面：一方面是"断"，是"不接"，另一方面是"续"，是"意接"。这两个方面，在不同的律诗中并不是完全等同的。同样是意脉之动，在《登高》中情志的节奏，如鞠恺所说"纵极跌宕、抑扬"，是大幅度的转折，而在《闻官军收河南河北》中，并没有这样的转折和跌宕。这就是说，在《登高》中，"断"和"不接"为主要方面，只是意

脉的一种模式，并不是全部；而在《闻官军收河南河北》中则是“续”和“意接”为主要方面，这是意脉的另一种模式。

在这里，杜甫的喜是“忽闻”，是意外的，突如其来的。在他看来，安禄山、史思明的根据地收复了。安禄山早就被他儿子杀了，史思明也遭遇了同样的下场，依附他们的李怀仙也拿着史思明儿子的首级来投降了。七八年血腥战乱、生灵涂炭的安史之乱就此结束。国运家运面临重大转折，此时的喜是极端的，杜甫全身心充满了喜极而狂的冲动。

为了表现这种突如其来的喜悦，杜甫没有用律诗通常的写法，如《登高》那样，前两联即景寓情（也就是间接抒情），后两联不再借景抒情，《闻官军收河南河北》全诗单刀直入四联都是直接抒情。

第一联，“剑外忽传收蓟北，初闻涕泪满衣裳”。杜甫诗中的眼泪，是常见的，他的哭都是悲极而哭。如为沦陷的国都而哭，“少陵野老吞声哭，春日潜行曲江曲”，悲痛中有恐怖，连哭都是偷偷的，不能哭出声音的。时为国破政乱，盗贼繁多，“临风欲恸哭，声出已复吞”，痛苦加恐惧，就是哭出声来，也马上忍住。有时实在忍不住，为自己颠沛流离，妻离子散，回归无望而对着异乡的大江痛哭，“天边老人归未得，日暮东临大江哭”。就是京师克复以后，他还是有后怕，“莫令回首地，恸哭起悲风”。杜甫的哭之所以沉郁，不仅仅是为自己，更多的是和血雨腥风中的黎民百姓一起哭泣。在《羌村》（其三）中这样写：

请为父老歌，艰难愧深情。歌罢仰天叹，四座泪纵横。

他的悲郁实在难以排解，在这个曾经是开元天宝全盛的国土上，在他感觉中，千家万户，举国上下，到处都是哭声：“亲朋尽一哭，鞍马去孤城。”“野哭千家闻战伐。”“路衢唯见哭，城市不闻歌。”“应沉数州没，如听万室哭。”“战场冤魂每夜哭，空令野营猛士悲。”“万古一骸骨，邻家递歌哭。”“上有行云愁，老弱哭道路。”“恸哭苍烟根，山门万重闭。”“征戍诛求寡妻哭，远客中宵泪霑臆。”“哀哀寡妇诛求尽，恸哭秋原何处村。”“自说二女啮臂时，回头却向秦云哭。”“恸哭松声回，悲泉共幽咽。”

不管是邻里还是亲朋，不管是老弱还是寡妇，不管是在荒野还是在城市，不管是在道路还是在战场，不管是从山泉还是从行云，他都能听到哭声：每一声啼哭，他都感同身受，长年郁积于心。杜甫之所以被誉为诗圣，在很大程度上就是因为他的哭是浸透了平民百姓的血泪。

杜甫的眼泪这么多，这实在是由于他身处不能不令他长歌当哭的时代。

安史之乱之前，唐朝已经有五千二百多万人口，安史之乱结束，763 年，只剩下不到一千七百万。(《旧唐书·代宗纪》) 七年多一点的时间死了三千五六百万人。每年死五百万，几乎每天要死一万多人。冷兵器交接，血肉横飞，死亡是顷刻之间的事，就是伤者，以当时的医学水准，存活率也很低。但是，就是在战场上，也不可能每天有上万人死亡，这么高的死亡率，可能并不完全是战死的，还有饿死的，杜甫自己的孩子，就饿死一个以上。[①]而活着的人，什么时候饿死都很难说。战前米价一斗米二十钱到三十钱，到长安光复，大雨加上蝗灾，米价达到一斗米一千文，七年间米价涨幅达到三十到五十倍，通胀率达到百分之三千到五千。连李白都在诗里写过“白骨成丘山，苍生竟何罪”，活着的人，也不知道什么时候饿死。

正是因为这样，当国运转折之消息突然传来，他激动得泪流满面，泪水淋湿了上衣下裳。

同样是眼泪，性质不同了，此番不是悲痛的，而是欢乐到极点，情不自禁，猝然而发。从这个意义上说，浦起龙说，这是杜甫“生平第一首快诗”，是有道理的。但是，作为诗，这样说还不够到位，因为这种快乐，是从眼泪开始的，眼泪仅仅是情感激发的起点，由此引发了欢乐旋律，层层直线上升，推向最强音。

这种直线强化的旋律表现在诗句上就是连续性的递增。这和《登高》的顿挫曲折是不同节奏的模式，因而在语句的关系上也就有所不同。

开头一联，第二句的“初闻”就与前句的“忽传”在时间上直接联系起来。这不完全是与对仗句相对的散句，更像是对仗句中逻辑关系明确的流水对，即我在《下江陵》解读中提到的流水句（见笔者《论李白〈下江陵〉——兼论绝句的结构》，载《文学遗产》2007年第1期）。这种连接性甚至超越了流水对。流水对的连接性只限于一联两句之间，律诗的两联之间，在逻辑上、语法上是没有连接词语的，但杜甫这首诗到了第二联的出句，“却看妻子愁何在”中的“却”字则把第一联和第二联的逻辑关系直接标明了。

明确的连贯性，一意贯通，毫无曲折，并不意味着意脉不变化不运动，相反，意脉是在高速度地运动着。不过这种运动，不是像《登高》那样的顿挫式的转折，而是欢乐的意脉层层奔涌，直线上升。方东树意识到了这一点：“此亦通篇一气，而沉着激壮，与他篇曲折细致者不同，题各有称也。”[②]此说难得，艺术敏感性极强，触及了此诗精彩的关键。

首联，喜极而泣，意脉在高亢的音阶上提升。从强度情感发端，为提升增加了难度。颔联乃转向妻子，用泪眼去看出妻子之“狂”，狂到漫卷诗书。黄生说：“狂喜之至，则读书无心复向，急急卷而收之。”[③]诗书本来是在阅读的，而这样的动作，却不是阅读，而是狂到忘记了目的，不能自我控制。表面上妻子的狂，实质上，妻子的狂喜是从狂喜丈夫眼

① 他自己就写过“幼子饥已卒”，而《旧唐书·文苑》本传说：“儿女饿殍者数人。”

② 方东树《昭昧詹言》卷十七，汪绍楹校点，人民文学出版社1961年，第404页。

③ 黄生《杜诗说》卷九《闻官军收河南河北》，诸伟奇主编《黄生全集》（第二册），李媛校点，安徽大学出版社2009年，第356页。

中看出来的，夫妻同心同狂。这样的情景和动作在杜甫的诗中是很罕见的。就是自己在当俘虏时，想象和妻子重逢，也只是“何时倚虚幌，双照泪痕干”(《月夜》)，是很默契的，很含蓄的，是没有动作性的。这个“狂”的动作性本不该属于恪守儒家温柔敦厚的杜甫之家，似应该属于自诩“我本楚狂人”的李白。但是，从安史之乱七八年来，悲愤的郁积一下子得到释放，为自己的命运，也为想象中国家的光明前景，禁不住任情“狂放”一番，五十二岁的杜甫，似乎恢复了青春，恨不得像当年和李白、高适一起漫游齐赵那样“裘马清狂”一把。

这一狂，却狂出了比年轻时更高的艺术水平。

明明是“白日”，可还要“放歌”，不但要“放歌”，而且要“纵酒”。杜甫在《饮中八仙歌》中，欣赏过别人的饮酒的狂态，而他和父老乡亲所饮，酒味很薄的。“苦辞酒味薄，黍地无人耕。”“隔屋唤西家，借问有酒不。”“街头酒价常苦贵。”“酒债寻常行处有。”老是嫌酒价太贵，还向邻里借酒，到处欠着酒债，饮起来可能就很难尽兴，不能不节制一些，绝对没有纵酒的可能。但是在此特殊时刻，不在想象中狂放一番是不过瘾的。“青春作伴好还乡”，超越了老迈的年岁，恢复了青春的感觉。“青春”是双关语，一则写作时正是春天，归心似箭，二则是从心理到生理都洋溢着“青春”的感觉。

如果说，前两联是现场性的，后两联的则是对未来的超现实的想象。

由于是想象，就更加李白化了。

至于最后一联，则不但精彩而且精致。霍松林先生的评论，颇有到位之处：

> 这一联，包含四个地名。“巴峡”与“巫峡”，“襄阳”与“洛阳”，既各自对偶（句内对），又前后对偶，形成工整的地名对……试想，“巴峡”“巫峡”“襄阳”“洛阳”，这四个地方之间都有多么漫长的距离，而一用“即从”“穿”“便下”“向”贯串起来……诗人既展示想象，又描绘实境。从“巴峡”到“巫峡”，峡险而窄，舟行如梭，所以用“穿”；出“巫峡”到“襄阳”，顺流急驶，所以用“下”；从“襄阳”到“洛阳”，已换陆路，所以用“向”。用字高度准确。①

不能不稍加补正的是，第一，律诗属对的高密度本来容易流于程式，一连三个对仗，难免陷于单调堆砌，但是“却看妻子愁何在，漫卷读书喜欲狂”“白日放歌须纵酒，青春作伴好还乡”“即从巴峡穿巫峡，便下襄阳向洛阳”三者都属流水对，连贯性强化到极点，把意象密度的最大的“四柱”对（句内有对，句间有对）和自由度最大的“流水对”结合起来，在最严格的局限性中，发挥出了最大的自由，一反往日的优游不迫沉着从容，而放任一泻千里之想象，其豪放于李白号称绝句压卷之作之一的结句“两岸猿声啼不住，轻舟已

① 《唐诗鉴赏辞典》，上海辞书出版社 1983 年，第 543 页。

过万重山”有过之而无不及 。

第二，实际上，这样的自由，都来自杜甫极度兴奋之时的想象。

首先，“青春作伴好还乡”，一般人印象中，杜甫自称杜陵野老、杜陵布衣，给人感觉家乡在西安。但是，这次确定的故乡是洛阳，也许杜甫怕引起误解，诗下特别自注曰“余田园在东京”，也就是洛阳。因为杜甫家族自曾祖起迁至巩县（今巩义，原属洛阳，今划归郑州）。杜甫生于河南巩县，四岁丧母，父亲杜闲往山东兖州任职，杜甫寄养于洛阳姑母家。三十五岁前，杜甫大部分时间都在洛阳。

从梓州出发去洛阳，走陆路要经过难于上青天的剑门。身在剑外的杜甫，水路是唯一的选择!

“即从巴峡穿巫峡，”一般注释，以为杜甫从巴峡直达长江巫峡。其实，巴峡，并不在长江，而是在巴县，而当时杜甫在梓州，光是从梓州到巴县就要经过一段曲折惊险的路程，绝不像杜甫想象的那样近在脚下。梓州位于涪江一侧，向南顺流而下，至合川（古称合州）汇入嘉陵江，继续南流，穿过华蓥山山脉，这里是典型的峡谷地貌，系是世界三大褶皱山系之一。杜甫的舟船要冲过第一个“三峡”：沥濞峡、温塘峡、观音峡。顺嘉陵江再南行，才能到达重庆（古称巴县、渝州）。到了重庆嘉陵江才汇入长江，沿江东行，到涪陵段，又要闯过第二个三峡——“巴县三峡”：铜锣峡、明月峡、黄草峡。[①]这两个“三峡”就是杜甫诗中的“巴峡”。到了长江三峡，舟行更为凶险。读者往往轻信了郦道元《水经注》“朝发白帝，暮到江陵，其间千二百里，虽乘奔御风不以疾也”的夸张，但是即使那样，也是有条件的：首先，前提是洪水高涨达到“夏水襄陵”的程度，而杜甫为诗之时，则是在阴历春天；其次，“或王命急宣”，郦道元特别注明“有时”[②]，不是任何时候，都能这样高速；再次，郦道元在另一处，特别说明在沿江向襄阳前进时，必须经过黄牛滩，两岸崇山峻岭。

高崖间有石，色如人负刀牵牛，人黑牛黄，成就分明，既人迹所绝，莫得究焉。此岩既高，加以江湍纡回，虽途经信宿，犹望见此物，故行者谣曰：“朝发黄牛，暮宿黄牛，三朝三暮，黄牛如故。[③]

光是一个黄牛滩就要“信宿”即二夜，三峡的终点在宜昌的南津关，从重庆到宜昌，长达一千三百里。杜甫在想象中，一句“即从巴峡穿巫峡”就轻松交代过去了。

到了湖北襄阳，那里有杜甫向往的先祖杜预铭功碑，杜甫到此应该稍稍逗留瞻仰，用了“便下襄阳向洛阳”。很多注家把“下”理解为“顺江东下”，襄阳在汉水之南，故名襄

① 参阅赵楠《“文学地理”与中小学古诗词文本细读举隅》，《课程与教学》2022年第11期。

② 郦道元《水经注》卷三十四《江水》，陈桥驿校证，中华书局2007年，第790页。

③ 郦道元《水经注》卷三十四《江水》，陈桥驿校证，中华书局2007年，第793页。

阳，洛阳在北面，沿汉水北上，是逆流上行，“下”当是离开襄阳向洛阳方面进发的意思。[①]

经历了如此曲折惊险的水路，改换陆路，转道洛阳，又有多少可以想象的复杂的转辗劳顿。哪里可能是像诗里写得那样直接到达？实际上，据《通典》卷一百七十五《州郡·通川郡》云：“去东京（洛阳），取盛山郡（今四川开县）下水，经三峡，出江陵、襄阳、南阳、临汝等郡到东京，水陆相承，二千八百七十五里。”[②]把几千里的艰巨曲折的水陆旅途想象得那么快疾直通，只能说明，杜甫归心如何急迫，情绪是多么兴奋，想象多么狂热，情思多么浪漫了。事实上，直到七年以后，他最远也只到达湖南衡山一带，终老都没有实现回到故土洛阳之梦。直到四十三年后，他的孙子才把他的灵柩葬到洛阳，也算是对杜甫在天之灵奉上一点迟到的安慰。

综上所述，第三和第四联，所写与第一联的写实性不同，全部是诗人超越现实的想象。加上四个地名八个音节，四个同音，好像是紧紧相追，如京剧板鼓急促的鼓点，充分表现其情绪更加浪漫，神思更加自由，旋律直线上升，节奏更加紧迫。

这完全是杜甫突然得到胜利的信息突发的欢乐狂想曲。这样的浪漫，这样的狂欢，不但在杜甫诗中是第一次，而且在唐诗中也是第一首。在唐诗中，表现痛苦、忧愁、悲哀的杰作比比皆是，而表现欢乐的杰作相对比较少。整个中国古典诗歌史上，表现痛苦的经典名句至今耳熟能详的并不罕见，但是，表现欢乐的至今脍炙人口的则凤毛麟角。就是李白，得到皇帝的征召，最得意的也就是“仰天大笑出门去，我辈岂是蓬蒿人”，或者是“我本楚狂人，凤歌笑孔丘”。孟郊屡试不第，终于在四十六岁得中，乃有“春风得意马路疾，一日看尽长安花”，是个人化的轻松自夸，带着一定程度的写实性。但是，这些都和杜甫的为国为民为家的深沉浑厚，狂喜的想象，超越现实，完全是一日千里的幻境，又不着痕迹，四个实实在在的地名给读者以写实感觉，不可同日而语。这样的逼真幻觉，浪漫狂想，可谓空前，堪称绝后，其独特性使之不但可居唐诗七律之首，而且堪称中国古典诗歌千年欢乐狂想之绝唱。

从意脉的运动观之，《闻官军收河南河北》不同于《登高》沉郁顿挫的曲折，而是从兴奋到奔放，从现实到想象，情感直线式提升。这是意脉之动的另一种表现模式，似乎应该是八句四联，紧密相连，但是，如果连成一节，则掩盖了其间的狂想曲直线上升的微妙特色，故可以像《登高》一样，仍然分为前后两节书写：

剑外忽传收蓟北，

初闻涕泪满衣裳。

---

① 参阅赵楠《“文学地理”与中小学古诗词文本细读举隅》，《课程与教学》2022年第11期。

② 杜佑《通典》卷一百七十五，《四库全书》，史部，政书类。

却看妻子愁何在，
漫卷诗书喜欲狂。

白日放歌须纵酒，
青春作伴好还乡。
即从巴峡穿巫峡，
便下襄阳向洛阳。

前两联是现实的场景，后两联则是浪漫的想象。分成两节，方东树所说的“沉着激壮，与他篇曲折细致者不同”，就不至于被忽略了。

这样意脉递增提升性运动，在近体诗中，并不是个别的现象，而是意脉的另一种模式。如王之涣的《登鹳雀楼》：

白日依山尽，黄河入海流。欲穷千里目，更上一层楼。

四句全对，本是绝句之大忌，但“欲穷千里目”“更上一层楼”之间逻辑因果紧密的流水对，打破了四句全对的单调。全诗的精彩全在意脉的递增。白日依山，黄河入海，是立足之高，其效果乃是视野之远，仅仅是生理的感知。第三、四句，则表现诗的精神气度之高。

同样以《登鹳雀楼》为题的还有畅当的：

迥临飞鸟上，高出世尘间。天势围平野，河流入断山。

也是四句都对，形式就很单调，而且后两句和前两句一样，都是强调视野之高远。这样的诗，最大的毛病就在于情感没有运动。既不是《登高》式的转折，也不是《闻官军收河南河北》的提升。在诗歌历史的长河中，它就逐渐被遗忘了，由于和王之涣取了同样的题目，留给后人作为比较的参照。从这里，人们不难联想到杜甫的《绝句》(其三)：

两个黄鹂鸣翠柳，一行白鹭上青天。窗含西岭千秋雪，门泊东吴万里船。

为什么这首诗会受到“不相连续”“断锦裂缯”的批评？就是因为，四句全是对仗，一联之间，没有流水对的虚字连接，两联之间，又缺乏意脉贯穿。未能达到“语不接而意接”的高度。故不能像王之焕的《登鹳雀楼》那样分节。

对仗从规律而言，其优越性自不待言，但也有局限，杜甫把优越性发挥到极致，有时，对其局限性缺乏警惕，故千年诗话中评选绝句压卷之作，一首也没有入选。

受到《闻官军收河南河北》很大影响的文天祥的《过零丁洋》在节奏上又有微妙的差异：

辛苦遭逢起一经，干戈寥落四周星。山河破碎风飘絮，身世浮沉雨打萍。惶恐滩头说惶恐，零丁洋里叹零丁。人生自古谁无死？留取丹心照汗青。

此诗写于宋祥兴二年（1279），文天祥在广东五坡岭战败被俘。当时，汉奸张弘范做了元军的都元帅，一再强迫文天祥招降仍在海上坚持抗元斗争的张世杰、陆秀夫，文天祥把《过零丁洋》拿给张弘范看，张无奈作罢。此诗的最后一联，“人生自古谁无死？留取丹心照汗青”后世成为格言，原因在于，这不是以诗为生命，而是以生命为诗，这是诗的极品。情调极其昂扬。与前三联的山河破碎、身世浮沉、惶恐、零丁、无奈，恰成强烈反差。故按意脉节奏，当做如下分节：

辛苦遭逢起一经，

干戈寥落四周星。

山河破碎风飘絮，

身世浮沉雨打萍。

惶恐滩头说惶恐，

零丁洋里叹零丁。

人生自古谁无死？

留取丹心照汗青。

意脉的运动是多种多样的，模式也应该与之相称。西方的十四行诗，一般只有两种经典的分节模式（当然后来也有所发展）。对于中国古典诗歌来说，当然不够。故到了词这种形式中，我们又发展出一种更为新颖的模式。那就是小令不分行，而在双调和长调中，则分节。双调小令如李后主的《忆江南》：

多少恨，昨夜梦魂中。还似旧时游上苑，车如流水马如龙。花月正春风。

五个诗句不分行。但是，这首词是双调，下面的一半，一般都分成另一节，当中空一行，或者另起一行，或者中间留下两个空格。

多少泪，断脸复横颐。心事莫将和泪说，凤笙休将泪时吹，肠断更无疑。

前后两片，语词结构是连贯的，不像对仗句那样只有跳跃性，故忽略分行顺理成章，上下语句是对称的，分节显示了意脉的转折，前半部分是回忆中欢乐的天堂，后半部分则是无比沉痛的现实。这在长调中，就成了固定的模式。如苏东坡的《念奴娇·赤壁怀古》：

大江东去，浪淘尽、千古风流人物。故垒西边，人道是、三国周郎赤壁。乱石穿空，惊涛拍岸，卷起千堆雪。江山如画，一时多少豪杰！

遥想公瑾当年，小乔初嫁了，雄姿英发。羽扇纶巾，谈笑间、樯橹灰飞烟灭。故国神游，多情应笑我，早生华发。人生如梦，一樽还酹江月。

上片的结尾有个总结："江山如画，一时多少豪杰。"下片的开头有个思绪的转折，从即景抒情，转向历史的遐想："遥想公瑾当年，小乔初嫁了。""遥想"句，这在词中叫作"过头"。其功能乃是在逻辑上使前半与后半之间相连，在语义上显示明确转折，在对仗句中，"遥想"两字，特别是那个"了"字，肯定是要省略成："公瑾登坛日，小乔初嫁时。"两节之中，还有不少连接词语。如"故垒西边，人道是、三国周郎赤壁"，如果是诗，可能写成"周郎赤壁故垒西"。"江山如画，一时多少豪杰"，为诗可能是"江山如画多豪杰"。"故国神游，多情应笑我，早生华发"，在近体诗中容纳不了这样连锁性逻辑性的表达，最多只能是"故国神游惊华发"。这些在空间上、时间上、思绪上、语法上的连接词语，在律诗中都是刻意要回避的，但是，在词中，不但是不可缺少的，而且是为词增添情采和文采的。

正是因为这样，在诗中，分行首先得到关注，分节则长期被忽略，而在词中，分节首先被关注，而分行则基本被忽略。

以意脉的节奏分行、分节，有些方面，我们自发地做到了，有些方面，则完全忽略了。

这种忽略造成的遮蔽，对深入阅读和理解构成了真正的挑战。这种挑战的严峻性还在于，古典诗歌的意脉的节奏是很丰富的，这里只是随机抽样，所取的只是中国古典诗歌最成熟的形态，做细胞形态的解剖，更复杂、丰富的模式，待有充分篇幅时再做历史和逻辑的系统展开。

《山居秋暝》：为什么把秋暝写成了春芳

关于古典诗歌的特点，有许多理论。中国传统理论有《诗大序》的“情动于中而形于言”，有陆机《文赋》的“诗缘情而绮靡”；西方有英国浪漫主义的“强烈的感情的自然流露”。对于解读诗歌个案文本来说，这些理论似乎都不到位。比如，王维的《山居秋暝》是抒情的，但并不绮靡；是有感情的，但并不强烈；是情动于中的，但是不是就有精致的语言呢？

上千年的探索不得要领，原因就在于孤立地研究诗。这是世界诗歌理论之通病。其实，只有一家突破了这种局限，那就是17世纪的吴乔，他在《答万季野诗问》中说：

> 又问：“诗与文之辨？”答曰：“二者意岂有异？唯是体制辞语不同耳。意喻之米，文喻之炊而为饭，诗喻之酿而为酒；饭不变米形，酒形质尽变；啖饭则饱，可以养生，可以尽年，为人事之正道；饮酒则醉，忧者以乐，喜者以悲，有不知其所以然者。如《凯风》《小弁》之意，断不可以文章之道平直出之，诗其可已于世乎？”①

这是中国古典诗话在方法论上的一大发明：不是孤立地研究诗，而是在诗歌与散文的比较中，研究诗的特殊性。散文好像是把米煮成饭，形态和质地都没有太大的变化，而诗是把米变成酒，形态和质地都发生了变化。吴乔实在是天才，晚他一个多世纪，英国浪漫主义诗人雪莱才在《为诗一辩》中说：“诗使它所触及的一切变形。”同样是月亮，可以是令人欢悦的，比如“露从今夜白，月是故乡明”（杜甫），“月上柳梢头，人约黄昏后”（欧阳修，一说朱淑真），“人逢喜事精神爽，月到中秋分外明”（冯梦龙）；也可以是悲凄的，比如“行宫见月伤心色”（白居易）；还可以是摆脱不了的思念丈夫的幽怨，比如“可怜楼上月徘徊”“捣衣砧上拂还来”（张若虚）。月亮的性质由人的情感决定，苏东坡概括为“人

① 王夫之等撰《清诗话》（上册），上海古籍出版社1978年，第27页。

有悲欢离合，月有阴晴圆缺”，把月亮随着情感而质变概括得那么全面，特别是“不应有恨，何事长向别时圆”；元末高则诚《琵琶记》中则有“我本将心向明月，奈何明月照沟渠”。这样的质变，实在是空前的。更有趣的是，有一个故事：李贺写过“天若有情天亦老”，有人以此为上联，征求对仗下联，居然很久没人合格，最后有一个才子对出了“月若有恨月常圆”，获得广泛称道。我想这应该是从苏东坡的“不应有恨，何事长向别时圆”的质变脱胎换骨而来的。

但是，诗的问题并不这么简单，有时我们看到非常精彩的诗，好像没有什么变形，也看不出什么变质，可又是非常经典之作。我们来看王维的《山居秋暝》：

空山新雨后，天气晚来秋。明月松间照，清泉石上流。竹喧归浣女，莲动下渔舟。随意春芳歇，王孙自可留。

这里前六句好像都是白描，连夸张的形容都没有。然而，“秋暝”就是秋天的黄昏，本来是光线昏暗的，王维这里写的却是“明月松间照，清泉石上流”，整个氛围是很明净的。“竹喧归浣女，莲动下渔舟”，听到竹林里有声音，是浣纱的女孩子回来了；听到莲叶擦动的声音，是打鱼的把船推进去了。这样的意象好像没怎么变形，无非就是明亮一点。关键的质变在“随意春芳歇，王孙自可留”，其中关键的关键是“春芳”。诗的题目是《山居秋暝》，第二句是“天气晚来秋”，而第七句“随意春芳歇”把秋天写成了春天，这就是表面上形没有变，但质变了。

这是王维厉害的地方——含而不露。诗人把自己非常独特的感受和情志埋得很深，他把整个秋天的傍晚质变成春天的宁静的、空灵的心理境界，这是他自己内心的表现。因为他心里有佛，心里非常清净，佛家所谓的六根清净。

古典诗话家往往忽略了这一点，他们用金圣叹所提倡的，用八股文的起承转合的章法来梳理这首诗。如徐增，强调各句之间承上启下的关系，“空山新雨后”是从题目《山居秋暝》来的。“暝”字，因为是薄暮，新雨，天气转凉，才感到是秋。而“明月松间照，清泉石上流”，是承继开头的“空山新雨后”来的。因为雨后才有泉，因为秋天才有月和松。[①]这样梳理，似乎是精细的因果逻辑，但是也有牵强的、过度阐释的地方。比如，说因为雨后才有清泉，难道雨前就没有泉水吗？又如，说因为秋天才有月和松，难道春夏冬三季就没有吗？这种因果关系难以成立。说“竹喧浣女”“莲动渔舟”的好处是有女可织、有童可渔，这明显离开了文本。原作中并没有明指浣女为织女，渔舟并不一定是王维的家童所划。到了最后结论，又说长安卿相都不如此清净。这样用散文的语言把省略的部分补充出来，存在着把经典的诗转化为平庸的散文的危险。

① 蒋寅《徐增对金圣叹诗学的继承和修正》，《北京师范大学学报》（社会科学版）2006年第4期。

其实，王维这首诗的好处不在语言的起承转合，而在物境为心界所同化而质变，二者圆融、和谐统一。古代有诗话说，这首诗的诗眼是“暝”，因为“暝”字引起的联想是昏暗，而且第二句也点明是晚来，但如果全诗意境集中在“暝”和“晚”上，就不可能将之变为透明的境界了。王维的拿手好戏，就是于朴素的语境中显示质变的深沉。

总体来说，这首诗的好处可以从三个方面来理解。

第一，表面上暝、晚是昏暗，实际上却是明净，雨后的秋色有一种清新的意味。再加上“明月松间照，清泉石上流”，空山因明月之照而明，清泉欲流于石上，溪流透明。透露出来的不仅是明亮的景观，而且是宁静的心境。景观明净，与心的清净相应。

第二，空山新雨表面上强调的是山之空，实际上突出画面，是空的反面。为什么呢？有浣女经竹林之喧，有渔舟惹莲叶之动，这里有人，并不空。这是反衬，不是外部的，而是内心的空灵。听到竹喧，知是有浣女过来；看到莲叶浮动，知是渔舟下水。习惯得很，安宁得很。空山明月是宁静的，渔舟浣女是有声音的，二者相反，而诗人的心境却是不变的、自然的、自在的，不因其宁静或其声“喧”而变化。

第三，最后一联以“随意春芳歇”为注解，题目明明是秋暝，却变成了春芳，哪怕春光消逝也不在意。不像有些诗人那样惜春悲秋，王维特有的心态是“随意”，保持心态的自如。这与陶渊明那种“云无心以出岫”，柳宗元那种“岩上无心云相逐”的无心，是同一境界。“空山新雨后，天气晚来秋”，空山的“空”字是诗眼，诗的灵魂所在。

王维很喜欢用“空”，比如“人闲桂花落，夜静春山空”，这个“空”就是清净。这种清净不是外部环境的和内在心灵的，而是佛家所谓的六根清净。如果心不静，桂花那么小，掉下来，怎么会有感觉？

王维被称为“诗佛”，就是因为他把佛学的六根清净诗融自然环境和心灵环境为一体。与一般的情动于中不同，而是有无动于衷的清净，不管外界发生如何的变动，都恬然、淡然、自然，与环境浑然一体。这是另外一种美学原则。

《山居秋暝》乍一看一望而知，但是要彻底读懂，有相当大的难度，一般专业的教授都难免隔靴搔痒，只读懂了它的字面意思，没有读懂其深沉的意境。因为读不懂它的意境，也就很难读懂它的语言，于是就轻率地用金圣叹强调的起承转合来解读，以为这是创见，其实南辕北辙。

为什么呢？因为逻辑的连贯性并不是律诗的特点，而是古风歌行的特点。古风的句与句之间，逻辑联系是很明显、很明确的。而律诗，当中两联是对仗，不强调连贯，不用连接词，也不强调因果关系。对仗的生命是想象的跳跃。对仗的办法是中国特有的，西方的多音节词语不可能像中国这样有整齐的对仗。

“明月松间照，清泉石上流。竹喧归浣女，莲动下渔舟”，两句之间是没有连接词语的，从逻辑上是不连贯的。当然对仗也有连贯的，那就是所谓的流水对。“欲穷千里目，更上一层楼”，欲穷，更上，千里目，一层楼，中间是有因果关系的。对仗是中国古典诗歌的一个特点，用了对仗的句法，句子是相对独立的。“明月松间照，清泉石上流。”明月照在松间，这个月亮是在松枝之上还是在松枝之下呢？随便想象。“竹喧归浣女，莲动下渔舟”，谁听到的？没有说明。没有连接词，互相独立，有什么好处呢？

好处在对仗句形成一个结构，其中的每个字词、每个句子，都不是独立存在的，每一个字词与对应位置上的字词都相互决定。譬如“明月松间照”，“明月”要对应后面的“清泉”，都是名词词组，而且是偏正结构，“松间”要对应后面的“石上”，“照”要对应后面的“流”，如果不对称，那就错了。“竹喧”对应“莲动”，“归浣女”对应“下渔舟”，都是严对，形成严密的结构。结构的功能大于要素之和，写得精练，留下了很大的想象空间，让读者来参与。

比如，杜甫写李白，“敏捷诗千首，飘零酒一杯”。两个名词性的词组不成句子，但由于对仗，而且是严对，其功能就足以让读者领悟李白的生涯和诗，他命运不济、人生飘零，所以说用酒来消愁。

再如，“枯藤老树昏鸦”“古道西风瘦马”，词组与词组之间，有一种排比和制约的关系，留下了空白让读者的想象去补充。对仗句法形成一个结构，两句之间，句法、结构相同，词语性质相称，每一个字都被另外一个字决定着，每一句都被另外一句决定着。“渭北春天树，江东日暮云”，这是杜甫怀念李白的，一个在渭水之北，一个在江东，树和云的距离那么远，好像没关系，但是由于对仗而成了人和人的关系，遥远的空间和漫长的时间会统一在对仗的结构里，互相联系，互相制约。

奥秘在于，逻辑上是不连贯的，但结构上是对称的，诗歌的对称结构比散文的起承转合更要精密。用八股文的结构来解读诗歌，说得客气一点叫无用之功，说得不客气一点是误人子弟。事物的性质取决于矛盾的特殊性。正如前文所言，散文与诗歌是饭和酒的区别，完全用八股文的办法来研究唐诗，无疑忽视了诗与散文的矛盾。

辛弃疾：豪放的大概念不能涵盖其喜剧性幽默和婉约

一、在忧愤中的自我解脱

温儒敏先生最近指出，“要防止现成已经出现的形式主义、假大空的倾向，不宜笼统提倡大语文、大单元、大情景教学”，“课程标准最近提出的语文核心素养着眼于立德树人”，培养“有创新能力的人”。[①] 所谓创新，就是摆脱人云亦云的积习，提出新问题，做出新分析，进行新综合。分析与综合的统一，从根本上说，乃是培养学生世界观、方法论的基础。

提出新问题，不但要从分散的现象面前揭示出矛盾，还要找出内在联系。这对于一线教师，而且对于专家、编者，无异于一种对现有水准的突破，是一种学理高度的攀登，只有水平提高了，教学方法的“大情景”设计才有切实的基础，不至于陷入温儒敏先生所说的“形式主义、假大空”。

最近一些重点中学，在进入课文教学之前，要求学生先行收集作者的资料。就我见到的情况而言，中学生所能收集的大抵是流行的资料，也就是经过选择的，要求其收集全面的资源是不现实的。收集当然是为了调动学生的主体性。但是，这样的主体性还是自发的，教师的任务，乃是将其自发性提高到自觉性、专业性的高度。最起码的就是要提出问题，加以分析综合，没有分析综合，就谈不上创新。

鲁迅在《“题未定”草》中就对流行三百年的《古文观止》提出问题，指出选本的“眼光”难免有局限，单凭所选的几篇作品，很难全面了解作家。就陶渊明而言，其“采菊东

---

① 温儒敏《充当语文教学负责任的智囊团》，《中华读书报》2024 年 1 月 17 日。

篱下，悠然见南山”“实在飘逸得太久了”，选家往往只取其《归去来辞》和《桃花源记》一类的。“但在全集里，他却有时很摩登，‘愿在丝而为履，附素足以周旋，悲行止之有节，空委弃于床前’，竟想摇身一变，化为‘阿呀呀，我的爱人呀’的鞋子，虽然后来自说因为‘止于礼义’，未能进攻到底，但那些胡思乱想的自白，究竟是大胆的。就是诗，除论客所佩服的‘悠然见南山’之外，也还有‘精卫衔微木，将以填沧海，形天舞干戚，猛志固常在’之类的‘金刚怒目’式，在证明着他并非整天整夜的飘飘然。这‘猛志固常在’和‘悠然见南山’的是一个人，倘有取舍，即非全人，再加抑扬，更离真实。”鲁迅还特别说：“譬如勇士，也战斗，也休息，也饮食。”[①]

这就很生动地不但提出了问题，而且综合出创新的观念：飘逸和金刚怒目的统一。

按鲁迅这样的观念来看，我们对辛弃疾这样的“勇士”，在思想和艺术上笼统归结为豪放就不免显得空泛。读全集是专家的事，切实可行的是，将分散于课本各处的辛词联系起来，提出问题，分析出内在的矛盾和联系，揭示出辛弃疾在豪放之外还有非常丰富的艺术风貌。

辛弃疾，率军南归四十余年，光是赋闲就将近二十年。壮志难酬，军事战略才华不能得到施展，英雄无用武之地。因而他最为豪放的词句就往往是在逆境的回忆之中的，每每是豪放中有悲愤，悲愤而无奈。有时用了过多的典故，导致所谓“掉书袋”的晦涩，但是，这并不是他的全部。他四十岁正当壮年，就被投闲置散，他无可奈何，只好安居农村，经营他的“带湖”，调节为国运忧伤愁闷的精神郁闷，在心灵上并不像前人一样，消极地做个隐士，而是休养生息，营造出新的精神天地和美学境界。这表现在，他对传统的忧愁的母题有了一番创新。

作为战士、将军，他的词作在忧愁中渗透着豪放和沉郁，在报国无门之际，他致力于精神上的自我解脱和重建，在艺术上开拓出清新明快的风格，如《丑奴儿》：

少年不识愁滋味，爱上层楼。爱上层楼，为赋新词强说愁。

而今识尽愁滋味，欲说还休。欲说还休，却道天凉好个秋。

此词写于辛弃疾闲居带湖期间。本来他已经宣告“却将万字平戎策，换得东家种树书”（《鹧鸪天》），为自己取号“稼轩”，甘于平平安安当个庄稼汉了。但是，胸中那股抑郁之气却抑制不住。此词的特异之处，在于反其意而用之。没有忧愁却强说忧愁，而真正有了忧国忧民的忧愁却装作没有忧愁。这不是“为文而造情”（《文心雕龙·情采》），不是虚假吗？但是，此词并不虚伪。全词的意脉在于：不知愁时，以忧愁为美；真正体会到忧愁，因为忧国忧民，太无奈，太折磨心灵，以从忧愁中自我解脱为美。

---

① 《鲁迅全集》（第六卷），人民文学出版社 2005 年，第 435 页。

虽然悲愤无从诉说，但是并不沉郁。语言相当明快，没有用任何典故，也没有用近体诗常用的密集意象，把情感间接渗透在意象群落之间，完全是直接抒情，也没有用近体诗的迁就平仄的倒错句法，如“英雄无觅孙仲谋处”，主语不当为“英雄”，逻辑顺序本该是“无觅英雄孙仲谋处”。而《丑奴儿》基本上是口语、大白话。但是以逻辑上自相矛盾取胜，这在中国古典诗话中叫作“无理而妙”，只是“于理多一曲折耳”，也就是不是理性逻辑，而是与之相对的抒情逻辑。这种自相矛盾，表现为自我调侃。这与一般抒情的诗化、美化自我的情趣不同，并不是不严肃，而是很深沉。抒写深沉忧患。集中在有愁与无愁，在时间上，少年与壮年在逻辑上形成反差，在形式上却是对称的。相反相成的结构，在明快中蕴含着沉郁的情志。

这就是把豪放沉郁转化为自我调侃的明快。

二、从醉酒的母题中把豪放转化为喜剧性

国运危难，报国无门，只能化悲愤为自我调侃，这是辛弃疾的一大发明。这种在《西江月·遣兴》中得到更高的发挥：

醉里且贪欢笑，要愁那得工夫。近来始觉古人书，信着全无是处。

昨夜松边醉倒，问松：“我醉何如？”只疑松动要来扶，以手推松曰：“去！”

对于消愁，传统上往往以借酒消愁，不管多么郁闷、沉重，饮者都是清醒的，以屈原的“众人皆醉我独醒”（《渔父》）为宗。就是李白《月下独酌》写自己举杯邀月，并与自己的影子对舞，有点醉态，但是，实际上也是醒着的（醒时同交欢），真正醉了，就各自分手了（醉后各分散）。而辛词一开头，“醉里且贪欢笑”。“贪”就是有意地沉溺于欢笑，尽量延长欢笑的时间，长醉不醒，意在自我麻醉。为什么呢？逃避忧愁——“要愁那得工夫！”

他是一个将军，曾经喝醉了，也不忘忧国——“醉里挑灯看剑，梦回吹角连营”（《破阵子》），完全是一派英雄气概，豪情自得。但在这里，立志恢复中原的统帅，却“醉里且贪欢笑”，好像是在醉生梦死。从字面上看，醉了，神志不清了，不清醒，“且贪”什么？贪醉里的忘却、舒心。

醉和酒，是中国诗歌史上的传统主题，在曹操的诗歌中，酒的功能也是忘忧：“何以解忧？唯有杜康。”（《短歌行》）因为酒使人不清醒，而清醒却能使人为忧愁困扰。陶渊明的《饮酒》，他自己说，全是醉中之作，然而，读其五：“结庐在人境，而无车马喧。问君何能尔，心远地自偏。”显然是清醒的。特别清醒的是“采菊东篱下，悠然见南山”。此言千古不朽，开一代山水田园诗意境之高标。醉得最为彻底、最为诗化的是李白——“人生得意

须尽欢，莫使金樽空对月。”（《将进酒》）李白的醉，不是生理上的醉，而是心理上的醉。醉是针对忧愁的，醉的最高目的是摆脱世俗的忧愁。但在李白那里，醉酒竟不能排解忧愁：“举杯销愁愁更愁。”（《宣州谢朓楼饯别校书叔云》）李白也是醉而清醒：“古来圣贤皆寂寞，惟有饮者留其名。”（《将进酒》）想要不清醒，却恰恰比圣贤还清醒。

在辛弃疾这里，却另辟蹊径。整篇词中全是醉，全是不清醒。醉意化为诗意在于醉得很彻底，醉得很欢乐，完全贪溺其间，连忧愁的时间都没有了（要愁那得工夫），心灵完全被醉意占满了。这种醉的极端，是情感的极端。所表现的是激情，不是一般的温情，更不是山水田园诗人闲情。

中国古典诗歌中，表现忧愁的经典太多了。在辛弃疾这里，隐含着对清醒的拒绝：清醒太痛苦了，太让人压抑了，只有醉，只有不清醒，才能把忧愁忘却。立志复国的将军，不但抗战主张得不到朝廷的采纳，反倒受到当权者压抑，束手无策，愤懑无奈。这不清醒的极端是愤懑的极端，接下来是绝望，连圣贤的书都不相信了：

近来始觉古人书，信着全无是处。

中国的传统观念，把知识分子叫作“读书人”。古籍是积淀着文化精神的经典，是神圣的，但是，作为读书人，他居然说，古人的书本“全无是处”。当然，孟子说过：“尽信《书》，则不如无《书》。”还是比较委婉的。完全相信，可能出错，并不排除其中还有可信的成分。而辛弃疾在这里却说古人的经典“全无是处”。这种一概抹杀，明显是一种愤激。这就是说，不但现实政治生活令人绝望，连圣贤的经典也无法帮人摆脱绝望。

沉醉于酒，耽溺于醉，不是可能给人以醉鬼的感觉，不是极端不负责任，很堕落吗？如果这样，就不美，而是“丑”了。但是，辛弃疾却坦然表现醉态，而且是动作化起来。更突出的是，一般诗词借景抒情，景物作为情感的载体，都是静态的；而在辛弃疾笔下，诗情的高潮处，景物居然活动起来，和诗人主体发生了冲突。

昨夜松边醉倒，问松：“我醉何如？”只疑松动要来扶，以手推松曰：“去！”

这里显示出了辛弃疾对“醉”的主题的突破。不再以清醒观照醉态，而是，第一，醉得糊涂，居然问松树：“我醉得怎么样啊？”传统的忧愁，是以清醒为美，清醒地意识到现实和个人的悲愤为美；而这里，却以糊涂为美。第二，写醉态的幻觉：“松动要来扶。”松树可能会因风吹而动，但绝不会是要来扶人。明明是醉者眼花，却不以清醒的眼光观照，而是夸耀醉得彻底。第三，醉者和自己的幻觉产生冲突，不但不觉得自己眼花，反而粗鲁地和没有听觉的植物斗气。有评论家说，这是戏剧性。这是对的，应该补充的是，首先，这戏剧性来自动作，不但是情感冲突，而且有外部动作，就是“扶”和“推”，还加上道白：“去！”虽然有动作性，但并不是舞台的戏剧性，而是抒情的想象的戏剧性。就抒情戏剧性而言，既不是正剧，也不是悲剧，而是喜剧性的抒情。诗人沉醉在自己的幻觉之中，显得可笑、可爱，显得率真。

在语言上，全靠大白话的朴素语言，几乎没有惯用的文言词汇，更没有典故，显得率真而坦然，不惜在诗词这样的正统文学形式中，把自己写得可笑。特别是最后一个字“去”，不但是白话，而且是口语。正是因为这样，才显得坦然怡然。就趣味来看，这不是一般诗性的情趣，这和柳永的醉后的“今朝酒醒何处，杨柳岸，晓风残月”的抒情美化，是不同的趣味。甚至超出一般的幽默的谐趣，准确地说，辛弃疾不但把情趣转化为谐趣，而且把谐趣转化为戏剧性动作，对于中国古典美学正统的“发乎情，止乎礼义”来说，应该是一种突破。很可惜，辛弃疾似乎没有意识其重要性，只是兴之所至，信笔而为，浅尝辄止，而诗话家也为“豪放”所拘，而专家们往往也就大而化之将其归入豪放范畴。

三、率真的谐趣转化为婉约

说他是豪放的悲愤转化为谐趣，谐趣转化为喜剧性，也还是不完全的。其实，辛弃疾，如鲁迅所说，是英雄，但是也是一个人，他的精神情感，他的词作也不完全是政治意味取胜。他和苏东坡有点相似。东坡身处逆境，处于精神危机之时，虽然向往着英雄业绩，但他一方面从道家哲学、佛学中寻求形而上的解脱，另一方面，也从形而下的体悟中享受生命。即使流放到天涯海角的海南岛，也还是会“日啖荔枝三百颗，不辞长作岭南人”。甚至有脍炙人口的“此心安处是吾乡”，更有甚者，年老朋友娶了年轻的太太，他也以“一树梨花压海棠”的幽默感加以调侃。

辛弃疾，闲居农村之时，同样有丰富的精神生活。领略着农村自然景观的之美。如《鹧鸪天》：“陌上柔桑破嫩芽，东邻蚕种已生些。平冈细草鸣黄犊，斜日寒林点暮鸦。山远近，路横斜，青旗沽酒有人家。城中桃李愁风雨，春在溪头荠菜花。”辛弃疾真是把农村看起来不起眼的蚕种，并不好听的牛犊的叫声，都写得和杜牧所欣赏的“水村山郭酒旗风”一样美好。这应该是典型的山水田园词了，但是，辛弃疾的特点是把田野里的荠菜花与城市中的桃李相对比。荠菜花是如此细小，色彩又特别朴素，在万紫千红的春色中，很不起眼，几乎被人忽略了，而辛弃疾欣赏其细微朴素，比之鲜艳夺目的桃李还要美好，辛弃疾的立意在于，桃李鲜艳的盛况是很短暂的，而素净的荠菜花才是更加持久的。这就不是消极地摆脱忧愤，而是积极地重建自己的精神家园。

在《西江月·夜行黄沙道中》里是这样的：

明月别枝惊鹊，清风半夜鸣蝉。稻花香里说丰年，听取蛙声一片。

七八个星天外，两三点雨山前。旧时茅店社林边，路转溪桥忽见。

这个满腔豪气的将军在农村，真正成了一个普通人，夜行途中，闻到秋收好年景的稻花香，谈起丰收的喜悦，听到青蛙的叫声，看到天上的稀疏的星星，零零星星的小雨点打在脸上，凡视听所及，点点滴滴，都让他感受到农村的美好。这样的词作，并不同于一般的归隐田园诗作，例如，和王维的田园乐完全不同，王维的《田园乐七首》(其六)是这样的：

桃红复含宿雨，柳绿更带朝烟。花落家童未扫，莺啼山客犹眠。

王维是在别墅里，身心是悠闲的，是独自地享受大自然的美好，没有动作，只是用视觉、听觉体悟大自然环境中闲适的安宁。不但欣赏花开，而且享受花落，也就是时间的流逝。自己不用劳作，自有家童打扫：是带着超凡脱俗的气息的。而在辛弃疾这里，人间的气息则很浓郁。最突出的要算是《清平乐·村居》：

茅檐低小，溪上青青草。醉里吴音相媚好，白发谁家翁媪?

大儿锄豆溪东，中儿正织鸡笼。最喜小儿亡赖，溪头卧剥莲蓬。

这不是在别墅里享受田园之乐，不仅仅是自我体悟，而是为民而乐，与民同乐。他听到的不是鸟鸣，而是丰收年景的欢歌，邻居夫妇，喝醉了，用方言山歌相互调笑，这对夫妇居然是白发的、年老的，这就不简单是情趣，而是属于谐趣范畴了。这样的背景就不但是超凡脱俗的，相反是很世俗的。在这里审美的特点带上某种“审俗”的特点。他全家和农民一样，都参加劳动。有劳动力的大儿和中儿，正在锄豆、编笼，而没有劳动力的小儿子，正忙着吃莲蓬，最动人的是不是正正规规地，而是自由自在地，躺在溪头，这里的情趣中就带上了谐趣，一代将军享受着的不是一般的田园之乐，而是情趣与谐趣交融的天伦之乐。

从这里，不难看出被综合为豪放派的辛弃疾，并不豪放，而是接近于所谓婉约风貌了。这种婉约甚至还超出了田园母题，进入了婉约派核心母题：爱情。辛弃疾也同样取得了卓越的成就，最有名的是《青玉案·元夕》：

东风夜放花千树，更吹落、星如雨。宝马雕车香满路，凤箫声动，玉壶光转。一夜鱼龙舞。

在此盛大欢腾的节日中，男女之间，平时不能传递的感情，这时就有了机遇。辛弃疾接下去写道：“蛾儿雪柳黄金缕，笑语盈盈暗香去。”蛾儿雪柳，黄金缕，华贵的装束，笑语盈盈，看女孩在笑啊，听到她的声音，闻到她的香味了，暗香，看不见的香味，说明就在附近。可就是找她不着。“众里寻他千百度”，多么焦虑，多么失落。可是就在此刻，“蓦然回首，那人却在，灯火阑珊处”。这里词情的杰出在于，一直以为她就在热闹的人群中，没有想到，她不在那个热闹的地方，而在那个灯火比较稀疏的地方。因此成为千古名句。后来被王国维用来做学问的最高境界，就是因为他创造了爱情刹那间的发现的惊喜。这一点与苏东坡的《蝶恋花·春景》的“墙里秋千墙外道，墙外行人，墙里佳人笑。笑渐不闻声渐悄，多情却被无情恼”类似，这也是刹那间的，但是其性质是单恋。当然，辛弃疾比较著名的还有《祝英台近》：

鬓边觑。试把花卜归期，才簪又重数。罗帐灯昏，哽咽梦中语：“是他春带愁来，春归何处？却不解、带将愁去！”

后人有评之为“昵狎温柔，魂销意尽”。

由此可见，把辛弃疾简单概括为豪放派，并不全面。虽然可以说他是豪放派的旗帜，但不可忽略的是，他把豪放转化为自我调侃，在醉酒的母题中，创造了喜剧风格，而在归隐方面他的田园之乐也带着幽默的谐趣，爱情母题的婉约方面也留下了刹那间发现爱情的杰作。

其实，用一个概念概括一个杰出诗人很难准确。就是将李清照概括为婉约派的代表，也是不完全的。因为她不但有“生当为人杰，死亦作鬼雄。至今思项羽，不肯过江东”（《夏日绝句》）这样的豪放之作，就是表现爱情的，也有《减字木兰花》。如下半阕：

卖花担上，买得一枝春欲放。泪染轻匀，犹带彤霞晓露痕。

怕郎猜道，奴面不如花面好。云鬓斜簪，徒要教郎比并看。

像这样的词，大而化之地说，这是婉约派的爱情词，但是这里的爱情并不婉约。婉约是委婉含蓄的意思，这里并不含蓄，也不委婉，而是非常张扬，不但语言直白，而且动作直率，花就这样歪歪地戴着，你敢说我不如花美吗？

在所谓婉约的诗词中，这样的词作是并不罕见的。如李煜的早期写女性的：“一曲清歌，暂引樱桃破。罗袖裹残殷色可，杯深旋被香醪涴。绣床斜凭娇无那。烂嚼红茸，笑向檀郎唾。”女性对作为帝王的男性，做出冒犯性的动作，通常风险是极大的，可她还是放纵地笑着，表现出对男性的爱情的把握，这样的词不能算是婉约，更不能算是豪放。传统的豪放、婉约的大概念显然不够用。我们不能责怪千年来词话家的无能，这种概括不周密。因为对于丰富的感性形象，用抽象的概念去概括，本身就是很困难的。故以偏概全、概括过宽是很难避免的。不要说对一个诗人，或者一个学派，就是对一篇诗词，做出主题思想的概括，也往往是不小的难题。

所有这一切，都在说明，要做全面的综合，绝对不能脱离个案的具体分析。只有把个案的具体分析大致把握了，再建构从小到大的单元的综合，才可能比较有效地提高学生的语文素养，从而培养学生的创造性，不至于一味以文本以外的任务趋动、大情景等教学设计为务。温儒敏先生指出当前流行的“形式主义、假大空的倾向”，能不能从根本上得到改变，可能就在于编者、专家是否意识到自己水平与课程标准存在着差距。提高水平，明确教什么，应该是解决如何教的问题的前提。

辛弃疾登楼母题中豪放中的忧愤

——读辛弃疾的四首登楼词

一、满腔血性军事战略家壮志难酬

辛弃疾继承了苏轼的词风，在词史上，苏辛并称，作为豪放派的两面旗帜。但是辛弃疾和苏轼有所不同：苏轼是文官，以智者和豪杰风流取胜，而辛弃疾则首先是武将，其次才是词家。他的豪放词和他的军事生涯直接相关，但是充满了历史性的悲愤。

他从二十一岁开始在沦陷区反抗异族起义，是一个“下马能草檄，上马能杀敌”的英雄、战将、军事家。可他率万众南归，却英雄无用之地。四十多年间，赋闲近二十年。

1163年，张浚北伐不战自溃，士兵丁夫十三万人掉头南逃。士大夫间弥漫着偏安江南的思潮：针对所谓“南北有定势，吴楚之脆弱，不足以争衡于中原”[①]的悲观苟且论调，辛弃疾写出《美芹十论》批判这种悲观论。他分析，女真外强中干，统治阶层内部矛盾重重，对汉族百姓残酷镇压、剥削，注定要在一定条件下分崩离析。而南宋官军腐败，不堪重用，军事上必须充分革新。他为完成北伐大业，做了具体规划。未得朝廷的反应，又为《九议》上书大权在握的宰相虞允文。他堪称全面的军事韬略家，却一直未能进入南宋决策阶层。

三年后，朝廷任命他为建康府通判，不过是个副职，掌管粮运、农田、水利和诉讼等事项。直到宋宁宗嘉泰四年（1204）三月，他已经六十四岁，朝廷派他为镇江知府。当时宋金以淮河为界，淮河以北皆为敌占，镇江不在前线，为第二道防线。

老骥伏枥，志在千里：“要挽银河仙浪，西北洗胡沙。”（《水调歌头》）任重道远，但不

① 邓广铭《辛弃疾传·辛稼轩年谱》，读书、生活、新知三联书店2022年，第26—27页。

能冒进盲动，关键在于壮大军力，改革军制，他定制一万套军装，招募一万多名壮丁，建立新军。派出侦察，掌握金兵情报。一旦时机成熟，立即渡江跨淮出击。不料引起权臣韩侂胄等盲动派疑忌，仅仅一年，他遭到降职。再过一年，罢免赋闲。报国无门，壮志难酬，对他心理上的打击可想而知。1206 年南宋朝廷兵分四路出师北伐，各路军队一败涂地。究其原因，正如程珌在《丙子轮对札子》中所说，“无一而非弃疾预言，于二年之先者”。这个所谓“二年之先”，恰恰就是辛弃疾写作《南乡子》之时。

败军之后的南宋小朝廷，一面向女真求和，一面起用辛弃疾为兵部侍郎，甚至枢密院承旨，枢密院是掌管军事，算是让他进入决策高层，不过是以壮声势。但是年已六十七岁的辛弃疾，沉疴不起。先后辞免，大呼“杀贼”，赍志而殁。①

二、登楼母题——超越性想象

何处望神州？满眼风光北固楼。千古兴亡多少事？悠悠。不尽长江滚滚流。

年少万兜鍪，坐断东南战未休。天下英雄谁敌手？曹刘。生子当如孙仲谋。

《南乡子》一词写于辛弃疾六十四岁出任镇江知府时，对于当时艰危的国运，辛弃疾的思绪十分复杂、矛盾。

《南乡子》的标题是“登京口北固亭有怀”。“何处望神州？满眼风光北固楼”，属古典诗歌“登临”之母题。之所以要登楼，不是看风景，而是遥望沦陷的河山。悲愤情怀郁积于心，并不是在任何时间、地点都能充分凝聚激发出来的。早在多年前被任命为建康通判时，这位军事上的帅才深深感到国危而不能受命的失落，就登上建康赏心亭赋《水龙吟》，英气逼人而孤独无奈：“落日楼头，断鸿声里，江南游子。把吴钩看了，栏干拍遍，无人会，登临意。”意犹未尽，又写了《念奴娇》：“我来吊古，上危楼，赢得闲愁千斛。”此番又为登临之作，绝非偶然。

南朝以来，诗人往往借登高、登台、登塔、登楼、凭栏而留下杰作。因为在现实生活中，目力为身高所限，平视为民居、山川、树木所蔽。登高之优越，第一，突破平视，提高视点：远眺、俯视。这为《诗经》《楚辞》，乃至乐府民歌、汉魏古诗所未有，乃是中国古典诗人突破空间直接视觉的一大创造。谢灵运的《登池上楼》留下了“池塘生春草，园柳变鸣禽”的名句，表现了久病新愈对自然景观新异的发现。李白《庐山谣寄卢侍御虚舟》有“登高壮观天地间，大江茫茫去不还”。唯想象身处天地之间，才能俯视长江奔流之

① 康熙《济南府志》卷三十五《人物志·稼轩小传》。

全景。王之涣作《登鹳雀楼》，西见白日依山，东观黄河入海。超越目力，才能远眺千里。第二，登高不但为超越平视，而且为抒发更高的情志：“欲穷千里目，更上一层楼。”杜甫《同诸公登慈恩寺塔》有“回首叫虞舜”，可以和千年以前的理想的帝王对话。第三，登高不但超越视觉之有限，而且可以进入时间的无限。故陈子昂《登幽州台歌》有“前不见古人，后不见来者。念天地之悠悠，独怆然而涕下”，贵在以不可见之过去和未来，拓开想象的新境界。杜甫《登高》则可见无边落木，不尽长江，将忧愤置于无限的空间与时间之间。而苏轼的《念奴娇·赤壁怀古》中的“大江东去”，高瞻远瞩，见空间之广，而“浪淘尽、千古风流人物”，乃是将不可见之时代精英尽收眼底。

三、辛弃疾登楼：英雄的悲愤

应该说，登楼即景抒情，并不新鲜。但是，辛弃疾在思想境界上却有其独特壮举。

谢灵运是自己的内心为春日来临的发现而欣慰，而李白则是与仙人结伴遨游太空的狂想，王之涣是夸耀鹳雀楼之高不及自己更高的心志。杜甫登上岳阳楼，把自己的忧愁放大到无限广大的时空之中，悲中有壮。苏轼登上赤壁，则是把千古风流凝聚于周瑜的形象，在如画的江山背景上，赞美“豪杰”的“风流”，故身边还有“小乔初嫁”作为陪衬。苏轼是个政治家、文豪，这样的想象，完全是自我心灵的同化。其实，周瑜在历史上，是雄武勇毅的将军：“衔命出征，身当矢石，尽节用命，视死如归。”①苏轼不是将军，虽然在想象中自己能够“持节云中”“会挽雕弓如满月，西北望，射天狼”（《江城子·密州出猎》），但是，那毕竟是想象。东坡多才多艺，但就是不会打仗。

而辛弃疾则不同，他首先是个热血青年，是个在第一线搏斗的英勇无畏的战士，一个浴血奋战中成长起来的将领。在中原沦陷区，辛弃疾二十一岁，聚集两千多人，加入拥有二十五万人马的耿京起义军，还说服义端的一千多人归附。可义端偷窃印信叛逃。印信本系辛弃疾专掌，耿京追责，问斩辛弃疾，辛弃疾立下军令状：三天以内捉回义端，不成，虽死无怨。随即连夜追踪，捉拿义端，当场砍下其头颅。②白刀子进红刀子出，一派少年英雄本色。耿京在辛弃疾的影响下决意归附南宋，派遣辛弃疾前去建康请求归附。宋高宗欣然封赏。不料辛弃疾北返途中，耿京部将张安国叛乱，杀耿京降金。辛弃疾紧急率五十名骑兵，冒死闯五万金兵阵营。张安国不知就里，措手不及，为辛弃疾擒获，缚于马上，号

① 陈寿《三国志·吴书·周瑜传》，中华书局2005年，第937页。
② 邓广铭《辛弃疾传·辛稼轩年谱》，生活·读书·新知三联书店2022年，第133页。

召营中耿京旧部反正。上万人随同南归，将张安国处死。[1]辛弃疾在战场临危不乱，浴血搏斗，有如飞将军，擒敌于马上，斩叛于军前，这一切都是李白、杜甫、苏轼所不可能有的作为。

他首先是勇有谋的英雄、视死如归的将军、杰出的军事战略家。满腔男儿血性，志在献身报国而不得，不得已求其次，才借歌词为“陶写之具”，才成为词人。因而，他的“登楼”，所向往的就与所有的前辈不同。他的理想不是风流的豪杰，而是挽救国运的英雄。

他登楼作《南乡子》，其眼界、气魄，本当充满了大无畏的英雄气概。但是，国运维艰，屡遭贬斥，几度沉浮，又一次起用，他的心情，颇为振奋，但是不同于青年时代擒敌酋如探囊取物的豪迈，英雄气概中带着沉郁。

他来登楼不像谢灵运看风景，也不是陈子昂式的为个人的行藏出处而感叹，更不是李白式的游仙，甚至不是杜甫式的家国悲忧。“何处望神州？”他的情感的焦点不在看到的，而在看不到的。他关注的是沦陷的北方神州大地。尽管看到的是“满眼风光”，无限美好，引发的不是欣赏，而是悲怆，面对的是沦陷区，是民族生存的神州大地，北伐一再败北的悲郁无法解脱。他已经六十四岁了。当年的豪气已经成为回忆，在《破阵子·为陈同甫赋壮词以寄之》中，这样写道：“醉里挑灯看剑，梦回吹角连营。八百里分麾下炙，五十弦翻塞外声，沙场点秋兵。马作的卢飞快，弓如霹雳弦惊。了却君王天下事，赢得生前身后名。”但是一切豪迈只是回忆，无奈的是自己的年华消逝：“可怜白发生！”

岁月不饶人，更不饶人的是当权者的志大才疏，刚愎自用，排斥异己。

《南乡子》写“千古兴亡多少事”，思绪转入历史的回顾。南北朝时期，北方国土也曾经沦丧，双方对峙数百年，南朝的小朝廷最后为北方所统一。如今他就在当年南朝的土地上，历史上北方“兴”而南方“亡”的故事涌上心头。本来，他屡遭贬斥，四十岁退守田园，六十岁那年，与客谈及功名之事时，混杂着自豪和回忆和屡遭排斥的郁闷：“壮岁旌旗拥万夫，锦襜突骑渡江初。燕兵夜娖银胡觮，汉箭朝飞金仆姑。追往事，叹今吾，春风不染白髭须。却将万字平戎策，换得东家种树书。”（《鹧鸪天》）似乎放下了一切责任感，安享田园之乐了。但是，这一次，又被起用，又一回登临：联想到眼下现实，民族创伤，国运危机，却不能够轻易释怀，作为军事家、战略家，他深知不能盲目乐观。当年意气风发的青年“英雄”，如今已经六十四岁，垂垂老矣。国运危机沉重地压在心头，无从解脱。难道就只能这样无奈地望着，不尽长江滚滚流去，无声地持续下去？

如果这样写下去，就不像个豪放派的代表了。

《诗大序》所说，情动于中，论者耳熟能详，但往往忽略了其中的“动”，情的生命在

① 据章颖《南渡四将传》中之《魏胜传》和洪迈《稼轩记》。

于“动”，运动，变动，全词的灵魂在于意脉在下片发生了变化，大幅度的转折，一个青年统帅的形象出现了：

年少万兜鍪，坐断东南战未休。天下英雄谁敌手？曹刘。生子当如孙仲谋。

历史事实表明，南方并不是注定败于北方，相反也有人物创造了以弱胜强的历史。这就是三国时代的孙权。“天下英雄”，这才是意脉的最强音。这个英雄有“坐断东南”的业绩。特别是还相当年轻，二十多岁就在赤壁之战中打败曹操，在曹操窥视其水军时，由衷惊异其水阵森严，发出“生子当如孙仲谋”的赞叹。后来他还在夷陵之战中击败刘备。这样的英雄不是一般的英雄，而是“天下英雄”，也就是神州大地数一数二的英雄。

意脉转折的幅度是很大的，从无从力挽狂澜的郁闷，到对历史英雄伟业的向往，虽然自己已经年迈，但如果未来有孙权这样的年轻英雄，还可能有希望从南方恢复中原。寄希望于年轻英雄，从侧面说明了当前掌握军事大权的人物，完全无望。辛弃疾深沉的忧患，不仅是国运的危机，更主要是缺乏人才，特别是力挽狂澜的帅才的危机。

如果说在这里这种危机感还比较含蓄的话，那么作于同时，同地，同样是“登临”的《永遇乐·京口北固亭怀古》那就更为清晰了。

千古江山，英雄无觅、孙仲谋处。舞榭歌台，风流总被、雨打风吹去。斜阳草树，寻常巷陌，人道寄奴曾住。想当年，金戈铁马，气吞万里如虎。

元嘉草草，封狼居胥，赢得仓皇北顾。四十三年，望中犹记、烽火扬州路。可堪回首，佛狸祠下，一片神鸦社鼓。凭谁问：“廉颇老矣，尚能饭否？”

在《南乡子》的想象中，他把恢复中原的希望寄托在孙权这样的年少英雄身上，但是，这样的英雄，只存在于想象中。历史上江南的繁华盛世、舞榭歌台，早被岁月的风雨所消磨殆尽。如今外戚权臣韩侂胄执政，正筹划北伐，辛弃疾的全面规划，他根本不在心上。《永遇乐》的主题，实在是对这个志大才疏的权臣的盲目乐观，发自内心的焦虑。“元嘉草草，封狼居胥，赢得仓皇北顾。”宋文帝刘义隆元嘉二十七年（450）北伐，草草准备，贪功冒进，以为如霍去病封狼居胥，易如反掌，结果大败。宋文帝登楼北望，深悔不已。如今就连宋文帝的父亲——“金戈铁马，气吞万里”的刘裕的宫殿，也变成了夕阳斜照下的寻常民居。借古喻今，意在对权臣韩侂胄草率出兵预警。韩佗胄仓促出战，北伐败绩，金国提出议和的条件，竟是斩韩侂胄的首级。不久宫廷政变，韩侂胄被杀，南北双方达成“嘉定和议”，增加了年赔金银三十万两，绢三十万匹[①]。

辛弃疾的危机感不但在于权臣的专横，而且在于自己对形势的急迫感。虽然有

① 具体数目，史料多有出入，此据《金史》。

“四十三年，望中犹记，烽火扬州路”的英雄记忆[①]，但是，几起几落，壮志未酬，廉颇已老，危机还在，自己不复当年，更严峻的是长此以往，政权失去民心。七八百年前的“佛狸”（北魏皇帝）还是敌人，如今“一片神鸦社鼓”，百姓把他当作神来供奉。四十三年前金主完颜亮发兵南侵，也曾驻扎在佛狸祠所在的瓜步山上，指挥金兵抢渡长江。如今“佛狸祠下”早已风平浪静，沦陷区的人民是不是会对异族君主顶礼膜拜？辛弃疾有痛切的危机感，与四十三年前不可同日而语，想当年沦陷区百姓不屈不挠，烽烟四起，往事不堪回首。收复失土，务在必胜，苟安与冒进，屡战屡败，民心失去，后果不堪设想。

韩侂胄在北伐前夕，以“用人不当”的借口，将辛弃疾罢官。加上自己的高龄和病体，即使有所任命，辛弃疾也只能是有心无力。辛弃疾抒发的忧愤中隐含着双重的危机感。

四、“掉书袋”背后的无奈

辛弃疾很欣赏这阕词，宴请宾客，命歌伎演唱，征求意见，说好话、捧场的当然不少，辛弃疾反复征询，只有岳飞的孙子岳珂提出，该词气势磅礴，但典故太多。也就是所谓“掉书袋”。辛弃疾则坦然接受，称赞岳珂“一语破的”。

岳珂的意见的确有道理，这首词虽为长调，不过一百零四字，用了孙仲谋、寄奴、元嘉草草、封狼居胥、烽火扬州路、佛狸祠、廉颇老矣，七个典故，此外，“寻常巷陌”还暗用了刘禹锡的“旧时王谢堂前燕，飞入寻常百姓家”。实际上有八个之多。特别是“寄奴”“佛狸祠”，比较生僻，读者难以全面理解全词的深邃忧患意识。总体来说，辛词的某些词的确典故过多，书袋掉得读者难以把握意脉。但是，针对当局北伐的盲目乐观，严峻态势，指斥权臣，可能导致国土、民心无法收拾的后果。倘若直白抒发，不但失去合法性，而且可能带来军事上更为严峻的后果。若用生僻的典故，曲为其说，也许比较安全。

正是因为这样，他这样的作品，以豪放两字概括就很难说是准确的。事实上，他脍炙人口的作品，多首入选语文课本，除了豪放的以外，还有明快、幽默、喜剧、婉约等风格，其内心世界和艺术境界是异常丰富的。这是很值得我们进一步联系起来分析的。

---

① 辛弃疾于绍兴三十二年（1162）奉表南渡，到今日（1205）登楼上任，正是四十三年。

中华“诗国”论①

中国是个诗的国度，孔夫子就说过，“不学诗，无以言”。从某种程度上说，我国可称为中华“诗国”。我们的传统和西方很不相同。古希腊圣人柏拉图在《理想国》中把诗人赶出去，诗人要活命，就只能歌颂神，故西方诗与歌结合，最普及于教堂。而中国诗则普及于生活的一切方面。先秦时代政治家引用《诗经》增加外交辞令的权威性，而老百姓就用来发泄一切情绪，包括骂老天：“时日曷丧，予及汝皆亡。”就是喝酒，行酒令，也要用诗。故酒家门前对联，常有“醉里乾坤大，壶中日月长”。至于茶，更是与诗酒一体，“寒夜客来茶当酒”是很高雅的。福建工夫茶讲究茶道，连斟茶都有讲究，手把壶轮流斟小杯，曰“关公巡城”，再分别添少许曰“韩信点兵”。游戏如猜谜，其诗更是精致，我记得小时候猜过一个谜语：“独坐中军帐，专粘飞来将。排起八卦阵，学做诸葛亮。”谜底是：蜘蛛。就是民间的天气预报，也是诗，如“朝霞不出门，晚霞行千里”。当然，最重要的是用来谈恋爱，《诗经》就教给女孩子一种技巧：“爱而不见，搔首踟蹰。”意思就是藏，躲躲闪闪，不能让他轻易得手，折磨他一下才甜蜜。不能像古希腊女诗人萨福那样傻乎乎，直截了当：“当我看见你，波洛赫，我的嘴唇发不出声音，我的吉头凝住了。”那就太平淡了。至于少数民族谈恋爱，不像汉族一味“爱而不见”，躲躲闪闪，而是在山顶上对唱，两心交响，山鸣谷应。藏传佛教第六世达赖喇嘛仓央嘉措写出了不朽的爱情诗，坦然直白曰：“安得与君相诀绝，免教生死作相思。”古典诗歌更精彩的是，诗可有医药功能，至少能治失眠症。我小时候，上学路上，经常看到墙上有红色贴纸：“天皇皇，地皇皇，我家有个夜啼郎，过路君子看一遍，一觉睡到大天亮。”我不知看了多少回，不知它治了多少婴儿的失眠症，如今想起来，好不开怀也。清人汪昂用七言诗写成的《汤头歌诀》集常用三百余药方，虽然是

① 本文据2015年4月26日在北京大学中国诗歌研究院采薇阁诗歌园开园典礼上的讲话整理。

17 世纪的著作，早过了版权保护期，但至今被书商反复翻印，说明赚钱的效果和治疗效果成正比。

最为神奇的是，在佛教禅宗，连遴选接班人都用诗，叫作“偈子”。先是有神秀的“身是菩提树，心如明镜台。时时勤拂拭，莫使有尘埃”。惠能认为他尚未明心见性，以“菩提本无树，明镜亦非台。本来无一物，何处惹尘埃”一举夺冠，获得五祖弘忍的衣钵，把印度的禅宗转化为中国的禅宗，开创了中土的顿悟学派。

在座的外国使馆的中国通们可能搞不懂了，这个六祖惠能可是个文盲呀。

这是因为中国人天生就是诗人。在美国伟大诗人庞德看来，每一个汉字都是一首意象诗，有他的经典之作《篇章》中的作品为证。不要说文盲，就是一个患了脑瘫的农妇，竟也以“穿过大半个中国去睡你”轰动全国。我已故的二舅母也是文盲，也能出口成诗。我年轻时，要结婚了，可囊中羞涩，就像曹孟德一样，整日“忧从中来，不可断绝”。二舅母用手指戳我的眉心说：“愁眉苦脸干什么？有钱就是豆腐酒，没钱就是手拉手。”我当即感到醍醐灌顶，脸上的乌云立马散尽。

这样的诗的天分从哪里来的？从汉语来。汉语里充满了诗，成语多为四言，像“万寿无疆”“不可救药”，来自《诗经》。谚语多为五言或七言，合乎唐诗的韵律。“兔子不吃窝边草”和杜甫的“近水楼台先得月”，不但语意对仗，而且连平仄都是相近的。汉语中还有一种欧美语言没有的歇后语，如“老鼠尾上疮——有脓也不多”，两句都是五言；“脱裤子放屁——多此一举”前一句是五言，后一句是四言。汉语的诗韵宝库雅俗共赏，深入国人心田，至今每逢最隆重的春节，家家户户均要贴门联。“向阳门第春常在，积善人家庆有余”“生意兴隆通四海，财源茂盛达三江”，颇具从小康向大同的中国梦愿景，实际上这是利用了律诗的颔联和颈联。把诗贴在大门口，让客人未进门先欣赏一下古典诗歌，这样的民俗，哪个国家有本事来挑战？

在巴黎圣母院，金发妙龄的女郎跪在白衣神父面前忏悔，神父代表上帝和她对话，救赎她的灵魂，用的是日常口语，也就是散文。而中国人有了难题，与神对话乃是求签，神给出的密码是一首七言诗，标明上中下三等，三等中又分三级，从上上到下下共九级。有人吃了官司，家属去求神。焚香膜拜，抽得上上签，诗曰：“宛如仙鹤出樊笼，脱得樊笼路路通。南北东西无阻碍，任君直上九霄宫。”底下还有四言诗句的“解”：“任意无虞，路有亨通。随心所欲，逍遥自在。”神用两种诗的形式表示：不久可以出狱。中国神和人对话只能用诗，如果像巴黎圣母院的女郎那样要求用白话，就亵渎了，神会生气的。

汉语诗歌不但提高了神学品位，而且让国人心算水准独步全球。英美人到了超市打折的时候，不会心算，要依赖计算机，而中国人心算却很快。原因在于汉语乘法口诀完全是诗，二年级孩子可以毫不费劲地背得滚瓜烂熟。乘积十以下是《诗经》的四言节奏，如“三三得九”“关关雎鸠”；十以上的是五言节奏，如“三五一十五”“汗滴禾下土”。中国普通中学生到美国留学，往往前半年几乎是“聋子”，下半年，数学就在班上名列前茅，第二、第三年，就可能成了全校乃至全市的佼佼者。

在中国，不但普通人有诗的禀赋，而且连强盗抢劫都会用诗：“此路是爷开，此树是爷栽。要过爷的路，留下买路财。”妓女也不乏会写诗的，敦煌曲子词《望江南·莫攀我》还成了经典：“莫攀我，攀我太心偏。我是曲江临池柳，者人折了那人攀，恩爱一时间。”从这个青楼女子的口吻可以看出，英国浪漫诗人华兹华斯的“强烈感情的自然流露”的学说在中国得到百分之百的实现。就是铁马金戈的将军也动不动灵感一来，千年不朽的诗就顺口而出。楚霸王，面临败亡，唱出“力拔山兮气盖世”的豪迈之诗。张良不会写诗，但是能用诗于军事，他让士兵夜唱楚歌，让豪气盖世的项羽以为楚地尽失，悲观得哭了，结果是自刎乌江。汉高祖刘邦文化水平不高，没有什么文凭、学位，当了皇帝，回乡就来了诗兴：“大风起兮云飞扬，威加海内兮归故乡，安得猛士兮守四方。”唱出了威镇四海、奉天承运、驾驭群雄、把定乾坤的气概。

中国的大政治家也几乎都会写诗，许多皇帝都是写诗的能手。乾隆写了四万首左右，李白诗曰“百年三万六千日”，这位皇帝没有活到百岁，平均每天一首以上，每一首都中规中矩，没有格律上的错误。但是，和日本历代诗人写的汉语诗一样，没有错误就是最大的错误，显得平庸。唐太宗是英明的，但他写的《帝京篇》还是齐梁宫体，公式化的东西，写了那么多，还不如一介武夫赵匡胤留传下来的一首咏日诗：“欲出未出光辣达，千山万山如火发。须臾走向天上来，逐却残星赶却月。”扫平群雄、荡涤宇内的帝王气象，溢满天宇。李后主写诗写得亡了国，可是当了俘虏后，诗写得更伟大了。在座的法国使馆的朋友请原谅，你们有这样浪漫的艺术奇观吗？伟大的拿破仑皇帝当了两回俘虏，一句诗也写不出来。以他的军事才华，如果重金聘张良为军师，就不会有滑铁卢了。俄国革命家列宁也会欣赏普希金、马雅可夫斯基，但是，他也说自己写不出一行诗来。可是毛泽东自述，他的许多诗就是在“马背上哼出来的”。就连后来变为汉奸的汪精卫，行刺摄政王被捕，居然“口占”，也就是不用纸笔、推敲，就信口“占”出了“引刀成一快，不负少年头”的名句。

我们儒家文化有杀身成仁的传统，我们诗家文化有杀身成诗的传统。早在屈原就有“身既死兮神以灵，子魂魄兮为鬼雄”，曹植有“捐躯赴国难，视死忽如归”，王维早年有“孰知不向边庭苦，纵死犹闻侠骨香”，戴叔伦有“愿得此身长报国，何须生入玉门关”，就是婉约派女词人李清照亦有“生当作人杰，死亦为鬼雄”的豪言，而文天祥从容就义，留下了“人生自古谁无死，留取丹心照汗青”。到了晚清民族衰亡关头，林则徐虽被贬，亦有

“苟利国家生死以，岂因祸福避趋之”；谭嗣同在变法失败之际，凛然赴义，留有“我自横刀向天笑，去留肝胆两昆仑”；秋瑾有“拚将十万头颅血，须把乾坤力挽回”；鲁迅有“我以我血荐轩辕”。这一切都不是以诗为生命，而是以生命为诗写出最华彩的诗篇。

我们的英雄、革命家走上刑场大义凛然，出口为诗：“砍头不要紧，只要主义真。杀了夏明翰，还有后来人。”诗人殷夫也就是这样丢了才二十多岁的生命，但是，他觉得裴多菲的十几句的推理式诗太啰唆，把它改成“生命诚可贵，爱情价更高。若为自由故，两者皆可抛”，变成了他不朽的生命之碑。我们的英雄和法国的英雄不同。罗伯斯庇尔，要上断头台了，就发表演说。我们民族性格不同。我们是诗的民族，不但是以诗为生命，而且是以生命为诗。为诗，不要命。不要命，要诗。这种传统不但植根于文化人中，而且普及于桑间濮上。客家女子乃有“生爱恋来死爱恋，唔怕官司到衙前。杀头好比风吹帽，坐牢好比游花园”；上海工人有“舍得一身剐，敢把皇帝拉下马”；工农红军有“要吃辣子不怕辣，要当红军不怕杀”。这才是中国诗话中的神品，比得上杜甫对李白诗的评价：“笔落惊风雨，诗成泣鬼神。”中国人遗传基因中的豪气和才气，仅此一斑，足可窥豹。

中国诗歌的功能实在太博大了。中国人要造反也很干脆，就来一首诗。小时候母亲告诉我，一次黄河民工要造反了，宣称挖到一个石头人，有三个眼睛，就来了一首诗，“石头人子三只眼，挑动黄河天下反”，这就满足了亚里士多德的充足理由律了；连孙悟空要造反了，也是干脆得很，“皇帝轮流做，明年到我家”，根本不用像美国人那样，要请四个大知识分子包括杰弗逊写《独立宣言》那么长的文告。

在中国写诗造反的，毕竟是少数，更为普遍的是写诗翻身。唐朝科举以诗取士，“朝为田舍郎，暮登天子堂”。如果英国文官考试学了中国科举制度，也要求写诗，可能把英国绅士的脸吓得碧绿。唐朝要求读书人个个都会写诗，是中国诗歌最兴旺的朝代。从那以后，在文学界，不但诗人写诗，散文家也写诗，最精彩的是，小说被目为“稗官野史”，也就是卑微得像杂草，不登大雅之堂，但是从唐宋传奇到四大小说名著，都用大量的诗来提高作品的档次。在《红楼梦》里，曹雪芹甚至把所有的诗、词、歌、赋、铭，还有民间曲子，都展示了一番：看你还敢不敢小觑我小说家的才华。

中国小说与诗的联姻成为一绝，最绝的是《金瓶梅》，居然用大量诗词正面描写性行为。在场的外国使馆的先生们，请原谅我的直率，你们薄伽丘的《十日谈》写到性事，就胆怯了，用含蓄的幽默感搪塞过去，什么教士要把自己的“魔鬼”送到女郎的“地狱”里去呀，什么一个愿意变成驴追随丈夫远行的女士，教士用自己的器官给她装个驴“尾巴”啦。当然，这很幽默，用幽默写性事，这是你们的强项。美国南俄勒冈大学英语系哈罗尔德教授对我说：“世界上最厚的幽默书是美国的，但是，如果把其中的性幽默去掉，就变成了世界上最薄的。”性幽默，我们也有的，冯梦龙的《笑府》就有不少涉及性事而且不乏幽默感的地方。但幽默是诗的反面，诗化是我们的强项。元代伟大戏剧家王实甫在《西厢记》中，就用诗的语言正面写：“露滴牡丹开。”莎士比亚写了那么多爱情，有这样的想象力和锦心绣口吗？

这些都是男性文学，女性就不勇敢吗？冯梦龙收集的江南民歌集《山歌》，直接写女性怀春难忍的性冲动。在这样庄严的场合，我本想引用几首，让你们开拓眼界，但都是用吴语方言写的，我不但要念出来，而且要用普通话解释，许多词一下子找不到英语的委婉语，恕我脸皮太薄，不好意思。

比起中国这样的性诗化，你们欧美人，太小儿科了，不是羞答答的幽默，就是干脆《花花公子》般裸体的粗野。

在中国，不但诗人会写诗，就是诗歌理论家也是诗人。你们西方诗歌理论家，大都不会写诗，基本上可以说是外行，越钻研他们的玄虚概念，越是写不出诗来。可是中国的诗话、词话家都是诗人，以诗论诗，是很普遍的。李白、杜甫、苏轼都有不在少数的论诗的诗，元好问还把他的评论诗的诗系列化。在这方面，中国诗人是很善于投入生命的：“二句三年得，一吟双泪流。”最值得自豪的是，我们还出现了以诗的形式写的诗论，出现了诗体的《诗品》。品评诗歌，成了我们民族珍贵的心灵财富。我们的诗论甚至还进入了全民日常语言，“推敲”归入基本词汇，作为品评诗歌的一个命题，从唐朝韩愈争论到当代朱光潜，一千多年，至今还没有结束。每一个时代的诗论家，都把自己的生命奉献给经典诗歌的祭坛，悠然“见”南山，还是悠然“望”南山，哪一个更好，连中学生都有自己的主见。

刚才北大前校长周其凤先生在致辞中说，最好的诗可能并不产生在这个采薇阁里。我想，这有点误解。这个采薇阁，是北大中国诗歌研究院的，是供诗歌理论家在这里研究诗的，来争鸣的，说得更坦诚一些，来吵架的。说到争鸣，改革开放以后，诗歌理论家的表现，是无愧于我们“中华诗国”的伟大传统的，是 20 世纪 90 年代北京盘峰诗会。会上，知识分子诗派和民间立场的诗派展开激辩。他们继承了中国诗歌不但以诗为生命，而且以生命为诗的传统，把这场辩论当作生与死的搏斗，拼命的意气不亚于水泊梁山的石秀。套用李清照的诗的模式：生当为诗杰，做鬼亦诗雄。他们的智慧没有达到张良的水平，但是，既然命都不在乎了，礼貌还算什么东西？结果就打起架来了。后来人们在谈到这次搏斗的时候，不约而同用了一个极其文雅的说法，叫作“盘峰论剑”。我觉得，完全没有必要这样躲躲闪闪，酸文假醋，干脆就说“盘峰打架”，有什么不好呢？为诗而打架，这是中国人的骄傲，是民族精神的精彩。想想看，世界上，有谁为诗而打架呢？美国人倒是喜欢打架，在中东北非，人家都说他们为石油而打架。古希腊人为美女海伦而打架，死了十万人，还说很值得，有史诗《伊利亚特》为证。西班牙经典传奇人物和风车打架，他们引以为傲的长篇小说《唐吉诃德》成为世界文学的瑰宝。只有中国人为诗歌打架。这实在是举世无双，中国人太高雅了，实实在在是孤独求败，永恒的世界冠军。

我长期研究诗歌，和洪子诚教授一起，把生命奉献给诗歌的历史祭坛。但是，洪子诚不念同窗情谊，老是反对我。他是北大教授，学问比我大，又伶牙俐齿，口若悬河，我的嘴巴又笨，说话又好结巴，争不过他。但是，我的个子比他大，胸肌、三角肌都比他强，他身材瘦小，连头都没有我的大。我就暗下决心，在今天这采薇阁开园典礼上，发扬一下“盘峰论剑”的精神，和他打一架。在走上台来之前，我带电的目光高贵地雄视数巡，竟然找不到他。我知道，他是聪明人，看见我雄赳赳、气昂昂的神色，识时务者为俊杰，三十六计走为上策，他开溜了。我当然有君子风度，不会追到他府上去。

好在来日方长，明天起我要把金庸的《天龙八部》找来好好研读一番，从中体悟出中国武功的精粹。要知道我国武术招数也都是用诗的话语命名的，日后相见，我就先立个门户，来一招“金鸡独立，丹凤朝阳”，接着来招“童子拜观音，秋风扫落叶”，再来一套组合拳“饿虎擒绵羊，老鹰捉小鸡”，弄得他眼花缭乱，方寸大乱。等到他的口若悬河变成目瞪口呆，我就“托”地跳出圈子，双手抱拳，以谢冕的雍容、孙玉石的诚恳、吴思敬的纯厚、王光明的淳朴、杨匡汉的神秘，再模仿我的朋友陈晓明先生偶尔摆在脸上的一本正经，俯首躬身，献上一篇《采薇阁论诗表文》。

从宫体浊流中崛起的直接抒情神品
——读陈子昂《登幽州台歌》

一

要读懂古典诗歌的艺术奥秘，光凭直觉是不够的，因而读者往往寄希望于权威理论，但一切理论都不是完美无缺的，都不可避免存在局限。在一个经典文本面前，就是把全世界所有的权威理论拿来，也是不够用的。且不说到目前为止，世界上的诗歌理论纷纭万象，互相矛盾，就是某些得到认同的部分，也并不包含贴切答案。

“一切景语皆情语”，这是王国维对中国古典诗话的权威总结。在古典诗话中，早已有了梅尧臣的“状难写之景如在目前，含不尽之意见于言外”。将“景”和“情”联系起来，说得生动，后世的诗话多做引用，但是，诗词话家又每每倾向于将景语和情语分开。例如，讲到律诗当中两联，往往是前一联言景，后一联抒情；讲词的长调，也每每是上半阕即景写实，下半阕激发抒情。这种把情和景分立的说法与创作实践发生矛盾，矛盾推动了理论的发展。明代的邓云霄在《冷邸小言》中说：“凡诗须一联景，一联情，固也。然亦须情中插景，景中含情。”[①]虽然意在纠正“一联景，一联情”的偏颇，但是用了个“固也”，还是有所保留，不敢正面触碰。即便如此，这毕竟提出了情和景二者不能独立，而是统一的。清代贺贻孙的《诗筏》说得更明确：“作诗有情有景，情与景会，便是佳诗。若情景相睽，勿作可也。”[②]清代吴乔在《围炉诗话》中进一步批评：“七律大抵两联言情，两联叙景，是

① 陈一琴选辑《聚讼诗话词话》，孙绍振评说，上海三联书店2012年，第39页。

② 陈一琴选辑《聚讼诗话词话》，孙绍振评说，上海三联书店2012年，第40页。

为死法。盖景多则浮泛，情多则虚薄也。然顺逆在境，哀乐在心，能寄情于景，融景入情，无施不可，是为活法。”[①]明末清初的李渔的《窥词管见》在理论上迈进了重要的一步，认为情和景的对立不是平衡的：“词虽不出情景二字，然二字亦分主客。情为主，景是客，说景即是说情，非借物遣怀，即将人喻物。有全篇不露秋毫情意，而实句句是情，字字关情者。切勿泥定即景咏物之说。”[②]这个情主景客的观念，用今天的话来说即情是矛盾的主要方面，决定景的性质，这实在是中国古典诗论的一大突破。20 世纪初王国维先生在《人间词话》中总结为“一切景语皆情语”，那就是说，没有单纯客观的景语，只有为情感同化的景语。这个理论得到广泛认同，很权威，很少遭遇质疑，其实仍然留下了一系列问题。首先，情景交融，借景抒情，情离开景不能直接抒发，性质上乃是间接抒情，不言而喻，尚有直接抒情一路，此乃中国古典诗歌之另一半江山，另有其规律。由于篇幅所限，本文不能全面展开，仅取此二者矛盾对立统一，在一定历史条件下之转化，在不同形式中之分化略做分析。[③]

二

只要回到创作与阅读实践中来，就不难分析其优长和不足。这个原则中之“一切”，暴露出了概括不周延的缺陷，但毕竟包含着从特定历史时期中总结出来的某种规律。然而，从 20 世纪 50 年代以来，不在少数的学者似乎并不理解其中的合理内核。解读古典诗歌，遵循着权威范畴——“即景写实”，其实就是李渔正面反对过的“即景咏物”。不过此理念挟带着唯物主义（其实是机械唯物主义，而不是辩证唯物主义）的权威，俘虏了许多学者，比如认为苏轼的《赤壁怀古》上半阕是即景写实，下半阕是抒情；认为贺知章的《咏柳》好在“最能反映柳树的特征”；认为林和靖的《山园小梅》中的梅花形象写出了“梅花的神韵”。很显然，这些观点不约而同在理论上都倒退于“即景咏物”体的窠臼中了。

但是，即使用情主景客、一切景语皆情语的理念，去解读陈子昂的《登幽州台歌》，也仍然会遇到困难。不在少数的学人，只能顽强地用景观做强制性阐释，仍然离不开“展现了一幅境界雄浑、浩瀚空旷的艺术画面”。其实，这里根本没有什么“画面”，完全没有景

① 陈一琴选辑《聚讼诗话词话》，孙绍振评说，上海三联书店 2012 年，第 40 页。

② 陈一琴选辑《聚讼诗话词话》，孙绍振评说，上海三联书店 2012 年，第 41 页。

③ 第一，借景抒情，乃是晋宋初玄言诗直接讲理到极端，走向反面的结果，是一个历史时期的产物。第二，借景抒情之景仅限于视觉，而诗歌形象全面涵盖视、听、触、味、嗅。第三，诗歌表现对象，除景观之外，还有人物。第四，这一切都是借景抒情，性质乃间接抒情。诗歌之抒情，并非限于间接，更有直接抒情之法，贯穿着中国古典诗歌之全部历史。

语。但是，这首没有情景交融的诗，在中国文学史上却成了结束唐初齐梁宫体华丽辞藻的遗风，奏响盛唐诗坛气象的前奏。

诗里用了幽州黄金台的典故。战国时，燕昭王即位，强齐入侵，内乱频仍。昭王急欲招揽人才。郭隗以故事启发之："古一国君，以千金购千里马，三年不成。有自告奋勇者，以五百金买千里马之骨以归，君王大怒。此人曰：'死马能以五百金购，活马价值岂不更高？'王大悟。不到一年，三匹千里马接踵而至。"郭隗说，王欲招揽人才，先自我始；昭王乃拜郭隗为师，筑黄金台以广招天下奇才。杰出之士纷纷来投，燕国由此中兴，一度击败强大的齐国。黄金台就成了不惜重金招徕人才的典故。

陈子昂登台，为什么要哭？

武则天时期，他曾经在中央王朝升到右拾遗，因受所谓"逆党"牵连入狱，后被赦免，很是感激。在《谢免罪表》中，他这样说："臣伏见西有未宾之虏，北有逆命之戎，尚稽天诛，未息边戍，臣请束身塞上，奋命贼庭，效一卒之力，答再生之施。"①武则天命其侄武攸宜北征契丹，聘子昂为"参谋"，参与军事行动，其时陈正当盛年，以为大展宏图在即。然而前军屡败。其友卢藏用在《陈氏别传》中说他上书陈辞：此败，由于主将"法制不申"，如同"儿戏"，"今大王（武攸宜）冲谦退让……"实际上是批评武攸宜"怯兵"，与前军一样是"儿戏"。陈子昂提出，前军虽败，总体说来，敌弱我强，不能失去信心，应该"取长补短"，厉行"法制"；甚至提出"乞分麾下万人以为前驱"，好像胜券在握。《唐书·陈子昂传》记载略同，不过其中陈子昂的语气更加急切，如"契丹小丑，指日可擒"，武攸宜的反应颇为强烈——"攸宜怒"之。②此时陈子昂三十七岁，壮年气盛，习惯了中央王朝拾遗补阙的文风。卢藏用说他："感激忠义，常欲奋身以答国士。自以官在近侍，又参预军谋，不可见危而惜身苟容。"③他这样口无遮拦，不但对顶头上司毫无尊重之意，而且自信得有点过分。

他要哭的第一个原因就是为文看错了对象和形势。武攸宜本来不过让他起草文书而已，不想他如此口出大言，反复急言直谏，还是中央王朝拾遗的文风。彼时他屡屡批评分析武则天的政策，有时碰钉子，有时也受到"召见"，他以儒家用之则行、舍之则藏的原则处之，尚能逢凶化吉，而在军情紧急的前线，还用这样的文风，在武攸宜看来，这个书呆子才真是"儿戏"，于是将他降职为"军曹"。从中央王朝的右拾遗一下子变成了下级军官，他受到的打击是很大的。此时，他作了七首诗（《轩辕台》《燕昭王》《乐生》《燕太子》《田

① 《陈子昂集》，徐鹏校点，中华书局 1960 年，第 58 页。

② 《陈子昂集》，徐鹏校点，中华书局 1960 年，第 251 页。

③ 《陈子昂集》，徐鹏校点，中华书局 1960 年，第 253—254 页。

光先生》《邹子》《郭隗》)，前有序曰：

吾北征，出自蓟门，历观燕之旧都，其城池霸迹已芜没矣。乃慨然仰叹，忆昔乐生、邹子群贤之游盛矣。因登蓟楼，作七诗以志之，寄终南卢居士。①

七首中反反复复地感叹，燕昭王时代一去不再。其中《燕昭王》可为代表：

南登碣石馆，遥望黄金台。丘陵尽乔木，昭王安在哉。霸图怅已矣，驱马复归来。

字面上是悼古，黄金台上已经长出乔木。不可忽略的是，不是灌木，不是荒草，而是乔木，高大的树，可见其被湮没之久。燕昭王那样尊重人才的贤明君主已经成为历史的陈迹，君臣相助大展宏图（霸图）的时代一去不复返，自己命中注定怀才不遇，只能是神往而悲怆。

他哭的第二个原因，乃是“念天地之悠悠”。天地是空间无限，悠悠是时间无限，而自己的生命是有限的。生命苦短，经不起耗费，人生理想不可能得到实现，悲怆之极乃潸然泪下。

七诗一组，其中充满壮志难酬的无奈、心情的沉郁。从艺术上看，这些诗并不见得特别精彩。时值初唐，绝句、律诗格律初具，形式崭新，诗人争相这样写作，不免矫枉过正，耽于平仄格律的严整过于追求华彩，压制了诗人的情怀，掩盖了齐梁宫体遗风的内容空洞。其根源在拘于借景抒情，以间接抒情为唯一途径。对于这样的诗风，陈子昂是很忧虑的。他在《修竹篇序》中这样说：

文章道弊五百年矣。汉、魏风骨，晋、宋莫传，然而文献有可征者（按：大概是指陶渊明、鲍照等）。仆尝暇时观齐、梁间诗，彩丽竞繁，而兴寄都绝，每以永叹。②

陈子昂生活在初唐，他逝世的时候，李白、王维才出生，至于杜甫，还要等十二年才呱呱坠地。初唐特别是上层诗坛，齐梁宫体余风仍然占据主流。陈子昂成年之时，上官仪身为宰相，位极人臣，其诗挟带行政权力，“上官体”雄踞诗坛，成为竞相追随的诗风。如《咏画障》：

芳晨丽日桃花浦，珠帘翠帐凤凰楼。蔡女菱歌移锦缆，燕姬春望上琼钩。新妆漏影浮轻扇，冶袖飘香入浅流。未减行雨荆台下，自比凌波洛浦游。

四联对仗并列，结构呆板，全系华词丽语堆砌，正是齐梁宫体的典型。正如刘勰在《文心雕龙》中所说：“俪采百字之偶，争价一句之奇。情必极貌以写物，辞必穷力而追新。”情感则完全被华彩的套语和单调的对仗所淹没。

间接抒情的局限发展到寡情的程度，却成为当时诗家追求的锦标。流风所及，就是张

① 《陈子昂集》，徐鹏校点，中华书局1960年，第22页。
② 《陈子昂集》，徐鹏校点，中华书局1960年，第9页。

若虚那首被闻一多称为“诗中的诗”的《春江花月夜》，个别诗句也未能免俗，留下了宫体的胎记。如：

鸿雁长飞光不度，鱼龙潜跃水成文。

上句本来是接着前面的“愿逐月华流照君”，思妇想象自己能够随月光无远弗届，伴随夫君，鸿雁不断地飞来，季节更迭、年华流逝，而月光却不能让自己的情思跨越空间。后面接着来了一句“鱼龙潜跃水成文”，鱼和龙在水底游动，水面上出现波纹，与思妇的情感毫无关系。为什么要浪费这一句呢？因为形式上要对仗，对称结构就显得完整。追随齐梁诗风，到了李白时代，就显得很差劲了，他在《古风》中非常直率地批判：“自从建安来，绮丽不足珍。”

三

对于陈子昂的那七首诗，我们在习惯了盛唐李白、杜甫、王维的诗歌以后，可能一下子看不出有什么精彩之处，但其在当时诗歌艺术上却是另辟蹊径的。这是完全不借助景观的美化，不诉诸间接的抒情，而是将情感做直接抒发。号称复古，实际上是艺术上的一种解放，然而这种解放似乎并不彻底，充其量是追随建安以来所谓的“正始之音”，局限于阮籍的风格，并没有超越建安风骨之处，好像并不足以担当起力挽狂澜开拓盛唐诗坛气象的使命。

但是，人们所重视的并不是这七首诗，而是后来成为经典的《登幽州台歌》。可在陈子昂自己的诗前小序中，只有“因登蓟楼，作七诗以志之，寄终南卢居士”，并没有《登幽州台歌》。此诗最初出自卢藏用的《陈氏别传》：

子昂知不合，因箝默下列，但兼掌书记而已。因登蓟北楼，感昔乐生、燕昭之事，赋诗数首，乃泫然流涕而歌曰：“前不见古人，后不见来者。念天地之悠悠，独怆然而涕下。”①

最早的《陈子昂集》里也没有这首诗，这个集子的编者是与陈子昂具有“忘形之契”的好友卢藏用，“合采其遗文可存焉，编而次之，凡十卷”②。陈子昂的同乡精心誊录的传到明朝的版本《陈伯玉文集》里也没有这首诗。多达十六种的《唐人选唐诗》，陈子昂之作入选的只有一首七律《白帝城怀古》。明代杨慎的《升庵诗话》也说《登幽州台歌》“文集不载”。比杨慎晚生大半个世纪的吴琯的《唐诗纪》收入了这首诗，还给它加上了个题目“登幽州台歌”。后来《全唐诗》和《唐诗别裁》就沿袭了下来。这四句诗就成为盛唐诗坛气象

① 《陈子昂集》，徐鹏校点，中华书局1960年，第284页。
② 《陈子昂集》，徐鹏校点，中华书局1960年，第261页。

的辉煌前奏，而那写给知心朋友的七首诗，却为后世诸多选本所淡忘了。

一百多年后，在唐诗达到辉煌的顶峰之后，韩愈对此辉煌的艺术高峰的历史进程做出总结。他在《荐士》（荐孟郊于郑馀庆也）中说得比较系统：

五言出汉时，苏李首更号。东都渐弥漫，派别百川导。建安能者七，卓荦变风操。逶迤抵晋宋，气象日凋耗。中间数鲍谢，比近最清奥。齐梁及陈隋，众作等蝉噪。搜春摘花卉，沿袭伤剽盗。国朝盛文章，子昂始高蹈。勃兴得李杜，万类困陵暴。

在长达五百年的诗路历程中，扭转齐梁陈隋风花雪月蹈袭之颓波，为李杜开路的乃是陈子昂的"高蹈"，用今天的话来说就是"崛起"。这个评价太高了，连初唐四杰都略而不计了。其实，王勃、杨炯、卢照邻、骆宾王，继沈佺期、宋之问，对于近体的律诗绝句的格律规范具有重要贡献，乃是唐诗艺术史上不可忽略的阶段性高度。平和中正的韩文公无视王杨卢骆，是否失之偏颇？

当然，这可能与中唐时期诗坛的风气有关。经历了盛唐的高峰，人们对于四杰的诗作可能普遍不满，甚至不屑。故早在杜甫，就有《戏为六绝句》之一曰：

杨王卢骆当时体，轻薄为文哂未休。尔曹身与名俱灭，不废江河万古流。

看来，艺术进步了，早期历史性经典水准已经较为普遍，于是也就不稀罕了。比杜甫小五十多岁的韩愈对一度风流盖世的四杰未免有所忽视。

而陈子昂的《登幽州台歌》为什么有幸入平和中正的韩愈的法眼呢？这里涉及在间接抒情的泛滥中直接抒情崛起的问题。

的确，陈子昂专擅五言古诗，然在当时却鲜为人称道。现存《唐人选唐诗》（中华书局新编 2014 年版）共十六种选本，四杰入选之作比比皆是，陈子昂仅入选一首七律《白帝城怀古》。陈子昂当年的影响与四杰相比，用不可望其项背来形容可能有失公允。但是，韩愈为什么忽略了四杰，而把陈子昂的崛起（"高蹈"）当作盛唐诗坛气象的前奏，甚至视为李杜开路先锋呢？唯一的解释是，陈子昂那首被后人称为《登幽州台歌》的作品，不是"诗"，而是"歌"。这种"歌"，为当时的诗开辟了另外一种艺术途径，即并不一味借诸景观意象间接抒情，而以"无景之景"直接抒情。由于这一点，就产生了连陈子昂自己也没有料想到的艺术效果。

四

"前不见古人，后不见来者。念天地之悠悠，独怆然而涕下"的形象，完全是直接抒情，不借助任何景观，也不在乎任何意象，其形象却独立于天地之间，挺身于过去和未来的分界。这不是物理境界，而是一种精神境界，发出的悲叹豪迈而深沉。怀才不遇，本是诗歌传统的母题。四杰的怀才不遇、报国无门、亲朋离伤，毕竟是现实的，感叹现实不平，属于形而下的境界。陈子昂也有这样的不平，但是，他把这种母题上升到哲理层：独怆然而涕下"，"天地"是空间，"念天地之悠悠"，"悠"是时间，宇宙无穷，生命有限。很明显这是宿命，但是陈子昂却发出对于宿命的无奈感慨，期望生命不朽。这就涉及普遍的人生价值的悖论，具有了形而上的意味。这方面，四杰在精神高度上不能不显得逊色。陈子昂批判南朝齐梁宫体"兴寄都绝"，那么怎样的诗作才能不但不绝，而且能达到不朽的高度呢？仅仅超越清词丽句当然不够，拘泥于汉魏的五言复古也不够，要在内涵上有历史性的突破，在形式上对五言的固定节奏也要有所突破。实际上他做到了，但是他没有意识到。

不管从齐梁宫体看，还是从近体律诗绝句的形式规范看，《登幽州台歌》都是一首很不像诗的诗。卢藏用说陈子昂"赋诗数首，乃泫然流涕而歌"。许多学者忽略了，这不是"诗"，而是"歌"。"诗"为古诗或者近体诗，而"歌"则为与"诗"并列的另一种体裁。盛唐诗歌的伟大成就并不仅仅在于有五七言的近体律诗和绝句，还在于有"歌行"：完全不讲平仄规范，不计章有定句、句有定言。又叫古风歌行，"行""引"等。

歌行包括"吟""操"，相对于近体格律诗，完全是自由诗。在艺术成就上并不亚于近体格律诗，至今脍炙人口的经典之作不亚于五七言格律诗。盛唐诗歌，格律体和自由体的成就是相对相通、相辅相成的二重合唱。凡大诗人，差不多都要在两种形式上大试身手。而陈子昂的这首《登幽州台歌》不但从"彩丽竞繁"中解放出来，而且从五七言整齐的节奏，特别是从五言诗和七言诗三字结尾的节奏中解放出来。

从节奏上看，陈子昂《蓟丘览古赠卢居士藏用七首》是整齐的五言，严格遵守着结尾三字的节奏规范："南登——碣石馆，遥望——黄金台。"五言诗（还有七言诗）三字结尾的结构是固定的，决定着吟咏调性。而《登幽州台歌》则是二字结尾："前不见——古人（不能读成：前不——见古人），后不见——来者（不能读成：后不——见来者）。"这样构成的是另外一种调性，有点类似京剧中的道白。第三、四句的节奏，则是："念天地——之悠悠，独怆然——而涕下。"其中的"之"和"而"是虚词，具有散文的性质，是五七言近体格律诗所忌讳的，但是用到这里反而很自然。这就是为什么陈子昂把这四句放在五言组诗之外，卢藏用将其当作"歌"的原因。三字结尾的吟咏与二四字结尾的道白结合，诗句与散文句的结合，这是另外一种体裁，一种自由的、复合的节奏。

过了几十年，李白的直接抒情之作中常常出现这个复合节奏。如《梦游天姥吟留别》中有这样的节奏交织：

千岩万转——路不定，迷花倚石——忽已暝。熊咆龙吟——殷岩泉，栗深林兮——惊层巅。

这是七言诗规范的三字结尾，接下去则是：

云青青兮——欲雨，水澹澹兮——生烟。

“兮”是虚字眼，相当于今天的“啊”，已经接近二字结尾，一般称为骚体句法。接下去：

列缺——霹雳，丘峦——崩摧。洞天——石扉，訇然——中开。

这就完全是二字结尾，吟咏调性转化为道白调性了。接下去：

青冥浩荡——不见底，日月照耀——金银台。霓为衣兮——风为马，云之君兮——纷纷——而来下。虎鼓瑟兮——鸾回车，仙之人兮——列如麻。

这是典型的三字结尾的调性，随之而来的则是：

忽魂悸以——魄动，恍惊起而——长嗟。惟觉时之——枕席，失向来之——烟霞。

又转入二字结尾的道白调性，而且把散文中的虚字自然而然地带了进来。最后则又恢复到吟咏调性的三字结尾上去：

世间行乐——亦如此，古来万事——东流水。别君去兮——何时还？且放白鹿——青崖间。须行即骑——访名山。安能摧眉折腰——事权贵，使我不得——开心颜！

很明显的是，李白这首可列入唐人抒情歌行的压卷之作，其内涵的丰富、情绪的曲折，得力于在吟咏调性和道白调性之间的自由转换。从这一点而言，隐隐透露出陈子昂的《登幽州台歌》潜移默化地深深影响了盛唐诗坛气象的领军人物这一事实。

五

陈子昂的崛起主要体现在歌行体上。但是，陈子昂这首诗的价值，不仅在于对歌行体的卓越贡献和历史性突破，而且在于其作为歌行体的独特性，它是不可复制的艺术神品。

本来登台、登高、登临之作往往情景交融，所感依于所见，如杜甫《望岳》“会当凌绝顶，一览众山小”，王之涣《登鹳雀楼》“白日依山尽，黄河入海流。欲穷千里目，更上一层楼”。在这首诗中却是什么也没有看见，而效果强烈到使得他哭了起来。

登高的特点是望空间之远，而陈子昂却因望不到时间之远而痛苦。想象之妙就在于，望空间之遥远，变成了感时间之悠远。时间上有多悠远呢？从 7 至 8 世纪之间上溯到前 3 世纪。而自己来日无多，悲痛不可抑制。一年之后，陈子昂辞职归田，莫名其妙地遭到迫害，才四十二岁就去世了。

艺术的精彩皆因为目所不见而激起，这就难以用我国占据绝对优势的主流诗歌理念解释。

梅尧臣总结的所谓“状难写之景如在目前，含不尽之意见于言外”，几成共识，从未受到挑战。后来王国维总结为“一切景语皆情语”，一方面是很深刻的，因为在人类的五官感知之中，视觉占百分之八十五；另一方面是不完全的，听觉占百分之十左右，其他还有嗅觉、味觉、触觉等，占不到百分之五。问题出在“一切景语皆情语”的“一切”，隐含着的前提为所有诗歌抒情皆涉及景观，观就是看，属于视觉。可是对人来说，至少是五官开放；对诗歌艺术来说，五官的排列组合，其间的结构功能是大于要素之和的。把“一切景语皆情语”的“一切”在潜意识中权威化，造成了一种视觉霸权。怀着这种潜意识，对于理解诗歌艺术是很大的障碍。视觉唯一，走向极端，论者就不顾超越视觉的经典选择性，就对“前不见古人，后不见来者”这样经典的诗作束手无策，视而不见或者强制性地将其解读为宏大景观。

非常庆幸的是，我国古典诗话还有一个其他各国诗话都没有的范畴，那就是“无景之景”。清朝黄生《诗麈·诗家浅说》曰：“诗家写有景之景不难，所难者，写无景之景而已。”

没有景观，什么也看不见，也能够抒发独特的情感，也是好诗。如果是罕见的——从逻辑上说，可能是孤证、例外，没有普遍性。但是，事实并非这样。此类经典诗比比皆是。例如《诗经·王风·采葛》：

彼采葛兮，一日不见，如三月兮！

彼采萧兮，一日不见，如三秋兮！

彼采艾兮，一日不见，如三岁兮！

因为不见，对朋友或者情人的想念才更强烈。《西洲曲》“楼高望不见，尽日栏杆头”，都因望不见，所以坚持终日遥望。更深沉的是李白的《独漉篇》：

独漉水中泥，水浊不见月。不见月尚可，水深行人没。

月亮的意象是李白精神的寄托，金樽对月，把酒问月，对月而舞。月亮激发李白写出许多精彩的诗篇，这里却是看不到月亮的独白，已经很悲哀，但更悲哀的是“行人没”。据考证，此诗乃是安史之乱爆发后，李白于奔亡道中所作。这里的“行人没”应该是整个国家陷于泥淖一般的混乱之中的感觉。比不见月亮更悲痛的是不见行人，因为不见百姓，情语才凄惨。

要特别注意的是，这样的抒情已经不涉及什么景观了，诗人的感情并不借助景观、隐于意象，做间接抒发，而是脱离景观、超越意象，做直接抒发。这种直接抒情与陈子昂的“前不见古人，后不见来者”属于同一类型。

这就提醒我们，看得见和看不见都能成诗，情语并不一定要依附景语。看不见，没有景观意象的经典比比皆是。李白的《关山月》：“汉下白登道，胡窥青海湾。由来征战地，不见有人还。”对战争残酷的悲悯，更显深沉。白居易的《长恨歌》：“马嵬坡下泥土中，不见玉颜空死处。”“上穷碧落下黄泉，两处茫茫皆不见。”表现了以上天、下地无限的努力，也不能从无限的悲痛中解脱，“不见”在这里胜过了“行宫见月伤心色”，眼前之景固然可以寄寓情志，但是无景而引起的内心回忆却可能更丰富。李白《登金陵凤凰台》里的“总为浮云能蔽日，长安不见使人愁”，杜甫《秋兴八首》（其二）里的“每依北斗望京华”，看不见和看得见，各有各的妙处。

六

其实就总体而言，借助景观间接抒情和无景直接抒情，在古典诗歌中是双峰并峙，二水分流。固然有陈子昂《登幽州台歌》那样完全是无景意象而直接抒情的经典，也有杜甫《绝句》那样完全借助景观间接抒情的杰作。但二者并不是绝对分裂的，在大多数情况下，直接抒情的抽象性每每嵌入景观意象获得感性的鲜明性，如岑参“山回路转不见君，雪上空留马行处”，李白“孤帆远影碧空尽，唯见长江天际流”，朋友的船和马已经看不到了，诗人却还在呆呆地看着马蹄和流水的空镜头。权威性很高的“一切景语皆情语”其实是很片面的，实际上在许多经典之作中，看得见和看不见是对立的统一。李白有一首《独不见》：

忆与君别年，种桃齐蛾眉。桃今百余尺，花落成枯枝。终然独不见，流泪空自知。

当年一起种下的桃树，已经长得很高了，花朵落光，只剩下枯枝，别离时间悠长，时间是看不见的。树的变化是看得见的，而对方却“不见”了，因为看得见的和看不见的对比，感情深沉才流泪，自我默默地感伤。

这是中国古典诗歌常用的技巧。如欧阳修《生查子·元夕》：

去年元夜时，花市灯如昼。月上柳梢头，人约黄昏后。

今年元夜时，月与灯依旧。不见去年人，泪湿春衫袖。

去年的节日是看得见的：一方面，华灯辉煌；另一方面，人约黄昏，月上柳梢。情境是美好的，人是幸福的。而今年相同的节日，只是“去年人”不见了，眼泪就把衣袖打湿了。看得见的今年与去年同样是节日的欢乐，因为不见了一个人，就从幸福变成了悲凄。景观不变，结构对称，只是一个因子的变化，情绪的性质就从正面走向反面。去年没有直接出现的人，今年才知道，幸福与悲凉都取决于她。欧阳修这种不见之见用得很有技巧，但有点遗憾，并不是原创。追溯到几百年前，有唐朝崔护的《题都城南庄》：

去年今日此门中，人面桃花相映红。人面不知何处去，桃花依旧笑春风。

两者皆非静态景语，而是直接抒情，不过借景观意象为背景，构思与结构皆呈对比性，强化见与不见的反差。先是看见桃花，女郎像桃花，后是看不见女郎，而桃花仍然艳丽，只用了四句。欧阳修则用了八句，二者哪首更好呢？从艺术上说，崔护所写的精练、含蓄，体现瞬时失落。而欧阳修所写的，去年今年同为良辰美景，如今物是人逝，悲从中来，应该说是创造性的模仿。

这说明，见和不见，借助景观意象间接抒情和无景直接抒情，皆能为诗。王国维的“一切景语皆情语”，实际限于间接抒情，忽略了“无景之景”的直接抒情。不见的思念，不仅是回忆以往的相见，而且是期待未来的相见，所以才有李商隐的“相见时难别亦难”（《无题》），李之仪的“不见又思量，见了还依旧”（《谢池春》）。许多学者解读古典诗歌往往不到位，原因就是总以为一定要有景才有情，看得见才美，其实这往往是自我遮蔽，有时看不见的品位更高。例如贾岛的《寻隐者不遇》：

松下问童子，言师采药去。只在此山中，云深不知处。

这不是间接抒情，而是直接抒情：拜访隐士未遇，问徒弟，答就在白云深处，不知何处，看不见的，不了了之。该诗为什么很经典？“云深不知处”，隐士行踪缥缈，任意云游，毫无目的，随心所欲，不食人间烟火。诗人找不见朋友，白跑一趟，心情并没有变化，没有失望的感觉，保持着平静的心态。如果童子说，云散人即归，不但俗气，而且失去诗人对隐士超凡脱俗的心领神会。丘为有诗《寻西山隐者不遇》，也是写没有遇到隐居的朋友：“虽无宾主意，颇得清净理。兴尽方下山，何必待之子。”这样的直接抒情就太直白了，完全缺乏“云深不知处”景观感性意象的辅助，显得抽象，没有遇到朋友，自己兴尽归去，不用等待朋友，好像有点无情。而皎然《寻陆鸿渐不遇》就好一些：“扣门无犬吠，欲去问西家。报道山中去，归时每日斜。”朋友归来时间是确定的，似乎也太坐实了，但“归时每日斜”的好处有：第一，有景观“日斜”等一系列意象支撑；第二，朋友是有归期的，等待是有希望的。而贾岛的诗为什么入选《唐诗三百首》，得到千年以来读者的欣赏？那是因为他不在乎自己见不见，只要朋友随心所欲就好了，品位很高。

这种品位属于中国特有的一个范畴，那就是意象、意脉、意境，构成了中国古典诗歌有别于欧美诗歌特殊的美学系统。中国古典诗歌的艺术奥秘，就在这个系统之中。而“一切景语皆情语”不过是其中的一个环节。

关于意境，学术研究成果汗牛充栋，惜乎大抵皆从古曲诗论片段和纷纭的论说出发，从概念到概念，而不从文本的全面的初始状态出发，并且孤立地就意境说意境。殊不知，意境乃意象、意脉发展到一定高度的结果，故百年来研究成果鲜有经得起创作实践和解读实践检验者。

当然，“一切景语皆情语”的局限性不止这些，因为王国维的论断似乎把所有古典诗歌的意象都当作自然景观了。事实上，从《诗经》开始就有许多诗并不是写景的，而是写人的，特别是写女性的。从汉魏六朝到唐宋，写女性的诗太多了。这已经偏离了本文的论题，笔者将在适当的时候再做系统的阐释。

诗体的特殊矛盾

科学研究的对象乃是其特殊性，词与诗的不同，仅凭表面常识是无法揭示的。《词四首》的预习导语说："词又称'长短句'，句式长短不一，讲究韵律，能自由表达思想感情。"把词句长短不一作为自由表达思想感情的根据，很经不起推敲。

第一，汉魏乐府诗乃至唐诗中，就有大量的长短不一的诗。例如《东门行》：

出东门，不顾归。来入门，怅欲悲。盎中无斗米储，还视架上无悬衣。拔剑东门去，舍中儿母牵衣啼。他家但愿富贵，贱妾与君共哺糜。上用仓浪天故，下当用此黄口儿。今非！咄！行！吾去为迟！白发时下难久居。

而在唐人的古风歌行中，也有大量的杰作，如陈子昂的《登幽州台歌》：

前不见古人，后不见来者。念天地之悠悠，独怆然而涕下。

第二，词的长短句，相对于五言或七言近体诗，实际上还有比近体诗更不自由的一面。五七言绝句和律诗，除每句音节相等以外，只有平仄格律规范，故只要首联出句限定平起或仄起即可为诗。格律只有绝句、律诗和排律三种。而词起源于歌曲，每一首都依词牌，每一词牌不但长短句组合不同，而且平仄规范也殊异。比起近体诗来说格律规范繁多。词牌流传至今共约一千余种（有人统计一千六百种）。这就决定了词有"词谱"，描述每一首词牌的音节结构和平仄。故作诗可以叫作写诗，而写词却要根据词牌，故曰"填词"。后来词脱离了音乐，还是大体按音乐节奏规范写作。故王国维说："词至李后主而眼界始大，感慨遂深，遂变伶工之词而为士大夫之词。"①

当然，编者也不是完全没有注意到词的特点，故在毛泽东《沁园春·雪》的"望长城内外"一句有边注："'望'是领字。"这很正确。但接着说"所领的景物非目力所能及"，

① 王国维《人间词话（手稿本全编）》，吴洋注译，内蒙古人民出版社 2003 年，第 178 页。

这就粗疏了。不要说是诗，就是一般文章，陆机在《文赋》中就说了：“精骛八极，心游万仞。”“观古今于须臾，抚四海于一瞬。”[①]诗人的想象超越时间和空间，是基本常识，杜甫诗曰“昆明池水汉时功，武帝旌旗在眼中”，陈陶诗曰“可怜无定河边骨，犹是春闺梦里人”，皆超目力所限。

领字的第一功能，不是突破目力所限，而是打破近体诗的五七节奏、三字结尾的强制性。三字结尾，是汉魏五言诗以来构成“吟咏调性”的关键，与双字、四字结尾的赋体散文分化：“词赋竞爽，而吟咏靡闻。”这是钟嵘在《诗品》中首先总结出来的。[②]五七言诗歌三字尾，数百年来就成为不言而喻的规范，带着结构的强制性。如李白诗“黄山四千仞，三十二莲峰”，上句按三字结尾读成“黄山——四千仞”，下句读成“三十——二莲峰”，“二莲峰”是不通的，读成“三十二——莲峰”，双字结尾，语义是通顺的，但破坏五七言的吟咏调性。三字尾的强制性是五七诗吟咏调性上优越性和局限性的统一。

从正面说，词的领字的功能具体分析起来大抵有以下三个方面。

首先，打破了五七言诗三字结构的束缚，获得了新的自由。

“望长城内外”如是五言诗，就应当读作“望长——城内外”。“看红妆素裹”当读作“看红——妆素裹”。“惜秦皇汉武”读作“惜秦——皇汉武”。“数风流人物”读作“数风——流人物”。于语义完全不通。但是，这是词，就可以读作“望——长城内外”，“惜——秦皇汉武”，“数——风流人物”。

双字、四字结尾，顺理成章。仅仅让学生在诵读时，把领字延长一点时间，要求读出词与诗的不同。其实是用尊重学生的体悟代替了编者和教师在学养上提高的责任。

领字的第二功能，在于语句的结构上重大的突破，领字，领出了一连串的长句。“望”字引出了“长城内外，惟余莽莽；大河上下，顿失滔滔。山舞银蛇，原驰蜡象，欲与天公试比高”，以上成为其宾语。“惜”字把“秦皇汉武，略输文采；唐宗宋祖，稍逊风骚。一代天骄，成吉思汗，只识弯弓射大雕”作为宾语。多句组合，突破了近体绝句和律诗的两句一联，特别是对仗句的并列（除少数流水对和流水句外），句间没有连接词语，律诗两联间并列，其间更没有逻辑上的直接关联。领字把多个句子结构连成一体，这是对数百年来节奏规范的重大突破。

领字的第三功能，是使得双字、四字结尾成了新的规范。三字结尾和双字结尾结合，就产生了“江山如此多娇”这样的双字结尾和“引无数英雄竞折腰”这样的三字结尾的有机结合，获得了比五七言近体格律更大的自由，容纳更宏大的历史内涵。毛泽东就是在这

① 穆克宏、郭丹主编《魏晋南北朝文论全编》，远东出版社2012年，第51页。

② 参见曹旭《诗品集注》，上海古籍出版社2020年，第14页。

样的多句组合中纵观千年历史，俯视秦皇汉武、唐宗宋祖、成吉思汗，批判其虽有丰功伟绩，但缺乏“风骚”“文采”，也就是在政治上、文化上缺乏改革社会制度的气魄。[①]把本来是冰封大地山河的酷寒负面感知转化为雄伟豪迈的正面颂歌，对肩负祖国的未来充分自豪和乐观。

《唐诗五首》所选的，都是律诗，要求“读出节奏的韵味”。讲到律诗时，说：“每句中用字平仄音相间，上下句中的平仄音相对。”这大致不错，但有缺漏，第三句再与第二句平仄相对，就重复了第一句的平仄，故第三句改为平仄相粘。如五言绝句，平起的平平仄仄平，仄起的仄仄平平仄，在第三句仄仄平平、平平仄仄交替之时，当中增加一个平声或仄声，变成平平平仄仄，仄仄仄平平。这是中国古典律诗不同于欧美十四行诗的特殊性。欧美十四行诗第一行定调，轻重、轻重，或者重轻、重轻相间，以下十三行一概如此。在统一中尽可能地求丰富本属艺术性的普遍规律，但是中国古典律诗在格律上更强调平仄丰富，而欧美十四行诗往往在押韵的交替上有更多变化。如第一、四行，二、三行押韵，或一、二行与三、四行分别押韵。

经典诗歌的艺术美具有封闭性，并不是呈现在表面上的。现在一味依赖诵读，让学生自己体悟，其实，诵读最多只能从直觉上有所体悟，自发性体悟只能从感觉到感觉上滑行，可能正确也可能错误，甚至离谱。就是正确的体悟，要上升为理性的语言，也要有一个哲学上所说的“飞跃”，感觉到了的并不能理解，而理解了的才能更好地感觉。这是要具体地层层深入地分析的。

不可讳言，大学专家对于古典诗歌的研究不足，造成了中学一线教学从感觉到感觉的空转。

在《唐诗五首》中，要求说出白居易《钱塘湖春行》哪些词语透露出初春景色，又举出几联唐诗，要求学生指出它们所描写的景物分别属于春天的哪个阶段。

这里就涉及了解读诗歌的基本原则的问题，诗歌究竟是以什么动人？是以写出季节的现象动人，还是以情感动人？《诗大序》曰：“情动于中，而形于言。”诗以情动人，客观景物带上情感就不客观了，黄生说：“极世间痴绝之事，不妨形之于言，此之谓诗思。以无为有，以虚为实，以假为真。灵心妙舌，每出常理之外，此之谓诗趣。”[②]既然是真假互补

---

① 作者自注：“雪：反封建主义，批判两千年封建主义的一个反动侧面。文采、风骚、大雕，只能如是，须知这是写诗啊！难道可以谩骂这一些人们吗？”又据林克回忆，作者认为：“‘惜秦皇汉武，略输文采；唐宗宋祖，稍逊风骚’是从一个侧面批判封建主义的一个侧面的，只能这样写，否则就不是写词，而是写历史了。”参见吴雄选编《毛泽东诗词集解》，陈一琴审定，河北人民出版社 1998 年，第 209 页。

② 黄生《诗麈》，诸伟奇主编《黄生全集》（第四册），李媛校点，安徽大学出版社 2009 年，第 326 页。《围炉诗话》特别指出，“形质尽变”是抒情性的诗与实用性散文的根本区别。

了，对于客观对象来说，就不真了，这就是想象，就是虚拟，有了想象、假定，有了情感的自由，就有了“诗思”。于客观为假定，于主观情感却为真诚，这是情感价值，或者叫作审美价值。这就不是叙事文体的细节了。

在诗学里有一个学术话语叫作“意象”。此语源自中国古典哲学。《周易·系辞上篇》曰：“书不尽言，言不尽意。”“圣人立象以尽意。”①本来讲的是语言的局限，意象引为诗论范畴。二十世纪朱光潜引入意大利人克罗齐的定义：“艺术把一种情趣寄托在一个意象里，情趣离开意象，或是意象离开情趣，都不能独立。”②这个定义突破了反映现实的真的观念，说出了相当深刻的道理，但是，从逻辑上讲，并不周密，首先，“把情趣寄托在一个意象里”，意象本身就是情趣和意象的结合，就有把情趣寄托在情趣里的“同语反复”之嫌。其次，情趣是主观的，对象是客观的，二者各不相关，如何统一？这个问题，直到17世纪，差不多和莎士比亚同时代，中国古典诗家吴乔才天才地将诗与散文做比较，得出结论说：

> 意喻之米，文喻之炊而为饭，诗喻之酿而为酒；饭不变米形，酒形质尽变。③

这就意味着情趣一旦进入了客体对象，就是对象发生了形态与性质的变化。这个观念比之英国伟大诗人雪莱在《为诗辩护》中提出的“诗使它所触及的一切都变形”④早了一百年。而且比他更深刻的是，不但是形态变化，而且是性质的变化。不少一线教师注意到了意象范畴，借用了这个重要的范畴来分析。例如，在分析范仲淹的《渔家傲·秋思》时全用意象。这么做应该是触及了诗词的特殊性。但是，他们没有注意到，仅仅有意象范畴是不够的，因为上述意象还是静态的。而范仲淹的词中的意象却不是。

“塞下秋来风景异，衡阳雁去无留意。”这里的意象是动态的。这是因为，意象从根本上来说并不限于静态，而是以动态为主的。因为人的情感是动态的，故有感动、触动、心动、情动之语。要把意象用得到位，还得有一个范畴来补充，使理论系统化，从而更具解读的有效性。那就是“想象”。这是叶燮提出来的。

毛泽东《沁园春·雪》中的“千里冰封，万里雪飘”，好像千里万里、江南塞北都是冰封雪飘，形态是夸张了，而李白的“寒雪梅中尽”，形态则是缩小了。性质上，毛泽东把冰

---

① 杨天才等译注《周易》，中华书局2020年，第599页。

② 《朱光潜美学文集》(第二卷)，上海文艺出版社1982年，第54—55页。又见朱光潜《谈美》，金城出版社2006年，第117页。需提醒的是，意象中的情趣并不限于情感，情因景生，景随情变，更完整地说应是情志，趣味中包含智趣。意象派代表人物庞德定义下的意象是“在一刹那的时间里表现出一个理智和情绪复合物的东西”。此说见琼斯《意象派诗选》，裘小龙译，漓江出版社1986年，第5、10页。

③ 王夫之等撰《清诗话》(上册)，上海古籍出版社1978年，第27页。类似的意思在吴乔《围炉诗话》卷二中，也有更为详尽的说明。

④ 雪莱《为诗辩护》，《十九世纪英国诗人论诗》，人民文学出版社1984年，第155页。

封雪飘的严酷作为美的极致来歌颂，则是质变。

这是毛泽东特有的情怀。他对雪这样的严寒，似乎有特殊的喜爱，如《七律·冬云》：“雪压冬云白絮飞，万花纷谢一时稀。高天滚滚寒流急，大地微微暖气吹。独有英雄驱虎豹，哪有豪杰怕熊罴。梅花喜欢漫天雪，冻死苍蝇未足奇。”都是他特有的逆境美学。

形变和质变之所以美，就是因为通过想象表现了诗人的特殊情志。岑参的“胡天八月即飞雪”“忽如一夜春风来，千树万树梨花开”，诗人先是觉察到一刹那的惊异的美，后来又变成“瀚海阑干百丈冰，愁云惨淡万里凝”。而老舍在抒情散文《济南的冬天》中说：“最妙的是下点小雪呀。”“济南是受不住大雪的，那些小山太秀气！”决定雪的性质的是情感。

至于要求学生说出白居易《钱塘湖春行》哪些词语透露出初春景色，若不懂诗人情感渗入构成“形质尽变”的“意象”，是读不出诗的好处来的。白居易对春色有特别的发现和激动：“乱花渐欲迷人眼，浅草才能没马蹄。”一般的早春都是先有草绿，后有花开。而白居易的笔下，却是花已经繁盛得迷人视觉了，而草还“浅”得仅仅有马蹄那么一点高。花的繁茂在形态上显然夸张，而草的浅短，则显然是缩小。两种意象由诗人的喜悦融成为意象。

至于举出几联唐诗，要求学生指出它们所描写的景物分别属于春天的哪个阶段，不同的诗人情感不同，就有不同的意象。“云霞出海曙，梅柳渡江春。”（杜审言《和晋陵陆丞早春游望》）是因为看到云霞出海才感到春天的色彩绚丽，发现梅和柳的变化先在江南再到江北，才悟到初春的生机焕发。“春风得意马蹄疾，一日看尽长安花。”（孟郊《登科后》）是因为五十多岁了，此前一直考试失败，“昔日龌龊不足夸”，如今得中了，才感到马蹄下有春风的感觉，在整个都城，只看到花，其他的一切都好像不存在。

同样是春天景色，感情不同，形态性质也就不同，最突出的是，春天带来了忧愁。“是他春带愁来，春归何处？却不解、带将愁去！”（辛弃疾《祝英台近》）“自在飞花轻似梦，无边丝雨细如愁。”（秦观《浣溪沙》）就拿课本所举的孟浩然的“带雪梅初暖，含烟柳尚青”为例，光是看出这是初春的细节，还不够。第一，这是很有特点的，梅花中还有雪花，天已经暖和了。第二，这并没有引起诗人欢欣的情感，下面是“来窥童子偈，得听法王经。”（这里的“童子”，在佛经中指菩萨，无淫欲之念。佛与法自在，故称法王。）“会理知无我，观空厌有形。”（领会了法理才知道自己的躯体是虚无的，因而也就厌恶有形的自我。）“迷心应觉悟，客思未遑宁。”（执迷的心当觉悟此生虚无，应入佛法自在的宁静心境，而乡愁却不能平静下来。）这里没有一点欢乐。

实际上中国古典诗人写春天景观，都是以情感开拓出新境界为务的。有一个中国古典诗歌特别的母题，那就是春愁、惜春。就是再美的春景也会引起忧愁：李白《春夜洛城闻笛》："谁家玉笛暗飞声，散入春风满洛城。此夜曲中闻折柳，何人不起故园情。"春风再美，也逗引起乡愁。折柳是送行的风俗，又是曲子的名称，这一双关，乡愁就递增了。贺铸的《青玉案》："试问闲愁知几许？一川烟草，满城风絮，梅子黄时雨。"而在韩翃那里是："春城无处不飞花，寒食东西御柳斜。"在韩愈那里是："天阶小雨润如酥，草色遥看近却无。"二韩都很赞赏春雨、春柳、春草之欢愉，而贺铸却将之总结为忧愁的画面。

在送别的母题中，春愁更是别开生面。李白《劳劳亭》："天下伤心处，劳劳送客亭。春风知别苦，不遣柳条青。"春天的忧愁，愁到连杨柳都感受到了，都不让柳条发青，柳条不青，就不能送别，不能送别，朋友就走不成了，就达到了挽留的目的。友情是如此之深，借春柳不发芽而得以表现。这些都是单纯的情感，比较宏富的感情，就得用律诗，如杜甫的《春望》："国破山河在，城春草木深。感时花溅泪，恨别鸟惊心。烽火连三月，家书抵万金。白头搔更短，浑欲不胜簪。"对国运危亡、骨肉离散的忧患使春天茂盛的草木质变成人丁稀少、花鸟惊怖的意象群落。

说到白居易的《钱塘湖春行》的好处，不光是意象的形态的变化，更重要的是情感的运动。《诗大序》曰："情动于中，而形于言"。情的特点在于"动"，故汉语有动情、动心、感动、激动等。白居易的诗好在情感之动。乱花迷人，固然很美，但是，还有更美的，那不是花，而是"最爱湖东行不足，绿杨阴里白沙堤"。有马不骑，而是下马让脚和浅浅的草相亲。这就从欣赏花之美，转化为赞赏草更美。这就是情感的变化。这在中国古典诗话中，也有理论，叫作"宛转变化工夫"①。这就是情之运动的线性脉络，名之为"意脉"，是为中国古典诗艺的第二个范畴。若在理论上既没有意象，又没有意脉的理论基础，就只好停留在并无诗意的"初春的景色"了。

有了"意脉"这个以"宛转变化"为特点的范畴，就可以进一步解读毛泽东的《沁园春·雪》，那就是江山如此多娇，让无数英雄为之折腰，似乎美到极致了。"惜"字带出情感的转折，就是最杰出的帝王，也没有从文化政治制度上改变中国的历史。只有当代兼具武功文采的"风流人物"才能担当起这样的伟大的历史使命。

单篇解读至今不能到位，未能充分有效，甚至混乱，其原因，在于专家教授没有提供比较系统的哪怕是草创的系统范畴。而单篇解读则是单元建构理论基础的基础。

当然，有效的单篇解读可能还不是绝对深刻的，因而更高的追求，就在单元建构中去实现。如将作于 1936 年的此词与作者写于 1925 年所写的《沁园春·长沙》联系起来。就能读出其中更深邃的历史内蕴了。当时他正因在韶山发动农民运动，遭到追捕，逃到长沙，

① 何文焕辑《历代诗话》(下册)，中华书局 2006 年，第 732 页。

创作《沁园春·长沙》时正是深秋。

《沁园春·长沙》中提出的问题是："问苍茫大地，谁主沉浮？"祖国这样混乱的局面由谁来改变啊？还带着"书生意气"，只是"粪土当年万户侯"。到了《沁园春·雪》，批判的就不仅仅是万户侯，而是封建帝王中最有权威者，作者非常自信地做出了回答："数风流人物，还看今朝。"

在这样的小单元组合中，两首词就得以相互阐释，相得益彰，其单元的结构性，就大于要素之和，我们就可以从中洞察毛泽东的精神传记的脉络，这个脉络不是单篇的情感之线性之"宛转变化"，而是在没有直接关联的地方看到了历史的线索，从微观升华为宏观，不但看到了精神的升华，而且从"书生意气"到历史使命的担当中看到了革命历史发展。

课本的解读提出的任务是对比《沁园春·雪》和其他几首现代诗，探讨"情感基调是怎样的"，"有哪些意象，具有怎样的特点"，"抒发了诗人怎样的感情"。完全没有起码的理论上的点拨。反复运用的办法就是自己通过诵读回答，回答不出，就和小组成员和老师交流。克罗齐说："要判断但丁，我们就要把自己提升到但丁的水平。"[①]读毛泽东的词，就要把自己提高到毛泽东当年的水平。这意味着艰巨的攀登，不言而喻，就要和自己的自发的思想情操和狭隘的艺术感知搏斗，把自己从陈旧的套话中解放出来。课本却满足于师生在原始水平上徘徊。不辨是非，不讲深浅，一千个读者就有一千个哈姆雷特。这背后是西方后现代的反本质、废真理、无是非、反审美的哲学。与实践真理论背道而驰。可是诗是"文学中的文学"（艾青），这就难免不留下了漏洞。编者提出的问题中还有："描绘了怎样的画面，营造了怎样的意境？"

意境是继意象、意脉之后中国古典诗学的第三范畴。

《沁园春·雪》的后半阕，除了"弯弓射大雕"，本身并没有画面，整首诗，并没有营造什么"意境"，全部是直接抒情，而意境则属于间接抒情的高层次：王昌龄《诗格》提出"诗有三境"，"物境""得形似"，"情境""深得其情"，"意境""张之于意而思之于心，则得其真矣"。[②]司空图在《与极浦书》中引戴叔伦的话对意境做了形象的描述："诗家之景，如蓝田日暖，良玉生烟，可望而不可置于眉睫之前也。"他自己的发挥是："象外之象，景外之景，岂容易可谈哉？"[③]意象是点，意脉的"宛转变化"的情感是线性的，而意境则是圆融的，是面上均匀，如王维的《鹿柴》："空山不见人，但闻人语响。返景入深林，复照青苔上。"其极致是"不着一字，尽得风流"。毛泽东的词已经把自己开拓历史新时代的宏

① 克罗齐《美学原理》，朱光潜译，上海人民出版社 2007 年，第 164 页。
② 张伯伟《全唐五代诗格汇考》，凤凰出版社 2005 年，第 172—173 页。
③ 张少康《司空图及其诗论研究》，学苑出版社 2005 年，第 61 页。

图说得痛快淋漓了。没有什么象外之象，景外之景，更谈不上宋人梅尧臣在《宛陵先生文集》中所说的“状难写之景如在目前，含不尽之意见于言外”。

没有单篇解读的基础研究，单元组合就不能不陷入混乱。课本把1936年《沁园春·雪》放在初中，而把1925年的《沁园春·长沙》放到高中。这是没有读懂造成的颠倒。其结果是，把毫不相干的的现代诗，柯岩的《周总理，你在哪里》，艾青的《我爱这土地》，余光中的《乡愁》，林徽因的《你是人间的四月天》和穆旦的《我看》组成一个单元，这个单元大得缺乏起码的“以类相从”的共同性，也就缺乏可比性。唯一的共同性，就是都是诗，外延越大，内涵越空，成了真正的大而空的概念。《沁园春·雪》是古典诗体，就古典诗而言，《诗经》、《楚辞》、汉魏五言诗各有其特殊性，《沁园春·雪》则是以古代汉语写成的现代古体诗词。故以文采、风骚、风流暂代现代政治内涵。其他各篇皆是现代诗，而且属于不同流派。悼念周总理的诗，只在悼念。表达在人民心目中的不朽，而艾青的《我爱这土地》则是表现其对祖国热爱之极到了饱含热泪的程度，二者是浪漫主义的直接抒情，其手法是现代诗虚拟性的想象，不同于古典诗常用的现实景观的“形质尽变”。其奥妙乃是黄生所说的“每出常理之外，此之谓诗趣”。关键在于“每出常理之外”，在古典讲座中，叫作“无理而妙”。余光中的《乡愁》则是以“邮票”“船票”“坟墓”等意象概括，意象只有四个，时间则长达两代，空间只有一弯浅浅的海峡，表现两岸亲情、爱情分离的悲剧。三者皆政治抒情，而林徽因的《你是人间的四月天》则是个人情感，与这三首政治抒情诗，毫无关联。穆旦的《我看》则是对个人生命和人类历史的沉思。在抒情中带着很强的智性，在流派上与浪漫派有极大的区别。

把这些诗放在一起，分别做些句法上单句、复句、复合句、递进复句、并列复句的分析，还有色彩的修辞、节奏上的提示，要求学生在朗诵中体会章法上循环往复的“节奏”。提问“为什么要用意象表达乡愁”，可编者自己可能也没有给出学术性的回答。虽然余光中的《乡愁》中也用了意象，课本却并未对意象做任何阐释，只在最后要求学生尝试诗歌创作，而且做了四点“技巧点拨”。

第一点，将生活中的“情感分行写出来，就有诗的模样了。如果再适当融入联想和想象，就有诗的味道了”。这一点显然离谱，把情感直接讲出来并不一定就是诗，问题在于什么样的情感才是具有审美/审智性质的情感，什么样的联想和想象，是聚焦在情感上的，不是分散的碎片。至于分行，我国古典诗歌本来是不分行的。分行是现代新诗从欧美诗歌那里学来的，古典诗印行时也跟着分行，但词并不分行。毛泽东的《沁园春·雪》就没有分行。

第二点，“可以直抒胸臆”。但是，直抒胸臆，可能成为散文，大白话。“也可以借助具体可感的形象来抒写情志。”但是，并不是一切可感者都能构成形象化的诗。抒情散文、小说都由可感的形象构成。诗的功能并不限于抒情，也渗透着智性，大诗人都有理想，家国情怀高于生命，故不但有情景交融，而且有情理交融。其最可贵者，不是以诗为生命的苦吟，而是以生命为诗，留下了不朽的格言。

第三点，“要注意语言的简练”。这是散文小说的共性，没有一种文学形式是不讲究精练的。

第四点，“要注意节奏”。关键在于什么叫作节奏，是音乐的节奏，还是语言的节奏，是内在的情绪的节奏，还是外在的音节节奏，是古典诗歌的节奏还是现代诗歌的节奏。就算是古典诗歌的节奏，《诗经》与《楚辞》不同，古诗与近体诗不同，词与诗不同，曲与诗也不同。特别是现代新诗，以艾青的为代表，提倡“诗的散文美”，只讲内在的情感的节奏，不讲外部语音节奏。这种情况在后现代新诗中更为突出。这就暴露出在方法论上，没有具体分析矛盾的特殊性的自觉。一味用空洞而贫困的概念让学生写诗，至少是不够严肃的。

上海一线老师程春雨说，在单篇解读中没有解决的问题，到了单元、大单元中也没有解决。这话引起了笔者的反思。第一，我们原生水平与经典文本有极大的差距，所以才需要学习，从单篇解读开始做艰巨的攀登才有望层层递升。单元组合则是锦上添花，更上一层楼。以单元组合否定单篇解读，就等于是把楼梯撤除。第二，目前广大老师乃至权威专家在解读经典的文本，攀登其高度上，距山顶还有相当远的距离，而我们却没有把水平的提高放在重要地位上，屡次改革总是着眼于方法上的改进。殊不知过度频繁的，特别是过分激进的、脱离现实水准的改革带来了不可忽略的适得其反的后果。但愿忠言不逆耳，对未来修订课本有所补益。

近体诗形式的建构：意象和对仗的历史发展

探求知识的系统性，可以选择从历史的源头开始，但历史的资源浩瀚无边，无从下手，故也可以选择从知识成熟的形态开始。二者相比，从成熟形态开始更具有可行性。

马克思认为，比起处于复杂过程中的事物形态，已经发展到成熟阶段的形态，更容易研究。他在《资本论》的“初版序言”中提出：“已经发育的身体，比身体的细胞是更容易研究的。”① 关于成熟的形态，马克思指的是，一切事物都处在从低级到高级不稳定的过程中。马克思提出从高级形态回顾低级形态的方法：从高级形态抽象出初始范畴，然后阐释其低级形态。他形象地说：“人体解剖对于猴体解剖是一把钥匙。反过来说，低等动物身上表露的高等动物的征兆，只有在高等动物本身已被认识之后才能理解。”②

李白的五言律诗《渡荆门送别》属于唐代近体诗，系古典诗歌高级成熟形态，正等于从人的个体胚胎发育史中，看出人类从受精卵、低级动物进化到高级灵长类一样。以之为个案解剖，在历史的比较中，不难分析出中国古典诗歌不断进化的阶梯性，看出《诗经》、《楚辞》和汉魏六朝诗歌既为唐诗成熟提供基础，又被唐诗所超越。只有这样，古典诗歌的知识才具有历史的系统性。从这个意义上说，解读李白这首《渡荆门送别》离不开五言律诗形式的历史发展梳理。

一

从情感的独特性而言，孤立的个案分析是难以深入的。李白此诗的独特性只有在历史

① 马克思《资本论》（第一卷），人民出版社 1965 年，第 10 页。

② 马克思《政治经济学批判导言》，马克思、恩格斯《马克思恩格斯选集》（第 2 卷），人民出版社 1995 年，第 23 页。

语境中，在同类比较中，才不难揭示其构思的唯一性。

一般送别诗多数是送友，所谓“赠别之诗当写不忍之情，方见襟怀之厚”①，往往离不开恋恋不舍的忧伤。当然，也有离别故土，背井离乡，情绪大抵是黯然的，故中国古典诗歌有“乡愁”的母题。对此类情绪，南朝江淹在《别赋》中有所总结：“黯然销魂者，唯别而已矣。”故离愁与别绪总是相连的。当年交通不便，别离之忧伤是因为相见无期，如李商隐所写“相见时难别亦难”，故古典诗歌中，没有“欢送”“再见”这样的话语。这个母题，早在南北朝时期有过名作，谢朓在《暂使下都夜发新林至京邑赠西府同僚》中抒写离开荆州前往建康时，告别荆州同僚的心情：“大江流日夜，客心悲未央。”“驰晖不可接，何况隔两乡。”离别与大江的关系，有孔夫子留下的典故：“子在川上曰：‘逝者如斯夫，不舍昼夜。’”（《论语·子罕第九》）水流不息，如时间日夜流逝，意味着诗人离别友人的“悲”不能终止（未央）。而且“驰晖不可接”，时间流逝不可阻挡。再加上“何况隔两乡”，空间距离又远。只有一个感性意象（大江），基本上是直接抒情。这个母题到了唐代就有了发展。李白这首《渡荆门送别》超越了离愁别恨，离开故土，呈现出一派朝气蓬勃的风姿。

原因是此诗大致写于725年前后，当时正值开元盛世，李白二十五岁上下。四五年之后，李白三十岁，他在《上安州裴长史书》中回忆当时的心情：“大丈夫必有四言之志。乃仗剑去国，辞亲远游。”二十七岁左右，李白在《代寿山答孟少府移文书》中诉说自己的宏大政治抱负：“申管、晏之谈，谋帝王之术。奋其智能，愿为辅弼，使寰区大定，海县清一。”离别故土，正是他规划的壮丽人生的开始，所以不但没有忧愁，反而充满了雄心万丈的气概。

二

这样的青春朝气落实在《渡荆门送别》的语言结构“意象”上。

开头一联是散句“渡远荆门外，来从楚国游”。第一句是离乡如此之“远”，从四川绵阳到江汉平原。第二句道出远离故土的目的，到楚国属地游历，心情一下子振奋起来。但是这种情绪并没有像谢灵运那样以直接抒情的方法表现，而是通过景观意象间接抒写：“山随平野尽，江入大荒流。”这里的“山”，已经省略了三峡七百里的“两岸连山，略无阙处”（郦道元《三峡》）的艰险，又轻松地越过了湖北荆门山和虎牙山对峙的险峻，视野一下子开阔起来。山随着平原一直平缓下去，江向远方广阔的荒原流去。

① 何文焕辑《历代诗话》（下册），中华书局1981年，第732页。

表面上写的是自然景观，实际上是主体的感知：视野的开阔，蕴含着豁然开朗，心情为之一振。接下来的两句，主体情感就更加明显了：“月下飞天镜，云生结海楼。”眼前之景，如月镜反照出的天上仙境，远方云霞则如海市蜃楼。这里就不仅是自然景观的“真”，而且是诗人想象的“假”。二者的结合，就是古典诗话家所说，诗的想象好像是把米酿成酒一样，使得自然景观“形质尽变”[①]。这里的“山”“平野”“江”“大荒”“月下”“天镜”“云生”“海楼”，就不是散文的细节，而是古典诗歌的意象。有比较敏感的一线教师，试用意象来解读经典文本，其意义不可低估，但是孤立的意象范畴概念并未界定，亦并未系统化，因而很难深入。

表面看来，意象范畴是 20 世纪初美国人提出的。他们发现中国古典诗歌与他们传统的直接抒情不同，而是间接地把情感寄托在意象中。他们的代表人物庞德为意象下了一个定义：在一刹那的时间里表现出一个理智和情绪复合物的东西。[②]

这个意象（image）定义在五四时期并未得到准确的翻译。后来朱光潜先生在《谈美》中把克罗齐对意象的定义翻译为：“艺术把一种情趣寄托在一个意象里，情趣离开意象，或是意象离开情趣，都不能独立。”[③]这个定义突出了情趣必须寄托在一个对象中，是很中肯的，但在逻辑上有矛盾：意象就是把情趣寄托在意象中，意象本身就是情趣寄托在客观对象中，“把情趣寄托在意象里”等于说“把意象寄托在意象里”，在逻辑上隐含着同语反复。

其实，意象范畴早已存在于中国古典诗学之中。《周易·系辞》中就有“观物取象”“圣人立象以尽意”，不过这是卦象，属于哲学范畴。最早把它用之于广义的文学则是刘勰。他在《文心雕龙·神思》中说：“元解之宰，寻声律而定墨；独照之匠，窥意象而运斤。”[④]“元解”是深刻的理解和洞察，“之宰”乃是对这种理解的洞察和驾驭，用富有声律的语言描绘出感官的景象；“独照之匠”说的大抵仍然是深邃的匠心，“窥意象而运斤”则是以可感意象发挥高度的技巧，对抽象的情志加以具象的表达。这还是对多种文体的概括。到了司空图《二十四诗品·缜密》中就直接用之于诗歌：“意象欲出，造化已奇。水流花

---

① 吴乔：“文喻之炊而为饭，诗喻之酿而为酒；饭不变米形，酒形质尽变。”见王夫之等撰《清诗话》，上海古籍出版社 1978 年，第 27 页。类似的意思在吴乔的《围炉诗话》卷二中，在他说“文”乃诏、策等实用性文本时有更为详细的说明。

② 琼斯《意象派诗选》，裘小龙译，漓江出版社 1986 年，第 5、10 页。庞德并不绝对地反对情感，只是坚持：第一，情感不能直接抒情；第二，情感和智性浑然一体。故他在《严肃的艺术家》中对于诗与散文的区别这样说：“在诗里，是理智受到了某种东西的感动。在散文里，是理智找到了它要观察的东西。”见杨匡汉、刘福春编《现代西方诗论》，花城出版社 1988 年，第 54—55 页。

③《朱光潜美学文集》（第二卷），上海文艺出版社 1982 年，第 54—55 页。又见朱光潜《谈美》，金城出版社 2006 年，第 117 页。

④ 刘勰《文心雕龙注》（下册），范文澜注，人民文学出版社 2020 年，第 493 页。

开，清露未晞。”[①]只要用了意象，写了感性的自然情景，诗情就有了感性，如水流花开一样清新起来。所有这些观念都在说明，深邃的情思和抽象的“元解”（情志）难以直接抒发，要通过感性的意象来间接抒发。

我们传统的“意象”观念，并不像美国诗人庞德所说的那样，是一刹那的、静态的，而更多是动态的；也不像克罗齐所说的那样仅仅是把情感寄托在“一个意象”里，而是在一组意象群落里，且是动态的。

一线教师用意象来解读范仲淹《渔家傲》中的“塞下秋来风景异，衡阳雁去无留意”。但是，其意象观念是静态的，而这里的意象“雁去”不但是动态的，且“无留意”是被主体情感化了。其实，就“雁”这个传统意象而言，在中国古典诗歌中，大都是动态的。例如，李白《与夏十二登岳阳楼》中的“雁引愁心去，山衔好月来”，王湾《次北固山下》中的“乡书何处达，归雁洛阳边”，孟浩然《秋登兰山寄张五》中的“相望试登高，心随雁飞灭”，杜甫《天末怀李白》中的“鸿雁几时到，江湖秋水多”。仅就这些有限的诗句即可看出意象的范畴至少不是单一的、孤立的，而是在一个有机的群落中动态呈现的。光有一个孤立意象的观念，而没有对意象进行系统的分析，是空洞的。

就以李白《渡荆门送别》来说，则更是明显：“山随平野尽，江入大荒流。月下飞天镜，云生结海楼。”不是一个意象，而是一组意象群落的动态结构。

此外，这里还有古典诗歌更具历史发展意义的语言结构的进化。此诗中间两联的句子结构，从句法到词法结构都是对称的。“山随”对“江入”，“平野尽”对“大荒流”，“月下”对“云生”，“飞天镜”对“结海楼”，这叫作“对仗”。

这种对仗句法，在中国古典诗歌发展到讲究格律的阶段才产生。这是中国古典诗歌的一大发明。其优越性在于多个意象组成群落，有很强的精练性。两句之间是并列的，其间在逻辑上、语法上，散文式的联系的词语被省略了。在欧美诗歌中，句间没有连接词语and、then，关系代词which、where，介词by或者动词的现在分词等，违反语法规则，是不可想象的。

李白用的这两个对仗句，结构的对称性更强、句子之间的连接更紧。八个意象，感性密度如此之大，所有语言又如此朴素，于朴素中见文采。

三

有了成熟的形态作为准则，就不难做历史的比较，看出其间的继承与提升。

① 何文焕辑《历代诗话》（上册），中华书局2023年，第41页。

这种对仗句法，并不是古已有之的。在《诗经》中，句子与句子之间是紧密联系的。如《国风》第一首《关雎》："关关雎鸠，在河之洲。窈窕淑女，君子好逑。"在《楚辞》中也一样，如《离骚》："帝高阳之苗裔兮，朕皇考曰伯庸。摄提贞于孟陬兮，唯庚寅吾以降。"到了汉魏乐府五七言古诗，句间的直接联系仍然没有改变。如《古诗十九首》："行行重行行，与君生别离。相去万余里，各在天一涯。道路阻且长，会面客可知？胡马依北风，越鸟巢南枝。相去日已远，衣带日已缓。浮云蔽白日，游子不顾反。思君令人老，岁月忽已晚。弃捐勿复道，努力加餐饭。"到了建安七子时代，句间联系还是一脉相承。故唐人殷璠在《河岳英灵集》一开头就说："至如曹、刘，诗多直语，少切对。"[①]这里的"曹"指的是曹植，其《白马篇》曰："白马饰金羁，连翩西北驰。借问谁家子，幽并游侠儿。""刘"指的是刘桢，其《赠从弟》（其二）为："亭亭山上松，瑟瑟谷中风。风声一何盛，松枝一何劲。冰霜正惨凄，终岁常端正。岂不罹凝寒？松柏有本性。"即使到了陶渊明依然如此。如其《饮酒》（其五）："结庐在人境，而无车马喧。问君何能尔？心远地自偏。"句句相属相连仍然是天经地义的。上述经典句式就是秉承着《诗大序》的精神："在心为志，发言为诗。""情动于中，而形于言。"用今天的话来说，就是直接抒情。这种直接抒情朴素真挚、慷慨悲凉、雄健深沉，构成建安风骨之高标。但是，后世直接抒情用得太随意，遂走向极端，变成了玄言诗，抒情的直接性就面临着抽象化的危机。

沈约在《谢灵运传》中评论说："有晋中兴，玄风独振。为学穷于柱下，博物止乎七篇……莫不寄言上德，托意玄珠。"[②]

钟嵘在《诗品序》中更具体地指出："永嘉时，贵黄老，稍尚虚谈。于时篇什，理过其辞，淡乎寡味，爰及江表，微波尚传，孙绰、许询、桓、庾诸公诗，皆平典似《道德论》，建安风力尽矣。"[③]

直接抒情走向极端的抽象化，就产生了从大自然景观中获取感性景观，将情感渗入其中，构成感性意象，情感隐匿在意象群落之中。大约在南朝刘宋以后，中国古典诗歌发生了意义重大的进展，那就是以谢灵运等开始作山水诗。《文心雕龙·明诗》总结说："宋初文咏，体有因革，庄老告退，山水方滋。"[④]王国维在《屈子文学之精神》中说："纯粹之模山范水，流连光景之作，自建安以前，殆未之见。"与此同时，由于平仄声的发现，追求诗歌外部声律的变化和意象群落的对仗很快席卷整个诗坛。南朝宋齐梁三代，诗人们新的课题乃是情感寄寓于自然景观，情感渗透使自然景观发生"形质尽变"。这就使景观的细节变

① 傅璇琮等编《唐人选唐诗新编》（增订本），中华书局2019年，第156页。

② 沈约《宋书》（第三册），中华书局2017年，第1778页。

③ 曹旭《诗品集注》，上海古籍出版社2020年，第28页。

④ 刘勰《文心雕龙》（上），范文澜注，人民文学出版社2020年，第67页。

成了意象。有了意象，诗人不用像《诗经》那样一味借助“兴”和“比”，也不用像乐府、文人五言诗那样直接抒情，而是将情感渗入自然景观的意象群落来间接表达。几百年间成为宏大潮流，模山范水之诗风席卷诗坛，几乎成为文人诗歌的不二法门。直接抒情和叙事传统从此为间接抒情所代替。

四

与借景抒情的意象兴起的同时，诗句的结构对称也引起了诗人们的注意。《古诗十九首》中“胡马依北风，越鸟巢南枝”这类对仗句，往往成为诗作中的亮点，在不知不觉间被后世广泛运用。如曹植《杂诗》（其一）中的“高台多悲风，朝日照北林”，柳恽《捣衣诗》中的“亭皋木叶下，陇首秋云飞”，萧悫《秋思》中的“芙蓉露下落，杨柳月中疏”。对称逐渐成为五言诗音节和文字整齐的组织模式，恰逢声律的规格追求，对称结构操作的难度被减小了，潜移默化之间成了普遍的追求，对仗不受控制地被滥用，造成了形式压倒情志的弊端，成为提升诗歌艺术的障碍。《文心雕龙·明诗》中就很严肃地批判：“俪采百字之偶，争价一字之奇。”[①]严羽在《沧浪诗话·考证》中特别指出著名诗人谢朓的诗《新亭渚别范零陵云》：

洞庭张乐地，潇湘帝子游。云去苍梧野，水还江汉流。停骖我怅望，辍棹子夷犹。广平听方籍，茂陵将见求。心事俱已矣，江上徒离忧。

其失就在过多对仗，若将“‘广平听方籍，茂陵将见求’一联删去，只用八句，尤为浑然”[②]。严羽还批评说，“灵运之诗，已是彻头尾成对句矣，是以不及建安也”[③]，对于谢灵运这样的诗人敢于提出批评，严羽的艺术感觉堪称卓越。以谢灵运的名作《登池上楼》为例，全篇十一联，二十二句，除了最后一联，全部对仗。繁复的景观遮蔽了情绪，意象的堆砌导致情感脉络的模糊。到了隋代，这种滥用对仗的诗风在著名诗人薛道衡的《昔昔盐》中有所改进，还留下了“暗牖悬蛛网，空梁落燕泥”的名句。但是，历史发展总是曲折的。唐人殷璠在《河岳英灵集》开头说：

武德初微波尚在，贞观格调渐高……开元十五年（727）声律风骨始备矣。[④]

这个说法比较准确。初唐时期，贵族化的宫体诗风滥用对仗，通篇对仗者比比皆是。

---

① 刘勰《文心雕龙》（上），范文澜注，人民文学出版社2020年，第67页。
② 何文焕辑《历代诗话》（下册），中华书局1981年，第706页。
③ 何文焕辑《历代诗话》（下册），中华书局1981年，第696页。
④ 傅璇琮等编《唐人选唐诗新编》（增订本），中华书局2019年，第156页。

上官仪身为宰相，以其为代表的上官体雄踞诗坛，盛行一时。如他的《咏画障》四联对仗并列，结构呆板，全系华词丽语和典故的堆砌，把对仗的平行性的局限推向极致。对仗句完全没有情感的脉络可言。借景间接抒情的局限发展到多彩而寡情的程度，就是张若虚的《春江花月夜》，被闻一多称为“宫体诗的自赎”“诗中的诗”，[①] 其中个别对句也未能免俗，留下上官体的印记。如“鸿雁长飞光不度，鱼龙潜跃水成文”。上句本来是接着前面的“愿逐月华流照君”，思妇想象自己能够随月光无远弗届，追伴夫君，而鸿雁不断地飞来，季节更替、年华流逝，月光却不能让自己跨越时空。后面的一句“鱼龙潜跃水成文”，鱼和龙在水底下游动，水面上出现波纹，与思妇的情感无奈毫无关系。为什么要多写这一句呢？因为形式上要对仗，结构才显得完整。追随齐梁诗风之盛可见一斑。

五

这一切为唐人近体格律的创造从正反两面提供了经验和教训。

恰逢官方选拔人才把作诗列入科举考试的项目，推动了诗歌的社会化普及。此可谓中国古代举世无双的创举，从唐高祖武德五年（622）实行科举，到后来科举进士科开始有作诗的要求。官方规定的是近体格律诗，把平、上、去、入的四声，简化为平仄交替，句间平仄对立和联间平仄相粘。对仗也大加压缩为五言六韵，头尾两联不必对仗，中间四联对仗。即使这样，一般士人还是觉得对仗太多。故流行的律诗是四联，头尾两联不必对仗，当中两联对仗。而绝句则更自由，两联之间，一联对仗为限，首联、尾联皆可，甚至全诗皆为散句，不必对仗。

科举以诗取士，将应试规格化，从积极意义上说，提供了诗歌艺术上升的平台，从消极意义上看，则限制了诗人个性化的艺术突破和创新。从初唐到唐末近三百年间，共开科二百七十三次，录取进士六千六百九十二人，能够留传下来的应试律诗实在罕见。至于排律，有王维、杜甫、刘禹锡、元稹、白居易等人的动辄数十韵，甚至一百韵，除了杜甫的《风疾舟中伏枕书怀三十六韵奉呈湖南亲友》有相当的文化历史价值，其余几乎为后世诗话家选择性遗忘。成为例外的，大概只有两首。一首是钱起的，另一首是祖咏的。此二人对考试的态度形成意味深长的反差。

比杜甫小十岁的钱起参加省里的科举考试，命题是《湘灵鼓瑟》，限定十二句，双句押韵，六个韵脚。除了开头和结尾两联，四联都要对仗，近似排律的格局。这样僵化的形

① 闻一多《唐诗杂论》，商务印书馆 2019 年，第 15 页。

式，等于逼着考生堆砌套话、典故，凑满十二句做官样文章，很难发挥其真正的个性。钱起诗云：

善鼓云和瑟，常闻帝子灵。冯夷空自舞，楚客不堪听。苦调凄金石，清音入杳冥。苍梧来怨慕，白芷动芳馨。流水传潇浦，悲风过洞庭。曲终人不见，江上数峰青。

题目隐含着一个典故，《楚辞·远游》“使湘灵鼓瑟兮”。传说舜帝死后葬在苍梧山，其妃子投湘水自尽，成了湘水女神，常在江边鼓瑟，表达哀思。钱起是大历十才子之一，学问才气足够应付省试。为了显示自己的才学，他在诗歌开头就说，早就知道湘水女神弹奏云和瑟很有水平。这里又用了一个典故，“云和”是周代就有的名瑟。作者在这里就是顺着考官的命题意图极力夸大音乐的艺术效果。接着再来一个典故“冯夷空自舞”，黄河水神听了都跳起舞来，扣紧《楚辞·远游》中的“令海若舞冯夷”。但是，这样一味罗列欢乐典故，写下去可能离题，因为湘水之神奏的是哀乐。于是钱起笔锋一转，将乐曲定性为哀伤，哀到远游的楚客不忍卒听。为了紧扣哀乐，作者拼命往悲情去发挥，让高贵的金石之心感到悲伤；纯净的乐章飞向天宇，传到苍梧之野。“苍梧”也是典故，舜帝安息之地，这是第二次扣紧题意，接着是美化，白芷吐出芬芳和着哀乐的悲风，顺着湘江飞向洞庭湖。这里的“潇浦”，扣紧湘灵，是第三次扣紧题旨。应该说，把这么多典故组织得不着痕迹，诗人的应试技巧真是太高超了。虽然语言丰富，结构完整，却不算是好诗。因为典故都是现成的，缺乏自己的感情和语言。本来这样的诗是比较平庸的，但此诗却在后世广为传扬，只因最后一联：“曲终人不见，江上数峰青。”充满空间凄苦的旋律、黄河水神的起舞、横卷潇湘洞庭的画面，突然消失了，大幅度起伏的旋律戛然而止，只留下江面上静止不动的山峰。最后这两句，使得这首诗和钱起一起声名大噪。这就是听觉的飞扬和视觉宁静的遽然转换。令人眼花缭乱的富丽场景与不见人的空镜头形成对比。看不见的意象比看得见的，更能刺激潜意识中深层的积淀，产生一种意犹未尽的感觉。

与钱起相反的是祖咏，宋人计有功的《唐诗纪事》记载，祖咏去长安应考，题目是《终南望余雪》，必须写出一首六韵十二句的五言律诗。祖咏写了四句就交卷了：

终南阴岭秀，积雪浮云端。林表明霁色，城中增暮寒。

开头一联不对仗，全诗只有第二联对仗，考官命其补足，他拒绝了。理由是“意足”，四句已经表达完整，宁愿名落孙山，也不违背自己的艺术理念。至于他后来是被破格录取了还是落选，史料上有不同的说法，但是，祖咏在唐玄宗开元十二年（724）是考中了的。这首诗后来入选了《唐诗三百首》，这说明其艺术上的不拘一格，经受了历史的严格筛选。

这首诗在艺术上不朽的原因很有分析的空间。本来“阴岭”是北向的，是不“秀”的，“秀”在哪里呢？第一，是积雪，积雪本该在大地上，却浮到高处；第二，由于积雪的反光，树冠变得明亮起来，阴岭就变得不阴而“秀”了；第三，在城市中，感知的性质相反，傍晚感到寒意；第四，远望的明秀是一望而知的，而与隐约感到的近身的寒却形成视觉上“明”和触觉上“寒”的对比；第五，最精彩的是后两句对仗，结构对称，“林表”“城中”是偏正结构，“明霁色”“增暮寒”是动宾结构，每个意象的词组都在结构之中，在对称位置上相互约束着，显得十分严密。对仗只有一联，精练的意象群落中蕴含着情感脉络。

对仗的特点乃是句间没有连接，但是其潜在情感脉络含蓄隽永。这里有两个方面符合唐人近体诗的要求，第一是数量上对于对仗大加压缩，第二是情感脉络深沉，质量空前提高。

钟嵘在《诗品序》中指出对仗被滥用的原因，乃是沉溺于典故和辞藻的堆砌，而不是自身的“即目”“所见”“所视”的“直寻”，不能表现“自然英旨”[①]。从理论上说，就是直接观察者为上，但忽视了对仗句的逻辑空白，隐含着想象力和空间隽永的精神品位。

六

唐人近体诗在想象力上全面拓展，极大地提高了对仗的艺术质量。这一点，在相传为唐人尤袤所作的《全唐诗话》中有相当到位的例证。

尤袤引述晚唐诗人皮日休的话说，在对仗方面，不要说李白、杜甫，就是以孟浩然的对句与南北朝的对仗句相比，亦有“干云霄”之感。北齐萧悫之“芙蓉露下落，杨柳月中疏”，比之孟浩然的“微云淡河汉，疏雨滴梧桐”，其缺乏冲淡雅致的精神品位是显而易见的。拿何逊的名句“露湿寒塘草，月映清淮流”和孟浩然的“荷风送香气，竹露滴清响”相比，也不如孟浩然的微妙精致。至于王融的乐府诗“日霁沙屿明，风动甘泉浊”比之孟浩然的“气蒸云梦泽，波撼岳阳城”，在气魄上更是相形见绌。[②]这并不是个别现象，该书说到王湾，引“潮平两岸阔，风正一帆悬”“海日生残夜，江春入旧年”赞其前无古人，是颜延之、谢灵运等前代权威诗人所远远不及的。[③]该书还特别指出，如刘希夷曾作“今年花开颜色改，明年花开复谁在”，这可是近千年后影响到曹雪芹为林黛玉作葬花诗的，但是刘希夷还是苛责自己：与晋朝石崇的“白首同所归”何异？乃另作曰“年年月月花相似，岁岁年年人不同”，这已经在时间无限与人生短暂上突出了强烈的对比，比之《古诗十九首》“生年不满百，常怀千岁忧”要生动得多。但刘希夷还是不太满意，一时突破不了，就暂且

① 钟嵘《诗品》，中州古籍出版社 2010 年，第 48 页。
② 何文焕辑《历代诗话》（上册），中华书局 1981 年，第 82 页。
③ 何文焕辑《历代诗话》（上册），中华书局 1981 年，第 76 页。

罢笔。不料却因此被宋之问剽窃，遭到杀身之祸。[①]《诗品》推崇徐干的《室思》中的“思君如流水，何有穷已时”，到了李白笔下就变成了“请君试问东流水，别意与之谁短长”，水就不是客观的对象，而是有生命的，可以问答的。至于曹植的《杂诗》(其一)“高台多悲风，朝日照北林”，到了杜甫笔下就变成“风急天高猿啸哀，渚清沙白鸟飞回”，这种悲风，不是远在高台的仰望，不仅有身在高台的俯视，而且有近在耳边的猿啸声。这样的“哀”就不仅是悲哀，其中更有壮阔。

《文心雕龙·明诗》还批评南北朝诗“文必极貌而写物”，其实是变成了现实景观的罗列，唐人继承了南北朝的对仗，在实践中超越“即目”，达到了空前的高度。如王勃《送杜少府之任蜀州》的“海内存知己，天涯若比邻”。这样对仗，就不是景观，而是情感使得空间的遥远距离“形质尽变”，在后世口耳相传成为格言。而杜甫《春望》的“国破山河在，城春草木深”，本来山河不变，但恰恰与国家危亡形成对比，春日的草木茂盛却是人口剧减的结果。如此景观，不是“即目”，而是因“触目”而惊心：“感时花溅泪，恨别鸟惊心。”这种“触目”，不但令诗人“惊心”，而且使花鸟“惊心”：即目景观在形态和性质上变异成为诗人情感的载体。花之泪、鸟之惊，变成了诗人情感之悲痛。

但是在理论上，把对仗的优越性片面地绝对化，就是由于情感脉络范畴尚未普遍明确化，故直到清代，诗话家黄生也说：

> 诗必有线索，虚字呼应是也。线索在诗外者胜，在诗内者劣。今人多用虚字，线索毕露，使人一鉴略无余味，皆由不知古人诗法故耳。[②]

这就把对仗一联之间逻辑平行，两联之间无须连接虚词当作最高准则。其失在于完全忽略了对仗的局限性：两句并列，其间无虚字连接。诗话家鄙薄虚字连呼应的说法，显然是为律诗的对仗外部形式所蔽，完全忽略了最精致的对仗句，也有隐性的逻辑连接，如孟浩然的《宿建德江》中的“野旷天低树，江清月近人”。看来是即目，却是经过提炼的。每句两个意象之间，字面上没有词语连接，但是有潜在的因果意脉。因为“野旷”所以“天低”，因为“江清”所以“月近”。

七

唐人近体诗的伟大变革，不仅限于对仗的数量和质量，还在于将对仗句与非对仗句结

---

① 何文焕辑《历代诗话》(上册)，中华书局1981年，第74页。

② 黄生《诗麈》，诸伟奇主编《黄生全集》(第四册)，李媛校点，安徽大学出版社2009年，第342页。

合起来，使诗篇的整体结构更加丰满。唐人设计的古典诗歌模式，在艺术形式上的精绝在于三点。

第一，发挥对仗句优长的同时，抑制其逻辑上的不相连续，以散句的连续性与之构成对立而有机的统一。如李白的《渡荆门送别》开头两句，就是散句，不对仗。中间两联对仗，本来有声律平仄和词性句法结构上的限制，但李白却利用了平仄的规范调动联想，使诗句超越了语法规则。如“月下飞天镜，云生结海楼”。从逻辑上讲，这是不太通顺的，还原起来，应该是：月镜飞下天，海楼云生结。“月下飞天镜，云生结海楼”之所以生动，完全是平仄交替和相对的韵律推动了读者的想象，意会到其潜在的逻辑关系，造成天衣无缝的感受。

第二，克服对仗句逻辑空白的另外一种办法，就是把逻辑因果用词语直接表明，叫作“流水对”。例如，王之涣的《登鹳雀楼》尾联：“欲穷千里目，更上一层楼。”其中的“欲穷”与“更上”，直接点明了逻辑关系。白居易的《赋得古原草送别》中的“野火烧不尽，春风吹又生”，“烧不尽”和“吹又生”之间逻辑关系就更明显。流水对完全是唐人的新发明，这说明，唐人近体诗继承了南北朝的对仗，克服其滥用造成的耽于辞藻华赡，流于平面滑行的问题，在情感品位上提高诗句质量的同时，也以流水对克服其句间无逻辑联系的局限性。

第三，除了流水对，唐人还在原本独立成句、一句一意的散句中，发展一种流水句。杜甫《赠花卿》的“此曲只应天上有，人间能得几回闻”，《旅夜书怀》的“飘飘何所似，天地一沙鸥”；李白《金陵城西楼月下吟》的“解道澄江净如练，令人长忆谢玄晖”，《登金陵凤凰台》的“总谓浮云能蔽日，长安不见使人愁”；王维《送元二使安西》的“劝君更尽一杯酒，西出阳关无故人”；杜牧《泊秦淮》的“商女不知亡国恨，隔江犹唱后庭花”，《山行》的“停车坐爱枫林晚，霜叶红于二月花”。回到李白的《渡荆门送别》中来，其最后一联“仍怜故乡水，万里送行舟”的因果关系就明确了。

由此可以总结，这首诗并不是李白最为出色的五律诗，但其中蕴含着唐诗在艺术上达到顶峰的基本奥秘。从知识系统的历史建构看，近体格律诗句有五言七言，章有二韵四韵之限；从声律上看，句中平仄交替、句间相对、联间相粘；从语言看，由两种句子形式组成，一种是散句，另一种是对仗句，对仗句有意象群落的密度，散句有非意象性的轻快。

但这并不是唐人凭空的创造，而是对上千年的诗歌审美价值的继承和发展。首先，近体诗的两句一组的基础，是《诗经》、《楚辞》、汉魏乐府和五七言诗所奠定的。其次，五七言诗三字结尾是从钟嵘《诗品》就明确了的。而平仄二分格律则是对齐梁时四声八病的简化，对仗句法则在继承的同时大力限制量的堆砌，并在质上提高想象和精神品位。针对对仗逻辑的空白，衍生出流水对；针对散句的单句独立，延伸出流水句。正是因为总结升华了上千年的审美价值积淀，并将之稳定在近体诗的形式上，才使唐诗成为诗歌历史高峰的载体。

这一切还不是盛唐诗歌的全部。片面强调对仗句的“似断而复续”“语不接而意接”，否定句间的虚字连接，不但遮蔽了唐人近体诗在形式结构上的突破和创新，更加严重的是，忽略了与近体诗同时存在的古风歌行，其特点就是不讲对仗，而且句间有连接词语。李白、杜甫、岑参、高适、白居易、李贺等的古风歌行，在艺术成就上并不亚于近体诗。这是因为，古风歌行章无定句、句无定言、不讲平仄，以连接虚词构成整体，属于直接抒情。艺术上与近体诗的间接抒情可谓比翼齐飞。

至此，盛唐诗歌创作实践中直接抒情与间接抒情水乳交融。山水诗、边塞诗、赠别诗、乡愁诗、思妇诗、宫怨诗，或政治抒情、恋情缠绵、宦海沉浮、家国情怀、民生疾苦、战乱血泪，莫不各领风骚，奇才辈出，在艺术上集历代诗艺之大成，思想情操上凝聚出中华民族鼎盛、辉煌的精神境界，后世以“盛唐气象”赞之。

唐人近体诗正是这样成为中国古典诗歌发展的高峰。当然，这不是说它已经绝对完美，其局限性乃在忽略了吟咏调性的局限性。对仗的高度概括和逻辑空白、三字结尾的吟咏调性的固定化，使其优越性得到发展的同时，也在晚唐不断退化，矛盾不可避免地激化，也为中国古典诗歌的另一高峰——宋词准备了条件，新的崛起还在后面。

论绝句的结构
——兼论意境的纵深结构①

一、肯定语气与非肯定语气

绝句的结构不像律诗那样严格规定当中两联要对仗，它比较自由，不要求明显的稳定结构，有一、二句对仗的，有三、四句对仗的，也有全篇都不对仗的。这些都是常见的写法，除此之外，还有一、二句，三、四句都对仗的，这样的超稳定结构则比较少见。杜甫好用这种两联都对仗的写法，但不及他的其他形式的作品（例如律诗）那样有许多追随者。虽然他的四句全对的绝句不乏比较好的作品，例如：

两个黄鹂鸣翠柳，一行白鹭上青天。窗含西岭千秋雪，门泊东吴万里船。

人们不能不称赞他用精练的笔墨描绘了一幅明丽的自然景观，给人一种赏心悦目的感受。但是，比之那些异常杰出的绝句名篇，应该说，还是比较逊色的。绝句中的历史名篇和艺术珍品，往往都不采取两联皆对的稳定结构方式，而以在统一结构中求变化的特点，例如李白的《客中行》：

兰陵美酒郁金香，玉碗盛来琥珀光。但使主人能醉客，不知何处是他乡。

从句子的语气性质上看，在这些完全不对仗的句子中，第一、二句是陈述语气的肯定句，第三、四句就不再是陈述语气的肯定句，其语法性质有了变化，第三句变成了条件副句，第四句变成了否定语气。这并不是偶然的现象。在这种类型的艺术珍品中，第三句或第四句，像杜甫那样，采取和第一、二句同样陈述语气性质的，是比较少见的。它们总是追求语气的变化，不是变成疑问语气，就是变成祈使感叹语气，或者变成否定语气。例如

① 本文原载《诗探索》1981年创刊号。

王维的《送元二使安西》：

渭城朝雨浥轻尘，客舍青青柳色新。劝君更尽一杯酒，西出阳关无故人。

这里的第三句是祈使句，第四句是否定语气，也是感叹句。又如王翰的《凉州词》：

葡萄美酒夜光杯，欲饮琵琶马上催。醉卧沙场君莫笑，古来征战几人回。

这里的第三句是否定语气，第四句是感叹语气。又如王之涣的《凉州词》：

黄河远上白云间，一片孤城万仞山。羌笛何须怨杨柳，春风不度玉门关。

这里第三句是疑问语气的感叹句，第四句是否定句。又如杜牧的《泊秦淮》：

烟笼寒水月笼纱，夜泊秦淮近酒家。商女不知亡国恨，隔江犹唱后庭花。

这里的第三句是否定句。再如王安石的《泊船瓜州》：

京口瓜州一水间，钟山只隔数重山。春风又绿江南岸，明月何时照我还。

这里的第四句，是疑问句。

这样的例子是举不完的。大量的现象说明，绝句的结构是追求统一的，但又不能把统一绝对化；它还在统一中追求变化。艺术形式的统一是在变化中的统一，艺术形式的变化是在统一中的变化。没有统一，无以构成艺术形象所必须的单纯，没有变化，单纯就可能变成单调，无以构成艺术形象所必须的丰富。绝句一共四句，每句的音节相等，如果两联又都同样是对仗，则不可能不产生某种单调之感。如果四句虽然不都是对仗句，但在语气上都是陈述性的肯定句，则同样不可能不产生某种单调感。在四句中追求单纯和丰富的统一，严整和灵活的统一，正是绝句的艺术结构内在规律。在高度的限制中发挥灵活性，对于这种本来已经很单纯的艺术形式的生命力来说是不可少的。

绝句的艺术结构不同于律诗之处正是这种灵活性。这种灵活性，是隐秘的，不容易被人们轻易认识。一些现代人写的绝句，有的还是写得很认真的，但往往觉得缺乏绝句的结构特点，其重要原因就是这些作者没有把这种灵活的语气变化作为一种必要的结构原则自觉地加以运用①。

这种灵活性之所以不易为人们认识，还由于它不但是隐秘的，而且其表现形式是比较复杂的。可以说，这种灵活性本身的表现形式也是很灵活的。我们来看韩翃的《寒食》：

春城无处不飞花，寒食东风御柳斜。日暮汉宫传蜡烛，轻烟散入五侯家。

---

① 一个有趣的事实是：戴望舒早年曾将一系列绝句改写为现代诗。李商隐有一首这样的诗："日日春光斗日光，山城斜路杏花香。几时心绪浑无事，得及游丝百尺长。"被戴望舒翻译成："春光与日光争斗着每一天 / 杏花吐香在山城的斜坡间 / 什么时候闲着闲着的心绪 / 得及上百尺千尺的游丝线？"两首诗的内涵几乎没有多大的变化，但是，两首诗都是有相当水平的诗，至少在形式上，李商隐"几时心绪浑无事，得及游丝百尺长"本来既可以理解成疑问，也可以是陈述，戴望舒翻译成疑问句了。见戴望舒《谈林庚的诗见和"四行诗"》。

刘禹锡的《秋风引》：

何处秋风至，萧萧送雁群。朝来入庭树，孤客最先闻。

这两首的第三、四句，在语气上就并不是感叹、疑问或否定，而这两首绝句的结构并不显得单调。因为这两首绝句的第一句就是否定或疑问语气。

二、主体对客体的超越

在绝句中第一、二句即用疑问或感叹的情况还是比较少的。比较常见还是在第三、四句语气发生变化。如王昌龄的《出塞》：

秦时明月汉时关，万里长征人未还。但使龙城飞将在，不教胡马度阴山。

这里第四句是否定句，它和第三句合成一个条件复合句。这个复合句，和前面两句所起的描绘客体现实图景的作用不同，是直接抒发主体的感兴的。前两句描绘，后两句抒发（当然前两句中也有某种抒发渗透在内，但主要不是直接抒发；后两句也有某种描绘渗透在内，但主要不是描绘）。后两句是主体对客体的超越。如果没有这种超越，情景交融就可能在同一个平面上。

在中国近体诗歌中，很少像西欧、北美和俄罗斯诗歌中那样，存在大量的以直接抒情为主的作品。它的直接抒情成分一般不占主导地位，而是处于从属地位。在一般情况下，直接抒情的成分是紧跟在对生活场景的描绘之后的。句式上的否定、疑问和感叹不过是从客体描绘转入主体抒发的一种婉转自然的方式。我们前面所揭示的肯定语气和非肯定语气的对立统一不过是一种表层结构。这种现象是由绝句在结构上深层的内在结构，亦即主体对客体的超越决定的。

当绝句从客体的描绘转入主观感情的直接抒发时，疑问、否定、感叹往往比肯定的陈述更带超越性。那些在第三句、第四句变成疑问、感叹或否定的基本上都是抒发诗人内心感情的，带着作者直接抒情的成分。如："但使主人能醉客，不知何处是他乡。""劝君更尽一杯酒，西出阳关无故人。""醉卧沙场君莫笑，古来征战几人回。""羌笛何须怨杨柳，春风不度玉门关。""商女不知亡国恨，隔江犹唱后庭花。""春风又绿江南岸，明月何时照我还。"在抒发诗人内心世界时，疑问句、感叹句和否定句显示出特殊的作用。这种作用是肯定语气的陈述句所不及的。例如贺知章的《咏柳》：

碧玉妆成一树高，万条垂下绿丝绦。不知细叶谁裁出，二月春风似剪刀。

这里明明有答案（"二月春风似剪刀"），可是还是说"不知细叶谁裁出"，对于抒发来说，"不知"要比"知"好得多。否定比直接肯定更带感情色彩。又如白居易的《山下宿》：

独到山下宿，静向月中行。何处水边碓？夜舂云母声。

虽然第三句是疑问句，可第三句和第四句并不能说就是直接抒发诗人内心世界的成分。但是这里用了疑问句："何处水边碓？"是用有声来衬托"静向月中行"中的"静"的。为了写静，却用遥远的水碓之声来反衬（如果在身边，就该知道声音的确切来处了），水碓之声，打破了宁静，更显得宁静了。既然那遥远的水碓之声都可以听到，自然是月下的客观环境异乎寻常地静的结果。这里如果不用"何处水边碓"的疑问语气，而用肯定语气"忽闻水边碓"，韵味就差得多了。这是因为用疑问语气能把处于宁静的客观世界中主观心灵的轻微的震颤表现得细致。这样就使本来不是直接抒发的诗句带上层次转换性色彩。在这里，疑问句的委婉、含蕴是肯定句所不能企及的。同样的，表现远戍边塞的战士塞上的感受要更带主观抒发的特点。表示后来人对陈后主亡国的惨剧无动于衷，用"商女不知"要比正面写其漠然之感更有独到之处，而且抒情意味也深长得多。

当然，句法上的否定疑问感叹，不是艺术结构在统一中求变化的唯一表现形式。当第三、第四句转入抒情时用肯定句的也不乏其例。如王之涣的《登鹳雀楼》：

白日依山尽，黄河入海流。欲穷千里目，更上一层楼。

"白日依山"，在西；黄河入海，在东。如此广阔的空间均在眼底，是写鹳雀楼之高。这是客观事物的观照。以下二句，转入主观感情的超越性抒发："欲穷千里目，更上一层楼。"诗人自觉对于自己无限广阔的心界来说，眼界的高远还不够满足。他用追求更高的精神境界来否定已经很高的物理的客观高度。这里虽然没有用否定句，却是一种没有否定的否定（也就是对已经肯定的突破），内容的层次提高了。如果不用直接抒发，一味描绘下去，不但精神层次难以递进，结构也不免平板了。

在这里值得注意的是，如果没有高楼的描绘，"更上一层楼"的超越，就无以附丽；如果光有高楼的描绘，没有追求更高境界的超越，则作品的思想境界不能充分展示。观照和超越是互有区别的，同时又是互相联系的。岑参《过碛》曰：

黄沙碛里客行迷，四望云天直下低。为言地尽天还尽，行到安西更向西。

王之涣转入超越，用心胸的高度来否定楼台的高度，这里岑参转入抒发是用无限的向西，向西，来否定前面的"地尽天还尽"。贾岛《渡桑乾》曰：

客舍并州已十霜，归心日夜忆咸阳。无端更渡桑乾水，却望并州是故乡。

这和《过碛》的构思方法是同样的，是属于一种没有否定的否定的构思方式：在并州已经感到家乡够遥远的了，待到向更远的地方去时，这时并州却像故乡一样值得留恋了，更远否定了远，他乡转化为故乡。这种层次超越了心境，在第三、四句中也是用抒发来直接表达的。

凡此种种都得力于后面两句用直接抒发来开拓境界，以更广阔的空间、更高的精神境界来超越前两句的有限性。善不善于用直接抒发来超越，往往能看出艺术水平的高低，例如同样表现思乡情绪的作品，贾岛有《客思》：

促织声尖尖似针，更深刺著旅人心。独言独语月明里，惊觉眠童与宿禽。

柳宗元有《与浩初上人同看山寄京华亲故》：

海畔尖山似剑芒，秋来处处割愁肠。若为化得身千亿，散上峰头望故乡。

同样的主题，连比喻都有点类似（以促织之声比作针尖刺旅人之心，以海畔之山比作剑芒割旅人之愁肠），光看前面两句，在艺术上很难分出高下。看到第三、第四句，差别就显出来了。贾岛仍然停留在观照景物的层次上："独言独语"，"惊觉眠童"。所用形象仍然不出听觉范畴。后面两句形象和思想仍然停留在前面两句的深度上，没有明显的递进，实际上是重复了前两句已经展开的感知。柳宗元则不然，第三、四句转入超越性抒发，从现实的描绘转入想象的虚拟："若为化得身千亿，散上峰头望故乡"，从外在景象的描写转入感情的狂想，形象的深度大增，感情的境界大开。有才与无才，才大与才小往往在此处可窥一斑。才疏者往往在第三句拘泥、执着、局促，才高者往往于第三句排开新宇。元朝诗人杨载在《诗家法数》中谈到诗的起承转合的"转"，说："绝句之法，要……句绝意不绝，多以第三句为主，而第四句发之……承接之间，开与合相关，正与反相依，顺与逆相应……大抵起承二句困难，然不过平直叙起为佳，从容承之为是。至如宛转变化工夫，全在第三句，若于此转变得好，则第四句如顺流之舟矣。"①古人在实践中之所以感到第三、四句的"转"对于全诗结构的关键性作用，就是因绝句结构的深层要超越表层，才能形成一种立体性结构。绝句在古代是不分行的，近代以来，受西欧、北美的诗歌的影响，分为四行。其实，按西方十四行诗的书写方式，是分层次的：或三行一节，或四行一节，最后则是四行一节。如果严格按这个原则，则绝句的现代分行书写，分为笼统的四行一节，似乎并不妥当。第三句是开合、正反的转折，故当为两节，每节两行。如王昌龄《出塞》（其一），应该这样分为两节：

秦时明月汉时关，万里长征人未还。

但使龙城飞将在，不教胡马度阴山。

杜牧的《夜泊秦淮》则当为：

烟笼寒水月笼纱，夜泊秦淮近酒家。

---

① 何文焕辑《历代诗话》（下册），中华书局1981年，第732页。

商女不知亡国恨，隔江犹唱后庭花。

依此类推，则律诗的书写也应该是首联两句一节，含联和颈联四句一节，尾联两句一节。

三、纵深结构中的“意”和“境”

肯定了否定、疑问、感叹在描绘转入抒发中的作用，但并不是说四句都是肯定句、都是描绘的就不可能达到较高的艺术水平。四句都是肯定句的，都是观照式描绘的，可能在全部绝句中占一半左右①，其中也有不少名篇，如柳宗元的《江雪》：

千山鸟飞绝，万径人踪灭。孤舟蓑笠翁，独钓寒江雪。

这是一首押仄声韵的古绝，虽然平仄有些特殊，但是仍属绝句范畴。四句都是肯定语气，没有语气的变化。但是从内容上看，这中间另有一种变化。这里第一句和第二句，写“千山”“万径”杳无鸟迹人踪。在广阔的视野上一片空寂，在茫茫大江之上，一切生命的痕迹被大雪所淹没，只剩下一片空旷而寂静的空间。而第三句、第四句则仍用描绘点出，在这异常空旷的面积上出现了“孤舟”和“独钓”的小点。这似乎是以微小的“有”否定了大面积的“无”，但是这里的人和舟是“孤”而且“独”的，极其细微的形象，不但没有打破画面上空寂的统一性，反而衬托得它更加空寂了。

这是绝句的艺术纵深结构统一性中的变化，是一种很深刻的艺术的内在规律的体现。柳宗元笔下的大自然，是这样清静，这种清静是柳宗元的独特感受，带着柳宗元当时的性格特点。客观世界清静，就是所谓“境”，而主观上享受孤独就是所谓“意”。这二者的统一，不是像在西欧和俄罗斯诗歌中常见的那样统一在感情的直接抒发上，而是统一在客观场景的直觉观照上。中国的绝句很少有四句都是直接抒情的作品，但是四句都是描绘客观场景的作品却是大量存在的。在这种作品中，描绘客观世界和直接抒发主观感情的矛盾，不是表现为我们在前面所说的那样，两句描绘，两句抒发；而是像柳宗元的《江雪》这样，主要采取主观的感情渗入客观图景之中的手法。绝句中大量的这类作品构成了没有直接抒发的抒发风格。这种把抒发融入描绘之中的艺术传统与我国古典文学批评中意境的概念有很密切的联系。意境，往往不是那些直抒胸臆的作品的长处。意境讲究的是含蓄蕴藉，直抒胸臆的作品则往往以激情的夸耀见长（像李白的某些七言、古风歌行）。意境，产生于一种客观形象与主观感情在纵深结构中的交融关系。构成意境的关键在于正确处理意与境的矛盾，亦即主观与客观的矛盾和交融。意，在纵深结构中，不能离开境而赤裸裸地存

① 根据我对《唐绝句选》一书的统计推测。

在（除非是以直抒见长的作品）；境，不能没有意的渗透。开头引用的杜甫的那首绝句为什么不属于杰出作品之列，我们很难从他的生活和思想上找到根源，偏颇出在他对绝句结构的规律的掌握上，他过分着重描绘，过分偏向于境，而忽略了在形象结构之间的意。缺乏主体层次超越，因而结构缺乏纵深感。“两个黄鹂鸣翠柳，一行白鹭上青天。窗含西岭千秋雪，门泊东吴万里船。”客观世界的形象（即“境”）自然是很鲜丽的，但主观世界的“意”，却未在纵深上突破。这在结构上也看得出来。四句都是同样的描绘，在描绘中缺乏错位，因而没有多少回味的余地。从句子形式上看，两个对子，四个肯定句，也显得平板。

但是这并不是说，用四个肯定句构成的绝句，命中注定要有这样的局限。意对境的纵深突破，它们之间的辩证关系和表现形式不是机械的，而是丰富多彩的。意（主观感情的超越）和境（客观生活的描绘）的交融，往往采取好像没有变化的变化的形式。许多在艺术上达到高度水平的绝句，即使全部写客观世界，也总是很单纯、很明朗，同时又含蕴深广，构成了单纯而丰富、富于纵深感的意境。例如杜牧的《秋夕》：

银烛秋光冷画屏，轻罗小扇扑流萤。天阶夜色凉如水，卧看牵牛织女星。

在“银烛秋光”“天阶夜色”的背景上，一派宁静气氛，“轻罗小扇扑流萤”则是一种动态。先写年轻女子无忧无虑的天真、无名的欢乐，这种欢乐是表层的，而到了“卧看牵牛织女星”迅速又转化为宁静、若有所失的沉思，这才进入了深层。在这种动和静的迅速转换交替中，在表层向深层的递进中，诗人窥见了这个贵族女子（嫔妃）觉醒的青春，在不知不觉的感触中流露出对幸福的爱情的向往和淡淡的哀愁。境界虽有动静的转换，但暂时的动更加衬托出宁静气氛的延续之久。[①]意境就成了情感立体结构。表层无忧无虑的“扑流萤”正好衬托出深层“卧看牵牛织女星”的默默心事。没有总体宁静中的动静制宜，如一味写动或一味写静是很难构成这样纵深的意境的。

岑参的《武威送刘判官赴碛西行军》则属于另一种类型的纵深意境构成方法。它主要不是依靠动静关系的转换，而是依靠视觉和听觉形象的交替转换：

火山五月行人少，看君马去疾如鸟。都护行营太白西，角声一动胡天晓。

这里四句都是描绘，又都是肯定句。前三句都是视觉形象：在空旷荒寂的视野上迅速远去逐渐消失的马。第四句突然转化为“角声一动”，好像银幕上突然插入打破无声境界的“画外音”，使得广阔空间的视觉形象和听觉形象在两个维度上交织起来，构成了一种立体的悲凉而慷慨的意境。如果没有听觉形象的介入，就可能单调了。王昌龄的《从军行》则

① 刘禹锡“境生象外”，说的是感人的力量在具体的形象之外，或者说是之间。宗白华认为意境不是“单层的平面的自然的再现”，而是一种“深层创构”。故意境的力量，不在形象本身，而在形象之间的空白中，亦即虚实互动的结构中。

相反，是从听觉形象转换到视觉形象上来：

琵琶起舞换新声，总是关山旧别情。撩乱边愁听不尽，高高秋月照长城。

一个维度是听觉形象：一曲又一曲的关山离别之曲，引起心绪的“撩乱”。另一维度则突然转化为望月的静止的视觉，表现了战士在听曲时一刹那的心灵的纵深悸动：听厌了别离之曲，抬头凝视天上的月亮，却仍然出神了（因为月亮逗人想到家乡），这一刹那的出神使感情深层的奥秘有所显露。正是这样的二维动态结构才经得起欣赏。如果光写听觉形象，是不可能有这样意境的。

李商隐的《霜月》在意境上的创造性则在于动员了听觉、视觉和触觉。

初闻征雁已无蝉。

这是写听觉静：天上的雁叫都可以听得见。

百尺楼高水接天。

这是写视觉的空明旷远。

青女素娥俱耐冷。

这是写触觉之寒。

月中霜里斗婵娟。

这是视觉的凄凉和触觉的寒冷的综合。

王建的《唐昌观玉蕊花》：

一树笼松玉刻成，飘廊点地色轻轻。女冠夜觅香来处，唯见阶前碎月明。

这里四句描绘，第三句从视觉转入嗅觉，第四句又从嗅觉形象转入视觉形象。女道士无意中闻到香气，待去找寻这种缥缈的暗香时，却首先被月下的花影吸引。这种沉入暂时忘情的描绘构成了层层递进的意境。

当然，也有整首都是用听觉形象构成意境的。如司空曙的《发渝州却寄韦判官》：

红烛津亭夜见君，繁弦急管两纷纷。平明分手空江转，唯有猿声满水云。

整首主要是描绘声音的，只有听觉形象。为什么不感到单调呢？因为这里有一种内在的纵深变化在起作用。繁弦急管构成表层热闹繁忙的欢乐气氛，而白云猿声却是一种在表层以下的凄凉的情调。这种表层结构和深层结构的对称衬托出离别的分外凄楚，这就构成了这首诗的整体意境。通常我们习惯于把意境理解为“情景交融”的平面结构，只局限于可感的形象，没有形象的对称结构中反衬的张力，则可能“表里如一”，谈不上什么司空图的“象外之象”的纵深意蕴了。而没有纵深层次，也就没有意境了。意境总是离不开隐含着的变化和转换的，因而有四句都是凭借视觉形象构成意境的，如韩愈的《盆池》：

瓦沼晨朝水自清，小虫无数不知名。忽然分散无踪影，惟有鱼儿作队行。

小虫之微，易于受惊而突然变化，和鱼儿（它比起小虫来是庞然大物了）之大，处变不惊的形象相反相成，写出了池之小而静，水之清而明，这种清静的意境是从倏忽动乱中显示出来的。诗歌的形象，是一种想象形象，想象的优势性除了自由组合以外，还有自由地超越和飞跃，这种飞跃和超越不仅是广度上的拓展，而且是深度上的突进。雨果说："想象就是深度……没有一种精神机能比想象更能自我深化，更能深入对象，这是伟大的潜水者。"

当然以广度和深度互相垂直的形象结构表现单纯而丰富的意境的途径是多种多样的。许多怀古的作品采取空间环境的不变和时间的迅猛变化的对称来构成心理的立体结构，从而显示情感的层次。如刘禹锡的《石头城》：

山围故国周遭在，潮打空城寂寞回。淮水东边旧时月，夜深还过女墙来。

包佶的《再过金陵》：

玉树歌终王气收，雁行高送石城秋。江山不管兴亡事，一任斜阳伴客愁。

刘禹锡的《乌衣巷》：

朱雀桥边野草花，乌衣巷口夕阳斜。旧时王谢堂前燕，飞入寻常百姓家。

韦庄的《台城》：

江雨霏霏江草齐，六朝如梦鸟空啼。无情最是台城柳，依旧烟笼十里堤。

这里强调的是空间自然景物（"旧时月""斜阳""堂前燕""台城柳"）没有变化，而在时间上人事却惊人地变化了，往日的人文景象一去不复返了，心理时间很短，物理时间很长，发生了错位，这种立体的时间直觉不仅用于政治上的吊古，而且用于人情的怀旧。如张泌的《寄人》：

别梦依依到谢家，小廊回合曲阑斜。多情只有春庭月，犹为离人照落花。

还有崔护的《题都城南庄》：

去年今日此门中，人面桃花相映红。人面不知何处去，桃花依旧笑春风。

可见这种方法用得很广泛，而且产生了许多艺术珍品。其构成意境的特点和我们前面讲的句法变化以及从描绘转入抒发有些不同。它的变化是表现在形象本身的纵深内涵中的，这种内涵本身的表层和深层结构，由于广泛地大量地存在，已经成为一种格式。而这种格式，正是绝句的意境所要求的结构的统一和变化，这种变化往往在前两句和后两句之间，可以说，绝句的标准结构，是一种二段式结构，前两句是一段，后两句是一段。在内涵上，在形式上，虚实、正反相生。这种格式的艺术珍品形象比较明净，内蕴比较丰厚。

但是在绝句中还有一类达到了很高的意境，却没有我们上面指出的那些结构上的特点。例如王维的《白石滩》：

清浅白石滩，绿蒲向堪把。家住水东西，浣纱明月下。

四句都是陈述语气的肯定句，都是描绘客观事物的。既没有否定、疑问、感叹的变化，也没有用借助形象纵深的变化把描绘和抒发结合起来。但是它仍然是很动人的，仍然属于那种流传百世能够获得广泛喜爱的杰作之列。它以白石作衬，写出滩水之“清浅”，“绿蒲”“堪把”，正是水之不盛的表现（如果水盛，堪把的绿蒲就被淹没了）；浣纱月下，则显出水之洁且净。这种写法纯用白描，靠精选的意象触发读者的联想。表面上似乎是朴素的叙述，实际上是异常生动的直觉。这类作品的风格，与一般绝句似乎不同，它好像没有绝句那样的文采风流，没有绝句那样的情感纵深结构。它似乎更接近于古风的浑然一体。我们仔细考察一下这首诗的平仄，就可发现这是一首押仄声韵的“古绝”。它并不像绝句那样严格遵守平仄规律，在格律上比较自由，同时它在结构上没有绝句那样丰富的内在纵深层次和外在语气变化。因而在风格上它带着古风的浑朴的特点。任何一种艺术品种和其兄弟艺术品种总是有区别的，但是这种区别又总是相对的。像王维的《白石滩》这样的作品，它既有绝句的成分，同时又有古风的成分，因此它属于绝句中血缘比较接近古风的一类。而这种绝句之所以接近古风，原因不是不可捉摸的，而是有其规律性的，这就是它除了在格律上有某种古风式的自由以外，还在结构上不讲究语气变化。值得注意的是这类作品多为五言，在绝句中（在律诗中也一样）五言总要比七言古朴一些。要求七言绝句写出古朴的风格来是不可想象的。这方面还有更细致的规律值得我们去深入探讨。

中国古典诗歌节奏的内在矛盾和艺术生命的历史发展

马克思说过：印刷术发达了，以歌谣、传诵的希腊神话并没有“结束”，“困难”在于它仍能给我们以“艺术的满足”，甚至“当作规范，高不企及的模本”。对中国古典诗歌的解读遇到同样的“困难”。五四新诗取代了古典诗歌，以语言形式的解放实现思想、情感和想象的解放，现代诗学家大多以英语的“轻重律”和法语诗的“半逗律”为准则，近百年来诸说并出，皆难以完全解释中国古典诗歌节奏千年不朽的奥秘。尚须以辩证的方法论，从节奏的内部矛盾分析和揭示其发展变革的动力。

一、音步说和音顿说的困惑

为揭示中国古典诗歌特别是其韵律不朽的艺术奥秘，耗费了几代学人的才智。诸家之说大体可分为两类，其一，按英语的音步说，以轻重交替、抑扬格、扬抑格等为格律准则；其二，取法语的音顿说，以音节数量整齐为准则。先驱学者更多接受的是英美音步理论。陆志韦、吴宓都试将英诗之轻重解读平仄，刘大白则直接主张“弃去平仄和曲折底标准，而改用轻重底标准。以平为重音，仄为轻音，相间相重构成抑扬律”[①]。

但是，汉语之平仄和英诗之轻重凿枘难通。因而乃有主张应依法诗之“音顿”，以诗行音节数量的整齐为准绳。梁宗岱说：“汉诗的节奏感在停顿，而法诗也是由顿和韵脚造成节律，法诗的节奏以‘数’，而不以重音为主。”[②] 所谓“数”就是音节数量的整齐，“不以重

① 刘大白《中国旧诗篇中的声调问题》，郑振铎编《中国文学研究》(上册)，上海书店1981年，第34页。

② 梁宗岱《论诗》，《诗与真·诗与真二集》，外国文学出版社1984年，第37页。

音为主”，因为法语的重音都在最后音节，不像英语之重音多变，且有区别词义之功能，故“中国文字的音乐性与法诗较为接近”。[①] 朱光潜也说：“中国诗的顿所产生的节奏很近于法诗顿。”[②]

早在 1919 年，胡适指出中国古典诗歌节奏不在平仄，而在于“顿挫的段落”，提出“音”和“节”的区别，“节”是双音，“音”是单音，则是“半节”。七言的如“江间——波浪——兼天——涌”（三节半）。当双音的“节”与词义和语法发生矛盾，胡适让韵律性质的“节”顺从词汇意义，将单音作为“半节”。如十一言的“王郎酒酣拔剑斫地歌莫哀”“我生不逢柏梁建章之宫殿”，本来按两字一“节”，“歌莫哀”应该读作“歌莫——哀”，“之宫殿”应该读作“之宫——殿”，但“歌莫”“之宫”，节奏与词义和语法矛盾。胡适让节奏服从词汇意义，将单音的“歌”和“之”作为“半节”。[③] 这种变通，既突破了所谓两字一节作为规律的统一性，又不符合吟诵的实际：“歌”和“之”并不如双音的“节”一样延时和停顿。

虽然如此，胡适在“小心求证”时，没有回避另外一种矛盾。如“又——不得——身在——荥阳——京索——间”，因为“又”出现在句首，如按两字一节读下去，就成“又不——得身——在荥——阳京——索间”，这就完全不通了。胡适不得不把开头的“又”和最后的“间”一起叫作“破节”。但是，对于同样出现在句首的单音字，如“终——不似——一朵——钗头——颤袅——向人——欹侧”（六节半）[④]，这个“终”和前面的“又”都在句首，性质上是一样的，却不叫“破节”，还是叫它“半节”。从理论上说，违背了理论系统必要的自洽性。

胡适对后人很有影响，何其芳继承了他分节的精神，在《关于现代格律诗》中，进行了两点变革。第一，不取音节本身，以音节“时间大致相等”的“停顿”为“顿”。提出五言为三个相同的“顿”，七言为四个相同的“顿”。第二，完全取消了“半节”和“破节”，即使是单音也同样是一“顿”。他以白居易的《琵琶行》为例，来划分七言四“顿”：

浔阳——江头——夜送——客，枫叶——荻花——秋瑟——瑟。

本来，五七言以三言结尾为吟咏调性。最早出于钟嵘《诗品序》论五言诗歌，说“词赋竞爽，吟咏靡闻”[⑤]，第一次以三字尾的吟咏调性与散文二（四）言结尾的辞赋对立。意在

---

① 梁宗岱《论诗》，《诗与真 · 诗与真二集》，外国文学出版社 1984 年，第 43 页。

② 朱光潜《诗论》，三联书店 1984 年，第 180 页。

③ 胡适《谈新诗——八年来一件大事》，《中国新文学大系 · 建设理论集》，上海良友图书印刷公司 1935 年，第 304—305 页。

④ 胡适《谈新诗——八年来一件大事》，《中国新文学大系 · 建设理论集》，上海良友图书印刷公司 1935 年，第 306 页。

⑤ 曹旭《诗品集注》，上海古籍出版社 2020 年，第 14 页。吟咏调性之论，容下文详说。

《楚辞》脱离了乐曲，涌现了大量三言结构，不像《诗经》音乐性融化了两个二言的单调和章间四言的复沓。《楚辞》纯粹以语言构成节奏，乃有了个人化的长篇精神传记《离骚》，这是古典诗歌乐曲节奏一次意义重大的转化。汉魏五言诗，则将散出的三言结构固定置于句尾，构成吟咏调性，与散文体的双字（二言）结尾的赋作为对立面。五言吟咏调性范式的确立，不但为建安风格而且为五七为主的盛唐气象提供了形式基础，这是古典诗歌第二次历史意义重大的变革。

何其芳回避了“半节”和“破节”，将三字结尾拆为两顿，标准为“每顿所占的时间大致相等”，但最后一顿，只有一字，时值并不相同。节奏之美，在于语音在有规律的变化中反复。音乐的旋律来自于声音高低、长短有规律的重复中变化。停顿只是拍子，并不是旋律，其实，每行四顿，并不是七言诗吟咏调性的特点。如，在七言诗行的三言结尾中加上一个音节：

浔阳——江头——月夜——送客，枫叶——荻花——秋风——瑟瑟。

三言结尾变成双言，同样是每行四顿，调性变成了说白性质，可见“顿”的划分在这七言诗面前已经不住检验，对于词和曲以及民歌的长短句式，并没有相同的“顿”，何其芳干脆宣布：词除少数上下阕对称的以外，“它的节奏根本无规律可寻”①。要害在于，节奏的艺术不在几个顿的统一，而在统一中的变化，单纯中的丰富。胡适和何其芳完全没有接触到古典诗律还与汉语的平上去入的差异密切相关。正是差异和矛盾推动了古诗向近体诗的高度发展。

二、平仄交替、相对、相粘建构的历史进程

近体诗格律的建构，经历了曲折、漫长的历史实践才达到理论自觉。

5世纪末永明年间，沈约等人开始探索汉语的四声说，“以平上去入为四声，以此制韵，不可增减”，他这样阐释在统一中变化的节奏艺术理论：

使宫羽相变，低昂舛节。若前有浮声，则后须切响。一简之内音韵尽殊，两句之中轻重悉异。②

在这以前，楚辞骚体杂言、汉魏五言，都只有词语音节节奏和押韵，没有声调平上去入的调节，那时只有韵律，没有“声律”。四声发现后，人们就感到魏晋大家缺乏平上去入统一中的变化。沈约作为音乐家，乃以“宫羽”等音乐术语代之。《南史·沈约传》说他为

① 诗刊社编《新诗歌的发展问题》（第三集），作家出版社1961年，第254页。
② 沈约《宋书》（第三册），中华书局2017年，第1778页。

"四声谱"，宣称"在昔词人，累千载而不悟，独得胸襟，穷其妙旨"。四声入律，突破了整齐音节的表层，突显了声律抑扬之变，迅速形成了某种狂热的追求。甚至颇为复杂的"蜂腰鹤膝"，都"闾里已甚"①。四声律为中国古典格律建构历史前沿，但带来的问题也是空前的。首先，沈约作为音乐家，他的四声说之所以烦琐，是因为借用了音乐的"宫羽"范畴，而此时的五言诗，如钟嵘《诗品》中说的"今既不备于管弦"②，只能全以语言的韵律，要比乐曲单纯得多。其次，中国古典诗歌在建构格律的使命面前，遇到的困难比之拉丁语、英语民族要大得多，西欧建构十四行诗律，轻重音、长短音、二元对立是现成的，而汉语按现成的平上去入却是四元分立。沈约要求的"音韵尽殊""轻重悉异"，就是照搬了现成的四声之异。还得防范平头、上尾、蜂腰、鹤膝之类。对于创作实践来说，是太复杂，太艰难了。

何永棠在《永明体到近体》中说：沈约的四声律不是平仄分用，而是"四声分用"，平、上、去、入，每一声都可能与其他三声对立互变，用来建立"平—非平""上—非上""去—非去""入—非入"。③钟嵘在《诗品序》中就指出其风行一时造成的弊端："士流景慕，务为精密，襞积细微，专相陵架。故使文多拘忌，伤其真美。"这么繁复的"拘忌"，连钟嵘这样的精英人士都觉得"平上去入，则余病未能"。④到了唐初，诗人卢照邻进一步批判其"八病爰起，文律烦苛"⑤。四百年后，谢灵运十世孙，僧皎然（清昼）在《诗式》中则更尖锐地指出："碎用四声，故风雅殆尽。"⑥"碎用四声"，要害在"碎"。本来四声入律，旨在统一中求声调变化，达到单纯中的丰富。四声绝对化却把诗篇弄得不统一了。三百年的时间，四声为律说，经受了反复的争议，猛烈的批判。介入批判的还有日本的遍照金刚，认为四声律带来的禁忌有"八体、十弊、六犯、三疾"，竟达"二十八种病"。⑦

钟嵘以为不用这样烦琐，只要"清浊通流，口吻调利"就是"真美"了。其实，这还是汉魏建安风骨的精神，这样的"真美"在性质上属于直接抒情。钟嵘所批评的"务为精密，襞积细微，专相陵架"，连列入上品的谢灵运也是"尚巧似，而逸荡过之，颇以繁芜为累"。⑧所谓"专相陵架""尚巧似""繁芜为累"已经不仅关乎声律，而且关乎语言，钟嵘忽略了声律论带来了划时代的诗艺。那就是以自然景观的描摹寄托情感，在艺术上开拓的

---

① 曹旭《诗品集注》，上海古籍出版社 2020 年，第 452 页。"甚"一作"具"。

② 曹旭《诗品集注》，上海古籍出版社 2020 年，第 452 页。

③ 何伟棠《永明体到近体》，广东教育出版社 2005 年，第 187 页。

④ 曹旭《诗品集注》，上海古籍出版社 2020 年，第 452 页

⑤ 卢照邻《南阳公集序》，《卢照邻集》，中华书局 1980 年，第 71 页。

⑥ 何文焕辑《历代诗话》（上册），中华书局 2004 年，第 26 页。

⑦ 遍照金刚《文镜秘府论校注》，王利器校注，中国社会科学出版社 1983 年，第 396 页。

⑧ 曹旭《诗品集注》，上海古籍出版社 2020 年，第 201 页。

一条间接抒情的新路。王国维在《屈子之文学精神》中说："纯粹之模山范水，流连风景之作，自建安以前，殆未之见，其见景物也，必以自己深邃之感情为这素地，而始得于特别之境遇中，用特别之眼观之。"① 王氏此论实际上说借景抒情的性质不同于建安以前之直接抒情，乃是间接抒情。其实，模山范水，寄情于景，不但有别于建安之前的古诗，而且有别于西欧的直接抒情。这不是偶然的变化，而是矛盾发展的必然。从《诗经》《楚辞》到汉魏古诗到建安风骨，直接抒情发展到极端，走向抽象化、概念化。沈约在《谢灵运传》的评论中说："有晋中兴，玄风独振。为学穷于柱下，博物止乎七篇……莫不寄言上德，托意玄珠。"② 钟嵘在《诗品》中，则进一步点出："永嘉时，贵黄老，稍尚虚谈。于时篇什，理过其辞，淡乎寡味，爰及江表，微波尚传，孙绰、许询、桓、庾诸公诗，皆平典似《道德论》，建安风力尽矣。"③ 孙绰、许询皆被钟嵘列为下品，而桓温、庾亮皆未入品。

刘勰在《文心雕龙·明诗》中总结说："宋初文咏，体有因革，庄老告退，山水方滋。"借自然景观的感性形象，寄托情感，超越了抽象说教，乃是一大历史进步，后为近体诗所继承发扬。到了宋朝，梅尧臣总结为"状难写之景如在目前，含不尽之意见于言外"，成为广泛的共识。

以山水景观寄寓情感以其对感性和想象的冲击力，很快风靡一时，事情很快又走向另一极端，刘勰接着批评："俪采百字之偶，争价一字之奇，情发写貌以写物，词发穷力而追新。此近世之所竞也"。④ 不管是刘勰还是钟嵘，都忽略了南朝诗歌模山范水之时，还普及了对仗的艺术手段。固然在《古诗十九首》中有"胡马依北风，越鸟巢南枝"的对仗句，但只是偶尔一见，当诗人们聚焦注意于声律的同时，对仗才被广泛普及。对仗因为并列，省略句间连接，想象跨越时间和空间，概括力空前扩大，后来成为近体诗基本手段。但过分依赖对仗，造成烦琐的通病。谢灵运的名作《登池上楼》十八句都是对仗。对仗被滥用造成弊端，艺术上的特殊性就被忽略了。故唐近体诗规范只是对对仗大加限制。钟嵘和刘勰另一个更为重大的失误，就是对南北朝时期出现的叙事经典如《陌上桑》《孔雀东南飞》《木兰诗》一概无视；此后，中国古典诗歌叙事诗的历史缺失，与对对仗的优越和不足缺乏分析，造成后世古典诗歌的叙事性完全为抒情所同化。钟嵘从反对华丽词藻的堆砌走向极端，导致最重大的历史性失误，乃是对陶渊明和鲍照的轻忽，把二人列入中品。直到两个世纪以后，陶渊明在唐诗中发生重大影响，雄辩地纠正了这一历史性的错误。

虽然对四声否定的声音如此强大，但是，正面的建设性意见也在不断涌现。早在皎然

① 王国维《人间词话（手稿本全编）》，吴洋注译，内蒙古人民出版社2003年，第248页。
② 沈约《宋书》（第二册），中华书局2017年，第1778页。
③ 曹旭《诗品集注》，上海古籍出版社2020年，第28页。
④ 刘勰《文心雕龙注》（上），范文澜注，人民文学出版社2020年，第67页。

等人之前几百年，梁代的刘滔就发现四声分立，造成了四声平分的印象，他提出在实际创作中，光是在数量上就并不是平分：

四声之中，入声最少，余声有两，总归一入，如“征整政只”“庶者柘只”是也。平声赊缓，有用处甚多。参彼三声，殆为大半。①

这就是说，入声本来就少。“余声有两”，剩下的就是上声和去声。“总归一入”，入声往往多有音而无字，就用上声（如“整”和“者”）和去声（如“政”“柘”）代替。把上声和去声归结到入声一类中去，剩下的平声则是自成一类。刘滔从数量上着眼，虽未能达到仄声范畴的抽象高度，但理论价值是很高的：第一，将四元分立，变为二元对立；第二，在二元对立中并不半斤八两，而是平声占着主导地位，上去入三声合一有顺理成章之势。刘滔的观念潜在量很长一段时期并没有在理论上直线性提升，但是，实践走在了理论的前面。到了一百年后的初唐高宗、武后时期，近体诗以沈佺期和宋之问为代表，平与非平对立的经验已经不言而喻，只是在理论上还没有抽象为与平声相对的仄声范畴。有个不起眼的小诗人元兢，在《诗髓脑》以自己的诗为例说到自己的“换头法”：“平声为一字，去上入为一字。”②至盛唐时期的王昌龄在《诗格》中说：“上去入声一管，上句平声，下句上去入。”③上去入三声合一的经验性似已成普遍共识。“上去入”抽象为仄声范畴还要等待差不多一百年，殷璠在《河岳英灵集》的序中责难魏晋诗歌：“或五字并侧，或十字俱平。”④这里的“侧”，就是“仄”，“仄声”作为基本理论范畴才算确定下来。平仄交替就成了近体诗律稳定千年的规范。

中国古典诗歌的近体诗平仄讲究与英诗的轻重交替，不约而同体现了统一中求变化的艺术规律。但沈约的着眼点不仅在单句，而且在“两句之中轻重悉异”；英诗轻重交替一句定型，全诗各句皆同，只在押韵的模式上与中国的双行押韵不同，而是取 AABB、ABAB、ABBA 的变化。中国近体诗，首句平仄交替，第二句，如果再交替就避免单调，变为平仄相对。如果第三句再相对，则与第一句平仄重复。第四句则与第二句重复。唐人逐渐把永明体偶然出现的相粘的现象化为规则，建构了一联之内平仄相对，两联之间平仄相粘的格律。⑤如五言绝句，平起的平平仄仄平，仄起的仄仄平平仄，在第三句，平平仄仄、仄仄平平交替之时，当中增加一个平声或仄声，变成平平平仄仄，仄仄仄平平。比之英诗在统一

① 遍照金刚《文镜秘府论校注》，王利器校注，中国社会科学出版社 1983 年，第 413 页。

② 张伯伟《全唐五代诗格汇考》，凤凰出版社 2005 年，第 115 页。又见遍照金刚《文镜秘府论校注》，王利器校注，中国社会科学出版社 1983 年，第 56—57 页。二者略有出入。

③ 张伯伟《全唐五代诗格汇考》，凤凰出版社 2005 年，第 36 页。“诗格”是否王昌龄所作有争议，但遍照金刚言其亲手得自王昌龄，为多数学者认同。

④ 傅璇琮等编《唐人选唐诗新编》，中华书局 2019 年，第 158 页。

⑤ 参阅罗宗强《唐诗小史》，百花文艺出版社 2008 年，第 32 页。

中变化更加丰富。

三、五七言诗行：三言吟咏调性和四言说白调性的统一体

关键在于，英语诗歌的音步以轻重音交替构成音步每行顿数等同。我们的节奏生命并不在音节的等同，构成吟咏调性的三字尾与前之双言在音节上并不等同。试削减开头两字：

时节雨纷纷，行人欲断魂。酒家何处有，遥指杏花村。

七言变成五言句式，吟咏调性没有变化。再取消前两字。变成三言：

雨纷纷，欲断魂。何处有，杏花村。

吟咏调性仍然没有变化。这就是说，不管减少多少字，只要保持最后的三言结构，就能保持着吟咏调性不变。甚至对每行音节加以不等的调节，如：

时节雨纷纷，欲断魂。酒家何处有，牧童遥指杏花村。

音节完全不相等了，而吟咏调性仍然没有变化。可见，古典诗歌的音乐性和音节相等没有关系。只要保持三言结构，吟咏调性就不变。就是在它前面增加多少字，也不改变其吟咏调性。以一首民歌为例：

山歌好唱口难开，林檎好吃树难栽。白米好吃田难种，鲜鱼好吃网难抬。

另外一体是这样的：

谁人叫你山歌好唱口难开？谁人叫你林檎好吃树难栽？谁人叫你白米好吃田难种？谁人叫你鲜鱼好吃网难抬？

如果把句末的三言结构变成四言结构：

山歌好唱巧口难开，林檎好吃树苗难栽。白米好吃水田难种，鲜鱼好吃麻网难抬。

只要保存结尾的四言结构（二言结构），增加和减少字数，同样也不会改变其道白调性。

由此可见，中国古典诗歌节奏艺术的奥秘，其实就在一行七言诗当中。其全部生命就是四言结构加三言结构。当四言结构在前，三言结构在后，则为吟咏调性，三言结尾是五七言的节奏的生命。它具有相当大的弹性，它可以变为五言、九言、十一言，甚至更多，都不改变结构的吟咏性。将三言结尾改为四言结构（对于五言来说是双言）在后，则为道白调性。可以变为六言、八言等，其调性依然不变。

这样的诗句结构，并非凭空产生，而是语言节奏在矛盾中转化的历史积淀。七言诗前面四言结构（对五言来说是双言结构）源自《古谣谚》“断竹，续竹。飞土，逐肉”和《周

易》"屯如，邅如，乘马，班如。匪寇，婚媾"，后来就发展为《诗经》的四言。仍不免单调，《楚辞》中乃有大量的三言丰富之，如："吉日（兮——）辰良，穆将愉（兮——）上皇。"不过三言结构并不一定固定在结尾。虽然如此，但超越了《诗经》的两个二言的复沓单调，对古典诗歌的节奏具有第一次大变革的历史意义。

汉魏五言发展到五七言，四言（双言）在前，三言固定在结尾，成为不言而喻的规范。明代胡震亨在《唐音癸签》中说："三百篇四言定体，间出二三五六七言"，"西汉诗五言定体，间出二三四五六七言"，"凡句减于三字则喑"。① 这是古典诗歌第二次艺术上重大的发展，奠定了千年的五七言诗歌的基本范式。

至于四言发展为六言，也有绝句，有杰作。王维的《田园乐》被认为是六言绝唱："桃红复含宿雨，柳绿更带朝烟。花落家童未扫，莺啼山客犹眠。"此类六言绝句甚少，可能是三个二言的重复，在性质上和《诗经》同样单调，但其优长先在骈文中，后来发展到散文中，四六句得到长足的发展。

四言和三言各有其节奏的特点，足以代表汉语的音乐性的两个要素。故妇孺皆知的《三字经》为三言："人之初，性本善。性相近，习相远。"四言结构成为说白调性的基础，家喻户晓的《百家姓》为四言："赵钱孙李。周吴郑王。冯陈褚卫。蒋沈韩杨。"汉语的谚语则大都是三言结尾的，如：浪子回头金不换，有缘千里来相会，兔子不吃窝边草，不到黄河心不死。有些话语本来就是诗句，如：近水楼台先得月，月到中秋分外明。而成语则基本是四言的，这就更丰富了，以马字为例，就不下三十语以上：马到成功、马不停蹄、马革裹尸、一马当先、老马识途、汗马功劳、万马齐喑、盲人瞎马等。成语比之谚语，为什么如此丰富？因为成语的四言节奏，道白调性接近散文，骈文就是以四言和六言为基础的，与以三言为基础的诗，遥遥相对。

四、三字尾结构的强制性和半逗律

当然，对前驱的探索的历史经验和教训不可轻忽。遵照英语格律，以轻重对立为音步原则，近体诗的四言应该类似抑扬格、扬抑格，重轻对立为一基本单位，而不当是两个相同的平声和仄声为基本单位。四言的平平仄仄相对，才是一个音步。三言结构对应于抑抑扬格或扬抑抑格，照此原则，三言结尾当是仄仄平和平平仄为基本节奏单位，而不是分割成一个半节或者两个顿。类比推理，不能完成论证，必须回到五七言的典型诗作中做严格

① 胡震亨《唐音癸签》，上海古籍出版社 1981 年，第 30 页。

的验证。杜牧《清明》可做这样的分析：

清明时节（平平仄仄）——雨纷纷（仄平平），路上行人（仄仄平平）——欲断魂（仄仄平）。

如果要讲顿，应该是四言轻轻重重，或者重重轻轻（两抑两扬，两扬两抑）交替为一顿，三言则是轻轻重，或重重轻（两抑一扬，两扬一仰）为一顿。两顿之分恰在句中。

从这个意义来说，林庚提出的“半逗律”，比之胡适和何其芳的“节”和“顿”更有道理。林庚说：“每个诗行的半中腰都具有一个近于‘逗’的作用，我们姑且称这个为‘半逗律’，这样自然就把每一个诗行分为近于均匀的两半；不论诗行长短如何，这上下两半相差总不出一字，或者完全相等。”[①] 就是何其芳所举的《琵琶行》，也一样符合半逗律：

浔阳江头——夜送客，枫叶荻花——秋瑟瑟。主人下马——客在船，举杯欲饮——无管弦。

林庚的半逗律出自法语诗：法国格律诗不讲究音步，却很讲究诗行单位音节数量的整齐。法国古典诗歌的基本形式为亚历山大体，其特点是每行十二音节；最基本的形式是在中间有一个停顿，将十二音节分成前后各六个音节。[②] 这就是“半逗律”。

近体诗的二分格律与法语半逗律息息相通。但是，问题的另一面是中国古典的五七言诗行的四言（二言）加三言，虽为半逗，但是，并不如法语诗歌十二音节半逗为前后六个音节平衡，中国的五七言诗结尾的三言是固定的，不自由的，前面的四言（双音结构）则有很高的弹性。在古风歌、行、吟、引、操和民歌等中，不乏在音节数量上数倍于固定的三言结尾之杰作，比如李白的“危乎高哉，蜀道之难难于上青天”，在三字尾“上青天”之前，多达十个音节；又如“弃我去者昨日之日不可留，乱我心者今日之日多烦忧”，在三字尾“不可留”“多烦忧”之前多达八个音节，并未影响其吟咏调性。

在明清民歌中这种自由度得到更大的发挥：

姐儿哭得幽幽咽咽一夜忧，哪知你恩爱夫妻弗到头？当初只指望山上造楼、楼上造塔、塔上升梯升天同到老，如今个山迸、楼坍、塔倒、梯横便罢休。

这里的句子有长有短，最长的一句竟达二十二言，顿数完全不同，但是每句结尾分别是“一夜忧”“弗到头”“同到老”“便罢休”，有了三言结尾，节奏就保持着吟咏调性，音节在数量上就不平衡了，这就不能说是“半逗”了。

由此可见，五七言诗不管是绝句、律诗，还是古风歌行，其吟咏调性完全在三言结尾。

---

① 林庚《新诗的建行问题》，《新诗格律与语言的诗化》，经济日报出版社2000年，第45—46页。

② 法语亚历山大体的半逗律，诗行中间有一个停顿，布瓦洛的《诗的艺术》就从理论上规定“六个音节，半句诗，中途宜停顿”。见董鸿毅《法国的亚历山大体》，《外国文学研究》1987年第1期。

其不可分割的节奏的强制性有时超越词汇意义。胡适将三言结构分为一节半，何其芳将之分为两个顿，是探索的历史性失败，原因之一是未能将古典诗歌的发展的动力归结于内在矛盾、转化的系统，之二是对于中国古典诗话、词话、曲话探索的学术资源，几乎毫无涉猎。

其实早在宋朝，魏庆之《诗人玉屑》就注意到三字结尾与语法结构的矛盾，举出五言诗“野店寒无客，风巢动有禽”，从语意逻辑言，是因为“野店寒”而“无客”，鸟巢在风中动了，才知有禽鸟。但按格律节奏只能读成：“野店——寒无客，风巢——动有禽。”七言诗，如杜甫的“永夜角声愁自语，中天月色好谁看”[①]，按三言结尾的强制性，第一句读成“永夜角声——愁自语”还算自然，第二句读成“中天月色——好谁看”，就很生硬。

明末清初诗话家黄生在《诗麈》中对这种现象进行了系统分类。他把五言诗按逻辑语意，除了没有矛盾的上二下三以外，不管语义如何都保持三字尾者，分成七类，总体说来与语意逻辑矛盾得不太尖锐。但是，像“月傍——九霄多”“贝叶——梵书能”，[②]三字结尾吟咏调性的强制性扭曲了语意逻辑。其实，还有比黄生所举更明显的，如杜甫的诗“黄山四千仞，三十二莲峰”，上句读成“黄山——四千仞”很通顺，下句“三十二莲峰”只能读成“三十——二莲峰”，这个“二莲峰”就把语义严重扭曲了。其实，早在明朝，胡震亨就感到此类矛盾，在《唐音癸签》中就说：

> 五字句以上二下三为脉，七字句上四下三为脉，其恒也。有变五字句上三下二者……皆蹇吃不足多学。[③]

胡震亨是很有艺术修养的，他发现了矛盾，但仍认为三字结尾是不可动摇的。

三言结尾的强制性诗句超越语法结构，原因是很复杂的。可能不仅是因为语言的节奏，而且与音乐有关系。唐诗并不完全是书面的，特别是绝句，往往就是歌词，是和乐曲联系得很紧密的。三字结尾还是音乐复沓的需要。如王维的《阳关曲》，并不简单地仅仅是四句诗：

> 渭城朝雨浥轻尘，客舍青青柳色新。劝君更尽一杯酒，西出阳关无故人。

这在唐朝还是一首流行的乐曲，作为诗题目叫《送元二使安西》。因为诗中有“渭城”“阳关”等地名，所以又名《渭城曲》《阳关曲》《阳关三叠》。大约到了宋代，《阳关三叠》的曲谱已经失传。目前最接近原曲的应该是“魏氏乐谱”的版本。[④]魏氏为明代万历年

---

① 魏庆之《诗人玉屑》(上)，中华书局 2007 年，第 112 页。

② 黄生《诗麈》，诸伟奇主编《黄生全集》(第四册)，李媛校点，安徽大学出版社 2009 年，第 316—317 页。

③ 胡震亨《唐音癸签》，上海古籍出版社 1981 年，第 31 页。

④ 最早载有《阳关三叠》琴歌的是明代弘治四年（1491）刊印的《浙音释字琴谱》，而比较流行的曲谱原载明代《发明琴谱》(1530)，载于清代张鹤所编的《琴学入门》(1876) 的版本则是后世改编的。

间官员，17 世纪避乱，将乐曲带到日本，其曾孙魏浩将乐谱记载编辑，长期流行于日本。至今日本人士还不乏吟唱者。当代学者漆明镜将古代直行书写的音乐符号转化成五线谱和简谱，其中《阳关曲》的歌词和诗有不可忽略的差异：

渭城朝雨浥轻尘，

客舍青青柳色新，柳色新。

劝君更尽一杯酒，一杯酒，

西出阳关无故人，无故人。①

重复的是最后的三言结构，而不是《诗经》式的复沓全句，只重复三言结构就可增强节奏感。

脱离了音乐，完全以语言的节奏性进化为严密的格律，是对自由的限制，对比齐梁的四声八病来说，是另一种难度。但是，唐人近体诗的伟大，就在难度中获得比之四声律更大的自由。

第一，将四声律简化为平仄二元，句法一交替，章法对立和相粘，在统一中有了更丰富的变化。第二，压缩篇幅，力求精练，避免齐梁体的繁复，绝句限于四句，律诗则为八句，还从对仗发展出流水对、正对、反对、扇对等。第三，继承了对仗的高度的时间和空间概括力，加以限制。除了官方科举和为数极少的排律以外，绝句对仗以一联为原则，律诗则限于两联。第四，最重要的是，突破了诗句服从语句的潜在常规。此前从《诗经》《楚辞》到汉魏古诗，大抵皆为直接抒情，借助比兴、象征强化感性，语句即诗句，齐梁山水田园感性寓情于景。即使如“池塘生春草”这样的名句，也是自然的情隐于景中，是为间接抒情。唐人的情景交融，情为主，景为宾。情成为主导，情决定景的性质和形态，不同的情决定景的不同性质和形态。同样是黄河，在李白的《将进酒》中是“君不见黄河之水天上来，奔流到海不复回”。在《赠裴十四》中是“黄河落天走东海，万里泻入胸怀间”。在《西岳云台歌送丹丘子》中是“西岳峥嵘何壮哉，黄河如丝天际来。”在王之焕的《凉州词》中则是“黄河远上白云间，一片孤城万仞山”。这个规律被清代吴乔总结为：景在实用性的散文中和诗中不同。“意喻之米，文喻之炊而为饭，诗喻之酿而为酒；饭不变米形，酒形质尽变。”②因而唐诗的意象不仅有数量上的密度，而且有想象质量上的深度。一百多年后，英国的浪漫主义大诗人雪莱也意识到了这一点，在《为诗辩护》中说：“诗使它所触及

---

① 简谱见刘崇德《魏氏乐谱今译》，河北大学出版社 2011 年，第 23—24 页。五线谱见漆明镜《解析魏氏乐谱》，上海音乐学院出版社 2011 年，第 139 页。

② 王夫之等撰《清诗话》（上册），上海古籍出版社 1978 年，第 27 页。类似的意思在吴乔《围炉诗话》卷二中，也有更为详尽的说明。

的一切都变形”。[①] 他的概括似乎并不完全，没有涉及变质。

近体诗在格律的严密限制下，意象群落的自由发挥到打破诗句服从语义的潜在成规，创造了语句服从诗句的原则。有时两个以上语句合为一个诗句。杜牧的“千里莺啼绿映红”，是两个主谓结构的语句为一诗句，中间没有欧洲诗歌的不可缺少的连接词、关系代词、介词。而“水村山郭酒旗风”则为三个词组加一个单词，没有谓语不成语句，然而以意象密度奇高取胜。“南朝四百八十寺”和“多少楼台烟雨中”，前者为后者的主语，是一个语句，但为两个诗句。这种语句服从诗句的美学原则，迥异于欧洲十四行格律诗句服从语法的完整，其语法迫使诗句用“跨行连续”，以数行诗句保证语法上动词时态和名词性数格的高度统一。故中国近体格律绝句只有四句，律诗只用八句，而欧美格律诗则要十四行。中国古典诗歌的意象密度在20世纪初使美国诗人大为惊异，产生了意象派，出现了伟大诗人庞德，余荫影响了美国三代诗人。高密度意象构成意象群落，如“鸡声茅店月，人迹板桥霜”，不取语法完整的连接，乃以情意统御。如王夫之所言：“意犹帅也。无帅之兵，谓之乌合。烟云泉石，花鸟苔林，金铺锦帐，寓意则灵。”[②]情感的特点乃是动，关键在“动”，所谓“在心为志，发言为诗，情动于中，而形于言”(《诗大序》)，屈原“发愤以抒情”(《惜诵》)，实际上说的是直接抒情。而寓情于物的间接抒情，情感是隐寓在物象事象之中的。故情之动，往往并不是语之动。唐代皎然《诗式·明作用》卷一说：“抛针掷线，似断而复续，此为诗中之仙。”[③]宋人范温《潜溪诗眼》说：“语或似无伦次，而意若贯珠。”[④]情感之动隐于意象群落中。如杜牧《山行》，全诗是：“远上寒山石径斜，白云生处有人家。停车坐爱枫林晚，霜叶红于三月花。”前两行意在向往白云生处高人隐逸之所，而停车只因猝然为近处霜打的红叶比之春天的鲜花还要鲜艳所吸引。后被元人杨载总结：绝句第三句情感当有“宛转变化”。情感无限丰富，转折往往是比较强烈的，当然也有渐次弱化的，甚至有动转向静的。意脉就由线性的变动转化为面上平匀圆融，陶渊明《饮酒》(其五)曰：“采菊东篱下，悠然见南山。山气日夕佳，飞鸟相与还，此中有真意，欲辨已忘言。”也就是《归去来兮辞》那种“云无心以出岫”那种“无心”，不为身外之物所役，亦不为身内的功利所役，就是心灵的最高境界。如贾岛的《寻隐者不遇》“松下问童子，言师采药去。即在此山中，云深不知处”，似乎是线性意脉中断，但是，整体的潜在意味在于对友人作为隐者的自由云游、随心所欲的默契。若如皎然《寻陆鸿渐不遇》，“扣门无犬吠，欲去问西家。报道山中去，归时每日斜”，线性因果全显，就不成意境了。这种非线性的圆融意味，追随

① 雪莱《为诗辩护》,《十九世纪英国诗人论诗》，人民文学出版社1984年，第155页。

② 王夫之《姜斋诗话》卷下，王夫之等撰《清诗话》(上册)，上海古籍出版社1978年，第8页。

③ 何文焕辑《历代诗话》(上册)，中华书局2019年，第25页。

④ 郭绍虞辑《宋诗话指佚》(上册)，中华书局1980年，第318—319页。

者渐多，源远流长。王昌龄《诗格》提出“诗有三境”，“物境”“得形似”，“情境”“深得其情”，“意境”“张之于意而思之于心，则得其真矣”。[①]王维《辛夷坞》曰：“木末芙蓉花，山中发红萼。涧户寂无人，纷纷开且落。”大自然之花自开落，与人之喜乐无关。柳宗元《江雪》曰：“千山鸟飞绝，万径人踪灭。孤舟蓑笠翁，独钓寒江雪。”诗人完全不为寒冷、孤独和鱼获之得失所动，可以说达到无动于衷的境界。意象群落中情意不是线性强弱转化，而是平面性的均匀、圆融，达到“思与境谐”。值得注意的，此时构成意象的只是性质上为主体同化，而形态却并未变化。

也许正是因为陶渊明的意象并未变形的意境，几百年后得到了高度推崇，李白、杜甫均有诗作赞赏。意境成为诗的高贵品位。“情动于中”的“动”就走向了反面，成为意境的情静于中、情融于中。

同样被《诗品》所轻忽的鲍照那种不拘平仄的乐府古题，成为盛唐气象重要的一翼。杜甫称赞李白如鲍照一样俊逸（俊逸鲍参军）。鲍照的乐府古题《拟行路难》十八首中有“对案不能食，拔剑击柱长叹息”，李白名作《行路难》也有“停杯投箸不能食，拔剑四顾心茫然”，艺术风貌一脉相承。岑参、高适、王维皆有经典之作传世。

从性质上讲，乐府古题，皆为直接抒情。也许正是因为不同于寓情于景的间接抒情，才被《诗品》所轻忽。事实上，唐人近体诗，不论是绝句还是律诗，都是意象群落的间接抒情和直接抒情的结合。故有景语情语之分合，后为王国维总结为“一切景语皆情语”。而直接抒情之作，不以景语取胜者，则以逻辑上的有别于理性逻辑的情感逻辑取胜。后人总结为“无理而妙”，清初文学家贺贻孙《诗筏》提出“妙在荒唐无理”，贺裳和吴乔提出“无理而妙”“痴而入妙”。盛唐气象至此，意象、意脉、意境在创作实践中形成体系，直接抒情与间接抒情自然结合，山水诗、边塞诗、赠别诗、乡愁诗、思妇诗、宫怨诗，政治抒情、恋情缠绵、宦海沉浮、家国情怀、民生疾苦、战乱血泪之诗，莫不各领风骚，奇才辈出，俊彩星驰，堪称千崖竞秀，万壑争流，在艺术上集历代诗艺之大成，思想情操上凝聚出中华民族鼎盛、辉煌的精神境界，后世以盛唐气象赞之。

五、折腰句和领字、衬字和长句解放

盛唐气象，仍不是无以复加的绝对顶峰，还有一系列矛盾有待解决，对仗的高度概括和想象，三字尾的吟咏调性，其优越得到发展的同时，其局限也不能回避。中国古典诗歌

① 张伯伟《全唐五代诗格汇考》，凤凰出版社2005年，第172—173页。

生生不息的生命力还在发展，新的崛起还在前面。

第一，对仗句的高度概括和想象的自由的优越使其不仅成为诗基础之一，而且普及成为家家户户为庆贺一元复始万象更新之春联。其局限却是两句并列，其间无连接逻辑词语，即使是流水句，亦在两句之间，而两联之间，则无连续，故不利于情节性连续叙事，造成南北朝叙事经典未能继承。

第二，三字结构功能的固定化、强制性达到扭曲语法意义的程度，矛盾激化。先师林庚先生在课堂上举过一个例子："这电灯真亮，他望了半天。"如果是日常说话，自然节奏是这样的："这电灯——真亮，他望了——半天。"但是，如果是五言诗，只能念成这样："这电——灯真亮，他望——了半天。"这个"了半天"很别扭？但是，三言结尾已经天经地义，就产生了杜甫的"香稻啄余鹦鹉粒，碧梧栖老凤凰枝"。在语意逻辑上完全不通，但格律约定俗成，别无选择，只能读成"香稻啄余——鹦鹉粒，碧梧栖老——凤凰枝"。格律的强制化，逼得诗人以各种技巧来适应。清代黄生罗列种种现象，说："有倒装、横插、明暗、呼应、藏头、歇后诸法。凡二十种。"都是因为"法所从生，本为声律所拘"。[①]诗人们并没有满足于表达经验，而是发明新范畴。元朝人韦居安在《梅磵诗话》中提出"折腰句"[②]："七言律诗有上三下四者，谓之折腰句。"引白居易诗为例，从语意逻辑出发，当划分为"大屋檐——多装雁齿，小航船——亦画龙头"。[③]折腰句的提出，是为打破三言结尾，为上三下四寻求合法性的尝试。对于"折腰"未免有种种争议。但其建设性渐居上风。清人朱荆之在《黄白山杜诗说句法》中提出："上一下四，本折腰句。"[④]他还举出杜甫的诗句"绿垂风折柳，风绽雨肥梅"为例。从逻辑语意看，应该是"绿——垂风折柳，风——绽雨肥梅"。上一下四提出的意义，在于在字面上打破了"腰"在句中的成规。三字结尾局限性，使得最清醒的论者寻求突破，清代的沈雄在《古今词品》中说：

> 五字句起结自有定法……不是一句五言诗可填也……句中上三句，须用读断。谓之折腰句，不是一句七言诗可填也。[⑤]

就是说，五言、七言句三言结尾的强制性在这里行不通了。朱荆之所说的"上一下四，

① 黄生：《诗麈》，诸伟奇主编《黄生全集》（第四册），李媛校点，安徽大学出版社2009年，第315—316页。

② "折腰体"一词最早出现于唐诗选本《中兴间气集》中，但内涵外延均不明。后世诗话谓"折腰体"有两种意见：一是近体诗第三句失粘，二是指句式违反近体诗正格。此处"折腰句"单就句式而言。

③ 韦居安《梅磵诗话》卷上，丁福保辑《历代诗话续编》，中华书局1983年，第545页。

④ 朱荆之《黄白山杜诗说句法》，见陈一琴《诗词技法例释类编》（下），上海三联书店2017年，第618页。

⑤ 沈雄《古今词话》，上海古籍出版社2009年，第124—125页。

本折腰句，然上下两折，即为折腰，不必上一下四也”，在字面上有点勉强，但是，实证却很雄辩。如“怅——韶华流转”“写——春风数里”“悟——身非凡客”，就很通顺，而且富于不同于诗句的韵味。三言结尾的吟咏调性与语句的矛盾在这里转化了。一种新形式——“词”产生了，作者点出的词牌《木兰花慢》《三奠子》《醉太平》中就出现了一种反三言结尾的艺术节奏，而且有了理论上的新命名：上一下四的“上一”的单字叫作“领字”。清人李佳说：

有一领字，下则四字者。若《桂花明》“遇广寒宫女”，《燕归梁》“记一笑千金”。①

“遇广寒宫女”，不能像诗中那样念成“遇广——寒宫女”，只能念成“遇——广寒宫女”；“记一笑千金”，只能念成“记——一笑千金”。这个领字冲破了诗的三字结尾的局限，发展出以四字结尾的格律，和诗中的三字结尾一样是带着强制性的。胡适引用的“终——不似——一朵——钗头——颤袅——向人——欹侧”的“终”，迫使胡适将之称为“半节”。该词出自宋代周邦彦的《六丑·落花》，这首词以下的词句更为典型。“正单衣试酒”“葬楚宫倾国”“渐蒙笼暗碧”，按胡适的“节”的理论应该读成两节半：“正单——衣试——酒。”“葬楚——宫倾——国。”“渐蒙——笼暗——碧。”这就不成话了。同样是五言，因为是词，突破了三言结尾的强制性，带来了新的强制性：那就是上一下四，如果按照折腰的形象说法，应该叫作“引颈句”，句首的字，读音的长度是超过一个字的：“正——单衣试酒。”“葬——楚宫倾国。”“渐——蒙笼暗碧。”开头第一个单字，和五七言诗句首的单字是不一样的。其功能是领出新的诗句，丰富了词的节奏，四言在尾合法化了，四言结构强制性地被安置在前半逗的规格消解了，获得了在三言结构之前和之后的自由。林庚先生所说的，“他望了半天”，也不用强制性念成“他望——了半天”，完全可以读成“他——望了半天”。

当小令变成长调（超过六十字）②的时候，仅仅是三言结构和四言结构的交织，不够用了。于是领字就在长调中盛行起来。这在柳永的词中比较多见。例如他的《雨霖铃》，其中的“对长亭晚”中的“对”是领字，故不能读成一般的四言节奏，而应该读成“对——长亭晚”；“竟无语凝噎”，“竟”是领字，不能念成五言诗的“竟无——语凝噎”，而应该念成“竟——无语凝噎”。

这以后几十年，领字就在小令中也开始使用。李清照的《醉花阴》，其上阕有一个五言诗行“瑞脑销金兽”，读成：“瑞脑——销金兽”。这是诗的节奏，下阕的对应位置是“有暗香盈袖”，按五言诗，应该读成：“有暗——香盈袖。”但是按词的领字来读则是：“有——

① 李佳《左庵词话》，见陈一琴《诗词技法例释类编》（下），上海三联书店 2017 年，第 619 页。

② 参阅沈雄《古今词话》，上海古籍出版社 2009 年，第 121 页。

暗香盈袖。”三言结尾节奏结构强制性被打破了。沈雄在《古今词话》中认为这种领字不限于单字：

一字如“正”“但”“任”“况”之类，两字如“莫是”“又还”之类，三字如“更能消”“最无端”之类……缘文义偶不相辍，或不相谐，始用一二字以衬之。[①]

领字的功能不在“字”，而是“领”。第一，领字功能在句外领起后面的句子或者句组与上句贯通（这种功能在曲中得到更大的发挥，通称“衬字”）。这在中国古典诗歌的韵律发展中具有重大的突破性功能。上述柳永的词中，“对”字引出了两个句子：“长亭晚”，“骤雨初歇”，这两个句子都是“对”这个领字的宾语。“念——去去，千里烟波，暮霭沉沉楚天阔”，“念”领出的是三个句子结构。第二，领字与后四字的关系成为领与被领的结构功能，领字带出的四字结尾，使说白调性具有了合法性。大量的四言成为词句的结尾，词的内在结构发生了颠覆性的倒转。三言有时甚至竟安置到四言（六言）的前面，并不一定要有领字，而是自由插入。

这就开拓了一代词艺的新风，源源不断地产生前所未有的经典词句，在五七言诗中应该是“晓风残月——杨柳岸”，在词中变成了“杨柳岸——晓风残月”。同样的道理，就有了王安石《桂枝香》的“背西风——酒旗斜矗”；苏东坡《念奴娇》的“浪淘尽——千古风流人物”“人道是——三国周郎赤壁”“谈笑间——樯橹灰飞烟灭”；李清照《凤凰台上忆吹箫》的“多少事——欲说还休”“新来瘦——非干病酒——不是悲秋”，《声声慢》的“这次第——怎一个——愁字了得”；辛弃疾《摸鱼儿》的“更能消，几番风雨”；陆游《钗头凤》的“一怀愁绪——几年离索”“桃花落——闲池阁——山盟虽在——锦书难托”。最突出的是柳永的《望海潮》：全词三、五言的只有六句。而这六句，有四句还是落实在四言结构上的：“云树绕堤沙，怒涛卷霜雪，天堑无涯。”“千骑拥高牙，乘醉听箫鼓，吟赏烟霞。”全词只有两句是落实在三言结尾上的：“市列珠玑，户盈罗绮，竞豪奢。”“异日图将好景，归去凤池夸。”以最初属唐教坊曲的《浪淘沙》为例，刘禹锡写的是绝句：

日照澄洲江雾开，淘金女伴满江隈。美人首饰侯王印，尽是沙中浪底来。

这是诗，如要合乐，最多是像《阳关曲》那样，将句尾的三言结尾复沓三次。但是到了五代变成了词，在《乐章集》中为《浪淘沙令》，就不再是复沓，而是直接把四言结构接到五七言诗句下面。李后主的《浪淘沙》是这样的：

帘外雨潺潺，春意阑珊。罗衾不耐五更寒。梦里不是身是客，一晌贪欢。

独自莫凭栏，无限江山，别时容易见时难。流水落花春去也，天上人间。

本来在诗里从四言结构转到三言结构，是自由的，而从三五七言结构直接转入四言结

---

① 沈雄《古今词话》，上海古籍出版社 2009 年，第 127 页。

构是不自由的。但是，这是词，因为有音乐旋律的协调，所以很自然。但是，词一方面是附属于乐曲的歌词，一方面它还脱离乐曲的歌唱而作为诗来阅读，几百年的阅读，习惯成自然，就连领字也没有必要了。

五七言诗歌句型三言结尾格律的强制性发展到极端，走向反面，四言结尾取得了合法性，吟咏调性和说白调性统一起来，相得益彰，词的思想和情感容量空前地扩大了。

这是矛盾的转化，也是历史的必然，是逻辑的发展和历史的发展的统一。

当然，艺术形式的历史的积淀过程是相当缓慢的，往往以世纪为单位。

词兴起于盛唐，不仅在民间（如敦煌曲子词），也在宫廷（李隆基、杨玉环都写过），经过五代士大夫乃至帝王生命的投入，到宋代达于极盛。中国古典诗歌史上唐诗宋词并列的辉煌时代开始了。诗坛上有诗圣杜甫、诗仙李白、诗佛王维、诗鬼李贺，词坛上有李煜、苏东坡、柳永、辛弃疾、李清照，巨星光焰掩盖不住繁星满天。在世界抒情诗歌的天宇上，华夏上空星汉灿烂，异才竞出。唐诗宋词的时代已经过去了千年，它积淀了数千年中国传统审美基因，社会、经济、政治、军事、科技，变化翻天覆地，然而审美的潜在文化基因却未随之变化，故至今其杰作，其经典，仍然家喻户晓，脍炙人口，童年成诵，终生不忘。这样，我们就可以找到马克思在《政治经济学导言》中提出的难题，为什么社会变化巨大，而希腊神话仍然给我们永恒的艺术享受，在某种程度上还是当前不可企及的范本？马克思说的希腊神话，是对人类一去不复返的童年天真的美好回忆，而唐诗宋词，则是对成年时代的审美高度及其包罗万象、锦心绣口的仰望和惊叹。

相比之下，这时欧洲的天空还处在中世纪的黑暗之中。他们还要等两个世纪，文艺复兴的十四行诗的启明星才出现在地中海的一个半岛上。

当然，唐诗宋词并没有因而止步不前，诗词的格律虽然成熟，但光有领字，格律的约束与语言的自由之间的矛盾还没有完全解决，乃在元曲之中还进一步发展。如关汉卿的【双调】《沉醉东风》是这样写送别的：

> 咫尺的——天南地北，霎时间——月缺花飞。手执着——饯行杯，眼阁着——别离泪。刚道得声——“保重将息”，痛煞煞——教人舍不得。好去者，——（望）前程万里！

几乎全部是四言结尾。这种规律性发展到一定程度，打破了领字的局限，正式命名为“衬字”。领字在词的句首，往往是一两个字。而在元曲里，衬字发展到多达三字。王骥德《曲律·论衬字》举窦娥在临刑前的唱词为例：

> 要甚么——素车白马，断送出——古陌荒阡！
>
> 遮掩了——窦娥尸首。

“要甚么”“断送出”“遮掩了”，都是衬字。[1]衬字的功能，比领字更进了一步，本来在这样的对仗句一联里是省略的两句间的逻辑性的连接成分的，律诗中颔联与颈联之间各自独立，两联间连接词语则留下空白。在曲里连接性的词语被大量增添出来。这就带来新的节奏机制，增加了曲语的自由和活力。

这是中国古典诗歌又一次历史意义重大的变革。

曲律加上了衬字，有时数曲集合为一套，并不限于书面雅语，大量俗词、俚语入曲，和口语十分接近，应该说接近于自由诗。但是，不管是词的领字、长短句，还是曲的衬字、杂言，都是依乐曲填写的唱词，从这个意义上说，比之近体诗的五七言，更不自由。五七言绝句、律诗同一体制，一种强制性；而词和曲却是每一词牌，曲和词一样的每一句，从字数到平仄，各不相同。有多少词牌、曲牌，就有多少各不相同的强制性，而词后来有个脱乐的过程，纯粹为阅读而作，故词谱消失，语言节奏魅力不减。曲特别是戏曲的唱词，要为演出合乐，不但分别平仄，还讲究平上去入，每一句每一字都有一种强制性。故命题为诗，只消定五七言绝句或律诗，平起仄起即可。而为曲，每句音节长短、平仄皆不一。词因有脱乐的潮流，至今仍有大量依谱填词，不过稍做增减而已（如《减字木兰花》）。而为曲者则较为罕见。

历史的走向呈现出二律背反的现象，从字面上看，元曲句法越来越走向参差，句式连接越来越自由，更接近于白话的活泼风趣。如睢景臣的散曲【哨遍】《高祖还乡》：“你本身做亭长耽几杯酒，你丈人教村学读几卷书。曾在俺庄东住，也曾与我喂牛切草，拽坝扶锄。”“白甚么改了姓、更了名、唤做汉高祖。”没有对仗的平行，却有句间的连接词语，有利于叙事性的情节，实质上曲中有了故事，须用几个曲子，比之词更多拘束。前文王骥德《曲律·论衬字》所举乃戏曲情节曲折的《窦娥冤》中女主人公在临刑前的唱词，这已经不是单纯的诗词。文字稿完成以后，进入排演程序，须被诸管弦，择宫调须与曲情相合，联曲与笛色相谐。故节奏不完全在语言，最后取决于乐曲。

多曲相连的套曲可表现情节，胜任传奇情节之曲折，在戏曲表演上为中国戏曲开辟了广阔天地，中国戏剧仅仅用了百年就奇迹似的成熟了，关汉卿成为元杂剧大家在 14 世纪，早于 16 世纪之莎士比亚两个世纪。一举改变了中国戏剧落后于西欧千年的历史，但在性质上已经不是诗、词，而属于戏剧艺术范畴了。

---

① 王德骥《论衬字》,《曲律》卷二，湖南人民出版社 1983 年，第 126—127 页。

结语

就诗词而言，唐宋之后数百年间，相对于语言与生活的巨变仍然举步不前，甚至到清代黄遵宪的“诗界革命”，“我手写我口”，形式还是五七言，哪怕是加上领字、衬字，如金冬心的自度曲，也逃不脱三言和四言的交替。更因其基本词语均为古代汉语的实词，而现代汉语大量的双音、多音词，使用频繁之“的、呢、吗、了”等虚词亦难以容纳，对现代人思想和情感的束缚相当严重，到五四时期新诗从古典形式中冲破出来是必然的。但是，古典诗歌形式中积淀着中国传统审美基因，取欧美自由体形式有利于思想解放，但欧美自由体亦含有其传统审美基因，如何处理不同基因之间的排异与同化，则是一项艰巨的转基因工程。新诗百年来，流派纷至沓来，更迭迅猛，经典诗人代不乏人，成就不可低估。但至今尚未完成欧美审美与中国传统审美转基因之结合，开宗立派之历史使命，故至今对新诗持保留态度者数相当可观，爱好古典诗歌者甚至多于新诗。但是与新诗层出不穷的艺术创新相比，现代的旧体诗歌在艺术上，整体处于停滞状态，突破之作极为罕见。两度意图创造现代格律诗的努力，无以为继。总结历史经验，当以内部矛盾为历史发展之动力，分析其诗化语言与音乐语言的错综变化，考察其旧节奏形式的解构与新节奏形式的建构的辩证转化。形式不是被动地为内容决定的，而是内在审美情志的活跃与固定节奏的矛盾转化发展的动态的载体。这种载体中包含着中国特有的审美基因。要完成中国传统审美与欧美诗歌形式结合的转基因工程，是需要以世纪为单位的历程来计功的；比之从讲究平仄到近体诗的建构，从唐诗到宋词都已经历了三四百年，新诗的转基因工程仅为百年，也许还只是一部序曲。

答读者问十五则

《名作细读》出版之后，不少语文老师来信，提出一些有意思的问题，《语文学习》编辑部的徐泽春女士也为我收集了一些来自教学第一线的问题。乘此机会，专门回答一下。

一

能不能立刻解释，柳永的“今朝酒醒何处？杨柳岸晓风残月”？千百年来，人们都说好得不得了。你怎么解释？

福建语文学会会长王立根

用我的“还原法”很好解释。第一，“今朝酒醒何处”，还原成“昨夜酒醉何处”，一系列的矛盾或者差异就出来了，就可以分析了。酒醒是酒醉的结果。没有醉哪里有什么醒？偏偏不写酒醉，把酒醉故意省略了；这有讲究，前面有一句“对长亭晚”，那就是昨天晚上就喝了。留下空白，让读者想象醉得多么长久，是什么原因造成的。第二，什么时候才醒？“晓风残月”，一个“晓”，一个“残月”，说明醉了一夜，天已经亮了。第三，什么地方醒来？醒来以后，还不知道身“何处”。可见，酒之酣，醒来还迷迷糊糊，是随地倒下，不是在室内，而是在露天，提示大醉到不觉夜寒（当时是清秋）。第四，为什么要醉成这样？因为，离别，这是送别的词。一般人不至于此，如此大醉，不但感情强烈，而且完全任性。第五，再还原一下，一个读书人，醉倒在露天，在生活中，不一定是很成体统的事，但是，这里，却一点不在乎，不拘形迹，不顾身份，不在乎世俗礼节，不害羞，相反很潇洒，很自得，很自如。第六，更不可忽略的是，醉汉本该酒气熏人，衣襟污秽，但是，全不在感觉之内。横卧路露天，全无狼狈之感，视觉所见唯有杨柳、残月，触觉所感，只有晓风吹拂，把醉汉路倒，转化成写意画幅，把狼狈的姿态转化为自我炫耀。可见感情多么深沉，心态多么自由。

二

“君不见黄河之水天上来，奔流到海不复回……”看着学生摇头晃脑地朗诵，仿佛进入诗歌描绘的意境之中，不由一阵窃喜难禁。展喉朗诵几遍之后，只见学生三三两两或倾情吟味，声情并茂；或窃窃私语，不弃话题；或托腮搔头，低眉沉思。这时，在几位同学的鼓励声中，素有“快嘴”之称的A同学提出了一个问题：“老师，我们反复吟诵，感到‘君不见黄河之水天上来，奔流到海不复回’写得很有气势，也很优美，但又说不出它具体‘美’在哪里。”顿时，班上附和声起，看来大家颇有同感。

武汉市第十四中学　靳立鸿

这个问题看似简单，实质上，很不简单。涉及诗歌意象的结构以及如何分析的问题。分析的对象是矛盾，但是，诗句是天衣无缝的，水乳交融的。这就用得上还原。“君不见，黄河之水天上来”，是不是天上来的呢？不是。黄河的水是在地上奔流的。如果说，黄河之水地上流，那是大实话，没有什么诗意，而“天上来”，却给人的情感和想象以强烈的冲击。为什么呢？这涉及诗歌的“意象”的构成。“意象”是对象的特点和诗人感情的特点的猝然遇合。

“黄河之水天上来”，这里有黄河的特点，就是汹涌澎湃，气势宏大。光有黄河的特点，充其量不过是自然景观的描绘，没有诗人感情的特点，还不能成为诗歌的意象。这里还有诗人感情的特点，就是黄河一泻千里的奔腾澎湃宏大气势唤起诗人心胸中的豪迈的感情。感情冲击了感觉，激发出“天上来”的虚拟、想象。这种想象和虚拟并不显得虚假，除了表现了李白的感情以外，还由于它和“奔流到海”一起提供了一个从天边到海边的宏大空间。这个空间不是地理的自然景观的空间，而是诗人的想象空间。“天上来”的空间意象表面上是显性的，但同时又蕴含着隐性的视角，那就是登高望远，上下宇宙尽收眼底的视野。这种不仅仅是生理的视野，而且是精神的高度。李白是很善于驾驭这样的浩瀚的空间来表现精神气度的。在《望庐山瀑布》中有“疑似银河落九天”，在《蜀道难》中有“蜀道之难，难于上青天”。王之涣的“欲穷千里目，更上一层楼”精神空间算是宏伟了，李白则更胜一筹。

李白这句诗的好处，就在于把主观精神的豪迈与客观景观的宏伟在想象中结合得天衣无缝、水乳交融。如果光就李白的这句诗而言，它的好处，大致就是如此，但是，这句诗并不是孤立的，而是一首诗中的一句，和这一句紧密相连的还有下面一句：“君不见高堂明镜悲白发，朝如青丝暮成雪。”可以说，“君不见，黄河之水天上来”的功能，就是为了引出后面这一句。后面这句可以说是直接抒情，把感情倾泻出来了：从镜子里看，令人悲观，早晨头发还是青黑色的，晚上，就满头白发了。人生短暂到这样一种程度，这当然是夸张，为了点出感情的特点——“悲白发”。为人生短暂而“悲”，是古典诗歌传统的主题，早在曹操的《短歌行》中就有“对酒当歌，人生几何？譬如朝露，去日苦多。慨当以慷，忧思难忘。何以解忧？唯有杜康”。《古诗十九首》中，就有“生年不满百，常怀千岁忧。昼短苦夜长，何不秉烛游！”。悲的都是生命的短促，曹操以杜康解忧，《古诗十九首》以秉烛夜游，及时行乐来解忧。虽然并不太悲观，但是，多少有点无可奈何。而李白也有生命苦短之忧，也有“人生得意须尽欢，莫使金樽空对月”的感叹。秉烛夜游，和金樽对月，思绪相近，但是情怀却相去甚远。李白姿态放达，气概豪迈，把忧愁置于广阔的空间和视野中，就显得豪迈了。忧愁转化为一种美，净化为一种壮美。在汉语里，有“享乐”的说法，欢乐是一种享受，但是，在李白这里，忧愁也是一种享受，一种审美的享受。这首诗的全部底蕴就是“享忧”，豪迈地享受着忧愁的精彩。

三

高中《语文》(第五册)(人教版试验修订本·必修)选了李白的《蜀道难》这首诗。在正文之前的导读中，关于这首诗的主题有这样的说明：这首诗“充分显示了诗人的浪漫气质和热爱祖国河山的感情”。“诗人的浪漫气质”这一点当然毫无疑问，而“热爱祖国河山的感情”这种说法我认为值得商榷。我以为，《蜀道难》并没有表达“热爱祖国河山的感情”。

甘肃嘉峪关市一中　狄国虎

问题提得非常深刻。从理论上来说，涉及读者主体和文本主体的关系。不管读者主体多么强势，都不能离开文本主体。“热爱祖国河山的感情”的说法，不是文本里概括出来的，而是这位语文课本编者脑子里冒出来的。

李白这首诗的关键语句，就是反复提了三次的“蜀道之难”。要害在于“难”，难得很极端，难到比上天还难。唐朝时候，还没有飞机，难于上青天，不但是难得不能再难，而且是难得很精彩，很豪放的意思。这句诗至今仍然家喻户晓，其原因，除了极化的情感以外，还有，一句中连用了两个“难”字，第一个“难”字，是名词性的主语，第二个“难”字则是有形容词性质的谓语，声音重复而意义构成了某种错位，节奏和韵味就比较微妙，耐人寻味。

本来“蜀道难”，是乐府古题，属相和歌辞，是个公共主题。南北朝时阴铿有作：

王尊奉汉朝，灵关不惮遥。高岷长有雪，阴栈屡经烧。轮摧九折路，骑阻七星桥。蜀道难如此，功名讵可要。

形容蜀道艰难：高山积雪，阴栈屡烧，轮摧九折，骑阻星桥，蜀道难成为功名难的隐喻。唐朝张文琮的同题诗作，也无非就是积石云端，深谷绝岭，栈道危峦，主题为“斯路难”，也就是自然环境之艰难。当李白初到长安时，贺知章一看他的《蜀道难》就大为赞赏，说他是“谪仙人”，从天上下放的人物。在这首诗里，显然有李白的艺术追求，用了和阴铿同样的乐府古题，他肯定是瞧不起阴铿那样的作品的，如果瞧得起，他就不会在这个公共性的题目上，下这么大的功夫了。

李白的功夫下在哪里呢？

他的“难”不是一个“蜀道难”，而是重复了三次的“蜀道难”，每一个都和别人的“难”法不一样。阴铿他们的诗作中，“难”就是道路之难，自然条件和人作对之“难”：价值是负面的，虽有形容渲染，但是，还没有难到变成心灵的享受。而李白则把这种难，当成自己的心享受，调动他的全部才能把三个“蜀道之难”美化起来，难到激起他的热情和想象。

第一个“蜀道之难”，有多重美学内涵，首先，美得悠远、神秘。在几千年的神话、历史中遨游：蚕丛鱼凫，四万八千年，开国茫然，缥缈迷离，但是，与“秦塞”（中原文化）隔绝，却是闭塞、蒙昧的。引发了征服闭塞的壮举，天梯石栈钩连了，然而，地崩山摧壮士却死难了。这就不但美得悠远，而且美得悲壮了，这不仅属于烈士，而且渗透到蜀道的形象中去，六龙回日、冲波逆折、百步九折、扪参历井，显然是在渲染悲与壮的交融。

《蜀道难》之所以成为千古绝唱，其难能可贵，就在于突破了乐府古题的单纯空间的夸张性铺排，呈现出多维复合的意象系列和情致起伏。在时间上，纵观历史，驱遣神话传说；在空间上，则是横绝云岭，驱策回川；在意象上，横空出世，天马行空，色彩斑斓，纠结着怪与奇；在情绪上，交织着惊与叹，赞与颂。

仅仅这第一个“蜀道之难”，内涵就这么丰富多彩，就把此前的“蜀道难”比下去了。把这仅仅归结为“热爱的祖国的河山”，说明编者，内心结构不但很贫乏，而且很封闭，只能认同政治性比较明显的方面，不能体悟更丰富复杂的艺术信息。

第二个“蜀道难”，悲鸟号木、子规啼月、听之凋颜，愁满空山。悲中有凄，凄中有厉。但是，这种凄厉，不是小家子气的，不是庭院式的，不是婉约轻柔的，而是满山遍野的，上穷碧落，下达深壑的，李白的悲凄，也带着雄浑的气势，蕴含着豪迈的声响。

以此为基础，引申出一个新的意念，那就是“险”：在这以前，是诗绪在想象的奇境中迷离恍惚地遨游，豪放不羁，想落天外，追求奇、异、怪。到了这里，却突然来了一个“险”，固然是奇、异、怪的自然引申，但是，从句法上，显得突兀，由诗的吟咏句法，变成了散文句式，“其险也如此”。由抒情铺陈，变成了意象和思绪的总结。这个“险”，不是环境的“险”，而是社会人事的“险”。

其险也如此，嗟尔远道之人胡为乎来哉！剑阁峥嵘而崔嵬，一夫当关，万夫莫开。所守或匪亲，化为狼与豺。朝避猛虎，夕避长蛇。磨牙吮血，杀人如麻。

第二个“蜀道难”不但到此意象转折了，而且节奏也一连串地转化为散文的议论句法，从对地理位置的“险”的赞叹，变成了对独立王国潜在的凶险的预言以及可能产生军阀割据的忧虑。

这就中止了对于蜀道壮、凄的意象的营造，不再是以自然环境的奇、怪、异、险为美，不再是难中难的兴致高昂，心灵的享受，而是做反向的开拓，以社会的血腥（狼豺、猛虎、长蛇、磨牙吮血，杀人如麻）之恶为丑，情致转入低沉。这就和前面的“蜀道难”，形成了一种壮美和丑恶，高亢和低回的反衬，在情绪的节奏上，构成了一种张力。

第二个“蜀道难”不但是情绪的，而且是思想的转折。这里似乎有某种政论的性质，但是，这个转折，似乎是比较匆忙的，思想倒是鲜明了，可是情绪和意象不如前面的饱和而酣畅。当代读者，可能难免对这样的不平衡感到困惑。因为，在当时，四川的首府成都，是仅次于长安和扬州的大都会，在后来的安史之乱中，并未成为军阀割据的巢穴，李白这种忧虑似属架空。“形胜之地，匪亲勿居。”警惕战乱的发生，是袭用晋张载的，不能完全算是他自己的思想。但是，在此基础上，第三个“蜀道难”的旋律又排闼而来：

锦城虽云乐，不如早还家。蜀道之难，难于上青天，侧身西望长咨嗟。

享受了酣畅淋漓的《蜀道难》的情致的读者也许期待着李白在情绪意象的华彩上更上一层楼，来一个思绪的高潮，却来了一个“锦城虽云乐，不如早还家”这样的结句，给人一种不了了之的感觉。预期失落的感觉是免不了的。面对这种思想与艺术形象之间的不平衡，一种做法，老老实实承认，诗作到了这里，有一点强弩之末。20 世纪 50 年代末何其芳先生就指出“锦城虽云乐，不如早还家”“这样的思想”“不高明”。他说，这种抽象的思想，并不重要，重要的是，诗歌中的丰富、生动的形象，正是以这些生动的形象“描绘了雄壮奇异的自然美，并从而创造了庄严瑰丽的艺术美”。[1] 何其芳不否认在这样的杰作中，

① 何其芳《李白〈蜀道难〉——新诗话》，《文学知识》1959 年第 3 期。

也有些软弱的诗句，只是把它看得不重要，可以忽略。最重要的是，那些难得豪迈、难得壮阔的诗句，是诗歌的生命。这是“可以引起我们对于祖国的河山和祖国的文学艺术的热爱的”。这个说法带着50年代主流意识形态的烙印。也许就是这句话，就使得课本的编者认为这首诗“充分显示了诗人……热爱祖国河山的感情”。其实，他的说法和何其芳先生的说法，是有些差距的，何其芳先生说的是，可以“引起”我们对祖国河山的热爱，并不一定就是诗歌文本本来意旨，这种“热爱”是20世纪50年代某些读者的感受。而我们的老师却把这种特定时代部分读者的感受当成了作者的情感。

虽然在文字上，差异不大，但是，在思想方法上，却混淆了作者主体和读者主体的界限。

和何其芳相反的是，许多学者，努力为这些软弱的诗句寻找重要的社会政治含义。这就产生了好几个说法，一说，杜甫、房琯在西蜀，冒犯了剑南节度使严武，将对他们不利。一说，讽刺唐王朝的另一个节度使章仇兼琼。一说，是为安禄山造反后，唐玄宗逃难到四川而作。这些讲法，都有捕风捉影的性质，考证学者早已指出了其不合理之处。

另外一些学者则比较实事求是，如明人胡震亨和明清之际的顾炎武都说过，李白“自为蜀咏”，“别无寓意”。正确的方法，还是以据文本分析为上。在文本以外强加任何东西，都是对自已的误导。

从理论上来说，读者主体不管多么强势，还是要尊重文本主体。

四

高中教材《语文》(第三册)《其他古诗词背诵篇章》选有柳宗元之古诗《渔翁》：“渔翁夜傍西岩宿，晓汲清湘燃楚竹。烟销日出不见人，欸乃一声山水绿。回看天际下中流，岩上无心云相逐。”

编者在“学习提示”中说：“这首诗的最后一联，不少评家认为可以删去，读后说说你的看法。”“不少评家”指哪些评家？“删去”末联理由何在？又有何种不同意见？

何铭

从第一句看，这个渔翁夜间宿在什么地方？是在山崖边上。他的生活所需从什么地方获得？取之于山旁水边。这里没有和大自然的矛盾，相反是和大自然融为一体。“燃楚竹”，与“汲清湘”对仗，显示其环境的整体和人的统一依存关系。这是一种靠山吃山、靠水吃水的自然生存状态。接下去：

烟销日出不见人，欸乃一声山水绿。

这一句很有名，可以说是“千古绝唱”。苏东坡评这首诗说：“以奇趣为宗，以反常合道为趣。”这话很有道理，但是并未细说究竟如何“反常”，又如何“合道”。其实，从文本中分析出“反常合道”并不太困难。“欸乃一声山水绿”，是把读者带进一种刹那感觉之中，这种感觉的“反常”在于，并不单纯，其中隐含着两个层次的“反常”转换。第一层次的“反常”是，点燃楚竹，人在烟雾中；烟雾散去，人却不见了。第二层次的“反常”接着就来了：面对视觉空白之际，传来了一个听觉的“欸乃”，突然从视觉转变成了听觉。这就带来微妙的感悟。声音是人造成的，应该是有人了吧。看不见人，却可以听到人的活动的声音（欸乃）。但是，循着声音看去，却没有人，只有一片“山水绿”的开阔图景，仍然是空镜头，没有人。这是第二层次的“反常”。连续两个层次的“反常”，不是太不合逻辑了吗？然而，所有这一切，却又是“合道”的。“烟销日出不见人”，和“欸乃一声山水绿”，结合在一起，强调的首先是，渔人动作的轻捷，悠然而逝，不着痕迹，转眼之间，就隐没在青山绿水之间。其次是，“山水绿”，留下的是一片色彩单纯的美景，同时也暗示，是观察者面对空白镜头的遐想。不是没有人，而是人远去了，令人神往。正如“山回路转不见君，雪上空留马行处”“孤帆远影碧空尽，唯见长江天际流”一样，空白越大，画外视觉持续的时间越长。两个层次的反常，又是两个层次的“合道”。这个“道”，不是一般的道理，而是视听交替和画外视角的转换。这种手法，在唐诗中运用得很普遍而且很熟练。所以，这个道是诗歌的想象之道。最后两句：“回看天际下中流，岩上无心云相逐。”这里要注意的是，不是从画外的视觉，而是从画内渔翁的角度写渔舟之轻捷。“天际”说的是，江流之远，因高而快，也显示了舟行之轻之快捷。“下中流”的“下”字，更点出了江流来处之高，由天而降，而舟行轻捷却不险，越发显得悠然自在。如果这一句还不够明显，下面的一句“岩上无心云相逐”，就点得很明确了。回头看到从天而降的江流，有没有感到惊心动魄呢？没有，感到的只是，高高的山崖上，云的飘飞。这种飘飞的动态是不是有某种乱云飞渡的感觉呢？没有。虽然“相逐”，可能是运动速度很快，却是“无心”，也就是无目的的，无功利的，因而也就是不紧张的。

可以说，这两句，是全诗思想的焦点。但是，苏东坡却说：“其尾两句，虽不必亦可。”由于苏东坡的权威，一言既出，就引发了近千年的争论。南宋严羽，明人胡应麟，清人王士禛、沈德潜，都同意东坡的话，认为此二句删节为好。而宋人刘辰翁，明人李东阳、王世贞，则认为不删节更好。刘辰翁的理由是，如果删节了，就有点像晚唐的诗了。（《诗薮》内编卷六引），李东阳也说：“若止用前四句，由与晚唐何异？”（《怀麓堂诗话》）但晚唐诗有什么不好？一种解释就是一味追求趣味之“奇”，而忽略了心灵的深度内涵。而苏东坡，就是认为这首诗删节了最后两句，就有奇趣；加上这两句，就没有了奇趣。但是，这种把晚唐仅仅归结为“奇趣”的说法，显然比较偏颇。今人周啸天说：

“晚唐”诗固然有猎奇太过不如初盛者，亦有出奇制胜而发初盛所未发者，岂能一概抹杀？如此诗之奇趣，有助于表现诗情，正是优点，虽“落晚唐”何妨？“诗必盛唐”，不正是明朝诗衰弱的病根之一么？

这显然是很有见地的。但是，只说出了人家的偏颇，并未说明留下这两句，有什么好处。在我看来，最后一联的关键词，也就是诗眼，就是这个“无心”。这个无心，是全诗意境的精神所在，“烟销日出不见人，欸乃一声山水绿”，心情之美，诗的意境之美，就美在无心。自然，自由，自在，自如。在无心之中有一种悠然的心态。这个无心，典出陶渊明的《归去来兮辞》：“云无心以出岫，鸟倦飞而知返。”这种无心的、不紧张的心态，最明显地表现在“悠然见南山”中的“悠然”上。悠然，就是无心。云本身无所谓无心有心，这里的无心的云，就是由无心的人的眼睛中看出来的。如果是个有心的人，看出来的云就不是无心的了。这种无心的云，表现了陶渊明式的轻松自若，超然飘逸。以后，就成了一种传统的意象。李白在《送韩准、裴政、孔巢父还山》中说：“时时或乘兴，往往云无心。”李商隐在《华师》中说：“孤鹤不睡云无心，衲衣筇杖来西林。”辛弃疾《贺新郎·题傅岩叟悠然阁》词在写陶渊明的时候，也是说：“鸟倦飞还平林去，云自无心出岫。”这是诗的意脉的点睛之处，如果把它删了，变成：

渔翁夜傍西岩宿，晓汲清湘燃楚竹。烟销日出不见人，欸乃一声山水绿。

这样可能有一种趣味，有一种余味无穷的感觉。欸乃一声山水绿，感觉的多层次转换运动之后，突然变成一片开阔而宁静的山水。动静之间，以山水绿的发现，作为结果，声画交错，触发遐想，于结束处，留下不结束的持续回味的感觉。这种回味，只是回到声音与光景的转换的趣味，但是，趣味有什么特点呢？“无心”，不管有人无从，有声无声，有形无形，不管多么美好，美的极致，都是以无心为特点的。无心是意境的灵魂，把意境深化了。但是，这个“无心”，如果不通过天边相逐的云点出来，这个无心的特点，对读者的提示是不是充分呢？在我看来，也许是不够明确的。当然，这里的研究的余地还是挺大的。

五

学《咏雪》（人教版七年级上册）即将结束时，师生共同讨论“研讨与练习三”中的问题：谢安以“白雪纷纷何所似”为题设问，谢朗回答说“撒盐空中差可拟”，谢道韫说“未若柳絮因风起”。教参上说，多元解读，这两个比喻都好，你看这种说法是不是对头？

孙富中

这个问题，光凭印象就可以简单解答，谢道蕴的比喻比较好，但是，要把其中的道理讲清楚，就要涉及对比较的结构分析，揭示比喻内部矛盾。我在《文学创作论》（海峡文艺出版社 2004 年）中曾经做过系统分析，这里结合这个问题再做一些阐释。

通常的比喻有三种。第一种，是两个不同事物或概念之间的共同点，这比较常见，如“燕山雪花大如席”“问君能有几多愁，恰似一江春水向东流”；第二种是抓住事物之间相异点，如“桃花潭水深千尺，不及汪伦送我情”；第三种，把相同与相异点统一起来，就更特殊，如“遥知不是雪，为有暗香来”“你有花一样的色彩，但没有花一样的芬芳”。第二种和第三种，是比喻中的特殊类型，修辞学上叫作“较喻”。通常遇到的，最大量的，是表达不同事物或概念之间的共同点的。谢安评的也是属于这一种。

构成比喻，有两个基本的要素：首先是，从客观上来说，二者必须在根本上、整体上，有质的不同；其次是，在局部上，有共同之处。《诗经》：“出其东门，有女如云。”首先，女人和云，在根本性质上是不可混同的，然后才是，在数量的众多和给人的印象上，有某种一致之处。在显而易见的不同中发现了隐蔽的美学联系，比喻的力量正是在这里。比喻不嫌弃这种暂时的一致性，它所借助的正是这种局部的，似乎是忽明忽灭的、摇摇欲坠的一致性。二者之间的相似性，是我们熟知的，熟知的，就是感觉麻木的，没有感觉的，但是二者之间的共同点若是未知的，未知一旦呈现，就变成新知，在旧的感觉中发现了新，比喻的功能，就是在没有感觉的地方，开拓出新的感觉。当我们说“有女如云”时，明知云和女性区别是根本的，仍然能够为某种纷纭的感觉所冲击。如果你觉得这不够准确，要追求高度的精确，使二者融洽无间，像两个等半径的同心圆一样重合，没有别的选择，只能说“有女如女”，而这在逻辑上就犯了同语反复的错误，比喻的感觉冲击性也就落空了。在日常生活中，我们说牙齿雪白，因为牙齿不是雪，牙齿和雪根本不一样，牙齿才像雪一样白，才有形象感，如果硬要完全一样，就只好说，牙齿像牙齿一样白，这等于百分之百的蠢话。所以纪昀说比喻“亦有太切，转成滞相者”。

比喻不能绝对地追求精确，比喻的生命就是在不精确中求精确。

朱熹给比喻下的定义是：“以彼物譬喻此物也。”（《四库全书·晦庵集·致林熙之》）只接触到了矛盾的一个侧面。黄侃在《文心雕龙札记》中说：“但有一端之相似，即可取以为兴。”这里说的是兴，实际上也包含了比的规律。王逸在《楚辞章句·离骚序》中说：“《离骚》之文，依诗取兴，引类譬喻。故善鸟香草，以配忠贞；恶禽臭物，以比谗佞；灵修美人，以媲于君；宓妃佚女，以譬贤臣；虬龙鸾凤，以托君子；飘风云霓，以喻小人。”《楚辞》在比喻上比之《诗经》，更加大胆，它更加勇敢地突破了以物比物、托物比事的模式，在有形的自然与无形的精神之间发现相通之点，在自然与心灵之间架设了想象的桥梁。

关键在于，不拘泥于事物本身，超脱事物本身，放心大胆地到事物以外去，才能激发出新异的感觉，执着黏滞于事物本身只能停留在感觉的麻木上。亚里士多德在《修辞学》中说得更具体，更彻底：

> 当诗人用“枯萎的树干”来比喻老年，他使用了“失去了青春”这样一个两方面都共有的概念来给我们表达了一种新的思想新的事实。[①]

在一般人的印象中，枯树与老年之间的相异占着绝对优势，诗人的才能，就在于在一个暂时性的比喻中，而把占劣势的二者相同之点在瞬间突出起来，使新异的感觉占据压倒的优势。对于诗人来说，正是拥有了这种“翻云覆雨”“推陈出新”的想象魄力，才能构成令人耳目为之一新的比喻。

自然，这并不是说，任何不相干的事物，只要任意加以凑合一番，便能构成新颖的叫人心灵振奋的比喻。如果二者共同之处没有得到充分的突出，或是根本没有揭示，则会不伦不类，给人无类比附的生硬之感。比喻不但要求一点相通，而且要求在这一点上尽可能准确、和谐。所以《文心雕龙·比兴》中说：“比类虽繁，以切至为贵。”不准确、不精密的比喻，读者可能产生抗拒之感。亚里士多德批评古希腊悲剧诗人克里奥封说，他的作品中有一个句子：“啊，皇后一样的无花果树。”他认为，这造成了滑稽的效果。[②]因为，无花果树太朴素了，而皇后则很堂皇。二者在通常意义上缺乏显而易见的相通之处。这里说明，比喻有两种，一种是一般的比喻，一种是好的比喻，好的比喻，不但要符合一般比喻的规律，而且要更加精致，不但词语表层显性意义相通，而且深层的、隐性的、暗示的、联想的意义也要相切。这就是《文心雕龙》所说的“以切至为贵”。

有了这样的理论基础，我们就可以正面来回答问题了。

《世说新语》上记载说，一天下大雪，谢安考问他的子侄辈：“白雪纷纷何所似？”侄儿谢朗说：“撒盐空中差可拟。”侄女谢道蕴说：“未若柳絮因风起。”两个比喻哪一个比较好呢？

以空中撒盐比降雪，符合本质不同，一点相通的规律，盐在形状、颜色上与雪一点相通，可以构成比喻。但以盐下落比喻雪花，引起的联想，却不及柳絮因风那么“切至”。因为盐粒是有硬度的，而雪花则没有，盐粒的质量大，决定了下落有两个特点，一是，直线

---

① 《西方文论选》(上)，上海译文出版社 1979 年，第 94 页。
② 《西方文论选》(上)，上海译文出版社 1979 年，第 92 页。

的，二是，速度比较快。而柳絮，质量是很小的，下落不是直线的，而是飘飘荡荡的，很轻盈的，速度是比较慢的。再说，柳絮飘飞是自然常见的现象，能够引起经验联想，柳絮纷飞，在当时的诗歌中，早已和春日景象联系在一起，不难引起美好的联想，而撒盐空中，并不是自然现象，而撒的动作，和手联系在一起，空间是有限的，和满天雪花纷纷扬扬之间的联想是不够“切至”的。

从这个意义上来说，谢道蕴的比喻，不但恰当，而且富于诗意的联想，而她堂兄谢朗的比喻，则是比较粗糙的。

比喻的“切至”与否，不能仅仅从比喻本身看，还要从作家主体来看。

比喻的“切至”，还和作者主体的气质有关系，谢道蕴的比喻之所以好，还因为与她的女性身份相“切至”，如果换一个人，关西大汉，这样的比喻，就可能不够“切至”，有古代咏雪诗曰：“战罢玉龙三百万，残麟败甲满天飞。”就含着男性雄浑气质的联想，读者从这个比喻中，就可以感受到叱咤风云的将军气度。

比喻的暗示和联想的精致性，还和作者所追求的风格不可分割，如果不是追求诗意，而是追求幽默，那比喻可能就是不能“切至”为贵了。如同样是咏雪，有打油诗把雪比作“天公大吐痰”，固然没有诗意，但是，有某种不伦不类的怪异感、不和谐感，在一定的上下文中，也可能成为某种带着喜剧性的趣味。如果说，诗意的比喻，表现的是情趣的话，而幽默的比喻传达的就是另外一种趣味，那就是谐趣。举一个更为明显的例子，如：“这孩子的脸红得像苹果，不过比苹果多了两个酒窝。”这是带着诗意的比喻。如果不追求诗意，就可以这样说：“这孩子的脸红得像红烧牛肉。”这是没有抒情意味的，缺乏诗的情趣的，却可能在一定的语境中，显得很幽默，蕴含着谐趣。

什么问题都不能简单化，比喻的问题也一样有相当复杂的道理，这里就不一一细说了。读者如有兴趣，可以参阅我的《文学创作论》（海峡文艺出版社 2004 年，第 329—331 页），或者我的《文学性讲演录》（广西师范大学出版社 2006 年，第 131 页）。

六

有老师分析辛弃疾的《西江月·夜行黄沙道中》的句子“明月别枝惊鹊，清风半夜鸣蝉”时，指出其中有“以动衬静”的特点。老师让学生回忆类似的诗句。学生纷纷举手，提出了：“明月松间照，清泉石上流。”“鸟宿池边树，僧推月下门。”“人闲桂花落，夜静春山空。”“月出惊山鸟，时鸣春涧中。”“蝉噪林愈静，鸟鸣山更幽。”“空山不见人，但闻人语响。”我总觉得，其中有些杂乱，你能帮我分析一下吗？

一个不愿透露姓名的读者

我想，老师所说的以动衬静，是有一定道理的。“明月别枝惊鹊”，这里的“别枝”的“别”如果当作动词，就是离开的意思。明月移动，离开了树枝，就把乌鹊惊动了。月亮的移动能把乌鹊惊动，可见其境之静。这样理解，大概没有多大问题。但是，下面一句“清风半夜鸣蝉”，是不是以动衬静呢？好像没有什么动态的可视意象啊。同样的，学生所举的诗句中的“空山不见人，但闻人语响”“鸟宿池边树，僧敲月下门”“蝉噪林愈静，鸟鸣山更幽”好像并不完全是以动衬静。更准确地说，应该是，以闹衬静。“空山不见人，但闻人语响”是用人的声音来表现山的空，山的静。“蝉噪林愈静，鸟鸣山更幽”则更是这样，正是因为蝉的喧闹，鸟的喧哗，才显得山林更加幽静。

这里有个有趣的现象，明明是以有声来衬托无声，人们却往往对之视而不见，感而不觉，不能实事求是地说以有声衬无声，以闹衬静，偏偏要说以动衬静。

如果以静的意念为核心，联想本来可以向两个方向发展：动—静—动。

但是，一般人往往偏执于静和动的对比，抹杀了静和闹的对比。这是为什么呢？这是因为以动衬静，太现成了，现成到自动化，自动化就可能不顾事实。一切流行话语、现成话语、权威话语，都或多或少有这种遮蔽性。本来静的意思，就是静止，以动衬静，就是以运动、位置的变动，来衬托静止状态。这种现象是常见的，以动衬静，作为一种固定话语，造成了某种思维的定势。这种定势之强大，使人们变得盲目，忽略了与静相对的还有一种方面，那就是喧闹。“蝉噪林愈静，鸟鸣山更幽”，蝉噪得越是喧闹，鸟叫得越是清脆，就越是显得山里幽静。特别是“月出惊山鸟，时鸣春涧中”，这是王维的名句，辛弃疾的诗句就是从王维的名句中脱胎换骨而来的。本来变动的是月光，月光是无声的，怎么会把熟睡的鸟给惊醒了，仅仅是一只鸟，断断续续地叫了几声，在这偌大的山中，都听得那么清晰，可见，山里是多么宁静了。在心理上，自发地感受这一点并不难，难就难在，以这种现象为根据，颠覆以动衬静的遮蔽性，进行思想的突围，把它概括为“以闹衬静”，使之与“以动衬静”并列起来，给予平等的合法地位，这需要语言的创新的命名能力的。

七

李白《黄鹤楼送孟浩然之广陵》：“故人西辞黄鹤楼，烟花三月下扬州。孤帆远影碧空尽，唯见长江天际流。”

老师在分析时，充分发挥了你所说的“还原”性想象：此时孟浩然四十多岁，李白二十多岁。让学生想象登上黄鹤楼的情景，朋友要远行，长江滔滔滚滚，时间是三月，烟花就是薄雾，柳絮，如果你在黄鹤楼会如何？一个学生回答说，我想看风景。另一个学生说，我想喝一些酒。同学都笑了。另一个学生说，我想着老朋友要远去，很有点惆怅。同学们都很认同。前面两个同学的说法（看风景、喝酒），不是读者的真情实感吗？可同学们为什么笑起来呢？为什么后面的同学说为朋友远去而惆怅，同学们不但没有笑，而且十分认同呢？

一个不愿意公布姓名的读者

我想这里接触到语文教学中很普遍的矛盾，就是经典文本的历史性和当代青少年的经验距离问题。古代诗人在黄鹤楼送别自己的朋友是很惆怅的，因为当时的交通不便，从武汉到扬州，波涛凶险不说，就是平安到达，再见的机遇也是很渺茫的。而今天的青少年，不管是登临黄鹤楼，还是想象中登上这座名楼，却没有古人那样的相见时难别亦难的忧愁。在他们的想象中，游历名胜古迹，乐趣只在观赏风景和饮酒。然而，把当代经验和古代经典文本联系起来，就脱离了文本的规定情境，暴露了当代青少年的心理和古代诗人的忧愁的错位，当然就有点好笑了。而另外一个同学说，登上此楼感到朋友远行的忧愁，之所以得到认同，就是因为，进入文本的规定情境（再见何时）之中。

八

老师在分析这首诗时，提出：当时正是盛唐，长江上应该是千帆竞发，不可能只有一条船，李白却是“孤帆远影碧空尽，唯见长江天际流”。为什么只看见一艘船呢？回答是，他眼中只有孟浩然，只有长江的流水。他舍不得朋友离开。远远的船帆已经消失了，李白还是站着，心已经随孟浩然远去，仍然久久地凝视。这样的分析，你以为如何？

一个不愿公布姓名的读者

我觉得，这位教师分析得相当到位。特别是他用还原的方法，说在黄鹤楼下，肯定不止一只船，而他只看见朋友的一只，船已经消失了，他仍然站着，这充分表现了他的恋恋不舍的情绪。我们在课堂上听了多少次“一切景语皆情语”，说得太多都没有感觉了。其实，做些分析，就有感觉了。

这句话说得是有点绝对化的。事实上，第一，并不是一切景语都是情语。有些流水账式的景语，就不是情语；第二，并不是一切表现了情感的语言都是精彩的情语；第三，把情与景之间的关系处理得比较独特的，才可能有深邃的诗意。这里“孤帆远影碧空尽”，当然是景语，其杰出之处在于，其中不仅仅是景，景观意象是显性的，景观意象背后还有一个隐性的视觉，暗示了一个人的专注的视觉。景是写在文字上的，眼睛却是隐藏在文字以外的。要分析景语和情语的关系，就不能停留在显性的字面上，而要在字面以外的隐性视野还原出来。这位教师只还原孤帆的“孤”字，突出了只关心朋友的船的那双定格的、似乎是静态的眼睛。但是还没有分析“远”字和“尽”字。忽视了这两个字，就忽略了眼睛注视的过程。从文字上看，这个过程至少有三个阶段：首先是，选择了孤帆；其次是追随远影，本来近在眼前的船帆渐渐远去，都变成了影子了，眼睛还是专注着；最后是“碧空尽”，就是一直看到帆影消失了，还在看。这里动人的不仅仅是语言之内的景，而且是景之外的目光从追随到固定。这个追随到固定的内涵，就是情。这个景语才是深邃的情语。不从字面上把字面以外的目光还原出来，说什么“一切景语皆情语”，就是空的。

望着消失的孤帆，本来就够深情的了，可是还没有完：“唯见长江天际流。”一般的人人送行，送到朋友看不见了，就可以结束了，感情更深一些的，送到朋友的船不见了，也应该回头了。可是这里的“唯见长江天际流”，这里有个“唯”字，只有长江在流，只看到长江在流，就是看到不到朋友的船帆了，只有长江向水天连接处流去。这就是说，船帆的那一点远影消失了，还盯着向天边流去的水。这里暗示着一双眼睛，朋友的船只越小，越难以辨认，就越是专注，专注到帆影已经消失了，目光还在盯着那一片空空的流水。这说明，离别的忧愁让他发呆了。

表现离别的忧愁，用这种空白的景观，在唐诗中并不是个别的。岑参在《白雪歌送武判官归京》的最后几乎用了同样的办法：

山回路转不见君，雪上空留马行处。

朋友和他的坐骑已经消失了，可是眼睛却留恋着留在雪地上的马蹄印，也是用一个主观性很强的空镜头来提示感情的深厚。这种技巧有点像现代电影中的空镜头。空镜头不是空的，只是景物是空的，而眼睛、心灵、感情却是实的。

这个问题，之所以值得一谈，就是因为涉及阅读中的两种规律性现象。一种是明明作品里有的，读者，包括很有水平的评论家，往往视而不见。这种倾向比较普遍，如明明“月出惊山鸟，时鸣春涧中”，是有声衬托无声，以闹显静，人们往往说是以动衬静，又如，明明“孤帆远影碧空尽”，写的是诗人越看越远，越看越出神，越看越发呆，许多读者可以感觉得到，可就是说不出。另一种现象是，明明作品中，没有的东西，却神乎其神地看到了。如鲁迅所说，一部《红楼梦》，经学家看见《易》，道学家看见淫，才子看见缠绵，革命家看见排满，流言家看见宫闱秘事。看见的都不是作品中的，而是他们自己心目中固有的，他们看到的是自己。

作品分析之难，就是因为，人的本性，人的心理结构，天生就有这样的局限。

这是有心理上的根据的。皮亚杰的认知心理学认为，人们并不是如美国的行为主义者所设想的那样，有了外部的信息刺激就会有相应的心理的反应，事实上，只有外部信息被自己原本内心的准备状态——或者用心理术语来说，就是心理“图式”（scheme），或者翻译为“格局”，——“同化”（assimilation），才能有反应。没有同化，就没有反应。读者之所以对明摆着东西视而不见，就是因为图式太狭隘，太封闭。只有那些心理图式比较开放，具有比较强的“调节”（accommodation）功能的，才可能比较顺利地认知自己图式中陌生的东西。从这个意义上说，学习文本分析，其实就是努力使自己的心理图式开放，提高心理图式对陌生信息的同化功能。这就要丰富自己已有的图式。从哲学上、美学上、文学上、文化上，多方面提高、深化、丰富，最后还要学习在语言上争取创新的表述，这是一个在质量上提高自己精神能量的过程，是需要长期、刻苦的磨炼的。

九

《琵琶行》把琵琶女与诗人的命运结合起来写，“直将作诗之人与此诗所咏之人，二者为一体”，为这首诗的解读提供了丰富的可能性。二人由于有着相似的生活经历，相同的心路历程和心灵感受，一个是“梦啼妆泪红阑干”，一个是“江州司马青衫湿”。那么他们泪为谁洒？情归何处？他们的悲又从何而来？

比较流行的看法是，白居易与琵琶女有着共同的不幸遭遇，琵琶女是被摧残、被侮辱、被损害的社会下层妇女。“不幸遭遇”在历史语境中究竟指什么呢？历史地看，作为歌妓，琵琶女是否被摧残、被侮辱、被损害呢？

浙江台州实验中学　管素莉　邓维策

这个问题提得有意思：“历史地看，作为歌妓，琵琶女是否被摧残、被侮辱、被损害呢？”还是先看她的自述。

自言本是京城女，家在虾蟆陵下住。十三学得琵琶成，名属教坊第一部。曲罢曾教善才服，妆成每被秋娘妒。五陵年少争缠头，一曲红绡不知数。钿头银篦击节碎，血色罗裙翻酒污。今年欢笑复明年，秋月春风等闲度。弟走从军阿姨死，暮去朝来颜色故。门前冷落鞍马稀，老大嫁作商人妇。商人重利轻别离，前月浮梁买茶去。去来江口守空船，绕船月明江水寒。夜深忽梦少年事，梦啼妆泪红阑干。

从理论上看，歌女可能是被侮辱、被损害的，但是，并不意味着作品中的人物就一定如此。从白居易的诗中来看，这个琵琶女，并没有多少“被摧残、被侮辱、被损害”的诉说，她所强调的，只是青春不再，不如年轻时那么风光罢了。她夸耀的是青春时期高超的音乐才能，美丽的姿色，红极一时，同行妒羡，她感到失落的是，年老色衰，荣华不再，门庭冷落。抒发的焦点是人生前期荣华与后期沦落的对比，白居易正是从这一焦点上把自己与她联系起来的。不论是主人公还是白居易，似乎都并没有正面显示出她“被摧残、被侮辱、被损害”的遭遇。导致这个妓女命运发生重大变化的原因是“暮去朝来颜色故”。充其量只是提示了这种职业妇女所难以逃脱的命运。白居易对她的同情，也只是限于“同是天涯沦落人”，这只是两种社会阶层遭遇的相似，并没有涉及沦落的社会原因。“被摧残、被侮辱、被损害”的论断，不是从文本中归纳出来的，而是把妓女身份从文本中抽象出来，用今天的社会价值观念去观照的结果。说得明白一点，就是这种观念不是琵琶女的，也不是白居易的，而是读者把自己的头脑里的观念投进去的。

从创伤论来说，作家所写的并不是对象的一切，人物的特征是多方面的，诗人只能选择其中之一，从而把自己的情思的某一（也不是全部）与之结合起来。虽然二者不尽相同，甚至根本不同，但是，诗人却在想象中将之融为一体，构成独特的形象。把琵琶女当成被侮辱、被损害、被摧残者，不是从文本出发的，而是从自己的固有的观念出发的。

十

有同学对《琵琶行》诗序中的“是夕始觉有迁谪意”句质疑：白居易京官外调已经两年了，且安然自乐，为什么听了琵琶女的音乐和身世，“是夕始觉有迁谪意”?

范维胜

我们来看原文：

元和十年，予左迁九江郡司马。明年秋，送客湓浦口，闻舟中夜弹琵琶者，听其音，铮铮然有京都声。问其人，本长安倡女，尝学琵琶于穆、曹二善才，年长色衰，委身为贾人妇。遂命酒，使快弹数曲。曲罢，悯然。自叙少小时欢乐事，今漂沦憔悴，转徙于江湖间。予出官二年，恬然自安。感斯人言，是夕始觉有迁谪意。因为长句，歌以赠之，凡六百一十二言，命曰《琵琶行》。

白居易自称遭受贬官二年，本来“恬然自安”，听了琵琶女的身世遭际，才感到“有迁谪意”。这个遭遇的特点，在于今昔对比：“少小时欢乐事，今漂沦憔悴。”很显然没有任何“被摧残、被侮辱、被损害”的意味，而白居易本人，更是不存在“被摧残、被侮辱、被损害”的感受。最强烈的心灵冲击是往昔的荣华和当前的“漂沦憔悴”，用白居易自己的诗句来说，就是“天涯沦落”，虽然身份地位不同，沦落天涯之感是相同的。白居易声明自己原来没有被贬的失落感，如果是真的，听了琵琶女的自述，才产生被贬谪的感觉，那也不可能是凭空而来的，应该是原本就压抑在内心深处，埋藏得很深的。这里可能有自觉的忠君的观念，同时也可能有某种被动的自我保护的、自我强制的性质。在一般的情况下，要他这样一个级别比较高品位比较雅的官员，发泄被贬的不满是不可能的，他的品格和修养，决定了他的自我监护是很理性的，一点被贬谪的牢骚都不会流露出来。可是，一旦听到这么美好的音乐，又加上荣枯相异对比，官员人格面具，就不能不遭到诗人的多愁善感的冲击，就不能不脱落了。通常我们说触景生情，在这里，不是被景物触动，而是被一个大活人，一种美好的音乐撼动，就情不自禁地忘记了自己平日的人格面具，借他人的命运，宣泄自己的情绪了。

《琵琶行》实际上并不是琵琶女的《琵琶行》，而是白居易的《琵琶行》。这一点细心的读者，应该是所见略同的。

十一

提起《琵琶行》，许多教者和一般读者都往往会将目光锁定在其中的一段音乐描写上，击节称赏，津津乐道。诚然，白居易能想人所难想，道人所难道，将抽象的音乐写得生动可感，异彩纷呈，堪称音乐描写的行家里手。但我总觉得，读《琵琶行》，如果仅将重点放在这里，恐怕难免挂一漏万之嫌，因为这毕竟只是一个局部。这首“童子解吟”“胡儿能唱”的诗歌历千年而盛传不衰，在我看来，更多的应该说是缘于其整体艺术构思的精妙绝伦。如果把这首诗比作是一弯迷人的沿岸风光，一段奇妙的曲径回廊，一串晶莹的珍珠项链，那么，其中的音乐描写不过是沿途的一株奇葩、回廊上的一扇花窗、项链上的一粒珍珠而已。因此，从教学上说，我们应该引领学生穿过语言材料构筑的障壁，走进诗歌的内部世界，去探寻激情流注之河源于何处，归向何方。

江苏张家港高级中学　李元洪

这个问题提得有点含混，解读《琵琶行》，无非是两个重点。一个是，它对音乐的描绘，其精妙绝伦，堪称空前绝后，这一点，我有专门的篇幅论述。第二个是，琵琶女与白居易的命运有异有同的对应性质。二者是水乳交融的有机构成，可以说音乐的描绘是这首诗艺术生命的基础，没有音乐的描绘，琵琶女的命运白居易的感伤，可能变成空洞的概念。退一万步说，二者也该是构成《琵琶行》的一双翅膀，二者缺一不可，把音乐描绘贬低为“回廊上的一扇花窗、项链上的一粒珍珠而已”，正等于取消了它的一只翅膀。

如何用声音符号表现音乐曲调的问题比较复杂，是可以列入世界性的攻关难题的课题。

十二

笔者教学《迢迢牵牛星》时，遇到了这样一个问题：学生在上课之前通过预习提示和课文注解已经对课文有了一些认识，他们知道《迢迢牵牛星》是一首艺术价值很高的诗歌，可是他们似乎不愿也不知该如何去深究其艺术价值究竟体现在哪里。

浙江诸暨市第二高级中学　张建国

让我们先读读原文：“迢迢牵牛星，皎皎河汉女。纤纤擢素手，札札弄机杼。终日不成章，泣涕零如雨。河汉清且浅，相去复几许？盈盈一水间，脉脉不得语。”

这首古诗的特点，就是自然天成，语言风格相当朴素，并没有多少华丽的渲染，连形容词，也是比较单纯天真的叠词（迢迢、皎皎、纤纤、札札），但是感情又是那样深厚。谢榛《四溟诗话》中说其“格古调高，句平意远，不尚难字，而自然过人矣”。也许，一般的老师对于“格古调高，句平意远”这样的评价，感觉不够清晰。这里举秦观的《鹊桥仙》来做些说明。

织云弄巧，飞星传恨，银汉迢迢暗度。金风玉露一相逢，便胜却人间无数。

柔情似水，佳期如梦，忍顾鹊桥归路。两情若是久长时，又岂在朝朝暮暮。

同样是写牵牛织女的相思，秦观的词的风格和“格古调高，句平意远”的风格相去甚远，这至少可以从两个方面来看。第一，《迢迢牵牛星》全诗十句，没有多少夸张和形容，大体近乎陈述、叙述，就是有所形容，也只限于几个意味单纯的叠词，而秦观的这首，则用了很华彩的形容，对于云的描绘不但前置以“织”（亦作“纤”），而且后置以“弄”，眼睛，暗喻以“飞星”，风，形容以“金”，露，渲染以“玉”，“情”和“期”都被赋予了如水如梦之感。这叫作文采。第二，全词的高潮在最后，直接抒发感情：“两情若是久长时，又岂在朝朝暮暮。”只要感情永恒，相会的时期再短也无所谓。这就不但是感情强烈到极化的程度，而且是转化为格言了。这就叫作感情出彩，或者叫作情采。而情采和文采都不是《迢迢牵牛星》的优点。它的优点，不在文采和情采，而在于朴素无采而淳厚；正是因为这样，它所代表的《古诗十九首》，刘勰《文心雕龙》称之为“五言之冠冕”，钟嵘《诗品》赞颂它“天衣无缝，一字千金”。在文学史上，这样的作品比之秦观那样文采情采俱佳的作品，得到的评价更高。这是很值得细心体悟的。

题目是《迢迢牵牛星》，全诗写的是天上的牵牛星吗？好像是，又好像不是。因为接下来，出现了“皎皎河汉女”，就把牵牛星丢在一边了。下面写的全都是河汉中的织女了：“纤纤擢素手，札札弄机杼。”这已经不是星星，而是一个在织布的女性。

这里就有了可分析性。以牵牛星为题，牵牛星又只是起兴的引子，只为引出全诗主角织女。女性形象很快得到美化：首先是外观的美化，“皎皎”“纤纤”，是不是有一种明媚纤弱的感觉？是不是有一种朴素单纯的感觉？连手都是素手。大概是比较白皙吧，没有什么首饰吧。如果光是这样，还只是外部形态上的美。诗中对织女的美化，更重要的，是在感情上。这时，牵牛星另一个功能显现出来：成为织女遥望的对象，也就是感情激发的源头，这样，外观的美，就有了内在的感情的内涵。牵牛星的“迢迢”和织女的“皎皎”“纤纤”，融为一体，构成统一的画境。

至此为止，画面是单纯的，思念则以无言的迢迢相望为特点，思念之苦，是默默的，潜在的。而到了“终日不成章，泣涕零如雨”，则是从外部效果上显示内心的痛苦。一是，织布不成章，整天织不成匹，是心烦意乱，导致效率不高；二是涕泪如雨。思念的痛苦因而强烈了。

这样，前者的微妙和潜在，和后面的强烈表露，就形成了一种转折，这种转折正是情绪强化到不可抑制的结果，但是，仍然是无声、无言的，在语言上，也没有大肆形容和渲染，仍然朴素无华。接下来，是进一步强化：“河汉清且浅，相去复几许？”这里有一点要特别注意，那就是出现了矛盾。原来说牵牛星是迢迢的，遥远的，这里却变成了“相去复几许？”，没有多远了，不但没有多远，而且河汉也并不深，是清而浅的，障碍并不是很大的，渡过去是并不太困难的。

“盈盈一水间，脉脉不得语。”盈盈，有充溢的意思，也有清澈的意思，看起来很透明，没有狂风恶浪，可就是过不去。从视觉直接感知来说，距离更近了，不过就是“一水”之隔，又一次提示并不迢遥。可是，仍然是无言的，“脉脉不得语”。这个“不得语”很关键，点出了全诗意境的特点。就是感情很深沉，距离也不算遥远，可就是说不出，说不得。是什么阻挡着有情人相聚、相互沟通呢？看来，存在着某种看不见摸不着的障碍。当然，在传说中，这个权威的阻力是神的意志。但是，诗里却并没有点明。这就使得这首诗召唤读者经验的功能大大提高了。在爱情中，阻力可能是多方面的，有可能是超自然的，也有可能是社会的，还有可能是情人自身心理方面的。故“脉脉不得语”，有情而无言，而不敢言，不能言，可能出于对外在压力的警惕，也可能是出于情感沟通的矜持，也就是，内心的积累已经饱和了，含情“脉脉”了，到了临界点了，而转化为直接表达还存在着一时难以逾越的心理障碍。

值得注意的是，开头四句连用叠词，最后两句，又用叠词：“迢迢”“皎皎”“纤纤”“札札”“盈盈”“脉脉”，都用于句首，形成一种呼应，一种回环的、低回的、复沓的节奏，情感之美和节奏之美，构成统一完整、有机的默默无言的内在意境。

十三

分析是不是解读作品的唯一法门？是不是一切作品都需要分析？有时非常简单的一首小诗，可能就无法分析。

例如：“锄禾日当午，汗滴禾下土。谁知盘中餐，粒粒皆辛苦。”

这怎么分析？再说不分析，不是也能感受到它很精彩吗？

福建师范大学文学院　冯植康

分析不是解读作品的唯一法门，其理论根据是：可以在整体感悟的基础上理解。但是，整体感悟，有深浅之别。感觉到了的，不一定能够理解，理解了的，才能更好地感觉。所以不能单纯地依靠感受，在生活中也不能绝对地跟着感觉走。感受是需要深化、准确化的，而二者都要建立在理解的基础上。理解要深化，只能通过分析。分析作为哲学方法，是普遍有效的，篇幅再小，也不例外。不过，篇幅比较小的用微观的分析方法。

从方法论来说，分析的层次递进是无限的。庄子说：“一尺之棰日取其半，万世不竭。”宇宙万物，大千世界，可以分析到微观的分子，到原子，到原子核，到质子、中子、介子、夸克，至今还没有完结，何况，这首诗的篇幅并不是最小的，还没有达到感知不可及的程度。

这问题，看来微小，但是涉及文本微观分析的根本精神，关键在“谁知”。我在本书中，特地做了全面分析，请参阅。

十四

人教版新课标教科书高中《语文》（第四册）选有李清照的词两首。其一是词人后期的代表作《声声慢》。词中有这样几句话：“满地黄花堆积，憔悴损，如今有谁堪摘。”对于其中的“谁”字，教材并没有作注。显然，教材是按照该字的最常见用法来理解了，即作指代人的疑问代词。这个“谁”究竟所指为何呢？

龚海平　史复明

这当然算是个问题，李清照的《声声慢》“满地黄花堆积，憔悴损，如今有谁堪摘？”中的这个“谁”，究竟是不是有所指？但是，这又是个并不重要的问题，为什么不重要，因为对于理解这首词，并非关键。教参上把“谁”当作一般的“疑问代词”，就是说黄花（菊花）和自己一样憔悴了，年华消逝了，还有谁来收拾，打理，也就是还有谁来怜惜那消逝的年华的意思。言外之意就是除了自我痛惜之外，没有人在乎。二位老师，对此似乎不太满足，一定要弄出个具体人物来，例如那在思（悼）念中的丈夫之类。我想，就是考证出个子丑寅卯来，也不一定很确切，只是一种或然性而已。这首词最为精彩的就是失落感、凄凉感，若有所失，又不知何所失，意有所寻觅，却又不知何觅，也不在乎寻觅结果，只是朦胧地体验着孤独感。这种失落感，和她词中大量的叠词里的逻辑一样，是断断续续的。这样的断续，造成了一种飘飘忽忽、迷迷茫茫的感觉。因而，这个“谁”，也是一样，可以是谁，又可以不是谁，以不确定，或者虚指为神品，读者最好不要打扰她，让她沉迷在不能自已、不能自拔的恍惚中。一定要把它弄得一清二楚，反而煞风景。

这里，有一个赏析的原则性问题：好的问题，提得有启发性，有利深入理解作品；不好的问题，也可能貌似深刻，实际上钻牛角尖，对于理解作品不但没有好处，反而误入迷途。

十五

同学们朗声吟诵裴多菲的爱情诗《我愿意是急流》，在回环往复的优美旋律中，同学们感受到裴多菲纯洁而坚贞、博大而无私的爱，心灵得到净化，情感得以升华。但同学们普遍有一种疑惑：诗人在描述心爱的人时用的意象是小鱼、小鸟、常春藤、火焰、夕阳，这些意象美好热情，欢畅明丽，与甜美的爱情协调一致；可是诗人在描述自己时反差极大，用的意象是急流、荒林、废墟、草屋、云朵（破旗），这些意象给人一种苍凉感，有的萧瑟冷落，有的凋敝残败，与整首诗所表达的美好爱情不协调，为什么？即使是表达对爱情的奉献，也不一定非要用这么悲壮的意象不可啊？

湖北武汉市洪山高中　龚光正

这个问题，本来不属于中国古典诗歌，但是，裴多菲生于1823，卒于1849，相对于中国来说，是清朝，也算是古典诗歌时期，而且提出的艺术美和丑的关系，和中国古典诗歌中李贺也有一些关系，故还是值得在探讨。我们先来看原诗：

我愿是一条急流，
是山间的小河，
穿过崎岖的道路，
从山岩中间流过。
只要我的爱人，
是一条小鱼，
在我的浪花里，
愉快地游来游去。

我愿是一片荒林，
坐落在河流两岸，
我高声呼叫着，
同暴风雨作战。
只要我的爱人，
是一只小鸟，
停在枝头上鸣叫，
在我的怀里做巢。

我愿是城堡的废墟，
耸立在高山之巅，
即使被轻易毁灭，
我也毫不懊丧。
只要我的爱人，
是一根常春藤，
绿色苍凉感，
枝条恰似臂膀，
沿着我的前额，
攀缘而上。

我愿是一所小草棚，
在幽谷中隐藏，
饱经风雨的打击，
屋顶留下了创伤。
只要我的爱人，
是熊熊的烈火，
在我的炉膛里，
缓慢而欢快地闪烁。

我愿是一块云朵，
是一面破碎的大旗，
在旷野的上空，
疲倦地傲然挺立。
只要我的爱人，
是黄昏的太阳，
照耀着我苍白的脸，
映出红色的光艳。

你的问题提得很尖锐，恰恰触及了这首诗的艺术特点。不弄清这点，就不可能真正理解这首诗的情感和艺术奥妙。为什么要把“萧瑟冷落”“凋敝残败”的景象和美好的热情联系在一起呢？二者之间是不是统一和谐呢？应该分别从两个方面来阐释。

先来谈美好这一方面。

美好的爱情，用美好的意象表达，是世界诗歌很长一个历史阶段不约而同的趋向，经典之作比比皆是。在西方诗歌史上，追求美的意象和美的感情，这与中国古典诗歌如出一辙。就爱情诗而言，更是如此。苏格兰最著名的诗人彭斯把爱人比作“鲜红、鲜红的玫瑰”，比作“乐曲”（O my luve's like a red, red rose. /That's newly sprung in June;/O my luve's like a melodie /That's sweetly play'd in tune.）普希金把他所钟情的对象比作“圣母”，白居易把互相倾心的爱人比作比翼鸟、连理枝，李商隐把爱情和沧海月、蓝田玉相联系。虽然出现于不同民族，不同时代，但是，在追求美好的形象和诗感这一点上是息息相通的。这里有一点要说明：不是一般美好的事物，而是极其美好的事物，不是一般美好的感情，而是极端美好的感情。这种极化倾向，被一个英国诗人华兹华斯总结了出来，那就是强烈的感情的自然流露（powerful emotions spontaneously overflow）。这种美学原则，是西欧浪漫主义诗歌所自觉奉行的，裴多菲生活在西欧浪漫主义风靡一时的时代，他所遵循的，大体也是浪漫主义的创作原则，也就是强烈的、极化的感情自然流露。

在这首诗里，感情是美好的，意象也是美好的，凭着自发的感受都能够看出“小鱼、小鸟、常春藤、火焰、夕阳，这些意象美好热情，欢畅明丽，与甜美的爱情协调一致”。问题是，既然是美好的爱情，为什么又用了通常并不美好的意象系列？“急流、荒林、废墟、草屋、云朵（破旗）”这样的意象，“萧瑟冷落”“凋敝残败”，不是与美好的意象“不协调”了吗？

应该提醒的是，前面所说的美好的意象系列，固然是美好的，但是，如果孤立起来，“小鱼、小鸟、常春藤、火焰、夕阳”的美好，是有限的，仅仅表现了对象的美。抒情主人公的感情，也只是欣赏对象的美，其情感的深度强度，其与众不同之处何在呢？光有对象的美好是难以充分暗示感情的美好的。仔细研读全诗，小鱼的美好，是在急流中的，是在崎岖的山岩中的，在浪花中的，这并不是十分轻松的，但，诗人要表现的是，只要小鱼能够愉快地游来游去，即使自己并不能够像小鱼一样愉快，也是心甘情愿的。从诗学上来说，这就是强烈的、极化的感情的抒发。这不是叙事，因为所表达的完全不是事实，而是一种愿望，一种假定，一种想象。所抒发的爱，是以奉献为特点，以使对方的幸福为唯一目的，自我哪怕转化为无生命的石头、河水也在所不惜。遵循现实地表述，不进入假定境界，就可能平淡，也就是不够强烈了。想象的目的完全是为了自由、新异地抒发强烈的感情。在这一节里，应该说，小鱼同急流、崎岖、山崖，特别是浪花的意象一样，都是美好的，意象系列是和谐统一的，在性质上，并没有很大的差异。

下面这一节，则有些不同，把爱人比作小鸟，而自己却被想象成了荒林，这就不像浪花、急流、山崖那样，富于习惯上的诗意了。这里的小鸟和带着“苍凉感”的荒林，比之前面的小鱼和急流、浪花之间的关系，反差很大。哪怕是成了荒林，生命枯竭，丧失青春形态，哪怕要面临严酷的搏斗，只要小鸟能够歌唱，也心甘情愿。感情比之前面，是不是更加递增了？为什么呢？对比度强化了，付出的代价更大了。

第三节，对比的反差，就更加鲜明了：废墟，也就是生命的毁灭，但是“常春藤”却是生命的永恒，永远是春天，只要对方常春（青春永葆），就是丧失生命，形态丑陋，也在所不惜。代价比之荒林更加大了，感情也就递进地强化了。

第四节，与茅草屋和屋顶的创伤相对应的，是烈火，屋内炉膛里，欢快的烈火。

第五节，疲倦的云朵，破碎的大旗，和黄昏的太阳，都是软弱无力的，但是，二者相辅相成，统一了起来。哪怕脸是苍白的，映出的火光也是红艳的。

到这里，可以回答你的问题了，为什么要出现这些荒林、废墟、茅屋、破旗，运用这些荒凉、萧瑟冷落、凋敝残败的意象呢，就是为了强化对比，极化感情，不管付出多大代价，不管形态多么不雅，都在所不惜。其次，从意象系列本身来说，构成了强烈的反差，并没有变得不和谐，相反地，因为内在的对比和深刻的情感上统一了起来，而显得更加深邃，组成一个有机整体。

说到这里，我们大概可以感到全诗的构思的特点，是在对比中达到机统一，在对立的意象中构成和谐，因为，在尖锐的矛盾背后，有着浪漫主义的极化的感情，这种感情的强化，由于章法的递进性，而显得特别有序。有序，包括两个方面。一是其间存在着连贯性。急流、浪花和小鱼，是一幅画面，荒林和小鸟，是另一幅画面，但是，后者是“在河流两岸”的，二者在空间上是统一的，但是在画面之间隐含着反差，有了反差就不单调了。第三幅，城堡的废墟上长出常春藤，却与前面的河流两岸画面是连贯的，因为是在高山之巅的，同时反差递增了。在这个背景上，出现茅屋画面，在空间上是向下展开的，跟着而来的在旷野上的“云朵”是高山向上延伸的。相互独立的五幅画面，在空间上是可谓笔断意连，构成动态的统一性。在这基础上，每一幅画面，又是逐步延伸的，反差不断递增，而在情绪上，构成了层层递进。

诗人这样做还有一个意象上开拓的考虑，一味以美好的意象表现美好的爱情，长此以往，可能造成风格上的单调，故诗人往往求新，求变。前面我提到的苏格兰诗人彭斯的那首爱情诗也一样，为了表现爱情的忠贞，表现爱情的强烈、永恒，并不仅仅是以美为美，如“谁见她就会爱她，只爱她，永远爱她”（To see her is to love her, /And love but her for ever.），有时，也是处心积虑地用否定性的话语来突出感情的强化和极化的：

And I will luve thee still, my dear,
Till a′ the seas gang dry.

Till a′ the seas gang dry, my dear,
And the rocks melt wi′ the sun:
I will luve thee still, my dear,
While the sands o′ life shall run.

爱到大海干枯，爱到石头熔化，爱到太阳晒得沙子都流动起来，这可怕吗？不，我们汉语中，不是有天荒地老、海枯石烂的话语吗？二者是同样的想象，遵循着同样的情感极化原则。

附录

西方文论的无效性问题[①]

《名作细读》出版四年已经印到第二十次，反响出乎意料，素不相识的一线教师（包括小学教师）以及颇有学术追求的教研员的称赞，给我以极大鼓舞。责任编辑告诉我，由于《名作细读》的某种影响，来稿中以“细读”为旨者日见其多，更有论者断言，孙氏“细读”者，得力于美国“新批评”者也。初闻此言，颇觉诧异，虽不敢苟同，亦不欲辩白。情有可原者，追求文本深层之解密，其志可嘉，非皓首穷经，枉抛心力，死不开窍，赍志而殁之学者可比。当此西方宏大理论铺天盖地涌来之际，忽闻孙氏“细读”，乃以为金钥匙，以美国品牌冠之。说者全系一片美意，殊不知本人不但难以领情，反而颇有委屈。对于美国新批评所谓“细读”，我只能用在《新的美学原则在崛起》中引起极大震动的“不屑”来形容。为什么中国人对文本做出了某些有效的阐释，一定要攀上美国品牌，才算上档次？我们传统的诗话、词话，我们的“推敲”，我们的“诗眼”，我们的“精思”，特别是“无理而妙”“入痴而妙”“诗酒文饭”之说，不是有着更为深厚的底蕴吗？我坚信，在诗歌的微观分析方面，对任何西方当代文论，都不能抱太大希望。这不是我狂妄，权威学者李欧梵先生在“全球文艺理论二十一世纪论坛”的演讲中早就勇敢地提出了这个问题，他认为西方文论流派纷纭，却很难达到对文学文本进行有效解读的目的。李先生以挑战、怀疑西方权威为荣，而内地文论界以服膺、崇拜西方大师骄人，这种对照不仅有趣，而且发人深省。李先生的文章写得很幽默：

> 话说后现代某地有一城堡，无以为名，世称“文本”，数年来各路英雄好汉闻风而来，欲将此城堡据为己有，遂调兵遣将把此城堡团团围住，但屡攻不下。
>
> 从城墙开眼望去，但见各派人马旗帜鲜明，符旨符征样样具备，各自列出阵来，

① 本文原为孙绍振《月迷津渡——古典诗词个案微观分析》（上海教育出版社2012年版）的自序之一，选入本书时略做修改。

计有武当结构派、少林解构派、黄山现象派、渤海读者反应派，把持四方，更有“新马”师门四宗、拉康弟子八人、新批评六将及其接班人耶鲁四人帮等，真可谓洋洋大观。

文本形势险恶，关节重重，数年前曾有独行侠罗兰·巴特探其幽径，画出四十八节机关图，巴特在图中饮酒高歌，自得其乐，但不幸酒后不适，突然暴毙。武当结构掌门人观其图后叹曰：“此人原属本门弟子，惜其放浪形骸，武功未练成就私自出山，未免可惜。依本门师宗真传秘诀，应先探其深层结构。机关再险，其建构原理仍基于二极重组之原则。以此招式深入虎穴，当可一举而攻下。”但少林（按：解构）帮主听后大笑不止，看法恰相反，认为城堡结构实属幻象，深不如浅，前巴特所测浮面之图，自有其道理，但巴特不知前景不如后迹，应以倒置招式寻迹而“解”之，城堡当可不攻而自破。但黄山现象大师摇头叹曰：“孺子所见差矣！实则攻家与堡主，实一体两面，堡后阴阳二气必先相融，否则谈何攻城阵式？”渤海（按：读者反应）派各师击掌称善，继曰：“攻者即读者，未读而攻乃愚勇也，应以奇招读之，查其机关密码后即可攻破。”新马四宗门人大怒，曰：“此等奇招怪式，实不足训，吾门祖师有言，山外有山，城外有城，文本非独立城堡，其后自有境界……”言尚未止，突见身后一批人马簇拥而来，前锋手执大旗，上写“昆仑柏克莱新历史派”，后有数将，声势壮大。此军刚到，另有三支娘子军杀将过来，各以其身祭其女性符徽，大呼：“汝等鲁男子所见差也，待我英雌愿以薪新攻城之法……”话未说完，各路人马早已在城堡前混战起来，各露其招，互相残杀，人仰马翻，如此三天三夜而后止，待尘埃落定后，众英雄（雌）不禁大惊，文本城堡竟然屹立无恙，理论破而城堡在，谢天谢地。[①]

李先生的意思很清楚，检验理论的重要路径就是解读文本，理论出了一大堆，旗号纷纭，文本的解读却毫无进展，理论的价值就值得怀疑了。风靡全球的前卫文论尚且如此无效，对于新批评，则尤其应该死心。我拒绝对西方话语做疲惫的追踪，相反，致力于在对其批判的基础上，建构中国式的文本解密流派。

对于我所建构的诗歌解密模式和美国新批评的不同，我写了一篇长达一万六七千字的论文来加以澄清，准备作为本书的序言，但是，考虑到涉及的学术问题比较复杂，与本书

① 李欧梵《世纪末的反思》，浙江人民出版社2002年，第274—275页。按李氏此言似亦有偏颇。西方大师也有致力于经典文本分析者。德里达论乔伊斯的《尤利西斯》、卡夫卡的《在法的门前》，罗兰·巴特论《追忆似水年华》《萨拉辛》，德·曼论卢梭的《忏悔录》，米勒评《德伯家的苔丝》，布鲁姆评博尔赫斯等，但他们微观的细读往往指向宏观的角度演绎出理论，比如德里达用两万多字的篇幅论卡夫卡仅有八百来字的《在法的门前》，解读象征寓言的同时从文类、文学与法律等宏观方面做了超验的演绎，进行后结构主义的延异书写。其主旨不在文学文本个案审美的唯一性。

的文本个案研究可能不完全符合。故将之以《美国新批评“细读”批判》为篇名，供有学术兴趣的读者研读。

本书所收为近年来所写古典诗歌的微观分析文章。聊堪自慰的是，似乎比之《名作细读》中之大部分质量有所提高。21世纪初投身此项工作时，多少带着兴趣的自发性，毛糙之处，在所难免。经过七八年磨炼，我已经不再满足于就诗论诗，转而注重学术文献的梳理和历史成果的吸收，以中国传统细读的理论扬弃西方当代诗歌理论，进行中西接轨。这越来越成为我自觉的追求。

编辑此书时，心情颇为复杂：一则以喜，乃在对古典诗歌甚具难度的微观分析上颇有进展；一则以忧，因为在根本上，个案分析的局限不可讳言。毕竟是解剖麻雀，虽然五脏俱全，但是，宏观理念和方法全为隐性。虽于个案可在月迷之中寻觅津渡，然在方法论上难免雾失楼台之叹。授其鱼不能授其渔，其憾何如！从全书来看，宏观体系仍然不足。原因在于对我国古典诗歌理论宝库，特别是与微观分析有直接联系的诗词评点，资源相当薄弱。正当无奈，余友陈一琴君自天而降。陈君深涉古典诗话词话，辑有《聚讼诗话词话》书稿，二十五万言。然以朴学为务，述而不作，辑而不评，邀余于每题后作评，以贯通古今中外，余乃欣然应命。为陈君试作数篇，蒙陈君首肯，书稿乃改称《聚讼诗话词话辑评》。[①] 值本书付梓之际，又蒙陈君慨然应允，将我执笔之文编入相应个案分析之后。另一部分，系对古典诗话千百年来一些争讼的试答，《唐人绝句何诗最优》《唐人七律何诗最优》，则编入最后一章。如此，余建构中国式微观解密诗学，乃更有学术基础。陈君惠我如此，非感激二字可以尽意也。

2011年底

① 此书收入“孙绍振文集”时改称《聚讼诗话评论》。